Johann Paul Friedrich Richters »Kardinal- und Kapitalroman« erschien in vier Bänden und einem »Komischen Anhang« von zwei Bänden 1800 bis 1803. Er ist das monumentale und monströse Außenseiterwerk auf dem Höhepunkt der Goethezeit, das kritische poetische Stellung zu deren Haupttendenzen bezieht: dem Klassizismus Weimars und dem frühromantischen Ästhetizismus, der idealistischen Philosophie und der Französischen Revolution. Literarisch verbindet der *Titan* ganz heterogene Formen wie Schauer- und Abenteuerroman; Staatsroman, und – vor allem – den Bildungsroman, mit deren Hilfe er schließlich das allseitig ausgebildete bürgerliche Individuum auf den deutsch-kleinstaatlichen Fürstenthron setzt: grandioses Zeugnis und Parodie des Anspruchs der Epoche, die Literatur an die Macht zu bringen. Jean Paul läßt ihn scheitern in einigen seiner faszinierendsten Figuren, dem Humoristen Schoppe, dem Gefühlstheatraliker Roquairol, dem aufklärerischen Satiriker und Luftschiffer Giannozzo. Er läßt damit auch seine eigene Utopie der Schreibhandlung scheitern, die sein Schriftstellertum in unserer Literaturgeschichte auszeichnet.

insel taschenbuch 671

Jean Paul

Titan

JEAN PAUL
TITAN

Mit einem Nachwort
von Ralph-Rainer Wuthenow

Insel Verlag

insel taschenbuch 671
Erste Auflage 1983

Vertrieb durch den Suhrkamp Taschenbuch Verlag
Umschlag nach Entwürfen von Willy Fleckhaus
Satz: LibroSatz, Kriftel
Druck: Nomos Verlagsgesellschaft, Baden-Baden
Printed in Germany

1 2 3 4 5 6 – 88 87 86 85 84 83

ERSTER BAND

Den
vier schönen und edeln

SCHWESTERN

auf dem Thron

DER TRAUM DER WAHRHEIT

Aphrodite, Aglaja, Euphrosyne und Thalia sahen einst in das irdische Helldunkel hernieder und, müde des ewig heitern, aber kalten Olympos, sehnten sie sich herein unter die Wolken unserer Erde, wo die Seele mehr liebt, weil sie mehr leidet, und wo sie trüber, aber wärmer ist. Sie hörten die heiligen Töne heraufsteigen, mit welchen Polyhymnia unsichtbar die tiefe bange Erde durchwandelt, um uns zu erquicken und zu erheben; und sie trauerten, daß ihr Thron so weit abstehe von den Seufzern der Hülflosen.

Da beschlossen sie, den Erdenschleier zu nehmen und sich einzukleiden in unsere Gestalt. Sie gingen von dem Olympos herab; Amor und Amorinen und kleine Genien flogen ihnen spielend nach, und unsere Nachtigallen flatterten ihnen aus dem Mai entgegen.

– Aber als sie die ersten Blumen der Erde berührten und nur Strahlen und keine Schatten warfen: so hob die ernste Königin der Götter und Menschen, das Schicksal, den ewigen Zepter auf und sagte: der Unsterbliche wird sterblich auf der Erde, und jeder Geist wird ein Mensch! –

Da wurden sie Menschen und Schwestern und nannten sich *Luise, Charlotte, Therese, Friederike*; die Genien und Amorinen verwandelten sich in ihre Kinder und flogen ihnen in die Mutterarme, und die mütterlichen und schwesterlichen Herzen schlugen voll neuer Liebe in einer großen Umarmung. Und als die weiße Fahne des blühenden Frühlings flatterte – und menschlichere Thronen vor ihnen standen – und als sie, von der Liebe, der Harmonika des Lebens, selig-erweicht, sich und die glücklichen Kinder anblickten und verstummten vor Lieb' und Seligkeit: so schwebte unsichtbar Polyhymnia vorüber und erkannte sie und gab ihnen Töne, womit das Herz Lieb' und Freude sagt und gibt . . .«

– Und der Traum war geendigt und erfüllt; er hatte, wie

immer, nach der Wirklichkeit und dem Wachen sich gebildet. Darum sei er den vier schönen und edlen Schwestern geweiht, und alles, was ihm im *Titan* ähnlich ist, sei es auch!

Jean Paul Fr. Richter.

ERSTE JOBELPERIODE

Fahrt nach Isola bella – der erste Freudentag im Titan *– der Pasquinos-Götzendiener – Lob der Reichsintegrität – das Moussieren der Jugend – süßes Blutvergießen – die Erkennung eines Vaters – groteskes Testament – deutsche Vorliebe für Gedichte und Künste – der Vater des Todes – Geister-Akt – der blutige Traum – die Schaukel der Phantasie*

1. ZYKEL

An einem schönen Frühlingsabend kam der junge spanische Graf von *Cesara* mit seinen Begleitern *Schoppe* und *Dian* nach Sesto, um den andern Morgen nach der borromäischen Insel Isola bella im Lago maggiore überzufahren. Der stolz-aufblühende Jüngling glühte von der Reise und von dem Gedanken an den künftigen Morgen, wo er die Insel, diesen geschmückten Thron des Frühlings, und auf ihr einen Menschen sehen sollte, der ihm zwanzig Jahre lang versprochen worden. Diese zweifache Glut hob den malerischen Heros zur Gestalt eines zürnenden Musengottes empor. In die welschen Augen zog seine Schönheit mit einem größern Triumphe ein als in die engen nördlichen, wovon er herkam; in Mailand hatten viele gewünscht, er wäre von Marmor und stände mit ältern versteinerten Göttern entweder im farnesischen Palast oder im klementinischen Museum oder in der Villa Albani; ja hatte nicht der Bischof von Novara mit seinem Degen an der Seite vor wenigen Stunden bei Schoppen, der zuletzt ritt, nachgefragt, wer es sei? Und hatte nicht dieser mit einer närrischen Quadratur seines Runzeln-Zirkels um die Lippen weitläufig versetzt (um dem geistlichen Herrn Licht zu geben): »Mein Telemach ists, und ich mache den Mentor dabei – ich bin die Rändelmaschine und der Prägstock, der ihn münzt – der Glättzahn und die Plattmühle, die ihn bohnt – der Mann, der ihn regelt«? –

Die jugendlich warme Gestalt Cesaras wurde durch den

Ernst eines nur in die Zukunft vertieften Auges und eines männlich-festgeschlossenen Mundes und durch die trotzige Entschlossenheit junger frischer Kräfte noch mehr veredelt; er schien noch ein Brennspiegel im Mondlicht, oder ein dunkler Edelstein von zu vieler Farbe zu sein, den die Welt, wie andere Juwelen, erst durch *Hohlschleifen* lichtet und bessert. –

In dieser Nähe zog ihn die Insel, wie eine Welt die andere, immer heftiger an. Seine innere Unruhe stieg durch die äußere Ruhe. Noch dazu stellte Dian, ein Grieche von Geburt und ein Künstler, welcher Isola bella und Isola madre öfters umschifft und nachgezeichnet hatte, ihm diese Prachtkegel der Natur in feurigen Gemälden näher vor die Seele; und Schoppe gedachte des wichtigen Menschen öfters, den der Jüngling morgen zum ersten Male sehen sollte. Als man unten auf der Gasse einen festschlafenden Greis vorübertrug, dem die untergehende Sonne Feuer und Leben in das markige starkgegliederte Angesicht warf und der eine nach italienischer Sitte aufgedeckt getragne – Leiche war: so fragt' er erschrocken und schnell die Freunde: »Sieht mein Vater so aus?«

Was ihn nämlich mit so heftigen Bewegungen der Insel zutreibt, ist folgendes: Auf Isola bella hatt' er die drei ersten irdischen Jahre mit seiner Schwester, die nach Spanien, und neben seiner Mutter, die unter die Erde ging, mitten in den hohen Blumen der Natur liegend süß vertändelt und verträumt – die Insel war für den Morgenschlummer des Lebens, für seine Kindheit, Raffaels übermaltes Schlafgemach gewesen. Aber er hatte nichts davon im Kopfe und Herzen behalten als in *diesem* ein schmerzlich süßes tiefes Aufwallen bei dem Namen, und in *jenem* das – Einhorn, das als Familienwappen der Borromäer auf der obersten Terrasse der Insel steht.

Nach dem Tode der Mutter versetzte ihn sein Vater aus der welschen Blumenerde – einige blieb an den Pfahlwurzeln hängen – in den deutschen Reichsforst, nämlich nach *Blumenbühl* – im Fürstentum *Hohenfließ*, das den Deutschen so gut wie unbekannt ist –; hier ließ er ihn im Hause eines biedern Edelmannes so lange erziehen, oder deutlicher und allegorischer, er ließ hier die pädagogischen Kunstgärtner so lange mit Gießkannen, Inokuliermessern und Gartenscheren um ihn laufen, bis sie an den hohen schlanken Palmbaum voll Sagomark und Schirmstacheln mit ihren Kannen und Scheren nicht mehr langen konnten.

Jetzt soll er nach der Rückreise von der Insel aus dem Feldbeete des Landes in den Loh- und Treibkübel der Stadt und auf das Gestelle des Hofgartens kommen, mit einem Worte nach *Pestiz*, der Universität und Residenzstadt von Hohenfließ, deren Anblick sogar bisher sein Vater ihm hart verboten hatte.

Und morgen sieht er diesen Vater zum – erstenmal! – Er mußte brennen vor Verlangen, da sein ganzes Leben eine Anstalt zu dieser gemeinschaftlichen Landung war, und seine Pflegeeltern und Lehrer eine chalkographische Gesellschaft waren, die den Autor seines Lebensbuches so herrlich vor das Titelblatt in Kupfer stach. Sein Vater, *Gaspard* de Cesara, Ritter des goldnen Vlieses (ob spanischer oder österreichischer, wünscht' ich selber genauer zu wissen), ein vom Schicksal dreischneidig und glänzend geschliffner Geist, hatte in der Jugend wilde Kräfte, zu deren Spiel nur ein Schlachtfeld oder Königreich geräumig gewesen wäre und die sich im vornehmen Leben so wenig bewegen konnten als ein Seekraken im Hafen – er stillte sie durch Gastrollen in allen Ständen und Lust- und Trauerspielen, durch das Treiben aller Wissenschaften und durch eine ewige Reise – er wurde mit großen und kleinen Menschen und Höfen vertraut und oft verflochten, zog aber immer als ein Strom mit eignen Wellen durchs Weltmeer. – Und jetzt, nachdem er die Land- und Seereise um das Leben, um dessen Freuden und Kräfte und Systeme gemacht, fährt er (besonders da ihm der Affe der Vergangenheit, die Gegenwart, immer nachläuft) in seinem Studieren und im geographischen Reisen fort, aber stets für wissenschaftliche Zwecke, wie er denn eben die europäischen Schlachtfelder bereiset. Übrigens ist er gar nicht betrübt, noch weniger froh, sondern gesetzt; auch hasset und liebt, oder tadelt und lobt er die Menschen so wenig wie sich, sondern schätzet jeden in seiner Art, die Taube in ihrer und den Tiger in seiner. Was oft Rache scheint, ist bloß das harte kriegerische Durchschreiten, womit ein Mann Lercheneier und Ähren ertritt, der nie fliehen und fürchten kann, sondern nur anrücken und stehen. – – –

Ich denke, die Ecke ist breit genug, die ich hier aus der Whistonschen Kometenkarte von diesem Schwanzsterne für die Menschen abgeschnitten. Ausbedingen will ich, eh' ich weiterrede, mir dieses, daß ich Don Gaspard auch zuweilen den Ritter heißen dürfe, ohne das goldne Vlies anzuhängen; – und daß ich, zweitens, nicht von meiner Höflichkeit gegen die kurze Leser-Memorie genötigt werde, seinem Sohne Cesara (unter diesem Namen soll der Alte nie auftreten) den Taufnamen abzuzwicken, der doch *Albano* heißet. –

Da jetzt Don Gaspard aus Italien nach Spanien ging: so hatt' er durch Schoppe unsern Albano oder Cesara aus Blumenbühl hierher führen lassen; ohne daß man weiß, warum so spät. Wollt' er in den vollen Frühling der jungen Zweige schauen? – Wollt' er dem Jüngling einige Bauernregeln im hundertjährigen Kalender des Hoflebens aufschlagen? – Wollt' ers den alten Galliern oder den jetzigen Kapbewohnern nachmachen, die ihre Söhne nur waffenfähig und erwachsen vor sich ließen? – Wollt' er nichts weniger als das? – Nur so viel begreif' ich, daß ich ein gutwilliger Narr wäre, wenn ich mir im Vorhofe des Werks die Last aufbürden ließe, von einem so sonderbaren Manne mit einer um so viele Grade deklinierenden Magnetnadel schon aus so wenigen Datis eine Wilkesche magnetische Neigungskarte zu zeichnen und zu stechen; – er, aber nicht ich bin ja der Vater seines Sohns, und er soll wissen, warum er ihn erst bärtig vorbeschieden.

Als es 23 Uhr (die Stunde vor Sonnenuntergang) schlug und Albano die langweiligen Schläge addieren wollte: war er so aufgeregt, daß er nicht imstande war, die lange Tonleiter zu ersteigen; er mußte hinaus ans Ufer des Lago, in welchem die aufgetürmten Inseln wie Meergötter aufstehen und herrschen. Hier stand der edle Jüngling, das beseelte Angesicht voll Abendrot, mit edeln Bewegungen des Herzens und seufzte nach dem verhüllten Vater, der ihm bisher mit Sonnenkraft, wie hinter einer Nebelbank, den Tag des Lebens warm und licht gemacht. Dieses Sehnen war nicht kindliche Liebe – diese gehörte seinen Pflegeeltern an, weil kindliche nur gegen ein Herz entsteht, woran wir lange lagen, und das uns gleichsam mit den ersten Herzblättern gegen kalte Nächte und heiße Tage beschirmte –; seine Liebe war höher oder seltener. Über seine Seele war der Riesenschatten des väterlichen Bildes geworfen, der durch Gaspards Kälte nichts verlor; Dian verglich sie mit der Ruhe auf dem erhabenen Angesichte der Juno Ludovici; und der warme Sohn verglich sie mit einer andern schnellen Kälte, die im Herzen oft neben zu großer fremder Wärme einfällt, wie Brennspiegel gerade in den heißern Tagen matter brennen. Ja er hoffte sogar, er vermöge vielleicht dieses so quälend ans Eisfeld des Lebens angefrorne Vaterherz durch seine Liebe abzulösen; der Jüngling begriff nicht, wie einem treuen warmen Herzen zu widerstehen sei, wenigstens seinem.

Dieser Heros, in der ländlichen Kartause und mehr unter der Vorwelt als Mitwelt aufgewachsen, legte an alles antediluvianische Riesenellen; die Unsichtbarkeit des Ritters machte einen Teil von dessen Größe aus, und die Mosisdecke verdoppelte den Glanz, indem sie ihn verhing. – Überhaupt zog unsern Jüngling ein sonderbarer Hang zu übermäßigen Menschen hin, wovor sich andere entsetzen. Er las die Lobreden auf jeden großen Menschen mit Wollust, als wären sie auf ihn; und wenn das Volk ungewöhnliche Geister eben darum für schlimme hält – wie es alle seltene Petrefakta für Teufelsglieder nimmt –, so wohnte umgekehrt in ihm immer neben der *Bewunderung* die *Liebe* an, und seine Brust wurde immer zugleich *weit* und *warm*. Freilich hält jeder Jüngling und jeder große Mensch, der einen andern für groß ansieht, ihn eben darum für zu groß. – Aber in jedem edeln Herzen brennt ein ewiger Durst nach einem edlern, im schönen nach einem schönern; es will sein Ideal außer sich in körperlicher Gegenwart, mit verklärtem oder angenommenem Leibe erblicken, um es leichter zu erstreben, weil der hohe Mensch nur an einem hohen reift, wie man Diamanten nur an Diamanten glänzend macht. – Will hingegen ein Literator, ein Kleinstädter, ein Zeitungsträger oder Zeitungsschreiber einen großen Kopf zu Gesicht bekommen und ist er auf einen großen Kopf ebenso ersessen wie auf eine Mißgeburt mit drei Köpfen – oder auf einen Papst mit ebensoviel Mützen – oder auf einen ausgestopften Haifisch – oder auf eine Sprach- und Buttermaschine: so tut ers nicht, weil ein warmes, seinen *innern Menschen beseelendes* Ideal von einem großen Manne, Papste, Haifische, Dreikopfe und Buttermodelle ihn drängt und treibt, sondern weil er frühmorgens denkt: »Es soll mich doch wundern, wie der Kauz aussieht«, und weil ers abends bei einem Glase Bier berichten will. –

Albano blickte am Ufer mit steigender Unruhe über das glänzende Wasser nach dem heiligen Wohnplatze der vergangnen Kindheit, der vergangnen Mutter, der weggezognen Schwester hin – die Freudenlieder schwammen auf den fernen Barken her und berauschten ihn – jede laufende Welle, die schäumende Brandung trieb eine höhere in seinem Busen auf – die Risenstatue des heiligen Borromäus[1], die über die Städte wegsah, verkörperte den Erhabnen (seinen Vater), der sich in seinem Herzen aufrichtete, und die blühende Pyramide, die Insel, wurde der väterliche Thron – die funkelnde Berg- und Gletscherkette wand sich fest um seinen Geist und zog ihn empor zu hohen Wesen und hohen Gedanken. – –

Die erste Reise, zumal wenn die Natur nichts als weißen

1 Diese 35 Ellen hohe Statue auf einem Gestelle von 25 Ellen, in deren Kopfe 12 Menschen Raum antreffen, steht bei Arona und hält gerade mit der gegenüberstehenden Isola bella, die mit 10 aufeinander gebaueten Gärten oder Terrassen aufsteigt, einerlei Höhe. Keyßlers Reisen etc. B. I.

Glanz und Orangeblüten und Kastanienschatten auf die lange Straße wirft, beschert dem Jüngling das, was oft die letzte dem Mann entführt – ein träumendes Herz, Flügel über die Eisspalten des Lebens und weit offne Arme für jede Menschenbrust.

Er ging zurück und bat seine Freunde mit seinem siegenden Auge, noch diesen Abend abzuschiffen, wiewohl Don Gaspard erst morgen auf die Insel kam. Was er oft nach einer Woche tun wollte, nahm er sich auf den nächsten Tag vor, und endlich tat ers – sogleich. Dian klopfte dem eiligen Boreas voll Liebe auf den Kopf und sagte: »Ungeduldiges Wesen! Du hast *hier* die Flügel vom Götterboten, und da unten auch!« (auf die Füße zeigend) »Aber glühe dich nur ab! In der schönen Nachmitternacht steigen wir ein, und wenn die Morgenröte am Himmel leuchtet, landen wir an.« – Dian hatte nicht bloß eine *artistische* Aufmerksamkeit für den wohlgestalteten Liebling, sondern auch eine *zärtliche*, weil er in Blumenbühl, wo er als *Landbaumeister* zu tun hatte, oft sein bildender Kinder- und Jugendfreund gewesen war, und weil er jetzt auf der Insel für einige Zeit aus seinen Armen nach Rom entwich. Da der Landbaumeister dasselbe Überströmen im Jüngling für keines hielt, das er im Greise schalt, eine Überschwemmung für keine in Ägypten, obwohl für eine in Holland; und da er für jedes Individuum, Alter und Volk eine andere gleichschwebende Temperatur annahm und in der heiligen Menschennatur keine Saite zu *zerschneiden*, sondern nur zu *stimmen* fand: so mußte wohl Cesara am heitern duldenden Lehrer, auf dessen beiden Gesetztafeln nur stand: Freude und Maß!, recht innig hängen, noch inniger als an den – Tafeln selber.

Die Bilder der Gegenwart und der nahen Zukunft und des Vaters hatten die Brust des Grafen so sehr mit Größe und Unsterblichkeit gefüllt, daß er gar nicht begriff, wie jemand sich könne begraben lassen, ohne beide errungen zu haben, und daß er den Wirt, sooft er etwas brachte, – zumal da er immer sang und wie Neapolitaner und Russen in Molltönen – bedauerte, weil der Mann nie etwas wurde, geschweige unsterblich. Das letztere ist Irrtum; denn hier bekommt er seine Fortdauer, und ich nenne und belebe gern seinen Namen Pippo (der abbrevierte Filippo). Als sie endlich gingen und bezahlten, und Pippo einen Kremnitzer Dukaten küßte mit den Worten: »Gelobt sei die heilige Jungfrau mit dem Kinde auf dem *rechten* Arm«: so erfreuete sich Albano, daß der Vater dem frommen Töchterlein nachschlage, das den ganzen Abend ein Jesuskind wiegte und fütterte. Freilich merkte Schoppe an: auf dem *linken* Arme trage sie das Kindlein *leichter*[1]; aber der Irrtum des guten Jünglings ist ein Verdienst wie die Wahrheit.

Unter dem Glanze des Vollmondes bestiegen sie die Barke und glitten über die leuchtenden Wellen dahin. Schoppe schiffte einige Weine mit ein, »weniger«, sagt' er, »weil auf der Insel nichts zu haben sei, als weil er, wenn das Fahrzeug leck würde, dann nichts auszupumpen brauchte als die Flaschen[2]; dann höb' es sich wieder«.

Cesara sank schweigend immer tiefer in die dämmernden Schönheiten des Ufers und der Nacht. Die Nachtigallen schlugen begeistert auf dem Triumphtore des Frühlings. Sein Herz wuchs in der Brust wie eine Melone unter der Glocke, und er hob sie immer höher über der schwellenden Frucht. Auf einmal bedacht' er, daß er so den Tulpenbaum des prangenden Morgens und die Kränze der Insel nur wie eine italienische Seidenblume Staubfaden für Staubfaden, Blatt für Blatt zusammenlegen sehe: – da befiel ihn sein alter Durst nach einem einzigen erschütternden Guß aus dem Füllhorn der Natur; er verschloß die Augen, um sie nicht eher zu öffnen als oben auf der höchsten Terrasse der Insel vor der Morgensonne. Schoppe dachte, er schlafe; aber der Grieche erriet lächelnd die Schwelgerei dieser künstlichen Blindheit und band selber vor die großen unersättlichen Augen das breite schwarze Taft-

1 Die alten Kremnitzer haben das Christuskind auf dem rechten Arm; die neuen und *leichtern* auf dem linken.

2 Franklin riet das Aufbewahren und Bouchieren ausgetrunkener Gefäße an, um das Schiff dadurch oben zu erhalten.

band, das als eine weibliche Binde und Spitzenmaske sonderbar und lieblich gegen das blühende, aber männliche Gesicht abstach.

Nun neckten ihn beide freundlich mit mündlichen Nachtstücken von den herrlichen Ufer-Ornamenten, zwischen denen sie zogen. »Wie stolz« (sagte Dian zu Schoppen) »richtet sich dort das Schloß Lizanza und sein Berg, gleich einem Herkules, mit zwölffachen Gürteln aus Weinlaub in die Höhe!« – »Den Grafen« (sagte Schoppe leiser zu Dian) »bringt der Augen-Schmachtriemen um viel. Seht Ihr nicht, Baumeister, poetisch zu reden, den Glimmer von Aronens Stadt? Wie schön legt sie Lunens blanc d'Espagne auf und scheint sich im umgeworfnen Pudermantel des Mondscheins für morgen aufzusetzen und zu putzen! – Doch ist das wenig, sieht man dort den heiligen Borromäus, der den Mond als eine frischgewaschene Nachtmütze aufhat, besser an: steht der Gigant nicht wie der Mikromegas des deutschen Staatskörpers dort, ebenso hoch, ebenso starr und so steif?« –

Der Glückliche schwieg und gab statt der Antwort einen Handdruck der Liebe – er träumte nur die Gegenwart und zeigte, er könne warten und entbehren. Wie ein Kinderherz, dem die Vorhänge und die Nachmitternacht das nahe Weihnachtsgeschenk verdecken, zog er auf dem Lustschiffe mit fester Binde dem nahen Himmelreiche entgegen. Dian trug, soweit es das Doppellicht des Mondscheins und der nachhelfenden Aurora zuließ, eine Zeichnung von dem verhüllten Träumer in sein Studienbuch. – – Ich wollt', ich hätte sie da und säh' es, wie mein Liebling mit dem unterbundenen Sehnerven auf ihr zugleich das gegen die innere Welt gerichtete Auge des Traumes und das gegen die äußere Welt gespitzte Ohr der Aufmerksamkeit anstrengt. Wie schön ist so etwas, gemalt – wieviel schöner, erlebt! –

Der Mantel der Nacht wurde dünner und kühler – die Morgenluft wehte lebendig an die Brust – die Lerchen mengten sich unter die Nachtigallen und unter die singenden Ruderleute – und er hörte hinter seiner lichtern Binde die frühen Entdeckungen der Freunde, die in den offnen Städten der Ufer das Menschengewühl aufleben und an den Wasserfällen der Berge bald Himmelsrot, bald Nebel wechseln sahen. – Endlich hing die zerlegte Morgenröte als eine Fruchtschnur von Hesperidenäpfeln um die fernen Kastaniengipfel; und jetzt stiegen sie auf Isola bella aus.

Der verhangne Träumer hörte, als sie mit ihm die zehen Terrassen des Gartens hinaufgingen, neben sich den einatmenden Seufzer des Freudenschauders und alle schnelle Gebete des Staunens; aber er behielt standhaft die Binde und stieg blind von Terrasse zu Terrasse, von Orangendüften durchzogen, von höhern freiern Winden erfrischt, von Lorbeerzweigen umflattert – und als sie endlich die höchste Terrasse erstiegen hatten, unter der der See 60 Ellen tief seine grünen Wellen schlägt, so sagte Schoppe: »Jetzt! jetzt!« – Aber Cesara sagte: »Nein! Erst die Sonne!« Und der Morgenwind warf die Sonne leuchtend durchs dunkle Gezweig empor, und sie flammte frei auf den Gipfeln – und Dian zerriß kräftig die Binde und sagte: »Schau umher!« – »O Gott!« rief er selig erschrocken, als alle Türen des neuen Himmels aufsprangen und der Olymp der Natur mit seinen tausend ruhenden Göttern um ihn stand. Welch eine Welt! Die Alpen standen wie verbrüderte Riesen der Vorwelt fern in der Vergangenheit verbunden beisammen und hielten hoch der Sonne die glänzenden Schilde der Eisberge entgegen – die Riesen trugen blaue Gürtel aus Wäldern – und zu ihren Füßen lagen Hügel und Weinberge – und zwischen den Gewölben aus Reben spielten die Morgenwinde mit Kaskaden wie mit wassertaftnen Bändern – und an den Bändern hing der überfüllte Wasserspiegel des Sees von den Bergen nieder, und sie flatterten in den Spiegel, und ein Laubwerk aus Kastanienwäldern faßte ihn ein . . . Albano drehte sich langsam im Kreise um und blickte in die Höhe, in die Tiefe, in die Sonne, in die Blüten; und auf allen Höhen brannten Lärmfeuer der gewaltigen Natur und in allen Tiefen ihr

Widerschein – ein schöpferisches Erdbeben schlug wie ein Herz unter der Erde und trieb Gebirge und Meere hervor. – – O als er dann neben der unendlichen Mutter die kleinen wimmelnden Kinder sah, die unter der Welle und unter der Wolke flogen – und als der Morgenwind ferne Schiffe zwischen die Alpen hineinjagte – und als Isola madre gegenüber sieben Gärten auftürmte und ihn von seinem Gipfel zu ihrem im waagrechten wiegenden Fluge hinüberlockte – und als sich Fasanen von der Madre-Insel in die Wellen warfen: so stand er wie ein Sturmvogel mit aufgeblättertem Gefieder auf dem blühenden Horst, seine Arme hob der Morgenwind wie Flügel auf, und er sehnte sich, über die Terrasse sich den Fasanen nachzustürzen und im Strome der Natur das Herz zu kühlen.

Er nahm, ohne sich umzusehen, verschämt die Hände der Freunde und drückte sie ihnen, damit er nicht sprechen müsse. Das stolze Weltall hatte seine große Brust *schmerzlich ausgedehnt* und dann *selig überfüllt*; und da er jetzt die Augen wie ein Adler weit und fest in die Sonne öffnete; und da die Erblindung und der Glanz die Erde verdeckte und er einsam wurde; und die Erde zum Rauch und die Sonne zu einer weißen sanften Welt, die nur am Rande blitzte: so tat sich sein ganzer voller Geist wie eine Gewitterwolke auseinander und brannte und weinte, und aus der reinen blassen Sonne sah ihn seine Mutter an, und im Feuer und Rauch der Erde stand sein Vater und sein Leben eingehüllt. –

Still ging er die Terrassen herunter und fuhr oft über die nassen Augen, um den feurigen Schatten wegzuwischen, der auf alle Gipfel und alle Stufen hüpfte. –

Hohe Natur! wenn wir dich sehen und lieben, so lieben wir unsere Menschen wärmer, und wenn wir sie betrauern oder vergessen müssen, so bleibst du bei uns und ruhest vor dem nassen Auge wie ein grünendes abendrotes Gebirge. Ach vor der Seele, vor welcher der Morgentau der Ideale sich zum grauen kalten Landregen entfärbet hat – und vor dem Herzen, dem auf den unterirdischen Gängen dieses Lebens die Menschen nur noch wie dürre gekrümmte Mumien auf Stäben in Katakomben begegnen – und vor dem Auge, das verarmt und verlassen ist und das kein Mensch mehr erfreuen will – und vor dem stolzen Göttersohne, den sein Unglaube und seine einsame, menschenleere Brust an einen ewigen unverrückten Schmerz anschmieden – – vor allen diesen bleibst du, erquickende Natur, mit deinen Blumen und Gebirgen und Katarakten treu und tröstend stehen, und der blutende Göttersohn wirft stumm und kalt den Tropfen der Pein aus den Augen, damit sie hell und weit auf deinen Vulkanen und auf deinen Frühlingen und auf deinen Sonnen liegen! – –

2. ZYKEL

Ich wüßte einem Menschen, den ich lieb habe, nichts Schöneres zu wünschen als eine Mutter – eine Schwester – drei Jahre Beisammenleben auf Isola bella – und dann im zwanzigsten eine Morgenstunde, wo er auf dem Eden-Eiland aussteigt und alles dieses mit dem Auge und der Erinnerung auf einmal genießend umfängt und in die offne Seele drückt – – O du allzuglücklicher Albano auf dem Rosenparterre der Kindheit – unter Italiens tiefblauem Himmel – in den schwelgerischen Zitronenlauben voll Blüten – auf dem Schoße der *schönen* Natur, die dich wie eine Mutter liebkoset und hält, und vor dem Angesichte der *erhabnen*, die wie ein Vater in der Ferne steht – und mit einem Herzen, das heute den seinigen erwartet! – –

Die drei Menschen durchirrten jetzt langsam und wankend das schwimmende Paradies. Obgleich die beiden andern es öfters betreten hatten: so wurde doch aus ihrem silbernen Zeitalter durch die Sympathie mit Albanos Taumel wieder ein goldenes; der Anblick einer fremden Entzückung weckt den alten Eindruck der unsrigen auf. Wie Leute, die an Brandungen und Wasserfällen wohnen, lauter sprechen: so gab das herrliche Brausen des aufgeregten Lebens-Meeres ihnen allen, sogar Schoppen, eine stärkere Sprache; nur konnte dieser nie so feierliche Worte, wenigstens Gebärden treffen wie ein anderer Mensch.

Schoppe, der dem guten Italien den Abschiedskuß zuwerfen mußte, wollte gern noch die letzten nur zerstreuet um den Freudenbecher hängenden Tropfen konservieren, die so süß wie italienische Weine waren, voll deutschem Feuerstoff ohne deutschen Sauerstoff. Unter Sauerstoff meint' er Abschiednehmen und Rührung: »Tut das Schicksal«, sagt' er, »irgendeinen Retraiteschuß, beim Himmel! so wend' ich gelassen den Gaul um und reite pfeifend zurück. Der Henker müßte darin (oder darauf) sitzen, wenn ein geschickter Bereiter nicht sein *Trauerroß* so zureiten wollte, daß es sich recht gut zu einem Handgaul des *Freudenpferdes* anstellte; ich schule sowohl mein Sonnenroß als mein Bagageroß viel anders.«

Vor allen Dingen nahmen sie jetzt die Otaheiti-Insel durch Märsche ein, und jede Provinz derselben mußte ihnen, wie eine persische dem Kaiser, ein anderes Vergnügen entrichten. – »Die untern Terrassen« (sagte Schoppe) »müssen uns Majoratsherren den Obst- und Sackzehent in Zitronen- und Orangendüften abliefern – die oberste trägt die Reichssteuer in *Aussichten* ab – die Grotte drunten zahlet, hoff' ich, Judenschutz in Wellen-*Gemurmel* und der Zypressenwald drüben seine Prinzessinsteuer in *Kühle* – die Schiffe werden ihren Rhein- und Neckarzoll nicht defraudieren, sondern ihn dadurch erlegen, daß sie sich von weitem zeigen.« – –

Es wird mir nicht schwer, zu merken, daß Schoppe durch diese scherzhaften Vexierzüge die heftigen Bewegungen in Cesarens Kopf und Herzen brechen wollte; denn noch immer ging der Glanz der Morgenentzückung, wiewohl der Jüngling über kleinere Dinge unbefangen sprach, nicht von dessen Gesicht. In ihm zitterte jede Erschütterung lange – und eine am Morgen den ganzen Tag – und zwar darum nach, weswegen eine Sturmglocke länger nachsummt als eine Schafglocke; gleichwohl konnte ein solcher Nachklang weder seine Aufmerksamkeit noch seine Werke und Gespräche stören.

Mittags wollte der Ritter kommen. Bis dahin schwärmten und sumseten sie stiller-genießend mit Bienenflügeln und Bienenrüsseln durch die honigreiche Flora der Insel; und sie hatten jene heitere Unbefangenheit der Kinder, der Künstler und der südlichen Völker, die nur den Honigbehälter der Minute ausnascht; und daher fanden sie an jeder anfallenden Welle, an jedem Zitronenspalier, an jeder Statue unter Blüten, an jedem rückenden Widerschein, an jedem fliehenden Schiffe mehr als eine Blume, die den gefüllten Kelch weiter unter dem warmen Himmel aufmachte, anstatt daß es uns unter unserm kalten wie den Bienen geht, vor denen Maifröste die Blumen verschließen. – O die Insulaner tun recht. Unser größter und längster Irrtum ist, daß wir das Leben, d. h. seinen Genuß, wie die Materialisten das Ich, in seiner *Zusammensetzung* suchen, als könnte das Ganze oder das Verhältnis der Bestandteile uns etwas geben, das nicht jeder einzelne Teil schon hätte. Besteht denn der *Himmel* unsers Daseins, wie der blaue über uns, aus öder matter *Luft*, die in der Nähe und im Kleinen nur ein durchsichtiges *Nichts* ist und die erst in der Ferne und im Großen *blauer* Äther wird? Das Jahrhundert wirft den Blumensamen deiner Freude nur aus der porösen Säemaschine von Minuten; oder vielmehr an der seligen Ewigkeit selber ist keine andere Handhabe als der Augenblick. Das Leben besteht nicht aus 70 Jahren, sondern die 70 Jahre bestehen aus einem fortwehenden Leben, und man hat allemal gelebt und genug gelebt, man sterbe, wenn man will.

3. ZYKEL

Endlich als die drei Frohen sich in die Tafelstube eines Lorbeerwaldes vor ihre Speis- und Trankopfer, die Schoppe zu Sesto ins Proviantschiff eingepackt hatte, niedersetzen wollten: ging durch die Zweige ein feiner, elegant und einfärbig gekleideter Fremder mit langsamen festen Schritten auf die liegende Tischgesellschaft zu und wandte sich, ohne zu fragen, sofort an Cesara mit der deutschen, langsam, leise und bestimmt prononcierten Anrede: »Ich habe dem Herrn Grafen Cesara eine Entschuldigung zu bringen.« – »Von meinem Vater?« fragt' er schnell. – »Um Verzeihung, von meinem Prinzen;« (versetzte der Fremde) »er verhinderte Ihren Herrn Vater, der kränklich aufstand, in der Morgenkühle zu reisen, aber gegen Abend wird er eintreffen. – Indes bring' ich« (setzte er mit einem wohlwollenden Lächeln und mit einer leichten Verbeugung hinzu) »dem Herrn Ritter ein Opfer, daß ich den Anfang des Glücks, künftig länger bei Ihnen zu sein, Herr Graf, mit einer Nachricht Ihres Verlustes mache.« – – Schoppe, der fein erriet, ohne fein zu sprechen, fuhr sofort heraus – weil er sich von keinem Menschen imponieren ließ –: »Sonach sind wir pädagogische Maskopisten und Unioten. Willkommen, lieber *Grau*-Bündner!« – »Es freuet mich«, sagte kalt der Fremde, der grau angezogen war.

Aber erraten hatt' es Schoppe; der Fremde sollte künftig das Oberhofmeistertum bei Cesara bekleiden, und Schoppe war Kollaborator. Mir kommt es vernünftig vor; der elektrische funkelnde Schoppe konnte das Katzenfell, der Fuchsschwanz, die Glasscheibe sein, die unsern aus Leiter und Nichtleiter gebaueten Jüngling vollud, der Oberhofmeister konnte als Leiter der Funkenzieher sein, der ihn mit feinen Franklinschen *Spitzen* auslud.

Der Mann hieß *von Augusti*, war Lektor bei dem Prinzen und hatte viel in der großen Welt gelebt; er schien, wie dieser ganze Hof-Schlag, zehen Jahre älter zu sein, denn er war wirklich erst 37 Jahre.

Man hätt' es auszubaden unter dem umgekehrten Dintentopf rezensierender Xanthippen, wenn man die Rezensenten oder Xanthippen in der Unwissenheit ließe, wer der Prinz eigentlich war, dessen wir alle oben erwähnten. Es war der Erbprinz von *Hohenfließ*, in dessen Dorfe Blumenbühl der Graf erzogen war und in dessen Hauptstadt er nun ziehen sollte. Der hohenfließische Infant jagte aus Italien, worin er viele *Notmünzen* und Territorialmandate nachgelassen hatte, stäubend und keuchend nach Deutschland zurück, um da auf sich *Huldigungsmünzen* auszuprägen, weil sein regierender Vater die Treppe in das Erbbegräbnis hinabging und nur noch einige Stufen zum Sarge hatte.

Unter dem Essen sprach der Lektor Augusti mit wahrem Geschmack über die liebliche Gegend, aber mit wenig Sturm und Drang, und zog sie einigen Tempestas[1] im borromäischen Palaste bei weitem vor. Dann ging er – um des Ritters öfter zu gedenken – zu den Personalien des Hofes über und gestand, daß der deutsche Herr, Mr. de Bouverot, in besonderer Gnade stehe – denn bei Hofleuten und Heiligen tut die Gnade alles – und daß der Prinz ungemein an Nerven leide u.s.w. Die Hofleute, die sonst ihr Ich nach dem fremden zuschneiden, fassen doch für einen, der nicht am Hofe lebt, ihre ministeriellen Blätter darüber so ausführlich und ernsthaft ab, daß ihr Zeitungsleser dabei entweder lacht oder einschläft; ein Hofmann und das Buch »des erreurs et de la verité« nennen den Jesuitergeneral Gott – die Jesuiten Menschen – und die Nichtjesuiten Tiere. – Schoppe horchte mit einem fatalen Kräusel- und Schnörkelwerke auf dem Gesichte zu; er hassete Höfe bitter. Der Jüngling Albano dachte nicht viel besser; ja da er gern wagte, lieber mit dem Arm des innern Menschen als mit den Fingern desselben arbeitete und anpackte und vor den Schneepflug und die Egge- und Säemaschine des Lebens gern Streit- und Donnerrosse vorspannte, anstatt eines Zugs tüchtiger Filial- und Ackerpferde: so konnt' er Leute, die vorsichtig und bedächtig zu Werke gingen und die lieber lackierte Arbeit und leichte Frauenzimmerarbeit machten als Herkulesarbeiten, nicht sonderlich leiden. Gleichwohl mußt' er für die auf einer schönen Selbstständigkeit ruhende Bescheidenheit Augustis, der kein Wort von sich selber sprach, so wie für seine Reisekenntnisse, Achtung tragen. –

1 Gemälde von Peter Molyn, den man wegen seiner guten Gewitter nur Tempesta nannte.

Cesara – beiläufig, in diesem Zykel will ich ihn noch mit C, der spanischen Orthographie zu Gefallen, schreiben; aber vom vierten an wird er, weil ich in meiner keines gewohnt bin und mich im langen Buche nicht ewig verschreiben kann, mit einem Z geschrieben – Cesara konnte den Lektor nicht genug über seinen Vater abhören. Er erzählte ihm die letzte Handlung des Ritters in Rom, aber mit einer irreligiösen Kälte, die im Jüngling eine andere wurde. Don Gaspard wettete nämlich mit einem deutschen Nuntius Gemälde gegen Gemälde, daß er einen gewissen Deutschen (Augusti wollt' ihn nicht nennen), dessen Leben nur ein längerer moralischer Kotmonat in Epikurs Marstalle war, in zwei Tagen, ohne ihn zu sehen, auf so lange bekehren wollte, als der Nuntius verlangen würde. Dieser wettete, ließ aber den Deutschen heimlich umstellen. Nach zwei Tagen sperrte sich der Deutsche ein, wurde andächtig, bleich, still, bettlägerig und kam im Handeln einem wahren Christen nahe. Der Nuntius sah dem Übel eine Woche lang zu, dann verlangt' er schleunige Verwandlung oder den Circes-Stab, der die tierische Gestalt wieder herstellte. Der Ritter berührte den Deutschen mit dem Stabe, und das epikureische Schwein stand genesen da. Ich weiß nicht, was unerklärlicher ist, das Wunderwerk oder die Härte. Aber der Lektor konnte nicht sagen, mit welchen Menstruis Gaspard diese schnellen Auflösungen und Wolken und Präzipitationen erzwang. – –

Nun kam der Lektor, den schon lange die Vokation und das Kollaborat des sonderbaren Schoppe frappiert hatte, auf verbindlichen Umwegen endlich auf die Frage, wie ihn der Ritter kennen lernen. »Durch den Pasquino!« (versetzt' er) »Er trat eben um die Ecke des Palazzo degli Ursini, als er einige Römer und unsern Erbprinzen um einen Menschen stehen sah, der zu den Statuen des Pasquino und Marforio folgendes Gebet auf den Knien – es waren meine – tat: ›Lieber Kastor und Pollux, warum säkularisieret ihr euch nicht aus dem Kirchenstaat und bereiset mein Deutschland als Bischöfe in partibus infidelium, oder als zwei arbeitsame Vikarien? – Könntet ihr denn nicht als

Gesandtschaftsprediger und Referendarien in den Reichsstädten herumgehen, oder euch als Chevaliers d'honneur und Wappenhalter auf beide Seiten eines Throns postieren? – Wollte Gott, man könnte wenigstens dich, Pasquino, als Oberhofprediger und Konduitenmeister in Hofkapellen vozieren oder doch darein als Taufengel zum Namengeben an einem Strick herunterlassen! – Sprecht, könnt ihr Zwillinge denn nicht einmal als Landrequetenmeister in Landtagssälen auftreten und sprechen, oder als magistri sententiarum in Universitätsgebäuden einander unter dem Promovieren opponieren? – Pasquino, bist du durch keinen Della Porta[1] nur so weit herzustellen, daß du bei Kongressen und Verträgen des diplomatischen corps wenigstens als Ofenaufsatz den Silhouetteur machen könntest, sondern taugt ihr höchstens nur in Universitätsbibliotheken zu Brustbildern kritischer Redakteurs? – – Ach, munteres Paar, möchte nur Chigi, der da neben mir steht, dich modellieren zu einer tragbaren Taschenausgabe für Damen: ich steckte dich bei und zöge dich erst in Deutschland aus der Tasche.‹ – – Ich kanns aber auch hier auf der Insel tun!« – Und hier bracht' er das spöttische Kunstwerk heraus; denn der berühmte Architekt und Modellierer Chigi, der ihm zuhörte, hatt' es wirklich nachgebacken. – Schoppe erzählte weiter, daß Don Gaspard alsdann ernsthaft an ihn trat und ihn spanisch fragte, wer er sei. »Ich bin«, versetzt' er, auch spanisch, »wirklicher *Titularbibliothekar* des Großmeisters zu Malta – und ein Abkömmling des sogenannten grammatikalischen Hundes, des gezähnten Humanisten Scioppius (deutsch Schoppe) – mein Taufname ist Pero, Piero, Piètro (Peter). Aber hier nennen mich viele aus Versehen Sciupio oder Sciopio (Vergeudung).«

Gaspard hatte ein parteiloses tiefreichendes Auge für jede, sogar die fremdeste Brust und suchte am wenigsten sein Ebenbild. Er zog daher den Bibliothekar in sein Haus. Da nun dieser

1 Der Pasquino ist bekanntlich verstümmelt. – Della Porta war ein großer Ergänzer alter Statuen.

nur vom Porträtmalen zu leben schien und jetzt ohnehin nach Deutschland zurückwollte: so trug er, hoffend, diesem reichen, vieläugigen, strengen Geiste Albanos Gesellschaft an, die bloß der gegenwärtige Mitarbeiter Augusti mit ihm teilen sollte. – Aber der Bibliothekar verlangte vorher vier Dinge voraus, die Schilderung des Grafen, die Silhouette desselben und – als beides gegeben war – noch das dritte und vierte so: »Soll ich von den drei Ständen *kalandert*[1] werden und mich glatt und poliert *drücken* lassen von Glanzpressen? – Ich will nicht; überallhin, in den Himmel und in die Hölle will ich Ihren Sohn begleiten, aber nicht in die Poch-, Wasch-, Röst-, Schmelz- und Treibwerke vornehmer Häuser.« Das wurd' am leichtesten zugestanden; dazu war ohnehin der zweite Reichsvikarius des väterlichen Oberhaupts, Augusti, bestimmt. Aber über den vierten Punkt zerfielen sie fast. Schoppe, der lieber vogelfrei als nicht-frei oder freigelassen sein wollte, und dessen ebenso reichsunmittelbarer als fruchtbarer Boden keine Zäune litt, konnte sich nur zu zufälligen unbestimmten Diensten bequemen und mußte das Fixum eines Lohns ablehnen: »Ich will ihm«, sagt' er, »Kasualpredigten halten, aber keine Wochenpredigten; ja es kann sein, daß ich oft ein halbes Jahr gar nicht auf die Kanzel steige.« Der Ritter fand es unter sich, Verbindlichkeiten schuldig zu sein, und zog zurück; bis Schoppe den Diagonalweg ausmittelte, er gebe seine Gesellschaft als don gratuit und erwarte daher auch vom Ritter von Zeit zu Zeit ein don gratuit von Belang. Übrigens war dem Ritter jetzt Schoppe gerade so lieb wie der erste beste Hoftürke, der ihm auf den Wagenfußtritt geholfen; seine Prüfung eines Menschen war eine kalte *Totenbeschau*, und nach dem Prüfen liebt' er nicht stärker und haßt' er nicht stärker; für ihn waren im Spektakelstück des polternden Lebens der Regisseur und die ersten und zweiten Liebhaberinnen und die Lears und Iphigenien und Helden weder Freunde, noch die Kasperls und die Tyrannen und Figuranten Feinde, sondern es waren ver-

1 D. h. zwischen zwei hölzernen Walzen und einer metallenen gepresset werden.

schiedene Akteurs in verschiedenen Rollen. – – O Gaspard, stehest denn du in der Frontloge und nicht auch auf dem Theater? Und siehest du nicht, wie Hamlet, im großen Schauspiele einem kleinern zu? Ja setzet nicht jede Bühne am Ende ein doppeltes Leben voraus, ein *kopierendes* und ein *kopiertes*? – –

Entweder die wenigen paar Gläser Wein oder auch sein verdrüßlicher Abstand vom zierlichen gehaltenen Lektor setzten Schoppes Fegemühle mit allen Rädern in Gang – so wenig dieser Humor auf der glänzenden Insel eine vorteilhafte Stelle fand –; und als Augusti wünschte, Schoppe möchte froher als andere Maler nach Deutschland gehen: so zog dieser ein Päckchen vergoldeter Heiligenbilder deutscher Schutzpatrone heraus und sagte Kartenmischend: »Mancher würde hier ein päpstliches Miserere aufs Pult legen und absingen, zumal wenn er mitten im Frühling das Winterquartier, die deutsche Eis- und Nebelbank, beziehen muß wie ich; – und ungern, das sag' ich frei, lass' ich den Arlechino und den Pulcinella und den Scapin und die ganze Comedia dell' Arte dahinten. – Aber die heiligen Herren, die ich hier tailliere, haben ihre Patronatsländer aufs Trockne gebracht; und man passiert sie gern. Baumeister, Ihr lacht, aber Ihr wisset im ganzen zu wenig von dem, was diese gemalten himmlischen Schirmvögte für deutsche Kreise stündlich unternehmen. Baumeister, sucht mir überhaupt ein Land, worin so viele Prügel, Programmen, Professoren, Allongeperücken, gelehrte Anzeigen, Reichsanzeigen, Klein- und Vorstädter, Zeremonien, Krönungen und Heidelberger Fässer, aber ohne innewohnende Diogenesse, aufzutreiben sind als im gedachten! Oder suchen Sie es, mein Herr v. Augusti. – Weiset mir doch überhaupt ein Territorium auf, dem ein ebenso *langes Parlament*, nämlich ein *längster Reichstag* bescheret ist, gleichsam eine außerordentlich heilsame pillula *perpetua*[1], die der Patient unaufhörlich einnimmt und die ihn

1 Diese Pille besteht aus Spießglaskönig und wird ihrer Festigkeit wegen stets von neuem mit altem Erfolge gebraucht: man schüttet bloß vorher einen Aufguß von Wein darüber.

unaufhörlich ausreinigt; und wem fällt dabei nicht ebensogut wie mir die capitulatio perpetua und überhaupt das Reichscorpus als *perpetuum* immobile aus Gründen ein?« – (Hier trank Schoppe.) »Dabei ist der Reichskörper wie das erste Prinzip der Moral oder wie Jungfernerde sehr unauflöslich; ja gesetzt, einer von uns nähme ein Kurschwert und schnitte ihn damit wie einen Ohrwurm entzwei, so würde sich die gezähnte Hälfte eben wie der gespaltene Ohrwurm umkehren und den Hinterrest rein aufspeisen – und dann wäre ja der gesamte verknüpfte Ohrwurm wieder da und satt dazu. Es ist keine schädliche Folge dieses festen Reichsnexus, daß das corpus seine eignen Glieder wie der Bachkrebs seinen Magen verzehren und verdauen ohne wahren Schaden, so daß einer das corpus wie einen homerischen Gott nur verwunden, aber nicht ertöten kann: reibe, sag' ich oft, diesen Federbuschpolypenstamm mit Rösel zu Brei – stülp ihn um wie einen Handschuh – schneide den Polypen wie Lichtenberg geschickt mit einem Haare entzwei – stecke wie Trembley mehrere abgeschnittene Glieder ineinander und verleibe, wie andere Naturforscher, Reichsstädte, Abteien, kleine Länder größern ein oder umgekehrt – – und schaue nach einigen Tagen darnach: wahrhaftig herrlich und ganz genesen sitz dein Polype wieder dort, oder ich will nicht Schoppe heißen.« –

Der Graf hörte ihn schon länger und konnte also leichter und besser lächeln; der Lektor mußt' es erst lernen, da sogar der komische Akteur für seinen neuen Zuhörer noch keiner ist. Aber unter allen diesen Zerstreuungen dauerte in Albanos Seele ein verwirrter Tumult, gleichsam das Rauschen vom Wasserfalle der kommenden Zeiten fort. Er blickte sehnend durch die wankenden Fugen der Lorbeerzweige nach den glänzenden Hügeln draußen, da Dian in seiner Malersprache sagte: »Ist es nicht, als wenn alle Götter mit tausend Fruchthörnern auf den Bergen um den Lago maggiore ständen und Wein und Kaskaden niedergössen, damit nur der See wie ein Freudenpokal üppig überlaufe und herunterschäume?« – Schoppe versetzte: »Freuden von ausnehmendem Geschmack wie Ananas haben das Schlimme, daß sie wie Ananas das Zahnfleisch bluten machen.« – »Ich glaube«, sagte Augusti, »man muß über die Freuden des Lebens nicht viel reflektieren, so wie über die Schönheiten eines guten Gedichts, man genießet beide besser, ohne sie zu zählen oder zu zergliedern.« – »Und ich«, sagte Cesara, »würde zählen und zergliedern schon aus Stolz; was herauskäme, ertrüg' ich, und ich würde mich schämen, unglücklich zu sein. Ist das Leben wie eine Olive eine bittere Frucht, so greife nur beide scharf mit der Presse an, sie liefern das süßeste Öl.« – Hier stand er auf, um bis abends in der Insel allein zu bleiben; er bat um Nachsicht, machte aber keinen Vorwand. Seine hohe ehrgeizige Seele war unfähig, sich zur kleinsten Lüge niederzubücken; nicht einmal gegen – Vieh. Er lockte in Blumenbühl Flugtauben täglich durch Futter näher, und seine Pflegeschwester bat ihn oft, eine zu ergreifen; aber er sagte immer Nein, weil er sogar ein tierisches Vertrauen nicht belügen wollte. –

Als sie ihm nachsahen, da er langsam mit nachspringenden Schatten und mit den an ihm herabschlüpfenden Sonnenblitzen durch die Lorbeerbäume ging und wie in einem Traume die Zweige mit vorausgehaltenen Händen sanft auseinanderbog: so brach Dian aus: »Welche Jupiters-Statue!« – »Und die Alten«, fiel Schoppe ein, »glaubten noch dazu, daß jeder Gott in seiner Statue hause.« – »Eine herrliche dreifache Breite der Stirn, der Nasenwurzel und der Brust!« (fuhr Dian fort) »Ein *Herkules*, der auf dem Olympus *Ölbäume* pflanzt!« – »Es frappierte mich sehr,« (sagte der Lektor) »daß ich durch langes Anschauen auf seinem Gesichte lesen konnte, was ich wollte und was sich widersprach, Kälte – Wärme – Unschuld und Sanftmut – am leichtesten Trotz und Kraft.« – Schoppe setzte dazu: »Ihm selber mag es noch schwerer werden, einen solchen Kongreß kriegführender Mächte in sich zu einem Friedenskongreß zusammenzuzwingen.« – »Wie schön« (sagte der menschlich-fühlende Dian) »muß einer so kräftigen Gestalt die

Liebe anstehen wie erhaben der Zorn!« – »Das sind zwei malerische Schönheiten,« (versetzte Schoppe) »woraus sich zwei Pädagogiarchen und Xenophone wie wir wenig bei ihrem Cyrus machen in ihrer Cyropädie.«

4. ZYKEL

Zesara hatte bloß drei Gläser Wein gekostet; aber der Most seines heißen dichten Blutes gor davon stärker. Der Tag erwuchs immer mehr zu einem daphnischen und delphischen Hain, in dessen flüsterndes und dampfendes Dickicht er sich tiefer verlor – die Sonne hing wie eine weiße blitzende Schneekugel im Blau – die Eisberge warfen ihren Silberblick in das Grün herein – aus fernen Wolken donnerte es zuweilen[1], als rolle der Frühling in seinem Triumphwagen daher und weiter zu uns – die Lebenswärme des Klimas und der Tagszeit, das heilige Feuer zweier Entzückungen (der erinnerten und der gehofften) brüteten alle seine Kräfte an. Jetzt ergriff ihn jenes Fieber der jungen Gesundheit, worin ihm allemal war, als schlage in jedem Gliede ein besonderes Herz – die Lunge und das Herz von Blute schwer und voll – der Atem ist heiß wie ein Harmattanwind – und das Auge trübe in seiner eignen Lohe – und die Glieder sind müde vor Kraft. In dieser Überfüllung der elektrischen Wolke hatt' er einen besonderen Trieb nach Zertrümmern. Er half sich jünger oft, daß er Felsenstücke an den Gipfel wälzte und niederrollen ließ; oder daß er im Galopp so lange lief, bis der Atem – länger wurde, oder am gewissesten dadurch, daß er sich (wie er von Kardan gehört hatte) mit einem Federmesser Schmerzen und sogar kleine Verblutungen erregte. – Selten gewinnen gewöhnliche, und noch seltener ungewöhnliche Menschen die volle, mit allen Zweigen blühende Jugend des Leibes und Geistes; aber desto prangender trägt dann *eine* Wurzel einen ganzen Blumengarten. –

1 Tirare di prima vera nennts das Volk, und Peter Schoppe übersetzt es erhaben genug: elektrisches Pistolenzeug des Lenzes.

Mit diesen Wallungen stand Albano jetzt hinter dem Palast einsam gegen Süden, als ihm ein Spiel seiner Knabenjahre einfiel.

Er war nämlich oft im Mai auf einen säulendicken Apfelbaum, der ein ganzes hängendes grünes Kabinett erhob, bei heftigem Wind gestiegen und hatte sich in die Arme seines Gezweigs gelegt. Wenn ihn nun so die schwankende Lusthecke zwischen dem Gaukeln der Lilienschmetterlinge und dem Summen der Bienen und Mücken und dem Nebeln der Blüten schaukelte und wenn ihn der aufgeblähte Wipfel bald unter fettes Grün versenkte, bald vor tiefes Blau und bald vor Sonnenblitze drehte: dann zog seine Phantasie den Baum riesenhaft empor, er wuchs allein im Universum, gleichsam als sei er der Baum des unendlichen Lebens, seine Wurzeln stiegen in den Abgrund, die weißen und roten Wolken hingen als Blüten in ihm, der Mond als eine Frucht, die kleinen Sterne blitzten wie Tau, und Albano ruhte in seinem unendlichen Gipfel, und ein Sturm bog den Gipfel aus dem Tag in die Nacht, und aus der Nacht in den Tag. – –

Er sah jetzt zu einer hohen Zypresse empor. In Rom war aus dem Mittags-Schlaf ein Südostwehen aufgestanden und hatte sich unterwegs fliegend in Limoniengipfeln und in tausend Bächen und Schatten gekühlt und lag nun gewiegt auf Zypressenarmen. Da erkletterte er den Baum, um sich wenigstens zu ermüden. Aber wie dehnte sich die Welt vor ihm aus mit Bergen, mit Inseln und Wäldern, da er das donnernde Gewölke über Roms sieben Hügeln liegen sah, gleichsam als rede aus dem Dunkel noch der alte Geist, der in den Hügeln wie in sieben Vesuven gearbeitet hatte, welche vor der Erde so viele Jahrhunderte lang mit feurigen Säulen, mit aufgerichteten Gewittern standen und sie mit glühenden Strömen, mit Aschenwolken und mit Fruchtbarkeit übergossen, bis sie sich selber zersprengten! Die Spiegelwand der Gletscher stand wie sein Vater unzerrüttet vor der Wärme des Himmels und wurde nur glänzend und nicht warm und nicht weich – aus dem weiten See schienen überall die warmen Hügel wie aus ihrem Bade auszusteigen, und die kleinen Schiffe der Menschen schienen in der Ferne strandend zu stocken – und im weiten Wehen um ihn gingen die großen Geister der Vergangenheit vorüber, und unter ihren unsichtbaren Tritten bogen sich nur die Wälder nieder, aber die Blumenbeete wenig. – Da wurde in Albano die fremde Vergangenheit zur eignen Zukunft – keine Wehmut, sondern ein Durst nach allem Großen, was den Geist bewohnt und hebt, und ein Schauder vor den schmutzigen Ködern der Zukunft zogen sein Auge recht schmerzlich zusammen, und schwere Tropfen fielen daraus. – Er stieg herab, weil das innere Schwindeln zuletzt äußeres wurde. Die ländliche Erziehung und Dian, welcher den gehaltenen Gang der Natur verehrte, hatte den Knospengarten seiner Kräfte vor frühzeitiger Morgensonne und schnellem Aufspringen bewahret; aber durch die Erwartung des Abends und durch die Reise wurde der Tag seines Lebens jetzt zu warm und zu treibend.

Zufällig und träumend verlor er sich unter Orangeblüten; plötzlich war ihm, als mache ein süßes Wühlen im innersten Herzen diese beklemmend weit und leer und wieder voll. Ach er wußte nicht, daß es die Düfte waren, die er hier in seiner Kindheit so oft in die Brust gesogen, und welche nun jede Phantasie und Erinnerung der Vergangenheit dunkel, aber gewaltsam zurückriefen, eben weil Düfte, ungleich den abgenützten Merkmalen des Auges und des Ohres, seltener kommen und also leichter und heftiger die verblichene Empfindung erneuern. Aber als er in eine Arkade des Palastes, welche bunte Steine und Muscheln stickend färbten, geriet, und als er die Wogen spielend auf die Schwelle der Grotte hüpfen sah: so deckte sich ihm auf einmal eine bemoosete Vergangenheit auf – er durchsuchte seine Erinnerungen – die Farbensteine der Grotte lagen gleichsam voll Inschriften der vorigen Zeit vor seinem Gedächtnis. – – Ach hier war er ja tausendmal mit seiner Mutter gewesen, sie hatte ihm die Muscheln gezeigt und die Nähe der Wellen verboten, und einmal, da die Sonne aufging und da der durchwehte See und alle Steinchen glänzten, war er auf ihrem Schoße mitten unter den Lichtern aufgewacht. –

O war denn nun die Stelle nicht geheiligt und auf ihr seine überwältigende Sehnsucht nicht entschuldigt, die er heute so lange gehabt, die schöne Armwunde dem tobenden und quälenden Blute aufzumachen?

Er ritzte sich, aber zufällig zu tief; und mit einem schönen kühlen Heben seines leichter atmenden Wesens sah er der roten Quelle seines Armes in der Abendsonne zu und wurde wie nach abgefallnen Bürden leichter – nüchtern – still – und weich. Er dachte an die verschwundne Mutter, deren Liebe nun ewig unvergolten blieb – ach er hätte dieses Blut gern für sie vergossen –; und nun quoll heißer als je in seiner Brust die Liebe für den kränklichen Vater auf: o komme bald, sagte sein Herz, ich will dich so unaussprechlich lieben, du lieber Vater!

Die Sonne erkaltete an der feuchten Erde – nur noch die zackige Mauerkrone aus den Goldstufen der Gletscherspitzen glühte über ausgelöschten Wolken – und die Zauberlaterne der Natur warf ihre Bilder nur noch gezogner und matter: da ging eine lange Gestalt in einem offnen roten Mantel langsam um die Zedratobäume auf ihn zu, rieb mit der Rechten an der Stelle des Herzens, woran kleine Funken verglommen, und zerdrückte mit der halb erhobnen Linken eine Wachslarve zum Klumpen und blickte in die eigne Brust. Plötzlich erstarrete sie an der Wand des Palastes in versteinerter Stellung. Albano drückte die Hand auf die kleine Wunde und ging nahe zu dem Versteinerten – Welche Gestalt! – Aus einem vertrockneten hagern Angesicht erhob sich zwischen Augen, die halb unter den Augenknochen fortbrannten, eine verachtende Nase mit stolzem Wurf – ein Cherub mit dem Keime des Abfalls, ein verschmähender gebietender Geist stand da, der nichts lieben konnte, nicht sein eignes Herz, kaum ein höheres, einer von jenen Fürchterlichen, die sich über die Menschen, über das Unglück, über die Erde und über das – Gewissen erheben, und denen es gleich gilt, welches Menschenblut sie hingießen, ob fremdes oder ihres. –

Es war Don Gaspard.

Die Funken-werfende Ordenskette aus Stahl und Edelsteinen verriet ihn. Die Starrsucht, seine alte Krankheit, hatt' ihn ergriffen. »O Vater!« sagte Albano erschrocken und umfaßte die unbewegliche Gestalt, aber er drückte gleichsam den kalten Tod ans Herz. Er schmeckte die Bitterkeit einer Hölle – er küßte die starre Lippe und rief lauter – endlich trat er vor ihm mit fallenden Armen zurück, und die aufgedeckte Wunde blutete ungefühlt nieder – und er blickte, zähneknirschend vor wilder junger Liebe und vor Schmerz, und mit großen Eistropfen in den Augen, den Stummen an und riß ihm die Hand vom Herzen. – – Hier schlug erwachend Gaspard die Augen auf und sagte: »Willkommen, mein lieber Sohn!« – Da sank ihm mit unüberschwenglicher Seligkeit und Liebe das Kind ans Vaterherz und weinte und schwieg. »Du blutest, Albano,« sagte Gaspard, ihn sanft zurückstemmend, »verbinde dich!« – »Laß mich bluten, ich will mit dir sterben, wenn du stirbst – o wie hab' ich so lange nach dir geschmachtet, mein guter Vater!« sagte Albano, noch tiefer erschüttert von dem kranken väterlichen Herzen, das er jetzt an seinem heftiger schlagen fühlte.

»Recht gut, verbinde dich aber!« sagt' er; und als der Sohn es tat und während des schnellsten Umwickelns mit unersättlicher Liebe in das väterliche Auge schauete, und als das Auge nur kalte Blitze warf wie sein Ring-Juwel – so schlug auf den Kastaniengipfeln, dem heutigen Throne der Morgensonne, der leise Mond sein frommes Auge stillend auf, und dem entflammten Albano war es an diesem kindlichen und mütterlichen Wohnplatze, als schaue der Geist der Mutter vom Himmel und rufe: »Ich werde weinen, wenn ihr euch nicht liebt.« Sein wallendes Herz zerfloß, und er sagte sanft zu dem im

Mondlicht bleichern Vater: »Liebst du mich denn nicht?« – »Lieber Alban,« versetzte der Vater, »man kann dir nicht genug antworten – du bist recht gut – es ist recht gut.« Aber mit dem Stolze der Liebe, die sich kühn mit der väterlichen maß, ergriff er fest die Hand mit der Larve und sah den Ritter mit feurigen Tränen an. »Mein Sohn,« versetzte der Müde, »ich habe dir heute noch viel zu sagen und wenig Zeit, weil ich morgen reise – und ich weiß nicht, wie lange mein Herzklopfen mich sprechen lässet.« – Ach also war das vorige Zeichen einer gerührten Seele nur ein Zeichen eines nervenkranken Pulses gewesen ... Du armer Sohn, wie mußte vor dieser scharfen Luft dein bewegtes Meer erstarren– ach wie an einem eiskalten Metall mußte deine warme Hand ankleben und davon sich wundgeschält abziehen! –

Aber guter Jüngling! Wer von uns könnte dich tadeln, daß Wunden dich gleichsam mit Blut an deinen wahren oder falschen Halbgott binden – wiewohl ein *Halbgott* sich öfter mit einem *Halbtier* als mit einem *Halbmenschen* schließet – und daß du so schmerzlich liebst? Ach welche warme Seele sprach nicht einmal die Bitte der Liebe vergeblich aus und konnte dann, gelähmt vom erkaltenden Gifte, gleich andern Vergifteten, die schwere Zunge und das schwere Herz nicht mehr bewegen? – Aber liebe fort, du warme Seele; gleich Frühlingsblumen, gleich Nachtschmetterlingen durchbricht die zarte Liebe zuletzt doch den hartgefrornen Boden, und jedes Herz, das nichts *anderes* verlangt als ein Herz, findet endlich seine Brust! —

5. ZYKEL

Der Ritter nahm ihn auf eine über steinerne Säulen geführte Galerie hinauf, die überall Limonienbäume mit Düften und kleinen, regen, vom Monde silbern geänderten Schatten vollstreueten. Er zog zwei Medaillons aus seiner Brieftasche; das eine bildete ein sonderbar-jugendlich aussehendes weibliches Gesichtchen vor, mit der Umschrift: »Nous ne nous verrons jamais, mon fils.«[1] – »Hier ist deine Mutter« (sagte Gaspard und gab es ihm) – »und hier deine Schwester«, und reichte ihm das zweite, dessen Züge zu einer unkenntlichen veralteten Gestalt einliefen, mit der Umschrift: »Nous nous verrons un jour, mon frère.«[2] Er fing nun seine Rede an, die er in so vielen zwanglosen Heften (das eine Komma oft am einen Ende der Galerie, das andere am andern) und so leise und in einem solchen Wechsel von schnellem und trägem Gehen lieferte, daß in das Ohr eines unter der Galerie mitlaufenden Visitators fremder Gespräche, wenn einer drunten stand, nicht drei zusammengehörende Laute tropfen konnten. »Deine Aufmerksamkeit, lieber Alban,« fuhr er fort, »nicht deine Phantasie sollte jetzt gespannt sein; du bist leider heute zu romantisch bei dem Romantischen, was du hören sollst. Die Gräfin von Zesara liebte das Feierliche von jeher; du wirst es aus dem Auftrage sehen, den sie mir wenige Tage vor ihrem Tode gab, und den ich gerade an diesem Karfreitage auszurichten versprechen mußte.« –

Er sagte noch, bevor er anfing, daß er, da seine Katalepsie und sein Herzklopfen bedenklich stiegen, nach Spanien eilen müsse, seine Sachen und noch mehr die seiner Mündel – der Gräfin von Romeiro – zu ordnen. Alban tat noch eine Bruderfrage über seine liebe, so lang' entrückte Schwester; der Vater ließ ihn hoffen, daß er sie bald sehen werde, da sie mit der Gräfin die Schweiz besuchen wolle.–

Da ich nicht absehe, was die Menschen davon haben, wenn ich die mir beschwerlichen Gänsefüße samt dem ewigen »er sagte« hersetze: so will ich den Auftrag in Person erzählen. Es werden einmal – (sagte der Ritter) – drei Unbekannte, einer am Morgen, einer mittags und einer abends, zu ihm kommen, und jeder wird ihm ein eingesiegeltes Kartenblatt zustellen, worauf bloß der Name der Stadt und des Hauses steht, worin das Bilderkabinett, das Albano noch dieselbe Nacht besuchen

1 Wir sehen uns nie, mein Sohn.

2 Wir sehen uns einst, mein Bruder.

muß, zu finden ist. Im Kabinett soll er alle Nägel der Bilder durchtasten und drücken, bis er auf einen kommt, hinter welchem der Druck eine in die Wand eingebaute Repetieruhr zwölf zu schlagen nötigt. Hier findet er unter dem Bilde eine geheime Tapetentür, hinter welcher eine weibliche Gestalt mit einem offnen Souvenir und mit drei Ringen an der Linken und mit einem Crayon in der Rechten sitzt. Drückt er den Ring des Mittelfingers, so richtet sich die Gestalt unter dem Rollen des innern Getriebes auf, tritt in das Zimmer, und das auslaufende Gehwerk stockt mit ihr an einer Wand, woran sie mit dem Crayon ein verstecktes Fach bezeichnet, in welchem ein Taschenperspektiv und der wächserne Abdruck eines Sargschlüssels liegen. Das Okularglas des Perspektivs ordnet durch einoptische Anamorphose den Wirrwarr alternder Linien auf dem heute empfangenen Medaillon der Schwester zu einer holden jungen Gestalt, und das Objektivglas gibt dem unreifen Bilde der Mutter die Merkmale des längern reifern Lebens zurück. – Dann drücket er den Ringfinger, und sogleich fängt die stumme kalte Figur mit dem Crayon in das Souvenir zu schreiben an und bezeichnet ihm mit einigen Worten den Ort des Sarges, von dessen Schlüssel er den wächsernen Abdruck hat. Im Sarge liegt eine schwarze Marmorstufe, in Gestalt einer schwarzen Bibel; und wenn er sie zerschlagen hat, trifft er einen Kern darin, aus dem der Christbaum seines ganzen Lebens wachsen soll. – Ist die Stufe nicht im Sarge, so gibt er dem letzten Ringe des Ohrfingers einen Druck – was aber dann dieses hölzerne Guerikes-Wettermännchen seines Schicksals beginne, wußte der Ritter selber nicht vorauszusagen. –

Ich bin völlig der Meinung, daß man dem bizarren Testamente leicht das Repetier- und das halbe Räderwerk – so wie man jetzt in London Uhren bloß aus zwei Rädern bauet – ausbrechen könnte, ohne das Vorlege- oder Zeigerwerk zu beschädigen.

Auf Alban wirkte das testamentarische Getriebe und Gebläse wider meine Erwartung – fast nichts; ausgenommen eine weichere Liebe gegen die gute Mutter, welche so sorgend, da sie unten im Strome des Lebens das fliegende Bild vom niederfallenden Habicht des Todes erblickte, nur den Sohn bedachte. Seinem Vater schauete er unter dem Berichte, mit zärtlichem Danke für diese Mühe des Gedächtnisses und der Erzählung, fast auf Kosten seiner Aufmerksamkeit, in das befestigte eiserne Angesicht; und im Mondschein und vor seiner Phantasie wuchs der Ritter zu einem rhodischen, die halbe Gegenwart verdeckenden Kolossus auf, für welchen ihm dieses testamentarische Memorienwerk fast zu kleinlich schien. –

Bisher hatte Don Gaspard bloß als echter Weltmann gesprochen, der von seinem Gespräche (ohne besondere nähere Verhältnisse) stets jede Erwähnung oder Schmeichelei eines Ichs, des fremden so gut wie des eignen, ausschließet und sogar historischer *Personen* nur als Bedingungen von *Sachen* gedenkt – so daß zwei solche Nicht-Ichs mit ihrer grimmigen Kälte nur zwei sprechende Logiken oder Wissenschaften zu sein scheinen, aber keine Wesen mit schlagenden Herzen: o! wie sanft floß es, wie eine weiche Tonart, in Albanos liebewundes Herz – das der hellere und lauere Mond und der insularische dämmernde Kindergarten seiner ersten Vorzeit und die in seiner Seele laut fort- und nachklingende Stimme seiner Mutter gewaltsam auflöseten –, als nun der *Vater* sagte: »Das hab' ich von der Gräfin zu sagen. Von mir hab' ich dir nichts zu sagen als meine bisherige Zufriedenheit mit deinem bisherigen Leben.« – »O geben Sie, teuerster Vater, meinem künftigen Gebote, Lehre und Rat«, sagte der begeisterte Mensch, und Gaspards rechter Hand, die nach dem schnellern Herzen zuckte, folgt' er mit seiner Linken an die sieche Stelle und drückte heftig das hysterische Herz, als könn' er diesem bergab umkreisenden Lebensrade in die Speiche greifen. – Der Ritter versetzte: »Ich habe dir weiter nichts zu sagen. Die *Lindenstadt* (Pestitz) ist dir nun geöffnet; deine Mutter hatte sie dir verschlossen. Der Erbprinz, der bald Fürst sein wird, und der Minister von *Froulay,* der mein Freund ist, werden die deinigen sein; ich glaub' es wird dir nützen, ihre Bekanntschaft zu kultivieren.« –

Der scharfblickende Gaspard sah hier plötzlich über des Jünglings reine offne Gestalt wunderbare Bewegungen und heiße Rosen fliegen, die aus der Gegenwart mit nichts zu erklären waren und die sogleich wie getötet vergingen, als er so fortfuhr: »Für einen Mann von Stande sind gelehrte und schöne Wissenschaften, die für andre Endzweck sind, nur Mittel und Erholung; und so groß deine Neigung dafür sein mag: so wirst du doch am Ende Handlungen den Vorzug vor Genüssen geben; du wirst dich nicht geboren fühlen, die Menschen bloß zu belehren oder zu belustigen, sondern zu behandeln und zu beherrschen.

Es wäre gut, wenn du den Minister gewännest und dadurch die Kenntnisse des Regierungs- und Kammerwesens, die er dir geben kann; denn in dem Abrisse *eines* Landes, so wie *eines* Hofes, besitzest du die Grundzüge eines jeden größern, wozu du auch gelangen und dich bilden sollst. Es ist mein Wunsch, daß du sogar den Fürsten und dem Hofe lieb wirst, weniger weil du Konnexionen als weil du Erfahrungen brauchst. Nur durch Menschen besiegt und übersteigt man Menschen, nicht durch Bücher und Vorzüge. Man muß nicht seinen Wert auslegen, um die Menschen zu gewinnen, sondern man muß sie gewinnen, und dann erst jenen zeigen. Unglück ist nichts wie Unverstand, und nicht sowohl durch Tugend als durch Verstand wird man furchtbar und glücklich. – Du hast höchstens die Menschen zu fliehen, die dir zu ähnlich sind, besonders die *ädeln.«* – Das ätzende Sublimat seines Spottes bestand hier nicht darin, daß er *»ädel«* mit einem akzentuierten ironischen Tone sagte, sondern daß ers wider Erwarten kalt ohne einen sagte. Albanos Hand war in seiner schon längst vom Herzen an der stählernen eckigen Ordenskette herabgeglitten auf das goldene metallisch-kalte Lamm daran. Der Jüngling hatte, wie alle Jünglinge und Einsiedler, zu harte Begriffe von Hof- und Weltleuten, er hielt sie für ausgemachte Basilisken und Drachen – wiewohl ich das noch entschuldigen will, wenn er nur mit den Naturforschern unter den Basilisken nichts versteht als ungeflügelte Eidechsen, und unter den Drachen nichts als geflügelte, so daß er sie für nichts als für kalte, fast so fatale Amphibien, wie Linné solche definiert, ansieht – ; ferner hegt' er (so leicht wird Plutarch der Verführer von Jünglingen, deren Biograph er hätte sein können wie ich) mehr Grimm als Achtung gegen die *Artolatrie* (den Brotdienst) unsers Zeitalters, das aber umgekehrt immer den *Gott* ins *Brot* verwandeln will, gegen die besten Brotstudien oder Brotwagen, gegen das Machen einer Carrière, gegen jeden, der kein Waghals war und der statt der Sturmbalken und Kriegsmaschinen etwa unsichtbare Magnetstäbe, Saugwerke und Schröpfköpfe ansetzte und damit etwas zog. Jeder Jüngling hat ein schönes Zeitalter, wo er kein Amt, und jede Jungfrau eines, wo sie keinen Mann annehmen will; dann ändern sich beide und nehmen oft sich einander noch dazu.

Als der Ritter die obigen, gewiß keinem Weltmanne anstößigen Sätze vorbrachte: so stieg in seinem Sohne ein heiliger menschenfreundlicher Stolz empor – es war diesem, als werde von einem steigenden Genius sein Herz und sogar sein Körper, wie der eines betenden Heiligen, gehoben über die Laufbahnen einer gierigen kriechenden Zeit – die großen Menschen einer größern traten unter ihre Triumphbogen und winkten ihm, näher zu ihnen zu kommen – in Osten lag Rom und der Mond und vor ihm der Alpen-Zirkus, eine große Vergangenheit neben einer großen Gegenwart – er ergriff mit dem *liebend-stolzen* Gefühl, daß es noch etwas Göttlicheres in uns gebe als Klugheit und Verstand, den Vater und sagte: »Der ganze heutige Tag, lieber Vater, war eine zunehmende Erschütterung meines Herzens – kann vor Bewegung nicht sprechen und nichts recht bedenken – Vater, ich besuche alle – ich werde mich über die Menschen hinausreißen – aber ich verschmähe den schmutzigen Weg des Ziels – ich will im Weltmeer wie ein Lebendiger durch *Schwimmen* aufsteigen, aber nicht wie ein Ertrunkner durch *Verwesen* – Ja, Vater, das Schicksal werfe einen Grabstein auf diese Brust und zermalme sie, wenn sie die Tugend und die Gottheit und ihr Herz verloren hat.«

Albano sprach darum so warm, weil er einer unaussprechlichen Verehrung für die kraftvolle Seele des Ritters nicht entsagen konnte; er stellte sich immer die Qualen und das lange Sterben eines so starken Lebens, den scharfen Rauch eines so großen, kalt ausgegossenen Feuers vor und schloß aus den Regungen seiner eignen lebendigen Seele auf die der väterlichen, die nach seiner Meinung nur langsam auf einer breiten Unterlage schwarzer kalter Menschen so zerfallen war, wie man Diamanten nicht anders verflüchtigt als auf einer Unterlage von ausgebrannten toten Schmiedekohlen. – –

Don Gaspard, der die Menschen selten und nur gelinde tadelte – nicht aus Liebe, sondern aus Gleichgültigkeit –, antwortete dem Jüngling geduldig: »Deine Wärme ist zu loben. Mit der Zeit wird sich alles geben. – Jetzt laß uns essen.« –

6. ZYKEL

Der Speisesaal unserer Eiländer war im reichen Palaste der abwesenden borromäischen Familie. Man gab der schönen Insel den Parisapfel und Lorbeerkranz. Augusti und Gaspard schrieben ihr das Belobungsschreiben in einem leichten klaren Stil, nur Gaspard mit mehr Antithesen. Albanos Brust war mit einer neuen Welt gefüllt, sein Auge mit einem Schimmer, seine Wangen mit freudigem Blut. Der Baumeister erhob sowohl den Geschmack als den Kammerbeutel des Erbprinzen, der durch beide zwar nicht artistische Meister, aber doch Meisterstücke in sein Land mitbrachte und auf dessen Veranlassung eben dieser Dian nach Italien ging, um für ihn Abgüsse von den Antiken da zu nehmen. Schoppe versetzte: »Ich hoffe, der Deutsche ist so gut mit Malerakademien und mit Malerkoliken versehen als irgendein Volk; unsere Ballenbilder – unsere

Thesesbilder in Augsburg – unsere Leisten über Zeitungsblättern und unsere Buchdruckerstöcke in jedem dramatischen Werke, durch die wir eine frühere Shakespeare-Gallery besaßen als London – unsere Effigie-Gehangnen am Galgen sind jedem bekannt und zeigen am ersten, wie weit wirs treiben. – Aber ich will auch zulassen, daß Griechen und Welsche so malen wie wir: so ragen wir doch dadurch über sie hinweg, daß wir, gleich der Natur und den adeligen Sponsierern, nie die Schönheit isoliert ohne angebognen Vorteil suchen. Eine Schönheit, die wir nicht nebenher braten, verauktionieren, anziehen oder heiraten können, gilt bei uns nur das, was sie wert ist; Schönheit ist bei uns (hoff' ich) nie etwas anders als Anschrot und Beiwerk des Vorteils, so wie auch auf dem Reichstage nicht die angestoßenen Konfekttischchen, sondern die Sessionstafeln die eigentlichen Arbeitstische des Reichscorpus sind. Echte Schönheit und Kunst wird daher bei uns nur auf Sachen gesetzt, gemalt, geprägt, welche dabei nützen und abwerfen: z. B. gute Madonnen nur ins Modejournal – radierte Blätter nur auf Briefe voll Tabaksblätter – Kameen auf Tabaksköpfe – Gemmen auf Petschafte und Holzschnitte auf Kerbhölzer – Blumenstücke werden gesucht, aber auf Schachteln – treue Wouwermanne, aber zwischen Pferdeständen neben Beschälern[1] – erhobenes Bildwerk von Prinzenköpfen, entweder auf Talern oder auf baierschen Bierkrug-Deckeln, beide nicht ohne reines Zinn – Rosen- und Lilienstücke, aber an tätowierten Weibern. – Auf ähnliche Weise war in Basedows Erziehungsanstalt stets das schöne Gemälde und das lateinische Vokabulum verknüpft, weil das Philanthropin dieses leichter unter jenem behielt. – So malte Van der Kabel nie einen Hasen auf Bestellung, ohne ein frisch geschossenes Modell nach dem andern sich zum Essen und Kopieren auszubitten. – So malte der Maler Calkar schöne Strümpfe, aber unmittelbar an seine eignen Beine.« – –

1 Ein guter Wouwermann heißet in der Malersprache ein gut gemaltes Pferd, dessen Beschauen auf die Schönheit des künftigen Füllen einfließet.

Der Ritter hörte so etwas mit Vergnügen an, ob ers gleich weder belächelte noch nachahmte; ihm waren alle Farben im genialischen Prisma erfreulich. Nur für den Baumeister wars nicht genug im griechischen Geschmack, und für den Lektor nicht genug im höflichen. Letzterer kehrte sich, während Schoppe neuen Atem zu unserer Verkleinerung holte, wie schmeichelnd zum abreisenden Dian und sagte: »Früher nahm Rom andern Ländern nur die *Kunstwerke* hinweg, aber jetzt die – *Künstler*.«

Schoppe verfolgte: »Ebenso sind unsere Statuen keine müßigen Staatsbürger auf der Bärenhaut, sondern sie treiben alle ein Handwerk; was Karyatiden sind, tragen Häuser, was Engel sind, halten Taufschüsseln, und heidnische Wassergötter arbeiten in Springbrunnen und gießen den Mägden das Wasser in die Scheffel zu.« – –

Der Graf sprach warm für uns, der Lektor hell; der Ritter bemerkte, daß der deutsche Geschmack und das deutsche Talent für dichterische Schönheiten den Mangel an beiden für andere Schönheiten vergüte und erkläre (aus Klima, Regierungsform, Armut etc.). Der Ritter glich den Himmelssehröhren, hinter denen die *Erden* größer erscheinen und die *Sonnen* kleiner, er nahm wie jene den Sonnen den geborgten Schimmer ab, ohne ihnen den wahren größern zurückzugeben; er schnitt zwar einem Judas den Strick entzwei, aber einem Christuskopfe goß er den Heiligenschein aus und suchte überhaupt eine Parität und Gleichheit der Schwärze und des Lichts zu erkünsteln.

Schoppe verstummte nie; ich sorge, in seinem Toleranzmandat für Europa waren die deutschen Kreise ausgelassen; er hob wieder an: »Das wenige, was ich eben zum Lobe der nützenden Deutschen vorbrachte, hat mir, wie es scheint, Widerspruch zugezogen. Aber die kleine Lorbeerkrone, die ich dem heiligen Reichskörper aufsetze, soll mich nie abhalten, die Stellen gewahr zu werden, wo er kahl ist. Ich lobt' es oft an Sokrates und Christus, daß sie nicht in Hamburg, in Wien, oder gar in einer brandenburgischen Stadt dozierten und mit ihren Philanthropisten gassatim gingen; von Magistrats wegen würde man sie haben befragen lassen, ob sie nicht arbeiten könnten; und wären beide mit Familie in Wetzlar gewesen, so hätte man dieser die *Neglektengelder*[1] abgezogen. – Anlangend die Dichtkunst, Herr Ritter, so kannt' ich manchen Reichsbürger, der aus einem Karmen – wenn es nicht auf ihn selber war – wenig machte; er glaubte die Eingriffe der poetischen Freiheit in die Reichsfreiheit zu kennen; ihn, der gewiß überall ordentlich, gesetzt, bedächtig, in sächsischen Fristen zu Werke schritt, quälten und störten poetische Schwingen sehr. – Und ists denn so unerklärlich und so schlimm? – der gute Reichsstädter bindet eine Serviette vor, wenn er weinen will, damit er die Atlasweste nicht betropft, und die Tränen, die ihm aufs Kondolenzschreiben entfallen, stippte er wie jede dunklere Interpunktion: was Wunder, wenn er gleich dem Wildmeister keine schönere Blume kennt als die hinten am Hirsche, und wenn ihn die poetischen Veilchen gleich den botanischen[2] mit gelinden Brechkräften angreifen . . . Das wäre meines Bedünkens wenigstens *eine* Art, den Tadel abzulehnen, womit man uns Deutsche anschmitzt.«

7. ZYKEL

Welche sonderbare Nacht folgte auf diesen sonderbaren Tag! – Alle gingen, vom Reisen schläfrig, der Ruhe zu; bloß Albano, in welchem der heiße volle Tag nachbrannte, sagte dem Ritter, daß er heute mit seiner Brust voll Feuer nirgends Kühlung und Ruhe finde als unter den kalten Sternen und unter den Blüten des welschen Frühlings. Er lehnte sich auf der obersten Terrasse an eine Statue neben einem blühenden Dockengeländer aus Zitronen an, um die Augen unter

1 So heißet das Quantum, das man den Beisitzern des Kammergerichts, wenn sie nicht genug gearbeitet haben, vorenthält.

2 Die Ipecacuanha gehört zum Veilchengeschlechte.

dem Sternenhimmel schön zu schließen, und noch schöner zu öffnen. Schon in seiner frühern Jugend hatt' er sich, so gut wie ich, auf die welschen Dächer warmer Länder gewünscht, nicht um als Nachtwandler, sondern um als ein Schläfer darauf zu erwachen.

Wie herrlich fällt das aufgehende Auge in den erleuchteten hängenden Garten voll ewiger Blüten über dir, anstatt daß du in deinem deutschen schwülen Federpfuhl nichts vor dir hast, wenn du aufblickst, als den Bettzopf!

Als Zesara so Wellen und Berge und Sterne mit stillerer Seele durchkreuzte und als Garten und Himmel und See endlich zu *einem* dunkeln Kolosse zusammenschwammen, und er wehmütig an seine bleiche Mutter und an seine Schwester und an die verkündigten Wunder seiner Zukunft dachte: so stieg hinter ihm eine ganz schwarz gekleidete Gestalt mit abgebildetem Totenkopfe auf der Brust mühsam und mit zitterndem Atem die Terrassen hinauf. »Gedenke des Todes!« (sagte sie) »Du bist Albano de Zesara?« – »Ja!« (sagte Zesara) »wer bist du?« – »Ich bin (sagte sie) »ein Vater des Todes[1]. Ich zittere nicht aus Furcht, sondern aus Gewohnheit so.«

Die Glieder des Mannes blieben auf eine grausende Art in einem allgemeinen Erbeben, das man zu hören glaubte. Zesara hatte oft seiner müßigen Kühnheit ein Abenteuer gewünscht; jetzt hatt' ers vor sich; indes wachte er doch behutsam mit dem Auge, und da der Mönch sagte: »Schaue zum Abendstern hinauf und sage mir, wenn er untergeht, denn mein Gesicht ist schwach«, so warf er nur einen eilenden Blick dahin: »Noch drei Sterne« (sagt' er) »sind zwischen ihm und der Alpe.« – »Wenn er untergeht,« (fuhr der Vater fort) »so gibt deine Schwester in Spanien den Geist auf, und darauf redet sie dich hier aus dem Himmel an.« – Zesara wurde kaum von einem Finger der kalten Hand des Schauders berührt, bloß weil er in keinem Zimmer war, sondern in der jungen Natur, die um den

1 Aus dem Orden des heiligen Pauls oder memento mori, der in Frankreich im 17ten Jahrhundert erlosch. Die obige Anrede ist ihr gewöhnlicher Gruß.

zagenden Geist ihre Berge und Sterne als Hüter stellt, oder auch, weil die weite dichte Körperwelt so nahe vor uns die Geisterwelt verdrängt und verbauet; er fragte mit Entrüstung: »Wer bist du? was weißt du? was willst du?« und griff nach den zusammengefalteten Händen des Mönchs und hielt beide mit *einer* gefangen. »Du kennst mich nicht, mein Sohn!« (sagte ruhig der Vater des Todes) »Ich bin ein Zahuri[1] und komme aus Spanien von deiner Schwester; ich sehe die Toten unten in der Erde und weiß es voraus, wenn sie erscheinen und reden. Ich aber sehe ihr Erscheinen über der Erde nicht und hör' ihr Reden nicht.«

Hier blickte er den Jüngling scharf an, dessen Züge plötzlich starrer und länger wurden; denn eine Stimme, wie eine weibliche bekannte, fing über seinem Haupte langsam an: »Nimm die Krone, nimm die Krone – ich helfe dir.« Der Mönch fragte: »Ist der Abendstern schon hinunter? Spricht es mit dir?« – Zesara blickte in die Höhe und konnte nicht antworten; die Stimme aus dem Himmel sprach wieder und dasselbe. Der Mönch erriet es und sagte: »So hat dein Vater deine Mutter aus der Höhe gehöret, als er in Deutschland war; aber er ließ mich lange in Fesseln legen, weil er dachte, ich täusche ihn.« – Beim Worte »Vater«, dessen Geisterunglauben Zesara kannte, riß er den Mönch an den beiden Händen mit der festhaltenden starken die Terrassen hinunter, um zu hören, wo jetzt die Stimme stehe. Der Alte lächelte sanft, die Stimme sprach wieder über ihm aber so: »Liebe die Schöne, liebe die Schöne – ich helfe dir.« – Am Ufer hing ein Fahrzeug, das er am Tage schon gesehen. Der Mönch, der ihm vermutlich den Argwohn einer irgendwo verborgenen Stimme nehmen wollte, stieg in die Gondel und winkte ihm nachzufolgen. Der Jüngling, im Vertrauen auf seine körperliche und geistige Macht und auf seine Schwimmkunst, entfernte sich mit dem Mönche kühn von der Insel; aber wie griff der Schauder in

1 Den Zahuris in Spanien wird bekanntlich die Kraft zugetrauet, Leichname, Metalladern etc. in der tiefen Erde zu erblicken.

seine innersten Fibern, da nicht nur die Stimme über ihm wieder rief: »Liebe die Schöne, die ich dir zeige, ich helfe dir«, sondern da er auch gegen die Terrasse hin eine weibliche Gestalt sich bis an das Herz aus den tiefsten Wellen mit langen kastanienbraunen Haaren und schwarzen Augen und mit einem glänzenden Schwanenhals und mit der Farbe und Kraft des reichsten Klimas, wie eine höhere Aphrodite, heben sah. Aber in wenig Sekunden sank die Göttin wieder in die Wogen zurück, und die Geisterstimme lispelte oben fort: »Liebe die Schöne, die ich dir zeigte.« – – Der Mönch betete kalt und schweigend unter der Szene und sah und hörte nichts; endlich sagte er: »Am künftigen Himmelfahrtstage in deiner Geburtsstunde wirst du neben einem Herzen stehen, das in keiner Brust ist, und deine Schwester wird dir vom Himmel den Namen deiner Braut verkündigen.« –

Wenn vor uns flüssigen schwachen Gestalten, die gleich Polypen und Blumen das Licht eines höhern Elementes nur *fühlen* und *suchen*, aber nicht *sehen*, in der Totalfinsternis unsers Lebens ein Blitz durch den erdichten Klumpen schlägt, der vor unsere höhere Sonne gehangen ist[1]: so zerschneidet der Strahl den Sehnerven, der nur *Gestalten,* nicht *Licht* verträgt; – kein *heißes* Erschrecken beflügelt das Herz und das Blut, sondern ein *kaltes* Erstarren vor unsern Gedanken und vor einer neuen unfaßlichen Welt sperrt den warmen Strom, und das Leben wird Eis. – –

Albano, aus dessen voller Phantasie ebenso leicht ein Chaos als ein Universum sprang, wurde bleich, aber ihm war, als verlier' er nicht sowohl den Mut als den Verstand; er ruderte ungestüm, beinahe bewußtlos ans Ufer – er konnte dem Vater des Todes nicht ins Gesicht schauen, weil seine unbändige, alles auseinanderreißende Phantasie alle Gestalten gleich Wolken zu gräßlichen umwälzte und ausdehnte – er hört' es kaum,

1 Anspielung auf die Erzählung einiger Astronomen, daß die verfinsterte Sonne zuweilen durch eine Öffnung des Mondes geblitzet habe, wie es z. B. Ulloa einmal gesehen zu haben versichert.

als der Mönch zum Abschiede sagte: »Vielleicht komm' ich am nächsten Karfreitage wieder.« – Der Mönch bestieg einen Kahn, der von selber dahinfuhr (wahrscheinlich durch ein unter dem Wasser umtreibendes Rad), und verschwand bald hinter oder in der kleinen Fischerinsel (Isola peschiere).

Eine Minute lang taumelte Alban, und ihm kam es vor, als sei der Garten und der Himmel und alles eine weichende aufgelösete Nebelbank, als geb' es nichts, als hab' er nicht gelebt. Diesen arsenikalischen Qualm blies auf einmal von der erstickenden Brust der Atem des Bibliothekar Schoppe, der lustig zum Schlaffenster herauspfiff; jetzt wurde sein Leben wieder warm, die Erde kam zurück, und das Dasein *war*. Schoppe, der vor Wärme nicht schlafen konnte, stieg herunter, um sich auch auf die zehnte Terrasse zu betten. Er sah an Zesara ein heftiges inneres Wogen, aber er war schon daran gewöhnt und forschte nicht.

8. ZYKEL

Nicht von Vernünfteleien, sondern von Scherzen schmilzt leicht das Eis in unserem stockenden Räderwerke. Nach einer gesprächigen Stunde war dem Jünglinge nicht viel mehr davon übrig als eine ärgerliche Empfindung und eine frohe; jene darüber, daß er den Mönch nicht bei der Kutte genommen und dem Ritter vorgeführt; und die frohe über die hohe weibliche Gestalt und selber über die Aussicht in ein Leben voll Abenteuer. Gleichwohl fuhren, wenn er die Augen schloß, Ungeheuer voll Flügel, Welten voll Flammen und ein tiefes wogendes Chaos um seine Seele.

Endlich gingen in der Kühle der Nachmitternacht seine müden Sinnen näher fortgezogen und auseinanderfallend dem *Magnetberg* des Schlummers zu; – aber welcher Traum kam ihm auf diesem stillen Berge nach! »Er lag« (so träumte ihm) »auf dem Krater des Hekla. Eine aufdringende Wassersäule hob ihn mit sich empor und hielt ihn auf heißen Wellen mitten im

Himmel fest. Hoch in der Äthernacht über ihm streckte sich ein finsteres Gewitter, wie ein langer Drache, von verschlungnen Sternbildern aufgeschwollen, aus; nahe darunter hing ein helles Wölkchen, vom Gewitter gezogen – durch den lichten Nebel des Wölkchens quoll ein dunkles Rot entweder von zwei Rosenknospen oder von zwei Lippen und ein grüner Streif von einem Schleier oder von einem Ölzweige und ein Ring von milchblauen Perlen oder von Vergißmeinnicht – endlich zerfloß ein wenig Duft über dem Rot, und bloß ein offnes blaues Auge blickte unendlich mild und flehend auf Albano nieder; und er streckte die Hände aus nach der umwölkten Gestalt, aber die Wassersäule war zu niedrig. Da warf das schwarze Gewitter Hagelkörner, aber sie wurden im Fallen Schnee und dann Tautropfen und endlich im Wölkchen silbernes Licht, und der grüne Schleier wallte erleuchtet im Dunst. Da rief Albano: Ich will alle meine Tränen vergießen und die Säule aufschwellen, damit ich dich erreiche, schönes Auge! – Und das blaue Auge wurde feucht von Sehnen und sank vor Liebe zu. Die Säule wuchs brausend, das Gewitter senkte sich und drückte das Wölkchen voraus, aber er konnt' es nicht berühren. Da riß er seine Adern auf und rief: Ich habe keine Tränen mehr, Geliebte, aber all' mein Blut will ich für dich vergießen, damit ich dein Herz erreiche. Unter dem Bluten drang die Säule höher und schneller auf – der weite blaue Äther wehte und das Gewitter verstäubte und alle verschlungnen Sterne traten mit lebendigen Blicken heraus – das flatternde freie Wölkchen schwebte blitzend zur Säule nieder – das blaue Auge tat sich in der Nähe langsam auf und schneller zu und hüllte sich tiefer in sein Licht; aber ein leiser Seufzer sagte in der Wolke: Zieh mich in dein Herz! – O da schlang er die Arme durch die Blitze und schlug den Nebel weg und riß eine weiße Gestalt, wie aus Mondlicht gebildet, an die Brust voll Glut – Aber ach der zerrinnende Lichtschnee entwich den heißen Armen – die Geliebte verging und wurde eine Träne und die warme Träne drang durch seine Brust und sank in sein Herz und brannte darin und es rann auseinander und wollte vergehen« ... Da schlug er die Augen auf.

Aber – welches überirdische Erwachen! – Das weiße ausgeleerte Wölkchen, mit Gewittertropfen befleckt, hing, auf ihn hereingebückt, noch am Himmel – – – es war der helle, liebend-nahe über ihn hereingesunkne Mond. Er hatte sich im Schlafe verblutet, weil sich darin die Binde von der Wunde des Armes durch das heftige Bewegen desselben verschoben hatte. Die Entzückungen hatten den Nachtfrost des Geisterschreckens zerschmolzen. In einem verklärenden Erstreben flatterte aufgebunden sein so festes Dasein umher wie ein beweglicher Traum – in den gestirnten Himmel war er wiegend aufgeschwebt wie an eine Mutterbrust, und alle Sterne waren in den Mond geflossen und dehnten seinen Schimmer aus – sein Herz, in eine warme Träne geworfen, ging sanft darin auseinander – außer ihm schattete es nur, in ihm strahlte es blendend – der Flug der Erde wehte vor der aufgerichteten Flamme seines Ichs vorbei und bog sie nicht um. Ach seine Psyche glitt mit scharfen ungeregten ungehörten Falkenschwingen entzückt und still durch das dünne Leben ...

Ihm kam es vor, als sterbe er, denn spät war er die steigende Erwärmung des linken verblutenden Armes innen geworden, der ihn ins lange Elysium, das aus dem Traume ins Wachen reichte, gehoben hatte. Er legte ihm die Binde fester um. –

Auf einmal hört' er unter dem Verbinden ein lauteres Plätschern unter sich, als bloße Wellen machen konnten. Er schauete über das Geländer – und sah seinen Vater mit Dian ohne Abschied – der für Gaspard nur die giftige Herbstblume in der Herbstminute einer Abreise war – wie ausgefallne Blütenblätter aus der Blumenkrone seines Lebens über die Wellen fliehen unter dem Schwanenliede der Nachtigallen! ... Guter Mensch, wie oft hat dich diese Nacht betöret und beraubt! – Er breitete die Arme ihnen nach – der Schmerz des Traums fuhr fort und begeisterte ihn – der fliehende Vater schien ihm wieder liebender – schmerzlich rief er hinab: »Vater, sieh dich um nach mir! – Ach wie kannst du mich so stumm verlassen? – Und du auch, Dian! – O tröstet mich, wenn ihr mich hört!« – Dian warf ihm Küsse zu, und Gaspard legte die Hand auf das sieche Herz. Albano dachte an die Kopistin des Todes, an die Starrsucht, und hätte gern den verletzten Arm über die Wellen gehalten und das warme Leben als eine *Libation* für den Vater vergossen; und rief nach: »Lebt wohl, lebt wohl!« – Schmachtend drückt' er die kalten steinernen Glieder einer kolossalischen Statue an seine brennenden Adern an, und Tränen der vergeblichen Sehnsucht überquollen sein schönes Angesicht, während die warmen Töne der welschen Nachtigallen, die von dem Ufer und der Insel gegeneinanderschlugen, mit linden Vampyrenzungen das Herz wundsogen. – – Ach wenn du einmal geliebt wirst, glühender Jüngling, wie wirst du lieben! – Er weckte, im Durste nach einer warmen sprechenden Seele, seinen Schoppe auf und zeigte ihm die Flucht. Aber indem dieser irgend etwas Tröstendes sagte, schauete Albano unverwandt dem grauen Punkte des Fahrzeugs nach und hörte nichts. –

9. ZYKEL

Beide blieben auf und erfrischten sich durch die Streiferei in der betaueten Insel; und sie wurden durch den Anblick, wie das erhobene Bildwerk des Tages farbig-gleißend aus den erlöschenden Kreidenzeichnungen des Mondlichts heraustrat, lebendig und wach. Augusti kam auch und schlug ihnen die halbstündige Fahrt nach Isola madre vor. Albano flehte beide herzlich an, allein hinzufahren, ihn aber hier in seinen einsamen Spaziergängen zu lassen. Der Lektor faßte jetzt die Spuren der nächtlichen Angriffe schärfer ins Auge – wie schön hatte der Traum, der Mönch, die Schlaflosigkeit, die Verblutung die tapfere kecke Gestalt gemildert und jeden Laut erweicht, und die Kraft war jetzt nur ein zauberischer Wasserfall im Mondenlicht. Augusti nahm es für Eigensinn und fuhr allein mit Schoppe; aber die wenigsten Menschen begreifen, daß man nur mit den wenigsten Menschen (mit keiner Visiten-Armee), eigentlich nur mit zweien, mit dem innigsten und ähnlichsten Freunde und mit der Geliebten, spazieren gehen könne. Wahrlich ich will ebenso gern im Angesichte des Hofes am Geburtstage der Fürstin zu einer Liebeserklärung öffentlich niederknien als – denn man zeige mir doch den Unterschied – zwischen einem langen Vor- und Nachtrabe das trunkne Auge auf dich, Natur, meine Geliebte, heften. –

Wie glücklich wurde durch die Einsamkeit Albano, dessen Herz und Augen voll Tränen standen, die er schamhaft verbarg und die ihn doch vor seinem eignen Urteile so rechtfertigten und erhoben! – Er trug sich nämlich mit dem sonderbaren Irrtume feuriger und starker Jünglinge, er habe kein weiches Herz, zu wenig Gefühl und sei schwer zu rühren. Aber jetzt gab ihm die Entkräftung einen dichterischen weichen Vormittag, wie er noch keinen gehabt, wo er alles weinend umarmen wollte, was er je geliebt – seine guten fernen Pflegeeltern in Blumenbühl – seinen kranken Vater, ders gerade im Frühling war, wo immer der Tod sein blumiggeschmücktes Opfertor aufbauet – und seine in die Vergangenheit gehüllte Schwester, deren Bild er bekommen, deren After-Stimme er diese Nacht gehört und deren letzte Stunde ihm der nächtliche Lügner näher gemalt. – Sogar das nächtliche, noch in seinem Herzen verschlossene Schattenspiel machte ihn durch die Unerklärlichkeit – da ers keinem bekannten Menschen zuzuschreiben wußte – und durch die Weissagung beklommen, daß er an seiner Geburtsstunde – und diese stand so nahe, am Himmelfahrtstage – den Namen seiner Braut vernehmen würde. Der lachende Tag nahm zwar den Geisterszenen die Totenfarbe, gab aber der Krone und der Wassergöttin frischen Glanz.

Er durchschwankte alle heilige Stätten in diesem gelobten Lande – Er ging in die dunkle Arkade, wo er die Reliquien seiner Kindheit und seinen Vater gefunden hatte, und nahm mit einem bangen Gefühle die auf den Boden entfallne zerquetschte Larve zu sich. Er bestieg die von Limonien mit

Sonnenschein besprengte Galerie und sah nach den hohen Zypressen und den Kastaniengipfeln im weiten Blau, wo ihm der Mond wie das aufgegangne Mutter-Auge erschienen war. – Er trat nahe vor eine Kaskade hinter dem Lorbeerwalde, die sich in 20 Absätze wie er in 20 Jahre zerteilte, und er fühlte auf den heißen Wangen ihren dünnen Regen nicht.

Er stieg nun auf die hohe Terrasse zurück, um seinen Freunden entgegenzusehen. Wie gebrochen und magisch stahl sich der Sonnenschein der äußern Welt in den heiligen dunkeln Irrhain der innern! – Die Natur, die gestern ein flammender Sonnenball gewesen, war heute ein Abendstern voll Dämmerlicht – die Welt und die Zukunft lagen so groß um ihn und doch so nahe und berührend, wie vor dem Regen Eisberge näher scheinen im tiefern Blau – er stellte sich auf das Geländer und hielt sich an die kolossalische Statue, und sein Auge schweifte hinab zu dem See und hinauf zu den Alpen und zu dem Himmel und wieder herab, und unter der freundlichen Luft Hesperiens flatterten leicht bedeckt alle Wellen und alle Blätter auf – weiße Türme blinkten aus dem Ufer-Grün, und Glocken und Vögel klangen im Winde durcheinander. – Ein schmerzliches Sehnen faßte ihn, da er nach der Bahn seines Vaters sah; ach nach dem *wärmern* Spanien voll schwelgerischer Frühlinge, voll lauer Orange-Nächte, voll umhergeworfener Glieder zerstückter Riesengebürge, da wäre er gern durch den schönen Himmel hingeflogen! – Endlich löste sich das Freuen und das Träumen und das Scheiden in jene unnennbare Wehmut auf, worein das Übermaß der Wonne den Schmerz der Grenzen kleidet, weil ja unsere Brust leichter zu *überfüllen* als zu *füllen* ist. – –

Auf einmal wurde Albano gerührt und ergriffen, als wenn die Gottheit der Liebe ein Erdbeben in seinen innern Tempel schickte, um ihn für ihre künftige Erscheinung einzuweihen, da er an einem indischen Bäumchen neben sich den Zettel mit dessen Namen *Liane* las. Er sah es zärtlich an und sagte immer: »Liebe Liane!« Er wollte sich einen Zweig abbrechen; da er aber daran dachte, daß dann Wasser aus ihm rinne, so sagte er: »Nein, Liane, durch mich sollst du nicht weinen« und unterließ es, weil in seiner Erinnerung das Gewächs auf irgendeine Art mit einem unbekannten teuern Wesen in Verwandtschaft stand. Sich unaussprechlich-hinübersehnend blickte er jetzt nach den Tempeltoren Deutschlands, nach den Alpen – in einem Frühlingswölkchen schien sich der schneeweiße Engel seines Traums tief einzuhüllen und nur stumm darin dahinzuschweben – und es war ihm, als hör' er von fernen Harmonikatöne. – Er zog, um nur etwas Deutsches zu haben, eine Brieftasche heraus, worauf seine Pflegeschwester Rabette die Worte gestickt: Gedenke unserer; – er fühlte sich allein und war nun erfreuet über die Freunde, welche heiter von Isola madre zurückruderten.

Ach Albano welch ein Morgen wäre dieser für einen Geist wie deinen zehn Jahre später gewesen, wo sich die feste Knospe der jungen Pracht schon weiter und weicher und loser auseinander geblättert hätte! Vor einer Seele wie deiner wären dann, da die Gegenwart in ihr blaß wurde, zwei Welten zugleich – die zwei Ringe um den Saturn der Zeit – die der Vergangenheit und die der Zukunft miteinander aufgegangen; du hättest nicht bloß über die kurze rückständige Laufbahn an das helle weiße Ziel geblickt, sondern dich umgewandt und die krumme lange durchlaufene überschauet. Du hättest die tausend Fehlgriffe des Willens, die Fehltritte des Geistes zusammengerechnet und die unersetzliche Verschwendung des Herzens und des Gehirns. Würdest du auf den Boden haben sehen können, ohne dich zu fragen: Ach haben die 1004 Erschütterungen[1], die durch mich wie durch das Land hinter mir gegangen sind, mich ebenso befruchtet wie dieses? – O da alle Erfahrungen so teuer sind, da sie uns entweder unsere Tage kosten oder unsere Kräfte oder unsere – Irrtümer: o warum muß der Mensch an jedem Morgen vor der Natur, die mit

1 In Kalabrien waren im Zeitraume von ¾ Jahren (1785) tausendundvier Erschütterungen. Münters Reise etc.

jedem Tautropfen in der Blume wuchert, so verarmet über die tausend vergeblich vertrockneten Tränen erröten, die er schon vergossen und gekostet hat? – Aus Frühlingen zieht diese Allmächtige Sommer auf, aus Wintern Frühlinge, aus Vulkanen Wälder und Berge, aus der Hölle einen Himmel, aus diesem einen größern – – und wir törichte Kinder wissen uns aus keiner Vergangenheit eine Zukunft zu bereiten, die uns stillt – wir hacken wie die Steindohle nach jedem Glanze und tragen die Glutkohle als Goldstück beiseite und zünden damit Häuser an – ach mehr als eine große schöne Welt geht unter in der Brust und läßt nichts zurück, und gerade der Strom der höhern Menschen verspringt, und befruchtet nichts, wie sich hohe Wasserfälle zersplittern und schon weit über der Erde verflattern. – –

Albano empfing die Freunde mit vergütender Zärtlichkeit; aber dem Jünglinge wurde mit der Zunahme des Tages so öde und bange wie einem, der seine Stube im Gasthofe ausgeleeret, der die Rechnung entrichtet und der nur noch einige Minuten in dem rauhen leeren Stoppelfelde auf- und abzugehen hat, bis die Pferde kommen. Wie fallende Körper bewegten sich in seiner heftigen Seele Entschlüsse in jeder neuen Sekunde schneller und stärker; er bat mit äußerster Milde, aber innerer Heftigkeit seine Freunde, noch heute mit ihm abzureisen. – Und so ging er nachmittags mit ihnen von der stillen Kindheits-Insel ab, um durch die Kastanienalleen Mailands eilig auf die neue Bühne seines Lebens und an die Falltüre zu kommen, die sich in den unterirdischen Gang so vieler Rätsel öffnet. –

Antrittsprogramm des Titans

Eh' ich den *Titan* dem flachsenfingischen geheimen Legationsrat und Lehnprobst, Herrn von *Hafenreffer*, dedizierte: so fragt' ich bei ihm erst so um die Erlaubnis an:

»Da Sie weit mehr an dieser Geschichte mitarbeiteten als der russische Hof an Voltairens Schöpfungsgeschichte des großen Peters: so können Sie meinem dankbegierigen Herzen nichts Schöneres geben als die Erlaubnis, Ihnen wie einem Judengotte das zu opfern und zu dedizieren, was Sie geschaffen haben.«

Aber er schrieb mir auf der Stelle zurück:

»Aus derselben Raison könnten Sie, wie es Sonnenfels getan, das Werk noch besser sich selber dedizieren und, in einem richtigern Sinne als andere, den Verfasser und Gönner desselben zugleich vereinen. – Lassen Sie mich (auch schon des Herrn von ** und der Frau von ** wegen) aus dem Spiele; und schränken Sie sich bloß auf die notwendigsten Notizen ein, die Sie dem Publikum von dem sehr maschinenmäßigen Anteil, den ich an Ihrem schönen Werke habe, etwa gönnen wollen, aber um der Götter willen hic haec hoc hujus huic hunc hanc hoc hoc hac hoc.«

v. Hafenreffer

Die römische Zeile ist eine Chiffre und soll dem Publikum dunkel bleiben. –

Was dasselbe vom Antrittsprogramme zu fordern hat, sind vier Namenerklärungen und eine Sacherklärung.

Die erste Namenerklärung, welche die *Jobelperiode* angeht, treff' ich schon bei dem Stifter der Periode, dem Superintendent *Franke,* an, der sie für eine von ihm erfundne Ära oder Zeitsumme von 152 *Zykeln* erklärt, deren jeder seine guten 49 tropischen Mondsonnenjahre in sich hält. Das Wort Jobel setzt der Superintendent voran, weil in jedem siebenten Jahre ein kleines, und in jedem siebenmal 7ten oder 49sten ein großes Jobel-, Schalt-, Erlaß-, Sabbats- oder Hall-Jahr anbrach, wo man ohne Schulden, ohne Säen und Arbeiten und ohne Knechtschaft lebte. Glücklich genug wend' ich, wie es scheint, diesen Jobelnamen auf meine historischen Kapitel an, welche den Geschäftsmann und die Geschäftsfrau in einem sanften Zykel voll Frei-, Sabbats-, Erlaß-, Hall- und Jobelstunden herumführen, worin beide nicht zu säen und zu bezahlen, sondern nur zu ernten und zu ruhen brauchen; denn ich bin der einzige, der als krummgeschlossener pflügender Fröner an dem Schreibtische steht und welcher Säemaschinen und Ehrenschulden und Handschellen vor und an sich sieht. – Die siebentausendvierhundertundachtundvierzig tropischen Mondsonnenjahre, die eine Frankesche Jobelperiode enthält, sind auch in meiner vorhanden, aber nur dramatisch, weil ich dem Leser in jedem Kapitel immer so viel Ideen – und diese sind ja das Längen- und Kubikmaß der Zeit – vortreiben werde, bis ihm die kurze Zeit so lang geworden, als das Kapitel verlangte.

Ein *Zykel* – welches der Gegenstand meiner zweiten Namenerklärung ist – braucht nun gar keine.

Die dritte Nominaldefinition hat die *obligaten Blätter* zu beschreiben, die ich in zwanglosen Heften in jeder Jobelperiode herausgebe. Die obligaten Blätter nehmen durchaus nur reine gleichzeitige, mit meinem Helden weniger zusammenhängende Fakta von solchen Leuten auf, die mit ihm desto mehr zusammenhängen; auch in den obligaten Blättern ist nicht das kleinste, nur einer Brandblase große satirische Extravasat von Ausschweifung ersichtlich, sondern der selige Leser und Lektor wandelt mit den Seinigen frei und aufgeweckt und gerade durch das weite Hoflager und die Reitbahn und Landschaft eines ganzen langen Bandes zwischen lauter historischen Figuren – auf allen Seiten von fliegenden Corps, von tätigen Knapp- und Judenschaften, anrückenden Marschsäulen, reitenden Horden und spielenden Theatertruppen umzingelt – und er kann sich gar nicht satt sehen.

Ist aber der Tomus aus: so fängt – das ist die letzte Nominaldefinition – sich ein kleiner an, worin ich mache, was ich will (nur keine Erzählung), und worin ich mit solcher Seligkeit mit meinem langen Bienenstachel auf- und abfliege von einer Blüten-Nektarie und Honigzelle zur andern, daß ich das bloß zum Privatvorteile meines Ausschweifens gebauete Filialbändchen recht schicklich meine *Honigmonate* benenne, weil ich darin Honig weniger mache als esse, geschäftig nicht als eintragende Arbeitsbiene, sondern als zeidelnder Bienenvater. – Bisher hatt' ich freilich geglaubt, das Durchfahren meiner satirischen Schwanzkometen würde jeder Leser von dem ungestörten Gange meines historischen Planetensystems auf der Stelle absondern, und ich hatte mich gefragt: »Wird denn in einer Monatsschrift die Einheit einer Geschichte durch das Abbrechen der letztern und durch die Erbfolge eines andern Aufsatzes beschädigt; und haben sich denn die Leser darüber beschweret, wenn z. B. in den Horen-Jahrgängen zuweilen Cellinis Geschichte abgebrochen und ein ganz anderer Aufsatz eingehoben wurde?« – Aber was geschah?

Wie im Jahre 1795 eine medinzinische Gesellschaft in Brüssel den contract social unter sich machte, daß jeder eine Krone Strafgeld erlegen sollte, der in der Session einen andern Laut von sich gäbe als einen medizinischen: so ist bekanntlich ein ähnliches Edikt vom 9ten Juli an alle Biographen erlassen, daß wir stets bei der Sache – welches die Historie ist – bleiben sollten, weil man sonst mit uns reden würde. Der Sinn des Mandats ist der, daß, wenn ein Biograph in allgemeinen Welthistorien von 20 Bänden, ja in noch längern – wie z. B. in dieser – ein- oder zweimal denkt oder lacht, d. h. abschweift, Inkulpat auf der kritischen Pillory als sein eigner Pasquino und Marforio ausstehen soll – welches man an mir schon mehr als einmal vollstreckte.

Jetzt aber geb' ich den Sachen eine andere Gestalt, indem ich erstlich Geschichte und Digression in diesem Werke strenge auseinanderhalte – wenig Dispensationsfälle ausgenommen –, zweitens indem ich die Freiheiten, die ich mir in meinen vorigen Werken nahm, im jetzigen zu einem Rechte, zu einer Servitut verjähre und verstärke; der Leser ergibt sich, wenn er weiß, nach einem Bande voll Jobelperioden erscheinet durchaus nie etwas anders als einer voll Honigmonate. Ich schäme mich, wenn ich mich erinnere, wie ich sonst in frühern Werken mit dem Bettelstabe vor dem Leser stand und um Ausschweifungen bat, indes ich doch – wie ich hier tue – mir das Anleihen hätte erzwingen können, wie man von Weibern mit Erfolg nicht nur *Tribut* als *Almosen*, sondern auch das don gratuit als *Quatembersteuer* zu begehren hat. So macht es nicht bloß der kultivierte Regent auf dem Landtage, sondern schon der rohe Araber, der dem Passagier außer der Barschaft noch einen Schenkungsbrief derselben abnötigt.

Ich komme nun auf den geheimen Legationsrat von Hafenreffer, welcher der Gegenstand meiner versprochnen *Sacherklärung* ist.

Aus dem 45sten Hundsposttage sollt' es einmal bekannt sein, wer Flachsenfingen beherrscht – nämlich mein Herr Vater. Im Grunde war meine so frappante Standeserhöhung mehr ein Schritt als ein Sprung; denn ich war vorher schon Jurist, mithin schon die Knospe oder das Blütenkätzchen eines noch eingewickelten Doktors utriusque, und folglich ein Edelmann, da im Doktor der ganze Rogen und Dotter zum Ritter steckt; daher er auch so gut wie dieser, wenn gerade etwas vorbeigeht, vom Sattel oder Stegreif lebt, wiewohl weniger in einem Raubschlosse als Raubzimmer. Ich habe also seit dem Avancement weniger mich geändert als mein Residenzschloß – das väterliche in Flachsenfingen ist gegenwärtig mein eignes.

Ich mag nun nicht gern am Hofe mein Zuckerbrot mit Sünden essen – wiewohl man gemächlicher Zucker- und Himmelsbrot erwirbt als Schiffsbrot –, sondern ich stelle, um zu wuchern mit meinem Schiffspfunde, das ganze flachsenfingische Departement der auswärtigen Angelegenheiten zu Hause im Schlosse vor samt der erforderlichen Entzifferungskanzlei. Das will aber getan sein: wir haben einen Prokurator in Wien – zwei Residenten in fünf Reichsstädten – einen Komitialsekretarius in Regensburg unter der Querbank – drei Kreis-Kanzlisten und einen bevollmächtigten Envoyé an einem bekannten ansehnlichen Hofe unweit Hohenfließ, welches eben der obgedachte Herr Lehnprobst von Hafenreffer ist. Letzterem hat sogar mein Herr Vater ein vollständiges Silberservice vorgestreckt, das wir ihm lassen, bis er den Rappell erhält, weil es unser eigner Vorteil ist, wenn ein flachsenfingischer Botschafter dem flachsenfingischen Fürstenhute oder Krönlein auswärts durch Aufwand mehr Ehre macht als gewöhnliche.

Auf einem solchen Posten wie meinem steht man nun nicht zum Spaße da; die ganze Legations-Schreibe- und Lesegesellschaft kouvertiert und schreibt an mich, die chiffre banal und die chiffre déchiffrant ist in meinen Händen, und wie es scheint, versteh' ich den Rummel. Unsäglich ists, was ich erfahre – es wäre nicht zu lesen von Menschen, noch zu ziehen von Pferden, wollt' ich allen den Seidenwurmsamen von Nouvellen biographisch ausbrüten, großfüttern und abhaspeln, den mir das Gesandten-Corpo posttäglich in festen Düten schickt. Ja (in einer andern Metapher) das biographische Bauholz, das meine Flößinspektion für mich bald in die Elbe, bald in die Saale, bald in die Donau oben herabwirft, steht schon so hoch vor mir auf dem Zimmerplatze, daß ichs nicht verbauen könnte, gesetzt daß ich die ästhetischen Bauten meiner biographischen Narrenschiffe, Redoutensäle und Zauberschlösser forttriebe Tag und Nacht, jahraus, jahrein und weder mehr tanzte noch ritte noch spräche noch niesete . . .

Wahrlich wenn ich oft so meinen schriftstellerischen Eierstock gegen manchen fremden Rogen abwäge: so frag' ich ordentlich mit einem gewissen Unmut, warum ein Mann einen so großen zu tragen bekommen, der ihn aus Mangel an Zeit und Platz nicht von sich geben kann, indes ein andrer kaum ein Windei legt und herausbringt. – Wenn ich ein Pikett aus meiner Legations-Division den Ritterbüchermachern mit dessen offiziellen Berichten zuschicken könnte: würden sie nicht gern Ruinen gegen Schlösser und unterirdische Klostergänge gegen Korridore und Geister gegen Körper vertauschen, anstatt daß ihnen jetzt aus Mangel an offiziellen Berichten des Piketts die Dirnen die Weltdamen, die Feimer die Justizminister vertreten müssen, so wie die Schalken die Pagen, die Burgpfaffen die Hofprediger und der Raubadel die Pointeurs? –

Ich kehre zu meinem Gesandten von Hafenreffer zurück. Am obgedachten ansehnlichen Hofe sitzt dieser treffliche Herr und fertigt mir – seiner Nebenarbeiten unbeschadet – von Monat zu Monat so viele Personalien von meinem hohenfließischen Helden zu, als er durch sieben Legations-Zeichendeuter oder Clairvoyants erwischen kann – die kleinsten Lappalien sind ihm erheblich genug für eine Depesche. Wahrhaftig eine ganz andre Denkweise als die andrer Gesandten, die nur für Ereignisse, die nachher in die Universalhistorie einrücken, Platz in ihren Berichten machen! – Hafenreffer hat in jeder Sackgasse, Bedientenstube und Mansarde, in jedem Schornstein und Wirtschaftsgebäude seinen Operngucker von Spion, der oft, um *eine* Tugend meines Helden auszumitteln, sich zehn Sünden unterziehet. Freilich bei solchen Hand- und Spanndiensten des Glücks muß es keinen von uns wundernehmen, ich meine nämlich bei einem solchen Schöpfrade, das mir Fortuna selber umdreht – bei solchen Diebsdaumen, die man meinem eignen Schreibdaumen anschienet – bei solchen Silhouetteurs eines Helden, die alles machen außer der Farbe – kurz bei einer so außerordentlichen Vereinigung von Umständen oder Montgolfieren kann es feilich nichts, als was man erwartet, sein, wenn der Mann, den sie heben, droben auf seiner Berghöhe ein Werk zusammenbringt und nachher herunterschickt, das man (denn es verdients) nach dem Jüngsten Tage auf der Sonne, auf dem Uranus und Sirius frei übersetzt, und auf welches sogar der glückliche Posenschraper, der die Kiele dazu abzog, und der Setzer, der die Errata druckt, sich mehr einbilden wollen als der Autor selber, und in welches weder die schnelle *Sense* noch der träge *Zahn* der Zeit – besonders da man dieses Gebiß nach Erfordern mit der Zahnsäge der kritischen Feile entzweibringen kann – einzuschneiden vermögend sind. – Fügt der Verfasser solchen Vorzügen noch gar den der Demut bei: so ist ihm niemand weiter zu vergleichen;

aber leider hält jede Natur sich, wie Doktor Crusius die Welt, zwar nicht für die beste, aber doch für sehr gut.

Der gegenwärtige *Titan* benutzt noch den andern Vorteil, daß ich gerade den väterlichen Hof bewohne und schmücke und mithin als Zeichner gewisse Sünden recht glücklicherweise näher und heller vor dem Auge zum Beschauen habe, wovon mir wenigstens der Egoismus, die Libertinage und das Müßiggehen gewiß bleiben und sitzen; denn diese Schwämme und Moose säete das Schicksal so weit, als es konnte, in die höhern Stände hinauf, weil sie in den niedern und breitern zu sehr ausgegriffen und sie ausgesogen hätten – welches das Muster derselben Vorsicht gewesen zu sein scheint, aus der die Schiffe den Teufelsdreck, den sie aus Persien holen, stets oben an den Mastbaum hängen, damit sein Gestank nicht die Fracht des Schiffraums besudle. – – Ferner hab' ich hier oben am Hofe jede neue Mode zur Beobachtung und Verachtung schon um mich, eh' sie drunten nur gelästert, geschweige gepriesen worden. Z. B. die schöne Pariser Mode, daß die Weiber durch einen kleinen Faltenwurf ihre Waden vorzeigen – welches sie in Paris tun, um sehen zu lassen, daß sie nicht unter die Herren gehören, die bekanntlich auf Steckenbeinen gehen –, diese wird (denn auf eine einzige Dame kommt es an) morgen oder übermorgen gewißlich eingeführt. Doch ahmen die Flachsenfingerinnen diese Mode aus dem ganz andern Grunde nach – denn uns Herren fehlet nichts –, weil sie zu beweisen wünschen, daß sie Menschen und keine Affen (geschweige weniger) sind, da nach *Camper* und andern nur der Mensch allein Waden anhat. – Derselbe Beweis wurde vor einem Jahrzehend, nur mit höhern Gründen geführt. Denn da nach *Haller* sich der Mensch in nichts von einem Affen trennt als durch den Besitz eines Steißes: so suchten damals die weiblichen Kronbeamten, die Putzjungfern, an ihren Gebieterinnen diesen Geschlechtscharakter, der sie unterscheidet, durch Kunst – durch den sogenannten cul de Paris – so sehr als möglich zu vergrößern, und bei einer solchen Penultima der Ultima war es damals schon auf 200 Schritte weit ein Spaß und ein Spiel, eine Weltdame von ihrer Äffin abzutrennen, welches jetzt viele, die ihren Buffon auswendig können, in keiner größern Nähe sich getrauen wollen als in einer zu großen. –

Ähnliche biographische Denunzianten und Familiaren unterhalt' ich in mehrern deutschen Städten – mein Herr Vater bezahlts –, in den meisten einen, aber in Leipzig zwei, in Dresden drei, in Berlin sechse, in Wien ebensoviel in jedem Stadtviertel. Maschinen solcher Art, die den Perspektiven so sehr gleichen, womit man aus seinem Bette alles beschauen kann, was unten auf der Gasse vorfällt, machen es freilich einem Autor leicht, hinter seinem Dintenfasse in dunkle verbauete Haushaltungen – in einer 20 Meilen entfernten Winkelgasse geführt – hell hinunterzusehen. Daher kann mir jede Woche der närrische Fall begegnen, daß ein gesetzter stiller Mann, den niemand kennt als sein Barbier und dessen Lebensweg eine dunkle Sackgasse ist – dem aber heimlich einer meiner Gesandten und Spione mit einem biographischen Hohlspiegel nachgeht, welcher des Mannes Unterkleider und Schritte in meine an dreißig Meilen abliegende Studierstube hineinspiegelt –, es kann mir der Fall aufstoßen, sag' ich, daß ein solcher entlegner Mann zufällig vor den Ladentisch des Buchhändlers tritt und in meinem Werke, das rauchend aus dem Backofen dort liegt, sich mit seinen Haaren, Knöpfen, Schnallen und Warzen so deutlich auf der 371. Seite abgebildet findet, als man auf den Steinen in Frankreich die Abdrücke *indischer* Pflanzen antrifft. Es tut aber nichts.

Leute hingegen, die mit mir an *einem* Orte wohnen, welches sonst die *Höfer* taten, kommen gut davon; denn neben mir halt' ich keine Gesandten.

Aber eben dieser Vorzug, daß ich meine Geschichten nicht aus der Luft greife, sondern aus Depeschen, nötigt mich, mehr Mühe anzuwenden, sie zu verziffern, als andere hätten, sie aufzuschmücken oder auszusinnen. Kein kleineres Wunder als das, welches das Mauersche Geheimnis und die unsichtbare Kirche und die unsichtbare Loge vergittert und verdeckt, schien bisher die Entdeckung der *wahren* Namen meiner Historien abzuwenden, und zwar mit einem solchen Glücke, daß von allen bisher an die Verlagshandlungen eingeschickten, mit Mutmaßungen gefüllten Brieffelleisen keines Mäuse merkte. (Und recht zum Vorteil der Welt; denn sobald z. B. einer die in der besten Verzifferungskanzlei verzognen Namen der ersten Bände des Titans auseinanderringelt, so stoß' ich das Dintenfaß um und gebe nichts mehr heraus.) –

Aus den Namen ist bei mir nichts zu schließen, weil ich die Paten zu meinen Helden auf den sonderbarsten Wegen presse. Bin ich z. B. nicht oft abends, während dem *Rochieren* und *Brikolieren* der deutschen Heere, die ihre Kreuzzüge nach dem heiligen Grabe der Freiheit taten, in den Zeltgassen mit der Schreibtafel in der Hand auf- und abgegangen und habe die Namen der Gemeinen, die vor dem Bettegehen wie Heiligennamen laut angerufen wurden, so wie sie fielen, aufgefangen und eingetragen, um sie wieder unter meine biographischen Leute auszuteilen? Und avancierte dabei nicht das Verdienst, und mancher Gemeine stieg zum tafel- und turnierfähigen Edelmann auf, Profosse zu Justizministern, und Rotmäntel zu patribus purpuratis? – Und krähte je ein Hahn im ganzen Heere nach diesem herumschleichenden, auf zwei Füßen mobil gemachten Observationskorps? –

Für Autoren, die wahre Geschichten zugleich erzählen und vermummen wollen, bin ich vielleicht im ganzen ein Modell und Flügelmann. Ich habe länger als andre Geschichtsforscher jene kleinen unschuldigen Verrenkungen, die eine Geschichte dem Helden derselben selber unkenntlich machen können, studiert und imitiert und glaube zu wissen, wie man gute Regentengeschichten, Protokolle von Majestätsverbrechern, Heiligenlegenden und Selbstbiographien machen müsse; keine stärkere Züge entscheiden als die kleinen, womit Peter von Cortona (oder Beretino) vor dem Herzoge Ferdinand von

Toskana ein weinendes Kind in ein lachendes umzeichnete, und dieses in jenes zurück. –

Voltaire verlangte mehr als einmal – wie bei allen Sachen; denn er gab der Menschheit wie einer Armee jeden Befehl des Marsches dreimal und wiederholte sich und alles unverdrossen –, daß der Historiker seine *Geschichte* nach den Gesetztafeln des *Schauspiels* stellen solle, nach einem dramatischen Fokalpunkt. Es ist aber eine der ersten dramatischen Regeln, die uns Lessing, Aristoteles und griechische Muster geben, daß der Schauspieldichter jeder historischen Begebenheit, die er behandelt, alles leihen müsse, was der poetischen Täuschung zuschlägt, so wie das Entgegengesetzte entziehen, und daß er Schönheit nie der Wahrheit opfere, sondern umgekehrt. Voltaire gab, wie bekannt, nicht nur die leichte Regel, sondern auch das schwere Muster, und dieser große Theaterdichter des Welttheaters blieb in seinen historischen *Benefiz*-Schauspielen von Peter und Karl nirgends bei der Wahrheit stehen, wo er gewiß sein konnte, er gelange eher zur Täuschung. Und das ist eigentlich die echte, dem historischen Romane entsprechende romantische Historie. Nicht ich, sondern andere – nämlich der Lehnpropst und die Legationssekretäre – können entscheiden, inwiefern ich eine wahre Geschichte illusorisch behandelt habe. Ein Unglück ists, daß schwerlich je die echte Geschichte meines Helden zum Vorscheine kommt; sonst dürfte mir vielleicht die Gerechtigkeit widerfahren, daß Kenner meine dichterischen Abweichungen von der Wahrheit mit der Wahrheit konfrontierten und darnach leichter jedem von uns das Seinige geben, sowohl der Wahrheit als mir. Allein auf diesen Lohn tun alle königliche Historiographen, skandalöse Chroniker nolens volens Verzicht, weil nie die wahre Historie zugleich mit ihrer erscheint. –

Aber unter dem Komponieren der Geschichte muß ein Autor auch darauf auslaufen, daß sie nicht nur keine wahre Personen treffe und verrate, sondern auch keine falsche und gar niemand. Eh' ich z. B. für einen schlimmen Fürsten einen

Namen wähle, seh' ich das genealogische Verzeichnis aller regierenden und regierten Häupter durch, um keinen Namen zu brauchen, den schon einer führt; so werden in Otaheiti sogar die Wörter, die dem Namen des Königs ähnlich klingen, nach seiner Krönung ausgerottet und durch andere vergütet. Da ich sonst gar keine jetzt lebende Höfe kannte: so war ich nicht imstande, in den Schlacht- und Nachtstücken, die ich von den Kabalen, dem Egoismus und der Libertinage biographischer Höfe malte, es so zu treffen, daß Ähnlichkeiten mit wirklichen geschickt vermieden wurden; ja für einen solchen Idioten wie mich war es sogar ein schlechter Behelf, oft den Machiavell vor sich hinzulegen, um mit Zuziehung der französischen Geschichte durch das Malen nach beiden den Anwendungen wenigstens auf Länder zu wehren, in denen nie ein Franzos oder ein Welscher den Einfluß gehabt, den man sonst beiden auf andere deutsche beimisset; so wie Herder gegen die Naturforscher, welche gewisse mißgestaltete Völker aus Paarungen mit Affen ableiten, die sehr gute Bemerkung macht, daß die meisten Ähnlichkeiten mit Affen, der zurückgehende Schädel der Kalmucken, die abstehenden Ohren der Pevas, die schmalen Hände in Karolina, gerade in Ländern erscheinen, wo es gar keine Affen gibt. Wie gesagt, auffallende Unähnlichkeiten wollten mir nicht gelingen; jetzt hingegen ist jeder Hof, um welchen meine Legations-Flottille schifft, mir bekannt und also vor Ähnlichkeiten gedeckt, besonders jeder, den ich schildere, der flachsenfingische, der hohenfließische etc. Die Theatermaske, die ich in meinen Werken vorhabe, ist nicht die Maske des griechischen Komödianten, die nach dem Gesichte des verspotteten Individuums gebosselt war[1], sondern die Maske des Nero, die, wenn er eine Göttin auf dem Theater machte, seiner Geliebten ähnlich sah[2], oder wenn er einen Gott spielte, ihm selber.

Genug! Dieses abschweifende Antrittsprogramm war etwas

1 Reflexions critiques sur la Poesie etc. de Dubos. T. I. Sect. 42.
2 Sueton. Nero.

lang, aber die Jobelperiode wars auch; je länger der Johannistag eines Landes, desto länger seine Thomasnacht. -- Und nun lasset uns sämtlich ins Buch hineintanzen, in diesen Freiball der Welt – ich als Vortänzer voraus und dann die Leser als Nachhopstänzer –, so daß wir unter den läutenden Tauf- und Totenglöckchen am sinesischen Hause des Weltgebäudes – angesungen von der Singschule der Musen – angespielt von der Gitarre des Phöbus oben – munter tanzen von Tomus zu Tomus – von Zykel zu Zykel – von einer Digression zur andern – von einem Gedankenstrich zum andern – bis entweder das Werk ein Ende hat oder der Werkmeister oder jeder! –

ZWEITE JOBELPERIODE

Die beiden biographischen Höfe – die Sennenhütte – das Fliegen – der Haar-Verschleiß – die gefährliche Vogelstange – das in eine Kutsche gesperrte Gewitter – leise Bergmusik – das Kind voll Liebe – Herr von Falterle aus Wien – Tortursouper – das zersplitterte Herz – Werther ohne Bart – mit einem Schusse – die Versöhnung

10. ZYKEL

Mit jugendlichen Kräften und Aussichten flog der Graf zwischen seinen Begleitern durch das helle volle Mailand zurück, wo die Ähre und die Traube und die Olive oft auf *einer* Erdscholle zusammen grünen. Schon der Name Mailand schloß ihm einen Frühling auf, weil er, wie ich, an allen Mai-Wesen, an Maiblumen, Maikäfern, sogar an der Maibutter in der Kindheit so vielen Zauber fand wie an der Kindheit selber. Dazu kam, daß er ritt; der Sattel war für ihn ein Rittersitz der Seligen, wie eine Sattelkammer eine Regensburger Grafenbank, und jeder Gaul sein Pegasus. Auf der Insel war ihm in jener geistigen und körperlichen Ermattung, worin die Seele sich lieber in helldunkle Schäferwelten als in heiße staubige Kriegs- und Fechtschulen begeben will, die Aussicht in die nahen Rätsel und Kämpfe seines Lebens zuwider gewesen; aber jetzt mit dem Herzen voll Reise- und Frühlingsblut streckte er die jungen Arme ebensosehr nach einem Gegner als nach einer Freundin aus, gleichsam nach einem Doppelsiege.

Je weiter die Insel zurücktrat, desto mehr fiel der Zauberrauch um die nächtliche Erscheinung zu Boden und hinterließ ihm bloß einen unerklärlichen Gaukler aufgedeckt. Jetzt erst vertrauete er die Spukgeschichte seinen Gefährten. Schoppe und Augusti schüttelten die Köpfe voll Gedanken, aber jeder über etwas anders; der Bibliothekar suchte eine *physikalische* Auflösung des akustischen und optischen Betrugs; der Lektor suchte eine *politische,* er konnte gar nicht fassen, was der Schauspieldirektor dieser Totengräberszene eigentlich mit allem haben wollen.

Den einzigen Trost behielt der Bibliothekar, daß Alban an seinem Geburtstage dem Herzen ohne Brust eine Visite abzustatten habe, die er nur – bleiben lassen dürfe, um aus dem Seher einen Myopen und Lügner zu fertigen: »Wollte Gott,« (sagt' er) »mir verkündigte einmal ein Ezechiel, daß ich ihn an den Galgen bringen würde – ich tät' es um keinen Preis, sondern brächte ihn ohne Gnade statt um den Hals um Kredit und Kopf.« – Auch seinem ungläubigen Vater schrieb Albano noch unterwegs mit einigem Erröten die unglaubliche Historie; denn er hatte zu wenig Jahre und zu viel Kraft und Trotz, um Zurückhaltung an sich oder andern zu lieben. Nur weiche Blattwickler- und Igel-Seelen ringeln und krempen sich vor jedem Finger in sich zusammen; unter dem offnen Kopf hängt gern ein offnes Herz.

Endlich kamen sie, da helle Berge und schattige Wälder genug, wie durchlebte Tage und Nächte, hinter sie zurückgegangen waren, nahe vor das Ziel ihrer mit Ländern gefüllten Reitbahn, und das Fürstentum *Hohenfließ* lag nur noch ein Fürstentum weit von ihnen. Dieses zweite, das ein Tür- und

Wandnachbar des erstern war und mit diesem leicht zu *einem* Staatsgebäude ausgebrochen werden konnte, hieß, wie geographische Leser wissen, *Haarhaar*. Der Lektor erzählte dem Bibliothekar neben den Grenzwappen und Grenzsteinen, daß beide Höfe sich fast als Blutfeinde ansähen, nicht sowohl weil sie *diplomatische* Verwandte wären – da unter Fürsten Vetter, Oheim, Bruder nicht mehr bedeuten wie bei Postillonen Schwager und bei alten Brandenburgern Vater oder Mutter – als weil sie *wirkliche* wären und einander beerbten. Es würde mir zu viel Platz wegnehmen, wenn ich die Sippschaftsbäume beider Höfe – die ihre Gift- und Drachenbäume wurden – mit allen ihren heraldischen Blättern, Wasserschößlingen und Flechtmoosen für den Leser hereinsetzen wollte; das Resultat kann ihn beruhigen, daß dem haarhaarschen Fürstentume hohenfließische Land und Leute zustürben, falls der Erbprinz Luigi, der letzte hohlröhrige Schuß und Fechser des Hohenfließer Mannsstammes, verdorrte. Welche Herden von venezianischen Löwenköpfen Haarhaar ins künftige Erbland treibt, die da nichts verschlingen sollen als gelehrte Anzeigen und Wundzettel – und welche Spitzbubenbande von politischen Mechanikern es da wie in eine Botany-Bay aussetzt, ist gar nicht zu sagen aus Mangel an Zeit. Doch ist Haarhaar auf der andern Seite wieder so brav, daß es nichts so herzlich wünscht als den höchsten Flor des Hohenfließer Finanz-Etats, Handel, Acker- und Seidenbaues und Gestütes und daß es im höchsten Grade jede öffentliche Verschwendung – diese Entnervung des großen Interkostal-Nervens (des Geldes) – als das stärkste kanonische Impediment aller Bevölkerung hasset und verflucht: »Der Regent« (sagt der echt menschenfreundliche Fürst von Haarhaar) »ist der Ober-Hirt, nicht der Schächter des Staats, sogar die Wollenschere nehm' er nicht so oft als die Hirtenflöte in die Hand; nicht über fremde *Kräfte* und *Ehen* ist unser Vetter (Luigi) Herr, sondern über seine, diese soll er ruinieren!« – –

Als sie ins Hohenfließische einritten, hätten sie einen Abstecher nach *Blumenbühl*[1], das seitwärts von Pestitz liegt, gleichsam in die Kinderstube Albanos (Isola bella ist die Wiege) machen können, wenn dieser nicht fortgeritten wäre aus Heißhunger nach der Stadt und aus Wasserscheu vor einem zweiten Abschiede, der ohnehin nur den reinen Nachklang des ersten verwirrt. Die Reise, die Reden des Vaters, die Bilder des Gauklers, die Nähe der Akademie hatten an unserm Vogel Rok die Flügelfedern – die in seinem Alter zu lang sind, wie die steuernden Schwanzfedern zu kurz – so aufgespreizet, daß sie im enggehäusigen Blumenbühl sich nur verstauchen konnten; beim Himmel, er wollte ja etwas werden im Staate oder auf der Erde, weil ihn so tödlich jene narkotische Wüste des vornehmen Lebens anekelte, durch dessen Lilienopium der Lust man schläfrig und betrunken wankt, bis man an doppelseitigen Lähmungen umfällt.

Man wird es aus der ersten Jobelperiode nicht behalten haben – weils in einer Note stand –, daß Alban niemals nach Pestitz durfte, und zwar aus sehr guten Gründen, die dem Ritter allein bekannt sind, aber nicht mir. Dieser lange Torschluß der Stadt schärfte nur seine Sehnsucht darnach noch mehr. – Sie standen jetzt mit ihren Pferden auf einer weiten Anhöhe, wo sie die Pestitzer Kirchtürme in Westen vor sich sahen und – wenn sie sich umkehrten – unten den Blumenbühler Turm in Morgen; aus jenen und aus diesem kam zu ihnen ein verwehtes Mittagsgeläute her; Albano hörte seine Zukunft und seine Vergangenheit zusammentönen. Er sah nieder ins Dorf und hinauf an ein nettes rotes Häuschen auf einem nahen Berge, das ihm wie eine hell bemalte Urne längst ausgewischter Tage nachglänzte; er seufzete; er blickte über die weite Baustelle seines künftigen Lebens und sprengte nun mit verhängtem Zügel nach den Lindenstädter Türmen wie den Palmen seiner Laufbahn zu. – –

Aber das nette Häuschen gaukelte ihm wie ein roter Schat-

1 Ich habe schon gesagt, daß er da erzogen wurde bei dem Landschaftsdirektor von *Wehrfritz*.

ten voraus. Ach hatt' er denn nicht in dieser Sennenhütte einmal einen träumenden Tag voll Zufälle verlebt, und noch dazu in jener kindlichen Zeit, wo die Seele auf der Regenbogenbrücke der Phantasie trocknes Fußes über die Lachen und Mauern der untern Erde wegschreitet? – Wir wollen in diesen lieben Tag, in dieses kindliche Vorfest des Lebens, jetzt mit ihm zurückgehen und die frühern Stunden kennen lernen, die ihm so schön mit diesem Kuhreigen der Jugend aus der Sennenhütte nachklingen. –

11. ZYKEL

Es war nämlich an einem herrlichen Jakobustage – und zugleich am Geburtstage des Landschaftsdirektors Wehrfritz, der aber damals noch keiner war –, als dieser am Morgen den Wagen herausschieben ließ, um darin nach Pestitz zum Minister zu fahren und die *Dreschmaschine* des Staates als Unterhändler der Landschaft versuchsweise in eine *Säemaschine* umzustellen. Er war ein rüstiger Mann, dem ein Ferientag länger wurde als andern ein Exerzitientag und dem nichts Langweile machte als Kurzweile: »Aber abends« (dacht' er) »mach' ich mir einen guten Tag, denn es ist einmal mein Geburtstag.« – Sein Angebinde sollte darin bestehen, daß er eines – machte; er wollte nämlich aus Pestitz dem kleinen Albano einen Österleinschen Flügel aus seinem eignen Beutel – so wenig darin war – und obendrein einen Musikmeister auf Don Gaspards Verlangen mitbringen. – Aber warum will man das dem Leser nicht vorher auf das deutlichste auseinandersetzen? –

Don Gaspard hatte nämlich in der Revision des Erziehungswesens für Albano gewollt, daß auf dessen körperliche Gesundheit mehr als auf die geistige Superfötation gesehen würde; der Erkenntnisbaum sollte mit dem Lebensbaume ablaktieret werden. Ach wer der Weisheit die Gesundheit opfert, hat meistens die Weisheit auch mitgeopfert; und nur *angeborne*, nicht *erworbne* Kränklichkeit ist Kopf und Herzen dienlich.

Daher hatte Albano in seinem Bücherriemen nicht die vielbändige Enzyklopädie aller Wissenschaften gebückt zu schleppen, sondern bloß Sprachlehren. Nach den Schulstunden der Dorfjugend suchte nämlich der Rektor des Orts – namens *Wehmeier,* bekannter unter dem Titel: Schachtelmagister – seine schönsten Struveschen Nebenstunden, seine Otia und Noctes hagianae darin, daß er ihn unterwies und in die von innern Strömen angefaßte Mühlwelle des ewig regen Knaben alphabetische Stifte zu einer Sprachwalze einschlug. Freilich aber wollte Zesara bald etwas Schwerers bewegen als die Sprach-Tastatur; so wurde z.B. die Sprachwalze im eigentlichen Sinne zur Spielwalze; denn stundenlang versucht' er auf der Orgel des Orts ohne sonderliche Kenntnis des Kontrapunkts (er kannte keine Note und Taste und stand unter dem Orgelstücke auf dem fortbrausenden Pedale fest) sich in den entsetzlichsten Mißtönen, wogegen die Enharmonika aller Piccinisten verstummen muß, senkte sich aber desto länger und tiefer in den zufälligen Treffer eines Wohllauts ein. – Ebenso arbeitete sich die saftvolle Seele gleichsam in Laubknöpfen, Holztrieben und Ranken aus und machte Gemälde, Tongebilde, Sonnenuhren und Plane aller Art, und sogar in den juristischen Felsen des Pflegevaters, z. B. in Fabris Staatskanzlei, trieb sie, wie oft Kräuter in Herbarien, ihre durstigen Wurzeln herum und über die dürren Blätter hinaus. O wie schmachtete er (so wie in der Kindheit von Oktav- zu Quart-Büchern, von Quart zu Folio, von Folio bis zu einem Buche so groß wie die Welt – welches eben die Welt ist) jetzt nach geahneten Lehren und Lehrern! – Aber desto besser! Nur der Hunger verdauet, nur die Liebe befruchtet, nur der Seufzer der Sehnsucht ist die belebende aura seminalis für das Orpheus-Ei der Wissenschaften. Das bedenket ihr nicht, ihr Fluglehrer, die ihr Kindern den Trank früher gebt als den Durst, die ihr wie einige Blumisten in den gespaltenen Stengel der Blumen fertige Lackfarben, und in ihren Kelch fremden Bisam legt, anstatt ihnen bloß Morgensonne und Blumenerde zu geben – und die ihr jungen Seelen keine stille Stunden gönnt, sondern um sie unter dem Stäuben ihres blühenden Weins gegen alle Winzer-Regeln mit Behacken, Bedüngen, Beschneiden hantiert. – O könnt ihr ihnen jemals, wenn ihr sie vorzeitig und mit unreifen Orangen in das große Reich der Wahrheiten und Schönheiten hineintreibt, gerade so wie wir alle leider mit dunkeln Sinnen in die schöne Natur einkriechen und uns gegen sie abstumpfen, könnt ihr ihnen mit irgend etwas das große Jahr vergüten, das sie erlebet hätten, wenn sie ausgewachsen, wie der erschaffne Adam, mit durstigen offnen Sinnen in dem herrlichen geistigen Universum sich hätten umherdrehen können? – Daher gleichen auch euere Eleven den Fußpfaden so sehr, die im Frühling vor allem grünen, später aber sich gelb und eingetreten durch die blühenden Wiesen ziehen. –

Wehrfritz erneuerte, da er schon auf der Wagentreppe das Gesicht in diesen kehrte, wieder den Befehl der Aufsicht über den jungen Grafen und machte die Signatur, womit Kaufleute kostbare Warenkisten der Post empfehlen, recht dick auf diesem: er liebte das feurige Kind wie seines (er hatte nur eins, aber keinen Sohn); – der Ritter hatte Vertrauen auf ihn, und um dieses zu rechtfertigen, würd' er, da der Ehrenpunkt der Schwerpunkt und die Himmelsachse aller seiner Bewegungen war, sich ohne Bedenken, wenn der Knabe z. B. den Hals gebrochen hätte, seinen abgeschnitten haben; – auch sollte Albano abends vor dem neuen Lehrer aus der Stadt auffallend gut bestehen.

Albine von Wehrfritz, die Gemahlin, versprach alles hoch und teuer; sie konnte sich den Evangelisten Markus und Johannes gleichsetzen, weil ihr heftiger Mann die Gesellschafts-Tiere beider, die Tierkönige Löwe und Adler, öfters repräsentierte, so wie sich manche andere Gattin in Hinsicht ihrer Begleitung mit dem Lukas vergleichen mag und meine mit dem Matthäus[1]. Sie hatte ohnehin auf abends ein kleines Familienfest voll spielender buntgefärbter Ephemeren der

1 Bekanntlich wird diesem Evangelisten ein Engel beigesellet.

Freude ausgeschrieben; und zum größten Glück war schon vor einigen Tagen das Diplom eingelaufen, das unsern Wehrfritz zum Landschaftsdirektor installierte, und das man als ein Patengeschenk des Geburtstages auf heute aufhob.

Aber kaum fuhr Wehrfritz hinter dem Schloßgarten, so trat Alban mit seinem Projekte hervor und berichtete, er wolle den ganzen Feiertag droben im einsamen Schießhäuslein versitzen; denn er spielte gern allein, und ein elterlicher Gast war ihm lieber als ein Spielknabe. Die Weiber gleichen dem Pater Lodoli, der (nach Lambergs Tagebuche) nichts so mied als das Wörtchen Ja; wenigstens sagen sie es erst nach dem Nein. Die Pflegemutter (ich will aber künftig bei ihr und der Pflegeschwester Rabette das verdrießliche *Pflege* wegstreichen) sagte ohne Bedenken Nein, ob sie gleich wußte, daß sie noch keines gegen den Trotzkopf durchgesetzt. – Dann entlehnte sie sehr gute Dehortatorien vom Willen des Landschaftsdirektors und hieß ihn bedenken – dann schlug sich die rotbackige gutmeinende Rabette zum Bruder und bat mit, ohne zu wissen warum – dann beteuerte Albine, wenigstens das Essen soll' er nur nicht auf den Berg nachgeliefert erwarten – dann marschierte er zum Hofe hinaus . . . So stand ich schon öfters dabei und sah zu, wie die weiblichen Ellenbogen und Knochen unter dem Wegstemmen allmählich vor meinen Augen Knopel wurden und sich umbogen. Nur in Wehrfritzens Beisein hatte Albine Kraft zum langen Nein.

12. ZYKEL

Unser Held war aus den kindischen Jahren, wo Herkules die Schlangen erdrückte, in die *gottestischfähigen* getreten, wo er sie erwärmte unter der Weste, um sie in spätern wieder zu köpfen. Jubelnd schlugen draußen – sie flogen nebeneinander – sein neuer und sein alter Adam die Flügel auf unter einem blauen Himmel, der gar keinen Ankergrund hatte. Was kümmerte ihn die Mahlzeit? Alle Kinder tragen vor und unter einer

Abreise keinen Magen unter ihren Flügeln, wie auch den Schmetterlingen jener einschrumpft, wenn ihnen diese aufgehen. Die oftgedachte Sennenhütte oder das Schießhäuslein war nichts Geringers als ein Schießhaus mit einer Wachtstube für eine abgedankte Soldatenfrau, mit einem Schießstand im untern Stock und mit einem Sommerstübchen im obern, worin der alte Wehrfritz in jedem Sommer eine Landpartie und ein Vogelschießen haben wollte, es aber nie hatte, weil der arme Mann sich in der Arbeitsstube, wie andere im Tafelzimmer, entmastete und abtakelte. Denn obgleich der Staat seine Diener wie Hunde zum zehntenmal wieder herlockt, um sie bloß zum eilften wieder abzuprügeln; und ob Wehrfritz gleich an jedem Landtage alle Staatsgeschäfte und Verdienste verschwur – weil ein redlicher Mann wie er am Staatskörper überall so viel wie an denen antiken Stauen zu ergänzen findet, wovon nur noch die steinerne *Draperie* geblieben –: so kannt' er doch kein weicheres Faul- und Lotterbette zum Ausruhen als eine noch höhere Ruderbank, und er strebte jetzt vor allen Dingen, Landschaftsdirektor zu werden.

Die deutschen Höfe werden das Ihrige dabei denken, daß ich ihnen die folgende Knaben-Idylle anbiete. Mein schwarzäugiger Schäfer lief gegen die Bergfestung der Senne Sturm und erhielt von der Soldatenfrau die Torschlüssel zum weißgrünen Sommerkabinett. Beim Himmel! als alle östliche und westliche Fensterladen und Fenster aufgestoßen waren und der Wind von Osten blätternd durch die Akten und kühlend durch den Stuben-Schwaden strich – und als außen Himmel und Erde um die Fenster herumstanden und nickend hereinsahen – als Albano unter dem Fenster nach Osten das tiefe breite Tal mit dem steinigen springenden Bache beschauete, auf welchem alle Glimmerscheiben, die die Sonne wie Steinchen schief anwarf, auf der Bergseite hinausfuhren – als er vor dem westlichen Fenster hinter Hügeln und Wäldchen den Schwibbogen des Himmels, den Berg vor der Lindenstadt sah, der wie ein krummgeworfner Riese auf der Erde schlief – als er sich von einem Fenster zum andern setzte und sagte: »Das ist sehr prächtig!«: so wurden seine Lustbarkeiten im Stübchen am Ende so glänzend, daß er hinausging, um sie draußen noch höher zu treiben.

Die Göttin des Friedens schien hier ihre Kirche und ihre Kirchstühle zu haben. – Die rüstige Soldatenfrau legte in einem hochstaudigen Gärtlein Früherbsen und warf zuweilen einen Erdenkloß in den Kirschbaum unter die geflügelten Obstdiebe, und begoß wieder unverdrossen die neue Leinwand und den verpflanzten Salat, und lief doch willig zum kleinen zehnjährigen Mädchen, das, von Blattern erblindet, auf der Türschwelle strickte und nur bei gefallnen Maschen sie als Maschinengöttin berief. Albano stellte sich an den äußersten Balkon des sich lieblich-aufschließenden Tals, und jeder Windstoß blies in seinem Herzen die alte kindische Sehnsucht an, daß er möchte fliegen können. Ach, welche Wonne, so sich aufzureißen von dem zurückziehenden Erdenfußblock und sich frei und getragen in den weiten Äther zu werfen – und so im kühlen durchwehenden Luftbade auf- und niederplätschernd, mitten am Tage in die dämmernde Wolke zu fliegen und ungesehen neben der Lerche, die unter ihr schmettert, zu schweben – oder dem Adler nachzurauschen und im Fliegen Städte nur wie figurierte Stufensammlungen, und lange Ströme nur wie graue, zwischen ein Paar Länder gezogne schlaffe Seile, und Wiesen und Hügel nur in kleine Farbenkörner und gefärbte Schatten eingekrochen zu sehen – und endlich auf eine Turmspitze herabzufallen und sich der brennenden Abendsonne gegenüberzustellen und dann aufzufliegen, wenn sie versunken ist, und noch einmal zu ihrem in der Gruft der Nacht hell und offen fortblickenden Auge niederzuschauen und endlich, wenn sich der Erdball darüberwirft, trunken in den Waldbrand aller roten Wolken hineinzuflattern! . . .

Woher kommt es, daß diese körperlichen Flügel uns wie geistige heben? Woher hatte unser Albano diese unbezwingliche Sehnsucht nach Höhen, nach dem Weberschiffe des

Schieferdeckers, nach Bergspitzen, nach dem Luftschiffe, gleichsam als wären diese die Bettaufhelfer vom tiefen Erdenlager? Ach du lieber Betrogener! Deine noch von der Puppenhaut bedeckte Seele vermengt noch den Umkreis des Auges mit dem Umkreise des Herzens und die äußere Erhebung mit der innern und steigt im physischen Himmel dem idealistischen nach! – Denn dieselbe Kraft, die vor großen Gedanken unser Haupt und unsern Körper erhebt und die Brusthöhle erweitert, richtet auch schon mit der dunkeln Sehnsucht nach Größe den Körper auf, und die Puppe schwillt von den Schwingen der Psyche, ja an demselben Bande, woran die Seele den Leib aufzieht, muß ja auch dieser jene heben können. –

Wenigstens flog Albano zu Fuß den Berg hinab, um mit dem Bache fortzuwaten, der in die weißgrüne Birken-Holzung, sich abzukühlen, floß. Schon öfters hatt' ihn seine Robinsonaden-Sucht nach allen Strichen und Blättern der Windrose fortgeweht; und er ging gern mit einer unbekannten Straße ein hübsches Stück Weg, um zu sehen, welchen sie selber einschlage. Er lief am silbernen Ariadnens-Faden des Baches tief ins grüne Labyrinth und wollte durchaus unter die Hintertüre des langen Dickichts vor eine weite Perspektive gelangen – er gelangte nicht darunter – die Birken wurden bald lichter, bald düsterer, der Bach breiter – die Lerchen schienen draußen in hoher Ferne über ihm zu singen – aber er bestand auf seinem Kopf. Die Extreme hatten für ihn von jeher magnetische Polarität – wie die Mitte nur Indifferenzpunkte –; so war ihm z. B. außer dem höchsten Stande des Barometers keiner so lieb als der tiefste, und der kürzeste Tag so willkommen als der längste, aber die Tage nach beiden fatal.

Endlich nach dem Fortschritte einiger Stunden in Zeit und Raum hört' er hinter den lichten Birken und hinter einem stärkern Rauschen als des Baches seinen Namen von zwei weiblichen Stimmen öfters leise und lobend nennen. Jetzt galoppierte er, gleichgültig gegen das Wagen der Lunge und des Lebens, keuchend wieder zurück – sein Name wurde lange darnach wieder um ihn genannt, aber schreiend – seine heimliche Schutzheilige, die Kastellanin der Senne, tat seinetwegen diese Notschüsse unten am Berge.

Er kam hinauf, und die runde Tafel der Erde lag hell und sonderbar erweichend um sein durstiges Auge. Wahrhaftig die weite Ferne samt der Müdigkeit mußte den Zugvogel hinter dem Sanggitter der Brust an seine fernen Länder und Zeiten erinnern und ihn damit wehmütig machen, als so die mit roten Dächern buntgefleckte Landschaft vor ihm ihre weißen leuchtenden Steine und Teiche wie Licht-Magnete und Sonnensplitter auslegte – als der lange graue Straßendamm nach Lindenstadt, deren Prospekte im Sommerstübchen hingen und wovon zwei Turmspitzen oben aus dem Gebirge keimten, vor ihm die fernen Wanderer hinauftrug in die für ihn geschlossene Stadt – und als ja alles nach Westen flog, die vorbeizischenden Tauben, die über die Saaten wogten, und die Wolkenschatten, die leicht über hohe Gärten wegliefen ... Ach das jüngste Herz hat die Wogen des ältesten, nur ohne das Senkblei, das ihre Tiefe misset! – – Das gelehrte Deutschland macht sich, merk' ich, seit mehrern Zykeln auf große Fata und Fatalitäten gefaßt, die diesem Sennentage meines Helden die nötige Würde geben; ich, der sie am ersten wissen müßte, weiß gegenwärtig noch von keinen. Aus der Kindheit – ach aus jedem Alter – bleiben unserm Herzen oft Tage unvergänglich, die jedes andere vergessen hätte; so ging dieser nie aus Albanos seinem. Zuweilen wird ein kindlicher Tag auf einmal durch ein helleres Aufblicken des Bewußtseins verewigt; in Kindern, zumal solchen, wie Zesara ist, dreht sich das geistige Auge weit früher und schärfer nach der Welt innerhalb der Brust, als sie zeigen und wir denken.

Jetzt schlugs ein Uhr im Schloßturme. Der geliebte nahe Ton, der ihn an seine nahe Pflegemutter – und an das versagte Essen erinnerte – und der Anblick der kleinen Blinden, die schon ihren Holzzweig vom Brotbaum oder ihr dürres Renntiermoos in Händen hatte – und der Gedanke, daß doch heute der Geburtstag des Pflegevaters sei – und die unsägliche Liebe für seine gekränkte Mutter, der er oft plötzlich einsam an den Hals fiel – und sein von der Natur betauetes Herz machten, daß er zu weinen anfing. Aber der Trotzkopf ging darum nicht nach Hause; nur die Älplerin war ungeheißen fortgelaufen, um der suchenden Mutter den Flüchtling zu verraten.

Er wollte in dieser Mittagsstille der kleinen blinden Lea, auf deren Gesicht ein sanftes weiches Zugwerk durch die Punktation der Blattern leserlich durchlief, einige Worte oder doch den langen Stecken, womit sie die Tauben von den Erbsen und die Spatzen von den Kirschen treiben mußte, mitarbeitend abgewinnen; aber sie drückte schweigend den Arm fest auf die Augen, blöde vor dem vornehmen jungen Herrn. Endlich brachte die Frau das Gericht für den verlornen Sohn und von Rabetten noch dazu ein Riechfläschchen voll Dessert-Wein.

Albine von Wehrfritz gehörte unter die Weiber, die, ungleich den Staaten, nur ihr Versprechen halten, aber keine Drohung – die den nürnbergischen Forstämtern gleichen, welche auf den kleinsten Waldfrevel eine Strafe von 100 Fl. setzen und in derselben Stunde sie auf 100 Kreuzer moderieren[1] – die aber ihre Gesetze, wie Solon seine auf 100 Jahre, nach Verhältnis ihres kleinern Staats doch auf 100 Sekunden hinaus geben.

13. ZYKEL

Ich würde mehr aus Albanos Gedächtnismahl machen, das er wie ein Erwachsener im Stübchen tranchieren und mit seiner Hausgenossenschaft teilen und wozu er sich selber einschenken konnte, ging' ich nicht wichtigern Begebnissen entgegen, die während dem Zurücktragen des Tafelgeschirres vorfielen. Albano ging hinaus, indem das ganze Meer seines Innern vom Wein und vom Vormittage phosphoreszierend leuchtete, und der blaue Himmel flatterte heftiger wehend um

1 An einen deutsch. Kammerpräsident. 1. B. Seite 296.

ihn – er hatte das Gefühl, als sei der Morgen schon seit langem vorüber, und er erinnerte sich desselben mit weicher Regung, wie wir uns alle in der Jugend der Kindheit, im Alter der Jugend, sogar abends des Morgens –, und die Bilder der Natur rückten näher heran und bewegten ihre Augen wie katholische. So bringt uns die Gegenwart nur Bilder zu optischen Anamorphosen, und erst unser Geist ist der erhabne Spiegel, der sie in schöne Menschen-Formen umstellet. Mit welchem süßen Untertauchen in Träume tat er, wenn er dem östlichen Wehen entgegenging, die Augen zu und zog das Getöse der Landschaft, das Schreien der Hähne und Vögel und eine Hirtenflöte gleichsam tiefer in die verschattete Seele hinein! Und wenn er dann am Gestade des Berges die Augen wieder öffnete, so lagen friedlich drunten im Tale die geweideten weißen Lämmer neben dem Flötenisten, und oben am Himmel lagerten sich die glänzenden Lämmerwolken über sie hin! –

Inzwischen mocht' ers einmal versehen und blind zu weit in das Gärtchen – die Blinde sah ohnehin nicht – tappen, die Arme offen voraushaltend, um sich nichts auszustoßen: – als an seiner Brust eine zweite anlag, und er aufsehend das bebende Mädchen so nahe an sich fand, das seitwärts abgebogen stammelte: »Ach nein, ach nein!« – »Ich bins nur,« (sagte der Unschuldige, sie fassend) »ich tue dir ja nichts« – Und er hielt sie, als sie demütig-furchtsam vertrauete, noch ein wenig fest und schauete auf den gebückten Kopf mit süßer Regung nieder.

Herzlich gern hätt' er der Erschreckten Schmerzengelder und Benefiziate in dieser Komödie für die Armen gegeben; er hatt' aber nichts bei sich, bis ihm zum Glück seine Schwester Rabette – von welcher Bandagistin er irrig schloß, daß mehrere Mädchen des Teufels auf Bänder sind und sie wie Taschenspieler verschlingen, aber nicht wiedergeben – und sein neues Zopfband einfiel. Er spulte freudig das lange seidne Wickelband von seinem Kopf an ihren. Aber die liebliche Nachbarschaft, das Flechtwerk eines feinern innern Bandes, und die

Süßigkeit zu geben und das Vivace seines angebornen Übermaßes machten, daß er ihr gern das Dresdner grüne Gewölbe in die Schürze gegossen hätte; als ein Schnurrjude mit seinem kleinern seidnen auf dem Magen und mit einem Sack voll eingekaufter Haare auf dem Rücken die Pestitzer Straße hinzog. Der Jude ließ sich wohl herrufen, aber nichts ableihen, trotz allen ausgestellten Wechseln auf Eltern und Taschengelder. Ach ein herrliches rotes Haubenband hätte Leas blinden Augen so gut wie eine rote Aderlaßbinde der Wunde getan! Denn eine blinde Frau putzet sich so gern als eine sehende, sie müßte denn eitel sein und mehr sich im Spiegel gefallen wollen als andern außer demselben. Der Handelsmann ließ gern das Band von ihr befühlen und sagte, er handle auf den Dörfern Haare ein, und gestern hätten ihm die Wirtskinder durch einen brennenden Schwamm seinen ganzen Sack voll Chignons in kurze Wolle verkrümelt, und wenn ihm die junge Herrschaft ihr braunes Haar bis an das Genicke ablassen wolle, so solle sie das Band und einen noch sehr brauchbaren ledernen Zopf aus der würzburgischen Fabrik auf der Stelle dazu haben. – Was war zu tun? Das Band war sehr rot – Lea wars vor Hoffnungen – der Jude sagte, er packe ein – der Haarzopf lief ohnehin bisher wie ein zweites Rückgrat über das ganze erste hinab und wurde für Alban durch das langweilige Einwindeln an jedem Morgen ein Sperrstrick und eine Trense seines Feuers – – Kurz der arme Rupfhase trat dem Juden die königlich-fränkische Insignie ab und schnallte die würzburgische Scheide an. –

Und nun schüttelte er ihre Hand recht derb auf und ab und sagte mit einem ganzen Paradies voll liebender Freudigkeit auf dem Gesicht: »Das Band ist dir wohl recht lieb, du armes blindes Ding!« Jetzt bestieg der unaufhörliche Mäzen gar den Kirschbaum, um droben für Lea als ein lebendiger Popanz den Spatzen die Kirschen zu verleiden und ihr als ein Fruchtgott mehrere Paternoster- und Fruchtschnüre von letztern herunterzuwerfen.

Beim Himmel! droben unter den Herzkirschen schienen

ordentliche Wolfskirschen auf den Kopf des Knaben zu wirken; wie die Erde ihre finstern Mittelalter hatte, so haben oft Kinder finstere Mitteltage voll lauter Kapuzinaden und Gickse. Auf den hohen Ästen schimmerten ihn die wachsende Landschaft und die auf die Berge niederfallende Sonne und besonders die Pestitzer Turmspitzen so himmlisch an, daß er sich jetzt nichts Höheres denken konnte als die – Vogelstange neben ihm und keinen glücklicher-thronenden Kron-Adler als einen auf der Stange . . .

Aber nun bitt' ich sämtliche Leserinnen, entweder in das Schießhaus einzutreten oder sich mit der Soldatenfrau daraus – die fortläuft und den Frevel der gnädigen Frau anzeigt – mit wegzumachen, weil wenige von ihnen es neben mir aushalten, daß unser Held, der Stammhalter des *Titans,* von einigen Pachters-Knechten – denen noch dazu Albine das Remarsch-Reglement seines eiligern Kommens mitgegeben – auf ein Querholz, das unterhalb des Hakens der Vogelstange eingefuget ist, festgesetzet und, mit dem Unterleibe an diese angebunden und so in der Luft waagrecht liegend, allmählich durch den weiten Bogen aufgehoben und mitten im luftigen Himmel aufgestellet wird. – Es ist arg; aber die Knechte konnten den Bitten seiner mächtigen Augen, seinem malerischen Willen und Mute und den angebotnen Rekompensen und Krönungsmünzen unmöglich widerstehen, und dabei wog er ja nur halb so viel wie der letzte Vogel.

Ich bin dir doch gut, Kleiner, trotz deinem starren, zwischen Kopf und Herz gebauten Wagehals! Deine monströsen Barock-Perlen von Kräften wird die Zeit, wie im grünen Gewölbe Künstler physische Perlen, schon noch zum Bau einer schönen Figur verbrauchen! –

Die Reichsgeschichte unsers Reichsadlers auf seinem Stativ, die sich zugleich über die Ereignisse ausbreitet, welche auf dem Berge vorfielen, als der Schachtelmagister und der Landschaftsdirektor zufällig zur besetzten Vogelstange kamen, soll ungesäumt gegeben werden, wenn wir den 14ten Zykel haben. –

Der Magister Wehmeier, der sich von weitem die Gestalt und das Bewegen des Vogels nicht erklären konnte, hatte sich heraufgemacht und sah nun zur Kreuzeserhöhung des Zöglings hinauf. Er stürzte anfangs ins Plongierbad des Eis-Schauders über die Kühnheit, aber er stieg bald aus ihm heraus unter das Tropfbad des Angstschweißes, den an ihm der Gedanke ansetzte, in jeder Minute falle der Eleve herab und zerschelle in 26 Trümmer, wie Osiris, oder in 30, wie die mediceische Venus: »Und das jetzt,« (dacht' er hinzu) »da ich den jungen Satan in Sprachen soweit gebracht und einige Ehre an ihm erlebte.« Daher filzte er nur die Hebemaschinisten, aber nicht den Hochwächter aus, weil zu besorgen war, unter dem Verantworten rutsch' er droben aus. Den optischen Wagen, mit welchen der Teufel den im Angstkreise befestigten Magister zu überrennen drohte, kam endlich ein wahrer nachgefahren, worin der künftige – Landschaftsdirektor saß. Ach lieber Gott! – Der Direktor schöpfte ohnehin allezeit beim Minister die ganze Gallenblase voll bitterer Extrakte ein, bloß weil er dort artigere und stillere Kinder vorfand, ohne doch zu bedenken – wie hundert Väter, die hier mit angefahren werden müssen –, daß Kinder wie ihre Eltern sich Fremden besser präsentieren, als sie sind, und daß ihnen überhaupt das Stadtleben statt der höckerigen dicken Borke des Dorflebens die glatte weiße Birken-Folie überlege, indes sie am Ende, wie ihre Eltern und Hofleute, nur gleich Kastanien an der Außenschale abgeschliffen, innen aber verdammt borstig anzufühlen sind. So gewiß werden den feinsten Mann vom Lande immer wenigstens Prinzen und Minister überlisten, die zehn Jahr alt sind, – gesetzt auch, er nehm' es leichter mit ihren Vätern auf.

Als Wehrfritz seinen Pflegesohn auf dem Schreckhorne horsten sah und den Schachtelmagister unten, der hinaufschauete: so bildete er sich ein, der Instruktor hab' es veranstaltet, und fing laut an, ihm aus dem zugesperrten Wagen einen kleinen Himmel voll Donnerwetter und Donnerschläge auf den Hals zu fluchen. Der verfolgte Wehmeier fing auf dem Berge auch an, laut zum Schreckhorne hinaufzuzanken, um dem Direktor darzutun, daß er seines Amtes warte und mit dem Hammer des Gesetzes als mit einem bildenden Tiefhammer so gut wie einer am Zögling schmiede. Die Soldatenfrau rang die Hände – die Knechte stellten sich zur Kreuzesabnehmung an – der arme glühende Kleine zog sein Messer und rief herab: »er schneide sich gleich los und werfe sich hinab, sobald einer jetzt die Stange niederlasse.« Er hätt' es auch getan – und sein Leben und meinen Titan frühzeitig ausgemacht –, bloß weil er die Schande der väterlichen Real- und Verbal-Injurien vor so vielen Leuten – ja im Wagen saß gar ein fremder Herr – ärger noch als Selbstmord und Hölle floh. Allein der Direktor, selber voll Tollkühnheit und doch voll Haß derselben am Kinde, ließ es darauf ankommen und rief entsetzlich nach dem Bedienten, der den Schlüssel zur Wagentüre hatte; er wollte heraus und hinauf. Er war unbeschreiblich erboset, erstlich, weil er hinten dem Wagen einen Österleinschen Flügel als Angebinde des heutigen Freudentages aufgebunden – ach Albano, warum hören deine Freuden wie die Scheifer eines Bierfiedlers mit einem Mißtone auf? –, und zweitens, weil er drinnen einen Sing-, Tanz-, Musik- und Fecht-Meister aus dem polierten glänzenden Ministers-Hause für Albano neben sich auf dem Polster als Zuschauer der Debutrolle sitzen hatte. Gottlieb sprang vom Bocke vor die Wagentüre, fuhr fluchend durch alle Taschen, der Wagenschlüssel war in keiner. Der inkarzerierte Direktor arbeitete im Tierkasten wie ein wedelnder Leopard, und sein Grimm sprang, wie ein Löwe, den ein Jäger nach dem andern anschießet, gegen den dritten an. Alban sägte auf allen Fall im Stricke hin und her. Der Schachtelmagister war am besten dran; denn er war halbtot und vernahm hinter seinem in saurem Angstschweiße geronnenen kalten Körper wenig mehr von der Außenwelt, sein Ich war fest und gut wie Schnupftabak in kühles Blei verpackt. –

Ach mit dem geängstigten Knaben leid' ich stärker, als säß' ich mit auf der Stange; seinem rührend-edlen Angesichte mit der feingebogenen Nase wirft die westliche Aurora und die Scham den Purpur über, und die tiefe Sonne hängt sich küssend an seine Wangen, gleichsam an die letzten und höchsten Rosen der dunkeln Erde; und er muß die trotzigblickenden Augen von der geliebten Sonne und von dem Tage, der noch auf ihr wohnt, und von den beiden Lindenstädter Turmknöpfen, die zu ihren Seiten glimmen, wegziehen und die kräftig-gezeichneten und scharfwinklichten Augenlider, welche Dian mit den zu heroischen und durchgreifenden am Christus-Kinde der aufsteigenden Madonna von Raffael verglich, bange auf den schwülen Zank des tiefen Bodens niederschlagen.

Gottlieb trieb mit aller Mühe den Wagenschlüssel nicht auf, denn er hatt' ihn in der Tasche und in der Hand und wollt' ihn aus Schonung für den jungen Herrn, den die ganze Dienerschaft so »freßlieb« hatte wie den Kegelplatz, nicht gern herausgeben. Er votierte auf das Herholen des Schlossers, aber der Kutscher überstimmte ihn mit dem Rate, lieber gleich vor die Werkstatt hinzufahren – und schnauzte die Pferde an – und fuhr den inhaftierten Kontroversprediger in seiner Kanzel mit dem aufgepackten Österleinschen Flügel im Trabe davon. Das wenige, was der Bombardeur unter Gottliebs Aufsitzen noch aus dem Wagen werfen konnte, bestand darin, daß er ein Fenster einstieß und aus der Schieß-Scharte noch einige der nötigsten nachbrennenden Schüsse zum Unglücks-Vogel auf der Stange hinauftat.

Jetzt bekam der Magister seinen Mut und Ärger wieder, und er gebot kühn das Herunternehmen des Absaloms. Indem das Kind mit der Sitzstange vor ihm vorübersank, legte er die fünf Schneidezähne der Finger wie ein Rostral in die Kopfhaut und rastrierte damit am Hinterkopfe herab, in der Absicht, die krumme Linie des Haars spielend dadurch zu rektifizieren, daß ers mit seiner Hand wie mit dem Frosch eines Fiedelbogens mäßig anzog, – als er zu seinem Erstarren meinem Helden den würzburgischen Zopf wie eine Schwanzfeder ausriß.

Wehmeier besah staunend die cauda prendensilis (den Wickelschwanz), und durch seine auf den kleinern Fehler gelenkte Aufmerksamkeit gewann Albano dabei soviel wie Alcibiades bei dem abgehackten Schweife seines – Robespierre. Der Magister dankt Gott, daß er heute nicht mit dem alten Wehrfritz soupieren durfte, und schickte verblüfft ihn mit dem Vexierzopfe nach Haus.

15. ZYKEL

Die gutherzige Albine hatte den ganzen Tag vor dem Ehegemahl allen brennenden Stoff (da die Vitriolnaphtha seines Nervengeistes schon von weitem Zornfeuer fing) weggeräumt, damit nichts ihre Lustschlösser in Brandstätten der Freude umkehrte – ja als Vorstadt des abendlichen himmlischen Jerusalems hatte Rabette ein vorbeiziehendes Orchester aus Bergknappen ins Kabinett der Tafelstube versteckt – und für Albano hatte Albine schon eine heraldische Tracht ausgesonnen, worin er ihm die Vokation der Landschaft überreichen sollte – ach was hatte aber die Frau davon als Flammen, die der eintretende Wehrfritz auswarf, indes er wie ein Kamel in seinem Magen noch einen kalten langen Wasserstrahl für das Anspritzen des Magisters aufhob! –

Albine, die, wie die meisten Weiber, das männliche Steinigen mit Gallensteinen für die 50 Pfd. Passiersteine nahm, die einem Passagier auf der Ehepost frei passieren, gab ihm anfangs, wie immer, heiter recht und verbarg jede Zähre des Unmuts, weil kaltes Besprengen Männer und Salat verhärtet – dann nahm sie das Recht stufenweise zurück – macht' aber den Tadel erst auf ihrer Zunge mild, wie die Wärterinnen das Waschwasser der Kinder im Munde lau machen – und sagte zuletzt, er solle das Kind nur ihr überlassen.

Aber so schwillet uns unter der Hand der alte Wehrfritz zu

einem apokalyptischen Drachen, zu einem Tiere von Gevaudan und Wütriche auf; – und er ist doch nur ein Lamm mit zwei Hörnchen. – Hatt' er nicht in seinem Geburtsfeste im Karrenjahre seines frönenden Lebens einen Anspruch auf einen erleichterten Abend, wenigstens bei einem Kinde, das er stärker liebt als seines und für das er einen Flügel und Lehrer aufgeladen? Und hatt' er ihm – ob er gleich selber zuviel wagte und ausdauerte – es nicht hundertmal verboten, ihm nachzuahmen und sich auf Pferde oder in Sturmwinde, in Platzregen und Schneegestöber zu setzen? – Und kam er nicht vom pädagogischen Knutenmeister, dem Minister, her, dessen Erziehungsanstalt nur eine längere Realterrition und kürzere Verdammnis war? Und macht nicht der Anblick strenger Eltern strenger, der Anblick milder hingegen nicht milder? –

Albano begegnete zuerst Rabetten, mit seiner ledernen Hinterachse in der Hand, auf seinem trotzigen Wege zum Studierzimmer des Vaters und also zur Regimentsstrafe vom rechten Revolutionstribunale. Aber sie fing ihn von hinten mit dem englischen Gruße: »Bist du da, Absalom?« und setzte ihn gewaltsam nieder – und band ihm, nach dem nötigen Erstaunen und Erfragen, die Hohl-Ader der Haare knapp und unsanft an – und zeigte ihm den Stoßwind des väterlichen Zorns im furchtbaren Lichte – und die Windstille des musikalischen Bergdepartements wieder im lächerlichen, das neben der Tafelstube, dieser Renn- und Wildbahn des hin- und herlaufenden Direktors, pausiernd Friedenszeiten abwarte – und entließ ihn mit einem Kusse, sagend: »Du dauerst mich, Schelm!« –

Er marschierte mit einem Trotze, den das spannende Haar verstärkte, ins Tafelzimmer. »Aus den Augen!« sagte der funkelnde Sturmläufer. Alban trat sofort aus der Türe zurück, zornig über den ungerechten Zorn und eben darum weniger betrübt über den ungesunden, da sein Wohltäter heftig an dem für den Geburtstag gedeckten Tische auf- und ablief und nach der alten Unart die fertig gebrannte Kalkgrube seines Zorns mit Wein ablöschte.

Wenige Minuten nach ihm kam auch die musikalische Akademie und Knappschaft mißmutig und in brummende Kontrabassisten verwandelt, gegangen. Es war ihnen im trocknen Kabinett die Zeit lang geworden, daher hatten der Bassonist und der Violinist sich durch ein leises Stimmen unterhalten wollen. Der Direktor, der nicht begreifen konnte, was ihn immer für ein verlornes Getöne umfliege, nahms lange für melodisches Ohrenbrausen, als plötzlich der Hammermeister des Hackbretts seinen musikalischen Fäustel auf die besaitete Tenne fallen ließ. Wehrfritz riß den Augenblick die Türe auf und sah das ganze musikalische Nest und Komplott bewaffnet vor sich im Zirkel sitzen und aufpassen; – er fragte sie hastig: »was sie im Kabinett zu suchen hätten« und befahl sogleich nach einer flüchtigen Gabe der ganzen Besatzung, ohne klingendes Spiel mit ihren ledernen Tändelschürzen und culs de Paris abzuziehen.

Albine winkte mit einem sanften Gesicht den geächteten Liebling ins Nähzimmer, wo sie ihn recht gelassen um die Wahrheit befragte, weil sie wußte, er lüge nie. Nach der Berichterstattung stellte sie ihm wenig seinen Fehler (wiewohl sie dem gegenwärtigen Kinde ebenso gegen den abwesenden Mann unrecht gab, wie vorhin dem gegenwärtigen Manne gegen das abwesende Kind) und mehr die Folgen vor – sie zeigte (dabei machte sie ihm das Halstuch auf und um und einige Westenknöpfe zu), wie sich ihr Mann vor dem mitgebrachten zweiten Schulkonsul mit 24 Faszibus, dem Musik- und Tanz-Meister Herrn v. *Falterle,* der sich droben umkleide, in Albanos Seele schäme – wie der Tanzmeister es wohl gar an Don Gaspard schreiben werde – und wie ihrem guten Manne der ganze süße bemalte Gelee-Apfel der heutigen Freude zu Wasser gemacht worden, und er sich gerade an einem solchen feierlichen Tage einsam härme und vielleicht den Tod hole vom Trunke auf den Zorn. Die Weiber stimmen gewöhnlich, wie Harfenisten , mit geringen Fußtritten die ganzen Töne der Wahrheit unter dem Spielen zu halben um. – Nachdem sie ihm noch die väterlichen Abendgewitter vorgerechnet, die er immer durch sein Reiten und durch seine Robinsonschen Entdeckungsreisen über sich hergezogen und deren Schläge nur immer den Wetterableiter (sie selber) zerschmolzen hätten: so setzte sie mit jener rührenden, nicht aus der knöchernen Kehle, sondern aus dem wallenden Herzen fließenden Stimme dazu: »Ach Alban, du wirst einst an deine Pflegemutter denken, aber zu spät« und weinte recht sanft.

Bisher waren in ihm die strengflüssigen Schlacken und der geschmolzene Teil seines Herzens nebeneinander aufgewallet, und der warme Guß war höher und heißer im Busen emporgedrungen, nur das Gesicht war kalt und hart geblieben – denn gewisse Menschen haben gerade im Punkte der Zerfließung den *Anschein* und die *Anlage* der Verhärtung am meisten, wie der Schnee kurz vor dem Zerschmelzen gefriert –; aber jetzt riß er sich durch das Ziehen am zu dicht angegürteten Zopfe, welches das verlegne Zeichen des nahen Durchbruchs war, das würzburgische Anhängsel im Krampfe der Ergrimmung über sich heraus. Eh' Albine es sah, hatte sie ihm die Direktorats-Bestallung mit den Worten gereicht: »Kaum sollt' ich; aber brings ihm nur und sage, es wäre mein Angebinde, und du wolltest künftig ganz anders sein.« – Allein da sie seine Hand bewaffnet sah, fragte sie erschocken mit dem tiefen Nachklange einer verschmerzten Vergangenheit: »Alban?« und kehrte sich sofort vom armen Kinde, dessen Schmerz sie mißverstand, mit zu bittern Tränen weg und sagte: »Was ist denn das wieder? – O wie quält ihr heute alle mein Herz! – Geh fort!« – »O komm her« (rief sie ihm nach) »und erzähl die Umstände!« Und als ers unschuldig und wahr getan hatte, so konnte ihre von Tränen überwältigte Stimme nicht mehr tadeln, sondern nur milde sagen: »Trage denn das Angebinde hin!« Dennoch hatte sie vor, beim Manne die Abbreviatur des Haars für einen Gehorsam gegen ihren Willen und gegen die Mode der vornehmen Stadtkinder auszugeben. –

Alban ging, aber auf dem harten Wege zersprangen die

gefüllten Tränendrüsen und das angehaltene Herz, und er trat mit fortweinenden Augen vor den einsamen Pflegevater, der den müden und sinnenden Kopf aufstützte, und reichte ihm weit voraus das großgesiegelte Schreiben hin und konnte nur sagen: »Das Angebinde« und weiter nichts und Funken sprangen mit den Gewittertropfen aus den heißen Augen. Lege dich, Unschuldiger, leise an des Vaters aufgeknöpfte Brust und lasse dich von seiner Linken, indem er den Zauberkelch der Ehre mit der Rechten hält und sich aus ihm betrinkt, durchaus nicht wegstemmen! Die abtreibende Hand wird endlich nur schlaff und ohne Schwere auf deinen nassen Feuerwangen und warmen Augen voll Buße zu pulsieren kommen – dann wird der Alte das Dekret noch langsamer wieder überlesen, fast um den ersten Laut zu verschieben – dann wird er, wenn du unbeschreiblich-ungestüm seine Hand in dein küssendes Angesicht eindrückest, sich stellen, als wach' er eben auf, und wird salpeter-kalt sagen mit Schimmern der Augen: »Rufe die Mutter!« – und dann wird er, wenn du dein glühendes, von Liebe zuckendes Gesicht unter den herübergefallnen Haaren gegen ihn aufhebst und wenn diese sanft von deinen Kirschenwangen zurückschlagen, seinem weglaufenden Lieblinge ziemlich lange nachschauen und aus seinen Augen etwas wegstreifen, damit er die Adresse des Diploms so überlaufen könne, wie er will . . .

Sag, Albano, hab' ich recht geraten? –

16. ZYKEL

Jede Ehrensäule erhebt das Herz eines Mannes, den man daraufstellt, über den Brodem des Lebens, über die Hagelwolken der Drangsale, über den Frostnebel der Verdrießlichkeit und über die brennbare Luft des – Zorns. Ich will das Zauberblatt einer günstigen Rezension einem knirschenden Werwolfe vorhalten: – sofort steht er als ein leckendes Lamm mit quirlendem Schwänzchen vor mir; und könnte eine Frau ihrem hitzigen Schriftsteller jedesmal ein kritisches Trompeterstückchen auf Famas Trompete vorblasen, er würde einem Engel und sie jenem Bierfiedler gleich der im Bärenfange den Saul von Petz durch Tanzstücke besänftigte.

Wehrfritz kam als ein neugeborner Seraph Albinen entgegen und erzählte die Ehre. Ja um die Explosionen seines Ätna ihr abzubitten, sagte er nicht, wie sonst: nolo episcopari, er sagte nicht, eine unersteigliche Bergkette von Arbeiten setze sich jetzt um ihn fest – sondern statt dieses verlegnen Zurückziehens der Hand vor dem ausschüttenden Fruchthorne des Glücks, statt dieser jungfräulichen Blödigkeit des Entzückens, die Gattinnen gemeiner ist, legt' er die Herzhaftigkeit einer Witwe an den Tag und sagte Albinen, ihre Wünsche des heutigen Morgens wären schon zu Gaben geworden – und fragte, wo denn der versprochene Abendschmaus und die Leute und der Magister und der Tanzmeister, den jener gar noch nicht gesehen hätte, und Rabette und alles steckte. –

Aber Albine hatte dem Magister schon längst durch Albano die Einladung und das Verziehen aller Gewitter und des neuen Kommis Ankunft sagen lassen. Wehmeier aß eigentlich mit dem größten Widerwillen bei einem Edelmanne, bloß weil er wie ein speisender Akteur des Tisches mit Reden, savoir vivre, Aufpassen, Halten aller Gliedmaßen und Spedieren aller Eßwaren so viel zu tun hatte, daß er aus Mangel an Muße kleine Dinge – z. B. Essiggurken, Kastanien, Krebsschwänze – bloß im ganzen und ohne Geschmack verschluckte, so daß er nachher das Hartfutter wie einen verschlungenen Jonas oft drei Tage in der Weidtasche seines Magens herumtragen mußte. Allein diesesmal zog er sich gern zum Essen an, weil er auf seinen pädagogischen Nebenmann neugierig und ungehalten war, und das aus Angst, der neue Mitpächter gebe vielleicht die herrliche *Wintersaat* in Albans besäetem Lande für seine eigne *Sommersaat* aus. Er schrieb seiner abbrevierten Lehrmethode alle Wunderkräfte seines Lehrlings, d. h. dem

Boden aus Wasser den aromatischen Geist der Pflanze zu, die darin wuchs.[1]

Mit größerer nachsichtiger Liebe kam er, den halbierten Liebling eigenhändig führend, vor Rabettens Kabinett in einem saftgrünen Flaus mit dreiblättrigem Kragen an. – – »Herr von Falterle hier« (sagte bei seinem Eintritt Rabette, nicht aus Neckerei, sondern aus Unbesonnenheit) »meinten vorhin, Sie wärens, als der Hund hereinwollte.« – »Mein Herr,« (versetzte kalt und ernst der Paradeur von Falterle neben unserm Ackergaule) »der Hund kratzte an der Türe – aber sowohl bei dem Minister als in allen großen Häusern in Paris kratzet jedermann mit dem Fingernagel, wenn er bloß in ein Kabinett und in kein großes Zimmer will.« –

Welcher herrliche malerische Abstand beider Amtsbrüder! Der Exerzitienmeister mit der bunten Flughaut oder Rückenschürze eines gelben Sommerkleidchens, gleichsam mit den gelben Oberflügeln eines Buttervogels, dessen dunkle Unterflügel das Gilet (wenn ers aufknöpft) vorstellen; – Wehmeier aber im geräumigen saftgrünen Flause hängend, den ein Zeltschneider um ihn gespannt zu haben scheint, und mit Unterleib und Schenkeln in der schwarz-samtnen Halbtrauer der Kandidaten pulsierend, die sie anlegen, ehe sie sich zur ganzen verkohlen – Falterle hat sein Glatteis von Beinkleidern plattiert um die Beine gegossen, und jede Falte in diesen bricht sich in seinem Gesichte zu einer, als wäre dieses das Unterfutter von jenen; indes an den Schenkeln des Schachtelmagisters die Wendeltreppe seiner Wickel-Modesten[2] aufläuft – jener in Brautschuhen, dieser in Pumpenstiefeln – jener schnalzt als eine weiche schleimige Goldschleie empor mit den Bauchfloßfedern des Jabots, mit den Seitenfloßfedern der Manschetten und mit den Schwanzfloßfedern des an drei Hermelin-Schwänzchen hängenden trinomischen Würzelchens oder

1 Denn Boyle fand in seinen Versuchen, daß Ranunkeln, Münze etc., die er im Wasser großwachsen lassen, die gewöhnlichen aromatischen Kräfte entwickelten.

2 Modesten wollen einige statt der Beinkleider hören.

Zöpfleins; der Magister sieht in seinem grünen Flause bloß wie der grüne Schnäpel (Weißfisch) oder die Kaulquappe aus – herrlicher Abstich, wiederhol' ich! –

Der Schnäpel hätte die Schleie gern gefressen, als der Goldfisch mit dem rechten Arme Rabetten und mit dem linken Albano zum Essen vorausführte. Aber jetzt wurd' es viel ärger. Alban hatte mit seiner gewöhnlichen Heftigkeit die Serviette zuerst offen, die nun gleichsam das Antrittsprogramm und Dokimastikum von Falterles Lehrart wurde; »posément, Monsieur,« (sagt' er zum Novizen) »il est messéant de déplier la serviette avant que les autres ayent déplié les leurs.«[1] Nach einigen Minuten gedachte Alban seine Suppe – es war eine à la Britannière mit Locken – kalt zu blasen: »Il est messéant, Monsieur,« (sagte der Exerzitienmeister) »de souffler sa soupe.«[2] Der Schachtelmagister, der schon mit dem Gebläse seiner Brust zu einem Zugwinde für einen Löffel voll Locken angesetzt hatte, schnappte erschrocken mit einer Windstille ab.

Als nachher eine farschierte Weißkohlbombe wie eine Zentralsonne auf das Tischtuch niederfiel: schlang der Magister den brennenden Kalbfleisch-Farsch kühn hinein, wie ein Taschenspieler oder Vogel Strauß glimmende Kohlen, und atmete mehr ein- als auswärts.

Nach der Bombe kam ein Hecht au four herein, dem bekanntlich der Wegschnitt des Kopfes und Schwanzes und die Verschlossenheit des Bauchs die Gestalt eines Rehziemers schenken. Als Alban seinen alten Lehrer fragte, was es wäre, versetzte solcher: »Ein delikater Rehziemer.« – »Pardonnez, Monsieur« (sagte der Gegenzüngler) – »c'est du brochet au four, mon cher comte – mais il est messéant de demander le nom de quelque mets qu'il soit – on feint de le savoir.«[3]

1 Gemach, es ist unschicklich, wenn man seine Serviette früher aufmacht als andere Leute.

2 Es ist unschicklich, wenn man auf seine Suppe bläset.

3 Um Verzeihung, es ist Hecht au four; aber es ist unschicklich, nach dem Namen einer Schüssel zu fragen – man tut, als wisse man ihn schon.

Es ist leicht zu zeigen, daß dieser Kernschuß aus einer Doppelbüchse dem Magister durch Mark und Bein durchfuhr; die Passions-Instrumente, die im weggeschnittenen Kopfe des Hechts au four wie in einer Gewehrkammer lagen, arbeiteten in seinem weiter. Wie die meisten Schullehrer glaubt' er so lange die feinste Lebensart zu haben, als er sie dozierte und die gröbste bekriegte – ebensolange schätzt' er sie ungemein, so wie den Putz –; wurd' er aber in beiden besiegt, so mußt' er sie von Herzen verachten. Es bracht' ihn wieder auf die Beine, daß er den Exerzitienmeister im stillen bei sich gegen beide Katos und die homerischen Heroen hielt, die nicht viel besser aßen wie Schweine, und daß er so den Wiener an einen Schandpfahl anband und ihn daran mit der einen Hand wacker drasch, indes er mit der andern über ihm die Schandglocke läutete. Ja er stellte sich, um den Amtsbruder klein zu machen, auf einen fernen Irrstern und sah herunter auf die Bombe und auf den Hecht au four und mußte droben auf seinem Planeten sehr herablachen, als er den gelbseidnen Ladenhüter der Natur mit dem Wrack von Gehirn nicht größer befand als einen Kleisteraal. Dann dauerte ihn der verlaßne Zögling, und er fiel wieder herunter und schwur unterweges, aus ihm jeden Tag so viel auszujäten, als jener einharke.

Wir werden es noch bald genug erfahren, wie Albans Nerven auf dieser Drechselbank unter den Schlichthobeln zuckten. Den Direktor labte dieses pädagogische Schneiden und Brillantieren eines so großen Demants unbeschreiblich, wiewohl der Schnitt (nach Jefferies) allen Demanten die halbe Schwere nimmt, und wiewohl er selber noch die ganze hatte und mehrere Karats als Facetten. Wehrfritz konnte nie eher rein vergeben – worauf er jetzt hinarbeitete, weil er dem Kleinen den Österleinschen Flügel mitgebracht –, als bis er wenigstens mit *einem* Worte eine kurze Marter angetan; er teilte also – blind gegen Albanos verhülltes blutiges Büßen – den Gästen mit, wie strenge der Minister seine Kinder erziehe, wie sie z. B. für unwillkürliches Husten und Lachen an der Tafel, gleich preußischen Kavalleristen, welche stürzen oder im Winde den Hut verlieren, Strafen bekommen und wie sie freilich so alt wären wie Albano, aber völlig so gesittet wie Erwachsene. Beim Minister hatt' er heute umgekehrt mit den Kenntnissen des Pflegesohns geprunkt; aber manche Eltern erbauen in jedem fremden Zimmer Rauchopferaltäre für dasselbe Kind, das sie im eignen wie Wein und Bienen schwefeln.

Der Henker hol' es überhaupt, daß sie, wie Landesväter, gerade dann verdoppelte Forderungen machen, wenn die Kinder unmäßige befriedigt haben, so daß diese durch opera supererogationis von majorennen Lernstunden die Spielstunden mehr verwirken als erringen. Hält man es nicht großen Philosophen, z. B. Malebranche, und großen Feldherren, z. B. Scipio, zugute, daß sie nach den größten Eroberungen, die sie im Reiche der Wahrheiten oder in einem geographischen gemacht, sich in die Kinderstube setzten und da wahre Kindereien trieben, um den Bogen, womit sie so viele Lügen und Menschen zu Boden gelegt, sanft zurückspannen? Und warum soll dieses Gleichnis, womit der heilige Johannes sich verteidigte, wenn er sich eine Spielstunde mit seinem zahmen Rebhuhne erlaubte, nicht Kinder entschuldigen, daß sie auch Kinder werden, wenn sie vorher den noch dünnen Bogen zu krumm angezogen haben? –

Aber nun weiter! Der alte Wehrfritz referierte Rabetten ganz freundlich, »wie er heute die Pupille des Don Zesara, die herrliche Gräfin de Romeiro, gesehen, wahrhaftig 12 Jahre alt, aber von einer Conduite, wie nur eine Hofdame habe; und der Herr Ritter erlebe an seiner Mündel mehr Freude als sonst.« Diese harten klirrenden Worte ritzten, wie an einem Wasserscheuen, die offnen Nerven des ehrgeizigen Knaben, da für ihn der Ritter bisher das Lebensziel, der ewige Wunsch und der frère terrible war, womit man ihn bezwang; – aber er saß still ohne Zeichen da und erstickte das schreiende Herz. Wehrfritz kannte dieses stumme Verbeißen; gleichwohl handelte er so, als hab' ihn Albano nicht verstanden.

Nun fing auch der Wiener an, in alle Ecken und Nischen des ministerialischen Vatikans Leuchtkugeln zu werfen, bloß um seine Tanz- und Musikschüler darin und sich selber günstig zu beleuchten. Kann nicht die Tochter des Ministers, kaum zehn Jahre alt, alle neue Sprachen und die Harmonika, die Albano noch nicht einmal gehöret, und schon vierhändige Sonaten von Kotzeluch und singt wie die Nachtigall schon in unbelaubten Ästen, und zwar Opernauszüge, die ihre zarte Nachtigallenbrust aushöhlen, daher er fortgemußt? – Ja kann der Bruder nicht noch weit mehr und hat alle Lesebibliotheken ausgelesen, besonders die Theaterstücke, die er noch dazu auf Liebhaberbühnen auch spielt? Und wird er nicht gerade in dieser Stunde im heutigen bal masqué seine Sache recht gut machen, wenn er anders da den Gegenstand antrifft, der ihn begeistert? – Wehmeier tat unrecht, daß er unserm Juwelenkolibri Falterle gegenübersaß als eine Ohreule oder Vogelspinne, die bereit ist, den Kolibri jede Minute zu rupfen und zu fressen. Wahrlich Falterle sagte nichts aus Bosheit, er konnte niemand verachten und hassen, weil seine geistigen Augen in seinem aufgeschwollenen Ich so tief saßen, daß er damit gar nicht über das geschwollene Ich herausschauen konnte; er verletzte keine Seele und umflog die Leute nur wie ein stiller Schmetterling, nicht wie eine stechende sumsende Bremse, und sog kein Blut, sondern Honig (d. h. ein kleines Lob). –

»Sollte sich wohl, Herr v. Falterle,« (sagte Wehrfritz, der alsdann, sobald er nur diesen kalten Wetterstrahl auf Albano heruntergetan hatte, diesen nicht mehr fliehend und kalt anschielen wollte) »der junge Minister zuweilen auf eine Vogelstange setzen wie unser Albano da?« – Das war zu viel für dich gequältes Kind! »Nein!« sagte Albano ehern und mit der Freundlichkeit eines Leichnams, welche Nachsterben bedeutet, und verließ mit einer optischen Wolke schweifender Farben den unter seinen stummen Zuckungen knackenden Sessel und ging langsam mit eingeklemmten Fingern hinaus.

Der arme junge Mensch hatte heute nach der anscheinenden

Vergebung seines adamitischen Falles und nach dem Anblicke des geschmückten neuen Lehrers, auf den er sich schon so lange gefreuet und dessen graviertes glänzendes Gehäuse gerade auf ein Kind imponierend wirkte, die letzte Puppenhaut seines Innern abgeworfen und sich viel vorgesetzt. Irgendeine Hand riß vor einer Stunde seinen innern Menschen aus der engen schläfrigen Wiege der Kindheit auf – er sprang auf einmal aus dem Wärmkorbe – er warf Fallhut und Flügelkleid weit weg – er sah die weite toga virilis dort hängen und fuhr in sie hinein und sagte: kann ich denn nicht auch ein Jüngling sein? –

Ach du Lieber, der Mensch, besonders der rosenwangige, hält betrogen so leicht Bereuen für Bessern, Entschlüsse für Taten, Blüten für Früchte, wie am nackten Zweige des Feigenbaums scheinbare *Früchte* sprießen, die nur die fleischigen Hüllen der *Blüten* sind! –

Und nun, indes alle Nerven und Wurzeln seiner Seele nackt an der harten Luft bloßlagen und bei so schönen frischen Trieben, wurd' er jetzt so oft beschämend zertreten. In seiner Seele glühte die Ehre – durch die künftigen Jahre wollte sie wie durch eine weiße Kolonnade von Ehrensäulen gehen – schon ein bloßer Alumnus aus der Stadt war seiner ruhm- und wissensdurstigen Seele ein klassischer Autor – und sollt' ers erdulden, daß ihn bei dem Ritter der Direktor verklagte und der Wiener verzeichnete? – Harte Tränen wurden wie Funken aus der stolzen verletzten Seele geschlagen, und den Kometenkern seiner innern Welt zertrieb die Glut in einen schwülen Nebel. Kurz er beschloß, in der Nacht nach Pestitz zu rennen – vor seinen Vater zu stürzen, ihm alles zu melden – und dann wieder nach Hause zu gehen, ohne ein Wort davon zu sagen. Am Ende des Dorfs fand er einen eiligen Nachtboten, den er nach dem Pestitzer Wege befragte und der sich wunderte über den kleinen Pilger ohne Hut.– –

Man sehe mit mir vorher nach dem Reste der Tischgenossenschaft. Eben dieser Bote überbrachte dem Wiener eine böse

Neuigkeit, die den so lange gelobten Minister-Sohn betraf, der *Roquairol* hieß.

Die obengedachte Pupille des Ritters, die kleine Gräfin von Romeiro, war sehr schön; Kalte hießen sie einen Engel und Warme eine Göttin. Roquairol hatte keine belgische Venen, worin wie im Saturn alle Feuchtigkeiten als feste gefrorne Körper liegen, sondern afrikanische Arterien, worin wie im Merkur geschmolzene Metalle umlaufen. Als die Gräfin bei seiner Schwester war, versucht' er, mit der Keckheit vornehmer Knaben, sein mit einem Geäder von Zündstricken gefülltes Herz als einen guten Brander auf ihres zuzutreiben; aber sie stellte die Schwester als Feuermauer vor sich. Zum Unglück ging sie zufällig als Werthers Lotte gekleidet in die heutige Redoute, und die Pracht ihrer despotischen Reize wurde von lauter dunkel-glühenden Augen hinter Larven verschlungen und umblitzt; er nahm seine innere und äußere ab, drang an sie und forderte mit einiger Eile – weil sie abzureisen drohte – und mit einiger Zuversicht – auf dem Liebhabertheater errungen – und mit pantomimischer Heftigkeit – womit er auf diesem immer die schönsten Nachtmusiken der klatschenden Hände gewonnen – nichts vor der Hand als Gegenliebe. Werthers Lotte kehrte ihm stolz den prangenden Rücken voll Locken, er lief außer sich nach Hause, nahm Werthers Anzug und Pistole und kam wieder. Dann trat er mit einem physiognomischen Orkan des Gesichts vor sie hin und sagte – das Gewehr vorzeigend –, er mache sich hier auf dem Saale tot, falls sie ihn verstoße. Sie sah ihn ein wenig zu vornehm an und fragte, was er wolle. Aber Werther – halb trunken von Lottens Reizen, von Werthers Leiden und von Punsch – drückte nach dem fünften oder sechsten Nein (an öffentliches Agieren schon gewöhnt) vor der ganzen Maskerade das Schießgewehr auf sich ab, lädierte aber glücklicherweise nur das linke Ohrläppchen – so daß nichts mehr hineinzuhängen ist – und streifte den Seitenkopf. Sie entfloh plötzlich und reisete sogleich ab, und er fiel blutend darnieder und wurde heimgetragen. – –

Diese Geschichte blies viele Lampen an Falterles Ehrenpforte aus – und an Wehmeiers seiner an –; aber sie setzte auf einmal Albinen in Angst über den ebenso wilden Tollkopf Albano. Sie fragte nach ihm in der Domestikenstube; und der Bote half ihr auf die Spur durch den Knaben ohne Hut. Sie eilte selber in ihrem gewöhnlichen Übermaße der Angst durch das Dorf hinaus. Ein guter Genius – der Hofhund Melak – war da der Musculus Antagonista und Schlagbaum des Flüchtlings geworden. Melak wollte nämlich mit; und Alban wollte einen dem Schloßhofe so bedienten und öfter als der Nachtwächter darin abrufenden Schirmvogt und Küstenbewahrer wieder heim haben. Melak war in seinen Sachen fest; er verlangte Gründe, nämlich nachgeworfene Prügel und Steine – allein der weinende Knabe, dessen glühende Hände die kalte Schnauze des gutwilligen Viehes erfrischte, konnte ihm kein böses Wort geben, sondern er drehte bloß den wedelnden Hund um und sagte leise: »Fort!« – Aber Melaken waren bloß laute Dekrete etwas; er kehrte immer wieder um; und in diesen Inversionen – während welchen in Albanos ohnehin immer auf dem Brockengebirge stehenden Geist, der im Nebel Riesenformen ziehend wachsen sah, seine Tränen und jedes unverdiente Wort tiefer einbrannten – fand ihn die unschuldige Mutter.

»Albano,« sagte sie freundlich-verstellt, »in *der* kalten Nachtluft bist du?« – Von diesem Nachgehen und Anreden der allein beleidigten Seele wurde seine volle, der eine Ergießung, es sei durch Tränen oder Galle, nötig war, so sehr ergriffen, daß er mit einem gichterischen Reißen des überspannten Herzens an ihren Hals aufsprang und sich daran aufgelöst und weinend hing. Er konnte ihren Fragen seinen harten Entschluß nicht gestehen, sondern drückte sich bloß stärker an ihr Herz. – Jetzt kam besorgt auch der bereuende Direktor nach, den die kindliche Stellung umschmolz, und sagte: »Närrischer Teufel, hab' ich es denn so böse gemeint?« und nahm zurückführend die kleine Hand. Wahrscheinlich war Albanos Zürnen durch die ergoßne Liebe erschöpft und durch den versöhnten

Ehrgeiz befriedigt; folgsam und sogar – was sonderbar scheint – mit größerer Liebe gegen Wehrfritz als gegen Albine ging er mit ihnen zurück und weinte unterwegs bloß aus zarter Bewegung.

Als er ins Zimmer trat, war sein Angesicht wie verklärt, obwohl ein wenig geschwollen, die Tränen hatten den Trotz verschwemmt und alle sanfte Schönheitslinien seines Herzens auf sein Gesicht gezogen, wie etwa der Regen die Himmelsblume, die in der Sonne nicht erscheint, in durchsichtigen zitternden Fäden zeigt. Er stellte sich aufmerkend an den Vater und behielt den ganzen Abend dessen Hand; und Albine genoß in der doppelten Liebe ein doppeltes Glück; und sogar auf den Gesichtern der Bedienten lagen zerstreute Stücke von dem dritten Nebenregenbogen des häuslichen Friedens, dem Bundeszeichen der verlaufenen Wassersnot.

– Wahrlich, ich hab' oft den Wunsch getan – und nachher ein Gemälde daraus gemacht –, ich möchte dabeistehen können bei allen Aussöhnungen in der Welt, weil uns keine Liebe so tief bewegt als die *wiederkehrende*. Es müßte Unsterbliche rühren, wenn sie die beladnen, vom Schicksal und von der Schuld oft so weit auseinandergehaltnen Menschen sähen, wie sie, gleich der Valisnerie[1], sich vom sumpfigen Boden abreißen und aufsteigen in ein schöneres Element und wie sie nun in der freiern Höhe den Zwischenraum ihrer Herzen überwinden und zusammenkommen. – Aber es muß auch Unsterbliche schmerzen, wenn sie uns unter dem schweren *Gewitter* des Lebens gegeneinander auf dem *Schlachtfelde* der Feindschaft ausgerückt erblicken, unter doppelten Schlägen und so tödlich getroffen vom fernen Schicksal und von der nahen Hand, die uns verbinden sollte! –

1 Die weibliche Valisnerie liegt zusammengerollt unten im Wasser, aus welchem sie mit der Blumenknospe aufsteht, um im Freien zu blühen; die männnliche macht sich dann vom zu kurzen Stengel los und schwimmt mit ihrem trocknen Blütenstaube der erstern zu. –

DRITTE JOBELPERIODE

Methoden der beiden Kunstgärtner in ihrer pädagogischen Pelzschule – Schutzschrift für die Eitelkeit – Morgenrot der Freundschaft – Morgenstern der Liebe

17. ZYKEL

Wenn wir beide Schulstuben aufmachen, so sehen wir den Schachtelmagister vormittags über den zweidottrigen Eiern des Eleven sitzen und brüten, und den Exerzitienmeister nachmittags, so wie der Tauber das Nest in jener Tageszeit, die Taube in dieser hütet. –

Wehmeier wollte nun so gut wie sein Nebenrenner sich mit ganz neuen Lehren des Zöglings bemeistern; aber neue für diesen waren neue für ihn selber. Wie die meisten ältern Schullehrer wußt' er von der Sternkunde außer dem wenigen, was im Buch Josua stand, und von der Naturkunde außer den wenigen Irrtümern, die in seinen eher vergessenen als zerrissenen Heften standen, und von der Weltweisheit außer der Gottschedianischen, für die aber ein reiferer Eleve gehörte, und von andern Realien genau gesprochen – nichts, ausgenommen etwas Historie. Kamen ihm zuweilen in seiner literarischen Sarawüste, in welche ihn die quälende Schulstunden-Schraube ohne Ende und die Bettel- oder Kröpelfuhre eines mehr verschlackten als vererzten Lebens ohne Geld verwiesen hatten, neue Lehrmethoden oder neue Entdeckungen zu Ohren (zu Augen nie): so merkt' er den Augenblick, daß es seine eignen wären, nur schwach abgeändert; und er verhielt niemand das Plagium. Ich bitte aber alle seidene und gepuderte und lockige Prinzen-Instruktoren von Herzen: verdenket meinem armen, von den schweren dicken Erdlagen des Schicksals tief überbaueten Wehmeier seine unterirdische Optik und sein Krummstehen nicht zu sehr, sondern zählt seine acht Kinder und seine acht Schulstunden und seine nahen Funfziger in seiner Lebens-Höhle von Antiparos und entscheidet dann, ob der Mann damit wieder herauskann ans Licht! –

Aber von der Historie wußt' er, wie gesagt, doch etwas; und diese ergriff er als pädagogischen Diebsdaumen und Fortunatus-Wünschhut. Hatt' er nicht schon mit jener epischen ausmalenden Paraphrase, womit er die kleinste Marktflecken-Historie so interessant und lügenhaft erzählte (denn woher will ein guter Erzähler die 1000 kleinern, aber nötigen Züge nehmen als aus der Luft?), seinem Albano Hübners biblische äußerst rührend vorgetragen? Und wer weinte dabei mehr, der Lehrer oder der Schüler? –

Nun hatt' er drei historische Wege vor sich offen. Er konnte den geographischen einschlagen, der mit der elendesten Geschichte von der Welt anfängt, mit der Landesgeschichte. Aber bloß höchstens Briten und Gallier können die Geschichte wie eine epische und eine Erdbeschreibung von hinten anfangen; hingegen eine haarhaarsche, eine baireuthische, eine Mecklenburger Landesväter-Patristik gibt hohlen Zähnen hohle Nüsse aufzubeißen, ohne Kern für Kopf und Herz. Und schwellet man nicht dadurch einen Holzzweig der Historie, auf welchen der Zufall der Geburt den jungen Borkenkäfer abgesetzt, unverhältnismäßig zu einem Stammbaume derselben an? Und was fragt man z. B. in Berlin nach einer Markgrafen-, oder in Hof nach der hohenzollerischen Regentenlinie?

Die zweite Methode ist die chronologische oder die vornen anspannende; diese hebt vom Geburtstage der Welt an, die nach Petav und den Rabbinen den 22sten Oktober[1] vormittags auf die Welt kam, schreitet am 28sten Oktober, dem ersten Flegel- und Tölpeltage des jungen Adams, dann über den

1 Die vorhergehenden schönen Oktobertage so wie die Kanikularferien und der April und kurz der Vorrest des Jahres wurden am gedachten 22sten Oktober und dieser selber *nach*geschaffen. So lehn' ich die Frage nach der Vorzeit ab. Denn datiert einer die Welt anders, z. B. vom 20sten März, wie Lipsius und die Patres taten: so muß er immer zu meinem Nachschaffen des Vorjahrs greifen, wenn ich ihm mit seiner eignen obigen Frage zu Leibe gehe.

29sten, den ersten Sonn-, Buß- und Karenztag, hinweg und so fort bis zum Karenz- und Bußtage des neuesten Adamssöhnchens, das eben der Sache zuhorchen muß.

Diese Milchstraße war unserm Magister zu lang, zu öde, zu fremd. Er schiffte die mittlere Straße zwischen den vorigen, die nach den reichen beiden Indien der Geschichte führt, nach Griechenland und Rom. Die Alten wirken mehr durch ihre Taten als durch ihre Schriften auf uns, mehr auf das Herz wie auf den Geschmack; ein gefallenes Jahrhundert um das andere empfängt von ihnen die doppelte Geschichte als die zwei Sakramente und Gnadenmittel der moralischen Stärkung; und ihre Schriften, an welche ihre steinernen Kunstwerke jede Nachwelt heften, sind die ewige Bibelanstalt gegen jeden Verfall der Cansteinischen. Aber nun lasset uns an einem schönen Sommermorgen etliche Male vor der Rektoratswohnung vorbeigehen und es außen mit anhören, mit welcher Stimme der Magister drinnen, obwohl in altväterischen Wendungen aus dem Plutarch – dem biographischen Shakespeare der Weltgeschichte –, nicht die Schattenwelt von Staaten, sondern die darin glänzenden Engel der Gemeine zitiert, die heilige Familie großer Menschen, und werfet im Vorbeigehen einen Blick auf das funkelnde Auge, womit der begeisterte Knabe an den moralischen Antiken hängt, die der Lehrer wie in einem Abgußsaale um ihn versammlet. O wenn so die großen Wetterwolken der heroischen Vergangenheit sich an Zesarens Seele wie an ein Gebirge hingen und daran mit stillem Blitzen und Tropfen niedergingen: wurde da nicht das ganze Gebirge mit himmlischem Feuer geladen und alles, was darauf grünte und keimte, befruchtet, erquickt und herausgetrieben? – Und konnt' er dann, so schön bewölkt, wohl in die tiefe Wirklichkeit schauen? Ja blieb es nicht dem Lehrer wie dem Schüler unter dem Marktgetöse des römischen und des athenischen Forums, wo sie im Gefolge Katos und Sokrates' mit herumgingen, völlig unbekannt, daß die rüstige Magisterin neben ihnen koche, bette, keife und scheuere? Von den acht lärmenden Kindern vernahmen sie schon der Menge wegen nichts; denn nur *eine* sausende Mücke hält man nicht ohne entsetzliche Anstrengung im Zimmer aus, leicht aber einen ganzen Schwarm. Ebenso wurde die Schulstube, auf deren Boden nichts fehlte, was man in Kanarien-Heckkasten zum Nestmachen wirft, Heu, Moos, Rehhaar, ausgezauseter Flanell und fingerlanges Garn, beiden durch den Fußboden der alten (geographischen und historischen) Welt zugedeckt, welcher, der römischen Paulskirche ihrem gleich, aus Marmortrümmern voll abgebrochener Inschriften besteht.

18. ZYKEL

Der Leser ist nun auf den Nachmittag, wo man den Eleven in die Poliermühle des Wieners schickt, begierig, wie er sich da schleifen lasse. Es muß ihn noch begieriger machen, wenn ich nachhole, daß Wehmeier, der wie andere Gelehrte dem Elefanten an Verstand und Plumpheit glich, nichts in der alten Geschichte lieber fand – und also abmalte – als einen großen Mann, der wenig anhatte, wie z. B. Diogenes, oder der barfuß ging, wie Kato, oder unbalbiert, wie die Philosophen; ja er fiel in die Mittelmark ein und holte sich Friedrichs II. Kleider heraus, womit er soviel gewann als Mr. Pages in Paris, und trug dessen Hemden wie des edlen Saladins seines und unter einerlei Ausrufungen auf Stangen zur Schau und entwarf als ein zweiter *Scheiner* die beste Karte, die wir von den Sonnenflecken des Tabaks auf Friedrich haben. Dann nahm er diese nackten rauhen Kolossen und schlichtete sie sämtlich in die eine Waagschale auf, und in die andere warf er getäfelte leichte Figuren wie Falterle und die Nürnberger geleckten Kindergärtchen von neuern Höfen und ersuchte den Scholaren, achtzugeben, wohin das wägende Zünglein schlage. – –

Ich bin hier nicht ganz auf deiner Seite, Magister, da kraftvolle Jünglinge ohnhin die Folie des Zeremonialgesetzes zu leicht zerreißen und oft die Folienschläger, die Oberzeremonienmeister, dazu; für Schwache ist die Methode gut.

Kam nun Albano zum Exerzitienmeister: so konnt' er vor dem lauten Nachklange der vorigen Stunde – weil Kinder von einer gewissen Tiefe, wie Gebäude von einiger Größe, ein *Echo* geben – das nur schwach vernehmen, was Falterle befahl; und nur wenn er einige Tage ohne die historische Rührung blieb, wurd' er für die kleinern Lehrstunden weiter offen, wie vergoldete Sachen erst, wenn das Gold herunter ist, sich versilbern lassen. Das Unglück war noch, daß er seine Frontänze gerade neben der Schreibstube des Direktors, der da in eignen begriffen war, zu machen hatte. Es traf sich oft, daß Wehrfritz, wenn Alban so zerstreuet wie eine verliebte Moitistin in der Anglaise aufmerkte, drinnen unter dem Diktieren schrie: »Ins drei Teufels Namen, chassier!« – Ebenso viele Fälle würde man aufzählen können, wo der Mann, wenn der Musikmeister wie ein Trommelbaß mit ewigem Ermahnen zum Piano unter dem Adagio weglief, drinnen mit dem erdenklichsten Fortissimo rufen mußte: »Pianissimo, Satan, Pianissimo!« – Einige Male mußt' er von seinen Arbeiten aufstehen, wenn in der Fechtstunde alles Zureden zur Quarte nichts half, und die Tür aufmachen und ergrimmt zum Wiener sagen: »Um Gottes Willen, Herr, seien Sie doch kein Hase und stoßen Sie ihm derb aufs Leder, wenn er nicht aufpaßt!« – worauf der höfliche Fechtmeister nur leise zu Quartstößen anfrischte. –

Gleichwohl lernt' er viel; in so frühen Jahren setzet man sich weder über den Putz noch über die schönen Künste eines Falterle hinweg, der noch dazu mit dem zauberischen Vorzuge mächtig war, in der verbotnen Hauptstadt geglänzt und gelehrt zu haben. Bloß der laute Aufschritt und die Stiefel waren dem Zöglinge nicht zu nehmen; aber die Achseln waren in kurzem waagrecht und der Kopf steilrecht gedrückt und die oszillierenden Finger samt dem regen Körper mit einem Stahlschen Augenhalter festgemacht. Überhaupt haben Menschen mit einer *liberalen* Seele in einem schöngebauten Körper schon ohne Falterles Spalierwand und Schere einen gefälligen Stand und Wuchs. Dabei hatte er den niedlichen freundlichen Falterle mit jener heiligen *ersten Menschenliebe*, womit ein Kinderherz sich an alle Leute des Hauses und des Dorfes anklammert, schon darum lieb, weil den Wiener eine Dame um den Goldfinger, ja innen um den Goldring selber aufwickeln konnte, und weil er vom Ritter des goldnen Vlieses wie von einem Könige sprach und log, und weil er die gefälligste Haut war, die je über die Erde lief.

Da ich in meinen Biographien Duldung und eine vielseitige Gerechtigkeit gegen alle Charaktere lehren will: so muß ich hier mit meinem Muster der Toleranz vorangehen, indem ich von Falterle bemerke, daß seine arme dünne Seele sich selber nicht unter den steinernen Gesetztafeln der Etikette und unter dem hölzernen Joche eines imponierenden Standes aufzubringen vermochte. Wem tat der arme Teufel etwas an? Nicht einmal Damen, für welche er zwar, gleich einem Kupferstecher, immer vor dem Spiegel arbeitete an seinem Ich, allein nur um mit diesem Kunstwerke, gleich andern Figuristen, reine Schönheiten *darzustellen*, nicht aber solche zu *verführen*. Das Seewasser seines Lebens – denn er ist weder ein Millionär noch eben der größte Gelehrte des Säkuls, ob er wohl bei vielen Bücherverleihern herumgelesen – süßet er sich durch das Schönheitswasser ab, worin er sich stündlich badet. Er säuft und frisset fast nichts; flucht und schwört er, so tut ers in fremden Sprachen, wie der Päpstler darin betet, und schmeichelt wenigen außer sich.

Der Eitle und noch mehr die Eitle hassen Eitle viel zu stark, die doch mehr am Kopfe als am Willen siechen. Ich kann mich hier freudig auf jeden denkenden Leser berufen, ob er sich je, wenn er eben ungewöhnlich eitel einhertrat, tiefe Gewissensbisse oder Mißtöne im Ich verspürt zu haben entsinnt, welche doch niemals fehlten, wenn er sehr log oder zu hart war; er nahm vielmehr ein ungemein liebliches Schaukeln seines innern Menschen in der Paradewiege wahr. Daher wird ein

Eitler so schwer wie ein Spieler kuriert. Aber auch noch darum: die meisten Sünden sind Kasualpredigten und Gelegenheitsgedichte und müssen häufig ausgesetzet werden, vom 3ten bis 10ten Gebot inclus. – Die Ehe, den Sabbat, das Wort kann man nicht zu jeder gegebenen Stunde brechen – Verleumden kann einer so wenig als kegeln oder duellieren mit sich selber – viele beträchtliche Laster sind nur an der Ostermesse oder am Neujahrstage – oder im Palais royal oder im Vatikan zu verüben – manche königliche, markgräfliche, fürstliche im ganzen Leben nur einmal – manche gar nicht, z. B. die Sünde gegen den heiligen Geist. – – Hingegen sich innerlich preisen und bekränzen kann einer Tag und Nacht, Sommer und Winter, an jedem Orte, auf dem Katheder, im Prater, im Generalszelte, hinten auf der Schlittenpritsche, auf dem Fürstenstuhle, in ganz Deutschland, z. B. in Weimar. Wie? und diese perennierende Balsamstaude, die den innern Menschen immerwährend anräuchert, sollte man sich ausziehen oder beschneiden lassen? – –

19. ZYKEL

Alle diese Geschäfte und Dornen waren für Albano recht gute spitze Erdbeben-Ableiter, da in seiner Brust schon mehr unterirdische Gewittermaterie umherzog, als zum Zersprengen der dünnen Brusthöhle eines Menschen nötig ist. Nun kam er immer tiefer in die wilden Donnermonate des Lebens. Die Sehnsucht, Don Zesara zu sehen, entflammte sich an der römischen Geschichte mehr, welche Cäsars kolossalisches Bild vor ihm in die Höhe stellte und darunterschrieb: Zesara. Die verhüllte Lindenstadt wurde von seiner Phantasie auf sieben Hügeln getragen und zum Rom erhoben. Ein Posthorn schallte in sein Innerstes wie ein Schweizer Kuhreigen, der alle Höhen unserer Wünsche in langen Bergketten glänzend in den Äther hinausbauet; und es blies ihm das Zeichen zum Aufbruch, und alle Städte der Erde lagen mit offnen

Toren und mit breiten Fuhrstraßen um ihn herum. Und wenn er in jener Zeit an einem kalten hellen Sommermorgen neben einem nach Pestitz gehenden Regimente so lange metrisch mitzog, als die Trommeln und die Pfeifen lärmten: so feierte seine Seele ein Händelsches Alexanderfest – sie hörte die Vergangenheit – das Fahren der Triumphwagen – das Gehen der spartischen Heere und ihre Flöten – und die helle Trompete der Fama – und wie unter den letzten Posaunen erstand seine Seele unter lauter glänzenden Toten aus der aufgeriegelten Erde und zog mit ihnen weiter. – –

Wenn die Geschichte einen edlen Jüngling in die Ebene von Marathon und auf das Kapitolium führt: so will er an seiner Seite einen Freund, einen Waffenbruder haben – aber auch weiter nichts, keine Waffenschwester; denn einem Heros schadet eine Heroine sehr. In den starken Jüngling zieht die Freundschaft eher als die Liebe ein; jene erscheint wie die Lerche im Vorfrühlinge des Lebens und geht erst im späten Herbste fort; diese kommt und fliehet wie die Wachtel mit der warmen Zeit. Albano hörte schon diese Lerche unsichtbar in den Lüften über ihm schmettern; er fand einen Freund, nicht in Blumenbühl, nicht in der Lindenstadt, an keinem Orte, sondern in seiner – Brust; aber diesen hieß er – Roquairol.

Die Sache war diese: für Leute wie ich ist das Landleben der Honig, worin sie die Pille des Stadtlebens einnehmen; Falterle hingegen brachte das bittre Landleben nicht ohne die Versilberung des Stadtlebens hinunter; wöchentlich lief er dreimal nach Pestitz, entweder in die Logen der Liebhabertheater als Dramaturg oder auf diese selber als Akteur. Nun nahm er jedesmal sein Rollenbüchlein aufs Dorf hinaus und studierte da – im Vertrauen auf die Komödienprobe – seine Rolle insularisch ohne die kollegialischen ein; so wie noch jeder Staatsdiener seine ohne einen Blick in die mitspielenden memoriert; daher jeder von uns nur aus *einer* Seelenkraft besteht und, wie in der russischen Jagdmusik, nur *einen* Ton zu pfeifen weiß und seine Stärke ins Pausieren setzen muß. – In diesen von Falterle geliehenen Bruchstücken der Bühne ging nun Albano mit einem Entzücken herum, das jener bald höher zu treiben suchte durch den Tausch der ganzen dramatischen Weltgloben gegen diese Kugelsektoren.

Der Wiener hatt' ihm längst den selbstmörderischen Wildfang Roquairol als ein Genie im Lernen – besonders sich als eines im Lehren – vorgelobt; jetzt führt' er den Beweis aus den großen Rollen, die der Wildfang immer gut spiele. Übrigens war es nicht seine Schuld, daß er den Ministers-Sohn nicht ungemein heruntersetzte, dem er nicht nur die theatralischen Siege beneidete, sondern auch die erotischen. Denn der phantasiereiche Roquairol hatte mit dem Selbstschusse des 13ten Jahres das ganze weibliche Geschlecht salutiert und gewonnen und sich zum Opferpriester aus einem Opfertiere gemacht und zum Regisseur des ans Liebhabertheater gestoßenen Liebhaberinnentheater, indes der scheue blöde Falterle mit seiner totgebornen Phantasie keine Schöne zu einem andern Schritt brachte als zum Rückpas im Menuett und statt der Setzung seines Ichs zu nichts als zur Fingersetzung. Aber der Eitle kann andern kein Lob versagen, das sein eignes wird.

Wie mußte das alles unsern Freund für einen Jüngling gewinnen, den er bald als Karl Moor – bald als Hamlet – als Clavigo – als Egmont durch seine Seele gehen sah! – Was den bekannten Redoutenschuß in frühern Jobelperioden anlangt, so mußte unser so unerfahrner Herkules, den der blanke Dolch des Kato blendete, einem so verwandten Herakliden den Schuß als eine seiner tragischen 12 Arbeiten anrechnen. – Der Lehnpropst Hafenreffer erzählt sogar, Albano habe einmal mit dem Wiener, der längst aus einem Schullehrer zu einem Schulkameraden herunter war, über die schönsten Todesarten gestritten und sei gegen den sanften Falterle, der sich für den Schlaftrunk erklärte, auf Roquairols Seite getreten, sogar mit dem stärkern Zusatze: »am liebsten stieg' er auf einen Turm und zöge den Wetterstrahl auf seinen Kopf!« – Im letztern zeigt er das hohe Gefühl der Alten, die den Donnertod für keine Verdammnis, sondern für eine Vergötterung hielten; sollt' aber nicht der Körper etwas dabei tun, da seine Ellenbogen und seine Haare oft im Finstern elektrisches Feuer aussprühen und sein Kopf in der Wiege mehrmals einen heiligen Zirkel ausstrahlt? Der Lehnpropst ist sehr dafür. – –

Albano konnte sein feuriges Herz am Ende nicht anders kühlen, als daß er Papier nahm und an den Unsichtbaren schrieb und es dem Wiener zu bestellen gab. Falterle, der die Gefälligkeit selber war – und dabei auch die Unwahrheit selber –, nahm trotz seiner Abneigung gegen Roquairol die Briefe herzlich gern mit – »ich bin beim Minister ja wie zu Hause«, sagt' er –, bestellte aber, da er sowohl im stolzen Froulayschen Palaste als bei dem Sohne wenig galt, keinen einzigen und brachte bloß jedesmal eine neue gültige Ursache mit, warum Roquairol nicht darauf antworten können; er war entweder zu sehr in der Arbeit – oder auf dem Krankenstuhle – oder in Gesellschaft – jedesmal aber entzückt darüber gewesen; – und unser argloser Jüngling glaubte alles fest und schrieb und hoffte fort. Vom Legationsrate wär' es brav gewesen, wenn er mich, falls er anders konnte, sich verbindlich gemacht und mir Albanos Palm-Blätter eines liebenden Herzens eingeliefert hätte; nicht für das Archiv dieses Buchs, sondern bloß für meine Manualakten, für den Blumenblätterkatalog, den ich mir zu eignem Gebrauche von Albanos Nelkenflor hefte und leime. –

20. ZYKEL

Plötzlich wurde unser Zesara, der in die Jahre trat, wo der Gesang der Dichter und der Nachtigallen tiefer in die aufgeweichte Seele quillt, ein anderer Mensch. Er wurde stiller und wilder zugleich, sanfter und aufbrausender, wie er denn einmal einem unter Prügeln schreienden Hunde im wildesten Harnische zu Hülfe lief – Himmel und Erde, die bisher in ihm, wie nach dem ägyptischen Systeme, ineinander gelegen, nämlich das Ideal und die Wirklichkeit, arbeiteten sich voneinander los, und der Himmel stieg rein und hoch und glänzend zurück – über die innere Welt ging eine Sonne auf und über die äußere ein Mond, aber beide Welten und Halbkugeln zogen sich zu einer ganzen an – sein Aufschritt wurde langsamer, sein helles Auge träumerisch, seine Athleten-Gymnastik seltener – er mußte jetzt alle Menschen wärmer lieben und sie näher fühlen, und er fiel oft seiner Pflegemutter mit geschlossenen Augen zitternd um den Hals oder nahm draußen im Freien von dem verreisenden Pflegevater einen einsamern und heißern Abschied.

Und nun wurde vor solchen reinen und scharfen Augen der Isis-Schleier der Natur durchsichtig, und eine lebendige Göttin blickte mit seelenvollen Zügen darunter in sein Herz. Ach als wenn er seine Mutter fände, so fand er jetzt die Natur – jetzt erst wußt' er, was der Frühling sei und der Mond und das Morgenrot und die Sternennacht ... Ach wir haben es alle einmal gewußt, wir wurden alle einmal von der Morgenröte des Lebens gefärbt! ... O warum achten wir nicht alle *ersten* Regungen der menschlichen Natur für heilig, als Erstlinge für den göttlichen Altar? Es gibt ja nichts Reineres und Wärmeres als unsere erste Freundschaft, unsere erste Liebe, unser erstes Streben nach Wahrheiten, unser erstes Gefühl für die Natur; wie Adam werden wir erst aus Unsterblichen Sterbliche; wie Ägypter werden wir früher von Göttern als Menschen regiert; – und das Ideal eilet der Wirklichkeit, wie bei einigen Bäumen die weichen *Blüten* den breiten rohen *Blättern*, vor, damit nicht *diese* sich vor das Stäuben und Befruchten *jener* stellen. –

Wenn oft Albano von seinen innern und äußern Irrgängen nach Hause kam, zugleich trunken und durstig – zugleich mit *geschlossenen* Sinnen und mit *geschärften*, träumend, aber wie Schläfer, die das Auslöschen des Lichts herber empfinden –: so braucht' es freilich wenige kalte Tropfen von kalten Worten, damit die heiße, in Fluß gebrachte Seele von den fremden kalten Körpern in Zickzack und Klumpen zerschoß, indes eine warme Form den Guß zur lieblichsten Gestalt geründet hätte. –

Bei so bewandten Umständen wird sich freilich keiner wundern über das, was ich bald berichten werde. Der Tanz-, Musik- und Fecht-Meister, der wenig auf seine Pas, Griffe und Stöße großtat, aber desto mehr auf seine (Reichstags-)Literatur – denn die neuen Monatsnamen, die Klopstocksche Rechtschreibung und die lateinischen Lettern in deutschen Briefen hatt' er früher in seinen als einer von uns –, wollte dem Wehrfritzischen Hause gern zeigen, daß er ein wenig mehr von Literatur verstehe und da wisse, wo der Hase liegt, als andere Wiener (um so mehr, da er gar nichts las, nicht einmal politische Zeitungen und Romane, weil ihm lebendige wahre Menschen lieber waren); – er trat daher nie ins Haus, ohne zwei Taschen voll Romane und Verse für Rabette und Albano. Dazu half seine unendliche Dienstbeflissenheit – und sein kollegialisches Wettrennen mit Wehmeier im Bilden – und sein Anteilnehmen am verstummenden Jünglinge, dem er aus den süßen *Träumen*, die der *Rubin*[1] des glänzenden jugendlichen Lebens schenkt, mit den exegetischen *Traumbüchern*, den Dichterwerken, helfen wollte. Die Umwälzung des Jünglings, der nun ganze romantische Everdingens-Wiesen abmähete und ganze poetische Huysums-Blumenrabatten abpflückte, auch nur leidlich zu schildern, hab' ich jetzt wegen der oben versprochnen Wundersache weder Zeit noch Lust; genug, daß Albano, so dasitzend – der Himmel der Dichtkunst vor ihm aufgetan, das gelobte Land des Romans vor ihm ausgebreitet –, einem Erdballe glich, an welchen mehrere Schwanzsterne sich brausend anwerfen und der mit ihnen gemeinschaftlich aufbrennt.

Allein wie weiter? Der Wiener, das muß ich noch vorher sagen, war ein eitler Narr (wenigstens in Punkten der Demut, z. B. seiner Zwergfüße, seiner Literatur, seines Glücks bei Weibern) und ließ besonders durch vertraute Gemälde von Großen und Damen gern auf sein Förderativsystem mit den Originalen schließen. Der arme Teufel war freilich arm und

1 Man glaubte sonst, daß ein Rubin angenehme Träume gebe.

glaubte mit mehrern Autoren, er und diese hätten – ungleich dem Salomo, der Weisheit erbat und Gold erhielt – umgekehrt das Unglück gehabt, nur erstere zu empfangen, indes sie um letzteres geworben. Kurz aus solchen Gründen wollt' er – im Vorbeigehen gesagt – gern den Glauben im Wehrfritzischen Hause ausgebreitet wissen, daß er sehr gut stehe bei seiner vorigen Schülerin, der Ministers-Tochter – *Liane*, glaub' ich, wenn ich anders Hafenreffers Hand richtig lese –, und daß er sie oft genug sehe und spreche bei ihrer Mutter. Dazu kam noch, daß kein wahres Wort daran war; durch den Tempel, worin Liane war, ging kein Durchgang für ihn. Allein um so weniger konnt' er den Direktor vorauslassen, der sie öfters sah und zu Hause immer eifriger lobte, bloß um die rohunschuldige, von niemand je erzogene Rabette auszuschelten. Der Wiener wollte freilich auch noch den Grafen – dem er nur die Küste der Freundschaftsinsel Roquairols von weitem zeigte, aber keine Anfurt zur Landung – durch die Schwester listig von dem Bruder ablenken (er war unvermögend, ihn länger zu belügen und hinzuhalten): denn warum malt' ers ihm so lange aus, wie giftig vor einigen Jahren der Nacht- und Todesfrost über den Retraiteschuß des Bruders, den sie zu innig liebe, auf diese so zarten weißen Herzblätter gefallen sei?

Öfters hing er unter dem Essen breite, von Wehrfritz kontrasignierte Meritentafeln von Lianens musikalischen und malerischen Fortschritten auf, um *scheinbar* seinen Klavier- und Zeichenschüler zu größern anzutreiben. Denn wär' es nicht scheinbar: warum klebt' er ebenso lange Altarsblätter von Lianens Reizen bei Rabetten auf, bei dieser Unparteiischen, die, nur mit Pfarrers-, nicht mit Ministers-Töchtern wettrennend, fast so freudig *städtische* Schönheiten wie wir *Homerische* preisen hörte und vor der nur ein windiger Tropf, der sich vor Weibern aufrecht und im Sattel durch Lobgesänge auf fremde erhalten will, seine auf Lianen anstimmen konnte? Wahrlich, vor einer so resignierten und neidlosen Seele, als Rabette war – zumal da ihre Gesichtshaut und Hände und Haare nicht am weichsten waren, wenigstens härter als die Falterleschen –, wär' ich um keine Medaille in der Welt imstande gewesen – wie ers doch war –, den glücklichen Erfolg näher zu kolorieren, womit der Minister, um Lianens ungewöhnliche Schönheit der jüngern Jahre durch Erziehung in die jetzigen herüberzubringen, das Seinige getan durch zarte und fast magere Kost – durch Einschnüren – durch Zusperren seines Orangeriehauses, dessen Fenster er selten von dieser Blume eines mildern Klimas abhob – noch weniger hätt' ich wie er malen können, daß sie dadurch ein zartes, nur aus Pastellstaub zusammengelegtes Gebilde geworden, das die Windstöße des Schicksals und die Passatwinde des Klimas fast zerblasen können – und daß sie sich wirklich nur mit Seifenspiritus waschen könne und nur mit den weichsten Linnen ohne Schmerzen trocknen und nicht drei Stachelbeeren ohne blutende Finger abnehmen.

– Der flache Wiener, der vor keinem auf einer Bergkuppe stehenden Manne von Stande unten im Sumpfe den Hut abziehen konnte, ohne leise dabei zu sagen: »Ihr ganz Untertänigster!« und der von vornehmen Leuten höchstens nur im vertrauten oder satirischen Tone (seine Konnexion zu zeigen), aber nie im ernsthaft-kritischen sprach, war freilich – was doch seine Pflicht war – nicht imstande, den alten Froulay einen festen scharfen Leichenstein zu heißen, unter welchem zwei so weiche Blumen wie seine Frau mit dem ihr angeschlungenen Efeu, mit Lianen, sich gebogen und gedrückt ans Licht aufwinden. Herr v. Hafenreffer macht hier zu seiner Ehre – in Betracht, daß er ein Legationsrat und Lehnpropst ist – die ganz andere, gefühlvollere Bemerkung, daß die harten Erdschichten solcher Verhältnisse, wodurch Lianens Lebensquelle dringen und sickern müsse, diese reiner und heller machen, so wie alle harten Schichten Filtriersteine des Wassers sind – und alle ihre Reize werden zwar durch ihren Vater Qualen, aber auch alle ihre Qualen durch ihr Dulden Reize. – –

Aber, guter Zesara! wenn du nun das alles täglich hören mußt – und wenn der Exerzitienmeister ohnehin nicht zu schildern vergisset, wie sie ihn nie mit einer ungehorsamen Miene oder einer Zögerung gekränkt, wie froh sie ihm die papiernen Stundenmarken und am Ende das Schulgeld oder eine Einladung gebracht – und wie besorgt und mild und höflich sie gegen ihre Dienerschaft gewesen und wie man hätte denken sollen, ihr Herz könne nicht wärmer werden, als schon die Menschenliebe es mache, hätte man nicht ihre noch heißere Tochterliebe gegen die Mutter gesehn – – guter Zesara, sag' ich, wenn du das alles neben deinen Romanen vernimmst und noch dazu von der Schwester deines Roquairols – weil jeder, wenn es nur halb praktikabel ist, sich gern mit der Schwester seines Freundes einspinnt in *eine* Chrysalide – und noch überdies von einem Mädchen in der geheiligten Lindenstadt, um welche Don Gaspard, wie die alten Preußen[1] um ihre Götter-Haine, noch mystische Vorhänge herumzieht – und was ärger als alles ist, gerade nach deinem 16½ Jahre, Zesara, wo schon die Moussons und Frühlingswinde der Leidenschaften über die Blutwellen fahren! Denn früher freilich wars allerdings von dir mitten im gelehrten Kränzchen von so vielen Linguisten – d. h. von Büchern der Linguisten – von Eklektikern – Ober-Rabbinern – von 10 Weisen aus Morgen- und aus Griechenland – und wegen der ungemein blendenden *Epiktetslampen*, die das gedachte Weisen-Dezemvirat am Tags-*Sterne* der Weisen angezündet hatte, da wars wenig zu vermuten, daß dir Amors Turiner *Lichtchen*, das er noch unaufgebrochen in der Tasche hatte, sehr ins Auge fallen möchte! – Aber jetzt, mein Lieber, jetzt, sag' ich! – Wahrlich nirgends war es uns allen weniger übelzunehmen, wenn wir ungemein attent darauf sind, was er im 21sten Zykel macht, als im zwanzigsten.

1 Arnolds Kirchengeschichte von Preußen. 1. B.

VIERTE JOBELPERIODE

Hoher Stil der Liebe – der gothaische Taschenkalender – Träume auf dem Turme – das Abendmahl und das Donnerwetter – die Nachtreise ins Elysium – neue Akteurs und Bühnen und das Ultimatum der Schuljahre

21. ZYKEL

Wie viele selige Adams von 16½ Jahren werden gerade jetzt in ihrer Sieste im Grase des Paradieses liegen und aus Teilen ihres eignen Herzens dessen künftige Schoßjüngerin erschaffen sehen! – Aber sie suchen sie nicht, wie der erste Adam, neben sich auf der Baustelle, sondern recht weit vom eignen Lager, weil die Ferne des Raums so glänzend verherrlicht wie die Ferne der Zeit. Daher setzet sich jeder Jüngling mit dem Glauben auf die Post, daß in den Städten, wohin er eingeschrieben ist, ganz andere und göttlichere Madonnen unter der Haustüre stehen als in seiner verdammten; – und die Jünglinge jener Städte sitzen wieder ihrerseits auf dem ankommenden Postwagen und fahren hoffend in seine hinein. –

Ach das klingt für alles, was ich vorhabe, viel zu rauh und roh, und mir ist, als bring' ich dem Leser statt des lebendigen fliegenden Rosendufts nur die starre schwere dicke Porzellanrose! – Albano, ich will dein stilles, dicht verhangenes Herz aufdecken und aufschließen, damit wir alle darin Lianens Heiligenbild, die aufschwebende Raffaels-Marie, aber, wie Heiligengestalten in der Leidenswoche, hinter dem Schleier hängen sehen, den du bebend wegziehest, um es anzubeten, wenn du die Andachtsbücher – die Romane – aufschlägst und wenn du darin die Gebete antriffst, die deiner Heiligen gehören. Sogar mir wird es schwer, nicht, wie du und die Alten, den Namen deiner Schutzgöttin zu verheimlichen – über innere Geistererscheinungen (denn äußere sind Körpererscheinungen) schweiget der Seher gern neun Tage lang – und bei deinem blöden Glauben an einen tausendmal höhern Tugendgehalt Lianens, als deiner ist, und bei deiner heiligen Ehrliebe, die über die fremde wacht, ist dirs freilich ein Rätsel, wie andere, z. B. der Wiener oder Wehrfritz, ohne das geringste Erröten so laut und lieb von ihr sprechen konnten, da du selber kaum wagst, vor andern viel von ihr zu – träumen. Wahrlich, Albano ist ein guter Mensch! – Ferner, wie vollends eine solche in gediegnen Äther vererzte lichte Psyche wie Liane, etwa gleich dem auferstandnen Christus, Karpfen essen und ausgräten könne – oder mit den langen hölzernen Heugabeln im kleinen den Salatschober im blauen Napfe umstechen – oder in der Sänfte ein halb Pfund mehr wiegen als ein blauer Schmetterling – oder wie sie laut lachen könne (das tat sie aber auch nie, mein Freund!): alles das und überhaupt der ganze kleine Dienst des beleibten Erdenlebens war dem geflügelten Jünglinge ein Rätsel und eine wahre Unmöglichkeit oder die Wirklichkeit davon eine *Fixsternbedeckung*; was soll ichs verhalten, daß er über ein Paar in welsche Felsen eingestampfte Fußtritte von Engeln schwächer erstaunet wäre als über ein Paar von Lianen in der Erde, und daß er für irgendeine irdische Spur und Reliquie von ihr – ich nenne nur einen Zwirnwickler oder eine Tambourblume – nichts Geringeres hingegeben hätte als ganze Klaftern vom heiligen Kreuze samt den Fässern der heiligen Nägel und mehrere apostolische Kleiderschränke samt den heiligen Doubletten-Leibern dazu.

– So hab' ich oft sehnlich gewünscht, nur ein Pfund Erde vom Monde oder nur eine Düte voll Sonnenstäubchen aus der Sonne vor mir auf dem Tische zu haben und anzugreifen. – So schweben wir meisten Autoren von Gewicht einem Leser außer Landes als ähnliche feine ätherische Gebilde vor, von denen schwer zu fassen ist, wie sie nur einen Schnitt Schinken oder ein Glas Märzbier oder ein Paar Stiefel gebrauchen können; es ist, als wenn die Leute zusammenführen, wenn sie etwas lesen oder sehen müssen von Lessings Rasiermesser – Shakespeares englischem Sattel – Rousseaus Bärenmütze – des Psalmodisten Davids Nabel – Homers Ärmel – Gellerts Zopfband – Ramlers Schlafmütze – und der Glatze unter der meinigen, wiewohl sie wenig mehr bedeutet. –

Der alte Landesdirektor tat zur Heiligsprechung Lianens – da eine Jungfrau durch nichts so viel bei einem Jünglinge gewinnt als durch Lobreden, die ihr seine Eltern geben – dadurch ansehnliche Zuschüsse, daß er die ländlich und wie er selber lachende Rabette häufig mit jener wog, und seine nachgiebige Frau heimlich mit der strengen Ministerin; er nahm dann Gelegenheit, auseinanderzusetzen, nach welchen strengen Regeln des reinen Satzes diese Kontrapunktistin die melodischen Töne Lianens harmonisch ordne und wie sie besonders Roheit und Gelächter ausmerze. Die weiblichen Seelen sind Pfauen, deren Juwelen-Gefieder man in reinen und geweißten Wohnungen unterbringen muß, indes unsere in Entenställen sauber bleiben. – Albano zeichnete sich Mutter und Tochter bloß in den doppelten Gestalten vor, worin uns Maler die Engel geben, nämlich die verständige strenge Mutter als einen, der in einer langen Wolke steckt, nur mit dem *Kopfe* sichtbar, und Liane als ein verklärtes Kind, das mit den zarten Flügeln eine weiße Wolke umflattert. –

Nur etwas, und wär's eine verblichene zerfallne Rose aus – Seide, wünscht' er sich herzlich aus Pestitz – und konnte doch verschämt den Wiener um nichts ersuchen als ganz zuletzt nach langem Sinnen, obwohl verräterisch-erglühend, um eine Stunden-Marke; »denn er habe noch keine gesehen«, sagt' er. – Falterle hatte noch eine in der Tasche – die Zahl 15, Lianens voriges Alter, stand darauf – sie *konnte* die Zahl recht gut geschrieben haben – etwas wars immer. Ach konnt' er denn den Direktor nicht lieber um Romane aus der Handbibliothek der Ministerin angehen, in welchen die Tochter gewiß gelesen, ja sogar einige Lesezeichen vergessen haben wird? – Er tats auch; aber Wehrfritz verwünschte und verurteilte zuerst alle Romane als vergiftete Briefe; auch vergaß ers über fünfmal, einige zu fordern; – und endlich bracht' er ihm einen von Madame Genlis mit, samt einem gothaischen Taschenkalender. Diese Bücher der Seligen – wogegen meine eignen Werke und die Alexandriner Bibliothek und die blaue nur elende remittenda sind – hatten alle Stempel weiblicher Bücher; denn sie trugen alle Zieraten weiblicher Köpfe, nämlich einen Fingerhut voll Puder wie diese – seidne Band-Endchen wie diese, als Demarkationslinien und Gedenkzettel der Lektüre – und einen Wohlgeruch wie diese (den Semler auch an alchymischen rühmt), welchen sie aus den Blüten des Paradieses angezogen zu haben schienen. Ach seliger Leser des schönsten Buchs (ich meine den Grafen), willst du mehr? –

Allerdings; und er fand auch mehr, nämlich hinten im gothaischen Taschenkalender auf den beiden Final-Pergamentblättern die Worte: »Armenkonzert d. 21. Februar« und »Schauspiel für die Armen d. 1. Nov.« – Ich habe auf meiner Jagd nach Mysterien oft auf diesen Blättern die wichtigsten aus dem Busche geklopft. – »Das ist ja meiner Schülerin Hand« (sagte Falterle) – »sie versäumt mit ihrer Mutter so was selten, weils der Minister nicht leidet, daß sie sonst den Armen viel geben.« – – Haltet mich hier nicht mit der Schönheit ihrer Handschrift auf – da man ohnehin auf Pergament und Schiefer schöner schreibt als auf Papier und da gerade eine Gelehrte, ungleich den Gelehrten, mehr Kalligraphie hat als Ungelehrte –, sondern lasset mich zur Wirkung dieser Inkunabeln Lianens eilen, deren Sonntags-Buchstaben einen liebenden Menschen mit lauter innern hellen Sonntagen bedecken und deren Blätter an Heiligkeit den Briefen gleichen, die im Mittelalter vom Himmel auf die Erde fielen. Erst jetzt war ihm, als wenn der fliegende Engel, dessen Schatten nur vorher über die Erde weglief, die Schwingen falte und auf der Laufbahn des Schattens nicht weit vom Stande Albanos die Niederfahrt halte. Er lernte den gothaischen Taschenkalender auswendig.

Da er glaubte, Liane sei viel sanfter und besser als er, und da sie ihm wie der Hesperus vorkam, der unter allen Planeten mit der kleinsten Exzentrizität um die Sonne geht, und er sich als der ferne Uranus, ders mit der größten tut; – und da er nicht ohne schamhafte Wangen-Lohe daran denken konnte, einmal vor der moralischen Politur der Tochter und Mutter mit einer kleinern zurückzustehen: so wurd' er auf einmal (kein Mensch wußte warum) leiser, milder, williger, über seine Außenseite wachsamer, dem Wiener folgsamer – denn Liane wars ja auch gewesen –, und sein ganzer Vesuv[1] wurde vom Schleier einer Heiligen gebändigt. Der Nordamerikaner betet die Gestalt, die ihm in dem Traume erscheint, als seinen Schutzgeist an: o wird nicht oft ebenso für den Jüngling ein schöner Traum sein Genius? –

22. ZYKEL

Ein Pfingsten, wie ichs jetzt beschreiben will, Albano, trifft man außer in der Apostelgeschichte wohl in keiner an als in deiner! –

Er hatte bisher oft Lianens Krankengeschichte mit der Taubheit eines markigen feuerfesten Jünglings angehört, als einmal der Direktor es nach Hause brachte, daß die fromme Ministerin die Tochter am ersten Pfingsttage das Abendmahl empfangen lasse, weil sie besorge, der Tod halte solche für eine Erdbeere, die man pflücken müsse, ehe sie die Sonne beschienen. – Ach Albano sah nun schon den Tod unter dem Suchen mit der steinernen Ferse auf die bleichrote Beere tappen und sie ertreten. Und dann hatte diese Philomele ohne Zunge, weil sie bisher verstummen mußte, ihm wie einer Progne nur die gemalte Geschichte ihres schweren Daseins gesandt und nur die Pergamentblätter! – Alle liebenden Empfindungen gehen, wie Gewächse, bei gewitterhafter Luft des Lebens schneller in die Höhe; Albano fühlte zugleich ein weites tiefes Weh und eine quälende Fieber-Wärme in seinem vom Tode ausgehöhlten Herzen. – Auf eine sonderbare Art mengten sich bei seinem musikalischen und poetischen Phantasieren auf dem Österleinschen Flügel die geträumten Töne von Lianens Stimme und

1 In Catana ist der Schleier der heiligen Agatha das einzige Gegengift des Ätna.

das tönende Weinen, die Harmonika, die sie spielen konnte und die er nie gehört, gleichsam als ihr Schwanengesang mit seinen Harmonien zusammen. Aber nicht genug: er schrieb sogar heimlich ein – Trauerspiel (du gute Seele!), worin er alle seine zartesten und bittersten Gefühle mit nassen Augen auf *fremde* Lippen legte – aber sie fürchterlich anfachte, indem er sie ausdrückte. – Jeder kann merken, daß er damit dem Schwätzer und Spione, dem Zufalle, entgehen wollte; aber nicht jeder merkt – etwas ganz Eigenes: in *fremdem* Namen dürf' er, glaubt' er, dem tiefen Schmerze eine heftigere Sprache geben, zu welcher er in *seinem* vor so vielen stoischen klassischen Helden verschämt den Mut nicht hatte. So aber konnten die Klassiker nichts anfangen.

Das stille warme Schwärmen wuchs unter dieser bedeckenden heißen Glasglocke noch viel größer; nämlich dergestalt, daß er die Pflegeeltern rührend bat, ihn am ersten Pfingsttage zum – heiligen Abendmahle zu lassen. Die Baufälligkeit der Dorfkirche, worin man es schwerlich ein Jahr später nehmen konnte, mußte für ihn so gut wie die körperliche für Liane sprechen. – Ewig wird den armen, durch Leiber und Wüsten zerteilten Menschenseelen die Sehnsucht bleiben, miteinander wenigstens zu gleicher Zeit dasselbe zu tun, zu *einer* Stunde Blicke an den Mond, oder Gebete über ihn hinauf (wie Addison erzählt); und so ist dein Wunsch, Albano, ein menschlicher, zarter, mit deiner unsichtbaren Liane zu *einer* Stunde an der Altarstufe zu knien und dann feurig und regierend aufzustehen nach der Krönung des innern Menschen! – Er hatte auf dem stillen Lande den Altar der Religion in seiner Seele hoch und fest gebauet, wie alle Menschen von hoher Phantasie; auf Bergen stehen immer Tempel und Kapellen.

Aber ich werde ihn nie früher in die Pfingstkirche begleiten als auf den Kirchturm. Gibt es etwas Trunkneres, als wenn er damals an schönen Sonntagen, sobald durch den weiten Himmel nichts als die schwere Sonne schwamm, zum Glockenstuhle des Turms aufstieg und, überdeckt von den brausenden

Wellen des Geläutes, einsam über die tiefe Erde blickte und an die westlichen Grenzhügel der geliebten Stadt? – Wenn alsdann der Sturm des Klanges alles ineinander- und zusammenwehte; und wenn die Juwelenblitze der Teiche und das blumige Lustlager des hüpfenden Frühlings und die roten Schlösser an den weißen Straßen und die langsamen verstreueten Kirchleute zwischen dunkelgrünen Saaten und der um reiche Auen gegürtete Strom und die blauen Berge, diese rauchenden Altäre der Morgenopfer, und der ganze ausgedehnte Glanz der Sichtbarkeit ihn dämmernd überfüllte und ihm alles wie eine dunkle Traum-Landschaft erschien: o dann ging sein inneres *Kolosseum* voll stiller Götterformen der geistigen *Antike* auf, und der Fackelschein der Phantasie[1] glitt auf ihnen als ein spielendes wandelndes magisches Leben umher – – und da sah' er unter den Göttern einen *Freund* und eine *Geliebte* ruhen, und er glühte und zitterte ... Dann schwankten die Glocken bang-verstummend aus – er trat vom hellen Frühlinge in den dunkeln Turm zurück – er heftete das Auge nur an die leere blaue Nacht vor ihm, in welche die ferne Erde nichts heraufwarf als zuweilen einen verwehten Schmetterling, eine vorbeikreuzende Schwalbe und eine vorüberwogende Taube – der blaue Schleier des Äthers[2] flatterte tausendmal gefaltet über verhüllten Göttern in der Weite – o dann, dann mußte das berückte Herz verlassen ausrufen: ach wo find' ich in den weiten Räumen, in dem kurzen Leben die Seelen, die ich ewig liebe und so innig? – Ach du Lieber, was wird denn schmerzlicher und länger gesucht als ein Herz? Wenn der Mensch vor dem Meere und auf Gebirgen und vor Pyramiden und Ruinen und vor dem Unglücke steht und sich erhebt, so strecket er die Arme nach der großen *Freundschaft* aus. – Und wenn ihn die Tonkunst und der Mond und der Frühling und die Freuden-

1 Anspielung auf die Fackeln, vor denen man das Kolosseum und die Antiken – und die Gletscher, die beides sind – magischer glänzen sieht.

2 Wie die Himmelskönigin, Juno, von den Alten immer blau verschleiert wird. Hagedorn über die Malerei.

tränen sanft bewegen, so zergeht sein Herz, und er will die *Liebe.* – Und wer beide nie suchte, ist tausendmal ärmer, als wer beide verlor. – –

Lasset uns jetzt in die Pfingstkirche treten, wo der tiefe Strom seiner Phantasie zum ersten Male in seinem Leben übertrat und sein Herz weit fortriß und damit in einem neuen Bette brausete; ein physisches Gewitter hatte sich in diesen Strom ergossen. Schon am Morgen stand der schwarze Pulverturm einer Gewitterwolke stumm neben der heißen Sonne und wurde an ihr glühend, und nur zuweilen entfiel einer fernen fremden Wolke unter dem Gottesdienste ein Schlag auf die Feuertrommel; aber als Albano vor den Altar mit erhobnen verklärten Gefühlen trat und als er seine Liebe für Liane nur in ein inniges Beten für sie verkleidete und in ein Gemälde ihrer heutigen Andacht und ihrer blassen Gestalt im frommen dunkeln Braut-Putze und als er sanft fühlte, jetzt sei seine gereinigte geheiligte Seele dieser schönen werter: so rückte das Gewitter mit allen seinen spielenden Kriegsmaschinen und Totenorgeln[1] von der Lindenstadt herüber und trat bewaffnet und heiß über die Kirche. – Aber Albano, im Bewußtsein einer heiligen Begeisterung, erschrak nicht, sondern er dachte, schon als er das ferne Rollen der fallenden Lauwine hörte, bloß an Lianen und an das Einschlagen in die Kirche zu Lindenstadt – und nun als die Sonne den Pulverturm der Wetterwolke über ihm mit ihren heißen Blicken entzündete und in tausend Blitze und Schläge zersprengte: dann jagte ihm seine von den Alten genährte Achtung für den Donnertod die schreckliche Vermutung ins Herz, Liane sei ihm nun gestorben in der Glorie der verklärten Frömmigkeit. – O dann mußt' er ja auch glauben, daß ihn jetzt die Schwinge des Blitzes über die Wolken schlage. – Und als lange Blitze um die Heiligen und die Engel des Altars loderten und als das zitternde stärkere Singen und das Wetterläuten der vertrauten Glocken und die vollströmende Orgel sich mit dem zusammenbrechenden Donner vermischte und er

1 Eine alte Maschine, die viele Schüsse auf einmal tut.

im betäubenden Getöse einen hohen feinen Orgelton vernahm, den er für den ungehörten der Harmonika hielt: da stieg er vergöttert auf dem Triumph- und Donnerwagen neben seiner Liane ein – der Theatervorhang des Lebens und die Bühne brannten unter ihnen ab – und sie flogen verbunden und leuchtend in den kühlen reinen Äther weiter hinauf . . .

Aber die zwölfte Stunde vertrieb diese Geistererscheinungen und das Gewitter – Albano trat heraus in einen blauern kühlern luftigen Himmel – und die glänzende Sonne lachte freundlich die erschrockene Erde an, der noch die hellen Tränen in allen ihren Blumenaugen zitterten. – Da nun Albano nachmittags noch den friedlichen Durchzug des Donners durch Lianens Stadt vernahm: so wurde durch den Glauben an ihr neuversichertes Leben – und durch das sanfte Mattgold der ausruhenden Phantasie – und durch die heilige Stille der bekehrten Brust – und durch die innigere Liebe aus allen Gegenden seiner Seele ein abendrotes magisches Arkadien – – und nie betrat ein Mensch ein holderes. – –

23. ZYKEL

Es kommt nicht bloß aus meiner Gefälligkeit gegen die Lese-Nachwelt her, mein lieber Zesara, sondern auch aus einer wirklichen gegen dich, daß ich alle Akte in diesem Schäferspiele deines Lebens so treu nachschreibe – in deinen alten Tagen sollen dir diese melodischen labend aus meinem Buche nachklingen, und du sollst abends nach deinen Arbeiten nichts lieber lesen als meine hier.

Die folgende Nacht verdient ihren Zykel. Bald nach Pfingsten wurd' er mit wöchentlichen medizinischen Bedenken über ein neues Kranksein der armen Liane gequält, das am Abendmahlstage, gleich als hätt' er recht geahnet, begonnen hatte. Er hörte, daß sie in *Lilar*, dem Lust- und Wohngarten des alten Fürsten, nebst ihrem Bruder lebe oder leide, von dessen Schweigen jetzt der Wiener an 1001 Ursachen aufgebracht hatte. Um Lilar, obwohl nahe an Pestitz, hatte sein Vater keine Sperrketten gezogen – Lianens Nachtlicht konnt' ihm vielleicht entgegenschimmern, oder gar ihre Harmonika entgegentönen – ja ihr Bruder konnte wohl noch im Garten herumgehen – die Junius-Nacht war ohnehin hell und herrlich – – ach kurz er ging.

Es war spät und still, weit außer dem schlafenden Dorfe ohne Lichter konnt' er die Flötenstücke der Stubenuhr im Schlosse noch auf dem Pestitzer Berge vernehmen. Es erquickte ihn, daß sein Weg eine Strecke lang auf der Lindenstädter Chaussee fortlief. Er drückte das Auge an die westlichen Berge fest, wo die Sterne *Ihr* wie weiße Blüten zuzufallen schienen. Oben auf der weiten Höhe, dem Herkules-Scheidewege, lief der rechte Arm hinunter und wand sich dem blühenden Lilar durch Haine und Auen zu.

Schreite nur freudentrunken voll junger lichter Bilder durch die italienische Nacht, die um dich schimmert und duftet und die wie über Hesperien nicht weit vom warmen Monde einen vergoldeten Abendstern[1] im blauen Westen aufhängt, gleichsam über der Wohnung der geliebten Seele. Dir und deinen jungen Augen werfen die Sterne nur Hoffnungen, noch keine Erinnerungen herunter, du hast einen abgebrochenen starren Apfelzweig voll *roter* Blütenknospen in der Hand, die wie Unglückliche zu *blassen* werden, wenn sie aufblühen, aber du machst noch nicht solche Anwendungen davon wie wir.

Jetzt stand er in einer Talrinne von Lilar glühend und bange, das aber ein sonderbarer runder Wald aus Laubengängen noch versteckte. Der Wald wuchs in der Mitte zu einem blühenden Berge auf, den breite Sonnenblumen, Fruchtschnüre von Kirschen und blinkende Silberpappeln und Rosenbäume in so künstlicher Verschränkung einhüllten und umliefen, daß er von den malerischen Irrlichtern des Mondes ein einziger ungeheurer Kesselbaum voll Früchte und Blüten zu sein schien. Albano wollte seinen Wipfel besteigen, gleich-

1 In Italien sehen die Sterne nicht silbern, sondern golden aus.

sam die Sternwarte des unten ausgebreiteten Himmels oder Lilars; er fand endlich am Walde einen offnen Laubengang.

Die Lauben drehten ihn in Schraubengängen in eine immer tiefere Nacht hinein, durch welche nicht der Mond, sondern nur die stummen Blitze brechen konnten, von denen der warme Himmel ohne Wolken überschwoll. Der Berg hob die Zauberkreise immer kleiner aus den Blättern in die Blüten hinauf – zwei nackte Kinder hatten unter Myrten die Arme liebkosend einander um die zugeneigten Köpfe gelegt, es waren die Statuen von Amor und Psyche – Rosennachtfalter leckten mit kurzen Zungen den Honigtau von den Blättern ab, und die Johanniswürmchen, gleichsam abgesprungene Funken der Abendglut, wehten wie Goldfaden um die Rosenbüsche – er stieg zwischen Gipfeln und Wurzeln hinter dem aromatischen Treppengeländer gen Himmel, aber die kleine, mit ihm herumlaufende Spiralallee verhing die Sterne mit purpurnen Nachtviolen und die tiefen Gärten mit Orangegipfeln – endlich sprang er von der obersten Sprosse seiner Jakobsleiter mit allen Sinnen in einen unbedeckten lebendigen Himmel hinaus; ein lichter Berggipfel, nur von Blumenkelchen bunt-gesäumt, empfing ihn und wiegte ihn unter den Sternen, und ein weißer Altar leuchtete hell neben ihm im Mondenlichte. – –

Aber schaue hinunter, feuriger Mensch mit deinem frischen Herzen voll Jugend, auf das herrliche unermeßliche Zauber-Lilar! Eine dämmernde zweite Welt, wie leise Töne sie uns malen, ein offner Morgentraum dehnt sich vor dir mit hohen Triumphtoren, mit lispelnden Irrgängen, mit glückseligen Inseln aus – der helle Schnee des gesunknen Mondes liegt nur noch auf den Hainen und Triumphbogen und auf dem Silberstaube der Springwasser, und die aus allen Wassern und Tälern quellende Nacht schwimmt über die elysischen Felder des himmlischen Schattenreichs, in welchem dem irdischen Gedächtnisse die unbekannten Gestalten wie hiesige Otaheiti-Ufer, Hirtenländer, daphnische Haine und Pappelinseln erscheinen – seltsame Lichter schweifen durch das dunkle Laub, und alles ist zauberisch-verworren – was bedeuten jene hohen offnen Tore oder Bogen und die durchbrochnen Haine und der rötliche Glanz hinter ihnen und ein weißes Kind, unter Orangelilien und Goldblumen schlafend, aus deren Kelchen weiche Flammen perlen[1], gleichsam als wären Engel zu nahe über sie hingeflogen – die Blitze erleuchten Schwanen, die unter lichttrunkenen Nebeln auf den Wellen schlafen, und ihre Flammen lodern golden nach in den tiefen Bäumen[2], wie Goldfische den brennenden Rücken aus dem Wasser drehen – und selber um deine Bergspitze, Albano, schauen dich die großen Augen der Sonnenblumen feurig an, gleichsam von den Funken der Johanniswürmchen entzündet. – –

»Und in diesem Reiche des Lichts« (dachte zitternd Albano) »verbirgt sich der stille Engel meiner Zukunft und verklärt es, wenn er erscheint. – O wo wohnest du, gute Liane? In jenem weißen Tempel? – Oder in der Laube zwischen den Rosenfeldern? – Oder drüben im grünen arkadischen Häuschen?« – Wenn die Liebe schon Schmerzen zu Freuden macht und den Schattenkegel der Erde zum Sternenkegel aufrichtet, o wie wird sie erst die Entzückung bezaubern! – Albano war in diesem äußern und innern Glanze unvermögend, sich Lianen krank zu denken; er dachte sich jetzt bloß die selige Zukunft und kniete sehnsüchtig und umfassend an dem Altare nieder – er blickte nach dem glänzenden Garten und malte es sich, wie es wäre, wenn er einmal mit Ihr jede Insel dieses Edens beträte – wenn die heilige Natur seine und Ihre Hände auf diesen Altarstufen ineinanderlegte – wenn er Ihr unterwegs das Hesperien des Lebens, das Hirtenland der ersten Liebe zeichnete und ihr frommes Jauchzen und ihr süßes Weinen und wenn er sich dann nicht umsehen könnte nach den Augen des weichsten Herzens, weil er schon wüßte, daß sie überfließen vor

1 Bei gewitterhafter Luft steigen aus Orangelilien, Goldblumen, Sonnenblumen, indischen Nelken etc. kleine Flammen.

2 Wahrscheinlich auf flatternden Goldblechen gegen die Vögel.

Seligkeit. – Jetzt sah er im Mondscheine über die Triumphbogen zwei beleuchtete Gestalten wie Geister gehen; aber seine brennende Seele fuhr im Malen fort, und er dachte es sich, wie er vor ihr, wenn die Nachtigallen in diesem Eden schlagen, wahnsinnigliebend sagen würde: »O Liane, ich trug dich früh in meinem Herzen – einstmals droben auf jenem Berge, als du krank warst.« – – –

Hier kam er erschrocken zu sich – er war ja auf dem Berge – aber er hatte die Krankheit vergessen. – Nun legt' er kniend die Arme um den kalten Stein und betete für sie, die er so liebte, und die gewiß auch hier gebetet; und ihm sank weinend und verdunkelt das Haupt auf den Altar. Er hörte nähere Menschenschritte unten am Schneckenberge, und furchtsamfreudig dachte er daran, es könne sein Vater sein; aber er blieb kühn auf den Knien. – Endlich trat über den Blumenrand ein großer gebückter Greis herein, ähnlich dem edlen Bischofe von Spangenberg, das ruhige Angesicht lächelte voll ewiger Liebe, und keine Schmerzen standen darauf, und keine schien es zu fürchten. Der Alte drückte dem Jünglinge stumm und erfreut die Hände zum Fortbeten zusammen, kniete neben ihn hin, und jene Entzückung, zu welcher öfteres Beten verklärt, breitete den Heiligenschein über die Gestalt voll Jahre. – Sonderbar war diese Vereinigung und dieses Schweigen. Die nur noch aus der Erde ragende Trümmer des Mondes brannte düsterer; endlich sank sie ein; da stand der Alte auf und tat mit der aus Gewohnheit der Andacht kommenden Leichtigkeit des Übergangs Fragen über Albanos Namen und Ort; – nach der Antwort sagt' er bloß: »Bete unterwegs zu Gott dem Allgütigen, lieber Sohn, – und gehe schlafen, eh' das Gewitter kommt.« –

Nie kann diese Stimme und Gestalt aus Albanos Herzen weggehen; die Seele des alten Mannes ragte, wie die Sonne bei der ringförmigen Finsternis, über den dunkeln Körper, der sie mit seiner Moder-Erde überdecken wollte, mit dem ganzen Rande leuchtend hinaus. – Tief bis an die Nervenanfänge getroffen, stand Albano auf, und die breitern Blitze zeigten ihm jetzt drunten neben dem Zaubergarten einen zweiten, düstern, verwickelten, schrecklichen, gleichsam den Tartarus des Elysiums. – Er schied mit seltsamen gegeneinandergehenden Gefühlen – die Zukunft und die Menschen darin schienen ihm unterwegs ganz nahe zu stehen und hinter dem durchsichtigen Vorhange schon als Theaterlichter hin- und herzulaufen – und er sehnte sich nach einer schwerern Tat, als nach der Erquickung dieses entzündeten Herzens; aber er mußte das innere Steppenfeuer auf das Kopfküssen betten; und in sein Einträumen mischte sich der hohe Donner wie ein Gott der Nacht mit den ersten Schlägen.

24. ZYKEL

Der alte unbekannte Mann blieb viele Tage lang in Albanos Seele stehen und wollte nicht weichen. Überhaupt war jetzt dem Bette seines Lebens eine Krümmung nötig, die den Zug des Stromes brach. Menschen wie ihn kann das Schicksal nur durch den Wechsel der Lagen bilden, so wie Schwache nur durch den Bestand derselben. Denn ging es länger so fort und kam der Kronleuchter in seinem Tempel durch innere Erdstöße in immer größere Schwankungen: so konnt' am Ende keine Kerze mehr darauf fortbrennen. Welche Reichstags-Beschwerden führen nicht schon Wehrfritz und Hafenreffer verbunden darüber, daß der Schiffspatron Blanchard in Blumenbühl mit seinen ärostatischen Seifenblasen aufstieg und das Zesara beinahe durch den ganzen Despotismus des Direktors kaum von dem Einschiffen abzuhalten war! Und wie göttlich stellt' er sich es nicht vor, nicht nur der Erde ihre Eisenringe und Haftbefehle herunterzuwerfen und über alle ihre Markthaufen und Grenzbäume und Herkulessäulen steilrecht wegzufliegen und als ein Sternbild um sie zu ziehen, sondern auch über dem magischen Lilar und der plombierten Lindenstadt mit verschlingenden Augen zu schweben und eine ganze schwere volle Welt an der Handhabe *eines* Blicks zum durstigen Herzen zu heben! –

Aber das Schicksal brach den Fall dieses schnellen Stroms. Es wollte nämlich zum Glück schon lange die Blumenbühler Kirche täglich einfallen – und ich wollte, der Pfingstdonner wäre dareingefahren und hätte der Baudirektion Ohren und Beine gemacht –, als zu noch größerem Glück der alte Fürst unpaß wurde. In der Kirche war nun das Erbbegräbnis des Fürsten, das nicht schicklich wieder das Erbbegräbnis der Kirche werden konnte.

Es mußte sich treffen, daß die alte Fürstin mit dem Minister Froulay durch das Dorf passierte. Beide hatten sich längst zu Reichsvikarien und Geschäfts- und Zepterträgern des Staates bevogtet, weil der alte matte Herr gern die Spiele und die Bürden, den Glimmer und das Gewicht der Krone weggegeben und jene beiden Lehnsvormünder ins Erbamt des Zepters eingelassen hatte. – Kurz das Alter der Kirche entschied neben dem Alter des Fürstenpaars die Baute einer neuen Dachung und Kapsel für die Gruft.

Der Landschaftsdirektor besichtigte mit; und invitierte die vornehme Gesellschaft in sein Haus, in welcher aus dem Gefolge besonders der Landbaumeister Dian und der Kunstrat Fraischdörfer als Kunstverständige, und die kleine Prinzessin als Naturverständige auszuheben sind.

Der arme Tanzmeister bekam durch ein Sehrohr Wind von dem Zuge, als er die Füße voll Pas eben in ein warmes Fußbad streckte. Es wird niemand vergnügen, daß der Wiener das einzige mit dem Magister gemein hatte, was der Teufel mit dem Pferde, nämlich den Fuß, der seine guten anderthalb Pariser Fuß maß; und daß daher sein doppelter Wurzelast in den engen Treibscherben von Schuhen zu einem fruchttragenden Knotenstock voll Okulier-, d. h. Hühneraugen ausschlug. Heute hätt' er diese gordischen Knoten im Fußbade zerschnitten; aber so mußt' er bei einer solchen Visite – wiewohl er sie nie ausgezogen – seine engsten Kinderschuhe anlegen, um

Effekt zu tun. So fangen sich die Menschen oft mit zu leichten, wie die Affen mit zu schweren Schuhen.

Albano hingegen stand auf Kothurnen. Jeder überhaupt, der nur aus Pestitz kam, hatte für ihn geweihte heilige Erde an den Sohlen; und hier sah' er mit der liebenden Achtung eines Dorfjünglings der bejahrten, aber rotwangigen und hochstämmigen Fürstin auf das von der Zeit aufgebogene Kinn und ins freundliche Gesicht, das sich in ein ganzes tiefes Haubengebüsch – vielleicht zur Decke der vielen Lebenslinien – vergrub. Sie wiegte diesen Kopf lächelnd-vergleichend, im Wahne der Verschwisterung, zwischen ihm und Rabetten hin und her, weil Mütter immer an Müttern zuerst nach den Kindern sehen. Er hätt' es noch wissen sollen, daß er eine Freundin Lianens an der kleinen krausköpfigen Prinzessin vor sich hatte, die, wiewohl schon in seinem Alter, noch mit einer freundlichen Lebhaftigkeit, die nie vom Hofmarschallamte unterschrieben werden kann, an alle hinansah und sogar Rabetten bei der Hand nahm und ihr ein unbeschreiblich-gutmütiges und steifes Anlachen abzwang. Furchtbar kam ihm der Minister vor, ein Mann voll starker Partien an Leib und Seele, voll reißender, würgender, nur an Blumenketten liegender Leidenschaften, und von welchem, obwohl sein hartes Gesicht erst höflich mit freundlichen 12 himmlischen Zeichen von Liebe überschrieben war, doch nicht sonderlich einleuchten wollte, wie von der nerven-weichen Liane ein Mann der Vater und Führer sein könne, bei welchem die Eisenteile, deren der Mensch mehrere im Blute trägt als irgendein Tier, sich nicht, wie bei Götze, auf die Hand geworfen hatten, sondern auf die Stirn und das Herz.

Ich gehe über das einzige Glied in der Gesellschaft, das Albanen unausstehlich war, nur flüchtig weg, über den Kunstrat Fraischdörfer, der sein Gesicht, wie die Draperie der Alten, in einfache edle große Falten geworfen hatte. Vor sieben Jahren wollt' er nämlich unsern verschämten kleinen Helden bis auf die Herzgrube zum Sitzen haben, um dessen Gesicht und breite, hohe, aus der Hemdkrause glänzende Platosbrust, ich weiß nicht, ob nachzupinseln oder nachzubossieren. Allein das verschämte Kind schlug mit Händen und Füßen um sich, und es war ihm nichts nachzumünzen als das nackte Gesicht ohne das Postement, den Thorax. – Hingegen vor mir, liebe Akademie, mußt du nun jahrelang wie ein Stylit auf dem Modell-Stative aushalten und meiner Reißfeder deinen Kopf und deine Brust samt ihrem Kubikinhalt bloßstellen, der Gruppierungen gar nicht zu gedenken! –

Seiner edlen Gestalt hatt' er es vielleicht zu danken, daß der schöngebildete geradnasige und herrlich-schlanke Grieche Dian mit seinem Rabenhaare und schwarzen Adlerauge, der in jeder gelenken Bewegung eine höhere Freiheit des Anstandes zeigte, als in Tanz- und Cour-Zimmern gewonnen wird, feurig zu ihm trat und mit wenigen Blicken dem tiefen, aber reinen Meere des Jünglings auf den grünenden Boden und auf die Perlenbänke sah. Albano stellte mit seiner zu lauten heftigen Stimme, mit seinen ehrerbietigen, aber scharf aufschlagenden Blicken, mit seiner eingewurzelten Stellung eine holde Mischung von innerer Kultur und Übermacht mit äußerst ländlicher Errötung und Milde dar, gleichsam einen noch zu keinem Tulpenbeete verschnittenen Tulpenbaum, eine ländliche Eremitage und Waldklafter mit goldner Ausmöblierung. – Er hatte die Fehler der einsiedlerischen Jugend; aber Menschen und Winterrettiche muß man *weit* säen, damit sie *groß* werden; engstehende Menschen und Bäume haben zwar einen schlankern Stangenschuß, aber keine Wetterfestigkeit, keine so reiche Krone und Ästung wie freistehende. – Mit der unbefangensten Herzlichkeit entdeckte der Baumeister dem glühenden Jünglinge: »sie würden sich von nun an jede Woche sehen, da er täglich, um den Bau der Kirche zu besorgen, komme.« – –

– Das ganze Wehrfritzische Haus guckt jetzt dem hohen Zuge, bis auf das letzte verschwindende Wagenrad hinterdrein und ist doch begierig, über das nachduftende Lavendelwasser der Freude drei Worte zu sagen, das der Zug in alle Winkel und auf alle Möbeln verspritzet hatte. Vom Exerzitienmeister an, der mit den Kompressionsmaschinen an den Füßen bloß bis an die Knorren im Fegefeuer stand und dann bis an den Wirbel im Himmel, weil die gesprächige Prinzessin sich seiner fünf Positionen sehr gut entsonnen hatte – bis zur bescheidnen Rabette, der Lobrednerin ihrer Siegerin – und bis zu Albinen, der an einer Fürstin die warme Mutterliebe gegen die Prinzessin wohltat – und bis zum Direktor, den die schönbestandne Klingen- und Ankerprobe des Pflegesohns und die allgemeine Redlichkeit dieses bekehrten Weltteils der großen Welt nachfreuete, weil der Mann es nie behielt, daß Fürsten und Minister, so wie sie in ihrer Garderobe Berghabite zum Einfahren haben, auch Direktoratsanzüge, Justiz-Wildschure, Konsistorial-Schafspelze und Weiber-Opern-Kleider in der Anziehstube führen – von allen diesen Menschen bis zum Direktor wuchs der frohe Nachklang, um in Zesara mit einer – Lärmkanone aufzuhören: sein Ehrgeiz trat unter Waffen – sein Freiheitsbaum fuhr in Blüten aus – die Standarten seiner Jugend-Wünsche wurden eingeweihet und flatterten aufgewickelt im Himmel – und auf den Myrtenkranz deckt' er einen schweren Helm mit einem glänzenden hochaufwallenden Federbusche . . .

Der folgende Zykel ist bloß dazu gemacht, um anzugeben, wie man das zu nehmen habe.

25. ZYKEL

Auch meine Meinung ists, daß das antiphonierende Doppelchor der beiden Erziehungs-Kollegien, Wehmeier und Falterle, unsern Normann bisher so gut erzog, als zwei ähnliche Gymnasiarchen, die Gouvernante England und die Hausfranzösin Frankreich, die Kurrentschülerin Deutschland nach den besten Schulbüchern wirklich erzogen haben, so daß wir nun wieder unsers Orts imstande sind, Polacken zu schulen und solche mit dem Schulbakel aus dem Katheder unserer Fürstenschule herab so viel als nötig zu kantschuen. –

Aber jetzt war zu viel in Albano aufgewacht. Er fühlte überschwellende Kräfte, die keinen Lehrer fanden – sein in Italien herumstreifender Vater schien ihn zu versäumen – den Musensitz Pestitz (der doch dazu *eine* Muse mehr hatte) schien er ihm ungerecht zu versperren – er wußte oft nicht zu bleiben – Phantasie, Herz, Blut und Ehrliebe goren. In solchem Falle ist wie in jedem gärenden Fasse nichts gefährlicher als ein leerer Raum (es sei an Kenntnis oder Arbeit).

Dian füllte das Faß auf

Er kam in jeder Woche aus der Stadt, als hätt' er das Einhämmern der Kirche so gut nach Rissen zu ordnen als ihr Aufmauern. Ein Jüngling, der den ersten Griechen sieht, kanns anfangs gar nicht recht glauben, er hält ihn für klassisch-verklärt und für einen gedruckten Bogen aus dem Plutarch. Wenn ihm nun gar das Herz so brennt wie meinem, und wenn sein Grieche noch dazu ein spartischer Nachkömmling ist wie Dian, nämlich ein unbesiegter *Mainotte*, der im klassischen Doppelchore der ästhetischen Singschule, in *Atiniah* (Athen) und *Roma* erzogen worden: so ist es natürlich, daß der begeisterte Jüngling jeden Tag in den Staub- und Moder-Wolken des fallenden Kirchengemäuers steht und darauf wartet, ob sein Heerführer hinter der Wolkensäule vortrete.

Dian begleitete den Geliebten auf seine Spaziergänge – las oft halbe Nächte mit ihm – und nahm ihn auf die architektonischen Landreisen mit, die er immer zu machen hatte. Er führte ihn mit begeisterter Ehrfurcht in die heilige Welt des Homers und des Sophokles ein; und ging mit ihm unter die höhern, ganz entwickelten, von einseitiger ständischer Kultur noch unverrenkten, schöngegliederten Menschen dieses Zwillings-Prometheus, die wie Salomo für alles Menschliche, für Lachen, Weinen, Essen, Fürchten und Hoffen eine Zeit hatten und die bloß die rohe Grenzenlosigkeit flohen; die auf den Altären aller Götter opferten, aber auf dem der Nemesis zuerst. Und Dian – dessen innerer Mensch ein ganzer war, dem kein

Glied ausgerissen ist, keines aufgeblasen und alle großgewachsen – ging selber als ein solcher Sophokles-Homerischer Grieche mit dem Lieblinge um. Er machte ihm – indes Wehmeier und die Pflegeeltern ihm überall mit einer Kanzel und einem Kirchenstuhle nachliefen, bei jedem heftigen Unwillen oder Wunsche oder Jubel, den er zeigte – mit schöner liberaler Freiheit Raum, sich breit und hoch zu entwickeln. Er ehrte am Jünglinge das St. Elms- oder Helenen-Feuer, wie am Greise das Eis; das Herz kräftiger Menschen, glaubt' er, müsse wie ein Porzellangefäß anfangs zu groß und zu weit gedrehet sein, im Brennofen der Welt laufen beide schon gehörig ein. Ebenso fordr' ich von einem Jünglinge erst Intoleranz, dann nach einigen Jahren Toleranz, jene als die steinige saure harte Frucht eines kräftigen jungen Herzens, diese als das weiche Lager-Obst eines ältern Kopfes.

Aber indem der Baumeister mit ihm zeichnete, mit ihm Abgüsse der Antiken und Kunstwerke anschauete: so machte er am schönsten vor diesen seine Liebe für das artistische *Zeichen der Waage* am Menschen, der sein eignes Kunstwerk sein soll, und seine Abneigung vor jedem Paroxysmus offenbar, der die äußere Schönheit in Falten bricht wie die innere, und seinen Wunsch, seine Gestalt und sein Herz nach der hohen Stille auf den Antiken zu ordnen.

Der Baumeister bewahrte, wie oft der Künstler und öfter der Schweizer, europäische Kultur und ländliche Naivetät und Einfachheit nebeneinander, seiner geliebten Baukunst gleich, worin mehr als in den andern Künsten Schönheit und messende Vernunft zusammengrenzen; er ließ daher zuerst Albano in den Hörsaal der Philosophie, aber im Freien außen am Fenster stehend, hineinsehen und hineinhören. Er führte ihn nicht in den Steinbruch, vor die Kalkgrube und auf den Zimmerplatz der Metaphysik, sondern sogleich in das damit fertig gemachte schöne Bethaus, sonst die natürliche Theologie genannt. Er ließ ihn keine eiserne Schlußkette Ring nach Ring schmieden und löten, sondern er zeigte sie ihm als hinunterreichende Brunnenkette, woran die auf dem Boden sitzende Wahrheit herauf, oder als eine vom Himmel hängende Kette, woran von den Untergöttern (den Philosophen) Jupiter heruntergezogen werden soll. Kurz das *Skelett* und *Muskeln-Präparat* der Metaphysik versteckt' er in den *Gottmensch* der Religion. – – Und so soll es (anfangs) sein; aus der Sprache lernt man die Grammatik leichter als jene aus dieser, aus den Kunstwerken leichter die Kritik, aus dem Leibe das Gerippe, als umgekehrt, wiewohl man es immer umkehrt. – Unglücklich sind unsere jetzigen Jünglinge, die vom Baume des Erkenntnisses früher die Tropfen und die Käfer schütteln müssen als die Früchte.

Und nun macht' er ihm kühn alle Stubentüren der philosophischen Schulen auf, d. h. alle drei Himmel; denn in dieser Jugendzeit hält man noch den Docht jedes gelehrten Lichtes der Welt für Asbest, wie Brahminen sich in Asbest kleiden – und die Eisstücke an den Polen unserer geistigen Welt stellen noch, wie die der hiesigen, Städte und Tempel auf himmelblauen Säulen vor.

Wenn nun Albano über irgendeine große Idee, über die Unsterblichkeit, über die Gottheit, sich in Flammen gelesen: so mußt' er darüber schreiben, weil der Baumeister glaubte – und ich auch –, daß in der erziehenden Welt nichts über das Schreiben gehe, nicht einmal Lesen und Sprechen, und daß ein Mensch 30 Jahre mit weniger Ertrag seiner Bildung lese, als ein halbes schreibe. Dadurch schwingen eben wir Autoren uns zu solchen Höhen; – daher werden sogar schlechte, wenn sie aushalten, am Ende etwas und schreiben sich von Schilda nach Abdera und von da nach Grubstreet hinauf. –

Allein welche glühende Stunde ging dann für unsern Liebling an! Was sind alle sinesische Laternenfeste gegen das hohe Fest, wo ein entflammter Jüngling alle Gehirnkammern erleuchtet und in diesem Glanze seine ersten Aufsätze hinwirft!

Vorn auf der Schwelle des Aufsatzes ging Albano vielleicht noch Schritt für Schritt und bediente sich bloß des Kopfes; –

aber wenn es weiterkam und das Herz mit den Flügeln zuckte und er wie ein Komet vor lauter schimmernden Sternbildern großer Wahrheiten vorüberfahren mußte – konnt' er sich da enthalten, dem rosenroten Flammantvogel nachzuahmen, der im Zuge gegen die Sonne sich zu einem fliegenden Brande anzufärben und sich mit Doppelflammen zu beschwingen scheint? Kam er vollends auf die Nutzanwendung: wahrhaftig! so war jede wie die andere – in jeder formte und besäete er ein Arkadien voll menschlicher Engel, die in drei Minuten in das so nahe schwimmende Elysium aussteigen konnten auf einem dazu hineingeworfenen Charons-Ponton – in jeder Nutzanwendung waren alle Menschen Heilige, alle Heilige Selige, alle Morgen Blüten und alle Abende Früchte, Liane gesund und er nicht weit davon ihr Liebhaber – alle Völker stiegen die Mittagshöhe lichter hinan, und er auf seiner eignen erblickte, wie Menschen auf Bergen, alles Gute näher – ach die ganze sumpfige Gegenwart voll Sturzeln und Egeln hatt' er mit einem Fuße seitwärts weggestoßen und war nur von den grünenden Welten voll Auen umflogen, die die Sonnenkugel seines Kopfes in den Äther geworfen hatte. – –

Selige, selige Zeit! du bist schon lange vorbei! O die Jahre, worin der Mensch seine ersten Gedichte und Systeme lieset und macht, wo der Geist seine ersten Welten schafft und segnet, und wo er voll frischer Morgengedanken die ersten Gestirne der Wahrheit kommen sieht, tragen einen ewigen Glanz und stehen ewig vor dem sehnenden Herzen, das sie genossen hat und dem die Zeit nachher nur astronomische Ephemeriden und Refraktionstabellen über die Morgengestirne reicht, nur veraltete Wahrheiten und verjüngte Lügen! – O damals wurd' er von der Milch der Wahrheit wie ein frisches durstiges Kind getränkt und großgezogen, später wird er von ihr nur als ein welker skeptischer Hektikus kuriert! – Aber du kannst freilich nicht wiederkommen, herrliche Zeit der *ersten Liebe* gegen die Wahrheit, und diese Seufzer sollen mir eben nur deine Erinnerung wärmer geben; – und kehrst du wieder, so geschieht es gewiß nicht hier im tiefen niedrigen Grubenbaue des Lebens, wo unsere Morgenröte in den Goldflämmlein auf dem Goldkiese besteht und unsere Sonne im Grubenlicht – nein, sondern dann kann es geschehen, wenn der Tod uns aufdeckt und den Sargdeckel des Schachtes von den tiefen blaßgelben Arbeitern wegreißet, und wir nun wieder, wie erste Menschen, in einer neuen vollen Erde stehen und unter einem frischen unermeßlichen Himmel! –

In dieses goldne Zeitalter seines Herzens fiel auch seine Bekanntschaft mit Rousseau und Shakespeare; wovon ihn jener über das Jahrhundert erhob und dieser über das Leben. Ich will es hier nicht sagen, wie Shakespeare in seinem Herzen gebietend regierte – nicht durch das Atmen der lebendigen Charaktere, sondern – durch die Erhebung aus dem irdischen lauten Reiche ins stumme unendliche. Wenn man nachts den Kopf unter das Wasser taucht: so ist eine fürchterliche Stille um uns her; in eine ähnliche überirdische der Unterwelt bringt uns Shakespeare. –

Was viele Schullehrer an Dian tadeln können, ist, daß er dem Jünglinge alle Bücher untereinander gab, ohne genaue Ordnung der Lektüre. Aber Alban fragte in spätern Jahren: »Ist eine solche Ordnung etwas anders als Narrheit? – Ist sie möglich? Ordnet denn das Schicksal die Erscheinung der neuen Bücher oder Systeme oder Lehrer oder die äußern Begebenheiten oder die Gespräche je so paragraphenmäßig, daß man weiter nichts brauchte, als die Gegenwart abzuschreiben ins Gedächtnis, um die Ordnung obendrein zu haben? – Braucht und macht nicht jeder Kopf seine eigne? – Und kommt es mehr auf die Rangfolge der Speisen oder auf ihre Verdauung an?« –

26. ZYKEL

Während Dian einen schönern Tempel in die Höhe steigen ließ als den steinichten im Dorfe: verstarb die Fürstin, deren castrum doloris dieser werden sollte; sie mußte man also vor der Hand in das Absteigequartier einer Pestitzer Kirche beisetzen. Das änderte ein paar tausend Sachen. Der Hohenfließer Kronprinz Luigi sollte und mußte nun aus Welschland zum Fürstenstuhle zurück, worauf der alte, von den Jahren zusammengewickelte Fürst winzig und sprachlos mehr lag als saß – wiewohl der hinter der Fürstenstuhl-Lehne stehende Minister dessen Figur und Stimme munter genug nachspielte –; Don Gaspard, der alle bisherige Briefe Albanos nicht erhöret hatte, fertigte nun diesem die gleich feurigem Weine die Adern durchbrausende Ordre zu: »Auf meinem Rückwege aus Italien sehen wir uns in deinem Geburtsorte Isola bella. Man wird dich abholen.« – Auch Leser, die noch keine Woche lang Briefe eines Gesandten-Personale zugeschnitten und zugesiegelt haben, merken leicht, daß der Vlies-Ritter gedenkt, seinen Sohn mit dem jungen Fürsten und ihre ersten Pestitzer Verhältnisse zu verknüpfen und zu mischen. –

Ich bitte aber die Welt, nun das Paradies eines Menschen auszumessen, der nach so langer Seefahrt endlich die langen Ufer der neuen Welt im Meere hinliegen sieht. War ihm jetzt nicht das Leben an hundert Ecken aufgetan? – Lorbeerkränze – Efeukränze – Blumenkränze – Myrtenkränze – Ährenkränze – – alle diese Girlanden überhingen das Pestitzer Haupttor und seine Haustüre. Du Bruder, du Schwester (ich meine Roquairol und Liane), welcher volle schmachtende Mensch zog euch entgegen! – Und welcher träumende und unschuldige! Homer und Sophokles und die alte Geschichte und Dian und Rousseau – dieser Magus der Jünglinge – und Shakespeare und die britischen Wochenschriften (worin eine höhere humanere Poesie spricht als in ihren abstrakten Gedichten), alle diese hatten im glücklichen Jünglinge ein ewiges Licht, eine Reinheit ohnegleichen, Flügel für jeden Tabors-Berg und die schönsten, aber schwierigsten Wünsche zurückgelassen. Er glich nicht den bürgerlichen Franzosen, die wie Teiche die Farbe des nächsten Ufers, sondern den höhern Menschen, die wie Meere die Farbe des unendlichen Himmels tragen. –

Überhaupt war jetzt der reifste beste Zeitpunkt für seine Veränderung. Durch Dian und durch dessen Reisen war sogar sein *äußerer* Mensch schöner entwickelt in Gastzimmern. Die Menschen gehen wie Schießkugeln weiter, wenn sie abgeglättet sind; bei Zesara blieben ohnehin genug Demant-Spitzen stehen, woran sich das Mittelgut stößet und sticht; und selber ungewöhnlicher Wert ist ungewöhnlicher Fehler – wie *hohe* Türme eben darum *übergebogen* scheinen. Zesara lernte eben außerhalb des ländlichen Junkerzirkels eine Behendigkeit der Ideen und Worte ein, die ihm sonst nur im Enthusiasmus zu Gebote stand; denn der Witz, sonst ein Feind des letztern, war bei ihm bloß ein Diener und Kind davon. Er kokettierte nicht, wie witzige Säuglinge, mit allen Ideen, sondern er wurde von ihnen entweder angepackt oder gar nicht angestreift; daher kam jenes stumme, langsame, unscheinbare Reifen seiner Kraft, er glich langsam-aufsteigenden Gebirgen, die stets mehr Ausbeute abwerfen als schnell-aufstehende. Bei großen Bäumen ist der Same kleiner und im Frühlinge die Blüte später als bei dem kleinen Gesträuche. –

Die Zeit, eh' Gaspards abholender Bote kam, wurde dem aufgehaltenen Jünglinge eine Ewigkeit und das Dorf ein Kerker, es schrumpfte zu den Wirtschaftsgebäuden eines Klosters ein. Der bedeckte, aber mit Enkaustik in sein Gehirn geschriebene Plan des Lebens war (wie bei allen solchen Jünglingen) der, nichts Größeres zu werden und zu tun als – alles, nämlich zugleich sich und ein Land zu beglücken, zu verherrlichen, zu erleuchten – ein Friedrich II. auf dem Throne, nämlich eine Gewitterwolke zu sein, welche Bannstrahlen für den Sünder, elektrisches Licht für Taube und Blinde und Lahme, Güsse für die Insekten und warme Tropfen für durstige Blumen, Hagel für Feinde, eine Anziehung für alles, für Blätter und Staub, und einen Regenbogen für das Ende hat. – – Da er nun Friedrich II. nicht sukzedieren durfte, so wollt' er künftig wenigstens Minister werden – zumal da Wehrfritz soviel aus der Länge dieses Nebenzepters, des Ablegers und Schnittlings vom Mutterzepter, machte –; und in den Freistunden nebenbei ein großer Dichter und Weltweiser.

Es soll mir lieb sein, Graf, wenn du der zweite Friedrich der zweite und einzige wirst; – mein Buch hier wird davon profitieren, und ich selber poussiere dadurch mein Glück als ein seltener, aus Xenophon, Curtius und Voltaire zusammengewachsener Historiograph! –

27. ZYKEL

Zesara wird nie den Frühlingsabend vergessen, woran er einen Passagier im Überrocke – ein wenig hinkend und mit brauner Reise-Schminke, wogegen die weißen Augäpfel glänzend abstachen – den seichten Bach neben dem hohen Stege durchwaten sah, und wie ferner der Passagier einen Wächterspieß, den der zeitige Bettler-Polizei-Leutnant als seinen vikarierenden Mitarbeiter an seine Haustüre angelehnt, mitnahm und solchen unterwegs einem Krüppel mit den Worten reichte: »Alter, ich habe nichts Kleineres bei mir als den Spieß. Wenn Ihn jemand fragt, so sag' Er nur, Er wach' im Dorfe gegen das verhenkerte Bettelvolk, aber Er habe nicht Augen genug.« – Dabei streckte der Pilger noch sein Schnupftuch einem Rektors-Söhnchen, dems nötig war, auf drei Minuten vor. –

Natürlich war es unser alter Titularbibliothekar Schoppe, den Don Gaspard mit der Einladungskarte für Isola bella abgesandt. Albanos Entzückung war so groß, daß er erst einige Tage später sich im humoristischen Sonderlinge jugendlich irrte, indes dieser sehr bald den leichten, heißen, stillen Wildling richtig auswog. – Ging es nicht dem alten Landschaftsdirektor noch schlimmer, welcher, bloß weil er den deutschen *Reichskörper* so hoch anschlug, als wär' er die darin eingepfarrte *Reichsseele*, über Schoppes Ausfälle gegen die Konstitution in einen patriotischen Harnisch kam? »Herr,« (sagt' er aufgebracht) »wenns auch wo haperte: so muß ein redlicher Deutscher still dazu schweigen, wenn er nicht helfen kann, zumal in so verfluchten Zeiten.«

Das Schönste war, daß auf Luigis Begehr zugleich der Baumeister abzureisen hatte, um aus Rom Abgüsse der Antiken zu holen. –

– Und nun zieht fort, damit ihr wiederkommt und wir endlich einmal einlaufen in Pestitz! – Freilich wirst du, gutes Kind (Waldbiene sollt' ich sagen), deinen Abflug aus dem ländlichen Honigbaume in den städtischen gläsernen Bienenstand mit tiefern Schmerzen halten, als du vorausgesetzt – reiset nicht sogar der alte Pflegevater ohne Abschied fort, um nur dem deinigen zu entfliehen – und deiner guten Mutter ist, als reiße eine zornige Parze ihr einen Sohn von der Brust, als lange sein zartes, nur aus der kindlichen Gewohnheit gesponnenes Liebes-Band nicht hinein in die weite Zukunft – und deine Schwester sperret sich in die Mansardenstube ein mit ihrem ländlichen, von Feuerfoltern tobenden Herzen und kann dir nichts sagen und nichts geben als eine von ihr bisher heimlich gestickte Brieftasche mit der seidnen Umschrift: Gedenke unserer! – und selber auf deinen lorbeer-süchtigen Kopf wird der Triumph- oder Regenbogen des Abschiedes, wenn du unter ihm durchschreitest, schwere, schwere Tropfen werfen (ach an den nachblickenden Augen werden sie länger hängen bleiben) – dein alter redlicher Lehrer Wehmeier wird an dir den letzten Strom seiner Worte und Tränen vergießen und sagen (und dein weiches Herz wird nicht lächeln): »er sei ein alter abgeschabter Kerl und habe nun nichts vor sich als das Loch (das Grab) – du hingegen seiest ein frischer blutjunger Mann, voll Sprachen und Altertümer und herrlicher Talente von Gott – freilich werd' ers nicht erleben, daß aus dir ein berühmter Mann werde, aber seine Kinder wohl; und dieser Würmer sollest du dich einmal annehmen, junger Herr!« –

– Du reine Seele, an jedem bekannten Hause, an jedem teuren Garten und Tale wird ja der Schmerz sein Einlegemesser schleifen und damit in dein glühendes zartes Herz leisequellende Wunden ritzen – wie? sogar von deinen befreundeten Abend- und Morgen-Höhen (den Sprachgittern deiner heiligsten Hoffnungen) und von Lianen selber wirst du zu entweichen glauben. – – –

Aber wirf deine weinenden Augen in das offne blaue Italien und trockne sie an Frühlingsdüften – das Leben hebt an – die Signale zu den Waffenübungen und Lusttreffen der rüstigen Jugend werden gegeben – und mitten in den olympischen Kampfspielen wirst du herrlich von nahen Konzert- und Tanzsälen umschmettert.

Was phantasier' ich da her? – Wie, ists nicht uns allen mehr als zu wohl bekannt, daß er längst fort ist schon seit der ersten Jobelperiode, ja sogar wieder retour, und er hält schon seit der zweiten – jetzt zählen wir die vierte – mit dem Bibliothekar und dem Lektor zu Pferde vor Pestitz und kann nicht hinein wegen der Torsperre der –

FÜNFTEN JOBELPERIODE?

Prunkeinzug – Doktor Sphex – der trommelnde Kadaver – Retrogradation des Sterbetags – der Brief des Ritters – Julienne – der stille Karfreitag des Alters – der gesunde und verschämte Erbprinz – Roquairol – das Erblinden – Sphexens Liebhaberei für Tränen – das fatale Gastgebot – das doloroso der Liebe

28. ZYKEL

Über den Gabelweg, dessen rechte Zinke nach Lilar geht, spornte Albano sein Pferd bange hinüber und flog den Berg hinauf, bis die helle Stadt wie eine erleuchtete Peterskuppel lang und breit in der Frühlingsnacht seiner Phantasien brannte. Sie legte wie ein Riese den Oberleib (die Bergstadt genannt) auf die Anhöhe und streckte die andre Hälfte (die Talstadt) in das Tal. Es war Mittag und keine Wolke am

Himmel; in der Mittagszeit steht eine Stadt mit voller blanker Scheibe da, indes ein Dörfchen erst abends aus dem ersten Viertel ins Vollicht tritt. Sie war gut fortifiziert, nicht von Rimpler oder Vauban, sondern von einem wachsenden Pfahlwerke aus Linden. Oben leuchtete unserm Alban die lange Wand der Paläste der Bergstadt entgegen, und die Statuen auf ihren welschen Dächern richteten sich wie Wegweiser und Ausrufer der Freude gegen ihn – über alle Paläste zog sich das eiserne Gebälke der Ableiter als ein Throngerüst des Donners mit goldenen Zepterspitzen – seitwärts hinab lagerte sich die Talstadt neben den Fluß zwischen Alleenschatten, mit den bunten Fassaden gegen die Gassen und mit dem weißen Rücken gegen die Natur gewandt – die Zimmerleute klopften wie Hammerwerke auf dem Anger unter abgeschälten Stämmen, und die Kinder klatschten mit den Rinden – die Tuchmacher spannten grüne Tücher wie Vogelwände gegen die Sonne aus – aus der Ferne zogen weißbedeckte Fuhrmannswagen die Landstraße daher, und an den Seiten des Weges graseten geschorne Schafe unter dem warmen Schatten der fetten hellen Lindenknospen – und über alle diese Massen schwebte das Mittagsgeläute aus den lieben vertrauten Türmen (diesen Resten und Leuchttürmen aus seiner dunklern Zeit) gleichsam verknüpfend und beseelend und rief die Menschen freundlich zusammen. – –

Betrachtet das erhitzte Gesicht meines Helden, der endlich in die offnen, aus Sonntentempeln gebaueten Gassen einreitet, wo ja vor jedem langen Fenster, auf jedem Balkon Liane stehen kann – wo sich die lügnerischen oder prophetischen Rätsel von Isola bella entwickeln müssen – wo sich alle Hausgötter und Hausparzen seiner nächsten Zukunft verstecken – wo nun der Montblanc des Hofes und die Alpen des Parnasses, die er beide zu besteigen hat, dicht mit ihrem Fuße an ihm liegen. – – Mich hätt' es in etwas beklommen; aber im Jünglinge, zumal vor dem Kronleuchter der Sonne, loderte ein Leuchtregen nieder. O wenn der Morgenwind der Jugend weht: so steht die innere

Merkuriussäule hoch, gesetzt auch, daß äußere Wetter wäre nicht das beste.

Wenige von uns werden, da sie die Akademie bezogen, mit ihren Pferden in ein so labendes Getümmel geraten sein wie mein Held; Schlotfeger sangen oben aus ihren Kanzeln und schwarzen Höhlen herunter, und ein Bauchredner auf dem Satteldache eines neuen Hauses besprach droben sehr die künftige Feuersbrunst und dämpfte eine eigne und schleuderte den gläsernen Feuereimer weit über das Gerüste; ja sind wir mit ihm auch durch die lachende Kirchengemeinde des Dach-Sprechers geritten und durch die Armreihen blühender Musensöhne, worunter Alban das feurige Auge nach seinem Roquairol herumdreht: so stoßen wir doch vor seiner künftigen Wohnung auf ein neues Geschrei.

Es machts der Landphysikus *Sphex*, ein Mietsherr, der ihm den halben Palast (denn der Doktor ist begütert durch Kuren) absteht, weil das Haus gerade auf der Bergstadt oder dem Westmünster des Hofes liegt; denn in der Talstadt hausen die Studenten und die City. Der kurze untersetzte Doktor Sphex stand, als das Kleeblatt anritt, neben einem langen Menschen, der auf einer Steinbank saß und zwei Klöppel über eine Kindertrommel in Bereitschaft hielt. Auf ein Zeichen von Sphex schlug der Lange auf seiner Trommel einen schwachen Wirbel, und der Doktor sagte gelassen zu ihm: »Strauchdieb!« Ob sich gleich Sphex ein wenig gegen die lauten Reiter umdrehte, so ließ er doch bald im Wirbeln fortfahren und sagte: »Range!« – mußt' aber unter dem letzten Schlage nur eilig einschalten: »Racker!«

Die Reiter saßen ab, der Doktor führte sie ohne Zeremonie ins Haus, nachdem er dem Trommler einen Wink mit der Hand gegeben, sich nicht zu regen. Er machte ihnen ihre vier oder zwölf Pfähle auf und sagte kalt: »Treten Sie in Ihre drei Kavitäten.« Albano zog aus dem warmen Glanze des Tages in den kühlen purpurnen Erebus seines rotverhangnen Zimmers wie in einen Bildersaal malender Träume ein, gleichsam in die

Silberhütte für das dunkle Bergwerk des Lebens. Er fand darin die geöffnete Hand seines reichen Vaters von den Bildern des Fußteppichs an bis zu den Alabasterstatuen der Wand; und im Kabinett traf er unter den Gaben seiner Pflegeeltern alle seine nachgeschickten dichterischen und philosophischen Studienbücher, holde Reflexe aus der stillen, ihm durch die Reise weit entrückten Jugend an, in deren Nelkenscherben nur Konkordien floriert hatten, indes jetzt Feuerfaxe gesäet werden. Da warf, nicht die Göttin der Nacht den Mantel, sondern die Göttin der Dämmerung den Schleier über sein Auge und ließ im Helldunkel die Gestalten der Zukunft, manche bewaffnet, manche bekränzt, einen Trupp aus Parzen und Grazien, an seinem Herzen, das bisher so ruhig war, Hände und Hebel ansetzen, und sein Herz wurde weich und locker – – auf drei Minuten: wahrhaftig ein Jüngling, zumal dieser, hat die Seestürme, die den Maler, die arbeitenden Vulkane, die den Physiker, die Kometen, die den Astronomen erfreuen in der physischen Welt, ebenso lieb in der moralischen.

Albano, jetzt von Lianen nur durch Gassen und Tage getrennt, fürchtete sich fast, daß seine träumerischen Entzückungen ihr Ziel verrieten. »Sind Briefe da?« fragte der Lektor nach seiner für Bürgerliche abbrevierten kecken Manier. »Hol ihn herauf, van Swieten!« sagte Sphex zu einem Söhnchen, das mit zwei andern, Boerhaave und Galenus genannt, bisher eine korrespondierende Entzifferungskanzlei der neuen Mietsleute hinter einem Vorhange gemacht hatte. »Unser alter Herr« (setzte Sphex auf einmal dazu, als häng' es mit dem Briefe zusammen) »hat auch ausgeherret; seit fünf Tagen ist er maustot, wie ich längst vorausgesagt.« – »Der alte Fürst?« fragte erstaunt Augusti. »Aber warum werd' ich noch nichts von Trauergeläute, schwarz-angelaufnen Schnallen, Tränentöpfen und Jammer in der Stadt gewahr?« fragte Schoppe.

Das erklärte der Physikus. Er hatte nämlich als Leibarzt die Sterbensterzie des alten Fürsten kühn genug geweissagt und glücklich getroffen. Allein da gerade einen Tag nach dem

Trauerfalle der Erbfolger Luigi in Pestitz einziehen wollte und da die Publikation des hohen Todes die ganze für den Sohn eingeölte Illumination ausgegossen hätte mit Tränentöpfen und die geblümten Ehrenpforten verhangen mit Trauerflor: so hatte man, bevor der Nachfahrer empfangen war, obwohl zum größten Schaden des prophetischen Sphex, die Sache nicht wollen laut werden lassen, so wie jener Grieche bei der Todespost seines Sohnes die Trauer erst auf die Vollendung seines frohen Opferns verschob. Sphex beteuerte, schon vor vielen Jahren hab' er dem Höchstseligen aus den weißen Zähnen[1] die Nativität der Schwindsucht gestellt und nie die Todesstunde besser getroffen als dasmal; er lasse aber jeden selber beurteilen, ob ein Arzt, der seine Prophezeiung überall kundgegeben, viel Seide spinne bei einer solchen politischen Unterschlagung. – »Aber« (versetzte Schoppe) »wenn man verstorbene Herren, gleich ihren toten Soldaten, noch als lebendige in der Liste fortführt: so kann man fast nicht anders; denn da es bei Großen überhaupt so verdammt schwer zu erweisen ist, daß sie leben, so ists auch nicht leicht auszumitteln, wenn sie tot sind; Kälte und Unbeweglichkeit und Fäulnis beweisen zu wenig. Doch mag man vielleicht königliche Sterbebetten, wie die Perser königliche Gräber, auch darum verstecken, um den armen Landeskindern den herben Zwischenraum zwischen dem Tode und der neuen Huldigung möglichst abzukürzen. Ja da nach der Fiktion ein König gar nicht stirbt, so haben wir Gott zu danken, daß wirs überhaupt erfahren und daß es nicht mit dem Tode desselben wie mit dem Tode des ebenso unsterblichen Voltaire geht, den die Pariser Journalisten gar nicht melden durften.«

Van Swieten und Boerhaave und Galenus brachten nach langem Ausbleiben einen Brief an – Albano mit Gaspards Siegel; er riß ihn jugendlich-arglos auf ohne einen Blick auf den Umschlag; aber der Lektor nahm diesen in die Hand und drehte ihn wie ein Postsekretär, Heraldiker und Siegelbewah-

1 Nach Camper haben Hektiker sehr weiße und schöne Zähne.

rer nach seiner Gewohnheit zur Visitation sphragistischer Wunden herum und schüttelte über die schlechte Erneuerung des Briefadels, d. h. des Wappens, leise den Kopf. »Haben die Jungen etwas am Siegel verletzt?« sagte Sphex. »Mein Vater« (sagte lesend Albano, um eine bis nach außen reichende Erschütterung zu überdecken, worein ein Flug schwerer Gedanken plötzlich alle seine innern Zweige setzte) »weiß den Tod des Fürsten auch schon.« Da schüttelte Augusti noch mehr den Kopf; denn da sich vorhin Sphex vom Briefe auf einmal auf das fürstliche Sterben versprang, so setzte dieser Sprung fast die Lesung des erstern voraus. Der Leser ziehe sich hiervon die Regel ab, daß er über die Entfernung zweier Töne, zwischen welchen die Leute vor ihm hüpfen, stutzen und daraus auf den Leitton zwischen beiden raten müsse, den sie verstecken wollen.

Für den Grafen war es jetzt recht gut, daß der Doktor den Hofmeistern ihre Zimmer anwies; ach seine vom heutigen Tage schon schwankende Seele wurde jetzt so heftig vom Inhalte des Briefes erschüttert! –

29. ZYKEL

Als Sphex dem Bibliothekar die Stube auftat, war solche schon besetzt von einer Kiste (auch aus Italien angelangter) Vipern, von ¾ Zentner Flachs, einem bleichen Reifrocke und von drei durchbohrten Seidenschuhen der Doktorin samt einer Weife und einem Vorrate von Kamillenkraut; das medizinische eheliche Paar hatte gedacht, das pädagogische niste beisammen. Aber Schoppe versetzte recht gut und fast mit einiger Ironie gegen den vornehmer traktierten Augusti: »Je kräftiger und geistreicher und größer zwei Menschen sind, desto weniger vertragen sie sich unter *einem* Deckenstück, wie große Insekten, die von *Früchten* leben, ungesellig sind (z. B. in jeder Haselnuß sitzt nur *ein* Käfer), indes die kleinen, die nur von *Blättern* zehren, z. B. die Blattläuse, nesterweise beisammenkleben.« – Zesara hätte allerdings an seinem unersättlichen Herzen den Geliebten, den ihm das Geschick darangelegt hätte, unaufhörlich in jeder Lage und Stunde wie einen Waffenbruder behalten wollen; aber Schoppe hat recht. Freunde, Liebende und Eheleute sollen alles gemein haben, nur nicht die – Stube; die groben Forderungen und die kleinlichen Zufälle der körperlichen Gegenwart sammeln sich als Lampenrauch um die reine weiße Flamme der Liebe. Wie das Echo immer vielsilbiger wird, je weiter unser Ruf absteht, so muß die Seele, aus der wir ein schöneres begehren, nicht zu nahe an unsrer sein; und daher nimmt mit der Ferne der Leiber die Nähe der Seelen zu.

Der Doktor ließ seine lauten Kinder als einen ausräumenden Strom in die Augiasstube laufen; er aber ging wieder zum Trommler hinunter, mit dem es nach seiner Erzählung diese Bewandtnis hatte: Sphex hatte schon vor mehrern Jahren besondere Vermutungen über die Fett-Absonderung und den Durchmesser der Fett-Zellen in einem Traktate gewagt, den er nicht eher herausgeben wollte, bis er die anatomischen Zeichnungen dazu konnte stechen lassen, mit denen er auf die Sektion und Ausspritzung des dasitzenden Trommlers wartete. Diesen kranken, einfältigen, schlaffen Menschen, *Malz* mit Namen, hatt' er vor einem Jahre, als sich einige Fett-Augen auf ihm ansetzten, unter der Bedingung in die Kost genommen, daß er sich zerlegen ließe, wenn er verstoben wäre. Zum Unglück findet Sphex seit geraumer Zeit, daß der Kadaver täglich abfället und eindorret aus einem Aale zu einer Hornschlange; und es ist ihm unmöglich, herauszubringen, was es macht, da er ihm nichts Aussaugendes zulässet, weder Denken noch Motion noch Passionen, Empfindsamkeit, Essig noch sonst etwas.

Die Trommel muß der Kadaver – da er ebenso harthörig als hartsinnig ist und schon darum keine Vernunft annimmt, weil er keine hört – immer umgehangen tragen, weil er unter ihrem Rühren besser vernimmt, was sein Brotherr und Prosektor an ihm aussetzt[1]. – Der Doktor filzte ihn nun drunten – Schoppe hörte zum Fenster hinab – so aus: »Ich wollte, der Teufel hätte lieber Seinen verdammten seligen Vater geholet, als daß er gestorben wäre. Er schießet ja über Sein Lamentieren ein wie Soldatentuch und weckt ihn doch nicht auf, und wenn Er sich die Nase wegweinte. Besser getrommelt, Kahlmäuser! – Weiß Er denn nicht, Schuft, daß Er mit einem andern einen Kontrakt gemacht, ins Fett zu wachsen, so gut Er kann, und daß man den Brotdieb kostbar ernährt, bis er brauchbar wird? – Andere würden gern fett, wenn sie's hätten. – Und Ihr! – Redet, Strick!« – Malz ließ die Trommelstöcke unter die Schenkel niederklappen und sagte: »*Sie* haben recht *Seine* Not mit mir – es ist kein rechter Segen bei unserm Schmalz – und darüber mergelt sich unsereiner im stillen ab. – Meinen Vater sel. schlag' ich mir wahrhaftig aus dem Kopfe, er mag mir einfallen, wenn er will.« –

30. ZYKEL

Der väterliche Brief, der Albanos Seele in allen ihren Fugen erschütterte, lautet übersetzt so:

»Lieber Albano, im Kampanertal erhielt ich leider einen Brief über die immer heftiger wiederkommenden Asphyxien deiner Schwester, er war am Karfreitage geschrieben und setzte ihren Tod schon als ausgemacht voraus. Auch bin ich darauf gefasset. Desto mehr frappierte mich deine Nachricht vom Gaukler der Insel, der den Propheten spielen wollen. Eine solche Weissagung setzt irgendeinen Anteil voraus, dem ich in Spanien näher nachspüren muß. Ich glaube den Betrüger schon zu kennen. – Sei an deinem Geburtstage vorsichtig,

1 Derham (in seiner Physiko-Theologie 1750) bemerkt, daß Taube unter dem Getöse am besten hören, z. B. ein Harthöriger unter dem Glockengeläute; eine taube Wirtin unter dem Trommeln des Hausknechts. Daher wird vor Fürsten und Ministern, die meistens schlecht hören, Musik-, Pauken- und Kanonen-Lärm, wenn sie durchpassieren, geschlagen, damit sie das Volk leichter hören.

bewaffnet, kalt und kühn und halte womöglich den Jongleur fest; gib dir aber kein ridicule durch Sprechen darüber. – Dian ist in Rom und arbeitet recht brav. – Lege Hoftrauer für den lieben alten Fürsten an aus Gefälligkeit. Addio! – G. de. C.«

»Ach teuere Schwester!« seufzte er innig und zog ihr Medaillon heraus und sah weinend die Züge eines ihr versagten Alters an und las weinend die widerlegte Unterschrift: Wir sehen uns wieder. Jetzt da sich ihm das Leben lachend und weit aufschließet, ging es ihm viel näher, daß das Schicksal die Schwester so eng bedeckt; ja der harte Gedanke kam dazu, ob er nicht Schuld an ihrem Verschwinden habe, da seinetwegen der fürchterliche Zahuri der Insel vielleicht eine opfernde Gaukelei getrieben; sogar der Umstand, daß sie seine schwächliche Zwillingsschwester war, wurde ein Schmerz. – Allein kämpfend standen jetzt die Gefühle in seinem Geiste wie auf einem Schlachtfelde gegeneinander. Welches Schicksal zieht mir entgegen! dacht' er. »Nimm die Krone!« hatte jene Stimme gesagt; – »welche?« fragte aufstehend sein ruhmdurstiger Geist und untersuchte kühn, ob sie aus Lorbeeren oder Dornen oder Metallen bestehe. – »Liebe die Schöne!« hatte sie gesagt; aber er fragte nicht: »welche?« – nur hatt' er, seitdem der Vater des Todes seinen Namen und seine Glaubwürdigkeit fürchterlich zu bewähren schien, die Furcht, daß die angekündigte Stimme in der Himmelfahrts- und Geburtsnacht einen andern Namen nenne als den geliebtesten. –

Abends, nachdem die drei Ankömmlinge ihre häuslichen Einrichtungen, die aus dem wellenschlagenden Albano noch immer nicht den vervielfältigten Zauberglanz der Lindenstadt wegbrachten, hinter sich hatten, führte der Lektor den Grafen zum Erbprinzen Luigi. Dieser kopierte täglich eine halbe Stunde lang im Bilderkabinett; und beschied beide dahin zum Warten auf ihn. Sie gingen hinein. Ein andrer als ich würde hier der Welt einen räsonnierenden Küchenzettel aller Schaugerichte des Kabinetts zustellen, aber ich mag sie nicht einmal mit den 17 Gemälden beschenken, über deren Reizen jene seidnen Tändelschürzen oder Schleier hingen, die in Paris eine Dame gern von ihren eignen abheben würde, um nur damit verschämt das Kunstwerk zu bedecken. Man kann leicht denken, daß unserm Alban im Bilderkabinett das mütterliche[1] einfiel und daß er gern an jedem Nagel gerücket hätte, wäre niemand dagewesen.

Aber die Prinzessin *Julienne* war da, die er (und wir alle) noch recht gut von Blumenbühl her kannte, wie sie ihn. Sie war zwar voll junger Reize, aber man fand diese doch nicht eher, als bis man ein paar Tage vorher sehr in sie verliebt gewesen war – das machte sie darauf jede Minute hübscher, wie denn überhaupt Amor mehr der Vater als der Sohn der Huldgöttin ist, und sein Köcher das beste Schmuckkästchen und die reichste Toilettenschachtel, und seine Binde das beste mouchoir de Venus und Schminkläppchen, das ich kenne.

Sie zeichnete gerade den Gipsabguß eines schönen alten Kopfs, der dem Grafen gleichsam aus dem Antikenkabinett seiner Erinnerung geholt zu sein schien und dem sein wallendes Herz recht liebend entgegenfloß; aber er entsann sich des Urbilds nicht. – Endlich sagte Julienne, die Etikette verschmähend, recht gutmütig und aufblickend: »Ach lieber Augusti, mein Vater ist verschieden in *Lilar*.« Das Wort Lilar kolorierte plötzlich in Albano das bleiche Gedächtnisbild – völlig wie diese blasse Büste sah im Mondscheine der alte Mann aus, der in jener dichterischen Sommernacht Zesarens Hände auf dem Berge zum Gebet zusammenlegte und sagte: »Gehe schlafen, lieber Sohn, eh' das Gewitter kommt.« Ein andrer hätte sich nun nach dem Namen der Büste erkundigt und erst dann die nächtliche Historie entdeckt; aber der Graf tat im Feuer bloß das letztere, nach einem kurzen Warten auf das Auslaufen des Gesprächs. Augusti wollte ihn, als er die ihm fremde Geschichte der Bekanntschaft mit dem Urbilde anhob, sorgend unterbrechen; aber Julienne gab ihm einen Wink, ihn zu las-

1 In dessen Wand die Frau mit dem Souvenir ist.

sen; und der Jüngling teilte treuherzig der teilnehmenden Seele das schöne Zusammenkommen gerührt und brennend mit und wurde beides noch mehr, als ihre Augen überflossen in ihr Lächeln. – »Es war mein Vater, das ist sein Abguß!« sagte Julienne weinend und freudig; Albano schug nach seiner Art mit seufzender Brust die Hände vor der Büste zusammen und sagte: »Du edle, herzlich geliebte Gestalt!« und sein großes Auge schimmerte von Liebe und Trauer.

Die gute weibliche Seele wurde von einer so unhöfischen Teilnahme fortgerissen, und sie überließ sich ganz ihrem angebornen Feuer. Das weibliche und das höfische Leben ist zwar nur die längere Strafe des *Gewehrtragens* – Oberhofmeisterinnen sind, wie es nach dem Modelle der Jaherren Neinherren gibt, wahre Neinfrauen – die siebenfarbige Kokarde der heitern tanzenden Freiheit wird da abgerissen oder läuft schwarz an von der Hoftrauer – jeder weibliche Lusthain ist ein unheiliger – Fataleres kenn' ich nichts – – – aber die kraushaarige Julienne brach, mir nichts dir nichts, durch das ewige Gefängnis bei süßem Brote und gebranntem Wasser des Tages wohl zwölfmal hinaus und lachte den freien Himmel an und beleidigte (– sich und andre nie –) die Oberhofmeisterin stets. Sie erzählte nun dem Grafen (indem sie aus Nervenschwäche und Lebhaftigkeit immer stärker lächelte und schneller sprach), wie ihr lieber schwacher, mehr kindlicher als kindischer Vater, dessen alten Lippen und entkräfteten Gedanken nur noch nachgelallte Gebete möglich waren, sich mit einem eisgrauen mystischen Hofprediger in Lilar ins Betzimmer eingeschlossen (ein graues Haupt verbirgt sich gern, eh' es verschwindet, und sucht wie Vögel einen dunkeln Ort zum Entschlafen) – und wie sie und das Fräulein von Froulay (Liane) dem halbblinden Manne abwechselnd Gebete vorgelesen und gleichsam die Abendglocke der Andacht vor dem müden *schlaftrunknen* Leben angezogen. Sie malte, wie er in diesem Vorhofe der Gruft alles Geliebte überlebt oder vergessen habe, wie er immer nach ihrer Mutter gefragt, deren Sterben ihm stets von neuem entfallen, und wie das verdunkelte Auge jede Tageszeit für einen Abend und daher jeden Fortgehenden für einen, der schlafen gehen wolle, genommen habe.

Wir wollen nicht zu lange auf diese späte Zeit des Lebens blicken, wo sich die Menschen wieder als Kinder für die längere Wiege des Grabes verkürzen; und wo sie gleich den abends schlafenden Blumen *unkenntlich* sind und einander früher als im Tode gleich werden.

Besonders dem Lektor war wie allen Hofleuten schlecht mit diesen Funeralien gedient; auch wollt' er gern die Hiobskrankheit ihres Klagens durch Versetzung heilen und führte sie näher zu Lianen. Aber eben, indem sie den Anteil und die Opfer dieser Freundin beschrieb und indem ihr wieder die lange weinende Umarmung erschien, worin Liane sie und den Schmerz gleichsam fest an sich geschlossen hatte, so kehrte jeder dunkle schwere Blutstropfe, den die kräftigen Pulsadern fortgetrieben hatten, wieder in das Herz zurück, und sie hörte auf, zu malen, sowohl diese Geschichte als den Kopf.

Die beiden Freundinnen waren keine solche, die sich den Kuß durch zwei Flöre hinauslangen, oder die einander abzuherzen wissen ohne die kleinste Quetschwunde der Frisur, oder deren Liebesmahl sich jedes Jahr, wie das Abendmahlbrot jedes Jahrhundert, leichter und dünner bricht: sondern sie liebten sich innig mit den Augen, mit den Lippen, mit dem Herzen, wie zwei gute Engel. Und wenn vorher die Freude ihren Erntekranz nahm und ihn für sie zum Trauring der Freundschaft machte: so versuchte jetzt der Gram mit seinem Stachelgürtel dasselbe. – Ihr guten Seelen! mir ist es ganz leicht denklich, wie ein so reiner glänzender Seelenbund das Herz eures Freundes Albano zugleich peinlich ausdehnt und selig erhebt, wie die ärostatische Kugel zugleich zerstörend schwillt und steigt. Für Lianens Einzug standen ohnehin schon geschmückte Ehrenpforten in seinem Innern in die Höhe!

Inzwischen hätte ein Fremder ohne diese meine Feder, oder

auch ich ohne den Lehnpropst Hafenreffer, nichts am sprechenden Grafen merken können als ein irres Glühen im Gesicht und schnelle Worte.

31. ZYKEL

Auf einmal tritt in diese Schilderungen und Genüsse der Thronfolger, oder vielmehr der *Nachwinter* des kalten Greises ein, *Luigi*. Mit einem flachen Schnitzwerke des schwammigen Gesichts, auf dem sich nichts ausdrückte als der ewige Mißmut der Lebens-Verschwender, und mit einigem reifen Grauwerke auf dem Kopfe (als Vorläufer der Weisheitszähne) und mit der unfruchtbaren Superfötation eines voluminösen Unterleibes ging er mit der größten Höflichkeit auf Albano zu, in der ein flacher Frost gegen alle Menschen vorstand. Er stäubte sogleich mit der Kleie von leeren schnellen unähnlichen Fragen um sich und eilte stets; denn er hatte fast noch mehrere Langweile, als er machte, wie sich überhaupt für keinen das Leben so widrig verlängert als für den, der es verkürzet. Luigi war durch die Erde so schnell wie durch ein Puderstübchen gelaufen und war wie in diesem gehörig *grau* geworden; die Milchgefäße seines äußern und innern Menschen hatten sich, weil sie Sahne- oder Rahmgefäße sein sollten, eben deswegen in Giftgefäße oder Leidensbecher verkehrt. Sooft ich vor einer gemalten Fürsten-Suite in einem Korridor vorbeigehe, so verfall' ich stets auf mein altes Projekt und sage ganz überzeugt: »Vermöchten wir nur wie die Sparter und alle ältere Völker es durchzusetzen, daß wir einmal einen Regenten *gesund* auf den Thron hinaufbrächten: so hätten wir einen *guten* obendrein, und alles ginge. Aber ich weiß, es sind die Zeiten nicht dazu. Sündlicherweise assistieren nur bei der *Tortur,* nicht bei der *Freude* Chirurgen und Ärzte, die auf den Grad der Freude wie der Folter und auf die unschädlichen Stellen genau hinweisen.« –

Albano, fremd vor und in dieser Menschenklasse, sah anfänglich die Kluft zwischen sich und Luigi flacher gegraben, als sie war; bloß unbehaglich und drückend wurd' es ihm, wie gewissen Leuten, wenn ohne ihr Wissen eine Katze im Zimmer ist. Die fortgehende moralische *Entkräftung* und Verfeinerung wird alle unsere Außenseiten noch so absäubern und ausgleichen – und zwar nach demselben Gesetze, wornach *physische Schwächung* die *Hautausschläge* zurückjagt und in die *edlern* Teile verweiset –, daß wahrhaftig ein Engel und ein Satan zuletzt in nichts zu unterscheiden sind als im Herzen. – Alban brachte schon von Wehrfritz, den er immer die Rechte der Landschaft gegen den Fürsten verfechten hörte, Abneigung gegen den Nachfolger mit; desto leichter entbrannte in ihm ein moralischer Grimm, da Luigi sich gegen die Bilder kehrte und die Vorhänge oder Bergleder von einigen der indezentesten wegzog, um ihren artistischen Gehalt nicht ohne Geschmack und Kenntnis auszuwägen. Eine kopierte Venus von Tizian, auf einem weißen Tuche liegend, war nur die Vorläuferin. Obgleich der unschuldige Erbprinz die voyage pittoresque durch diese Galerie mit der artistischen Kälte des Galerieinspektors und Anatomikers machte und mehr seine Kenntnisse zu zeigen als zu bereichern suchte: so nahm doch der unerfahrene Jüngling alles mit einer tauben und blinden Entrüstung auf, die ich mit nichts, nicht einmal mit der Gegenwart der Prinzessin zu verteidigen weiß, um so mehr, da erstlich diese ihre Seele nur zwischen der Gipsbüste und deren Kopie arbeitend teilte und da zweitens in unsern Tagen Damenuhren und Fächer (wenn sie geschmackvoll sind) Gemälde tragen, gegen die Albano wieder Fächer nehmen würde. Die zwei Flammen des Zorns und der Scham überdeckten sein Angesicht mit einem glühenden Widerscheine; aber sein unbehülflicher Trotz kontrastierte gegen die Gewandtheit des Lektors, der mit seinem kalten, ebenso bestimmten als leichten Tone Selbständigkeit bewahrte und Reinheit schützte. »Sie gefallen mir alle nicht,« (sagt' er barsch) »ich gäbe sie für ein einziges Gewitter von Tempesta weg.« Luigi lächelte über sein schülerhaftes Auge und Gefühl.

Als sie in das zweite Bilder-Zimmer traten, hörte Albano die Prinzessin fortgehen. Da ihm dieses Gemach mit noch mehrern zerrissenen Vorhängen des *Allerunheiligsten* drohte: so nahm er seinen Abschied ohne sonderliche Zeremonie und ging ohne den Lektor zurück, der heute vorzulesen hatte. Nie faßte Schoppe seine pulsierende Hand herzlicher an als diesesmal; der Anblick eines verschämten Jünglings ist fast holder (seltener zumal) als der einer verschämten Jungfrau: jener erscheint weiblich-sanfter, wie diese männlich-stärker durch das zugemischte Zürnen der Tugend. Schoppe, der wie Pope, Swift, Boileau Heiligkeit des Geschlechts mit Zynismus der Kleidung und Sprache zusammenzwang, leerte die größten Zornschalen über jede Libertinage aus und fiel als eine satirische Bellona die besten freien Leute an; dasmal aber nahm er sie mehr in Schutz und sagte: »Die ganze Gattung liebt fremde Schamröte entschieden und bekämpfet sie lieber als Schamlosigkeit, so wie (und aus einerlei Gründen) *Blinde* die *Scharlachfarbe* vorziehen. Man kann sie den Kröten vergleichen, die den kostbaren Krötenstein (ihr Herz) auf kein anderes Tuch wie auf ein *rotes* setzen.« –

Der Lektor, der bei aller Reinheit und Zucht doch dem Scarron ohne Bedenken an der Ode auf das Gesäß einer Herzogin hätte schreiben helfen, wußte – als er die Flucht des Grafen behandeln wollte – gar nicht, wie ihm geschah, als ihn dieser mit einigem Rosenessig ansprengte und sagte: »Der Vater liegt dem schlechten Menschen auf dem Brette, und ihm liegt eines vor der eisernen Stirn: o der Schlechte!« – Allerdings hatte die physische und moralische Nähe der zwei schönen weiblichen Herzen und die Liebe dafür den Grafen am meisten gegen Luigis artistischen Zynismus empört. Der Lektor versetzte bloß: »er werde bei dem Minister und überall dasselbe hören; und seine falsche Delikatesse werde sich schon noch geben.« – »Die Heiligen« (fragte Schoppe) »wohnen nur auf, nicht in den Palästen?« Froulays seiner trug nämlich auf seiner Platteforme einen ganzen Kordon von steinernen Aposteln; und auf einer Ecke stand eine Marienstatue, die zwischen lauter Dächern aus Sphexens Hause zu sehen war.

Junger Zesara! wie jagt dir diese marmorne Madonna Blutwellen durchs Gesicht, gleichsam die Schwester deiner schönern, oder die Schutz- und Hausgöttin derselben! – Aber er beschleunigte den Eintritt in dieses Lararium seiner Seele, die Abgabe des väterlichen Empfehlungsschreibens, mit keinem Laute aus Scheu des Argwohns: so viele Fehltritte tut der Gute schon im Heidenvorhofe der Liebe; wie soll er im Weibervorhofe bestehen, oder im finstern Allerheiligsten fußen?

32. ZYKEL

Der Hof ließ jetzt (er konnte vor Schmerz nicht sprechen) ausschreiben, daß der tote Nestor mit Tode abgegangen. Ich setze hier den Jammer der Stadt samt der Freude derselben über die neue Perspektive beiseite. Der Landphysikus Sphex mußte den Regenten – anstatt daß man uns Untertanen gleich Schnepfen und Grundeln mit dem ganzen Eingeweide und Gescheide auf die Tafel des Gewürms serviert – wie ein großes Tier ausweiden. Abends ruhte der Erblaßte auf seinem Paradebette aus – der Fürstenhut und der ganze elektrische Apparat des Throndonners lag ebenso ruhig und kalt neben ihm auf einem Taburett –; er hatte die gehörigen Kerzen und Leichenwächter um sich. Diese Toten-Schweizer – der Klang frappiert mich, und ich sehe jetzt die Freiheit auf dem Paradebette der Alpen liegen und die Schweizer wachen – bestehen bekanntlich aus zwei Regierungsräten, zwei Kammerräten und so fort. Der eine Kammerrat war der Hauptmann Roquairol. Es kann hier nur einschaltungsweise berührt werden, wie dieser Jüngling, der vom Kamerale fast nicht mehr verstand als ein Kammerrat im **hischen, doch zu einem Rate in Kriegssachen darin aufstieg – nämlich wider seinen Willen durch den alten Froulay, der (an sich eben kein sentimentalischer Herr) dem alten Fürsten immer die Jugenderinnerungen auffrischte und auffärbte, weil man in dieser weichen Laune von ihm erbetteln konnte, was man wollte. Wie häßlich und niedrig! So kann ein armer Fürst kein Lächeln, keine Träne, kein freudiges Bild haben, woraus nicht irgendein Hofprezist, ders sieht, einen Türgriff arbeitet, sich etwas zu öffnen, oder einen Degengriff zum Verwunden; keinen Laut kann er von sich geben, den nicht ein Weidmann und Wildrufdreher zum Mundstück und Wildruf verbrauche. –

Julienne besuchte abends um 9 Uhr das einzige Herz, das am Hofe wie ihres und für ihres schlug, ihre gute Liane. Diese bot gern ihrer anfangenden Migräne die Stirn und suchte nur fremde Schmerzen zu fühlen und zu stillen. Die Freundinnen, die vor fremden Augen nur Scherze und voreinander nur einen weichen schwärmerischen Ernst entfalteten, versanken immer tiefer in diesen vor der religiösen strengen Ministerin, die nie an Juliennen so viel Seele fand als in dieser sanft nachweinenden Stunde, wie Levkojen zu duften anfangen, wenn sie begossen werden. Nicht der kämpfende Schmerz, sondern der fliehende verschönert die Gestalt; daher verklärt der Tote seine, weil die Qualen erkaltet sind. Die Mädchen standen schwärmerisch miteinander am Fenster, das zunehmende Mondenlicht ihrer Phantasie wurde durch das äußere voll; sie machten den Nonnen-Plan, auf lebenslang beisammen zu leben und zusammenzuziehen. Es kam ihnen in dieser stillen Rührung oft mit Erschrecken vor, als wehe der klingende Flug abgeschiedener Seelen vorüber – (bloß ein paar Fliegen hatten auf der Harfe der Ministerin mit Füßen und Flügeln die Töne gegriffen) –; und Julienne dachte recht schmerzlich an ihren toten Vater in Lilar. Endlich bat sie die Seelenschwester, mit ihr heute nach Lilar zu fahren und das letzte und tiefste Weh einer Waise zu teilen und zu mildern. Sie tat es willig; aber der Ministerin war das Ja mühsam abzuringen. Ich sehe die sanften Gestalten aus der langen Umarmung im Wagen in das Trauerzimmer in Lilar treten, die kleinere Julienne mit zuckenden Augen und wechselnder Farbe, Liane von Migräne und Trauer blässer und milder und über jene durch ihre schon vom zwölften Jahre geschenkte Länge[1] erhoben.

Wie überirdische Wesen strahlten beide die an allen Ecken brennende Seele Roquairols an. Ein einziger Tränentropfe konnte in diesen Kalzinierofen Sieden und Verwüstung bringen. Schon diesen ganzen Abend blickte er den Greis mit furchtsamen Schaudern über das kindische Ende dieses gewichnen Geistes an, der sonst so feurig gewesen als seiner jetzt; und je länger er hinsah, desto dickere Rauchwolken schwammen vom offnen Krater des Grabens in das grünende Leben herein, und er hörte darin donnern, und er sah darin eine Eisenfaust dunkel glühen, die nach unserm Herzen greift.

Unter diesen grimmigen Träumen, die jeden innern Schmutzflecken beleuchteten und die hart ihm droheten, auch an seinem Vulkane werde nichts fruchtbar sein als einst die – *Asche,* traten die traurigen Mädchen herein, die unterwegs nur über die *erkaltete* Gestalt, und jetzt noch heftiger über die *verschönerte* weinten; denn die Hand des Todes hatt' aus ihr das Linienblatt der letzten Jahre, das vortretende Kinn, die Feuermäler der Leidenschaften und so viele mit Runzeln unterstrichene Qualen weggelöscht und gleichsam auf die Hülle den Widerschein des frischen stillen Morgenlichts gemalt, das jetzt den entkleideten Geist umgab. Aber auf Julienne machte ein schwarzes Taftpflaster auf dem Augenknochen, das noch von einem Stoße daraufgeblieben war, dieses Zeichen der Wunden, einen heftigern Eindruck als alle Zeichen der Heilung; sie bemerkte nur die Tränen, aber nicht die Worte Lianens: »O wie ruht er so schön!« – »Aber warum ruht er?« (sagte ihr Bruder mit jener aus dem Innersten murmelnden Stimme, die sie von seiner Liebhaber-Bühne her kannte; und faßte ihre Hand erschüttert, weil er und sie einander innig liebten, und seine Lava brach nun durch die dünne Rinde) – »darum, – weil das Herz aus seiner

1 Diese frühzeitige Vollendung des Wuchses hab' ich an mehreren ausgezeichneten Weibern bemerkt, gleich als sollten diese Psychen Schmetterlingen gleichen, die nicht wachsen nach der Entpuppung.

Brust geschnitten ist, weil darin das Feuerrad der Entzückung, das Schöpfrad der Tränen nicht mehr geht.« –

Diese tyrannische Erinnerung an die Leichenöffnung wirkte fürchterlich auf die kranke Liane, und sie mußte die Augen von der zugedeckten Brust abwenden, weil der Schmerz mit einem Lungenkrampfe den Atem sperrte; und doch fuhr der wilde, andere wie sich verheerende Mensch, der vorher neben der steifen Leichengarde geschwiegen hatte, im doppelten Zertrümmern fort: »Fühlst du, wie sich dieser Fangeball des Schicksals, dieses Ixionsrad der Wünsche so schmerzlich in uns bewegt? – nur die *Brust ohne Herz* wird ruhig.« –

Auf einmal schauete Liane länger und starrer auf die Leiche – eine eiskalte Schneide, wie von der Todessichel, drückte sich durch das warme Gehirn – die Trauerkerzen brannten (schien es ihr) trüber und trüber – dann sah sie im Winkel des Zimmers eine schwarze Wolke spielen und aufwachsen – dann fing die Wolke zu fliegen an und stürzte voll herausquellender Nacht über ihre Augen – dann schlug die dicke Nacht tiefe Wurzeln in den wunden Augen, und die erschrockne Seele konnte nur sagen: »Ach Bruder, ich bin blind.«

Nur der harte Mann, aber kein Weib wird es fassen, daß in Roquairols entsetzlichen Schmerz einige ästhetische Freude über das mörderische Trauerspiel eindrang. Julienne schied vom Toten und von dem alten Schmerze und warf sich mit dem neuen an ihren Hals und klagte: »O meine Liane, meine Liane! siehst du noch nicht? – Sieh mich doch an!« – Der zerrissene und zerreißende Bruder führte die Schwester, der nur einzelne Tropfen als kaltes hartes Wasser auf die blassen Wangen schlugen, mit der scharfen Frage fort: »Schwirret kein Würgengel mit roten Fittichen durch deine Nacht, wirft er keine gelbe Nattern auf dein Herz und keine Schwertfische in deine Nervengewebe, damit sie sich darin verstricken und an den Wunden die Sägezähne wetzen? – Mir ist wohl in meiner Pein, solche Disteln kratzen uns, nach guten Moralisten, auf[1]

1 Mit Disteln wird das Tuch gerauhet, d. h. aufgekratzt, um es besser zu scheren.

und bereiten uns zu. – – Du jammervolle Blinde, was sagst du, hab' ich dich wieder recht elend gemacht?« – »Wahnsinniger,« sagte Julienne, »lassen Sie nach, Sie bringen sie um.« – »O was kann *er* dafür;« (sagte Liane) »die Migräne machte mir es schon vorhin neblicht.« –

Der Abschied der Freundinnen wurde in mehr als einer Finsternis genommen, und darin will ich ihn mit allen seinen Qualen lassen. – Dann bat Liane ihr Mädchen, es der Mutter so kurz vor dem Schlafe zu verschweigen, da es sich vielleicht in der Nacht noch gebe. Aber umsonst; die Ministerin war es gewohnt, ihren Tag an der Brust und der Lippe ihrer Tochter zu schließen. Nun trat diese geleitet herein und suchte das Mutterherz irrig seitwärts, und dem sanftern Weinen konnte sie in dieser geliebten Nähe nicht mehr wehren: da wurde ja alles verraten und alles gestanden. – Die Mutter ließ erst den Doktor rufen, eh' sie mit feuchten Augen und mit leisen Armen an der angedrückten Tochter den Bericht anhörte. Sphex kam, prüfte die Augen und den Puls und machte nichts daraus als ein Nerven-Falliment.

Der Minister, der überall im Hause Leithunde mit feinen Ohren hatte, kam, unterrichtet, herein und machte in Sphexens Beisein außer weiten Schritten nichts als die kleine Note: »Voyez Madame, comme votre *le Cain* joue son rôle à merveille[1].« –

Sobald Sphex hinaus war, ließ Froulay einige Billionenpfünder und Wachteln (dreipfündige Handgranaten) auf die Gattin los. »Das sind«, notierte er, »die Folgen Ihrer visionären Erziehung« (freilich schlug seine eigne am Sohne auch nicht sonderlich an) – »Warum ließen Sie die kranke Närrin gehen?« (Er hätt' es selber aus höfischen Rücksichten noch lieber erlaubt; aber Männer tadeln gern die Fehltritte, die man ihnen ersparte; überhaupt setzen sie wie Köchinnen das Messer lieber an Hühner mit *weißem* Gefieder als an die mit *dunkelm*.) – »Vous

1 »Sehen Sie, wie vortrefflich Ihr *Le Cain* (ein berühmter Schauspieler) seine (Mord-)Rolle spielt.«

aimez, ce me semble, à anticiper le sort de cette Rêveuse un peu avant qu'il soit decidé du nôtre«[1] (Ihr Schweigen machte ihn immer bitterer) – »Oh! ce sied si bien à votre art cosmétique que de rendre aveugle et de l'être, le dieu de l'amour s'y prête de modèle[2].« Von dieser schreienden Härte ergriffen – besonders da bloß der Minister wider die mütterlichen Wünsche eben diese *kosmetische* Erziehung Lianens für seine politischen gewählt und befohlen hatte – mußte die Mutter das nasse Auge an der Tochter verbergen und trocknen. Die Ehemänner – und die neuesten Literatoren – halten sich für Feuersteine, deren *Lichtgeben* man nach ihren scharfen *Ecken* berechnet. Unsere Voreltern schrieben einem Diamant-Gehenke das Vermögen, Liebe unter Ehegatten anzufachen, zu – auch find' ich in der Tat noch an Juwelen diese Kraft –; nur lässet dieser zum Kiesel gehörige Stein nach den Ehepakten so kalt und hart, als er selber ist. Wahrscheinlich war Froulays Eheband ein solches edelsteinernes.

Allein die Frau sagte nur: »Lieber Minister, lassen wir das; aber schonen Sie die Kranke!« –»Voilà précisement ce qui fût votre affaire[3]«, sagt' er hohnlachend. Vergeblich redete Liane ihn rührend-irrig von der falschen Weltgegend an und sprach für ihren Bruder – welches ewige, zu viel beweisende Defensorat aller Leute ihr einziger Fehler war –; vergeblich, denn sein Mitleiden mit einer Gepeinigten bestand in nichts als im Grimme gegen die Peiniger, und seine Liebe gegen Liane zeigte sich nur im Hassen derselben: »Schweig, Närrin! Aber Monsieur le Cain soll mir nicht ins Haus, Madame, bis auf weitre Ordre!« – Ich sage zum alten Ehe-Bramarbas aus Schonung weiter nichts als: Geh zum Teufel, wenigstens zu Bett! –

1 »Sie wollen, wie es scheint, das Schicksal dieser Seherin noch eher entscheiden, als das unsrige entschieden ist.« Er meint hier die Ehescheidung, die zwischen beiden nur durch den wechselseitigen Wunsch, Lianen zu behalten, verschoben wurde.

2 »So gehörts sichs für Ihre Verschönerungskunst, sowohl blind zu machen als zu sein; der Liebesgott ist das Modell dazu.«

3 »Das wäre eben vorher Ihre Sache gewesen.«

33. ZYKEL

Das deutsche Publikum wird sich noch der vom Antrittsprogramm versprochenen *obligaten Blätter* erinnern und mich fragen, wo sie bleiben. Der vorige Zykel war das erste, bestes Publikum; aber sieh daraus, wie obligate Blätter sind und daß vielleicht so viel Geschichte darin stecke als in irgendeinem Zykel, wie er auch heiße.

Der Graf hatte noch nichts von Lianens Unglück erfahren, als er mit den andern hinunter zum Diner des Doktors ging, der heute sehr gastfrei war. Sie fanden ihn im heftigsten Lachen begriffen, die Hände in die Seiten gestützt und die Augen über zwei Salbennäpfchen auf dem Tische gebückt. Er stand auf und war ganz ernsthaft. In Reils Archiv für die Physiologie hatt' er nämlich gefunden, daß nach Fourcroy und Vauquelin die Tränen den Veilsaft grün färben und also Laugensalz enthalten. Um nun den Satz und die Tränen zu prüfen, hatt' er sich hingesetzt und ernsthaft stark gelacht, um zu weinen und einige Tropfen für die Solwaage des Satzes zu gewinnen; er hätte sich gern anders erschüttert, durch Rührung, aber er kannte seine Natur und wußte, daß nichts dabei herauskäme, nicht ein Tropfe.

Er ließ die Gäste ein wenig allein – die Frau war auch noch nicht zu sehen – Malz saß in einer Ottomane – die Kinder hatten satirische Mienen – kurz die Unverschämtheit wohnte in diesem Hause wie in ihrem Tempel. – Auf den Alten wirkte kein Spott, und er ordnete nur ab, was ihm, nicht was andern mißfiel.

Endlich schwenkte sich als Voressen oder Vorbericht der Suppe die rosabackige Physikussin in die Stube herein mit 3 oder 4 Esprits oder Federstutzen – mit einer scheckigen Hals-Schürze – in einem roten Ballkleide, dem die Walzer die Farbe ausgezogen, die sie ihr aufgelegt – und mit einem durchbrochnen Putzfächer. Wenn ich wollte, könnt' ich mich ihrer annehmen; denn anlangend die Esprits (da oft der Esprit, wie bei den

Embryonen das Gehirn, sich auf die Gehirnschale heraussetzt und da sonnet), so dachte sie, Weiber und Rebhühner würden am besten mit Federn auf dem Kopfe an der Tafel serviert – anlangend den Fächer, so gab sie vor, sie komme von einem Morgenbesuche (wobei sie recht deutlich voraussetzte, daß Damen so wenig ohne Fächerstäbe als Tischler ohne Maßstab durch die Gasse dürfen) – anlangend den Rest, so wußte sie, der Gast sei ein Graf. Sonach scheint es, daß sie unter die Honoratiorinnen gehöre, die (der größern Anzahl nach) gleich den Klapperschlangen nie besser zu genießen sind, als wenn man vorher ihren *Kopf* beseitigt; aber das haben wir noch immer Zeit zu glauben, wenn wir besser hinter sie kommen.

Der schöne Zesara war für sie blind, taub, stumm, geruch-, geschmack-, gefühllos; aber manchen Weibern kann man mit der größten Mühe und Langweile kaum – mißfallen; Schoppe vermocht' es leichter. Sphex machte sich für seine Person aus einer Fett-Zelle Malzens mehr als aus dem ganzen Zell- und Florgewebe einer oder seiner Frau; gleich allen Geschäftsleuten hielt er die Weiber für wahre *Engel*, die Gott zum *Dienste* der Frommen (der Geschäftsmänner) ausgesandt. –

Der Zug des Essens hob an – Augusti, ein feiner Esser, freuete sich auf viel und hielt sich nicht nur ans feine Service, sondern auch an die zerrissenen Servietten, dergleichen er oft an Höfen auf dem Magen gehabt, weil man da in der Moral und im Weißzeuge Wunden lieber hat als Pflaster. – Es traten sogar schon wie gewöhnlich Vorposten und erste Treffen von elenden Speisen auf, die gewöhnlichen Propheten und Vorläufer des besten Kerns, wiewohl ich an hundert Tafeln es verwünschte, daß sie nicht wie gute Monatsschriften die besten Stücke zuerst und die magersten zuletzt geben. – Der Physikus hatte schon zu den drei Knaben gesagt: »Galenus! Boerhaave! Van Swieten! wie sitzet man artig?« – und die drei Ärzte hatten schon drei rechte Hände zwischen die Westenknöpfe und drei linke in die Westentaschen geschoben und passeten steilrecht – als guter Schabzieger anlangte zum Nachtisch. Sphex gab teils Lust zum Käse, teils Abscheu davor, wie ers gerade offizinell fand. Er merkte auf der einen Seite an, wie die Tischler in ihrem Leimtopfe keinen bessern Leim hätten, als was da vor ihnen stehe – er binde ebenso im Menschen – doch würd' er für seine Person ihn lieber mit Doktor Junker wie Arsenik äußerlich überschlagen; – aber er gestand auch auf der andern Seite, daß der Schabzieger für den Lektor Gift sei. »Ich wollte mich dafür verpfänden,« (sagt er) »daß Sie, wenn man Sie untersuchen könnte, hektisch wären; die langen Finger und der lange Hals sprechen für mich, und besonders sind die weißen schönen Zähne nach Camper ein böses Zeichen. Personen hingegen, die ein Gebiß haben wie meine Frau da, dürfen sicher sein.«

Augusti lächelte und fragte bloß die Doktorin, zu welcher Zeit man am besten zum Minister komme.

Solche vergiftende Reflexionen so wie den Mittags-Katzentisch gab er nicht aus satirischer Bosheit, sondern aus bloßer Gleichgültigkeit gegen andre, auf die er, gleich einem Rechtschaffnen, nie unter seinem Handeln Rücksicht nahm. Mit der Freiheitsmütze des Doktorhuts auf dem Kopfe erhielt er von seiner medizinischen Unentbehrlichkeit so viele akademische Freiheiten, daß er zwischen seinen vier Pfählen nicht freier aß und agierte als zwischen dem bunten spitzen Pfahlwerke des Hofes. Bracht' er da jemals – das frag' ich – einen Tropfen süßen Wein über die Lippen, ohne vorher einen *Ephraimiten*, der selber die Probationstage nicht überlebte, herauszuziehen und ins Glas zu hängen, bloß um vor dem Hofe zu untersuchen, ob der Ephraimit darin nicht schwarz werde? Und wenns das Silber tat, war da nicht das Überschwefeln des Weins so gut als demonstriert, und hätte der Physikus nicht den Hof, die Süßigkeit, das Schwärzen, Vergiften und Überschwefeln recht artig applizieren können, wenn er der Mann dazu gewesen wäre? –

Dem Zufalle, daß der Lektor über die Einlaßzeit bei dem Minister für heute nachforschte, hatt' es Albano zu danken, daß er den schmerzlichen Unfall nicht im Hause des Ministers oder neben der Blinden selber erfuhr. »Sie können« (antwortete Sara, die Doktorin) »auch den Bedienten hinschicken; der unterschreibt sich für Sie alle; mich aber dauert niemand wie die Tochter.« – Nun brach ein Sturm von Fragen nach dem unbekannten Vorfalle los. »Es ist so«, fing der Physikus mürrisch an, legte sich aber bald, weil er in einigen Augen Wasser für seine Mühle sah – und weil er alle medizinische Schuld von sich auf den Hauptmann Roquairol zu wälzen suchte –, so gut er konnte, auf pathetisches Detail und log fast sentimental. Er schob mit einem unbemerkten Winke der gerührten Frau einen leeren Teller zu als Lakrymatorium, damit nichts umkäme. Aus den verfinsterten Augen des vergeblich-kämpfenden Jünglings riß der erste Lebensschmerz einige große Tropfen. »Ist wohl eine Herstellung möglich?« fragte Augusti sehr bekümmert, wegen seiner Verbindungen mit der Familie.

»Wahrlich ein bloßer Nervenanfall ists« (versetzte Schoppe keck) »und weiter nichts; Whytt erzählt, daß eine Frau, die zu viel Säuere im Magen hatte (im *Herzen* wär's noch ärger), alles *umnebelt* erblickte, wie Mädchen vor naher Migräne.« – Sphex, der nur des Pathos und Laugensalzes wegen gelogen hatte und den es ärgerte, daß der Bibliothekar seiner heimlichen Meinung gewesen, antwortete so, als hätte dieser gar nicht geredet: »Der höchste Grad der Schwindsucht, Herr Lektor, schließet sich oft mit Erblinden; und zu beiden wäre hier wohl Rat. Inzwischen kenn' ich eine gewisse nervöse periodische Blindheit – ich hatte den Fall an einer Frau[1], die ich bloß durch Aderlassen, Dampf von gebrannten Kaffeebohnen und die Abenddünste des Wassers aufbrachte – das wird nun an der Nervenpatientin wieder versucht. Ein pflichtmäßiger Arzt wird aber immer wünschen, daß der Teufel Mutter und Bruder hole.«

1 Eine nervenschwache (ich weiß nicht, obs die nämliche ist), welche viel Religion, Phantasie und Leiden hatte, wurde, wie sie mir erzählt, auf dieselbe Weise blind und auf dieselbe geheilt.

Nämlich der Wiederstrich von Lianens Zugkrankheit setzte ihn außer sich. Beleidigungen der Ehre, der Liebe, des Mitleidens machten den Physikus nie warm, und er behielt seinen Überzug aus Glatteis an; aber Störungen seiner Kuren erhitzten ihn bis zum Zerspringen; und so sind wir alle Springgläser, die den Hammer vertragen und nicht eher in tausend Splitter zerfahren, als bis man die kleine Spitze abbricht; bei Achilles wars die Ferse, bei Sphexen der Arznei-Doktor-Ringfinger, bei mir der Schreibfinger. Der Doktor schüttete nun sein Herz aus, wie einige ihre Gallenblase nennen; er schwur bei allen Teufeln, er habe mehr für sie getan als jeder Arzt – er hab' es aber schon vorausgewußt, daß eine so dumme Erziehung bloß für das Schönaussehen und Beten und Lesen und Singen eine verdammte Wirtschaft wäre – er hätte gern oft die Harmonikaglocken und Tambournadeln[1] zerbrochen – er habe oft die Mutter ohne Schonen auf Lianens sogenannte Reize und auf die Empfindsamkeit, helle Wangenröte und sammet-weiche Haut aufmerksam genug gemacht, hab' aber damit fast mehr zu erfreuen als zu betrüben geschienen – was ihn allein belustige, sei, daß das Mädchen vor einigen Jahren todkrank geworden vom ersten heiligen Abendmahle, wovon er sie abzuhalten versucht, weil er schon an der vierten Patientin die betrübtesten Folgen dieses heiligen Aktus kennen lernen. – –

Zum allgemeinen Erstaunen schlug sich mein Graf gegen alle auf Roquairols Partei. Ach deine ersten Frühlingsstürme zogen jetzt gefangen in deiner Brust umher ohne eine freundschaftliche Hand, die ihnen einen Ausweg gab, und du wolltest deinen blutigen Gram bedecken! – Und suchtest du nicht einen Geist voll Flammen, ein Auge voll Flammen für deine, und hättest du dich nicht lieber mit einem donnernden Höllengotte verbrüdert als mit einem pietistischen matten, gleich einer Schabe unterhöhlenden Himmelsbürger? – Barsch fragt' er

1 Das ewige Prickeln der empfindlichen Finger-Nerven durch Strick-, Tambour- u. a. Nadeln macht vielleicht so gut wie das Berühren der Harmonikaglocken durch Reizen nervenschwach.

den Doktor: »Wo haben Sie das Herz des Fürsten?« – »Ich hab' es nicht,« sagte Sphex betroffen, »im *Tartarus*[1] liegts – wiewohls der Wissenschaft profitabler gewesen wäre, hätte man es unter seine Präparate stellen dürfen; groß wars und sehr singulär.« Er dachte daran, daß er oft – wo er konnte – wie ein Augur unter dem Sezieren ein oder das andre bedeutende Glied als ein Prinzen- und Junkern-Räuber à la minuta heimlich beiseite geschafft – für sein Studium, ein Honig, den er sich gern mit seinem Anatomier- und Zeidelmesser ausschnitt.

»Hat sonach das Fräulein eine unglückliche Liebschaft oder dergleichen?« fragte Schoppe. »Mehr als eine!« (sagte Sphex) »Krüppel – Preßhafte – Waisenjungen – blinde Methusalems; alle diese Liebschaften hat sie. Späße und junge Herren, sag' ich oft zur Alten, bekämen ihr gesünder.«

Aber darin, in der Forderung der Heiterkeit, geb' ich ihm nach – Freude ist die einzige Universaltinktur, die ich präparieren würde – sie wirkt (und stets) als antispasmoticum, als glutinans und adstringens – das Freudenöl dient zur *Brand-* und *Frost*-Salbe zugleich. – Der Frühling z. B. ist eine Frühlingskur, eine Landpartie eine *Austernkur,* eine Brunnenbelustigung eine Maß *Bitter*wasser, ein Ball eine Motion, ein Fasching ein medizinischer Kursus – und daher ist der Sitz der *Seligen* zugleich der Sitz der *Unsterblichen.* – –

»Ja er habe,« beschloß der Doktor, »weils Leute von Stande wären, zuletzt zum *Hochmut* geraten, der alle offizinellen Heilkräfte der Freude zeige; sehr starker wirke völlig wie diese, belebe den Puls, stähle die Fibern, sperre die Poren auf und jage das Blut durchs lange Aderngewinde[2]. – Seiner schwächlichen Frau, wie man sie da sehe, hab' er früher durch Kleider und Doktors-Rang dieses Medikament beigebracht und ihr damit

1 Der Tartarus ist die melancholische Partie in Lilar.

2 Den Blutumlauf beschleunigt Hochmut bis zum Wahnsinn. Übrigens ist die ganze Bemerkung von dem pharmazeutischen Werte des Hochmuts aus Tissots »traité sur les Nerfs« geholt.

auf die Beine geholfen. – Aber er wolle lieber 60 gemeine Weiber als *eine* vornehme kurieren – und er bedauere als Hausarzt bloß seine Rezepte und medizinischen Bedenken, falls einmal, wie er gewiß glaube, die schöne Liane von hinnen fahre.« –

Die erste Frage, die der nie etwas überhörende Albano auf dem Rückwege vom Doktor an Augusti tat, war, was die Doktorin mit dem unterschreibenden Bedienten haben wollen. Er erklärte es. Es ist nämlich in Pestitz wie in Leipzig die Observanz, daß, wenn ein Mensch verstirbt oder sonst verunglückt, dessen Familie einen leeren Bogen Papier samt Dinte und Feder in den Vorsaal legt, damit Personen, die nähern Anteil nehmen und zeigen, einen Lakaien dahin schicken können, der ihren Namen auf den Bogen setzt, so gut er weiß; – dieses kaufmännische Indossement des näheren Anteils, dieses niedersteigende repräsentative System durch Bediente, die überhaupt jetzt die Telegraphen unsers Herzen sind, macht beiden Städten großen Schmerz und Anteil süß und leicht durch Dinte und Feder.

»Ach das, Gott?« – (sagte Alban und erzürnte sich *ungewöhnlich,* als dringe man ihm Bedienten zu Chrysographen und Geschäftsträgern seiner Gefühle auf) – »o ihr egoistischen Gaukler! durch die Feder schreibender Lakaien gießet ihr euch aus? – Lektor, dem Satan selber würd' ich wärmer kondolieren als so!« –

Warum ist dieser verhüllte Geist so rege und laut? – Ach alles hat ihn bewegt. Nicht bloß der Jammer über die von allen nächtlichen Pfeilen des Verhängnisses verfolgte Liane trat eisern in sein offnes Herz, sondern auch das Erstaunen über das dunkle Einmischen des Schicksals in sein junges Leben; – Roquairols wiederkommender Ausdruck *»Brust ohne Herz«* klang ihm, als wenn er ihm bekannt sein sollte; endlich fiel ihm die Umkehrung ein, das Wort der insularischen Sphinx: *Herz ohne Brust* – – Also sogar dieses Rätsel war gelöset und der Ort bestimmt, wo er wider jede Erwartung die Weissagung der Geliebten hören sollte – aber wie unbegreiflich, unbegreiflich! –

»O Liane heißet sie, und kein Gott soll den Namen ändern«, sagte seine innerste Seele. – Denn in frühern Jahren hat eben der kräftigste Jüngling an Mädchen reizende Kränklichkeit und weiche Vollgefühle und nasse Augen lieber – so wie man überhaupt in Albanos Jahren die Flut (später die Ebbe) der Augen zu hoch anschlägt, ob sie gleich oft wie zu reiches Begießen die Samenkörner der besten Entschlüsse wegschwemmen –; indes er später (weil er den Ehestand und die Wirtschaft antreten will) sich mehr nach hellen und scharfen Augen als nach feuchten, und mehr nach kaltem und gesundem Blute erkundigt. –

Da Alban das Feuer seiner innern Wolken meistens an den Ausladeketten der Klaviersaiten niedergehen ließ – seltener in die Hippokrene der Poesie –: so macht' er aus seinem innern Charivari unbewußt einen Klavierauszug. Ich transponiere seine Fantaisie folgendermaßen in meine Phantasie. Auf den weichsten Molltönen ging die Erblindung mit ihren langen Schmerzen vorüber, und im *Sprachgewölbe* der Tonkunst hört' er alle leisen Seufzer Lianens laut. – Dann führten ihn härtere Molltöne in den Tartarus an das Grab und Herz des alten freundlichen Mannes, der mit ihm einmal gebetet hatte, und da sank in der Geisterstunde leise wie ein Tau der Laut vom Himmel: Liane! – Mit einem Donnerschlage des Entzückens fiel er in den Majore-Ton, und er fragte sich: »Diese fromme lichte Seele konnte das Schicksal deinem unvollkommnen Herzen versprechen?« Und da er sich antwortete, daß sie ihn vielleicht lieben werde, weil sie ihn nicht sehen könne – denn die erste Liebe ist nicht eitel –, und da er sie von ihrem gigantischen Bruder führen sah und da er an die hohe Freundschaft dachte, die er ihm geben und abverlangen wollte: so gingen seine Finger in einer erhebenden Kriegsmusik über die Tasten, und es klangen die himmlischen Stunden vor ihm, die er genießen werde, wenn seine zwei ewigen Träume lebendig aus der Nacht in den Tag herübergingen und wenn *ein* verschwistertes Paar seinem so jungen Herzen zugleich den

Freund und die Freundin gäbe. – Hier verklang leise sein inneres und sein äußeres Stürmen – und die *gleichschwebende Temperatur* des Instruments wurde die des Spielers . . .

Aber eine Seele wie seine wird leichter vom Schmerze befriedigt als vom Glücke. Als wäre die Wirklichkeit da, so drang er weiter: unbeschreiblich-hold und überirdisch sah er Lianens Bild in ihrem Leidenskelche zittern; denn die Dornenkrone veredelt leicht zum Christuskopfe, und das Blut der unverdienten Wunde ist Wangenrot am innern Menschen, und die Seele, die zu viel gelitten, wird leicht zu viel geliebt. – Die zarte Liane schien ihm schon für die *Flora* der zweiten Welt in den Leichenschleier eingesponnen, wie die weichen Glieder der Bienennymphe durchsichtig über der kleinen Brust gefaltet liegen – die weiße Gestalt aus Schnee, die einmal in seinem Traume auf seinem Herzen zerronnen war, öffnete das helle Wölkchen wieder und sah blind und weinend auf die Erde und sagte: »Albano, ich werde sterben, eh' ich dich gesehen habe.« – »Und wenn du mich auch«, sagte das sterbende Herz in seiner Brust, »niemals siehst: so will ich dich doch lieben. – Und wenn du auch bald vergehst, Liane, so erwähl' ich gern den Schmerz und gehe treu mit dir, bis du im Himmel bist.« . . . Der Himmel und die Hölle hatten vor ihm zugleich ihre Vorhänge aufgezogen – nur wenige und dieselben Töne und höchste und unterbrochene konnt' er noch leise bestreifen – und endlich sanken die Hände unter – und er fing zu weinen an, aber ohne zu harte Schmerzen, wie das Gewitter, das seine Blitze und Donner aufgelöset hat, nur noch mit einem leisen weiten Regen über der Erde steht. – –

SECHSTE JOBELPERIODE

Die zehn Verfolgungen des Lesers – Lianens Morgenzimmer – Disputation über die Geduld – die malerische Kur

34. ZYKEL

Heischesätze – Apophthegmen – Philosopheme – Erasmische Adagia – Bemerkungen von Rochfoucauld, von La Bruyere, von Lavater ersinn' ich in *einer* Woche unzählige und mehrere, als ich in sechs Monaten loszuwerden und als Einschiebeessen in meinen biographischen petits soupers wegzubringen imstande bin. So läuft der Lotto-Schlagschatz meiner *ungedruckten* Manuskripte täglich höher auf, je mehr ich dem Leser Auszüge und Gewinste *gedruckter* daraus gönne. Auf diese Weise schleich' ich aus der Welt und habe nichts darin gesagt. Lavater nimmt sich hierin vernünftiger, er lässet das ganze mit Schätzen gefüllte Lottorad unter dem Titel: Manuskripte (so wie wir umgekehrt Manuskripte den Verlegern auf der Post unter dem Titel gedruckter Sachen zufertigen) selber unter die Gelehrten laufen.

Aber warum tu' ichs nicht und lasse wenigstens eine oder ein paar Wasseradern meines Wasserschatzes springen und auslaufen? – Auf zehn Verfolgungen des Lesers – bloß so nenn' ich meine zehn Aphorismen, weil ich mir die Leser als Märtyrer ihrer Meinungen und mich als den Regenten denke, der sie mit Gewalt bekehrt – schränk' ich mich ein. Der folgende Aphorismus ist – wenn man den vorhergehenden als die erste Verfolgung anschlägt –, hoff' ich,

die zweite.

Nichts fegt und siebt unsere Vorzüge und Liebhabereien besser durch als eine fremde Nachahmung derselben. Für ein Genie sind keine schärfere Poliermaschinen und Schleifscheiben vorhanden als seine Affen. – Wenn ferner jeder von uns neben sich noch ein Doppel-Ich, einen vollständigen *Archimimus*[1] und Repetenten im Komplimentieren, Hutabnehmen, Tanzen, Sprechen, Zanken, Prahlen etc. herlaufen sähe: beim Himmel! ein solches genaues Repetierwerk unsrer Mißtöne würde ganz andre Leute aus mir und andern Leuten machen, als wir gegenwärtig sind. Der erste und kleinste Schritt, den wir zur Besonnenheit und Tugend täten, wäre schon der, daß wir unsre körperliche Methodologie, z. B. unsern Gang, Anzug, Dialekt, unsre Schwüre, Mienen, Leibgerichte etc., nicht besser, sondern gerade so befänden als alle fremde. Fürsten haben das Glück, daß sich alle Hofleute um sie zu treuen Supranumerarkopisten und Pfeilerspiegeln ihres Ichs zusammenstellen und sie durch diese *Heloten-Mimik* bessern wollen. Aber sie erreichen selten die gute Absicht, weil der Fürst – und das wäre von mir und dem Leser auch zu befürchten – wie der Grundsatz des Nichtzuunterscheidenden an keine wahre *Menächmen* glaubt, sondern sich einbildet, in der Moral wie in der Katoptrik zeige jeder Spiegel und Nebenregenbogen alles *verkehrt*.

Dritte

Es ist dem Menschen leichter und geläufiger, zu schmeicheln als zu loben.

Vierte

In den Jahrhunderten vor uns scheint uns die Menschheit heranzuwachsen, in denen nach uns abzuwelken, in unserm herrlich-blühend aufzuplatzen: so scheinen uns nur die Wolken unsers Scheitelpunktes gerade zu gehen, die einen vor uns steigen vom Horizonte herauf, die andern hinter uns ziehen gekrümmt hinab.

1 So hieß bei den Römern ein Mann, der hinter der Leiche ging und die Gebärden und das Wesen derselben im Leben nachäffte. Pers. Sat. 3.

Fünfte

Das Alter ist nicht trübe, weil darin unsre Freuden, sondern weil unsre Hoffnungen aufhören.

Sechste

Das Alter der Weiber ist trüber und einsamer als das der Männer: darum schont in jenen die Jahre, die Schmerzen und das Geschlecht! – Überhaupt gleicht das Leben oft dem Fang-Baume mit aufwärtsgerichteten Stacheln, an welchem der Bär leicht hinauf zum Honig-Köder klettert, wovon er aber unter lauter Stichen wieder zurückrutschet.

Siebente

Habt Mitleiden mit der Armut, aber noch hundertmal mehr mit der Verarmung! Nur jene, nicht diese macht Völker und Individuen besser.

Achte

Die Liebe vermindert die weibliche Feinheit und verstärkt die männliche.

Neunte

Wenn zwei Menschen im schnellen Umwenden mit den Köpfen zusammenstoßen: so entschuldigt sich jeder voll Angst und denkt, nur der andre habe den Schmerz und nur er selber die Schuld. (Nur ich exkusiere mich ganz unbefangen, eben weil ich aus meinen *Verfolgungen* weiß, wie der andre denkt.) Wollte Gott, wir kehrtens bei moralischen Stößen nicht um!

Der hintergangene bedeckte und vom *Trauerschleier* zum *Leichenschleier* lebende Mensch glaubt, es gebe kein Übel weiter als das, was er zu besiegen hat; und vergisset, daß nach dem Siege die neue Lage das neue mitbringe. Daher geht – wie vor schnellen Schiffen ein Hügel aus Wasser vorschwimmt und eine nachgleitende Wellengrube hinter ihm zuschlägt – immer vor uns her ein Berg, den wir zu übersteigen hoffen, und hinter uns nach eine Tiefe, aus der wir zu kommen glauben.

So verhofft der Leser jetzt nach überstandnen zehn Verfolgungen in den historischen Hafen einzufahren und da ein ruhiges Leben zu führen vom unruhigen meines Personale; aber kann ihn der geist- und weltliche Arm denn decken gegen einzelne Gleichnisse – gegen halbseitige Kopfschmerzen – Waldraupen – Rezensionen – Gardinenpredigten – Regenmonate – oder gar Honigmonate, die nach dem Ende jedes Bandes einfallen? – –

Nun zur Historie! Abends fuhren Albano und Augusti mit dem väterlichen Kreditbriefe zum Minister. Den Frost und Stolz desselben suchte der Lektor unterwegs durch das Lob seiner Arbeitsamkeit und Einsicht zu überfirnissen. Mit Herzklopfen faßte der Graf den Türklopfer am Himmels- oder Höllentore seiner Zukunft an. In der Antichambre – diesem höhern Bedientenzimmer und Limbus infantum et patrum – standen noch Leute genug, weil Froulay ein Vorzimmer für eine Bühne hielt, die nie leer sein darf und auf der es, wie im jüdischen Tempel nach den Rabbinen, denen, die knien und beten, nie zu enge wird. Die Ministerin war als eine Patientin abwesend, bloß weil sie eine hüten wollte. Der Minister war auch nicht da – weil er wenig Zeremonien machte und nur ungemein viel forderte –, sondern in seinem Arbeitskabinett; er hatte bisher den Kopf unter dem warmen Thronhimmel gehabt und tief in den verbotnen Reichsapfel gebissen, daher opferte er willig auf (nicht andern, sondern andre) und ließ sich als eine Heiligenstatue mit Votivgliedern behängen, ohne seine zu regen, und wie der heilige Franziskus zu Oporto mit Dank- und Bittschriften, die er niemals erbricht.

Froulay kam und war – wie immer *außer* den Geschäften – so höflich wie ein Perser. Denn Augusti war sein Hausfreund – d. h. die Ministerin war dessen Hausfreundin –, und Albano war nicht gut vor den Kopf zu stoßen, weil man dessen Pflegevater in Landschafts-Votis brauchte und weil Don Gaspard viel bei dem Fürsten galt und weil der Jüngling durch einen ihm eignen anständigen Stolz gebot. – Es gibt einen gewissen edlen, durch welchen mehr als durch Bescheidenheit Verdienste heller glänzen. – Froulay hatte für die Zukunft nicht die bequemste Rolle; denn der haarhaarsche Hof war dem Vlies-Ritter so ungewogen wie dieser jenem[1]; Haarhaar wurd' aber ohne Zweifel (allen welschen *chirurgischen* Berichten zufolge) und in wenig Jahren (allen *nosologischen* gemäß) der Erbe von dessen Erbschaft oder Throne. – Nun war das Schlimme dabei, daß der Minister, der wie ein Christ mehr auf die Zukunft sah, sich zwischen dem deutschen Herrn von Bouverot, der eine haarhaarsche Kreatur heimlich war, und zwischen der kurzen Gegenwart zugleich durchzuschleichen hatte.

Er nahm, sagt' ich, den Grafen ungemein verbindlich auf, so wie den Lektor; und entdeckte beiden, er müsse ihnen seine Frau vorstellen, die ihre Bekanntschaft wünsche. Er ließ es ihr sagen; führte beide aber, ohne Erwarten der Antwort, in ihr Zimmer. Dem Jünglinge war nun, als drehe sich die schwere Tür eines heiligen stillen Tempels auf. – Sogar ich bin jetzt, während ihres Ziehens durch die Zimmer, mit so närrisch, daß ich in eine ebenso große Angst gerate, als ging' ich mit hintennach. Als wir ins Morgenzimmer, welches Papiertapeten zu einer gegitterten Jelängerjelieber-Laube ausfärbten, eintraten:

1 Dieser hatte früher dem spanischen Ritter die Prinzessin abgeschlagen; es sind mir aber über diesen wichtigen Artikel hinlängliche Dokumente versprochen.

saß bloß die Ministerin da, die uns gefällig aufnahm, mit fester und kalter Haltung in Miene und Ton. Ihre streng-geschlossenen und wenig bezeichneten Lippen taten stumm einen Ernst, der die Gabe des frommen Herzens, und eine Stille kund, die der Schmuck der Schönheit ist – wie manche Flügel nur, wenn sie zugefaltet sind, Pfauenspiegel gießen –, und das Auge glänzte im Wohlwollen der Vernunft; aber die Augenlider waren von harten Jahren tief und kränklich über die milden Blicke hereingezogen. Ach wie zwischen Neuvermählten oft ein Schwert trennend lag, so schliff Froulay täglich am dreischneidigen, das ihn und sie absonderte. Sonderbar stach mit dem hellen Nachsommertage auf ihrem Angesichte das unreine Gewühl auf seinem ab, wiewohl er vor Zeugen, wie es schien, seiner Höflichkeit gegen sie die Ironie benahm und den Haß, wie andre die Liebe, nur für die Einsamkeit aufhob.

Zum Glück verpflanzte sich dieser Nußbaum, der einen ungesunden frostigen Nußbaumschatten auf den ganzen Nelkenflor der Liebe und der Dichtkunst warf, bald unter ähnlichere Gäste zurück. Die Ministerin richtete sich nach den ersten Gaben der Gefälligkeit mehr an den Lektor, dessen korrekte bürgerliche Mensur zu ihrer religiösen ganz stimmte; besonders da nur er über Liane fragen und kondolieren konnte. Sie versetzte, dieses Zimmer Lianens sei gerade so gelassen, wie es am Abend der Erblindung gewesen, damit es, wenn sie heile, eine schöne Erinnerung für sie bleibe, oder eine traurige für andre, wenn sie nicht genese. – O bewegter Albano, wenn jede Abwesenheit verklärt, wie muß es erst eine mit so vielen Spuren der Gegenwart tun! Ich bekenne, außer einer Geliebten kenn' ich nichts Schöneres als ihr Wohnzimmer in ihrer Abwesenheit.

Auf Lianens Arbeitstische lag ein umrissener Christuskopf neben der aufgeschlagenen Messiade – ein zusammengelegter Spazierflor nebst dem grünen Spazierfächer mit eingeschriebenen Wünschen von Freundinnen – einige aufgeschnittene Couverts – der Gevatterbrief eines Froulayschen Pachters –

eine ganze lackierte Schäferei mit Wagen, Stallung und Haus, mit deren lilliputischen Arkadien sie Dians Kinder[1] erfreuen wollen – ein aus dem verfliegenden Stammbüchlein einer Freundin ausgerupftes Blatt, das sie mit einer getuschten Blumenrabatte gerändert und dann mit holden Wünschen vollgepflanzet hatte, die das Schicksal aus ihrem eignen Leben weggenommen. – – Ach schönes Herz, wie gern wollt' ich über alle kleine Rudera deiner lichten Vorzeit etwas Tabellarisches entwerfen und verteilen, hätte sich der Lehnpropst näher darauf eingelassen! – Was aber mich und den Grafen am tiefsten bewegt, ist eine aufgespannte Stickerei, auf welche ihre Nadel wie ein Inokuliermesser an jenem düstern Tage eine Rose mit zwei Knospen geimpfet hatte und woran nichts mehr fehlte als die Dornen – – o diese zog an deinen Freudenrosen das Verhängnis nur zu weit hervor und preßte sie dann so tief durch deine Brust bis ans Herz! –

In keiner Stunde seines Lebens war Albanos Liebe so heilig-zart als in dieser, oder sein Mitleiden so innig. Zum Glück blickte die Ministerin immer durch das Fenster in den Garten und nahm seine Rührung nicht wahr. Zuletzt zeigte sie noch auf Lianens dastehende Harmonika; nun ward ihm das Herz zu voll und zu sichtbar, er sprang auf mit den hastigen Worten, er habe noch keine gehört, und trat davor. Ach er wollte etwas berühren, worauf so oft ihre Finger gewesen. Er legte die Hand wie an ein Heiligtum an diese Betglocken, die so oft unter der ihrigen für fromme Gedanken gezittert hatten; aber sie gaben ihm keine Antwort, bis ihm der Lektor, ein Kenner des Abcs wie der Technologie aller Künste, das Nötigste in drei Worten gewiesen. Jetzt sog er in die Seele voll Seufzer und Kriege den ersten Dreiklang ein, die ersten Klagesilben dieser Muttersprache der lechzenden Brust – ach dieser *Stummenglocken*, die der innere Mensch in der Hand schüttelt, weil er keine Zunge hat –; und seine Adern schlugen wild als Flügel, die ihn vom Boden aufwehten und ihn vor eine höhere Aus-

1 Dians Familie wohnt in Lilar.

sicht trugen, als die in die letzte Freude oder Marter ist. Denn in starken Menschen werden große Schmerzen und Freuden zu überschauenden Anhöhen des ganzen Lebensweges. – –

Ich weiß nicht, ob viele Leser den Fehler *möglich* finden werden, den er jetzt *wirklich* beging. Die Ministerin war im Gespräche sehr natürlich – durch Liane und Roquairol – auf den Satz geraten, daß Kindern keine Schule nötiger sei als die der Geduld, weil entweder der Wille in der Kindheit gebrochen werde oder im Alter das Herz. Ach sie und ihre Tochter knieten ja selber voll Geduld vor dem beladenden Schicksale oder auch vor dem bewaffneten; wiewohl die Mutter mit einer frommen, die mehr an den Himmel als auf die Wunde sah, Liane mit einer liebenden, die sich in neue Leiden wie in alte Krankheiten ergibt, wie eine Königin am Krönungstage in die Schmerzen und Friktionen des schweren Juwelenputzes und wie ein Kind, das die Wundenmale süß verschläft und süßer verträumt. – Aber Zesara, der gleich dem Wolfe schon den Klang einer Kette floh und gegen jede, von den leichten Panster- und Ritterketten an bis zu den schweren Hafenketten, die den Jünglingen die Fahrt ins arbeitende Meer verhängen, erbittert ansprengte, konnte sich nicht halten, zumal mit diesem Herzen voll Bewegungen, in zu großer zu sagen: »Der Mensch soll sich wehren – lieber will ich auf dem regen Schlachtfelde freiarbeitend alle Adern ausgießen als einen Tropfen daraus über die Folterleiter angebunden.« – »Die Geduld« (sagte die Ministerin voll davon) »streitet und siegt auch, aber im Herzen.« – »Lieber Graf,« (sagte Augusti, nicht bloß auf die Arria anspielend) »die Weiber müssen noch immer zu den Männern sagen: es schmerzet nicht!«

Ich hatte nicht eher als jetzt Gelegenheit, den Fehler Albans bekannt zu machen, daß er seine Meinung niemals freier und stärker sagte als da, wo er mit ihr gerade einen oder ein paar Himmel seines Lebens zu verspielen fürchten konnte: bei geringerer Gefahr konnt' er nachgiebiger sein. Ob er also gleich merkte, daß die Ministerin dabei an die muskulöse, aber auch hartgreifende Hand ihres wilden Sohnes mit schmerzlichen Erfahrungen denke – oder vielmehr, eben weil ers merkte und weil er für diesen künftigen Freund gern der Waffenschmied und Waffenträger werden wollte –: so blieb er dabei, warf alles Brechzeug des jungen männlichen Willens aus den Schulstuben auf die Gasse und sagte in seiner abstechenden Sprache: »Die Goten schickten ihre Knaben lieber in keine Schule, damit sie Löwen blieben. Wenn man auch Mädchen einen Tag vor dem Pflanzen in die bürgerliche Welt in Milch einweichen muß: so soll man doch Knaben wie Aprikosen mit der steinernen Schale in die Erde stecken, weil sie den Stein durch ihr Wurzeln und Wachsen schon abwerfen und verlassen.« – Der Lektor mit seiner feinen Offenheit – ein kristallenes Gefäß mit goldnem Schnitt – bemerkte mit leiser Rüge von Albans Heftigkeit: wenigstens habe selber die Art, womit beide ihre Beweise geführt, zu den Beweisen gehört; und die Weiber bedürften und bewiesen mehr Geduld bei Personen, und wir mehr bei Sachen.

Die Ministerin, die mehr ihren Sohn als seinen Freund zu hören glaubte, schwieg und trat näher ans Fenster. Unter den Kriegstroublen hatte der Abend seinen licht-vollen Mond auf die Morgenberge gewälzt, und die Güsse seines Lichts flossen jetzt von allen Seiten herein durch den ganzen vor dem Morgenzimmer ausgespannten Garten und blieben in seinen breiten Alleen und in seinen Blumenzirkeln stehen: als auf einmal ein rundes Häuschen durch aufschießende, vom Mondlicht zu Ehrenbogen entzündete Wasserstrahlen bis an sein welsches umgittertes Dach umlodert wurde. Stillgerührt sagte die Ministerin: »Auf jenem Wasserhäuschen steht meine Liane; sie gebraucht die Ausdünstung der Fontänen; der Arzt verspricht sich viel davon. Und die Vorsicht geb' es!« –

Allein der erschütterte Zesara konnte mit seinen so scharfen Augen doch mitten im Blendwerke des waagrechten Mondenscheins und hinter dem zitternden Nonnengitter aus verschränkten Silber- oder Wasseradern jetzt nichts aus dem dämmernden Eden absondern als eine unkenntliche stille weiße Gestalt. Aber es war genug für ein Herz, das weint und glüht. »Du Engel meiner Jugendträume,« dacht' er, »wirst du es sein? Sei du mir gegrüßet mit tausend Schmerzen und Freuden. – Ach können denn Leiden in dir sein, du Himmelsseele?« – Und es ergriff ihn, daß sie mit ihrer gequälten und entzückenden Gestalt, wenn sie hier im Zimmer wäre, sein ganzes Wesen zerknirschen würde durch Mitleid, und er hätte jetzt die Umarmung des Bruders verworfen, mit dessen Hand das Verhängnis die sanften Augen zum langen Traume zugedrückt.

Die Stickluft des bangsten Mitleids zwang ihn, wegzusehen und sich umzuwenden und in den aufgeschlagenen Messias die Augen zu heften, deren Tropfen er nicht zeigen wollte; aber sie wurden durch die Erinnerung, daß er ihre letzte Lese-Freude wiederhole, nur heißer und dichter. Plötzlich richtete etwas Verfinsterndes, das vor dem Fenster wie ein fallender Rabe niederflatterte, seinen Blick wieder auf Lianen, über welcher ein vollgestrahltes Wölkchen stand, gleichsam ein aufgezogener oder niederkommender Heiligenschein – Unsterbliche schienen darauf wie auf Ossians Wolken zu wohnen und die Schwester zu erwarten – und da sie endlich sich bewegte und langsam in das Wasserhäuschen untersank, schien es da nicht, als gehe ihre Hülle in die Erde und ihr stiller Geist in die Wolke? –

Hier gab ihm Augusti, da die Mutter der zurückkommenden Kranken ins Krankenzimmer folgen mußte, den Wink zum Abschiede, den er willig nahm; seine Liebe befriedigte sich jetzt mit Einsamkeit und mit der Hoffnung des Wiedersehens: Junge Liebe und junge Vögel haben anfangs nur *Wärme* durch *Bedecken* nötig, erst später *Nahrung*. –

Aber ein Paraklet oder Tröster sagte unter dem Weggehen dem Jünglinge leis' ins Herzohr: morgen siehst du sie wenige Schritte von dir im Garten! – Und das ist recht leicht zu machen; er darf nur morgen in der Abenddämmerung, wenn die Abendwandlerin die Augenkur gebraucht, sich in die Allee begeben und aus den Blättern frei hinauf in das zauberische Antlitz schauen und dann die ganze Glückseligkeitslehre in *einem* Paragraphen, in *einem* Zuge, Atem, Momente verschlingen – – aber welche Aussicht!

Der Graf bat den Lektor, nicht lange bei dem beschäftigten Minister zu sitzen. Als sie ihn wiederfanden, wußt' er hinter einem Aktenstocke kaum nach einigem (vielleicht maskierten) Besinnen, daß sie dagewesen, und bedauert' es innig, daß sie fortgingen. – Ach der Tröster lispelt den ganzen Abend und die ganze Nacht: Morgen, Albano! –

35. ZYKEL

Da unsern Albano die gaukelnde Nacht von einer Seite und Träumerei auf die andre warf – denn nicht die nahe Vergangenheit, sondern die nahe Zukunft mattet uns mit *Probekomödien* unsrer wachen Akte, mit Träumen, ab –, wie war er am Morgen so froh, daß die schönste Zukunft noch nicht vorüber war. Im Menschen hausen oft zwei sehr eulenspiegelsche Wünsche: ich tue oft den von ganzem Herzen, daß eine wahre Freude für mich, z. B. ein Meisterwerk, eine Lustfahrt etc., doch mög' endlich ein Ende nehmen, und zweitens den obigen, daß eine und die andre Lust noch ein wenig außenbleibe.

Der Abend kam mit der größten, wo Zesara – wie Le Gentil nach Ostindien – nach dem östlichen Park des Ministers abreisete, um den Durchgang des Hesperus und Venussternes, aber nur durch den Mond, zu observieren. Vor den erleuchteten Palastfenstern hielt er mitten unter den Leuten und sann nach, ob es sehr lasse, so in den Garten zu laufen; aber wahrhaftig, wär' er umgekehrt, das dürstende Herz hätte ihn zurück durch einen ganzen davor postierten Klerus und diplomatischen Kongreß hindurch getrieben. Kühn schritt er durch den lauten Palast vor einer angespannten Wagenburg vorbei, drehte das eiserne Gattertor auf und trat hastig in den nächsten Laubengang. Hier ging er, von einem Fackeltanze leuchtender Hoffnungen begleitet, hin und her, aber sein Auge war ein Seh- und sein Ohr ein Hör-Rohr. Die Lauben-Allee wuchs oben quer über den Garten in eine andre, dem Wasserhäuschen nahe hinein; in diese trat er, um der Blinden oder vielmehr ihrer Leiterin nicht zu begegnen.

Es kam aber nichts. Freilich war er nicht wie der Mond – wie doch zu fordern war – um eine halbe Stunde später gekommen, sondern gar um eine früher. Der Mond, dieser Stern, welcher Weise voll Weihrauch zum Anbeten leitet, ließ endlich breite lange Silberblätter als Festtapeten an Lianens Morgenzimmer niederfallen – die Madonna auf dem Palaste war in den Heiligenschein und Nonnenschleier seiner Strahlen eingekleidet – die Ministerin stand schon am Fenster – die Natur spielte das Larghetto eines magischen Abends in immer tiefern Tönen – als Albano weiter nichts vernahm als ein kleineres, bloß aus Klängen gemachtes, das aus dem Wasserhäuschen, dem Lustsitze aller seiner Wünsche, kam, und das sterbend mit dem Frühlingstage vertönen wollte. Aber er konnte nicht erraten, wer es spiele; man hätt' es herausbringen können, daß es Roquairol war, bloß weil er nachher, wie ich erzählen werde, nach der April-Sitte seines musikalischen Gelichters, aus dem Pianissimo in ein zu wildes Fortissimo hinaufsprang. Der vom Vater relegierte Bruder konnte wenigstens im Wasserhäuschen die teuere Schwester sehen und trösten und ihr seine Liebe und seine Reue zeigen; wiewohl seine stürmische Reue eine zweite nötig macht und am Ende nur eine frömmere Wiederholung seines Fehlers war.

Obgleich die Phantasie Albanos eine Retina des Universums war, worauf jede Welt sich scharf abmalte, und sein Herz der Sangboden jeder Sphärenmusik, worin eine umlief: so konnten doch weder der Abend noch das Larghetto mit ihren Strahlen und Klängen durch die hohen Wellen hindurch, die in ihm sowohl die Erwartung als die *Sorge* (beide verdunkeln die Natur und die Kunst) aufwarf. Das Ufer der Fontänen umflocht ein grüner Ring von Orangen, deren Blüte im Morgenlande nach der Selam-Chiffre *Hoffnungen* ansagt; aber wahrhaftig eine nach der andern wurde flüchtig, wenn er an die kalte helle Mutter dachte oder an sein vielleicht leeres Warten. Die Fontänen sprangen noch nicht – er rupfte wie ein Vorherbst immer mehr breite Fächerblätter aus seiner grünenden spanischen Wand und sah doch durch alle weitere Fenster Lianen nicht über den Kiesweg herkommen (welches schon darum unmöglich war, weil sie längst im Wasserhäuschen bei ihrem Bruder stand) – und er verzagte an ihrer Erscheinung: als dieser plötzlich ins gedachte Fortissimo stürmte und als alle Fontänen vor dem Monde rauschende Kränze aus Flittersilber aufwarfen. Albano blickte hinaus . . .

Liane stand droben im Mondenschimmer hinter dem flatternden Wasser. Welche Erscheinung! – Er riß die Laubenzweige an seinem Angesichte auseinander und schauete unbedeckt und atemlos an die heilig-schöne Gestalt! Wie griechische Götter überirdisch vor der Fackel stehen und blicken, so glänzte Liane vor dem Monde, von dem umherrinnenden Widerscheine der silbernen Regenbogen beschattet, und der selige Jüngling sah die junge offne stille Marienstirn bestrahlt, auf der noch kein Unmut und keine Spannung eine Welle geworfen – und die dünne, zarte, kaum gebogene Augenbraunen-Linie – und das Angesicht, gleich einer vollendeten Perle oval und weiß – und die losgeringelte Locke, auf den Maienblümchen an ihrem Herzen liegend – und den feinen Grazienwuchs, der wie die weiße Bekleidung die Gestalt zu erhöhen schien – und die idealische Stille ihres Wesens, mit der sie statt des Arms nur die Finger auf das Geländer legte, gleichsam als schwebe die Psyche nur über der Lilienglocke des Körpers und erschüttere und beuge sie nie – und die großen blauen Augen, die sich, indes das Haupt ein wenig sank, unaussprechlich-schön aufschlugen und sich in Träume und in ferne, unter Abendröten widerglänzende Ebenen zu verlieren schienen. –

– Du überglücklicher Mensch! – Dir erscheint die einzige sichtbare Göttin, die Schönheit, so plötzlich mit ihrer Allmacht und von allen ihren Himmeln begleitet, und die Göttin gibt dir den Wahnsinn – die Gegenwart mit ihren Gestalten wird dir unbekannt – die Vergangenheit vergeht – die nahen Töne ziehen aus tiefer Ferne her – die überirdische Erscheinung überfüllt und überwältigt mit Glanz die sterbliche Brust! –

Ach warum durfte durch diesen hohen reinen Himmel eine tiefe kalte Wolke ziehen? – Ach warum fandest du die Himmlische nicht früher oder später? – Und warum mußte sie selber dich an ihren Schmerz erinnern? –

Denn Liane – in deren überflortes Auge nur ein starkes Licht durchsickern konnte – suchte den Mond, den seine eigne Aurora ein wenig verhing, mit dem wiegenden Kopfe irrend auf, weil sie dachte, ein Lindengipfel verdecke ihn; – und dieses Wanken malte ihm ihr Unglück so plötzlich mit tausend Farben! Ein schneller Schmerz zertrat seine Augen, daß Tränen daraus sprützten und Funken, und das Mitleiden schrie in ihm: »O du unschuldiges Auge, warum wirst du verhüllt? Warum wird dieser dankbaren frommen Seele der Mai genommen und die ganze Schöpfung? – Und sie wirft vergeblich den Blick der Liebe auf die Mutter und auf die Freundin und – o Gott! – sie weiß nicht, wo sie stehen.« –

Aber der Vorhang des Mondes flatterte bald seitwärts, und sie lächelte den Schimmer heiter an, wie der blinde Milton in seinem ewigen Gesange die Sonne oder wie ein Irdischer den ersten Glanz nach dem Leben. –

Eine Nachtigall, die bisher, zwischen weiten Blumen einem leuchtenden Würmchen nachhüpfend, den Tönen im Zimmer nur mit einzelnen Wildrufen und Nachschlägen der Freude geantwortet hatte, flog Lianen näher, und die geflügelte Zwergorgel riß auf einmal alle Flötenregister heraus, daß Liane im Vergessen ihrer Blindheit niederblickte und Albano erschrocken zurücktrat, als sehe sie auf ihn. Da wurde unter den Tönen des Bruders und der Nachtigall ihr blasses, gleich der weißen Federnelke auf den Wangen leicht gerötetes Angesicht zart vom matten Blütenrot der Rührung überdeckt – die Augenlider zuckten öfter über die glänzenden Augen hin – und endlich wurde der Glanz eine ruhige Träne – es war keine des Schmerzes noch der Freude, sondern jene sanfte, worein die Sehnsucht des Herzens überquillt, wie im Frühling überfüllte Zweige unverwundet weinen. – –

– Im Menschen wohnt ein rauher blinder Zyklope, der allemal in unsern Stürmen zu reden anfängt und uns Zertrümmerung anrät; furchtbar regte sich jetzt in Zesara die ganze aufgewachte kraft der Brust, der wilde Geist, der uns auf Kuntursfittichen vor Abgründe schleppt, und der Zyklope rief laut in ihm: »Stürze hinaus – knie vor sie – sag ihr dein ganzes Herz – was ists, wenn du dann auf ewig verloren bist, hast du nur einen Laut dieser Seele vernommen – und dann kühle und opfere dich in den kalten Quellen zu ihren Füßen.« – Wahrlich er dürstete nach dem frischen Bassin, worein die Fontänen zurücksprangen – – Aber ach vor dieser Sanften, vor dieser Gequälten und Frommen! – »Nein,« sagte der gute Geist in ihm, »verwunde sie nicht wieder wie ihr Bruder – o schone, schweige, ehre; dann liebst du sie.«

Hier trat er heraus in die erleuchtete Erde wie in einen Himmelssaal und nahm den offnen Sonnenweg, aber leise, vor den Fontänen vorüber. Als er vor ihr vorbeiging, brach auf einmal die Arkade aus Tropfen, die sie halb vergittert hatte, zusammen, und Liane stand wolkenlos wie eine reine Luna ohne Nebel-Hof im tiefen Himmelsblau; eine glänzende Lilie[1] aus der zweiten Welt, die sich selber das Zeichen ist, daß sie bald in diese fliehe. – – O sein Herz voll Tugend empfand erschüttert die Nähe der fremden; und mit allen Zeichen der tiefsten Verehrung ging er vor dem ruhigen Wesen vorüber, das sie nicht bemerken konnte.

Erst als ihm mit jedem Schritte ein Himmel entfallen war

1 Sonst glaubte man, daß eine im Chorstuhle liegende Lilie den Tod dessen bedeute, dem er gehörte.

und er endlich keinen mehr hatte als den über sich: wurd' er ganz sanft und freuete sich, daß er nicht kühner gewesen. – Wie glänzt ihm jetzt die Erde, wie nähert sich ihm der Sonnenhimmel, wie liebt sein Herz! – O noch nach vielen Jahren einst, wenn dieser *glühende* Rosengarten der Entzückung schon weit hinter deinem Rücken liegt, wie wird er dir, wenn du dich umwendest und darnach blickst, so sanft und magisch als ein *weißes* Rosenparterre der Erinnerung nachschimmern! –

SIEBENTE JOBELPERIODE

Albanos Eigenheit – das Nestelknüpfen der Politik – der Herostrat der Spieltische – väterliches mandatum sine clausula – gute Gesellschaft – Herr von Bouverot – Lianens Gegenwart des Geistes und Körpers

36. ZYKEL

Wäre der Lehnpropst von Hafenreffer nicht, sondern nur meine Phantasie: so würd' ich gewiß in meiner Historie fortfahren und der Welt als wahr berichten (und das ganze romantische Schreibgelag ließe sich darauf totschlagen), Albano sei am andern Morgen blind und taub hinter der breit vorgebundenen Binde des Bandagisten Amor dortgesessen – er habe nicht mehr über fünf zählen können, außer abends an der Glocke, um nachher das Froulaysche Wasserhäuschen magisch zu umkreisen wie einer, der das *Feuer besprechen* will, das sich ihm nachschlängelt – aus den beiden Blaselöchern, womit sentimentale Walfische sich öffentlich ausweinen in Buchläden, hab' er beträchtliche Ströme aufgespritzt – übrigens hab' er kein Buch mehr angesehen (ausgenommen einige Bogen im Buche der Natur) und keinen Menschen mehr (einen blinden ausgenommen) – – »und unter diesen meinen Wundzettel erotischer Wundfieber« (würd' ich am Schlusse meiner Lüge sagen) »setzt wohl offenbar die Natur ihr Sekrets-

Insiegel.« Das tut sie nicht, sagt Hafenreffer; – nichts wie verdammte Lügen sinds; die Sache ist vielmehr so:

Zesara schlich kein zweitesmal mehr in Froulays Garten; eine stolze Schamröte überflog ihn schon bei dem Gedanken an die peinliche, mit der er das erstemal einem mißtrauischen oder fragenden Auge aufgestoßen wäre.

Aber auf diese Weise blieb ihm vor der Heilung die liebe Seele verhüllt wie ihr der Mai; und er quälte sich still mit Berechnungen ihrer Leiden und mit Zweifeln an ihrer Kur. Er schämte sich der Freude während ihrer Trauerzeit und verbot sich den Genuß des Frühlings und den Besuch von Lilar; ach er wußte ja auch, es würde durch den liebenden Frühling und durch das Lilar, wo sie so viele Freuden und die letzte Wunde empfangen, sein Herz zu unbändig werden und zu voll.

Sein Durst nach Wissen und Wert, sein Stolz, der ihm bei dem Vater und seinen beiden Freunden in einem rühmlichen Lichte zu stehen gebot, trieben ihn in seine Laufbahn hinein. Mit allem ihm eignen Feuer warf er sich über die Jurisprudenz und machte keinen andern Weg mehr als den zwischen dem Hörsaale und dem Studierzimmer. Zu diesem Eifer zwang ihn ein eigentümlicher Trieb nach *Komplettierung*; alles Unvollendete war ihm beinahe ein physischer Greuel; ihn schmerzten defekte Sammlungen – abgebrochene Monatsschriften – eingeschlafne Prozesse – Bibliotheken, weil er sie nie auslesen konnte – Leute, die als Akzessisten starben, oder in Bau-Planen, oder ohne ein abgeründetes Denksystem, oder als Gesellen, Tuchknappen und Schuhknechte – und sogar Augustis Flötenblasen, ders nur so *beiher* mittrieb. Es war dieselbe Stärke, womit er Psyches Flügelpferde den Zügel straff hielt und womit er ihm das Spornrad einstieß; schon als Kind hatte er diese Stärke an der Zurückhaltung des Atems, oder am peinlichen Pressen einer wunden Stelle versucht – und beim Himmel! figürlich tat er ja nun beides wieder. In ihm wohnte ein mächtiger Wille, der bloß zur Dienerschaft der Triebe sagte: es werde! Ein solcher ist nicht der Stoizismus, welcher bloß über innere *Missetäter* oder *Hämlinge* oder *Kriegsgefangene* oder *Kinder* gebeut, sondern es ist jener genialisch-energische Geist, der die gesunden *Wilden* unsers Busens dingt und bändigt, und der königlicher zu sich, als der spanische Regent zu andern, sagt: Ich, der König! –

– Ach freilich – wie konnte seine warme Seele anders? – stand er oft in der Nachmitternacht am luftigen Fenster und schauete voll Tränen auf die weiße Madonna des ministerialischen Palastes, die der reine Mond versilberte. Ja am Tage zeichnete er oft in sein Souvenir (zufällig wars ein Springbrunnen und eine Gestalt dahinter, weiter nichts) – oder er las im Messias (natürlich fuhr er in dem Gesange fort, den er schon bei der Ministerin angefangen) – oder er belehrte sich über Nervenkrankheiten (war er bei seinem Studieren dagegen gedeckt?) – oder er ließ das Feuer seiner Finger über die Saiten laufen – ja er hätte nichts als Rosen gepflückt, obwohl mit Dornen, wäre ihre Blütezeit gewesen.

Und diese seufzende schwüle Seele mußte sich verschließen! O er war schon in Sorge, jede Taste werde eine Schriftpunze, das Klavier ein Letternkasten und alle Handlungen verräterisch-leserliche Worte. Denn er mußte schweigen. Die erste junge Liebe hat wie die der Geschäftsleute (die kursächsischen ausgenommen) keine Sprachwerkzeuge, höchstens eine tragbare Schreibfeder mit Dinte. Nur die Weltleute, die ihre Liebeserklärungen ebenso wiederholen wie Schauspieler, sind imstande – und aus gleichen Gründen –, sie ebenso zu publizieren wie diese. Aber in der heiligern Zeit des Lebens wird das Bild der geliebtesten Seele nicht im Sprach- und Vorzimmer, sondern im dunkeln stillen Oratorium aufgehangen; nur mit Geliebten spricht man von Geliebten. Ach er hörte über seine Himmelsbürgerin ungern sogar andre reden; und er entwich oft (mit dem innern Rauchopferaltar in sich) aus dem Zimmer, worin man für sie eine Rauchpfanne mehr voll Kohlendampf als Wohlgeruch herumtrug. –

37. ZYKEL

Man erwartete in Pestitz jeden Tag die Zurückkunft des deutschen Herrn, Mr. de Bouverot, der in Haarhaar an die fest skizzierte Vermählung zwischen Luigi und einer haarhaarschen Prinzessin, Isabella, die letzte retuschierende Hand gelegt. Augusti war ihm nicht gut und sagte sogar, Bouverot habe keine honnêteté[1]; und erzählte folgendes, aber mit der weichen Ironie eines Weltmannes.

Vor einigen Jahren wurde Bouverot in Kapitel-Streitigkeiten vom haarhaarschen Hofe[2] nach Rom an den Papst versandt; gerade zur Zeit, wo auch Luigi den gewöhnlichen Römerzug der Fürsten tat mit seinen Römer-Zinszahlen. Nun wollte Haarhaar – das eigentlich schon chapeaubas geht mit dem Hohenfließer Fürstenhute und das alle mögliche offizinelle Aussicht hat, ihn aufzusetzen – eben darum nicht gern den Anschein geben, als seh' es das Erlöschen des Hohenfließer Stammes mit kalten Augen an, um so mehr, da eben der Stammhalter Luigi gleich in den ersten Jahren kein Held von nervöser Bedeutung war. Ja dem Haarhaarer Hofe mußte daran liegen, daß der gute dünne Stamm-Herbstflor womöglich *anders* wiederkäme, als er ausgezogen war; und eben aus solchen Gründen war von jenem dem Deutsch-Herrn heimlich aufgetragen, dergestalt über alle seine Freuden und Leiden als maitre de plaisirs – zumal bei maitresses des plaisirs – zu walten und zu wachen, daß man damit zufrieden wäre. War inzwischen Abiturient schon als Fötus eingesessen, so wurd' er leider gar zum punctum saliens ausgeschliffen zurückgefahren, besonders da er durch mehrere Bocks- und andre Sprünge durch den Reif der Lust verdorben war zu einem *Rittersprunge*. Es kann möglich sein, daß der Deutsch-Herr der

1 Honnêteté schließet in den höhern Ständen Morden, deshonnêteté, Lügen etc. völlig aus; ausgenommen in einem *gewissen* Grade.

2 Dieser Hof ist katholisch, aber das Land lutherisch, und zu dieser letztern Konfession bekennt sich auch der Hohenfließer.

Verjüngung des Fürsten zu sehr entgegenging; ja er kanns der jungmachenden Wunderessenz des Marquis d'Aymar[1] nachgetan haben, welche eine alte unschuldige Dame, die vom Elixier mehr versalbte, als gegen ihre Jahre nötig war, durch das übermäßige Verjüngen zum kleinen Kinde einzog. – – Kurz durch diesen Kreuzzug hinter dem Kreuzherrn Bouverot wird einmal – wie öfters durch Kreuzzüge – der Hohenfließer Fürstensessel offen zu rechter Zeit, und Haarhaar setzt sich darauf. – –

Ich gestehe ungern, daß Albano anfangs – weil bei aller seiner Scharfsicht seine Reinheit ebenso groß war – das Faktum nur verworren faßte; als ers aber begriff, wars für ihn *pharmazeutisches* Manna, wie für Schoppe *israelitisches*. »Der Kreuzherr« (sagte dieser) »trägt sein Kreuz nicht umsonst – es tut ihm ebensoviel Dienst wie in den Häusern in Italien ein darangeschmiertes, es darf beide keine Seele anpissen, ob mans gleich in Rom vor jedem Vorzimmer mag.« –

Nicht lange darnach gingen unsre drei Freunde in der Stunde, wo die Wagen lärmend zum Tee und Spiele rollen, auf der Gasse, als man vor ihnen eine Sänfte mit dem Sitze *rückwärts*, worin gleichwohl jemand saß, vorübertrug. »Du heiliger Vater!« (rief Schoppe) »da drinnen sitzt der leibhafte *Zefisio* aus Rom, der mich irgendeinmal durchprügeln muß.« – »Leise, leise!« (sagte Augusti) »das ist der deutsche Herr; Zefisio ist sein arkadischer Name[2].« – »Nun, so freu' ich mich desto mehr, daß ich mit der Rotnase einmal herzlich schlecht umsprang«, sagt' er und kehrte um und begleitete mit untergesteckten Armen die Sänfte fast zehn Schritte weit, um den Vogel des Bauers besser zu beschauen, bis dieser die Vorhänge vorriß. Albano ertappte darin im Vorübereilen nur einen scharfen, gleich einem Dolche gezognen Blick und einen rotglimmenden Nasenknopf. –

Schoppe kam wieder und erzählte die Händel in Rom.

1 S. des Grafen Lamberg Tagebuch eines Weltmannes.

2 Wer in die Akademie der Arkadier tritt, nimmt einen arkadischen Namen an.

Nämlich gegen alle Todsünder, Blutschuldner und Sündenbälge trug er keinen so bittern Ingrimm als gegen Professions-Bankhalter, Croupiers und Grecs; er sagte, hätt' er ein Raupeneisen, womit er dieses Gewürm von der Erde wegschaben, oder eine Kochenille-Mühle, worin er es zerknicken könnte, er tät' es ganz lustig; »O Himmel,« (rief er dann aus) »hielt' ich vollends über den ringelnden verwickelten Wurmstock gerade meinen ausgestreckten Fuß (und wäre auch das Podagra daran), freudig stieß' ich ihn darein und träte den Bettel aus.« – Was er aber konnte, tat er. Da er sein eigner Reisediener und eine in ganz Europa hin- und herfahrende Lauferspinne war: so hatt' er recht oft die Freude, diese Pharao-Blattwickler und Blattminierer unter die Finger zu bekommen – ihr Schein-Genosse zu werden – ihre Kriegslisten einzulernen – und dann irgendein Feuerrad in ihre zischende Schlangenhöhle zu rollen. Ich bin nicht näher unterrichtet, ob man es in Leipzig weiß, wer der Rädelsführer war, der vor kurzem in der Messe eine Vexier-Polizei mit Schein-Stadtknechten spielte und eine Bank aufhob; – wenigstens waren die Bankiers darüber irrig, weil sie den andern Tag der wahren Polizei aufwarteten und um einige Indulgenzen und Un-Rechtswohltaten anbettelten; aber ich bin hier imstande, den Diebsfänger zu nennen: Schoppe wars gewesen. – – Die Beute legt' er meistens zu neuen Fladderminen unter Pharao-Tischen an.

Mit Zefisio hatt' ers anders gekartet. Er trat vor dessen Bank und sah einige Minuten zu und belegte endlich ein Blatt mit einem Schildlouisd'or. Es gewann, und er zeigte hinter der Karte eine lange Rolle von Louis. Bouverot wollte diese Rolle nicht bezahlen; »er habe« (sagt' er) »nichts gesehen.« – »Wozu sitzt Ihr Croupier denn dort?« sagte Schoppe und erklärte sie für Betrüger, wenn sie nicht zahlten. Man zahlte ihm, um größern Schaden zu vermeiden, den Gewinst. Er nahm ihn kalt und schied mit den Worten an die Pointeurs: »Meine Herren, Sie spielen hier doch mit ausgemachten Betrügern; aber bloß weil ich sie kenne, haben sie mich bezahlt.« Unter dem Steif- und Blaßwerden der Interessenten ging er langsam mit seiner breitschultrigen gedrungnen Figur und mit seinem Knotenprügel unversehrt davon. – –

Augusti wünschte von Herzen – der Verfolgung wegen –, daß Bouverot den Bibliothekar nicht mehr kenne. Zu Hause fanden sie eine Einladung vom Minister auf Tee und Souper; »die arme Tochter!« (sagte Augusti) »Dieses Bouverot wegen muß die Halbblinde morgen an die Tafel.« – – Indes sieht sie doch unser Jüngling endlich wieder, und nur ein Frühlingstag sondert ihn vom teuersten Wesen ab! – Hat Augusti recht: so trifft meine Bemerkung hier ein, daß ein guter Filou immer der motivierende Hecht wird, der den frommen Karpfensatz der Stillen im – Teiche zum Schwimmen bringt; die versteckte Blattermaterie, die kalte Kinder auf einmal lebendig macht.

38. ZYKEL

Lianens Augen heilten, aber nur langsam; die Natur wollte sie nicht auf einmal aus ihrem düstern Kerker in die Sonne führen; jetzt konnte sie erst, wie die Philosophen, mehr Licht als Gestalten erkennen. Gleichwohl gab der Minister den Kabinettsbefehl, sie müsse übermorgen die Harmonika spielen, bei dem Souper erscheinen und sogar den Salat machen und dabei ihre Blindheit maskieren. Er befahl zuweilen unmögliche Dinge, um so viel Ungehorsam zu finden, als sein Zorn zum Bestrafen brauchte; gewisse Leute sind den ganzen Tag schon im voraus voll Ärger für irgendeine Zukunft, gleich dem Urinphosphor, der immer unter dem Mikroskope kocht, oder den Eisenhütten, worin jeden Tag Feuer auskommt.

Die Ministerin sagte dazu ein sanftes festes Nein. Über die Harmonika, sagte sie, habe sie in seinem Namen den Doktor gefragt, der es streng' verboten, und das übrige sei eine Unmöglichkeit. Hier konnt' er schon, so gut wurd' es ihm, über mehrere Dinge ungehalten werden, besonders über das Fragen des Doktors, das aber gar noch – nicht geschehen war; er wurde toll genug und schwur, er handle nach *seinen* Prinzipien und frage den Teufel nach *fremden*.

Dieses Prinzip war dasmal der deutsche Herr. Die obige Anekdote nämlich – Bouverots Fürsorge für den reisenden Erbprinzen – oder die Absicht dabei war an beiden Höfen assemblee- und tafelfähig, und nur dem Fürsten Luigi verdeckt; denn an Thronen gibt es fast für niemand Geheimnisse (kaum für seine Frau) als für den, der darauf sitzt, wie in Schallgewölben die Leute in fernen Winkeln alles laut vernehmen, nur der nicht, der in der Mitte steht. Der deutsche Herr war also im Hohenfließer Systeme die wichtige Pfortader und Lungenpulsader, womit auch Froulay sich wässern wollte. Dieser mußte durchaus der Gegenwart und der Zukunft oder zweien Herren dienen, von denen der Haarhaarer sehr bald seiner werden konnte.

Bouverot war nicht bloß an Froulay den Minister, sondern auch den Vater geknüpft; ein Mann wie er, der sich aus Italien ein ganzes Kunstkabinett nachfahren lässet und dessen Kunst-Kenntnisse eben ihn und den Fürsten so lange verknüpfen, mußte eine Madonna von solcher Karnation wie Liane und aus der römischen Schule und die noch dazu, von der Leinwand abgelöset, sich als eine volle atmende Rose bewegte, ein solcher mußte dergleichen zu schätzen wissen. Heiraten konnt' er die Rose nicht wollen, da er deutscher Herr war.

Er hatte sie seit seiner welschen Reise nicht gesehen – der Graf auch nicht – beiden wollte sie der Minister zeigen als eine Zahlperle von besonderer Weiße und Figur. Froulay hatte – was überhaupt öfter ist, als man denkt – gleich viel Eitelkeit und Stolz; diesen gegen den Tadel, jene für das Lob. Aber ich müßte nun ein Turnierbuch schreiben, um sein Toben, Rennen, Lanzenstoßen in einem Gefechte, wo er unter den Fahnen der Feindschaft, der Eitelkeit und Habsucht diente, nur zum Teil auf die Nachwelt zu bringen. Er war so wenig totzujagen als ein Wolf. Alle Waffen waren ihm gleich, und er nahm immer schärfere und giftigere. In den alten *gerichtlichen* Zweikämpfen zwischen Mann und Frau stand gewöhnlich der Mann bis an den Magen in einem Loche, um seine Stärke zur weiblichen herabzubringen, und sie schlug gegen ihn mit einem in einen Schleier gewickelten Stein; in den *ehelichen* aber scheint der Mann im Freien zu stehen und die Frau in der Erde und hat oft nur den *Schleier* ohne den Stein. –

– In diesem Gefechte stellte sich ein glänzender Friedensengel zwischen beide und fing die Wunden auf, nämlich Liane. Die Tochter, die eine schwärmerische Liebe für die Mutter und die weibliche Achtung des stärkern Geschlechts für den Vater hatte, und die so unendlich unter dem Zwiespalte litt, fiel der Mutter um den Hals und bat sie, ihr das zu erlauben, was der Vater fordere – sie wolle alles gewiß so machen, daß man nichts merke, sie wolle sich recht anstrengen und vorher besonders üben – ach er werde sonst ihrem armen Bruder nur noch ungewogner – diese Uneinigkeit bloß ihrentwegen sei ihr so schmerzlich und vielleicht schädlicher als das Harmonika-Spiel.

»Mein Kind, du weißt,« (sagte die Mutter, denn jetzt hatte sie gefragt) »was gestern der Arzt gegen die Harmonika gesagt hat; das andre kannst du wagen!« Liane küßte sie freudig. Man mußte sie zum Vater führen, damit sie vor ihm die Freude ihres Gehorsams lautmachte. »Ich dank' euchs mit dem Henker,« (sagt' er sanft) »es ist eure verfluchte Schuldigkeit.« – Sie ging mit zerstobener Freude, aber ohne große Schmerzen; sie war es schon gewohnt.

39. ZYKEL

Der Lektor bat Albano noch auf dem Wege zum Minister, das Feuer seiner Behauptungen und seiner Pantomime zu mäßigen. Er machte ihm vom Hauskriege nur so viel bekannt, als nötig war, damit er nicht Lianen durch den Wahn der Heilung in Verlegenheit setze. Als sie ins Spielzimmer traten, war schon alles im Feuer.

Da ihm jetzt niemand präsentiert wird: so muß ich es tun; es sind Jünger (wenigstens *zwölfte*) des Ministers.

Zuerst stelle ich dir den Herrn Justizpräsidenten von Landrock vor, eine gute Apothekerwaage der Themis, die Skrupel auswägt und worin keine falsche Gewichte liegen, aber, was ebensoschlimm ist, viel Schmutz, Reste und Rost. Die am L'hombretisch daneben sind die Herren und Frauen von Vey, Flöl und Kob, glatte feine Seelen, die wie Mineralien in Kabinetten auf der Schauseite abpoliert sind, nur aber auf der verborgnen Basis noch eckig und kratzend.

Geh mit mir an den Eingang des andern Zimmers; hier hab' ich dir zu präsentieren den jungen, aber fetten Domherrn von Meiler, der, um seinen innern Menschen mit einem dicken warmen äußern zu bekleiden und auszuschlagen, jährlich nicht mehr Bauern abzurinden braucht, als der Russe Lindenstämme für seine Bastschuhe abschindet, nämlich 150.

Das Zimmer, worein du siehst, präsentier' ich dir als ein Fliegenglas voll Hofbediente, die, um ins *Himmelreich* zu kommen, nicht bloß *Kinder*, sondern gar *Embryonen* von vier Wochen wurden, die bekanntlich aussehen wie Fliegen; sie wollen, wenn Swift von seinen Bedienten nichts begehrt als das *Zumachen* der Türen, nichts von ihrem Brotherrn als das *Offenlassen* derselben.

Ich habe die Ehre, dir dort – es ist der, der nicht spielt – den Herrn Kirchenrat Schäpe, der Oberhofprediger werden will, vorzustellen, einen weichen Halunken, der die Samenkörner des göttlichen und menschlichen Worts wie Melonenkerne (sie sollen dadurch früher in den Herzen aufgehen) so lange in gezuckertem Weine einweicht, bis sie in jenen verfaulen; ein geistlicher Herr, der in seinem Leben nie andre Bitten *tat* als die beiden, die er stets *abschlägt*, die *vierte* und die *fünfte*. –

– Aber der Lektor wird dir im Fenster ja alle Herren und Damen kalt, leise und ohne Pantomime nennen. Jetzt führt dich der Minister selber einem spielenden Herrn mit einem Kreuze zu, der Wasser mit Salpeter trinkt und immer den dürren Mund beleckt; es ist Bouverot – jetzt steht er vor dir auf, betrachte das kalte, aber kecke und schneidend-geschliffne Auge, dessen Winkel eine offne Blechschere oder aufgestellte Falle scheinen – die rote Nase und den harten lippenlosen Mund, dessen rötliche Krebsschere sich abgewetzt zusammenzwickt – das aufgestülpte Kinn und die ganze stämmige feste Figur.

Albano überraschet ihn nicht, er hat alle Menschen schon gesehen, und er fragt nach keinem.

Der Minister erquickte den in sich verworrenen Jüngling mit der Verheißung, bei dem Souper werd' er ihm seine Tochter vorstellen. Er bot ihm ein Spiel an; aber Alban versetzte mit einem zu jugendlichen Akzent: er spiele nie. –

Er konnte nun die Spieltischgassen durchstreichen und alles besehen, was er wollte. In einem solchen Falle postiert man sich, wenn man niemand in der Gesellschaft ausstehen kann, gerade vor oder neben das Gesicht, das man am meisten anfeindet, um sich über jedes Wort und jeden Zug des Gesichts heimlich zu erärgern. Albano hätte viele Gesichter gehabt, die wenigstens in einem kleinen Grade nicht zu leiden waren und zu denen er sich hätte stellen können; – ja es wären keine hinlängliche Gründe anzugeben, warum er nicht einen gewissen ausgepelzten eingetrockneten Kleisteraal, einen Schwächling voll Impertinenz in einem fort angesehen hätte, da dieser mit einer Flügelbrille die aufgehenden Kartengestirne observierte, indes Albano die Fühlhörner seiner Sehnerven bis zu den Kartenfarben des zweiten Zimmers ausstrecken konnte – es wären keine Gründe dagewesen, wäre nicht der deutsche Herr dagewesen; vor diesen mußt' er sich stellen; von diesem wußt' er das Meiste und Schlimmste; dieser stand ja mit Schoppe in weiter Verbindung, sogar mit Lianen – – Verdammt! neben gewissen Gesichtern krümmen und mausern sich die Seelenschwingen, wie neben Adlerkielen Schwanen- und Taubenfedern zerfallen; allen schuldlosen Gefühlen in der so geräumigen Brust Albanos wurd' es so unruhig und eng wie einem Taubenfluge, in dessen Schlag man einen Iltisschwanz geworfen.

Ich darf es nicht verhehlen, er murrte und grollte innerlich über alles, was der Mann tat und hatte – dieser mochte nun Finger tragen, deren Spitzen feingeschabet waren für das Pharaospiel und deren Nägel von einem ganz noch schlimmern *Hasardspiele* sich etwas abgeblättert hatten – oder er mochte zuweilen durch die Haare der Augenbraunen blicken – oder (nur *einmal*) eine Mücke durch ein schnelles Schnappen der Lippen erquetschen wie die Fliegenfalle – oder bald eine deutsche, bald eine gallische Zeile sagen, was ich doch von guten Zirkeln erwarte, indes nur schlechte kein deutsches Wort vorbringen, wenige solche wie Lansquenet, canif (Kneif), birambrot (Bier am Brot) ausgenommen – – – genug er dachte immer an Schoppes schönen Ausspruch: »Es gibt Menschen und Zeiten, wo einen rechtschaffenen Mann nichts mehr erquicken könnte als – Prügel, die er gäbe.« Duellieren ist ebensogut, meinte der Graf.

Indes muß er hier entschuldigt werden durch eine Autorität. Nämlich selber Schreiber dieses – sonst ein so weiches warmes Schwanenfell – wurde immer zu einem völligen Kampfhahne hinter Spiel-Sesseln und spreizte den kratzenden struppigen Flügel weiter auf, je länger er müßig zusah; der Grund ist der, weil man überhaupt nur die Menschen immer leidlicher und besser findet, mit denen man einerlei treibt und will.

Albano wünschte sich herzlich seinen Waffenbruder Schoppe her; er ging zwar oft zu Augusti, sich auszuschütten; aber dieser linderte stets; ja er schnitt ihm durch die Verflechtung mit dem Kirchenrate die Gelegenheit ab, seine jugendliche unerfahrne Seele Horchern zu verraten. Auch wählte der Lektor nachher auf eine halbe Stunde – was Hausfreunde oft tun in Abwesenheit der Hausfreundinnen – letztere (die Abwesenheit).

Der Graf stand einige Zeit hinter Bouverots Sessel und sah in einen innen mit grotesken Bildern lackierten sinesischen

Spiegel und veränderte seine Stellung so lange, bis er darin Zefisios Gesicht hart neben einem gemalten Drachen stehen hatte zur bloßen Vergleichung; – das alles fiel vor, aber mit immer stärkern Herzschlägen für Lianen unterbrochen: – – als die Bedienten die Türen öffneten zu dem Speisesaale; und ihm nun das Herz bis zum Schmerzen pochte und seine ohnehin so jugendlich-blühende Gestalt ganz voll Rosen der frohen und verschämten Röte hing.

40. ZYKEL

Schnellatmend und glühend machte er sich in die bunte Wandel-Reihe mit irgendeiner alten Dame hinein, die ihn eitel mißverstand und auf einmal als eine Armschnalle mit Ressort an seinem Arme hing und die nichts von ihm erhielt als – Antworten. Mit durchfliegenden Blicken trat er in den hellen, wie aus Licht kristallisierten Saal voll Köpfe. Er antwortete eben, als er im Tumulte hinter sich das leise Wort vernahm: »Ich höre ja den Bruder« – und sogleich die leisere Widerlegung: »Es ist mein Graf.« – Er drehte sich um – zwischen dem Lektor und der Mutter stand die liebe Liane, der verschämte, erschrockne, blaßrote Engel, im schwarzen Seidenkleide, das nur der blinkende Frühlingsreif einer silbernen Kette überlief, und mit einem leichten Band im blonden Haar. Die Mutter stellte sie ihm vor, und die zarte Wange blühte röter auf – denn sie hatte ja die gleichen Stimmen des Gastes und des Bruders vermengt –, und sie schlug die schönen Augen nieder, die nichts sehen konnten. Ach Albano, wie zittert dein Herz so sehr, da die Vergangenheit zur Gegenwart, die Mondnacht zum Frühlingsmorgen wird und da diese stille Gestalt in der Nähe noch allmächtiger wirkt als in jedem Traum! – Sie war ihm zu heilig, als daß er vor ihr über die scheinbare Heilung hätte lügen können; er schwieg lieber; – und so kam der wärmste Freund ihres Lebens zum ersten Male nur verhüllt und stumm zu ihr.

Der Lektor führte sie bald weg an ihren Sitz unter dem zweiten Lüster – ihr gegenüber saß die Mutter (wahrscheinlich darum, damit die gute unwissende Tochter, die doch nicht immer die Augenlider senken konnte, diese freundlich und mit Anstand gegen ein geliebtes Wesen heben durfte) – der deutsche Herr, als Bekannter, setzte sich ohne weiteres zu ihrer Rechten, Augusti, zur Linken – Zesara, als Graf, kam oben weit hinauf neben die höchste Dame. – –

Der Henker hol's! – das ist leider so oft mein eigner Fall! Ich behaupte oben den Ehrenplatz – und bemerke unten eine Meile von mir die Tochter, aber als Myop nur halb und kann den ganzen Abend nichts machen. – Rangiert mich doch ungescheuet hinunter zu ihr – ihr habt mit nichts weniger als einem aufgeblasenen Manne zu tun – warum sollen denn auf der Erde, wie im Himmel, gerade die größten Wandelsterne am weitesten von ihrer Sonne absitzen? –

Ich ziehe jetzt die Leser an des Ministers Tafel, nicht um ihnen die ministerialische, auf Habsucht eingeimpfte Pracht oder seinen zwischen das Parallellineal der Etikette eingesperrten Ehrentanz oder auch dessen Familienwappen zu zeigen, das auf jedem Wärmteller und Salzfaß und mit dem Eise und Senfe herumgegeben wurde – uns sei die Allgegenwart des Wappenwerks auf seinen Blumentöpfen, Hemden, Bettschirmen, Hunds-Krawatten und Gedanken genug –, sondern der Leser soll jetzt nur auf meinen Helden sehn.

Sehr sticht er hervor. Über einen solchen Ankömmling hat man in einer Residenzstadt noch früher, als er dem Schwager das Trinkgeld gegeben, schon alles mögliche Licht der Natur und der Offenbarung; 19 Anwesende waren als seine moralischen Schrittzähler an ihm festgemacht. Die Kühnheit seines Wesens und sein Rang ersetzten bei ihm die Welt; und diese vermißte man nirgends als darin, daß er keinen andern Anteil nahm als den stärksten und daß er sich immer in allgemeine und weltbürgerliche Betrachtungen verlief. Aber seht doch – o ich wollte, Liane könnt' es sehen –, wie die Rosenglut und das frische Grün seiner Gesundheit unter den gelben Maroden des Jahrhunderts glänzt, denen wie Schiffen an der afrikanischen Küste der Jugend alles zusammenhaltende Pech abgeflossen war – und wie ihn das Wangenrot der geistigen Gesundheit, ein zartes, immer wiederkommendes Erröten (aus Sorge um Lianen), schmückt, indes mehrere Weltleute am Tische gleich der Baumwolle alle *Farben* leichter anzunehmen scheinen als die *rote*!

Er schauete und horchte, wider die Ordnung des Visiten-Heils, zu sehr Lianen zu. Sie aß, unter dem höhern Rote der Furcht, fehlzugreifen, nur wenig, aber unbefangen; der Lektor sperrte ihr mit leichter Hand den kleinsten Irrweg zu. Was ihn wunderte, war, daß sie ein so empfindliches und so leicht weinendes Herz mit einer so unbefangnen Heiterkeit des Angesichts und des Gesprächs bedeckte – – junger Mann, das ist bei den weichsten Mädchen ohne Schmerzen der Liebe kein Bedecken und Verstellen, sondern Genuß des Augenblicks und gewohnte Gefälligkeit! – Sie behielt so besonnen die (wahrscheinlich vorher gelernte) Rangordnung der bekannten Stimmen, daß sie ihre Antwort nie gegen eine falsche Stelle richtete. Sie blickte aber oft zu ihrer Mutter mit vollen Augen auf und lächelte dann noch heiterer, aber nicht um zu täuschen, sondern aus rechter herzlicher Liebe. –

Anlangend ihren Salat, so würde die beste und tafelfähigste Leserin, die ihn mischen sehen, mehrere Gabeln davon nehmen. Ungemein gut ließ es, da sie ernster und röter vor der blauen Himmels-Halbkugel aus Glas die Handschuhe abzog – mit weißen Händen und mit geschmeidigen Armen ohne eine seidne Falte zwischen dem gläsernen Blau und seidenem Schwarz im Grünen arbeitete – bedächtlich nach dem Essig- und Ölgestelle fassete und so viel zugoß, als ihre Übung (und der verzifferte Rat des Lektors; wenigstens scheint mirs so) gebot. – – Beim Himmel! das Machen ist hier der Salat; und der eitle Minister, der sich nicht auf Gemälde verstand, hatte viel Einsichten in Dingen, die zu Gemälden taugten.

Die Mutter schien kaum auf die Blätter-Mengerei hinzusehen. – – Dem Grafen schien heute die Ministerin nur Welt und keine fromme Strenge zu haben; aber er kannte noch nicht genug jene hellen Weiber, die Feinheit ohne Witz, Empfindung ohne Feuer, Klarheit ohne Kälte haben; die von den Schnecken die Fühlhörner, die Weichheit, die Kälte und den stummen Gang entlehnen und die mehr Vertrauen verdienen und fordern als erhalten.

Nun trat Zefisio als Engel unter drei Menschen im feurigen Ofen ein, aber als ein schwarzer. Dem Grafen war dessen Nahesitzen und jedes Wort zu ihr ohnehin eine Kreuzigung – nur von ihr zu ihm mit dem Blicke zu gehen war schon ein Jammer, wenig verschieden von dem, den ich haben würde, wenn ich in Dresden einen Tag im Antiken-Olymp der alten Götter zubrächte und dann bei dem Herausgehen in ein Refektorium voll geschwollner Mönche oder in ein Naturalienkabinett voll ausgestopfter Malefikanten-Bälge und einmarinierter Fötus-Kanker geriete. – Indes wurde er doch dadurch beruhigt – nach meiner Meinung nur getäuscht –, daß der deutsche Herr nicht neben ihr lyrisch loderte, noch im Himmel oder außer sich war, sondern bei sich und ganz gesetzt und sehr artig. Auf keine Tauben, Graf, – frage die Landwirte – schießen die Habichte öfter nieder als auf *glänzendweiße!* –

Der deutsche Herr brachte jetzt eine Tabatiere hervor mit einem niedlichen Gemälde von Lilar und fragte Lianen, wie es ihr gefalle; ihm gefalle daran das Sentimentalische vorzüglich.

Der Lektor erschrak, bog sich dem Dosenstücke entgegen und jagte einige Urteile voraus, die die Halbblinde in den ihrigen führen sollten; aber nachdem sie damit ein paarmal schief gegen die Lichter und nahe vor ihren Augen vorbeigefahren war, konnte sie selber das eigne fällen, daß das von der halbuntergesunkenen Sonne angestrahlte Kind, das unter dem Triumphbogen eine Blumenkette in die Höhe zieht, nach ihrem Gefühle »so gar lieblich« sei. Hier kam – und ich habe denselben Fall an einer halbblinden Frau von mächtiger Phantasie und offnem Kunstsinne bemerkt – die Anstrengung und der Kunstsinn oder das geistige Auge dem leiblichen auf halbem Wege entgegen. – Die Dose wurde wie ihr Tabak weiterpräsentiert und stieg hinab zum Kunstrat Fraischdörfer – dem jetzt die Kunstliebe des neuen Fürsten und die Kunstgelehrsamkeit des Günstlings neue Kronen aufsetzten –; er rügte nichts als das Blütenweiß »Der Frühling« (sagt' er) »ist wegen seines verdrüßlichen Weißes ein leeres Monochroma; ich habe Lilar nur im Herbste besucht.« – »Wir können ja den Nachtigallengesang auch nicht malen, und hören ihn doch«, sagte Liane heiter; er war ihr Lehrer und jetzt in der malerischen Technologie sogar ihres Vaters seiner. Über allen ihren Kenntnissen und innern Früchten und Blüten war die Rose des Schweigens gemalt; daran hatte sie der gebieterische Vater überhaupt gewöhnt, und vor Männern besonders; in welchen sie immer kopierte Väter furchtsam ehrte. –

Als die Landschaft zu Albano kam und er jene Frühlingsnacht verkleinert vor sich hielt, wo ihm Lilar und der edle Greis so zaubernd erschienen – und da er berührte, was die liebe Seele angerührt – und da in der seinigen alle Wohllaute zitterten: so griff wieder der Teufel einen dissonierenden Septimenakkord:

»Der Fürst, gnädiger Herr,« (sagte der Minister zum deutschen Herrn) »wurde gestern heimlich beigesetzt; schon in acht Tagen haben wir das öffentliche Begräbnis. Wir müssen eilen, weil die Suspension der Hoftrauer so lange dauert, bis die Huldigung am *Himmelfahrtstage* vorüber ist.« Ich bin zu feurig, mich über den ewigen Zeremonienmeister Froulay auszulassen, der auf der Sonne Laternensteuer eingetrieben hätte und Brückenzoll vor Parks- und Eselsbrücken; aber Albano, von so vielen innern Seiten- und Streiflichtern geblendet – erinnert an Lianens Trauer über den alten Mann, an seinen Geburtstag, an das Herz ohne Brust und an den Wahnsinn der Welt –, war nicht imstande, so sehr er sich vorgesetzt, in Sanftmut und Lammskleidern vor Froulay zu erscheinen, letztere anzubehalten: sondern er mußte (und lauter, als er meinte) gegen seinen Gegennachbar, den Kirchenrat Schäpe, mit zu großer Jugend-Ergrimmung (die durch das nach der Bruderstimme sehnsüchtige Zuhören Lianens nicht kleiner wurde) sich erklären gegen viel – gegen das ewige tote Vexierleben der Menschen – gegen den zeremoniellen Hohn einer entseelten Gestalt – gegen dieses Darben an Liebe bloß aus Vorspiegeln derselben – – ach sein ganzes Herz brannt' auf seiner Lippe . . .

Der redliche Schäpe, den ich oben einen Halunken genannt, trat ihm mit mehreren Mienen bei. – Aber ich gar nicht; Freund Albano! du mußt erst noch lernen, daß die Menschen in Rücksicht der Zeremonien, Moden und Gesetze, gleich einem Zug Schafe, insgesamt, wofern man nur den Leithammel über einen Stecken setzen lassen, an der Stelle des Stabes, den man nicht mehr hinhält, noch aus Vorsicht aufspringen; – und die meisten und höchsten Sprünge im Staate tun wir ohne den Stecken. Aber ein Jüngling wäre mittelmäßig, der das bürgerliche Leben sehr zeitig lieb hätte; so gewiß auch er und wir alle über die Fehler eines jeden Amtes zu bitter richten, das wir nicht selber bekleiden.

Die Gesellschaft hörte schweigend zu und wunderte sich aus Artigkeit nur innerlich; auf Lianens Gestalt trat weicher Ernst.

Man stand auf – die Enge verschwand – sein Eifer auch; – aber ich weiß nicht, kam es von der Trunkenheit des Sprechens oder des liebenden Anschauens, oder von einem jugendlichen Überspringen der Visiten-Zäune – (von Mangel an Lebensart kams aber nicht her), genug das Faktum ist nicht zu leugnen (und ich tu' auch am besten, es geradezu zu geben), daß der Graf die arme alte, von ihm hergeführte Dame – Hafenreffer weiß selber nicht, wie sie heißet – stehen ließ und, ich glaube unbewußt, zum Führen Lianen nahm. – Ach diese! Was soll ich sagen von der magischen Nähe der geträumten Seele – vom leichten Aufliegen ihrer Hand, das nur der Arm des innern Menschen, nicht des äußern spürte – von der Kürze des Himmelsweges, der wenigstens so lang hätte sein sollen als die Friedrichs-Straße? – Wahrhaftig er selber sagte nichts – er dachte bloß ans abscheuliche Inhibitorial-Zimmer, wo ihre Scheidung vorfallen mußte – er zitterte unter dem Suchen eines Lauts. »Sie haben wohl« (sagte Liane leicht und offen, die gern die befreundete Stimme, zumal nach der warmen Rede hörte) »unser Lilar schon besucht?« – »Wahrhaftig nicht, aber Sie?« sagt' er zu verwirrt. – »Ich und meine Mutter wohnten gern in jedem Frühlinge da.« –

Nun waren sie im Scheide-Zimmer. Leider stand er so mit ihr, die nichts sah, einige Sekunden fest und sah geradeaus, willens, etwas zu sagen, bis die Mutter ihn aufweckte, die für ihre von dem ganzen Abend so genährte Liebe eifrig eine abgetrennte Stunde am Tochterherzen suchte. – Und so war alles vorbei; denn beide schwanden wie Erscheinungen weg.

Aber Alban war wie ein Mensch, den ein herrlicher Traum verlässet und der den ganzen Morgen so innig-selig ist, aber ihn nicht mehr weiß. – Und wie, steht ihm nicht Lilar offen, und sieht ers nicht gewiß, sobald nur Liane es auch sehen kann? –

Nie war er sanfter. Der aufmerksame Lektor legte in dieser warmen fruchtbaren Säezeit einigen guten Samen ein. Er sagte, als sie miteinander noch in die Mondnacht heraussahen, Albano habe heute fast bloß stachlichte und sperrige Wahrheiten vorgebracht; die nur erbittern, nicht erleuchten. – Zu einer andern Zeit hätt' ihn der Graf befragt, ob ers wie Froulay und Bouverot hätte machen sollen, die einander ganz tolerant Theses und Antitheses vortrugen wie ein akademischer Respondent und Opponent, die vorher bei einander logische Wunden und Pflaster von gleicher Länge bestellen; – aber heute war er ihm sehr gut. Augusti hatte so delikat und liebreich für Mutter und Tochter gesorgt – er hatte ohne Schwärzen und Schminken viel Gutes, aber nicht hastig gesagt, und man hatte seinem Auseinandersetzen ruhig zugehört – er hatte weder geschmeichelt noch beleidigt. Albano versetzte also sanft: »Aber erbittern ist doch besser, lieber Augusti, als einwiegen. – Und wem soll ich denn die Wahrheit sagen als denen, die sie nicht haben und nicht glauben? – Doch nicht den andern?« – »Man kann jede sagen,« sagt' er, »aber man kann nicht jede Art und Stimmung, womit man sie sagt, zur Wahrheit rechnen.«

»Ach!« sagte Albano und blickte hinauf; unter dem Sternenhimmel stand wie eine Schutzheilige die Marmor-Madonna des Palastes sanft beglänzt – und er dachte an ihre Schwester – und an Lilar – und an den Frühling – und an viele Träume – und daß sein Herz so voll ewiger Liebe sei und daß er doch noch keinen Freund und keine Freundin habe. –

ACHTE JOBELPERIODE

Le petit lever des Doktor Sphex – Steig nach Lilar – Waldbrücke – der Morgen in Arkadien – Chariton – Lianens Brief und Dankpsalm – empfindsame Reisen durch einen Garten – das Flötental – über die Realität des Ideals

41. ZYKEL

Ich bin in voriger Nacht bis gegen Morgen aufgesessen – denn ich kann keinen fremden Dechiffreur darüberlassen –, um die Jobelperiode bis zum letzten Worte zu entziffern, so fest hielt mich ihr Reiz; ich hoffe aber, da schon das dünne Blätterskelett aus Hafenreffers Hand so viel tat, so soll jetzt das Blatt, wenn ich seine Adern mit Saftfarben und gleißendem Grüne durchziehe, vollends Wunder tun.

Mit dem Grafen stand es seit dem letzten Abend betrübt. Denn die duldende bescheidne Gestalt, die er gesehen, glänzte, wie der Vorsatz einer großen Tat, allen Bildern seiner Seele vor, und in seinen Träumen und vor dem Einschlafen ward ihre holde Stimme die Philomele einer Frühlingsnacht. – Dabei hört' er noch immer von ihr sprechen, besonders den Physikus, der jeden Tag weitere Fortschritte der Augenkur verkündigte und zuletzt Lianens Abreise nach Lilar immer näher stellte – (Von einer Geliebten aber hören ist, sei es immer etwas Gleichgültiges, weit mächtiger als an sie denken) – Er hörte ferner, daß ihr Bruder sich seit der Ermordung ihrer Augen der ganzen Stadt entzogen, in welcher er nicht wieder erscheinen will als auf einem sogenannten *Freudenpferde* bei der Fürstenleiche – – – Und um dieses Eden, oder vielmehr um die Schöpferin desselben, war eine so hohe Gartenmauer gezogen, und er ging um die Mauer und fand kein Tor. – –

Verhaßteres kenn' ich nichts als das; aber in welcher Residenzstadt ists anders? Schrieb' ich jemals einen Roman (wozu es keinen Anschein hat), das beteur' ich öffentlich, vor nichts würd' ich mich so hüten als vor einer Residenzstadt und vor einer stiftsfähigen Heldin darin. Denn die Konjunktion der obern Planeten trägt sich leichter zu als die hoher Amanten. Will Er ein Wort mit Ihr allein reden am Hofe oder beim Tee oder bei ihrer Familie, so steht der Hof, die Teegesellschaft, die Familie dabei; – will Er Ihr im Park aufstoßen, so reiset Sie, wie die sinesischen Kuriere, doppelt, weil man den Mädchen gern das Gewissen, wie die Natur alle wichtige Glieder, doppelt gibt, wie gutem Weine doppelten Boden; – will Er Ihr zufällig wenigstens auf der Gasse begegnen, so schreitet (wenn diese in Dresden liegt) ein saurer Bedienter hinterdrein als ihr Pestessig, Seelensorger, curator sexus, chevalier d'honneur, Sokrates-Genius, Kontradiktor und Pestilenziarius – – Hingegen auf dem Lande läuft (das ist alles) die Pfarrtochter, weil der Abend so himmlisch ist, um die Pfarrfelder spazieren, und der Kandidat braucht nun weiter nichts zu tun als Stiefel anzuziehen. – Wahrlich unter Leuten von Stande scheint der Mantel der (erotischen) Liebe anfangs ein Doktor Fausts-Mantel zu sein, der alles zu überfliegen schwört, indes er bloß alles überdeckt; allein am Ende steht einem das Schreckhorn, der Pilatusberg und die Jungfrau vor der Nase.

Seliger Held! Am Freitage kam der Lektor und referierte, am Montage werde der Höchstselige – nämlich dessen leere Särge – beigesetzt, und Roquairol reite das Freudenpferd –

und Liane sei fast genesen, denn sie gehe mit der Ministerin morgen nach Lilar, höchstvermutlich um einigen trüben, mit einem Trauerrande umfaßten Gedenkzetteln und Leichen-Erinnerungen zu entrinnen – und am Himmelfahrstage darauf sei Huldigung und Redoute ...

Seliger Held! wiederhol' ich. Denn bisher, was besaßest du vom blühenden Tempe-Tal als die dürre Anhöhe, worauf du standest und in den Zauber hinuntersahest? –

42. ZYKEL

Am Mai-Sonnabend schwand um 7 Uhr jeder Dunst aus dem Himmel, und die hell-entweichende Sonne zog einem herrlichen Sonntage entgegen. Albano, der dann endlich das ungesehene Lilar besuchen wollte, war abends vorher so heilig-froh, als feiere er den Beichtabend vor dem ersten Abendmahle; – sein Schlaf war ein stetes Entzücken und Erwachen, und in jedem Traume ging ein betörender Sonntagsmorgen auf, und die Zukunft wurde das dunkle Vorspiel der Gegenwart. –

Sonntags früh wollt' er fort, als er vor der halben Glastüre des Physikus vorübermußte: »Herr Graf, auf einen Augenblick!« rief dieser. Da er eintrat, sagte der Doktor: »Gleich lieber Herr Graf!« und fuhr fort. – – Den Zeichnern, die in künftigen Jahrhunderten so aus mir schöpfen wollen wie bisher aus dem Homer, geb' ich folgende Gruppe des Doktors als einen Schatz: er lag auf der linken Seite; Galenus bügelte mit einer kleinen Kratzbürste den Rücken des Vaters, indes neben ihm Boerhaave mit einem weiten Kamme stand und solchen unaufhörlich steilrecht (nicht schief) durch die Haare führte. Er sagte stets, er wüßte nichts, was ihn so aufheiterte und öffnete als Bürste und Kamm. Vor dem Bette stand van Swieten in einem dicken Pelze, den der Züchtling bei warmem Wetter und schlimmer Aufführung tragen mußte, um darin sowohl ausgelacht als halb gekocht zu werden.

Zwei Mädchen warteten in voller Sonntagsgala da und gedachten aufs Land zu einer Pfarrtochter und in die Dorfkirche; diese klopfte er erst von Glied zu Glied mit dem Hammer des Gesetzes ab. Er stellte seine Kinder, als Gegenfüßler römischer Beklagter in Lumpen, gern in Manschetten und Quasten und galoniert auf die Pillory, besonders vor Fremden. Der Graf hatte sich schon längst der roten Kinder wegen gegen das offne Fenster gekehrt; konnte sich aber doch nicht enthalten, lateinisch zu sagen: »wär' er sein Kind, er hätte sich längst umgebracht; er kenne nichts mehr Beschämendes, als im Putze gescholten zu werden.« – »Desto tiefer« (sagte Sphex deutsch) »greift es eben ein« und holte bei den Mädchen nur noch dieses nach: »Ihr seid ein Paar Gänse und werdet in der Kirche nur von eurem Lumpenkrame schnattern – warum gebt ihr nicht auf den Pfarrer acht? Er ist ein Esel, aber für euch Eselinnen predigt er gut genug; abends sagt ihr mir die Predigt ganz her.« –

»Hier ist ein Laxiertrank, Herr Graf, den ich Sie, da Sie nach Lilar gehen, der Landbaumeisterin zu geben bitte für ihre kleinen Kröten; aber nehmen Sie es nicht übel!« – Beim Henker! das sagen gerade die Leute am häufigsten, die sich nichts übelnehmen. Der Graf – der ihm zu andrer Zeit verachtend den Rücken zugekehrt hätte – steckt' es errötend und schweigend vor dem Retter seiner Liane zu sich, auch weil es für die Kinder seines geliebten Dians war, an dessen Gattin er Grüße und Nachrichten bringen wollte.

43. ZYKEL

Lilar ist nicht, wie so viele Fürstengärten, ein herausgerissenes Blatt aus Hirschfeld – ein toter Landschafts-Figurant und Vexier- und Miniaturpark – ein schon an jedem Hofe aufgesetztes und abgegriffenes Schaugericht von Ruinen, Wildnissen und Waldhäusern: sondern Lilar ist das Naturspiel und bukolische Gedicht der romantischen und zuweilen gaukelhaften Phantasie des alten Fürsten. Wir kommen bald insgesamt hinter dem Helden hinein, aber nur ins *Elysium*; der *Tartarus* ist ganz etwas anders und Lilars zweiter Teil. Die Absonderung der Kontraste lob' ich noch mehr wie alles; ich wollte schon längst in einen bessern Garten gehen, als die gewöhnlichen chamäleontischen sind, wo man Sina und Italien, Lust- und Gebeinhaus, Einsiedelei und Palast, Armut und Reichtum (wie in den Städten und Herzen der Inhaber) auf *einem* Teller reicht und wo man den Tag und die Nacht ohne Aurora, ohne Mitteltinte nebeneinander aufstellt. Lilar hingegen, wo das Elysium seinen frohen Namen durch verknüpfte Lustlager und Lusthaine rechtfertigt, wie der Tartarus seinen düstern durch einsame überhüllte Schrecken, das ist mir recht aus der Brust gehoben. –

Aber wo geht jetzt unser Jüngling mit seinen Träumen? – Noch auf der romantischen einleitenden Straße nach Lilar, eigentlich dem ersten Gartenwege desselben. Er wanderte auf einer belaubten Straße, die sanft auf Hügel mit offnen Baumgärten und in gelbblühende Gründe stieg und die wie der Rhein sich bald durch grünende Felsen voll Efeu drängte, bald fliehende lachende Ufer hinter den Zweigen auftat. Jetzt wurden die weißen Bänke unter Jesminstauden und die weißen Landhäuser vielfältiger, er kam näher, und die Nachtigallen und Kanarienvögel[1] Lilars streiften schon hieher, wie Land ansagende Vögel.

Der Morgen wehte frisch durch den Frühling, und das zackige Laub hielt noch seine leichten ätherischen Tropfen fest. Ein Fuhrmann lag schlafend auf seinem Leiterwagen, den die rechts und links abrupfenden Tiere sicher auf dem glatten Wege zogen. Albano hörte am stillen Sonntage nicht das Feldgeschrei der drängenden Arbeit, sondern die Ruhe-Glocken der Türme; im Morgengeläute spricht die zukünftige, wie im Abendgeläute die vergangene Zeit; und an diesem

1 Sie haben eine ganze Stube zum Winterleben, der man im Sommer bloß die Fenster aushebt.

goldnen Alter des Tages stand auch eines in seiner frischen Brust. –

Jetzt zuckten gabelschwänzige Rauchschwalben mit der Purpurbrust über das Himmelblau des wilden Gamanders und kündigten mit ihren Wohnungen unsre an: als seine Straße durch ein zerstörtes altes offnes, von fetten dicken Blättern wie Schuppen behangnes Schloß durchwollte, an dessen Ein- oder Ausgange ein wegweisender roter Arm sich mit der weißen Aufschrift: »Weg *aus* dem Tartarus ins Elysium« gegen eine nahe Waldung ausstreckte.

Sein Herz fuhr auf bei dieser doppelten Nähe so verschiedener Tage. Mit weiten Schritten drang er gegen den Elysiums-Wald, den ein breiter Graben abzuschneiden schien. Aber er kam bald aus dem Buschwerke vor eine grüne Brücke, die sich in den Bogen der Riesenschlange über den Graben, aber nicht auf die Erde, sondern in die Gipfel schwang. Sie trug ihn durch die hereinblühende Wildnis von Eichen-, Tannen-, Silberpappeln-, Frucht- und Linden-Wipfeln. Dann hob sie ihn hinaus in die freie Gegend, und Lilar warf ihm schon von Osten über die weite spitzige Gipfel-Saat den Glanz einer hohen Goldkugel entgegen. Die Brücke senkte sich mit ihm wieder ins duftende dämmernde Geniste, und unter und neben ihm riefen und flatterten die Kanarienvögel, Singdrosseln, Finken und Nachtigallen, und die geätzte Brut schlief gedeckt unter der Brücke. Endlich stieg diese nach einem Bogengange wieder ans Licht – er sah schon die grünende Bergkuppe mit dem weißen Altar, woran er in einer jugendlichen Nacht gekniet hatte; und mehr südlich hinter sich die Decke und Scheidewand des Tartarus, einen hochaufgebäumten Wald – und wie er weitertrat, deckte sich ihm das Elysium weiter auf – eine Gasse kleiner Häuser mit welschen Dächern voll Bäumchen lachte den Blick freudig und einheimisch aus der grünen Weltkarte von Tiefen, Hainen, Bahnen, Seen an – und in Morgen schlossen fünf Triumphtore dem Auge die Wege in eine weitausgespannte, wie ein grünendes Meer fortwogende Ebene auf, und in Abend standen ihnen fünf andere mit geöffneten Ländern und Bergen entgegen. – –

So wie Albano die langsam-niederschwebende Brücke herabging, so kamen bald brennende Springbrunnen, bald rote Beete, bald neue Gärten im großen entwickelt hervor, und jeder Tritt schuf das Eden um. Voll Ehrfurcht trat er wie auf einen geheiligten Boden heraus, auf die geweihte Erde des alten Fürsten und des *frommen Vaters*[1] und Dians und Lianens; sein wilder Gang wurde wie von einem Erdbeben umwickelnd gehalten; das reine Paradies schien bloß für Lianens reine Seele gemacht; und jetzt erst machte ihm die scheue Frage über die Schicklichkeit seiner hastigen Nachreise und die liebende Furcht, zum ersten Male ihrem genesenen Auge zu begegnen, den frohen Busen enge.

Aber wie festlich, wie lebendig ist alles um ihn her! Auf den Wassern, die durch die Haine glänzen, ziehen Schwanen, in die Büsche schreitet der Fasan, Rehe blicken hinter ihm neugierig aus dem Walde, über den er gegangen war, und weiße und schwarze Tauben laufen emsig unter den Toren, und an den Abendhügeln hängen rufende Schafe neben liegenden Lämmern; sogar der Turteltaube zittert in irgendeinem verhüllten Tale die Brust vom Languido der Liebe. Er schritt durch ein langes hochstaudiges Rosenfeld, das die Niederlassung und Pflanzstadt von Grasmücken und Nachtigallen schien, die aus den Büschen auf die wachsenden Grasbänke hüpften und vergeblich ausliefen nach Würmchen; und die Lerche zog oben über diese zweite Welt für die frömmern Tiere und fiel hinter den Toren in die Saaten nieder.

Berausche dich immer, guter Jüngling, und kette deine Blumen so ineinander wie der Knabe, dem du zueilst! – Nämlich oben auf dem welschen Dache, vor dessen Brustgeländer Silberpappeln von breiten Rebenblättern umgürtet spielen,

1 So hieß überall der einsiedlerische Emeritus, der da wohnende Hofprediger *Spener*, der mit dem edlen alten frommen Spener nicht nur von väterlicher Seite verwandt war, sondern auch von geistiger.

und das er in der Frühlingsnacht für eine Laube in Rosen angesehen, stand ein kerniger herübergebückter Knabe, der eine Dotterblumenkette niederließ und dem zu kurzen grünen Ankerseile immer neue Ringe einsteckte. »Pollux heiß' ich,« (versetzt' er frisch auf Albans sanfte Frage) »aber meine Schwester heißet Helena[1], aber das Brüderchen heißt Echion.« – »Und dein Vater?« – »Er ist gar nicht da, er ist weit draußen in Rom; gehe nur hinein zur Mutter Chariton, ich komme gleich.« – An welchem schönen Tage und Orte, mit welchem schönern Herzen konnt' er in des geliebten Dians heilige Familie kommen als an diesem Morgen und mit dieser Brust?

Er ging ins helle lachende Haus, das voll Fenster und grüner Jalousieladen war. Als er in die Frühlingsstube eintrat: so fand er Chariton, ein junges, schmächtiges, fast noch jungfräulich-aussehendes Weib von 17 Jahren, mit dem kleinen Echion an der säugenden Brust, sich wehrend gegen die kränklich-lebhafte Helena, die, auf einem Stuhle stehend, immer aus dem Fenster eine vielblättrige Rebenschlinge hereinzog und die Hülle um die Augen der Mutter gürten wollte. Mit zauberischer Verwirrung, da sie zugleich aufstehen, mit der Linken die belaubten Fessel ohne Zerreißen abnehmen und den Säugling tiefer verhüllen wollte, trat sie dem schönen Jünglinge gebückt entgegen, kindlich-freundlich und feurig, aber unendlich schüchtern, nicht seiner standesmäßigen Kleidung wegen, sondern weil er ein Mann war und so edel aussah, sogar ihrem Griechen ähnlich. Er sagte ihr mit einer zauberischen Liebe auf dem kräftigen Angesichte, die sie vielleicht nie so herrlich gesehen, seinen Namen und den Dank, den sein Herz ihrem Gatten aufbewahre, und Nachrichten und Grüße von diesem. Wie loderte an der furchtsamen Gestalt das unschuldige Feuer aus den schwarzen Augen! »War denn mein Herr« (so nannte sie ihren Mann) »sehr gesund und froh?« Und so fing sie jetzt, unbefangen wie ein Kind, ein langes Verhör bloß über ihren Gatten an.

1 Sie hatten als Zwillinge diese Namen.

Pollux sprang mit seiner langen Kette herein – Alban nahm den Trank vom Doktor scherzend aus der Tasche und sagte: »Das sollst du einnehmen.« – »Soll ichs gleich aussaufen Mutter?« sagte der Heros. Hier erkundigte sie sich ebenso unbefangen nach dem ausführlichen Rezepte des Doktors und so lange, bis der kleine Säugling am Busen rebellierte und sie in ein Nebenzimmer über die Wiege trieb. Sie entschuldigte sich und sagte, der Kleine müsse schlafen, weil sie mit Lianen spazieren gehe, auf die sie jede Minute aufsehe.

Kinder lieben kräftige Gesichter; Alban wurde zugleich von Kindern und von Hunden geschätzt; nur konnte er auf dem kindlichen Spielplatze nie mit der kleinen springenden Truppe agieren, wenn erwachsene Logen dabei waren.

»Ich kann sehr viel«, sagte Pollux; – »ich kann auch lesen, Herr!« versetzte dem Bruder Helena. »Aber doch nur deutsch; ich aber kann lateinische Briefe prächtig herlesen, du!« erwiderte ihr das junge Männlein und lief in der Stube nach Lektüre und Leseproben umher, aber umsonst. »Mann! warte ein wenig!« sagte er und lief die Treppe hinauf in – Lianens Zimmer und holte einen Brief von Lianen. – –

43. ZYKEL

Albano wußte nicht, daß Liane ordentlich das obere, so blühend beschattete Zimmer für sich innenhabe, worin sie häufig – zumal wenn die Mutter in der Stadt zurückblieb – zeichnete, schrieb und las. Die kindliche Chariton, vom Liebestranke der Freundschaft begeistert, wußte gar nicht, wie sie nur der schönen liebreichen Freundin ihr Feuer so recht zeigen konnte; ach was war ein Zimmer! – In dieses immer offne kamen nun die Kinder, die Liane zuweilen lesen ließ; und so konnte jetzt Pollux aus dem einsamen den Bogen holen, den sie an diesem Morgen geschrieben. –

Als Albano während des Holens so allein im Wohnzimmer des fernen Jugendfreundes neben dessen stiller, blasser Tochter saß, die bald auf ihn, bald auf eine ihm noch aus Lianens Morgenzimmer bekannte Spiel-Schäferei hinsah – als das Morgenwehen durchs kühle Fenster das herrliche Getümmel hereintrieb – besonders als im lichten Ausschnitte des Fußbodens die sinesischen Schatten des Wein- und Pappellaubes sich ineinander kräuselten – und als endlich Chariton den Säugling mit einem eiligern lautern Wiegenliede einsang, das ihm tönte wie ihr nachhallender Seufzer nach dem schönen Jugendlande: so wurd' ihm das volle, vom ganzen Morgen angeregte Herz so wunderbar und – besonders durch das wankende Schattengefecht – fast bis zum Weinen bewegt; und das Kind blickt' ihm immer bedeutender ins Gesicht.

Da kam Pollux mit seinen beiden Quartblättern zurück und setzte sich nun selber auf seine Leseprobe. Schon die erste Seite komponierte zu Albans innern Liedern die Melodie; aber er erriet weder die Verfasserin noch das Datum des Briefes, außer später durch ein hin- und herspringendes Lesen. Die Blätter gehörten zu vorigen – nicht einmal Streusand bezeugte ihre junge Geburt (denn Liane war zu höflich, einen zu brauchen) – ferner waren alle Namen anders; nämlich Julienne, an die sie gerichtet waren, hatte leider, in d'Argensons bureau décachetage, d. h. am Hofe wohnhaft, verzifferte verlangt, und sie hieß mithin Elisa, Roquairol Karl und Liane ihre kleine Linda. Linda ist bekanntlich der Taufname der jungen Gräfin von Romeiro, mit welcher die Prinzessin am Tage jener für Roquairol so blutigen Redoute ein ewiges Herzens- und Korrespondenz-Bündnis aufgerichtet hatte; – Liane, vor deren reinen dichterischen Augen sich jedes edle weibliche Wesen zur Gebenedeieten und Heroine, der undurchsichtige Edelstein zum durchsichtigen aufhellte und reinigte, liebte die hohe Gräfin gleichsam mit dem Herzen ihres Bruders und ihrer Freundin zugleich, und die sanfte Seele nannte sich, ihres Wertes unbewußt, nur die kleine Linda ihrer Elisa.

Auch die zarte ausgezogene Handschrift kannte Albano nicht; Julienne liebte die gallische Sprache bis zu den Lettern, aber Lianens ihre glichen nicht den gallischen Sudel-Protokollen, sondern der reinlichen geründeten Handschrift der Briten.

Hier ist endlich ihr Blatt – – O du holdes Wesen! wie lange hab' ich nach den ersten Lauten deiner erquickenden Seele gedürstet! –

Sonntags-Morgen

– »Aber heute, Elisa, bin ich so innig-froh, und der Abendnebel liegt als eine Aurora am Himmel. Ich sollte dir wohl das Gestrige gar nicht geben. Ich war zu bekümmert. Konnt' aber nicht meine liebe Mutter, die doch bloß meinetwegen hierher gegangen war, dadurch noch kränker werden, so leidlich sie auch eben deswegen sich gegen mich anstellte? – Und dann kam ja deine Gestalt, Geliebte, und all dein Schmerz und die harte Nachbarschaft[1] und unser letzter Abend hier, o alles das zog ja so klagend vor mein banges Herz! Sieh, als wir vor dem Hause der lieben Chariton hielten und sie meiner Mutter die Hand mit freudigen Tränen küßte: so war ich so schwach, daß ich auch abgewandte vergoß, aber andre und über die Frohlockende selber, die ja nicht wissen konnte, ob nicht in dieser Stunde ihr teurer Freund in Rom erkranke oder untergehe. –

Nun aber ist der dunkelgraue Nebel auf dem Blumengarten deiner kleinen Linda ganz verweht, und alle Blüten des Lebens glänzen in ihren reinen hohen Farben vor ihr. – – Nach Mitternacht wich die Migräne meiner Mutter fast ganz, und sie schlummerte so süß noch an diesem Morgen. O wie war mir da! – Nach 5 Uhr schon ging ich in den Garten hinunter und fuhr über den Glanz zusammen, der im Taue und zwischen den Blättern brannte – die Sonne sah erst unter den Triumphtoren herein – alle Seen sprühten in einem breiten Feuer – ein glänzender Dampf umfloß wie ein Heiligenschein den Erdenrand, den der Himmel berührte – und ein hohes Wehen und Singen strömte durch die Morgenpracht – – –

Und in diese aufgeschlossene Welt kam ich genesen zurück

1 Der Tartarus mit dem Vaterherzen Juliennens.

und so froh; ich wollte immer rufen: ich habe dich wieder, du helle Sonne, und euch, ihr lieblichen Blumen, und ihr stolzen Berge, ihr habt euch nicht verändert, und ihr grünet wieder wie ich, ihr duftenden Bäume! – – In einer unendlichen Seligkeit schwebt' ich wie verklärt, Elisa, schwach, aber leicht und frei, ich hatte die drückende Hülle – so war es mir – unter die Erde gelegt und nur das pochende Herz behalten, und im entzückten Busen flossen warme Tränenquellen gleichsam über Blumen über und bedeckten sie hell. – –

›Ach Gott,‹ sagt' ich in der großen Freude schreckhaft, ›war es denn ein bloßer Schlaf, das unbewegliche Ruhen der Mutter?‹ und ich mußte – lächle immer –, eh'ich weiterging, wieder zu ihr hinauf. Ich schlich atemlos vor das Bette, bog mich horchend über sie, und die gute Mutter schloß die immer leise schlummernden Augen langsam auf, sah mich müde, aber liebreich an und tat sie, ohne sich zu regen, wieder zu und gab mir nur die liebe Hand.

Nun durft' ich recht selig wieder in meinen Garten gehen; ich brachte aber der immer heitern Chariton den Morgengruß und sagt' ihr, daß ich auf dem breiten Wege zum *Altare*[1] bliebe, sollt' ich etwan gesucht werden. – Ach Elisa, wie war mir dann! Und warum hatt' ich dich nicht an meiner Hand, und warum sah mein bekümmerter Karl nicht, daß seine Schwester so glücklich war! – Wie nach einem warmen Regen das Abendrot und das flüssige Sonnenlicht von allen goldgrünen Hügeln rinnt: so stand ein zitternder Glanz über meinem ganzen Innern und über meiner Vergangenheit, und überall lagen helle Freudenzähren. Ein süßes Nagen nahm mein Herz auseinander wie zum Sterben, und alles war mir so nahe und so lieb! Ich hätte der lispelnden Zitterpappel antworten und den Frühlingslüften danken mögen, die so kühlend das heiße Auge umwehten! Die Sonne hatte sich mütterlich-warm auf mein Herz gelegt und pflegte uns alle, die kalte Blume, den jungen nackten Vogel, den starren Schmetterling und jedes Wesen;

1 So heißet jener Berg, den Albano in der bekannten Frühlingsnacht gefunden.

ach so soll der Mensch auch sein, dacht' ich. Und ich ging den Sandweg und schonte das Leben des armen Gräschens und der liebäugelnden Blume, die ja hauchen und erwachen wie wir – ich vertrieb die weißen durstigen Schmetterlinge und Tauben nicht, die sich nebeneinander von der nassen Erdscholle zum Tranke bückten – o ich hätte die Wellen streicheln mögen – – diese Schöpfung ist ja so kostbar und aus Gottes Hand, und das noch so klein gestaltete Herz hat ja doch sein Blut und eine Sehnsucht, und in das Augen-Pünktchen unter dem Blatte kehrt ja doch die ganze Sonne und ein kleiner Frühling ein. –

Ich lehnte mich, ein wenig ermattet, unter den ersten Triumphbogen, eh' ich zum Altare aufstieg; und sah hinaus in die glimmende Landschaft voll Dörfer und Baumgärten und Hügel; und der flimmernde Tau und das Läuten der Dörfer und das Glockenspiel der Herden und das Schweben der Vögel über allem füllte mich mit Ruh' und Licht. Ja, so ruhig und unbekannt und heiter will ich mein eilendes Leben führen, dacht' ich: redet mir nicht der Trauermantel zu, der vor mir mit seinen vom Herbste zerrissenen Schwingen doch wieder um seine Blumen flattert; und mahnet mich nicht der Nachtschmetterling ab, der erkältet an der harten Statue klebt und sich nicht zu den Blüten des Tages aufschwingen kann? – Darum will ich nie von meiner Mutter weichen – bleibe nur die teure Elisa auch so lange bei uns, als ihre kleine Linda lebt, und rufe sie ihre hohe Freundin bald[1], damit ich sie sehe und herzlich liebe! –

Ich stieg den grün-schattigen Berg hinan, aber mit Mühe; die Freude entkräftet mich so sehr; – denk an mich, Elisa, ich werde einmal an einer großen sterben, oder an einem großen, allzugroßen Weh. Der Schneckenweg zum Altare war von den Farben des Blütenstaubes gemalt, und droben wanden sich nicht gefärbte feste, sondern rege brennende Regenbogen durch die Zweige des Berges. Warum stand ich heute in einem

1 Linda de Romeiro.

Glanze wie niemals sonst?[1] Und als die Morgenluft mich wie ein Flügel anflatterte und hob und als ich mich tiefer in den blauen Himmel tauchte, so sagt' ich: nun bist du in Elysium. – Da war mir, als sage eine Stimme: das ist das irdische, und du bist noch nicht geheiligt für das andre. O feurig faßt' ich wieder den Entschluß, mich von so manchen Mängeln loszuwickeln und besonders dem zu schnellen Wahne der Kränkung abzusagen, den ich andern zwar verhehle, womit ich sie aber doch verletze. Und da betete ich am Altare und sagte der ewigen Güte Dank und weinte unbewußt vielleicht zu sehr, aber doch ohne Augenschmerzen.

Zuletzt schrieb ich das hier beigelegte Dankgedicht, das ich in Verse bringe, wenn es der *fromme Vater* gutheißet.

Dankgedicht

So schau' ich wieder mit seligen Augen in deine blühende Welt, du Alliebender, und weine wieder, weil ich glücklich bin? Warum hab' ich denn gezagt? Da ich unter der Erde ging in der Finsternis wie eine Tote und nur von fern die Geliebten und den Frühling über mir vernahm: warum war das schwache Herz in Furcht, es gebe keine Öffnung mehr zum Leben und zum Lichte? – Denn du warst in der Finsternis bei mir und führtest mich aus der Gruft in deinen Frühling herauf; und um mich standen deine frohen Kinder und der helle Himmel und alle meine lächelnden Geliebten! – – O ich will nun fester hoffen; brich immer der siechen Pflanze üppige Blumen ab, damit die andern voller reifen! Du führest ja deine Menschen auf einem langen Berge in deinen Himmel und zu dir, und sie gehen durch die Gewitter des Lebens am Berge nur verschattet, nicht getroffen hindurch, und nur unser Auge wird naß. – – Aber, wenn ich zu dir komme, wenn der Tod wieder seine dunkle Wolke auf mich wirft und mich weg von allen Gelieb-

1 Die Ursache ist, weil sie nach der Genesung noch kurzsichtig war, und ein Kurzsichtiger sieht den Tau glänzender.

ten in die tiefere Höhle zieht und du mich, Allgütiger, noch einmal freimachst und in deinen Frühling trägst, in den noch schönern als diesen herrlichen: wird dann mein schwaches Herz neben deinem Richterstuhle so freudig schlagen wie heute, und wird die Menschenbrust in deinem ätherischen Frühlinge atmen dürfen? O mache mich rein in diesem irdischen und lasse mich hier leben, als wenn ich schon in deinem Himmel ginge! – –«

*

Wenn schon euch, ihr Freunde, die duldende reine Gestalt ungesehen lieb und rührend wird, die sich ergeben freuen kann, daß doch die Wetterwolke nur Platz-Tropfen und keine Schloßen auf sie warf: wie mußte sie erst das bewegte Herz ihres Freundes erschüttern! – Er fühlte eine Heiligung seines ganzen Wesens; gleichsam als komme die Tugend, in diese Gestalt verkörpert, vom Himmel nieder, um ihn heiligend anzulächeln, und fliege dann leuchtend zurück und er folg' ihr begeistert und gehoben nach.

Er drang eifrig dem Knaben das Zurücktragen der Blätter ab, um ihr und sich, da sie jede Minute erscheinen konnte, die peinlichste Überraschung zu ersparen; doch beschloß er fest – was es auch koste –, wahr zu sein und ihr noch heute sein Lesen zu beichten.

Der Kleine lief die Treppe hinauf, wieder herab, blieb lange vor der Türe und kam herein mit – Lianen an der Hand, die weiß gekleidet und schwarz verschleiert war. Sie sah ein wenig betroffen umher, als sie mit beiden Händen den Schleier von ihrem freundlichen Gesichte zurückhob, hörte aber Charitons Wiegenlied. Sie kannt' ihn nicht, bis er sprach; und hier errötete ihr ganzes schönes Wesen wie eine beleuchtete Landschaft nach dem Abendregen; sie habe die Freude, sagte sie, seinen Vater zu kennen. Wahrscheinlich kannte sie den Sohn durch Juliennensund Augustis Malereien noch besser und von verwandtern Seiten; auch bewegte sich gewiß ihr schwesterliches Herz von seiner Bruderstimme; denn der Reiz und sogar Vorzug der Ähnlichkeit und Kopie ist so groß, daß sogar einer, der einem gleichgültigen Wesen ähnlich sieht, uns lieber wird, wie das Echo eines leeren Rufs, bloß weil hier wie in der nachahmenden Kunst die Vergangenheit und Abwesenheit eine durch die Phantasie durchscheinende Gegenwart wird.

Das immer leisere Einsingen der Mutter sagte das tiefere Einschlummern des Säuglings an, und endlich verstummte das Diminuendo, und Chariton lief mit blitzenden Augen der Hand Lianens zu. Eine heitere offne Freundschaft blühte zwischen den unschuldigen Herzen und verstrickte sie wie der Wein die nahen Pappeln. Chariton erzählte ihr Albanos Erzählung mit der Voraussetzung der innigsten Teilnahme; Liane hörte gespannt-aufmerkend der Freundin zu; aber das war ja so viel, als blicke sie die nahe historische Quelle selber an.

44. ZYKEL

Endlich reisete man in den Garten aus; Pollux blieb ungern und nur auf Lianens Verheißung, ihm heute wieder ein Pferdstück zu zeichnen, als Schutzheiliger der Wiege zurück. Alban sagte zur höchsten Freude der Baumeisterin, die nun alles dem schönen Manne zeigen konnte, er habe noch wenig von Lilar gesehen. Wie reizend gingen vor ihm die befreundeten Gestalten nebeneinander! Chariton, wiewohl eine Frau, doch griechisch-schlank, flatterte als die kleinere Schwester neben der Lilientaille seiner ein wenig längern Liane fort; jene schien, nach der Einteilung der Landschaftsmaler, die Natur in Bewegung zu sein, Liane die Natur in Ruhe. Als er wieder neben Liane trat, an deren linken Hand Helena lief – zu rechten die Mutter –, so fand er ihr weich-niedergehendes Profil unbeschreiblich-rührend und um den Mund Züge, die der Schmerz zeichnet, die Narben wiederkehrender Tage; indes das schöne Mädchen in der Sonnenseite des Vollgesichts wie in ihrem leichten Gespräche eine unbefangene beglückende Heiterkeit entfaltete, die Albano, der noch an keiner Schultüre eines weiblichen Philanthropins angeklopft, mühsam mit ihrer weinenden Dichtkunst ausglich. O wenn die weibliche Träne leicht flieht, so entflattert ja noch leichter das weibliche Lächeln, und dieses ist ja noch öfter als jene nur Schein!

Er suchte aus Sehnsucht des durstigen Herzens das Händchen der Kleinen zu fassen, allein sie hing sich mit beiden auf Lianens Linke; entlief aber gleich und holte drei Irisblumen – wie sie, den Schmetterlingen ähnlich – und teilte der Mutter eine zu und Lianen mit den Worten zwei: »Gib *dem* auch eine!« Und Liane reichte sie ihm freundlich-anschauend mit jenem heiligen Mädchenblicke, der hell und aufmerksam, aber nicht forschend, kindlich-teilnehmend ohne Geben und Fordern ist. Gleichwohl senkte sie diese heiligen Augen heute mehrmals nieder; aber – das zwang sie dazu – auf Zesaras felsigem, obwohl von der Liebe erweichtem Gesichte ruhte ein physiognomisches Recht des Stärkern, er schien eine scheue Seele mit hundert Augen anzusehen, und seine beiden wahren loderten so warm, obwohl ebenso rein, wie das Sonnenauge im Äther.

Die Irisblumen haben das Sonderbare, daß der eine sie riecht, der andre aber nicht; nur diesen dreieinigen Menschen taten sich die Kelche gleich weit auf, und sie erfreueten sich lange über die Gemeinschaft desselben Genusses. Helena lief voraus und verschwand hinter einem niedrigen Gebüsche; sie erwartete auf einer Kinderbank neben einem Kindertische lächelnd die Erwachsenen. Der gute alte Fürst hatte überall für Kinder niedrige Moosbänke, kleine Gartenstühle, Tischchen und Scherben-Orangerien und dergleichen um die Ruheplätze ihrer Eltern gestellt; denn er trug diese erquickenden offnen Blumen der Menschheit so nah' an seinem Herzen! – »Man wünscht so oft,« (sagte Liane) »in der patriarchalischen Zeit, oder in Arkadien und auf Otaheiti zu leben; die Kinder sind ja – glauben Sie es nicht? – überall dieselben, und man hat eben an ihnen das, was die fernste Zeit und die fernste Gegend nur gewähren mag.« – Er glaubt' es wohl und gern; aber er fragte sich immer: wie wird aus dem toten Meere des Hofes eine so unbefleckte Aphrodite geboren, wie aus dem salzigen Seewasser reiner Tau und Regen steigt? – Unter dem Sprechen zog sie zuweilen ein ungemein holdes – wie soll ichs beziffern – *»Hm«* nach, das, wiewohl ein Cour-Donatschnitzer, eine unsägliche Gutmütigkeit verriet; ich schreibe es aber nicht dazu her, damit den nächsten Sonntag alle Leserinnen diesen Interpunktionsreiz hören lassen.

»Das nämliche« (versetzte Albano, aber gutmeinend) »gilt von den Tieren; der Schwan dort ist wie der im Paradiese.« Sie nahm es ebenso auf, wie ers meinte: aber die Ursache war der fromme Vater, Spener, ihr Lehrer; denn auf Albans Frage über Lilars Fülle an schönen sanften Tieren antwortete sie: »Der alte Herr liebte diese Wesen ordentlich zärtlich, und sie konnten ihn oft bis zu Tränen bringen. Der fromme Vater denkt auch so; er sagt, da sie alles auf Gottes Geheiß tun durch den Instinkt, so sei ihm, wenn er die elterliche Sorge für ihre Jungen sehe, so, als tue der Allgütige alles selber.« Sie stiegen jetzt eine halbbelaubte Brücke über einen langen, von Pappeln umflatterten Wasserspiegel hinauf, worin Lianens Ebenbild, nämlich ein Schwan, auf den Wasserringen schlief, den gebognen Hals schön auf den Rücken geschlungen, den Kopf auf dem Flügel, und leise mehr von den Lüften gedreht als von den Wellen. »So ruht die unschuldige Seele!« sagte Albano und dachte wohl an Liane, aber ohne Mut zum Bekenntnis. »Und so erwacht sie!« setzte bewegt Liane dazu, als diese weiße vergrößerte Taube den Kopf langsam von dem Flügel aufhob; denn sie dachte an das heutige Erwachen ihrer Mutter. –

Chariton wandte sich, wie ganz aus hüpfenden Punkten zusammengesetzt, immer fragend an Liane: »Wollen wir dahin? oder dorthinein? oder hier hinaus? Wäre nur mein Herr da! der kennt alles!« – Sie hätte ihn gern um jede Quelle und Blume herumgeführt; und blickte dem Jünglinge so liebend wie der Freundin ins Gesicht. – Liane sagte ihr auf dem

Kreuzwege an der Brücke: »sie glaube, das Flötental dort mit der leuchtenden Goldkugel sei vielleicht am schönsten, besonders für einen Freund der Musik; auch werde man sie da suchen, wenn man ihrer Mutter die Harfe bringe.« Sie hatte ihr mit dieser zurückzukommen versprochen. Sie mied alle Steige nach Süden, wo der Tartarus hinter seinem hohen Vorhange drohte.

Liane sprach jetzt über den Wettstreit der Malerei und Musik und über Herders reizenden offiziellen Bericht von diesem Streite; sie, wiewohl eine Zeichnerin, ergab sich, dem weiblichen und lyrischen Herzen gemäß, ganz den Tönen, und Albano, obwohl ein guter Klavierist, mehr den Farben. »Diese herrliche Landschaft« (sagte Albano) »ist ja ein Gemälde und jede menschliche schöne Gestalt.« – »Wär' ich blind,« (sagte Chariton naiv) »so säh' ich ja meine schöne Liane nicht.« – Sie versetzte: »Mein Lehrer, der Kunstrat Fraischdörfer, setzte auch die Malerei über die Musik hinauf. Mir ist aber bei ihr, als hört' ich eine *laute Vergangenheit* oder eine *laute Zukunft*. Die Musik hat etwas Heiliges, sie kann nichts als das Gute[1] malen, verschieden von andern Künsten.« – Wahrlich sie war selber eine moralische Kirchenmusik, die Engelstimme in der Orgel; der reine Albano fühlte neben ihr die Notwendigkeit und das Dasein einer noch zärtern Reinheit; und ihm schien, als könne ein Mann diese Seele, deren Verstand fast nur ein feineres Fühlen war, verletzen, ohne es selber zu wissen, wie Fenstergläser von reiner Durchsichtigkeit oft zerstoßen werden, weil sie unsichtbar erscheinen. Er drehte sich, weil er immer um einen Schritt voraus war, mechanisch um, und nicht nur das blühende Lilar, sondern auch Lianens volle Gestalt leuchtete ihm auf einmal und neugestaltet in die Seele. – – Nicht sie an sein Herz zu drücken, war jetzt sein Sehnen, sondern dieses Wesen, das so oft gelitten, aus jeder Flamme zu reißen, für sie mit dem Schwerte auf ihren Feind zu stürzen, sie durch die

1 Dieser Satz, daß die reine Musik ohne Text nichts Unmoralisches darzustellen vermöge, verdient von mir mehr untersucht und ausgeführt zu werden.

tiefen kalten Höllenflüsse des Lebens mächtig zu tragen – – das hätte sein Leben erleuchtet.

45. ZYKEL

Sie sahen schon einige nasse Lichter der hohen, oben hereinspringenden Fontänen des Flötentals hochschweben: als Liane wider Charitons Erwartung beide in einen unwegsamen Eichenhain mitzugehen bat – sie sah ihn so vergnügt und offenherzig dabei an und ohne jenen weiblichen Argwohn, mißverstanden zu werden! Im düstern Haine stand ein wilder Fels auf, mit den Worten: »Dem Freunde Zesara«. Die vorige Fürstin hatte diese erinnernde Alpe Albanos Vater setzen lassen. – Ergriffen, erschüttert, mit Schmerzen in den Augen stand der Sohn davor und lehnte sich daran wie an Gaspards Brust und drückte den Arm an den scharfen Stein hinauf und rief innigst bewegt: »O du guter Vater!« – Seine ganze Jugend – und Isola bella – und die Zukunft überfielen auf einmal das vom ganzen Morgen bestürmte Herz, und es konnte sich der zudringenden Tränen nicht länger erwehren. Chariton wurde ernsthaft, Liane lächelte weich fort, aber wie ein Engel im Gebet. – Wie oft, ihr schönen Seelen, hab' ich in diesem Kapitel mein ergriffenes Herz bezwingen müssen, das euch anreden und stören wollte! aber ich will es wieder bezwingen.

Sie traten schweigend in den Tag zurück. Aber Albanos Wogen fielen nie schnell, sie dehnten sich in weite Ringe aus. Sein Auge war noch nicht trocken, als er in das himmlische Tal kam, in diesen Ruheplatz der Wünsche, wo Träume frei, ohne Schlaf, herumgehen konnten. Chariton – durch den Ernst viel geschäftiger – war nach einer Augenfrage an Liane, ob sie es solle – nämlich das Spielenlassen gewisser Maschinen –, voraus hineingeeilt. Sie gingen durch den weichenden blühenden Schleier; – und Albano erblickte nun vor sich den jugendlichen Traum von einem bezauberten, mit Düften und Schatten umstrickenden Zaubertale in Spanien lebendig auf die Erde herausgestellt. An den Bergen blühten Orangengänge, den Untersatz in die höhere Terrasse versteckt – alles, was große Blüten auf seinen Zweigen trägt, von der Linde bis zur Rebe und zum Apfelbaume, sog unten am Bache oder bestieg oder bekränzte die zwei langen Berge, die sich mit ihren Blüten um die Blumen der Tiefe wanden und sich miteinander bogen, um ein unendliches Tal zu versprechen – schiefgestellte Fontänen an den Bergen warfen hintereinander silberne Regenbogen über die Bäume in den Bach – in Osten brannte der Goldglobus neben der Sonne, der letzte Spiegel ihres sterbenden Abendblicks. – »Habe Dank, du edler Greis!« wiederholte Albano immer.

Liane ging mit ihm am westlichen Berge bis zu einer überblühten Bank unter dem herüberflatternden Bogen, wo man die erste und zweite Krümmung des Tals und oben in Norden hohe Fichten und hinter ihnen eine Kirchturmspitze und unten eine Aurikeln-Wiese überschauen kann, indes Chariton auf dem östlichen gegenüber hinter einer Musen-Statue – denn die neun Musen glänzten aus dem grünen Tempel – an Gewichten zu winden und auf Springfedern zu drücken schien. »Mein Bruder« (brach Liane leise das Schweigen und strickte die Arbeit fort, die sie der Freundin abgenommen) »wünscht recht sehr, Sie zu sehen.« Die nun mit allen heiligen Kräften aufgewachte Seele Albanos fühlte sich ihr ganz gleich und ohne Verlegenheit, und er sagte: »Schon in meiner Kindheit hab' ich Ihren *Karl* wie einen Bruder geliebt; ich habe noch keinen Freund.« Die bewegten Seelen merkten nicht, daß der Name Karl aus dem Briefe sei.

Auf einmal flogen einzelne Flötentöne oben auf den Bergen und aus den Lauben auf – immer mehrere flogen dazu – sie flatterten schön-verworren durcheinander – endlich stiegen mächtig auf allen Seiten Flötentöne wie Engel auf und zogen gen Himmel – sie riefen es aus, wie süß der Frühling ist und wie die Freude weint und wie unser Herz sich sehnt, und schwanden oben im blauen Frühlinge – und die Nachtigallen flogen aus den kühlen Blumen auf die hellen Gipfel und schrien freudig in die Triumphlieder des Maies – und das Morgenwehen wiegte die hohen schimmernden Regenbogen hin und her und warf sie weit in die Blumen hinein. – –

Lianen entsank die Arbeit in den Schoß, und sie schlug nach einer ihr eignen Weise, indes sie den Kopf wie eine Muse vorsenkte, den Blick empor, ihn in eine träumerische Weite heftend; ihr blaues Auge schimmerte, wie der blaue wolkenlose Äther in der lauen Sommernacht blitzend überquillt; – aber des Jünglings Geist brannte in der Bewegung auf wie das Meer im Sturme. Sie zog den schwarzen Schleier – gewiß nicht allein gegen Sonne und Luft – herab; und Albano, mit einer innern Welt auf seiner bewegten Gestalt, spielte – erhaben mit sich selber kontrastierend – an den Löckchen der hergezogenen Helena und sah ihr mit großen Tränen in das blöde kleine Gesicht, das ihn nicht verstand.

Jetzt eilte die Mutter ins Schweigen herüber und fragte recht freundlich, wie es ihm gefiele. Seine andern Entzückungen löseten sich in ein Lob der Töne auf; und die liebe Griechin erhob das, was sie so oft gehört, selber immer stärker, als wär' es ihr neu, und horchte sehr mit zu.

– Ein Mädchen mit der Harfe blickte durch das Eingangsgesträuch des Tales herein, und Liane sah den Wink und stand auf. Indem sie den Schleier heben und scheiden wollte: so fiel dem großherzigen Jünglinge sein Bekenntnis ein: »Ich habe Ihren heutigen Brief gelesen, bei Gott, das muß ich jetzo sagen«, sagt' er. Sie rückte den Scheier nicht höher und sagte mit zitternder Stimme: »Sie haben ihn gewiß nicht gelesen, Sie waren wohl nicht in meinem Zimmer« und sah Chariton an. Er versetzte, ganz hab' er ihn auch nicht, aber doch viel; und erzählte mit drei Worten eine mildere Geschichte, als Liane ahnen konnte. »Der böse Pollux!« sagte immer Chariton. – »O Gott, vergeben Sie mir diese Sünde der Unwissenheit!« sagte Albano; sie hob den dunkeln Schleier auf eine Terzie lang zurück und sagte hochrot, mit niedergesenktem Blicke – vielleicht durch die Freude über die Widerlegung der schlimmern

Erwartung versöhnt –: »Er gehörte bloß an eine Freundin – und Sie werden wohl, wenn ich Sie bitte, nichts wieder lesen« – und unter dem Falle des Schleiers ging das Auge mildernd und vergebend auf, und sie schied langsam mit ihren Geliebten von ihm.

O du heilige Seele, liebe meinen Jüngling! – Bist du nicht die erste Liebe dieses Feuerherzens, der Morgenstern in der dämmernden Frühe seines Lebens, du, diese Gute, Reine und Zarte! O die erste Liebe des Menschen, die Philomele unter den Frühlingslauten des Lebens, wird ohnehin immer, weil wir so irren, so hart vom Schicksale behandelt und immer getötet und begraben; aber wenn nun einmal zwei gute Seelen im blütenweißen Lebens-Mai – die süßen Frühlingstränen im Busen tragend – mit den glänzenden Knospen und Hoffnungen einer ganzen Jugend und mit der ersten unentweihten Sehnsucht und mit dem Erstlinge des Lebens wie des Jahres, mit dem Vergißmeinnicht der Liebe im Herzen – wenn solche verwandte Wesen sich begegnen dürften und sich vertrauen und im Wonnemonat den Bund auf alle Wintermonate der Erdenzeit beschwören und wenn jedes Herz zum andern sagen könnte: Heil mir, daß ich dich fand in der heiligsten Lebenszeit, eh' ich geirret hatte; und daß ich sterben kann und habe niemand so geliebt als dich! – O Liane, o Zesara, so glücklich müssen euere schönen Seelen werden! –

Der Jüngling blieb noch einige Minuten in der um ihn fortarbeitenden Zauberwelt, deren Töne und Fontänen wie die Wasser und Maschinen in dem einsamen Bergwerke rauschten; aber am Ende war etwas Gewaltsames im einsamen Forttönen und Schimmern des Tals, worin er so allein zurückgelassen war. Hastig schritt er auf dem nähern Wege, und mit Wasseradern beworfen, durch den Lauben-Vorhang und trat wieder in die freie Morgen-Erde Lilars hinaus. Wie sonderbar! wie fern! wie verändert war alles! In seine weit offne innere Welt drang die äußere mit vollen Strömen ein. Er selber war verändert; er konnte nicht in die Eichennacht an das felsichte Ebenbild des Vaters treten. Als er über die in Zweigen stehende Brücke war, sah er auf dem breiten silberweißen Gartenwege die sanfte Gesellschaft langsam gehen, und er pries Lianen selig, die nun an ihr bewegtes Herz das mütterliche drücken konnte. – Die Kleine drehte sich oft tanzend um und sah ihn vielleicht, aber niemand wandte sich zurück. Durch die nachgetragne Harfe riß sich der Morgenwind und führte von den erregten Saiten Töne wie von Äolsharfen mit sich weiter; und der Jüngling hörte wehmütig dem zurückklingenden Fliehen wie von Schwanen zu, die über die Länder eilen, indes hinter ihm das leere Tal einsam in den flötenden Hirtenliedern der Liebe fortsprach und ihn wehende nachziehende Laute matt und dunkel erreichten. Aber er ging auf den Berg des Altars zurück; und da er über die helle Gegend schauete und noch die fernen weißen Gestalten gehen sah, ließ er seine ganze schöne Seele weinen – Und hier schließe sich der reichste Tag seines jungen Lebens!

– Aber, ihr guten Menschen, die ihr ein Herz tragt und keines findet, oder die ihr die geliebten Wesen nur *in* und nicht *an* dem Herzen habt, bild' ich nicht alle diese Gemälde der Wonne, wie die Griechen, gleichsam an den Marmorsärgen euerer umgelegten schlafenden Vorzeit ab? Bin ich nicht der *Archimimus,* der vor euch die zerfallnen Gestalten nachspielt, die euere Seele begrub? Und du, jüngerer oder ärmerer Mensch, dem die Zeit statt der Vergangenheit erst eine Zukunft gab, wirst du mir nicht einmal sagen, ich hätte dir manche selige Gestalten wie heilige Leiber verbergen sollen aus Furcht, du würdest sie anbeten, und wirst du nicht dazusetzen, du hättest ohne diese Phönix-Bildnisse leichtere Wünsche genährt und manche erreicht? – Und wie wehe hab' ich dann euch allen getan! – Aber mir auch; denn wie konnt' es mir besser ergehen als euch allen? –

Euer Schluß wäre demnach dieser: Da ihr schöne Tage nie so schön erleben könnt, als sie nachher in der *Erinnerung* glänzen oder vorher in der *Hoffnung*: so verlangtet ihr lieber den Tag ohne beide; und da man nur an den beiden Polen des elliptischen Gewölbes der Zeit die leisen Sphärenlaute der Musik vernimmt, und in der Mitte der Gegenwart nichts: so wollt ihr lieber in der Mitte verharren und aufhorchen, Vergangenheit und Zukunft aber – die beide kein Mensch erleben kann, weil sie nur zwei verschiedene Dichtungsarten unsers Herzens sind, eine Ilias und Odyssee, ein verlornes und wiedergefundnes Miltons-Paradies – wollt ihr gar nicht anhören und heranlassen, um nur taubblind in einer *tierischen* Gegenwart zu nisten. –

Bei Gott! Lieber gebt mir das feinste stärkste Gift der Ideale ein, damit ich meinen Augenblick doch nicht verschnarche, sondern verträume und dann daran versterbe! – Aber eben das Versterben wäre mein Fehler; denn wer die *poetischen* Träume ins Wachen[1] tragen will, ist toller als der Nordamerikaner, der die *nächtlichen* realisiert; er will wie eine Kleopatra den Glanz der Tauperlen zum Labetrunk, den *Regenbogen* der Phantasie zum haltbaren, über Regenwasser geführten *Schwibbogen* verbrauchen. – Ja, o Gott, du wirst und kannst uns einmal eine Wirklichkeit geben, die unsre hiesigen Ideale verkörpert und verdoppelt und befriedigt – wie du es uns ja schon in der hiesigen Liebe bewiesen hast, die uns mit Minuten berauscht, wo das Innere das Äußere wird und das Ideal die Wirklichkeit – aber *dann* – nein, über das *Dann* des Jenseits hat dieses kleine *Jetzt* keine Stimme; aber wenn hienieden, sag' ich, das Dichten Leben würde und unsre Schäferwelt eine Schäferei und jeder Traum ein Tag: o so würde das unsere Wünsche nur erhöhen,

1 Es kann mir nicht vorgeworfen werden, daß ja die Szenen meines Buchs wirklich erlebte wären und daß man keine bessere zu erleben wünschte; denn in der Darstellung der Phantasie nimmt die Wirklichkeit neue Reize an, Reize, mit welchen auch jede andere zurückgewichene Gegenwart magisch die Erinnerung durchschimmert. Ich berufe mich hier auf die Empfingung des Personales selber, das im *Titan* handelt, ob es nicht in meinem Buche – wenn es anders darüber gerät – an den abgemalten Szenen, die doch seine eignen sind, einen höhern Zauber findet, der den wirklichen abging, und ders freilich machen könnte – aber ganz mit Unrecht –, daß das Personale wünscht, sein eignes Leben zu – erleben.

nicht erfüllen, die höhere Wirklichkeit würde nur eine höhere Dichtkunst gebären und höhere Erinnerungen und Hoffnungen – in *Arkadien* würden wir nach *Utopien* schmachten, und auf jeder Sonne würden wir einen tiefen Sternenhimmel sich entfernen sehen, und wir würden – seufzen wie hier! –

NEUNTE JOBELPERIODE

Lust der Hoftrauer – das Begräbnis – Roquairol – Brief an ihn – die sieben letzten Worte im Wasser – die Huldigung – Redoute – Puppenredoute – der Kopf in der Luft, der Tartarus, die Geisterstimme, der Freund, die Katakombe und die vereinigten Menschen

46. ZYKEL

Die werdende Liebe ist die stillste; die schattigen Blumen in diesem Frühlinge meiden, wie die im andern, das Sonnenlicht. Albano spann sich tief in seine Sonntagsträume ein und zog, so gut er konnte, das grüne Wohn-Blatt der Wirklichkeit in sein Gespinste; nämlich den Montag, der ihm bei dem Paradebegräbnisse des Fürsten den Bruder seiner Freundin zeigen sollte.

Dieses Trauerfest, wo der dritte, aber größte fürstliche Sarg sollte zur Ruhe bestattet werden, brach endlich an und war schon durch das Vorfest wichtig gemacht, wo man die zwei ersten Särge samt dem Greise beigesetzt, wie man etwa Tugenden schon im Anfange eines Jahrhunderts beerdigt und erst am Ende desselben ihre leeren Namen, Gehäuse und Franzbände. Am Probe- und Vorbildsbegräbnisse des Höchstseligen war noch dazu der alte fromme Vater, Spener, sein letzter Freund, mit in die Gruft hinabgegangen, um sich das hölzerne und zinnerne Gehäuse des ausgelaufenen Gehwerks öffnen zu lassen und auf die stille Brust des lieben Schläfers noch dessen Jugend-Porträt und sein eignes mit der umgestürzten Farbenseite zu decken, ohne zu reden und zu weinen; und der Hof machte viel aus dieser Morgen- und Abendgabe der Freundschaft.

Alles schwillt für die Menschen ungeheuer an, wovon sie lange reden müssen – alle Pestitzer Gesellschaften waren Sterbebeitragsgesellschaften und voll Leichenmarschalle – jedes Gerüste der benachbarten Zukunft war ein Trauergerüste und jedes Wort ein Leichensermon oder eine Grabschrift auf den blassen Mann – Sphex als Leibmedikus freuete sich auf seinen Anteil am Leidtragen und Mitziehen – der Lektor hatte statt der versetzten Winterkleider die Hoftrauer schon an- und approbiert – der Hofmarschall hatte keine Minute Rast, und der Jüngste Tag, der die Gräber auf-, aber nicht zumacht, wär' ihm heute schief gekommen – der Minister von Froulay, den der kalte Luigi willig alles machen ließ, war als Liebhaber alles altfürstlichen Pompes und als Kreisausschreibender Direktor des gegenwärtigen so gut im Himmel als der Höchstselige – die Weiber waren als Hochselige aus den Betten gestiegen, weil für diese fleißigen *Gewändermalerinnen* eine lange Wesenkette von Röcken und von deren Trägern wohl so schwer wiegt als für ihre Männer eine gekuppelte Sippschaft von Pferden.

Albano harrte ungeduldig am Fenster auf Lianens Bruder und liebte den Unsichtbaren immer heißer; wie zwei Flügel hoben und regten Freundschaft und Liebe in ihm einander verbunden auf. Die Trauerspule – nämlich der leere Sarg – war im Tartarus angelegt und wurde allmählich abgespulet, und man konnte das dunkle Trauerband nun bald bis in die Bergstadt spannen. Schon anderthalb Stunden vor Ankunft des Zuges war der Salpeter der weiblichen Volksmenge an den Mauern und Fenstern angeschossen. Sara, die Frau des Doktors, kam mit den Kindern und dem tauben Kadaver in Schoppes Zimmer herauf, dessen zweite Türe in Albanos seines offen stand, und sagte liebäugelnd zum Grafen hinein: »hier oben wäre alles besser zu übersehen, und Seine Gnaden würden verzeihen.« – »Bleibt nur zusammen da und molestiert mir den

Herrn Grafen nicht«, sagte sie zurückgewandt zu den Kindern und wollte ins gräfliche Zimmer, auf dessen Schwelle sie der von Albano kommende Schoppe auffing und anhielt.

Sara war nämlich eine jener gemeinen Frauen, die von ihren Reizen mehr selber hingerissen werden als damit andre hinreißen – sie setzte bloß ihr Gesicht auf den Sessel und ließ es zünden und sengen und brennen, indes sie ihres Orts (im Vertrauen auf ihren *faulen Heinz*[1] des Gesichts) ruhig und kalt andre Dinge machte, entweder einfältiges Zeug oder bösen Leumund; und dann, wenn sie eine *Kleidergeißel* der Weiber gewesen war, wie Attila eine *Göttergeißel* der Völker, so schauete sie auf und besah den Feuerschaden ihres Gesichts in den männlichen Tabaksschwämmen umher. Besonders auf den reichen schönen Grafen hatte sie ein Auge – unter der Amors-Binde. Ihr Kopf lag voll guter physiognomischer Fragmente; und Lavaters Vorwurf, daß die meisten Physiognomisten leider am ganzen Menschen nichts studierten als das Gesicht, konnte ihren reinen physiognomischen Sinn niemals treffen.

Schoppe, leicht erratend, daß bei der Seelen-käuferin der Gang ein Preßgang, das Weißzeug Jagdzeug, der Shawl eine Schlagwand sei und der Hals ein Schwanenhals für einen nahen Fuchs, faßte sie auf der Schwelle beider Stuben an der Hand und fragte sie: »Nehmen Sie auch so viel Anteil an der allgemeinen Landesfreude und erwünschten Hoftrauer wie ich? Ihre Augen lassen dergleichen lesen, Frau Landphysikussin.« – »Was für einen Anteil?« sagte die Physika, ganz dumm gemacht. – »An der Lust der Hofleute, die sich ohnehin wie die Urangutangs dadurch von den Affen unterscheiden, daß sie selten Freudensprünge tun; wenigstens trommeln sie wie junge Klavieristen ihre traurigsten und ihre lustigsten Stückchen ungerührt hintereinander weg. Wenn nur dem Hofstaate nichts Herbes die Trauer versalzt! – Wünschen Sie, daß die Lieben die schwarzen Freudenkleider, worin sie, wie die

1 Oder Athanor, ein chemischer Ofen, der lange Zeit ohne Nachschüren fortarbeitet.

Nepoten der in der leuktrischen Schlacht Gebliebnen, dem Jubel eines neuen Fürsten entgegengehen, umsonst angezogen haben? Wie?« – Unglücklicherweise versetzte sie spöttisch: »Schwarz ist hierzulande Trauerfarbe, Herr Schoppe.« – »Schwarz, Frau Doktorin?« (prallt' er staunend zurück) »Schwarz? – Schwarz ist Reisefarbe und Brautfarbe und Galafarbe und in Rom Fürstenkinderfarbe, und in Spanien ists ein Reichsgesetz, daß die Hofleute wie in Marokko die Juden[1] schwarz erscheinen.

Pestalozzi, Madame – aber Malz, versteht Er mich denn?« fuhr Schoppe herum und munterte den Menschen, der seine Trommel anhatte und sie heimlich unter dem Zuge rühren wollte um etwas vom gedämpften Leichentrommeln zu vernehmen, zum Schlegel auf, damit er vom Diskurse profitierte. – »Malz,« sagt' er lauter, »Pestalozzi bemerkt ganz gut, daß die Großen unsrer Zeit sich in Gesicht, Kleidung, Stellung, Bilderdienst, Aberglauben und Liebe zu Scharlatanen den Asiaten täglich nähern; – es spricht für Pestalozzi, daß sie den Sinesern, die sich für die Freude schwarz und für die Trauer weiß anziehen, nicht bloß Tempel und Gärten und Fratzenbilder, sondern auch eben dieses Freudenschwarz abborgen.«

Unter den Kindern – wovon die unerzognen allein noch nicht ungezogen waren – hoben sich Boerhaave, Galenus und van Swieten am meisten durch eingelegte Arbeit und Handzeichnungen, die sie von den Anwesenden mit den Fingern auf ihr Butterbrot gravierten, und Galenus wies seine satirische Projektion von der Mama, sagend: »Schau't, was Mama'n für 'ne lange Nas' an'setzt hab'.«

Der Bibliothekar, der etwas Ähnliches drehte, hielt sie, als sie hineinwollte, indem er versicherte, er lasse sie nicht, bis sie sich ergebe; die Trauermarschsäule könne kaum einen Acker lang aus dem Tartarus heraus sein und geb' ihm Zeit genug. Er fuhr fort:

»Echte Trauer hingegen, Liebe, macht immer wie der Zorn

1 Nach Lempriere.

bunt oder wie der Schrecken weiß; z. B. die Kreaturen eines toten Papstes trauern violett, der französische König auch, seine Frau kastanienbraun, der venezianische Senat um den Doge rot. – Allein Trauer können Sie so gut wie ich keinem Regenten verstatten; dem Hohenpriester und einem Judenkönige[1] war sie ganz verboten; warum wollen wir der Dienerschaft mehr verstatten als dem Herrn? – Und müßte ein Landesherr, Beste, der die kostbare Landtrauer zuließe, nicht offenbar die abgestellte Privattrauer aufwecken? Und könnt' er, indem er durch sein Exilium, wie Cicero durch seines[2], 20000 Leute in Trauerhabit steckte, es verantworten, daß sein letzter Akt ein droit d'Aubaine, eine Beraubung wäre und daß das Sterbebette, worauf man sonst Bedienten und Armen Kleider vermacht, ihnen welche auszöge? – Nein, Madame, das sieht wenigstens Regenten nicht ähnlich, die sogar durch ihr Sterben oft, wie Marcion[3] von Christi Höllenfahrt behauptete, einen Kain, Absalon und mehrere alttestamentliche Verdammte aus der Hölle bringen in den Himmel der neuen Regierung.

Sie ergeben sich noch nicht, und der Kadaver sieht mich an wie ein Vieh; aber bedenken Sie das: Perücken- und Zeugmacher haben häufig gekrönte Häupter angefleht, ihre Produkte zu tragen, damit sie abgingen; – ein Erb- und Kronprinz zieht sich gleich am ersten frohen Huldigungs- und Regierungstage, wo er den Vorfahrer absetzt, d. h. begräbt, kohlenschwarz an, weil die schwarze Wolle wenig taugt und wenig abgeht, und ein solches Exempel beschlägt auf einmal den ganzen Hofstaat, sogar Vieh, Pauken, Kanzeln schwarz. – Nur noch ein Wort, Liebe; wahrlich es kommt noch nichts als die Chorschülerschaft. Eben deswegen wird der fürstliche Leichnam, der leicht die ganze Freude des Leichenbegängnisses stören könnte, vor-

1 Sanhedrin. c. 2. Misch. 3.

2 Cic. ad Quirit. post redit. c. 3.

3 Seine Sekte ließ durch Christi Höllenfahrt alle Böse aus der Hölle kommen, Abraham, Enoch, die Propheten etc. aber nicht. Tertull. adv. Marcion.

her beseitigt und nur ein vakanter Kasten mitgeführt, damit der Zug keine andere pensées habe als anglaises[1] ... – O Traute, das letzte Wort; was sehen Sie denn am Stall- und Pagenkorps? – Meinetwegen! auch ich freue mich, auf einmal so viele Menschen und Fürsten mitten unter seinen Kindern so froh zu sehen.« – –

Aber je länger er die Prozession, dieses schlaffe Gauklerseil, woran man den leeren, aber figurierten Cypselus-Kasten in die Familiengruft einließ, werden sah, desto zorniger wurde sein Spott. – Er passete die Hypothese jedem beflorten Gliede der schwarzen Kette an. – Er lobte es, daß man den Bal masqué der neuen Regierung mit diesen langsamen Menuettpas eröffne und sich auf den Walzer der Vermählung und den Großvatertanz der Huldigung anschicke. – Er sagte, da man sich und Tieren an Freudentagen gern alles leicht mache, wie daher die Juden am Schabbes sich und ihr Vieh nichts, nicht einmal die Hühner die angehangnen Läppchen tragen lassen, so seh' ers gern, daß in den Zeremonienwägen und im Paradekasten und auf den Klagepferden nichts säße, ja daß sogar die Schleppen der Trauermäntel von Pagen und die vier Leichentuchzipfel von vier handfesten Herren fortgebracht würden. – Nur tadelte er es, daß die Soldateska in der Lust das Gewehr verkehrt ergriffen und daß gerade die Personen vom höchsten Range, Luigi, Froulay, Bouverot, da sie vom schnellen Leichentrunke auf einmal ins Freie kämen, sich wankend müßten auf beiden Seiten führen lassen. – –

47. ZYKEL

In Albano sprach ein andrer Geist als in Schoppe, aber beide begegneten sich bald. Dem Grafen machten die Nachtgestalten aus Flor, die stillen Trauerfahnen, der Totenmarsch, der schleichende Krankengang, das Glockengetöse die Totenhäuser der Erde weit auf, zumal da vor seine blühenden Augen

1 So heißen schwarze Farben.

zum ersten Male diese Totenspiele kamen; aber lauter als alles rief vor ihm etwas – das man kaum erraten wird – die Scheidungen des Lebens aus, der vom Leichentuche erstickte Trommelschlag; eine gedämpfte Trommel war ihm ein von allen irdischen Katakomben gebrochener Widerhall. Er hörte die stummen erwürgten Klagen unsrer Herzen; er sah höhere Wesen oben herunterschauen auf das dreistündige weinerliche Lustspiel unsers Lebens, worin das rote Kind des ersten Akts im fünften zum Jubelgreis ermattet und dann erwachsen und gebückt vor dem herablaufenden Vorhange verschwindet.

Wie wir im Frühlinge mehr an Tod, Herbst und Winter denken als im Sommer, so malet sich auch der feurigste kräftigste Jüngling öfter und heller in seiner Jahreszeit die dunkle entblätterte vor als der Mann in seiner nähern; denn in beiden Frühlingen schlagen sich die Flügel des Ideals weit auf und haben nur in einer Zukunft Raum. Aber vor den Jüngling tritt der Tod in blühender griechischer Gestalt, vor den müden ältern Menschen in gotischer.

Mit *komischem* Humor fing Schoppe gewöhnlich an und endigte mit *tragischem;* so führte auch jetzt der leere Trauerkasten, die Flöre der Pferde, die Wappen-Schabaracken derselben, des Fürsten Verachtung des schwerfälligen deutschen Zeremoniells und die ganze herzlose Mummerei, alles das führte ihn auf eine Anhöhe, wohin ihn immer das Anschauen *vieler* Menschen auf einmal trieb und wo er mit einer schwer zu malenden Erhebung, Ergrimmung und lachenden Kümmernis ansah den ewigen, zwingenden, kleinlichen, von Zwecken und Freuden verirrten, betäubten schweren Wahnsinn des Menschengeschlechts; – und seinen dazu.

Plötzlich durchbrach die schwarze Kette ein bunter glänzender Ritter, Roquairol auf dem paradierenden Freudenpferde, und erschütterte unsre zwei Menschen, und keinen weiter. Ein blasses eingestürztes Angesicht, vom langen innern Feuer verglaset, von allen Jugendrosen entblößet, aus den Demantgruben der Augen unter dem schwarzen Augenbraunen-Überhange blitzend, ritt in einer tragischen Lustigkeit daher, deren Linien-Geäder sich unter den frühen Runzeln der Leidenschaft verdoppelte. Welch ein Mensch voll verlebten Lebens! – Nur Hofleute oder sein Vater konnten dieses tragische Frohlocken zu einer schmeichlerischen Freude über die neue Regierung herabsetzen; aber Albano nahm ihn ganz in sein Herz hinein und wurde bleich vor inniger Bewegung und sagte: »Ja, *er* ists! – O guter Schoppe, er wird gewiß unser Freund, dieser zerrissene Jüngling. – Wie schmerzlich lacht der Edle über diesen Ernst und über Kronen und Gräber und alles! Ach er starb ja auch einmal.« – »Daran tut der Reiter recht,« (sagte Schoppe mit zuckenden Augen und tippte schnell an Albanos Hand und dann an seinen eignen Kopf) »mir kommt schon der Schädel da als ein enger bonsoir, als ein Lichttöter vor, den mir der Tod aufgesetzt – wir sind artige, mit Silber überzogne Figuren, in einem elektrischen Tanze begriffen, und vom Funken springen wir auf, ich bewege mich zum Glücke doch noch . . . und dort schleicht unser guter Lektor auch daher und zieht seinen langen Flor« – – wobei freilich Augustis bürgerlich-ernste Stimmung sehr gegen die menschlich-ernste des Bibliothekars abstach.

Auf einmal sagte Schoppe verdrüßlich über die Rührung: »Welche Maskerade wegen einer Maske! Lumperei wegen Lumpenpapier! Werft einen Menschen still in sein Loch und rufet niemand dazu. Ich lobe mir London und Paris, wo man keine Sturmglocken läutet und die Nachbarschaft rege macht, wenn der Undertaker einen Eingeschlafnen zu Bette bringt.« – »Nein, nein,« (sagte Zesara, voll Kraft zum Schmerz) »ich lob' es nicht – wem die heiligen Toten gleichgültig sind, dem werden es die Lebendigen auch – nein, ich lasse gern mein Herz in eine Träne nach der andern zerreißen, kann ich nur des lieben Wesens noch gedenken.« –

O wie traf die Nachbarschaft mit seinem Herzen zusammen! In einer Zisterne, wovor der Sarg des Sarges vorüberging, stand der abgebildete Greis auf einem Pferde in Bronze und sah unter sich vorübergehen die abgesattelten Trauerpferde und das berittne Freuden-Roß – ein Taubstummer machte mit seiner Glocke an den Türen ein bettelndes Geläute, das er wie der Begrabne nicht vernahm – und war nicht der vergessene Fürst ungesehen und einsamer unter die Erde gelegt als irgendeiner seiner Untertanen? – O Zesara, dir fiel es aufs Herz, wie leicht der Mensch vergessen wird, er liege in der Urne oder in der Pyramide – und wie man unser unsterbliches Ich wie einen Schauspieler für *abwesend* ansieht, sobald es nur in der Kulisse steht und nicht auf der Bühne unter den Spielern poltert.– –

Aber legte nicht der graue Einsiedler Spener dem tiefern Einsiedler eine doppelte Jugend auf die gesunkne Brust? O zählet nicht in dieser frostigen Stunde des Gepränges die treue Julienne alle Töne des Leichengeläutes an ihren Tränen ab, diese arme, durch Krankheit nur vom Zeremoniell, nicht vom Schmerze befreiete Tochter, die nun den *vorletzten,* vielleicht den *letzten* Verwandten verloren, da ihr Bruder kaum einer ist? – Und wird Liane in ihrem Elysium nicht das Nachspiel des Schmerzes erraten, das so nahe vor ihr hinter den hohen Bäumen im Tartarus gegeben wird? Und wenn sie etwas vermutet, o wie wird sie nicht so innig trauern! –

– Dieses alles hörte der edle Jüngling in seiner Seele an, und er dürstete heiß nach der Freundschaft des Herzens; – ihm war, als wehe ihre Berg- und Lebensluft aus der Ewigkeit herab und treibe den Totenstaub weg vom Lebenssteige und er sehe droben den Genius die umgestürzte Fackel auf den kalten Busen stellen, nicht um das unsterbliche Leben auszulöschen, sondern um die unsterbliche Liebe anzuzünden.

Er konnte nun nicht anders, sondern mußte ins Freie gehen und unter dem fliegenden Getöne des Frühlings und unter dem dumpf-zurückmurmelnden Totenmarsche die folgenden Worte an Lianens Bruder schreiben, womit er ihm jugendlich sagte: sei mein Freund!

»Fremder! jetzt in der Stunde, wo uns im Totenmeere und in den Tränen die Siegessäulen und Thronen der Menschen und ihre Brückenpfeiler *gebrochen* erscheinen, fragt dich frei ein wahres Herz – und deines antwort' ihm treu und gern!

Wurde dir das längste Gebet des Menschen erhört, Fremder, und hast du deinen Freund? Wachsen deine Wünsche und Nerven und Tage mit seinen zusammen wie die vier Zedern auf Libanon, die nichts um sich dulden als Adler? Hast du zwei Herzen und vier Arme, und lebst du zweimal wie unsterblich in der kämpfenden Welt? – Oder stehst du einsam auf einer frostigen verstummten schmalen Gletscherspitze und hast keinen Menschen, dem du die Alpen der Schöpfung zeigen könntest, und der Himmel wölbt sich weit von dir und Klüfte unter dir? – Wenn dein Geburtstag kommt, hast du kein Wesen, das deine Hand schüttelt und dir ins Auge sieht und sagt: wir bleiben noch fester beisammen? –

Fremder, wenn du keinen Freund hättest, hast du einen verdient? – Wenn der Frühling glühte und alle seine Honigkelche öffnete und seinen reinen Himmel und alle hundert Tore an seinem Paradiese: hast du da schmerzlich aufgeblickt wie ich und Gott um ein Herz gebeten für deines? – O wenn abends die Sonne einsank wie ein Berg und ihre Flammen aus der Erde fuhren und nur noch ihr roter Rauch hinanzog an den silbernen Sternen: sahest du aus der Vorwelt die verbrüderten Schatten der Freundschaft, die auf Schlachtfeldern wie Gestirne *eines* Sternbildes miteinander untergingen, durch die blutigen Wolken als Riesen ziehen, und dachtest du daran, wie sie sich unvergänglich liebten, und du warst allein wie ich? – Und, Einsamer, wenn die Nacht, wo der Geist des Menschen, wie in heißen Ländern, *arbeitet* und *reiset,* ihre kalten Sonnen verkettet und aufdeckt und wenn doch unter allen weiten Bildern des Äthers kein geliebtes teures ist und die Unermeßlichkeit dich schmerzlich aufzieht und du auf dem kalten Erdboden fühlest, daß dein Herz an keine Brust anschlägt als nur an deine: o Geliebter, weinest du dann und recht innig? –

– Karl, oft zählt' ich am Geburtstage die wachsenden Jahre ab, die Federn im breiten Flügel der Zeit; und bedachte das Verrauschen der Jugend; da streckt' ich weit die Hand nach einem Freunde aus, der bei mir im Charons-Nachen, worin wir geboren werden, stehen bliebe, wenn vor mir die Jahreszeiten des Lebens am Ufer vorüberlaufen mit Blumen und Blättern und Früchten und wenn auf dem langen Strome das Menschengeschlecht in tausend Wiegen und Särgen hinunterschießet.

Ach nicht das bunte Ufer fliehet vorüber, sondern der Mensch und sein Strom; ewig blühen die Jahreszeiten in den Gärten des Gestades hinauf und hinab, aber nur wir rauschen einmal vor den Gärten vorbei und kehren nicht um.

Aber der Freund geht mit. O wenn du in dieser Stunde der Gaukeleien des Todes den bleichen Fürsten mit den Jugend-Bildern auf der Brust ansiehst und an den grauen Freund denkst, der ihn verborgen im Tartarus betrauert: so wird dein Herz zerfließen und in sanften warmen Flammen in der Brust umherrinnen und leise sagen: ich will lieben und dann sterben und dann lieben; o Allmächtiger, zeige mir die Seele, die sich sehnet wie ich!

Wenn du das sagst, wenn du so bist, so komm an mein Herz, ich bin wie du. Fasse meine Hand und behalte sie, bis sie welkt. Ich habe heute deine Gestalt gesehen und auf ihr die Wunden des Lebens; tritt an mich, ich will neben dir bluten und streiten. Ich habe dich schon früh gesucht und geliebt. Wie zwei Ströme wollen wir uns vereinigen und miteinander wachsen und tragen und eintrocknen. Wie Silber im Schmelzofen rinnen wir mit glühendem Lichte zusammen, und alle Schlacken liegen ausgestoßen um den reinen Schimmer her. Lache dann nicht mehr so grimmig, daß die Menschen Irrlichter sind; gleich Irrlichtern brennen und fliegen wir fort im regnenden Sturme der Zeit. – Und dann, wenn die Zeit vorbei ist, finden wir uns wie heute, und es ist wieder im Frühlinge. *Albano de Cesara*«

Wie herrlich – eh' dem innern Menschen, wie dem äußern im Alter, alle Pulsadern zu Knorpeln erstarren und alle Gefäße unbiegsam und erdig werden und das moralische Herz wie das andre kaum sechzig Schläge in der Minute tut und eh' der alte scheue Narr sich bei jeder Rührung ein Stück seines Wesens aufhebt, das er kalt und trocken erhält und das aufpassen soll, wie benetzte Himbeerblätter stets auf der rauhen Seite trocken bleiben – wie herrlich, sag' ich, tritt dagegen vor dieser Spionen-Periode ein Jüngling, zumal ein Albano, seine Bahn daher, wie frei, keck und froh! Und sucht gleich dreist den Freund wie den Feind und tritt dicht an ihn, um zu kämpfen entweder für ihn oder wider ihn! –

Damit entschuldige man Albanos feurigen Brief! Den andern Tag erhielt er von Roquairol diese Antwort:

»Ich bin wie du. Am Himmelfahrtsabende will ich dich suchen unter den Larven. *Karl.*«

Dem Grafen stieg die Röte der Kränkung über dieses gesuchte Verschieben der Bekanntschaft ins Gesicht; er wäre – fühlt' er – nach einem solchen Laute des Herzens, ohne ein totes Interim von fünf Tagen und ohne eine *Huldigungsredoute* im doppelten Sinne, sofort zum Freunde gegangen und seiner geworden. Jetzt aber schwor er, ihm nicht weiter entgegenzulaufen, sondern ihn nur zu erwarten. – Gleichwohl verflatterte bald das gerührte Zürnen, und er bewilligte dem ersten Blättchen des so lang gesuchten Lieblings immer schönere Milderungen: – Karl konnte ja z. B. in dieses huldigende Getöse nicht gern die heilige Zeit des ersten Erkennens mengen wollen – oder die erste selbst-mörderische Redoute machte ihm jede zur begeisternden Ära eines neuen zweiten Lebens – oder er wußte wohl gar um Albanos Geburtstag – oder endlich dieser glühende Mensch ging oder flog seinen eignen Pfad. – –

Indes machte dessen Blatt, daß sich der Graf sein eignes vorrückte als eine Sünde gegen seinen – Schoppe; er hielt das Sehnen in der Freundschaft nach der Freundschaft für Sünde; aber du irrest, schöne Seele! Die Freundschaft hat Stufen, die am Throne Gottes durch alle Geister hinaufsteigen bis zum unendlichen; nur die Liebe ist ersättlich und immer dieselbe und wie die Wahrheit ohne drei Vergleichungsgrade, und ein einziges Wesen füllet ihr Herz. Auch hatten sich Albano und Schoppe bei einer so gegenseitigen Seelenwanderung ihrer Ideen und einer so nahen Verwandtschaft ihres Trotzes und Adels weit lieber, als sie sich zeigten. – Denn da Schoppe überhaupt nichts zeigte, so konnte man ihn wieder nur mit dem Finger auf der Lippe, aber vielleicht desto stärker lieben. Albano war ein heißbrennender Hohlspiegel, der seinen Gegenstand nahe hat und ihn aufgerichtet hinter sich darstellt, Schoppe einer, der ihn ferne hat und ihn verkehrt in die Luft wirft.

Abends vor seinem Geburts- und dem Huldigungstage stand Albano einsam am Fenster und wog seine Vergangenheit – denn ein letzter Tag ist feierlicher als ein erster; am 31sten Dezember überrechn' ich 365 Tage und deren Fata, am 1sten Jenner denk' ich an nichts, weil ja die ganze Zukunft durchsichtig ist oder in fünf Minuten aus sein kann –; er maß, während über sein zu Ende gehendes zwanzigstes Jahr die Vesperglocke läutete und die Vesperhora in ihm anging, die *Apsidenlinie*[1] seines moralischen Wesens und sah an den aufgetürmten morgenden Tag hinauf, der vollhing entweder von Frühlingsregen oder von Hagelkörnern. Noch nie hatt' er so weich den Kreis geliebter Menschen überschauet oder durch die offnen Tore der Zukunft geblickt als dasmal.

Aber die schöne Stunde störte Malz, der mit der Nachricht hereinbrach, der hinkende Herr sei ins Wasser gesprungen. Aus dem Dachfenster sah man einen zurückkehrenden Dorf-Leichenzug um die Ufer-Stelle gehäuft, wo sich Schoppe hin eingestürzt. Mit fürchterlicher Wildheit – denn Zorn war in

1 So heißet die Linie, die man von der Sonnennähe zur Sonnenferne zieht.

Albano der Nachbar des Schreckens und Schmerzes – riß er den trägen Landphysikus zur Hülfe mit fort und sogar durch harte drohende Worte; denn Sphex wollte auf einen Wagen passen, auch mögliche Fälle von zu späten Rettungsanstalten auseinandersetzen und hatte überhaupt vielleicht die Hoffnung gern, den Bibliothekar auf den Anatomiertisch als Doktorschmaus der Wissenschaft aufzutragen.

Der Jüngling rannte mit ihm hinaus – durch Kornfelder – unter Tränen – unter Flüchen – mit geballter, mit ausgespreizter Faust, und immer mehr schwindelte sein Auge und brannte sein Herz, je näher sie dem dunkeln Zirkel zuliefen. Endlich konnten sie den Bibliothekar nicht nur sehen, sondern auch – hören; wohlbehalten drehte er ihnen den kraushaarigen Kopf aus dem Schilfrohre entgegen und hob zuweilen, weil er das Trauerkondukt haranguierte, feurig den behaarten Arm über die Wasserpflanzen.

Freilich wars so:

Sein Sorites war, solang' er lebte, dieser: »er sei keine Steiß-, sondern eine Gesichtsgeburt und trage mithin Kopf und Nase hoch und empor[1], weil er müsse – nun kenn' er keine echtere Freiheit als Gesundheit – jede Krankheit schließe die Seele krumm, und die Erde sei bloß darum ein allgemeines Stockhaus und eine la Salpetrière, weil sie ein Quetschhaus[2] sei – wer eine Austern-, Schnecken-, Vipern-Kur gebrauche, sei selber eine schleimige geschlängelte klebende Viper, Auster, Schnecke, und daher töteten die semperfreien Wilden die Siechlinge, und die kräftigen Sparter gaben keinem Patienten ein Amt, geschweige die Krone – besonders sei Stärke vonnöten, um in unsern niedrigen Zeiten qualifizierte Subjekte auszuprügeln, weil seines Wissens die Faust mit einigem Inhalte die beste Injurienklage und actio ex lege diffamari sei, die ein Bürger anstellen könne.« –

1 Ein mit dem Gesichte zuerst in die Welt tretendes Kind kann später den Kopf nicht vorwärts beugen. Hausmutter V. B.

2 So heißet das Invalidenhospital in Kopenhagen.

Darum badete er Sommer und Winter eiskalt, so wie er eben darum in allem enthaltsam blieb.

Nun war er bei dem häßlichen Wonnemonatswetter bloß in seinem grauen Husarenmantel – daheim sein Schlafrock – und mit niedergetretenen Schuhen ans Wasser gegangen; zu Hause hatt' er sich vorher ordentlich ausgezogen, um am Gestade sogleich fertig zu sein. Die Trauerkompagnie, die ihn mit seinem schnellen Schritte am Wasser gehen und endlich alles zurückwerfen und hineinspringen sah, mußte glauben, der Mensch wolle sich ertränken, und rannte vereinigt seinem Badeorte zu, um ihn nicht zu lassen. »Ersäuf' Er sich nicht!« schrie die Trauer-Negerei von weitem. Er ließ sie erst heran, um mit ihr näher aus der Sache zu reden: »Ich nehme noch Vernunft an, ob ich gleich schon im Wasser stehe; aber lasset euch auch bedeuten, lieben *Kerstene* insgemein, denn so hieß man zu Karls Zeiten die Christen! Ich bin ein armer Sakramenter und erinnere mich kaum, wovon ich bisher lebte, so blutwenig wars. Was ich in der Welt nur anfing, dabei war kein Segen, sondern Krebsgang hinten und vorn. Ich legte in Wien ein hübsches Magazin von Schnepfendreck an, aber ich setze nichts ab, aus Mangel an Schnepfen. – Ich griffs am andern Ende an und hausierte in Karlsbad für große Herren, die sonst auf jeden Bettel und Sessel ein Gemälde setzen, mit hübschen Kupferstichen für den Abtritt, damit sie da statt des bloßen gedruckten Papiers etwas Geschackvolles hätten zum Verbrauche; behielt aber die ganze Suite auf dem Halse, weil die Manier zu hart war und nicht idealisch genug. – In London macht' ich Reden voraus (denn ich bin ein Gelehrter) für Menschen, die gehangen werden und doch noch etwas sagen wollen; ich trug sie den reichsten Parlamentsrednern und selber Spitzbuben von Buchhändlern an, hätte aber die Reden beinah selber gebraucht. – Ich hätte mich gern vom Vomieren genährt[1], aber dazu gehört Fond. – Ich suchte einmal bei einem

1 In Darwins Zoonomie I. B. S. 529, wird einer angeführt, der vor Zuschauern es machte. In Paris tat ein andrer dasselbe durch Luft, die er in den Magen schluckte.

gräflichen Regimente als Notenpult unterzukommen, weils bei der Wachtparade dumm aussieht, daß jeder einen musikalischen Lappen auf der Schulter hängen hat, den der andre vom Blatte spielt; ich wollte für ein weniges alle Musikalien an mir tragen und mit den Noten vor ihnen stehen, aber der Premier-Leutnant (er sitzt zugleich in der Regierung und Kammer) glaubte, die Pfeifer würden lachen, wenn sie bliesen. So ging mirs von jeher, teuere Kerstene; aber trabt nicht auf meinem teuern Mantel herum! – Zum Unglück schritt ich gar in die Ehe mit einer mit eingeschmolzenen Siegeln[1] ausgestatteten Wienerin, namens Praenumerantia Elementaria Philanthropia[2] – ihr wisset nicht, was es zu deutsch heißt –, einem wahren Höllenbesen, der mich wie einen Parforcehirschen hier ins Schilfrohr hereingehetzt. Kerstene, ich blamiere mich im Wasser, wenn ich mit unserm Wehestande ganz herausgehe; kurz meine Philanthropia war vor der Ehe wie die Stacheln eines neugebornen Igels weich, aber in der Ehe, als das Laub herunter war, sah ich wie auf Bäumen im Winter ein Raben- und Teufels-Nest nach dem andern. Sie zog sich stets so lange an, bis sie sich wieder ausziehen mußte – wenn ein Fehler an mir oder den Kindern gehoben war, zankte sie noch ein wenig fort, wie man sich noch fort erbricht, wenn das emeticum und alles schon heraus ist – sie gönnte mir wenig, und hätt' ich ein Fontanell gehabt, sie hätte mir die frische Erbse vorgerückt, die ich jeden Tag hätte hineinlegen müssen – kurz wir wollten beide verschieden hinaus, der Rungnagel der Liebe war ausgezogen, und ich fuhr mit den Vorderrädern ins Wasser herein, und meine Praenumerantia hält mit den Hinterrädern zu Hause. – Seht, meine Weiber, darum tu' ich mir mein Leid an – der Atzmann[3] hätte mich ohne-

1 In Wien machte ein Institut aus altem Lack neuen und steuerte mit dem Ertrage Arme aus.

2 So geschmacklos wollte Basedow eine Tochter zum Andenken des auf Pränumeration erscheinenden Elementarwerks taufen lassen. S. Schlichtegrolls Nekrolog.

3 So heißet an einigen Orten die Schwindsucht.

hin bei der Kehle gegriffen –; spiegelt euch aber! Denn wenn ein Mann, der ein Gelehrter ist und darum, weil ihr von *Fichten* noch wisset, als angestellter Aufseher, Lehrherr und Mentor des Menschengeschlechts herumgeht, vor seiner Frau ins Wasser springt und seine Ephorie und Hofmeisterstelle fahren lässet: so könnt ihr schließen, wozu eure Männer, die sich mit mir gar nicht messen dürfen in der Gelehrsamkeit, kapabel sind, falls ihr solche Pränumerantien, Elementarien und Philanthropien seid, wie ihr leider das Ansehen habt. – – Aber« (beschloß er plötzlich, da er Albano und den Doktor sah) »schert euch fort, ich will ersaufen!« – –

»Ach lieber Schoppe!« sagte Albano – Schoppe errötete über die Lage – »Es will ein Hanswurst sein«, sagte das weichende Leichen-Kondukt – »Was ist denn das für eine Kinderei?« fragte Sphex, nachzürnend über Albanos vorige Heftigkeit und über den anatomischen Fehlschuß, und nahm sich Genugtuung durch die Erzählung von dessen Toben. Schoppe erkannte, wie herzlich ihn der edle Jüngling liebe, und er wollte nichts sagen, weil er sich schämte, aber er schwur sich, ihn nächstens (nach seinem auch im stummen Denken bizarren Ausdrucke) in seine Brusthöhle einzulassen und ihm darin ein ganzes wildes Herz voll Liebe hängend zu weisen.

49. ZYKEL

Der blaue Tag, wo eine Himmelfahrt, eine Huldigung und ein Geburtstag gefeiert wurde, stand schon über Pestitz nach abgelegter Morgenröte – zwei Pferde waren schon die Vorläufer von vieren, der niedrige Kutschbock vom höchsten – der Landadel ging schon unbequem-frisiert in die Wirtsstuben herab und kränkte sich über das gestohlne schönste Wetter zur Birkhahn-Falz, und der Stadtadel sprach noch ungepudert über den Tag, aber ohne wahren Ernst – der Hof-Mikrometer[1], der Hofmarschall, war von allen seinen Furiers umgeben – die Hof-Passageinstrumente[2], die Hofleute, hatten statt ihres halben Feiertages, wo sie nur nachmittags fronen, einen ganzen Werkeltag und standen schon am Waschtische – der Huldigungsprediger Schäpe glaubte fast alles von seiner Rede, weil er sie zu oft gelesen, und die Nähe der Publikation flößte ihm Rührung ein – kein Domino für den Abend war mehr zu haben, außer bei den Juden – – als ein Mann vor der Haustüre des Doktors abstieg, ders unter allen mit der Huldigung am redlichsten und wärmsten meinte, der Direktor Wehrfritz. Es war ein Sohn und ein Vater einander in den Armen, ein feuriger Jüngling und ein feuriger Mann. Albano schien ihm nicht mehr der alte zu sein, sondern noch – wärmer als sonst. Er brachte von »seinen Weibern«, wie er sie nannte, glückwünschende Briefe und Angebinde für den Geburtstag mit; er selber machte nicht viel aus dem Tage oder vergaß ihn, und Albano hatt' ihn nur nach dem Erwachen ein wenig gefeiert. Diese Feste gehören mehr weiblichen Wesen an, die gern mit Zeiten liebend und gebend tändeln.

Der Titularbibliothekar marschierte auf ein Dorf, namens Klosterdorf, hinaus, wo der Schulz mit seiner Familie nach einer alten Sitte den Fürsten mit der seinigen nachmachen und so als Kommissionär die Huldigung des benachbarten Umkreises eintreiben mußte; diese, sagte Schoppe, lass' er sich noch gefallen, aber die andre wirke zu fatal auf seine Eingeweide. Der vom heutigen Tage geblendete und mit einer Amtsrede vorn an die Ritterschaft postierte Direktor biß sich mit Schoppe herum: »Die Kammer und der Hof«, sagt' er, »sind freilich von jeher, wie sie sind; aber die Fürsten, lieber Herr, sind gut, sie werden selber ausgesogen, und dann scheinen sie auszusaugen.« – »Wie etwan«, versetzte Schoppe, »die

1 Ein Mikrometer besteht aus feinen, in das Sehrohr eingespannten Fäden, die zum Messen der kleinsten Entfernung dienen.

2 Das Passageinstrument oder Kulminatorium beobachtet es, wenn ein Stern den höchsten Stand in seinem Laufe hat.

Leichen-Vampyren nur Blut von sich geben, indes sie es zu nehmen scheinen; aber das bring' ich dadurch wieder ein, daß ich den Regenten außer den fremden Sünden auch fremde Verdienste, Siege und Opfer ganz beimesse; hier sind sie die Pelikane, die ein Blut für ihre Kinder vergießen, das wirklich ihr eignes zu sein scheint von weitem.« –

Alle gingen; Schoppe aufs Land; Wehrfritz in die Kirche mit der Prozession; Albano in eine Zuschauer-Loge am Huldigungssaale; denn er wollte auf keine Weise in die Schleppe des Fürsten eingestickt sein, nicht einmal als Besatz. Das Prunk-Getümmel rauschte bald in den Saal zurück. – Die Ritterschaft, die Geistlichkeit und die Städte bestiegen die Schwurbühne. – Im Schloßhofe stand ein Fuß auf dem andern, und eine Nadel konnte zwar zur Erde kommen, aber kein Mensch, um sie aufzuheben; jeder sah auf den Balkon herauf und fluchte früher, als er schwur. – Der Fürst blieb auch nicht weg – der Thron, dieser graduierte und paraphrasierte Fürstenstuhl, stand offen, und Fraischdörfer hatt' ihn mit schönen mythologischen und heraldischen Verkröpfungen und Außenwerken dekoriert. –

Dem Grafen gegenüber blühten die Hofdamen und darunter eine Rose und eine Lilie, Julienne und Liane. – – Wie man das Auge von der frostigen starren Wintergegend zum blauen wehenden Himmel aufhebt, der unsre Frühlingsabende ansah und worin die leichten Sommerwolken gingen und der Regenbogen stand: so blickte er über das glänzende Schneelicht des Hofes zur lieblichen Grazie des Lenzes hin, um welche Erinnerungen wie Blumen hingen, und die nun so fern stand, so abgetrennt, so eingekerkert in den schweren Putz des Hofes! Nur durch die nahe Freundin wurde sie leise mit der grellen Gegenwart verschmolzen und versöhnt. –

Nun fingen schöne Amtsreden an, die längste hielt der alte Minister, die kürzeste Wehrfritz; der Fürst ließ an seinem Dezember-Gesicht, ohne aufzutauen, die warmen Lobreden vorüberstreichen; eine fehlerhafte Gleichgültigkeit! Denn das

Lob vom Minister wie von andern Hof-Bedienten kann ihm noch bei der Nachwelt helfen, da nach Bako keines gültiger ist als das, so Bediente geben, weil sie ja den Herrn am besten kennen. –

Dann las der Obersekretär Heiderscheid Luigis Stammtafel ab und beleuchtete den hohlen Stammbaum samt seiner Baumtrocknis und dem letzten blaßgrünen Ästchen; – mit gesunknen Augen hörte Julienne dieses unter dem Vivat des Volkes an, und Albano, nie von *einem* Gedanken allein bezwungen, sah ihre Augen und konnte, so hart auch der Regent zuhörte, sich des Leichengemäldes nicht erwehren, wie einmal, d. h. sehr bald, dieser erloschne Mensch den Namen seines ganzen Stammes in die Gruft nachziehen werde; er sah das Wappen verkehrt einhauen und den Schild verkehrt aufhängen und hörte die Schaufeln, die den Helm zerstießen und dem Sarge nachwarfen. – – Düstre Idee! die weiche Schwester hätte gewiß geweint, wäre sie nur allein gewesen! –

Zuletzt kam die Reihe auch an die, an welche sie nie zuerst kommt, ob sie gleich die einzigen sind, die es mit solchen Zeremonien herzlich meinen; Heiderscheid trat auf den Balkon und ließ die wimmelnde laute Menge die Vorderfinger und den Daum ausstrecken und den Eid nachsagen. Diese immer bezauberte jauchzete Vivat – in den geblendeten Augen funkelte die Zuversicht einer bessern Regierung und die Liebe für einen Ungekannten. – Der Graf, den ohnehin eine Menge feurig, so wie Schoppen trübe machte, glühte begeistert von Bruderliebe und Tatendurst; er sah die Fürsten wie Allmächtige auf ihren Höhen walten und sah die blühenden Landschaften und die heitern Städte eines weise regierten Landes aufgedeckt – er stellte es sich vor, wie er, wär' er ein Fürst, mit dem schlagenden Funken aus der Zepterspitze in Millionen verknüpfter Herzen auf einmal belebend und erschütternd strahlen könnte, indes er jetzt so mühsam einige nächste entzünde – er sah seinen Thron als einen Berg in Morgenlicht, der schiffbare Ströme statt der Lava in die Länder herabgießet und die

Stürme bricht und um dessen Fuß Ernten und Feste rauschen – er dachte sichs, wie weit er von einer so hohen Stelle das Licht umherstreuen könnte, gleichsam ein Mond, der nicht die Sonne am Tage verbauet, sondern ihr fernes Licht aus seiner Höhe der Nacht zuwirft – und wie er die Freiheit, statt sie nur zu verteidigen, *erschaffen* und *erziehen* und ein Regent sein wollte, um Selbstregenten[1] zu bilden; »aber warum bin ich keiner?« sagt' er traurig.

Edler Jüngling! geben denn dir deine Rittergüter keine Untertanen? – Aber ebenso glaubt der kleinere Fürst, ein Herzogtum wollt' er ganz anders regieren, und der höhere glaubt es von einem Königreiche und der höchste von der Universalmonarchie.

Indes zogen sich den ganzen sonderbaren unruhigen Tag wilde Jünglings-Perspektiven vor ihm hin und her, und die alte Geisterstimme, der er heute entgegenging, wiederholte in ihm den dunkeln Zuruf: Nimm die Krone! – Wehrfritz kam abends mit rotem Gesichte vom feurigen Huldigungsmahle zurück, und Albano nahm von ihm einen bewegten Abschied, gleichsam von der Ebbe und Windstille des Lebens, von der kindlichen Jugend; denn heute tritt er tiefer in die Wellen desselben. Schoppe kam zurück und wollte ihn vor das Loch seines Guckkastens haben, worin er die Vikariats-Huldigung in Klosterdorf in komischen Bildern vorbeischob; aber diese stachen zu hart mit höhern ab und machten wenig Glück.

Nachts legte Albano seine schöne ernste Charaktermaske an, die eines Tempelherrn – zu einer komischen war seine Gestalt und fast seine Gesinnung zu groß –; die letztere wurde noch feierlicher durch dieses Totenkleid eines ganzen ermordeten Ritterordens. Nachdem er sich noch einmal die schauerlichen Gänge des Tartarus und die Begräbnisstätte des Fürstenherzens wegen des nächtlichen Verirrens beschreiben lassen: so ging er um 10 Uhr fort mit einer hochschlagenden

1 Autarchen; denn Monarchen oder Einherrscher sind von Selbstherrschern etymologisch verschieden.

Brust, welche die Nachtlarven der Phantasie und die Freundschaft und die Liebe und die ganze Zukunft vereinigt aufregten.

50. ZYKEL

Albano trat zum ersten Male in die verkehrte Marionettenwelt einer Redoute wie in ein tanzendes Totenreich. Die schwarzen Gestalten – die aufgeschlitzten Larven – die darhinter wie aus der Nacht blickenden fremden Augen, die wie an jenem zerstäubten Sultan im Sarge allein lebendig blieben – die Vermischung und Nachäffung aller Stände – das Fliehen und Ringrennen des klingenden Tanzes und seine eigne Einsiedelei unter der Larve, das versetzte ihn mit seiner shakespeareschen Stimmung in eine Zauber- und Geister-Insel voll Gaukeleien, Schattenbilder und Verwandlung. Ach das ist das Blutgerüste, dacht' er zuerst, wo der Bruder deiner Liane sein junges Leben wie ein Trauergewand zerriß; und er sah bange umher, als fürcht' er, Roquairol versuche wieder den Tod.

Unter den Masken fand er keine, worunter er ihn vermuten konnte; – diese geistlose Vetterschaft von stehenden Rollen, die Läufer, die Fleischer, die Mohren, die Altvordern etc., diese konnten keinen Geliebten Albanos verbergen. Einsam und umherblickend schritt er hinter den Reihen der Anglaise auf und ab; und mehr als zehn Augen, die gegenüber in der ringförmigen Finsternis der Spitzenmaske blitzten – denn die Weiber lieben aus Offenherzigkeit die Masken nicht, sondern zeigen sich gern –, folgten der kräftig und geschmeidig gebaueten Gestalt, die mit dem kühnen Helme und Federbusche, mit dem bekreuzten weißen Mantel und dem Panzerglanze auf der Brust einen Ritter aus der heroischen Zeit zu bringen schien.

Endlich ging eine verlarvte Dame, die zwischen unverlarvten plauderte, mit großen Schritten und Füßen auf ihn zu und faßte keck wie zum Tanze seine Hand. Er war äußerst verlegen über die Kühnheit der Aufforderung und über die Wahl der

Antwort; gerade die Tapferkeit ist gern mit Galanterie vermählt, wie die Damaszener Waffe außer der Härte noch einen ewigen parfümierten Geruch besitzt; – aber die Dame schrieb nur die Frage nach seinem Namen – v. C.? – in die Hand; und nach dem Ja sagte die reizende leise: »Kennen Sie mich nicht mehr? – den Exerzitienmeister von Falterle?« Albano bezeugte, ungeachtet seines Widerwillens gegen die Rolle, eine wahre Freude über den Fund eines Jugend-Genossen. Er fragte, welche Maske der Oberst Roquairol sei; Falterle versicherte, er sei noch nicht da.

Nun gingen – da die Läufer, die Fleischer, Falterle usw. nur die Schneeglöckchen dieses Redoutenfrühlings waren – schon bessere Blumen, Veilchen, Vergißmeinnicht und Primeln, auf oder herein. Für ein solches Vergißmeinnicht seh' ich einen hereinkommenden, hinten und vornen ausgewachsenen und wie ein Brennglas konvexen Kerl an, der bald das Hintergebäude öffnete und Konfekt aus dem Buckel ausschüttete, und dann das Vordergebäude und Bratwürste gebar. Hafenreffer aber schreibt, die Invention sei schon einmal auf einer Wiener Redoute gewesen. Dann kam eine Gesellschaft deutscher – Spielkarten, die sich selber mischten und ausspielten und stachen; ein schönes Sinnbild des Atheismus, das ihn ganz ohne das Ungereimte darstellt, womit man ihn so gern beschmitzte! – Herr von Augusti erschien auch, aber im einfachen Kleide und Domino; er wurde (dem Grafen unbegreiflich) sehr bald der Polarstern der Tänzer und der regierenden kartesianisch Wirbel der Tanzschule.

Mit welchem elenden schwarzen Kommiß- und Bettelbrote von Freude – dachte Albano, dem den ganzen Tag seine Träume, diese Tauben Jupiters, Götterbrot zutrugen – kommen diese Menschen aus! – Und wie kahl und fahl ist ihr Feuer, ihre Phantasie und Sprache (dacht' er dazu), ein wahres Leben unten in einer finstern Gletscherspalte! Denn er glaubte, jeder müsse so angespannt und glühend sprechen und fühlen wie er. –

Jetzt kam ein hinkender Mann mit einem großen Glaskasten auf dem Bauche; – freilich war der Bibliothekar leicht zu kennen; er hatte – entweder weil er zu spät nach einem Domino schickte oder keinen bezahlen wollte – vom Leichenmäntel-Verleiher etwas Schwarzes an und war von der Achsel bis auf das Schienbein mit greulichen Masken besetzt, die er mit vielen Fingerzeigen meistens den Leuten antrug, die hinter entgegengesetzten agierten, z. B. langnasigen kurznasige. Er wartete auf den Anfang einer Hopsanglaise, deren Noten gerade auf der Spielwalze seines Kastens standen; dann fing er auch an; er hatte darin eine treffliche, von Bestelmaier gehobelte Puppen-Redoute und ließ nun die kleinen Larven hopsen parallel mit den großen. Es war ihm um vergleichende Anatomie beider Maskeraden zu tun, und der Parallelismus war betrübt. Dabei hatt' ers noch mit Beiwerken aufgeputzt – kleine Stummen schwenkten im Kasten ihr Glöcklein – ein ziemlich erwachsenes Kind schüttelte die Wiege eines unbelebten Püppchens, womit das Närrchen noch spielte – ein Mechanikus arbeitete an seiner Sprachmaschine, durch welche er der Welt zeigen wollte, wie weit bloßer Mechanismus dem Leben der Puppen nachkommen könne – eine lebendige weiße Maus[1] sprang an einem Kettchen und hätte viele vom Klub umgeworfen, falls sie es zerrissen hätte – ein lebendiger eingesargter Star, eine wahre erste griechische Komödie und Lästerschule im kleinen, verübte an der Tanzgesellschaft den Zungentotschlag ganz frei und distinguierte nicht – eine Spiegelwand ahmte die lebendigen Szenen des Kastens täuschend nach, so daß jeder die Bilder für wahre Puppen nahm. – –

Auf Albano traf die Schneide dieses komisch-tragischen Dolches senkrecht genug, da ihm ohnehin das hüpfende Wachsfigurenkabinett der großen Redoute die Einsamkeit des Menschen zu verdoppeln und zwei Ichs durch vier Gesichter zu trennen schien; aber Schoppe ging weiter.

1 Spielet er damit auf die fürchterliche weiße Gestalt in meiner Vision von der Vernichtung an?

In seinem Glasschranke stand eine Pharaobank und daneben ein Männchen, das den verlarvten Bankier in schwarzes Papier ausschnitt, aber dem deutschen Herrn ähnlich; diese Schilderei trug er ins Spielzimmer, wo eine bankhaltende Maske – ganz gewiß Zefisio – ihn hören und sehen mußte. Der Bankier sah ihn einigemal fragend an. Dasselbe tat eine ganz schwarz gekleidete Maske mit einer sterbenden Larve, die das hippokratische Gesicht vorstellte[1]. Albano sah feurig nach ihr, weil ihm vorkam, es könne Roquairol sein, denn sie hatte dessen Wuchs und Fackelauge. Die bleiche Larve verlor viel und verdoppelte immer den Verlust; dabei trank sie aus einem Federkiele unmäßig Champagner-Wein. Der Lektor kam dazu; Schoppe spielte vor den zulaufenden Augen weiter; die bleiche Larve sah unverrückt und strenge den Grafen an. Schoppe nahm vor Bouverot seine eigne herab – aber eine Unterzieh-Maske saß darunter – er zog diese aus – eine Unterzieh-Maske der Unterzieh-Maske erschien – er triebs fort bis zur fünften Potenz – endlich fuhr sein eignes höckeriges Gesicht hervor, aber mit Goldschlägergold bronziert und sich gegen Bouverot fast fürchterlich-gleißend und lächelnd verziehend.

Die bleiche Larve selber schien zu stutzen und eilte mit weiten Schritten weg in den Tanzsaal; sie warf sich wild in den wildesten Tanz. Auch das bewährte Albanos Vermutung, so wie ihr großer trotzender Hut, der ihm eine Krone schien, weil er an dem männlichen Anzuge nichts höher schätzte als Pelz, Mantel und Hut. –

Immer mehrere Finger zogen die Lettern v. C. in seine Hand, und er nickte unbekümmert. Die Zeit umgab ihn mit vielfachen Dramas, und überall stand er zwischen Theater-Vorhängen. Als er mit dem unruhigen Kopfe und Herzen ins Bogenfenster trat, um zu sehen, ob er bald Mondschein für seinen Nachtgang habe: so sah er über den Markt einen schweren Leichenwagen zwischen Fackeln ziehen, der einen Ritter-

1 So heißet die Gestalt eines Sterbenden.

gutsbesitzer seiner Familiengruft zufuhr; und der ungestörte Nachtwächter rief dem schleichenden Toten den Anfang der Geister- und einer uns teuren Geburtsstunde nach. Mußte nicht sein getroffnes Herz es ihm sagen, wie der harte, feste, unauflösbare Tod mit seiner Gletscherluft so scharf durch die warmen Szenen des Lebens rückt und alles, worüber er wegweht, hinter sich starr lässet und schneeweiß? – Mußt' er nicht an die erkaltete junge Schwester denken, deren Stimme jetzt seiner im Tartarus wartete? – Und als Schoppe mit seiner Puppen-Travestierung zu ihm kam und er ihm die Gasse zeigte und dieser sagte: »Bon! der Freund Hein sitzt auf seinem Pürschwagen und guckt ruhig herauf, als wolle der Freund sagen: bon! tanzt nur zu, ich fahre retour und bring' euch auch an Ort und Stelle« – wie mußt' es ihm so enge werden unter dem schwülen Visier! – In dieser Sekunde kam die bleiche Larve mit andern ins Fenster – er öffnete das glühende Gesicht der Kühlung – ein schneller Weintrunk und noch mehr seine Phantasie zeigte ihm die Welt in brennenden Oberflächen – die Larve beschauete ihn nahe mit einer ungewissen dunkeln Augen-Glut, die er am Ende nicht länger vertrug, weil sie ebensogut vom Hasse als von der Liebe angezündet sein konnte, so wie Sonnenflecken bald Gruben, bald Gebürgen ähnlich schienen. –

Eilf Uhr war vorbei, er entwich plötzlich den heißen Blicken und dem kreischenden Gedränge und begab sich auf den Weg zum Herzen ohne Brust.

51. ZYKEL

Indes er am Tore auf seinen Degen wartete: lief eine Gruppe neuer Masken (meistens Repräsentanten der Leblosigkeit, z. B. ein Stiefel, ein Perückenstock u.s.w.) in die Stadt, und sie guckten verwundert den fremden weißen langen Ritter an. Er nahm den Degen mit, aber nicht den Bedienten. Übrigens ließ ihm sein Charakter bei aller Gefahr, worein der Besuch eines abgelegnen düstern Katakombenganges und das fremde Vorauswissen dieses Besuches ihn stürzen konnte, doch keine andre Wahl als die getroffne; nein, er hätte sich lieber morden lassen als vor seinem Vater geschämt.

Wie stieg dein Geist empor, gleich einem Blitze, der aufwärts gegen den Himmel hineinschlägt, als die große Nacht mit ihrem Heiligenscheine aus Sternen aufgerichtet vor dir war! – Unter dem Himmel gibt es keine Angst, nur unter der Erde! Breite Schatten legten sich ihm in den Weg nach Elysium, den am Sonntage Tautropfen und Schmetterlinge färbten. In der Ferne wuchsen feurige Zacken aus der Erde und gingen; es war der Leichenwagen mit den Fackeln in der tiefen Straße. Als er an den Scheideweg kam, der durch die Schloßruinen in den Tartarus führt: sah er sich nach dem Zauberhaine um, auf dessen gewundner Brücke ihm Leben und Freudenlieder begegnet waren; alles war stumm darin, und nur ein langer grauer Raubvogel (wahrscheinlich ein papierner Drache) drehte sich darüber hin und her.

Er kam durch das alte Schloß in einen abgesägten Baumgarten, gleichsam ein Baumkirchhof; dann in einen bleichen Wald voll abgeschälter Maienbäume, die alle mit verblühten Bändern und erblaßten Fahnen gegen das Elysium sahen; – ein verdorrter Lusthain so vieler Freudentage. Einige Windmühlen griffen mit langen Schattenarmen dazwischen, um immer zu fassen und zu schwinden.

Ungestüm lief Albano eine von Überhängen verfinsterte Treppe hinab und kam auf ein altes Schlachtfeld – eine dunkle Wüste mit einer schwarzen Mauer, nur von weißen Gipsköpfen durchbrochen, die in der Ecke standen, als wollten sie versinken oder auferstehen – ein Turm voll blinder Tore und blinder Fenster stand in der Mitte, und die einsame Uhr darin sprach mit sich selber und wollte mit der hin- und hergeführten eisernen Rute die immer wieder zusammenrinnende Welle der Zeit auseinanderteilen – sie schlug drei Viertel auf 12 Uhr, und tief im Walde murmelte der Widerhall wie im Schlafe und sagte noch einmal leise den entfliegenden Menschen die fliegende Zeit. Der Weg umlief im ewigen Kreise ohne Pforte die Gottesackermauer; Alban mußte, nach der Nachricht, eine Stelle an ihr suchen, wo es unter ihm brausete und schwankte.

Endlich trat er auf einen mit ihm sinkenden Stein, da fiel ein Ausschnitt der Mauer um, und ein verstrickter Wald aus Baumklumpen, deren Stämme sich in Buschwerk einwickelten, war vor jeden Strahl des Mondes gewälzt. Als er unter der Pforte sich umsah, hing über der schattigen Treppe ein bleicher Kopf gleich einer Büste des Mordfeldes und ging ohne Körper herab, und die verbluteten Toten schienen aufzuwachen und ihm nachzulaufen – der kalte Höllenstein des Schauders zog sein Herz zusammen; er stand; – der Leichenkopf schwebte unbeweglich über der letzten Staffel.

Auf einmal sog das Herz wieder warmes Blut, er wandte sich gegen den unförmlichen Wald mit gezogenem Degen, weil er sein Leben neben dem bewaffneten Tode vorbeitrug. Er folgte in der Finsternis der grünenden Türme dem Getöse des unterirdischen Flusses und dem Wiegen des Bodens. Zum Unglück sah er sich wieder um, und der Leichenkopf stand noch hinter ihm, aber hoch in den Lüften auf dem Rumpfe eines Riesen. – – Der höchste Schauer trieb ihn allzeit mit zugedrückten Augen auf ein Schreckbild los; er rief zweimal durch den hallenden Wald: »Wer ist da?« Aber als jetzt auf einmal ein zweiter Kopf neben dem ersten zu stehen schien; so klebte seine Hand an dem eiskalten Schlosse der Pforte der Totenwelt gefroren an, und er riß sie blutig ab. –

Er floh und stürzte durch immer dichtere Zweige endlich hinaus in einen freien Garten und in den Glanz des Mondes; – hier, ach hier als er den heiligen unsterblichen Himmel und die reichen Sterne im Norden wieder schimmern sah, die nie auf- und untergehen, den Pol-Stern und Friedrichs Ehre, die Bären und den Drachen und den Wagen und Kassiopeja, die ihn mild wie mit den hellen winkenden Augen ewiger Geister anblickten; da fragte der Geist sich selber: »Wer kann mich ergreifen, ich bin ein Geist unter Geistern«; und der Mut der Unsterblichkeit schlug wieder in der warmen Brust. – –

Aber welcher sonderbare Garten! Große und kleine blumenlose Beete voll Rosmarin, Raute und Taxus zerstückten ihn – ein Kreis von Trauerbirken umgab wie ein Leichengefolge gesenkt den stummen Platz – unter dem Garten murmelte der begrabne Bach – und in der Mitte stand ein weißer Altar, neben welchem ein Mensch lag.

Albano wurde gestärkt durch die gemeine Kleidung und durch den Handwerksbündel, worauf der Schläfer ausruhte; er trat ganz dicht an ihn und las die goldne Inschrift des Altars: »Nimm mein letztes Opfer, Allgütiger!« – Das Herz des Fürsten sollte hier zur Asche werden im Altare.

Ach nach diesen starren Szenen linderte es seine Seele bis zu Tränen, hier Menschenworte zu finden und einen Menschenschlaf und die Erinnerung an Gott; aber als er gerührt dem Schläfer zusah, sagte ihm plötzlich die Schwesterstimme, die er auf Isola bella gehört, leise ins Ohr: »Linda de Romeiro geb' ich dir.« – »Ach guter Gott!« rief er und fuhr herum – und nichts war um ihn – und er hielt sich an die Altarecke – »Linda de Romeiro geb' ich dir«, sagte es wieder – fürchterlich packte ihn der Gedanke, der schwebende Leichenkopf rede neben ihm – und er riß am festen Schläfer, der nicht erwachte – und riß und rief noch gewaltsamer, als die Stimme zum dritten Male sprach.

»Wie?« – (sagte der Schlaftrunkene) »Gleich! – Was will Er? – Sie?« und richtete sich unwillig und gähnend auf, aber er fiel bei dem Anblicke des nackten Degens wieder auf die Knie und sagte: »Barmherzigkeit! ich will ja alles hergeben!« –

»Zesara!« rief es im Walde, »Zesara, wo bist du?« und er hörte seine eigne Stimme; aber kühn rief er nun zurück: »Am Altare!« – Eine schwarze Gestalt drang heraus mit einer weißen Maske in der Hand und stockte im Mondlichte vor der bewaffneten; da erkannte endlich Albano den Bruder Lianens, nach dem er so lange gelechzet – er schleuderte den Degen zurück und lief ihm entgegen – Roquairol stand stumm, bleich und mit einer erhabnen Ruhe auf dem Gesichte vor ihm – Albano blieb nahe stehen und sagte gerührt: »Hast du mich gesucht, Karl?« – Roquairol nickte stumm und hatte Tränen in den Augen und öffnete die Arme. – Ach da konnte der selige Mensch mit allen Flammen und Tränen der Liebe an die langgeliebte Seele stürzen, und er sagte unaufhörlich: »Nun haben wir uns, nun haben wir uns!« Und immer heftiger umschlang er ihn wie den Pfeiler seiner Zukunft und strömte in Tränen hin, weil ja nun die verschlossene Liebe so langer Jahre und so viele zugedrückte Quellen des armen Herzens auf einmal fließen durften. – Roquairol drückte ihn nur zitternd an sich und leise mit *einem* Arme; und sagte, aber ohne Heftigkeit: »Ich bin ein Sterbender, und das ist mein Gesicht,« (indem er die gelbe Totenmaske emporhielt) »aber ich habe meinen Albano, und ich sterbe an ihm.«

Sie verstrickten sich wild – das Mark des Lebens, die Liebe, durchdrang sie schöpferisch – der Boden über dem rollenden Erdenflusse wankte heftiger – und der Sternenhimmel zog mit dem weißen Zauberrauche seiner zitternden Sterne um die magische Glut – –

Ach ihr Glücklichen! –

52. ZYKEL

Einige Menschen werden verbunden geboren, ihr erstes Finden ist nur ein zweites, und sie bringen sich dann als zu lange Getrennte nicht nur eine Zukunft zu, sondern auch eine Vergangenheit; – die letztere forderten einander die Glücklichen ungeduldig ab. Roquairol antwortete auf Albans Frage, wie er hieher komme, mit Feuer: »er sei ihm diesen ganzen Abend gefolgt – er habe ihn am Fenster unter dem Leichengepränge so peinlich-schmachtend angeschauet und beinahe umarmen müssen – er sei schon vorhin dicht an ihm gestanden und habe auf seine Frage: ›wer da?‹ sogleich die

Maske abgetan.« – – Jetzt griff wieder Albanos gefallner Arm straff durch das dünne Schattenspiel der Geisterfurcht, da er nun erfuhr, der zweiköpfige Riese sei bloß vom optisch-vergrößernden Wahne der Ferne einer so nahen Gestalt erwachsen, und der Leichenkopf habe auf der Treppe seinen Rumpf nur eingebüßt durch die finstern Überhänge und durch die schwarze Bekleidung; sogar die harte Geisterszene am Altare schien ihm jetzt bezwinglicher durch den reichen Gewinst der lebendigen Liebe.

Roquairol fragte ihn, welche Qual oder Freude ihn in der Mitternacht hierher auf einen *herrnhutischen* Gottesacker getrieben und wohin er den Menschen mit dem Degen abgeschickt. Albano wars unbekannt, daß hier Herrnhuter ruhen; und ebenso hatt' er den wahrscheinlich aus Furcht des Gebrauchs verübten Diebstahl des Degens nicht bemerkt. Er antwortete: »Meine tote Schwester wollte am Altare mit mir reden; und sie hat geredet«; aber er fürchtete sich, mehr davon zu sprechen. Da änderte sich plötzlich Roquairols Gesicht – er starrte ihn an und forderte Beteuerung und Erklärung – unter dieser schauete er in die Luft, als wollt' er aus ihr durch Blicke Gesichter ziehen, und sagte, indem er doch Albano ansah, eintönig: »Tote, Tote, rede wieder!« – Aber nur der Totenfluß redete unter ihnen fort und nichts weiter. Aber er warf sich vor dem Altare auf die Knie und sagte vermessen und doch mit bebenden Lippen: »Spring auf, Geisterpforte, und zeige deine durchsichtige Welt – ich fürcht' euch Durchsichtige nicht, ich werde einer von euch, wenn ihr erscheint, und gehe mit und erscheine auch.« – »O mein Guter, lasse nach«, bat Albano, nicht nur aus Gottesfurcht, auch aus Liebe; denn ein Zufall, ein vorüberschießender Nachtvogel konnte sie ja durch ein Entsetzen töten; – auch stand dieses Entsetzen nicht weit von ihnen; denn auf der erleuchteten Seite der Trauerbirken trat eine majestätische weiße alte Gestalt heraus. Aber da Roquairol, durch Wein und Phantasie wahnsinnig, die sterbende Larve in die Lüfte reichte und gegen das Grab des Herzens sagte: »Nimm dieses Gesicht, wenn du keines hast, alter Mann, und blicke mich an hinter ihr!« so riß ihn Albano auf – die weiße Gestalt trat mit gebücktem Kopfe und gefalteten Händen in die Zweige zurück – der runde Turm auf dem Schlachtfelde schlug die Stunde aus, und die träumende Gegend schlug sie murmelnd nach.

»Komm an mein warmes Herz, du heftige Seele – o daß ich dich gerade an meinem Geburtstage in meiner Geburtsstunde erhalten durfte!« – Dieser Laut schmolz auf einmal den immer wechselnden Menschen, und er hing sich mit nassen Freudenaugen an ihn und sagte: »– und bis in unsre Sterbestunden hinein! O sieh mich nicht an, du Unveränderlicher, weil ich so schwankend und gebrochen erscheine – in den Wogen des Lebens bricht sich und ringelt sich der Mensch, wie der Stab im Wasser flattert, aber das Ich steht doch fest wie der Stab. – Ich will dir folgen in andre Orte des Tartarus; aber erzähle auch die Geschichte.«

Diese Geschichte geben, hieß ein Allerheiligstes des Innern oder auch einen Sarg dem Tageslichte öffnen; aber glaubt ihr, daß Albano sich eine Minute bedachte? Oder ihr selber? – Wir sind alle bessere, offnere, wärmere Freunde, als wir wissen und zeigen; es begegne euch nur der rechte Geist, wie ihn die dürstende Liebe ewig fordert, rein, groß, hell und zart und warm, dann gebt ihr ihm alles und liebt ihn ohne Maß, weil er ohne Fehler ist. Albano fand in diesem Fremdlinge den ersten Menschen, der sein ganzes Herz mit gleichen Tönen erwiderte, das erste Auge, das seine schüchternen Gefühle nicht flohen, eine Seele, vor deren erster Träne aus seinem ganzen künftigen Leben Blumen auffuhren wie aus den trocknen Wüsten heißer Länder unter der Regenzeit; – daher gab die Liebe seinem starken Geiste nur die gleiche weite Bewegung eines Meeres, indes der obwohl ältere und länger gebildete Freund ein Strom mit Wasserfällen war.

Karl führte ihn in die sogenannte Katakombe, indes er der Geistergeschichte von Isola bella zuhörte, aber, von der vorigen erschöpft, mit fallender Furcht. Ein ödes verkohltes Tal voll offner verfallner Schachte sonnte sich grau im Mondscheine; aus dem Walde kroch unter ihren Füßen der Totenfluß hervor und sprang auf eine steinerne Treppe in die Katakomben hinein; beide folgten ihm auf einer darneben. Der Eingang trug als Stirnblatt ein altes Zifferblatt, wovon einmal der Donner gerade die Stunde *Eins* weggeschlagen: »Eins?« (sagte Alban) »Sonderbar! Gerade unsre künftige Stunde?«

Wie abenteuerlich zieht sich die Katakombe fort! Der lange Totenfluß murmelt verfinstert tief hinein und blitzt zuweilen unter dem silbernen Dampfe, den das Mondlicht durch die Schachtlöcher hereintreibt – feste Tiere, Pferde, Hunde, Vögel, stehen saufend am finstern Ufer, nämlich ihre ausgepolsterten Häute – schmale, von der Zeit geschleifte Leichensteine mit wenigen Namen und Gliedern sind das Pflaster – an einer hellern Nische lieset man, daß hier eine Nonne eingemauert gewesen – in einer andern steht das vererzte Skelett eines verschütteten Bergmanns mit vergoldeten Rippen und Schenkeln – an zerstreueten Orten waren schwarze Papierherzen arkebusierter Menschen und Blumensträuße armer Sünder gesammlet, die Rute, die einen Begnadigten durch Bestreifen getötet, eine gläserne Büste mit einem Phosphorpunkte im Wasser, Westerhemdchen und andre Kinder-Kleider und Spielwaren und ein Zwergskelett – – –

Als ihm Roquairols erklärende Worte, dessen Lebensweg immer in Grüfte hinab- und auf Gräber hinauflief, das Leben immer durchsichtiger und flitterhafter schlugen; so fuhr Zesara nach seiner Art auf einmal kopfschüttelnd, die Brust vorhebend, in den Sand einstampfend und fluchend (was er leicht im Erschrecken und in großer Rührung tat) mit den Worten auf: »Beim Teufel! – Du zerdrückst mir und dir die Brust. Es ist ja nicht so! Sind wir nicht beisammen? Hab' ich nicht deine warme lebendige Hand? Brennt in uns nicht das Feuer der Unsterblichkeit? Ausgebrannte Kohlen sind diese Gebeine und weiter nichts; und das himmlische Feuer, das sie zerlegte, hat wieder andres Brennholz ergriffen und lodert fort. – O,« (setzt' er wie getröstet dazu und trat in den Bach und blickte durch die Schacht-Öffnung zum reichen Monde empor, der vom Himmel herunterströmte, und seine großen Augen standen voll Glanz) »o, es ist ein Himmel und eine Unsterblichkeit – wir bleiben nicht in der dunkeln Höhle des Lebens – wir ziehen auch durch den Äther wie du, du glänzende Welt!«

»Ach, du Herrlicher!« (sagte Karl, dessen Seele aus Seelen bestand) »ich will dich nun auch zu einer frohern Stelle bringen.« – Sie waren kaum acht Schritte weg, als es sich hinter ihnen verdunkelte und ein oben hereingeworfener Degen aufrecht mit der Spitze in den Sand der Wellen fuhr. »O du höllischer Teufel droben!« rief der ergrimmte Roquairol; aber Alban wurde weich über die eiserne Jungfrau der Sterbensstunde, die so nahe an ihm die scharfen Arme zusammengeschlagen hatte. Sie faßten sich wärmer und gingen still und bange einem leisen Getöne und einem Grabhügel entgegen. Sie setzten sich auf ihn, gegenüber einem mit der quälenden Katakombe einen rechten Winkel bildenden Gang, den grünes Moos auslaubte und dessen Länge die zerbröckelten Funken von faulem Holze bezeichneten. Er verlor sich in eine offne Pforte und Aussicht ins – Elysium, von welchem nur die weißen Gipfel einiger Silberpappeln zu erkennen waren, und in der Ferne sah man das Frühlingsrot der Mitternacht am Himmel blühen, und zwei Sterne blitzten darüber. Doch wurde die Pforte vergittert und bewacht durch ein Skelett mit einer Äolsharfe in der Hand, das auf ihr die dünnen Molltöne zu greifen schien, mit denen jetzt der Zugwind in die Höhle floß.

»Erzähle hier« (sagte Karl an der schönen Stelle und neugieriger durch den Mörderwurf von Albans Degen) »das Heutige aus!« Albano berichtete ihm redlich das Wort der Schwesterstimme: »Linda de Romeiro geb' ich dir.« Er dachte im Geräusche seines Innern nicht an die Anekdote, daß ja Karl für eben diese als Knabe sterben wollen. »Die Romeiro?« (fuhr dieser auf) »Sei still! – O diese? – Spielender Scharfrichter, du Schicksal! Warum sie und heute? Ach Albano, für diese ging ich früh dem Tode entgegen,« (fuhr er weinend fort und sank ihm an die Brust) »und darauf ist mein Herz so schlecht geworden, weil ich sie verloren habe – Nimm sie nur hin, denn du bist ein reiner Geist – die herrliche Gestalt, die dir auf dem Meere erschien, so sieht sie aus, oder jetzt noch schöner. – – Ach Albano!« – Dieser edle Mensch erschrak über die Verwickelung und über das Schicksal und sagte: »Nein, nein, du lieber Karl, du denkst über alles ganz falsch.«

Plötzlich war es, als tönten alle Gestirne und ein melodisches Geisterchor dränge unsichtbar durch die Pforte herein; Albano war betroffen. »Nichts, laß es!« (sagte Karl) »Es ist das Skelett nicht; der *fromme Vater* geht im *Flötentale* und zieht jetzt seine Flöten, weil er betet – – Aber wie sagst du, ich dächte über alles falsch?« – – »Wie?« widerholte Albano und konnte im zauberischen Kreise dieser Nachklänge, die den Sonntagsmorgen allmächtig wiederbrachten, nicht denken und reden. Wehten denn nicht die Silberpappeln an den Sternen hin und her, und Rosenwolken lagerten sich um den Himmel, und das ganze Elysium zog offen vorüber mit den Lauten, die es durchschwebet, mit den Tränen, die es benetzet hatten, und mit den Träumen, die kein Herz vergisset, und mit der heiligen Gestalt, die ewig in seinem bleibt? – Die Hand ihres Bruders hielt er jetzt so fest; der Liebe und der Freundschaft, diesen zwei Brennpunkten in der Ellipse der Lebensbahn, war er so nahe; – ungestüm umfassete er den Bruder mit den Worten: »Bei Gott, sag' ich dir, die, so du genannt, geht mich nichts an – und sie wird es nie.«

»Aber, Albano, du kennst sie ja nicht?« sagte Karl, viel zu hart fortfragend; denn der edle Jüngling neben ihm war zu blöde und zu fest, dem Verwandten der Geliebten – einem Fremden viel leichter – das Heiligtum seiner Wünsche aufzuschließen. »O martere du mich nicht!« (antwortete er empfindlich; aber er setzte sanfter hinzu) »glaube mir doch das erstemal, mein guter Bruder!« – Karl gab ebenso selten nach wie er und sagte, obwohl den Fragton verschluckend und recht liebend, doch dieses: »Bei meiner Seligkeit, ich tu' es; und mit Freude – ein Herz muß herrlich-geliebt und göttlich-glücklich sein, das ein solches entbehren kann.« Ach weiß denn das Albano? – Nur schweigend lehnt' er sich mit der Feuerwange voll Rosen an Lianens Bruder, verschämt das Erforschen scheuend; bloß als die schwindenden Rufe des Flötentals sich wie Seufzer in seiner Brust versammelten und ihn zu oft erinnerten, wie der Sonntagsmorgen schloß, wie Liane wich und wie er ihr mit nassen dunkeln Blicken vom Altare nachsah: so brach sein Auge, obwohl nicht sein Herz, und er weinte heftig, aber schweigend an seinem ersten Freunde. –

Dann kehrten sie mit stummen Seelen nach Hause und schaueten sinnend den langen schwindenden Wegen der Zukunft nach; und als sie schieden, fühlten sie wohl, daß sie sich recht von Herzen liebten, nämlich recht schmerzlich. – –

Am Morgen darauf lag der fromme Vater an einer Erschütterung darnieder, die mehr selig als traurig war; denn er sagte, er habe in der Nacht seinen Freund, den verstorbenen Fürsten, weißgekleidet im Tartarus gehen sehen. –

ZWEITER BAND

ZEHNTE JOBELPERIODE

Roquairols advocatus diaboli – der Feiertag der Freundschaft

53. ZYKEL

Nicht nach den Kinderjahren, sondern nach der Jünglingszeit würden wir uns am sehnsüchtigsten umkehren, wenn wir aus dieser so unschuldig wie aus jenen herkämen. Sie ist unser Lebens-Festtag, wo alle Gassen voll Klang und Putz sind und um alle Häuser goldne Tapeten hängen, und wo Dasein, Kunst und Tugend uns noch als sanfte *Göttinnen* mit Liebkosungen locken, die uns im Alter als strenge *Götter* mit Geboten rufen! – Und in dieser Zeit wohnt die Freundschaft noch im heiter offnen griechischen Tempel, nicht wie später in einer engen gotischen Kapelle.

Herrlich und reich schimmerte jetzt um Albano das Leben, mit Inseln und Schiffen bedeckt; er hatte die ganze Brust voll Freundschaft und Jugend und durfte die drängende Kraft der Liebe, die auf Isola bella an einer Statue, am Vater, zurückprallte, nun ungebändigt und fröhlich auf einen Menschen stürmen lassen, der ihm völlig so erschien, wie ihn der Jünglingstraum entwirft. Er konnte keinen Tag von Karl lassen – er deckte ihm seine Seele auf und sein ganzes Leben (nur Lianens Name stieg tiefer in sein Herz zurück) – alle Vorbilder der Freundschaft unter den alten wollt' er nachbilden und erneuern und alles tun und leiden für seinen Geliebten – sein Dasein war jetzt ein Doppelchor, er trank jedes Glück mit zwei Herzen, sein Leben schloß ein doppelter Himmel in lauter Äther ein.

Als er am andern Tage die befreundete feste Gestalt antraf, die ihm aus dem nächtlichen Spektakelstück der Geisterwelt übrig geblieben war, wie ein blasser Mond aus den weggelöschten Sternen der Nacht; und als er sie so kahlköpfig und bleich fand – wie die feurige Ätnas-Rauchsäule am Tage grau aufsteigt –: so sah er gleichsam den vorigen Selbstmörder vor sich stehen; freier, aber desto wärmer reicht' er dem einsamen Wesen, das nach dem Sprunge über das Leben nur noch auf seinem Grabe wie auf einem fernen Eiland wohnte, die Hand hinüber. Andere ziehen sie eben darum weg; der gestörte Selbstmörder, der das schöne feste Leben durchrissen, kehrt aus seiner Todesstunde als ein fremder unheimlicher Geist zurück, dem wir nicht mehr trauen können, weil er in seiner Ungebundenheit jede Minute das wegwerfende Spiel mit der Menschengestalt wieder treiben kann.

Daher sah Albano im chaotischen Leben des Hauptmanns nur die Unordnung eines Wesens, das einpackt und auszieht. Als er das erstemal in dessen Sommerstube trat, so hatt' er freilich darin eine Bedienten-, eine theatralische Anziehstube und ein Offizierszelt auf einmal vor sich. Auf der Tafel lagen verworrene Völkerschaften von Büchern, wie auf einem Schlachtfeld, und auf Schillers Tragödien das hippokratische Gesicht von der Redoute, und auf dem Hofkalender eine Pistole – das Bücherbrett bewohnte die Degenkuppel neben ihrer Seifenkugel aus Kreide, ein Schokoladequerl, ein leerer Leuchter, eine Pomadebüchse, Fidibus, das nasse Handtuch und die eingetrocknete Mundtasse – das Glashaus der ausgelaufenen Standuhr und der Wasch- und der Schreibtisch standen offen, auf welchem letztern ich mit Erstaunen umsonst nach Unterlage und Streusand suche – der Pudermantel lehnte sich in der Ottomane zurück, und ein langes Halstuch ritt auf dem Ofenschirm, und das Hirschgeweihe an der Wand hatte zwei Federhüte aufs rechte und linke Ohr geschoben – Briefe und Visitenkarten waren wie Schmetterlinge an die Fenstervorhänge gespießet. Ich wäre nicht fähig, darin ein Billet zu schreiben, geschweige einen Zykel.

Gibt es aber nicht ein sonnenhelles freiflatterndes Alter, wo man alles gerne sieht, was reisefertige Unruhe, Abbrechen der Zelte und Nomadenfreiheit verkündigt, und wo man mit Dank in einem Reisewagen haushielte und darin schriebe und schliefe? Und hält man nicht in diesen Jahren gerade eine solche Studentenstube für geistiges Studentengut des Genies und jedes Chaos für ein infusorisches voll Leben? Man gönne meinem Helden diese irrende Zeit; es hielt ihn doch etwas Edles in seiner Natur zurück, aus einem Lobredner ein Nachahmer zu werden.

Wie nach einem weggeschmolznen Nachwinter auf einmal die grüne Erdendecke in Blumen und Blüten hoch aufflattert, so fuhr in der warmen Luft der Freundschaft und Phantasie auf einmal Albanos Wesen üppig blühend und grünend aus. Karl hatte und kannte alle Zustände des Herzens, er erschuf sie spielend in sich und andern, er war ein zweites Sanenland, das alle Klimate von Frankreich bis Nova Sembla beherbergt, und worin eben darum jeder seines findet; er war für andere alles, wiewohl für sich nichts. Er konnte sich in jeden Charakter werfen, wiewohl ihm eben darum zuweilen einkam, bloß den bequemsten durchzusetzen. Die Gurt-, Brust-, Schwanz- und Sattelriemen des höfischen, kleinstädtischen und bürgerlichen Lebens hatte sein Buzephalus längst abgesprengt; und wenn sich der Graf jeden Tag über den Sprach-Laufzaum des Lektors ärgerte, der alles richtig sagte, Kanaster statt Knaster, Juften statt Juchten, funfzig statt fufzig, und barbieren (welches R ich selber für eine dumme Härte halte): so war Roquairol ein Freidenker bis zum renommistischen Freiredner und sprach nach seinem eignen Ausdruck, der zugleich das Beispiel war, »von der Leber und vom Maule weg«. Dem Grafen klebte zu seinem Verdruß eine gewisse epische, von Büchern anerzogene Sprach-Würde an. Sie überdachten und verwünschten oft miteinander das erbärmliche Glatzen-Leben, das man hätte, wenn man, wie der Lektor, als ein wohlgewachsener Staatsbürger von Extraktion dahinlebte, Konduite und seinen saubern Anzug hätte und hübsche, nicht unebene Kenntnisse von mehreren Fächern und zur Erholung seinen Tischwein und Geschmack an trefflichen Maler- und andern Meistern, und wenn man zu höhern Posten avancierte, bloß um von da aus zu noch höhern aufzusteigen, und man so nach allem diesen sich frisiert und gewaschen in den Sarg streckte, damit doch die gigantische Körperwelt ihren Pestitzer auch der erhabenen Geisterwelt einhändige. – – Nein, sagte Albano, lieber wirf eine schwarze Bergkette von Schmerzen ins platte Leben, damit nur eine Aussicht dasteht und etwas Großes. –

Aber Roquairol war nicht der, der er ihm schien; – die Freundschaft hat ihre Täuschungen wie die Liebe – und oft wenn er diesen liebestrunknen hochherzigen Jüngling mit keuschen Mädchenwangen und stolzer Männerstirn, der ein solches Vertrauen auf seine wankende Seele setzte, und dessen Herz so weit offen stand, und an dessen Phantasie sogar er die Heiligkeit beneidete, lang anblickte: so rührte ihn die Täuschung des Edeln bis zum Schmerz, und sein Herz drängte sich vor und wollte ihm mit Tränen sagen: Albano, ich bin deiner nicht wert. Aber dann verlier' ich ihn, setzt' er allemal hinzu; denn er scheuete die moralische Orthodoxie und die Entschiedenheit eines Mannes, der nicht wie ein Mädchen spielend zu erzürnen und wieder zu gewinnen war.

Und doch kam der wichtige Tag für beide, wo ers tat. Wie hätt' er je *der* Phantasie widerstanden, da er nur *durch* Phantasie widerstand! – Ich tu' ihm halb unrecht; höret den bessern Engel, der seinen Mund aufschloß.

Roquairol ist ein Kind und Opfer des Jahrhunderts. Wie die vornehmen Jünglinge unserer Zeit so früh und so reich mit den Rosen der Freude überlaubt werden, daß sie wie die Gewürz-Insulaner den Geruch verlieren und nun die Rosen zum Sybariten-Polster unterbetten, Rosensirup trinken und in Rosenöl sich baden, bis ihnen davon nichts zum Reiz mehr dasteht als die Dornen; so werden die meisten – und oft dieselben – von ihren philanthropischen Lehrern anfangs mit den *Früchten* der Erkenntnis vollgefüttert, daß sie bald nur die honigdicken Extrakte begehren, dann den Apfel-Wein und Birnmost davon, bis sie sich endlich mit den gebrannten Wassern daraus zersetzen. Haben sie noch dazu wie Roquairol eine

Phantasie, die ihr Leben zu einem Naphthaboden macht, aus welchem jeder Fußtritt Feuer zieht: so wird die Flamme, worein die Wissenschaften geworfen werden, und die Verzehrung noch größer. Für diese Abgebrannten des Lebens gibt es dann keine neue Freude und keine neue Wahrheit mehr, und sie haben keine alte ganz und frisch; eine vertrocknete Zukunft voll Hochmut, Lebensekel, Unglauben und Widerspruch liegt um sie her. Nur noch der Flügel der Phantasie zuckt an ihrer Leiche.

Armer Karl! – Du tatest noch mehr! Nicht bloß die Wahrheiten, auch die Empfindungen antizipierte er. Alle herrliche Zustände der Menschheit, alle Bewegungen, in welche die Liebe und die Freundschaft und die Natur das Herz erheben, alle diese durchging er früher in Gedichten als im Leben, früher als Schauspieler und Theaterdichter denn als Mensch, früher in der Sonnenseite der Phantasie als in der Wetterseite der Wirklichkeit; daher als sie endlich lebendig in seiner Brust erschienen, konnt' er besonnen sie ergreifen, regieren, ertöten und gut ausstopfen für die Eisgrube der künftigen Erinnerung. Die unglückliche Liebe für Linda de Romeiro, die ihn später vielleicht gestählet hätte, öffnete so früh alle Adern seines Herzens und badete es warm im eignen Blute; er stürzte sich in gute und böse Zerstreuungen und Liebeshändel und stellte hinterher alles auf dem Papier und Theater wieder dar, was er bereuete oder segnete; und jede Darstellung höhlte ihn tiefer aus, wie der Sonne von ausgeworfenen Welten die Gruben blieben. Sein Herz konnte die heiligen Empfindungen nicht lassen, aber sie waren eine neue Schwelgerei, höchstens ein Stärkungsmittel (ein tonicum); und gerade von ihrer Höhe lief der Weg zu den Sümpfen der unheiligsten abschüssiger. Wie im dramatischen Dichter engelreine und schmutzige Zustände nebeneinander stehen und folgen, so in seinem Leben; er fütterte wie in Surinam die Schweine mit Ananas; gleich den ältern Giganten hatt' er hebende Flügel und kriechende Schlangenfüße.

Unglücklich ist die weibliche Seele, die sich in ein so großes, mitten im Himmel aufgespanntes Gewebe verfliegt; und glücklich ist sie, wenn sie sich unvergiftet durchreißet und bloß die Bienenflügel beschmutzt. Aber diese allmächtige Phantasie, diese strömende Liebe, diese Weichheit und Stärke, diese erobernde Besonnenheit wird jede weibliche Psyche mit Gespinsten überziehen, sobald sie nicht die ersten Fäden wegschlägt. – Könnt' ich euch warnen, arme Mädchen, vor solchen Kunturs, die mit euch in ihren Krallen auffliegen! Der Himmel unserer Tage hängt voll dieser Adler. Sie lieben euch nicht, aber sie glauben es; weil sie wie die Seligen in Muhammeds Paradies statt der verlornen Liebes-Arme nur Fittiche der Phantasie haben. Sie sind gleich großen Strömen nur am Ufer warm und in der Mitte kalt.

Bald Schwärmer, bald Libertin in der Liebe, durchlief er den Wechsel zwischen Äther und Schlamm immer schneller, bis er beide vermischte. Seine Blüten stiegen am lackierten Blumenstabe des Ideals hinauf, der aber farbenlos am Boden verfaulte. Erschreckt, aber glaubt es: er stürzte sich zuweilen absichtlich in die Sünde und Marter hinab, um sich drunten durch die Wunden der Reue und Demut den Schwur der Rückkehr tiefer einzuschneiden; wie etwan die Ärzte (Darwin und Sydenham) behaupten, daß *stärkende* Mittel (China, Stahl, Opium) kräftiger wirken, wenn vorher *schwächende* (Aderlaß, Brechmittel etc.) verschrieben worden.

Äußere Verhältnisse hätten ihm vielleicht etwas helfen können, und das Gelübde der Armut hätt' ihm die beiden andern erleichtert; hätte man ihn als Neger verkauft, sein Geist wäre ein freier Weißer und ein Arbeitshaus ihm ein Purgatorium geworden. Daher gaben die ersten Christen den Besessenen immer Geschäfte, z. B. Kirchenausfegen[1] u.s.w. Aber das müßige Offiziersleben arbeitete ihn bloß noch eitler und kecker aus.

So stand es in seiner Brust, als er an Albanos seine kam –

1 Simons christl. Altertümer, von Mursinna etc. p. 143.

Liebe schwelgerisch aufjagend, aber bloß um mit ihr zu spielen – mit einem unwahren Herzen, dessen Gefühl mehr lyrisches Gedicht als wahres dichtes Wesen ist – unfähig, wahr, ja kaum falsch zu sein, weil jede Wahrheit zur poetischen Darstellung artete und diese wieder zu jener – leichter vermögend, auf der Bühne und auf dem tragischen Schreibpult die wahre Sprache der Empfindung zu treffen als im Leben, wie Boileau nur Tänzer nachmachen konnte, aber keinen Tanz – gleichgültig, verschmähend und keck gegen das ausgeschöpfte stofflose Leben, worin alles Feste und Unentbehrliche, Herzen und Freuden und Wahrheiten, zerschmolzen herumschwammen – mit ruchloser Kraft vermögend, alles zu wagen und zu opfern, was ein Mensch achtet, weil er nichts achtete, und immer nach seinem eisernen Schutzheiligen umblickend nach dem Tode – an seinen Entschlüssen verzagend und sogar in seinen Irrtümern schwankend – aber doch nur des *Stimmhammers*, und nicht der *Stimmgabel* der feinsten Moralität beraubt und mitten im Brausen der Leidenschaft stehend im hellen Lichte der Besonnenheit, wie der Wasserscheue seinen Wahnsinn kennt und davor warnt. – –

Nur *ein* guter Engel war nicht mit den andern entflohen, die Freundschaft. Zur Liebe konnte sich sein so oft aufgeblähtes und zusammengefallenes Herz schwer aufheben; aber die Freundschaft hatt' er noch nicht verschwendet. Seine Schwester hatt' er bisher befreundet geliebt, so brüderlich, so umgehemmt, so wachsend! Und jetzt tritt ihm Albano glänzendgewaffnet entgegen! –

Anfangs spielt' er auch mit ihm lügend wie mit sich, in der Redoute und im Tartarus. Er merkte bald, daß ihn der ländliche Jüngling vor eignen Strahlen falsch und geblendet sehe; aber er wollte lieber den Irrtum wahrmachen als benehmen. Die Menschen – und er – gleichen der Quelle der Sonne neben dem Tempel des Jupiter Ammon, die am Morgen nur kalt war, mittags lau, abends warm, mitternachts heiß; von den Tageszeiten hing er nun so sehr ab – wie der rüstige gesunde Albano so wenig, der sich daher vorstellte, ein großer Mann sei den ganzen Tag vom Aufstehen bis zum Niederlegen groß, wie die Heraldiker dem Adler immer die Schwingen ausspreizen –, daß er selten am Morgen und meistens abends zu Albano ging, wenn die ganze Girandole seiner Kräfte und Gefühle brannte in dem Weingeist, den er vorher aus Flaschen zugegossen. – –

Aber kennt ihr die Arzenei des Beispiels, die Heilkraft der Bewunderung und der seelenstärkenden Achtung? »Es ist schändlich von mir;« (sagte Roquairol) »ist er nicht so gläubig und offen und bieder? – Nein, die ganze Welt will ich belügen, nur seine Seele nicht! –« Solche Naturen wollen die Verheerung der Menschheit durch Treue gegen *einen* vergüten. Die Menschheit ist ein Sternbild, in welchem *ein* Stern oft die Hälfte des Bildes malet.

Von dieser Stunde an stand sein Entschluß der herzlichsten Beichte und Buße fest; und Alban, vor welchem das Leben noch nicht in einen Brei der Verwesung zerlief, sondern sich fest und scharf und organisch zergliederte und der nicht wie Karl klagte, daß ihn nichts recht erpacke und alles nur luftig umspüle, dieser sollte dessen kranken Wünschen Jugend wiederbringen, und mit dem unwandelbaren Sinn des reinen Jünglings und mit der Gefahr der Freundschaft wollte Roquairol sich zwingen, diesem das Wort der fruchttragenden Bereuung zu halten, das er sich selber zu oft gebrochen.

Lasset uns ihm folgen in den Tag, wo er alles sagt.

54. ZYKEL

Einst kam Albano schon vormittags zum Hauptmann, wo dieser sonst nach seiner Sprache noch »ein von gestern herabgebranntes Lichtstümpfchen auf Stacheln« war; aber heute stand er brausend-arbeitend wechselnd am Pianoforte und am Schreibpult und war wie ein verdorrtes Infusionstierchen schon so früh der Rege und Alte, weil Wein genug aufgegossen war, nämlich viel. Voll Entzückung lief er dem willkommnen Freunde zu. Albano bracht' ihm von Falterle die kindlichen Blätter der Liebe (– denn der Exerzitienmeister hatte nicht den Mut gehabt, sie ins Feuer zu werfen), die er aus Blumenbühl an das unbekannte Herz geschrieben. Karl wäre darüber bis zu Tränen gerührt geworden, wär' ers – nicht schon vor der Ankunft gewesen. Der Graf mußte dableiben – den ganzen Tag – und alles versäumen – es war sein erster unordentlicher Tag – komisch wars, wie sich der sonst so unbändige, aber einer langen Gewohnheit täglicher Anstrengungen dienstbare Jüngling gegen die kurze Meerstille, worin er keine Schiffe trieb, wie gegen eine Sünde sträubte.

Indessen wars himmlisch; der tiefliegende Kindertag, der ihn sonst beflügelte, wenn das Haus voll Gäste war und er – wo er nur wollte, kam wieder herauf; die Gespräche spielten und beschenkten mit allem, was uns hebt und bereichert; alle Kräfte waren ohne Ketten und im trunknen Tanz. Genialische Menschen haben so viele Festtage als andere Werkeltage, und daher ertragen jene so schwer einen Trivial- und Schlendrians-Schalttag – und vollends an solchen Jünglingstagen! – Wenn ihm Karl tragische Gewitterwolken aus Shakespeare, Goethe, Klinger, Schiller vorführte und sich das Leben kolossalisch im dichterischen Vergrößerungsspiegel beschauete: so standen alle schlafenden Riesen seines Innern auf, sein Vater kam und seine Zukunft, selber sein Freund stand neu wie aus jener glänzenden phantastischen Kinderzeit herausgehoben da, wo er sich ihn in diesen Rollen vorgeträumt, und in den innern Heldenzug wurde sogar die Wolke, die durch den Himmel schwamm, und die über den Markt wegmarschierende Wach-Truppe eingeschichtet. Zu groß erschien ihm der Freund, weil er wie alle Jünglinge noch von Schauspielern und Dichtern glaubte, daß sie wie die Bergleute immer die Metalle in den Leib bekommen, in denen sie arbeiten. Wie oft sagten beide in der Jünglings-Metapher: »Das Leben ist ein Traum« und wurden bloß froher und wacher dadurch! Der Greis sagt es anders. Und die schwarze Todespforte, an welche Karl so gern hinführte, wurde vor dem Jünglingsauge eine Glastür, hinter welcher das helle goldne Zeitalter des verspäteten Herzens in unermeßlichen Auen lag.

Mädchen, bekenn' ich, – da ihre Gespräche zerstückter, faktischer und weniger berauschend sind – erstehen statt eines solchen Eden-Parks einen hübschen holländischen Garten, gut zugeschnitten von Krebs- und Damesscheren und (nachmit-)täglich dargereicht von der schwarzen Stunde, die ihnen auf dem Kaffee- oder Teebrette das schmale schwarze Brett einiger übeln Nachreden, ein paar neue dasitzende Shawls, einen wohlgewachsenen Menschen, der mit einem Testamente oder Trauschein vorbeigeht, und letztlich die Hoffnung des häuslichen Referats serviert. – Kommt zu den Jünglingen zurück!

Gegen Abend bekam der Hauptmann ein rotes Billet. »Es ist ganz gut!« sagt' er zur Überbringerin und nickte. »Wird nichts daraus, Madame!« (sagt' er, sich gegen Albano kehrend) – »Bruder, wahre dich nur gegen Eheweiber! Schnappe einmal zum Spaße nach einem roten Schminkläppchen von ihnen: flugs schieben sie dir die Angelhaken in die Rückenhaut[1]. Der Haken sieben sind in meiner allein, wie du sie da siehst, seßhaft. Das unschuldige Kind Albano! Es nahm es für etwas moralisch-Großes, die Freundschaft von sieben Eheweibern auf einmal zu behaupten, und wäre froh in Karls Fall gewesen; er konnte das Schlimme nicht finden, daß die Freundinnen, wie die Römer, der Viktoria (nämlich uns) gern die Flügel abschneiden, damit die Gottheit nicht weiterfliege. –

An einem schönen Tag ist nichts so schön als sein Sonnenuntergang; der Graf schlug vor, ins Abendrot hinauszureiten und auf der Höhe nach der Sonne zu schauen. Sie trabten durch die Straßen; Karl zog bald vor einer schönen Nase, bald vor einem großen Augenpaar, bald vor durchsichtigen Stirnlocken den großen schiefsitzenden Hut ab. Sie flogen in die Lindenallee, die sich mit einer bunten Lambris von Spazier-sitzerinnen festlich putzte. Ein großes, feurig durchblickendes Weib

1 Anspielung auf die Art, Frösche mit einem Stückchen roten Tuch zu angeln.

schritt im roten Shawl und gelben Kleide durch das weibliche Blumenbeet, hoch wie die Blumengöttin; es war die Konzipientin des roten Blattes; sie war aber aufmerksamer auf den schönen Grafen als auf ihren Freund. An allen Wänden und Bäumen blühte das Rosenspalier des Abendrots. Sie brauseten die weiße Straße nach Blumenbühl hinauf – an beiden Seiten schlug das goldgrüne Meer des Frühlings die lebendigen Wellen – eine geflügelte Welt ruderte darin, und die Vögel tauchten sich tief in die Blumen unter – hinter den Freunden brannte die Sonne, und vor ihnen lag die Blumenbühler Höhe ganz rosenrot. Oben wandten sie die Pferde gegen die Sonne, die hinter den Kuppeln und Rauchsäulen der stolz-brennenden Stadt in fernen hellen Gärten ruhte. Nahegerückt lag die erleuchtete Erde um sie her, und Albano konnte die weißen Statuen auf Lianens Dach lebendig unter dem blühenden Gewölk erröten sehen. Er drängte sein Pferd an das fremde, um die Hand auf Karls Achsel zu drücken; und so sahen sie schweigend zu, wie die liebevolle Sonne die goldne Wolkenkrone ablegte und mit dem flatternden Laubgewinde um die heiße Stirn ins Meer hinunterzog. Und als es dämmerte auf der Erde und glühte am Himmel und Albano sich hinüberneigte und seinen Freund ans brennende Herz herüberzog: so stieg das Abendgeläute in Blumenbühl herauf – »Und dort drunten«, sagte Karl mit sanfter Stimme und kehrte sich hin, »liegt dein friedlich Blumenbühl wie ein stiller Kirchhof deiner Kindertage. – Wie sind die Kinder glücklich, Albano, ach, wie sind die Kinder glücklich!« – »Sind wirs nicht?« (antwortete er mit freudigen Tränen) »Karl, wie oft stand ich auf den Höhen an Abenden wie dieser und streckte inbrünstig meine kindischen Hände aus nach dir und nach der Welt. – Nun hab' ichs ja alles. Wahrlich du hast nicht recht.« – Aber er, am brausenden Ohrenklingen vergangner weiter Zeiten krank, blieb taub gegen das Wort und sagte: »Nur die Wiegenlieder, nur die zurücktönenden Wiegenlieder schläfern die Seele ein, wenn sie heiß geweinet hat.«

Stiller und langsamer ritten sie zurück. Albano trug eine neue Welt der Liebe und der Wonne in der Brust; und der Jüngling – noch nicht ein Schuldner der Vergangenheit, sondern ein Gast der Gegenwart – sank, vom langen Jubel des Tags süß abgespannt, in helldunkle Träume unter, gleichsam ein hoher Raubvogel, still auf entzückt-offnen Schwingen hängend.

»Wir wollen die ganze Nacht bei Ratto bleiben«, sagte Karl in der Stadt.

55. ZYKEL

Sie stiegen in Rattos italienischen Keller hinunter. Das Haus kam anfangs nach dem Anblicke der weiten Natur dem Grafen wie ein Felsenstück darübergewälzt vor – wiewohl ja jedes Stockwerk unter architektonischen Lasten liegt –; aber das schwere Gefühl des unterirdischen Zwingers vergaß sich bald, und sonderbar klang in die welsche Grube das hohe Rasseln der Wagen herein. Der Hauptmann bestellte einen Punch royal – – Wenn er so fortfährt in seiner guten Feuerordnung und immer ein volles Gefäß im Hause hat als Löschanstalt und die Schlangenspritzen probiert: so kann mein Buch nie der Vorwurf treffen, daß man darin wie im Grandison zuviel Tee konsumiere; eher zuviel starkes Getränk geht auf.

Schoppe saß im welschen Souterrain. Er liebte den Hauptmann nicht, weil sein unversöhnliches Auge an ihm zwei ihm herzlich unleidliche Fehler auswitterte, »das chronische Geschwür der Eitelkeit und ein unheiliges Schlemmen und Prassen in Gefühlen«. Karl gab die Abneigung zurück; die heißesten Wellen seines Enthusiasmus setzten sogleich vor des Titularbibliothekars Gesichte Eisspieße an. Nur heute nicht! – Er trank so hinlänglich vom Königspunsch – wovon ein paar Gläser durch alle Köpfe des Briareus oder der lernäischen Schlange durchbrennen konnten –, daß er dann alles sagte, sogar das Fromme. »Bei Gott!« (sagt' er, sich im Bethesda-

Teich durch – Herausschöpfen heilend) »da es doch Lumperei mit dem Besserwerden ist, so sollte man sich etwas vor die Stirn drücken, damit der gehetzte Geist nur einmal loskäme von seinen Wunden und Sünden.« – »Von Sünden?« – (sagte Schoppe) »Läuse und Bandwürmer der bessern Art werden allerdings aus meinem Gebiet auswandern, wenn ich mich kalt mache; aber die schlimmen trägt mein innerer Mensch gewiß mit hinauf. Beim Henker! wer sagt Euch denn, daß dort der ganze hiesige Armesünders-Kirchhof auf einmal als eine unsichtbare Kirche voll Märtyrer und Sokratesse einziehen werde und jedes Bedlam als eine Loge zum hohen Licht? – Ich dachte heute ans andere Leben, als ich eine Frau auf dem Markte mit fünf Schweinchen sah, die sie, jedes mit einem Strick am Bein, vor sich hertreiben wollte, die ihr aber wie elektrische Strahlenbüschel auseinanderfuhren; jetzt schon, sagt' ich, mit unsern wenigen Kräften und Wünschen, die das kultivierende Säkulum im quintuplo stellte, geht es uns schon so erbärmlich wie der Frau mit ihrer Kuppel; wenn wir nun vollends zehn und mehr neue Ferkel (da die zweite Welt wie ein Amerika doch neue Objekte und Wünsche bringen muß) an den Strick bekommen, wie will da der Ephorus amtieren? – Auf größere unbeschreibliche Nöten, Lehnsfrevel und Oppositionen mach' ich mich da gefaßt.« Aber Roquairol war in seiner roten Lohe; er setzte sich über Schoppe und sich hinweg und leugnete die Unsterblichkeit geradezu, um Schoppen zu parodieren: »Ein einziger Mensch« (sagt' er) »glaubte seinetwegen allein schwerlich die Unsterblichkeit; aber da er mehrere sieht, hat er Mitleiden und hält es der Mühe wert und glaubt, die zweite Welt ist ein Monte testaccio aus Menschen-Scherben. Der Mensch kann Gott und dem Teufel künftig nicht näher kommen, als ers hier schon tat; wie ein Wirtshausschild ist sein Revers so bemalt wie sein Avers – Aber wir brauchen die künstliche Zukunft zur Gegenwart; wenn wir noch so still schweben über unserm Schlamm, so zappeln wir noch immer wie stilliegende Karpfen mit den poetischen Flossen und Flügeln. Daher müssen wir den künftigen Paradiesesgarten so herrlich anlegen, daß nur Götter hineinpassen, aber, so wie in Fürstengärten, keine Hunde. Lumperei ists! Wir schneiden uns verklärte Leiber zu, die den Soldatenröcken gleichen: *Taschen* und *Knopflöcher* fehlen; welche Freuden können sie denn fassen? –« Alban sah ihn staunend an. »Weißt du, Albano, was ich meine? – Just das Gegenteil.« So leicht wird der Phantasie alles, auch Laune.

Jetzt wurd' er hinausgerufen. Er kam zurück mit einem roten Billet. Er warf die Halsbinde um – à la Hamlet war er dagesessen – und sagte zu Albano, in einer Stunde flieg' er zurück. Unter der Schwelle stockt' er noch sinnend, ob er weg solle; dann lief er rasch die Treppe hinan.

In Albano floß der Freudenbecher, worein der ganze Tag zugeschüttet hatte, mit dem glänzenden Schaume einer schalkhaften Laune über. Beim Himmel! Die Scherzhaftigkeit stand ihm so lieblich wie eine Rührung, und er ging oft lange, ohne Sprechen, schalkhaft-lächelnd umher, wie schlummernde Kinder lächeln, wenn, wie man sagt, mit ihnen Engel spielen.

Roquairol kam wieder mit sonderbar empörten Augen; er hatte wild in sein Herz hineingestürmt; er war schlecht gewesen, um zu verzweifeln und unten auf dem Abgrund kniend dem Freunde sein Leben zu bekennen. Dieser so willkürliche Mensch lag unwillkürlich auf den Windmühlen-Flügel seiner Phantasie geflochten und wurde bald von der Windstille gefesselt, bald vom Sturme umgeschleudert, den er zu durchschneiden glaubte. Er wurde, nach dem Beispiele der Feuerfresser, jetzt ein Feuersäufer, in der unruhigen Erwartung, daß Schoppe weiche. Dieser wich endlich trotz Albanos Bitte mit der Antwort: »Kaufet die Zeit, sagte der Apostel, das heißet aber: fristet euer Leben länger; das ist die Zeit. Dazu fodern nun die besten Kaufbuden der Zeit, die Apotheken, daß der Mensch nach dem Punch royal zu Bette gehe und unmäßig schwitze.« –

Wie wurd' es jetzt anders! – Da ihm Zesara freudig um den

Hals fiel – da der Jugend-Rausch zu Liebesmelodien wurde, wie der Regen in der Höhle zu Derbyshire von ferne zu Harmonien – da dem Grafen süß, wie man sich schlummernd verblutet, das ganze Innere, sein ganzes voriges Leben von der Lippe floß und alle Plane des künftigen, sogar die stolzesten (nur der zärteste nicht) – und da er sich, wie (nach der Bourignon) Adam im Unschulds-Stand, so kristallen-durchsichtig vor das befreundete Auge stellte, nicht aus Schwäche, sondern aus altem Drang und im Glauben, so müsse der Freund sein: so traten dem unglücklichen Roquairol helle Tränen der liebevollsten Bewunderung über die ungeschminkte Reinheit und über die energische, gläubige, noch in nichts schwankende Natur und über den fast zum Lächeln reizenden naiven hohen Ernst des rotwangigen Jünglings in die Augen. Er schluchzete an dieser freudetrunknen Brust, und Albano wurde weich, weil er dachte, er sei es zu wenig und sein Freund so sehr.

»Hinaus, hinaus!« sagte Karl; und das war lange Albanos Wunsch. Es schlug *ein* Uhr, als sie auf der engen Kellertreppe die Sterne des Frühlingshimmels oben an der Einfahrt des Schachtes blitzen sahen. Wie frisch quoll die eingeatmete Nacht über die heißen Lippen! – Wie fest bauete sich über die flüchtigen Zeltgassen der Stadt die Welt-Rotunda mit ihren festen Sternenreihen dahin! Wie erquickte und erweiterte sich das feurige Auge Albanos an den Riesenmassen des dämmernden Frühlings, an dem unter dem durchsichtigen Mantel der Nacht schlummernden Tag! Zephyre, die Schmetterlinge des Tags, flatterten schon um ihre lieben Blumen und sogen aus den Blüten und trugen Weihrauch für den Morgen ein, eine schlaftrunkne Lerche fuhr zuweilen in den stillen Himmel hinauf mit dem lauten Tage in der Kehle, über die dunkeln Auen und Stauden war schon der Tau gegossen, dessen Juwelenmeer vor der Sonne entbrennen sollte, und in Norden wehten die Purpur-Wimpel der Aurora, die gen Morgen schiffte. – – Erhebend faßte der Gedanke den Jüngling an, daß nun dieselbe Minute Millionen kleine und lange Leben messe und den Gang der Minierraupe und den Flug der Sonne und daß jetzt dieselbe Zeit durchlebet werde vom Wurm und von Gott, von Welten zu Welten – überall. – »O Gott,« rief er, »wie herrlich ists, daß man *ist*!«

Karl klebte bloß mit dem hängenden schweren Gefieder des Nachtvogels an den heitern Gestirnen um ihn: »Wohl dir,« sagt' er, »daß du so sein kannst und daß die Sphinx in deiner Brust noch schläft. Du weißt nicht, was ich will. Ich kannte einen Elenden, der sie recht gut schildern konnte. In der Brusthöhle des Menschen, sagt' er, liegt das Ungeheuer mit aufgehobenem Madonnengesicht auf seinen vier Tatzen und lächelt eine Zeitlang umher und der Mensch mit. – Plötzlich springt es auf, gräbt die Krallen in die Brust, zerschlägt sie mit dem Löwenschweif und den harten Flügeln und wühlt, drängt und tobt, und überall rinnt Blut an der zerritzten Brusthöhle. – Auf einmal legt es sich blutig wieder hin und lächelt wieder fort mit dem schönen Madonnenangesicht. O er sah ganz blutlos aus, der Elende, weil das Tier so von ihm zehrte und durstig an seinem Herzen leckte.«

»Greulich!« (sagte Albano) »und doch versteh' ich dich nicht ganz.« – – Der Mond hob jetzt sich und eine finster an seinen Seiten gelagerte Wolken-Herde empor und zog einen Sturmwind nach, der sie unter die Sterne jagte. Karl fuhr wilder fort: »Anfangs hatt' es der Elende noch gut, er hatte noch derbe Schmerzen und Freuden, rechte Sünden und Tugenden; aber als das Untier immer schneller lächelte und zerriß und er immer schneller Lust und Pein, Gutes und Böses wechselte; und als Gottelästerungen und Kotbilder in seine Gebete krochen und er sich weder bekehren noch verstocken konnte: da lag er in öder Verblutung in der lauen, grauen, trocknen Nebel-Masse des Lebens da und starb so durch das Leben fort. –

Warum weinest du? Kennst du den Elenden?« – »Nein«, sagte Albano mild. – »Ich bins!« – »Du? – schrecklicher Gott, du nicht!« – »O, ich bins; und wenn du mich auch verachtest, du wirst, was ich . . . Nein, mein Unschuldiger, ich sag' es nicht. Sieh, jetzt steht die Sphinx wieder auf. O bete mit mir, hilf mir, daß ich nicht sündigen muß, nur nicht *muß*. Ich muß saufen, ich muß verführen, ich muß heucheln – ich heuchle jetzt –« Zesara sah das starre Auge, das bleiche zerrissene Gesicht und schüttelte liebend-entrüstet ihn mit beiden Armen und stammelte gerührt: »Das ist beim Allmächtigen nicht wahr; du bist ja so sanft und blaß und unglücklich und unschuldig.« –

»Rosenangesicht,« (sagte Karl) »ich scheine dir rein und hell wie der dort droben[1], aber er wirft wie ich den langen Schatten gegen den Himmel hinauf.« – Zesara ließ ihn los, sah lange nach dem erhabnen dunklen, wie ein Leichenzug um das Elysium haltenden Tartarus und drückte bittere Tränen weg, die über die Erinnerung flossen, daß er darin seinen ersten Freund gefunden, der sich jetzt neben ihm auflöse. Da brach der Nachtwind eine von der Waldraupe getötete Tanne daraus ab, und Albano zeigte stumm auf die Niederbrechende; Karl rief erschrocken: »Ja, das bin ich!« – »Ach Karl, hab' ich dich denn heute verloren?« sagte der schuldlose Freund mit unendlichem Schmerz, und die schönen Sterne des Frühlings fielen wie zischende Funken in seine Wunde.

Vor diesem Worte lösete sich Karls gespanntes Herz in treue gute Tränen, ein heiliger Geist kam über ihn und gebot ihm, die reine Seele nicht zu quälen mit seiner, ihr nicht den Glauben zu nehmen, ihr das wilde Ich und jede Eigensucht stumm zu opfern. Sanft legt' er sich an des Freundes Herz, und mit zauberisch-leisen Worten und voll Demut und ohne Feuerbilder sagt' er ihm sein ganzes Herz – und daß es nicht böse sei, sondern nur unglücklich und schwach – und daß er nur so herzlich-aufrichtig gegen ihn, der zu gut von ihm denke, habe sein müssen wie gegen Gott – und daß er schwöre bei der Stunde des Todes, zu werden wie er, ihm ewig alles zu bekennen, sich zu heiligen an ihm – »Ach ich wurde nur noch so

1 Der Mond.

wenig geliebt!« beschloß er. – Und Albano, der liebestrunkne, glühende Mensch, der gute Mensch, der an sich die heiligen Übertreibungen der Reue kannte und der diese Bekenntnisse für jene hielt, kehrte begeistert in den alten Bund zurück mit Liebe ohne Maß. »Du bist ein warmer Mensch!« (sagte Karl) »Warum liegen denn die Menschen immer wie die Toten auf dem Bernhardus-Berg[1] einander erfroren an der Brust, mit steifem Aug', mit starren Armen? – O warum kamest du so spät zu mir? Ich wäre anders geworden. Warum kam jene[2] so früh? – Dort im Dorfe drunten an der engen niedrigen Kirchtüre, da sah ich *sie* zuerst, durch die mein Leben zur Mumie ward. Wahrlich ich spreche jetzt gefasset. Man trug vor mir her, als ich heraus spazieren ging, einen leichen-weißen Jüngling auf einer Bahre in den Tartarus; es war nur eine Statue, aber sie war das Ebenbild meiner Zukunft. Ein böser Genius sagte zu mir: liebe die Schöne, die ich dir zeige. Sie stand an der Kirchtüre, von Kirchleuten umzingelt, die sich über die Kühnheit wunderten, womit sie mit beiden Händen eine silbergraue züngelnde Schlange annahm und wog. Wie eine kühne Göttin senkte sie die feste ebene Stirn, das schwarze Auge, die Rosenblüten ihres Angesichts auf den von der Natur platt getretnen Otterkopf und spielte damit dicht an ihrem Herzen. ›Kleopatra!‹ sagt' ich, obwohl ein Knabe. Auch sie verstand es schon, blickte ruhig und kalt von der Schlange auf und gab sie zurück und wandte sich um. O an meine junge Brust warf sie die erkältende Leben-fressende Viper. – Aber wahrlich jetzt ists vorbei, und ich spreche ruhig. Nur in den Stunden, Albano, wo mir aus jener Nacht meine blutigen Kleider, die meine gute Schwester aufgehoben, zu Gesichte kommen, da leid' ich mehr und frage: armer gutmeinender Knabe, warum wurdest du denn älter? Aber wie gesagt, es ist ganz vorbei. Zu dir, nur zu dir spreche ein besserer Genius: liebe die Schöne, die ich dir zeige!« –

1 Die unbekannten Erfrornen werden von den Mönchen unbegraben aneinander, jeder an die Brust des andern angelehnt.

2 Linda de Romeiro.

Aber welche Welt von Gedanken flog jetzt auf einmal Albano zu! »Er martert sich« (dacht' er) »mit dem alten Argwohne über Romeiro fort – ich will Herz gegen Herz öffnen und es dem guten Bruder sagen, daß ich ja seine Schwester ewig liebe.« – Seine Wangen glühten, sein Herz flammte, er stand priesterlich vor dem Altare der Freundschaft mit der schönsten Gabe, mit der Aufrichtigkeit. »O jetzt, Karl,« sagt' er, »wäre sie wohl anders gegen dich – mein Vater reiset mit ihr, und du wirst sie sehen.« – Er ging Hand in Hand schneller mit ihm zu einer dunklen Baumgruppe zu, um im Schatten die zart-errötende Seele zu öffnen. »Nimm mein teuerstes Geheimnis hin« (fing er an) – »aber sprich nicht davon – und nicht mit mir – errätst du es nicht, mein erster Bruder? die Seele nicht, die ich so lange liebte wie dich?« – Leise, leise setzte er dazu: »Deine Schwester?« und sank ihm auf den Mund, um die ersten Laute wegzuküssen.

Aber Karl, im Aufruhr des Entzückens und der Liebe wie eine Erde bei dem Aufgange des Frühlings, bändigte sich nicht; er preßte ihn an sich; er ließ ihn los; er umfaßte ihn wieder, er weinte selig, er drückte Albanos Augen zu und sagte neu-verschwistert: »Bruder!« Vergeblich wollte Albano mit der Hand jede andere Silbe auf seinen Lippen erdrücken. Er fing vor dem betroffenen Jüngling – der unter der einsamen und poetischen Bücherwelt eine höhere Zartheit gewonnen, als die Wirklichkeit des Umgangs lehrt – Lianen abzumalen an, wie sie dulde und handle, wie sie für ihn sorge und rede und sogar verarme, um seine Schulden zu tilgen; wie sie ihn nie hart tadle, sondern nur mild bitte, und alles das nicht aus künstlicher Duldung, sondern aus heißer echter Liebe, und wie doch das noch kaum das Beiwerk ihres Bildes sei. Er war in seiner reinern Begeisterung, als ihm dieser Abend zugelassen, darum so selig, weil er seine Schwester unter allen Menschen am meisten und uneigennützigsten und am freiesten von poetischer Schwelgerei und Willkür lieben konnte – ordentlich dadurch gestärkt, daß er einmal aus reiner heiliger Liebe jauchzen dürfe, zog er die Hände wieder frei gemacht heraus, die bisher wie Milos seine im Baum des Glücks und Lebens, den er zerreißen wollte, eingeklemmt gefangen waren; er atmete frische Lebensluft und Mut, und der Plan seiner innern Vollendung war jetzt durch neues Glück und schönes Bewußtsein hold geründet. –

Der Mond stand hoch, die Wolken waren vertrieben, und nie ging der Morgenstern zwei Menschen heller auf.

ELFTE JOBELPERIODE

Stickrahmen – Anglaise – cereus serpens – musikalische Phantasien

56. ZYKEL

Freudig trug Roquairol am ersten Abende, da er seinen Vater verreiset wußte, zum Freunde die Bitte, zur Mutter mitzugehen. Albano errötete zauberisch über jene feurige Nacht zum ersten Male, die ihm das älteste Geheimnis abgedrungen; denn bisher hatten beide in den gemeinen Stunden des Lebens das Heiligtum nicht wieder berührt. Nur der Hauptmann konnte leicht und gern von Linda so wie von jedem Verluste sprechen.

Liane erblickte ihren Bruder – den regierenden Schöpfer ihrer weichsten Stunden – allezeit mit herzlichster Freude, ob er gleich meistens etwas haben wollte, wenn er kam; vor Freude trug sie ihm das Buch, woraus sie der stickenden Mutter vorgelesen, in der Hand entgegen. Sie und die Muter hatten den ganzen Tag heiter und einsam mit gegenseitigem Ablösen in Sticken und Lesen verlebt; sooft der Minister verreiste, waren sie zugleich von Unfriede und Visiten-Charivari frei. Wie gerührt erkannte Albano das Morgenzimmer wieder, aus dem er das erstemal das teuere Mädchen nur als Blinde in der Ferne zwischen Wasserbogen stehen sehen! Die gute Liane nahm ihn unbefangener auf, als er es durch Karls Einweihung in seine Wünsche bleiben konnte. Welche paradiesische Mischung von unberechneter Scheu und überfließender Freundlichkeit, Stille und Feuer, von Blödigkeit und Anmut der Bewegung, von scherzender Güte, von schweigendem Wissen! Dafür gebührt ihr der herrliche Beiname Virgils: die *Jungfräuliche*. In unsern Tagen der weiblichen Krachmandeln, der akademischen Kraftfrauen, der Hopstänze und Doubliermarschschritte im platten Schuh kommt der virgilianische Titel nicht oft vor. Nur zehn Jahre lang (vom 14ten an gezählt) kann ich ihn einem Mädchen geben; später wird es manirierter. Dreizehn und siebzehn Jahre zugleich ist gewöhnlich ein solches holdes Wesen alt.

Warum warest du so reizend-unbefangen, zarte Liane, als weil du wie die Bourignon nicht einmal wußtest, was zu fliehen war, und weil deine heilige Schuldlosigkeit noch das verdächtige Ausspähen der entlegensten Absichten, das an die Erde gebückte Behorchen des kommenden Feindes und alle kokette Manifeste und Ausrüstungen ausschloß? – Die Männer waren dir noch gebietende Väter und Brüder; und darum erhobest du zu ihnen noch nicht *stolz*, sondern so *freundlich* das treue Augenpaar! –

Und mit diesem gütigen Blick und mit ihrem Lächeln – dessen Fortdauer oft auf *männlichen* Gesichtern, aber nicht auf *jungfräulichen* die Titelvignette der Falschheit ist – nahm sie unsern edeln Jüngling an, aber ihn nicht allein.

Sie setzte sich an den Stickrahmen; und die Mutter schiffte den Grafen bald in das kühle Weltmeer allgemeiner Gespräche ein, in das nur zuweilen der Sohn eine grüne warme Insel herauftrieb. Alban sah zu, wie Liane ihre musivischen Blumenstücke wachsen ließ: wie die kleine weiße Hand auf dem schwarzen Atlasgrunde (Froulays Thorax soll an seinem Geburtstage die Blumen anziehen) lag, und wie ihre reine Stirn, von gekräuselten Haaren durchsichtig überwebt, sich vorbückte, und wie sich ihr Angesicht, wenn sie sprach oder wenn sie neue seidene Farben suchte, mit dem höhern Feuer der Arbeit im Auge und auf der Wange beseelet aufrichtete. Karl streckte ihr zuweilen hastig die Hand entgegen. Sie reichte ihre willig hinüber, er legte sie zwischen seine beiden und wandte sie um, sah in die inwendige, drückte sie mit beiden, und die Geschwister lächelten einander liebreich an. Und da lächelte Albano allemal treuherzig aus den Gesprächen mit der Mutter mit herein. Aber armer Held! – Schon an sich ists herkulische Arbeit, neben einer feinen müßig zu sitzen, neben Sticken, Miniaturmalen u.s.w.; aber vollends mit deinem Geiste, der so viele Segel nebst einem Paar Stürmen hinterdrein hat, untätig neben dem Stickrahmen zu ankern und nicht etwan ein Herkules zu sein (das wäre leicht), welcher spinnt, sondern einer, der nur spinnen sieht – und das vor dem großen Frühling und Sonnenuntergange draußen – und noch dazu neben der wortkargen Mutter (überhaupt ists schon neben jeder eine Unmöglichkeit, ein erhebliches Gespräch mit der Tochter einzuleiten) – – das sind schwere Sachen.

Er sah scharf gegen die gestickte Flora nieder: »Mich schmerzt nichts so sehr,« – sagte er, weil er überall philosophierte und weil ihn alles Vergebliche auf der Erde peinlich beklemmte – »als daß so viele tausend künstliche Zieraten auf der Welt umsonst geschaffen werden, ohne daß sie je ein Auge trifft und genießet. Mir kann es ordentlich nahe gehen, wenn das grüne Blättchen *hier* nicht besonders angesehen wird.« Mit derselben Trauer über fruchtlose ungenossene Pflanzungen der Mühe hielt er oft sein Auge nahe an den Tapeten-Baumschlag, an geblümte Zeuge, an architektonische Verzierungen.

Liane konnt' es für einen malerischen Tadel des überladenen Näh-Gartens nehmen, den sie bloß ihrem Vater zu Liebe so voll säete – denn Froulay, aus den Zeiten gebürtig, wo man noch mit dem Kleide die Tressen besetzte, knöpfte gern ein kleines Seiden-Herbarium an den Leib –; aber sie sagte nichts als lächelnd das: »Nun das Blättchen ist dem bösen Schicksal ja entgangen, es ist angeschaut.«

»Was tut Vergehen und Vergeblichkeit?« (nahm Roquairol voll Gleichgültigkeit gegen den Lektor, der eben hereintrat, das Wort und voll Gleichgültigkeit gegen die Meinung der Mutter, der wie dem Vater ihn nur die Bitten der Schwester zuweilen unterwarfen) »Genug, wenn etwas *ist*. Über der Wüste singen die Vögel und ziehen die Sterne, und kein Mensch sieht die Pracht. Wahrlich überall geht in und außer dem Menschen mehr ungesehen vorüber als gesehen. Die Natur schöpft aus ewigen Meeren und erschöpft sich nicht; wir sind auch eine Natur und sollen schöpfen und ausgießen und nicht immer bekümmert dem wässernden Nutzen jedes Strichregens und Regenbogens nachrechnen. – Sticke nur fort, Schwester!« beschloß er ironisch.

»Die Prinzessin kommt heute!« sagte der Lektor, und entzückt über die Hoffnung, küßte Liane der Mutter die Hand. Sie sah oft und vertraulich von der Stickerei zu dem Hofmann auf, der sehr einheimisch zu sein schien, aber als ein feiner Mann, ebenso geehrt und ehrend war, als steh' er zum ersten Male da.

Die Anmeldung der Prinzessin setzte den Hauptmann in eine reizende gelenke Freude; eine weibliche Rolle war ihm zur Gesellschaft so nötig wie den Franzosen zur Oper, und eine Frau, die da war, unterstützte ihn so sehr im Dozieren, wie Kant ein Knopf, der fehlte[1]. Er nahm, um seine Schwester von den Blumen abzuführen, einer Statue auf dem Spiegeltische den roten Flor ab und warf ihn, wie ein kleines Morgenrot, den Lilien auf dem Gesichte der Stickerin über; – da gingen die Türen auf und Julienne herein – Liane verwickelte sich in die kleine Morgenröte unter dem Abheben derselben im Entgegeneilen. – Albano reichte ihr mechanisch die Hand zum Empfange des Schleiers – und sie gab ihm diesen und einen weiten lieben Blick dazu – – o wie glänzte seiner trunken!

Julienne brachte ein Gefolge von Scherzen mit. Der Haupt-

1 Er soll lehrend immer auf die leere Knopf-Stätte eines Studenten gesehen haben; und wurde irre, als dieser sie besetzt hatte.

mann, der wie ein Feuerwerker seinem Feuer alle Formen und Farben geben konnte, verstärkte sie mit seinen; und seine Schwester säete gleichsam die Blumen, mit welchen die Zephyretten der Scherze spielen konnten. Julienne sagte fast zum Ja Nein und zum Nein Ja. Nur gegen die Ministerin war sie ernst und nachgiebig, ein Zeichen, daß auf ihrer Disputier-Arena unter den Sandkörnern noch die Goldkörner lagen, indes für Philosophen die Arena der Preis und der Boden ist, zugleich das Schlacht-, März- und elysische Feld. Den Grafen fixierte sie leidenschaftlich so kühn, als nur Fürstinnen dürfen und pflegen; und als er ihr wieder ins braune Auge blitzte, schlug sie es nicht nieder, sondern sie erinnerte ihn an ihren alten Besuch in Blumenbühl und fragte nach den Seinigen. Er machte jetzt gern etwas, das so feurig war wie sein Inneres – Lobeserhebungen. Es ist gegen den feinsten Ton, Personen – Sachen darf man – mit Heftigkeit zu loben oder zu tadeln. Indem er mit dankbarer Erinnerung seine Schwester Rabette malte: versank Julienne so ernst und tief in sein Auge, daß sie auffuhr und den Lektor nach den Touren der Anglaise fragte, die er in der Redoute vorgetanzt. Als er sein Bestes getan im Nachschildern: sagte sie, sie habe kein Wort verstanden, man müss' es lieber exekutieren.

Und hiemit werden plötzlich sämtliche Leserinnen von mir auf einen Hausball von zwei Paaren geführt. Sehet die Seelenschwestern nebeneinander wie zwei Flügel an *einer* Taube harmonisch auf- und niederfliegen! Albano hatte erwartet, Julienne werde sich durch feuriges vielgelenkes Geflatter von dem stillen Schweben ihrer Freundin unterscheiden; aber beide walleten gleich Wellen leicht neben- und ineinander, und keine Regung war zu viel und keine zu schnell.

Daher wünscht' ich so oft, die Mädchen tanzten völlig und immer wie die Grazien und die Horen – nämlich bloß miteinander, nicht mit uns Herren. Der jetzige Bund der weiblichen Wellenlinie mit dem männlichen Schwalbenzickzack sowohl in der *Bekleidung* als in der *Bewegung* verschönert den Tanz nicht beträchtlich.

Liane nahm eine neue ätherische Gestalt an, wie etwan ein Engel unter dem Zurückfliegen in den Himmel seine holde irdische weglegt. Für die weibliche Schönheit ist der Tanzboden, was für unsere das Pferd ist, auf beiden entfaltet sich der gegenseitige Zauber, und nur ein Reiter holet eine Tänzerin ein. Glücklicher Albano! der du kaum von der dargebotenen Hand Lianens die Fingerspitzen anzufassen wagst mit deinen! du bekommst genug. Und siehe nur dieses freundliche Mädchen an, dessen Augen und Lippen die Charis so lachend für den Tanz erheitert, und das doch wieder so rührend erscheinet, weil es ein wenig erblasset! Wie verschieden von jenen launischen oder ungelenken Stiefschwestern, die, mit dem halben Kato von Utika auf dem faltigen oder gespannten Gesichte, hopsen, abfallen und schleifen. Julienne flieht freudig hin und her, und es ist schwer zu sagen, vor wessen Augen sie am liebsten flattere, vor Lianens oder Albanos. –

Als es vorbei war: wollt' es Julienne wieder von vornen anfangen – Liane sah ihre Mutter an – und bat sogleich ihre Freundin lieber um Abkühlung. Es ist Vorwand! Eine Freundin ist gern einsam mit der Freundin; beide hatten sich vor andern nur mit Herzen unter dem Schleier lieb und trachteten nach der dunklen Laube, wo er fallen durfte. Liane hatte ordentlich eine liebende Ungeduld, bis sie mit ihrer Nebenseele, ihrem Zwillingsherzen zeugenfreie Minuten im Mai- und Abendgarten hatte pflücken können. Sie kamen verändert zurück, voll weichen Ernstes. Die schönen Wesen waren sich vielleicht im Innersten und im stillen so ähnlich wie im Tanze und mehr, als es schien.

Und so ging vor dem Jüngling ein schön-gestirnter Abend vorbei! Haltet ihm aber zugute, daß er diesen Blütenstrauß so fest drückte und fassete, bis er einige Stacheln darin herausfühlte. Sein Herz, dessen Liebe neben dem fremden schmerzlich wuchs, mußte dieses, ohne ein Zeichen der Antwort, zugleich *höher* und *ferner* finden. Ihre Liebe war Menschenliebe – ihr Lächeln galt jedem guten Auge – sie war so heiter – in

Lilar kam sie leicht in Rührung und in allgemeine Betrachtungen; hier aber nicht – freilich sah sie recht teilnehmend auf den wild-liebenden Bruder hin, der seit jener Beicht-Nacht gleichsam mit Eichenwurzeln sich um den Liebling strickte; aber ihre halbblinde Liebe für den Bruder konnte ja im Trug des Widerscheins auf dessen Freund nachglänzen – – Das alles sagte sich der Bescheidne. Aber was er im vollen Maße der Entzückung genossen hatte, war die so steigende, helle, zarte, stete Liebe seines Seelenbruders. – –

57. ZYKEL

Über Lianens stille Gesinnung und Zesarens Zukunft werd' ich nie Mutmaßungen anstellen, ob ich sie gleich vor ihrem Abdruck wieder wegstreichen könnte. Ich erinnere mich, was wir herausbrachten, wenn ich und andere auf Hafenreffers offizielle Berichte über Sachen von Belang vorher die Hände deckten und nun mit bloßer Phantasie entwickeln wollten, wie es möchte gegangen sein – – es war nicht brauchbar. Und natürlich! Schon an und für sich haben die Weiber und spanischen Häuser viele *Türen* und wenige *Fenster,* und es ist in ihr Herz leichter zu *kommen* als zu *schauen.* Vollends Mädchen! Ich meine, da die Frauen sowohl physiognomisch als moralisch bestimmter, kecker entwickelt und gezeichnet sind: so will ich lieber zehn Mütter als zwei Töchter erraten und mithin akkopieren. Die körperlichen Porträtmaler klagen ebenso.

Wer die Nacht beobachtet, findet, daß sie die Zweifel und Sorgen, die er den Abend vorher über die Heldin seines Lebens aufgefangen, meistens bis gegen den Morgen hin totgemacht. – Albano schlug am Frühlingsmorgen die Augen im Leben wie in einem Siegeswagen auf, und die frischen Rosse stampften davor, und er durfte ihnen nur den Zügel lassen.

Er stieg mit seinem Freund bei Lianen aus nach wenigen Jahren, d. h. Tagen; der Minister war noch nicht zurück. Himmel! wie neu und blütenjung war ihre Gestalt und doch wechsellos ihr Betragen! Warum kann ich, dacht' er, nur ihre Bewegungen, nicht alle ihre Züge auswendig, warum kann ich dieses Antlitz nicht bis auf das kleinste Lächeln wie eine heilige Antike rein und tief in mein Gehirn abdrücken, damit sie in ewiger Gegenwart vor mir schwebe? – Darum, Lieber: schöne und junge Gestalten sind eben dem Gedächtnis wie dem Pinsel schwer und alte, schroffe, männliche beiden leichter. – Wieder mit Freuden und Seufzern füllete er sich durch ihr Schauen – und sie wurden größer durch den nahen Garten, worein sich der Junius mit seiner Abendpracht lagerte – o wenn ihm nur *eine* Minute käme, wo seine ganze Seele begeistert reden dürfte! Draußen lag der junge feurige Frühling wie ein Antinous im Garten und sonnete sich, und der Mond stand, ungeduldig auf die schöne Juniusnacht, schon unter dem Morgentor und traf noch den lebendigen Tag und die zögernde Sonne an. – – Aber die Mutter schlug dem fragenden Blicke Lianens den Sonnenuntergang ab – – »des ungesunden Serein wegen«[1]. Albano mit dem Herzen voll Männerblut fand diesen mütterlichen Verhack um die kindliche Gesundheit sehr klein.

Der Torschluß seines heutigen Edens hätte sich nun in der nächsten Minute eingeläutet, wäre – der Hauptmann und der cereus serpens nicht gewesen.

Jener kam vom welschen Dache herabgelaufen und verkündigte, der cereus blühe diesen Abend um zehn Uhr auf, sage der Gärtner, und er bleibe da, »und du mit«, sagt' er zu Albano. Alles, was nur die doppelten Grenzen der schonenden Zartheit gegen Schwester und Freund zufließen, setzt' er liebend ins Spiel, um diesen zu erfreuen. Liane bat ihn selber, das Blühen abzuwarten; sie war so entzückt über das nahe! – Ihre Seele hing, wie Bienen und Tau, an Blumen. Schon ihr Freund, der fromme Spener, der ein trunknes Auge auf diese lebendigen Arabesken an Gottes Throne heftete, hatte sie mit diesen stummen, immer schlafenden Kindern des Unendlichen befreundet; aber noch mehr ihr jungfräuliches Herz und ihr leidendes. Sind

1 Die Zeit des Sonnenuntergangs, welche die südlichen Länder so sehr fliehen.

euch nie zarte weibliche Seelen begegnet, in deren Blütezeit das Schicksal kalte Wolken geworfen und die nun gleich Rousseau andere Blumen als die der Freude suchten, und die in Tälern und auf Felsen sich ermüdeten und bückten, um zu sammeln und zu vergessen und von der gestorbenen *Pomona* zu flüchten zur jungen *Flora*? – Der Generalbaß und das Latein, womit *Hermes* Mädchen zerstreuen will, weichen hier der weiten bunten Bilderschrift der Natur, der reichen Botanik.

Eine namenlose Zärtlichkeit für Liane kam in Albanos Seele am kleinen viersitzigen Eßtisch – ihm war, als sei er ihr jetzt näher und ihr Verwandter – und doch faßte er die Verwandte nicht, wenn sie die Mutter aus jedem Ernst, worein diese versank, mit Scherzen zurücklockte. – Draußen riefen die Nachtigallen die Menschen in die schöne Nacht; und keiner schmachtete mehr als er hinaus.

Für Seelenaugen ist das Himmel*blau,* was für körperliche das Erden*grün* nämlich eine innige Stärkung. Als Zesara endlich aus den Ketten des Zimmers, aus diesem geistigen Hausarrest, los und ledig hinaustrat unter das freie Reich des Himmels und aller Sterne und auf den magischen Statuen-Olymp, nach welchem er so oft sehnsüchtig aufgeblickt: so schlug die gewaltsam zusammengezogne Brust elastisch auseinander; wie rückten die Sternbilder des Lebens in hellere Formen zusammen, wie waltete der Frühling und die Nacht! –

Der alte Gärtner, der bloß aus dankbarer Anhänglichkeit ans »seelengute leutselige Fräulein« mit seltener Mühe dem cereus serpens solche Früh-Blüten abgenötigt hatte, stand schon als scheinbarer Beobachter der Blumen, in der Tat aber aufs größte Lob aufsehend, mit einem braunen, gezackten, punktierten und ernsten Gesichte droben, das mit keinem Lächeln zum Lobe ausfoderte.

Liane dankte dem Gärtner, ehe sie an den Blüten war; dann lobte sie diese und seine Mühe. Der alte Mann wartete bloß, bis jeder andere von der Gesellschaft auch erstaunet war, darauf ging er schläfrig mit dem festen Glauben fort zu Bette, Liane werd' ihn morgen schon so bedenken, daß er zufrieden sein müsse.

Der ausländische Nektarduft, der in fünf weißen, gleichsam mit braunem Blätterwerk bekränzten Kelchen perlte, ergriff die Phantasie. Die Wohlgerüche aus dem Frühling eines heißern Weltteils zogen sie in entlegne Träume hin. Liane strich mit leisem Finger, wie man über Augenlider gleitet, nur über die kleinen Duft-Vasen, ohne das volle Gärtchen von zarten Staubfäden, das sich im Kelche drängte, raubend anzustreifen: »Wie lieblich, wie so gar zart!« (sagte sie kindlich-froh) – »Wie fünf kleine Abendsterne! – Warum kommen sie nur nachts, die lieben scheuen Blumen?« – Karl schien eine brechen zu wollen. »O laß sie leben« (bat sie) – »morgen sind sie ohnehin tot. – Karl! so welkt so viel«, setzte sie leiser dazu. »Alles!« sagt er barsch. – Aber die Mutter hatt' es wider Lianens Willen gehört: »Solche Sterbe-Gedanken« (sagte sie) »lieb' ich an der Jugend nicht, sie lähmen ihr die Flügel.« – »Und dann« (versetzte Liane, es mädchenhaft-umkehrend) »bleibt sie eben; wie der Kranich in Kleists Fabel, dem man die Flügel brach, damit er nicht fortzog mit den übrigen ins warme Land.«

Dieser heitere bunte Schleier des tiefen Ernstes war unserem Freunde nicht durchsichtig genug. Aber später hatte das gute Mädchen Mühe, so auszusehen, wie die sorgsame Mutter es wollte. Die betäubende Vorstecklilie der Erde, der Mond – und das ganze blendende Pantheon des Sternenhimmels – und die mit Nacht-Lichtern durchbrochne Stadt – und die majestätischen hohen schwarzen Alleen – und auf Fluren und Bächen das milchblasse Lunens-Silber, womit sich die Erde in einen Abendstern einspann – und die Nachtigallen aus fernen Gärten – rührte denn das nicht jedes Herz allmächtig an, daß es weinend seine Sehnsucht bekennen wollte? Und das weichste, das jetzt unter den Sternen schlug, hätte vermocht, den Schleier ganz über sich zu ziehen? – Beinahe! Sie hatt' es vor der Mutter gewohnt, die Träne, eh' sie wuchs, sozusagen mit dem Auge abzutrocknen.

Sonderbar erschien sie in der nächsten Minute dem Grafen. Die Mutter sprach mit dem Sohn. Liane stand, fern von jenem, mit halbverwandtem, vom Monde ein wenig entfärbtem Gesicht neben einer weißen Statue der heiligen Jungfrau und blickte in die Nacht. Auf einmal schaute und lächelte sie an, gleichsam als erschien' ihr ein lebendiges Wesen im Äther-Abgrund, und die Lippe wollte reden. Erhabner und rührender war ihm noch keine Erdengestalt begegnet; das Geländer, in das er griff, ging hin und her (aber er selber regte es), und seine ganze Seele rief: heute, jetzt lieb' ich die Himmlische am höchsten, am innigsten. So sagt' er neulich auch, und so wird er öfter sagen; kann der Mensch mit den unzähligen Wogen der Liebe Höhenmessungen anstellen und auf diejenige zeigen, die am meisten stieg? – So glaubt der Mensch stets, wo er auch stehe, in der Mitte des Himmels zu stehen.

Ach in dieser Minute wurd' er wieder überrascht, aber eben mit einem Ach. Liane ging zur Mutter, und als sie an der Hand der Gefälligen ein kleines Schaudern fühlte, drang sie in sie, aus der Nachtluft zu gehen, und gab nicht eher nach, als bis sie mit ihr die Zauberstätte verließ.

Die Freunde blieben zurück. Nach Albanos Rechnung wär' es freilich nicht zu viel gewesen, hätte man sich in dieser offenherzigen Zeit, worin unsere heiligern, vom gemeinen Tag bedeckten Gedanken sich wie Sterne offenbaren, bis gegen Morgen auf dem Dache aufgehalten. Beide gingen eine Zeitlang schweigend auf und ab. Endlich hielt sie der Rauchaltar der fünf Blumen fest. Albano faßte zufällig die nahe Statue mit beiden Händen und sagte: »An hohen Orten will man gern etwas hinabstürzen – sogar sich oft. – Und hinein in die Welt, in weite ferne Länder möcht' ich mich auch stürzen, sooft ich in das Nachtrot dort schaue – und sooft ich unter Orangerie-Blüten komme, wie unter diese. Bruder, wie ist dir? – Der Himmel und die Erde breiten sich so aus: warum soll denn der Geist so zusammenkriechen?« – »Mir ist ebenso,« (sagt' er) »und im Kopf hat der Geist überhaupt mehr Gelaß als imHerzen.« Aber hier ging er zart-erratend auf schönen Umwegen zur zufälligen Eröffnung über, warum seine Schwester so bald hinuntergeeilet.

»Bis zum Eigensinn« (sagt' er) »treibe sie die Aufmerksamkeit für die Mutter – das letztemal merkte sie, daß die Mutter das Erblassen unter dem Tanze sehe, sofort hörte sie auf – nur ihm zeige sie das ganze Herz und jeden Blutstropfen und alle unschuldigen Tränen darin – besonders glaube sie etwas von der Zukunft, was sie der Mutter sorgsam verdecke.« – »Sie lächelte vorhin für sich,« (sagte Albano und legte auf seine Augen Karls Hand) »als sähe sie ein Wesen aus der Schleier-Welt droben.« – »Hast du das« (versetzte Karl) »auch gesehen? Und dann regte sie die Lippe? – O Freund, Gott weiß, was sie betört; aber das ist gewiß, sie glaubt fest, sie sterbe künftiges Jahr.« – Albano ließ ihn nicht weitersprechen, so heftig drückte er sich an des Freundes Brust, sein Herz schlug wild, und er sagte: »O Bruder, bleibe stets mein Freund!«

Sie gingen hinab. Im Zimmer, das an Lianens ihres stieß, fanden sie ihr Pianoforte offen. Wahrlich das wars, was dem Grafen fehlte. In der Leidenschaft (sogar im bloßen Feuer des Kopfes) greift man weniger nach der Feder als nach der Saite; und nur in ihr gelingt das musikalische Phantasieren besser als das poetische. Albano setzte sich – indem er der Tonmuse dankte, daß es vierundvierzig Ausweichungen gebe – mit dem Vorhaben an die Tasten, nun eine musikalische Feuertrommel zu rühren und wie ein Sturm in die stille Asche zu brausen und ein helles Funken-Heer von Tönen aufzujagen. – Er tats auch, und gut genug und immer besser; aber das Instrument sträubte sich. Es war für eine weibliche Hand gebauet und wollte nur in weiblichen Tönen, mit Lauten-Klagen reden, als eine Freundin mit einer Freundin.

Karl hatt' ihn nie so spielen gehört und erstaunte über die Fülle. Aber die Ursache war, der Lektor war nicht da; vor gewissen Menschen – und darunter gehörte dieser – gefriert die spielende Hand, so daß man nur in einem Paar Blechhandschuhen hin- und herarbeitet; und zweitens, vor einer Menge spielt sichs leichter als vor *einem,* weil dieser bestimmt vor der Seele haftet, jene aber zerflossen. Und noch dazu, beglückter Albano! du weißt, wer dich hört. – Die Morgenluft der Hoffnung umflattert dich in Tönen – das wilde Jugendleben schreitet mit rüstigen Gliedern und lauten Schritten vor dir auf und ab – das Mondlicht, von keinem irdischen groben Lichte verunreinigt, heiligt das tönende Zimmer. – Lianens letzte Gesänge liegen vor dir aufgeschlagen, und der anrückende Mondschein kann dich sie bald lesen lassen – und die Nachtigall in der Mutter nahem Zimmer kämpfet, wie von der Tuba ins Feld gerufen, mit deinen Tönen. – –

Liane trat mit ihrer Mutter erst spät herein, weil das heftige Ton-Getümmel für beide etwas Hartes und Peinigendes hatte. Er konnte beide seitwärts am untern Fenster sitzen sehen, und wie Liane die Hand der Mutter hielt. Karl ging in weiten Schritten nach seiner Sitte auf und ab und stand zuweilen an ihm still. Albano trat in dieser Nähe der stillen Seele bald aus der harmonischen Wildnis in mondhelle einfache Stellen heraus, wo nur wenige Töne sich wie Grazien und ebenso leicht verbunden hold bewegen. Der künstliche Wirrwarr enharmonischer Irrlichter ist nur der Vorläufer der melodischen Charitinnen; und nur diese allein schmiegen sich an die weicheren Seelen an. Ihm war bis zur Täuschung, als sprech' er laut mit Lianen; und wenn die Töne immer wie Liebende dasselbe wiederholten vor Innigkeit und Lust: meinte er nicht Lianen und sagte ihr: wie lieb' ich dich, o wie lieb' ich dich? Fragt' er sie nicht: was klagest du, was weinest du? – Und sagt' er nicht zu ihr: blick in dies stumme Herz und flieh es nicht, o Reine, Fromme, Meine?

Wie errötet der Gute, als plötzlich der liebkosende Freund ihm die Hände um die Augen legte, die bisher ungesehen im Dunkel vor Liebe übergeflossen waren! – Karl trat heftig zur Schwester, und sie nahm selber seine Hand und sagte Worte der Liebe. Dann flüchtete sich Albano in die brausende Wildnis so lange, bis die Augen getrocknet waren für den beleuchteten Abschied – langsam ließ er die Wiege unsers Herzens ausschwanken und schloß so mild' und leise und verstummte ein wenig und stand langsam auf. – – O in dieser jungen stummen Brust lebte alles, womit die herrlichste Liebe segnen kann!

Sie schieden ernst. – Niemand sprach über die Töne – Liane schien verklärt – Albano wagt' es in dieser Geisterstunde des Herzens nicht, mit einem Auge, das sich so kurz vorher gestillet hatte, lang' auf ihren milden blauen zu ruhen. – Ihre gerührte Seele drückte sie, wie Mädchen pflegen, bloß am Bruder durch eine heißere Umarmung aus. – Und dem heiligen Jüngling konnte sie scheidend den Ton und den Blick nicht verhehlen, den er nie vergisset. –

Er erwachte oft in dieser Nacht und wußte nicht, was sein Wesen so selig wiege – ach der Ton war es, der durch den Schlummer nachklang, und das liebe Auge, das ihn noch in Träumen anblickte.

ZWÖLFTE JOBELPERIODE

Froulays Geburtstag und Projekte – Extrablatt – Rabette – die Harmonika – die Nacht – der fromme Vater – die Wundertreppe – die Erscheinung

58. ZYKEL

Glücklicher Albano! du wärest es nicht geblieben, hättest du am Geburtstage des Ministers das gehöret, was er da vorbrachte!

Schon seit geraumer Zeit war Froulay voll bedenklicher gewitterhafter Zeichen, und jede Minute konnte – mußte man fürchten – der Donnerschlag aus ihm fahren; er war nämlich munter und mild. So drohet auch bei phlegmatischen Kindern große Munterkeit Ausbruch der Pocken. Da er Hausvater war und Despot – die Griechen hatten für beides nur das Wort Despot –: so erwartete man von ihm als ehelichem Wettermacher[1], er werde die gewöhnlichen Stürme und Ungewitter für die Familie besorgen. – Eheliche Gewittermaterie zum bloßen *Trüben* der Ehe kann nie fehlen, wenn man bedenkt, wie wenig sogar zum *Scheiden* derselben gehöret, z. B. bei den Juden bloß, daß die Frau zu laut schreie, das Essen anbrenne, ihre Schuhe am Platze der männlichen lasse u. s. w. Noch dazu war manches da, worüber gut zu donnern war; z. B. Liane, an welcher man die Missetat des – Bruders heimsuchen konnte, weil dieser hartnäckig wegblieb und um keine Gnade bat. Man ist immer gern auf Frau, Tochter und Sohn zugleich ungehalten und lieber ein Land- als Strichregen; *ein* Kind kann leichter eine ganze Familie versalzen als versüßen.

Aber Froulay verblieb der lächelnde Johannes. Ja trieb ers nicht – die Beweise hab' ich – so weit damit, daß er, da die Tochter der Prinzessin einmal beim Abschiede um den Hals fiel, anstatt ihr mit blitzenden Augen vorzuhalten, wie man Vertraulichkeiten bei Höhern nur annehmen, nicht erwidern und sich eben da nicht vergessen müsse, wo sie sich vergessen – und anstatt ernst zu fragen, ob sie ihn je in seiner wärmsten Liebe gegen den Fürsten wider die dehors habe verstoßen sehen – daß er, sag' ich, anstatt dieses hagelnd und stürmend zu tun, diesesmal bloß in die schönen Worte ausbrach: »Kind, du meinst es zu gut mit deiner vornehmen Freundin; frage deine Mutter, sie weiß auch, was freundschaftliche liaisons sind.«

Bloß Liane – obwohl so oft von dieser Meerstille hintergangen – war voll unsäglicher Hoffnung und Freude über den häuslichen Frieden und glaubte Bestand, zumal in der Nähe des väterlichen Geburtstages, dieser Olympiade und Normalzeit, wornach das Haus vieles rechnete. Das ganze Jahr lauerte der Minister auf diesen Tag, um am Morgen, wenn die Wün-

1 Tempestiarii oder Wettermacher hießen im Mittelalter die Hexenmeister, welche Ungewitter erregen konnten. Man brauchte in Kirchen Wettergebete gegen sie; und andere Hexenmeister, die jenen entgegenarbeiteten.

sche kamen, das sichtbare Vergessen desselben nicht zu vergessen, sondern darüber zu erstaunen – die Geschäfte machens, sagt' er – und um abends, wenn die Gäste kamen – der Geschäfte wegen dinier' er nie, sagt' er –, erstaunen zu lassen. Er war wechselnd der Anbeter und der Bilderstürmer der Etikette, ihre Ministerial- und Oppositionspartei, wie es gerade sein Schimmer gebot.

Liane drang so lange in den Bruder, bis er den Vater mit etwas zu erfreuen versprach: er machte dazu ein Familienstückchen, worein er die ganze Beicht-Nacht zwischen sich und Albano einschob, nur daß er Albano in eine Schwester verkehrte. Gern lernte Liane noch diese Rolle für den Geburtstag ein, ob sie gleich die blühende Weste lieferte.

Der Minister nahm die Weste, den Hauptmann und dessen Komödienzettel des abendlichen Spiels wider Vermuten – gütig auf; da er sonst wie einige Väter desto lauter knurrte, je öfter ihn die Kinder streichelten. Er tanzte wie ein Polacke[1] ganz aufgeräumt mit seiner Familie dahin und versteckte die Peitsche fest unter den Pelz. Es ging ihm jetzt nichts Schlimmers im Kopfe herum als bloß die Frage, wo das Liebhabertheater am besten, ob im Salon de lecture oder ob im Salon der bains domestiques aufzuschlagen; denn beide Säle waren ganz von einander und von andern Zimmern durch die Namen unterschieden.

Der Tag kam. Albano, dessen Einladung Karl ertrotzen müssen, weil der Minister seinen Stolz hassete aus Stolz, brachte leider den Ton in seiner Seele mit, den ihm das letztemal Liane nach Hause gegeben. Seine Hoffnung hatte bisher von diesem Tone gelebt. O verdenkts ihm nicht! Das luftige Nichts eines Seufzers trägt oft eine Schäferwelt oder einen Orkus auf dem Ephemeren-Flügel. Alles Wichtige ist wie ein Fels auf einen Punkt zu stellen, wo es ein Kinderfinger drehen kann.

1 Die polnischen Tänzer tragen immer eine Peitsche unter dem Pelze, damit die Tänzerin durch die Schläge entschuldigt ist, wenn sie mit ihm fehlet. Oberschles. Monatsschrift, 1stes St., Jul. 1788.

Aber der Ton war verklungen. Liane wußt' es gar nicht anders, als daß man unter der Visitengemeinde – deren moralische Pneumatophobie[1] sie nicht einmal ganz kannte – vor jede betende Empfindung den Kirchenfächer halten müsse.

Logen, Parterre und Groschengalerie wurden fast um die gewöhnliche Schauspielszeit mit stiftsfähigen Gratulanten verziert und ausgefüllt. Der deutsche Herr ragte sehr hervor durch den reichen Trotz seiner Verhältnisse. Von der Visitenkompagniegasse kann im Durchgehen nur angemerkt werden, daß in ihr und im antiphlogistischen System der *Sauerstoff* die Hauptrolle spielte, welchen aber weniger die Lunge abschied als das Herz. –

Als der Vorhang auseinanderging und Roquairol jene Nacht der Vergebung und Entzückung noch feuriger wieder vorbeiführte, als sie gewesen war; als diese träumerische Nachäffung erst die rechte Wirklichkeit schien: wie glühend und tief brannt' er sich dadurch in seines Freundes Seele ein! (Guter Albano! Diese Kunst, sein eigner révenant, sein Vexier- und After-Ich zu werden und die Prachtausgabe des eignen Lebens nachzudrucken, hätte dir kleinere Hoffnungen verstatten sollen!) – Der Graf mußte in der ernsthaftesten Sozietät, die je um ihn saß, ausbrechen in ein unschickliches – Weinen. Und warum legte Karl Albanos Worte in jener Nacht der zauberisch-gerührten Liane in den Mund und machte die Liebe durch so viele Reize groß bis zum Schmerz? –

Selber der deutsche Herr gab Lianen, diesem weißen Schwan, der errötend durch das Abendrot des Phöbus schwamm, mehrere laute und dem Grafen verdrüßliche Zeichen des Beifalls. Der Minister war hauptsächlich froh, daß das alles zu seiner Ehre vorfalle und daß die Pointe des letzten Aktes ihm noch einen ganz besondern epigrammatischen Lorbeerkranz auf den Scheitel werfen müsse.

Er überkam den Kranz. – Das Kinderpaar wurde von der anwesenden Erlanger Literaturzeitung und von der Belletri-

1 Geisterscheu.

schen sehr günstig rezensiert und mit Kronen überdeckt, mit edlen Märtyrerkronen. – Der deutsche Herr hatte und brauchte das laute Recht, die Krönung und den Kronwagen anzuführen. Niedriger Mensch! warum dürfen deine Käfer-Augen über die heiligen Rosen, welche die Rührung und die Geschwister-Liebe auf Lianens Wangen pflanzt, nagend kriechen? – Aber wie noch viel munterer wurde der alte Herr – so daß er mit den ältesten Damen badinierte –, als er den Ritter sein Interesse an Lianen nicht phantastisch oder sentimentalisch, sondern durch stilles stetes Nähern und verständige Aufmerksamkeit, durch Scherze und Blicke und kluges Anreden und endlich durch etwas Entscheidendes herrlich an den Tag geben sah! – Der deutsche Herr zog nämlich den alten in ein Kabinett hinein, und beide kehrten heftig-belebt daraus zurück.

Die einsame, ins eigne Herz versenkte Liane flüchtete vom Giftbaum des Lorbeers weg zur erquickenden Mutter. Liane hatte mitten in den stürmischen Mühlengängen täglicher Assembleen eine leise Stimme und ein zartes Ohr behalten, und der Tumult hatte sie eingezogen und fast scheu gelassen.

Die schöne Seele erriet selten etwas – eine schöne Seele ausgenommen –; so leicht ihr Ebenbild, so schwer ihr Gegenbild. Bouverots Annäherungen schienen ihr die gewöhnlichen Vor- und Seitenpas der männlichen Höflichkeit; und sein Ritter-Zölibat erlaubte ihr nicht, ihn ganz zu verstehen: – prangen nicht die Lilien der Unschuld früher als die Rosen der Scham, wie die Purpurfarbe anfangs nur bleich färbt und erst später rot anglüht, wenn sie vor der Sonne liegt? – Sie hielt sich diesen Abend der Mutter nahe, weil sie an ihr einen ungewöhnlichen Ernst wahrnahm. –

Als Froulay das Geburtstags-Kränzchen, worin mehr Stacheln und Stiele als Blumen steckten, oder das Dornenkrönchen von seinem Kopfe heruntergetan hatte und in der Nachtmütze unter seiner Familie stand: macht' er sich an das Geschäft, worauf er den ganzen Abend gesonnen hatte.

»Täubchen« (sagt' er zur Tochter und entlehnte einen guten Ausdruck aus der Bastille[1]) – »Täubchen, lasse mich und Guillemette allein.« – Er entblößte jetzt das Ober-Gebiß durch ein eignes Grinsen und sagte, er hab' ihr, wie er hoffe, etwas Angenehmes zu hinterbringen. »Sie wissen,« (fuhr er fort) »was ich dem deutschen Herrn schuldig bin« – Er meinte nicht Dank, sondern Geld und Rücksicht.

– – Man will es sehr preisen an der Familie der Quintier[2], daß sie nie Gold besessen; ich führe – ohne tausend andere Familien aufzustellen, von denen dasselbe zu beschwören ist – nur die Froulaysche an. Gewisse Familien haben wie Spießglas durchaus keine chemische Verwandtschaft mit diesem Metall, wenn sie auch wollten; – wahrlich Froulay wollte; er sah sehr auf seinen Vorteil (auf etwas anderes nicht), er setzte (obwohl nur in Kollisionsfällen) gern Gewissen und Ehre beiseite; aber er brachte es zu nichts als zu großen Ausgaben und großen Projekten, bloß weil er das Geld nicht als Endzweck des Geizes, sondern nur als Mittel des Ehrgeizes und der Tätigkeit sucht. Sogar für einige Gemälde, die Bouverot für den Fürsten in Italien gekauft, war er jenem noch den Kaufschilling schuldig, den er von der Kammer erhoben. Durch seine Schuldbriefe stand er wie durch Zirkelbriefe in ausgebreiteten Verbindungen. Er hätte gern seinen Ehekontrakt in einen Schuldbrief umgeschrieben und mit der Ministerin wenigstens die innigste Gemeinschaft – der Güter gehabt – denn unter den jetzigen Umständen grenzten Scheidung und Konkurs nachbarlich aneinander –; aber wie gesagt, manche Menschen haben bei den besten Krallen – wie der Adler des römischen Königs[3] – nichts darin. –

Er fuhr fort: »Jetzt höret diese Gêne vielleicht auf. Haben Sie bisher Beobachtungen über ihn gemacht?« – Sie schüttelte.

1 So nannten ihre Schließer die Gefangnen.

2 Alexand. ab Al. V. 4.

3 Um sich von dem Adler des Kaisers zu unterscheiden, der in beiden Fängen etwas hält.

»Ich« (versetzt' er) »schon lange und solche, die mich wahrhaft soulagierten; – j'avois le nez bon quant à cela – er hat reelle Neigung für meine Liane.«

Die Ministerin konnte keinen Verfolg erraten und bat ihn mit verdecktem Erstaunen, zur angenehmen Sache zu kommen. Komisch rang auf seinem Gesicht der freundliche Schein mit der Erwartung, er werde sich sogleich erbosen müssen; er versetzte: »Ist Ihnen das keine? Der Ritter meint es ernsthaft. Er will sich jetzt mit ihr heimlich verloben; nach drei Jahren tritt er aus dem Orden, und ihr Glück ist gemacht. Vous êtes je l'espère pour cette fois un peu sur mes intérêts, ils sont les vôtres.« –

Ihr so schnell und tief getroffenes Mutterherz weinte und konnte kaum verhüllet werden. »Herr von Froulay!« (sagte sie nach einiger Fassung) »ich verberge mein Erstaunen nicht. Eine solche Ungleichheit in den Jahren – in den Neigungen – in der Religion«[1] – –

»Das ist des Ritters Sache, nicht unsere«, versetzt' er, erquickt von ihrer entrüsteten Verwirrung, und warf wie das Wetter in seiner Kälte nur feinen spitzen Schnee, keinen Hagel. – »Was Lianens Herz anlangt, dieses bitt' ich Sie eben zu sondieren.« – »O dieses fromme Herz? – Sie persiflieren!« – »Posito! desto lieber wird das fromme Herz sich fügen, um das Glück des Vaters zu machen, wenn sie nicht die größte Egoistin ist. Ich möchte die gehorsame Tochter nicht gern zwingen.« – »N'épuisez pas ce chapitre; mon coeur est en presse. – Es wird ihr das Leben kosten, das ohnehin an so schwachen Fäden hängt.« – – Diese Erwähnung schug allezeit Zornfeuer aus seinem Kiesel: »Tant mieux,« (sagt' er) »so bleibt es bei der Verlobung! hätt' ich bald gesagt – sacre – –! Und wer ist daran schuld? So gehts mir mit dem Hauptmann auch; anfangs versprechen meine Kinder alles, dann werden sie nichts. – Aber, Madame,« (indem er sich schnell und giftig zusammenfaßte und statt seiner Lippen und Zähne bloß die Gehörwerkzeuge

1 Bouverot war katholisch.

eines schlafenden Schoßhundes mäßig drückte) »Sie allein wissen ja alles durch Ihren Einfluß auf Liane zu dressieren und zu redressieren. Sie gehorcht Ihnen vielleicht noch eher als mir. Ich werde dann nicht bei dem Ritter kompromittiert. – Die Vorteile detaillier' ich nicht weiter.« Seine Brust wurde hier schön erwärmt unter dem Geierfell der Entrüstung.

Aber die edle Frau stand jetzt unwillig auf und sagte: »Herr von Froulay! Bis jetzt sprach ich nicht von mir – Nie werd' ich es raten, oder billigen, oder zulassen; ich werde das Gegenteil tun. – Herr von Bouverot ist meiner Liane nicht würdig.« –

Der Minister hatte während der Rede mehrmals mit der Lichtschere ohne Not über den Wachslichtern zugeschnappt und nur die Flammenspitze geköpft; die fixe Luft des Zorns strich jetzt die Rosen seiner Lippen (wie die chemische die botanischen) blau an. – »Bon!« – (versetzt' er)– »Ich verreise; Sie können darüber reflechieren – aber ich gebe mein Ehrenwort, daß ich nie in irgendeine andere Partie konsentiere, und wäre sie« (wobei er die Frau ironisch ansah) »noch ansehnlicher[1] als die eben projektierte – entweder das Mädchen gehorcht, oder sie leidet – decidez! – Mais je me fie à l'amour que vous portez au père, et à la fille; vous nous rendrez tous assez contents.« Und dann zog er fort, nicht als Gewitter, sondern als Regenbogen, den er aus der achten Farbe allein verfertigte, aus der schwarzen, und zwar mit den Augenbraunen.

Nach einigen mit der Mutter und – Tochter zürnenden Tagen reisete er als Luigis Geschäftsträger nach Haarhaar zur fürstlichen Braut. Die bedrängte Mutter vertrauete ihrem ältesten und einzigen Freunde, dem Lektor, das trübe Geheimnis. Beide hatten jetzt ein reines Verhältnis der Freundschaft gegeneinander, das in Frankreich durch die höhere Achtung für die Weiber häufiger ist. In den ersten Jahren der ministerialischen Zwangsehe, die nicht mit Morgentau, sondern mit Morgenreif anbrach, flatterte vielleicht der Dämmerungsvogel, Amor, ihnen nach; aber später vertrieben die Kinder diese

1 Er meinte eine mit dem armen Lektor.

Sphinx. Über die Mutter wird oft die Gattin verschmerzt. Sie nahm daher mit der ihr eignen kalten und klaren Stärke alles Schwankende in ihrem Verhältnis gegen Augusti auf immer weg; und er machte ihr die Festigkeit durch die seinige leichter, weil er bei mehr Ehr- als Weiber-Liebe über kein Flechtwerk röter wurde als über das eines Korbes und irrig glaubte, ein Empfänger habe sich so zu schämen wie eine Empfängerin.

Der Lektor konnte voraussehen, daß sie auch nach ihrer Ehescheidung – die sie nur Lianens wegen verschob – schon darum unverbunden bleiben werde, um ihrer Tochter ein Allodialgut, Klosterdorf, für dessen Vorbehaltung sie nun 21 Jahre lang den Sturmbalken und Sichelwagen und Doppelhaken des alten Ministers bloßgestanden, nicht zu entziehen. Ob sie einem so festen und zarten Manne, der in nichts von ihr abwich als in der Welt-Kälte gegen positive Religion, nicht ihre teuere Liane selber schweigend zudenke, ist eine andere und schönere Frage. Eine solche Wechselgabe wäre einer solchen Mutter und Freundin würdig, die aus ihrem Herzen wußte, daß Zart- und Ehrgefühl zusammen einer geliebten Seele ein festeres Glück bereiten als die Genieliebe, dieser Wechsel von fliegender Hitze und fliegender Kälte, dieses Feuer, das wie das elektrische stets zweimal zertrümmert, bei dem Anfliegen und bei dem Abspringen. Der Lektor selber warf jene Frage nicht auf; denn er machte nie unsichere, kecke Plane; und welcher wär' es mehr gewesen als der einer solchen Verbindung bei seiner Armut oder bei einem solchen Schwiegervater in einem Lande, wo, wie in Kursachsen, ein so wohltätiges Gesetz (– für die Eltern) sogar eine vieljährige Ehe, die kein elterlicher Konsens geschlossen, wieder abbestellen kann! –

Mit nassen Augen zeigte die Ministerin ihm die neuen Sturmwolken, die wieder über sie und ihre Liane heraufstiegen. Sie konnte auf sein feines Auge für die Welt, auf seine stumme Lippe und auf seine gewandte Hand für Geschäfte bauen. Er sagte – wie immer –, das hab' er alles vorausgesehen; bewies ihr aber, daß Bouverot sein Ritterkreuz – schon aus

Habsucht – nie gegen den Ehering vertauschen werde, welche Absichten er auch auf Lianen nähre. Er ließ sie, soweit es die Schonung für ihre wunden Verhältnisse vertrug, es erraten, bis zu welchem Grade von Bereitwilligkeit für Bouverots Wünsche gerade Lianens zerbrechliches Leben den Minister locken könne, um es abzuernten, bevor es abblühe. Denn Froulay brachte Zumutungen gegen die Ehre behender die Kehle hinab als Verletzungen seiner Eitelkeit, wie der Wasserscheue leichter derbe Brocken als Flüssiges. Doch klang das alles der Ministerin nicht so unmoralisch-hart, als Leser aus den mittlern Ständen denken möchten; ich berufe mich auf die vernünftigen aus den höhern.

Augusti und die Ministerin sahen, man müßte in der Abwesenheit des Ministers doch etwas für Liane tun; und beide trafen wunderbar im Projekte zusammen. – Liane muß aufs Land in dieser schönen Zeit – sie muß ihre Gesundheit rüsten für die Kriege der Zukunft – sie muß den Besuchen des Ritters entzogen sein, die nun der Geburtstag vervielfältigen wird – der Minister muß sogar gegen den Ort nichts einzuwenden haben. – – Und wo kann dieser liegen? – Bloß unter dem Dache des Direktors Wehrfritz, der den deutschen Herrn nicht ausstehen kann, weil er sein vergiftendes Verhältnis zum Fürsten weiß. Aber freilich sind vorher noch andere Berge zu übersteigen als der nach Blumenbühl.

Selber der Leser muß jetzt über einen niedrigen hinüber; und der ist ein kurzes komi-tragisches Extrablatt

über den grünen Markt mit Töchtern

Folgendes ist gewiß: jeder Inhaber einer sehr schönen oder sehr reichen Tochter verwahrt gleichsam einen Pitt unter dem Dach, der ihm selber unbrauchbar ist und den er erst nach langem Ruhen einem *Regenten*[1] verkaufen muß. Genau und

1 Ich meine nicht (wie *es* etwa aus dem Verkaufen scheint) Pitt den Minister, sondern Pitt den Diamanten, den der Vater des jetzigen dem Herzog Regenten von Frankreich verhandelte und für dessen Splitter er noch 12 000 Dukaten bekam.

merkantilisch gesprochen sind Töchter eigentlich kein Handelsartikel – denn die elterlichen Großavanturhändler kann niemand mit jenen Trödlerinnen und Ständel- oder Fratschlerweibern vermengen, deren Transitohandel man nicht gern nennt –, sondern eine Aktie, mit der man in einer Südsee gewinnt, oder eine Scholle, womit man das Grundstück symbolisch (scotatione) übergibt. »Je ne vends que mes *paysages* et donne les *figures* par dessus le marché«[1],sagte Claude Lorraine, wie ein Vater – und konnt' es leicht, weil er durch *andere* die Figuren in seine Landschaften malen ließ –; ebenso werden nur die Rittersitze in den Kauf- oder Ehekontrakt gesetzt und die Braut, die auf jenen sitzt, dareingegeben. Ebenso höher hinauf ist eine Prinzessin bloß ein blühender Zweig, den ein fürstlicher Sponsus nicht der *Früchte* wegen, sondern weil sich ein *Bienenschwarm* von Land und Leuten daran angelegt, abnimmt und nach Hause trägt.

Hat ein Vater – wie unser Minister – nicht viel, so kann er die Kinder, wie die Ägypter die Eltern (nämlich die Mumien davon), als Schuld- und Faustpfänder oder Reichspfandschaften, die man nicht einlöset, einsetzen.

Jetzt hat sich der Kaufmannsstand, der sonst nur fremde Produkte vertrieb, auch dieses Handelszweigs bemächtigt; mich dünkt aber, er hätte in seinem untern Kaufgewölbe Spielraum genug, eigennützig und verdammt zu werden, ohne die Treppe hinaufzusteigen zur Tochter. In Guinea darf nur der Adel handeln; bei uns ist ihm fast aller Handel, außer dem kleinen mit den Töchtern und den übrigen wenigen Dingen, die auf den eignen Gütern wachsen, abgeschnitten und verwehrt; daher hält er so fest auf diese Handelsfreiheit, und die Noblesse scheint hier eine für diesen zarten Handelszweig verbundne Hansa zu sein; so daß man gewissermaßen den erhabnen Stand mit dem *erhabnern* im eigentlichen Sinn vergleichen mag, den in Rom verkäufliche Leute besteigen mußten[2], um besehen zu werden.

1 Ich verkaufe bloß die Landschaften und gebe die Figuren zum Kauf darein.

2 Plaut. Bach. Act. 4. Scen. 7. 17.

Es ist eine gemeine Einwendung sogenannter gefühlvoller junger Herzen, daß dergleichen Verhandlungen die Liebe sehr sperren oder gar sprengen; indes ihr wohl nichts so sehr vorarbeitet als eben dies. Denn ist nur der Handel geschlossen und vom Buchhalter (dem Pfarrer) ins Hauptbuch eingetragen: so tritt ja die Zeit ein, wo die Tochter ihr Herz bedenken und versorgen darf, nämlich die schöne Zeit nach der Heirat, die allgemein in Frankreich und Italien und allmählich auch in Deutschland als die schicklichere angenommen wird, wo ein weibliches Herz frei unter der Männer-Schar erwählen kann; ihr Staat wird dann, wie der venezianische, aus einem merkantilischen ein erobernder. Auch den Gemahl selber unterbricht das kurze Handlungsgeschäft so wenig nach- als vorher in seiner Liebe; nur tritt jetzt – wie in Nürnberg dem Juden eine alte Frau – unserem immer ein junge nach. Ja oft fasset der eheliche Handels-Mann selber Neigung für das heimgeführte Subjekt – welches ein ungemeines Glück –, und wie Moses Mendelssohn mit dem seidnen Waren-Bündel unter dem Arm seine *Briefe* über die *Empfindungen* aussann, so meditieren bessere Männer unter dem Handel Liebesbriefe an den Handelszweig und handeln mit der Jungfrau – wie Kaufleute in Messina[1] mit der heiligen – in Compagnie; aber freilich solche profitable Verbindungen der Liebe mit Geschäften bleiben seltene Vögel und sind wenig zu prätendieren. – –

– Das Vorige schrieb ich für Eltern, die gern scherzen mit – kindlichem Glück; ich will jetzt aus ihrem und meinem Scherz Ernst machen. Ich frage euch erstlich über euer Recht, moralischen freien Wesen die Neigungen oder gar den Schein derselben vorzuschreiben und durch *eine* Machthandlung den giftigen Blei-Zepter über ein ganzes freies Leben auszustrecken. Eure zehn Lehrjahre des Lebens mehr machen so wenig einen Unterschied in der gegenseitigen Freiheit als Talent oder sein Mangel. Warum befehlt ihr denn Töchtern nicht ebensogut Freundschaft auf Lebenslang? Warum übt ihr bei

1 7ter Teil der neuen Sammlungen der Reisebeschreibungen.

der zweiten Ehe nicht dasselbe Recht? Aber ihr habt eben keines zu verwerfen, ausgenommen in der minorennen Zeit, wo das Kind noch keines hat, zu wählen. Oder fodert ihr für die Erziehung zur Freiheit beim Abschiede als Ehrensold das Opfer der Freiheit? – Ihr tut, als hättet ihr erzogen, ohne selber erzogen zu sein, indes ihr bloß eine schwere geerbte Schuld, die ihr an eure Eltern nie bezahlen könnt, an eure Kinder abtragt; und ich kenne hierin nur *einen* unbezahlten Gläubiger, den ersten Menschen, und nur *einen* insolventen Schuldner, den letzten. Oder schützet ihr euch noch mit dem barbarischen unmoralischen römischen Vorurteil, das Kinder als weiße Neger der Eltern feilbietet, weil die frühere erlaubte Gewalt über das nicht-moralische Wesen sich hinter der Allmählichkeit seiner Entwicklung unbemerkt als eine über das moralische herüberschleicht?

Dürft ihr aus Liebe Kinder zu ihrem Glück, so dürfen sie später ebensogut aus Dankbarkeit euch zu eurem zwingen. Aber was ist denn das Glück, wofür sie ihr ganzes Herz mit allen seinen Träumen wegwerfen sollen? – Meistens *eures; eure* Beleuchtung und Bereicherung, *eure* Feind- und Freundschaften sollen sie mit dem Opfer des Innersten büßen und kaufen. Dürft ihr eure stillen Voraussetzungen zum Glück einer Zwangsehe laut bekennen, z. B. die Entbehrlichkeit der Liebe in der Ehe, die Hoffnung eines Todesfalles, die vielleicht doppelte Untreue sowohl gegen den ehelichen Käufer als gegen den außer-ehelichen Geliebten? Ihr müsset Sünderinnen[1] voraussetzen, um nicht Räuber zu sein.

Tut mir nicht dar, daß Neigungsehen oft schlecht und Zwangsehen oft gut genug ausgefallen, wie an Herrnhutern, Germanen und Orientalern zu ersehen. Nennt mir sonst lieber alle barbarischen Völker und Zeiten her, worin, weil beide ja nur den Mann, nie die Frau berechnen, eine glückliche Ehe nichts bedeutet als einen glücklichen Mann. Niemand steht

1 Ich spreche mehr von Töchtern, weil diese die gewöhnlichsten und größten Opfer sind; die Söhne sind unblutige Meßopfer.

nahe genug dabei, die weiblichen Seufzer zu hören und zu zählen; der ungehörte Schmerz wird endlich sprachlos; neue Wunden schwächen das Bluten der ältesten. Ferner: am Mißgeschick der Neigungs-Ehen ist eben ihr Verwehren und euer Krieg gegen die Verehlichten schuld. – Ferner: jede Zwangs-Ehe ist ja meistens zur Hälfte eine Neigungs-Ehe. Endlich: die besten Ehen sind im mittlern Stand, wo mehr die Liebe, und die schlechtesten in den höhern, wo die Rücksicht bindet; und sooft in diesen ein Fürst bloß mit seinem Herzen wählte, so erhielt er eines, und er verlor und betrog es nie. – –

Welches ist denn nun die Hand, in welche ihr so oft die schönste, feinste, reichste, aber widersträubende presset? Gewöhnlich eine schwarze, alte, welke, gierige. Denn veraltete, reiche oder steigende Libertins haben zu viel Kenntnis, Sättigung und Freiheit, um sich andere Wesen zu stehlen als die herrlichsten; die minder vollkommnen fallen bloß Liebhabern anheim. Aber wie niedrig ist ein Mann, der, verlassen vom eignen Wert, bloß vom fremden Machtgebot beschützt, sein Glück bezahlend mit einem gestohlnen, nun die unbeschirmte Seele von einer geliebten nachweinenden in ein langes kaltes Leben wegschleppen und sie in seine Arme wie in frostige Schwerter drücken und sie darin so nahe an seinem Auge blutend erbleichen und zucken sehen kann! – Der Mann von Ehre gibt schon errötend, aber er nimmt nicht errötend; und der bessere Löwe, der tierische, schonet das Weib[1]; aber diese Seeleneinkäufer erpressen vom bezwungnen Wesen noch zuletzt das Zeugnis der Freiwilligkeit.

Mutter des armen Herzens, das du durch Unglück beglücken willst, höre du mich! Gesetzt, deine Tochter härte sich ab gegen das aufgedrungene Elend: hast du ihr nicht den reichen Traum des Lebens zum leeren Schlafe gemacht und ihr daraus die glückseligen Inseln der Liebe genommen und alles, was auf ihnen blüht, die schönen Tage, wo man sie betritt, und das ewige frohe Umsehen nach ihnen, wenn sie schon tief im

1 Plin. H. N. VIII. 16.

Horizonte mit ihren blühenden Gipfeln liegen? Mutter, war diese frohe Zeit in deiner Brust, so nimm sie der Tochter nicht; und war sie dir grausam entzogen, so denk an deinen bittersten Schmerz und erb' ihn nicht fort.

Gesetzt ferner, sie macht den Entführer ihrer Seele glücklich, rechne nun, was sie für den Liebling derselben gewesen wäre und ob sie dann nichts verdiene, als den zu ihr von *einer* Gefängnistüre auf immer eingeschlossenen Kerkermeister zu ergötzen! – Aber so gut ists selten; – du wirst ein doppeltes Mißgeschick auf deine Seele häufen, den langen Schmerz der Tochter, das Erkalten des Gatten, der später die Weigerungen fühlt und rügt. – Du hast die Zeit verschattet, wo der Mensch am ersten Morgensonne braucht, die Jugend. O macht lieber alle andere Tageszeiten des Lebens trübe – sie sind sich alle ähnlich, das dritte und das vierte und fünfte Jahrzehend –, nur bei Sonnenaufgang lasset es nicht ins Leben regnen; nur diese einzige, nie umkehrende, unersetzliche Zeit verfinstert nicht.

Aber wie, wenn du nicht bloß Freuden, Verhältnisse, eine glückliche Ehe, Hoffnungen, eine ganze Nachkommenschaft für deine Plane und Befehle opfertest, sondern das Wesen selber[1], das du zwingst? Wer kann dich rechtfertigen oder deine Tränen trocknen, wenn die beste Tochter – denn gerade diese wird gehorchen, schweigen und sterben, wie den Mönchen von La Trappe ihr Kloster niederbrennt, ohne daß einer das Gelübde des Schweigens bricht[2] – wenn sie, sag' ich, wie eine Frucht halb vor der Sonne, halb im Schatten, nach außen

1 Und das ist durchaus wahrscheinlich. Doktor Eduard *Hill* berechnete, daß in England jährlich 8 000 an der unglücklichen Liebe – am gebrochnen Herzen, wie die Engländerinnen rührend sagen – sterben. *Beddoes* erweiset, daß die vegetabilische Kost – und diese lieben gerade diese Wesen – die Schwindsucht nähre und daß die weiblichen sich zu dieser neigen. Noch dazu fallen die Zeiten der Sehnsucht, die schon ohne Fehlschlagen, wie das Heimweh zeigt, eine vergiftend-herumziehende Bleikugel ist, in die Jugend ein, wo der Same der Brustkrankheiten am leichtesten aufgeht. O manche fallen in der Ehe unter falschen Auslegungen vor dem Todesengel, dem sie vor ihr das Schwert geschärft und gegeben.

2 Forsters Ansichten. 1. B.

hin blüht und nach innen kalt erbleicht, wenn sie, ihrem entseelten Herzen nachsterbend, dir endlich nichts mehr verhehlen kann, sondern jahrelang die Blässe und die Schmerzen des Unterganges mitten im Aufgange des Lebens herumträgt – und wenn du sie nicht trösten darfst, weil du sie zerstöret hast und dein Gewissen den Namen Kindermörderin nicht verschweigt – und wenn nun endlich das ermüdete Opfer vor deinen Tränen daliegt und das ringende Wesen so bang und früh, so matt und doch lebensdurstig, vergebend und klagend, mit brechenden und sehnsüchtigen Blicken peinlich-verworren und streitend in den bodenlosen Todesfluß mit den blühenden Gliedern untersinkt: o schuldige Mutter am Ufer, die du sie hineingestoßen, wer will dich trösten? – Aber eine schuldlose würde ich rufen und ihr das schwere Sterben zeigen und sie fragen: soll dein Kind auch so untergehen? –

59. ZYKEL

Es war ein romantischer Tag für Zesara, sogar von außen; Sonnenfunken und Regentropfen spielten blendend durch den Himmel. Er hatte einen Brief von seinem Vater aus Madrid bekommen, der auf den gedrohten Tod seiner Schwester endlich das schwarze Siegel der Gewißheit drückte und worin nichts Angenehmes war als die Nachricht, daß Don Gaspard mit der Gräfin de Romeiro, deren Vormundschaft er nun schließe, in dem Herbste (dem italienischen Frühling) nach Italien gehe. Zwei Töne waren ihm aus der Tonleiter der Liebe gerissen: er erfuhr nie, wie man einen Bruder liebe und eine Schwester. Das Zusammentreffen ihrer Sterbenacht mit der Tartarus-Nacht, dieses ganze Einkrallen in die heiligen Bilder und Wünsche seines Herzens empörte seinen Geist, und er fühlte zornig, wie ohnmächtig eine ganze antastende Welt Lianens Bild in ihm wegzurücken suche; und fühlte wieder schmerzlich, daß eben diese Liane selber an ihr nahes Vergehen glaube. –

So fand ihn eine unerwartete Einladung von der – Ministerin selber – – Sonnenfunken und Regentropfen spielten auch in seinem Himmel. – Er flog; im Vorzimmer stand der Engel, der die sechs apokalyptischen Siegel erbrach – Rabette. Sie war ihm entgegengelaufen aus Scheu vor der Gesellschaft und hatt' ihn früher umarmt als er sie. Wie gern sah er ins bekannte redliche Angesicht! Mit Tränen hört' er den Namen Bruder, da er heute eine Schwester verloren! – –

Die Ursache ihrer Erscheinung war diese: als der Direktor das letztemal bei der Ministerin war, hatte diese mit leichter verdeckter Hand seiner Tochter »zur Kenntnis des leeren Stadtlebens und zur Veränderung« – ihr Haus geöffnet, um künftig an seines für ihre klopfen zu dürfen. Er sagte, »er spedier' ihr den weiblichen Wildfang mit Freuden«. Und da ihm in Blumenbühl Rabette Nein, dann Ja, dann Nein, dann Ja geantwortet und sie mit der Mutter noch vor Mitternacht eine Reichskammergerichts-Revision, einen Münzprobations-Tag über alles gehalten hatte, was ein Mensch vom Land anziehen kann in der Stadt: so packte sie dort auf und hier – ab.

»Ach ich fürchte mich drinnen,« (sagte sie zu Albano) »sie sind alle zu gescheut, und ich bin nun so dumm!« – Er fand außer dem Familienkleeblatt noch die Prinzessin und die kleine Helena aus Lilar, dieses schöne Medaillon eines schönen Tages für sei gerührtes Herz. Unbeschreiblich ergriff ihn Lianens weibliche Annäherung an Rabette, gleichsam als teil' er sie mit ihr. Mit Leutseligkeit und Zartheit kam die Milde, die ohne Falsch und Stolz war, der verlegnen Gespielin zu Hülfe, auf deren Gesicht die angeborne lachende und beredte Natur jetzt sonderbar gegen den künstlichen Stummen-Ernst abstach. Karl war mit seiner gewandten Vertraulichkeit mehr imstand, sie zu umstricken als loszuwickeln; bloß Liane gab ihrer Seele und Zunge schon durch den Stickrahmen freies Feld; Rabette schrieb mit der Sticknadel zwar keine Zier- und Anfangsbuchstaben, aber doch eine gute Kurrenthand.

Sie gab – das Gesicht gegen das brüderliche gewandt, um

Mut davon zu holen – von dem gefährlichen Wege und Umwerfen einen deutlichen Bericht und lachte dabei, nach der Sitte des Volks, wenn es sein Unglück erzählt. Der Bruder war ihr auf Kosten der Gesellschaft selber die Gesellschaft und die Welt; nach ihm allein strömte ihre Wärme und Rede hin. Sie sagte: sie könn' ihn aus ihrer Stube »klavieren« sehen. Liane führte beide sofort darein. Wie reich und erhaben über Rabettens Ansprüche ans Stadtleben war das jungfräuliche Hospitium ausgestattet, von der Tulpe an – keiner blühenden, sondern einem Arbeitskörbchen von Liane, wiewohl jede Tulpe eines für den Frühling ist – bis zum Klavier, von dem sie gegenwärtig freilich nicht mehr verbrauchen kann als sieben Diskanttasten für einen halben Walzer! Fünf mäßige Kleiderkästen – denn damit glaubte sie auszukommen und der Stadt zu zeigen, daß auch das Land sich kleiden könne – stellten ihm in ihren wohlbekannten Blumenstücken und Blechbändern gleichsam die alten Drucke (Inkunabeln) der ersten Lebenstage vor; und heute erquickte ihn jede Spur der alten Liebes-Zeit. Sie ließ ihn seine Fenster suchen, aus deren einem der Bibliothekar einen soliden Blick auf einen Gassenstein heftete, um ihn immer zu treffen mit Anspucken.

Hier einsam neben dem Bruder sagte Liane der Schwester das Wort der Freundschaft lauter und versicherte, wie sie sie erfreuen wolle und wie gut und wahr sie es mit ihr meine. O sehet in die Flamme der reinen religiösen schwesterlichen Liebe mit keinem gelben Auge des Argwohns! Fasset ihr nicht, daß diese schöne Seele eben jetzt ihre reichen Flammen zerteile für alle Schwesterherzen, bis die Liebe sie zusammendrängt in *eine* Sonne, wie nach den Alten die zerstreueten Blitze der Nacht am Morgen sich zu *einer* dichten Sonne sammlen? – Sie war überall Auge für jedes Herz; wie eine Mutter vergaß sie nicht einmal die Kleine über Große; – und sie goß – keiner streiche mir dieses kleine Beispiel weg – der kleinen Helena die Tasse Kaffee, die der Doktor verbot, halb voll Sahne, damit er ohne Kraft und Nachteil sei.

Die ungeduldige Prinzessin hatte schon zehnmal nach dem Himmel geschauet, durch welchen bald Lichtstrahlen, bald Regensäulen flogen – bis endlich aus dem verzehrten Wolkenschnee das Blau in weiten Feldern wuchs und Julienne die erfreueten jungen Leute in den Garten zum Anstoß der Ministerin entführen konnte, die ungern Lianen dem Serein, fünf oder sechs Abendwind-Stößen und dem Waten durch das $^1/_{19}$ Linie hoch stehende Regenwasser aussetzte. Sie selber blieb zurück. Wie war alles drunten so neu geboren, widerscheinend und liebkosend! Die Lerchen stiegen aus den fernen Feldern wie Töne auf und schmetterten nahe über dem Garten – in allen Blättern hingen Sterne, und die Abendluft warf das nasse Geschmeide, die zitternden Ohrrosen aus den Blüten in die Blumen herab und trieb süße Düfte den Bienen entgegen. Die Idylle des Jahrs, der Frühling, teilte sein holdes Schäferland unter die jungen Seelen aus. Albano nahm die Hand seiner Schwester, aber er hörte mühsam auf ihre Berichte vom Hause. Liane ging mit der Prinzessin weit voraus und labte sich am offnen Himmel der Vertraulichkeit.

Plötzlich stand Julienne mit ihr scherzend still, um den Grafen heranzulassen und zu fragen nach Briefen von Don Gaspard und nach Nachrichten von der Gräfin Romeiro. Er teilte mit erglühendem Gesicht den Inhalt des heutigen mit. In Juliennes Physiognomie lächelte fast Neckerei. Auf die Nachricht von Lindas Reise versetzte sie: »Daran erkenn' ich sie; alles will sie lernen – alles bereisen. – Ich pariere, sie steigt *auf* den Montblanc und *in* den Vesuv. Liane und ich nennen sie darum die Titanide.« Wie freundlich hörte diese zu, mit den Augen ganz auf der Freundin! »Sie kennen sie nicht?« fragte sie den Gepeinigten. Er verneinte heftig. Roquairol kam nach; »Passez, Monsieur!« sagte sie, Platz machend und ihn fortwinkend. Liane blickte sehr ernst nach. »La voici!« sagte Julienne, indem sie an einem Ringe ihrer kleinen Hand durch einen Druck die Decke eines Bildnisses aufspringen ließ. – – Guter Jüngling! es war ganz die Gestalt, welche in jener Zaubernacht aus dem Lago maggiore aufstieg, dir von den Geistern zugeschickt! – »Sie ist getroffen«, sagte sie zu dem erschütterten Menschen. »Sehr!« sagt' er verwirrt. Sie untersuchte dieses widersprechende »Sehr« nicht; aber Liane sah ihn an; »Sehr – schön und kühn!« (fuhr er fort) »aber ich liebe Kühnheit an Weibern nicht.« – »O, das glaubt man den Männern gern«, versetzte Julienne; »keine feindliche Macht liebt sie an der andern.«

Sie gingen jetzt in der Kastanienallee vor der heiligen Stätte vorbei, wo Albano die Braut seiner Hoffnungen zum ersten Male hinter den Wasserstrahlen hatte glänzen und leiden sehen. O er hätte hier mit dieser vom Gegeneinanderarbeiten wunderbarer Verhältnisse bang-erhitzten Seele gern vor dem nahen stillen Engel niederknien mögen! – Die zarte Julienne merkte, sie habe ein bewegtes Herz zu schonen; nach einem ziemlich *lauten* Schweigen sagte sie in ernstem Ton: »Ein holder Abend! Wir wollen aufs Wasserhäuschen. – Liane wurde da geheilt, Graf! Die Fontänen müssen auch springen.« – »O die Fontänen!« sagte Albano und sah unbeschreiblich-gerührt Lianen an. Sie dachte aber, er meine die im Flötental. Helena gebot hinter ihnen, zu warten, und kam mit zwei Händchen voll gepflückter tauiger Aurikeln nachgetrippelt und gab sie alle Lianen, von ihr als der Kollatorin der Benefizien die Blumen-Spende erwartend; »auch die Kleine denkt noch an den schönen Sonntag in Lilar«, sagte Liane. Sie gab der Prinzessin ein paar, und Helena nickte; und als Liane sie ansah, nickte sie wieder zum Zeichen, der Graf soll' auch etwas haben; – »noch mehr!« rief sie, als er bekommen; und je mehr jene gab, desto mehr rief sie »mehr!« – wie Kinder in den Hyperbeln ihres Hanges zur Unendlichkeit pflegen.

Man ging über eine grüne Brücke und kam in ein niedliches Zimmer. Statt des vorigen Pianofortes stand ein gläsernes Heiligenhaus der Tonmuse da, eine Harmonika. Der Hauptmann schraubte innen hinter einem Tapetentürchen, und sogleich fuhren draußen alle festgebundnen Springwasser mit silbernen Flügeln gen Himmel. O wie brannte die beregnete Welt, als sie hinaus auf die Höhe traten!

Warum warst du, mein Albano, gerade in dieser Stunde nicht ganz glücklich? – Warum stechen denn durch alle unsre Bündnisse Schmerzen, und warum *blutet* das Herz wie seine Adern am reichsten, wenn es *erwärmt* wird? – Über ihnen lag der stille verwundete Himmel im Verband eines langen weißen Gewölkes – die Abendsonne stand noch hinter dem Palast, aber auf beiden Seiten desselben wallete ihr Purpurmantel aus Wolken in weiten Falten über den Himmel hin – und wenn man sich umkehrte nach Osten, zu den Bergen von Blumenbühl, so liefen grüne Lebens-Flammen hinauf, und wie goldne Vögel hüpften die Irrlichter durch die feuchten Zweige und an die Morgenfenster, aber die Fontänen warfen noch ihr weißes Silber in das Gold. – –

Da schwamm die Sonne mit roter heißer Brust, goldne Kreise in den Wolken ziehend, hervor, und die gebognen Wasserstrahlen brannten hell . . . Julienne sah Albano, neben welchem sie immer gleichsam gutmachend geblieben, herzlich an, als ob es ihr Bruder wäre, und Karl sagte zu Liane: »Schwester, dein Abendlied!« – »Von Herzen gern«, sagte sie; denn sie war recht froh über die Gelegenheit, sich mit dem wehmütigen Ernst ihres Genusses zu entfernen und drunten in der einsamen Stube auf den Harmonikaglocken alles laut zu sagen, was die Entzückung und die Augen verschweigen.

Sie ging hinab, das melodische Requiem des Tages stieg herauf – der Zephyr des Klanges, die Harmonika, flog wehend über die Garten-Blüten – und die Töne wiegten sich auf den dünnen Lilien des aufwachsenden Wassers, und die Silberlilien zersprangen oben vor Lust und Sonne in flammige Blüten – und drüben ruhte die Mutter Sonne lächelnd in einer Aue und sah groß und zärtlich ihre Menschen an. – – Hältst du denn dein Herz, Albano, daß es mit seinen Freuden und Leiden verborgen bleibt, wenn du die stille Jungfrau im Mondschein der Töne wandeln hörst? O wenn der Ton, der im Äther vertropft, ihr das frühe Verrinnen ihres Lebens ansagt und wenn ihr die langen weichen Melodien als das Rosenöl vieler zerdrückter Tage entfließen: denkst du daran nicht, Albano? – Wie der Mensch spielet! Die kleine Helena wirft mit Aurikeln nach den lodernden Wasseradern, damit sie eine mit aufschleudern; und der Jüngling Zesara bückt sich weit über das Geländer und lässet an der schiefen Hand den Wasserstrahl auf sein heißes Gesicht und Auge abspringen, um sich damit zu kühlen und zu verhüllen. – Durch seine Schwester wurde ihm der feurige Schleier geraubt; Rabette gehörte unter die Menschen, welche dieses tönende Beben sogar physisch zernagt – so wie wieder den Hauptmann die Harmonika wenig ergriff, der immer am wenigsten gerührt war, wenn es andere am meisten waren –; die Unschuldige war mit keinen Schmerzen weniger vertraut als mit süßen; die bittersüße Wehmut, worein sie in der müßigen Einsamkeit der Sonntage versank, hatten sie und andere bloß für Verdrießlichkeit gescholten. Jetzt fühlte sie auf einmal mit Erröten ihr rüstiges Herz wie von heißen Strudeln gefasset, umgedreht und durchgebrannt. Ohnehin war es heute durch das Wiederfinden des Bruders, durch das Verlassen der Mutter und die verlegne Bangigkeit vor Fremden und selber durch den sonnenroten Blumenbühler Berg hin und her bewegt. Umsonst kämpften die frischen braunen Augen und die überreife volle Lippe gegen den aufwühlenden Schmerz, die heißen Quellen rissen sich durch, und das blühende Angesicht mit dem kräftigen Kinn stand errötend voll Tränen. Schmerzlich-verschämt und bange, für ein Kind gehalten zu werden, zumal da alle Rührungen der andern unsichtbar geblieben waren, drückte sie das Schnupftuch über das brennende Gesicht und sagte zum Bruder: »Ich muß fort, mir ist nicht wohl, es will mich ersticken« – und lief hinab zur sanften Liane.

Dahin trage nur die scheuen Schmerzen! Liane wandte sich und sah sie schnell und heftig die Augen trocknen. Ach ihre waren ja auch voll. Da Rabette es sah, sagte sie mutig: »Ich kanns ja nicht hören – ich muß heulen – ich schäme mich wohl recht.« – »O du liebes Herz,« (rief Liane, freudig ihr um den Hals fallend) »schäme dich nicht und blick in mein Auge – Schwester, komme zu mir, sooft du bekümmert bist, ich will gern mit deiner Seele weinen und will dein Auge noch eher abtrocknen als meines.« – Ein überwältigender Zauber war in diesen Liebestönen, in diesen Liebesblicken, weil Liane wähnte, sie trauere über irgendeinen verfinsterten Stern des Lebens. – Und nie hat die furchtsame Dankbarkeit ein verehrtes Herz frischer und jugendlicher umarmet als Rabette Lianen.

Da kam Albano. Vom Austönen des Wiegenliedes erwachend, war er ihr nachgeeilt, ohne alle kalte und andere Tropfen von seinen feurigen Wangen zu wischen; »wie ist dir, Schwester?« fragt' er eilig. Liane, noch in der Umarmung und Begeisterung schwebend, antwortete schnell: »Sie haben eine gute Schwester, ich will sie lieben wie ihr Bruder.« Die süßen Worte, die so innig gerührten Seelen, der feurige Sturm seines Wesens rissen ihn dahin, und er umschloß die Umarmenden und drückte die verschwisterten Herzen aneinander und küßte die Schwester; als er über Lianens bestürztes Wegbeugen des Kopfes erschrak und blutrot aufflammte. – –

Er mußte entfliehen. Mit diesen wilden Erschütterungen konnt' er nicht vor Lianen und vor den kalten Spiegeln der Gesellschaft bleiben. Aber die Nacht sollte so wunderbar werden wie der Tag; er eilte mit Lebens-Blicken, die wie zornige aussahen, aus der Stadt zur Titanide, zur Natur, die uns zugleich stillet und erhebet. Er ging vor aufgedeckten Mühlenrädern vorbei, um welche sich der Strom schäumend wand. – Die Abendwolken streckten sich wie ausruhende Riesen aus und sonnten sich im Morgenrot Amerikas – und der Sturm fuhr unter sie, und die feurigen Zentimanen standen auf – die Nacht bauete den Triumphbogen der Milchstraße, und die Riesen zogen finster hindurch. – Und in jedem Elemente schlug die Natur wie ein Sturmvogel den rauschenden Flügel.

Albano lag, ohne es kaum zu wissen, auf der Wald-Brücke Lilars, worunter die Windströme durchrauschten. Er glühte, gleich den Wolken, von *seiner* Sonne nach – seine innern Flügel waren, wie die des Straußes, voll Stacheln und verwundeten ihn im Erheben – – der romantische Geistertag, der Brief des Vaters, Lianens Auge voll Tränen, seine Kühnheit und seine Wonne und Reue darüber und jetzt die erhabne Nacht-Welt auf allen Seiten um ihn her zogen erschütternd im jungen Herzen hin und her – er berührte mit der Feuer-Wange die beregneten Gipfel und kühlte sich nicht und war dem tönenden fliegenden Herzen, der Nachtigall, nahe und hörte sie kaum. – – Wie eine Sonne geht das Herz durch die blassen Gedanken und löschet auf der Bahn ein Sternbild nach dem andern aus. – – Auf der Erde und an dem Himmel, in der Vergangenheit und in der Zukunft stand vor Alban nur eine Gestalt; »Liane« sagte sein Herz, »Liane« sagte die ganze Natur.

Er ging die Brücke hinab und stieg die westlichen Triumphbogen hinauf, das dämmernde Lilar ruhte vor ihm. – Siehe da sah er den alten »frommen Vater« auf dem Geländer des Bogens eingeschlummert. Aber wie anders war die verehrte Gestalt, als er sie sich nach der des verstorbnen Fürsten vorgemalt! Die unter dem Quäkerhute reichvorwallenden weißen Locken, die weiblich und poetisch runde Stirn, die gebogne Nase und die jugendliche Lippe, die noch nicht im späten Leben einwelkte, und das Kindliche des sanften Gesichts verkündigten ein Herz, das in der Dämmerung des Alters ausruht und nach Sternen blickt. Wie einsam ist der heilige Schlaf! Der Todesengel hat den Menschen aus der lichten Welt in die finster überbauete Einsiedelei geführt, seine Freunde stehen draußen neben der Klause; drinnen redet der Einsiedler mit sich, und sein Dunkel wird immer heller, und Edelsteine und Auen und ganze Frühlingstage entglimmen endlich – und alles ist hell und weit! – Albano stand vor dem Schlaf mit einer ernsten Seele, die das Leben und seine Rätsel anschauet – –

nicht nur der Ein- und Ausgang des Lebens ist vielfach überschleiert, auch die kurze Bahn selber; wie um ägyptische Tempel, so liegen Sphinxe um den größten Tempel, und anders als bei der Sphinx löset das Rätsel nur der, welcher stirbt. –

Der alte Mann sprach hinter dem Sprachgitter des Schlafs mit Toten, die mit ihm über die Morgen-Auen der Jugend gezogen waren, und redete mit schwerer Lippe den toten Fürsten und seine Gattin an. Wie erhaben hing der mit einem langen Leben übermalte Vorhang des veralteten Angesichts vor der hinter ihm tanzenden Schäferwelt der Jugend nieder, und wie rührend wandelte die graue Gestalt mit dem jugendlichen Kranz im kalten Abendtau des Lebens umher und hielt ihn für Morgentau und sah nach Morgen und der Sonne! – Nur die Locke des Greises rührte der Jüngling liebend-schonend an; er wollte ihn – um ihn nicht mit einer fremden Gestalt zu erschrecken – verlassen, ehe der aufgehende Mond seine Augenlider weckend berührte. Nur wollt' er vorher den Lehrer seiner Geliebten mit den Zweigen eines nahen Lorbeerbäumchens bekränzen. Als er davon zurückkam: drang schon der Mond mit seinem Glanze durch die großen Augenlider; und der Greis schlug sie auf vor dem erhabnen Jüngling, der mit dem glühenden Rosenmond seines Angesichts, vom Monde verkläret, vor ihm wie ein Genius mit dem Kranze stand. »Justus!« (rief der Alte) »bist du es?« Er hielt ihn für den alten Fürsten, der eben mit blühenden Wangen und offnen Augen in der Unterwelt des Traums mit ihm gegangen war.

Aber er kam bald aus dem träumerischen Elysium ins botanische zurück und wußte sogar Albanos Namen. Der Graf faßte mit offner Miene seine Hände und sagte ihm, wie lange und innig er ihn achte. Spener erwiderte wenig und ruhig, wie Greise tun, die alles auf der Erde so oft gesehen. Der Glanz des Mondlichts floß jetzt an der langen Gestalt herab, und das ruhig-offne Auge wurde erleuchtet, das nicht sowohl eindringt als alles eindringen lässet. Die fast kalte Stille der Züge, der junge Gang der langen Gestalt, die ihre Jahre aufrecht trug als einen Kranz auf dem Haupte, nicht als Bürde auf dem Rücken, mehr als Blumen denn als Früchte, die sonderbare Mischung von vorigem männlichen Feuereifer und weiblicher Zartheit, alles dieses weckte vor Albano gleichsam einen Propheten des Morgenlandes auf. Dieser breite Strom, der durch die Alpen der Jugend niederbrausete, zieht jetzt still und eben durch seine Auen; aber werft ihm Felsen vor, so steht er wieder brausend auf.

Der Greis sah den jugendlichen Jüngling je öfter je wärmer an; in unsern Tagen ist Jugend an Jünglingen eine körperliche und geistige Schönheit zugleich. Er lud ihn ein, ihn in dieser schönen Nacht in sein stilles Häuschen zu begleiten, welches droben neben der Turmspitze steht, die oben ins Flötental hereinschauet. Auf den sonderbaren Irrsteigen, die sie jetzt wandelten, verwirrte sich Lilar vor Albano zu einer neuen Welt, wie nächtliche fliegende Silber-Wolken baueten sich die dämmernden Schönheiten in immer andere Reihen durcheinander, und zuweilen drangen beide durch ausländische Gewächse mit grellfärbigen Blüten und wunderlichen Düften. Der fromme Vater fragt' ihn teilnehmend sein voriges und jetziges Leben ab.

Sie kamen vor einen dunkeln Gang in der Erde. Spener faßte freundlich Albanos rechte Hand und sagte, dieser führe zu seiner Bergwohnung *hinauf*. Aber bald schien es hinabzugehen. Der Strom des Tales, die Rosana, klang noch herein, aber nur einzelne Tropfen des Mondlichts sickerten durch zerstreuete, mit Zweigen übersponnene Bergöffnungen durch. Die Höhlung sank weiter nieder – noch ferner rauschte das Wasser im Tale. – Und doch sang eine Nachtigall immer nähere Lieder – Albano schwieg gefasset. Überall gingen sie vor engen Pforten des Glanzes vorbei, den bloß ein Stern des Himmels hereinzuwerfen schien. – Sie stiegen jetzt zu einer fernen erleuchteten Zauberlaube hinab, aus hellroten und giftigen dunkeln Blumen, aus kleinen Zackenblättern und großem breiten Laube zugleich gewölbt, und ein verwirrendes weißes Licht, halb von hereinschäumenden Strahlen lebendig verspritzt und halb aus Lilien nur als weißer Staub angeflogen, zog das Auge in einen trunknen Schwindel – Zesara trat geblendet hinein, und indem er rechts nach dem einregnenden Feuer sah, fand er Speners Auge scharf links geheftet – er blickte hin und sah im Vorübereilen einen alten Mann, ganz dem verstorbnen Fürsten ähnlich, in eine Nebenhöhle schreiten – seine Hand zuckte erschrocken, Speners seine auch – dieser drang eilig weiter hinab – und endlich glänzte eine blaue gestirnte Öffnung – sie traten hinaus . . .

Himmel! ein neues Sternengewölbe – eine blasse Sonne zieht durch die Sterne, und sie schwimmen ihr spielend nach – unten ruht eine entzückte Erde voll Schimmer und Blumen, ihre Berge laufen leuchtend am Himmelsbogen hinauf und beugen sich herüber nach dem Sirius – und durch das unbekannte Land wandeln Entzückungen wie Träume, worüber der Mensch vor Freude weint.

»Was ist das? Bin ich in oder über der Erde?« (sagte Albano erstaunt und flüchtete das irrende Auge auf das Angesicht eines lebendigen Menschen) – »ich sah einen Toten.« – – Viel liebreicher als vorher antwortete der Greis: »Das ist Lilar, hinter uns ist mein Häuschen.« Er erklärte den mechanischen Schein[1] des Hinabsteigens. »Hier stand ich nun schon so viel tausendmal und ergötzte mich herzinniglich an den Werken Gottes. – Wie sah die Gestalt aus, mein Sohn?« – »Wie der tote Fürst«, sagte Alban. Betroffen, aber fast gebietend sagte Spener leise: »Schweig wie ich bis zu seiner Zeit – er wars nicht – dein Heil und vieler Heil hängen daran – gehe heute nicht mehr durch den Gang.« –

Albano, durch den ganzen sonderbaren Tag halb entrüstet, sagte: »Gut, so geh' ich durch den Tartarus zurück. Aber was bedeutet das Geister-Wesen, was mich überall verfolgt?« –

1 Weigel in Jena erfand die Verkehrtbrücke (pons heteroclitus), eine Treppe, wo der Mensch hinabzugehen glaubt durch Aufsteigen. Busch Handbuch der Erfindungen. 7. B.

»Du hast« (sagte der Alte, ihm liebend und erquickend auf die Stirn die Finger legend) »lauter unsichtbare Freunde um dich – und verlasse dich überall auf Gott. Es sagen so viele Christen, Gott sei nahe oder ferne, seine Weisheit und seine Güte erscheine ganz absonderlich in einem Saeculo oder in einem andern – das ist ja eitel Trug – ist er nicht die unveränderliche ewige Liebe, und er liebt und segnet uns in der einen Stunde nicht anders als in der andern?« Wie wir die Sonnenfinsternis eigentlich eine Erdfinsternis nennen sollten, so wird nur der Mensch verfinstert, nie der Unendliche; aber wir gleichen dem Volke, das der Verfinsterung der Sonne im Wasser zusieht und dann, wenn dieses zittert, ausruft: seht, wie die liebe Sonne kämpft!

Albano trat in die Einsamkeit der reinlichen geordneten Wohnung des alten Mannes nur beklommen, weil in der heißen Asche seines Vulkans alles üppiger trieb und grünte. Spener zeigte von seinem Bergrücken hinüber auf das sogenannte »Donnerhäuschen«[1] und riet ihm, es diesen Sommer zu bewohnen. Albano schied endlich, aber sein bewegtes Herz war ein Meer, in welchem die Morgensonne glühend noch halb steht und in welches sich in Abend ein bleifarbiges Gewitter taucht und das glänzend schwillt unter dem Sturm. Er sah aus der Tiefe nach dem nachblickenden Greise hinauf; aber er hätte sich heut kaum gewundert, wenn dieser versunken oder aufgestiegen wäre. In zornig-mutigen Entschlüssen, für seine Liebe, wornach kalte Hände griffen, mit seinem Leben zu bürgen und zu opfern, schritt er durch den vom Vergrößerungsspiegel der Nacht zum schwarzen Riesen-Troß aufgezogenen Tartarus ohne *alle Furcht*; so ist die Geisterwelt nur ein Weltteil unserer innern, und das Ich fürchtet nur das Ich. Da er vor dem Altare des Herzens in der stummen Nacht, wo nichts laut war als der Gedanke, stand, so riet ihm der kühne Geist einige Male, den alten Toten zu rufen und laut zu schwören bei

1 Es hatte den Namen von seiner Höhe und von dem öftern Einschlagen des Blitzes.

seinem Herzen voll Staub; – aber als er zum schönen Himmel aufsah, wurde sein Herz geheiligt, und es betete nur: »O guter Gott, gib mir Liane!« –

Es wurde finster, die Wolken, die er für glänzende, in den Himmel herübergebogne Gebirge einer neuen Erde genommen, hatten den Mond erreicht und düster überzogen.

DREIZEHNTE JOBELPERIODE

Roquairols Liebe – Philippica gegen die Liebhaber – die Gemälde – Albano Albani – das harmonische tête-à-tête – die Blumenbühler Reise

60. ZYKEL

Aus den Tropfen, welche die Harmonika aus Rabettens Herzen gezogen hatte, bereitet der alte Zauberer, das Schicksal, wie andere Zauberer aus Blut, vielleicht finstere Gestalten; denn Roquairol hatte es gesehen und sich über das Gefühl eines Herzens verwundert, das bisher mehr Arbeiten als Romane in Bewegung gesetzt hatten. Nun trat er ihr mit Anteil näher. Er hatte seit der Nacht des Schwurs sein Herz aus allen unwürdigen Ketten gezogen. In dieser Freiheit des Sieges ging er stolzer einher und streckte die Arme leichter und sehnsüchtiger nach edler Liebe aus. Er besuchte jetzt seine Schwester unaufhörlich; aber er hielt noch an sich. Rabette war ihm nicht schön genug neben der zarten Schwester, eine Bandrose neben einer von van der Ruysch; sie sagte selber naiv, sie sehe mit ihrer Dorf-Farbe im weißen Linon wie brauner Tee in weißen Tassen aus. Aber in ihren gesunden, noch nicht von tragischen Tropfen mattgebeizten Augen und auf den frischen Lippen glühte Leben, ihr kräftiges Kinn und ihre gebogne Nase drohten und versprachen Mut und Kraft, und ihr aufrichtiges Herz ergriff und verstieß entschieden und heftig. Er beschloß, sie zu – prüfen. Der

Talmud[1] verbietet, nach dem Preis einer Sache zu fragen, wenn man sie nicht kaufen will; aber die Roquairols feilschen immer und gehen weiter. Sie reißen eine Seele wie Kinder eine Biene entzwei, um aus ihr den Honig zu essen, den sie sammeln will. Sie haben vom Aale nicht nur die Leichtigkeit, zu entschlüpfen, sondern auch die Kraft, den Arm zu umschlingen und zu zerbrechen.

Er ließ nun vor ihr alle blendenden Kräfte seines vielgestaltigen Wesens spielen – das Gefühl seiner Überlegenheit ließ ihn sich frei und schön bewegen, und das sorglose Herz schien nach allen Seiten offen – er kettete den Ernst an den Scherz, die Glut an den Glanz, das Größte ans Kleinste so frei und die Kraft an die Milde. – Unglückliche! nun bist du sein; und er trägt dich von deinem festen Boden mit Raubschwingen in die Lüfte, und dann wirft er dich herab. Wie ein Gewächs am Gewitterableiter wirst du deine Kräfte reich an ihm entfalten und hinaufgrünen; aber er wird den Blitz auf sich und deine Blüten ziehen und dich entblättern und zerschlagen.

Rabette hatte einen solchen Menschen nie gedacht, geschweige gesehen; er drang gewaltsam in ihr gesundes Herz, und eine neue Welt folgte ihm nach. Durch Lianens Liebe gegen den Hauptmann ging ihre noch höher auf; und beide konnten von ihren Brüdern in freundlichem Wechsel sprechen. Die gute Liane suchte der Freundin mancherlei beizubringen, was sich schwer festsetzen wollte, besonders die Mythologie, welche ihr durch die französische Aussprache der Götter noch unbrauchbarer wurde. Sogar mit Büchern suchte Liane sie zusammenzubringen, so daß Lektüre ihr eine Art von Wochen-Gottesdienst wurde, dem sie mit wahrer Andacht beiwohnte und dessen Ende sie stets ergötzte. Durch alle diese Schöpfräder der Erkenntnis strömte Roquairols Liebe hindurch und half treiben und schöpfen. – Wie viele Errötungen flogen jetzt ohne allen Anlaß über ihr ganzes Gesicht! Das Lachen, womit sie sonst heiter war, kam

1 Basa Mezia. c. 4. m. 10.

jetzt zu oft und bedeutete nur ein unbeholfnes Herz, das seufzen will.

So stand ihr Verhältnis, als Karl einst scherzend hinter sie schlich und ihr die Augen mit einer Hand verdeckte, um ihr unter der Maske der brüderlichen Stimme sanfte schwesterliche Namen zu geben. Sie verwechselte die ähnliche Stimme, sie drückte inbrünstig die Hand, aber ihr Auge war heiß und naß. Da fand sie den Irrtum und floh mit der bedeckten Abend- und Morgenröte ihres Angesichts aus dem Zimmer. Jetzt schaute er Lianen, die ihn darüber tadelte, näher ins Auge, und auch ihres hatte geweint. Sie wollte ihm anfangs den Gegenstand der verschwisterten Rührung verhehlen; aber das fremde Nein war für ihn von jeher ein Hülfswort, ein Rückenwind, der ihn in den Hafen brachte. Liane wurde immer bewegter, endlich erzählte sie, daß Rabettens Berichte von Albanos Jugendgeschichte ihr die von der seinigen abgefodert und daß sie ihr die Sterbe-Nacht auf der Redoute gemalt und sogar sein blutiges Kleid gewiesen habe. »Und da weinte sie« (sagte Liane) »mit mir so herzlich, als wenn sie deine Schwester wäre. – O es ist ein liebes Herz!« Karl sah beide wie zwei Auen miteinander verbunden, nämlich durch den Regenbogen, der auf beiden mit Tropfen aufsteht; er zog sie mit dankender Liebe an die Brust. »Bist du denn glücklich?« fragte Liane mit einem Ton, der etwas Trübes weissagt.

Sie mußte ihr volles Herz aufschließen und ihm alles sagen – – staunend hörte er, daß ihr die ganze Tartarus-Nacht, worin die unbekannte Stimme Linda de Romeiro seinem Freunde zugesprochen, bekannt geworden. Durch wen? – Sie schwieg unerbittlich; er beruhigte sich, weil es doch nur Augusti sein konnte, der allein es wußte. »Und nun glaubst du, du Herz vom Himmel,« (sagt' er) »ich und mein Seelenbruder könnten uns je raubend entzweien? O es ist all' anders, all' anders! – Er verflucht die After-Geister und den Zweck der Äfferei – o er liebt mich; und mein Herz wird am Tage glücklich sein, wo es seines wird.« Der vielfache rührende Sinn dieser letzten Worte löste ihn in eine heilige Wehmut auf.

Aber sie nahm sich mitten in der herzlichsten Ergießung wie aus Frömmigkeit der Geister an und sagte: »Sprich nicht so von Geister-Erscheinungen! Sie sind, das weiß ich. – Nur nicht zu fürchten braucht man sie. –« Sie hielt aber hier mit fester Hand den Schleier über ihren Erfahrungen fest, auch wußt' er längst, daß sie, ungeachtet ihres fast zuckend-weichen Gefühls, das sogar der Anblick der blauen Adern auf der Lilien-Hand wie eine Wunde scheuete, doch vor Toten und in den Geisterstunden der Phantasie unerwartet beherzt erschien.

Hinter den Wellen so verschiedener Art, die jetzt sein Herz auf- und abtrieben, war Rabette verdunkelt. Er brannte nun bloß nach der Stunde, wo er seinem Albano die sonderbare Verräterei des Lektors sagen konnte.

61. ZYKEL

Noch ehe der Hauptmann seinem Freunde Augustis wahrscheinliche Verräterei entdeckte: war Albano fast ganz mit dem Lehrer-Paar in Zwist. In einem Kreise voll Jünglingsherzen, die für einander schlagen und noch lieber fechten, fassen immer zwei unzerreißlich ineinander und werden eins auf fremde Kosten.

Albano schied sich keck von jedem, dem Karl mißfiel. Schoppe wurde ohnehin von wenigen lange geliebt, weil wenige einen ganz freien Menschen erdulden; die Blumenketten halten besser, denken sie, wenn Galeerenketten durch sie laufen. Er litt es daher nicht, wenn einer »mit zu enger Liebe sich so fest um ihn klammerte, daß er die Arme so wenig freibehielte, als trag' er sie in Bandagen von 80 Köpfen«. Die sarkastische Lebhaftigkeit seiner Pantomime erkältete durch den Schein einer strengen Beobachtung den Hauptmann mehr als das gelassene Gesicht des Lektors, der eben darum alles schärfer ins stille Auge faßte.

Der gute Schoppe hatte einen Fehler, den kein Albano vergibt; nämlich eine Intoleranz gegen die »weiblichen Heiligenbilder von Hausenblase«, wie er sagte, gegen die sanften Irrungen des Herzens, gegen die heiligen Übertreibungen, durch welche der Mensch ins kurze Leben eine noch kürzere Freude einwebt. Einst ging Karl wie auf einer Bühne mit untergesteckten Armen und niedergesenktem Kopfe auf und ab und sagte zufällig, daß es der Titular-Bibliothekar vernahm: »O ich wurde noch wenig von den Menschen verstanden in meiner Jugend.« Weiter sagt' er nichts; aber man schütte aus Scherz ein Mandel Hornisse, ein Schock Krebse, eine Kanne voll Waldameisen auf einmal über die bibliothekarische Haut und beobachte flüchtig die Wirkungen des Stechens, Kneipens, Beißens: so kann man sich doch einigermaßen vorstellen, was in ihm zuckte, schwoll und auffuhr, sobald er die obige Phrasis vernahm. »Herr Hauptmann,« (fing er tief-einatmend an) »ich halte viel auf dieser rostigen Tölpel-Erde aus, Hungersnot – Pestilenz – Höfe – den Stein – und die Narren von Pol zu Pol – aber Ihre Phrasis übersteigt meine Schultern. Herr Hauptmann, Sie dürfen – ganz gewiß – die Redensart mit Fug gebrauchen, weil Sie, wie Sie sagen, nicht verstanden werden. Aber o Himmel, o Teufel! Ich höre ja 30 000 Jünglinge und Mädchen von Leihbibliothek zu Leihbibliothek alle mit aufgeblähter Brust rings umher sagen und klagen, es fasse sie niemand, weder der Großvater noch die Paten noch der Konrektor, da doch das packpapierne Alltags-Pack selber nicht fasset. Aber der Junge meint damit bloß ein Mädchen und das Mädchen einen Jungen; diese können einander fassen. Aus der Liebe will ich wie aus den Kartoffeln 14 verschiedene Gerichte zubereiten; man scher' ihr, wie dem Bären in Göttingen, das tierische Haar ab, kein Blumenbach kennt sie mehr.

Herr v. Froulay, ich habe diese verdammte Erhebung der Seelen bloß aus Niedrigkeit wohl öfters mit den englischen Pferdeschwänzen verglichen, die auch immer gen Himmel stehen, bloß weil man ihre Sehnen durchschnitten. Soll man nicht toll werden, wenn man alle Tage höret und alle Tage lieset, wie die gemeinsten Seelen, die Leberreime und Trompeterstückchen der Natur, sich durch die Liebe über alle Leute erhoben denken wie Katzen, die mit angeschnallten Schweinsblasen fliegen; – wie sie sich ins Hasenlager und in die Stapelstadt der Liebe, in die andere Welt bestellen wie auf einen Blocksberg, und wie sie auf diesem Finkenherd in dieser theatralischen Anziehstube – die dann das Gegenteil wird – ihr Wesen treiben, bis sie kopuliert sind? Dann ists vorbei, Phantasien und Poesien, die ihnen jetzt erst recht dienlich wären, sind geholt! Sie laufen von ihnen weg wie Läuse von Toten, ob diesen gleich die Haare dazu fortsprießen. Vor der zweiten Welt grauset ihnen; und werden sie Witwer und Witwen, so machen sie ihre Liebschaft recht gut ab ohne Schweinsblasen und ohne das Federspiel und die spanische Wand der zweiten Welt. – So etwas, Herr Hauptmann, bringt nun auf, und dann muß in der Hitze der Gerechte mit dem Ungerechten leiden, wie Sie leider hören.« – –

Alban, der nie leichtsinnig vergab, sonderte sich schweigend von einem Herzen ab, das, wie er unrecht sagte, die Flammen der Liebe mit satirischer Galle auslöschte.

In der Kette der Freundschaft mit Augusti brach vollends ein Ring nach dem andern entzwei. Der Graf fand im Lektor den Kleinigkeitsgeist, der ihm widriger war als jeder böse; – die Eleganz des guten Hofmanns – sein Anstand, selber in der Einsamkeit – seine Neigung, die kleinsten Mysterien so gut zu verwahren als die großen – seine Sucht, hinter jeder Handlung einen langen Plan aufzutreiben – sein Wahrheitsdurst nach echten historischen Quellen am Hofe und in der Stadt – und seine Kälte gegen die Philosophie trocknete das Bild, das sich Albano von ihm aufgespannt, so aus, daß es einrunzelte und rissig wurde. Solche Unähnlichkeiten schlagen unter gebildeten Menschen nie zu offnen Fehden aus; aber sie legen heimlich dem innern Menschen ein Waffenstück nach dem andern an, bis er hartgepanzert dasteht und losschlägt.

Nun war noch dazu der Lektor dem Hauptmann von Herzen gram, weil dieser der Ministerin viele bange Stunden und Lianen und sogar dem Grafen viel Geld kostete und weil er ihm den Jüngling zu verdrehen schien. Die sonst gerade aufsteigende Flamme Albanos wurde jetzt durch die Hindernisse der Liebe nach allen Seiten gebogen und glühte wie Lötfeuer schärfer; aber diese Schärfe schrieb Augusti dem Freunde zu. Albano erschien denen, die er liebte, wärmer, denen, die er ertrug, kälter, als er war, und sein Ernst wurde leicht mit Trotz und Stolz vermengt; aber der Lektor glaubte, ihm sei dessen Liebe gestohlen von Karl.

Er versuchte mit gleichviel Feinheit und Freimütigkeit, dem Grafen eine gute Karte von den Flecken zuzuspielen, die im Himmelskörper dieses Jupiter ausgesäet waren. Aber er zerriß jede Karte – Karls schmerzliche Bekenntnisse in jener Nacht löschten alle fremde Nachträge aus – und Albanos herrlicher Glaube, man müsse den Freund ganz decken und ihm ganz vertrauen, wehrte jeden Einfluß ab. O es ist eine heilige Zeit, worin der Mensch für den Altar der Freundschaft und Liebe noch Opfer und Priester *ohne Fehl* begehrt und – erblickt; und es ist eine zu harte, worin die so oft belogne Brust sich an der fremden mitten im Liebestrunk des Augenblicks die kalte Nachbarschaft der Gebrechen weissagt! –

Da der Lektor überall sah, daß Alban über manche seiner Rügen an Karl z. B. dessen Wildheit und Unordnung, darum kalt bleibe, weil er selber unter fremdem Tadel gemeinet zu sein glauben konnte, wie die Franzosen (nach Thickneß) das Lob eines Fremden an Einheimische richten: so griff er statt der Ähnlichkeit eine vollendete Unähnlichkeit des Hauptmanns an, seinen Leichtsinn gegen das Geschlecht. – Aber damit verdarb er noch mehr. Denn in der Liebe war ihm Karl der höhere Feueranbeter und der Lektor nur der, den die Kohle dieses Feuers schwärzt. Augusti nährte über die Liebe ziemlich die Grundsätze der großen Welt, die er bloß aus Ehre nie in Taten ausprägte, und gab nur den Erde-nahen Wolken-himmel der Liebe zu; der Hauptmann aber sprach von einem dritten oder Freudenhimmel derselben, worin nur Heilige die Seligen sind. Augusti sprach nach der Sitte der großen Welt viel freier, als er handelte, und zuweilen so offen, als speis' er in einem – Brunnensaal; Karl sprach mädchenhaft. Das jungfräuliche Ohr Albanos – das leicht in guten Visitenzimmern abfällt, und das in Studierstuben festsitzt – vereinigt mit seinem Mangel an der Erfahrung, daß sich eine zynische Zunge oft bei den enthaltsamsten Menschen, z. B. bei unsern possenreißenden Vorfahren, und eine aszetische in bescheidnen Libertins aufhalte – beides mußte den reinen Menschen in einen doppelten Irrtum verwickeln.

So jagte in ihm Augusti immer mehr Sturmvögel auf. Beide standen oft nahe an völliger Trennung und Ausforderung; denn der Lektor hatte zu viel Ehre, um sich vor irgend etwas zu fürchten, und wagte mit kaltem Blut so viel als andere mit heißem.

Jetzt entdeckte Karl nun vollends seinem Freunde, obwohl mit aller Zartheit der Freundschaft, Lianens Bekanntschaft mit jener Tartarus-Nacht. – Der sonst verschwiegene Lektor muß nähere Vorteile durch sein Plaudern suchen, schloß Albano, und nun sog sich die Kröte der Eifersucht, die im lebendigen Baume lebt und wächst ohne sichtbaren Eingang und Ausgang, in seinem warmen Herzen fest. Die unbeantwortete Liebe ist ohnehin die eifersüchtigste. Gott weiß, ob er nicht der Maschinendirektor der mit so vielen Rädern ineinander gehenden Geisterszenen ist. Alles das sind Albanos verhüllte Schlüsse; offne Anklagen waren seinem Ehrgefühl versagt. Aber sein warmes, sich immer aussprechendes Herz forderte eine wärmere Nachbarschaft; und diese fand er, wenn er dem frommen Vater folgte und nach Lilar ins Donnerhäuschen zog – mitten unter die Blumen und Gipfel, um, näher am Herzen der Natur gelagert, schöner zu träumen und zu genesen.

Nur eine warme sonnen-helle Stelle war für ihn in Karls historischem Gemälde: es war die Hoffnung nämlich, daß vielleicht bloß die Irrtümer über sein Verhältnis zur Gräfin, aus denen der Bruder Lianen geholfen, ihr das bisherige immer gleich-kalte Benehmen gegen ihn vorgezeichnet haben. Auf diese sonnige Stelle warf Rabette ein Billet, worin sie ihm schrieb, sie reise Sonnabends zu ihren Eltern zurück, weil der Minister komme. Jene Hoffnung – diese Nachricht – die künftig ungünstigern Umgebungen – sein Ziehen nach Lilar, das alles entschied in ihm den Vorsatz, eine einsame Minute an sich zu reißen und darin vor Lianen den Schleier von seiner Seele zu werfen und von ihrer.

62. ZYKEL

Sonderbar durchschnitten sich die Zufälle an dem Tage, wo Albano ins ministerialische Haus zum Abschiednehmen von Rabetten – und von Lianen, sagte in ihm eine zitternde Stimme – kam. Rabette winkt' ihn aus dem Fenster in ihr Zimmer. Sie hatte die Ikarusflügel ihres Anzugs in die Kästen zusammengelegt. Über ihr Inneres fuhr ein beugender Sturm hin und her; Karl hatte das Gleichgewicht ihres Herzens durch seine Wärme aufgehoben und es durch kein Wort der Belohnung wieder hergestellt. Gleich den Tauben flattert sie um das hohe Schadenfeuer; o möge sie nicht wie jene mit verzehrtem Gefieder entweichen und wiederkommen und endlich darin zerfallen! – Sie sagte, sie sehne sich zu den Ihrigen, seit sie gestern eine Herde Schafe durch die Stadt treiben sehen. Sie begleiten am Sonnabend Liane und die Mutter, um der Einweihung der Kirche und der Beisetzung des Fürstenpaares beizuwohnen. Er bat sie so schnell und hastig, ihm heute im Garten eine einsame Minute mit der Freundin zuzubereiten, daß er ihre schöne Nachricht von Lianens Zurückbleiben und Aufenhalt bei ihr gar nicht hörte.

Leider fand er bei der Ministerin den Vorzeiger herrlicher Gemälde, der wie die Natur nicht nur den Anfang seines Lenzes, sondern auch das Ende seines Herbstes mit Giftblumen[1] machte, Herrn v. Bouverot. Dian hatt' ihm vier himmlische Kopien aus Rom gesandt; diese schlug er mit trocknem Kunstgaumen auf. – Liane empfing den Grafen wieder wie immer. War etwan Raffaels Madonna della Sedia, in deren vom Himmel gesunknes Palladium sich ihre zarte Seele eingesenkt, die Siegelbewahrerin ihres heiligsten Geheimnisses? Der alles vergessende Künstler-Eifer ließ ihr so hold! Ihre Sehnerven waren durch ihr langes Malen gleichsam weiche Fühlfäden geworden, die sich eng um schöne Formen schlossen. Gewisse weibliche Bilder – wie dieses – regten ihre ganze Seele auf. Sie hatte nämlich in der Kindheit sich von den Heldinnen der Romane und überall von ungesehenen Weibern glänzende Sternbilder in ihren innern Himmel hingezeichnet, große Ideen von ihrem Mute, ihrem himmlischen Wandel, ihrer Erhabenheit über alles, was sie je gesehen, und sie hatte gleichviel Scheu und Sehnsucht empfunden, einer zu begegnen. Daher ging sie aus diesem kolossalischen Nymphäum ihrer Phantasie so leicht geblendet und mit solcher feurigen Herzens-Achtung reinen Freundinnen und der Gräfin Romeiro entgegen. Gewisse Gemälde führten nun diese Altarblätter wie Kopien zurück. Die Gute dachte nicht daran, aber wohl ihr Freund, daß man dieser liebend niedersehenden Marie die Augen bloß lebendig zu regen und diese Lippen bloß mit Lauten zu erwärmen brauche – dann hatte man Liane.

Der deutsche Herr fuhr fort und legte nun Raffaels Joseph, der den Brüdern einen Traum erzählt, und den ältern Joseph, der dem König einen erklärt, nebeneinander und fing an, die drei Raffaele in Worte zu übersetzen, und das mit so vielem Glück und nicht nur mit so vieler Einsicht ins Mechanische und Genialische, sondern auch mit einer so bestimmten Hervorhebung jedes menschlichen und moralischen Zugs, daß – Alban ihn für einen Heuchler hielt und Liane für einen sehr guten Menschen. Sie ergriff jedes Wort mit einem weit offnen

1 Bekanntlich sind die Frühlingsblumen wegen der Nässe und des Schattens meist verdächtige; wie die Herbstblumen.

Herzen. Als Bouverot den weissagenden Joseph malte, zugleich als kindlich, unbefangen, still und felsenfest und glühend und drohend: so stand das Urbild an ihrer Seite.

Dem deutschen Herrn entfuhr weiter viel Gedachtes über da Vincis Christus-Knaben im Tempel, über die herrlich vollführte Verbrüderung und Einkindschaft des Knaben und Jünglings in *einem* Gesicht. – – Liane hatte die Kopie auch kopiert, allein sie und die Mutter verschwiegen es bescheiden. –

Aber endlich störte Franziskus Albani mit seiner »Ruhe auf der Flucht« die bisherige Ruhe. Indem er den Traumdeuter dieser malerischen Träume machte und Rabette scharf auf dem mit dem offnen Buche neben Marie sitzenden heiligen Joseph dieses Bildes haftete, sagte Liane unglücklicherweise: »Ein schöner *Albani*!« – »Ich dächte nicht,« (sagte Rabette leise) »der Bruder ist viel schöner als dieser betende Joseph!« – Sie hatte Albani mit Albano vermengt, ihre ganze Bildergalerie steckte in dem Gesangbuch, dessen Lieder sie mit goldnen roten Heiligen auseinandersperrte. Die andern verstanden nichts – sie kannten ihn nur als Grafen von Zesara –, aber Liane warf auf Rabette süß-errötend einen zärtlich strafenden Blick und sah mit stummem Erdulden ein anderes Gemälde näher an. Nie hatte in Albano – in welchem sich die stärksten und die zärtesten Gefühle paarten, wie das Echo den Donner lauter und die Musik leiser macht – die bittersüße Mischung von Liebe und Mitleiden und Schamröte wärmer gearbeitet, und er hätte vor dem Mädchen zugleich knien und doch schweigen mögen.

Der deutsche Herr war fertig und sagte zu den Männern mit einer Miene voll Sieg, »er habe doch noch etwas in der Tasche, was es mit den Raffaels aufnehme; und er bitte sie, ins Nebenzimmer zu folgen«. Unterwegs merkt' er an, wenige Werke seien mit so herrlicher Freiheit und keckem Mutwillen ausgeführt. Im Zimmer packt' er einen erzenen kleinen Satyr aus, gegen den sich eine eingeholte Nymphe wehrt. »Göttlich,«

(sagte Bouverot und hielt die Gruppe an einem Faden, um den Rost nicht abzugreifen) »göttlich! Ich setze den Satyr an den Christus!« Wenige haben vom Erstaunen meines Helden nur einen mäßigen Begriff, als dieser auf einmal den Kritikus Tugend und Laster an einen runden Tisch ohne Rangstreitigkeiten setzen sah.

Mit einem Feuerblick der Verachtung wandt' er sich ab und wunderte sich, daß der Lektor blieb. Ihm scheint unbekannt zu sein, daß die Malerei wie die Dichtkunst sich nur in ihrer Kindheit auf Götter und Gottesdienst bezogen, daß sie aber später, als sie höher heranwuchsen, aus diesem engen Kirchdorf herausschreiten mußten, wie eine Kapelle ursprünglich eine Kirche mit Kirchenmusik war, bis man beides weg ließ und die reine Musik behielt. Bouverot hatte die Achtung für reine Form in so hohem Grade, daß ihm nicht nur der schmutzigste, unsittlichste Stoff, sondern sogar auch der frömmste, andächtigste nicht den Genuß verunreinigte; gleich dem Schiefer bestand er die beiden Proben, zu glühen und zu gefrieren, ohne sich zu ändern.

Albano hatte die Mädchen durch das Fenster in der Allee gesehen und eilte zum Abschiede von der Schwester hinunter und zu etwas Wichtigerem. Er kam mit vollern Rosen auf den Wangen, als um ihn glühten, zu einer Grasbank, wo Liane neben der Schwester hinter dem roten Sonnenschirm mit halbgesenkten Augenlidern und seitwärts geneigtem Haupte ruhte – sanft in die Ernte des Abends versunken – sonnenrot übergossen vom Schirme – im weißen Kleide – mit einem dünnen schwarzen Kreuzchen auf der zarten Brust – und mit einer vollen Rose; sie blickte unsern Geliebten so unbefangen an, ihre Stimme war so schwesterlich und alles so reine sorglose Liebe! Sie sagte ihm, wie sie sich freue auf seinen Jugend-Ort und auf das Landleben und wie Rabette sie überall hinführen werde – und besonders auf die Einweihungsrede, die am Sonntage ihr Beicht-Vater Spener halte. Sie sprach sich ins Feuer durch das Gemälde, wie die große Brust des Greises der Klage-

und der Siegsgesang über dem Aschen-Gehäuse des fürstlichen Freundes groß bewegen werde.

Rabette hatte nichts im Sinne als die einsame Minute, die sie dem Bruder mit ihr geben wollte. Sie bat sie aufgeweckt, ihr noch einmal auf der Harmonika vorzuspielen. Albano pflückte sich bei diesem Antrage einen mäßigen Strauß von – Baumlaub. Liane sah sie warnend an, gleichsam als wolle sie sagen: ich verderbe dir wieder deine Munterkeit. Aber sie blieb dabei. Albano überflog bei dem Eintritte ins Wasserhäuschen ein leichtes Erröten über die letzte Vergangenheit und nächste Zukunft.

Liane machte eilig die Harmonika auf, aber das Wasser, das Kolophonium der Glocken, fehlte, Rabette wollte unten ein Glas am Springbrunnen füllen, um – beide allein zu lassen; aber der Graf kam ihr aus männlicher Unbehülflichkeit, in eine List schnell einzugreifen, höflich zuvor und holte es selber. Kaum hatte endlich das liebliche gefällige Wesen seufzend die zarten Hände auf die braunen Glocken gelegt: als Rabette ihr sagte, sie wolle in die Allee hinunter, um zu hören, wie es sich von weitem anhöre. Gleichsam zum schmerzlichen Sonnenstich einer zu schnellen und großen Lust fuhr sein Herz auf, er hörte den Siegeswagen der Liebe von ferne rollen, und er wollte in ihn springen und dahinrauschen ins Leben. Die gläubige Liane hielt das Entfernen für einen Schleier, den Rabette über das in den Tönen süß brechende Auge werfen wolle, und zog sogleich die Hände von den Glocken; aber Rabette küßte sie bittend, drückte ihr die Hände selber darauf und lief hinab. »Das treue Herz!« sagte Liane, aber das arglose helle Vertrauen auf die Freundin rührte ihn, und er konnte nicht Ja sagen.

Wenn in den Fluren Persiens ein Glücklicher, der auf der üppigen Aue tief unter Nelken und Lilien und Tulpen schlief, vor dem ersten Abendrufe der Nachtigall selig die Augen aufschlägt in die laue stille Welt und in die bunte Dämmerung, durch welche einige Goldfaden der Abendsonne glühend fließen: so gleicht der Selige dem Jüngling Albano im magischen Zimmer – die Jalousiefenster streueten gebrochne Lichter, grüne zitternde Schatten aus, und es dämmerte heilig wie in Hainen um Tempel – nur tönende Bienchen flogen aus der lauten fernen Welt durch die schweigende Klause wieder ins Getöse – einige scharfe Sonnenstreife, gleichsam Blitze vor Schlafenden, wurden romantisch neben der Rose hin- und hergeweht – und in dieser träumerischen Grotte mitten im rauschenden Walde der Welt wurde die Einsamkeit nicht einmal durch das Schattenwesen eines Spiegels gestört. –

In diesen Zauber ließ sie die Töne wie Nachtigallen aus ihren Händen fliegen – die Töne wurden Albano wie von einem Sturme bald heller, bald matter zugetrieben – er stand vor ihr mit gefalteten Händen wie betend und ruhte mit tausend Blicken der Liebe auf der niederschauenden Gestalt. – Einmal hob sie das heilige Auge von Anteil langsam zu ihm auf, aber sie schlug es schnell vor dem Sonnenblick des seinigen nieder.

Nun deckten die großen Augenlider unbeweglich die süßen Blicke zu und gaben ihr wie ein Schlaf den Schein der Abwesenheit – sie schien eine weiße Maiblume auf winterlichem Boden, die das Blütenglöckchen senkt – sie war eine sterbende Heilige in der Andacht der Harmonie, die sie mehr hörte als machte – nur die rote Lippe nahm sie als einen feurigen Widerschein des Lebens, als eine letzte Rose mit, die den eilenden Engel schmückt – o konnt' er dieses Beten der Tonkunst stören mit seinem Wort? –

Mit immer engern Kreisen faßten ihn die magnetischen Wirbel der Töne und der Liebe an. – Und nun da das Ziehen der Harmonika wie das Wasserziehen der stechenden Sonne sein Herz aufleckte – und da die Blitze der Leidenschaft über sein ganzes Leben fuhren und das Gebirge der Zukunft und die Höhlen der Vergangenheit beleuchteten und da er sein ganzes Dasein in einen Augenblick zusammenfaßte: so sah er einige Tropfen aus Lianens gesenkten Augen quellen, und sie blickte heiter auf, um sie fallen zu lassen – da riß Albano die Hand aus den Tönen und rief mit dem herzzerschneidenden Ton seiner Sehnsucht: »O Gott, Liane!« –

Sie zitterte, sie errötete, sie sah ihn an und wußte nicht, daß sie fortweinte und ansah und nicht mehr fortspielte. –»Nein, Albano, nein!« sagte sie sanft und zog die Hand aus seiner und verhüllte sich – erschrak über den Stillstand der Töne – und ermannte sich und ließ sie wieder langsam strömen und sagte mit zitternder Stimme: »Sie sind ein edler Mensch – Sie sind wie mein Karl, aber ebenso heftig. – Nur *eine* Bitte! – Ich verlasse die Stadt eine Zeitlang« . . .

Sein Erschrecken darüber wurde Entzückung, als sie den Ort bestimmte, sein Blumenbühl. Sie fuhr mühsam fort vor dem Erfreueten – ihre Hand lag oft lange auf der Dissonanz im Vergessen der Auflösung – ihre Augen schimmerten feuchter, ob sie gleich nichts weiter sagte als das folgende: »Sein Sie meinem Bruder, der Sie unaussprechlich liebt wie noch keinen, o sein Sie ihm alles! Meine Mutter erkennt Ihren Einfluß – Ziehen Sie ihn – ich sag' es heraus – besonders vom hohen Spiele ab!«

Er konnte kaum das Ja verwirrt beteuern, als Rabette mit der fast unschicklich akzentuierten Botschaft hereilte, daß die Mutter komme. Wahrscheinlich hatte diese Rabettens Alleinsein gesehen. Albano trennte sich mit abgebrochnen Reise-Wünschen von dem Paare und vergaß im Sturm, Rabettens Bitte um Besuche zu bejahen. Die begegnende Mutter schrieb sein Feuer dem brüderlichen Scheiden zu.

Indem er durch die Fülle der Jahrs-Zeit eilte, dacht' er an die reiche Zukunft, an Lianens Stammeln und Verhüllen: brauchen nicht schöne weibliche Seelen wie jene Engel vor dem Propheten nur zwei Flügel zum Erheben, aber vier zum Verhüllen? – Das Meer des Lebens ging in hohen Wellen, aber überall leuchtete es auf seiner weiten Fläche, und Funken tropften vom Ruder.

63. ZYKEL

Ach am Morgen darauf wurde freilich aus dem Abendrote eines ganzen Himmels ein trübes Gewölke. Denn Liane ging dem Jüngling in so langen dichten Schleiern dahin. Irgendein Geheimnis der Not wirft kalte Klostermauern zwischen nahen Herzen auf – das ist offenbar. Bis hieher bogen mancherlei Zufälle einige Blumen, die Liane verhüllend über das Herz gezogen, wie die Erdstockwerke in Städten durch Blumen und Reben das Einsehen in die Fenster abwehren, von der dunkelsten Ecke des Hintergrundes weg, in der etwan die Rückseite eines Brustbildes hing, das umgedreht vielleicht dem Grafen glich. Aber noch hängt das Bild mit dem Gesichte gegen die Wand. – Indes gleicht ein weibliches Herz oft dem Marmor: der geschickte Steinmetz tut tausend Schläge, ohne daß der parische Block nur in die Linie eines Sprunges reiße; aber auf einmal bricht er auseinander eben in die Form, die der geschickte Steinmetz so lange hämmernd verfolgte.

Am Sonnabend, wo die Ministerin und das Freundinnen-Paar nach Blumenbühl abreisen wollten, um das Begraben und Einweihen anzusehen, kam der Hauptmann nicht nur voll Freude – denn er hatte gern aus Liebe zu Rabetten für Lianen zwar nicht die *Flügel*, aber doch die *Flügeldecken* machen und aus dreifachem Interesse gegen den Freund am Flugwerk spannen helfen –, sondern auch voll Angst zum Grafen ... Aber ihr Musen! warum sind in der poetischen Welt alle die Begebnisse selten so vielfach motiviert als häufig in der wirklichen? ...

Seine Angst war bloß die, daß sein Vater früher anfahre als seine Mutter ab – denn er kannte den Minister. Letzterer wollte nach seinen Briefen Montags, Dienstags (spätestens am Sonnabend) anlangen; allein dies konnte – da Froulay gern die Seinigen im breiten Spielraum des Erwartens schwimmen ließ – noch gewisser drohen, daß er – weil er wie die Basler Uhren immer eine Stunde zu früh bloß in der Hoffnung ausschlug und kam, seine Leute über irgend etwas recht Häßlichem zu ertappen – in jeder Minute zum Hoftore hereinjage. Kam er angejagt, an diesem Vormittage oder in der Minute, wo der Bediente die Tochter in den Wagen hob und die Mutter schon darin saß: so war so viel durch tausend Schlüsse aus der Observanz gewiß, daß beide wieder hinauf mußten in die Zimmer – daß er alle Kisten und Schachteln wieder abpacken hieß und daß er die Landschafts-Direktors-Tochter nach ihren 10 000 Bitten – wiewohl ihr schon die zweite auf der Lippe erfröre – freundlich mit ganz spaßhafter Gleichmut als einsame Konklavistin im zugemachten Wagen nach Hause würde ziehen lassen. Gewisse Menschen – und er ist ihr Generalissimus – wissen sich kein süßeres Labsal, als den Ihrigen die Gartentüre irgendeines Arkadiens, wozu sie ihnen nicht die Reiseroute und die Landkarte aufgesetzt, vor der Nase ins Schloß zu werfen und solche gerichtlich zu versiegeln. Kurz vor einer Lustfahrt setzen ohnehin die meisten Eltern Galle ab; konnte Froulay vollends eine verriegeln, so war ihm das so viel, als komm' er von einer rot und munter nach Hause. –

Nachmittags um 3 Uhr gingen unsere Freunde unter dem schönsten Himmel spazieren – alles war schon geordnet, Karl wollte morgen nachgehen, Albano erst nach der allgemeinen Rückreise, am Montag (seine zarten Rücksichten und fremde harte entschieden) – und es zog durch das ganze gewölbte Blau kein Nebel als Karls Besorgnis, die zweite Lokation der Fürsten-Leichen ziehe seinen Vater noch heute her – – als er plötzlich herausfluchte: dort fahr' er. Er kannt' ihn an dem Tiger-Postzug und noch mehr an den lang vorgespannten Vorderpferden. Eine Fegfeuer-Lebens-Minute! – Der Wagen fuhr rasch die Straße herab – die Vorderpferde zogen noch länger ganz unförmlich voraus – man wunderte sich – endlich wurde die Ziehweite einen Acker lang – das schien ganz unmöglich – als Albanos Adlerauge keine lederne Verbindung zwischen dem Postzug und zuletzt gar entdeckte, daß bloß ein fremder Kerl mit zwei Pferden zufällig vor dem Wagen herreite. Und in dieser Minute sahen sie den offnen Triumphwagen mit der weiblichen Dreieinigkeit langsam die Blumenbühler Höhe hinaufziehen, und das vermengte Tulpenbeet der drei Sonnenschirme schimmerte ihnen lange zurück.

VIERZEHNTE JOBELPERIODE

Albano und Liane

64. ZYKEL

In unserer innern Welt fliegen so viele zarte und heilige Empfindungen herum, die wie Engel nie den Leib einer äußern Tat annehmen können; so viele reiche gefüllte Blumen stehen darin, die keinen Samen tragen, daß es ein Glück ist, daß man die Dichtkunst erfunden, die alle jene ungebornen Geister und den Blumenduft leicht in ihrem limbus aufbewahret. Mit dieser fass' ich, lieber Albano, deinen herrlich verduftenden Sonntag auf und halte den unsichtbaren Weihrauch fest für die Schneidersche Haut der Welt! –

Am Sonntage bezog er das Donnerhäuschen in Lilar. Der Lektor hielt sich mit der Hoffnung aufrecht, der Graf werde das Blumenparterre des neuen Genusses schon bald so platt und welk zusammentreten wie einen Kreuzweg. Es war ein schöner Morgen – vom Tau ganz beregnet – ein frischer Wind wehte von Lilar über das blühende Korn – und die Sonne brannte allein in einem kühlen Himmel. Auf der Blumenbühler Straße zog ein Menschen-Gewimmel hinan, und niemand ging lange allein; auf der Morgenhöhe sah' er seinen Freund Karl mit dem gebognen Federbusch der Sonne entgegensprengen.

Lilars Lüfte flogen Orangenduft-ausatmend entgegen und wehten die Asche weg, die auf den glühenden Altarkohlen jenes ersten herrlichen Sonntags stand. Er ging die Brücke hinab, und der früh geputzte Pollux trieb ihm einen aufgeblätterten Truthahn entgegen. Eine Soeur servante des alten Speners kochte schon eine Stunde lang bei der Chariton, bloß um ihn vorbeigehen zu sehen. Diese lief festlich-geschmückt aus dem Häuschen, das sich heiter mit allen Fenstern dem ganzen Himmel öffnete, ihm entgegen und brach in der Verlegenheit der Freude mit der Hauptsache zuerst heraus, es sei nämlich droben im Häuschen alles schön parat, und ob er das Essen hinaufhaben wollte. Sie wollte mitten im Gespräch Polluxen aus des Grafen – Fingern ziehen, aber er ließ ihn zum Kusse aufschweben und erntete damit jedes Herz, auch das alte hinter der Küchenflamme.

Indem er nach seinem Häuschen durch den westlichen Triumphbogen hinausging, fühlt' er unbeschreiblich stark und süß, daß die holde Jugendzeit unser Welsch- und Griechenland ist voll Götter, Tempel und Lust – ach und welches so oft Goten mit Tatzen durchstreifen und ausleeren. –

Seine blühende Bahn lief endlich in die Tiefen- und Höhentreppe, die er mit Spener bestiegen – einzelne Tages-Streifen brannten sich dem nassen Boden ein und färbten zerstreuete Zweige feurig und golden. – An der mystischen Laube, wo vor ihm der tote Fürst in der Seitenhöhle geschritten war, fand er diese nicht, sondern nur eine leere Nische. Er trat oben heraus wie aus der Hüfte der Erde. Sein Häuschen lag auf dem herumgebognen Bergrücken. Drunter ruhten um ihn die Elefanten der Erde, die Hügel und das sich in Blüten herrlich blähende Lilar, und er schauete aus seinen Fenstern in das Lager der Riesen der Natur.

Inzwischen konnt' er jetzt nicht auf dem Fensterstocke bleiben, oder neben der begeisternden Äolsharfe, oder im Augen-Kerker, den Büchern; durch Ströme und Wälder und über Berge zu schweifen verlangte die frische Natur. Das tat er.

Es gibt zwischen den Alltags-Taten des Lebens – wo der Regenbogen der Natur uns nur zerbrochen und als ein unförmlicher bunter Klumpe am Horizont erscheint – zuweilen einige Schöpfungstage, wo sie sich in eine schöne Gestalt rundet und zusammenzieht, ja wo sie lebendig wird und wie eine Seele uns anspricht. Heute hatte Albano diesen Tag zum erstenmal. Ach es gehen Jahre dahin, und sie bringen keinen. Indem er so auf dem Bergrücken auf beiden Seiten dahinwandelte, flutete der Nord-Ost ihm immer voller entgegen – ohne Wind war ihm eine Landschaft eine steife festgenagelte Wandtapete – und wühlte das feste Land zum flüssigen um. Die nahen Bäume schüttelten sich wie Tauben süß-schauernd in seinem Bade, aber in der Ferne standen die Wälder wie gerüstete Heere fest und ihre Gipfel wie Lanzen. – Majestätisch schwammen durch das Blau die silbernen Inseln, die Wolken, und auf der Erde schritten Schatten riesenhaft über Ströme und über Berge – im Tale blitzte die Rosana und rollte in den Eichenhain. – Er trat ins warme Tal hinab, die Weiden schäumten, und ihr Same spielte in seiner Wolken-Flocke, eh' ihn die Erde befestigte – der Schwan dehnte wollüstig den langen Flügel, gepaarte Tauben ätzten sich vor Liebe, und überall lagen die Beete und Zweige voll heißer Mutterbrüste und Eier. – Wie ein herrlicher blauer Blumenstrauß schillerte in hohen Gräsern der Hals des ruhenden Pfaues. – Er trat unter die Eichen, die mit knotigen Armen den Himmel anfaßten und mit knotigen Wurzeln die Erde. – Die Rosana sprach allein mit dem brausenden Wald und fraß schäumend an Felsenstücken und am morschen Ufer – Nacht und Abend und Tag verfolgten einander im mystischen Hain. – Er trat in den Fluß und ging mit ihm hinaus vor eine rege warme Ebene voll Dörfer und aus ihnen klang der Sonntag und aus den Ährenfeldern fuhren Lerchen und an den Bergen krochen Menschen-Steige hinauf, die Bäume regten sich als Lebendige und die fernen Menschen schienen festzuwurzeln und wurden nur Schößlinge an der tiefen Rinde des ungeheuern Lebensbaumes. – –

Die Seele des Jünglings wurde in das heilige Feuer geworfen, wie Asbestpapier zog er sie ausgelöscht und unbeschrieben heraus, ihm war, als wiss' er nichts, als sei er *ein* Gedanke, und hier trat ihn auf eine wunderbar neue Weise das Gefühl an:

das ist die Welt, du bist auf der Welt – er war *ein* Wesen mit ihr – alles war *ein* Leben, Wolken und Menschen und Bäume. – Er fühlte sich von unzähligen Polypenarmen ergriffen und zugleich mit ihnen verschlungen und doch fortrinnend im unendlichen Herz.

Trunken kam er vor seine Wohnung, von welcher sich ihm der kleine Pollux den Berg herab entgegenrollte, um ihn zum Essen zu rufen. Im Häuschen wurde das, was er meinte, ausgesprochen von der Äolsharfe am offnen Fenster. Indes das Kind mit den Fäustchen auf dem Klaviere nachdonnerte und die Vögel aus den Bäumen freudig dareinschrien: so fuhr der Weltgeist durch die Äols-Saiten jauchzend und seufzend, regellos und regelmäßig, spielend mit den Stürmen und sie mit ihm; und Albano hörte, wie die Ströme des Lebens rauschten zwischen den Ufern der Länder – und durch die Blumen- und Eichenadern – und durch die Herzen – um die Erde, Wolken tragend – und den Strom, der durch die Ewigkeit donnert, goß ein Gott aus unter dem Schleier – –

Albano kam mit dem unschuldigen vortanzenden Knaben zur fortlächelnden Mutter. Sogar hier zwischen den vier Wänden zogen ihn noch die Segel fort, die der große Morgen aufgebläht. Nichts fiel ihm auf, nichts schien ihm gemein, nichts fern, die Woge und der Tropfe im unendlichen Meere des Lebens verflossen unteilbar mit den Strömen und Strudeln, welche darin gingen. Vor Chariton stand er wie ein glänzender Gott, und sie hätte gern entweder ihn verschleiert oder sich. Nie war die Menschheit in reinere Formen, die kein Wulst irgendeines Geburtslandes verkrüppelte, gesondert als in diesem Freudenkreise, worin die Kindheit, die Weiblichkeit und die Männlichkeit, von Blumen durchwunden, sich begegneten und sanft anfaßten.

Chariton sprach immer von Liane, nicht bloß aus Liebe zur Fernen, sondern auch zum Nahen; denn ob sie gleich mit jenen offnen Augen schaute, die mehr still abzuspiegeln als anzublicken, mehr einzulassen als einzuziehen scheinen, so war sie doch wie Kinder, Jungfrauen, Landleute und Wilde zugleich offenherzig-wahr und schlau. Sie hatte Albanos Liebe leicht erlauscht, weil überall den Weibern alles leichter zu verdecken ist, sogar der Haß, als sein Gegenteil. Sie lobte Lianen unendlich, besonders die unvergleichliche Güte, und »ihr Herr habe gesagt, wenige Männer hätten so viel Herz als sie, denn sie sei oft ohne alle Furcht nachts mit ihr im Tartarus gewesen«. Allerdings war das auch dem Grafen nicht erklärlich. Das Wunderbare ist der Heiligenschein eines geliebten Hauptes; eine Sonne, zum Menschenantlitz besänftigt, ergreift weniger als ein geliebtes, zum Sonnenbild verklärt.

Sie, immer heißer erfreuet durch seine Freude, bot ihm an, ihn in Lianens Zimmer zu führen. Ein einfaches Zimmerchen – vom Weinlaube gründämmernd – einige Bücher von Fenelon und Herder – alte Blumen noch in ihren Wassergläsern – kleine sinesische Tassen – Juliennens Porträt und ein anderes von einer verstorbenen Jugendfreundin, welche Karoline hieß – ein unbeflecktes Schreibzeug mit englischem gepreßten Papier – – das fand er. Die heilige Frühlingsstunden der Jungfrau zogen vor ihm wie sonniges Gewölke tauend vorüber.

Zufällig berührte er ein Federmesser, als ihm Chariton Kiele zum Schneiden brachte, »weil man« (sagte sie) »so viel Not damit hätte, seit ihr Herr weg sei«. Denn eine Frau kann leichter jede Feder führen – sogar die epische und kantische – als eine schneiden; und hier muß wie in mehr Fällen das stärkere Geschlecht dem schwachen unter die Arme greifen.

Albano wünschte noch das Arbeits-Zimmer seines Lehrers zu sehen; aber dieses schlug sie – ob sie gleich durch ein stundenlanges Zusammenessen nicht mutiger geworden – doch entschieden ab, weil es ihr Herr verboten habe. Er bat noch einmal; aber sie lächelte immer schmerzlicher und blieb bei dem freundlichen Nein.

Er verträumte nun den Rausch des Morgens im magischen Garten, auf dessen Wasser und Steige der Mond- und Widerschein der Erinnerung spielte. Wie treten aus den 9 Millionen

Quadratmeilen der gemeinen Erde doch einige poetische Länder heraus durch ein poetisches Herz! Auf dem Berg mit dem Altare, wo er sie unten einmal verschwinden sehen, wehte ihn, umflattert vom freiern Äther, das Nachmittagsgeläute von Blumenbühl an; und sein Kindheitsleben und die jetzigen Szenen dort und Liane gaben ihm ein weiches Herz, und er überschauete mit dunklern Augen das verklärte Land.

Abends kamen frohe Kirchgänger aus Blumenbühl und priesen das Einweihen und Beisetzen gewaltig. Er sah noch den frommen Vater drüben auf dem Bergrücken stehen. Der Morgen, wo er einen ganzen Tag Lianen sehen und ihr vielleicht alles sagen konnte, überzog sein Leben mit einem ihn in prächtigen Regenbogenkreisen umschimmernden Morgentau. Noch im Bette sang er vor Lust das Morgenlied der Ruderleute auf dem Lago maggiore – die Sternbilder über Blumenbühl glänzten in das offne Fenster seines Alpenhäuschens herüber an das zusinkende Auge. – Als ihn der helle Mond und Flötentöne aus dem Tal wieder weckten: glühte das stille Entzücken unter der Asche des Schlafes noch fort, und das größere drückte die Augen wieder zu.

65. ZYKEL

Unter einem frischen Morgenblau ging er voll Hoffnungen, heute sein immer in weiße Nebel hineinlaufendes Leben aufzuhellen, jenen alten Weg, den er einmal (im 23sten Zykel) nachts herwärts gemacht, um auf dem Berge Elysium und Liane zu sehen. Der ganze blühende Steig war ihm eine römische Erde, woraus er schönbemalte Vasen der Vergangenheit ausgrub; und je näher dem Dorfe, desto breiter wurden die geheiligten Plätze. Er wunderte sich, daß die Lämmer und Hirtenknaben nicht, wie das Gras, länger aufgeschossen während seiner Entfernung, die ihm durch den Wachstum seines Herzens und den bunten Wechsel seiner Erfahrungen selber verlängert vorkam. Wie ein Morgentrunk von hellem

Alpenwasser rann der alte Klang des Hirtenhorns in seine Brust; aber die enge Erlenbahn, worin er das Reitpferd des Direktors vor dem Absatteln getummelt, und selber der Schloßhof, sogar die vier Wände und das Deckengemälde des häuslichen Glücks krempten seiner treibenden Seele, die in die Erde und in den Himmel hineinwachsen wollte, Wurzel und Gipfel ein; er war noch in den Jahren, wo man vom Klavichord des Lebens mit einem Fußtritt den Deckel hochlüftet, damit das harmonische Brausen überall vorwalle.

Wie verschwenderisch wurde im Schlosse sein Herz mit Herzen bedeckt und die jüngste Liebe durch alte übertäubt, von der leichtweinenden Mutter Albine an bis zu den händegebenden alten Bedienten, die seinetwegen die versteinerten Glieder behender bewegten! – Er fand alle seine Lieben – Liane ausgenommen – in Wehrfritzens Museum, weil dieser »junges Volk« und Diskurse lieb hatte und allzeit darauf bestand, daß man das Frühstück auf seinem Aktentisch aufsetzte, der, wie er sagte, so gut sei als ein Frühstück-Tisch mit lackierten Fratzen, die niemand ansehe. Albano plagte sich mit der Furcht, die Ministerin sei die Kirchenräuberin einer Göttin selber geworden und habe gestern Liane zurückgeführt – bis der Hauptmann die Unsichtbarkeit eilig erklärte. Die gute Seele hatte gestern die Bewegungen ihres teilnehmenden Herzens mit Migräne büßen müssen. Ihr geliebter Lehrer Spener mit seiner erhabenen Seelen-Stille – die Augen, die nicht mehr über die Erde weinten, auf das befreundete Fürstenpaar gesenkt – mit dem Haupte unter dem kalten Polarstern der Ewigkeit stehend, das wie der Pol keine Sterne mehr auf- und untergehen sah – ruhig und mit apostolisch ineinander gelegten Händen allmächtig redend über den Schmerz und das Ziel des bleichen Lebens, begeistert die Herzen nahe an die weinende Rührung drängend, und doch sie mit erhabener Besänftigung zurückziehend vom höchsten Schmerz, damit nur das Herz weine ohne das Auge – und nun die Einsegnung der gepaarten Särge und der Kirche – o in der weichen Liane mußten diese Rührungen ja zu Leiden arten, und alles, was ihr Lehrer verschwieg, wurde in ihr ausgesprochen. Noch dazu hatte sie nicht die gewöhnliche Kur, sich still zu halten, gebraucht, sondern alle Stiche hinter tätige Freude versteckt, um der fortreisenden Mutter keine Schmerzen zu geben, obwohl sich viel zu große.

In diese Erzählung trat sie selber freundlich herein im weißen Morgenkleid mit einem Strauß von sinesischen Röschen – ein wenig blaß und müde – träumerisch-weich aufblickend – die Stimme leiser – die Wangenrosen zu Knospen geschlossen – und wie ein Kind jedes Herz anlächelnd – – du Engel des Himmels, wer darf dich lieben und belohnen? Sie erblickte den hohen Jüngling – – alle Lilien ihres stillen Angesichts wurden wider ihre Gewohnheit in ein himmlisches Morgenrot der Freude getaucht, und ein zarter Purpur blieb an ihnen.

Sie fragte ihn offen, warum er gestern nicht zur Festlichkeit gekommen, und entdeckte angelegentlich, daß sie alle heute den frommen Vater, für welchen ihre Zwerg-Rosen gebunden waren, besuchen würden. Er nahm gern die vierte Stimme im Konzert der Lustfahrt. Welcher herrliche hängende Garten mit seinen liebsten Blumen und Aussichten ist in die Abendstunden hineingebauet! Wie viel Glückliche bedeckt ein einziges Dach!

Die redliche Rabette, vor stillem Freuen flinker und geschäftiger, war unverdrossen Lianens Kranken- und Roquairols Löwen-Wärterin und die maitresse de plaisirs, welche jeden mütterlichen Grundriß einer Lust noch um die Hälfte breiter machte, und das ganze Wesen war so glücklich! Ach ihr armes reines Herz wurde ja noch von keinem geliebt, und darum glüht es mit den frischen Kräften der ersten Liebe so hell und treu vor einem mächtigen, das zu ihm segnend wie ein liebender Gott niederzukommen scheint und einen ganzen Himmel nachzieht! – Roquairol sah, wie reizend die arbeitsame Beweglichkeit im Spielraum ihres Eigentums und ihrer Geschäfte das schwer niederhängende Laub verschiebe, das im Visitenzimmer sich finster über ihren Wert herzog; sie wurde sogar schöner durch das dunklere nette Hauskleid, nachdem er durch Predigten jede weiße Draperie ihrer brünetten Gestalt in den Kleiderschrank zurückgeschickt. Sie gehorchte der Mutter hierin nicht eher, als bis er es verlangt hatte. Ja er hatte sie gestern dahingebracht, die Uhr, womit die stolze Ministerin sie beschenkt, wirklich an sich herumzutragen mit heißem Erröten über den ungewohnten Schmuck. Indes wollt' er mit ihr gleichsam einen recht geschlängelten Blumenweg zum Altare seines *lauten* Ja's der Liebe nehmen – das *stumme* sagt' er hinlänglich –; er wußte, sie sitze sogleich ein, sobald er mit dem Muschelwagen der Venus vorfahre, wovor er eine Taube und einen Habicht vorgehängt.

Wie herrlich flog der Vormittag dahin auf goldnen Flügeldecken und auf durchsichtigen Flügeln! Der geliebte Albano wurde in alle Veränderungen des Hauses eingeführt; die schönste war in seiner Studierstube, welche Rabette in ihre Putz-, Näh- und Studierstube umgekleidet hatte, die seit gestern wieder zum Gast- und Lesestübchen Lianens geworden. Wie gern trat er ans Fenster nach Abend, wo er so oft im Kristallspiegel seiner Phantasie seinen unsichtbaren Vater und die Geliebte überirdisch erscheinen lassen! In die Scheiben waren von seiner Knabenhand viele L und R gezogen. Liane fragte, was die R bedeuteten; – »Roquairol«, sagte er, denn sie fragte nicht nach dem L. Unendlich süß floß die Betrachtung um sein Herz, daß doch seine Geliebte in der träumerischen Klause seines ersten grünen Lebens einige blühende Tage verlebe. Liane zeigte ihm mit kindlicher Freude, wie sie alles, nämlich das Zimmer, redlich mit Rabetten teile in ihrer Doppelwirtschaft und Stuben-Kameradschaft, und wie sie ihre Wirtin selber zu ihrem Gaste gemacht.

Ich habe oft das schöne leichte Nomaden-Leben der Mädchen in ihren arkadischen Lebens-Abschnitten bewundert mit Neid; leicht flattern diese *Flugtauben* in eine fremde Familie und nähen und lachen und besuchen da mit der Tochter des Hauses ein oder zwei Monate lang, und man hält das Kopulierreis für einen Familienzweig; – hingegen wir *Stubentauben* werden schwer versetzt und einheimisch und reiten meistens nach einigen Tagen wieder zurück. Da wir als sprödere Materie schwerer mit dem Familien-Guß verschmelzen; da wir unsere Arbeiten nicht so leicht – weil uns Wagen voll Arbeitsgeräte nachfahren müssen – wie Mädchen ihre einweben in fremde und da wir viel brauchen und – anstiften: so ist daraus unser Laufzettel sehr gut abgeleitet ohne unsern geringsten Nachteil.

Nach einer halben Ewigkeit der Ankleidung – da in der Nähe der Geliebten eine Stunde der Abwesenheit länger dauert als ein Monat in ihrer Ferne – traten die reisefertigen Mädchen im schwarzen Schmucke der Bräute herein. Wie reizend stehen Rabetten die Rosen im dunkeln Haar und der dunkle Spitzen-Saum auf dem weißen Hals und die furchtsamen Flammen ihres reinen Auges und die anfliegenden Errötungen! – Und Liane – ich rede nicht von dieser Heiligen. Sogar der gute alte Direktor mußte, als ihn das fromme Angesicht unter dem bloß einfach und nonnenhaft herübergelegten weißen Kopfschleier von indischer, mit Goldlahn besprengter Mousseline kindlich anblickte, seinem Wohlgefallen die Worte geben: »Wie eine Nonne, wie ein Engel!« – Sie antwortete: »Ich wollte auch einmal eine werden mit einer Freundin; aber nun nehm' ich den Schleier später als sie«, setzte sie mit wunderbarem Ton dazu.

Sie hing heute mit zärtlicher Schwärmerei an Rabette, vielleicht aus siecher Weichheit, vielleicht aus Liebe zu Albano und zu den Eltern und vielleicht, weil Rabette durch die Liebe so gut und schön war und weil sie selber nichts war als Herz. Sie hatte den heiligen Fehler zu schwärmerischer Vorstellungen von ihren Freundinnen – in welchen die edlern Mädchen leicht fallen und womit bloß Ehefrauen wenig behaftet sind – sonst noch höher getrieben: so konnte z. B. ihre Freundin Karoline, die ihr wie eine Romanheldin nur im romantischen Spielraum der Freundschaft und der schönen Natur begegnet war, sich anfangs gar nicht ohne Abbruch des poetischen

Heiligenscheins mit Händen denken, welche die Nähnadel und Plätte und anderes Geräte des weiblichen Ackers führten.

Wer die zärteste Mitfreude fühlen will, der sehe nicht frohe Kinder an, sondern die Eltern, die sich über frohe erfreuen. Niemals blickte die blau- und rundäugige Albine – in deren Gesicht die Zeit manche Lebenstöne dreimal gestrichen hatte, worunter aber kein stief- und schwiegermütterlicher Mißton vorkam – öfter hin und her und segnender als unter diesen Paaren; denn das wurden sie nach der mütterlichen Sterndeuterei der Aberrationen und Pertubationen dieser Doppelsterne. – Der Vater, der die »Kopf- und Ohrenhängerei des jetzigen jungen Volks« gegen die Ehrensprünge seiner Kameraden hielt, wurde an den Hauptmann gekettet, der sich als Regisseur seines innern Theaters heute die Rolle eines frohen Jünglings zugeteilt hatte. Er gefiel ihm sogar durch die derben Redeblumen, die das verborgne Wehen von ihm losblätterte; denn da jedes Genie sein Grobians-Idiotikon, seine Knittelverse haben muß: so hatt' er – andere haben den Teufel, den Henker – den genialischen Handwerksgruß »Lump« samt den Derivativis »Lumperei« u. s. w. Aber wie noch hinreißender nahm Albano alle weibliche Herzen durch die Stille weg, womit er wie ein ruhiger Nachsommer seine Früchte fallen ließ. Die Eltern schrieben diese weiche Haltung dem Stadtleben zu, als wäre nicht Karl länger in diese Malerschule gegangen. Nein, die Liebe ist die italienische Schule des Mannes; und der kräftigere und höhere ist eben der höhern Zartheit fähig, wie auf hohen Bäumen sich das Obst milder und süßer rundet als auf niedrigen. Nicht an unmännlichen Charaktern entzückt die Milde, sondern an männlichen; wie nicht an unweiblichen die Kraft, sondern an weiblichen.

Der gute Jüngling! – So unschuldig lodert dir – indes Karl es allzeit leider deutlich wußte, wenn sein Blick brannte und blitzte – aus den Augen ein glühendes Herz, das es nicht weiß! Möge dein Abend das Samenkorn einer blütenvollen Jugend werden! Der Wagen rollet vor, dir ungewiß, ob er ein Elias-

oder Phaetons-Wagen wird, ob du durch ihn den Himmel erfliegst oder aus ihm fällst!

66. ZYKEL

Der Wagen flog durchs Dorf mit den vier jungen Menschen – wie tut unserm Jüngling die Weite des Himmels und der Erde wohl! Das Portal des Lebens, die Jugend, war mit Blumen und Lichtern behangen. Sie rollten unten am Berge vor der Vogelstange vorbei, der Zeigerstange eines Knaben-Arkadiens, vor der Wiege, wo er kindlich-schlaftrunken nach dem hohen Himmel langte mit dem Knaben-Arm – und durch das ihm jetzt nur zu Gebüsch gesunkne Birkenwäldchen, das er an jenem goldnen Morgen so breit und lang gefunden – und vorbei vor den östlichen offnen Triumphbogen, hinter denen das Meer des vielgestaltigen Lilars seine Reize wogen ließ – und hinter der Bergmauer des Flötentals schickten sie den Wagen zurück.

Sie gingen auf einer herrlichen Erde unter einem herrlichen Himmel. Rein und weiß schwamm die Sonne wie ein Schwan durch die blaue Flut – Fluren und Dörfer drängten sich dichter an die fernen niedrigen Gebürge – ein sanfter Wind trieb die grünen Ähren-Wogen auf der Ebene umher – an den Hügeln ruhten Schatten unter den Schwingen weißer Wölkchen fest – und hinter den Gipfeln der Anhöhe zogen die Mastbäume der Rheinschiffe majestätisch weg.

Wie Albano so nahe neben der Geliebten ging, fiel das unter seinem Eden brennende Fegfeuer immer tiefer in den Erdkern zurück; voll Unruhe und Hoffnung warf er das feurige Auge bald auf den Sommer, bald auf den milden Hesperus-Stern, der so nahe an ihm aus dem Frühlingsäther schimmerte. Die Gute schien heute stiller, ernster und unruhiger als sonst. Als sie durch ein überall offnes Laubwäldchen am Hügelrücken, der das Flötental umzog, hingingen: sagte Liane plötzlich zum Grafen, sie höre Flöten. Kaum konnt' er sagen, er höre nur ferne Turteltauben: als sie auf einmal sich wie zu etwas Wunderbarem sammelte – ihre Augen in den Himmel heftete – lächelte – und plötzlich sich nach Albano umsah und rot wurde. Sie redete ihn an: »Ich will aufrichtig sein, ich höre jetzt in mir Musik[1] – sehen Sie mir heute meine Schwäche und Weichheit nach; es kommt von gestern.« – »Ich – Ihnen?« sagt' er heftig; denn er, um welchen in Krankheiten nur brennende Bilder stürmten, wurde zur Verehrung eines Wesens begeistert, zu welchem gleichsam aus einer höhern Welt in seinen Schmerzen wie goldne Sonnenstrahlen leise Töne reichen, die verhüllt durch die rauhe Tiefe gehen.

Aber Liane, wie um sein Feuer abzuwenden, kam auf ihre Freundin Karoline und sagte: wie sie ihr an solchen Tagen und zumal auf diesem Spaziergange immer vorschwebe. »Anfangs sucht' ich sie auf,« (sagte Liane) »weil sie meiner Linda glich. Sie war meine Lehrerin, ob sie gleich nur einige Wochen älter war als ich. Ihr frommer, strenger, unerschrockner Charakter und ihre Willigkeit, sich freudig und stumm aufzuopfern, machte sie sogar, wenn ich es so sagen darf, in den Augen ihrer Mutter verehrungswürdig. Man sah sie niemals weinen, so weich sie auch war, bloß um ihre Mutter immer heiter zu machen. Wir wollten miteinander den Schleier nehmen, um beisammen zu bleiben; ich würde nicht alt werden, sagte sie, und ich müßte mein kurzes Leben froh und ohne Sorgen, aber auch in Zubereitung auf das andere verbringen. Ach sie ging selber voran! Die Nachtwachen am Krankenbette ihrer Mutter und der Schmerz über den Tod nahmen sie dahin. Sie empfing das heilige Nachtmahl, auf das wir uns miteinander zubereiteten, im Sterben allein. – Da gab mir der Engel diesen Schleier, worin ich ihr einst folgen soll. – O, gute, gute Karoline!« – Sie weinte unverhohlen und drückte bewegt Albanos Hand.

1 Dieses Selbst-Ertönen – wie die Riesenharfe bei verändertem Wetter unberührt anklingt – ist in Migräne und andern Krankheiten der Schwäche häufig; daher im Sterben; z. B. in Jakob Böhme schlug das Leben wie eine Konzertuhr seine Stunde von Harmonien umrungen aus.

»O ich hätte nicht davon anfangen sollen! – Dort kommt schon unser Freund; wir wollen recht heiter sein.« –

Sie waren jetzt durch ein hohes Gebüsche, das neckend die umherschweifenden Landschaften auf- und zudeckte, nahe an die über das Flötental hereinschauende Turmspitze gelangt, neben welcher eine einsame Kirche und Speners Wohnung lag und unten in der Ebene das offne Dorf. Spener ging seiner Schülerin – nach Greisen-Sitte um andere unbekümmert – entgegen, und ein junges Reh lief ihm nach. Eine schöne Stelle! Kleine weiße Pfauen – freie Turteltauben – eine Bienenstadt mitten in ihrer Bienenflora – alles sagte den ruhigen Alten an, dem nun die ehrende Erde dient und der, gleichgültig gegen sie, nur in Gott lebt. Er kam gegen die Erwartung eines kirchlichen Ernstes mit einem leichten Scherz über die bunte Reihe und legte die segnenden Finger auf Lianens Stirn, die seine Enkelin zu sein schien, gleichsam eine zweite Baum-Blüte im Spätherbst des Lebens. Sie steckte ihm töchterlich den Strauß der Zwerg-Röschen an die Brust und gab sehr acht, ob es ihn besonders freue. Sie lächelte ganz heiter, und alle ihre Tränen schienen verweht; aber sie glich dem beregneten Baum unter der wiederlachenden Sonne: die kleinste Erschütterung wirft den alten Regen vom stillen Laub.

Der alte Mann erfreuete sich über die Teilnahme der jungen Leute und blieb mit ihnen auf der blühenden und lärmenden Anhöhe, welche zwischen einer weiten Landschaft und zwischen den reichbeladen ins Elysium hineinlaufenden Bergrücken thronte. Sie ließen ihn, da zu ihm wie zu einem, der im Luftschiff aufsteigt, die Töne der Erde nicht so weit nachreichten als die Gestalten, mehr reden als hören, wie man Alte schonet.

Er sprach bald von dem, worin sein Herz atmete und lebte; aber in einer sonderbaren, halb theologischen, halb französischen, Wolffianischen und poetischen Sprache. Man sollte von manches Schwärmers Poesie und Philosophie statt der Verbal-Realübersetzungen geben, damit man sähe, wie die goldreine Wahrheit unter allen Hüllen glühe. Spener sagt in meiner Übersetzung: »er habe sich sonst, eh' er das Rechte gefunden, in jeder menschlichen Freundschaft und Liebe gemartert. Er habe, wenn er inbrünstig geliebt wurde, zu sich gesagt, daß er sich selber ja nie so ansehen oder lieben könne; und ebenso könne ja das geliebte Wesen nicht so von sich denken wie das liebende, und wär' er noch so vollkommen oder so eigenliebig. Sähe jeder den andern an wie er sich: so gäb' es keine feurige Liebe. Aber jede fordere einen unendlichen Wert und sterbe an jedem unauflöslichen, deutlich erkannten Fehl; sie hebe ihren Gegenstand aus allen heraus und über alle und verlange eine Gegenliebe ohne Grenze, ohne allen Eigennutz, ohne Teilung, ohne Stillstand, ohn' Ende. Da sei ja das göttliche Wesen, aber nicht der flüchtige, sündige, wechselnde Mensch. Daher müsse sich das liebeskranke Herz in den Geber dieser und jeder Liebe selber, in die Fülle alles Guten und Schönen, in die uneigennützige, unbegrenzte All-Liebe senken und darin zergehen und aufleben, selig im Wechsel des Zusammenziehens und Ausdehnens. Dann sieht es zurück auf die Welt und findet überall Gott und seinen Widerschein – die Welten sind seine Taten – jeder fromme Mensch ist ein Wort, ein Blick des All-Liebenden; denn die Liebe zu Gott ist das Göttliche, und ihn meint das Herz in jedem Herz.« – –

»Aber« – (sagte Albano, dessen frisches energisches Leben aller mystischen Vernichtung widersträubte) – »wie liebt uns denn Gott?« – »Wie ein Vater sein Kind, nicht weil es das beste ist, sondern weil es ihn braucht.«[1] – »Und woher« (fragt' er weiter) »kommt denn das Böse im Menschen und der Schmerz?« – »Vom Teufel«, sagte der Greis und malte ununterbrochen mit verklärter Freude den Himmel seines Herzens aus, wie es immer umgeben sei vom all-geliebten All-Liebenden, wie es gar kein Glück und keine Gaben von ihm begehre (die man nicht einmal in der irdischen Liebe wünsche), son-

1 Irgendeine uneigennützige Liebe muß ewig gewesen sein. Wie es ewige Wahrheiten gibt, so muß es auch eine ewige Liebe geben.

dern nur immer höhere Liebe gegen ihn selber, und wie es, indem der Abendnebel des Alters immer dichter um seine Sinne ziehe, sich im Lebens-Dunkel immer fester von den unsichtbaren Armen umschlungen fühle. »Ich bin bald bei Gott!« sagt' er mit einem Glanze der Liebe auf dem vom Leben erkälteten und unter den Jahren einbrechenden Gesicht. Man hätt' es ausgehalten, ihn sterben zu sehen. So steht der Montblanc vor dem aufgehenden Mond; die Nacht verhüllt seinen Fuß und seine Brust, aber der lichte Gipfel hängt hoch im dunkeln Himmel, als ein Stern unter den Sternen.

Liane hatte wie eine Tochter das Auge und die Hand nicht von ihm gelassen und jeden Laut schmachtend eingesogen; ihr Bruder hatt' ihn mit mehr Freude als Alban gehört, aber bloß um den mystischen Heros ganz in den mimischen Berg Athos seiner Nachbildung reiner abzuformen; und Rabette hatt' ihn wie in einer Kirche unter gläubigen – Nebengedanken angeschauet.

Er entfernte sich jetzt ohne Umstände, um für seine Tiere zu sorgen, die er wie alles Unwillkürliche, z. B. die Kinder, wie aus der ersten Hand Gottes kommend liebte; alles sei göttlich, sagt' er, und nichts irdisch als das Unmoralische. Er konnte keine Bienen schwefeln, keine Blumen im Scherben-Käfig verdursten lassen, kein abgetriebenes, wundes Pferd ertragen und ging vor einer Fleischbank nur mit schaudernden Gliedern vorüber.

»Wollen wir« (sagte der Freund Karl) »den herrlichen Abend auf der prächtigen Bergstraße einnehmen und dein Donnerhäuschen besehen und jeden Leidens-Kelch herunterwerfen in die Täler hinein?« – Welche magische Nachbarschaft durchzogen sie nun auf dem gebognen Gebirge zum Donnerhäuschen! Zur Rechten gleichsam den Okzident der Natur, zur Linken ihren Orient – vor ihnen das prangende Lilar in der Abendfeerei – der glänzenden Rosana in den Armen liegend – Ährengold hinter Pappelsilber – und darüber den Himmel, gefüllt mit lebenstrunknen lärmenden Wesen – und der Sonnengott schreitet über seinen Abend weg und bückt sich ein wenig unter der Mitternacht, um in Osten das goldne Haupt zu erheben. Albano ging an Lianens heiliger Hand voraus. »O wie ist alles so schön!« (sagt' er) »Wie rauschet die aufgeblätterte Weltkarte mit langen Flüssen und Wäldern – wie sonnen sich die Morgenberge in fester Ruhe – wie steigen die Haine mit glühenden Stämmen die Hügel hinauf – man möchte sich in die rauchenden Täler stürzen und in die kalten glänzenden Wellen – ach Liane, wie ist alles so schön!« – »Und Gott ist auf der Welt«, sagte sie – »und in dir!« sagte er und dachte an das Wort des Greisen, daß die Liebe Gott meine und er im Herzen wohne, das wir ehren.

Jetzt rollten ihm schon die großen Wogen entgegen, welche die Äolsharfe im Donnerhäuschen schlug; und sein Genius flog vor ihm vorbei mit den Worten: sag ihr darin dein ganzes Herz.

Vor der kleinen Hütte der gestrigen Träume ging sein stürmendes Herz auseinander; und die Sonne und die Erde schwankten vor den wilden Tränen. Da er hineintrat mit ihr in den füllenden Rosenglanz der Abendsonne und in das Geistergetümmel der einsam miteinander redenden Töne: so faßte er Lianens Hände und drückte sie wild an seine Brust und sank vor ihr ohne Laut und geblendet nieder – Flammen und Tränen flogen über Augen und Wangen – der Wirbelwind der Töne wehte in seine lodernde Seele – der milde Engel der Unschuld bückte sich weinend und bebend gegen den brennenden Sonnengott – und es schlängelte sich ein Schmerz wie eine bleiche Schlange durch die Rosen des milden Angesichts – und Albano stammelte: »Liane, ich liebe dich –« . . .

Da kehrte die Schlange um und faßte und bedeckte die süße Rosen-Gestalt. »O guter Mensch, du bist unglücklich, aber ich bin unschuldig.« Sie trat erhaben zurück und zog schnell den weißen Schleier über ihr Gesicht herab und sagte außer sich: »Liebst du die Toten? Das ist mein Leichenschleier; im künftigen Jahre liegt er auf diesem Gesicht.« – »Das ist nicht wahr«, sagte Albano. »Karoline, antworte ihm!« sagte sie und sah starr in die brennende Sonne wie nach einer höhern Erscheinung. Fürchterliche Minute! wie bei dem Erdbeben das Meer wogt und die Luft fürchterlich still ruht, so war seine Lippe neben der Verschleierten stumm und das ganze Herz ein Sturm – auf den Saiten wandelte eine seufzende Geisterwelt vorüber, und der letzte endigte mit einem scharfen Schrei – die Schönheit der Erde verzerrte sich vor ihm, und in das Abendgewölk waren breite Feuerfahnen gepflanzt, und das Sonnenauge schloß sich blutend zu. – –

Auf einmal faltete Liane wie betend die Hände und lächelte und errötete; da hob sie den Schleier von den göttlichen Augen, und die Verklärte, vom Rosen-Widerschein angestrahlt, sah ihn zärtlich an – und schlug das Auge nieder – und hob es wieder auf – und senkt' es nieder – und der Schleier fiel wieder vor, und sie sagte leise: »Ich will dich lieben, guter Albano, wenn ich dich nicht elend mache.« – »Ich sterbe mit dir,« sagt' er, »was ists?« – – Und nun verhüllte die heilige Wolke den Sonnengott, der flammend durch seine Sterne zieht! – –

Seine Einsamkeit und Lianens Auflösung so vieler Wunder wurden durch den Eintritt Rabettens und Karls verschoben, welche beide mehr gerührt als beglückt schienen, sie durch die tröstende Nähe des Geliebten, er durch die sonderbare Lage und durch den zwingenden Abend; denn gewissen Menschen geht ein Sturm nach, und sie müssen die Schritte, die sie tun, wider Willen schneller machen.

Als Albano wieder mit dem Friedensengel seines Lebens, mit der Geliebten, die mitten im Rauschen der Gefühle doch die Stimme ihrer Freundin hörte, allein vorausging auf den Felsen-Damm zwischen duftenden Tempetälern in der dämmernden Welt: so war ihm, als habe sich sein Leben wie ein Adler durch eine Sturmwolke durchgearbeitet und der schwarze Sturm laufe unter seinen Flügeln weiter und der ganze Sternenhimmel brenne hell über seinem Haupt. Liane, jungfräulich-edel und fest, gab ihm, eh' er eine Frage getan, die

Antwort: »Ihnen muß ich nun ein Geheimnis sagen, was ich jedem und sogar meiner Mutter verbarg, weil es sie beunruhigt hätte. Ich erzählte vorhin von meiner unvergeßlichen Karoline. Am Tage meines Abendmahls, das ich mit ihr empfangen wollen, ging ich nachts von meinem Lehrer zur Mutter zurück, und zwar durch die sonderbare lange Höhle, worin man niederzusteigen glaubt, wenn man aufwärts steigt. Mein Mädchen ging mit der Laterne voraus. In der romantischen Laube, wo ein Hohlspiegel steht, kehr' ich mich gegen den hereinströmenden Vollmond, aus Furcht vor dem wilden Spiegel, der den Menschen so grausam verzieht. Plötzlich hör' ich ein himmlisches Konzert, wie nachher öfters wieder in Krankheiten – ich denke an meine selige Freundin – und schaue voll Sehnsucht in den Mond. – – Da sah' ich sie mir gegenüber, mit unzähligen Strahlen – in ihren schönen Augen war ein zärtlicher Blick, aber doch etwas Auflösendes; der zarte, fast allein lebendige Mund glich einer roten, aber durchsichtigen Frucht, und alle ihre Farben schienen nur Licht zu sein. Doch nur im blauen Auge und roten Munde schien der Engel Karolinen ähnlich. Ich könnt' ihn zeichnen, wenn man mit Licht malen könnte. Ich wurde gefährlich krank; da erschien sie mir öfter und erquickte mich mit unsäglich-süßen Lauten – es waren keine rechte Worte – worauf ich immer in einen sanften Schlaf wie in einen süßen Tod versank. Einmal fragt' ich sie – mehr mit innern Worten –, ob ich denn bald zu ihr ziehe ins Reich des Lichts. Sie antwortete, ich stürbe jetzt nicht, sondern etwas später, und sie nannte recht deutlich das künftige Jahr und sogar den Tag, den ich aber vergessen . . . O lieber Albano! vergeben Sie mir nur einige Worte! Ich genas bald und trauerte über die lange schleppende Zeit . . .«

»Nein« – (unterbrach Albano sie, dessen Gefühle wie Schwerter gegeneinanderschlugen) – »ich ehre, aber hasse Ihr gefährliches Schreckbild. Phantasie und Krankheit sind die Eltern des luftigen Würgengels, der wie ein taubes Wetterleuchten sengend über alle Blüten der Jugend fliegt.«

Sie antwortete gerührt: »O du guter, frommer Geist! du hast mich nie betrübt, du hast mich stets getröstet, geleitet, froh und fromm gemacht. – Ein Schreckbild ist er, Albano? – Eben gegen alle Schreckbilder, gegen alle Geisterfurcht bewahrt er mich, weil er immer um mich ist. Warum, wenn er nur ein Traumbild ist, erscheint er mir nie in meinen Träumen?[1] Warum kommt er nicht, wenn ich will? Sondern bloß in wichtigen Fällen; dann frag' ich ihn und gehorche sehr gern. Er ist mir heute, Albano,« (setzte sie leiser und blöder hinzu) »schon zweimal erschienen, unterwegs, als ich die innere Musik hörte, und vorhin im Donnerhäuschen, als die Sonne unterging, und hat mir liebreich geantwortet.«

»Und was sagt' er, Himmlische?« fragte Albano unschuldig. – »Ich sah ihn unterwegs nur an und fragte nichts«, versetzte die Kindliche errötend; und hier stand auf einmal ihre heilige Seele unwissend ohne Flor vor ihm; denn sie hatte im Donnerhäuschen von der unsichtbaren Karoline das Ja zu ihrer Liebe empfangen, weil jene ihr Geschöpf war und dieses ihre – Eingebung. Jawohl, Himmlische! du stehst vor dem Spiegel mit dem jungfräulichen Schleier über deiner Gestalt, und wenn dein Bild seinen leise hebt, glaubst du dich noch verhüllt! –

Kein Wort spricht Albanos Verehrung eines so geheiligten Herzens aus, das verklärte Wesen so helle träumte – dessen goldne Blumen auf dem Gedanken des Todes, wie irdische auf Gottesäckern, nur höher wuchsen – das zugleich mit ihm unsichtbare Hände in zwei ähnliche Träume[2] gezogen – dem man sich schämte, gemeine Wahrheiten zu geben für seine heiligen Irrtümer. – – »Du bist vom Himmel« – (sagt' er begeistert, und seine Freude wurde die im Auge zerschmolzene Perle, die den Durst des Menschenherzens löscht) – »darum willst du wieder dahin!« – »O ich weihe dir, mein

1 Darum vielleicht, warum der Dichter seine so bestimmt und oft angeschaueten Geschöpfe nicht in seinen Träumen unter den Bildern des Tages gehen sieht.

2 Denn an seinem und ihrem Abendmahlstage hatt' er an ihren Tod durch das Gewitter geglaubt.

Freund,« (sagte sie lächelnd-weinend und drückte seine Hand an ihr frommes Herz) »das ganze kleine Leben, das ich habe, jede Stunde bis zur letzten, und vorher will ich dich auf alles zubereiten, was Gott schickt.«

Eh sie in des frommen Vaters Hütte traten, griff Albano nach des Freundes Hand, und die Schwestern vereinigten sich. Die Freunde gingen eine Zeitlang stumm voraus; Karl blickte Albano an und fand den Frieden der Seligkeit auf seinem Angesicht. Als dieser sah, wie Liane das überfüllte Herz an das schwesterliche drückte: so wurde die Aufrichtigkeit und Freude in ihm zu stark, und er fiel ohn' ein Wort dem lieben Bruder der ewigen Braut ans Herz und ließ ihn stumm alles erraten aus den Tränen der Seligkeit. O er hätt' es doch erraten aus dem bräutlichen Blick der Liebe, den seine Schwester von seinem Freunde seltener wegzog, und aus der Innigkeit, womit sie Rabetten – gleichsam als würden beide bald einander verwandt, als würde selber der Bruder bald schöner sprechen, da er sie lange nicht mehr die kleine Linda hieß – an ihrem Herzen einweihte für das brüderliche. Bei dem frommen Vater versteckte sich der entzückte Blick wenig, den Albano, gleichsam unter dem Tore der Ewigkeit stehend, in die Himmel warf, die wie Welten hintereinander schimmerten; er war still, sanft, und in seinem Herzen wohnten alle Herzen. O liebe *eines* rein und warm, so liebst du alle nach, und das Herz in seinem Himmel sieht wie die wandelnde Sonne vom Tau bis zum Meere nichts als Spiegel, die es wärmt und füllt.

Aber in Roquairol fuhr sogleich, als er das himmlische Glück so nahe sah, der aufrührerische Geist seiner Vergangenheit und schlug epileptisch die Glieder des innern Menschen blutig – die unsterblichen Seufzer nach dem ewig fliehenden Frieden quälten ihn wieder, seine Fehltritte und Irrtümer und sogar die Stunden, wo er unschuldig litt, wurden ihm schmerzlich vorgerechnet – und da sprach er (und rührte jedes Herz, am meisten aber das der armen Rabette, das er, sich zu erwärmen, an sich preßte, wie nach der Sage der Adler die Taube, der dann sie nicht zerreißet) – da sprach er edel von der Wüstenei des Lebens und vom Schicksal, das den Menschen wie den Vesuv zum Krater ausbrenne und dann wieder kühle Auen darein säe und ihn wieder mit Feuer fülle – und vom einzigen Glück des hohlen Lebens, von der Liebe, und von der Verletzung, wenn das Geschick mit seinen Winden eine Blume[1] reibend hin- und herbewege und dadurch die grüne Rinde an der Erde durchschneide. – –

Aber indem er so sprach, sah er die glühende Rabette an und wollte durch diese Erwärmung gleichsam die feste Blumen-Knospe seiner Liebe gewaltsam sprengen und die Blätter unter die Sonne breiten – o ganz glücklich war doch der Verworrene und Sehnsüchtige auch heute nicht, und er wollte weniger andere rühren als sich.

Wie selig-ahnend traten sie wieder heraus vor die Sphinx der Nacht, welche lächelnd mit sanften Sternenblicken vor ihnen lag. Gingen sie nicht durch eine stille, dämmernde Unterwelt, leicht und frei ohne die schwere, klebende Erde an den Füßen, und im weiten Elysium flattert nur der warme Äther, weil ihn unsichtbare Psychen mit ihren Flügeln schlagen? Und aus dem Flötentale sendet ihnen der Greis seine Töne als süße Liebespfeile nach, damit das schwellende Herz an ihren Wunden selig blute. – Albano und Liane kamen vor eine Aussicht, wo die weite Morgenlandschaft mit den Lichtstreifen von blühenden Mohnfeldern und mit dunkeln Dörfern an die sanften Gebirge hinanstieg, wo der Mond aufwachte und der Glanz seines Gewandes schon wie der eines Geistes durch den Himmel streifte – hier blieben sie, auf die Luna wartend, stehen. Albano hielt ihre Hand. Alle Gebirge seines Lebens standen im glühenden Morgenrot. »Liane,« (sagt' er) »so unzählige Frühlinge sind jetzt droben auf den Welten, die herunterhängen; aber dieser ist der schönste.« – »Ach das Leben ist lieblich, und heute wird es mir zu lieb. – Albano,« (setzte sie leise dazu, und ihr ganzes Angesicht wurde eine erhabne tränenlose Liebe,

1 z. B. die Winterlevkoje.

und die Sterne webten und stickten ihr Brautkleid) »wenn mich Gott fodert, so lass' er mich dir immer erscheinen wie mir Karoline; o wenn ich dich nur so durch dein ganzes liebes Leben begleiten und trösten und warnen könnte, ich wünschte gern keinen andern Himmel.«

Aber als er die Fülle seiner Liebe und den zürnenden Schmerz über den Todeswahn aussprechen wollte, so kam sein wilder Freund, der, wie ein Vesuv Lava- und Regenströme zugleich über die gläubige Rabette ausgießend, ihr und sich das Herz nur voller, nicht leichter gemacht; da sah Karl die verherrlichten Menschen an und den blauen Horizont, wo schon der Mond seinen Schimmer zwischen den festen Mastspitzen und Gipfeln vorauswarf, und blickte wieder in den Glanz der heiligen Liebe. – – Da konnt' er sich nicht länger halten, sein qualvolles Herz stieg wie zu Gott auf zu einem ewigen Entschluß, und er umfaßte Albano und Rabette und sagte: »Geliebter! – Geliebte! – behaltet mein unglückliches Herz!« –

Rabette umklammerte ihn mitleidig wie eine Mutter das Kind und gab ihm heiß-weinend ihre ganze Seele hin. – Albano umschloß staunend den Liebesbund. – Liane wurde vom Strudel der Wonne an die geliebten Herzen gezogen. – Ungehört riefen die Flöten fort, ungesehen wehten die weißen Fahnen der Sterne darüber. – Karl sprach wahnsinnige Worte der Liebe und wilde Wünsche des Freuden-Todes. – Albano berührte bebend Lianens Blumenlippe, wie Johannes Christum küßte, und die schwere Milchstraße bog sich wie eine Wünschelrute hernieder zu seinem goldnen Glück. – Liane seufzte: »O Mutter, wie sind deine Kinder glücklich.« – Der Mond war schon wie ein weißer Engel des Friedens in das Blau geflogen und verklärte die große Umarmung; aber die Seligen merkten es nicht. Wie ein Wasserfall überdeckte sie brausend das reiche Leben, und sie wußten es nicht, daß die Flöten schwiegen und alle Hügel glänzten.

DRITTER BAND

FÜNFZEHNTE JOBELPERIODE

Der Mann und das Weib

67. ZYKEL

Vor der Bühne hab' ich die frohe Erfahrung gemacht, daß ich an den Schmerzen, die darauf sofort nach dem Aufzuge des Vorhanges erschienen, nur geringen Anteil, hingegen an Freuden, die sogleich hinter der Musik auftraten mit ihrer eignen, den größten nahm; der Mensch will mehr, daß die Klage, als daß die Entzückung sich motiviere und entschuldige. Ohne Bedenken fang' ich daher einen dritten Band mit Seligkeiten an, die ohnehin das vorhergehende Paar überflüssig vorbereitete.

Jetzt in dieser Minute muß unter allen Adamsenkeln, welche ein freudiges Gesicht zum Himmel aufhoben und ihm einen noch schönern darauf nachspiegelten, irgendeiner gewesen sein, der den größten hatte, ein Allerseligster. – Ach freilich muß auch unter allen tragenden Wesen auf dieser Kugel, die unser kurzer Lauf zur Ebene macht, eines das unglücklichste gewesen sein, und möge der Arme schon im Schlafe liegen unter, nicht auf seinem steinigen Wege! – Ob ichs gleich wünschte, daß Albano nicht jener Allerglücklichste gewesen wäre – damit es noch einen höheren Himmel über seinem gäbe –, so ist doch wahrscheinlich, daß er am Morgen nach der heiligsten Nacht, im jetzigen Traume vom reichsten Traume, tief in den dreifachen Blüten der Jugend, der Natur und der Zukunft stehend, den weitesten Himmel in sich trug, den die enge Menschenbrust umspannen kann.

Er sah aus seinem Donnerhäuschen, diesem kleinen Tempel, an dessen Wänden noch der Schimmer der Göttin stand, die ihm darin sichtbar geworden, auf die neugestalteten Berge und Gärten Lilars hinaus, und es war ihm, als säh' er hinein in seine weiß und rot blühende, mit Berg- und Fruchtgipfeln aufgeschmückte Zukunft, ein volles Paradies, in die nackte Erde gebauet. Er sah sich in seiner Zukunft nach Freuden-Räubern um, die seinen Triumphwagen anfallen könnten; – er fand sie alle sichtbar zu schwach gegen seine Arme und Waffen, er stellte Lianens Eltern und seinen eignen Vater und das bisherige in der Luft arbeitende Geister-Heer mitten auf seinen Weg zur Geliebten hin; – in seinen Muskeln glühte überflüssige Kraft, sich leicht zu ihr durchzuschlagen und sie in sein Leben mitzunehmen durch Arbeit und Gewalt. »Ja,« (sagt' er) »ich bin ganz glücklich und brauche nichts mehr, kein Schicksal, nur mein und ihr Herz!« Albano, möge dein böser Genius diesen gefährlichen Gedanken nicht gehöret haben, damit er ihn nicht zur Nemesis trage! O in diesem wildverwachsenen Leben ist kein Schritt, sogar in den blühenden Lustgängen, ganz sicher, und mitten in der Fülle dieses Kunstgartens erwartet dich ein fremder finsterer Giftbaum und hauchet kalte Gifte in das Leben! – Daher war es sonst besser, da die Menschen noch demütig waren und zu Gott beteten in der großen Entzückung; denn neben dem Unendlichen senkt sich das feurige Auge und weinet, aber nur aus Dankbarkeit.

Kein kleinliches Kalendermaß werde an die schöne Ewigkeit gelegt, die er nun lebte, da er die Geliebte jeden Abend, jeden Morgen in ihrem Dörfchen sah. Als Abendstern ging sie vor seinen Träumen, als Morgenstern vor seinem Tage her. Den Zwischenraum füllten beide mit Briefen aus, die sie einander selber brachten. Wenn sie abends schieden, nicht weit vom Wiedersehen, und dann in Norden unten am Himmel schon die Rosenknospen-Zweige hinliefen, die unter dem Menschenschlafe schnell nach Osten hinwuchsen, um mit tausend aufgeblühten Rosen vom Himmel herabzuhängen, eh' die Sonne wiederkam und die Liebe – und wenn sein Freund Karl nachts bei ihm blieb und er nach einer Stunde fragte, woher das Licht komme, ob vom Morgen oder vom Mond – und wenn er aufbrach, da noch Mond und Morgen in den tauenden Lustwäldern zusammenschienen, und wenn ihm der Weg, vor einigen Stunden zurückgelegt, ganz neu vorkam und die Abwesenheit zu lange (weil Amors Pfeil halb ein Sekundenzeiger ist, der den Monatstag, und halb ein Monatszeiger, der die Sekunde weiset, und weil in der Nähe der Geliebten die kleinste Abwesenheit länger dauert als in ihrer Ferne die große) – und wenn er sie wiederfand: so war die Erde ein Sonnenkörper, aus welchem Strahlen fuhren, sein Herz stand in lauter Licht, und wie ein Mensch, der an einem Frühlingsmorgen von dem Frühlingsmorgen träumt, ihn noch heller um sich findet, wenn er erwacht, so schlug er nach dem seligen Jugendtraum von der Geliebten die Augen auf vor ihr und verlangte den schönsten Traum nicht mehr.

Zuweilen sahen sie sich, wenn der lange Sommertag zu lang wurde, auf entfernten Bergen, wo sie der Abrede gemäß der Ernte zusahen; zuweilen kam Rabette allein nach Lilar zum Bruder, damit er einiges von Lianen hörte. Wenn Liane ein Buch gelesen: las ers nach; oft las ers zuerst und sie zuletzt. Was die schönsten, unschuldigsten Seelen einander Göttliches zeigen können, wenn sie sich auftun, ein heiliges Herz, das noch heiliger, ein glühendes, das noch glühender macht: das zeigten sie sich. Albano wurde gegen alle Wesen mild, und der Glanz einer höhern Schönheit und Jugend füllte sein Angesicht. Die schönen Gebiete der Natur oder seiner Kindheit wurden durch die Liebe geschmückt, nicht diese durch jene; er war von dem blassen, leisen Mondwagen der Hoffnung auf den rauschenden, glänzenden Sonnenwagen der lebendigen Entzückung gestiegen. Sogar auf den Ruderschiffen hölzerner Wissenschaften schlugen jetzt, wie von Bacchus' Wunderhand belebt, Maste und Taue zu Weinstöcken und Trauben aus. – Ging er ins Froulaysche Haus: so kam er, weil er voll Toleranz hineinging, ohne Kosten derselben daraus zurück; der Minister, der mit einem Flore von heitern, blühenden Ideen auf dem Gesichte von Haarhaar zurückgekehrt, gab ihm reizende Aussichten auf den Jubel mit, womit Stadt und Land das nahe Vermählungsfest des Fürsten und den Gewinn der schönsten Braut begehen werde.

Und hatt' er nicht zu allem noch seinen Freund dazu? Wenn man so nahe vor der Flamme der Freude steht, so flieht man zwar Menschen – weil sie leicht zwischen uns und die schöne Wärme treten –, aber man sucht sie auch; ein herzlicher Freund ist unser Wunsch und Glück, welcher den frohen Traum, worin wir schlafen und sprechen, leise weiterleitet, ohne ihn fortzujagen. Karl spielte sanft in des Freundes Traum; er hätt' es aber auch schon aus inniger Liebe gegen die Schwester getan.

In der Tat mit so viel Jugend – Sommerwetter – Unschuld – Freiheit – schöner Gegend – und hoher Liebe und Freundschaft lässet sich wohl schon unten auf der Erde etwas dem Ähnliches zusammensetzen, was man oben im Himmel einen Himmel nennt; und eine Himmelskarte, ein Elysiums-Atlas, den man davon mappierte, würde wohl nicht anders aussehen als so: vorne ein langes Hirtenland mit zerstreueten Lustschlössern und Sommerhäusern – ein Philanthropistenwäldchen in der Mitte – die Taborsberge oben mit Sennen – lange Kampanertäler – darauf der weite Archipelagus mit Peters-Inseln – drüben die Ufer eines neuen festen Hirtenlandes, ganz bedeckt mit Daphnischen Hainen und Alkinous-Gärten – dahinter wieder das weit hineinlaufende Arkadien u. s. w.

Alles, was nun Albano von Philosophie und Stoizismus in sich hatte – denn er hielt das, was ihm der Arm aus den Wolken gab, für Ausbeute des eignen –, wandte er an, um durch sie seiner Entzückung das Maß, das sie geben, zu nehmen. Mäßigen, sagt' er, sei nur für Patienten und Zwerge; und alle jene bekümmerten, gleichschwebenden Temperaturisten und Taktmesser hätten, es sei in der Ausbildung einer Freude oder eines Talents, mehr sich als der Welt genützt, hingegen ihre Antipoden mehr der Welt als sich.[1]

1 Jede partiale Ausbildung wirkt freilich für das Ganze gut, aber nur darum, weil dessen entgegengesetzte partiale sie in einer höheren Gleichung und Summe aufhebt, so daß aus allen einzelnen Menschen nur die Glieder eines einzigen Riesen werden, wie der Schwedenborgische ist. Aber insofern in dem einen

Er brachte sich sehr gute Grundsätze vor das Auge: der Mensch, sagt' er, ist frei und ohne Grenze nicht in dem, was er machen oder genießen, sondern in dem, was er entbehren will; *alles* kann er, wenn er *will,* entbehren *wollen*. Überhaupt, fuhr er fort, hat man bloß die Wahl, entweder *immer* oder *nie* zu fürchten; denn dein Lebenszelt steht auf einer geladenen Mine, und rings umher halten die Stunden offne Geschosse auf dich. – Nur das tausendste[1] trifft; und in jedem Fall fall' ich doch lieber stehend als feig gebückt. Allein – beschloß er, um sogar sich darüber zu entschuldigen – ist denn die Standhaftigkeit zu nichts Besserm gemacht als zu einer Wundärztin und Magd, und nicht vielmehr zu unserer Muse und Göttin? denn sie ist ja nicht ein Gut, weil sie ein verlornes entbehren hilft, sondern sie ist selber eines, und ein größeres als das ersetzte; auch der

Individuum ein Mangel entsteht, der einem entgegengesetzten in dem andern abhilft – so daß der Weg der Menschheit gleich sehr plagt und stößet durch Vertiefung und durch Erhöhung –, so sieht man, daß jede einseitige Fülle nur Kur der Zeit ist, nicht Gesundheit derselben; und daß das höhere Gesetz zwar langsamere individuelle, aber harmonische Ausbildung bleibt; zwar kleinere, aber allseitige und dadurch in der spätern Zeit sogar schnellere. Wir vergessen immer, daß – wie in der Mechanik sich Kraft und Zeit gegenseitig ergänzen – die Ewigkeit die unendliche Kraft sei.

1 Nach dem Ingenieur Borreux trifft wörtlich nur der 1 000te Schuß des kleinen Gewehrs. – So ists überall; fürchte den Tod, so stehen fallende Blumentöpfe der Fenster, Blitze aus blauem Himmel, losgehende Windbüchsenschüsse, Herzpolypen, wütige Hunde, Räuber, jede Fingerwunde, aqua toffana, Schwamm-Leckerei etc., kurz die ganze Natur – diese immer fortgehende zerquetschende Kochenillen-Mühle – steht mit unzähligen geöffneten Parzenscheren rings um dich, und du hast keinen Trost, als daß – demungeachtet die Leute achtzig Jahre alt werden. – Fürchte die Verarmung: so fassen dich Feuers-, Wasser-, Teurungs- und Kriegsnöten, eine Diebs-Vendee, Revolutionen mit gierigen Krallen und Fängen ein, und doch, du Reicher, wird der Arme – unter denselben Stoßvögeln hinkriechend – am Ende so reich wie du. Geh also kühn durch die schlummernde Löwenherde rechts und links liegender Gefahren zum Brunnen hindurch, nur wecke sie nicht mutwillig auf. – Freilich zieht einzelne ein Höllengott hinab, die nichts fürchteten; aber auch einzelne ein oberer Gott hinauf, die nichts erwarteten; und Furcht und Hoffnung gehen hier unter in einer gemeinschaftlichen Nacht.

Seligste muß sie erwerben, sogar ohne Gelegenheit und Gabe von außen; ja es ist desto besser, wenn sie früher besessen wird als angewandt.

Zum Teil waren diese Täuschungen oder Rechtfertigungen Not- und Schutzwehr gegen den tragischen Roquairol, der jede Freude und auch die seines Freundes mit düstern Kontrasten heben wollte; zum Teil muß auf jene ein edler Mann, der bisher sich in den Schmerz warf, ohne dessen Tiefe zu messen, und der immer seine Kraft, durch das Leben zu schwimmen, fühlen wollte, notwendig geraten, wenn er innen wird, daß sich der Schwerpunkt seiner Seligkeit und seiner Hölle verrückt und aus seinem Ich in ein fremdes begeben habe. »O wenn sie stürbe?« fragt' er sich. Er hatt' es nicht gewohnt, vor irgendeinem Tode so zu erschrecken wie vor diesem. Daher faßte er diese Disteln der Phantasie recht scharf in die Hand, um sie zu zerdrücken. Am Ende, da die reine Landluft der Liebe und der Schäfertanz in diesem Arkadien immer mehr Rosen auf Lianens Wangen brachten, so hörten seine Disteln zu wachsen auf.

Allen übrigen Ottern des Lebens – sobald sie nur keinen Durchgang durch Lianens Herz sich machen konnten – war er unzugänglich. Um jeden Preis – und sollte er alles verlassen, entbehren, erzürnen, unternehmen – wollt' er Lianen erkaufen. Die Schreckgespenster, die ihm aus zwei Häusern, Froulays und Gaspards, drohend entgegenliefen, ließ er heran und lösete sie auf: steht der Feind einmal da, dacht' er, so bin ich seiner auch.

Oft stand er im Tartarus und fand in diesem Stilleben des Todes von erhobner Arbeit Seelenstille. Die Gegenwart nimmt schneller unsern Widerschein als wir ihren an; auch hier gewann er sanfte, weite, das Leben lichtende Hoffnungen und süße Tränen, die ihm über Lianens Sterbe-Glauben entflossen, nicht weil er die Wahrscheinlichkeit, sondern weil er die Unwahrscheinlichkeit desselben sich dachte, die durch Liebe und Freude und Genesung täglich größer wurde.

Nur *ein* Unglück gabs für ihn, woran jede Waffe zersprang,

dessen Möglichkeit er aber für einen sündigen Gedanken hielt, daß nämlich er und Liane durch Schuld, Zeit oder Menschen aufhören könnten, einander zu lieben; hier, auf zwei Herzen vertrauend, trotzt' er kühn der Zukunft: – O, wer sagte nicht, wenn er im Vertrauen auf eine warme Ewigkeit seine Entzückung ausdrückte: die Parze kann unser Leben zerschneiden, aber sie komme und öffne die Schere gegen das Band unserer Liebe! Den Tag darauf stand die Parze vor ihm und drückte die Schere zu.

68. ZYKEL

Einst kam Roquairol ganz spät, um Albano mitzunehmen zur »Abendstern-Partie« auf der Sennenhütte, die jener mit Rabetten verabredet hatte. Der Hauptmann führte um die warmen Quellen seiner Liebe und Freude gern die Brunnenfassung ganz auserlesener Tage und Umstände; konnt' ers machen, so erklärte er z. B. seine Liebe etwan an einem Geburtstage – unter einer totalen Sonnenfinsternis – an einem Schalttag – in einem blühenden Treibhaus im Winter – hinter dem Stuhlschlitten auf dem Eise – oder in einem Gebeinhaus; ebenso zerfiel er mit andern gern an bedeutenden Orten und Tagen, in dem Kirchstuhle – in Frühlings- oder Wintersanfang – in der Kulisse des Liebhabertheaters – auf einer Brandstätte – unweit des Tartarus oder im Flötental. Albano aber war zu jung – wie andere zu alt –, um seine frischen Gefühle erst mit künstlichen Stunden und Stellen zu würzen, er machte lieber durch jene diese schöner.

Mit ungestümer Freude flog Albano auf den ungehofften Weg der Freude. Der gestrige Abend war so reich gewesen – die vier Paradiesesflüsse waren in *einer* Katarakte vom Himmel in sein Herz gestürzt – am heutigen wollt' er in die stäubenden Wirbel desselben springen. – Schon der Abendhimmel war so schön und rein, und der Hesperus ging mit wachsendem Glanz seine helldämmernde Bahn hinab.

Rabette wartete unten am Berge der Sennenhütte (des Schießhäuschens), um ihn unbemerkt an die unvorbereitete Freundin zu führen, die im Fenster mit dem glänzenden Auge am Hesperus sinnend lag und an die vollen glühenden Herbstblumen dachte, welche nun in ihrem Leben so spät und so nahe neben der längsten Nacht aufgingen. Sie war heute über manches trübe. Sie hatte überhaupt bisher ihre Liebe mehr zu verdienen und zu rechtfertigen als zu genießen und zu vergrößern, und mehr mit ihr das fremde Herz als das eigne zu beglücken gesucht. Wie sehnte sie sich unbeschreiblich nach Taten für Ihn – nur Opfer waren ihr Taten – und beneidete ordentlich ihre Freundin, die für Karl jedesmal doch ein – Getränk zu bereiten hatte! Da sie nichts weiter wußte, so drückte sie ihren Diensteifer durch größere töchterliche Liebe und Annäherung gegen Albanos Eltern und Schwester aus; und lernte sogar ein wenig kochen, welches ihr andere Ministers-Töchter, die nichts machen als Salat und Tee, mit Nachsicht und mit dem Gedanken verzeihen müssen, daß sie in Lianens Falle auch nichts anders machen würden, sondern eher ein Gericht mehr. Ja, sie hielt Rabette für tugendhafter, weil diese mehr in die Breite und Länge tätiger sein konnte; Rabette hielt wieder Lianen für besser, weil sie lieber betete; den ähnlichen Irrtum verdoppelten sie über die Brüder: Rabetten kam Karl sanfter vor und Lianen Albano, beiden nach Schlüssen aus ihren gegenseitigen Berichten.

Solang' ein Weib liebt, liebt es in einem fort – ein Mann hat dazwischen zu tun –; Liane verwandelte alles in sein Bild und seinen Rahmen; dieser Berg, dieses Stübchen, diese für ihn einmal gefährliche Vogelstange wurden die Pastellstifte zu seinem festen Bilde. Sie kam immer darauf zurück, daß er etwas Besseres verdiene als sie; denn die Liebe ist Demut; der Trauring prangt mit keinem Juwel. Es rührte sie, daß ihn ihr früher Tod betrübe. Da sah sie noch das von Blattern erblindete Mädchen, das er einmal unwissend sich ans Herz gedrückt[1]; und sie fand sich mit dem Witze der Trauer auch darin der Blinden ähnlich, nicht bloß in der gleichen, obwohl kürzern Nacht, die einmal der Schmerz über ihre Augen geworfen.

So sanft wie ihr Ebenbild, der Hesperus, sich in den Abendhorizont des Lebens eintauchend, fand sie ihr Geliebter. Sie konnte nie sogleich aus ihrem Herzen heraus in die überraschende Gegenwart; ihre Wendungen waren immer wie der Sonnenblume ihre nur langsam, und jede Empfindung lebte lange in ihrer treuen Brust. Selten findet überhaupt der Liebende den Empfang der Liebenden dem letzten Bilde ähnlich, das ihm der Abschied mitgegeben; eine weibliche Seele soll – das begehrt der Mann – völlig mit den Flügeln, Stürmen, Himmeln der letzten Minute wieder in die nächste brausen. Aber von jeher empfing Liane ihren Freund scheu und sanft und anders, als sie geschieden war; und zuweilen kam dem Feuergeiste dieses zarte Warten, dieses langsame Heben des Augenlids fast wie ein Umkehren in die alte Kälte vor.

Heute ergriff es den wärmern Grafen stärker als sonst. Wie ein Paar fremde Kinder, die miteinander bekannt werden sollen und sich anlächeln und anrühren, standen beide freundlich und verlegen nebeneinander. Sie erzählte, daß sie von seiner Schwester sich sein Kindeswagstück auf diesem Berge erzählen lassen. Eine Geliebte kennt keine schönere, reichhaltigere Geschichte als die ihres Freundes. »O da schon« (sagt' er bewegt) »blickt' ich nach deinen Bergen! Dein Name ist wie eine goldne Inschrift an meine ganze Jugend geschrieben. Ach Liane, hast du mich wohl geliebt wie ich dich, als du mich noch nicht gesehen?« –

»Gewiß nicht, Albano,« (antwortete sie) »viel später!« Sie meinte aber ihre Blindheit und sagte, er sei ihr in dieser Augendämmerung an jenem Abend, wo er bei ihrem Vater aß, wie ein

1 Titan I, S. 83.

alter nordischer Königssohn, etwa wie Olo[1] vorgekommen, und sie habe ihn wie ihren Vater und Bruder ehrend gefürchtet. Ihre hohe Achtung für die Männer waren die wenigsten kaum zu erraten wert, geschweige zu veranlassen. »Und als du sehen konntest?« sagte Albano. »Das sagt' ich eben«, versetzte sie naiv. »Aber da du meinen Bruder so liebtest« (fuhr sie fort) »und so gut warst gegen deine Schwester: so wurd' ich freilich ganz beherzt und bin und bleibe nun deine zweite Schwester – du hast ohnehin eine verloren – Albano, glaube mir, ich weiß es, ich bin gewiß zu wenig, zumal für dich, – aber ich habe *einen* Trost.« –

Verwirrt von dieser Mischung von Heiligkeit und Kälte, konnte er sie nur heftig küssen und mußte, ohne sie zu widerlegen, sogleich fragen: »Welchen Trost?« – »Daß du einmal ganz glücklich wirst«, sagte sie leise. »Liane, deutlicher!« sagt' er. Denn er verstand nicht, daß sie ihren Tod und Lindas Verkündigung durch Geister meinte. »Ich meine, nach *einem* Jahre,« (versetzte sie) »nach den Prophezeiungen.« Er sah sie stumm, wild, ratend und bänglich an. Sie fiel ihm weinend ans Herz und lösete plötzlich das Gedränge innerer Seufzer: »Bin ich denn dann nicht« (sagte sie heftig) »gestorben und seh' aus der Seligkeit zu, daß du belohnet wirst für deine Liebe gegen Liane? Und das gewiß recht sehr!« –

Weine, zürne, leide, frohlocke und bewundere immerhin, heftiger Jüngling! Aber du fassest diese demütige Seele doch nicht! – Heilige Demut! einzige Tugend, die nicht vom Men-

1 Am Hofe des Königs Olaus bot sich der Königsjüngling Olo, als Landmann verkleidet, der Tochter zum Schutze gegen Räuber an. Damals galt Feuer der Augen und Adel der Gestalt als Beweis einer hohen Abkunft; so erkannte z. B. die Suanhita den König Regner in der Hirtentracht an der Schönheit seines Auges und Gesichts. Die Königstochter blickte prüfend in Olos Flammenauge und kam der Ohnmacht nahe; sie versuchte den zweiten Blick und war ohne Besinnung, und bei dem dritten in Ohnmacht. Der göttliche Jüngling schlug daher das Augenlid nieder, enthüllte aber die Stirn und sein goldnes Haar und seinen Stand. S. der Deutsche und sein Vaterland von Rosenthal und Karg I. S. 166, 167.

schen, sondern von Gott geschaffen wird! Du bist höher als alles, was du verbirgst oder nicht kennst! Du himmlischer Lichtstrahl, wie das irdische Licht[1] zeigst du alle fremde Farben und schwebst unsichtbar ohne eine im Himmel! Niemand entheilige deine Unwissenheit durch eine Belehrung! Sind deine kleinen weißen Blüten gefallen: so kommen sie nicht wieder, und um deine Früchte deckt dann nur die Bescheidenheit ihr Laub.

Schmerzhaft zerteilte sich in Albano das Herz in Widersprüche, gleichsam in seines und in Lianens Herz. Sie war nichts als die lautere Liebe und Demut, und ihr Talentenglanz war nur ein fremder Besatz, wie Götterbilder von weißem Marmor den bunten nur als Zierat haben; man konnte nichts tun als die anbeten, sogar auf ihren Irrwegen. Auf der andern Seite hatte sie neben weichen, beweglichen Gefühlen so feste Meinungen und Irrtümer, seine Bescheidenheit bekriegte so vergeblich ihre Demut, und sein Ansehn ihren Geisterwahn. Das feindselige Gefolge, das dieser nachschleppte, sah er so deutlich über alle Freuden ihres Lebens herziehen. Sein ihm ewig nachstellender Argwohn, daß sie ihn liebe, bloß weil sie nichts hasse, und daß sie immer eine Schwester statt einer Liebhaberin sei, drang wieder gewaffnet auf ihn ein. So stritt hier alles gegeneinander,Wunsch, Pflicht, Glück und Ort. Beide waren sich neu und unbekannt aus Liebe; aber Liane erriet so wenig als er. O wie zwei Menschen, ähnliche Wesen, einander fremd und ungleich werden, bloß weil eine Gottheit zwischen beiden schwebt und beide anglänzt!

Etwas blieb in ihm unharmonisch und unaufgelöst; er fühlt' es so sehr, da die Sommernacht für höhere Entzückungen schimmerte, als er hatte – da der tief im Äther zitternde Abendstern der Sonne durch die Wolkenrosen nachdrang, worunter sie begraben war – da die Ährenfluren dufteten und

1 Denn was man Licht nennt, ist nur stärkeres Weiß. Niemand sieht nachts den Lichtstrom, der vor der Erde vorbei von der Sonne auf den Vollmond hinaufstürzt.

nicht rauschten, und die zugeschlossenen Auen grünten und nicht glühten – und da die Welt und jede Nachtigall schlief, und da das Leben unten ein stiller Klostergarten war, und nur oben die Sternbilder als silberne Ätherharfen vor Frühlingswinden ferner Erden zu zittern und zu tönen schienen.

Er mußte Liane morgen wiedersehen, um sein Herz auszustimmen. Rabette kam unendlich erheitert mit ihrem Freunde vom Berge herauf, beide schienen von Scherzen und Lachen fast ermattet; denn Roquairol trieb alles, sogar den Scherz, bis zur Pein hinauf. Er hatte den Abendstern, auf den er heute eingeladen, in ein Treib- und Stammhaus lustiger Einfälle und Anspielungen umgebauet. Anfangs wollt' er nicht schon morgen mitkommen; aber endlich sagt' ers zu, da Rabette versicherte, »sie errate den feinen Herrn recht gut, aber er solle doch sie nur sorgen lassen«.

Als die Morgenröte aufging, kam Albano mit ihm wieder, aber die Gartentüre am »Herrschaftsgarten« war schon offen und Liane schon in der Laube. Ein Akten-Heft (so schien es) lag auf ihrem Schoß und ihre gefalteten Hände daneben, sie blickte mehr sinnend geradehin als betend empor; doch empfing sie ihren Albano so mild- und fremdlächelnd, wie ein Mensch einen ins Gebet hereintretenden Gast grüßend anlächelt und dann weiterbetet. Der Graf hatte sich bisher immer auf eine Zurückgezogenheit des Empfangs rüsten müssen. Ein Mißverstand, der schnell wiederkommt, wirkt, sooft er auch gehoben sei, immer wieder so irrend und neu wie zum ersten Male. Er fühlte recht stark, daß ihn etwas Festeres als die erste jungfräuliche Blödigkeit, womit ein Mädchen für die blendende Sonne der Liebe immer außer der Morgenröte noch eine Dämmerung und für diese wieder eine erfinden will, im feurigen Verschmelzen ihrer Seelen störe.

Er fragte, was sie lese; sie stockte bedenkend; ein schnell heranfliegender Gedanke schien ihr Herz zu öffnen; sie gab ihm das Buch und sagte, es sei ein französisches Manuskript, nämlich geschriebene Gebete – von ihrer Mutter vor mehreren

Jahren aufgesetzt –, welche sie mehr rührten als eigne Gedanken; aber noch immer blickte durch das zartgewebte Gesicht ein Klostergedanke, der ihr Herz zu verlassen suchte. – Was konnte Albano dieser Herzens-Psalmistin vorwerfen, wer kann einer Sängerin Antwort geben? – Eine Betende steht wie eine Unglückliche auf einer hohen, heiligen Stätte, die unsere Arme nicht erreichen. – – Aber wie schlecht müssen die meisten Gebete sein, da sie – obwohl früher als Reize bezaubernd gleich dem Rosenkranz, der aus wohlriechenden Hölzern gemacht wird – später, im Alter, nur als Flecken und der Reliquie oder dem Totenkopf ähnlich wirken, womit eben der Rosenkranz aufhört! –

Ohne auf seine Frage zu warten, sagte sie ihm auf einmal, was sie unter ihrem Gebete gestöret habe; nämlich die Stelle in diesem: »O mon dieu, fais que je sois toujours vraie et sincère etc.«, da sie doch ihrer lieben Mutter bisher ihre Liebe verschwiegen habe. Sie setzte dazu, sie komme nun bald, und dann werde ihr das verschlossene Herz aufgetan. »Nein,« (sagt' er fast zornig) »du darfst nicht, dein Geheimnis ist auch meines.« – Männer verhärtet oft das in der Prosa, was sie in der Poesie erweicht, z. B. weibliche Frömmigkeit und Offenherzigkeit.

Nun haßte niemand mehr als er das Eingreifen der elterlichen Schreib- und Zeige- und Ohrfinger in ein Paar verknüpfte Hände; nicht daß er etwan vom Minister Kriege oder Nebenwerber befürchtete – er setzte eher offne Arme und Freudenfeste voraus –, sondern weil seinem befreieten und befreienden, großmütigen Geiste nichts peinlicher widerstand als die widrige Erwägung, was nun auf dem Altar der Liebe an das heilige Opferfeuer die Eltern für schmutzigen Torf zur Feuerung nachlegen oder für Töpfe zum Kochen ansetzen könnten – wie leicht dann sogar poetische Eltern sich oft mit den Kindern verwandeln in prosaische oder juristische, der Vater sich ins Regierungs-, die Mutter ins Kammerkollegium – wie wenigstens dann die Hofluft leibeigen mache, so wie nur der poetische Himmels-Äther frei – und welche Perturbationen seinem Hesperus von dem anziehenden Weltkörper, vom alten Minister bevorständen, der bei der Liebe nichts unnützer fand als die Liebe und dem die heiligsten Empfindungen für Standesehen so brauchbar schienen wie für Predigtämter das Hebräische, nämlich mehr im Examen als im Dienste. – So schlimm dacht' er von seinem Schwiegervater, denn er kannte das Schlimmere nicht.

Aber die gute Tochter dachte von ihrer Mutter viel höher als ein Fremder, und ihr Herz widerstrebte schmerzlich dem Schweigen. Sie berief sich auf ihren hereintretenden Bruder. Aber dieser war ganz Albanos Meinung: »Die Weiber« (setzte er, nicht in der besten Laune, hinzu) »mögen lieber *von* als *in* der Liebe sprechen, die Männer umgekehrt.« – »Nein,« (sagte Liane entschieden) »*wenn* mich meine Mutter fragt, so kann ich nicht unwahr sein.« – »Gott!« (rief Albano erschrocken aus), »wer könnte auch das wünschen?« Denn auch ihm war freie Wahrheit der offne Helm des Seelenadels; nur sagte er sie bloß aus Selbstachtung, und Liane sie aus Menschenliebe.

Rabette kam mit dem Tee-Zeug und einer Flasche, worin für den Hauptmann Tee-Mark und Elementarfeurer oder Nerven-Äther war, Arrak. Er ging ungern am Morgen zu Leuten, bei denen er ihn erst am Abend trinken konnte; Rabette hatte gestern diese Unart gemeint und heute befriedigt. – »Wie kann das freie Ich« (sagte der gesunde Albano oft zu ihm) »sich zum Knechte der Sinnen und Eingeweide machen? Sind wir ohnehin nicht enggebunden genug durch die Körper-Bande, und du willst noch Ketten durch die Ketten ziehen?« – Roquairol hatte darauf immer dieselbe Antwort: »Umgekehrt! Durch Körper befreie ich mich eben von Körpern, z. B. durch Wein von Blut. Sobald du aus der Leibeigenschaft der leiblichen Sinne nie herauskannst und all dein Bewußtsein und dein Denken nur durch körperliche Dienstbarkeit, die auf dem Grundstück der Erde haftet, bei ihrem

Adel bleiben: so seh' ich nicht ab, warum du nicht diese Rebellen und Despoten recht zu deinen Dienern brauchst. – Warum soll ich den Körper nur schlimm auf mich wirken lassen und nicht ebensowohl vorteilhaft?« – Albano blieb dabei, das stille Licht der Gesundheit sei würdiger als die Mohnöl-Flamme eines Opiums-Sklaven; und die körperliche Kriegsgefangenschaft, die unser Geist mit der ganzen menschlichen Mannschaft leide, sei ehrenvoller als der persönlichkrummschließende Arrest.

Indes heute konnte nicht einmal das spirituöse geschwefelte Teewasser eine gewisse Unbehaglichkeit aus Roquairol verwaschen, den das Nachtwachen bleicher, wie den Grafen feuriger gefärbt hatte. Es wollt' ihm nicht recht gefallen, daß der Herrschaftsgarten ganz in den Rahmen eines mannshohen Bretterverschlags eingezogen war, der weniger wie eine Billardsbande den Augapfel nicht hinaus-, als wie eine Marktschreierbude nichts hereinlassen sollte und der freilich keine andere Aussicht gewährte als die eigne Ansicht; ebensowenig erhielt der Lustgarten dadurch seinen Beifall, daß die Rasenbänke in der Laube, wo sie saßen, noch nicht gemäht waren – daß auf allen Beeten nur Einfassungsgewächse des Kochfleisches wehten – daß noch nichts Reifes dahing als ein paar Maulwürfe in ihren Hängsterbebetten – daß an einer Kugelbahn, worauf man in ein klingelndes Mittelloch kegelt, die schräge Retour-Rinne die Kugeln leichter wieder einwandern ließ, als sie über das Ackerland der Bahn (wenn man sie nicht warf) wegzubringen waren, und daß nirgends Orangerie zu sehen war, ausgenommen einmal, da zum Glücke die Gartentüre offen stand, als eben auf einem Schiebekarren ein blühender Orangeriekasten nach Lilar vorüberfuhr.

Der Hauptmann brauchte diese Züge bloß satirisch vorzutragen und damit die äußerlich lachende Rabette innerlich zu verwunden – weil keine den Tadel ihrer körperlichen Absenker verträgt, es seien nun Kinder, Kleider, Kuchen oder

Möbeln[1] –: so konnten sich seine Berghöhen allmählich wieder entwölken, und Rabette konnte noch ungemeiner fröhlich sein.

Albano war in dieser Tags-, gleichsam Kindheits-Frühe und in diesem Paradiesgärtlein seiner Kinderjahre heimlich-froh – denn in der ersten Liebe kommt, wie in Shakespeares Stücken, nichts auf die bretterne Bühne ihre Spieles an –; aber der heutige Nachwinter der gestrigen Erkältung wollte doch nicht schmelzen. Die Morgenbläue wurde mit immer hellern Gold-Flocken gefüllt – er machte, da der Garten wie kleine Städte nur zwei Tore hatte, das obere und untere, wie eine Aurora dieses der Morgensonne auf – der Glanz quoll über das dampfende Grün herein – die unten ziehende Rosana faßte Blitze auf und warf sie herüber – Albano schied endlich voll Liebe und Seligkeit.

Aber die Liebe war größer als die Seligkeit.

69. ZYKEL

Fliegender Frühling! (ich meine die Liebe, so wie man den Nachsommer einen fliegenden Sommer nennt) du eilest selber über uns pfeilschnell dahin, warum eilen Autoren wieder über dich? – Du gleichst der deutschen Blütenzeit – die nie einen Blütenmond lang ist –; wir lesen den ganzen Winter in Almanachen und Gleichnissen viel von ihrer Herrlichkeit und schmachten; endlich hängt sie dick an den schwarzen Ästen sechs Tage lang und noch dazu unter kalten Maigüssen, reißenden Wonnemonds-Stürmen und unter dem Stummsitzen aller halb-erfrornen Nachtigallen – und dann, wenn man end-

1 Dieses wärmere, zartere, furchtsamere, immer gelobte, mehr in fremder als eigner Meinung lebende Geschlecht sticht ein Tadel giftig, der uns nur blutig reißet, wie verletzende Tiere in warmen Ländern und Monaten vergiften, und in kalten nur verwunden. Daher bedenke der Mädchenschulmeister, daß eine Dosis, welche Satire auf den Knaben ist – der ohnehin der Meinung widerstehen soll –, Pasquill wird, wenn sie seine Schwester einbekommt.

lich in den Garten hinauskommt, ist schon der Fußsteig blütenweiß und der Baum höchstens voll Grün; dann ists vorbei, bis wir wieder im Winter den Anfang eines Märchens herzerhoben hören: »Es war eben in der schönen Blütezeit.« – Ebenso seh' ich wenig Autoren am langen romantischen Sessions- und Schreibetisch rechts und links für das Lesepult arbeiten, welche nach der langen Vorrede zur Liebe nicht diese, sobald sie wie ein Krieg erkläret ist, sofort schlössen; – und wirklich gibts *zur* Liebe mehr Stufen als *in* ihr; alles *Werden,* z. B. der Frühling, die Jugend, der Morgen, das Lernen, geht vielfärbiger und geräumiger auseinander als das feste *Sein;* aber ist dieses nicht wieder ein Werden, nur ein höheres, und jenes ein Sein, nur ein schnelleres? –

Albano wollte die fliegende, göttliche Zeit, wo das Herz unser Gott ist, schöner lenken, sie sollte mehr *empor-* als *hinweg*fliegen. Er zürnte den andern Tag mit niermand als mit sich. Er riß sich durch solche kleine und doch eng-umschnürende Schmerzen durch, durch einen Zustand wie bei einem Erdbeben, wo ein unsichtbarer Dunst den verstrickten, schweren Fuß hält; ich will mich lieber auf Bergen beregnen lassen, sagt' er, als in Tälern. Menschen von Phantasie söhnen sich leichter mit der ab- als anwesenden Geliebten aus.

Nach einigen Tagen ging er wieder nach Blumenbühl, kurz vor Sonnenuntergang. Ein brennendes Rot schnitt durch die Laubnacht. Sein finsterer Holzweg wurd' ihm von den dareinhüpfenden Flammen zu einem verzauberten gemacht. Er setzte seine beleuchtete Gegenwart tief in eine künftige, schattige Vergangenheit hinein. O, nach Jahren, dacht' er, wenn du wiederkommst, wenn alles vergangen ist und verändert – die Bäume gewachsen – die Menschen entwichen – und nur die Berge und der Bach geblieben – da wirst du dich selig preisen, daß du einmal in diesen Gängen so oft zum schönsten Herzen reisen durftest und daß auf beiden Seiten die klingende und glänzende Natur mit deiner freudigen Seele mitging, wie dem Kinde der Mond durch alle Gassen nachzulaufen scheint. –

Eine ungewöhnliche Entzückung warf durch sein ganzes Wesen den langen, breiten Sonnenstreif, die fernsten Blumen seiner Phantasie taten sich auf, alle Töne gingen durch einen hellern Äther und näher heran. Auch die Blumen außer ihm dufteten stärker, und der Glockenschlag tönte näher; und beides sagt Ungewitter an.

So innigfroh erschien er – und zwar ohne Roquairol, der überhaupt immer seltner kam – vor der Geliebten oben in seinem Kindheitsmuseum, ihrem Gastzimmer, das jetzt der gewöhnliche Spielplatz seiner Besuche war. In einem weißen Kleide mit schwarzem Besatz, wie in schöner Halbtrauer, saß sie am Zeichentisch, mit schärfern Augen in ein Bild vertieft. Sie flog ihm ans Herz, aber um ihn bald wieder vor die Gestalt zu führen, an welcher ihres wie in Mutterarmen hing. Sie erzählte, heute sei mit der Prinzessin ihre Mutter dagewesen, und diese habe so viele Freude über ihre genesende Farbe gehabt, so unendliche Güte gegen die glückliche Tochter. »Sie mußte sich« (fuhr sie fort) »von mir ein wenig zeichnen lassen, damit ich sie nur länger ansehen und etwas von ihr dabehalten konnte. Jetzt zeichn' ich das Gesicht weiter aus, es ist aber gar zu schlecht geraten.« Sie konnte ihre Phantasie weder vom Bilde, noch weniger vom Urbilde loswickeln. Freilich kann *auf* einem töchterlichen Herzen – oder gar *in* ihm – kein schöneres Medaillon hängen als das mütterliche; aber Albano glaubte doch heute, das Gehenke nehme eine zu breite Stelle ein.

Sie sprach bloß von ihrer Mutter: »Ich sündige gewiß« (sagte sie) – »sie fragte mich so freundlich, ob du oft kämst, aber ich sagte nur Ja und weiter nichts. O, guter Albano, wie gern hätt' ich ihr die ganze Seele offen hingegeben!«

Er antwortete, die Mutter schiene nicht so offen zu sein, sie wüßte vielleicht schon alles durch den Lektor, und den reinen Trank der Liebe würden nun lauter fremde Körper trüben. Gegen Augusti erklärt' er sich sehr stark, aber Liane beschützte ihn ebenso stark. Durch beides gewann der Falschmünzer der Wahrheit, nämlich der Argwohn – der, daß sie ihn wohl liebe, wie sie alles liebe, da sie an alles Gute gleichsam lebendig anwachse – unter Albanos Empfindungen, die noch dazu heute so warm und froh gewesen waren, immer mehr Prägstempel und Umlauf.

Sie ahnete nichts, sondern sie kam wieder auf ihr Schweigen: »Warum tut mirs aber weh,« (sagte sie) »wenn es recht ist? – Meine Karoline, Geliebter, erscheint mir auch nicht mehr, und das ist wahrhaftig nicht gut.« – Dieses Geisterwesen zog immer für ihn so schwül und grau herauf wie eben draußen das Gewittergewölke. Seine alte Erbitterung gegen die eignen Neckereien durch Luftaffen, die er nicht packen konnte, ging in eine gegen Lianens optischen Selbstbetrug über. Jener von Karolinen geschenkte Schleier, womit sie sich anfangs so erhaben eingekleidet für das Kloster der Gruft, dieser Reiseflor für die zweite Welt, war diesem Herkules längst ein brennendes, mit Nessus' Giftblute getränktes Gewand geworden, daher sie ihn nicht mehr vor ihm tragen dürfen. Der Schluß, daß der Wahn des Todes die Wahrheit desselben säe, und daß in der herübergerückten tiefen Wolke ein Zufall den schlagenden Funken des Todes leicht locke, fiel wie eine Trauer in seine Liebesfeste ein. So sind alle fremde Meerwunder der Phantasie (wie dieser Sterbens-Wahn) nur in der Phantasie (im Roman), aber nicht im Leben erwünscht, außer einmal auf phantastischen Höhen; aber dann müssen solche Schwanzsterne sich wie andere bald wieder aus unserem Himmel zurückziehen.

Er sprach jetzt sehr ernst – von selbstmörderischen Phantasien – von Lebenspflichten – von eigensinniger Verblendung gegen die schönsten Zeichen ihrer Genesung, zu denen er das Verschwinden der optischen Karoline so gut rechnete wie das Blühen ihrer Farbe. – Sie hörte ihn geduldig an; aber durch die Prinzessin, die, ihrer Liebe ungeachtet, ihm selten erfreuliche Spuren nachgelassen, hatte heute ihre Phantasie einen ganz andern Weg genommen, weit vor ihrem Ich und ihrem Grabe vorbei. Sie stand bloß vor Lindas Bild, von der ihr Julienne diesen Nachmittag schärfere Umrisse, als sonst Mädchen von

Mädchen geben – »es ist ein sehr gutes Mädchen«, sagt jedes von jedem –, anvertrauet hatte; Lindas männlicher Mut, ihre warme Anhänglichkeit an Gaspard bei ihrer Verachtung des Männerhaufens, ihre Unveränderlichkeit, ihr kühnes Fortschreiten in männlichem Wissen, ihre herrlichen, oft harten, mehr körnigen als blumigen Briefe und am meisten ihr vielleicht nahes Hieherkommen nahmen ihr zartes Herz gewaltig ein. »Mein Albano muß sie haben«, dachte immer dieses uneigennützige Gemüt und merkte, wenn die Prinzessin die Absicht demütigender Vergleichungen gehabt, sie nicht, sondern erfüllte sie. Dabei fand die Gute so viel höhere Schickung, – daß z. B. ihr Bruder nun nicht mehr der Nebenbuhler ihres Geliebten und seines Freundes sein – daß sie selber ihren kräftigen Albano vormalen könne der stolzen Romeiro, und daß ja, trotz alles Widerstandes, doch alle Geister-Weissagungen einander eingreifend faßten und hielten. – – Das alles sagte sie nun, weil sie nur ihre Schmerzen, nicht ihre Hoffnungen verbarg, dem Grafen gar ins Gesicht.

Welchen knirschenden Biß in sein weichstes Leben tat jetzt ein böser Genius! – Diese glühende, ungeteilte, nicht teilende Liebe hatt' er, nicht sie, – glaubt' er. Er war recht nahe daran, sein wie von einem Gewitterschlag auf einmal in die Höhe brennendes Wesen auch so zu zeigen; nur die schudlose, weiße Stirn mit frohen Rosen in den kleinen Locken, der kindlichhelle Aufblick des reinen, blauen Augenpaars und das weiche Angesicht, das schon bei einem musikalischen Fortissimo und bei jeder Heftigkeit im fremden Bewegen oder Lachen kränklich durch das klopfende Herz errötet, und sein verschämter Haß der Leichtigkeit, mit der ein Mann seine Allmacht und sein Geschlecht zum Erschrecken des zarteren mißbrauchen kann, hielten ihn wie Schutzgeister ein, und er sagte bloß in jenem edeln Zorne, der wie eine Rührung klang: »O Liane, du bist heute hart!«

»Und ich bin ja so weich!« sagte die Unschuldige. Beide waren bisher am Fenster vor dem aus Lilar herschwellenden finstern Gewitter gestanden. Sie kehrte sich schnell um – denn sie konnte seit ihrer Erblindung, wo eine dunkle Wolke gegen sie zu fliegen geschienen, keine mehr lange ansehen –, und Albanos hohe Gestalt mit dem ganzen glühend-lebendigen Gesicht und mit den Seelen-Augen stand vom Abendlicht erhellet vor ihr. Sie legte mit der spielenden Hand, die er frei ließ, sein dunkles Haar aus der trotzigen Stirn sanfter an die Seiten, strich die gedrängte Augenbrahme glatter und sagte, als sein Blick wie eine Sonne stach und sein Mund sich ernst schloß: »O freudig, freudig soll künftig einmal dies schöne Angesicht lächeln!« Er lächelte, aber schmerzlich. »Und dann will ich noch seliger sein als heute!« sagte sie und erschrak, denn ein Blitz fuhr über sein ernstes Gesicht wie über ein zackiges Gebürge und zeigte es wie das des Kriegsgottes von Kriegsflammen erleuchtet.

Er schied schnell; ließ sich nicht halten; sprach von Wetterkühlen, ging ins Wetter hinaus und ließ Lianen in der Freude zurück, daß sie doch heute recht aus bloßer reiner Liebe gesprochen habe. Aus dem letzten Hause des Dorfs sprang ihm Rabette entgegen; über sein Gesicht fielen die Wetterbäche der verhaltnen Tränen herab; »was fehlt dir, was weinst du?« rief sie. »Du träumest«, rief er und eilte vor allen Dingen ins Ungewitter hinaus, das sich plötzlich wie ein Mantelfisch erstickend über den ganzen Himmel hergeworfen hatte. Er suchte sich unter dem regnenden Blitzen zuerst die besten Beweise zusammen, daß Liane heilige Reize, göttlichen Sinn, alle Tugenden habe, besonders allgemeine Menschenliebe, Mutterliebe, Bruderliebe, Freundesliebe – nur aber nicht die glühende Einzigen-Liebe, wenigstens nicht gegen ihn. Sie wird nur – er schließet immer fort – von der Gegenwart so gänzlich gefasset und gefüllt, von meiner so gut als von der eines Armbruchs des kleinen Pollux, welche ihr Himmel und Erde verdeckt. – Darum wird ihr der Untergang des Lebens so leicht wie der eines Sternchens und alle Scheidungen dabei. – Darum stand ich so lange mit einer leidenden Brust voll Liebe neben ihr, und sie sah nicht in meine, weil sie keine in der ihrigen fand. – Und so ists so bitter, wenn der Mensch, unter den gemeinen Herzen der Erde verarmend, durch das edelste doch nichts wird als zum letztenmal unglücklich.

Der Regen zischte durch die Blätter, das Feuer schlug durch den Wald, und der wilde Jäger des Sturms trieb seine unsinnige Jagd. Das erfreuete ihn als eine kühlende Hand, woran ein Freund ihn führte. Da er nicht durch die Höhle, sondern außen am Bergrücken zu seinem hohen Donnerhäuschen hinaufstieg: so sah er eine dicke, graue Regennacht das grüne Lilar belasten, und auf dem gebognen Tartarus ruhte unter dem Blitz der erleuchtete Sturm. Er fuhr zusammen bei dem Eintritt in sein Häuschen vor einem Schrei, den seine Äolsharfe unter den Griffen des Windes tat; denn sie hatte einst, von der Abendsonne beglänzt, seine junge Liebe ätherisch wie Sterne eingekleidet und war ihr mit allen Tönen nachgefolgt, da sie hinausging über das leidende Leben.

70. ZYKEL

Am Morgen darauf waren beide Gewitter aufgelöset in ein stilles Gewölke. – Und aus den größeren Schmerzen wurden nur Irrtümer. Wir Schwache! wenn das Schicksal uns bei unserer Scheinhinrichtung mit der Rute berührt, nicht mit dem Schwerte: so sinken wir ohnmächtig vom Stuhle und fühlen das Sterben noch weit ins Leben hinein! – Alle Fieber, so auch die geistigen, kühlt der neue, frische Morgen, so wie sie alle der bange Abend glühend schürt. Welcher von uns wickelte sich nicht an Abenden – dieser eigentlichen Geisterstunde der Plage-, Haus- und Poltergeister – in den Faden, den er selber spann, den er aber für fremdes Fanggewebe hielt, immer enger durch Entfliehen und Wenden ein, bis er am Morgen seinen Schließer vor sich sah, nämlich sich! –

Albano sah auf dem ganzen gestrigen Kriegsschauplatz nichts mehr stehen als eine blasse, gute Gestalt in Halbtrauer, welche nach ihm mit unschuldigen Mädchenaugen umherblickte, und wornach er doch ewig hinübersah, wenn sie auch mehr eine Braut Gottes als die eines Menschen blieb. Er fühlte jetzt freilich mehr, wie hoch seine Foderungen an wirkliche Freunde stiegen, als sonst, wo er die höchsten an geträumte Wesen, die er immer gerade in die jedesmalige Form seines Herzens goß, nach Gefallen steigern konnte; und wie in ihm ein niemand schonender Geist regiere, der jedem fremden die Flügel nach seinen eignen ausdehnen wolle, weil er keine Eigenheit dulde außer der kopierten. –

Er hatte bisher von allen seinen Geliebten zu wenig Widerstand erfahren, wie Liane zu viel; beides schadet dem Menschen. Der geistige wie der physische wird ohne Widerstand der äußern Luft von der innern aufgeblasen und zersprengt, und ohne Widerstand der innern von der äußern zusammengequetscht; nur das Gleichgewicht zwischen innerer Wehr und äußerem Druck hält einen schönen Spielraum für das Leben und sein Bilden frei. – Männer dulden ohnehin – da nur die besten an den besten Männern feste, starke Überzeugung achten – diese an Weibern schwer und wollen letztere nicht bloß zu ihrem Widerschein, sondern auch zu ihrem Nachhall haben. Sie wollen, mein' ich, nicht bloß die Miene, auch das Wort bejahend.

Albano bestrafte sich mit einigen Tagen freiwilliger Entfernung, bis die unreinen Wolken aus ihm weggezogen wären, die den Sonnenzeiger seines Innern verschattet hatten. Bin ich ganz heiter und gut, sagt' er, so geh' ich wieder zu ihr und irre nie mehr. Er irret jetzt; ist ein fremder, unheimlicher Halbton einmal zwischen alle Harmonien zweier Wesen wiederkehrend durchgedrungen, so schwillt er immer feindlicher an und übertäubt den Grundton und endigt alles. Der Scheideton war hier die Stärke der männlichen Tonart neben der Stärke der weiblichen. Aber die höchste Liebe verwundet sich am leichtesten am kleinsten Unterschied. O, dann hilft es wenig, wenn der Mensch zu sich sagt: ich will mich ändern. Nur im schönsten, unverletzten Enthusiasmus setzt er sich es vor; aber eben im verletzten, wo er kaum des Vorsatzes fähig wäre, soll er sich zur Erfüllung desselben heben und kann es schwer.

Der Graf ging am Morgen wie gewöhnlich in seine Hörsäle und Sprachzimmer der Stadt. In den erstern war es ihm schwer, nach den Sternen der Wissenschaften seine Instrumente und Augen festzurichten und zu visieren, da er auf einem solchen Meere voll Bewegung ging. In den letztern fand er den Lektor kälter als sonst, den Bibliothekar wärmer, die Hauswirtsleute aufgeblasener. Er ging zu Roquairol, den er heute noch inniger liebte und behandelte, um gleichsam der beleidigten Schwester genugzutun. Karl sagte sogleich mit seinem tragischen schnellen Aufreißen des Vorhangs der Zukunft: »es sei alles entdeckt – – höchst wahrscheinlich!« Sooft Liebende sehen, daß die seefahrende Welt ihre Kalypsos-Insel – die doch frei auf der offnen See daliegt – endlich in die Augen bekommt und die Segel darauf richtet: so verwundern sie sich zum Verwundern. Hat denn irgendein Paradies so weite und niedrige Staketen – so daß jeder Vorbeigehende hineinsehen kann – als ihres? –

Schon längst hatten, erzählt' er, die Doktors-Kinder immer etwas bei der Baumeisterin in Lilar zu holen, Blumen, Arzneigläser u.s.w.; gewiß als Seh- und Hörröhre Augustis – dieser sei wieder der Operngucker seiner Mutter – kurz sein Vater sei wenigstens bei der Griechin gestern gewesen, hab' aber zum Glück nur ein leeres Paket[1] von Rabette an ihn (Karln) gefunden, das er nach den Freiheiten der ministerialischen Kirche auf- und zugemacht. »Warum zum Glück?« (sagte Albano) »Ich werde meine Liebe vor der Welt rechtfertigen und ehren.« – »Ich bezog es auf mich,« (versetzt' er) »denn nie war mein Vater freundlicher gegen mich, als seitdem er meine letzten

1 Nämlich immer waren Briefe von Lianen an Albano dareingeschlagen. Man sehe hier wieder an zwei Exempeln, wie an der Liebes-Harmonika ein Bruder als Tastatur für die Schwester vorstehen müsse, die zu den Glocken will. Es sollte daher immer ein Paar Paare geben, kreuzweise verschwistert und liebend.

Briefe erbrochen. Er ist diesen Nachmittag in Blumenbühl, und wohl mehr meinet- als der Schwester wegen.«

Albano fürchtete nicht, daß die Stadt Minengänge unter sein Kindheitsland hintreiben könne, um etwa durch *eine* Flamme die glückselige Insel zu zersprengen – durft' er nicht seinem Wert und Mut und Lianens ihrem trauen? – aber es schmerzte ihn jetzt, daß er so unnütz der kindlichen Liane die Freude und das Verdienst einer kindlichen Offenherzigkeit genommen. Wie sehnt' er sich nun nach dem abbüßenden und belohnenden Augenblick des ersten Wiedersehns, nach dem nächsten Morgen!

Er blieb bei seinem Freund wie bei einem Troste und ging erst zurück, als die Abendröte in den Regenwolken umherfloß. – Als er kam, fand er von Lianen schon einen Brief von heute:

»O, guter Albano! warum kamst du nicht? Wie viel hatt' ich dir zu sagen! Wie hab' ich Freitags deinetwegen gezittert, als die wütende Wolke dich mit ihrem Donner verfolgte! Du hast mich zu sehr vom Schmerz entwöhnt, so fremd und schwer wird er mir nun. Ich war den ganzen Abend untröstlich, endlich fiel mir nachts noch dazu ein, daß du wie von Ahnungen beklommen gewesen und daß es gern ins Donnerhäuschen schlage. Warum bist du doch da? Ich stürzte heraus und kniete neben meinem Bette und flehte Gott an, obgleich das Wetter längst verzogen war, daß er dich möge erhalten haben. Lächle über mein spätes Gebet; aber ich sagte zu ihm: du wußtest es ja, Allgütiger, daß ich beten würde. Ich wurde auch getröstet, da ich die Sterne ansah, und der gebrochene Strahl der Wonne zitterte in mir.

Aber am Morgen machte mich Rabette wieder traurig. Sie hat dich auf dem Wege weinen sehen. Tausendmal hab' ich untersucht, ob ich daran schuld habe. Sollt' es daher kommen – denn sie sagts –, daß ich dich mit meinen Sterbegedanken zu sehr betrübe? Nie mehr sollst du sie hören, auch der Schleier ist eingeschlossen; aber ich berechnete dich nach meinem Bruder, dem, wie er selber sagt, das Todes-Dunkel eine Abenddämmerung ist, wo ihm die Gestalten lieblicher werden. – Wahrlich, ich bin ganz selig – denn du sogar bist es, und hast doch so wenig an mir, nur eine kleine Blume für dein Herz, aber ich habe dich. Lasse mir mein Grab; wie von einem Berg kommt bessere fruchtbare Erde davon in mein Tal. O wie liebt man, Albano, wenn alles neben uns bricht und fällt und verraucht und wenn doch der Bund und Glanz der Liebe unzerrissen und fest auf dem wegfließenden Leben steht, wie ich oft bei Wasserfällen mit Rührung auf den zerspringenden, reißenden Fluten einen Regenbogen unverrückt und unverändert schweben sah! – O, ich wollte, die Nachtigallen sängen noch, jetzt könnt' ich mit ihnen singen; deine Äolsharfe, meine Harmonika wünscht' ich in meiner Hand. Mein Vater war bei uns und heiterer und freundlicher gegen alle als je. Sieh! sogar er ist gut. Meine Eltern schicken gewiß kein Gewitter in unser Rosenfest. Ich tat ihm daher leicht den Gefallen – vergib es –, ihm zu versprechen, daß ich keine fremde Besuche in einem fremden Hause – weil es unschicklich sei, sagt' er – annehmen würde. Ich muß auf einige Tage nach Hause wegen der fürstlichen Vermählung; aber ich sehe dich bald. O vergib! Wenn mein Vater sanft spricht, so kann meine Seele unmöglich Nein sagen. – Lebe wohl, mein Herrlicher! *L.*

N. S. Bald fliegt wieder ein Blättchen auf deinen Berg. Sei nur in ewiger Freude! O Gott! warum bin ich nicht mächtiger? Welche Menschen solltest du dann an deinem Herzen haben! – Du Lieber!«

Wie beschämt' ihn diese vollblühende Liebe, die es gar nie recht weiß, wenn sie verkannt wird, und die keine andere Schuld voraussetzt als eigne! – Wie tat ihm die gebotene Entfernung jetzt nach der freiwilligen weh! – Er konnte sie nun lieben als einen wehrenden Engel *vor* dem Paradiese, wie viel mehr als einen gebenden *in* ihm! – Aber schwer ists einem

Manne, fühlte der Jüngling, im weiblichen Herzen, zumal in diesem, Absicht von Instinkt, Ideen von Gefühlen rein zu sondern und an diesem dunkeln, vollen Himmel alle Sterne zu zählen und zu reihen. – Jede Härte, jede unscheinbare Knospe ging zuletzt als Blume auf; und ihr Wert breitete sich wie der Frühling stückweise aus; indes gewöhnlich von andern Mädchen ein Reisender, der sie besucht, sogleich beim ersten Abschiede abends eine kleine vollständige Blumenlese aller ihrer Reize und Künste fortnimmt, wie ein Brocken-Passagier im Wirtshause einen niedlichen Strauß überkommt, aus den Moosarten gebunden, welche der Berg trägt.

Er glaubte, sie sei nun bei den Eltern, und folgte nicht als zerrender Knabe, sondern als einstimmiger Mann dem Riesen des Schicksals nach. Im Garten herrschte Regenwetter, die Aussaat jedes starken Gewitters, das immer wie ein Krieg den Kriegsschauplatz verdirbt.

Das verheißene Blättchen erschien: »Sei nur froh. Wir sehen uns sehr, sehr bald, und dann recht selig. Vergib mir! – ach, ich sehne mich am meisten. – *L.*«

Jetzt empfand er's, welche Tage es waren, die *sonst* d. h. bloß vor einigen Tagen – vor ihm wie göttliche Erscheinungen vorübergezogen waren und die nun wieder heraufsteigen sollten in Osten als wiederkehrende Sterne! – Warum schneidet sich erst das verlorne Gut wie ein scharfer Demant so tief ins Herz? Warum müssen wir erst etwas beweinet haben, eh' wir es heiß bis zum Schmerze lieben? –

Albano warf Vergangenheit und Zukunft von sich weg, um nur ganz rein in der Gegenwart zu wohnen, die ihm von Lianen versprochen worden.

71. ZYKEL

Am Sonntags-Morgen, als der ganze blaue Himmel offen stand und die Erde festlich geschmückt mit Perlen und Zweigen, klopfte an Albanos Türe ein leiser Finger, der einer weiblichen Hand gehören mußte. Liane trat so früh schon herein; Rabette und Karl riefen draußen einen lauten Gruß. An seiner jauchzenden Brust lag das schöne, vom Gehen blühende Mädchen mit seligen, hellen Augen, eine frisch-betauete Rosenknospe. Es war sein schönster Morgen, er fühlte rein, daß Liane liebe. Als die Äolsharfe einklang, sah sie hin, erinnerte sich errötend an den schönsten Bundes-Abend und hörte still zu und trocknete das Auge, da sie es wieder auf Albano wandte. – Aber er konnte in diesen Tempel der Freude nicht eintreten, ohne sich gereinigt und geheiligt zu haben durch Offenheit über seine neulichen Irrtümer. Welcher süße Wettstreit um Bekennen und Vergeben, da Liane liebend erschrak und bekannte, daß sie ihn neulich nicht erraten – daß nur sie die Schuldige sei und daß sie jetzt schon besser sprechen wolle. Sie konnte sich über die verdeckten Schmerzen, die sie ihrem Freund gemacht, gar nicht zufrieden geben. Wie Mahagoni-Geräte in keiner Temperatur bricht und keine Flecken annimmt und kein Polieren bedarf: so ist dieses Herz, fühlte Albano; der sich nun schwur, überall, auch wo er sie nicht errate, zu sich zu sagen: sie hat recht.

Sie lösete ihm das Rätsel ihrer heutigen Erscheinung mit jenen freundlichen Mienen, welche ein guter Mensch verdoppelt, wenn er etwas zu versüßen hat: »sie gehe nämlich heute nach Pestitz zurück – aber spät, erst abends, erst um die Teezeit komme der Wagen, und ihnen bleibe ein ganzer Tag; und sie hoffe nicht, daß ihr Vater diesen Umweg über Lilar für einen Bruch ihres Versprechens nehmen werde.« Ein liebendes Mädchen wird unbewußt kühner. – Darauf suchte sie ihn über die friedlichen Absichten ihres Vaters recht ruhig zu machen und stellte ihm seine Strenge, womit er sich und andere der Konvenienz unterwarf, als die Ursache seiner Verbote, so wie ihrer Zurückberufung zum Vermählungsfeste vor. Albano, so nahe am letzten Schwure, hielt ihn und sagte: sie hat recht.

Der Hauptmann trat mit der rotwangigen Rabette herein, in deren Augen die Freude blitzte. Das kleine Zimmer machte durch Enge und Verwirrung die Lust nicht kleiner. Karl, sonst so sehr dem Vesuve ähnlich, der in den ersten Morgenstunden noch beschneiet ist, stand schon mit einem warmen Gipfel da; er setzte sich ans Instrument und donnerte mit einem aufgeschlagnen Prestissimo von Haydn – diesem rechten Stundenrufer jauchzender Stunden – in die laute Gegenwart und spielte zur Verwunderung der Weiber das Schwerste so leicht vom Blatte, daß er mehr hinein- als herausspielte und vieles (z. B. den Baß) immer selber setzte, indes Albano mit fast komischer Treue in der Musik ebensosehr die Wahrheit wiedergab als in jeder Geschichte, die immer in Karls Munde wieder eine erlebte. Der Morgen legte allen Seelen die Flügel an, die der Mittag den Menschen immer bindet – daher die Aurora mit geflügelten Rossen fährt und der Tagsgott mit flügellosen. – »Aber wie sind nun unsere sieben Freudenstationen zu machen?« (fragte Karl) »denn der Tag liegt wie ein Gartensaal mit lauter Lustgängen nach allen Seiten vor uns offen.« – »Karl, ist es denn nicht einerlei, wo ein Mensch liebt?« sagte Albano. – Seliger, dessen Herz nichts braucht als noch eines, aber keinen Park dazu, keine opera seria, keinen Mozart, keinen Raffael, keine Mondsfinsternis, nicht einmal einen Mondschein und keinen vorgelesenen oder nachgespielten Roman!

»Zuerst muß ich meine Chariton sehen«, sagte Liane. – »Die kann uns ja« (nahm ihr Bruder sogleich auf) »unser Essen in den gotischen Tempel nachtragen.« – Er wollte an diesem holden Tage im 12ten Jahrhundert essen und bei einem bänglichen, bunten Scheibenlicht und auf eckigem, schwerem, dickem Gerät und gleichsam dunkel unter der Erde der oben grünenden Gegenwart mit blühenden Gesichtern sitzen; denn so überlud er die vollsten Genüsse noch mit äußern Kontrasten und genoß jede frohe Gegenwart am meisten in der nahen Beleuchtung und Abspieglung der geschliffnen Sichel, die sie abmähte[1]. »Gott bewahre und behüte, Freund!« sagte Rabette. Auch Albano fand die freundliche Griechin, ihre lachenden Kinder und die nahen Rosenfelder besser dazu; und siegte mit Lianen. Vor dem belaubten Häuschen liefen ihnen die Kinder entgegen, Helene mit dem Schürzchen voll aufgelesener Orangenblüten, weil ihr das Brechen verboten war, und Pollux im letzten, leichten Verbande des gebrochnen Arms, dessen Hand jetzt mit der Rechten am hohlen Zusammenfalten und Platzen der Rosenblätter hatte arbeiten müssen. Beide berichteten ein: »die Mutter sei noch nicht fertig und habe sie zuerst angezogen.« – Aber schon nett und einfach wie zum Priesterin-Tanze um den Altar froher Götter sprang Chariton ihrer Liane entgegen und passete die schnell angelegten Kleider nur noch durch ein leichtes Rücken und Zucken gar an. »Das ist« (sagte Roquairol, nachdem er von Rabetten das nickende Ja sehr leicht dazu erhalten, weil sie seine französische Bitte um dasselbe nicht verstanden) »meine Gemahlin seit gestern –«, und er genoß ohne Umstände das Du-Recht, das sie seit dem freundlichen Zuspruche des Ministers mit jungfräulichen Ahnungen lieber annahm.

Da Liane freundlich vier Gäste des Mittags bei Chariton anmeldete: so standen in den schwarzen Augen der Griechin Freudenblitze, und das kleine Gesicht mit italienischen großen Augenbraunenbogen wurde ein feststehendes Lächeln, das nicht Küchenverlegenheit, sondern nur zungenlose Freudigkeit war, welche ihren weißen Zahnhalbzirkel noch weiter glänzen ließ, da Karl vollends sagte: »Du kannst ihr ja helfen,

1 »Ein solcher Charakter« (schreibt Hafenreffer dabei) »wäre für Romanen-Kotzebues erwünscht, weil diese, da er seiner Natur nach immer den Wert der Situation durch den zufälligen Ort derselben schaffen und heben will, unter dem Deckmantel seiner Persönlichkeit ganz der ihrigen frönen und die Schwäche des Dichters in die Schwäche des Helden verkleiden könnten.« Mich dünkt, dieses ist, so viel ein Biograph von Romantikern urteilen kann, sehr treffend.

Frau!« – »Das versteht sich!« sagte Rabette ganz entzückt, weil ihr Herz weiter keine andere Lippen hatte als ihre beiden Hände, für welche es so viel war, als wenn sie von der geliebten gedrückt würden, wenn sie für sie harte Arbeit angreifen durften. Verwünschte sie nicht so oft ihre unberedte, stockende Kehle, wenn Roquairol vor ihr seine feurigen Ströme brausen ließ? – Jetzt, da er wieder die Nähe mit künstlichen, schattierenden Scheidungen ausgeschmückt hatte, drang er freilich darauf, daß Chariton die expedierende Sekretarin bliebe und Rabette nur unterzeichnete. Auch Liane wollte aus gleicher Weiblichkeit etwas für ihren Liebling schaffen; aber da sie als ein Mädchen von Stande nichts kochen konnte, sondern nur etwas backen, so wurd' ihr – aber ungern von ihrem Freunde, der die süße Gestalt nirgendswo gern sah als, wie andere Schmetterlinge, nur unter Blumen bei ihm – zugestanden, ganz spät und zehn Minuten lang mit den Augen und in seltenen Fällen mit den drei Schreibfingern an den Schneebällen mitzuarbeiten, welche das Dessert beschließen sollten.

Einen breitern Baldachin oder einen schöner geschnitzten Zepter und Apfel hatte noch keine Küchen-Ballkönigin, oder gar schöneres dames d'atour, als Chariton; und Geschirr und Feuer wurden ganz dadurch verdunkelt.

Nun gingen die glücklichen Paare – und die Kinder mit – hinaus in den freudigen Tag, in den jugendlichen Garten, um wie Wandelsterne mit ihren Monden einander bald nahe, bald ferne, bald im Gegenschein, bald in der Zusammenkunft zu stehen auf der himmmlischen Kreisbahn um dieselbe Sonne. »Wir wollen auf geratewohl« (sagte Karl im Hafen) »ausschiffen und zusehen, ob wir uns nicht treffen.« – Albano ging mit Lianen den Kindern nach, die schon an den kleinen Häusern durch die Rosengänge hüpften, auf die Brücke über den singenden Wald. Wem das Herz so ruhig-selig schlägt, der sucht in der unsichtbaren Kirche keine sichtbare – der ganze Tempel der Natur ist der Tempel der Liebe, und überall stehen Altäre und Kanzeln. Auf dem glattniedergehenden Lebensstrome steht der Mensch ohne Ruder selig in seinem Kahn und regiert ihn nicht.

Dann lenkten die Kinder, eingedenk der mütterlichen Auswanderungsverbote, auf der Brückenhöhe rechts hinüber zu den westlichen Triumphbogen, und Helene lief bloß als ziehende Führerin des Rekonvaleszenten mit seiner Hand recht unerwartet wild voraus. Albano folgte den kleinen Lotsmännchen und Leithündchen so gern. Himmel! wenn sie sich so auf der herrlichen Höhe umsahen und in den reich ausgebreiteten Tag und in ihre Augen darauf: wie wölbten sich die Bogen der Lebensbrücke so frei und weit, und die Schiffe flogen mit aufgeblasenen Segeln und stolzen Masten hindurch! – Rosenbäume kletterten an den Triumphbogen herauf, die Kinder langten hinaus, knickten Rosen von ihrem Gipfel und trabten, den fremden Gehorsam verarbeitend und erprobend, über vier Tore hinweg, um von dem fünften in den glatten, blanken See darunter zu schauen und in den »Zauberwald« hinabzusteigen, wo die Kunst wie die Kinder spielte.

Aus dem Eingange des Waldes traten Karl und Rabette heraus, um zu Chariton über die Bogen zurückzugehen, jener zum Flaschenkeller – er hatte etwas Leeres daraus in der Hand –, diese ein wenig in die Küche. Er ging selig wie auf Flügeln und sagte: »Das Leben fährt heute auf dem Wagengestirn im Blauen dahin.« Er kehrte aber um, um vor ihnen die Plejaden aufgehen zu lassen, nämlich den sogenannten »verkehrten Regen«, der bloß fünf Minuten lang und eigentlich nur bei Illumination steigt. Er führte alle in den Wunderwald durch ein im Mittagsschlummer liegendes Licht, das unter freien Bäumen glühte, deren weit-auseinanderstehende Stämme sich nur die langen Zweige boten. Auf dem Brennpunkt der malerischen Bahnen ließ er sie das Spiel des Regens erwarten. Die Kinder sprangen mit ihren Hoffnungen nach und setzten sich, vom Mute der Erwachsenen gedeckt, mit diesen auf bezeichnete Götter- oder Kindersitze, zwischen zwei kleinen runden Seen.

Während Karl schnell im Zickzack, der hydraulischen und mechanischen Maschinerie wegen, hin- und herlief – ohngefähr nach den Punkten des Irrgartens in Versailles –: so konnten sie den überall aufgehenden Zauberwald durchfliegen – ein allmächtiger Arm der außen vorbeigehenden Rosana griff unter die Blumen herein und trug eine schwere, reiche Welt – bald war das Wasser ein fester Spiegel, bald eine gewundne, wellenschlagende Ader, bald eine Quelle, bald ein Blitz hinter Blumen, oder ein schwarzes Auge hinter Blätter-Schleiern – schmale Ufer, kurze Beete, Kindergärten, runde Inseln, kleine Hügel und Landzünglein wohnten dazwischen, sie hielten ihre bunten, blühenden Kinder auf dem Arm und Schoß, und die blauen Augen der Vergißmeinnicht und die vollen Tulpenwangen und die blaßwangigen Lilien spielten wie Geschwister, von Fremden geschieden, beisammen, aber Rosen liefen durch alle. Jetzt hörten die Menschen murmeln und rauschen, die Seen neben ihnen walleten; an einem abgerindeten, auf eine Insel eingepfählten Maienbaum fingen oben die gelben Tannennadeln zu tropfen an – von den Hängebirken auf der Landzunge glitt ein innerer Regen nieder – aus den beiden Seen neben ihnen flogen Wasserstrahlen wie fliegende Fische gen Himmel – Jetzt quoll es überall, und Reihen von Quellen, diesen Wasser-Kindern, spielten mit den Blumenkindern – Wie Vögel flatterten Strahlen mit breiten Flügeln aus den Lorbeerhecken und fielen in die Rosengruppen nieder – an einem Hügel voll Eichen kroch eine Wasserschlange hinauf – kriegend schossen aus allen Ufer-Mündungen belagernde Bogen an die Gipfel – Plötzlich fanden sich die überlisteten Zuschauer mit Regenbogen überwölbt, denn die Seen warfen ihre Wasser hoch über sie hinüber, daß durch das Tropfengitter die wankende Sonne brannte wie durch eine zersplitterte Juwelenwelt. – Die Kinder schrien erschrocken. – Die aufgejagten Vögel kreuzten durch den Regen – Nachtschmetterlinge wurden niedergeworfen – die Turteltauben schüttelten sich, an die Erde gedrückt, in den Güssen – die

Ufer und die Beete hielten ihre blühenden Kleinen dem Himmel unter. – –

Nach fünf Minuten war alles vorbei, und nur in allen Blumen und Augen zitterte der nasse Glanz und auf den Wellen die Sterne fort. Die Kinder liefen dem Wundertäter Karl nach. »Vorbei draußen,« (sagte Albano) »aber nicht in uns. Ich bin heute recht still-froh, denn du liebst mich, und auch die ganze Welt ist freundlich. – Bist du auch glücklich, Liane?« – Sie antwortete: »Noch froher, und ich müßte vor Freude weinen, wenn ich es sagte.« – Aber sie weinte schon. »Sieh! die Tropfen!« sagte sie naiv, als er sie anblickte, und nahm *seine* vom Regenbogen angesprützte sanft von seinen Wangen weg. Sein Mund berührte ihr heiliges, zärtliches Auge, aber das andere stand offen, und ihr Herz und ihre Liebe blickten ihn daraus an, und nie schwebte ihre heilige Seele ihm näher.

Nach wenigen Minuten war auch dieser nach dem Himmel gekehrte Regen vorüber. Sie gingen mitten über den freien Garten den Morgen-Partien und -Toren zu. Wie lagen in der offnen Welt die Küsten der Zukunft so hell vor ihnen mit dickem, hohem Grün, und Nachtigallen flogen um die Ufer! – Die Entzückung macht das männliche Herz weiblicher; die Stimme seiner vollen Brust redete nur leise zu Lianen, auf deren seitwärts und gen Himmel geneigten Angesicht ein stilles, frommes Danken lag, sein feuriger Blick regte sich nur langsam und ruhte an der schönen Welt, und er ging ohne hastiges Überschreiten um die kleinste Landspitze. Die junge Nachtigall wetzte den abgefütterten Schnabel am Zweige und schüttelte sich lustig, die alte sang ein kurzes Wiegenlied und hüpfte mit Tönen nach neuer Kost – Und überall flogen und schrien die Kinder des Frühlings und ihre Eltern durcheinander – Kleine, weiße Pfauen liefen ungeputzt wie kleine Kinder im Grase – Selig floß der Schwan zwischen seinen Wellen mit dem weißen Bogen über den untergetauchten Augen, und selig schwebte die glänzende Tonmücke wie ein fester Stern unverrückt in den Lüften über einer fernen, blumigen Glocke. –

Die Schmetterlinge, fliegende Blumen, und die Blumen, angekettete Schmetterlinge, suchten und überdeckten einander und legten ihre bunten Flügel an Flügel – Und die Bienen tauschten Blumen nur gegen Blüten, und die Rose, die keine Dornen für sie hat, nur gegen die Linde. »Liane, (sagte Albano) »wie lieb' ich heute durch dich die ganze Welt, ich möchte den Blumen einen Kuß geben und in die vollen Bäume mich drücken; ich könnte nicht dem langen Käfer da unten in den Weg treten.« – »Sollte man« (versetzte sie) »je anders fühlen? Wie kann ein Mensch, dacht' ich oft, der eine Mutter hat und ihre Liebe kennt, das Herz einer Tiermutter so kränken und zerreißen? Aber wir vergeben den Tieren, sagt Spener, auch nicht einmal ihre Tugenden.« – »Laß uns zu ihm,« sagt' er.

Sie kamen außerhalb der Morgentore an dem Bergweg hinter dem Flötental oben an dem mittagshellen Häuschen des alten Speners an; aber da sie ihn laut lesen und beten hörten, gingen sie lieber in großer Ferne vorüber, um in seinen heiligen Himmel nicht einmal ihren Schatten zu werfen.

Sie schaueten ins schöne, stille Flötental und wollten eben hinein; endlich sprach es zu ihnen mit *einer* Flöte hinauf. Ihre Freunde schienen drunten zu sein. Die Flöte klagte lange einsam und verlassen fort, keine Schwestern und keine Fontänen rauschten darein. Endlich keuchte neben der Flöte eine scheue, zitternde Singstimme angestrengt daher. Es war hinter den langen Gesträuchen Rabette. Sie rührte beide in die tiefste Seele, weil die Arme mit dem Arbeiten ihrer unbehülflichen Stimme dem Geliebten das demütige Opfer des Gehorsams brachte. »O, mein Albano,« (sagte Liane, sich entzückt an ihn schlingend) »welche Süßigkeit, daß mein Bruder glücklich ist und Seelenfrieden hat und durch deine Schwester!« – »Er verdient meinen,« (sagt' er bewegt) »aber wir wollen sie beide nicht stören, sondern den alten Weg zurückgehen.« Denn Rabettens Töne wurden oft zerschnitten, aber es war ungewiß, ob von Furcht – oder von Küssen – oder von Rührung.

Als sie wieder durchs Morgentor hereintraten: kam die

Sängerin und Karl ihnen aus der grünenden Pforte entgegen, beide verweint. Karl, gewaltsam über lebendige Beete tretend und mit irrenden Augen, griff nach beider Hand mit seinen und sagte: »Das ist doch einmal ein Tag auf der Regenwelt, der nicht wie eine Nacht aussieht – Bruder, aber wenn man so innig selig ist und Sphären vernimmt, so sinds solche Töne, wie man einmal zum Zeichen hörte, daß vom Markus Antonius sein Schutzgott Herkules weiche.« – So werden die Freuden, wie andere Edelsteine, mechanische Gifte, welche bloß in der Ferne glänzen, aber berührt und verschlungen uns zerschneiden. Aber Albano versetzte lächelnd: »Da du dich jetzt fürchtest, Lieber, so hast du nichts zu fürchten; denn du bist nicht rein glücklich. Ich aber fürchte leider nichts.« – »Bravo!« (sagte Karl) »Nun geht in eure Küche, Mädchen!« Er ging in den sogenannten »Tempel des Traums«, drang aber bald in die verbotene Küche nach.

Albano besuchte Lianens Frühlingsstübchen. Hier malt' er sich jenen Glanz-Sonntag zurück, wo ihn Liane durch Lilar geführet, und er ließ die Vergangenheit in die Gegenwart mildernd schimmern; aber diese überstrahlte sie. Draußen im Garten standen und glänzten, so schien es ihm, die reinen Säulen seines Himmels, die Träger seines Tempels, die Bäume; und alles, was er hier neben sich sah, gehörte wieder zu seinem Glück, Lianens Bücher und Bilder und Blumen und jede kleine Zeichnung von ihrer zarten Hand.

Endlich trat die Heilige der Rotunda selber – jungfräulich errötend über diese Nähe und über sein Erröten – herein, um ihn ins kühle Eßzimmer hinabzuholen. Es war klein und dämmernd, aber das Herz bedarf zu seinem Himmel nicht viel Platz und nicht viel Sterne daran, wenn nur der der Liebe aufgegangen. Zu den Tischreden – wodurch erst ein Essen ein menschliches wird – und zu den Scherzen – den feinsten Zwischengerichten, dem Streuzucker des Gesprächs – lieferten die Kinder das Ihrige, zumal da sie, unfähig, vom verbotnen *Du* zum *Sie* zu steigen, immer *Du-Sie* zugleich gebrauchten. Die hochrote Chariton machte Auszüge aus Dians Briefen und aus ihrer Lebensgeschichte und aus den Wundzetteln von Pollux' Armbruch; sie suchte die Schneeballen zu schätzen, hörte schalkhaft-gläubig auf den Hauptmann hin, der das scherzhafte Ehe-Du gegen Rabette zu fünf Akten verspann, und lächelte gern da, wo es verlangt wurde. Am meisten lief die Spielwelle aller Seelen, Karl, fröhlich um; dieser Jupiter, den immer die Finsternisse so vieler Trabanten umflogen, konnte einen großen, heitern Glanz zeigen, wenn er und man wollte. Sooft Albano wie vorhin nicht in sein Trauerspiel ging, zog er den Vorhang eines Lustspiels auf. Der guten Rabette war sein Anreden so viel wie sein Anschauen, obwohl sie nur das letztere erwiderte, um weder ins Du noch Sie zu fallen. Albano, mit Ohren und Augen an *eine* Seele geknüpft, konnte mit den Lippen nicht viel mehr hervorbringen als ein seliges Lächeln; einen Hymnus hätte er leichter gemacht als ein Bonmot, ein Tischgebet leichter als eine Tischrede.

Denn seine Liane war heute zu liebreich! So vergnügt und ermunternd schauete das süße Mädchen umher, mit so herzlichem Spiel die gesprächige, neckende Wirtin machend, daß ein Mann, der es sah und an ihren festen Sterbeglauben dachte, von diesem Tanz um das Grab mit Blumen auf dem Haupt nur desto inniger gerühret wurde, wenn er auch merkte – oder vielmehr eben darum –, daß sie hier mit dem Scherze selber Scherz treibe, bloß um – nach ihrer neuen moralischen Trauerordnung – ihrem Geliebten jede Scheide-Stunde zu versüßen, sowohl die nächste als die letzte. Aber das war schwer zu merken, weil in weiblichen Seelen jedes Scheinen leicht Wahrheit wird, nicht nur das trübe, auch das frohe.

Wie wurde ihr Freund und jeder gute Mensch so froh, weil die Heilige sich selber selig sprach! Und dann wurde wieder sie es mehr. So schlägt, wie zwischen zwei Spiegeln, der Glanz der Wonne zwischen teilnehmenden Herzen in wachsender Vervielfältigung hin und her und wird unabsehlich.

Die Stunde der Abfahrt rollte auf schnellern Rädern heran, mehrere Sternbilder der Freude gingen unter, als heraufkamen. So grünen die blühenden Weingärten des Lebens immer an einem bergigen Hinauf und Hinab, nie in einer ruhigen Ebene. Die zwei Liebenden brauchten jetzt Stille, keine Gänge. Sie machten den nächsten, den ins Donnerhäuschen. Sie traten in die wehende Vesper-Erde wie in ein neues Land; mitten im Tage wird der Mensch aus *einem* Traum nach dem andern wach und hat immer vergessen und sieht immer verneuet. In Albano stand der goldne Saitenglanz der Freude noch unter der wegrückenden Sonne; er sagte ihr froh, wie oft er sie besuchen würde bei ihren Eltern und wie er diese gewiß befreundet zu finden hoffte. Liane malte alle seine Hoffnungen noch als Tochter und Liebende mit ihren aus. Aber jetzt ließ sie ihr vorhin leichtes Herz, das auf den Blumen des Scherzes sich wiegte, auf dem festern Ernst ausruhen.

Wenn im Menschen Friede und Fülle ist, so will er nichts mehr genießen als sich, jede Bewegung, sogar die körperliche, verschüttet den vollen Nektarkelch. – Sie eilten aus dem lauten, regen Garten ins stille, dunkle Donnerhäuschen. Aber da sie, wie geschieden von der Welt, die um die Fenster hellglänzend und sich entfernend hinauslag, in der kleinen Dämmerung einsam nebeneinander standen und sich ansahen – und da Albanos Seele war wie ein sonnentrunkenes Gebirge am Abend, licht, warm, fest und schön, und Lianens Seele wie die aufdringende Quelle am Gebirge, die hellrein und kühl und verborgen dahinrinnt, und nur vom Abendstrahl berührt, rosenrot glüht – und da diese einzigen Seelen gerade *sich* fanden in der weiten uneinigen Erde: so durchschauerte sie eine gewaltsame Freude wie ein Gebet, und sie stürzten sich ans Herz und glühten weinend und schaueten sich groß an in der Umarmung; – und an der Äolsharfe taten sich schnell die Flügeltüren eines begeisterten Konzertsaales auf, und herausschlagende Harmonien wehten vorbei, und schnell gingen die Pforten wieder zu.

Sie setzten sich ans luftige Morgenfenster, vor welchem die Blumenbühler Berge und Lilars Hügel und Pfade im Sonnenglanze lagen. Um sie war der Abendschatten und alles still, und die Ätherharfe atmete leise. Sie sahen sich nur an und freueten sich ins Innerste hinein, daß sie einander liebten und bewahrten. Wie entronnen blickten sie, von dieser Burg beschirmt, hinab in die rauschende, bewegliche Welt; unten blies der Wind die Mohn- und Tulpen-Lohe breiter und in die schwere, gelbe Ernte – die Silberpappeln, ewigen Mai-Schnee tragend, flatterten mit aufgewühltem Glanz – ein Taubenflug rauschte eintauchend ins Blau hinein – und drüben standen unter fliegenden Wolken die runden Tempel Gottes, die Berge, nebeneinander in Reihen und trugen bald Nächte, bald Tage – und der fromme Vater stand allein auf seiner Höhe und reichte seinem Rehe weiche Äste.

»So bleiben wir!« sagte Albano und drückte ihre liebe Hand mit seinen beiden an sein Herz. »Hier und dort!« (sagte sie) – »Albano, wie oft hab' ich gewünscht, du wärest zugleich meine Freundin, damit ich mit dir von dir reden könnte. Wer weiß es auf der Erde, wie ich dich achte, als ich allein!« – »Hier und dort? – Liane, ich bin glücklicher als du, denn ich allein glaube an unser *langes* Leben hier«, sagte er auf einmal verändert.

Welche Ursache es nun sei – entweder die, daß der Mensch gar nicht gewohnt ist, in einer von aller Zukunft und Vergangenheit abgelöseten reinen Gegenwart glücklich zu sein, weil sein innerer Himmel wie der physische immer gerade und nahe über ihm finsterblau aussieht, und erst um den fernen Horizont herum glänzend – oder daß es ein so zartes überirdisches Glück gibt, was wie der Mondschein von jeder Wolke zu dunkel wird, indes rohes wie das Tageslicht die breiteste verträgt – oder daß Albano zu sehr den Männern glich, die immer in der Freude ihre Kräfte so stark fühlen, daß sie lieber den Göttertisch umstoßen als ein Gericht und Himmelsbrot weniger darauf sehen wollen, lieber ganz unglücklich sein als nicht ganz glücklich –: genug er konnte und wollte der Furcht und dem Verhüllen nichts mehr schuldig sein.

Daher als Liane ihn statt zu beantworten nur umarmte und schwieg, weil sie den ganzen Tag ihrem Versprechen treu bleiben wollte, die Festtapeten schöner Tage mit keinem Trauertuche auszuschlagen: so sagte er, wie von einem fremden Geiste fortgestoßen, geradezu: »Du beantwortest nichts? – Nur Freuden, nicht Leiden soll ich teilen? – Du hast deinen Schleier nicht? – Mich willst du schonen wie einen Schwachen? Und dich allein drückt dein Todes-Glaube fort? – Liane, ich will auch Schmerzen haben und alle deine, sag alles!« –

»Wahrlich, nur mein Versprechen wollt' ich halten« (sagte sie) »und mehr nicht. Aber was soll ich denn zu dir sagen, Lieber?« –

»Du stirbst also gewiß nach einem Jahre, glaubst du, Abergläubige? – Himmlische!« sagte er.

»Wofern es Gottes Wille so ist, gewiß!« (sagte sie) »O mein guter Albano, was kann ich denn für meinen Glauben, der dich auch so schmerzt?« Und hier konnte sie ihre Tränen nicht mehr hindern, und alle Kruzifixe der Erinnerung regten sich in der schönen Seele lebendig und bluteten heftig.

»Gottes Wille?« (fragt' er) – »Ebensogut könnt' er jetzt einen Winter wie einen Eisberg in diesen frohen Sommer stürzen – – Gott?« wiederholt' er, sah auf, kniete hin und betete: »O, du alliebender Gott . . .«

»Und du stirbst mir nicht!« kehrt' er sich wie zornig gegen sie, zum Weiterbeten unfähig vor dem Geschrei seines Herzens und mit beiden Händen hastig über sein nasses Gesicht wegstreifend – Nun betete er sanfterzitternd fort: »Nein, du Alliebender! töte nicht dieses schöne, junge Leben! Laß uns beisammen, lang und fromm!«

Sie kniete unwillkürlich neben ihn – heute matter von Freuden und unbekannten innern Siegen, sogar vom langen Gehen – desto heftiger angefallen von einer rührenden Wirklichkeit, da sie von rührenden Phantasien verwöhnt und erweicht war – und unsäglich leidend bei Albanos Schmerz – sie konnte nicht reden – wie unter einer schnell aufgeworfnen Last bückte sich ihr Haupt und Hals – und so blickte sie, wie vom ganzen Leben schwer umwölkt, auf den Boden hin – der umfangende Todesfluß rauschte mit *einem* Arm um sie – da sah sie, ohne aufzublicken, irgendwo ihre Karoline im Brautkleide und mit dem weißen, gold-punktierten Schleier ziehen, der sich lang über das Leben wegschleppte, und sie sah es deutlich, wie die Gestalt, da Albano um ihr Leben bat, langsam hin- und herschüttelte.

»Hör auf zu beten!« (rief sie trostlos) »Du harte Erscheinung, erhöre aber mich und mache nur *Ihn* glücklich!« betete sie, aber sie sah nichts mehr; und sie verbarg das von Qualen durchzogne Gesicht mit unaussprechlicher Liebe an seiner Brust.

Hier rief ihr Bruder herauf, der Wagen sei da. Sie warf ein schnelles, dünnes Ja hinab. »Trennen wir uns?« fragte Albano; der Feuerregen der Entzückung war nun als ein finsterer Aschenregen in seine offne Seele zurückgefallen – und darum fuhr er ohne alle Schranken seines Schmerzes fort: »So haben wir uns zum letztenmal gesehen?« und unter dem geschlossenen Augenlide weinte sein gutes Auge.

»Nein, bei dem Allgütigen, nein!« sagte sie und stand auf, um zu gehen. »Bleibe!« sagt' er, und sie blieb und umarmte ihn wieder. »Aber begleite mich nicht!« bat sie. »Nicht!« sagt' er und hielt die Wegziehende lang' an den Fingerspitzen; es schmerzte ihn so sehr, da er die auf diese stille Gestalt getriebnen Leiden ansah, daß diese weißen Schwingen der Unschuld sich an seinen Klippen und Berghörnern voll Blut geschlagen. Er zog sie wieder an sich, eh' er sie und sein Heil entließ. Er sah ihr nach, wie sie langsam an dem sonnigen Berg, unter den Zweigen sich trocknend, hinunterschlich und gesenkt lauter heitere, blühende Wege des Vormittags ging. Er schauete aber nicht nach, da ihr Wagen über den fröhlichen Wald wegrollte; er stand am Morgenfenster und sah seine Kindheits-Berge zittern, weil er seine Augen zu trocknen vergaß.

SECHZEHNTE JOBELPERIODE

Die Leiden einer Tochter

73. ZYKEL

Wolken wie die letzten bestanden für Albano weniger aus niederfallenden Tropfen als aus niedersinkendem Staub. Sein Leben war noch ein Treibhaus und stand daher nach der Sonnenseite. Jeder Tag brachte eine neue Schutzschrift für die ferne schöne Seele, bis sie am Ende gar keine mehr brauchte. Aber jedem Tage gab er auch einen Ablaßbrief ihres Schweigens mit; später wurden Anstandsbriefe (Moratorien) daraus; endlich als sie immer gar nichts von sich hören und lesen ließ: so fing er an, in den obigen Schutzschriften wieder nachzusehen und manches darin auszustreichen.

Ebensowenig fand er für sich oder für ein Blatt eine Treppe zu ihr. Sogar der Hauptmann war seit einigen Tagen nach Haarhaar verreiset. Mit müden Händen hielt er den schweren, ausgetrunknen Freudenbecher, der leer am schwersten wiegt. – Die wilden Hypothesen, welche der Mensch in einem solchen Falle durch sich traben lässet – wie in diesem z. B. die von Lianens Krankheit, Erkältung, Gefängnis, Abreise –, sind in ihrem Wechsel und Werte mit nichts zu vergleichen als mit der ebenso großen Wildheit und Zahl der Plane, die er anwirbt und abdankt, z. B. den der Entführung, des Hasses, der Duelle, der Verzweiflung.

Die harte, feststehende Zeit hatte keinen Zeiger auf ihrem Zifferblatte. Er stand seinem Schicksal so nahe wie der Mensch seinen Träumen; ohne daß er beider Gestalt erkennen oder vorbereiten kann. Er ging oft in die Stadt, deren sämtliche Gassen durchritten, durchlaufen und durchfahren wurden, weil man die Balken zum herrlichsten Throngerüste zusammentragen und -nageln wollte, auf welchen sich die fürstliche Braut bei ihrem Eintrittskomplimente im Lande am weitesten umsehen konnte; aber er hörte nichts darin von der seinigen, als daß sie öfters mit dem Minister die Bildergalerie besuche.

Dadurch schienen zwei ängstlichen Hypothesen, die ihrer Krankheit und ihres Hauskriegs, die Stacheln auszufallen. Das Beste, obwohl Schwerste war, geradezu den Minister wie den Vesuv zu besuchen, um da die schönste Aussicht zu haben. Er besuchte den Vesuvius. In der Tat war dieser Vulkan nie stiller und grüner; er fragte nach allem und ließ sich über vieles heraus, was das Vermählungsfest unmittelbar anging; auch sucht' er seine Hoffnungen und Wünsche nicht zu verbergen, daß der Graf die bewundernswürdige Braut bewillkommen helfen werde.

Am Ende mußte dieser auch die seinigen über die Weiber zu eröffnen wagen. Der Minister versetzte ungemein heiter, daß beide das »brave Fräulein von Wehrfritz« eben nach Blumenbühl zurückbrächten; und ließ sich sofort aufs Lob dieser »unverdorbnen Natur« ein. Albano ging bald, aber viel froher. Auf seinem Wege brannten doch einige Gassenlaternen.

Aber am Morgen geriet er in ein Winkelgäßchen, wo keine einzige war; nämlich Rabette, das Renntierchen, kam nach Lilar gelaufen, wie gestern nach Pestitz – denn was ist für ein Landfräulein ein Meilenlauf anders als eine gerade Allemande? – und schüttete und schüttelte vor ihm ihr Herz bis auf die Herzohren aus, woraus nichts herausfiel als frohe Bilder, einige Himmel, ein vollständiger Hochzeittag, ein Paar Schwiegereltern und eine Hauptmännin. »Die Ministers waren gegen mich so höflich gewesen, aber – nachher noch mehr gegen meine Eltern die Mutter – und sie haben den Hauptmann so sehr genannt und gelobt – kurz, sie wissen freilich alles, mein herrlicher, herzlieber Bruder!« sagte sie, – aber von Lianen wußte sie dem herrlichen Bruder nichts zu bringen, außer ihren Gesundheitspaß; ihr freudiges Auge hatte sich nach gar keiner dunkeln Gegend gewandt. »Wir waren keine Minute allein, das machts«, setzte sie dazu und kam wieder auf ihren Hauptmann, den der Minister als Marschkommissarius der einrückenden Fürstin auf die Haarhaarer Straße versendet habe; doch verwies sie ihn auf die Illuminations-Nacht in Lilar, wo sie und Liane und beiderseitige Eltern dabei zu sein ausgemacht hätten. Du gutes Geschöpf! wer gönnt dir nicht den blitzenden Ring der Freude, den du an deiner braun und hart gesottenen Hand ansiehst, und wer wünschet nicht gern, daß seine Steine nie ausfallen! –

Bald darauf flog dem Verlassenen der Bruder der vergangnen Feste an das Herz, Karl. Er wiederholte beinahe Rabettens Aussagen, obwohl nicht ihre Entzückung; er sagte – aber ohne sonderliche Rührung –, daß der Vater wirklich ihm den Bruderkuß mit einer Kußhand durch mehrere Zimmer zuwerfe, ihn ganz besonders aus- und anzeichne und zu Geschäften freundlich verbrauche – und das alles bloß, seitdem er hinter die Liebe gegen Rabette und das stille Zunicken der Eltern gekommen sei; denn vom Herzen zwar sei bei dem Vater die Rede nicht, aber doch von Rabettens Weiberlehn, zumal da man ihm bei der romantischen Wechselreiterei seines Herzens nicht trauen könne, ob er nicht sonst einmal die Ärmste bringe.

Mit einer seufzenden Brust, die gern mehr einer erwartenden mitgebracht hätte, erzählte Karl bloß, daß er Lianen gesund und still, aber keine Minute allein gefunden. Die Zusammenhaltung der fremden Dürfigkeit mit dem eignen offnen, reichen Glück war – so glaubte Albano – die schöne, zarte Ursache, warum Karl mit so flüchtiger, kühler Freude über die elterliche Einsegnung seines Seelenbundes weglief. O, wie liebt' er ihn jetzt! Könnt' er ihn je mehr lieben, so tät' ers, wenn Liane gar seinem Glück verloren wäre, bloß um sich und ihm zu zeigen, daß die heilige Freundschaft kein drittes Herz begehre, um ein zweites zu lieben.

Dieses Gewölke des Schweigens legte sich nun wochenlang und immer finstrer um seine schönsten Höhen fest, und der Schuldlose ging unter dem Dunkel im Kreise von Widersprüchen umher. Wie mußte dieser Jüngling sich abarbeiten, wenn er bald dachte, daß die Eltern wohl gar eine Verwandtschaft mit ihm ausschlagen, da er doch mehr ihre vergessen als vergelten zu müssen glaubte, und daß sie zwei Herzen der politischen Herzlosigkeit opfern könnten – oder wenn er auf die fromme Liane den Verdacht des Weichens vor elterlichen Angriffen fallen ließ, der noch aus der Vergangenheit Zufuhr durch die Vermutung erhielt, daß sie ihn wohl mehr poetisch und fromm und mehr mit Flügeln umhalset als mit Armen und daß sie überhaupt, an so lange Ergebungen gewöhnt, Opfer und Neigungen kaum absondern und jene für diese halten könne – oder wenn er bald und am öftersten alle diese Waffenspitzen gegen seine eigne Brust kehrte und sich fragte, warum er in der Freundschaft ein so festes Vertrauen habe und in der Liebe ein so wankendes: Dann führte ihn dieser Vorwurf zu einem zweiten über jeden vorigen, den er der guten Seele gemacht, bloß um sie nach der Proselytenmacherei und Reformiersucht, welche die Männer mehr an ihren Weibern als Freunden üben, für seine eigne Gußform einzuschmelzen. Letzteres konnt' er rügen, wie Holberg[1] bemerkt, daß die Männer Landgüter nicht so gut erhalten als die Weiber, weil jene mehr als diese sie reformieren wollen: aus demselben Grunde verderben die Liebhaber auch die Weiber mehr als diese jene.

Um nur aus dem langsamen Gerichtshof der Zukunft schneller sein Bluturteil zu holen oder ein schöneres Blatt, ging er wieder ins ministerielle Haus. Er wurde vom Minister wieder lächelnd und von der Mutter ernst empfangen, und – auf seine Frage – war Liane nicht wohl auf. – Er legte dem alten, sich jetzt wärmer andrängenden Schoppe, der seit einiger Zeit neben dem Skalpell des Doktors weiter kein Herz studierte, als was auszuspritzen und zu präparieren war, eine kurze Frage über des Doktors Besuch beim Minister vor; wie erstaunt' er, da er vernahm, daß niemand weiter aus dem Hause welche in jenem mache, da Liane ganz blühend in alle Zirkel fahre, als bloß der Lektor häufigere!

1 Dessen moralische Abhandlungen II. 96.

Er begriff wohl, daß nur die Medusenköpfe der Eltern das weichste Herz gegen ihn versteinern könnten; aber eben das fand er nicht recht, er foderte keck, daß er von ihr mehr als die Eltern geliebt werde; »nicht aus Egoismus,« (sagt' er zu sich) »nicht meinet-, sondern ihrentwegen.« Der Liebende will eine große, unbeschreibliche Liebe – von der er sich immer nur als den zufälligen und unwerten Gegenstand glaubt –, bloß um selber die höchste zu geben.

Sogar der schweigende Lektor, der sonst alle neu aufgehende Lichter hinter Licht- und Ofenschirme stellte, teilte ungebeten dem Grafen die Neuigkeit zu, Liane werde bei der kommenden Fürstin – etwas, Gesellschaftsdame. Sein alter eifersüchtiger Argwohn über Augustis Wünsche oder Verhältnisse erlaubte ihm keine Antwort darauf.

Jetzt ermannte sich sein Geist, und er schrieb geradezu an die Seele, die ihm gehörte; und schickte dem Bruder das Blatt zur Übergabe. – Dieser kam den Tag darauf; schien ihm aber noch keine Antwort zu haben, weil er sie sonst mit dem ersten Gruß gegeben hätte. Karl führte ihn an den Haarhaarer Hof, wo er neulich gewesen – sagte, jeder Nerve da hätte Steifstiefeln an und jedes Herz einen Reifrock – kam weiter preisend auf die jüngste, aber angefeindetste Prinzessin, *Idoine* – erklärte, sie besitze nach allen Vorzügen, z. B. der Heiligkeit, der Güte, des entschiednen Charakters, der sich sogar auf dem Throne sein eignes Los und Leben aussucht, ferner der Liebenswürdigkeit, da sogar die niemand liebende Fürstin-Braut an ihrem Herzen hänge, noch den Vorzug der täuschenden Ähnlichkeit mit Lianen.

»Hat diese nun mein Blatt?« fragte Albano. Karl händigt' es ihm wieder ein: »Bei Gott!« (sagt' er feurig und doch doppelsinnig) »ich konnt' es ihr jetzt nicht beibringen – Aber Bruder, kannst du nur eine Minute lang glauben, sie bleibe nicht ewig die Deinigste?« – »Ich glaube gar nichts« (sagte Albano beleidigt und zerriß sein Blatt in Blättchen von der Größe der Buchstaben darauf) – »Wollen nur wir« (fuhr er mit gerührter

Stimme fort) »bleiben, wie wir sind, fest wie Eisen und biegsam wie Eisen aus Glut!« Der gerührte Freund suchte folgenden Trost hervor: »Erwarte doch nur den Illuminations-Abend[1] – da spricht sie mit dir – sie muß durchaus erscheinen, und du sollst dich wundern, in welcher Rolle und für wen.« Er nickte stumm; er setzte sich ihre Rolle leicht aus ihrer Ähnlichkeit mit Idoine und aus ihrem angeblichen Hofamte zusammen; aber was half es seinem Glück?

Mit der Umkehr seines Blättchens, das er wider seinen Ehrgeiz abgeschickt, kam dieser verstärkt zurück. Nun war auf Albanos blutende Lippe ein heißes Siegel gedrückt; er hatte nun nichts für und vor sich als die Zeit, die jetzt sein Gift wurde, und erst später, wie er hoffte, seine Arzenei. Über sein aufgerufenes Ehrgefühl wurde überhaupt nichts Herr; er konnte hinaufsehen zu einer Richtstätte, auf der Blut aufsprang, aber er konnte nicht an einen Pranger schauen, wo unter gift-schwerer, tötender Pein eigner und fremder Verachtung ein niederblickendes, verworrenes Gesicht auf die sündige Brust hing.

Karl näherte sich zuweilen mit einigen Lichtern dem langen, nächtlichen Rätsel; aber Albano, so sehr er sie wünschte, machte ihn irre durch Entgegentreten und suchte ihn nicht einmal auszuhören, geschweige auszufragen. So lag er auf harten, jugendlichen, stachlichten Rosen-knospen, die eine einzige Stunde zu weichen Rosen aufschließen kann. Siege geben Siege – – wie Niederlagen Niederlagen; er fand jetzt gegen die Empfindungen, die ihn belagerten, wenn nicht einen Entsatz, doch eine auf die Ewigkeit verproviantierte Bergfestung in einer – Sternwarte. Mit ganzer, festzusammengefaßter Seele warf er sich auf die theoretische Sternkunde, um nicht den Tag, und auf die tätige, um nicht die Nacht zu sehen. Die Sternwarte stand zwar auf einem Zwischenberge zwischen der Stadt und Blumenbühl und deckte beide auf; aber er schickte seine Augen nur auf Sternbilder, nicht auf jene rosenroten

1 Bei der fürstlichen Vermählung.

Stellen der Erde aus, wo sie jetzt aus den kalten Blumenkelchen nur Wasser statt Honig hätten saugen können. So ging er unter den Fest-Zurüstungen in Lilar dem langsamen Abend, wo ihn die Gegenwart der schönsten Seele entweder segnen oder zerstören sollte, bewahrt entgegen, vergeblich von Zeit zu Zeit zum fernen Telegraphen seines Schicksals aufblickend, der sich immer bewegte, ungewiß, ob friedlich oder kriegerisch.

74. ZYKEL

Die Siegel von den inrotulierten Akten der bisherigen Geschichte zur Einsicht abnehmen – oder die blinden Fenster derselben ab- und die wahren aufreißen – oder so viele bedeckte Wege und Wagen aufdecken – oder endlich die ganze Sache – – das sind lauter Metaphern – und die unähnlichsten dazu –, welche zu nichts dienen können, als die lang' erwartete Auflösung, welche sie beschreiben wollen, nur noch länger und verdrüßlicher aufzuhalten; vielmehr, glaub' ich, wird besser der ganze Kriegs- und Friedensetat im ministeriellen Palaste sogleich frei entflößet wie folgt:

Herr von Froulay war, wie schon gedacht, mit einem bellevue im Gesicht und mit einem mon-plaisir im Herzen (falls diese Wendungen nicht mehr gesucht als ausgesucht scheinen) von Haarhaar nach Hause gekommen. Er sagte seiner Frau offen, was ihn bisher so lange aufgehalten und bezaubert, – die künftige Fürstin, die für ihn mehr als gewöhnliche Neigungen gefasset habe. Er warf ein volles, prahlendes Licht auf ihren bereicherten Verstand – weiter lobt' er an Frauen nichts[1] –, so wie einen schwachen Streifschatten auf der *seinigen* ihren; und schätzte sich glücklich mit der Eroberung einer Person, deren feine, fortgesetzte Koketterie (sagt' er) er seines Orts als Muster empfehlen könne, und deren Neigung er, das verhehl' er gar nicht, auf halbem Weg erwiderte, aber nur auf halbem, da

1 Bei den Ägyptern waren die Zauberer nur Gelehrte; bei ihm die Gelehrten Zauberinnen.

der Herzog von Lauzun[1] so wahr behaupte: um die Liebe von Prinzessinnen zu behalten, so halte man sie nur recht hart und kurz. Im alten Manne schießet sonach, wie wir sehen, ganz spät – nicht ungleich den frischen Zähnen, die oft Greise erst als Neunziger trieben – ein Liebhaber-Herz unter dem Stern an; allein es ist mehr zu wünschen als zu hoffen, er werde dabei sonderlich den Lächerlichen spielen. Denn da er die ganze Woche das Steuerruder des Staats entweder auf der Ruderbank, um es zu bewegen, oder auf der Schnitzbank hält, um es für den Fürsten fein und leicht zuzuschnitzen: so ist er Sonnabends so müde, daß ihn kein Virgil und kein Gewitter bereden könnte – und hätt' er nicht mehr *Schritte* dahin als Virgils Hexameter Füße oder Moses Gebote –, eine Dido aus dem Sturm in die nächste Höhle zu begleiten. Er tuts nicht. Ebenso frei wie von sinnlicher Liebe bleibt er von sentimentalischer und weinerlicher, zumal da er besorgt, daß diese ihn am Ende in jene verflechte, weil sie wie ein Mollton eine ganz andere Tonleiter hat rückwärts- als hinaufwärtssteigend. Das Ironische und Stachlige am Mann machte ihm wie andern Weltleuten jede Vermählung – auch die der Seelen – am Ende so sauer als den Igeln die Stacheln die ihrige. Er hebt also in Zukunft für die Fürstin nur eine kalte, politische, kokette, höfliche Liebe auf, wie sie wohl selber hat und wie er braucht, um weniger sie als von ihr zu erobern, und zuerst den ganzen Fürsten. Ich verspreche mir Welt-Leser, die hoffentlich keine Beleidigung für diesen in Froulays Neigung für jene finden; denn sobald nur einmal der Hofprediger die kopulierende Hand auf die Fürstin gelegt, so hat dieser Haushofmeister gleichsam den Schnitt[2] in die Pfauhenne getan, und sie kann dann unangerührt abgehoben und an andern Orten verspeiset werden.

1 Mémoires secrets sur les règnes de Louis XIV etc. par Duclos. T. I.

2 Bekanntlich wird ein Schnitt in einen ganzgebliebenen Vogel etc. zum Zeichen gemacht, daß er auf der fürstlichen Tafel gewesen, damit er nicht wieder aufgesetzt werde, sondern sonst genossen.

Ich habe im zweiten Bande schon die Besorgnis der Ministerin mitgeteilt, daß der Minister, wenn er (in diesem) wiederkäme und Liane nicht zu Hause fände, keifen würde; aber wider Erwarten genehmigte er; ihr Gebrauch des Dorfluft-Bads schlug recht in seine Absicht ein, sie ins Dampfbad der Hofluft zu treiben. Er sagte der Mutter, es sei ihm nicht mißfällig, daß sie sich jetzt gar ausheile, da die neue Fürstin sie zu ihrer Gesellschaftsdame erlesen werde auf sein Wort. Er konnte nicht drei Minuten einen Zepter oder ein Zepterlein neben sich liegen sehen, ohne dessen Polarität für sich zu probieren und damit etwas entweder zu ziehen oder zu stoßen. Wie der berühmte Gottesgelehrte Spener – ein Vorfahr des unsrigen – so schön täglich zu Gott dreimal für seine Freunde bat: so findet man mit ähnlicher Freude, daß der Hofmann bei seinem Gotte, dem Fürsten, täglich ein wenig für seine Freunde bittet und etwas haben will.

Die Ministerin, gegen seine wechselnden Plane nie im Entwerfen, sondern erst im Ausführen kriegend, vertrug sich mit seinem neuesten leicht, weil er wenigstens mit dem alten der Bouverotischen Verlobung eben in keiner helfenden Gemeinschaft zu stehen schien. –

Eines Abends landete leider der fatale, ängstliche Lektor – der das kleinste Visitenblatt an eine Fuldaische Geschichtskarte anklebte – vor ihr mit seinem Postschiff an und stieg mit den Staats- und Reichsanzeigen von ihren beiden Kindern unter beiden Armen – unter jedem hatt' er eines – ans Land; und doch warum fahr' ich über den Mann her? Konnte ein Doppelroman, zumal im Freien gespielt, verborgner bleiben als sonst ein einfacher? –

Ihr Erstaunen kann nur mit dem größeren ihres Gemahls verglichen werden, der zufällig im dritten Zimmer sein blechernes Ohr – von Schropp aus Magdeburg –, um auf die Bedienten zu horchen, eingeschraubt hatte, und der jetzt manches vernahm. Doch hatte das Doppel-Ohr von Augustis leisen Hoflippen nur einzelne, lange, eigne Namen, wie Roquairol und Zesara, mit den weiten Maschen seines Nachtgarns aufgefischt. Kaum war der leise Lektor hinaus, so trat er mit dem Ohr in der Hand froh ins Zimmer herein und foderte ihr einen Bericht von den Berichten ab. Er hielt es unter seiner Würde, je seinen Argwohn – der sich auch in der freundlichsten und frohesten Laune seine Argus-Ohren und -Augen nicht zumachen ließ – oder sein Horchen nur mit einer Silbe oder Schamröte zu verkleistern oder zu decken; die schönen Lilien der ungefärbtesten Unverschämtheit waren ihm nicht aufgemalt, sondern eingebrannt. Die Ministerin ergriff sogleich die weibliche Partei, die Wahrheit zu sagen – zur Hälfte; nämlich die angenehme von Roquairols gut aufgenommenen Annäherungen zum Wehrfritzischen Hause, dessen Landgut und Landschaftsdirektorat recht anpassend dem Schwiegervater angegossen waren. Indes hatte dieser in der Gattin Antlitz den Trauerrand um dieses frohe Notifikationsschreiben viel zu klar und breit gesehen, um sich nicht nach dem vortönenden Wort Zesara, das sein zarthöriger Blech-Sucher auch mit aufgefasset, obwohl vergeblich zu erkundigen; denn die Mutter hatte ihre fromme Tochter zu lieb, um ihr diesen Wolf in ihr Eden nachzuhetzen; sie hoffte sie daraus auf eine sanftere Art durch Gottesstimme und Engel zu bringen; und umging seine Frage.

Aber der Wolf rannte nun auf seiner Fährte weiter; er bekam Darmgicht – so wurde dem Doktor Sphex gesagt –, foderte von diesem schnelle Hülfe und auch einige Nachrichten von seinem Mietsmann, dem Grafen. Herr und Madame Sphex waren ohnedies dem aufgeblasenen Jüngling so gram – durch ihre ausgeschickten vier Kinder, als enfants perdus in jedem Sinn, als vier Gehörknochen jeder Stadt-Sage, war viel von Blumenbühl und Lilar auf Avisjachten heimzubringen. – – Kurz die Gehörknochen griffen in fremde so gut ein, daß Froulay in einigen Tagen imstande war, mit seiner Lilienstirn bei der Griechin nach einem Briefe an seinen Sohn zu fragen, den er mitnehmen wolle.

Er fand einen, den er recht freudig erbrach, ohne doch etwas von Albanos oder Lianens Hand darin zu finden, ausgenommen einige dumme Anspielungen Rabettens auf jenes Paar, welche für den Minister so viel waren, als hätt' er mit seinen scharfen Mautners-Suchnadeln in Lianens Herz gebohrt und darin auf das Konterbande getroffen. Ohne langes knechtisches Kopieren des vorigen Siegels setzte er das zweite auf den Brief und ging erleuchtet davon.

Wir können ihm alle nachfolgen, wenn wir uns nur wenige Minuten zu seiner Rechtfertigung aufgehalten haben bei meinem

Schutz- und Stichblatt für das zweite Briefsiegel in Staatssachen.

Ob dem alten Froulay das Examinatorium fremder Briefe als Minister oder als Vater zustehe – wiewohl dieser jenen, der Landesvater jeden andern Vater und seinen eignen dazu voraussetzt –, das will ich nicht entscheiden, außer durch die eben hergesetzte Parenthese. Der Staat, der die Postpferde vor die Briefe spannt, hat, scheint es, das Recht, diesen nicht sowohl blinden als blind machenden Passagieren genauer unter das geschlossene Siegel-Visier zu sehen, um zu wissen, ob er nicht seinen Feinden Pferde vorlege. Der Staat, ein immer ziehender Lichtmagnet, will ja nur Licht in der Sache und besonders Licht über alles Licht überhaupt; er verlangt nur die Wahrheit ganz nackt, ohne Couvert; alles, was durch seine Tore reitet und fährt, soll nur, sei es auch in ein Couvert gekleidet, den roten Mund *auf*machen und sagen, was für Name und für Geschäfte. –

Da der gemeine Soldat seine Briefe vorher seinem Offizier vorweisen muß – der Bastillen-Garnisonist seine dem Gouverneuer – der Mönch seine dem Prior – der amerikanische Kolonist seine dem Holländer[1] (damit er sie verbrenne, wenn sie über ihn klagen) –: so kann wohl kein Staatsmann, er mag

1 S. Klockenbrings gesammelte Aufsätze.

nun den Staat für eine Kaserne – oder für eine Engelsburg – oder für ein monasterium duplex – oder für eine *europäische Besitzung in Europa* ansehen, ihm das Recht absprechen, sich alle Briefe so offen zu erhalten, wie Fracht-, Adels-, Kauf- und Apostelbriefe es sind. Der einzige Fehler ist bloß, daß er die Briefe nicht eher vorbekommt als zugepicht und zugesperrt; das ist unmoralisch genug; denn es nötigt die Regierung, auf- und zuzumachen – den Brief aus der Scheide zu ziehen und in sie zu stecken, wie der Koch mühsam die Schnecke aus ihrer Schale drehet und dann, sobald sie vom Feuer weg ist, in diese wieder zurückgeschoben aufsetzt.

Letzteres ist der Punkt und Hauptwind, der uns weiterzuführen hat. Denn so allgemein es auch anerkannt, so wie Observanz sei, daß die Regierung aus demselben Grunde, woraus sie den *letzten* Willen öffnet, auch jeden vorvorletzten und endlich den ersten müsse früher entsiegeln können als der Erbe desselben – und daß ein Fürst noch viel leichter Diener-Briefe in dieselbe Entzifferungskanzlei (und in ihr Vorzimmer, die Entsieglungskammer) müsse ziehen können, worin Fürsten- und Legaten-Briefe aufgehen vor der Springwurzel –: so ist doch das Korkziehen der Briefe – das Koppelsiegel – das Vikariatsiegel – das mühsame Nachmachen des L. S. oder Loco Sigilli etwas sehr Verdrüßliches und beinahe Abscheuliches; aus dem Unrecht muß daher ein Recht gemacht werden durch gesetzliche Wiederholung.

Etwas davon würde, hoff' ich, sein, wenn befohlen würde, die Briefe nur auf Stempelpapier zu schreiben; ein dazu eingesetztes Schau- und Stempelämtchen läse dann vorher alles durch.

Oder man könnte die Pitschafte, als Münzstempel für Privatmünzen, nicht mehr zulassen. Es schlüge sich dann eine Siegel-Kammer mit großen Rechten ins Mittel und verpetschierte, wie jetzt den Nachlaß der Verstorbnen, alsdann der Lebendigen ihren.

Oder – was vielleicht vorzuziehen – eine *Brief-Zensur* müßte anfangen. Ungedruckte Zeitungen, nouvelles à la main, nämlich Briefe, können, weil sie noch größere Geheimnisse austragen, nie eine größere Zensurfreiheit fodern, als gedruckte Zeitungen genießen; besonders da jeder Brief jetzt so leicht ein umherrennender Zirkelbrief wird. Ein Katalog verbotener Briefe (index expurgandarum) wäre dann für den Korrespondenten immer ein Wort.

Oder man vereide die Postmeister, daß sie treue Referendarien alles dessen werden, was sie Wichtiges oder Bedenkliches in den Briefen angetroffen, die sie vor deren Abgang auf die geistige Briefwaage gelegt und mit der Hoffnung wieder zugemacht, sie nach dem Leibnizischen Prinzip des nichtzuunterscheidenden Siegels weiterzuschicken.

Findet der Staat alle diese Wege, Briefe zu lesen und zu schließen, neu und hart: so mag er auf seinem fortfahren, sie aufzumachen.

*

Lachend flog Froulay zur Frau und beteuerte, ihre Falschheit gegen ihn sei ihm gar nichts Neues – ihren gegenwärtigen Plan, bloß um dem Herrn v. Bouverot und ihm entgegenzuarbeiten, versteh' er ganz wohl – daher habe Rabette herein-, die Tochter hinausgemußt – inzwischen woll' er der Heuchlerin und Betschwester, und wer es sei, zeigen, daß sie nicht bloß eine Mutter habe, sondern auch einen Vater. – »Sie muß sogleich herein; je la ferai *damer*[1], mais sans vous et sans Mr. le Comte«, beschloß er mit Anspielung auf die Hofdamenstelle.

Aber die Ministerin fing – gemäß ihrer harten Verachtung gegen seine Projekte und Kräfte – mit jener Kälte, die jeden Warmen mehr erbittert hätte als diesen Kalten, an, ihm zu sagen, daß sie Lianens und des Grafen Liebe noch mehr mißbilligen und bekriegen müsse als er – daß sie bloß im zu weit

1 Damer oder zur Dame machen mußte der König vorher ein unverheiratetes Mädchen von Stande, eh' es nach Versailles an den Hof gehen durfte.

getriebenen und sonst nie widerlegten Vertrauen auf Lianens offne Seele lieber ihr als sich geglaubt und sie bei so manchen Zeichen der Neigung Albanos nach Blumenbühl gelassen – daß sie aber ihm ihr Wort hier gebe, mit gleichem Feuer gegen den Grafen zu wirken wie gegen den deutschen Herrn, und daß sie, so wie sie Lianen kenne, des schönsten leichten Erfolges fast versichert sei.

Allerdings war ihm das unerwartet und – unglaublich, zumal nach dem vorigen Verschweigen; nur die feinste Männerseele sondert in der weiblichen die zusammenlaufenden Grenzen der Selbsttäuschung und der willkürlichen Täuschung ab, der Schwäche und des Trugs, des Zufalls und des Entschlusses; die Ministerin ohnehin gehörte unter die Weiber, die man erst lieben muß, um sie zu kennen, was sich sonst umkehret. Er akzeptierte auf der einen Seite gern das Bekenntnis der Beistimmung und Mitwirkung – bloß um es künftig als Waffe gegen sie zu wenden –; konnt' aber auf der andern ihr nicht verbergen, daß sie *also wieder* (so sprach er stets) nach eignem Geständnis über ihre Kinder aus Mangel an Argwohn fehlgesehen habe. Er behielt die Gewohnheit bei, auf eine offenherzige Seele, die ihm ihre Lücken zeigte, durch diese Lücken, als hab' er sie selber gebrochen, gewaffnet einzudringen. Das Beichtkind, das vor ihm um Vergebung kniete, drückt' er tiefer nieder und zog statt des Löseschlüssels den Hammer des Gesetzes hervor.

Ich bin hier den Spaniern, die mich einst aus schlechten Übersetzungen kennen lernen, und der österreichischen goldnen Vlies-Ritterschaft, die vielleicht das Original im Nachdruck lieset, es schuldig, die Ursachen anzugeben, warum nicht das Froulaysche Haus Freudenfeste – statt Hoftrauer – ansagen ließ bei dieser Annäherung ihres Ordenssohnes, eines spanischen Großen, der oft einen deutschen Fürstenzepter als Elle an sich legt. – Denn jeder Spanier muß sich bisher darüber gewundert haben.

Ich antworte jeder Nation. Die Froulays hatten gegen die

Verbindung erstlich nichts als die – Gewißheit der Trennung; da aus demselben Grunde, den mir die Vliesritter und Spanier entgegengesetzt, der alte Gaspard de Cesara auf keine Weise eine Brücke zwischen seinem Gotthard und der Jungfrau kann schlagen lassen. Zweitens konnte eben darum der Minister dieser romantischen Liebe eine viel ältere, weisere, die er für den deutschen Herrn und dessen Gelder und Liaisons trug, entgegenstellen, so wie des Vliesritters alten Groll. Drittens hatte die Ministerin außer denselben Gründen – und außer einigen für den Lektor vielleicht – noch einen ganz entscheidenden, und der war: sie konnte den Grafen nicht ausstehen; nicht bloß allein darum, weil sie eine harte Ähnlichkeit zwischen ihm und ihrem Sohne und sogar Gemahle ausfand im Stolze, im Aufbrausen, in genialischer Wildheit gegen arme Eheweiber, im Mangel an religiöser Demut und Gläubigkeit, sondern sie konnte ihn vorzüglich deshalb nicht gut ausstehen, weil sie ihn nicht – leiden konnte. Wie das System der Prädestination einige Menschen zur Hölle verurteilt, sie mögen nachher den Himmel verdienen oder nicht: so nimmt eine Frau den Haß, zu welchem sie jemand einmal verdammte, nicht wieder zurück, es mögen Land und Stadt, Gott, die Jahre und der Person Tugenden dagegen sagen, was sie wollen.

Im Friedensschlusse des gewöhnlichen Zimmerkriegs wurden zwischen den Eheleuten diese geheimen Artikel ausgemacht: der Graf muß des Vaters und des Direktors wegen mit höflichster Achtung behandelt und beiseite geschoben werden – und Liane sanft und langsam von Wehrfritzens Hause abgelöset – die ganze Scheidung des Verlöbnisses muß ohne elterliche Einmischung bloß durch die abspringende Tochter selber zu geschehen scheinen – und alles ein Geheimnis bleiben. Froulay hoffte, vor Lianens früherem Verlobten, dem deutschen Herrn, den ganzen Zwischenakt geheimzuhalten, da er zumal jetzt im August mehr an den Spieltischen der Bäder als zu Hause war.

So blieb es; und in dieses kalte, schauerliche Geklüft zog die freundliche Liane hinein, als sie an jenem lebenswarmen Sonntag das selige, offne Lilar verließ. Geläutert und geheiligt von der Freude – denn jeder Himmel wurde ihr ein reinigendes Fegefeuer –, kam sie edel an die Mutterbrust, ohne den fremden Ernst des Empfangs zu merken vor eignem. Ihr leichtes Geständnis der Gartengesellschaft öffnete die harte Szene – fast in der Kulisse. Denn die Mutter, die anders anfangen wollte, mußte sogleich auf den Donnerwagen steigen, um gegen das unbegreifliche Vergessen der weiblichen Schicklichkeit zu blitzen und zu donnern; und doch hielt sie die Donnerpferde mitten im Laufe inne, um Lianen sogleich, da der Minister jede Minute kommen konnte, das Verschweigen der heutigen Gartengesellschaft aufzulegen. Nun warf sie den tiefsten Schlagschatten auf ihre bisherige stumme Falschheit gegen eine Mutter; denn sie verlegte die Säe- und Blütezeit dieser Liebe eigenmächtig schon in die Tage vor der Reise aufs Land. Wie erschrak die warme Seele über die Möglichkeit einer solchen Lieblosigkeit! Sie führte, so weit sie nur konnte, die Mutter den reinen, lichten Perlenbach ihrer Geschichte und Liebe hinauf und sagte alles, was wir wissen, aber ohne sehr zu befriedigen, weil sie gerade die Hauptsache ausließ; denn aus Schonung gegen die Mutter mußte sie die erscheinende Karoline, die anfangs die Bilderstürmerin ihrer Liebe und dann die begeisternde Muse und Brautführerin derselben gewesen, mit dem Totenschein der Zukunft in der Erzählung unsichtbar bleiben lassen. –

Sie hielt mit inbrünstigem Druck die mütterliche Hand unter immer frohern Versicherungen, wie sie ihr hab' immer alles sagen wollen; sie dachte hoffend, sie brauche nichts zu retten als ihr *offnes* Herz. O, du hast mehr zu retten, dein warmes, dein ganzes und lebendiges! – Die Mutter tadelte nun, ihr aus alter Gewohnheit halb glaubend, nichts weiter als die ganze Sache, ihre Unschicklichkeit, Unmöglichkeit, Tollheit. »O, gute Mutter,« (sagte Liane bloß immer sanft unter dem harten Abmalen des künftigen Albano) »o, so ist er nicht, gewiß nicht!« – Ebenso sanft sah sie über das mit schwarzen Strichen vorgezeichnete Nein Don Gaspards weg, weil für ihren Glauben die Erde nur ein im Äther hängender, blühender Grabeshügel war: »Ach,« (sagte sie, ihre Erden-Eile meinend) »unsere Liebe ist so wichtig nicht.« Die Mutter nahm dieses Wort und den ganzen sanften Widerstand für Vorspiele des leichten Siegs.

Jetzt ging Albanos Schwiegervater herein, mit einer Heerpauke, Sturmglocke, Feuertrommel und Klapperschlange im Gürtel, um sich damit vernehmlich zu machen. Zuerst fragt' er – er hatte vergeblich gehorcht – ganz erboset die Ministerin, wohin sie sein Ohr versteckt habe – (es war das blecherne Koppelohr, worin sich, wie in einem venezianischen Löwenkopfe, alle Geheimnisse und Anklagen der ganzen Dienerschaft und Familie sammleten) – jetzt brauch' ers ein wenig, zumal seit den neuesten »Avanturen der frommen Tochter da!« – Die Siamer Ärzte fangen die Heilung eines Patienten damit an, daß sie ihn mit Füßen treten, welches sie Erweichen nennen. Auf ähnliche Art erweichte Froulay gern zur moralischen Vor-Kur; und begann daher sich, mit den gedachten Sprachmaschinen im Gürtel, deutlich zu erklären über umschlagende Kinder – über deren Ränke und Schliche – und über Liebschaften hinter Väterrücken – (so daß kein Vater einen Band Liebesgedichte vorn mit der Prosa-Vorrede begleiten kann) – versah vieles mit den stärksten politischen Gründen, die sich alle auf ihn selber und seinen Nutzen bezogen – und schloß mit einigen Verfluchen.

Liane hörte ihn ruhig, und an solche wie am Gleicher täglich wiederkehrende Gewittergüsse schon gewohnt, ohne andere Bewegung an, außer daß sie oft das niedergeschlagne Auge zu ihm bedauernd aufhob aus zärtlichem Mitleiden mit dem väterlichen Mißvergnügen. In der Stille wurd' er am lautesten: »Sie sorgen dafür, Madame,« (sagt' er) »daß sie morgen vormittags dem Grafen, was sie von ihm hat, samt dem Abschied schickt und ihm ihr neues Amt als eine leichte Entschuldigung notifiziert – du wirst Hofdame bei der regierenden Fürstin – ob du gleich es nicht wert warest, daß ich für dich arbeitete.«–

»Das ist hart«, rief Liane, mit zerbrechendem Herzen an ihre Mutter fallend. Er glaubte, sie meine die Trennung von Albano, nicht die von der Mutter; und fragte zornig: warum? – »Vater, ich will so gern« (sagte sie und wandte nur ihr Angesicht aus der Umarmung) »bei meiner Mutter sterben!« Er lachte, aber die Ministerin machte selber den Flammen, die er noch wollte herausschlagen lassen, die Höllenpforte zu und versicherte ihn, es sei genug, Liane werde gewiß ihren Eltern gehorchen, und sie selber wolle dafür Bürge sein. Der Gesetzprediger stieg seine Kanzeltreppe mit einem vernehmlichen Stoßgebet um eine bessere Bürgschaft und unter dem Zurückrufen herab, sein Ohr müsse morgen her, und soll' ers in allen Schränken selber suchen.

Die Mutter schwieg nun und ließ die Tochter sanft an ihrem Halse weinen; beiden war nach dieser Seelen-Dürre der Trank der Liebe Erfrischung und Arzenei. Sie ließen einander ausgeheitert aus den Armen los, aber beide mit ganz irrenden Hoffnungen.

75. ZYKEL

Ein harter, schwarzer Morgen! – Nur der atmosphärische draußen war dunkelblau, nichts war stürmisch und laut als etwan die Bienenflüge im Lindendickicht, der Himmelsäther schien über die steinernen Gassen hoch wegzuflattern, um im hellen, offnen Lilar sich tief in alle Gipfel und Spitzen einzusenken und blau wie Pfauengefieder aus den Zweigen zu schillern.

Liane fand auf ihrem Schreibtisch ein Billet, in Großquart gebrochen, worin der wie ein Herz ewig arbeitende Minister schon am frühen Morgen, eh' er für die einzelnen Regierungs- und Kammerräte die zur Fruchtbarkeit nötigen Strichgewitter aus den Akten aufgezogen, auf die schauernde Tochter mit einem kalten Morgenwolkenbruche niederzugehen suchte. Im gedachten Dekretalbriefchen setzt' ers auf anderthalb Bogen mehr auseinander, was er gestern gemeint – Scheidung auf der Stelle –, und bot sechs Scheidungsgründe an, – ernstlich sein verstimmtes Verhältnis mit dem Vliesritter – zweitens ihre und des Grafen Jugend – drittens die nahe Hofdamenstelle – viertens sei sie seine Tochter und dieses das erste Opfer, auf welches ihr Vater für alle seine bisherigen Anspruch mache – fünftens sehe sie an seinem nachsichtigen Ja zur Liebe ihres Bruders, dessen anscheinende Besserung er ihr zum Vorbilde vorhalte, daß er nur für das Glück seiner Kinder lebe und sorge – sechstens send' er sie in die Festung*** zu seinem Bruder, dem Kommendanten, falls sie widerspenstig sei, um sie zu entfernen, zu bestrafen und zurechte zu bringen, und weder Weinen noch Fußfallen, noch Mutter noch Hölle sollen ihn beugen; und er schenk' ihr drei Tage Zeit zur Vernunft. –

Sie gab stumm mit nassen Augen ihrer bisherigen Trösterin das schwere Blatt. Aber aus dieser wurde eine Richterin: »Was willst du tun?« sagte die Ministerin. – »Ich will leiden,« (sagte Liane) »damit Er nicht leide; wie könnt' ich so sehr gegen Ihn sündigen?« – Die Mutter nahm entweder im wirklichen alten Wahne ihrer leichten Bekehrung oder aus Verstellung jenen Er für den Vater und fragte: »Mich nennst du nicht?« Liane errötete über die Vertauschung und sagte: »Ach, ich Arme, ich will ja nicht glücklich sein, nur treu.« – Wie hatte sie nicht in dieser Nacht zwischen bangen Kriegen aller ihrer innern Engel betend gelebt und geweint! Eine so schuldlose, von der heiligen Freundin im Himmel eingesegnete Liebe – eine vom frühen Tode so sehr abgekürzte Treue – ein so fester, mit hohem, fruchttragendem Gipfel gen Himmel wachsender Jüngling, den nicht einmal Geisterstimmen aus seiner treuen Kindheitsliebe gegen sie Unbedeutende schrecken oder locken konnten – der ewige Unwille und Gram, den er über die erste, größte Lüge gegen sein Herz empfinden würde – ihre kurze Durchgangsgerechtigkeit durchs Leben und die nahe Wegscheide, an der sie nicht Steine, sondern Blumen auf die andern Pilger zurückwerfen wollte – alle diese Gestalten nahmen sie an der *einen* Hand, um sie von der Mutter wegzuziehen, die ihr mit den Worten nachrief: sieh, wie du undankbar von mir gehst, und ich habe so lange für dich ertragen und getan. Da zog Liane wieder aus dem warmdunkeln Rosental der Liebe in die trockne, platte Erdfläche eines Lebens zurück, worin sich nichts hebt als ihr letzter Hügel. O, wie blickte sie bittend zu den Sternen auf, ob sie sich nicht als Augen ihrer Karoline regten und ihr es sagte, *wie* sie sich opfern sollte, ob für den Geliebten oder für die Eltern; allein die Sterne standen freundlich, kalt und still am festen Himmel.

Aber als die Morgensonne wieder ihr Herz anstrahlte, schlug es hoffend und von neuem gestärkt vom Entschluß, für Albano heute recht viele Leiden zu erdulden, ach, ja erst die ersten; konnte Karoline, dachte sie, eine Liebe bejahen, der ich untreu sein müßte? –

Kaum war sie mit dem Morgengruß von den Lippen der Mutter weg, so suchte diese, aber ernster als gestern, die Wurzeln dieses festen Herzens aus seinem fremden Boden zu rücken durch den längern Gebrauch der gestrigen Blumenheber. Sie wurde in der vergleichenden Anatomie zwischen Albano und Roquairol von der gleichen Stimme an bis zur ähnlichen Taille immer schneidender, bis Liane mit dem Mädchenwitz auf einmal fragte: »Aber warum darf denn mein Bruder Rabetten lieben?« – »Quelle comparaison!« (sagte die Mutter) »Bist du nichts Besseres als sie?« – »Sie tut eigentlich viel mehr als ich«, sagte sie ganz aufrichtig. – »Strittest du nie mit dem wilden Zesara?« fragte die Mutter. – »Nie, außer wenn ich unrecht hatte«, sagte sie unschuldig.

Erschrocken nahm die Mutter immer heller wahr, daß sie tiefere und stärkere Wurzeln, als leichte Blumen schlagen, auszuziehen habe; sie sammlete alle ihre mütterlichen Anziehungskräfte und Hebemaschinen auf *einen* Punkt zum Sturze der stillen, grünen Myrte; sie entdeckte ihr des Ministers schwarzen Verlobungsplan mit dem deutschen Herrn, ihre bisherigen verschwiegenen Kriege und Seufzer darüber, ihren bisher zurückdrängenden Widerstand und die neueste väterliche Kriegslist, sie zur Festungsgefangnen bei seinem Bruder zu machen und dadurch wahrscheinlich den Herrn von Bouverot zum Festungsbelagerer. – –

Für einige Leser und Relikten aus dem schwerfälligen goldnen Zeitalter der Moral wird hier die Anmerkung gesetzt und gedruckt: daß eine besondere kalte, nichts schonende, oft grausame und empörende Offenherzigkeit über die nächsten Verwandten und über die zartesten Verhältnisse in den höhern Ständen so sehr zu Hause ist, daß auch die schönern Seelen – worunter doch diese Mutter gehört – es gar nicht anders wissen und machen.

»O, du beste Mutter!« rief Liane erschüttert, aber nicht vom Gedanken an die Klapper und den Schlangenatem Bouverots oder an dessen Mordsprung nach ihrem Herzen – sie dachte so kaltblütig an sein Verloben wie jeder Unschuldige an sein Sterben auf einem Blutgerüste –, sondern vom Gedanken an das lange Überbauen der mütterlichen Tränen, der mütterlichen Liebesquellen, welche bisher nährend tief unter ihren Blumen geflossen waren; sie warf sich dankend zwischen diese helfenden Arme. Sie schlossen sich nicht um sie, weil die Ministerin durch keine Woge und Brandung schneller Aufwallungen weich und locker auszuspülen war.

In diese Umfassung griff oder trat der Minister ein. »So!« sagt' er schnell. »Mein Ohr, Madame,« (fuhr er fort) »findet sich unter den Domestiken durchaus nicht wieder vor; das hab' ich Ihnen zu sagen.« Denn er hatte sich heute auf einen Gesetz-Sinai gestellt und der an dessen Fuß versammelten Dienerschaft in die Ohren gedonnert, um seines zu erfragen, »weil ich glauben muß,« (hatt' er ihr gesagt) »daß ihr mirs aus sehr guten Gründen gestohlen habt«. Dann war er als Hagelschauer, wie ein Küchendampf bei windigem Wetter, durch die einzelnen Dienerzimmer und Winkel nach dem Ohr gezogen. – »Und du?« sagt' er halbfreundlich zu Liane. Sie küßte seine Faust, die er, wie der Papst den Fuß, allezeit als den Lehn- und Lippenträger, Agenten und de latere-Nuntius des Mundes den Küssen schickte.

»Sie bleibt ungehorsam«, sagte die strenge Frau. »So gleicht sie Ihnen ein wenig«, sagt' er, weil der Mißtrauische die Umarmung für eine Verschwörung gegen ihn und seinen Bouverot ansah. Nun barst sein Eis-Hekla und flammte und floß – bald auf Tochter, bald auf Frau – erstere sei gar erbärmlich, sagt' er, und nur der Hauptmann etwas wert, den er glücklicherweise allein gebildet – er errat' alles, hör' alles, wenn man auch sein Ohrblech verborgen – es werde demnach, wie er sehe (er zeigte auf seinen entsiegelten Morgenpsalm), zwischen beiden Kollegien kommuniziert – aber Gott soll' ihn strafen, wenn er nicht – »Töchterchen, antwort doch endlich!« bat er.

»Mein Vater« – (sagte Liane, seit der Bouverotischen Verbrüderung und der Mißhandlung der Mutter ihr Herz mehr fühlend, das aber nur verachten und nie hassen konnte) – »meine Mutter hat mir heute und gestern alles gesagt; aber ich habe doch Pflichten gegen den Grafen!« Eine kühnere Lebhaftigkeit, als die Eltern sonst an ihr vermisset und gefunden hatten, strahlte unter dem aufgehobenen Auge. »Ach, ich will ihm ja nur so lange treu verbleiben, als ich lebe«, sagte sie. »C'est bien peu«, versetzte der Minister, über die Keckheit erstaunend.

Liane hörte jetzt erst ihr entflognes Wort nach; da ergriff sie, um die Vergangenheit und ihre Mutter zu rechtfertigen, den schönen und lächerlichen Entschluß, den alten Herrn zu rühren und zu bekehren durch ihre Geister- oder Traumseherei. Sie bat ihn um eine einsame Unterredung und nachher – als sie schwer vergönnet war – darin um sein heiliges Versprechen, gegen die Mutter zu schweigen, weil sie fürchtete, dieser Liebenden die dem Ausschlagen nahe rasselnden Uhrräder ihrer Sterbeglocke zu zeigen. Der alte Herr konnte nur mit einer komischen Miene – wobei er aussah wie einer, der in grimmiger Kälte lachen will – hinlängliches Worthalten geloben, weil nie, so viel er sich entsinnen konnte, das Wort von ihm, sondern bloß oft er vom Wort gehalten wurde. In solchen Menschen sind Wort und Tat dem theatralischen Donner und Blitze ähnlich, welche beide, sonst im Himmel gleichzeitig verbunden, auf der Bühne aus getrennten Ecken und durch verschiedne Arbeiter hervorbrechen. Aber Liane ruhte nicht eher, als bis er ein wortfestes, offnes Gesicht – ein gemaltes Fenster – aufgetragen. Darauf fing sie nach einem Faustkuß ihre Geistergeschichte an.

Mit fortgesetztem Ernst, fest zusammengehaltenen Muskeln hörte er dem Unerhörten zu; dann nahm er sie, ohne ein Wort zu sagen, an der Hand und führte sie vor die Mutter zurück, der er sie mit einem langen Lob- und Dankpsalm auf ihre glückliche Töchterschule überreichte; – »seine Knabenschule mit Karl sei ihm wenigstens nicht in diesem Grade geglückt«, setzt' er hinzu. Zum Beweise teilt' er ihr offenherzig – und alle Schmerzen Lianens kaltblütig verarbeitend, wie der Faßbinder Zypressenzweige zu Tonnenreifen – das wenige mit, was er zu verschweigen verheißen, weil er immer entweder sich wegwarf oder den andern, meistens beide. Liane saß hochrot, heißwerdend, mit gesenkten Augen da und bat Gott um Erhaltung ihrer Kindesliebe gegen den Vater.

Kein teilnehmendes Auge werde ferner mit dem Eröffnen einer neuen Zeit gequält, wo das Eis seiner Ironie brach und ein wütender Strom wurde, in welchen noch dazu mütterliche Tränen des Zorns flossen über ein teueres Wesen und dessen verderbliches, fieberhaftes Hineinträumen in den letzten Schlaf. – Das Ziel und die Gefahr kopulierte fast die Eheleute zum zweitenmal; wenn es glatteiset, gehen die Menschen sehr Arm in Arm. »Du hast nichts nach Lilar geschickt?« fragte der Vater. – »Ohne Ihre Erlaubnis würd' ichs gewiß nicht tun«, sagte sie, meinte aber ihre Briefe, nicht Albanos seine. – Er benutzte den Mißverstand und sagte: »Du hast sie ja aber.« – »Ich will alles gern tun und lassen,« (sagte sie) »aber nur wenn der Graf einwilligt, damit ich ihm nicht unredlich erscheine; er hat mein heiliges Wort auf meine Treue.« An diese milde Festigkeit, an diesen mit weichen Blumen überzognen Petri-Fels stieß sich der Vater am härtesten. Dazu war der Übertritt eines stolzen Liebhabers von eignen Wünschen zu den feindlichen, gesetzt man hätte Lianen die Frage an den Grafen erlaubt, so unmöglich auf der einen Seite, und das Gesuch um diese Veränderlichkeit, es mochte bewilligt oder abgeschlagen werden, überhaupt so heruntersetzend auf der andern, daß die betroffne Ministerin stolz aufstand, wieder fragte: »Ist das dein letztes Wort an uns, Liane?« – und als Liane weinend antwortete: »Ich kann nicht anders, Gott sei mir gnädig!«, sich zornig wegwandte an den Minister und sagte: »Tun Sie nun, was Sie für convénable halten, ich bin unschuldig.« – »Nicht so ganz, ma chere; aber gut!« (sagt' er:) »Du bleibst von morgen an in deinem Zimmer, bis du dich korrigierst und unsers Anblicks würdiger bist«, kündigte er hinausgehend Lianen mit zwei auf sie geworfenen Augen-Salven an, worin meines Ermessens weit mehr Reverberierfeuer-Plagegeister – ätzende, fressende Medikamente – Gehirn- und Herzensbohrer versprochen wurden, als sonst ein Mensch gebend halten oder empfangend tragen kann.

Armes Mädchen! dein letzter August ist sehr hart und kein Erntemonatstag! – Du siehst in die Zeit hinaus, wo dein kleiner Sarg steht, an welchem ein grausamer Engel die schönen, um ihn herumlaufenden, noch frischen Blumenstücke der Liebe wegwischt, damit er ganz weiß, so rosenweiß wie deine Seele oder deine letzte Gestalt, herübergetragen werde! –

Dieses Vertreiben von der Mutter in die Einöde ihres Klosterzimmers war ihr ebenso fürchterlich, nur nicht fürchterlicher als das Zürnen derselben, das sie heute erst zum drittenmal erlebte, obwohl nicht verdiente. Es war ihr, als wenn nun nach der warmen Sonne auch noch gar das helle Abendrot unter den Horizont gesunken wäre, und es wurde dunkel und kalt in der Welt. Sie blieb diesen ganzen noch eingeräumten

Tag bei der Mutter; gab aber nur Antworten, blickte freundlich an, tat alles gern und behend und hatte – da sie jeden zusammenrinnenden Tautropfen schnell mit dem Zwergfinger aus den Augenwinkeln schlug, als sei es Staub, weil sie dachte: nachts kann ich weinen genug – sehr trockne Augen; und das alles, um der belasteten Mutter nicht zu neuer Last zu sein. Aber diese, wie Mütter so leicht, verwechselte die scheue liebende Stille mit dem Anbruche der Verstockung; und als Liane in unschuldiger Absicht des Trostes sich Karolinens Bild aus Lilar wollte bringen lassen, galt auch diese Unschuld für Verhärtung und wurde mit einer elterlichen gestraft und erwidert; nämlich mit der Erlaubnis, zu schicken. Nur forderte die Ministerin die französischen Gebete von ihr zurück, als sei sie nicht wert, diese ihrem jetzigen Herzen unterzulegen. Nie ist der Mensch kleiner, als wenn er strafen und plagen will, ohne zu wissen *wie*.

Da jeder, der regiert, er sitze auf einem Lehr- oder Fürstenstuhl, oder wie Eltern auf beiden, dem Fußbewohner desselben den vorigen Gehorsam, sobald er ihn einmal aussetzt, nicht als Milderung seiner Schuld anschreibt, sondern als Vergrößerung: so tat es die Ministerin auch gegen ihr von jeher so folgsames Kind. Sie haßte ihre reine Liebe, die wie Äther ohne Asche, Rauch und Kohle brannte, um desto mehr und hielt sie für Schadenfeuer oder Feuerschaden, besonders da ihre eigne bisher fast nie mehr als ein vornehmes Kaminstück gewesen.

Liane stieg zuletzt, zu schwer zusammengepresset, da jenseits der Wandtapete der heitere Tag, der schönste Himmel blühte, aufs welsche Dach hinauf. Sie sah, wie die Menschen vergnügt von kleinen Lustörtern, weil die Erde ein großer war, zurückfuhren und -ritten; auf Lilars Stauden-Pfad wandelten die Spaziergänger selig-langsam heim – auf den Gassen wurde laut an den Fest-Gerüsten und Himmelswagen für die Fürstenbraut gezimmert, und die fertigen Räder wurden prüfend gerollt – und überall hörte man die Übungen der jungen Musik, die erwachsen vor sie treten sollte. Aber als Liane auf sich blickte und hier ihr Leben allein im dunkeln Gewande stehen sah – drüben das leere Haus der Geliebten – hier das ihrige, das auch leer für sie geworden – diese Stelle, die noch an eine schönere, seltnere Abblüte als des cereus serpens erinnerte – und o! diese kalte Einsamkeit, da ihr Herz heute zum ersten Male ohne ein Herz lebte; denn ihr Bruder, der Chorist ihres kurzen Freudengesanges, war verschickt und Julienne seit einiger Zeit ihr unbegreiflich unsichtbar – nein, sie konnte die schöne Sonne, die so hell und weiß mit ihrem hohen Abendsterne sich tiefer wiegte, nicht niedergehen sehen – oder das frohe Abendchor des langen Tages anhören, sondern verließ die glänzende Höhe. O, die fremde Freude stirbt im unbewohnten dunkeln Busen, wo sie keine Schwester antrifft, und wird zum Gespenst darin! So deutet das schöne Grün, diese Frühlingsfarbe, sobald es eine Wolke malt, nichts als an lange Nässe.

Da sie bald in die Freistatt des Tags, das Schlafzimmer, trat, wetterleuchtete draußen der Himmel; o, warum jetzt, hartes Geschick? – Aber hier, vor dem Stilleben der Nacht, wenn das Leben, von ihrem Flor bezogen, leiser tönt – hier dürfen alle ihre Tränen fließen, die ein schwerer Tag gekeltert hat. – Auf dem Kopfkissen, als trüg' es den längsten Schlaf, ruhet dieses verblutete Haupt sanfter als an der Brust, die ihm seine Tränen zankend nachzählt; und es weinet sanft nicht *über*, nur *um* Geliebte.

Wie gewöhnlich wollte sie ihre mütterlichen Gebete aufschlagen; als sie erschrocken daran dachte, daß man sie ihr genommen. Da blickte sie heißweinend auf zu Gott und bereitete allein aus dem zerbrochnen Herzen ihm ein Gebet, und nur Engel haben die Worte und die Tränen gezählt.

Der Vater hatte die Zimmer-Gefangenschaft zum strafenden Merkmal ihres Neins gemacht. Mit hohen Schmerzen sprach sie dieses stumme Nein, indem sie freiwillig im Zimmer blieb und dem Morgenkuß der Mutter entsagte. Sie hatte in der Nacht oft das tote Bild ihrer ratgebenden Karoline flammend angeblickt, aber kein Urbild, kein Fieberbild war ihr erschienen: kann ich länger zweifeln, schloß sie daraus, daß die göttliche Erscheinung, die das Ja zu meiner Liebe gesprochen, etwas Höheres als mein Geschöpf gewesen, da ich sie sonst ihrem Bilde gegenüber müßte wieder bilden können?

Sie hatte Albanos blühende Briefe in ihrem Pulte und schloß es auf, um hinüberzusehen aus ihrer Insel in das entrückte Morgenland der wärmern Zeit; aber sie schloß es wieder zu; sie schämte sich, heimlich froh zu sein, da ihre Mutter traurig war, die in die trüben Tage nicht einmal wie sie aus schönen kam.

Froulay ließ sie nicht lange allein, sondern bald rufen; aber nicht um sie zu verhören oder loszusprechen, sondern um sie – wozu freilich eine ungeschminkte Stirne und Backe gehörten, deren Fibern-Garn so schwer wie seine mit dem türkischen Rot der Scham zu färben war – zu seiner Malersprachmeisterin zu vozieren und sie in die fürstliche Galerie mitzunehmen, um von ihr die Erklärung dieser Titelkupfer (für ihn) in diesem Privat-Stummeninstitut so gut nachzulernen, daß er imstande wäre – sobald die Fürstin sie besieht – etwas Bessers als einen Stummen bei den Schönheiten der Bilder und der bilderdienerischen Regentin vorzustellen. Liane mußte ihm jedes gemalte Glied mit dem dazu gehörigen Lobe oder Tadel in sein ernstes Gehirn nachprägen, samt dem Namen des Meisters. Wie erfreuet und vollständig gab sie diese Kallipädie ihrem brummenden Maler-Kornuten, der nicht eine einzige dankbare Miene als Schulgeld entrichtete! –

Mittags erst fand die Tochter die ersehnte Mutter unter den Speisebedienten sehr ernst und traurig; sie wagte ihr nicht den

Mund, nur die Hand zu küssen und schlug das liebeströmende Auge nur scheu und wenig zu ihr auf. Das Diner schien ein Leichenessen. Nur der alte Herr, der auf einem Schlachtfeld seine Hochzeitmenuett getanzt und seinen Geburtstag gefeiert hätte, war wohlgemut und bei Appetit und voll Salz. War Hauskampf, so speist' er gewöhnlich en famille und holte sich unter beißenden Tischreden, wie gemeine Leute im Winter und in der Teuerung, schärfere Eßlust. Zanken stärkt und befeuert schon an sich, wie Physiker sich bloß dadurch elektrisieren können, daß sie etwas peitschen[1].

Lächerlich und doch schmerzlich war es, daß die arme Liane, die den ganzen Tag einen Kerker hüten sollte, gerade heute immer daraus gerufen wurde; dasmal wieder in den Wagen, der das traurige Herz und das lächelnde Gesicht vor lauter hellen Palästen absetzen sollte. Sie mußte mit den Eltern zur Prinzessin gehen und so glücklich aussehen, wie die waren, die sie auf dem trüben Wege zu beneiden fanden. So blutet das Herz, das nicht weit vom Thron geboren worden, immer nur hinter dem Vorhang und lacht bloß, wenn er aufgeht; so wie eben diese Vornehmen sonst nur insgeheim hingerichtet wurden. Der über seine Vermählung lächerlich-laute Fürst – der von den Spieltischen oder Kaperbrettern zurückgekehrte Bouverot, den jetzt Liane seit den neuesten Nachrichten nur schaudernd litt – und die Prinzessin selber, die ihre bisherige Entfernung von ihr mit den zerstreuenden Zurüstungen zum Feste entschuldigte, und die ganz fremd auf einmal über Liebe und Männer spottete – alle diese Menschen und Zufälle konnten nur einer Liane, die so wenig erriet, so viel litt und so gern ertrug, nicht die unerträglichsten scheinen.

Ach, was war unerträglicher als die eiserne Unveränderlichkeit dieser Verhältnisse, die Festigkeit eines solchen ewigen Bergschnees? Nicht die Größe, sondern die Unbestimmtheit des Schmerzes, nicht der Minotaurus des Labyrinths, der Kellerfrost, die Eckfelsen und Gruben desselben ziehen uns darin

1 Beseke fand es. S. über das Elementarfeuer, von ihm 1786.

die Brust zusammen, sondern die lange Nacht und Windung seines Ausgangs. Sogar unter den Körper-Krankheiten kommen uns daher ungewohnte neue, deren letzter Augenblick über unsere Weissagung hinausliegt, drohender und schwerer vor als wiederkehrende, die als nachbarliche Grenzfeinde uns immer anfallen und in der Rüstung finden.

So stand die stumme Liane im Gewölk, als die frohlockende Rabette mit der Brust voll alter Freuden und neuer Hoffnung ins Haus lief, diese Schwester des heiligen, weggerissenen Menschen, die Bundesgenossin so glänzender Tage. Sie wurde ehrend aufgenommen und immer von einer Ehrenwache der Ministerin, begleitet, weil sie ja eine Gesandtin des Grafen ebensogut sein konnte als eine Wahlherrin ihres Sohnes. Die Listige suchte einige einsame Augenblicke mit Lianen um das kühne Betteln um deren Begleitung nach Blumenbühl zu erhaschen; die Begleitung wurde auch zugestanden und sogar der Mutter ihre dazugetan. Liane fuhr den Weg nach Blumenbühl, über den noch blühenden Gottesacker eingesenkter Tage. Welcher Tränenstrom arbeitete in ihrer Brust herauf, da sie von der noch glücklichen Rabette schied! –

Diese hatte unschuldigerweise dem Hause einen der größten Zankäpfel für das Abendessen dagelassen, den je der Minister für die Fruchtschale mit seinem Apfelpflücker sich geholet hatte; daher soupiert' er wieder en famille. Rabetten war nämlich ein dummes Wort über das sonntägige Beisammensein in Lilar entfahren; »davon« (sagte Froulay ganz freundlich) »hast du uns ja kein Wort merken lassen, Tochter.« – »Der Mutter sogleich!« versetzte sie zu schnell. »Ich nähme auch gern Anteil an deinen Lustbarkeiten«, sagt' er, Grimm versparend. Ganz aufgeräumt setzte sich dieser Flößknecht so vieler Tränen und abgehauener Blütenzweige, die er darauf hinabschwimmen ließ, an die Abendtafel. Nach seinem Verstärkungsohr fragt' er zuerst Bediente und Familie. Darauf ging er ins Französische über – wiewohl die Tellerwechsler eine grobe Übersetzung davon für sich, eine versio interlinearis, auf seinem Gesichte fanden –, um zu berichten, der vornehme Graf sei dagewesen und habe nach Mutter und Tochter gefragt. »Mit Recht verlangt' er euch beide« (fuhr der moralische Glacier fort, der gern das warme Essen kühlte) – »ihr verschweigt immer, wie ich heute wieder hörte, gemeinschaftlich gegen mich; aber warum soll ich euch denn noch trauen?« Er haßte jede Lüge von Herzen, die er nicht sagte; so hielt er sich ernstlich für moralisch, uneigennützig und sanft bloß darum, weil er auf das alles bei dem andern unerbittlich drang. Mit den reichlichen Brennnesseln der Persiflage – auch botanische kommen in kaltem und steinigem Boden am besten fort – überdeckte er alle seine auf- und zugehenden Hummerscheren, wie wir Bachkrebse in Nesseln fassen, und nahm zuerst sein weiches Kind zwischen die Scheren. Das sanfte, ergebene Lächeln desselben nahm er für Verachtung und Bosheit – – Wie kommt diese Sanfte erklärlicherweise zu seinem Vaternamen, wenn man nicht die alte Hypothese annimmt, daß Kinder gewöhnlich dem am ähnlichsten werden, wornach sich die schwangere Mutter vergeblich sehnte, welches hier ein sanfter Gatte war? – Dann griff er, aber heftiger, die Mutter an, um bei seinem Mißtrauen sie mit der Tochter zu entzweien, ja um vielleicht diese durch die mütterlichen Leiden zu kindlichen Opfern und Entschlüssen zu peinigen. Ganz frei erklärt' er sich – denn der Egoist trifft die meisten Egoisten an, wie die Liebe und Liane nur Liebe und keine Selbstliebe – gegen den Egoismus um und neben sich und verbarg es nicht, wie sehr er beide immer Egoistinnen (wie die alten Heiden die Christen Atheisten) innerlich schelte.

Die Ministerin, gewohnt, mit dem Minister in keiner Ehe weniger zu leben als in der der Seelen – wie Voltaire die Freundschaft definiert –, sagte bloß zu Lianen: »Für wen leid' ich so?« – »Ach ich weiß es«, antwortete sie demütig. Und so entließ er beide voll tiefster Leiden und dachte nachher an seine Geschäfte.

Dieser allseitige Jammer wurde durch etwas größer, was ihn hätte kleiner machen sollen. Der Minister ärgerte sich, daß er täglich den Geschmack der Weiber mitten im Zorne zu Rate ziehen mußte über sein – Äußeres. Er wollte am Vermählungsfeste – seiner Geliebten wegen – ein wahrer Paradiesvogel, ein Paradeur, eine Venus à belles Fesses sein. Von jeher macht' er gern die Doppelrolle des Staats- und Hofmanns und wollte, um Stolz und Eitelkeit zusammen zu kaufen, zu einem Diogenes-Aristipp verwachsen. – Aber etwas davon war nicht Eitelkeit, sondern der männliche Plagegeist der Ordnungs- und Rechtshaberei wollte nicht aus ihm fahren. Er war imstande, die Kleidergeißel, womit der Bediente wenige Stäubchen im Staatsrocke sitzen lassen, gegen die Livree selber in Schwung setzen; noch gefährlicher wars – weil er zwischen zwei Spiegeln saß, dem Friseur- und dem großen Spiegel im Ofenschirm –, auf seine eigne Wolle den Staub recht aufzutragen; und am schwersten wurd' er vom Putze seiner Kinder befriedigt. – Liane als Zeichnerin mußte ihm nun jetzt die rechte Farbe eines neuen Überbalgs vorschlagen – Sachets oder Riechsäcke ließ er füllen und mit diesen die Schubsäcke – und einen Moschuspflanzen-Topf in sein Fenster stellen, nicht weil er die Blätter zum Riechen (das erwartete er von seinen Fingern), sondern weil er sie zum Einölen für diese durch Reiben brauchen wollte – Patentpomade für Fäuste und englisches gepreßtes Zier-Papier auch für diese (wenn sie eine Billetdoux-Feder ansetzen wollten) und andere Nippes erregten weniger Aufmerksamkeit als der Schnupftabak, den er sich anschaffte, aber nicht für die Nase, sondern für die Lippen, um solche rot zu reiben. – In der Tat, vor mancher lustigen Haut hätt' er sich ganz lächerlich gemacht, wenn sie insgeheim ihn aus seinem Souvenir die Haarzange und mit dieser aus seinen Augenbraunen da, wo der Sattel des Lebens wie auf einem Pferde das Haar weiß gedrückt hatte, letzteres hätte ausziehen sehen; und nur der Minister selber konnte ernsthaft dabei aussehen, wenn er vor dem Spiegel die feinern Weisen zu lächeln durchlächelte – die beste hielt er fest – oder wenn er die leichtern Würfe anprobierte, womit man sich aufs Kanapee bringt – wie oft mußt' er sich werfen! – und wenn er überhaupt an sich arbeitete.

Zum Glück für die Mutter kam der gute Lektor; aus der Hand dieses alten Freundes hatte sie so oft, wenn nicht eine Himmelsleiter, doch eine Grubenleiter, um darauf aus dem Abgrund zu steigen, genommen; hoffend brachte sie jetzt alle ihre Not vor ihn. Er versprach einige Hülfe unter der Bedingung, mit Lianen allein auf ihrem Zimmer zu sprechen. Er ging zu ihr und erklärte zart seine Wissenschaft um ihre Lage.

Wie errötete das kindliche Mädchen über die scharfen Tagstrahlen, welche die duftende Nachtviole ihrer Liebe trafen! Aber ihr Kindheitsfreund sprach sanft an dieses geschlagne Herz – und von seiner gleichen Liebe gegen sie und ihren Freund – von dem Temperamente des Vaters – und von der Notwendigkeit bedachtsamer Maßregeln – und sagte, die beste sei es, wenn sie ihm heilig gelobe, dem elterlichen Wunsche, den Grafen strenge zu meiden, nur so lange nachzugeben, bis er von dessen Vater, den er als Begleiter des Sohnes längst über das neue Verhältnis benachrichtigen und fragen müssen, das Ja oder Nein dazu erhalten; sei es ein Nein – was er aber nicht verbürge –, so müsse Albano das Rätsel lösen; sei es ein Ja, so steh' er selber für das zweite ihrer Eltern; zugleich müss' er aber auf ihr festestes Schweigen gegen diese über sein Anfragen, wodurch sie sich vielleicht kompromittiert finden könnten, Anspruch machen. Damit wurzelte er nur noch tiefer in ihr Vertrauen ein.

Sie fragte zitternd, wie lange die Antwort verziehe. »Sechs, acht, eilf Tage nach der Vermählung höchstens!« sagt' er rechnend. – »Ja, guter Augusti! – Ach, wir leiden ja alle«, sagte sie und setzte vertraulich und aus weinender Brust hinzu: »es geht Ihm aber wohl?« – »Er ist fleißig«, versetzt' er.

So brachte er sie, mit zwei Geheimnissen beladen und für jetzt eine Interims-Absonderung bejahend, zur Mutter zurück; aber diese zahlte nur dem Lektor den Lohn eines freundlichen Blickes aus. Er verlangte indes – nach seiner Kartäuser-Manier

– keinen andern als das gütigste Schweigen gegen den Minister über seine Einmischung, da dieser sein Verdienst dabei etwan für größer halten könnte, als es wäre.

Dem Minister wurde die achttägige Besserung und Enthaltung angesagt. Er glaubte – sich Mißtrauen in die Frau vorbehaltend – doch weiter in Feindes Land einzudringen mit seinen Waffen; auch ließ er sich die neue Frist und Lianens Entkerkerung mit darum gefallen, um seine Tochter bei dem Vermählungsfest blühend und gesund als eine glänzende Pfauhenne an seine Geliebte und vor sich her zu treiben.

Roquairol kam jetzt von dieser zurück; und strahlte ein paar Wolken im Hause mit schönem, hellem Morgenrote voll. Er überbrachte dem Vater Nachrichten und Grüße von der Fürstin. Lianen brachte er das Echo jener geliebten Stimme mit, die einmal zu ihrem Himmel gesagt hatte: er werde! – ach die letzte Melodie unter den Mißtönen der uneinigen Zeit. Er erriet leicht – denn er erfuhr wenig von der ihn vernachlässigenden Mutter und nichts von der Tochter –, wie alles stehe. Als er vollends Albanos Blatt an diese ihr am dämmernden Abend in den Arbeitsbeutel schieben wollte und sie mit einem Ach der Liebe sagte: »Nein, es ist wider mein Wort – aber künftig etwan, Karl!« –: so sah er »mit brausendem Ingrimm seine Schwester im offnen Charons-Kahn zum Tartarus aller Leiden schiffen«, wie er sagte. An den Freund dacht' er weniger als an die Schwester. Der freundliche, schmeichelnde Minister – er schenkte zum Beweis dem Hauptmann einen Sattel von Wert – berichtete ihm den Besuch Rabettens und gab Winke über Verlobung und dergleichen; Karl sagte keck: er schiebe all sein Glück hinaus, solange seine liebe Schwester keines voraussehe. Um den alten Herrn wieder mehr für Lianen einzunehmen, führt' er ihn für das Vermählungsfest auf eine romantische Invention, die Froulay nicht ahnete, als er schon ganz dicht an ihr stand: nämlich Idoine (die Schwester der Braut) war Lianen auffallend ähnlich. Die Fürstin liebte sie unaussprechlich, sahe sie aber nur selten, weil sie ihres starken, einmal zu einer Thron-Ehe neinsagenden Charakters wegen auf einem von ihr selber gebaueten und regierten Dorfe wohnte, höflich vom Hofe verbannt. Er legte nun dem Vater die poetische Frage vor, ob Liane nicht in der Illuminationsnacht einige Minuten lang im Traum-Tempel, der ganz zu diesem schönen Truge passe, die Fürstin mit dem Widerschein ihrer geliebten Schwester erfreuen könne.

Entweder machte den Minister die Liebe gegen die Fürstin kühner, oder der Wunsch trunkner, Liane als Hofdame glänzend einzuführen: genug er fand in der Idee Verstand. Wenn etwas für den Separatfrieden, den er mit dem Sohne gemacht, den Tabak in die Friedenspfeife hergab: so war es dieses Rollenblatt. Er eilte sogleich zum Fürsten und zur Prinzessin mit der Bitte um seine Erlaubnis und um ihre Teilnahme; – darauf, als er beides hatte, zu seinem Orest Bouverot und sagte: »Il m'est venu une idée très singulière qui peut-être l'est trop; cependant le prince l'a approuvée etc.« – und endlich zu Lianen, um doch auch diese nicht zu vergessen.

Der Hauptmann hatte schon früher sie zu bereden gesucht. Die Mutter war gegen diese Nachspielerei aus Selbstbewußtsein und Liane aus Demut; eine solche Repräsentation kam dieser als eine zu große Anmaßung vor. Aber zuletzt gab sie nach, bloß weil die schwesterliche Liebe der Fürstin ihr so groß und unerreichbar geschienen, gleich als pflegte sie nicht eine ähnliche in ihrem Herzen; so fand sie immer nur das Spiegelbild, nie sich schön, wie der Astronom denselben Abend mit seinem roten Glanze und Nachtschatten zauberischer und erhabener findet, wenn er ihn im Monde antrifft, als wenn er auf der Erde mitten darin steht. Vielleicht lag noch eine ganz dunkle Süßigkeit, nämlich eine schwiegertöchterliche, in Lianens Liebe für die Fürsten-Braut; weil diese einmal des Ritter Gaspards seine hatte werden sollen. Die Weiber achten Verwandtschaft mehr als wir, daher auch ihr Ahnenstolz immer einige Ahnen älter wird als unserer.

So bereitete sie denn das gepreßte Herz zu den leichten Spielen des glänzenden Festes vor, das die künftigen Zykel gleichsam am Neujahrsfest einer neuen Jobelperiode geben.

SIEBZEHNTE JOBELPERIODE

Fürstliche Vermählungs-Territion – Lilars Illumination

77. ZYKEL

Welche allgemeine Landfreude konnte jetzt von einem Grenzwappen zum andern acht Tage lang jauchzen! Denn so lange war die Landtrauer suspendiert – die Glocken läuteten zu etwas Besserem als zum Grabe – es war wieder Musik erlaubt allen Spieluhren und Spielleuten – alle Theater wären geöffnet worden, wäre eines dagewesen, oder der Hof verschlossen, der beständig spielte – und man konnte höhern Orts acht Tage ohne schwarzen Rand gehen und dekretieren – – Nachher nach dem erfrischenden Zwischenakt, wo man das Orchester, Punsch und Kuchen genoß, sollte wieder aufgeräumter ans Weinen und Trauerspielen gegangen werden.

Der Fürst ritt am Morgen der langweiligen Einholungs-Wagenfahrt über die Grenze voraus mit Bouverot und Albano; alle drei als die einzigen im Lande unabhängigen, bei dem Feste nicht interessierten Leute. Der arme Luigi! Ich hab' es schon im ersten Band des Titans sehr deutlich gesagt, daß der fürstliche Bräutigam, der heute die Decke beschlägt, bloß ein *Landes*-Vater sein kann, keiner für das Haus; unter seinem Fürsten-Himmel ist wie auf der ersten Schachfelder-Gasse alles zu machen und zu regenerieren, Offiziere, selber die Schachkönigin, aber der Schach nicht. Es wäre zu wünschen – da der Umstand das Fest ins Lächerliche schattiert –, der Bräutigam könnte manchen ihn auslachenden *alten* Familien – die es so oft selber im heraldischen und medizinischen Sinne zugleich sind

– zur Beschämung nur einige Dutzend von den Prinzen um den Traualtar gestellet zeigen, die er in Kalabrien, Wallis, Asturien, in der *Dauphiné* – ganz Europa war ihm eine – sitzen lassen, kurz in so vielen *aktiven* Erbländern, d. h. in den Erbinnen, nicht Erbschaften fremder Prinzen; – könnt' er das, so würd' er vergnügter in die heutigen Glückwünsche dreinschauen, weil schon einige Dutzende Erfüllungen darneben ständen und zuhorchten. Aber wie das Bette des Marquis von Exeter in London, das 3000 Pfund kostet, die Marquisin in einen Thron verwandeln kann: so muß das die Fürstin auch tun, ohne es wie diese rückwärts verwandeln zu können.

Ich will ihn daher auf dem heutigen Tanzplatz der Freude gar nicht als Bräutigam, sondern immer – so wie man Krone sagt ohne gekröntes Haupt – bloß als Bräutigamsrock aufstellen und vorführen, um ihn nicht lächerlich zu machen. – Albano ritt mit einer Brust voll Zorn, Verachtung und Bedauern neben diesem Opfertiere der schwarzen Staatskunst her und begriff bloß nicht, wie Luigi nicht den deutschen Herrn, diese gemietete Axt und diesen Wurzelheber seines Stammbäumleins, mit *einem* Fersenstoße weit von sich wegschlage. Guter Jüngling! ein Fürst macht sich leichter von Menschen los, die er liebt, als von solchen, die er recht lange hasset; denn seine Furcht ist stärker als seine Liebe. –

Der großherzige, nie eng-, immer weitbrüstige Jüngling fand heute in seiner feierlichen, schmerzlichen Stimmung alles Tragische, Edle und Unedle größer, als es war. Er zeigte zwar nur ein feuriges Auge und heiteres Angesicht, weil er zu jung und schamhaft war, persönlichen Schmerz prunkelnd auszulegen; aber unter dem Auge, das sich nach der hohen Wetterscheide richtete, an der heute sein dunkles Gewölke auseinandergehen oder zu ihm herunterkommen sollte, brannte der Tropfe. Der heutige Abend, in den er so oft hineingesehen als in eine Hölle, und ebensooft als in einen Himmel, stand jetzt als ein verworrenes Mittelding von beiden so nahe, und doch hart an ihm! – Ein Gewimmel verwandter Gefühle begleitete ihn zu der (nach seiner Meinung unglücklichen) Braut seines – Vaters und dieses Fürsten.

Eine Viertels-Meile jenseits Hohenfließ fuhr schon ihr – Gibbon voraus, bekannt bei allen Naturforschern – nicht bei den Politikern – durch die langen Arme, welche bekanntlich dieser Molukken-Besitzer und Affe trägt. »Wo ist mein Gibbon?« fragte die Fürstin gewöhnlich (gesetzt, daß sie auch den englischen Namensvetter, den Geschichtsschreiber mit langen Nägeln und kurzen Sätzen gegen die Christen, in der Hand hatte), denn sie verlangte ihren Langarm.

Endlich kam sie dahergesprengt – im Federbusch – im Reitrock – auf dem schönsten Engländer – eine große majestätische Gestalt, die, unbekümmert um ihr, obwohl mit Verwandten befrachtetes Cour-Gefolge, lieber der blauen Morgensonne hinter einem aufsteigenden Pferd- und Schwanenhals hatte entgegenschauen wollen. Sie gab dem Bräutigamsrock anständig Gruß und Kuß, aber weder gerührt noch verstellt noch verlegen, sondern recht frei und frank und froh, zu weit über die Lächerlichkeit ihres genealogischen Mißverhältnisses erhaben, ja sogar über jedes notdürftige oder gebotene. In ihrem sonst schön gebauten – mehr als schön gezeichneten – Gesichte war bloß ihre Nase es nicht, sondern eckig geschnitten und der regierenden Wochentäglichkeit mehr Knochen als Knorpel entgegensetzend. Bei den Weibern bedeuten ausgezeichnete, regellose Nasen, z. B. mit tiefem Wurzel-Einschnitt oder mit konkaven oder konvexen Biegungen oder mit Facetten am Knopfe u. s. w., weit mehr für das Talent als bei den Männern; und – wenige ausgenommen, die sich selber gesehen – mußte immer die Schönheit etwas dem Genie aufopfern, obwohl nicht so viel als nachher das fremde ihrer, wie wir Männer sämtlich wohl leider getan.

Der Graf wurd' ihr vom Fürsten vorgestellt; aber sie hatt' ihn – ob sie gleich von ihm gehöret und seinen Vater so lange gesehen hatte – nicht gekannt, sondern eher dem Bräutigamsrock ähnlich gefunden. Dem Rocke konnte – oder sollte –

diese blühende Ähnlichkeit nicht anders als schmeicheln. Die Ähnlichkeit erklärt den schönen Anteil ganz, den sie jetzt an beiden nehmen mußte, weil zu einer Ähnlichkeit immer ein Paar Menschen gehören.

Sie sprach mit dem Sohne ohne alle Verlegenheit über den von ihr und ihrem Hofe mit einem (Blumen-) Korbe beschenkten Vlies-Ritter und rühmte dessen Kenntnisse der Kunst. »Die Kunst« (sagte sie) »macht am Ende alle Länder gleich und angenehm. Sobald sie nur da ist, denkt man an weiter nichts. In Dresden in der innern Galerie glaubt' ich recht eigentlich, ich wäre im fröhlichen Italien. Ja, wenn man dahin käme, würde man sogar Italien vergessen über alles, was man da hat.« – Albano antwortete: »Ich weiß, ich werde mich auch einmal im Most der Kunst berauschen und durch sie glühen, aber für jetzt ist sie bloß ein schöner, blühender Weinberg für mich, dessen Kräfte ich gewiß voraus weiß, ohne sie noch zu fühlen.« – Die Fürstin gewann so sehr seine Achtung, daß er ihr, als der Fürst einige Schritte ferner am Fenster die heranschwellende Flut des Pestitzer Gefolges besah, die Frage tat, wie ihrem Kunstsinn bei den deutschen Zeremonien ihres Standes zumute werde; »sagen Sie mir,« (sagte sie leicht) »welcher Stand unter uns nicht ebenso viele hat, und wo nicht überall Priester und Advokaten mitspielen! – Sehen Sie einmal die Hochzeiten der Reichsstädter an. Die Deutschen sind hier nicht besser und schlimmer als jede Nation, alte und neue, wilde und polierte. Denken Sie an Ludwig XIV. Der Mensch ist einmal so; aber ich acht' ihn freilich nicht darum.«

Der Fürst erinnerte nun an die Stunde des Einzugs; und die Fürstin rief zu ihrem Anzuge für den Einzug mehr Putzjungfern und Putzkästchen zusammen, als Albano nach ihren Worten oder wir nach ihren Nasenknorpeln – die geistige Flügelknochen schienen – hätten erwarten sollen. Ihre eiligen Leute folgten ihr mit mehr Furchtsamkeit als Verehrung des Standes oder Wertes; und einige, die zuweilen aus dem Putzzimmer vorbeiliefen, hatten niedergeschlagene Gesichter.

Endlich erschien sie wieder, aber viel schöner. Es muß doch dem männlichsten Weib mehr reizende Weiblichkeit, als wir denken, zugehören, da dieses durch den weiblichen Putz gewinnet, wodurch der weiblichste Mann nur verlöre. »Der Stand« (sagte sie zu Albano, eine große Offenherzigkeit in Meinungen zeigend, die leicht mit einer ebenso großen Verschwiegenheit in Empfindungen besteht) »drückt und beschränkt eine große Seele oft weniger als das Geschlecht.« – Daß sie sich eine große Seele nannte, mußte den Grafen frappieren, weil er jetzt das erste Beispiel – ein anderer Mann kennt unzählige Beispiele – vor sich sah, daß ausgezeichnete Weiber sich geradezu und weit mehr selber loben als ausgezeichnete Männer.

Man brach auf; an einer Grenz-Brücke, zugleich wie der Buchdrucker-Hyphen das Trennungs- und Verbindungszeichen beider Fürstentümer, hielt schon das halbe Hohenfließ zu Wagen und Pferd, weil es nicht weiter herankonnte, bevor eine umgelehnte Kröpel-Fuhre mit Dorf-Komödianten wieder aufs vierte Rad gehoben war und der mythologische Hausrat, den sie in Händen hatten, aufgepackt. Als aber die Fürstin mit Gewalt auf die Brücke fuhr, verkehrten sich plötzlich die Passagiere und Auflader in Musen, Musengötter, Liebesgötter und einen hübschen Hymen und setzten, im theatralischen Ornat und Apparat, die umrungene Braut unter poetisches Wasser, den Krieg der andern Götter gegen den Jungfernräuber Hymen vortragend. Der Musensohn, der die Sache versifiziert hatte, agierte selber mit als Musenvater. Ich darf sagen, daß diese eigne Erfindung des Ministers recht gut aufgenommen wurde sowohl von Haarhaar als Hohenfließ.

Froulay trat geschmückt und gepudert, als streckte er sich auf dem Paradebette zwischen Trauergueridons aus, vor sie als Sprecher des Landes hin, das seinen frohen Teil an ihrer Vermählung mit dem Bräutigamsrocke zu bezeugen wünschte. Die Fürstin kürzte und schnitt alles Festlügen mit einer feinen Damens-Schere ab.

Froulay hatt' unter andern Wagen auch einen mit mehrern überallher verschriebnen Trompetern und Paukern mitgebracht, auf welchem scherzeshalber Schoppe mit stand, der darum nicht oft aus großen Aufzügen der Menschen wegblieb, wie er sagte, weil die Menschen nie lächerlicher aussähen, als wenn sie etwas in Maßsa und Menge täten. Um Salz in die Feier zu bringen, stellt' er auf seinem Wagen die Hypothese auf, das alles tue man bloß, um die Braut aus der besten Meinung wieder dahin zu treiben, wo sie hergekommen, teils um ihr die Vexier- und Bühnen-Ehe zu ersparen, teils um dem Lande den neuen Hofstaat. Ihr Ohr soll nur – nahm er an, als die auf die umstehenden Hügel aufgefahrnen Kanonen sich mit seinem trompetenden Donnerwagen vereinigten und drei Postmeister mit funfzehn Postillonen dazu- und dareinstießen, welche nicht umsonst mit ihren besten Hörnern und Lungenflügeln aufgesessen waren – ihr Ohr soll sehr gehänselt und sie daran durch einen solchen Willkomm etwan zurückgezogen werden, daher man sogar leere Staatswagen mitschickt zum Rasseln, so wie im Ansbachischen der Landmann die Hirsche bloß durch fürchterliches Schreien, ohne Gewehr und Hund, von seiner Saat vertrieb.[1] Wie Schiffe in Nebeln durch Laternen und Trommeln, so wollen Staaten sich durch Erleuchtung und Schießen auseinanderhalten.

»Sie fährt doch, wie ich sehe, weiter« – sagt' er unterwegs, wo er zuweilen selber den Doppellauter der Pauke in die Hände nahm mit Nutzen – »und wir müssen alle sonach nach; aber vielleicht ist das Ohr schon tot, und ihr ist nur noch am Auge beizukommen.« Sehr erfreueten ihn in dieser Hoffnung die scheckigen Uniformen sämtlicher Beamten und die Federlappen der Hoflivreen – »jetzt kommt noch«, weissagt' er freudig, »gar der goldflitterne Ehrenbogen mit Vasen und Pfeifen, durch den sie gerade durch muß, und scheucht man

1 Fürchterlich schreiet dieses wahre Geschrei der Menschheit im 4. Teil von Heß's Durchflügen S. 156 nach; jetzt hat es eine wohltätigere Regierung durch die Wildsteuer gestillt.

denn nicht Spatzen mit Goldblechen und Selzerkrügen aus Kirschbäumen?« –

»O,« (dacht' er, als sie durch war), »wenn jener gotische Wüterich sich durch den entgegenkommenden Bittzug des Papstes von dem plündernden Einmarsch ins heilige Rom rückwärts lenken lassen: so schlägts gewiß durch, daß ihr in der Vorstadt die Waisenkinder mit ihrem Waisenvater bittend entgegentreten – dann die Schulmeister mit ihren Pagerien – dann Gymnasium und Universität – was doch nur erst Gefechte mit Vorposten sind – – denn das Tor ist mit Infanterie besetzt, der ganze Markt mit der wehrhaften Bürgerschaft – die Hauptkirche wird von der Geistlichkeit, das Rathaus vom Magistrat bewacht – alle bereit, wenn sie nicht umkehrt, ihr in gewisser Entfernung als Scharwachen und Obervationschöre nachzuziehen – und halten sich nicht am Schloßtore 7 Brautpaare als 7 Bitten und Bußpsalme auf und tragen ihr auf einem Lasterstein von Atlas ein fatales Pereat-Karmen[1], von mir selber verfasset, ein Dekret vom 19. Juni entgegen, des Effekts ganz ungewiß?« –

»Recht!« sagt' er, als der ganze Zug zu einer leichtern Übersicht für die in den Schloßfenstern liegende Herrschaft zum zweiten Male den Schloßhof durchreisete, – »die verdoppelte Dosis soll durchgreifen.« Schoppens Hoffnungen nahmen am wenigsten ab, als gar oben – weil Gala war – man sich lange verborgen und verschwiegen hielt und endlich der Fürst als Sieger, aber müde von Hofkavaliers herabgebracht wurde in die Kapelle, um öffentlich für den Zurückzug der feindlichen Macht zu danken; ja als bald darauf auch die Braut nachdrang, aber von Kammerherren an den Armen zurückgehalten, sogar an der Schleppe von ihren

1 Für ihn wars innerster Genuß, ein solches Hochzeitgedicht ganz mit den Reimen, Flügen und Ausrufungs- und Anrufungszeichen des ersten besten Neujahrsreimers der Welt zu schenken; und das Bewußtsein seiner reinen, obwohl satirischen Absicht beruhigte ihn ganz über jeden Tadel einzelner schwülstiger oder zu sklavischer Wendungen.

Hofdamen zurückgezogen: so konnte der Bibliothekar leicht ohne Sorgen bleiben.

Albanos bewegte, wallende Seele spiegelte die verworrene Hof-Welt noch wilder und unförmlicher zurück, als sie war. Er hörte es, wie die fürstlichen Vettern, sogar der künftige Thron- und Stuhlfolger, dem Vetter Luigi Glück zur Gesundheit, Vermählung und nächsten Zukunft wünschten, ob sie gleich durch ihren Freund Bouverot – ein lebendiges Sukzessionspulver – ihm von diesen drei Dingen hatten so viel nehmen lassen, daß sie ihm eben ihre kaltblütige Verwandtin als die Kronwache ihrer nahen Thronfolge zugeben konnten. Er hörte dieselben Hochzeitgesänge von allen Hof-Pestitzern, die, wie ein Muskel, ein besonderes Bestreben äußerten, sich kurz zu machen. Er sah, wie der Fürst – obwohl mit dem Gefühle, bald in seiner Fett- oder Wassersucht zu ersaufen – alle Lügen leicht und kalt und schadenfroh dahinnahm – – O, müssen nicht die Fürsten, dacht' er, selber lügen, weil sie ewig belogen, selber schmeicheln lernen, weil sie immer geschmeichelt werden? – Er selber konnte sichs nicht abgewinnen, nur den kleinsten Scherf eines lügenden Glückwunsches in den allgemeinen Lügen-Fiskus zu werfen.

Die Fürstin warf dem Grafen – sooft es ging und fast öfter – zwei Blicke oder Worte zu; denn dieser Blühende erinnerte unter den Thron-Küstenbewohnern, von denen man leichter ein Echo als eine Antwort hört, allein an seinen kräftigen Vater. Der Hauptmann brachte einigemal – weil er gleich allen Schwärmern wie die Schaben und Grillen die *Wärme* liebte und das *Licht* floh und weil ihn alle Menschen von bloßem Verstande drückten – den Tadel zu Albano, daß die Fürstin ihm mit ihrem kalten witzigen Verstande mißfalle; aber der Graf konnte – aus Achtung für die väterliche Geliebte und aus Haß gegen ihre Opferpriester und Schächter – ein Wesen nur bedauern, das vielleicht jetzt hassen muß, weil seine größte Liebe unterging. Wie viele edle Weiber, die es sonst für höher hielten zu bewundern als bewundert zu werden, wurden kräftig, kenntnisreich, beinahe groß, aber unglücklich und kokett und kalt, weil sie nur ein Paar Arme fanden, aber kein Herz dazu, und weil ihre heiße hingegebne Seele kein Ebenbild antraf, womit eine Frau gerade ein unähnliches meint, nämlich ein höheres Bild! Der Baum mit den erfrornen Blüten steht dann im Herbst hoch, breit, grün und frisch und dunkel vom Laube da, aber mit leeren Zweigen ohne Früchte.

Endlich kam man aus den schwülen Speisesälen in den frischen Lilars-Abend ins Freie und zur Freiheit. Halb zürnend, halb liebestrunken ging Albano einer verhangnen Stunde entgegen, in welcher so manches Rätsel und sein teuerstes sich lösen sollte. Was sieht der Mensch vor sich, wenn er endlich mit dem Faden in der Hand aus der Irrhöhle heraustritt? Nichts als die offnen Eingänge in andere Labyrinthe, und bloß die Wahl darunter ist sein Wunsch.

78. ZYKEL

Am schönsten Abende, als der Himmel bis auf den Boden aller Sterne durchsichtig war, ließ der Fürst die müde Versammlung nach Lilar fahren, um besser mit seinen beiden Unsichtbarkeiten, mit der Illumination und mit Lianens Rolle, zu trügen. Wie schlug dem redlichen Albano das weiche Herz banger und sanfter, als er unter dem Herabrollen von der Waldbrücke ins wartende Volksgetümmel sich dachte: *Sie* ist auch diesen Weg in das Lilar gegangen, das ihr sonst so lieb gewesen. Sein ganzes Ideenreich wurde ein Abendregen, dessen eine Hälfte vor der Sonne glänzend zittert und dessen andere grau verschwindet. Ach, vor Lianen hatt' es ohne Sonnenschein geregnet, als sie heute verborgen bloß in den Tempel des *Traums* herüberfuhr, um nur ein geliebtes Wesen zu spielen, aber keines zu sein.

Noch brannte keine Lampe. Albano blickte in jede grüne Vertiefung nach seinem Engel des Lichts. Sogar der Fürst selber, der die plötzliche Peterskuppel-Entzündung noch mit seinen Winken zurückhielt, sah dem an Höfen so seltenen Vergnügen entgegen, zweifach zu überraschen. Die Fürstin hatte dem Minister die Verlegenheit der Lüge oder Antwort erspart, denn sie hatte gar nicht nach der künftigen Hofdame Liane gefragt, gleich dieser ganzen starken Weiberklasse gegen ihr Geschlecht gleichgültig, aber desto fester an einer Auserwählten hangend. Albano erblickte im treibenden, verdunkelten Getümmel seine Pflegeeltern und Rabette, aber in diesem Taumel des Bodens und der Seele konnt' er wie andere seine Augen nur auf den selber verhangnen Vorhang richten, hinter dem er mehr als alle andere zu finden und zu verlieren hatte. Doch in Jugendjahren hängt kein schwarzer, nur ein bunter herab, und an allen ihren Schmerzen sind noch Hoffnungen!

Das Volk wartete auf den Glanz und auf die Musik. Der Fürst führte endlich seine Braut dem Tempel des Traumes entgegen; Karl, heute blind gegen, nicht für seine Rabette, nahm den brennenden Grafen mit. Am äußern Tempel ließ sich nichts erraten, was seinem magischen Namen entsprach; bloß die Fenster gingen vom Dache dieses Pavillons bis auf den Boden nieder und waren, statt von Rahmen und Fenstersteinen, in Zweige und Blätter gefasset. Aber als die Fürstin durch eine Glas-Türe eingetreten war, schien ihr der Pavillon verschwunden; man stand, schien es, auf einem einsamen, von einigen Baumstämmen bewachten freien Platz, welchen alle Perspektiven des Gartens durchkreuzten. Wunderbar, wie von spielenden Träumen, waren Lilars Gegenden untereinandergeworfen und die entgegengesetzten zusammengerückt – neben dem Berg mit dem Donnerhäuschen stand der mit dem Altare, und hart neben dem Zauberwald bäumte sich der hohe, schwarze Tartarus auf – Ferne und Nähe verschlangen sich ineinander – ein frischer Regenbogen von Gartenfarben und ein entfärbter Nebenregenbogen liefen nebeneinander fort, wie im Erwachen der Schatten des Traumbilds noch sichtbar vor der blitzenden Gegenwart entläuft. Indes die Fürstin noch in das träumerische Blendwerk versank[1]: so trat wie aus der Luft Liane durch eine gläserne Seiten-Türe in Idoinens Lieblingsanzug, im weißen Kleide mit Silberblumen und in ungeschmücktem Haar mit einem Schleier, der nur angesteckt an der linken Seite lang niederfloß, wankend hervor und lispelte, als die Fürstin getäuscht »Idoine!« ausrief, zitternd und kaum hörbar: »Je ne suis qu'un songe.«[2] – Sie sollte mehr sagen und eine Blume reichen; aber als die bewegte Fürstin fortrief: »Sœur cherie!« und sie heftig in die Arme schloß, so vergaß sie alles und weinte nur ihr Herz an einem andern Herzen aus, weil ihr das fremde, vergebliche Schmachten nach einer Schwester so rührend war. – Albano stand nahe an der erhebenden Szene; der Verband von allen Wunden wurd' ihm abgerissen, und ihr Blut floß warm aus allen nieder. O, nie war sie oder irgendeine Gestalt so ätherisch-schön, so himmlisch-blühend und so demütig gewesen! –

Als sie die Augen aus der Umarmung aufhob, fielen sie auf Albanos bleiches Gesicht. Es war bleich nicht vor Krankheit, sondern vor Bewegung. Sie fuhr zuckend zurück, umarmte die Fürstin wieder; der bleiche Mensch hatte ihr bewegtes Herz in eine Träne nach der andern zerrissen; aber beide grüßten sich nicht – und so fing ihr Abend an.

Während der Täuschung und Umarmung waren auf einen Wink des Fürsten alle Zweige und Tore des Gartens in einen glänzenden Brand gesteckt – alle Wasserwerke des Zauberwaldes flatterten mit goldnen Flügeln aufgeschreckt hoch empor – im umgekehrten Regen spielte eine weiße, grüne, goldne und finstere Welt, und die Wasser- und die Flammenstrahlen flogen wie Silber- und Goldfasanen mutwillig gegeneinander an. – Und der Glanz des brennenden Edens umfing den Tempel

1 Zwischen zwei Fenstern stand immer ein Pfeilerspiegel und mengte seine zurückgespiegelte ferne Perspektive unter die der Fenster. Jedem Spiegel stand nur *ein* Fenster gegenüber; den Zwischenraum zwischen beiden verbarg und erfüllte Laubwerk.

2 Ich bin nur ein Traum.

des Traums, und der Widerschein legte sich in sein inneres grünes Laubwerk vergoldend.

Liane trat an der Hand der ehrenden Fürstin mit niedergeschlagnen, verschämten Augen in die helle, rege Sonnenstadt heraus, ins Getümmel der Musik und der frohen Zuschauer. Auf Albano schoß die stürmische Gegenwart wie ein Strom, die entgegengesetzten verworrenen Rollen vor entgegengesetzten Menschen – der Freudenglanz des Abends – und die nächtliche Verwirrung in seiner Brust machten seinen festen Gang durch diesen Abend schwer.

Die Fürstin zog ihn bald in ihren Wirbeln weiter; Lianen ließ sie nicht von sich. Der Minister färbte und steifte mit alten Galanterien den erotischen Sklaven auf; aber jedem schien er, da die Fürstin den Kredit nach dem Tode des Fürsten bestimmt, nur die Sitte der Minister nachzumachen, deren Geist gern vom Vater und Dauphin – filioque – zugleich ausgeht, um sich nicht zwischen, sondern auf zwei Fürsten-Stühle zu setzen. Sie schien indes seit seiner Maschinerie mit Lianen ihn stolzer aufzunehmen. Hinlänglich beglückte ihn das Glück der Tochter, wie seinen Schwiegersohn Bouverot die Nähe derselben genug, und das Schelmen-Paar lag tief und ganz in Blumen weidend. Albano erriet weiter nichts, als daß sogar ein kalter Drache, ein Seelen-Urangutang die Reize dieses Engels dunkel spüre.

Die Ministerin und der Lektor teilten sich leicht wechselnd in die Bewachung Lianens vor jedem Worte – Albanos. Die Fürstin ließ sich durch die funkelnden Lustgänge, durch den in nassen Blitzen stehenden Zauberwald und zuletzt an das Donnerhäuschen führen, um den brennenden Garten aus allen Punkten in ihr malerisches Auge zu nehmen; Liane und Albano begleiteten sie durch alle Gänge ihres welken, kahlen Arkadiens und hielten ihre zertrümmerten Herzen stumm und fest zusammen. Sie gab, treu ihrem Wort gegen die Eltern, ihm keinen wärmern Blick und Anklang wie jedem, aber auch keinen kältern; denn ihre Seele wollte ja nicht quälen, sondern nur leiden und gehorchen. Er machte – glaubt' er – alle Blicke und Laute sanft; auch rächte sich der edle Mensch durch keinen Schein der Kälte oder gar einer untreuen Befreundung mit der fürstlichen Kron- und Herzenswerberin.

Die Fürstin fing an, ihm unverständlich zu werden. Man kam vom Romantischen auf Roman, dann auf die Frage, warum er die Ehe nicht male; »weil er« (versetzte sie) »ohne den Amor nicht sein kann.« – »Und die Ehe?« fragte unhöflich Albano. – »Nicht ohne einen Freund;« (sagte sie) »aber Amor ist ein Gott, nec deus intersit nisi dignus vindice nodus inciderit[1] – –«, setzte sie dazu, weil sie Latein der Dichter wegen gelernt hatte.

Bouverot sagten den Vers gar aus, um den Sinn doppelsinnig zu machen:

»– nec *quarta* loqui persona laboret.«[2]

Niemand verstand das letztere als der Lektor und die Fürstin.

»Warum sind an jenem Hause« (fragte sie) »keine Lampen, wer wohnt da?« Sie meinte Speners Haus. Liane beantwortete nur das letztere und schloß das warme Bild mit den Worten: »Er lebt für die Unsterblichkeit.« – »Was schreibt er?« fragte die mißverstehende Fürstin; und Liane mußte eine christliche Erklärung geben, worüber die Ungläubige lächelte. Es erhob sich sogar für und gegen den ewigen Schlaf ein Streit, der nicht viel weniger Zeit wegnahm, als sie brauchten, um das Donnerhäuschen zu umkreisen. Die Fürstin fing an: »Wir würden gegen unsern täglichen Schlaf ebensoviel, wenn er nicht da wäre, einzuwenden wissen wie gegen den ewigen.« – »Noch mehr aber gegen das Erwachen daraus«, griff Albano ein und kürzte die Religionsunruhen ab.

Die Fürstin kam auf den ihr durch die lange Trauer über

1 Es braucht eben keinen Gott, wenn nicht ein Knoten daliegt, der nicht anders zu lösen ist.

2 Und ein Vierter (wenn nämlich die Eheleute und der Freund da sind) braucht nicht mit in die Sache zu reden.

ihren verstorbnen Schwiegervater auffallenden Spener wieder nachfragend zurück; und Liane, des mütterlichen Beifalls gewiß, ergoß sich in einen Strom der Rede und Rührung – ihren Augen war einer verboten –, der ein erhabenes Bild ihres Lehrers vorübertrug. Wie erschütterte die Erhabenheit dieser so weichen, zarten Seele ihren Freund! So richten sich im blassen, kleinen Mond und Abendsterne höhere Gebürge als auf der größern Erde auf! – »Sie war auch einmal für dich begeistert, aber nun nicht mehr«, sagte Albano zu sich und blieb hinter allen zurück, weil seine Seele schon längst voll Schmerzen war und weil ihm jetzt die Fürstin zu mißfallen anfing.

Er stellte sich allein und sah dem rauschenden, leuchtenden Waffentanze der Freude zu. Die Kinder liefen beglänzt durch den Lärm und im hellgrünen Laub. Die Töne schwebten, zu *einem* Kranze ineinandergeschlungen, hoch in ihrem Äther über den lauten Menschen fest und sangen ihnen ihre Himmelslieder herab. Nur in mir, sagt' er sich, wälzen die Töne und die Lichter den Schmerz hin und her, in niemand weiter, in Ihr gar nicht; sie hat für alle das alte erfreuende Liebesherz mitgebracht, für mich nicht; sie hat bisher nicht gelitten, sie blüht genesen. Er bedachte aber nicht, daß ja auch seine Kämpfe keinen Tropfen Wasser in das dunkle Rot seiner Jugend gegossen; in Lianen konnten Wunden aus solchen Kämpfen nur wie jene der geritzten Aphrodite die weißen Rosen zu roten färben.

Aber er nahm sich vor, ein Mann zu bleiben vor so vielen Augen und die Entscheidung und Lianens Einsamkeit abzuwarten. Er wechselte daher mit seinen Pflege-Verwandten aus Blumenbühl mehrere verständige Worte; – er sagte zu Rabetten: »nicht wahr, es gefällt dir?« – er schreckte ohne Willen den um einige neue Gesichter aus Haarhaar schwebenden Hauptmann mit der nichtsmeinenden Frage auf: »Warum lässest du meine Schwester so allein?« –

Aber sooft er hinübersah zu Lianen, die heute in ihrem

langen Schleier als die einzige ohne schwere dicke Gala-Hülse, gleichsam als eine junge, atmende, weiche Gestalt unter steinernen angestrichnen Statuen ging, so verschämt-beschämend, wie eine Zitternadel glänzend und bebend, so oft wälzten sich Flammen-Klumpen in ihm los. Die Leidenschaft wirft uns, wie die Epilepsie oft ihre Elenden, gerade an gefährliche Stellen des Lebens, an Ufer und Klüfte hin. Er lehnte den Kopf an einen Baum, ein wenig gebückt; da kam Karl aus seinen Freuden-Walzern daher und fragte ihn erschrocken, was ihn so erzürne; denn das Niederbücken hatte auf sein straffes, markiges Gesicht düstere, wilde Schatten geworfen, »nichts«, sagt' er, und das Gesicht leuchtete mild, da ers emporhob. Jetzt kam auch die unbedachtsame Rabette und wollte ihn in die Freude ziehen und sagte: »Dir fehlt was!« – »Du«, versetzt' er und sah sie sehr zornig an.

»Geh in den finstern Eichenhain an Gaspards Felsen!« (rief sein Herz) »dein Vater beugte sich nie; sei sein Sohn!« Er schritt durch die Glanz-Welt darauf hin; aber als er innen in der Finsternis mit dem Kopfe am Felsen lehnte und die Töne neckend hereinspielten und er sich dachte, wie er eine so edle Seele geliebet hätte, o wie sehr: so war es, als sag' etwas in ihm: »Jetzt hast du deinen *ersten Schmerz* auf der Welt!«

Wie bei dem Erdbeben Türen springen und Glocken schlagen: so riß bei dem Gedanken »erster Schmerz« seine Seele auseinander, und harte Tränen schlugen nieder. Aber er wunderte sich, daß er sich weinen hörte, und trocknete erzürnt das Gesicht am kalten Moose ab.

Schwächer, nicht härter trat er in das zauberische, mit glimmenden Edelsteinen beworfene Land heraus und unter die trunkener entgegenhüpfenden Töne, die die Seele wegreißen und aufheben und auf Höhen stellen wollten, damit sie in weite Frühlinge des Lebens hinunterschauete! Hier auf diesem sonst seligen Boden sah er die zerrissene, zertretene Perlenschnur seiner künftigen Tage liegen. »O, wie wir in diesem Abende hätten selig sein können!« dacht' er und sah ins helle Laubhüttenfest, in das vergoldete, aber lebendige Laubwerk – in den grünen umherirrenden Widerschein, vom Nachtwinde gewiegt – und in das Lauffeuer brennender Gebüsche in den fließenden Wassern – auf den bogigen Triumphtoren standen Lichter wie herabgezogne Himmelswagen – und hinter ihm die schwarze Klostermauer des Tartarus, der erhaben in seinen Gipfeln nur einzelne Lichtchen zeigte – und drüben die stillen, schlafenden Berge in der Nacht und hier das laute Leben der Menschen, mit den Nachtschmetterlingen um die Lampen spielend! –

So erschafft sich in uns das Feuer selber den Sturmwind, der es noch höher jagt. Neben ihm liefen die Töne und sagten ihm jeden Gedanken, den er töten wollte. Wie der Mensch sich selber sieht, so hört er sich selber oft vor dem Tone.

Jetzt ging Liane in einiger Ferne von der Menge mit Augusti. »Ich will mit ihr reden, so ists aus«, sagt' er zu sich. Als er neben ihr kämpfend und ringend ging: merkt' er wohl, daß sie wieder unter fremde Zuhörer zurückwollte. »Liane, was hab' ich dir denn getan?« sagte er mit dem Seelentone eines zärtlichen Herzens, bitter des Lektors Gegenwart und Kräfte verachtend. »Verlangen Sie nur heute keine Antwort, lieber Graf«, sagte sie zurückkehrend und nahm eilig Augustis Arm; aber er merkte nicht, daß sie es tat, um nicht zu sinken. Hier warf er auf diesen einen Flammenblick, hoffend, beleidigt und dann gerächt zu werden – verließ sie hastig und stumm – den süßesten Liebes-Wein hatte ein heißer Strahl zu Essig geschärft – und er verlief sich, ohn' es zu wissen, in den Traum-Tempel.

Er ging darin auf und ab, murmelte: »Je ne suis qu'un songe«; wurde aber bald vom Hasse der mitlaufenden Spiegel-Ichs hinausgetrieben in den Tartarus und von dem nachfliegenden ewigen Frühling der Töne, der ihm jetzt neben dem umgeackerten Blumenbeete des Lebens so unerträglich war.

Im Tartarus fand er alle Anstalten des Schreckens sehr

kleinlich und lächerlich. Da kamen ihm unweit des Katakombenganges Roquairol und Rabette entgegen. Roquairols flammendes Gesicht erlosch, und Rabetten ihres kehrte sich rückwärts, da Albano heftig gegen sie hinschritt und, durch die Erinnerung gleichzeitiger Himmel mehr erbittert und durch das Anwehen in seine glühenden Ruinen aufflammend, den Hauptmann anpackte: »Bist du ein Freund? – Bist du kein Teufel? – – Du hast mich auf diesen Abend verwiesen; nie, nie red ein Wort mehr von ihm!« – Beide zitterten bestürzt und entfärbt; Albano schrieb das Erbleichen und Abwenden, ohne weiter nachzudenken, ihrem Anteile an seiner Marter zu. Welche verwirrende, feindselige Nacht!

Er schweifte immer weiter, ihn peinigte das nachleckende Freudenfeuer der Töne unsäglich – lügende entgegenflatternde Tropikvögel der schönern wärmern Zone waren sie ihm – »Ich will ja bloß in mein Bette, sobald es nur still wird drinnen!« – Er war eine halbe Meile weit, als das Lilarsche Tönen ihm noch immer nachzog; er drückte grimmig die Ohren zu, aber Lilar spielte darin noch fort – da merkte er, daß er nur sich höre. Aber immer war ihm, als müßte sich das lustige Geklingel wie im Don Juan auflösen in das Zetergetöne von Geistern.

Fürchterlich spitz lief ihm die Allee der künftigen Tage zu, da er nun aus ihnen den Mond seines Himmels, der schon über sein kindisches Herz und über die Blumenbühler Pfade geleuchtet, herausriß. Der blühende, hüpfende Genius seiner Vergangenheit schlich ungesehen, den Freudenkranz bloß in der Hand, hinter ihm weg, indes er mit dem vor ihm gehenden schwarzen Engel der Zukunft kämpfte, der ihn nachschleppte durch brausende Waldungen – durch schläfrige Dörfer – durch nasse, triefende Täler. – Endlich sah Albano gen Himmel unter die ewigen, unzähligen Sterne, zu dem hängenden Blüten-Garten Gottes: »Ich schäme mich vor euch nicht,« sagt' er, »weil ich auf dieser Kugel weine und gepresset bin vor eurer Unermeßlichkeit – droben steht ihr alle weit auseinander – und auf allen großen Welten hat jeder arme Geist doch nur eine kleine Stelle unter seinen Füßen, wo er glücklich oder elend wird. – Ist nur diese Nacht vorbei und ich ins Bette: morgen bin ich gewiß ein Mann und fest!«

Plötzlich hört' er mehrmals einen fast erbitterten Klage-Schrei. Endlich erblickt' er neben einem Flusse ausgestreckte weiße Ärmel und Arme; er ging an die weibliche Gestalt. »Ich bin leider Gottes blind«, sagte sie; »ich war auch mit bei der Illumination und bin irre gelaufen – ich kenne sonst Weg und Steg, drüben liegt unser Dorf, ich höre den Hirtenhund – aber ich kann den Steg übers Wasser nicht finden.« Es war die erwachsene Blinde von der Sennenhütte. »Gehts noch lustig da zu?« fragt' er unter dem Führen. »Alles aus«, sagte sie. Am Rosana-Stege ließ sie sich aus Eitelkeit nicht weiter zurechtweisen.

Er kehrte durch die schönen, schon vom Morgen tauenden Gebüsche auf eine Höhe vor Lilar – alles war still drunten – wenige zerstreuete Lampen flackerten im Flötental, und noch am Tartarus das Paar wie Todes-Tigeraugen – er ging in das leere Land hinunter über das stumme, platte Grab hinweg – seinen finstern, sinkend-steigenden Höhlengang hinauf – und in sein Bette hinein. »Morgen!« sagt' er kräftig und meinte seine Standhaftigkeit. –

ACHTZEHNTE JOBELPERIODE

Gaspards Brief – die Blumenbühler Kirche – die Sonnen- und Seelenfinsternis

79. ZYKEL

Wenn in der vorigen Nacht ein feindseliger fremder Geist die Menschen hinter Augenbinden hart widereinander und auseinander jagte: so wird er am Morgen darauf, wenn er auf einer kalten Wolke sein Schlachtfeld mit funkelnden Augen überblickte, fast gelächelt haben über alle die Freuden und Ernten, die rings um ihn darniederliegen.

In Blumenbühl drückt Rabette in einsamen Ecken gewaltsam ihre Hände mit zitternden Armen ineinander und haucht die Kalkwand an, um die Tränen-Röte wegzuwaschen – Aus Lilar kommt düster Albano, blickt die Erde statt der Menschen an und auf der Sternwarte begierig den Himmel und sucht keinen Freund – Roquairol treibt Pferde und Reiter zusammen und macht sich außer Lands einen lustigen, trunknen Abend – Augusti schüttelt den Kopf über Briefe aus Spanien und sinnt verdrüßlich, aber tief nach – Liane lehnt in einem Schlafsessel, zerknickt mit dem gegen die Schulter fallenden Angesicht, worauf nichts mehr blüht als die Unschuld – der Vater schreitet rotbraun auf und ab, sie antwortet nur schwach, indem sie die gefalteten Hände von Zeit zu Zeit ein wenig hebt – – Vor dem Nachtgeist auf der Wolke geht die Menschen-Zeit schnell als ein dahinfliegendes Flügel-Paar ohne Schnabel und Schweif; der Geist hat die ferne Woche neben sich, wo Albano nachts auf der Sternwarte sieht, daß in der Blumenbühler Kirche ein Altarlicht brennt, daß Liane darin mit aufgehobnen Händen kniet und daß ein alter Mann die seinigen auf ihre heitere, glänzende Stirn auflegt, die sich mit tränenlosen Augen gen Himmel richtet.

Der Geist sieht tiefer in die Monate hinab, vor Lust kreiset er sich um sich und grinset über alle umliegenden Wohn- und Lustörter der Menschen; oft lacht er um seine offnen Höllenzähne herum, nur zuweilen knirscht er sie bedeckt unter dem Lippenfleisch . . .

Seht weg – denn auch das sieht und will es – und tretet herab von dem winterlichen Gespenst unter die warmen Menschen und auf die feste Wirklichkeit, wo die fliegende Zeit wie die fliegende Erde auf ruhenden Wurzeln zu liegen und wo nur die Ewigkeit wie die Sonne zu kommen scheint.

Albanos Wunde, die seinen ganzen innern Menschen durchschnitt, könnt ihr am besten am Verbande messen, den er um sie zu bringen suchte. Aus dem Troste und Selbst-Truge wird unser Schmerz erraten. Am Morgen ließ er die Schmerzen durcheinanderreden und lag still vor ihrem Leichengeschrei als die Leiche; dann stand er auf und sagte so zu sich: »Nur eines von beiden ist möglich: entweder sie ist mir noch getreu, und nur die Eltern zwingen sie jetzt – dann muß man diese wieder bezwingen, und da ist gar nichts zu jammern –; oder sie ist mir aus irgendeiner Schwäche etwan gegen die wütigen und geliebten Eltern nicht mehr treu, oder aus Kälte gegen mich, oder aus Religiosität, Irrtum und so weiter – dann seh' ich« (fuhr er fort und suchte die beiden Füße tiefer und fester in den Boden einzutreten, ohne doch einen Widerhall zu haben) »weiter nichts zu tun als nichts, nicht ein plärrender Säugling, ein ächzender Siechling, sondern ein eiserner Mann zu sein – nicht blutig zu weinen über ein vergangnes Herz, über die tiefe Todesasche auf allen Feldern und Pflanzungen meiner Jugend und über meinen ungeheuern – Schmerz.« So betört' er sich und hielt das Bedürfnis des Trostes für die Gegenwart desselben.

Jeden Abend besuchte er die Sternwarte außer der Stadt auf der Blumenbühler Höhe. Er fand den alten, einsamen, magern, ewig rechnenden, weib- und kinderlosen Sternwärtel immer freundlich und unbefangen wie ein Kind, nichts fragend nach Kriegszeitungen, Modejournalen und Poesien; und nirgends für sein Vergnügen Geld ausgebend außer auf der Post an Bode und Zach. Aber funkelnd blickte das alte Auge unter den sparsamen Augenbraunen in den Himmel, und poetisch erhob sich ihm Herz und Zunge, wenn er von der höchsten irdischen Stelle, dem lichten Himmel über der schwarzen, tiefen Erde, sprach – von dem unübersehlichen Welt-Meer ohne Ufer, worein der Geist, der vergeblich überfliegen will, ermüdet sinke und dessen Ebbe und Flut nur der Unendliche sehe unten an seinem Throne – und von der Hoffnung auf den Sternenhimmel nach dem Tode, den dann keine Erdscheibe wie jetzt durchschneide, sondern der sich um sich selber ohne Anfang und Ende wölbe.

Wenn Sokrates den stolzen Alcibiades durch die Erdkarte

verkleinerte: so muß, wenn die Himmelskarte diese selber vernichtet, unser Stolz und Schmerz auf ihr noch mehr erröten. Albano schämte sich, an sich zu denken, wenn er aufsah in die ungeheuere aufsteigende Nacht über ihm, worin Tage und Morgenröten stehen und ziehen. – Er erhob sich und seinen Lehrer, wenn er davon sprach, wie jetzt droben in der Unermeßlichkeit Frühlinge und Paradiese junger Welten und donnernde Sonnen und zusammenbrennende Erden durcheinanderfliegen, und wir stehen hier unten als Taube unter dem erhabnen Orkan, und der brausende Gewitterguß zeigt sich uns in dieser Ferne nur als ein stiller, stehender weißer Regenbogen auf der Nacht. –

Sooft Albanos großes Auge vom Himmel kam, fand es die Erde heller und leichter. Endlich aber kam die Nacht, die der feindselige Geist schon so lange *erlebt*. Es war schon sehr spät und der Himmel ganz heiter, die Nebelflecken drangen sich als höhere Marktflecken näher heran, der Himmel schien mehr weiß als blau, Albano dachte an die verborgne Geliebte, die neben ihm den Himmel und ihn noch mehr heiligen würde durch ihr Herz voll unaufhörlicher Gebete: als er plötzlich durch das niedersinkende Sternrohr in der Blumenbühler Kirche Licht erblickte – die Fürstengruft offen – Lianen am Altare kniend mit aufgehobnen Händen – und einen alten Mann neben ihr, sie gleichsam einsegnend – – Fürchterlich standen die Kerzenflammen und Lianens Gesicht und Arme nach der Tiefe umgestürzt, weil das Sternrohr alles umgekehrt erscheinen ließ.

Albano bat schaudernd den Astronomen, dahin zu schauen. Auch dieser sah die Erscheinungen, ihm aber namenlose. »Es sind wohl Leute in der Kirche«, sagt' er gleichgültig. Aber Albano stürzte hinab – kaum konnt' ihm der verwunderte Astonom die Einladung auf die morgendliche totale Sonnenfinsternis nachrufen – und rannte Blumenbühl zu. Wie sich sein Herz unter dem Rennen und am meisten in Vertiefungen, worin er die erleuchtete Kirche verlor, abarbeitete, das bleibt verhüllt, weil es sich ihm selber verhüllte unter seinem Sturm. Endlich sah er die weiße Kirche vor sich, aber die Kirchenfenster waren ohne alles Licht. Er klopfte hart an die eiserne Kirch-Türe und rief: »Aufgemacht!« Er hörte nur den Nachhall in der leeren Kirche und nichts weiter.

So ging er mit der stürmenden Vergangenheit in seiner Brust durch die schlafende Nacht zurück – die Erde war ihm eine Geisterinsel, die Geisterinseln waren ihm Erden – sein Wesen, seine Stadt Gottes brannte ab, fühlt' er.

Sie lag am Morgen noch in völliger Glut, als der Lektor zu ihm kam und ihm die unbegreifliche Bitte von Lianen brachte, daß sie ihn gegen die Mittagszeit allein in Lilar zu sprechen wünsche. Er wurde diesesmal nicht gegen den verdächtigen Boten erzürnt und sagte voll Verwunderung Ja. Mit welchen kühnen, abenteuerlichen Formen steigt unser Lebens-Gewölke den Himmel hinan, eh' es verschwindet! –

80. ZYKEL

Lasset uns zu Lianen gehen, wo die Rätsel wohnen! – Am Morgen nach der erleuchteten Nacht fühlte sie erst die grausame Anspannung nach, womit sie ihren Eltern das Versprechen des Schweigens gehalten; mit aufgelösten Kräften sank sie darnieder, aber auch mit feuriger erneueter Treue. »Womit« (sagte sie sich immerfort) »hatt' es denn dieser edle Mensch verdient, daß ich ihm seinen ganzen Abend voll Schmerzen machte? – Wie oft sah er mich bittend und richtend an! – O, hätt' ich dein schönes Haupt halten dürfen, da du es schwer an die rauhe Fichten-Rinde lehntest!« – Was sie in der schweren Mitternacht am wehmütigsten gemacht, war sein stummes Verschwinden gewesen; wie oft hatte sie nach seinem außen mit Lampen erleuchteten Donnerhäuschen hinaufgesehen, wo innen nur Finsternis am Fenster lag! Jetzt fühlte sie, wie nah' er ihrer Seele wohne; und sie weinte den ganzen Morgen über die Nacht, und der Strahl der Liebe stach sie immer heißer, so wie Brennspiegel die Sonne stärker vor uns legen, wenn sie gerade nach Regen niederblickt. Die Mutter wurd' ihr heute für das opfernde worthaltende Gestern durch zurückkommende, vertrauende Liebe dankbar – obwohl der Vater mit nichts, da man bei ihm so wenig wie bei den ältern Lutheranern durch gute Werke selig wurde, sondern nur durch den Mangel derselben verdammt –; aber eben jetzt, wo die Eltern aus der Nacht die neuesten Hoffnungen der Entsagung geschöpfet hatten, konnte die Tochter keiner einzigen schmeicheln.

Wie oft dachte sie an Gaspards Brief! – Ist er ein abgedrückter Pfeil, der mit der Wunde an der Gift-Spitze auf dem langsamen Weg von Spanien nach Deutschland ist, oder das freundliche Licht eines nie gesehenen Fixsternes, das erst auf der weiten Bahn zu uns heruntergeht? –

Augusti hatte aber den Brief schon vor der Illuminationsnacht erhalten, allein nur Ursachen gefunden, ihn nicht zu übergeben. Hier ist er:

»Ich muß Ihre Ängstlichkeit sehr schätzen, ohne sie anzunehmen. Albanos Liebe für das F. v. Fr., an dem ich schon sonst sozusagen eine gewisse Virtuosität in der Tugend recht gern bemerkte, stellet uns und ihn gegen den Einfluß der Geister-Maschinerie und gegen anderweitige Verbindungen sicher, die für seine Studien und sein warmes Blut wohl bedenklicher wären. Nur muß man dergleichen Jugend-Spiele ihrem eignen Gange überlassen. Hält er an ihr zu fest: so mag er zusehen, wie sich die Sache entwickelt. Warum sollen wir ihm diese Freude noch verkürzen, da Sie mir ohnehin leider die Kränklichkeit des schönen Wesens klagen? Im Spätherbste seh' ich ihn. Seine kräftige, brave Natur wird wohl zu entraten wissen. Versichern Sie das Froulaysche Haus meiner besten Gesinnungen.

G. d. C.«

Der Lektor hätte gern dieses Papier in die Papiermühle geworfen, da so wenig daran »ostensible« war. Zwar Gaspards mörderisch geschliffne Ironie über Lianens Kränklichkeit blieb, wenn er ihr das Schreiben zeigte, für diese arglose Friedensfürstin in der Scheide; – auch der Nordwind des Egoismus, der das Blatt durchstrich, wurde von der Liebenden, da er doch für Albanos frohe Lebensfahrt ein günstiger Seitenwind war, nicht gefühlt oder geachtet; – aber eben darum; denn sie konnte Gaspards verdecktes Nein für ein Ja ansehen und sich gerade in das Seil tödlich verwirren, woran der Freund sie aus ihrem steilen Abgrund ziehen wollen.

Indes der Brief mußte übergeben werden – aber er tats mit langen, scheuen Weigerungen, die ihr gleichsam den Schleier von dem bedeckten Nein wegziehen sollten. Sie las ihn furchtsam, lächelte weinend bei der mörderischen Ironie und sagte sanft: ja wohl! – Der Lektor hatte schon eine halbe Hoffnung im Auge. – »Wenn der Ritter« (sagte sie) »so denkt, darf ichs denn weniger? Nein, guter Albano, nun bleib' ich dir treu! Mein Leben ist so kurz, darum sei es ihm so lange erfreulich und gewidmet, als ich vermag.«

Sie dankte dem Lektor so warm und froh für den Pfeil aus Spanien, daß dieser unfähig war, hart genug zu sein, um dessen schwarz vergiftetes Ende in das schöne Herz zu stoßen. Sie bat ihn, zu seiner Schonung nicht bei ihrer festen Erklärung gegen ihren Vater zu sein, lieber höchstens zu ihrer und der mütterlichen die ihrige gegen die Mutter zu übernehmen. Er willigte bloß in – beides, statt in eines.

Die sanfte Gestalt trat ruhig vor ihren Vater hin und brachte, vor keinem Blitz und Donner zusammenfahrend, ihre Erklärung zu Ende, daß sie ihre gemißbilligte Liebe hart bereue, daß sie alle Strafen tragen und alles opfern, alles hier und bei der Fürstin tun und lassen wolle, wie »cher père« fodern würde, daß sie aber länger nicht den schuldlosen Grafen v. Zesara beleidigen dürfe durch den Schein des pflichtwidrigsten Abfalls. Auf diese Anrede konnte der Minister – der sich durch das bisherige folgsame Enthalten sehr von labenden Erwartungen hatte heben lassen –, unten auf dem Boden ausgestreckt, von seinem tarpejischen Felsen dahin geworfen, keinen weitern Laut von sich geben als diesen: »Imbécile! du heiratest den Herrn von Bouverot – er malt dich morgen – du sitzest ihm.« Er zog sie mit harter Hand und drei entsetzlich langen Schritten zur Ministerin: »Sie bleibt« (sagt' er) »in ihrem Zimmer bewacht, niemand darf zu ihr außer mein Schwiegersohn – er will die Imbécile malen en miniature. – Geh, Imbécile!« sagte er außer sich. Ihr gänzlicher Mangel an weiblicher Verschlagenheit hatte wirklich für den Staatsmann eine Decke über ihr tiefes, scharfes Auge gezogen; ein gerader Mensch und Verstand gleicht einer geraden Allee, die nur halb so groß erscheint als eine auf krummen Wegen laufende.

Der Lektor, der nie für einen besondern Liebhaber ehelicher Lusttreffen wollte angesehen sein, hatte sich schon fortgemacht. Der dreißigjährige Krieg der Gatten – nur wenige Jahre fehlten daran – gewann Leben und Zufuhr. Der alte Ehemann verbreitete über sein Gesicht jenes zuckende Lächeln, das bei einigen Menschen der Zuckung des Korkholzes ähnlicht, welche das Anbeißen des Fisches ansagt. Er fragte, ob er nun wohl unrecht gehabt, weder der Tochter noch der Mutter – die er beide eines parteigängerischen Einverständnisses gegen ihn beschuldigte – zu trauen; und versicherte nun, nach solchen Proben wären ihm weder strengere Maßregeln zu verargen noch ein gerades Losgehen auf sein Ziel, und mit dem Sitzen, um das ihn der deutsche Herr schon zweimal gebeten, höb' er an. Die Ministerin schwieg zu Lianens Strafe über ein so übergroßes Geschenk an Bouverot, wie ein Miniaturbild ist.

Die zarte Tochter, gedrängt und zerquetscht zwischen steinernen, zuschreitenden Statuen, stellte der Mutter vor, sie sei unmöglich imstande, ein so langes männliches Anblicken auszuhalten, und am wenigsten von Herrn v. Bouverot, dessen Blicke oft wie Stiche in ihre Seele führen. Hierauf antwortete und retorquierte in der Mutter Namen der Vater dadurch, daß er einen Sessel an den Sekretär hinzog und auf der Stelle den deutschen Herrn auf morgen einlud zum Malen. Dann wurde Liane mit einem Worte fortgeschickt, das sogar aus dieser weichen Blume den Blitz eines kurzen Hasses zog.

Das Reichsfriedensprotokoll lag jetzt vor beiden Gatten aufgeschlagen; und es fehlte bloß an jemand, der diktierte, als die Ministerin aufstand und sagte: »Sie sollen mich mehr achten lernen.«

Sie ließ anspannen und fuhr zum Hofprediger Spener. Sie kannte Lianens Achtung für ihn und seine Allmacht über ihr frommes Gemüt. Sogar ihr selber imponiert' er noch. Aus jener frühern theologischen Zeit, wo noch der lutherische Beichtvater näher an dem katholischen regierte, hatt' er durch die Kraft und Großmut seines Charakters einen Hirtenstab, der vom Bischofsstabe sich bloß im bessern Holze unterschied, herübergebracht. Sie mußt' ihm Lianens Verhältnis zweimal erzählen; der feurige, erzürnte Greis konnte eine Liebe gar nicht fassen und glauben, die sich sogar vor seinen alten Augen sollte fortgesponnen haben ohne sein Wissen. »Ihro Exzellenz« (antwortete er endlich) »haben freilich gefehlet, daß Sie mir diese importante Begebenheit erst heute mitteilen. Wie leicht würd' ich alles durch Gottes Hülfe zu einem gesegneten Ausgang geleitet haben! Es ist aber nichts verloren. Senden Ihro Exzellenz das Fräulein noch diese Nacht zu mir, aber allein, ohne Sie; das muß geschehen; dann steh' ich für das übrige!«

Einwendungen und Bedenklichkeiten würden bloß den Ehrgeiz und Zorn des Greises – welche beide unter dem Eis seiner Haare fortarbeiteten – entzündet haben; sie sagte ihm also vertrauend alles zu mit jenem Gehorsam, den sie auch auf Lianen vererbet hatte.

Recht hoffend nahm Liane den Befehl der Nachtreise zum guten frommen Vater auf. Sie fuhr bloß mit ihrem ergebenen Mädchen ab. Mit tiefbewegter Seele erschien sie vor ihrem Beichtvater. Sie eröffnete sich ihm wie einem Gott; er entschied ebenso. Welch ein Anblick für ein anderes, weniger stolzes Auge als das Spenersche wäre diese demütige, aber gefaßte Heilige gewesen, deren Herz immer wie der Sonnenstrahl am schönsten in der Zerspaltung erschien! –

Aber hier geht die Geschichte in Schleiern! Der Greis befahl ihrem Mädchen zurückzubleiben und nahm sie allein in das stumme Blumenbühl hinüber. Er schloß ihr die Kirche auf, zündete noch eine Kerze auf dem Altare an, damit das wüste Dunkel ihrem scheuen Auge nichts vorspiele, und vollendete, was die Eltern nicht konnten.

Wie er es erzwang, daß sie auf ewig ihrem Albano entsagte, wird von der großen Sphinx des Eides, den sie ihm schwur, bewacht und bedeckt. – Nur der ferne Mensch, der die schöne Seele verlor, hatte auf der Sternwarte von den Sonnen auf die hellen Kirchenfenster geblickt und hinter ihnen zerrüttende Erscheinungen gefunden, ohne zu wissen, daß sie wahr wären und sein Leben entschieden.

Sie ging kalt über die Auen und Berge der alten Tage, die geleuchtet hatten, wieder in die Wohnung des Greises zurück, der sie mit größerer Ehrerbietung entließ, als er sie aufgenommen. Auf dem Nachtweg war sie stumm und in sich gesenkt gegen ihr Mädchen. Die Eltern erwarteten sie noch, die Mutter blickte bang' in die Nacht und in die Zukunft. Endlich rollte der lebendige Wagen in den Hof. Groß und mächtig, wie eine unschuldig Hingerichtete wieder vor dem Zergliederer auflebt und, ihn für den höhern Richter achtend, entfesselt und freudig spricht, so trat sie vor die Eltern; wie der kalte Marmor einer Göttergestalt stand sie bleich, tränenlos, kalt und ruhig da. Sie wußte und wollt' es nicht, aber sie ging hoch über das Leben, sogar über die kindliche Liebe – sie konnte die Mutter nicht so inbrünstig küssen wie sonst – sie stellte sich unerschrocken vor den polternden Vater und sagte dann ohne Träne, ohne Bewegung, ohne Röte und mit sanfter Stimme: »Ich habe heute vor Gott meiner Liebe entsagt. Der fromme Vater hat mich überzeugt.« – »Und hatte der Mann bessere Gründe dazu in petto als ich?« sagte Froulay. – »Ja,« (sagte sie) »aber ich habe im Tempel geschworen, zu schweigen, bis alles die Zeit entdeckt. – Nun bitt' ich Sie nur bei dem Allgerechten, mir es zu erlauben, daß ich *Ihm* seine Briefe persönlich wiedergebe und ihm es sage, daß ich aufhöre, die Seinige zu sein, aber nicht aus Wankelmut, sondern aus Pflicht; – das bitt' ich, liebe Eltern. – Dann walte Gott weiter, und ich werde Ihnen in nichts mehr ungehorsam sein.«

Der elende Vater, durch diesen Sieg aufgeblähter, wollte ihr noch die letzte Bitte des sterbenden Herzens sauer machen und ließ sogar Argwohn über die Absicht der Zusammenkunft blicken; aber die Mutter, in ihrer schönen Seele von der schönsten ergriffen, trat eifrig und verachtend dazwischen und bejahte es eigenmächtig. Auch schien Liane das Vater-Nein wenig zu bemerken. Als er fort war, riß die Mutter die stille Gestalt selig-weinend an sich: aber Liane weinte doch nicht so leicht an ihr wie sonst aus Liebe, es sei, daß ihr Herz zu erhaben stand, oder daß es ebenso langsam in die alte Lage wiederkam, als es aus ihr wich. »Habe Dank, Tochter,« (sagte die Mutter) »ich werde dir nun das Leben froher machen.« – »Es war froh genug. Ich sollte sterben; darum mußt' ich lieben«, sagte sie. – So ging sie lächelnd in die Arme des Schlafes mit hartklopfendem Herzen. Aber im Traume kam es ihr vor, sie sinke ohnmächtig dahin, verliere die Mutter und ringe sich aus dem fliegenden Tode bange wieder auf und weine dann froh, daß sie wieder lebe. Darüber erwachte sie, und die frohen, durch den Traum sanft abgelöseten Tropfen flossen aus den offnen Augen fort und erweichten wie Tauwind das starre Leben. –

Ihr großen oder seligen Geister über uns! Wenn der Mensch hier unter den armen Wolken des Lebens sein Glück wegwirft, weil er es kleiner achtet als sein Herz: dann ist er so selig und so groß wie ihr. Und wir sind alle einer heiligern Erde wert, weil uns der Anblick des Opfers erhebt und nicht niederdrückt und weil wir glühende Tränen vergießen, nicht aus Mitleiden, sondern aus der innersten, heiligsten Liebe und Freude. –

Warm und glänzend trat die Sonne, die heute wie die Unglückliche verfinstert werden sollte, ihren Morgen an. Liane erwachte zum Begräbnis-Tage ihrer Liebe nicht mit der gestrigen Stärke, sondern weich und matt, aber heiterer durch die Aussicht in die Wiederkehr der friedlichen Zeit. Die Mutter, obwohl selber kränklich, drückte sie schon frühe an ihr Herz, um den Puls des teuersten zu prüfen. – Liane blickt' ihr liebreich und sehnsüchtig recht lange mit nassem Auge ins nasse und schwieg. »Was willst du?« fragte die Mutter. – »Mutter, liebe mich jetzt mehr, da ich allein bin«, sagte sie. Dann band sie vor der Mutter alle Briefe Albanos zusammen, ohne sie zu lesen, den ausgenommen, worin er ihren Bruder um seine Liebe bittet. Sie scherzte gegen die Mutter, wie das Schicksal es mit uns wie arme Eltern mit ihren Kindern machte, die ihnen anfangs helle, bunte Gewänder angäben, weil diese leichter in dunkle umzufärben wären.

Die Mutter suchte allmählich ihre Geisterphantasien, gleichsam das Todes-Moos, das an ihrem jungen, grünen Leben sauge, von ihr abzunehmen: »Du siehst,« (sagte sie) »wie dein Engel irren kann, da er deine Liebe billigte, die du nun mißbilligst.« Aber sie hatte eine Antwort: »Nein, der fromme Vater sagte, sie sei recht gewesen, bis da er mir das Geheimnis sagte, und die Bibel sage, man müsse alles verlassen der Liebe wegen.« – So steigt denn dieses arme Geschöpf, wie man vom Paradiesvogel sagt, so lange im Himmel gerade empor, bis es tot herunterfällt.

Sie zeigte der Mutter fast eine fieberhafte Heiterkeit, einen Sonnenschein am letzten Tage des Jahres. Sie sagte, wie es sie erquicke, daß sie nun mit ihrer lieben Mutter von ihren vorigen schönen Tagen frei reden dürfe – sie malte ihr Albanos glühendes, großes Herz, und wie er die Opfer verdiene und die »Perlenstunden«, die sie zusammen gelebt. »Im Grunde ist« (sagte sie heiter, aber so, daß dem Zuhörer Tränen ankamen)

»ja nichts davon vorbei, Erinnerungen dauern länger als Gegenwart, wie ich Blüten viele Jahre konservieret habe, aber keine Früchte.« Ja, es gibt zarte weibliche Seelen, die sich nur in den Blüten des Weingartens der Freude berauschen, wie andere erst in den Beeren des Weinbergs. Des Lektors Billet kam an mit der Nachricht, daß Albano sie in Lilar erwarte.

Jetzt, da die Stunde der Zusammenkunft so dicht anrückte, wurd' ihr immer banger. »Wenn ich ihn nur überreden kann,« (sagte sie) »daß ich als ein rechtschaffenes Mädchen gehandelt habe.« Ehe sie ihr Morgenzimmer gegen den Trauerwagen vertauschte, legte sie darin alles zum Zeichen zurecht, wenn sie wiederkäme; sie habe, sagte sie, einen sehr bösen Traum gehabt, aber sie hoffe, er treffe nicht ein.

Sie stieg mit ihrem Arbeitskörbchen, worin die Briefe lagen, am Arme in den Wagen, den man aufmachen mußte, weil seine schwüle Luft sie drückte. Aber die Schwüle atmete ihr Geist, und alles Schöne, was ihr begegnete, wurd' ihr heute zur betäubenden Giftblume. Sie faßte und drückte furchtsam immer die Hand der Mutter, weil sie jeder Schrei, jede schnell vorüberlaufende Gestalt wie ein Sturmvogel rauschend überflatterte; ein Ausrufer schnitt mit seinem rohen Ton in ihre Nerven; sie bebten nur erst sanfter wieder, da ein Geistlicher und sein Diener mit dem Krankenkelch für den Abendtrank der müden Menschen vorübergingen. O, der schöne Weg wurd' ihr lang! Sie mußte das zerfallende Herz, das recht fest und bestimmt mit dem Geliebten reden sollte, so lange mit ermattenden Kräften zusammenhalten.

Der Himmel war blau, und doch merkten beide es nicht, daß es ohne Wolken anfange dunkel zu werden, da der Mond schon mit seiner Nacht an der Sonne stand. Als sie über die Waldbrücke und das lebendige Lilar fuhren, wo an allen Zweigen die alten Brautkleider einer geschmückten Vergangenheit hingen, sagte Liane mit Heftigkeit zur Mutter: »Um Gottes Willen nicht ins alte Toten-Schloß!«[1] – »Wohin denn aber? Er

1 Wo der Fürst gestorben und sie erblindet war.

ist dahin bestellt«, sagte die Mutter. – »Überall hin – in den Traumtempel – Er sieht uns schon, dort geht er auf den Toren«, sagte sie. »Gott der Allmächtige sei mit dir, und sprich nicht lange«, sagte die weinende Mutter, als sie von ihr in den Tempel ging, in dessen Spiegeln sie der Trennung der unschuldigen Menschen zuschauen konnte.

Albano kam langsam oben in den Gängen daher, er hatte sein Auge von Tränen rein gemacht und sein Herz von Stürmen. O, wie hatt' er bisher wie ein lang umhergetriebner Seefahrer in seine dunklen Wolken hineingesehen, um zwischen ihren Nebelspitzen die Bergspitze eines festen grünen Landes auszufinden! – daß er heute so viel, nämlich alles verlieren sollte, so weit waren seine traurigsten Schlüsse nicht gegangen; ja er bewahrte so viel Ruhe, daß er oben den kleinen nachtanzenden Pollux nicht bedrohend, sondern beschenkend zurückschaffte.

Endlich stand er mit zuckenden Lippen vor der geliebten schönen Gestalt, die kindlich, bleich, zitternd und das Arbeitskörbchen bewachend, ihn ein wenig anblickte und dann mit ihren niederfallenden Augen kämpfte. Da schmolz sein Herz; die Flut der alten Liebe rauschte hoch in sein Leben zurück. »Liane,« (sagt' er im sanftesten Ton, und seine Augen tropften) »bist du noch meine Liane? Ich bin noch wie sonst; und du hast dich auch nicht verändert?« – Aber sie konnte nicht Nein sagen. In die Pulsader ihres Lebens wurde geschnitten, und Tränen sprangen auf statt Blut. Seine gute Gestalt, seine bekannte Bruder-Stimme standen wieder so nahe an ihr, und seine Hand hielt ihre wieder, und doch war alles vorbei, ein heißer Sonnenblick streifte über ihr voriges, blumiges Gartenleben und zeigt' es wehmütig erleuchtet, aber es lag fern von ihr. »Laß uns« (fuhr er fort) »jetzt stark sein in diesem sonderbaren Wiedersehen – sage mir recht kurz alles, warum du bisher so schwiegest und so tatest – ich habe nichts zu sagen – dann sei alles vergessen.« – Er hatte unbewußt ihre Hand erhoben, aber die Hand drückte sich nieder und zitterte dabei.

»Zitterst du oder ich?« sagt' er. – »Ich, Albano,« (sagte sie) »aber nicht aus Schuld – ich bin treu, o Gott, ich bin treu bis in den Tod.« – Er sah sie irrend an. »*Ihnen*, Ihnen bin ichs, aber alles ist vorbei«, rief sie verwirrt und verwirrend. »Nein« – (setzte sie gebietend dazu, als er zufällig mit ihr aus der Perspektive des Traum-Tempels gehen wollte) – »nein, meine Mutter will uns sehen, dort aus dem Traumtempel.«

Er wurde rot über die mütterliche Wache, sein Auge blitzte in ihres wider das »Ihnen«, und die heißen Blicke wollten aus ihrem bewegten Gesicht das aufhaltende Rätsel ziehen. Die Not gebot Kraft; sie fing an.

»Hier« – (stammelte sie und konnte zitternd das Körbchen kaum aufbringen) – »Ihre Briefe an mich!« Er nahm sie sanft. »Ich hab' Ihnen entsagt,« (fuhr sie fort) »meine Eltern sind nicht schuld, wenn sie gleich unsere Liebe nicht wollten – ein Geheimnis betrifft bloß Sie und Ihr Glück – das hat mich bezwungen, daß ich von Ihnen schied und von jeder Freude.« – – »Ihre Briefe wollen Sie auch« – – sagt' er. »Meine Eltern – –« sagte sie. »Das Geheimnis über mich« – – sagt' er. – »Ein Schwur bindet mich« – sagte sie. – »Heute nachts in der Kirche zu Blumenbühl vor dem Priester« – fragt' er. Sie deckte ihre Hand auf die Augen und nickte langsam.

»O Gott!« (rief er laut weinend) – »Das ists mit dem Leben und der Freude und aller Treue? – so? – Wie habt ihr gelogen« (er sah seine Briefe an) »von ewiger Treue und Liebe. – Wen habt ihr denn gemeint, ihr höllischen Lügner?« Er warf sie weg. Liane wollte sie aufheben, er trat stark darauf und sah die Erschrockene bitter an; – nun geriet er in Sturm und goß, wie ein Schöpfrad unter dem Gießen schöpfend, seine brausende, leidende Brust aus und hörte grausam gar nicht auf mit den Gemälden seiner Liebe, ihrer Schwäche, ihrer Kälte, seines Schmerzes, ihrer vorigen Eide und ihres jetzigen meineidigen über sein geheimnisvolles Glück, das er ja nicht wolle. Ihr Schweigen trieb ihn wilder um. Ihr schnelles heftiges Atmen hört' er nicht.

»Quäle dich nicht. Es ist nun alles unmöglich«, antwortete sie bittend. »O,« (sagt' er zornig) »die Änderung will ich nicht wieder ändern; denn der Lektor und der Pfaffe würden wieder das ändern!« Er geriet nun in die männliche Verstockung und Herzens-Starrsucht; der Strom der Liebe hing als ein gefrorner zackiger Wasserfall über den Felsen.

»Ich dachte nicht, daß du so hart wärest«, sagte sie und lächelte fremd. »Noch härter bin ich« (sagt' er) – »ich rede, wie du handelst.« – »Hör auf, hör auf, Albano – es wird mir so finster – o, zu meiner Mutter will ich gleich«, rief sie plötzlich; die zwei alten, schwarzen Spinnen, vom Schicksal herabgelassen, standen wieder über ihren schönen Augen und überzogen sie, emsig-spinnend, immer dichter; und über die goldnen Streifen des Lebens wuchs schon grauer Schimmel her.

»Es ist die Sonnenfinsternis«, sagt' er, das Erblinden der matt glänzenden Sichel des Sonnenviertels zuschreibend. Er sah oben im blauen Himmel den Mond-Klumpen wie einen Leichenstein in die reine Sonne geworfen – nicht einmal recht schattige, sondern entnervte Schatten lebten im ungewissen, grauen Lichte – die Vögel flatterten scheu umher – kalte Schauder spielten wie Geister der Mittagsstunde im kleinen, matten Scheine, der weder Sonnen- noch Mondlicht war. Dunkel, dunkel lag dem Jüngling das Leben vor, im langen schwarzmarmornen Säulengang der Jahre schritten die Schmerzen als Pantertiere heran und wurden hell gefleckt unter den weglaufenden Sonnenblicken der Vergangenheit.

»Das passet ja recht für heute,« (fuhr er fort) »eine solche schnelle Nacht ohne Abendröte – Lilar muß heute zugedeckt werden – blick hinauf zum Mond, wie er sich schwarz über die Sonne gewälzt hat, sonst war er auch unser Freund – O, mach es noch finsterer, ganz Nacht!« –

»Albano, schone, ich bin unschuldig, und ich bin blind – wo ist der Tempel und die Mutter?« rief sie jammernd: die Spinnen hatten die nassen Augen von Tränen zugewebt.

»Bei dem Teufel; es ist die Sonnenfinsternis«, sagt' er und

schauete in das blind herumirrende bange Gesicht und erriet alles; aber er konnte nicht weinen, er konnte nicht trösten. Der schwarze Tiger des grausamsten Schmerzes hing an seine Brust geklammert, und er trug ihn fort. »Nein, nein,« (sagte Liane) »ich bin blind und bin auch unschuldig.«

Der frohe, beschenkte Pollux hatte einen bettelnden Stummen nachgeführt, der mit der läutenden Stummenglocke folgte: »Der stumme Mann kann nur nichts sagen«, sagte Pollux. – Liane rief: »Mutter, Mutter! Mein Traum kommt, das Totenglöcklein läutet.«

Die Ministerin stürzte heraus. »Ihre Tochter« (sagte Albano) »ist wieder blind, und Gott strafe den Vater und die Mutter und wer daran schuld ist am Elend.« – »Was gibt es?« rief der schnell heraustretende Spener, der vorhin das Zusammenwandeln gesehen und zur Mutter gekommen war. »Eine Unglückliche, Euer Werk auch!« versetzte Albano.

»Lebe wohl, unglückliche Liane!« sagt' er und wollte scheiden; stand aber, und nachdem er das gefolterte schöne Gesicht, das mit den blinden Augen weinte, starr angeblickt, rief er: »Entsetzlich!« und ging.

Lange lag er oben im Donnerhäuschen auf den Armen mit den Augen, und als er sich endlich spät, ohne zu wissen, wo er sei, wie aus einem Traume aufrichtete: sah er die ganze Landschaft von einem heitern Tag beleuchtet, die Sonne glänzte unverhüllt und warm im reinen Blau, und der verschlossene Wagen mit der Blinden rollte schnell über die Brücke des Waldes. Da sank Albano wieder auf die Arme darnieder.

NEUNZEHNTE JOBELPERIODE

Schoppes Trostamt – Arkadien – Bouverots Porträtmalerei

82. ZYKEL

Da Albano nun ohne Liebe und Hoffnung lebte – da er den Angelstern seines Lebens als eine Sternschnuppe in seine totenstille Wüste hatte fallen sehen – da jede seiner Handlungen jetzt einen Skorpionenstachel ausstreckte und jede Erinnerung, und er Lianens Briefe zurücksandte, Lilar verließ, das Haus des Doktors, den Lektor, Lianens Verwandte und den frommen Vater – da er sein allmählich bleich werdendes Gesicht nur auf Bücher und nach Sternen richtete: so mußten Menschen, die keinen höhern Schmerz kennen als den eigennützigen, glauben, seine Brust werde von nichts gedrückt als vom Schutte der zertrümmerten Luftschlösser seiner Hoffnung und Jugendliebe. Aber er war edler unglücklich und trostlos, er wars, weil er zum erstenmal einen Menschen und den besten elend gemacht – seine Geliebte blind; – in diese Vertiefung seines Herzens flossen alle benachbarten Quellen des Leidens zusammen. Die kleinsten bunten Scherben seines Glückstopfes wurden gleichsam von neuem zerschlagen, wenn er von Tag zu Tag vernahm, daß die Arme, obwohl täglich auf das Wasserhäuschen vor die heilenden Fontänen gestellt, doch immer ohne Lichtschein zurückgebracht werde und daß sie jetzt auf dieser Raub-Erde nichts weiter fürchte und bejammere, als daß der Tod vielleicht die Augen schließe, ehe sie noch einmal die Mutter angesehen.

O die Wunde des Gewissens wird keine Narbe, und die Zeit kühlt sie nicht mit ihrem Flügel, sondern hält sie bloß offen mit ihrer Sense. Albano rief sich Lianens bitteres Flehen um Schonung zurück, und da tröstete es ihn nicht, daß er unter jener Sonnenfinsternis nicht ihre Augen aufopfern wollen, sondern nur ihr Herz. Im Brenn- und Vergrößerungsspiegel des Erfolges zeigt uns das Schicksal das leichte, spielende Gewürme unseres Innern als erwachsene und bewaffnete Erinnyen und Schlangen. Wie viele Sünden gehen wie nächtliche Räuber ungesehen und mit sanften Mienen durch uns, weil sie, wie ihre Schwestern in Träumen, sich nicht aus dem Kreise der Brust verlaufen und nichts Fremdes anzufallen und zu würgen bekommen! – Die schöne Seele entdeckt leicht im Zufall eine Schuld; nur jene harten Himmels- und Erd-Stürmer, vor deren Siegeswagen vorher eine Wagenburg voll Wunden und Leichen auffährt, nämlich die Väter des Krieges – welches in der ganzen Geschichte öfter die Minister waren als die Fürsten –, nur diese können ruhig alle Vulkane der Erde anzünden und alle ihre Lavaströme kommen lassen, bloß um – Aussichten zu haben. Sie düngen elysische Felder zum Schlachtfeld, um darin einen Rosenstock für eine Geliebte röter zu ziehen.

Das erste, was Albano tat, als er in des Doktors Hause ankam, war, daß er darauszog in die ferne Talstadt hinab, um weder den verdächtigen Lektor zu sehen, noch weniger den boshaften Doktor Sphex über das Rezidiv der Blindheit täglich zu hören. Nur der treue Schoppe zog mit, zumal da er durch ein zweckmäßiges Betragen sich unter der Sphexischen Familie selber hatte eine Oppositionspartei zu bilden gewußt, die ihn nicht mehr im Hause litt. Die bibliothekarische Wärme hatte mit des Lektors Kälte sehr gegen den Grafen zugenommen – und aus gleichen Gründen; das kecke Ausziehen nach Lilar und die leidenschaftliche Wildheit hatten ihn näher an Albanos Seite geschlossen: »Ich dachte anfangs,« (sagte Schoppe) »der junge Mann lasse sich zu nichts an als zu einem ältlichen, als ich ihn so in die Schule schreiten sah. Ich hielt oft den Mann im Mond, wo es bekanntlich aus Mangel an Durst und Dunstkreis nichts einzuschenken gibt, für einen größern Trinker als ihn. Aber endlich greift er aus. Ein Jüngling muß nicht, wie der alte Spener, alles in der Vogelperspektive, von oben herab darstellen. Er muß anfangs wie Inzipienten in Schreib- und Malerstuben alle Züge ein wenig zu groß machen, weil sich die kleinen geben. Es gibt Donnerpferde, aber keine Donneresel und Donnerschafe, wie doch die Hofmeister und Lektores gern hätten und gern vor sich hertrieben, die wie die Billard-Markörs kein offnes Feuer in der Pfeife leiden, sondern nur eines unter dem Deckel.« –

Jetzt lebte Albano einsam unter den Büchern. Der Bruder Lianens kam selten und eiskalt zu ihm; und schwieg über die Leidende, ob er gleich immer um diese blieb. Da er selber das erste Gewebe zu dieser Blindheit einmal gesponnen: so mußt' er, zumal bei seiner ungeschminkten Feuerliebe für seine Schwester, den ordentlich hassen, der es wieder über sie hereingezogen – glaubte Albano und ertrug es gern zur Strafe. Desto öfter ließ sich der Hauptmann zum deutschen Herrn hinziehen, bei dem er jetzt wider Erwarten gewann. Es ist die Frage – nämlich keine –, ob nicht seine Fähigkeit und Neigung, sich mit den unähnlichsten Menschen zu verflechten, bloße Kälte gegen alle Herzen ist, die er alle nur bereiset, weil er keines bewohnt.

Auch Rabette schrieb dem Grafen mehrere Klage-Zettel über den weichenden Hauptmann; in einem sagt sie sogar: »Könnt' ich dich nur sehen, um einmal jemand zu haben, der mich weinen ließe, denn das Lachen kenn' ich schon seit geraumer Zeit nicht mehr.« Der gute Albano zeichnete auch dieses Entweichen in sein Sündenregister ein, gleichsam als Enkel seiner Teufelskinder.

Die Fürstin vermocht' ihn zuweilen aus der Einsamkeit zu locken, wenn sie ihre leise Lockpfeife an die schönen Lippen legte. Sie schien des Vaters wegen wahren Anteil am trüben Sohn zu nehmen, der zwar keine Schmerzen, aber auch keine Freuden zeigte. Auch das Mann-Weib, das mehr gehelmte als gehaubte, rückt gern unter das kranke Haupt das Ruhekissen und unter das ohnmächtige als Lehne den Arm; und tröstet gern und zart, oft zärter als das zu weibliche. Fast täglich besuchte sie ihre künftige Hofdame und Gesichts-Schwester bei dem Minister und konnte daher dem Geliebten alles sagen.

Indem sie tat, als wisse sie nichts von Albanos Verhältnissen zur Blinden – schon das Verstellen verrät zarte Schonung gegen zwei Menschen auf einmal, sagte Albano –: so konnte sie ihm frei alle Krankenzettel der schönen Dulderin geben, so wie die Gutachten über sie überhaupt. Nach der Sitte der Kraftweiber ließ sie ihr alle lobende Gerechtigkeit ohne weibischkleinlichen Abzug angedeihen und wünschte nichts so sehr als ihre Herstellung und künftige Gegenwart.

»Ich bin fähig, *für* ein ungemeines Weib alles zu tun, so wie alles *gegen* ein gemeines«, sagte sie und fragte ihn, ob ihm schon sein Vater über ihren Plan mit Lianen geschrieben. Er verneint' es; und bat sie darum; aber sie verwies ihn auf den väterlichen Brief, der bald kommen müsse. Sie tadelte bloß Lianens Neigung, immer Fantaisie-Blumen in ihr Leben zu sticken, und nannte sie eine reine Barockperle.

Aber aus allen diesen Unterhaltungen kehrte Albano nur betäubter zu Schoppe zurück; er hörte nur Wort-Trost und das Todes-Urteil, daß die geduldige Seele, der er die Schöpfung gestohlen, noch immer eingemauert sei in die tiefste Höhle des Lebens, neben welcher bloß die tiefere des Grabes hell und offen liegt. Jedes sanfte, lindernde, ihm von den Wissenschaften oder Menschen geschenkte warme Lüftchen ging über jene kalte Höhle und wurde für ihn ein scharfer Nord. O, hätt' er sie aus seinen sinkenden Armen entlassen müssen unter schöne Tage, in ein langes, ewiges Paradies, und sie hätte ihn trunken vergessen: das hätt' er auch vergessen können; aber daß er sie hineingestoßen in ein kaltes Schattenreich und daß sie sich seiner erinnern muß aus Schmerz – – nur das mußt' er sich immer erinnern.

Schoppe wußte gegen alle diese Not kein »Pflaster als« (nach seinem schönen Wortspiel) »das Steinpflaster«, nämlich eine Flugreise. Wenigstens, schloß er, hören außer Landes die Fragen über das Befinden und die giftigen Sorgen über das Antworten auf; und bei der Retour finde man viel Schmerz erspart oder gar allen gehoben.

Albano gehorchte seinem letzten Freund; und sie reiseten ins Fürstentum Haarhaar ab.

83. ZYKEL

Wer denkt, daß Schoppe unterwegs für Albano ein fliegendes Feldlazarett des Trostes – ein antispasmoticum – eine Struvische Not- und Hülfstafel – eine gepülverte *Fuchslunge* gegen die Hektik des Herzens u. s. w. gewesen und daß er auf jedem Meilenstein eine Trostpredigt gehalten, wer das denkt, den lacht er aus.

»Was tut es denn,« (sagt' er) »wenn das Unglück den jungen Menschen derb durchknetet? – Das nächstemal wird *er* den Schmerz, der ihn jetzt in der Gewalt hat, in der seinigen haben. Wer nichts getragen, lernt nichts ertragen.« Was das Weinen anlangt, so war er als ein Stoiker wohl am wenigsten davon ein Feind; Epiktet, Antonin, Kato und mehr solche weniger aus Eis als Eisen gebildete Männer, sagt' er so oft, hätten sehr gern dem Leibe dergleichen letzte Ölungen des Schmerzes eingeräumt, falls nur der Geist darhinter sich trocken erhalten hätte. Es ist echte Trostlosigkeit, sagt' er, Trost zu wünschen und anzunehmen; warum will man denn nicht einmal den Schmerz rein durchdauern ohne alle Arzenei?

Allein seine Ansicht und sein Leben wurde ohne sein Zielen über den Grafen mächtig, den alles Große nur vergrößerte, wie es andere verkleinert. Schoppe saß als ein Kato auf Ruinen, aber freilich auf den größten; wenn der Weise die Barometerröhre am Äquator sein muß, in der selber der Tornado wenig verschiebt, so war er dergleichen. Zufällig riß er in einem Wirtshause dem Grafen durch den Hamburgischen Unparteiischen Korrespondenten, den er da vorfand, die verklebten Flügel auf. Schoppe las zwei weite Schlachten daraus vor, worin wie durch einen Erdfall Länder statt der Häuser versanken und deren Wunden und Tränen nur der böse Genius der Erde konnte wissen wollen; darauf verlas er – nach den Totenmärschen ganzer Generationen und nach den aufgerissenen Kratern der Menschheit – mit fortgesetztem Ernste die Intelligenz-Anzeigen, wo einer allein auf ein unbekanntes Gräblein steigt und der Welt, die ihm sonst kondoliert, ansagt und beteuert: »Fürchterlich war der Schlag, der unser Kind von 5 Wochen« – oder: »Im bittersten Schmerz, den je« – oder: »Bestürzt über den Verlust unsers einundachtzigjährigen Vaters etc.«

Schoppe sagte, das sprech' er für recht, denn jede Not, selber die allgemeine, hause doch nur in *einer* Brust; und läg' er selber auf einem roten Schlachtfelde voll gefällter Garben, so würd' er sich darunter aufsetzen, falls er könnte, und an die Umliegenden eine kurze Trauerrede über seine Schußwunde halten; so habe Galvani bemerkt, daß ein Frosch, der in elektrischen Verbindungen stehe, so oft zucke, als der Donner über der Erde nachrolle.

Bei diesem Satz blieb er auch im Freien. Er führt' es tadelnd an, daß Matthison es als eine reisebeschreibende Notiz annotiere, wie man im jetzigen Avenches in der Schweiz an den Stellen der von den Römern zermalmten helvetischen Hauptstadt Aventicum in den dünnern Streifen des Grases den Abriß der Straßen und Mauern finden könne; indes ja offenbar dieselben stereographischen Projektionen der Vergangenheit überall lägen auf jeder Wiese – jeder Berg sei das Ufer einer verschwemmten Vorzeit – jede Stelle hienieden sei ja 6000 Jahre alt und Reliquie – alles sei Gottesacker und Ruine auf der Erde – besonders die Erde selber; »Himmel,« (fuhr er fort) »was ist überhaupt nicht schon vergangen, Völker – Fixsterne – weibliche Tugend – die besten Paradiese – viele Gerechtsame – alle Rezensionen – die Ewigkeit a parte ante – und jetzt eben meine schwache Beschreibung davon! – Wenn nun das Leben ein solches Nichtigkeits-Spiel ist, so muß man lieber der *Kartenmaler* als der *Kartenkönig* sein wollen.«

Ein kräftiger, stolzer Mensch – wie Albano – wird dann schwerlich mitten unter dreißigjährigen Kriegern – Jüngsten

Tagen – wandernden Völkern – verstäubenden Sonnen sein Kleid ausziehen und sich oder dem Universum die zerrissene Ader vorzeigen, die auf seiner Brust ausblutet.

So stand es, als beide abends eine halfoffne Waldhöhe erstiegen, von der sie ein wunderbares Glorien-Land unter sich sahen, so freundlich und ausländisch, als sei es übrig geblieben aus einer Zeit, da noch die ganze Erde warm war und ein immer grünes Morgenland – es schien, so weit sie vor den Bäumen und vor der Abendsonne sehen konnten, ein aus der zusammentretenden Berg-Ecke unabsehlich nach Westen auseinanderlaufendes Tal zu sein – eine vor der Sonne mit den breiten Flügeln umschlagende buntgemalte Windmühle verwirrte das Auge, das das Gedränge von Abend-Lichtern, Gärten, Schafen und Kindern sondern wollte – an beiden Abhängen hüteten weißgekleidete Kinder mit lang nachflatternden grünen Hutbändern – eine gefleckte Schweizerei ging im Weisengrün am dunkeln Bach – auf einem hochgewölbten Heuwagen fuhr eine wie zum Hochzeitmahle gekleidete Bäuerin, und nebenher gingen Landleute im Sonntagsputz – die Sonne trat hinter eine Säulen-Reihe von runden Laubeichen, diesen deutschen Freiheits-Bäumen und Tempel-Pfeilern – und sie schwebten verklärt und vergrößert hoch im goldnen Blaue aufgezogen. – Jetzt sahen die betroffnen Wanderer das nahe beschattete holländische Dorf unten – wie aus zierlichen, bemalten Gartenhäuschen zusammengerückt, mit einem Linden-Zirkel in der Mitte und einem jungen, blühenden Jäger nicht weit davon, oder eine Amazone, die mit der einen Hand ihren Hut voll Zweige abnahm und mit der andern den Balken-Arm mit dem Eimer über den Born hoch aufsteigen ließ.

»Mein Freund,« (fragte Schoppe einen ihnen mit Botenblech und Ranzen nachkommenden Amtsboten) »wie nennt Er das Dorf?« – »Arkadien«, versetzt' er. – »Aber ohne alles dichterische Weißglühen und Kulminieren gesprochen, mein poetischer Freund, wie schreibt sich eigentlich die Ortschaft unten?« fragte Schoppe wieder. Verdrüßlich antwortete der

Amtsbote: »Arkadien, sag' ich, wenn Ers nicht behalten kann – es ist ein altes Kammergut, unsere Prinzessin Idone (Idoine) hält sich da auf, jahraus, jahrein, für beständig – und macht da alles nach eignem Pläsier, was will man mehr?« – »Ist Er auch in Arkadien?« – »Nein, in Saubügel«, antwortete der Bote sehr laut, schon fünf Schritte weiter vorn, zurück.

Der Bibliothekar, der seinen Freund bei der Botenrede in großer Bewegung sah, tat ihm freudig die Frage, ob sie ein besseres Nachtquartier hätten treffen können als dieses, ausgenommen dieses selber im Maimond. Aber wie erstaunt' er vor Albanos Zurücksturz in die Vorhölle, die das Gewissen und seine Liebe anzündeten! Idoinens täuschende Ähnlichkeit mit Lianen war plötzlich vor ihn gezogen: »Weißt du,« (sagt' er, in der Erschütterung durch den Abendzauber heftiger fortbebend) »worin Idoine Ihr unähnlich ist? – Sie kann sehen,« setzt' er selber dazu, »denn sie hat mich noch nicht gesehen. O vergib, vergib, fester Mann, ich bin wahrlich nicht immer so – Sie stirbt jetzt, oder irgendein Unglück zieht ihr nahe; wie ein Dampf vor der Feuersbrunst steigts düster und in langen Wolken in meiner Seele auf – ich muß durchaus zurück.«

»Glauben Sie mir,« (sagte Schoppe) »ich werde Ihnen einmal alles sagen, was ich jetzt denke – gegenwärtig aber will ich Sie schonen.« Auch das verfing nichts, er kehrte um; aber am ganzen andern Reisetag blieb sein Leidenskelch, den Schoppe so glänzend gescheuert hatte, naß und schwarz angelaufen. Sie konnten erst abends ankommen, da ein Zauberrauch von Zwielicht, Mondlicht, Dampf, Dunst und Wolkenrot die Stadt fremder machte. Albanos Adlerauge teilte den Rauch entzwei, und er – entlief. Die blinde Liane allein sah er auf dem hohen welschen Dache gegen die Statuen laufen oder zum Abgrund hin. Wild ohn' einen Laut rannt' er durch die tiefern Gassen – verlor den verbaueten Palast und lief grimmiger – er glaubte, er finde sie auf dem Steinpflaster zertrümmert – er sieht die weißen Statuen wieder, sie hält eine umschlungen, und der alte Gärtner des cereus serpens steht mit dem Hute auf dem Kopfe vor ihr. – Als er endlich ganz unten am Palaste ankam, stand oben ein fremdes Mädchen bei ihr, und unten sahen zusammengelaufne Weiber hinauf, einander fragend: »Gott, was gibt es denn?« – Liane blickte (wie es schien) an den Himmel, worin nur einige Sterne brannten, und dann lange in den Mond, und darauf herunter auf die Menschen; aber sogleich trat sie von den Statuen zurück. Der Gärtner kam aus dem Hofe und sagte vorübergehend seiner fragenden Frau: »Sie sieht.« – »O, guter Mann,« (sagte Albano) »was sagt Er?« – »Gehen Sie nur hinauf!« versetzt' er und schritt emsig weiter. Jetzt kam Bouverot zu Fuße – Albano trat ihm mit einem kurzen Verbeugen und Gruße in den Weg – Bouverot sah ihn ein wenig an: »Ich habe nicht die Ehre, Sie zu kennen«, sagt' er wild und eilte davon.

84. ZYKEL

Schauet nur die blinde Liane näher an!

Von dem Tage an, wo sie zerstöret heimgeführet wurde von der Mutter, fing sich unter ihrer Sonnenfinsternis mit Verweilen ein kühleres, ruhendes Leben für sie an. Die Erde hatte sich verändert, ihre Pflichten gegen diese schienen ihr abgetan – der Silberblick der Jugend wie ein Menschenblick nun erblindet, ihre kurzen Freuden, diese kleinen Maienblümchen, schon unter dem Morgenstern abgepflückt – ihr erster Geliebter leider, wie die Mutter es weissagte, nicht so fromm und zart, als sie gedacht, sondern sehr männlich, rauh und wild wie ihr Vater – die Zeit und Zukunft vertilgt und die künftigen Tage daraus für sie nur eine blinde gemalte Jubelpforte, die Menschenhände nicht öffnen, und durch welche sie nicht mehr dringen kann, außer mit der entbundnen Seele, wenn diese den trägen Schlepp-Mantel des Körpers auf die Erde zurückgeworfen.

Ihr Herz klammerte sich jetzt – wie Albano dem männlichen – noch mehr dem weiblichen an, das zärter und ohne die Fieber der Leidenschaften schlug; so wie die Kompaßnadel sich als eine gewundne Lilie zeigt, so die Tugend sich ihr als weibliche Schönheit.

Ihre Mutter wich nicht von ihrem Blinden-Stuhl, sie las ihr vor, sogar die französischen Gebete, und hielt sie tröstend aufrecht; und sie wurde leicht getröstet, denn sie sah nicht das bekümmerte Gesicht der Mutter und hörte nur die ruhige Stimme. Julienne warf seit dem Begräbnis der ersten Liebe eine alte Kruste ab, und ein frisches Feuer für die Freundin ging aus dem Herzen auf: »Ich habe nicht redlich an dir gehandelt«, sagte sie einmal; da erklärten sie sich verborgen einander, und dann reiheten sich ihre Seelen wie Blumen-Blätter zu *einem* süßen Kelche zusammen. Die Fürstin sprach ernst über Wissenschaften und gewann sogar die Mutter, der sie in männlicher Gesellschaft weniger gefallen. Abends vor dem Einschlafen flog noch wie aus dem Freudenhimmel Karoline in ihr Schattenreich herab und wuchs täglich an Glanz und Farbe, sprach aber nicht mehr; und Liane entschlummerte sanft, indem sie einander anblickten.

Zuweilen fuhr der Schmerz an sie herüber, daß sie vielleicht ihre teuern Gestalten, zumal ihre Mutter, nie mehr sehe; dann war ihr, als sei sie selber unsichtbar und wandle schon allein im dunkeln, tiefen Gange zur zweiten Welt und höre die Freundinnen an der Pforte weit hinter sich ihr nachrufen – Da liebte sie zärtlich wie aus dem Tode herüber und freuete sich auf das große Wiedersehen. Spener besuchte seine Schülerin täglich; seine männliche Stimme voll Stärkung und Trost war in ihrem Dunkel die Abendgebetglocke, die den Wanderer aus der düstern Waldung wieder zu froheren Lichtern führt. So wurde ihr heiliges Herz noch heiliger emporgezogen, und die dunkeln Passionsblumen der Schmerzen schlossen sich in der lauen Augen-Nacht schlafend zu. Wie anders sind die Leiden des Sünders als die des Frommen! Jene sind eine Mondsfinsternis, durch welche die schwarze Nacht noch wilder und schwärzer wird; diese sind eine Sonnenfinsternis, die den heißen Tag abkühlt und romantisch beschattet und worin die Nachtigallen zu schlagen anfangen.

Auf diesem Wege bewahrte Liane mitten unter fremden Seufzern um sie und im Gewitter um sie her eine ruhige, genesende Brust; so zieht oft das zarte, weiße Gewölke anfangs zerrissen und gejagt, aber zuletzt geründet und langsam durch den Himmel, wenn unten der Sturm noch über die Erde schweift und alles bewegt und zerreißet. Aber, gute Liane, alle 32 Winde, sie mögen schöne Tage zu- oder wegwehen, halten länger an als die Windstille der Ruhe!

85. ZYKEL

Der Minister hatte, als sie aus Lilar mit getöteten Augen heimgekommen, in sein rechtes eine Hölle, ins linke ein Fegefeuer gelegt; – denn so sehr belogen hatt' ihn noch kein Geschick; nämlich so sehr gebracht um alle seine Projekte und Prospekte, um das Hofdamenamt der Tochter, diesen Vorsteckring am Finger der Fürstin, und endlich um jeden Fang seines doppelt gewebten Gespinstes.

Unsäglich wehrte sich der Mann vor dem Löffel, worin ihm das Schicksal das Pulver vorhielt, auf welches er die verschluckten Demante seiner Plane sollte fahren lassen; er hielt die stärksten Sermone – so hieß er, wie Horaz, seine Satiren – gegen »seine Weiber«; er war ein Kriegsgott, ein Höllengott, ein Tier, ein Untier, ein Satan, alles – er war imstande, jetzt alles zu unternehmen, aber was halfs? –

Viel, als gerade der deutsche Herr ihn in dieser moralischen Stimmung betraf. Solcher trug kein Bedenken, das väterliche Versprechen der Tochter für die Miniatur-Malerei wieder aufzufrischen und in Anspruch zu nehmen; er war übrigens allwissend und schien unwissend. Für die Sitz-Szene einer Blinden hatt' er eigne romantische Verwicklungen nach den Notizen zugeschnitten, die er aus dem Hauptmann gelockt. Seine Kunst-Liebe gegen Lianens Gestalt hatte bisher wenig gelitten, und sein langsames An- und Umschleichen war seiner Vipern-Kälte und seiner weltmännischen Kraft gemäß. Der alte Vater – der im Leben wie in einem Reichsanzeiger immer einen Kompagnon mit 60, 80 Tausend Taler zu seiner Handlung suchte – bezeugte sich nichts weniger als abgeneigt. Diese zwei Falken auf *einer* Stange, von *einem* Falkenmeister, dem Teufel, abgerichtet, verstanden und vertrugen sich gut. Der deutsche Herr gab zu erkennen, ihr Miniaturbild sei bei ihrer frappanten Ähnlichkeit mit Idoine, die wie sie niemals sitzen wollen, zu manchem Scherze bei der Fürstin behülflich, aber noch mehr seiner »Flamme« für Liane unentbehrlich, und jetzt in ihrer Blindheit könne man sie ja zeichnen ohne ihr Wissen – und er werde unter das Bild schreiben: la belle aveugle oder so etwas. Der alte Minister goutierte, wie gesagt, den Gedanken ganz. Wie die welschen Sängerinnen eine sogenannte Mutter statt eines Passes auf ihren Reisen führen, so hielt er sich für einen solchen sogenannten Vater; er dachte: mit dem Mädchen wirds ohnehin wenig mehr, es liegt als totes Kapital da und verzinset sich schlecht; ich kann den angeöhrten Patenpfennig, den der deutsche Herr bei seinem Gevatterstand mir als dem Vater anbietet wie dem Kinde den Namen, in die Tasche stecken.

Das Schelmen-Duplikat wurde in seinem Schusse und Flusse bloß durch einen Floßrechen aufgehalten, der ihnen den Raub aus den Hechtzähnen zu ziehen drohte: eine alte, keifende, aber seelentreue Kammerjungfer aus Nürnberg war der Rechen; diese wäre nicht von Lianen und nicht zum Schweigen zu bringen gewesen. Bouverot freilich, ein Robespierre und Würgeengel seiner Dienerschaft, hätte an Froulays Stelle die Nürnbergerin ein paar Tage vorher von einem Diener mit einigen komplizierten Frakturen versehen und dann auf die Gasse werfen lassen; aber der Minister – sein Herz war weich – konnte das nicht; alles, was ihm möglich war, das war: er berief sie auf sein Zimmer – hielt ihr es vor, daß sie ihm sein Ohr aus Magdeburg gestohlen – blieb mit dem anwesenden

Gehör taub gegen jede Einwendung, aber nicht gegen jede Unhöflichkeit – und fand sich endlich gar genötigt, die diebische Grobianin Knall und Fall aus dem Dienst zu jagen. Bei jeder Nachfolgerin hatte, als einer neuen, Geld Gewicht, wußt' er.

Er wollte darauf die Fürstin um eine Einladung für sich und die Ministerin zu Tee und Souper bitten – den Miniaturmaler bestellen – das neue Kammermädchen belehren – und alles recht anlegen.

Zwei Tiger höhlten, nach der Legende, dem Apostel Paulus das Grab; so scharret hier unser Paar an einem für eine Heilige, um so mehr, da ich sonst nicht absehe, wozu – wenn nichts gemacht werden soll als ein Bild – so viele Umstände. Aber den Vater könnt' ich fast entschuldigen; erstlich sagte er ausdrücklich zum deutschen Herrn, die Zofe könne seiner Meinung nach im Zimmer oder im anstoßenden passen, falls etwan die Patientin etwas haben wolle – zweitens hatte der sonst weiche Mann von seinem ministerialischen Verkehr mit der Justiz einen gewissen Kies angesetzt, eine gewisse Grausamkeit angenommen, welche der hinter der Binde und als Areopag ohne den Anblick der Schmerzen urtelnden Themis um so natürlicher ist, da schon Diderot[1] behauptet, daß Blinde grausamer wären – und drittens war wohl niemand mehr bereit, sein Kind, das er, wie sonst angeblich Juden und Hexen Christenkinder, kreuzigte, um wie jene mit dem Blute etwas zu tun, tiefer zu betrauern, falls es stürbe, als er, da ohnehin die Eltern und überhaupt die Menschen zwar *leicht* das *Unglück* derer, die ihnen nahe liegen, aber *schwer* deren *Verlust* verschmerzen, so wie wir bei dem noch näher liegenden Haar nicht das Brennen und Schneiden, aber schmerzlich das Ausreißen desselben verspüren – und viertens hatte Froulay immer das Unglück, daß Gedanken, die in seinem Kopfe eine leidliche, unschuldige Farbe hatten, gleich dem Hornsilber oder der guten Dinte auf der Stelle schwarz wurden, wenn sie ans Licht traten.

1 Dessen Lettres sur les Aveugles.

Sonst – und von diesen Milderungen abgesehen – steckt wohl manches in seiner Handlung, was ich nicht verteidige.

Der Abend erschien. Die Ministerin ging am ehelichen Arme an den Hof. – Die neue Kammerjungfer hatte als Brautführerin Bouverots schon vor drei Tagen die nötigsten Anstalten gemacht, oder Spitzbübereien – sie hatte ihm Lianens Briefe an Albano sehr leicht, da die Mutter aus Gewohnheit ein gegenwärtiges Auge für ein sehendes hielt, vorleihen und er sich daraus die historischen Züge oder Farben-Tusche abholen können, womit er sich bei einer Erkennung auf dem Theater vor der Blinden den Anstrich ihres Helden, nämlich Albanos, geben konnte – mit Roquairol hatt' er oft genug gespielt, um dessen Stimme, mithin Albanos seine, in der Gewalt zu haben.

Mich dünkt, seine Rüsttage vor dem Festabend waren zweckmäßig hingebracht.

Er konnte, da kleine Residenzen früher Tee trinken, schon so früh erscheinen, als ein Miniaturmaler im September durchaus muß. Als er die stille Gestalt im Sorgenstuhl erblickte, mit den entfärbten Blumenkelchen der Wangen, aber fester gewurzelt in jedem Entschluß, eine kälter gebietende Heilige: so stieg in ihm die aus ihren Briefen zugleich gesogne Erbitterung und Entzündung miteinander höher – nur in solchen Brusthöhlen, zugleich mit Metall- und Darmsaiten, mit Härte und Wollust, bespannt, ist ein solcher Bund von Lust und Galle denklich. Bouverots ganze Vergangenheit und Lebens-Geschichtbücher müßten – wie die von Herodot den neun Musen – so den drei Parzen, jeder eines, zugeeignet werden.

Er schlich ins Fenster, setzte sich und sein Farben-Kästchen hin und fing hastig zu punktieren an. Unterdessen ließ sich Liane von ihrem sehr gebildeten, belesenen Kammermädchen aus dem zweiten Bande der Œuvres spirituelles von Fenelon vorlesen. Zefision rührte der Erzbischof gar nicht – was er etwa von reiner Liebe (sur le pur amour de Dieu) vernahm, setzt' er zu unreiner durch Anwendungen um und ließ sich teuflisch entzünden durch das Göttliche – was übrigens rührend war in Lianens Bezug, ließ er an seinen Ort gestellt, da er jetzt zu malen hatte. Häßlich leckten seine vielfärbigen Panther-Augen gleich roten, scharfen Tiger-Zungen über das süße, weiche Antlitz! – »Liebe Justa, hör auf, das Lesen wird dir sauer, du atmest so kurz!« sagte sie endlich, weil sie den Porträtmaler atmen hörte. Es war für ihn kein Opfer, sondern ein Vor-Genuß, ein süßer Imbiß, den Kuß dieser zarten, kleinen Hand und Lippe und die ganze Schaustellung seines brennenden Herzens hinauszusetzen, bis er ihren Abriß mit den Gift-Tinten auf das weiße Elfenbein durch die schnelle Dupfmaschine seiner Hand abpunktieret sah.

Endlich hatt' er sie Bunt auf Weiß. »Gut, liebe Justa,« (sagte sie) »die Gebetglocke läutet, du kannst nichts mehr sehen. – Führe mich lieber zum Instrument« – nämlich zur Harmonika. Sie tats. Bouverot gab Justen einen Scheide-Wink – sie tats wieder. Der gelbe Gartenkanker lief nun auf die zarte, weiße Blume zu. – Der Kanker hörte ihren Abend-Choral nicht ohne Vergnügen, und das betende Aufschlagen ihrer zerstörten Augen schien ihm eine recht malerische Idee, die der true Painter[1] dem Elfenbein-Stück einzuverleiben beschloß, wenns gehen würde.

»Schöne Göttin!« rief er plötzlich mit Albanos gestohlner Stimme unter jene heiligen Töne, die einmal Albano in einer frohern Stunde, aber edler unterbrochen hatte. Sie horchte erschrocken auf, aber ungläubig an ihr Ohr in dieser Nacht. Das Staunen mißfiel dem Prospektmaler – denn ihr Gesicht war sein Prospekt – ganz und gar nicht; »erinnere dich an diese Harmonika im Donnerhäuschen.« Er verwechselte es mit dem Wasserhäuschen. – »Sie hier, Graf? – Justa! wo bist du?« rief sie ängstlich. – »Justa, kommen Sie her!« rief er dazu nach. Das Mädchen folgte seiner Stimme und seinem – Auge. »Gnädiges Fräulein?« fragte sie. Aber jetzt hatte Liane nicht den Mut, sie um die Pforte und das Einlaßbillet des Grafen zu fragen. Mit dem Liebhaber französisch zu sprechen, ging nicht, da es die

1 Die helle Kammer.

Jungfer verstand; daher verbot man auch in Wien in den Revolutionsjahren einsichtig diese Sprache, weil sie so zuverlässig eine gewisse *Gleichheit* – die *Freiheit* folgt – zwischen dem Adel und der Dienerschaft pestartig ausbreitet.

Boshaft und freudig erinnerte Bouverot, dem sie jetzt über den Grafen ein brauchbares Mißtrauen zu verraten schien, das seiner Charaktermaske einen freiern Spielraum anwies, die Sinnende an ihre Befehle für Justa; sie mußte sie nun Licht holen lassen.

»Infidele,« (fing er darauf an) »ich habe alle Hindernisse überwunden, um mich Ihnen zu Füßen zu werfen und Ihre Vergebung zu erflehen. Je m'en flatte à tort peut-être, mais je l'ose« (fuhr er fort, heftiger durch sie gemacht) – »O cruelle! de grâce, pourquoi ces regards, ces mouvements? – Je suis ton Alban, et il t'aime encore – Pense à Blumenbühl, ce séjour charmant – Ingrate, j'espérois de te trouver un peu plus reconnaissante. – Souviens-toi de ce que tu m'a promis« (sagt' er, um sie auszufragen) »quand tu me pressas contre ton sein divin . . .«

Eine reine Seele spiegelt, ohne sich zu beflecken, die unreine ab und fühlt unwissend die quälende Nähe, so wie Tauben, sagt man, sich in reinem Gewässer baden, um darin die Bilder der schwebenden Raubvögel zu sehen. Der kurze Atem, der wankende Sprachton, jedes Wort und ein unerklärliches Etwas trieben das schreckliche Gespenst nahe vor ihre Seele, den Argwohn, es sei Albano nicht. Sie fuhr auf: »Wer sind Sie? Gott, Sie sind der Graf nicht. Justa, Justa!« – – »Wer wär' es sonst,« (versetzt' er kalt) »der sich meinen Namen geben dürfte? Oh, je voudrais que je ne le fusse pas. Vous m'avez écrit que l'espérance est la lune de la vie – Ah, ma lune s'est couchée; mais j'adore encore le soleil qui l'éclaire.«

Hier faßte er die Hand dieser verfinsterten, mit einem Drachen kämpfenden Sonne. – Da entdeckten ihr seine weggenagten Fingernägel und die dürren Finger und ein vorbeistreifendes Berühren seines Ordenskreuzes den wahren Namen. Sie riß sich schreiend los und lief weg, ohne zu sehen wohin, und geriet wieder an seine Hand. Er riß ihre heftig an die magern heißen Lefzen hinauf: »Ja, ich bin es« (sagt' er) »und liebe Sie mehr als Ihr Graf mit seiner étourderie.«

»Sie sind schlecht und gottlos gegen ein blindes Mädchen – was wollen Sie? – Justa! hilft mir denn niemand? – Ach, du guter Gott, gib mir meine Augen!« (rief sie fliehend, unwissend wohin und eingeholt) »Bouverot! du böser Geist!« rief sie, abwehrend an Orten, wo er nicht war. Er, wie das Schießpulver, kühlend auf der Zunge und sengend und zerschmetternd, wenn ihn die Gier zündete, stellte sich in einiger Schlag-Weite von ihr, warf ein Maler-Auge auf das reizende Wallen und Beugen ihres aufgestürmten Blumenflors und sagte ruhig mit jener Milde, die der ätzenden und fressenden Milch der Schwämme ähnlich ist: »Nur ruhig, Schönste! Ich bin es noch; und was hälf' Ihnen alles, Kind?« –

Taumelnd vom Schlangenhauch der Angst, fing die irre Natur zu singen an, aber lauter Anfänge. »Freude, schöner Götterfunken« – »Ich bin ein deutsches Mädchen« – sie lief herum und sang wieder: »Kennst du das Land« – »Du böser Geist!« –

Jetzt bäumte sich die damit geschmeichelte Riesenschlange auf ihren kalten Ringen mit zückender Zunge in die Höhe, um hinzuschießen und zu umflechten: »Mon cœur« (sagte die Schlange, die immer in der Leidenschaft französisch sprach) »vole sur cette bouche qui enchante tous les sens.« – »Mutter!« (rief sie) – »Karoline! – O Gott, lasse mich sehen! O Gott, meine Augen!« – Da gab der Alliebende sie ihr wieder, die Qual der Natur, die lauten Anstalten des Begräbnisses öffneten der Scheinleiche wieder das Auge.

Wie behend entflog sie aus der Marterkammer! Das getäuschte Raubtier rechnete auf Blindheit und Verirrung fort. Aber da Bouverot sah, daß sie leicht die Treppe zum welschen Dache hinaufstürze: so schickte er bloß das herbeilaufende Mädchen ihr nach, damit sie keinen Schaden nehme; und hielt jetzt wieder die bisherige Blindheit für Verstellung. Er selber holte aus dem Zimmer den Miniatur-Riß ab und schleppte sich wie ein hungriges, verwundetes Ungeheuer verdrüßlich und langsam aus dem Hause hinaus.

ZWANZIGSTE JOBELPERIODE

Gaspards Brief – Trennungen

86. ZYKEL

Sie sieht wieder«, rief Karl im Freudenrausche am Morgen darauf dem Grafen zu, ohne sich um alle kalte Verhältnisse der letzten Zeit zu bekümmern; und war ganz der Alte. Seine Feindschaft war hinfälliger als seine Liebe, denn jene wohnte bei ihm auf dem Eise, das bald zerfloß, diese auf dem Flüssigen, worauf er immer schiffte. Errötend fragte Albano, wer der Augenarzt gewesen. »Gutgemeinter Schreck« (sagt' er) – »der deutsche Herr tat, als wollt' er sie malen, als meine Eltern auf Verabredung nicht da waren – oder malt' er sie wirklich – ich weiß jetzt alles nur verwirrt – auf einmal hörte sie eine fremde Mannsstimme, und Schreck und Furcht wirkten natürlich wie elektrische Schläge.« Obgleich der Hauptmann alle Stimmen nur verworren unten auf dem Meersboden in sein flutendes Meer hinunterhörte: so hatt' er doch diesmal richtig gehört; denn Liane hatte von ihrer Mutter das Zuhüllen der Martergeschichte errungen, um ihrem Bruder den Anlaß zu entziehen, ihr seine Liebe durch einen Zweikampf mit ihrem Widersacher zu beweisen.

Albano behielt viele Fragen über die dunkle Geschichte in seiner Brust; und brach das Gespräch durch seine Reisebeschreibung ab.

Nach einigen Tagen hört' er, daß Liane mit ihrer Mutter die Stadt verlasse und ein über Blumenbühl liegendes Bergschloß einer alten einsamen Edelwitwe beziehe. Auf dem reinen

Lande sollte wieder Licht in ihr Leben einfallen, und die mütterliche Hand sollte dessen nachdunkelnde Farben neu übermalen. Der Minister, der sonst wie alte Menschen und alte Haare schwer zu kräuseln und zu formen war, wurde in der letztern tiefen Fallgrube des Schicksals ganz mutlos angetroffen, so daß er Lianen, die auch darin gefangen war, nicht auffraß, sondern sie ziehen ließ. Die ganze Geschichte wurde vor dem Publikum wie die Mauer eines Parks sehr verdeckt und umblümt. Nur der Lektor wußte sie ganz, aber er konnte schweigen. Er forderte im Namen der Mutter vom deutschen Herrn das Miniaturbild zurück; dieser gab an dessen Statt kalte, leere Lügen; doch konnte Augusti, von Mutter und Tochter gebeten, sich beherrschen und die Ausfoderung, womit er für alle Rache nehmen wollte, ihnen opfern.

Unsern Freund traf jetzt, seitdem sein Gewissen über den Zufall des Erfolgs besänftigt war, der Schmerz über seine leere Gegenwart neu und unvermischt; die teuerste Seele ging ihn nichts mehr an; seine Stunden wurden nicht mehr harmonisch vom Glockenspiel der Dichtkunst und Liebe ausgeschlagen, sondern einförmig von der Turmuhr der Alltäglichkeit. Daher flüchtete er sich zu Männern und zur Freundschaft, gleichsam unter die neben dem Schutthaufen des Brandes noch grünenden Bäume; Weiber floh er, weil sie ihn, wie fremde Kinder einer Mutter, die ihres verloren, zu schmerzlich erinnerten. Wie heiter geht dagegen ein Simultanliebhaber, der nur Allerseelen- und Allerheiligenfeste feiert, ordentlich neugeboren umher, wenn er sich endlich aus einem fassenden Herzen glücklich ausgehenkt und er nun alle weibliche Gestalten wieder mit der Ansicht eingelöster Güter überzählen kann! Schon das Gefühl dieser Freiheit kann ihn ermuntern, sich öfter, um es wieder zu schmecken, einem weiblichen Herzen als Gefangnen zu überliefern.

Albano verlief sich an Roquairols und Schoppens Händen in wilde Männerfest – die das Sphären-Echo der Freude auf der Heerpauke vortragen wollen –; es waren nach den Rosenfesten nur die Dornenfeste. So gibt es ein Verzweifeln, das sich mit Schwelgen hilft; wie z. B. in der Pest zu Athen – oder in der Erwartung des Jüngsten Tages – oder in der Erwartung des Robespierrischen Schlacht-Messers. Der Hauptmann ging tiefer in seine alte Verworrenheit und Wildnis zurück und zog, so weit er konnte, den unschuldigen Jüngling in seine Volksfeste mit sogenannten Musensöhnen, in seine immerwährende Weinlese und auf seine Freuden-Werbplätze nach, gleichsam als hab' er seinetwegen nötig, den Freund ein wenig zu sich herabzubringen.

Albano bildete sich ein, mit diesen Dithyramben sei seine weinende Seele ganz eingesungen, und er wiegte sie nur noch ein wenig fort. Indes wurden, wiewohl ers nicht eingestehen wollte, seine jungen Rosenwangen so bleich wie eine Stirn, und das Gesicht fiel wie eine Taste unter der zersprungnen Saite ein. Es war rührend und hart zugleich, wenn er lachend unter seinen Freunden und deren Freunden saß mit einem entfärbten Gesicht – mit höhern, schärfern Knochen der Augen und der Nase – mit einem wildern Auge, das aus einer dunklern Knochentiefe loderte. Vor Musik, zumal Roquairols seiner, worin das leidenschaftliche Wogen und Werfen unsers Schiffs mit dem tonkünstlerischen abgenützten Wechsel des Dämpfers und Donners zu lebendig arbeitete, entfloh sein Ohr und Herz wie vor einer aufreibenden Sirene. Der abgebrochne Lanzensplitter der Wunde zog in seinem ganzen Wesen nagend herum. O, wie in den Kinderjahren, wenn ihm die Rosen-Wolke am Himmel gerade auf dem Berge aufzuliegen und so leicht zu ergreifen schien, das herrliche Gewölk weit in den Himmel zurückfuhr, sobald er den Berg erstiegen hatte: so stand jetzt die Aurora des Lebens und Geistes, die er nahe fassen wollen, so hoch und ferne droben über seiner Hand im Blau. Mühsam erreicht der Mensch die Alpe der idealischen Liebe, noch mühsamer und gefährlicher ist – wie von andern Alpen – das Herabsteigen von ihr.

Eines Tages kam Chariton in die Stadt, bloß um ihm endlich

einen Brief ihres Mannes – denn Dian machte wie alle Künstler leichter und lieber ein Kunstwerk als einen Brief – zu überbringen, worin er sich freuete, daß er Albano so bald sehen würde. »Er kommt also wieder?« fragte der Graf. Sie rief betrübt aus: »Bei Leibe! – Ja das! – Nach seinem vorigen Schreiben bleibt er noch sein Jahr.« – »So versteh' ich ihn nicht«, sagte Albano.

Er wurde an demselben Abend auf herkulanische Bilderbücher – die mit Charitons Brief *eine* Post genommen hatten – von der Fürstin eingeladen. Sie trat ihm mit jener erheiterten Liebesmiene entgegen, welche man vor einem aufspannt, der vor uns sogleich, wie wir hoffen, seinen grenzenlosen Dank aus dem Herzen ziehen wird. Aber er hatte nichts daraus zu ziehen. Sie fragte endlich betroffen, ob er heute keine Briefe aus Spanien erhalten. Sie vergaß, daß die Post gegen kein Haus höflich und eilig ist als gegen das Fürstenhaus. Da aber sein Brief schon gewiß in seinem Zimmer lag: so erlaubte sie sich, die Rolle der Zeit zu nehmen, welche alles an den Tag bringt, und sagte, was im Briefe stehe, »daß sie nämlich im Herbste eine kleine Kunstreise nach Rom unternehme, auf der sie sein Vater begleiten werde und er diesen, wenn er wolle; das sei das ganze Geheimnis.« – Es war das halbe; denn sie setzte bald darauf hinzu, daß sie der besten Zeichnerin in der Stadt am liebsten die Freude dieser Reise zuwende, sobald diese nur genese – Lianen.

Wie plötzlich das ganze Herz freudig erleuchtet wird, wenn nach einem langen finstern Regentage endlich abends die Sonne sich unter dem schweren Wasser ein goldnes, offnes Abendtor wölbt, darin rein-glänzend wie in einer Rosenlaube vor der widerscheinenden Erde steht, ihr einen schönern Tag ansagt und dann mit warmen Blicken verschwindet aus der offnen Rosenlaube: so war es unserem Albano.

Der schöne Tag war noch nicht da, aber der schöne Abend. Er ließ die herkulanischen Bilder unter ihrem Schutt und eilte, so schnell als es die Dankbarkeit vergönnte, zum Blatte des Vaters zurück, der so selten eines gab.

Es war dieses da:

»Liebster Albano! Meine Geschäfte und meine Gesundheit sind endlich in solcher Ordnung, daß ich meinen Plan bequem ausführen kann, den ich mit der Fürstin vorhabe, eine kleine Kunstreise nach Rom noch im Herbste zu machen, zu der ich dich einlade und im Oktober selber abhole. Die übrige Reisegesellschaft wird dir nicht mißfallen, da sie aus lauter tüchtigen Kunstkennern besteht, Herrn v. Bouverot, Herrn Kunstrat Fraischdörfer, Herrn Bibliothekar Schoppe (wenn er will). Leider muß Herr v. Augusti als Lektor zurückbleiben. Dein Lehrer in Rom (Dian) erwartet dich mit vieler Sehnsucht. Man hat mir geschrieben, daß du die neue Hofdame der guten Fürstin, Fräulein v. Fr., deren ich mich als einer sehr braven Zeichnerin entsinne, besonders begünstigest. Es wird dich daher interessieren, daß die Fürstin sie auch mitnimmt, zumal da ihr, wie ich höre, eine Gesundheitsreise so nötig ist wie mir. – Im Frühling, der ohnehin nicht die schönste Jahreszeit in Italien ist, kehrest du wieder zu deinen Studien nach Deutschland zurück. – Noch etwas im Vertrauen, mein Bester! Man hat meiner Mündel, der Gräfin von Romeiro, deine Geister-Visionen aus Pestitz unverhohlen mitgeteilt. Da sie nun den Herbst und den Winter während meiner Abwesenheit bei ihrer Freundin, der Prinzessin Julienne, zubringt und noch dazu eher ankommt als ich: so lasse dich es nicht frappieren, daß sie deiner Bekanntschaft ausweicht, weil sich ihr weiblicher und ihr persönlicher Stolz durch den gauklerischen Gebrauch ihres Namens gekränkt und gerade zur Widerlegung der Gaukler recht aufgefodert findet. In der Tat konnte man – wenn die Spielerei anders einen ernsthaftern Zweck hat – wohl kein schlechteres Mittel dazu erwählen. – Du wirst tun, was die Ehre gebietet, und ob sie gleich meine Mündel ist, sie nicht zudringlich aufsuchen. Alles bleibt unter uns. Addio!

G. v. C.«

Diese Aussichten – die erhebende, neben dem Vater so lange zu sein – die heilende, aus dieser tiefen Asche herauszuwaten in ein freieres, leichteres Land – die schmeichelnde, daß das kranke, geplagte Herz im Bergschlosse vielleicht in Zitronen- und Lorbeerwäldern Freude und Genesung wieder finde, auch wohl wieder gebe – diese Aussichten waren, was die Freuden der Menschen sind, sehr schöne Spaziergänge im Hofe des Gefängnisses.

Auf diesem frohen Spaziergange störte ihn bald das Bild der kommenden Linda – aber nicht seinet-, sondern seiner armen Schwester und seines Freundes wegen. Wie feindselig muß dieses fremde Irrlicht, dacht' er, in den nächtlichen Kampf aller gegeneinander rennenden Verhältnisse hüpfen! Roquairol schien ohnehin die zu heftig liebende Rabette mit ihren einsamen Wünschen allein zu lassen; sie schickte wöchentlich ihre durch einen Einschluß an Albano – sonst wars umgekehrt –, briefliche Seufzer und Tränen, die er alle kalt einsteckte, ohne von ihnen oder der Verlassenen zu sprechen.

Albano – im stillen Lianen und Rabetten abwägend – beklagte selber das ungleiche Los seines übereilten Freundes, über dessen Sonnenpferde nur eine Amazone und Titanide, aber nicht ein gutes Landmädchen den Zügel werfen konnte und dessen Psyches- und Donnerwagen ihm zu gut schien zu einem bloßen ehelichen Post- oder Kinderwagen. Erwürgend wird sich alles durcheinanderschlingen, dacht' er, wenn er, am Traualtar mit Rabetten kniend, zufällig aufsieht und unter den Zuschauerinnen die unvergeßliche hohe Braut seiner ganzen Jugend findet und laut das entsagende Ja ausstammeln muß!

Er war daher zweifelhaft, ob er ihm den Inhalt des Briefs entdecken dürfe, aber doch nicht lange; »soll ich dem Freund« (sagt' er) »verhehlen und vorgaukeln? Darf ich ihn als schwach voraussetzen und die Beschleunigung der Verhältnisse scheuen, die doch mit Ihr kommen?« –

Sobald Karl zu ihm kam, sagt' er ihm zuerst die Abreise und sogar die Bitte um dessen Mitreise; bewegt von der ersten

Trennung seines Jugendfreundes. Der Hauptmann – dessen Herz immer den Sangboden der Phantasie zum Anklang brauchte – war auf der Stelle nicht vermögend, beträchtliche Empfindungen über den Abschied zu haben und zu malen. Da gab ihm Albano – über die Lippe konnt' ers nicht bringen – den ganzen Brief.

Unter dem Lesen wurde Roquairols ganzes Gesicht häßlich, sogar in des Freundes Auge. – Er schleuderte dann ein so flammendes Zornauge gegen Albano, daß dieser es erwiderte unwillkürlich und unwissend. »O, wahrlich, ich versteh' alles« (sagte Karl) – »So mußt' es sich lösen. Warte nur bis morgen!« Alle Muskeln an ihm waren rege, alle Züge irre, alles bewegt, so wie im heftigen Gewitter kleine Wölkchen umeinander wirbeln. Albano wollte ihn fragen und halten. »Morgen, morgen!« rief er und stürmte davon.

87. ZYKEL

Am Morgen erhielt Albano einen sonderbaren Brief von Roquairol, zu dessen Verständnis einige Nachrichten von seinem Verhältnis mit Rabetten vorausstehen müssen.

Nichts ist schwerer, wenn man seinen Freund recht liebt, als dessen Schwester kaum anzusehen. Nichts ist leichter – nur das Umgekehrte ausgenommen – als nach der Entzauberung durch Stadtherzen die Bezauberung durch Landherzen. Nichts ist einem Simultanliebhaber, der *alle* liebt, natürlicher als die Liebe gegen *eine* darunter. Es braucht nicht erwiesen zu werden, daß der Hauptmann in allen drei Fällen auf einmal gewesen, da er zum ersten Male zu Rabetten sagte, sie habe ein sogenanntes Herz. Sie hätte freilich die Hamadryade in einem solchen Giftbaum, durch dessen Saft so viele Amors-Pfeile vergiftet wurden, nicht so nahe anbeten sollen; aber sie und ihre meisten Schwestern werden von den männlichen Vorzügen gegen den männlichen Mißbrauch davon verblendet.

Anfangs ging manches gut; die reine Unschuld seiner

Schwester und seines Freundes warf ein fremdes Zauberlicht auf den widernatürlichen Bund. Das Vorzüglichste war, daß er als Konzertmeister seiner Liebe wenig mehr von Rabetten bedurfte als die – Ohren; Lieben war bei ihm Sprechen, und Handlungen sah er bloß für die Zeichnung unserer Seele, Worte aber für die Farben an. Es gibt eine doppelte Liebe, die der Empfindung und die des Gegenstandes. – Jene ist mehr die männliche, sie will den Genuß ihres eignen Daseins, der fremde Gegenstand ist ihr nur der mikroskopische Objekt- oder vielmehr Subjekt-Träger, worauf sie ihr Ich vergrößert erblickt; sie kann daher leicht die Gegenstände wechseln lassen, wenn nur die Flamme, in die sie als Brennstoff geworfen werden, hoch fortlodert; und durch Taten, die immer lang, langweilig und beschwerlich sind, genießet sie sich weniger als durch Worte, die sie zugleich malen und mehren. Hingegen die Liebe des Gegenstandes genießet und begehret nichts als das Glück desselben (so ist meistens die weibliche und elterliche), und nur Handlungen und Opfer tun ihr Genüge und wohl; sie liebt, um zu beglücken, wenn jene nur beglückt, um zu lieben.

Roquairol hatte sich längst der Liebe der Empfindung gewidmet. Daher mußt' er so viel Worte machen. Überhaupt wurde sein Herz erst durch den Transport über die Zunge und Lippe recht feurig und trinkbar; am Rheinfall wär' er nicht von der besten, nämlich gerührtesten Laune gewesen, bloß weil er zum Lobe desselben – da der Fluß alles überdonnert – nichts hätte vorbringen können vor erhabenem Lärm.

Sein Roman mit Rabetten nach der Liebes-Erklärung war in verschiedene Kapitel abgeteilt.

Das erste Kapitel bei ihr versüßte er sich dadurch, daß sie ihm neu war und zuhörte und bewundernd gehorchte. Er schilderte ihr darin große Stücke von der schönen Natur ab, mischte einige nähere Rührungen dazu und küßte sie darauf; so daß sie seine Lippen wirklich in zwei Gestalten genoß, in der redenden und in der handelnden; von ihr wollt' er, wie gesagt, nur ein Paar offne Ohren. In diesem Kapitel nahm er noch einige Möglichkeit ihrer – Heirat an; die Männer vermengen so leicht den Reiz einer neuen Liebe mit dem Wert und der Dauer derselben.

Er machte sich an sein zweites Kapitel und schwamm darin selig in den Tränen, aus denen er es zu schreiben suchte. In der Tat gewährte ihm diese Augenlust mehr wahre Freude als fast die besten Kapitel. Wenn er so neben ihr saß und trank – denn wie ein totes Fürsten-Herz begrub er gern sein lebendes in Kelche – und nun anfing zu malen sein Leben, besonders seinen Tod, und seine Leiden und Irrtümer vorher und seinen Selbst- und Knabenmord auf der Redoute und seine weggestoßene Liebe für Linda: wer war da mehr zu Tränen bewegt als er selber? – Niemand als Rabette, deren Augen – durch ihren Vater und Bruder so wenig mit Männertränen bekannt geworden als mit Elefanten-, Hirsch- und Krokodilstränen – desto reicher in seine Trauer und Liebe, aber nicht so süß als bitter überströmten. Das goß wieder neues Öl in seine Flamme und Lampe, bis er am Ende wie jener Schüler des Hexenmeisters von Goethe die Besen, welche Wasser zutrugen, nicht mehr regieren konnte. Poetische Naturen haben eine mitleidige; gleich der Justiz besolden sie neben der Folterbank einen Wundarzt, der die gebrochnen Glieder sogleich wieder ordnet, ja sogar vorher die Stellen der Quetschungen reguliert.

Der Mann sollte nie seinetwegen, ausgenommen vor Entzückung, weinen. Aber Dichter und alle Leute von vieler Phantasie sind Zauberer, welche – gerade als Widerspiele der verbrannten Zauberinnen – leichter weinen, obwohl mehr vor Bildern als vor dem rohen, wunden Unglück selber, um die armen Zauberinnen auf die schlimmste Wasserprobe zu setzen. Trauet nicht! Auf dem Machinellen-Giftbaum werden die Regentropfen giftig, die von seinen Blättern rollen.

Indes muß es nie verschwiegen werden, daß der Hauptmann in diesem zweiten Kapitel seinen Entschluß bestärkte, die gute und so weiche Rabette wirklich zu – ehelichen; »du weißt,« (sagt' er zu sich) »was im ganzen an den Weibern ist, ein paar

Mängel auf oder ab tun wenig; deine männliche Narrheit, sie wie die Zins- und Deputattiere ohne Fehl zu fodern, ist doch wohl vorüber, Freund.« –

Jetzt setzt' er sich hin, um zu seinem dritten Kapitel einzutunken, worin er spaßte. Seine Lippen-Allmacht über das zuhorchende Herz erquickt' ihn dermaßen, daß er häufige Versuche machte, ob sie sich nicht halb tot lachen könnte. Weiber nehmen in der Liebe aus Schwäche und Feuer das Lachkraut am leichtesten; sie halten den komischen Heldendichter noch mehr für ihren Helden – und beweisen damit die Unschuld ihres Auslachens. Aber Roquairol liebte die Lachende weniger.

In seinem vierten Kapitel – oder Sektor, oder Hundsposttag, oder Zettelkasten, oder wie ich sonst (lächerlich genug) statt der Zykel abteile – in seiner vierten Jobelperiode, sag' ich, hielt es sozusagen härter mit ihm. Rabette wurd' es endlich gewohnt und satt, daß er immer abstieg und den zwischen den Rädern hängenden Teertopf der Tränendrüse aufmachte, um den Trauerwagen zu teeren. Tiefes Rühren und Bewegen wurd' ihm täglich sauerer gemacht und vergället, er mußte immer längere und grellere Trauerspiele geben. Da fing er an zu merken, daß die Zunge des Landmädchens nicht eben die größte Landschaftsmalerin, Seelenmalerin und Silhouettrice sei und daß sie zu ihm wenig mehr zu sagen wisse als: du mein Herz! Er machte deshalb im vierten Kapitel seltnere Besuche; das half wieder viel, aber kurz. Glücklicherweise gehörte die halbe Meile von Pestitz nach Blumenbühl zu Rabettens Schönheitslinien und Strahlen; in der Stadt, in *einer* Straße oder gar unter *einem* Dache wär' er zu kalt geblieben vor Nähe.

Die natürlichste Folge aus einem solchen Kapitel ist das fünfte oder das Wechselkapitel, das einige Flammen noch durch den immer schnellern Wechsel von Vorwürfen und Versöhnungen aufbläset, so daß beide sich, wie elektrische Körper kleine, wechselnd anziehen und abstoßen. Zuweilen trank er nichts und fuhr sie bloß an, zuweilen nahm er sein Glas und sagte zu ihr: »*Ich* bin der Teufel, *du* der Engel.« Den größten Stoß gab seiner Liebe sein Vater durch den Beifall, den er ihr wider Verhoffen schenkte. Dem Hauptmann war gänzlich so, als begeh' er die Silberhochzeit, wenn er einmal die goldne feiere. Im Dienste der Liebesgöttin wird man leichter kahl als grau; er war schon gegen die Silberbraut moralisch-kahl. Zum Glücke trieb er kurz vor dem Flammensonntag in Lilar[1] alle Vernachlässigungen und Sünden so weit, daß er am Sonntag imstande war, sie zu verfluchen; nur nach Zürnen und Sündigen konnt' er leichter lieben und beten, wie der kriechende Springkäfer sich nur aufschnellt, auf den Rücken gekehrt. Es ist wohl wenigen Lesern aus jenem Sonntag entfallen, wenigstens entgangen, daß Roquairol morgens mit Rabetten im Flötentale gesessen – daß Rabette da beklommen und einsam gesungen – und daß er aufgelöset seinem von der Liebe verherrlichten Freunde aufgestoßen. Die Tal-Sache ist natürlich: nach so langem Kühl- (nicht Kalt-) Sinn – an diesem luftigen, freien Otaheiti-Tage – bei so vielem, was er in den Händen hatte (eine fremde – und eine Flasche) – neben ihrem Herzen, so warm und doch so ruhig wie die Sonne droben – neben der einsamen Waisen-Flöte, die er rufen ließ – und bei seinem herzlichsten Wunsche, von einem solchen Tage und Himmel etwas zu profitieren – – da sah er sich ordentlich genötigt, wahre Rührung vorzuholen, über seine Vergangenheit sich auszulassen (er glich den alten Sprachen, die nach Herder viele Präterita und kein Präsens haben) – ja über seinen Tod (auch ein Bruchstück der Vergangenheit) – und dann wie auf einem Himmelswege weiterzugehen. Freilich ging er nicht weit; er ließ wieder sein heil. Januars-Blut flüssig werden, nämlich seine Augen, und also vorher sein eignes und foderte dann der entzückten, im schönsten Himmel umhergeschleuderten Seele nichts Geringeres ab als – da sie vor dem zugeworfnen Schnupftuch verstummte wie der Kanarienvogel unter dem übergeworfnen – ein schwaches Singen. Rabette

1 Wo Albano zum letzten Male selig mit Lianen war.

konnte nicht singen, sie sagte es, sie weigerte sich, sie sang endlich; aber sie dachte unter dem leeren Singen an nichts weiter als an ihn und sein wildes, nasses Gesicht.

Das schlimmste Kapitel unter allen, die er in seinen Roman brachte, ist wohl das sechste, das er in der Illuminationsnacht in Lilar niederschrieb. Anfangs hatt' er die stumme, glanzlose Zuschauerin einsam stehen lassen, indem er hinter dem Venuswagen voll fremder Göttinnen nachlief und aufsprang. Allmählich kroch eine Freude nach der andern herzu und gab ihm den Tarantelbiß, dem ein krankes Toben folgte. Da Mäßigkeit eine wahre stärkende Arzenei des Lebens ist: so nahm er zu dieser kräftigen Arzenei, um sie nicht in immer stärkern Dosen brauchen zu müssen, ungemein selten die Zuflucht und gewöhnte sich durchaus nicht an sie. Endlich erschienen an ihm wie am sinesischen Porzellan[1] die Gestalten durch Füllen; er trat mitleidend und liebend zu Rabetten und glaubte mit ihr, gegen sie weich oder gut zu sein, da ers bloß gegen alle war.

Er wollte sie aus dem feindlichen Augen-Heer entführen, um bei ihr den Kuß zu suchen, dem das Verbot und die Entbehrung wieder den Honig gab; aber sie weigerte sich, weil da, wo das Auge aufhört, der Verdacht anfängt, als er zum Unglück die Blinde aus Blumenbühl ansichtig wurde und zur scheinbaren Wache Rabettens rufen konnte, um diese aus der Versuchung unter Menschen in die Versuchung in die Wüste zu führen. Sie ungestüm-liebend an sich drückend wie nie – daß die arme, diesen Abend so verlassene Seele über die Wiederkehr aller ihrer Freuden weinte – und zu ihr redend wie ein Engel, der wie keiner handelt, gelangt' er mit ihr im stillen Tartarus, wo alles blind und stumm war, unwillkürlich an.

Rabette hatte die Blinde nicht entlassen; aber als sie in den Katakombengang eingingen, der nur zwei Personen fasset, wenn nicht die dritte im Wasser schleichen will, wurde die

1 Die Sineser konnten sonst auf Porzellan Fische und andere Gestalten malen, die nur sichtbar wurden, wenn man das Gefäß anfüllte. Lettres édifiantes etc. XII. recueil.

augenlose Magd an die Pforte gestellt, um so mehr da er sich nicht gern von einer überflüssigen Zuhörerin wollte hemmen lassen. Und was war denn mitten im Guckkasten des Grabes auch zu scheuen?

Drinnen sprach er über die überall ausgestreckten Zeigefinger des Todes, »und daß sie hinwiesen, das Leben, so dumm es auch sei, nicht noch dümmer zu machen, sondern lustig.« Er setzte sich mit ihr liebkosend – wie der Würgeengel unsichtbar neben dem blühenden Kinde sitzt, das im alten Gemäuer spielt und dem er den schwarzen Skorpion in die zarten Händchen drückt –; es war die Stelle, wo er mit Albano, gegenüber dem Gerippe mit der Äolsharfe, in der ersten Bundesnacht gesessen, als ihm der Freund die Entsagung Lindas beschwor. Seine Zunge strömte wie sein Auge – Er war weich, wie nach dem Volksglauben Leichen weich sind, denen Traurende nachsterben – Er warf Feuer-Kränze in Rabettens Herz, aber sie hatte nicht wie er Wortströme zum Löschen – sie konnte nur seufzen, nur umarmen; und die Männer versündigen sich am leichtesten aus Langerweile an guten, aber langweiligen Herzen – Schneller sprangen Lachen und Weinen, Tod und Scherz, Liebe und Frechheit ineinander über; das moralische Gift macht die Zunge so leicht als physisches sie schwer – Die Arme! die jungfräuliche Seele ist eine reife Rose, aus der, sobald *ein* Blatt gezogen ist, leicht alle gepaarte nachfallen; seine wilden Küsse brachen die ersten Blätter aus – Dann sanken andere – Umsonst wehet der gute Genius fromme Töne aus der Harfe des Todes und rauschet zürnend im Orkus-Flusse der Katakombe herauf – Umsonst! – Der schwärzeste Engel, der gern foltert, aber lieber Unschuldige als Schuldige, hat schon vom Himmel den Stern der Liebe gerissen, um ihn als Mordbrand in die Höhle zu tragen. Der Wehrlosen enges, armes Lebens-Gärtchen, worin nur wenig wächst, steht auf dem langen Minengang, der unter Roquairols ausgedehnten Lustlagern wegläuft; und der schwärzeste Engel hat die Minen-Lunte schon angesteckt – Feurig frisset der gierige Punkt sich weiter. Noch steht ihr Gärtchen voll Sonnenschein, und seine Blumen wiegen sich – der Funke nagt ein wenig am schwarzen Pulver, plötzlich reißet er einen ungeheuern Flammen-Rachen auf – Und das grüne Gärtchen taumelt, zersprengt, zerstäubt, in schwarzen Schollen aus der Luft herab an ganz fernen Stellen – und das Leben der Armen ist Dampf und Gruft. – –

Aber Roquairols ausgebreiteten, weiten und zusammengewurzelten Lust-Parks widerstanden dem Erdstoße viel kräftiger. – Beide traten dann betrübt – denn dem Hauptmann war eine kleine Laube aufgeschleudert – aus dem Miniergange heraus, trafen aber die Blinde nicht mehr an, die suchend sich verlaufen hatte, sondern stießen nur dem umherirrenden Albano auf, der sehr trauerte und tobte, ob er gleich diesen Abend nichts verloren hatte als – Freuden.

Lasset uns die Betrogne und ihre Mit-Millionen mit einigen Worten vor einen milden Richter führen! – Nicht das allein wird dieser Richter wiegen, daß sie, vom Blütenstaube eines rauchenden Freuden-Frühlings betäubt, stumm-erstickt mit dem jungfräulichen Schleier, erlegen dem Sturm der Phantasie – da Weiber um so leichter vor der fremden und poetischen fallen, je seltner ihre eigne weht und ihnen das Feststehen angewöhnt –, den Lohn eines ganzen jungfräulichen Lebens sterben ließ: sondern das mildert am stärksten das Urteil, daß sie Liebe im Herzen trug. Warum erkennt es denn das Männer-Geschlecht nicht, daß die Liebende in der Stunde der Liebe ja nichts weiter tun will als alles für den Geliebten, daß die Frau *für* die Liebe alle Kräfte, *gegen* sie so kleine hat und daß sie mit derselben Seele und in derselben Minute ebensoleicht ihr Leben hingäbe als ihre Tugend? – und daß nur der fodernde und nehmende Teil schlecht sei, besonnen und selbstsüchtig?

Das letzte oder siebente Kapitel seines Räuberromans ist sehr kurz und widersprechend. Den dritten Tag besucht' er sie in ihrem Garten, war zärtlich, vernünftig, nüchtern, zurückhaltend, als wär' er ein Ehemann. Da er sie voll Kummer fand, den sie doch nur halb aussprach: so kam er aus Angst für ihre Gesundheit mehrmals wieder; und als diese nicht im geringsten gelitten, blieb er – weg. Gegen Albano war er während besagter Angst demütig; und nach derselben wie sonst, aber nicht lange. Denn als seine Schwester, die er vielleicht unter allen Menschen am reinsten liebte, durch Albanos Wildheit erblindete: warf er, eben wegen der Ähnlichkeit der Schuld, auf diesen einen wahren Haß und etwas Ähnliches auf alle dessen Verwandte. Rabette bekam jetzt nichts weiter von ihm als – Briefe und Entschuldigungen, kurze Gemälde seiner wilden Natur, die freien Spiel-Raum haben müsse, und die, einer fremden angeheftet, diese bloß ebensosehr mit der Kette zerschlagen und drücken müsse als sich selber. Alle Einwürfe Rabettens wußt' er so gut zu heben, da sie nur in Worten, und nicht in Mienen und Tränen bestanden, daß er am Ende selber einsah, er habe recht; und der von diesem stürzenden, glatten Maienbaum erschlagnen Maiblume blieb fast nichts übrig als das rechte letzte Wort, nämlich die stumme Lippe, die es dem Mörder nicht erst meldet, daß er das Herz getroffen und zerstöret habe.

88. ZYKEL

Hier ist Roquairols Brief an Albano:

»Einmal muß es geschehen, wir müssen uns sehen, wie wir sind, und dann hassen, wenn es sein muß. Ich mache deine Schwester unglücklich, du meine und mich dazu; das hebt sich auf gegenseitig. Du verzerrest dich aus meinem Engel immer heftiger zu meinem Würgeengel. Würge mich denn, aber ich packe dich auch.

Jetzt sieh mich an, ich ziehe meine Maske ab, ich habe konvulsivische Bewegungen auf dem Gesicht, wie Leute, die genossenen Gift überstanden! Ich habe mich in Gift betrunken, ich habe die Giftkugel, die Erdkugel, verschluckt. Frei heraus! Ich jauchze nicht mehr, ich glaube nichts mehr, ich jammere nicht einmal recht tapfer. Ausgehöhlt, verkohlt vom phantastischen Feuer ist mein Baum. Wenn so zuweilen die Eingeweidewürmer des Ichs, Erbosung, Entzückung, Liebe und dergleichen, wieder herumkriechen und nagen und einer den andern frisset: so seh' ich vom Ich herunter ihnen zu; wie Polypen zerschneide und verkehr' ich sie, stecke sie ineinander. Dann seh' ich wieder dem Zusehen zu, und da das ins Unendliche geht, was hat man denn von allem? Wenn andere einen Glaubens-Idealismus haben, so hab' ich einen Herzens-Idealismus, und jeder, der alle Empfindungen oft auf dem Theater, dem Papier und dem Erdboden durchgemacht, ist so. Wozu dients? – Wenn du jetzt stürbest, sag' ich mir oft, so wäre ja alles, da alle Radien des Lebens in den kleinen Punkt eines Augenblicks zusammenlaufen, weggewischt, unsichtbar; mir ist dann, als wär' ich nichts gewesen. Oft seh' ich die Berge und Flüsse und den Boden um mich an, und mir ist, als könnten sie jeden Augenblick auseinanderflattern und verrauchen und ich mit. Das künftige Leben, da das anwesende kaum eines ist, und alles, war daranhängt, gehört unter die Entzückungen, denen man zusieht; zumal unter einer, in der Liebe.

Da du so leicht jede Verschiedenheit von dir für Entkräftung hältst: so sag' ich dir gerade heraus: steige nur weiter, knete dich nur mehr durch, hebe nur den Kopf aus den heißen Wogen der Gefühle höher, dann wirst du dich nicht mehr in sie zerlaufen, sondern sie allein verwallen lassen. Es gibt einen kalten, kecken Geist im Menschen, den nichts etwas angeht, nicht einmal die Tugend; denn er wählt sie erst, und er ist ihr Schöpfer, nicht ihr Geschöpf. Ich erlebte einmal auf dem Meer einen Sturm, wo das ganze Wasser sich wütend und zackig und schäumend aufriß und durcheinanderwarf, indes oben die stille Sonne *zusah*; – so werde! Das Herz ist der Sturm, der Himmel das Ich.

Glaubst du, daß die Romanen- und Tragödienschreiber, nämlich die Genies darunter, die alles, Gottheit und Menschheit, tausendmal durch- und nachgeäfft haben, anders sind als ich? Was sie – und die Weltleute – noch reell erhält, ist der Hunger nach Geld und nach Lob; dieser fressende Magensaft ist der tierische Leim, der hüpfende Punkt in der weichen Fluß-Welt und Fließ-Welt. – Die Affen sind Genies unter dem Vieh; und die Genies sind – nicht bloß vor höhern Wesen, wie Pope vom Newton sagt – sondern auch hier unten Affen, im ästhetischen Nachmachen, in der Herzlosigkeit, Bosheit, Schadenfreude, Wollust und – Lustigkeit.

Letztere und vorletztere beding' ich mir aus. Gegen die Longueurs im Lebens-Buche, das kein Mensch versteht, gibts nichts als einige lustige Stellen, an die ich nicht mehr denke, sobald ich sie gelesen. Um nur wegzukommen über das höckerige, kalte Leben, will ich doch mir lieber Rosenkelche als Dornenreiser unterstreuen. Die Freude ist schon etwas wert, weil sie etwas verdrängt, eh' man sich mit schwerem Haupte niederlegt ins Nichts.

So bin ich; so war ich; da sah ich dich und wollte dein Du werden – aber es geht nicht, denn ich kann nicht zurück, aber du vorwärts, du wirst mein Ich einmal – und da *wollt'* ich deine Schwester lieben! Sie verzeihe es mir! Hier trinke reinen Wein! Ich weiß am besten, wie weit es mit den Weibern geht – wie ihre Liebe beglückt und beraubt – wie jede Liebe sich gleich anderem Feuer an viel besserem Holze *entzündet* als *ernährt* – und wie überall der Teufel alles holt, was er bringt. – –

O, warum kann denn keine Frau nur soweit und nicht weiter lieben, als man haben will? Gar keine? – Meinetwegen; überall wollen schlaffe Prediger uns von jeder vergänglichen Lust abhalten durch die nachfahrende Unlust. Ist denn die Unlust nicht auch vergänglich? – Rabette meint' es gut mit mir, aus demselben Grunde des Wunsches, warum ichs mit ihr und mir so meinte. Aber weiß es denn jemand, welche Fegefeuer-Stunden man mit einem fremden Herzen durchwatet, das voll ist, ohne zu füllen, und dessen Liebe man am Ende hasset – *vor* welchem, aber nicht *mit* welchem man weint und nie über Gleiches und dem man sich jede Rührung zu enthüllen scheuet, aus Furcht, sie in Nahrung der Liebe verwandelt zu sehen – aus dessen Zorn man den größern Zorn und aus dessen Liebe man den kleinern saugt? – Und nun vollends auf immer in diese Peinlichkeit die heitern Verhältnisse eingeschraubt, die uns sonst über die peinlichen emporhalten sollen – auf immer das lang gewünschte Götter-Glück des Lebens in einen platten Schein und Kupferstich verkehrt – das Herz in eine Brust und Larve – das Mark des Daseins in spitze Knochen – Und doch bei allen Vorwürfen der Kälte nur ans Schweigen gekettet, unschuldig und stumm auf die Folter gebunden – und das eben ohne Ende! –

Nein, lieber den Wahnsinn her, den man aus dem Tempel der Liebe sowohl wie der Eumeniden holt! Lieber recht unglücklich-entbrannt, ohne Hoffnung, ohne Laut, bis zur Bleichheit und Wut, als so geliebt-nicht liebend! – Wer einmal in dieser Hölle brannte, Albano, der – fährt immerfort in sie; das ist das neue Unglück. Verschmerz' ich nicht das Leben und den Tod und die Wunden und Stacheln vorher und bin gewiß nicht schwach? – Doch bin ich nicht imstande, einer empfindsamen Rede – oder Klavierphantasie – oder Vorlesung oder Vorsingung Einhalt zu tun, und wenn mir der Schmerz in Person eine von allen Göttern unterschriebene Drohung vorhielte, daß eine Zuhörerin, die ich nicht leiden kann, sogleich darauf meine Liebhaberin würde und daraus meine Geliebte und Hölle.

Die Griechen gaben dem Amor und dem Tode dieselbe Gestalt, Schönheit und Fackel; für mich ists eine Mordfackel, aber ich liebe den Tod und darum den Amor. Längst war mir mein Leben eine tragische Muse; gern geb' ich dem Dolche einer Muse die Brust; eine Wunde ist fast ein halbes Herz. –

Höre weiter! Rabette hat eine schöne Natur und folgt ihr, aber meine ist für sie eine Wolke mit leerer, vergänglicher Bildung und Gestalt; sie versteht mich nicht. Könnte sie es, so vergäbe sie mir am ersten. O, ich habe sie wohl mißhandelt, als wäre ich ein Schicksal und sie ich. Zürne, aber höre. In der

Illuminationsnacht führte ihre Sehnsucht und meine Leerheit im Feuerregen der Freude uns wärmer aneinander – unter den glattgepanzerten und mattgeschliffnen Hofgesichtern blühte ihr aufrichtiges so schön und so lebendig wie ein frisches Kind auf der Bühne und am Hofe – Wir gerieten in den Tartarus – Wir saßen an der Stelle, wo du mir deinen Verzicht auf Linda geschworen – In meinen Sinnen glühte der Wein, in ihren das Herz – O, warum hat sie, wenn man spricht und strömt, keine andere Worte als Küsse und macht einen sinnlich aus Langeweile – und zwingt zum Sprechen ihrer Sprache? – Meine wahnsinnige Kühnheit, die mir die Phantasie und der Rausch einhauchen und die ich kommen sehe und doch erwarte, ergriff mich und trieb mich wie einen Nachtwandler. – Aber immer ist etwas in mir Hellblickendes, das selber das Zuggarn des Wahnsinns strickt, über mich wirft und mich verhüllt darin führt. – So sieh mich in jener Nacht mit dem brennenden Netz um das Haupt, der Totenbach murmelt zu mir, das Skelett greift durch die Harfe – Aber umschlungen, vergittert, verdunkelt, geblendet vom Feuer-Geflechte der Lust, acht' ich weder Vernichtung noch Himmel noch dich und jenen Abend, sondern ich schlinge alles durcheinander und ins Geflechte – Und so sank die Unschuld deiner Schwester ins Grab, und ich stand aufrecht auf dem Königssarg und ging mit hinunter.

Ich verlor nichts – in mir ist keine Unschuld –, ich gewann nichts – ich hasse die Sinnenlust –; der schwarze Schatte, den einige Reue nennen, fuhr breit hinter den weggelaufenen bunten Lustbildern der Zauberlaterne nach; aber ist das Schwarze weniger optisch als das Bunte?

Verdamme deine arme Schwester nicht; sie ist jetzt unglücklicher als ich, denn sie war glücklicher; aber ihre Seele ist unschuldig geblieben. Bewahrt lag ihre Unschuld in ihrem Herzen wie ein Kern in der steinigen Pfirsichschale; der Kern selber zersprengte in der nährenden, warmen Erde seinen Panzer und drängte sich grünend ans Licht.

Ich besuchte sie nacher. Alle ihre Seelenschmerzen gingen in mich über; zu allen Taten und Opfern für sie fühlt' ich mich leicht; aber zu keinen Empfindungen. Macht, was ihr wollt, du und mein Vater, ich werde mich in diesem dummen Stoppel-Leben, wo man in der Freiheit so wenig erntet, nicht vollends in das enge dreißigjährige Gehege der Ehe bannen. Bei Gott! für den erbärmlichen erpreßten Sinnen-Rausch hab' ich schon bisher und unter ihm mehr ausgestanden, als er wert ist.

Nicht das, was ich gern bei dir gelesen, gibt mir diesen Entschluß – das frage Rabetten über ihn –, und meine Freimütigkeit gegen dich ist ein willkürliches Opfer, da die Mysterie unter zweien hätte ohne mich eine bleiben können: sondern ich will nicht von dir verkannt sein, gerade von dir, der du, bei so wenigen Reflexen deines Innern, so leicht nachteilig vergleichst und nicht merkst, daß du meine Schwester in Lilar gerade so, nur mit geistigern Armen, opfertest und ihre Augen und Freuden in den Orkus warfst. Ich tadle dich nicht; das Schicksal macht den Mann zum Unter-Schicksal des Weibes. Die Leidenschaften sind poetische Freiheiten, die sich die moralische nimmt. Du hieltest mich doch nicht für zu gut, ich bin alles, wofür du mich nahmest, nur aber noch *mehr dazu*; und das Mehr-Dazu fehlt dir noch selber.

O, wie fliegt mein Leben schneller, seit ich weiß, daß *Sie*[1] kommt! Das Schicksal, das so oft Gewicht und Räder spielt und den Perpendikel des Lebens mit eigner Hand auswirft, hebt den meinigen aus, und alle Räder rollen der seligen Stunde unbändig entgegen. *Sie* ist meine erste, meine reinste Liebe; vor *ihr* riß ich alle meine blühenden Jahre aus und warf sie ihr hin auf ihren Weg als Blumen; für *Sie* opfer' ich, wag' ich, tu' ich alles, wenn *Sie* kommt. O, wer in der leeren Schaum- und Gaukel-Liebe nichts fürchtet, was sollte der in der rechten, lebendigen Sonnen-Liebe scheuen oder weigern? – Du Engel, du Würgengel, du flogst herein in mein kahles, ebenes Leben, du fliehst und erscheinst, bald hier, bald da, auf allen meinen Steigen und Auen, o verweile nur so lange, bis ich

1 Linda.

vor deinen Füßen mir mein Grab aufgewühlet habe, während du zu mir heruntersahest! –

Albano, ich schaue die Zukunft und greif' ihr vor; ich sehe recht deutlich das lange, über den ganzen Strom gespannte Netz, das dich fassen, schnüren und würgen soll; dein Vater und noch andere ziehen darin euch beide einander zu, Gott weiß warum. – Darum kommt *Sie* jetzt, und dein Reisen ist nur Schein. – Meine arme Schwester ist bald besiegt, nämlich ermordet; besonders da man dazu bei ihrem Geisterglauben keine andere Stimme braucht als jene körperlose, die über dem alten Fürstenherzen dem deinigen die Grenze anwies!

Welche Lichter in der Zukunft, die zwischen finstern Verhältnissen und Gebüschen, in Mord-Winkeln brennen! – Wie es sei, ich trete in die Höhlen hinein; ich danke Gott, daß das ohnmächtige, *kaltschwitzende* Leben wieder einen Herzschlag, eine Leidenschaft gewinnt; und dann oder jetzt tue gegen mich, der ich sicher und versteckt und unredlich handeln konnte, was du magst. Schlage dich heut oder morgen mit mir. Es soll mich freuen, wenn du mich in den längsten Schlaf auf den Rücken bringst. O, das Opium des Lebens macht nur anfangs lebhaft, dann schläfrig, o so schläfrig! Gern will ich nicht mehr lieben, wenn ich sterben kann. Und so ohne ein Wort weiter hasse oder liebe mich, leb aber wohl!

Dein Freund oder dein Feind.«

89. ZYKEL

Mein Feind!« rief Albano. Der zweite heiße Schmerz schlug vom Himmel in sein Leben ein, und der Wetterstrahl brannte grimmig wieder hinauf. Als ein herzloser Rumpf der vorigen Freundschaft war ihm Roquairol vor die Füße geworfen; und er fühlte den ersten Haß. Diese Giftmischung von sinnlicher und geistiger Schwelgerei, dieser Gärbottich von Sinnen-Hefe und Herzens-Schaum – dieser Vertrag von Liebes- und Mordlust und gegen dasselbe schuldlose

Herz – dieser geistige Selbstmord des Gemüts, der nur ein lustiges, umherschweifendes, sich wechselnd verkörperndes Gespenst übrig ließ, auf das kein Verlaß mehr bleibt und das ein tapferer Mann schon zu hassen anfängt, weil er diesen weichen Gift-Nebel nicht packen und bekämpfen kann – das alles erschien dem Grafen, der ohne die Übergänge und Mitteltinten der Gewohnheit und Phantasie aus dem vorigen Lichte der Freundschaft in diese Abenddämmerung geführet wurde, noch schwärzer, als es war. Neben die flache Wunde, die sein Familienstolz in der gemißhandelten Schwester empfing, kam die tiefe giftige, daß Roquairol ihn mit sich und Lianens Zerstörung mit Rabettens ihrer verglich. »Bösewicht!« knirschte er; auch die kleinste Ähnlichkeit schien ihm eine Verleumdung.

Allerdings hatte Roquairol an ihm sich verrechnet und seine poetische Selbst-Verdammnis zu sehr auf Rechnung eines poetischen Richterspruchs aufgesetzt. Wie man im Geräusche unwissend lauter spricht, so wußte er, wenn die Phantasie mit ihren Katarakten um ihn brauste, nicht recht, was er rief und wie stark. Da er oft doch weniger Schwärze an sich fand, als er schilderte: so setzt' er voraus, der andere finde dann sogar noch weniger als er selber. Auch hatt' er im poetischen und sündigen Taumel sich am Ende das moralische Zifferblatt selber beweglich gemacht, daß es mit dem Zeiger ging; in dieser Verwirrung wurd' ihm nicht gezeigt, wo Unschuld war.

Hätt' er vorausgesehen, daß seine brieflichen Beichten in feindlichern Winkeln an- und abprallen würden als einstmals seine mündlichen: er hätte sie anders gerichtet.

Vor Erschütterung konnte Albano nicht sogleich den kurzen Scheidebrief – keinen Fehdebrief – an den Verlornen schreiben, sondern zögerte in der Gewißheit, daß der Hauptmann nicht selber komme – als er kam. Denn Zögern vertrug er nicht; körperliche und geistige Wunden nahm er als theatralische auf; zu sehr gewohnt, Menschen zu gewinnen, verwand ers zu leicht, Menschen zu verlieren. – Eine schreckliche Erscheinung für Albano; nur der aufgestellte lange Sarg des getöteten Lieblings! – Daß nun über dieses kräftig-knochige Gesicht, sonst die Feste ihrer Seelen, die Furchen des Unkrauts sich krümmten, daß dieser Mund, den die Freundschaft so oft auf seinen gelegt, ein Pest-Krebs, eine deckende Rose des Zungenskorpions für die trauend-annahende gute Rabette gewesen, das zu sehen und zu denken war reiner Schmerz. –

Kaum hörbar war Gruß und Dank; stumm gingen sie auf und ab, nicht neben-, sondern widereinander. Albano suchte seinen Zorn in die Gewalt zu bekommen, um nichts als die Worte zu sagen: gehe von mir und lasse mich deiner vergessen. Er wollte Lianen im Bruder schonen, der ihn das Opfermesser derselben gescholten; ungerechte Vorwürfe erhalten uns in der nächsten Zukunft besser, weil wir sie zu keinen gerechten wollen werden lassen. – »Offen bin ich, siehst du« – (fing Roquairol gemäßigt an, weil seine Wallungen halb vertropft und verschrieben waren) – »sei es auch und antworte dem Brief.« – »Ich war dein Freund – nun nicht mehr«, sagte Albano erstickt. – »*Dir* hab' ich doch nichts getan«, versetzte jener.

»Himmel! Laß mich nicht viel reden« – (sagte Albano) »Meine elende Schwester – Meine Unschuld an der Gräfin Kommen – Meine elende, verworfne Schwester – – O Gott! empör mich nicht – Ich achte dich nicht mehr, und da geh!« –

»So schlage dich!« sagte der Hauptmann, halb seelen-, halb wein-trunken. »Nein!« (sagte Albano, laut-einatmend wie zum Seufzer des Zorns) »dir ist nichts heilig, nicht einmal ein Leben!« Dieser Zögling des Todes warf den eignen Lebenstagen und Freuden und Planen so leicht alle fremde nach in die Gruft; das meinte Albano und dachte nur an die kranke, so leicht an *fremden* Wunden sterbende Liane, die Liebe war *(statt der Freundschaft)* wie ein milderndes Weib vor seine aufgebrachte Seele gegangen; aber der Feind verstand ihn falsch.

»Du mußt,« (spottete wild der Hauptmann) »deines soll mir teuer sein!« –

»Himmel und Hölle! ich meinte ein besseres« (sagt' er) – »Verleumder, gegen deine Schwester hab' ich nicht so gehandelt wie du gegen meine – ich habe sie nicht elend machen wollen, ich bin nicht wie du!– Und ich schlage mich nicht; ich schone sie, nicht dich.« – Aber der Höllenfluß des Zorns, den er durch Liane in flaches Land hatte leiten und seichter machen wollen, schwoll davon wie unter Zauberhand auf, weil Roquairols Lüge ihres Hinopferns dabei so nahe lag.

»Du fürchtest dich«, sagte der erbitterte Roquairol und nahm doch zwei Degen von der Wand. »Ich achte dich nicht – und schlage mich nicht«, sagte Albano, ihn und sich mehr reizend, da er doch sich bezwingen wollte.

Da trat Schoppe herein; »er fürchtet sich«, wiederholte jener gewaffnet. Albano gab errötend mit drei brennenden Worten die Geschichte. »Ein wenig müsset ihr euch vor mir schlagen!« rief der Bibliothekar voll alten Haß gegen Roquairols poetisches Blend- und Gaukel-Herz. Albano, lechzend nach kaltem Stahl, griff unwillkürlich darnach. Der Kampf begann. Albano fiel nicht an, aber immer wütender wehrt' er sich; und wie er so den zornigen Affen des vorigen Freundes mit dem Dolch in der Hand sah, der aus den blühenden Beeten der schönsten Tage ausgeackert war und in welchen er mit seinen Wunden getreten; und wie der Hauptmann mit wachsendem Sturme auf ihn fruchtlos einblitzte: so sah er auf dem grimmigen Gesicht den dunkeln Höllenschatten wieder stehen, der darauf gestanden und gespielet, als er unter sich die sträubende Rabette erwürgte; – die Aufziehbrücke der Gesichter, worauf sonst beide Seelen zusammenkamen, stand hoch, auseinandergerissen in die Luft. Glühender blickte Albano, zorntrunkner griff er den Werwolf der verschlungnen Freundschaft an – plötzlich hieb er ihm wie eine Tatze das Gewehr ab: als Schoppe, vom ungleichen Schonen und Fechten entflammt, mit Rabettens Namen die Rache rufen wollte und schrie: »Die Schwester, Albano!« –

Aber Albano verstand darunter Karls Schwester – und

schleuderte das *eine* Schwert dem andern nach, und Feuertropfen standen in seinem Auge und verzogen unförmlich das feindliche Gesicht vor ihm. »Albano!« sagte zorn-erschöpft Roquairol, auf den weinenden Regenbogen des Friedens bauend; »Albano?« fragt' er und gab ihm die Hand. »Lebe froh, aber geh, noch bin ich unschuldig, geh!« versetzte Albano, der hart das Gewitter des ersten Zorns über sich fühlte, das, zwischen seine Gebürge eingesenkt, fortschlug. »Ins Teufels Namen geht! Am Ende werd' ich auch angesteckt«, fuhr Schoppe dazwischen. »In solchem Namen geht man gern!« sagte der Hauptmann, dem in Schoppens Gegenwart immer die Zungenmuskeln erfroren, und ging schweigend; aber Albano sah ihn längst nicht mehr an, weil er keine fremde Erniedrigung vertrug, sondern, wie jede starke Seele, mit der gebückten Menschheit zugleich sich selber niedergebogen empfand, so wie große Thronen keine Knechts-Abzeichen in ihrer Nähe dulden.[1]

Schoppe fing nun an, ihn an seine frühesten Weissagungen über Roquairol zu erinnern und sich das große Propheten-Quartett zu nennen – dessen unheilbare Mund- und Herzensfäule zu rügen – dessen theatralische Festigkeit mit dem römischen Marmor und Porphyr zu vergleichen, der außen eine Stein-Rinde habe, innen aber nur Holz[2] – anzumerken, dessen innere Besitzung heiße, wie die des deutschen Ordens, nur eine *Zunge* – und überhaupt so heftig gegen alle Selbst-Zersetzung durch Phantasie, gegen alle poetische Weltverachtung sich zu erklären, daß ein anderer als Albano wohl eben den Eifer für einen Schutz gegen das leise Gefühl einer Ähnlichkeit nehmen konnte. – –

Schoppe hoffte sehr, Albano hör' ihm glaubend zu und werde zürnen, lachen und antworten; aber er wurde ernster und stiller; – er sah den rechtschaffenen Bibliothekar an –

1 z. B. der deutsche kaiserliche Hof keine Bedienten-Livreen.

2 In Rom scheinen Gebäude aus beiden zu bestehen, haben aber nur den Anwurf davon.

und fiel ihm heftig und stumm an den Hals – und trocknete schnell das schwere Auge. O, es ist ein finsterer Trauertag, der Begräbnistag der Freundschaft, wo das ausgesetzte, verwaisete Herz allein heimgeht, und es sieht die Todeseule vom Totenbette derselben schreiend über die ganze Schöpfung fliegen.

Albano hatte anfangs noch heute nach Blumenbühl gehen und seine verlassene Schwester auf das Trauer-Gerüste der Wahrheit führen wollen; aber jetzt war sein Herz nicht stark genug dazu, seine eignen Worte an die Schwester zu ertragen oder ihre Tränen ohne Maß und ohne Tröster.

EINUNDZWANZIGSTE JOBELPERIODE

Die Leseprobe der Liebe – Froulays Furcht vor Glück – der betrogne Betrüger – Ehre der Sternwarte

90. ZYKEL

Seit dem vertilgten Bunde und seit Gaspards Briefe war Albanos Auge nach der schönsten Ruine der Zeit – wenn man die Erde selber ausnimmt –, nach Italien gerichtet, und sein verletzter Blick hielt an diesem neuen Portale seines Lebens fest, das ihn vor das Schönste und Größte, was Natur und Menschen schaffen können, führen sollte. Wie taten ihm die Feuer-Berge und Romas-Ruinen und ihr warmer, blaugoldner Himmel schon ihren Glanz auf, wenn er die leidende Liane vor sie führte und die frommen Augen erquickt die Höhen maßen! – Ein Mensch, der mit der Geliebten nach Italien reiset, hat dadurch, eben weil er *eines* von beiden entbehren könnte, beide verdoppelt. Und Albano hoffte diese Seligkeit, da alle Zeugnisse, die ihm über Lianens Genesung begegneten, diese versprachen. Den Doktor Sphex – der einzige, der für sie eine Grube öffnete und darin die Totenglocke goß und jedem schwur, mit den Blättern falle sie – sah er nicht mehr. Er wollte indes – sagt' er sich – bei der ganzen Mitreise nur ihr Glück, gar nicht ihre Liebe. So sah er sich immer in seinem Selbst-Spiegel, nämlich nur verschleiert; so hielt er sich oft für zu hart, wiewohl er es so wenig war; so hielt er sich für den Sieger über sein Herz, als sein schönes Angesicht schon kranke, blasse Farben trug.

Die Gegenwart stand noch dunkel über ihm, aber ihre benachbarten Zeiten, die Zukunft und Vergangenheit, lagen voll Licht. Welche Reise, worauf eine Geliebte, ein Vater, ein Freund, eine Freundin schon unterwegs die Merkwürdigkeiten sind, zu welchen andere erst ziehen! –

Die Fürstin war die Freundin. Seit Gaspards Briefen an sie und an ihn, seit der Hoffnung einer längern und nähern Gegenwart überwältigte sie alles Gewölke um sich her immer glücklicher, um den Freund nur aus einem blauen Himmel anzulachen und anzuleuchten. Sie allein am Hofe schien den barschen Jüngling, dessen stolze Offenheit so oft gegen den verdeckten Hof-Stolz und besonders gegen den offnen des Fürsten anrennte, mild und recht zu nehmen; sie allein schien – da nichts seltener in und von Zirkeln erraten wird als schöne Empfindsamkeit, zumal von höfischen, zumal die männliche – sanft die seinige auszuspähen und teilend fortzuwärmen. Sie allein ehrte ihn mit jener strengen, bedeutenden Achtung, die so selten die Menschen geben so wie fassen können, weil sie immer nur Liebe und Leidenschaft nötig haben, um – recht zu geben, unfähig, anders als bei Kometen-Licht, bei Kriegsflammen und bei Freudenfeuern die beste Hand zu lesen. Alles, was er war, setzte sie bei ihm bloß voraus; seine Vorzüge waren nur ihre Forderungen und seine Schutzbriefe; sie machte seine Individualität weder zu ihrem Muster noch zu ihrem Widerschein, beide waren Maler, keine Gemälde. Er hörte zwar oft, daß sie männlich-strenge sei, zumal als Befehlshaberin, aber doch nicht, daß sie weiblich-grausam werde. Für das gewöhnliche Höflings-Gewürme, das sich auf seinen Wurm-Ringen nur durch Kriechen Höhen gibt, war sie abstoßend und marternd; ob sie gleich als Neu-Gekommene hätte ein neugebornes Kind sein sollen, das den ältern Kindern Rosinen mitbringt. Am Sonntage, wo an Höfen, wie in Berlin auf der Bühne, immer geistige Volksstücke aufgeführt werden, war sie unter den Sonntagskindern, die mehr Geister sehen als haben, ein Montagskind, das sich einen zu finden wünscht, der – sei er immer nicht geadelt – doch ein Original von der Kopie zu unterscheiden weiß sowohl am eigenen Ich als im – Bilderkabinett. Deswegen dankten viele Herren und noch mehr Damen Gott, wenn sie ihr nichts zu sagen brauchten als: Gott befohlen!

Auf diese Weise erschien sie dem Grafen seines Vaters täglich werter. Wie in einen warmen Sonnenschein des Frühlings trat er zum erstenmal in den schmeichelnden Zauberkreis der weiblichen Freundschaft, die auch hier der Liebe zwei Schwingen goß und formte aus den Wachszellen des genossenen Honigs; es war aber bei ihm die Liebe gegen Liane, der die Freundin am leichtesten Flügel nach Italien geben konnte. Er fühlte, daß bald eine Stunde der überfließenden Achtung schlagen werde, wo er ihr den hoch ummauerten Klostergarten seiner vorigen Liebe vertrauend öffnen könnte. Denn sie machte ihm so oft Raum, ihr nahe zu sein, als es nur der enge Bezirk eines Thrones und die alles verratende hohe Lage desselben vergönnen wollten. Aber etwas störte, bewachte, bekriegte beide, eine, wie es schien, nebenbuhlerische Nachbarin. Es war die sonderbare Julienne, die immer, wenn es anging, aus ihrer Loge auf die Bühne der Fürstin trat und das Spiel verwirrte. Häufig kam sie ihm nach; einige Male hatt' er von ihr Einladungen bekommen, wenn gerade die der Fürstin nachfolgten, denen also jene, wie es schien, hatten zuvorkommen sollen. Was wollte sie? – Wollte sie von einem Jüngling, den sie so oft durch ihre Männer-Verachtung und durch ihr zorniges, blitzschnelles Funkenschlagen aufgebracht, etwan Liebe, vielleicht bloß weil er ihr freundliches Anblicken immer so warm erwidert hatte gegen eine so teure – Freundin seiner Geliebten? – Oder wollte sie von ihm nur Haß gegen die geehrte Fürstin, und zwar aus Neid und gewöhnlicher Weiber-Ähnlichkeit mit dem Elfenbein, dessen *weiße* Farbe so leicht zur *gelben* wird und das nur durch das Erwärmen wieder die schöne bekommt? –

Diese Fragen wurden mehr wiederholt als beantwortet von einem Abende, wo er und Julienne bei der Fürstin waren. Eine gute Vorlesung sollte von Goethes Tasso die Gemälde-Ausstellung geben. Schöne Kunst und nichts als Kunst war für die Fürstin die Passauer-Kunst gegen Hof- und Lebens-Wunden; und überhaupt war ihr das Weltgebäude nur ein vollständiges Bilder- und Pembrokisches Kabinett und Antikenkabinett. – Die Leserollen wurden von der Direktrice, der Fürstin, so verteilt, daß sie selber die Fürstin bekam – Julienne die vertraute Leonore – Albano den Dichter Tasso – ein jungwangiger Kammerherr den Herzog – und Froulay Antonio. Dieser letztere – der Kunststücke Kunstwerken vorzuziehen wußte und die fürstliche Kammer jeder Kunstkammer – stand wider sein Herz zum Einfahren in den Musenberg fertig da, von der Fürstin mit dem Berghabit dazu angetan. So täglich mehr in die poetische Mode eingezwängt, sah er freilich aus wie sonst eine Mißgeburt, die absichtlich mit angebornen Pluderhosen, Kopfputzen und dergleichen auf die Welt trat, um den modischen Weltlauf so zu verdammen wie ein kasselscher Gassenkehrer.

Albano las mit äußerer und innerer Glut – nicht gegen die lesende, sondern gegen die vorgelesene Fürstin, aus Angewohnheit seines unter dem Leben fortglühenden Herzens –, und die Fürstin las die Rolle ihrer Rolle freilich sehr gut. Ihr artistisches Gefühl sagte ihr es – auch ohne Einblasen des zärtlichen –, daß in Goethes Tasso – der sich meistens zum italienischen Tasso verhält wie das himmlische Jerusalem zum befreiten – die Fürstin fast die der Fürstinnen ist; nie ging der Musen- und Sonnengott schöner durch das Sternbild der

Jungfrau als hier. Nie wurde die verschleierte Liebe glänzender entschleiert.

Der Minister las den auf Tasso und Albano einzankenden Kraft-Prosaiker Antonio so gut weg wie ein reitender Trompeter die festen Noten auf seinem Ärmel; in der Tat, er fand den Mann ganz verständig.

Die Prinzessin mochte im allgemeinen poetischen Konzert ungefähr einige Viertelstunden mit der Ripienstimme mitgesprochen haben, als sie plötzlich den schönen Band von Goethes Werken, der dreimal da war, lebhaft hinwarf und mit ihrem Ungestüm sagte: »Eine dumme Rolle. Ich mag sie nicht!« Alle Welt schwieg; die Fürstin sah sie bedeutend an; die Prinzessin diese noch bedeutender und ging hinaus, ohne wiederzukommen. Eine Hofdame las gelassen fort.

Für die meisten Anwesenden war dieses Zwischen-Schauspiel eigentlich das interessanteste; und sie dachten ihm unter dem Lesen des letztern gern weiter nach. Die Fürstin, welche längst geglaubt, jene liebe den Grafen, freuete sich über die Unbesonnenheit ihrer Gegnerin. Albano, ob ihm gleich ihr warmes Auge von jeher aufgefallen war, erklärte sich das Entweichen aus dem Unmut über die Subordination ihrer Lese-Rolle und überhaupt aus der Unverträglichkeit beider Frauen. Denn da Julienne auf eigne Kosten die Fürstin vernachlässigte und ihre Meinung wenig zudeckte: so erschien auch die der Fürstin unwillkürlich; sobald eine Person ihren Haß entblößet, so kann die zweite schwer den ihren verstecken vor der dritten.

Als Albano nach Hause kam, fand er folgendes Blatt auf seinem Tisch:

»Die F– lockt dich. Sie liebt dich. Mit èclat sendet sie nächstens den M– zurück, um ihrer Tugend Relief zu geben und dir zu imponieren. Fliehe sie! – Ich liebe dich, aber anders und ewig.

Nous nous verrons
un jour, mon frère.«

Wer schriebs? – Nicht einmal über das Entree-Billet dieses Fehde-Billets konnte der Bediente Rechnung ablegen. Wer schriebs? – Julienne; dahin liefen wenigstens alle Wege des Wahrscheinlichen zusammen; nur lagen dann rund um ihn Wunder. Bedeutend war die französische Unterschrift, die gerade unter dem Bilde seiner Schwester, das ihm der Vater auf Isola bella[1] gegeben, ebenfalls stand; aber Zufall war möglich. Er untersuchte jetzt diese neue Silberader seines Dianen- und Stammbaums auf dem Probierstein seiner ganzen Geschichte. Seine Mutter und Juliennens ihre waren mit seinem Vater in *einem* Jahre nach Italien gegangen; beide waren ungewöhnliche Weiber und Freundinnen gewesen und von beiden sein Vater der Freund. Die Möglichkeit eines verhüllten Fehltritts seines Vaters war da. Ebenso leicht konnten Juliennen die Spuren dieses Irrwegs gewiesen sein. Dann würde ferner aus ihrer Schwesterliebe Licht auf ihren ganzen bisherigen Wendelgang fallen: ihr liebender Anteil an Albano, ihr warmer Blick, ihr Liebes-Wettrennen mit der Fürstin – ihr Briefwechsel mit seinem Vater – ihr Anwerben des Grafen für die Romeiro, das sie ebenso, wie es schien, erhitzte gegen die Fürstin als erkältete gegen Lianen – am meisten die Sonderbarkeit ihrer Liebe gegen ihn, die sich nie weiter und offner entwickelte, alles dieses gab Anschein, daß es nur ein verwandtes Schwesterblut sei, was so oft auf ihren runden Wangen loderte, wenn sie ihn zu lange unbewußt angeschauet. Er machte nach diesem Schritt sogleich den Sprung: er vermutete nun auch, daß sie allein ihrer Linda zuliebe ihn mit dem Zauberspiegel des Geister-Wesens zu blenden gesucht.

Was das Verhältnis der Fürstin gegen den Minister anlangt, so war ihm jedes Wort darüber eine Lüge. Er ließ sich ebenso schwer eine gute Meinung von andern nehmen als eine schlimme. Gewöhnliche Menschen geben leicht die gute dahin und halten die schlimme fest; weichere werden leicht versöhnt und schwer entzweiet. Er war beiden ungleich. Bisher hatt' er

1 Titan 1, S. 38 f.

sich der Fürstin Freundschaft mit dem Minister, ihre Landes-Visitationsreisen mit ihm und dergleichen so leicht aus ihrer männlichen Klugheit und Vorsicht abgeleitet, welche über das künftige Erb-Land ihres Bruders zugleich Wache halten und Aufschluß haben wollte; und bei dieser Wahrscheinlichkeit, da der Minister sich in die verwandten Rollen eines Cicerone und Aufsehers gleich sehr schickte, beharrte er noch.

Die Woche darauf führte eine Begebenheit herbei, welche ein größeres Licht in das dunkle Billet zu werfen schien.

91. ZYKEL

Die versprochene Begebenheit hat wieder in ältern Begebenheiten ihre Wurzel, die sich zwischen der Fürstin und dem Minister zugetragen; diese schick' ich hier voraus.

Der Minister war sehr bald von seinem Freund Bouverot, der mit seiner klebrigen Spechts-Zunge das Gewürm aller Geheimnisse ungesehen aus allen mürben Thron-Ritzen leckte, mit einem Verzeichnis alles dessen, was die Fürstin von Phönixasche und Schutt in sich verbarg, versehen worden; er hatte ihn belehrt, daß sie kalt wie ein erhaben-geschliffnes Eisstück nie selber, sondern nur andere schmelzen wolle; daß sie zu den seltnern Koketten gehöre, welche wie die süßen Weine durch Wärme sauer werden, und nur durch Kälte süßer; und daß sie daher eine der schlimmsten Angewohnheiten – die jedem die ärgsten Händel mache – an sich habe. Es war nämlich folgende: sie hatte ein Herz und wollte es nie wie ein totes Kapital in der Brust leiden, sondern es sollte sich verzinsen und umlaufen – Der Liebhaber wurde deshalb anfangs von Tag zu Tag aufgeweckter und heitrer, dann von Stund zu Stund – Er wußte alle Holzwege, Hohlwege, Diebsgänge und kürzere Fußsteige in diesem Liebesgarten ordentlich auswendig und wollte die Schäfer-Viertelstunde auf seiner Repetieruhr voraussagen, wo er anlangen würde in der Laube – Es war ihm gar nicht unbekannt (sondern komisch), was es bedeute, daß er bei ihr von Sentenzen zu Blicken, von diesen zum Händekuß, dann zum Mundkuß gelangte, worauf er sich im Whistonschen Kometenschweif ihres Ellen- und Meilenlangen Haars wie in einer Vogel-Schneuß, wo aber die Schlinge auch die Beere war, dermaßen verstrickte, verhaftete und krummschloß, daß er wußte, wieviel Uhr es geschlagen hatte auf seiner Repetieruhr – Aber dann gerade, wenn alle Wolken vom Himmel gefallen schienen, fiel er selber wie aus beiden in einen Korb von ihr – Das war der schlimme Punkt. – In der Tat, deutsche Prinzen aus den ältesten Häusern, die sonst alles versucht hatten, sahen sich unmoralisch, ja lächerlich gemacht und wußten gar nicht, was sie dabei denken sollten – Denn die Fürstin wunderte sich öffentlich über solche Scheusale, gab aller Welt eine Kopie von ihrem Fehdebrief, zeigte aller Welt die Röte und Höhe ihres Truthennen-Halses – und ließ einen solchen altfürstlichen Versucher, oder wers war, nie mehr vor ihr stolzes Angesicht.

Da Prinzen (in solchen Fällen) wissen, was sie wollen: so breiteten sie freilich aus, sie wisse nicht, was sie wolle; und oft erst lange nach einem Erb-Prinz kam der apanagierte Bruder desselben Hofes, und später der legitimierte. Gleichwohl blieb dasselbe; nämlich sie blieb dem sphärischen Hohlspiegel gleich, der zwar das, was nahe an ihm steht, groß und aufgerichtet hinter sich malt, es aber, sobald es gar in seinen Brennpunkt tritt, unsichtbar macht und dann darüber hinaus ganz verkleinert und umgestürzt in die Lüfte hängt. Ihre Liebe war ein Fieber der Schwäche, bei welchem Darwin, Weikard und andere Brownianer durch *Reizmittel*, z. B. Wein, einen *langsamern* Puls erschaffen und eben daraus die Kur verheißen. Soweit Bouverot an den Minister! –

Aber dem Minister geschah dadurch ein unsäglicher Gefallen. Denn Prinzen-Sünden schlugen gar nicht in sein Brotstudium ein. Als sie sich daher für die Nähe seines Verstandes und seiner kräftigen Physiognomie entschieden und ihn zum Minister ihrer innersten Angelegenheiten in Haarhaar berufen hatte: so wars in ihm feierlich niedergelegt und beschworen, niemals, sie mochte immer die Güte selber sein, ihr Ehrenräuber zu werden aus ihrem Strohwitwer. Anfangs kam er wie alle Vorgänger leicht mit bloßen, reinen Gefühlen und Diskursen davon; es wurde noch nichts von ihm begehrt, als daß er zuweilen unversehends einen geheimen Blick voll liebender Zartheit auf sie hinschieße; auch mußt' er sich sehnen. Jenen schoß er hin; Sehnen trieb er auch auf; – und so stand er sich für ein solches Liebes-Glück noch glücklich genug.

Aber dabei blieb es nicht. Kaum war ihr Albano erschienen: so wurde der Stachelgürtel und das Härenhemd des reinen Ministers unverhältnismäßig rauher und stechender gemacht und die stärksten Forderungen, nämlich Gaben verdoppelt, damit der arme Joseph schneller ihre Ehre anfiele und dadurch in seinen Untergang rennte, der des Grafen Köder werden sollte. Jetzt war er schon so weit herabgebracht, daß er in ihrem Flughaar (für ihn giftiges Raupenhaar) webte und knöppelte – er mußte Seufzer-Seifenblasen aus seiner Pfeife auftreiben – er mußte öfter außer sich sein, ja sogar (wollt' er sich nicht als einen heuchlerischen Schuft fortgejagt sehen) halb-sinnlich werden, obwohl noch dezent genug. Inzwischen zu einer Versuchung war er vom Teufel selber nicht zu versuchen. Wenn er nur daran dachte, grausend, daß der kleinste Fehltritt ihn von seinem Minister-Posten werfen könne: so ließ er sich ebensogut pfählen und vierteilen als bezaubern. Für einen Dritten, nicht für beide – diese litten – wär's vielleicht ein Fest gewesen, wahrzunehmen, wie sie (wenn ich ein zu niedriges Gleichnis brauchen darf) einem Paar übereinandergezogner seidner Strümpfe glichen, welche für- und durcheinander, wenn man sie ausgezogen[1] in gewisser Ferne hält, sich ätherisch aufblasen und füllen, sogleich aber platt und matt zusammenfallen, wenn sie einander berühren.

1 Symmer beobachtete folgendes: weiße und schwarze Strümpfe, bei trocknem, kaltem Wetter übereinander getragen, sind, wenn man den äußern bei dem untern Ende, den innern beim obern auseinanderzieht, entgegengesetzt geladen,

In die Länge fiels freilich dem alten Staatsmann lästig, der tanzenden Pagerie der Liebesgötter als ihr Oberältester vorzuspringen, in Cypripors Triumphwagen eingespannt – einen Blumenkranz auf der Staatsperücke – in den Augen zwei Vauklusens-Quellen – die Brusthöhle eine verschüttete Didos-Höhle – im Knopfloch den Pfeil im Herzen oder das Herz am Pfeile tragend – und auf das Kapitol fahrend, um da nach römischer Sitte nicht sowohl zu opfern als geopfert zu werden. – – Es fächelte nichts als die Blech-Kästen, die ihm zu Hause die Regierungs- und Kammerboten hinsetzten, den schachpatten Mann wieder frisch und kühl, der ein schachmatter werden wollte.

Er las mit ihr den Katull, sie mit ihm die bessern Gemälde aus des Fürsten Kabinett; es wurde ihm erlaubt, sie durch seine Latinität für ihre artistischen Gaben zu belohnen – aber er blieb doch, wie er war.

Wenn Weiber etwas durchsetzen wollen, so werden sie, sobald die Hindernisse immer wiederkehren, am Ende blind und wild und wagen alles. Die Reise nach Italien rückte so nahe; noch immer wollte der Minister seine Hochachtung für die Geliebte nicht fahren lassen – wiewohl eben aus ihrem eignen Motive der Abreise, mit deren Nähe er sich zur frohen Ertragung eines so kurzen Feuers ermunterte –; ihre Heftigkeit für den Grafen nahm durch dessen Ruhe zu, weil Kälte starke Liebe stärkt, so wie physische Kälte Starke kräftiger, und Schwache kränker macht; – Froulay, als ein alter Mann, war, wie es schien, fähig, ein ganzes Säkulum lang so auf das Ziel loszuschleichen, ohne einen einzigen unentbehrlichen Sprung zu tun, da Alte wie Schiffe immer langsamer gehen, je länger sie gingen, und aus einerlei Grund, weil beide durch den Ansatz von Unrat, Muscheln und dergleichen schwerfälliger geworden – – Kurz die Fürstin fragte am Ende nach nichts, sondern es ging so:

der weiße positiv, der schwarze negativ; in der Ferne blasen sie sich gegeneinander auf und suchen sich; einander berührend, hängen sie platt und breit darnieder. Fischers physik. Wörterbuch. I. B.

Der Fürst war verreiset, die Fürstin zu Gevatter gebeten aufs Land. Der Schloßvogt auf einem ihrer Landschlösser, der schon im Jahre vorher den Minister gebeten, hatte sich nicht entblödet, sich an diesem Treppen-Strick mit seinem Deszendenten unter dem Arm noch weiter herauf zu machen und oben auf dem Throne ihr, der Fürstin selber, sein Landeskindlein in die Arme zu legen. Gern lassen sich Fürsten herunter – an dünnen Raupenfaden – wie (hinauf); sie schätzen das gute dumme Volk und wollen die armen Kriech- und Zwergbohnen – denn sie wissen wohl, wie wenig daran ist – dadurch etwas heben und sozusagen stängeln und stiefeln durch das Fürstenstuhl-Bein. Der Minister war als sogenannter »Altgevatter« ohnedies invitiert. Der Herbsttag war heller, lauterer Frühling, und die Herbstnacht stand unter einem glänzenden Vollmond. Höfe wünschen sich so sehr auf das Land, in die Idyllen murmelnder Quellen, rauschender Gipfel und blökender Schweizereien und Pächter hinein; – Höfe – d. h. Hofleute, Hofdamen und dienende Kammerherrnstäbe und andere – sehnen sich so sehr unter Menschen; wie Tiere der Dezember-Hunger, so treibt sie ein edler vom Thron-Gebirge in die platten Ebenen herab; nicht daß sie die Langweile flöhen, sondern sie begehren nur eine andere, da ihre Kurzweile eben in der Abkürzung und Abwechslung ihrer Langweile besteht.

Kaum hatte der Hof seine erste Sehnsucht nach dem Volke, mit welchem er eine halbe Viertelstunde auf vertraulichem, dialogischem Fuß lebte, gestillt: so kam er wieder zu sich selber und zerstreuete sich in den fürstlichen Garten, um die Sehnsucht nach der Natur in nicht kürzerer Zeit zu befriedigen. Eine Zeugin der Taufzeugin versprach an der Fürstin und des Kindes Statt Christentum. Diese selber knüpfte den Minister wie einen Kammerherrn an sich. Der Altgevatter sah in einen verdammt langen Abend hinaus, worin er ihre Prozessionsfahne würde herumtragen müssen. Zum Genuß des Abends war Konzert, und zum Genusse des Konzerts Spiel arrangiert; und zum Genusse des letztern hatte sich die Fürstin mit Froulay allein gesetzt, um unter dem allgemeinen Spielen der Instrumente und Karten ungehört mit ihm zu reden. Plötzlich wurden die zwei Pfunde, die in seiner Brust aufgehangen waren – denn mehr wiegt nach den Anatomen kein Herz –, um zwei Zentner schwerer, als sie ihn fragte, ob er standhaft sei, vertrauen und für sie wagen könne. Er schwur, schon als Fürstin dürfe sie jede Aufopferung und Verehrung von seinem Doppeltpfünder erwarten. Sie fuhr fort: sie hab' ihm heute wichtige Dinge über sich und den Fürsten anzuvertrauen; sie wolle, wenn die Foule fort wäre, mit ihm allein sprechen; er brauche bloß von der Gartenseite die kleine Treppe herauf an die Tür des Bibliothekzimmer zu gehen; diese sei aufgeschlossen; am poetischen Bücherschrank sei links in der Wand eine Springfeder, deren Druck ihm die Tapetentüre des Zimmers öffne, wo er sie erwarten sollte.

Sogleich stand sie auf, das Ja voraussetzend. Wie es jetzt in den beiden Pfunden eines 64lötigen Herzens herging, kann bloß seinen Todfeinden ein Vergnügen, es zu erfahren, sein. So viel lag mit langen, dicken, steinernen Buchstaben wie auf einem Epitaphium geschrieben ihm vor, daß nach wenig Stunden, wenn die andern Herren, sonst noch größere Sünder als er, ruhig in den schönen, den Schloßhof formierenden Dienerhäusern schnarchen dürften, daß dann für ihn schuldlosen Schelm bald die Wolfs-, nämlich die Schäferstunde schlagen werde, wo er auf der blumigsten Aue unter das Schächter-Messer knien müsse. Aber er tat sich – zornig, daß sein Glaube an weibliche und fürstliche Frechheit wahr rede – stille Schwüre aller Art, daß er, setze man ihm auch zu wie den größten Heiligen und Weltweisen, doch wirtschaften wolle wie beide, z. B. wie der alte Zeno und Franz.

Die Fürstin suchte ihn den ganzen Abend weniger als sonst. Endlich empfahl er sich mit dem ganzen Hof, aber mit der Aussicht, nicht wie dieser unter Seiden-Matratzen, sondern unter kalte Lauben zu schleichen. Er rückte auch, seiner gewiß, auf der Treppe an – machte das Bibliothekzimmer auf –

fand die Springfeder – ließ sie springen und trat durch die Tapetentüre in das fürstliche – Schlafgemach. »Es ist also gewiß« – sagt' er und fluchte in seinem Innern herum, wie er wollte, unter dem Liebesbrief-Beschwerer ganz breit zerdrückt hinliegend. Im Seitenzimmer linker Hand hört' er sie schon und eine Kammerfrau, die auskleidete. Rechts klaffte die Türe eines zweiten, aber erleuchteten Zimmers. Er stand lang' im Zweifel, sollt' er in dasselbe treten, oder unter dem Lichtschirm des dunkeln Ortes verbleiben. Endlich griff er zum Schirm der Nacht.

Während seines Passens und ihres Häutens hielt er Leseprobe oder Probekomödie seiner Rolle; jetzt kam er mit sich überein, im Notfalle – und falls man ihn zu sehr poussierte – um so mehr, da der Ort mehr gegen *sie* spräche als gegen *ihn* selber, indem jeder fragen müßte, ob er wohl sonst würde hergekommen sein – in einem solchen Notfalle, wo nur die Wahl zwischen Satire und Satyr bliebe, sich auf der Stelle umzusetzen in einen ehrerbietigen – Faun.

Schnell schritt die Fürstin herein, aber gegen das helle Zimmer hin: »Ich brauche dich nicht mehr«, rief sie der Kammerfrau zurück. »Diable!« (schrie sie im Schlafzimmer, den langen Minister ersehend) »wer steht da? – Hanne, Licht!« – »Ciel!« (fuhr sie, ihn erkennend, fort, aber französisch, weil Hanne keines verstand) – »Mais Monsieur! – Me voilà donc compromise! – Quelle méprise! – Vous vous êtes trompé de chambres! – Pardonnez, Monsieur, que je sauve les dehors de mon sexe et de mon rang. Comment avez-vous pu – –« Sie sagte alles, vielleicht um die deutsche Zeugin zu blenden, mit zornigem Akzente. Der Altgevatter – der sich nach allen bisherigen Genüssen so fühlte wie ein Hahn, der viele lebendige Käfer verschluckte und dem sie nun im geängstigten Kropfe Lebensgefahr drohen – schwieg nicht, sondern versetzte deutsch, indem er die Tapetentüre aufmachte, er habe eben, wie sie befohlen, die Bücher aus der Bibliothek in das helle Zimmer gelegt und sei im Herweg begriffen gewesen. Er ging sogleich durch die Tapete hindurch, sie aber konnte vor Schrecken schwer sich erhalten, ließ am Morgen den Arzt kommen und schickte ihr Gefolge zurück. Froulay – so sehr er ihre Romane den spanischen ähnlich fand, worunter nach Fischers Behauptung die besten die Gauner-Romane sind – wußte zuletzt selber nicht, woran er war.

Die Kammerfrau mußte mit dem Gelübde des Schweigens Profeß tun, das sie hielt, so streng sie konnte, aber nicht strenger. Am Morgen stiegen wenige vor ihren eignen Haustüren ab, die meisten vor fremden, um die Neuigkeit auszuschiffen samt dem Verbote der Fürstin, die Sache éclatant zu machen, weils sonst der Fürst erführe!

War je das vornehme Pestitz in Massa glücklich: so wars an diesem Morgen. Nichts fehlte der allgemeinen Freude als eine Kammerfrau, die nur so viel Französisch verstanden hätte wie ein Jagdhund.

92. ZYKEL

Albano vernahm das Gerücht, der Minister war ihm längst als eine kalte Seelen-Leiche verunreinigend erschienen; jetzt haßt' er ihn noch mehr als quälenden, blutsaugenden Toten. Für die Fürstin stand ihm bisher sein Herz. Sie war ihm ein blauer Tag-Himmel, worin andern nur eine heiße Sonne blitzt, woran er aber aus dem Geheimnis der Freundschaft und der Seelentiefe sanfte Sternbilder gefunden. Allein jetzt seit dem Gerüchte, das, wie die Zauberer neben Moses, Ruß in ihren Himmel warf, stand sie für ihn unter neuen Lichtern glänzend. Der Haß, den er schon von Natur, d. h. aus Stolz, gegen jedes Gerücht hatte, weil es beherrscht und nicht zu beherrschen ist, wirkte mit frischem Feuer in ihm; er entschloß sich, eben weil Liane die Tochter entweder ihres Erbfeindes oder ihres Liebhabers und weil die Fürstin deren Nebenbuhlerin sein soll, auf sein Herz und das davon erkannte frei zu wagen und gerade jetzt der Fürstin seine Bitte um Vermittelung für Lianens Mitreise, d. h. für seinen Himmel, offen zu vertrauen.

Am Morgen darauf kam der Fürst zurück – die Prinzessin ließ sogleich anspannen – gegen Abend kam sie mit einem Wagen mehr in die Stadt. Das Gerücht durchlief alle Spieltische, die spanische Gräfin Romeiro sei im Schlosse angelangt. Gerüchte sind wie Polypen: das Verwunden und Zerstören vervielfacht sie; nur das Ineinanderstecken macht einen aus zweien; – das Gerücht von Lindas Ankunft schlang das Gerücht von Froulays Ehrenraub in sich.

Aber Albano! – Wie die Entdeckung einer neuen Welt kehrte diese seine alte um. Linda, dieser ausländische Tropikvogel, flog seinem nahen Vater voraus, der wie ein reiches Land vor ihm aus der Ferne aufstieg – Der Boden, wo er so viel Dornen und Blumen gefunden, sank bald hinter seinem Rücken mit allen Schätzen und Tagen ein. – Nur Liane darf nicht mit verschwinden; diese Muse seiner Jugend muß er mit ins Land der Jugend ziehen. Durch diese gewöhnlichen Zauberkünste des Herzens war von Lindas Nähe eine unüberwindliche Sehnsucht nach Lianen in ihm wach geworden.

Er war nun entschieden, die Fürstin an ihr früheres Versprechen, den Lebensbalsam einer südlichen Reise auf Lianens kranke Nerven zu gießen, zu mahnen und durch sie noch früh genug, eh' die Verwirrung des drängenden Augenblickes etwas vereitele, die Ministerin zu bestimmen und zu gewinnen, welche wie alle Hofmenschen gewiß schwer einem fürstlichen Wunsche und einer Glücks-Perspektive widerstreben werde.

Blieb aber Liane zurück aus eigner oder fremder Schuld: so war es ein Vorsatz und Schwur, vor keiner Gewalt, selber der väterlichen nicht, aus dem Vaterland der ewigen Braut zu weichen, sondern einzuwurzeln vor ihrem Kranken-Kloster, bis sie daraus entweder frei und heiter wieder in das offne Leben geht oder dunkel-eingeschleiert sich ins finstere Nonnen-Chor der Toten verbirgt. O, wiederzukommen, sie im romantischen Boden der alten Zeit zu suchen, und sie nirgends zu finden als hinter dem Sprach-Gitter der Erbgruft – diesen Gedanken hielt sein Herz nicht aus.

Die Fürstin führte ihm selber die Gelegenheit seiner Bitte zu: sie schickte ihm zu einer astronomischen Partie auf der Sternwarte eine Einladung durch ihre treue Hofdame Haltermann. »Ich soll Ihnen bloß folgendes wörtlich schreiben« (schreibt diese:) »Kommen Sie heute auch aufs Observatorium, ich und meine gute Haltermann gehen dahin.« Diese Haltermann, ein Fräulein von wenigen Reizen und Geistesschwungfedern, aber vielen Glaubenslehren und frühzeitigen Runzeln, hing der Fürstin schon seit Jahren unauflöslich an, alles verschweigend und alle ihre »Stelldicheine« (Rendezvous) begünstigend, bloß weil sie sagte: meine Fürstin ist rein wie Gold, und nur wenige kennen sie wie ich.

Günstiger konnte Albanos Wunsche kein Zufall kommen. Er stand am frühesten auf der schönen Sternwarte mitten in der lieblichen Nacht. Es war einige Tage nach dem Vollmond; seine glänzende Welt verschloß sich noch hinter die Erde, aber das angelassene Springwasser seiner Strahlen hob sich in Ansätzen herauf. Auf allen Bergspitzen schimmerte schon ein blasses Licht, als falle der ferne Morgen überirdischer Welten auf sie. Durch die Täler streckte sich noch das lichtscheue schwarze Erdentier der Nacht aus und bäumte sich auf gegen die Berge. Das Bergschloß Lianens war unsichtbar und zeigte wie ein Welt-Stern nur ein Licht. Plötzlich war der Herbstpurpur auf allen Gipfeln um das Schloß vom Monde silbern betauet, und es regnete leuchtend an den weißen Wänden und in die weißen Gänge des Gartens nieder – endlich lag ein fremder blasser Morgen, durch alle Lauben dämmernd, im Garten, gleichsam das zarte Leuchten eines hohen, ganz reinen Geistes, der nur in der heiligen stillen Nacht die tiefe Erde betritt und da nichts sucht als die reine, stille Liane. –

Als Albano blickte und träumte und sich sehnte, kam die Fürstin mit ihrer Haltermann herauf.

Der Professor brach sich vor Verehrung gegen sie fast

entzwei und ließ den Fix-Sonnen keinen astrologischen Einfluß auf sein gerades Stehen zu. – Albano und die Fürstin fanden sich mit einem Gewinst gegenseitiger Wärme wieder. Aber die erste Frage der Fürstin war: ob er die spanische Gräfin gesehen. Gleichgültig sagt' er, von der Prinzessin sei er seit ihrer Ankunft eingeladen worden, sei aber nicht gekommen. »Ma belle-sœur bewundert sie am meisten,« (fuhr die Fürstin fort) »aber sie ists ein wenig wert. Sie ist majestätisch gebauet, länger als ich, und schön, zumal ihr Kopf, ihr Auge und Haar. Doch sie ist mehr plastisch als malerisch schön, eher einer Juno oder Minerva ähnlich als einer Madonna. Aber sie hat Eigenheiten. Sie verträgt sich mit keinen Frauen, außer den schlichten und blindguten; daher ihre Kammerfrauen für sie leben und sterben. Die Männer hält sie für schlecht und sagt, sie würde sich verachten, wenn sie je die Frau oder Sklavin eines Mannes würde; aber sie sucht sie der Kenntnisse wegen. Dem Fürsten hat sie ohne Not, wenn sie auch recht hatte, Bitterkeiten gesagt. Er lacht darüber und sagt, sie liebe ohnehin nichts, nicht einmal Kinder und Schoßhunde. Sie müssen sie sehen. Sie lieset viel, sie lebt bloß mit der Prinzessin und scheint es, nach ihrem Putze zu schließen, wenigstens an unserem Hofe auf keine Eroberungen anzulegen.«

Albano sagte, manche dieser Züge wären ja herrlich, und brach kurz ab. Während des Gesprächs hatte der Professor fleißig alles recht gestellt und festgeschraubt und war jetzt des Anfangs gewärtig. Er bemerkte die helle sommerlaue Nacht – ging mit einigen Einleitungen in den Mond voraus, um die sechs Augen auf die beträchtlichsten Mondsflecken zu lenken – schattete vorläufig einige Schatten droben ab – führte an den Krater Bernoulli (»ich bediene mich Schröterscher Namen«, sagt' er) – das höchste Gebirge Dörfel (»es besteht freilich aus drei Höhen«, sagt' er) – den Landgrafen von Hessen-Kassel (»den Berg Horeb aber nennt ihn Hevel«, sagt' er) – den Montblanc – die Ringgebürge überhaupt und schloß mit der listigen Versicherung, es gebreche freilich der Warte noch sehr an Instrumenten.

Die Haltermann sehnte sich unbeschreiblich nach dem Landgrafen von Hessen-Kassel im Mond und trachtete nach dem Sehrohr. »Es ist nur ein Flecken im Planeten, mein Kind!« sagte die Fürstin. – »Und so ists wohl mit dem Montblanc droben auch nichts?« fragte sie getäuscht. Die Fürstin nickte und schauete ins Sternrohr; der magische Mond hing als ein Stück Tag-Welt dicht am Glase: »Wie vergeht sein schönes blasses Licht und seine ganze Magie in der Nähe! Als wenn Zukunft Gegenwart wird!« sagte sie zum Erstaunen des Professors, der aus dem Weltkörper gerade erst in der Nähe etwas machte. Sie ersucht' ihn um den Ring des Saturns. »Es sind eigentlich zwei, Ihro Durchlaucht; aber der Sternwarte fehlet zur Zeit noch ein Instrument, es zu sehen«, sagt' er und zielte wieder nach Vorschuß.

Albano sah rund umher seine Lebensgärten glänzen vom warmen Schimmer eines Nachfrühlings; und sein Inneres erbebte süß und schmerzlich. Er nahm einen Kometensucher und flog unter den Gestirnen umher, nach Blumenbühl, in die Stadt, auf die Berge, nur nicht auf das weiße Schloß mit dem erleuchteten Eckzimmer und dem kleinen Garten; das ganze Herz kehrte vor Scham und Liebe um vor der Tür des Paradieses.

Jetzt ging die Haltermann auf einen Wink zum Aufbruch mit dem Sternseher voraus hinab, um der Fürstin einen zeugenlosen, freien Augenblick zuzuwenden. Albano stand edel im Mondschimmer vor ihr, sein Auge war glänzend, seine Züge gerührt; sie faßte seine Hand und sagte: »Wir mißverstehen einander gewiß nicht, Graf!« Er drückte die ihrige, und seine Augen quollen voll. »Nein, Fürstin!« (sagt' er sanft) »Sie geben mir Ihre Freundschaft. Ich verdiene sie nicht, wenn ich ihr nicht ganz vertraue. ich geb' Ihnen jetzt die Probe meines offnen Vertrauens. Sie kennen vielleicht die Geschichte meines Glücks und meines Verlusts; Sie kennen den Minister.« – »Leider, leider!« (sagte sie) »auch Ihre harte Geschichte, edler Mann, wurde mir bekannt.«

»Nein,« (versetzt' er heftig) »ich war härter als mein Schicksal, ich quälte ein unschuldiges Herz, ich machte eine gehorsame Tochter elend, krank und blind. – Aber ich habe sie verloren« (fuhr er mit steigender Rührung fort und kehrte sich seitwärts, um Lianens schimmernde Wohn-Höhe nicht zu sehen) »und ertrag' es, wie ich kann, aber ohne heimliche Wege zum Wiederbesitz – Nur das Opfer darf dort drüben nicht gar verbluten bei der harten, engherzigen Mutter. – O, die Honigtropfen der Freuden. Sie und Italiens Himmel können *sie* wohl heilen – Sie stirbt, wenn sie bleibt, und ich bleibe, um zuzusehen – Freundin! o, wie groß ist meine Bitte!« –

»Sie sei Ihnen gern gewährt! Übermorgen fahr' ich zur Mutter und Tochter und bestimme diese gewiß für die Reise, insofern es von mir abhängt. Aber ich tu' es – um auch offen zu sein – bloß aus echter Freundschaft für Sie; denn das Fräulein gefällt mir nicht ganz mit ihrem Mystizismus und liebt gewiß nicht wie Sie; sie tut alles für die Menschen bloß aus Liebe zu Gott; und das lieb' ich nicht.« –

»Ach, so dacht' ich sonst auch; aber wen soll die Göttliche sonst lieben als Gott?« sagt' er, in sich und die Nacht versunken und für die Fürstin zu hyperbolisch – sein schimmerndes Auge hing fest am weißen Bergschloß, und Frühlinge wehten vom Monde herab auf dem beglänzten Wege seiner Augen hin und her; und der schöne Jüngling weinte und drückte heftig der Fürstin Hand, aber er wußte beides nicht. Sie ehrte sein Herz und stört' es nicht.

Endlich kamen beide die hohe Treppe herunter, wo sie der Astronom freudig erwartete und beiden gestand, wie sehr ihn, frei zu reden, ihre Anhänglichkeit und Achtung für die Sternkunde nicht nur erfreue, sondern auch ermuntere.

»Übermorgen gewiß!« mit diesen Worten schied die Fürstin, um dem sinnenden, vollen Jüngling Trost und Träume mitzugeben.

ZWEIUNDZWANZIGSTE JOBELPERIODE

Schoppes Herz – gefährliche Geister-Bekanntschaften

93. ZYKEL

Jetzt war Albano wieder auf die Ixions-Räder der Uhr geflochten. Die Fahrt und Antwort der Fürstin sollte plötzlich Lichter in der dunkeln weiten Höhle aufstecken, in der er so lange gegangen war, ohne zu wissen, ob sie fürchterliche Bildungen und giftige Tiere verschließe oder ob sie mit glänzenden Bogen und unterirdischen Säulenhallen sich wölbe und fülle. Über Lianens Zustand hatten bisher zwei Hände, Augustis und der Ministerin, den Schleier festgehalten; beides waren Menschen, die ungern auf die Frage antworteten: wie befinden Sie sich? Aber auf der Fürstin ließ er nun seine ganze Seele ruhen, seit dem astronomischen Abende; von welchem er jetzt kaum begriff, wie er da gegen eine Freundin so viel und mehr von seiner Liebe sprechen können als je gegen einen Freund. Allein ungern spricht der Mann vor einem Manne seine Empfindung aus und gern vor einem Weibe, ein Weib aber am liebsten vor einem Weibe. Indes hielt ihn die Fürstin durch die feinste Schmeichelei, die es gibt, durch entschiednes stilles Achten, in Banden; dem wörtlichen Lobe war er ebenso gram und gewachsen, als dem tätigen gewogen und zinsbar.

Bis zur Ankunft der Entscheidung verlief eine verworrene Zeit; wie ein Mensch, der in der Nacht reiset, hört' er Stimmen und sah Lichter, und ihrer feindlichen oder freundlichen Bedeutung fehlte ein Morgen. – Rabette lag krank und verblutet am matten Herzen; denn nicht er hatte aus ihm den blutstillenden Dolch, nämlich Karls Liebe, herausgezogen, sondern dieser selber war ihm zuvorgekommen mit bitter-süßen Tränen über die bittersten.

Letzterer war ihm einmal begegnet, mit hereingedrücktem Hut und grimmig-stechendem Blick ohne Gruß. – Überall hört' er, daß jener umsonst Lindas und Juliennens Doppeltor belagere und berenne; dieses und Lianens Kranksein machte den tropischen Wilden gleichsam zum wilderwachsenen Knaben aus einem Wald. Auch in der jetzigen Absonderung – auf der Walstatt des *Freundes* – hielt es Albano für eine Wunde des *Menschen*, daß Karl nicht von ihm voraussetzte – denn diesem Mangel schrieb er den Gassen-Grimm zu –, er werde die Gräfin nicht zu sehen suchen.

Sogar im Bibliothekar schien seit einigen Tagen ein Geheimnis zu lauern; dieser aber ging, seit es ihm in dessen Tiefen immer lichter geworden und er hinter dessen komische Larve hineingesehen bis zum redlichen Auge und liebevollen Mund, sein Herz so nahe an, zumal nach so vielen Trennungen. Denn auch der Lektor hielt sich nach seiner Gewohnheit, um keines Menschen oder gar abtrünnigen Freundes Liebe zu werben, von ihm geschieden; was denselben Jüngling kränkte, der es innerlich billigte.

Seit einigen Tagen war nämlich Schoppe in eine andre Tonart umgesetzt und sein eigner Restant und Nachsommer geworden. Es fing damit an, daß er an einem elenden Heulied den ganzen halben Tag auf dem Waldhorn verblies; den übrigen halben versang er daran mündlich. Statt zu lesen und zu schreiben, ging er in der Stadt und Stube auf und ab. Alles, was er sonst schnell abmachte, Laufen, Verschlingen des Essens, Sprechen, Rauchen, Befehlen, Auffahren, das ging jetzt mit Klöppeln zwischen den Füßen und stand fast. Sein langsames Auffahren und sein zarter, leiser Schritt konnten Kennern seiner Vorzeit lächerlich vorkommen. Seinen großen, herrlichen Wolf-Hund, von dem er sich täglich zehnmal mit den Vorder-Pfoten umhalsen ließ und dessen am Felle aufgezogne Brust er so gern auf seine drückte, wenn er mit ihm ein Langisches und Konsistorial-Kolloquium hielt, vernachlässigte er in dem Grade, daß der Hund attent wurde und nicht wußte, was er denken sollte. Wie wenig konnt' er sonst das Geschrei eines geprügelten Hundes ertragen, ohne zur Haustüre als Schutzherr hinauszufahren, weil er glaubte, man könne wohl Menschen wie Hunde traktieren, aber Hunde nicht! – Jetzt konnt' er das Schreien hören, bloß weil er es, wie es schien, nicht hörte.

Wie er sonst oft zu Albano ging, um bloß auf- und ab- und fortzugehen ohne ein lautes Wort – weil er sagte: »Daran erkenn' ich eben den Freund, daß er mich oder sich nicht unterhalten, sondern bloß dasitzen will« –, so kam er jetzt noch stummer, berührte oft wie ein spielendes Kind zärtlich des lesenden Albanos Achsel und sagte, wenn dieser sich umsah: »Nichts!« Albano fragte indes der Veränderung nicht nach; denn er wußte, er entschleiere sie ihm doch zur rechten Zeit. Ihre Herzen standen wie offne Spiegel gegeneinander.

So lag nun der dunkle Wald des Lebens mit durcheinander- und tief ins Dickicht hineinlaufenden Steigen vor Albano, als er auf dem Kreuzwege seiner Zukunft stand und auf den Genius wartete, der entweder als ein feindseliger oder als ein guter ihm Lianens Entscheidung bringen sollte. Endlich kam aus dem finstern Wald ein Genius, aber der dunkle, und gab ihm dieses Blatt von der Fürstin:

»Lieber Graf! Wahr bin ich immer und schone lieber nicht. Das kranke Fräulein v. F. ist nicht mehr imstande, eine Reise zu machen oder davon zu profitieren. Ich nehme innigen Anteil daran. Sogern ich Ihnen heute selber Trost zuzusprechen wünschte: so hoff' ich doch nicht, nach dieser Nachricht die Gelegenheit dazu zu haben. *Ihre Freundin.*«

Welcher finstere Wolkenbruch aus dem jugendlichen Morgenrot! So war also die geheime Freude, die er bisher nährte, der Vorbote des entsetzlichen Schlags gewesen, das sanfte Tönen vor dem Wasserfall.[1] Daß gerade seine Liebe das glühende Schwert werden mußte, das durch Ihr Leben drang, o das

1 Auf Wilhelmshöhe geht ein langer musikalischer Ton dem Fallen der Wasser voraus.

betrachtete er immer so, das schmerzt' ihn so! Aber kein Auge wurde naß; der Wermut des Gewissens verbittert sogar den Schmerz.

Wenn der Mensch sein eigner Freund nicht mehr ist, so geht er zu seinem Bruder, der es noch ist, damit ihn dieser sanft anrede und wieder beseele; – Albano ging zu seinem Schoppe.

Er fand ihn nicht, aber etwas anderes. Schoppe führte nämlich ein Tagebuch über »sich und die Welt«, worin sein Freund lesen durfte, was und wenn er wollte; nur mußt' ers vergeben, wenn er darin – da es durchaus so geschrieben wurde, als säh' es niemand weiter – zornige Fächerschläge und noch dazu mit dem harten Ende wegtrug. »Warum soll ich dich mehr schonen als mich?« sagte Schoppe. Zu diesem Du waren sie gekommen, ohne sagen zu können wann, so sehr sie sonst mit dieser Herzens-Kurialie, mit diesem heiligsten Seelen-Dualis gegen andere geizten; »denn ich danke Gott,« (sagte Schoppe) »daß ich in einer Sprache lebe, wo ich zuweilen Sie sagen kann, ja sogar, wenn die Menschen und Schelme darnach sind, zwischen jedem Komma Euer sowohl Wohl- als Hoch- und Sonst-Geboren.«

Albano fand das Tagebuch aufgeschlagen und las mit Erstaunen dieses:

»*Amandus-Tag*. Ein dummer und äußerst merkwürdiger Tag für den bekannten Hesus und Hanus[1]! Ich kann mich schwer bereden, daß es der arme Donnergott verdiente, hinter der langen Proserpina[2] nachzugehen und ihr endlich ins Gesicht zu gucken, auf die Stirn, auf den Mund, auf den Hals! O Gott! Wenn ein solcher Gott nun auf dem Platze geblieben wäre! – Als Pastor fido stand er zum Glück wieder auf und ging davon. O Höllengöttin, Hesi Himmelsstürmerin, du hast dich zu seinem Himmel gemacht, kann er dich je lassen?

Nachmittags. Der Pastor wird sein eignes Hatzhaus, er weiß

1 Beides ist der Name des alten deutschen Donnergottes; er meint sich aber damit selber.

2 Die Molosser nannten alle schönen Weiber Proserpinen.

nicht zu bleiben; er wohnt nun in allen Gassen, um seine Jeanne d'Arc-en Ciel[1] zu erblicken, und leidet genug. Aber Hesus, sind nicht Leiden die Dornen, womit die Schnalle der Liebe verknüpft? – Heute ging Freitag[2] mit der Fürstin auf die Sternwarte. – Der Wind ist Südostost – 13 Monatsschriften in 1 Stunde gelesen – Spener sieht das Leben im glänzenden Vergrößerungsspiegel Gott verklärt und poetisch so gut als einer.

Sabinenstag. Mit dem Pastor wirds ärger, wenn ich recht sehe. Er ist auf dem Wege, sich einen Billetdoux-Beschwerer anzuschaffen, sich nachts im Bette zu pudern, und der Schelm wirft in der Hitze, wie Milch, die warm steht, schon poetische Sahne auf. Lasse nur der Himmel niemals zu, daß er mit seiner Höllengöttin je in einen vernünftigen Diskurs gerate, Gesicht vor Gesicht, Atem gegen Atem, und die zwei Seelen untereinander gemengt! – Wahrlich, der Flins[3] raffte ihn weg, Hesus verschlänge ein tausendjähriges Reich auf einmal; ich sorge, er würde vom Göttertrank zu wild und wäre zu schwer zu bändigen von mir.

Abends. Ists nicht schon so weit mit dem Pastor, daß er sich einen Autor aus dem Wimmer-Jahrzehnt des Säkuls (er schämt sich, ihn zu nennen) geborgt hat und sich vom dummen Zeuge rühren lassen will, indem er über den Effekt nachsinnt, den der Autor im 14ten Jahre auf ihn gemacht? Freilich stößet er ihm im jetzigen wie ein Nachtwächter am Tage auf; aber er ruft sich doch das Rufen zurück und hat neue Rührung über die alte. So lächelt mich die Deklination cornu in der Grammatik noch bis auf diese Stunde an, weil ich mich entsinne, wie leicht und behend ich in den goldnen Kindheitsmonden den ganzen Singularis behielt.

Simon Jud. Verdammt! Ein schönes Gesicht und ein falscher Maxd'or machen im Kurs von einem Jahre ein paar hundert

1 So sollte man Schillers heilige Jungfrau nennen.

2 Sein Albano.

3 So nannten die Wenden den Tod.

Schelme, die sich bloß im Wunsche zu behalten und wegzuschaffen unterscheiden. Hesus feindet und ficht schon Millionen Nebenbuhler an; wie Knopfmacher und Posamentierer, oder wie Gelb- und Rotgießer, so lassen so nahe Handwerker einander nicht aufkommen. Recht, Höllengöttin! daß du alle Männer hassest; das ist doch etwas für den Pastor, eine Wundsalbe. – Scioppius, die beiden Scaliger und die kräftigen Schlegel u. s. w.« – –

Hier kommt das Tagebuch auf andere Dinge. Ein altes Porträt, zu welchem Schoppe sich selber gesessen, hatt' er retouchieret; eine Beilage als Inserat für das Pestitzer Wochenblatt kündigte dessen Bestimmung an:

»Endes Unterschriebner, ein Porträtmaler aus der niederländischen Schule, macht bekannt, wie er sich in Pestitz gesetzt, und daß er bereit ist, alles von jedem Stand und Geschlecht zu malen, was ihm sitzt. Als Probe, was er leiste, kann man bei ihm ein Selbstporträt besehen, das ihn vorstellt, wie er nieset, und es zugleich mit ihm daneben zusammenhalten. – Ich schneide auch aus. *Peter Schoppe.*
No. 1778.«

Vermutlich sollte das die Höllengöttin bewegen, einmal dem niesenden Maler zu sitzen. Albano mußte mitten im tiefen Schmerze erstaunen. Anfangs hatt' er nach seiner einfachen Natur geglaubt, er selber sei unter dem Hanus verstanden.

Jetzt kam Schoppe. Sanft sagte Albano zuerst: »Ich habe auch dein Tagebuch gelesen.« Der Bibliothekar fuhr mit einem Exklamations-Fluche zurück und sah glühend zum Fenster hinaus. »Was ist, Schoppe?« fragte sein Freund. Er drehte sich um, sah ihn starr an und sagte, die Gesichtshaut auseinander ringelnd, wie einer, der sich die Zähne putzt, und die Oberlippe aufziehend, wie ein Knabe, der in ein Butterbrot beißet: »Ich liebe« und lief im Feuer die Stube auf und ab, klagend dabei, daß er noch so etwas an sich erleben müsse in seinen ältesten Tagen. – »Lies mein Tagebuch nicht mehr« – (fuhr er fort) »Frage nach keinem Namen, Bruder; kein Teufel, kein Engel, nicht die Höllengöttin darf ihn wissen – Einst vielleicht, wenn ich und Sie in Abrahams Schoß sitzen und ich auf ihrem – – Du bist so betrübt, Bruder!«

»Fliege froh in der Sonnenatmosphäre der Liebe!« (sagte sein Freund in der Gewissenstrauer, die den Menschen einfach, still und demütig macht) »Ich werde dich nie fragen oder stören! Lies das!« Er gab ihm das Blatt der Fürstin und sagte noch, während jener las, zu ihm: »Verfluchet sei jede Freude, wo Sie keine hat. Ich bleibe hier, bis sie lebt oder nicht!« – »Auch ich bleibe hier«, versetzte Schoppe unwillkürlich-komisch. »Sei ernsthaft!« sagte Albano. »Sonst konnt' ichs,« (sagte er weinerlich) »seit ehegestern nicht mehr!«

Albano hieß indes Schoppens Absonderung von der Reisegesellschaft gut; beide erhielten einander auch in der Freundschaft die köstlichste Freiheit. Von Hofmeister-Begleitung war bei beiden nicht die Rede. Schoppe lachte oft Hofmeister von vielen Kenntnissen und Lebensarten aus, wenn sie annahmen, er erziehe aus oder an Albano etwas. »Das Säkulum erzöge,« (sagt' er) »nicht ein Tropf – Millionen Menschen, nicht einer – eigentlich höchstens ein pädagogisches Siebengestirn leuchte nach, nämlich die sieben Alter des Menschen, jedes Alter ins nächste hinein – das Individuum gleiche sehr der ganzen Menschheit, deren Revolutionen und Verbesserungen weiter nichts als Umarbeitungen einer Schikanedrischen Zauberflöte durch einen Vulpius wären; indes schwebe doch um das tolle, dissonierende Stück ein Mozartischer Wohllaut, worüber man den Vater und den Sprachmeister verwinde.« –

»Wozu schleichen und brummen wir Sünder hier herum? Laß uns zu Ratto!« sagte Schoppe. Äußerst ungern bequemte sich Albano dazu; er sagte, der Keller habe etwas Unheimliches für ihn, und eine schwüle Ahnung drücke seine Brust. Schoppe erklärte die Ahnung aus dem Druck der Balken seines eingestürzten Lustschlosses, die auf seiner Brust noch lägen, und aus der Erinnerung an den jetzt im Abgrund fliegenden Roquairol, der einmal ihm im Keller zugetrunken und nachher ihm in Lilar gebeichtet habe. Albano folgte endlich, erinnerte ihn aber an das Eintreffen einer andern Ahnung, die er auf der Höhe von Arkadien gehabt.

»Wir spielen beide nicht die besten verliebten Figuren, indes ziehen wir in den Keller«, sagte Schoppe unterwegs und legte seinen Liebling ganz ungewöhnlich-hart auf die Folterleiter seines Spaßes; sonst, als er nicht selber liebte, war er eines zarten, schonenden, ernsten Schweigens darüber so fähig, jetzt aber nicht mehr.

94. ZYKEL

Im Keller war der alte Ab- und Zulauf bekannter und fremder Gesichter. Albano und Schoppe stiegen miteinander auf jene reinen Höhen der Musenberge, wo wie auf physischen der Dunstkreis des Lebens leichter aufliegt und der Äther näher an die kürzere Luftsäule reicht. Auf ihrem Ararat trösten sich die Männer leichter als die Weiber in ihren Tempetälern. Nachdem Schoppe, durch die gewitterhafte Luft von Punsch und Liebe feuriger, ziemlich lange den Blitz-Funken seines Humors hatte im Zickzack und verkalkend durch das Weltgebäude schießen lassen: so trat plötzlich ein Unbekannter, wie ein Totenkopf gänzlich kahl und sogar ohne Augenbraunen, aber welk- und rosenwangig, an ihren Tisch und sagte mit eiserner Miene zu Schoppe: »Binnen heute und 15 Monaten seid Ihr wahnsinnig geworden, Spaßvogel!«

»Oho!« fuhr Schoppe äußerlich auf, aber innerlich zusammen. Albano wurde blaß. Jener faßte sich wieder, starrete die widerwärtige Gestalt, die die welke, aber rosenrote Haut auf scharfen hohen Gesichtsknochen hin- und herrollte, scharf und mutig an und sagte: »Wenn Ihr mich versteht, prophetischer Galgen- und Spaßvogel, und nicht selber wahnsinnig seid: so bin ich imstande, darzutun, daß man sich sehr wenig daraus zu machen habe aus der Tollheit.« Hierauf bewies er – aber doch abgekühlt, abgebrannt und verlassen von seinem Bilder-Heer –: Wahnsinn wie Epilepsie gebe mehr dem Zuschauer als dem Spieler Schmerzen – denn er sei nur ein früherer Tod, ein längerer Traum, eine Tag- statt Nachtwandelung – meistens geb' er, was das ganze Leben, Tugend und Weisheit nicht könne, eine *fortdauernde* angenehme Idee[1] – auch wenn er, was selten sei, in eine peinliche schmiede, so werde diese doch ein Panzer gegen alle körperlichen Leiden des Menschen – er habe daher nie für sich den Wahnsinn gefürchtet, so wenig als den Traum, könn' aber an andern weder das Reden in beiden noch den Anblick davon ertragen. »Uns schaudert« (sagte Albano) »ein Mensch, der schlafend zu uns spricht wie zu einem Abwesenden oder der wachend nur allein mit sich redet; und hör' ich mich selber allein, so ist es dasselbe.«

»Ich bin kein Philosoph«, sagte gleichgültig der Kahlkopf, dessen vollendete glänzende Kahlheit mehr fürchterlich als häßlich war. Schoppe fragte erbittert, »wer er denn sei, quis und quid und ubi und quibus auxiliis und cur und quomodo und quando[2]« – »Quando? – Nach 15 Monaten komm' ich wieder – Quis? – Nichts; Gott braucht mich bloß, wenn er jemand unglücklich machen muß«, sagte der Kahle und bat sich ein Glas und die Erlaubnis mitzutrinken aus. Albano sagte, es gern erlaubend, im Frageton: er sei wohl erst angekommen? »Eben vom großen Bernhard«, sagte der Kahle, aber widriger mit jedem Wort, weil sein altes Rosen-Gesicht ein Zickzack konvulsivischer Verziehungen war, so daß immer ein Mensch nach dem andern dazustehen schien. Er ging ein wenig hinaus. Schoppe sagte ganz außer sich: »Ich ergrimme immer mehr gegen ihn wie gegen ein greuliches, hüpfendes

1 Ein Engländer bemerkte, daß unter den fixen Ideen des Irrhauses selten die der Unterwürfigkeit vorkomme; meistens bewohnen es Götter, Könige, Päpste, Gelehrte.

2 Wenn.

Fieberbild. Um Gottes Willen laß uns fort. – Es ist mir immer hinter mir, als stoße mich eine böse Faust auf ihn zu, damit ich ihn abwürge. Auch wird er mir immer bekannter, wie ein vermooseter Todfeind.«

Albano versetzte sanft: »Sieh, meine Ahnung! – Aber nun ich ihr nicht gehorcht, muß ich auch sehen, wo hinaus es geht.« Seine mutige Natur, seine romantische Geschichte und Lage ließen ihn nicht wegrücken von einer so abenteuerlichen Perspektive.

»Aber warum« (fragte Schoppen den Kahlen, da er wiederkam) »schneidet Ihr so viele Gesichter, die eben nicht zu Eurem Besten ausfallen?« – »Sie kommen« (sagt' er) »von Gift her, das man mir vor zehn Jahren gegeben – Habt Ihr gesehen, wie aqua toffana, in Menge genommen, verzieht? – In Neapel zwang ichs einem sechzehnjährigen schönen Mädchen hinein, das schon einige Jahre damit gehandelt hatte, und ließ es vor mir sterben. Es gibt wohl nichts Gottloseres als Giftmischerei.« –»Abscheulich!« rief Albano, ergriffen von einem innersten Widerwillen gegen den Mann; Schoppen hatte der Grimm ordentlich abgespannt.

Jetzt trat eine arme, magere Tischlersfrau, Likör zu holen, herein, welche die Augen vor Scham und Schwäche nieder- und halb zugezogen trug; sie getrauete sich nicht aufzusehen, weil die ganze Stadt wußte, daß sie nachts gewaltsam aus dem Bette in die Gasse getrieben werde, um einem Leichenzuge, der dann durch dieselbe nach einigen Tagen wirklich ziehe, in seinem Vorspiele und Vorbilde vor ihr zuzuschauen. Kaum hatte sie der Kahle erblickt, als er sich das Gesicht bedeckte: »Es ist ein einziger Unschuldiger unter uns« (sagt' er ganz bleich und unruhig) – »der Jüngling hier«, indem er auf Albano zeigte. Eben donnerte oben ein Wagen mit sechs Pferden vorüber. Schoppe sprang auf, fragte zweimal schnell den sinnenden Albano: »Gehst du mit?«, kehrte sich zornig von desssen Nein weg, trat dicht vor den Kahlen und sagte wütend: »Hund!« – und kehrte sich um und ging fort. Am Kahlen regte sich keine Miene auf der bleichgebliebnen Haut, sondern nur die Hand ein wenig, als sei in ihrer Nähe ein Stilett zum Griff; aber er sah ihm mit jenem Blicke nach, vor welchem das Mädchen in Neapel starb.

Albano ergrimmte über den Blick und sagte: »Mein Herr, dieser Mann ist ein durchaus redlicher, treuer, kräftiger Mensch; aber Sie haben ihn selber gegen sich erbittert und müssen ihn freisprechen.« – Mit sanfter, schmeichelnder Stimme versetzte er: »Ich kenn' ihn nicht erst seit heute, und er kennt mich auch.« – Albano fragte, ob er vorhin mit dem großen Bernhard den Schweizerberg gemeint. »Wohl!« (versetzt' er) »Ich reise jährlich hin, um eine Nacht mit meiner Schwester zuzubringen.« – »Meines Wissens sind nur Mönche da«, sagte Albano. – »Sie steht unter den Erfrornen in der Klosterkapelle[1], (versetzt' er) »ich bleibe die ganze Nacht vor ihr und sehe sie an und singe Horen.«

Sonderbar fühlte sich Albano während des Zuhörens verändert – was er nur dem Punsch zuschreiben konnte – es war weniger Rausch als Glut, eine fliegende Lohe brausete über seine innere Welt, und der rote Schein irrte an ihren fernsten Grenzen umher; nun war ihm, als steh' er ganz mit dem Kahlkopf auf *einem* Boden und könne mit diesem bösen Genius ringen. – »Ich hatt' auch eine« (sagte Albano) – »kann man Tote zitieren?« – »Nein, aber Sterbende«, sagte der Kahle. – »Huh!« sagte Albano bebend. – »Wen wollt Ihr sehen?« fragte der Kahle. – »Eine lebende Schwester, die ich noch nicht gesehen«, sagte glühend Albano. »Es kommt« (sagte der Kahle) »auf ein wenig Schlaf an, und daß Ihr noch wisset, wo die Schwester an ihrem letzten Geburtstag war.« – Zum Glück war Julienne, die er für seine Schwester nahm, an dem ihrigen im Schlosse zu Lilar gewesen. Er sagt' es ihm. »So kommt mit mir!« sagte der Kahle.

In dieser Minute brachte ihm Schoppens Bedienter einen Stockdegen und folgendes Blatt:

1 Bekanntlich lehnen sie da unverweset aneinander.

»Bruder, Bruder, trau ihm nicht – Hier hast du eine Waffe, denn du bist gar zu tollkühn – Stich ihn gleich durch, macht er nur Miene – Allerlei unbekannte Leute haben diesen Abend nach dir und deinem Orte gefragt – Mir ist, als sei mir vor der Bestie gar kein Leben gesichert, deines, *Ihres* – Hüte dich und komme! *Schoppe*

Erstich ihn aber, ich bitte dich.«

*

»Fürchtet Ihr Euch etwa?« fragte der Kahle. – »Das wird sich zeigen«, sagte Albano zornig und nahm den Stockdegen und ging mit ihm. Als beide durch das kleine dunkle Vorzimmer des Kellers gingen, sah Albano in einem Spiegel seinen eignen Kopf in einen Flammen-Ring gefasset. – Sie kamen aus der Stadt ins Freie. Der Kahle ging voraus. Der Himmel war sternenhell. Dem Grafen war, als hör' er die unterirdischen Wasser und Feuer der Erdkugel und der Schöpfung brausen. Kaum erkannt' er draußen den Weg nach Blumenbühl. Plötzlich lief der Kahle links feldein; die magere Tischlerin stand auf der Blumenbühler Straße ganz starr und sah vertieft eine Leiche ziehen, die unsichtbar vorüberging, und hörte die ferne Glocke, die der Stumme trägt, der Tod. So schien es.

Da folgte Albano dem Kahlkopf verwegner nach, die Geisterfurcht tötet die Menschenfurcht. Beide gingen stumm nebeneinander. In der fernen Tiefe schien es, als schwebe ein Mensch, ohne zu schreiten und rege zu sein, fest und langsam in den Lüften weiter. Am Kahlen zuckte unaufhörlich die weiße Haut, und eine unsichtbare Faust nach der andern zog sich aus dem Ton seines Gesichts und zeigte den Griff; einmal lief auf ihm das Gesicht des Vaters des Todes[1] vorüber.

Plötzlich hörte Albano um sich das dumpfe Gemurmel und Durcheinandersprechen eines Gewimmels; nichts war um ihn. »Hört Ihr nichts?« fragte er. »Es ist alles still«, sagte der Kahle.

1 Der ihm auf Isola bella erschienen war.

Aber das Gewimmel murmelte und lispelte begierig und heiß fort, als könne es nicht fertig und einig werden; – der kühne Jünglich schauderte, die Tore des Schattenreichs standen weit offen in die Erde, Träume und Schatten schwärmten aus und ein und flogen nahe ans helle Leben.

Beide traten ans Laubgehölze vor Lilar; da half sich ein Knabe mit einem unförmlich-großen Kopfe auf zwei Krücken heraus und hatte eine Rose, die er dem Jüngling nickend anbot. Albano nahm sie, aber der Kleine nickte unaufhörlich, als woll' er sagen, er möge doch daran riechen. Albano tats – und plötzlich zog ihn die Theaterversenkung des Lebens, ein bodenloser Schlummer, in die dunkle Tiefe.

Als er belastet erwachte, war er allein und ohne seine Waffe in einem alten bestäubten gotischen Zimmer – ein mattes Lichtlein streuete nur Schatten umher – er sah durch das Fenster – Lilar schien es zu sein, aber auf die ganze Landschaft war Schnee gefallen und der Himmel weiß bewölkt, und doch stachen sonderbar die Sterne durch. Was ist das, steh' ich im Larventanz der Träume? fragt' er sich.

Da ging eine Tapete auf – eine verhangne weibliche Gestalt mit unzähligen Schleiern auf dem Angesicht trat herein – stand ein wenig – und flog ihm an sein Herz. »Wer ists?« fragte er. Sie drückte ihn heftiger an sich und weinte durch die Schleier hindurch. »Kennst du mich?« fragt' er. Sie nickte. »Bist du meine unbekannte Schwester?« fragt' er. Sie nickte und hielt ihn mit festen Schwesterarmen, mit heißen Liebestränen, mit ungestümen Küssen an sich fest. »Rede, wo lebst du?« Sie schüttelte. »Bist du gestorben oder ein Traum?« – Sie schüttelte. – »Heißest du Julienne?« – Sie schüttelte. »Gib mir ein Zeichen deiner Wahrhaftigkeit!« – Sie zeigte ihm einen halben goldnen Ring auf einem nahen Tisch. »Zeige dein Gesicht, damit ich dir glaube!« – Sie zog ihn vom Fenster weg. »Schwester, bei Gott, wenn du nicht lügst, so hebe die Schleier!« – Sie wies mit dem ausgestreckten langen umwickelten Arme nach etwas hinter ihm. Er bat immer fort, sie deutete heftig nach einem Orte hin und drückte ihn von sich; endlich folgte er und kehrte sich seitwärts – Da sah er in einem Spiegel, wie sie schnell die Schleier aufriß und wie darunter die veraltete Gestalt erschien, deren Bild ihm sein Vater auf Isola bella mit der Unterschrift gegeben. Aber als er sich umkehrte, fühlt' er auf seinem Gesicht eine warme Hand und eine kalte Blume; und sein Ich zog wieder ein Schlaf hinunter.

Als er erwachte, war er allein, aber mit seiner Waffe und an der Waldstelle, wo er zum ersten Male eingeschlafen war. Der Himmel war blau, und die lichten Bilder schimmerten – die Erde war grün und der Schnee verwischt – den halben Ring hatt' er nicht mehr in der Hand – um ihn war kein Laut und kein Mensch. War alles der verwehte Wolkenzug der Träume gewesen, das kurze Wirbeln und Bilden in ihrem Zauberrauch?

Aber das Leben, die Wahrheit hatte ja so lebendig an seiner Brust gebrannt; und die Schwestertränen lagen noch auf seinem Auge. »Oder wären es nur meine Brudertränen?« sagte sein verwirrter Geist, als er aufstand und in der hellen Nacht nach Hause ging. Alles war so still, als schlafe das Leben noch fort – er hörte sich und fürchtete, es zu wecken – er schauete seinen gehenden Körper an: ja, dacht' er, dieses dichte, um uns gewickelte Bette spielt uns eben die Qualen und Freuden des Lebens zu. So wie wir schlafend unter herüberfallenden Bergen zu ersticken glauben, wenn das Deckbette sich auf unsere Lippen überschlägt, oder über klebendes Glut-Blech zu schreiten, wenn es mit zu dicken Federn die Füße drückt, oder als nackte Bettler zu frieren, wenn es sich kühlend verschiebt: so wirft diese Erde, dieser Leib in den siebzigjährigen Schlaf des Unsterblichen Lichter und Klänge und Kälte, und er bildet sich daraus die vergrößerte Geschichte seiner Leiden und Freuden; und wenn er einmal erwacht, ist nur wenig wahr gewesen!

»Gott, warum kommmst du so spät – und so blaß?« fragte Schoppe, der in Albanos Zimmer lang' auf ihn gewartet hatte. »O, frag mich heute nicht!« sagte Albano.

DREIUNDZWANZIGSTE JOBELPERIODE

Liane

95. ZYKEL

Nie fuhr sich Schoppe mit mehr Flüchen an als am Morgen unter Albanos Erzählung, und zwar darüber, daß er nicht geblieben war, um dem Kahlen, dem Schwungrad so vieler Geister-Bewegungen, mitten unter dem Drehen in die Speichen zu fahren. Er flehte inständig den Grafen an, doch bei der nächsten Erscheinung – zumal in Italien – dem Kahlen ohne Schonung die Larve abzureißen, und bliebe das Leben darin hängen. Den Jüngling hatte die Nacht zu stark bewegt; daher sprach er ungern und flüchtig davon. Da in ihm alle Empfindungen sich ernster und übermächtiger regten als in Roquairol: so hatt' er nicht wie dieser Freude an ihrem Malen, sondern Scheu davor. Er suchte das kleine alte Schwesterbild auf, das ihm sein Vater auf der Insel gegeben; – welcher treffende Widerschein des nächtlichen Spiegelbildes! Dieses Alter-Moos an einer Schwester mußte, bloß um damit ihre Ähnlichkeit zu überdecken, durch Kunst gesäet sein. Die Vermutung auf Julienne gab er nach dem Nein der Verschleierten und bei der Unwahrscheinlichkeit einer solchen Nachtrolle wieder auf und setzte die Höhen-Berechnung aller dieser unbegreiflichen Lufterscheinungen auf die Hülfe seines so nahen Vaters hinaus.

Ach über allen seinen Gedanken zog in Geier-Kreisen unaufhörlich eine ferne dunkle Gestalt, der Würgengel, der auf die hülflose Liane hungrig niederfliegen wollte! Das Starren der Leichen-Seherin auf dem Blumenbühler Weg – zumal nach dem trüben Blatte der Fürstin– gaukelte jetzt in den dunkeln, durcheinanderkreuzenden Laubgängen, worein sein Lebensweg getrieben war, als ein flatterndes Schreckbild fort.

Ein neuer, einziger Entschluß stand jetzt in seiner Seele wie ein starrer Arm am Wege fest, der immer nach *einer* Richtung zeigte, auf die Blumenbühler Straße: »Du mußt zu ihr« – sagte der Entschluß – »sie darf nicht in dem Wahne deines Zürnens und deiner alten Härte sterben – du mußt sie wiedersehen, um ihr abzubitten, und dann weinest du, bis ihr Grab aufgeht und sie wegnimmt.« – O, wie werd' ich dann, sagt' er zu sich, vor dem Sterbe-Throne dieses Engels mein hartes, stolzes, wildes Herz zerknirschen und alles, alles, womit ich die sanfte Seele in Lilar blind und wund gemacht, zurücknehmen, damit sie nicht zu sehr verachte die kurzen Tage der Liebe und damit doch ihr Herz verscheide mit einer kleinen letzten Freude von mir! – Und das, o Gott, bescheide uns! –

Vergeblich trug Schoppe darauf an, daß er mit ihm die Expeditionsstube der Nacht-Wunder, die so wahrscheinlich im gotischen Tempel anzutreffen sein mußte, suchen sollte; noch an diesem Tage wollte er vor die bleiche Geliebte dringen. Auffallend bestand Schoppe auf dem Besuch von Lilar fort und verlangte diesen zuletzt, voreilig befehlend; – aber jetzt war es verdorben und Albanos Nein verpanzert. »Verflucht! wozu lass' ich mich denn in diesen Tränentöpfen kochen«, sagte Schoppe und fuhr hinaus.

Aber nach kurzer Zeit kam er wieder, mit einem Blatte von – Gaspard, worin dieser auf heute Relais-Pferde von der Post verlangte, und mit einem Vorschlag von sich selber, dem Vater entgegenzugehen. Wie erfrischend wehte die väterliche Nähe über Albanos schwüle Wüste! – Gleichwohl sagte er das zweite Nein: das lange Wollen und Streiten und jede Stunde hüllte ihm Lianen immer finsterer in ihre Wolke, und er dachte bange an seinen Traum über sie auf Isola bella[1]; – und am Ende stutzte er argwöhnisch über das bedenkliche Zurückzerren.

Und darin irrt' er nicht; Schoppe handelte nach ganz andern Begebenheiten, als er noch erfahren hatte. Der Lektor nämlich, der mit alter kluger Redlichkeit über den abtrünnigen, aber von ihm überall gelobten Jüngling von fernen Wache hielt

1 Wo sie ihm in der Wolke zerflossen war, als er sie umfassen wollte.

durch den stellvertretenden Schoppe, hatte diesem den aufgetürmten bleischweren Wolkenbruch gezeigt, der sich nun gesenkt gegen das Haupt des edlen Jünglings herbewegte; nämlich Lianens ganz nahen Tod.

Früher war der Streit mit den Eltern, gleichsam diese poetische Härte für Lianens Nerven, noch Eisenwein gewesen, die nachher im weichen Wasser der Entsagung, Herbstruhe und Andacht schmolzen. Es gibt eine warme Windstille, welche Menschen wie Schiffe zerlässet; eine Wärme, worin das Wachsbild des Geistes zerrinnt. Täglich kam noch dazu der fromme Vater und breitete ihre Schwingen aus, lösete sie ab von den Erden-Hoffnungen und Erden-Bangigkeiten und führte sie in den Glanz des göttlichen Thrones. – Die schönen Frühlingslüfte ihrer geendigten Liebe ließ sie wieder wehen, aber in höherer Stelle, es waren dünne, milde Äther-Zephyre, Blumen-Hauche. – Sie wußte jetzt zugleich, sie sterbe und liebe Gott. Sie stand wie eine Sonne schon ruhig und fern an ihrem Himmel, aber wie eine Sonne schien sie folgsam um den kleinen Tag ihrer Mutter zu gehen und wärmte sie sanft. – Ihre Tränen entflossen so süß wie Seufzer, wie Abendtau aus Abendrot – Wie man selig-wogend sinkt in heitern Träumen, so floß sie mit schwimmendem Körper-Gewand auf dem Todesflusse, lange getragen, langsam angezogen.

Nur ein einziger irdischer Widerstand hatte bisher den süßen Fall gebrochen – die heiße Erwartung der kommenden Romeiro, dieser ihr so innig befreundeten Freundin ihrer Freundin Julienne. Endlich erschien ihr diese und ergriff ihre Phantasie zu sehr; denn gerade die Flügel der Phantasie waren an diesem sanften, steten Schwane[1] zu stark. Wie stellte sich die Kranke unter diese glänzende Göttin herunter! Wie fand sie sich unwürdig der vorigen Liebe für Albano! – So wenig hatte Spener, der nur vor Gott demütig war, sie hindern können, zwei Kleinode aus ihrem vorigen Leben in ihr jetziges verklär-

1 Ein Schwan kann mit dem Flügelschlag einen Arm zerbrechen.

tes heraufzunehmen, die alte Demut vor Menschen und das alte bekümmmerte Sorgen für Geliebte.

Julienne mocht' ihr noch so oft abgeraten haben, sie schlang sich doch an einem Abende – wo sie Albanos Wegziehen nach Italien vernommen – um Lindas Herz und sagte ihr mit gewöhnlicher Überwallung, nur Albano verdiene sie. Linda antwortete bewundernd: sie fasse eine Liebe nicht, die sich selber vernichte; in Ihrem Falle würde sie sterben. »Und tu' ich's denn nicht?« sagte Liane.

Julienne bat gleich darauf Lianen, die verlegne edle Gräfin darüber zu schonen. Liane schwieg unbeleidigt; aber der neue Wunsch ergriff sie nun, ihren verlornen Albano noch einmal wiederzusehen und ihm ihre vorige Treue und seinen Irrtum zu beweisen und ihm mit sterbendem Herzen ein neues großes zu vermachen. Sie war sehr offenherzig mit allen letzten Wünschen ihrer heiligen Seele. Solange die Mutter und Augusti konnten, hielten sie ihr die Hand, damit sie sich eine so giftige schwarze Blume, als die Freude eines solchen Wiedersehens sein müßte, nicht ans kranke Herz steckte. Aber sie versicherte ihre Mutter, was könn' es ihr in diesem Jahre schaden, da sie ja erst im künftigen – nach Karolinens Weissagung – von hinnen gehe. – Indes suchte man ihr das letzte Ziel immer hinauszurücken, in der Hoffnung, daß Gaspard den Grafen wegführe, und mit dem Vorsatz, nur im Notfalle aller verlornen Hoffnungen ihr diese tödliche zu stillen.

Da wandte sie sich mit ihrem Wunsche an ihren Bruder; aber dieser, halb aus erbitterter Eitelkeit, halb aus Liebe gegen die Schwester, schilderte Albano von der kältern Seite, sagte, er ziehe in ein frohes Land, verschmerze sie leicht u. s. w. Wie entrüstete sich beinahe die sanfte Seele, weil sie daraus mit weiblicher Scharfsicht einen nahen Bruch der Liebe gegen Albano und Rabette und eine Wiederkehr der Neigung für die dableibende Linda entdeckte! Sie hatte schon längst die lange Unsichtbarkeit Rabettens untersucht. Denn diese arme Seele war seit ihrem Falle, seit dem Begräbnis ihrer Unschuld, durch keine Bitten und Befehle zu zwingen gewesen, vor die Freundin der ewigen Unschuld mit dem niedergeworfnen Sünder-Auge zu treten; und jetzt war es ihr vollends unmöglich, seit ihr durch Lindas Ankunft und Besuche auch das kleinste schillernde Gewebe ihres fliegenden Sommers zertreten war und ihr Mund voll Qual dumpf am hereingezognen Leichenschleier erstickt. »Bruder, Bruder,« (sagte Liane begeistert) »bedenke, was unsere armen Eltern von uns Kindern haben! Ich erfülle ihnen keine Hoffnung; auf dir ruht jede; ach wie wird unser Vater zürnen!« setzte sie mit alter Scheu und Liebe dazu. Der Bruder hielt es für recht, die Wahrheit (über Rabettens Hinab- und Wegstoßen), welche diesesmal die Gestalt einer bewaffneten Parze haben würde, von ihr zu entfernen, und setzte an die Stelle der Wahrheit seine Bruder-Liebe. Daher hatt' er bisher die einzige Gelegenheit, mit der Gräfin zu sprechen, entbehrt – Lianens Krankenstuhl. »Du mußt sterben,« (sagte er einmal im Enthusiasmus zu ihr) »es ist gut, daß dein Gewebe so zart ist, damit es das Durcheinandergreifen so vieler Tatzen entzweireißet – Was hättest du bis in dein 70. Jahr nicht leiden können unter Menschen und Männern!« Auch er glaubte – aus eigner Erfahrung –, daß es mehr Weiber- als Männer-Schmerzen gebe, so wie es am Himmel mehr Mond- als Sonnenfinsternisse gibt.

So stand es bis in die Nacht, wo Albano den Kahlkopf, die Spiele der Finsternissse und die verschleierte Schwester sah; in dieser sprang eine Saite nach der andern in Lianens Leben, sie wurde schnell verändert, und am frühen Morgen empfing sie schon das Abendmahl aus ihres Speners Hand. Der Lektor bekam diese trübe Nachricht von der Ministerin um 9 Uhr morgens. Darum sucht' er mit solchem Eifer durch Schoppe den Jüngling vom Anblick einer verscheidenden Braut zu verdrängen.

Später kam Gaspards Billett, welches beide auf den Gedanken brachte, ihn zum Entgegenfahren zu locken und – durch eine Nachricht an den Vater – diesen zu bereden, wenigstens auf einige Tage mit Albano vor dem nahen Erdfall umzukehren, damit dieser sinke, ehe ihn der Sohn betreten.

Aber auch das, wie schon erzählt worden, schlug fehl; Albano bekannte Schoppen geradezu seinen Argwohn irgendeiner unheimlichen Begebenheit. Dieser wollte eben eine Antwort geben, als sie ihm ersparet wurde durch einen keuchenden Boten aus Blumenbühl, der an Albano folgendes Blatt von Spener überbrachte:

»*P. P.*

Ew. Hochgeboren Gnaden soll in aller Eile melden, daß das todkranke Fräulein von Froulay noch heute mit Denenselben zu sprechen sehnlichst verlangt, daher Sie um so mehr zu eilen haben, da selbige nach eigner Aussage höchst wahrscheinlich (und um so mehr, als Patienten dieses genre immer ihren Tod richtig vorauszusagen wissen) den heutigen Abend schwerlich überleben, sondern aus dieser Leiblichkeit einziehen wird in die ewige Herrlichkeit. Ich für meine Person brauche Ew. Gnaden als einen Christen wohl nicht erst zu vermahnen, daß wohl ein sanftes, stilles, frommes Betragen und Gebet bei dem Sterbebette dieser herrlichen Braut Christi, von deren Tod jeder wünschen wird: Herr, mein Tod sei wie dieser Gerechten!, nicht aber grausame weltliche Trauer sich gebühre und gezieme, der ich mit sonderbarem Respekte verharre

Ew. Hochgeboren Gnaden

Untertäniger
Joachim Spener
Hofprediger

P. S. Kommen Dieselben nicht sogleich mit dem Expressen: so bitte sehr um einige Zeilen Antwort.«

*

Albano sagte kein Wort – gab das Blatt seinem Freunde – drückte leise dessen Hand – nahm den Hut – und ging langsam und mit trocknen Augen auf die Gasse hinaus, auf den Weg nach dem Bergschloß.

96. ZYKEL

Schaudernd lief er draußen um die Stelle vorbei, wo in der vorigen Nacht die Leichen-Seherin gestanden hatte, um ihre in schwarze Menschen verwandelten Träume langsam von der Bergstraße herunterziehen zu sehen. – Es war ein stiller, warmer, blauer Nachsommer-Nachmittag – das Abendrot des Jahres, das rotglühende Laub, zog von Berg zu Berg – auf toten Auen standen die giftigen Zeitlosen unverletzt beisammen – auf den übersponnenen Stoppeln arbeiteten noch Spinnen am fliegenden Sommer und richteten einige Fäden als die Taue und Segel auf, womit er entfloh – der weite Luft- und Erdkreis war still, der ganze Himmel wolkenlos – und die Seele des Menschen schwer bewölkt.

Albanos Herz ruhte auf der Zeit wie ein Kopf auf dem Enthauptungsblock – – Nichts sah er im weiten Himmelsblau als die darin fliegende Liane, nichts, nichts auf der Erde als ihre liegende leere Hülle.

Er zuckte, da ihm plötzlich auf der Blumenbühler Höhe das weiße Bergschloß entgegenglänzte. Er rannte hinab – wild vor dem verhaßten entstellten Blumenbühl vorbei – und draußen in den tiefen Hohlweg hinauf, der zum Bergschloß führet. Da aber dieser sich in zwei aufsteigende Täler spaltet: so verirrte sich der vom Schmerz verschleierte Mensch in das linke und eilte zwischen dessen Wänden immer heftiger, bis er nach langem Treiben auf die Höhe heraustrat und das schimmernde Trauerschloß hinter sich erblickte. Da war ihm, als rühre sich die weite hinabliegende Landschaft wie ein stürmendes Meer durcheinander mit wogenden Feldern und schwimmenden Bergen; und der Himmel schauete still und hell auf das Bewegen nieder. Nur unten am westlichen Horizonte schlief eine lange dunkle Wolke.

Er stürmte wieder bergab und kam in wenigen Minuten im kleinen Blumengarten des Trauerhauses an. Als er heftig durch ihn schritt, sah er oben an den Schloßfenstern mehrere Menschen-Rücken; wenn sie sich umkehren (sagt' er), so wird sogleich die Sage umlaufen: der Mörder kommt. Jetzt trat die Ministerin an ein Fenster, wandte sich aber schnell um, da sie ihn erblickte. Er stieg schwer die Treppe hinauf, der Lektor kam ihm gerührt entgegen, sagte zu ihm: »Fassung für Sie und Schonung für andere! Sie haben keinen Zeugen Ihrer Unterredung als Ihr Gewissen« und machte dem stummen Jüngling das stille Krankenzimmer auf.

Vom Schmerz belastet und gebückt, trat er leise hinein. In einem Krankenstuhl ruhte eine weißgekleidete Gestalt mit weißen, tiefen Wangen und ineinandergelegten Händen und lehnte den Kopf, den ein bunter Grasblumenkranz umzog, an die Seitenlehne. Es war seine vorige Liane. »Sei mir willkommen, Albano!« sagte sie mit schwacher Stimme, aber mit dem alten, aufgehenden Sonnen-Lächeln und reicht' ihm die mühsam gehobne Hand entgegen; das schwere Haupt konnte sie nicht erheben. Er trat hin, sank auf die Knie und hielt die teuere Hand, und die Lippe zitterte stumm. »Sei mir recht willkommen, mein guter Albano!« wiederholte sie noch zärtlicher in der Meinung, er hab' es das erstemal wohl nicht gehört; und alle Tränen seines Herzens riß die bekannte wiederkommende Stimme in *einem* Regen nieder. »Auch du, Liane!« stammelte er noch leiser. Mühsam ließ sie ihr Haupt auf die andere, ihm nähere Lehne herüberfallen; da schaueten ihre lebensmüden blauen Augen recht nahe seine feurigen nassen an; wie fanden beide ihr Angesicht von *einem* langen Schmerz entfärbt und veredelt! Rotwangig und vollblühend und Schmerzen tragend war Liane in das kalte fremde Totenreich der schweren Prüfung für die höhere Welt gegangen, und ohne Farbe und ohne Schmerzen war sie wiedergekommen und mit himmlischer Schönheit auf dem irdisch-verblühten Gesicht – Albano stand vor ihr, auch bleich und edel, aber er brachte auf dem jungen kranken, eingefallnen Angesicht die Kämpfe und die Schmerzen zurück und im Auge die Lebens-Glut.

»Gott, du hast dich verändert, Albano« – fing sie nach einem langen Blicke an – »Du siehst ganz eingefallen aus – Bist du so krank, Lieber?« – fragte sie mit der alten Liebes-Bekümmernis, die ihr weder der fromme Vater noch der letzte Genius, der den Menschen erkältet gegen das Leben und Lieben, eh' er es entrückt, aus dem Herzen nehmen konnten. – »O, wollte Gott! – – Nein, ich bins nicht«, sagte er und erstickte aus Schonung den innern Sturm; denn er hätte so gern seinen Jammer, seine Liebe, seinen Todes-Wunsch ausgerufen vor ihr mit einem tödlichen Schrei, wie eine Nachtigall sich zu Tode schmettert und vom Zweige stürzt.

Ihr erkältetes Auge ruhte, sich erwärmend, lange auf seinem Angesicht voll unaussprechlicher Liebe, und sie sagte endlich mit schwerem Lächeln: »So liebst du mich also wieder, Albano! – Du hattest dich auch in Lilar ganz geirrt. Erst nach langer Zeit wird mein Albano es erfahren, warum ich von ihm gewichen bin, nur zu seinem Wohl. Heute, heute an meinem Sterbetage sag' ich dir, daß mein Herz dir treu geblieben. – Glaub es mir! – Mein Herz ist bei Gott, meine Worte sind wahr – Sieh! darum bat ich dich heute zu mir – denn du sollst sanft, ohne Reue, ohne Vorwurf auf deine erste Jugendliebe herübersehen in deinem künftigen langen Leben. – Heute wirst du nicht böse über die kleine Linda, daß sie vom Sterben spricht – Siehst du wohl, daß ich damals recht hatte? – Hole mir das Blatt dort!« –

Er gehorchte; es war ein mit zitternder Hand gemachter Umriß von ihr, der Lindas edeln Kopf vorstellte. Albano sah das Blatt nicht an. »Nimm es zu dir«, sagte sie; er tat es. »Wie bist du so willig und gut!« (sagte sie) »Du verdienst Sie – ich nenne sie dir nicht – als den Lohn deiner Treue gegen mich. Sie ist deiner würdiger als ich, sie blüht wie du, siecht nicht wie ich; aber tu ihr nie unrecht – Deine Liebe zu ihr ist mein letzter Wunsch – Wirst du mich betrüben, festes Gemüt, durch ein heftiges Nein?« –

»Himmels-Seele!« – (rief er und blickte sie bittend an und brachte ihr das Totenopfer des erstickten Neins) »ich antworte dir nicht – Ach vergib, vergib der frühern Zeit!« – Denn nun sah er erst, wie demütig, leise und doch innig die zarte, stille Seele ihn geliebt, die noch jetzt im zerfallenden Körper ganz wie an Lilars schönen Tagen sprach und liebte, so wie die schmelzende Glocke im brennenden Turm noch aus den Flammen die Stunden tönt.

»So lebe nun wohl, Geliebter!« (sagte sie ruhig und ohne Träne, und ihre matte Hand wollte seine drücken) »Reise glücklich in das schöne Land! – Habe ewigen Dank für deine Lieb' und Treue, für die tausend frohen Stunden, die ich dort erst verdienen will[1], für Lilars schöne Blumen . . . Die Kinder meiner Chariton haben sie mir aufgesetzt[2] . . . Je ne suis qu'un songe – – Was wollt' ich dir sagen, Albano? Mein Lebewohl! Verlasse meinen Bruder nicht! – O, wie du weinst! Ich will noch für dich beten!«

Die Sterbenden haben trockne Augen. Das *Gewitter* des Lebens endigt mit *kalter* Luft. Sie wissen es nicht, wie ihre lallende Zunge einschneide in die weit aufgerissenen Herzen. Die sanfteste Seele wußt' es nicht, wie sie ein Schwert nach dem andern durch ihren Albano stieß, der es nun fühlte, daß er der Heiligen, der schon die Frühlingswinde, die Frühlingsdüfte des ewigen Ufers entgegenzogen, nichts mehr sein, nichts mehr geben konnte, nicht einmal die Demut nehmen.

Als sie es gesagt, richtete ihr Haupt mit der Blumenkrone sich begeistert auf, sie zog ihre Hand aus seiner und betete laut

1 Sie hielt ihr hiesiges Leben für ein ruhiges Spiel- und Kinder-Leben, erst das zweite für das tätige.

2 Hier und weiter redet sie zwar irre; aber sie weiß es doch, daß der Grasblumenkranz von Charitons Kindern ist.

mit Inbrunst: »Erhöre mein Gebet, o Gott! und lasse Ihn glücklich sein, bis er eingeht in deine Herrlichkeit. Und wenn er irret und wankt, so schon ihn, o Gott! und lasse mich ihm erscheinen und ihm zureden. – Dir aber allein, du Allgütiger, sei Preis und Dank gesagt für mein frohes, stilles Leben auf der Erde, du wirst mir nach der Ruhe droben schenken den schönen Morgen, wo ich arbeiten kann ... Wecke mich früh aus dem Todesschlaf ... Wecket mich, wecket! ... Mutter, das Morgenrot[1] liegt schon auf den Bäumen.« – –

Da stürzte die Mutter ins Zimmer mit andern Menschen. Der todesschlaftrunkne Blick und das Irrereden sagten an, daß nun der kalte Schlaf mit offnen Augen komme. »Erscheine mir, du bist ja bei Gott!« rief Albano sinnlos. Umsonst wollt' ihn Augusti wegführen; ohne Antwort, ohne Regung stand er eingewurzelt fest. Liane wurde immer blasser, der Tod schmückte sie mit dem weißen Brautkleid des Himmels an; da hörte sein weinendes Auge auf, die Qual gefror, und das weite, schwere Eis der Pein füllte die Brust.

Unverrückt hing Lianens Blick an einer lichten Stelle des sanft bezognen Abendhimmels, wie forschend und erwartend, daß der Himmel aufgehe und die Sonne gebe. Gleichgültig gegen alle stürmte ihr Bruder jammernd herein: »Geh nicht zu Gott, ich seh' dich sonst nie mehr – sieh mich an, segne, heilige mich, gib mir deinen Frieden, Schwester!« – Sie war still in die lichter aufbrechende Sonnenwolke vertieft. »Sie hält dich für mich« (sagte Albano zu Karl wegen ihrer ähnlichen Stimmen) »und gibt dir keinen Frieden!« – »Stiehl meine Stimme nicht«, sagte Karl zornig. – »O, lasset Sie in Ruhe«, sagte die Mutter, aus deren gebückten Augen nur kleine, sparsame Tränen auf den Kranz der Tochter zitterten, deren mattes, nach dem Himmel aufblickendes Haupt sie an sich angelehnt mit beiden Händen hielt.

Auf einmal, als die Sonne die Wolken wie Augenlider aufschlug und hell herunterblickte, erschütterte sich die stille

1 Sie sieht das Herbstlaub.

Gestalt; Sterbende sehen doppelt, sie sah zwei Sonnenkugeln und rief, an die Mutter geschmiegt: »Ach, Mutter, wie groß und feurig sind seine Augen!« – Sie sah den Tod am Himmel stehen. »Bedecket mich mit dem Leichenschleier« (flehte sie ängstlich) – »meinen Schleier!« Ihr Bruder griff nach ihm und deckte damit die irren Augen und die Blumen und Locken zu; auch die Sonne zog schonend wieder das Gewölke über sich.

»Denk an den allmächtigen Gott!« rief ihr der fromme Vater zu. »Ich denke an ihn«, antwortete leise die Verhüllte. Die Aurora der zweiten Welt steht schwarz vor den Menschen, sie bebten alle. Albano und Roquairol ergriffen und drückten einander die Hand, dieser aus Haß, Albano aus Qual, wie man in Metall knirscht. Das Zimmer war voll unähnlicher, befeindeter Menschen, die der Tod gleich machte. Seitwärts sah Albano eine fremde hereingeschlichene, ihm widrige Gestalt; es war sein unkenntlicher Vater, dessen große, düstere Augen scharf und hart auf dem Sohne hafteten. – Aus dem zweiten Zimmer blickten zwei lange verschleierte weibliche Gestalten auf die dritte und sahen kein Gesicht und niemand ihres.

Liane spielte mit den Fingern am Schleier. Der Abend stand im Zimmer und die Stille zwischen dem Blitze und dem Donnerschlag. »Denke an den allmächtigen Gott!« rief Spener. – Sie antwortete nicht – er sprach weiter: »An unsere Quelle und an unser Meer, er allein steht dir jetzt im Dunkeln bei, wo dir die Erde und die Menschen aus der Hand entsinken und alle Lichter des Lebens.« – Plötzlich fing sie an und sagte ganz freudig-leise und schnell hintereinander, wie wenn der Mensch im Schlafe spricht, und immer entzückter und schneller: »Karoline – hier, hier, Karoline – das ist meine Hand – wie bist du so schön!« – Der unsichtbare Engel, der ihre erste Liebe geheiligt, der ihr Leben begleitet hatte, schimmerte wieder wie ein aufgegangener Mond über das ganze dunkle Sterben, und der Glanz verschmolz die kleine Mainacht leise mit dem großen Frühlingsmorgen der andern Welt.

Nun lehnte die verschleierte Nonne des Himmels ganz still

an der Mutter – Der Todesengel stand unsichtbar und zornig unter seinen Opfern – Mit großen Flügeln hing die Todes-Eule der Angst sich über die Menschen-Augen und hackte mit schwarzem Schnabel in die Brust herab, und man hörte nichts in der Stille als die Eule – Düster wälzten sich des Ritters melancholische Augen in ihren tiefen Höhlen zwischen der stillen Braut und dem stillen Sohne hin und her; und Gaspard und der Würgengel schaueten einander finster an. –

Da klang aus Lianens Harfe ein heller, hoher Ton lang in die Stille; die Parze, die an ihrem Leben spann, kannte das Zeichen, hielt innen und stand auf, und die Schwester mit der Schere kam. Lianens Finger hörten auf zu spielen, und unter dem Schleier wurd' es still und unbeweglich.

»Dein Kopf ist schwer und kalt, meine Tochter«, sagte die trostlose Mutter. »Reißt den Schleier weg«, rief der Bruder; und als er ihn herunterzog, ruhte Liane zufrieden und lächelnd darunter, aber gestorben – die blauen Augen offen nach dem Himmel – der verklärte Mund noch Liebe atmend – die jungfräuliche Lilien-Stirn von der tiefer herabgesunknen Blumenkrone umwunden – und bleich und verklärt vom Mondschein der höhern Welt die fremde Gestalt, die groß aus den kleinen Lebendigen unter ihre hohen Toten trat.

Da quoll die goldne Sonne durch die Wolken und durch die Tränen hindurch und übergoß mit dem blühenden Abendlicht, mit dem jugendlichen Rosen-Öl ihrer Abendwolken die entfärbte Himmelsschwester, und das verklärte Antlitz blühte wieder jung. Am Himmel schlugen alle Wolken, berührt von ihren Flügeln, als sie durch sie zog, in lange rote Blüten aus – und durch den hohen, über die Erde geblähten Nebelflor glühten die tausend Rosen hindurch, die gestreuet und gewachsen waren auf der Wolken-Bahn, worauf die Jungfrau über die Erde zu dem Ewigen ging.

Aber Albano, der verlassene Albano stand ohne Tränen und Augen und Worte unter den gemeinen Klagestimmen des Schmerzes im rosenroten Abendfeuer des heiligen Verklärungs-Zimmers, unter dem irdischen Getümmel neben der stillen Gestalt; in tiefer Vergangenheit zeigte ihm der Schmerz ein Medusenhaupt, und er sah es noch an, als sein Herz schon davon versteinert war, und er hörte immer das finstere Haupt die Worte murmeln: »Wie bitter hatte die Tote in Lilar über den harten Albano geweint!« – Ihr Bruder sagte auf seiner Folter viele grausame Worte zu ihm; er vernahm sie nicht, weil er dem grausamern Gorgonenhaupt zuhörte.

»Sohn!« (rief Gaspard Cesara ernst) »Sohn, kennst du mich nicht?« Durch das schwere Leichen-Herz blitzt ihm eine Lebens-Stimme; er blickt umher, und auf den Vater, ordnet sich erschreckend die Gestalt und stürzt auf seine Brust und ruft nur »Vater!« und immer wieder »Vater!« – Er rief fort, ihn heftig wie ein Feind umflechtend, und sagte: »Vater, das ist Liane!« – Noch heftiger wurde die Umarmung, nicht aus Liebe, nur aus Qual. – »Komme zu dir, und zu mir, lieber Albano!« sagte der Ritter. »O, ich will es tun, Sie ist nun gestorben, Vater!« sagt' er erstickt, und nun zerriß sein Schmerz am Vater, wie ein Gewölke am Gebürge, in *eine* unaufhörliche Träne – sie strömte fort, als wollte sich die innerste Seele verbluten aus allen offnen Adern – aber das Weinen wühlte nur die Qualen auf wie ein Wolkenbruch ein Schlachtfeld, er wurde trostloser und ungestümer und wiederholte dumpf das alte Wort.

»Albano!« (sagte Gaspard nach einiger Zeit mit stärkerer Stimme) »willst du mich begleiten?« – »Gern, mein Vater!« sagte er und folgte ihm, wie der Mutter ein blutendes Kind mit seiner Wunde. – »Morgen will ich schon sprechen«, sagte Albano im Wagen und nahm die väterliche Hand. Die weit offnen Augen hingen geschwollen und blind an der warmen Abendsonne fest, die schon auf dem Gebürge ruhte – er blieb lächelnd und bleich und in seinem leisen sanften Weinen – und er merkt' es nicht, daß die Sonne unterging und er in der Stadt ankam.

»Morgen, mein Vater!« sagt' er kraftlos und bittend zum Ritter; und schloß sich ein. Man hörte nichts mehr von ihm.

VIERUNDZWANZIGSTE JOBELPERIODE

Das Fieber – die Kur

97. ZYKEL

Lange blieb Albano im Nebenzimmer stumm. Der Vater überließ ihn der heilenden Stille. Schoppe wartete auf ihn geduldig, um ihn tröstend anzusehen und anzuhören. Endlich hörten sie ihn darin heftig beten: »Liane, erscheine mir und gib mir den Frieden!« Gleich darauf trat er stark und frei wie ein entketteter Riese heraus, mit allen Blut-Rosen auf seinem Gesicht – mit Blitzen in den Augen – mit hastigem Schritt. »Schoppe,« (sagt' er) »komm mit auf die Sternwarte, es hängt am Himmel ein heller, hoher Stern, auf dem wird Sie begraben; ich muß das wissen, Schoppe!«

Die edle Seele lag in der gewaltigen Hand des Fiebers. Er wollte mit ihm hinaus, als er den Ritter erblickte, der ihn starr anschaute. »Erstarre nur nicht wieder, mein Vater!« sagt' er, umarmte ihn nur leise und vergaß, was er gewollt.

Schoppe holte den Doktor Sphex. Albano ging wieder in sein Zimmer und langsam darin mit gesenktem Haupt, mit gefalteten Händen auf und ab und redete sich tröstend zu: »Warte doch nur, bis es wieder ausschlägt.« – Sphex kam und sah und – sagte, »es sei ein einfaches entzündliches Fieber«. Aber keine Gewalt brachte ihn dahin, sich für das Bette oder nur für eine Ader-Wunde zu entkleiden. »Wie?« (sagt' er schamhaft) »Sie kann mir ja zu jeder Stunde erscheinen und den Frieden geben – nein, nein!« Der Arzt verschrieb einen ganzen kühlenden Schneehimmel, um damit diesen Krater vollzuschneien. Auch diesen Kühlungen und Frost-Zuleitern weigerte der Wilde sich. Aber da fuhr ihn der Ritter mit der ihm eignen donnernden Stimme und mit dem Grimm des Auges an, der das immerwährende, aber bedeckte Zornfeuer der stolzen Brust verriet: »Albano, nimm!« – Da besann und fügte sich der Kranke und sagte: »O, mein Vater, ich liebe dich ja!«

Durch die ganze Nacht, deren Wächter und Arzt der treue Schoppe blieb, spielte der wahnsinnige Körper seine glühende Rolle fort, indem er den Jüngling auf- und abtrieb und bei jedem Ausschlagen der Glocken betend niederzuknien zwang: »Liane, erscheine doch und gib mir den Frieden!« Wie oft hielt ihn der sonst Zeichen-arme Schoppe mit einer langen Umarmung fest, um nur dem Umhergetriebnen eine kurze Ruhe zuzuspielen. – Unbegreiflich waren am Morgen dem Arzte die Kräfte dieser eisernen und weißglühenden Natur, die Fieber, Pein und Gehen noch nicht gebogen hatten, und auf welcher alle verordnete Eisfelder trocken verzischten; – und fürchterlich erschienen ihm die Folgen, da Albano noch immer sein Selbst-Mordbrenner blieb und bei jedem Stunden-Schlage auf den Knien nach der himmlischen Erscheinung lechzte und blickte.

Aber sein Vater überließ ihn wie eine Menschheit den eignen Kräften; er sagte, er sehe mit Vergnügen eine solche seltne ungeschwächte Jugendkraft und sei gar nicht in Furcht; auch ließ er ungestört alles für die Reise nach Italien packen. Er besuchte den Hof, d. h. alles. Wer es wußte, was er den Menschen abzufodern und abzuleugnen pflegte, dem gab diese allgemeine Gefälligkeit gegen alle Welt die Schmerzen eines verwundeten Ehrgefühls, wenn ihn Gaspard auch anredete. Er besuchte zuerst den Fürsten, welcher an ihm, ob ihn gleich der Ritter in Italien ruhig die vergiftete Hostie der Liebe samt ihrem Giftkelch hatte empfangen lassen, immer mit Angewöhnung hing. Der Ritter besichtigte mit ihm den Zuwachs der neuen Kunstwerke; beide glichen scharf und frei ihre Urteile darüber gegeneinander aus und gaben einander Aufträge für die Abwesenheit.

Darauf ging er zur Reisegefährtin, zur Fürstin, gegen welche zwar sein aufreibender Stolz nicht *ein* Blütenstäubchen der vorigen Liebe übrig gelassen, die aber im glatten, kalten Spiegel seiner epischen Seele, in welchem alle Figuren sich rein-aufgefasset und frei bewegten, vermöge ihrer kräftigen Individualität als eine Hauptfigur den Vordergrund bewohnte. Da er Freiheit, Einheit, sogar Frechheit des Geistes weit über sieches Frömmeln, Nachheucheln fremder Kräfte und bußfertigen Zwiespalt mit sich selber setzte: so war die Fürstin sogar mit ihrem Zynismus der Zunge ihm »in ihrer Art lieb und wert«. Sie erkundigte sich mit vielem Feuer nach seines Sohnes Zustand und Mitreise; er gab ihr mit seiner alten Ruhe die besten Hoffnungen.

Die Prinzessin Julienne war unzugänglich. Daß sie es hatte sehen müssen, wie die treue Gespielin ihrer Jugendzeit ein feindlicher, rauher Arm vom blumigen Ufer in den Todesfluß hineingezogen und wie die Arme ermattet hinuntergeschwommen, das warf sie hart darnieder, und sie wäre gern dem Opfer nachgestürzt. Sie war gestern nicht imstande, mit den zwei Verschleierten hinzugehen.

Jetzt eilte Gaspard zur einen davon, zur Gräfin Romeiro, wo er auch die andere fand – die Prinzessin Idoine. Diese hatte unmöglich so viel von ihrer Gesichts- und Seelen-Schwester in allen Briefen lesen können, ohne selber aus ihrem Arkadien zu ihr herzureisen und die schöne Verwandtschaft zu prüfen; aber als sie im Schleier ankam im Schmerzenhause, hatte schon ihre Verwandte den ihrigen über das brechende Auge gezogen; und als er aufging, sah sie sich selber verloschen und im tiefen Spiegel der Zeit ihr eignes Sterbe-Bild. Sie schwieg in sich selber gleichsam wie vor Gott, aber ihr Herz, ihr ganzes Leben war bewegt.

Die Ähnlichkeit war so auffallend, daß Julienne sie bat, nie der gebeugten Mutter zu erscheinen. Idoine war zwar länger, schärfer gezeichnet und weniger rosenfarb als Liane in ihrer Blütenzeit; aber die letzte blasse Stunde, worin diese neben ihr erschien, machte die bleiche Gestalt länger und das Angesicht edler und zog die blumige jungfräuliche Verhüllung vom scharfen Umriß weg.

Idoine sprach wenig zum Ritter und sah nur zu, wie ihre Freundin Linda ordentlich in kindlicher Liebe überfloß gegen seine fast väterliche. Beide Jungfrauen behandelte er mit einer achtenden, warmen und zarten Moralität, welche einem Auge (z. B. dem des Fürsten) wunderbar erscheinen mußte, das oft Zeuge der ironischen Unbarmherzigkeit gewesen, womit er wurmstichige, anbrüchige Herzen – halb eingepfarret in Gottes Kirche und halb in des Teufels Kapelle –, scheue, weiche, empfindsame Sünder, innerlich-bodenlose Phantasten, z. B. Roquairols, gern in einer langsamen Spirale frecher Reden immer tiefer und froher in den Mittelpunkt der Schlechtigkeit hinabzudrehen pflegte. Der Fürst dachte dann: »Er denkt gerade wie ich«; aber Gaspard macht' es mit ihm ebenso.

Auch die wankende, blasse Julienne schlich endlich herein, um ihn zu sehen. Man umging, so weit man konnte, ihrentwegen das offne Grab der Freundin; aber sie fragte selber nach dem kranken Geliebten derselben recht angelegentlich. Der Ritter – welcher für die meisten wichtigen Antworten sich ein eignes Phrases-Buch des Nichts, besondere Rede-Eisblumen angeschafft hatte, dergleichen waren: »es geht, so gut es kann« oder »man muß es erwarten« oder »es wird sich wohl geben« – bediente sich der letzten Redeblume und versetzte: »Es wird sich wohl geben.«

Als er nach Hause kam, hatte sich nichts gegeben, sondern hoch war die Flut des Übels gestiegen. Der Jüngling lag nieder – angekleidet auf dem Bette – unvermögend mehr zu gehen – brennend – irre redend – und doch bei jedem Glockenschlage seine alte Bitte in den hohen versperrten Himmel rufend. Bis hieher hatte sein kräftiges, festes Gehirn die Vernunft wenigstens für alles, was Lianen nicht betraf, fest zu behalten gewußt; aber allmählich ging die ganze Masse in die Gärung des Fiebers über. Vergeblich waffnete sich sein Vater einmal, da er kniete und um die Erscheinung der Toten bat, mit dem ganzen Sturm und Donner seiner Persönlichkeit; »gib mir den Frieden«, betete Albano sanft weiter und sah ihm sanft dabei ins Gesicht.

Schoppe nahm jetzt mit der Miene eines wichtigen Geheimnisses den Vater allein und sagte, er wisse ein unfehlbares Mittel. Gaspard bezeugte seine Neugierde. »Die Prinzessin Idoine« (sagt' er) »muß nach erbärmlichen Kindereien gar nichts fragen, sondern keck, wenn es eben schlägt und er kniet, ihm als der selige Geist erscheinen und den fatalen Frieden schließen.« – Wider alles Vermuten sagte der Ritter unmutig: »Es ist unschicklich.« Umsonst sucht' ihn der predigende Schoppe in die Sonnenseite zu rücken – bloß in der Winterseite zog er weiter hinein bei dem Anschein fremder Absicht; in eine sanfte Wärme konnt' ihn niemand bringen als nur er sich selber. – Zuletzt ließ Gaspard nach seiner Sitte über dem ewigen Grundeis seines Charakters so viel Treibeis obengenannter Phrasen schwimmen, daß Schoppe stolz und zornig schwieg. Noch dazu gingen die Anstalten zur Abreise fort, als sei der Vater willens, den Sohn brennend aus dem Fieber-Brande zu ziehen und wahnsinnig aus den alten Liebes-Zirkeln zu reißen. Schoppe machte ihm seinen Vorsatz, daheim zu bleiben, bekannt; er sagte, er habe nichts dagegen.

Nun fühlte Schoppe an seinem eignen zerritzten Gesicht den schneidenden Nord dieses von ihm sonst beschützten Charakters; »traue keinem langen, schlanken Spanier, sagte Kardanus mit Recht«[1], sagte er.

Albano war krank und daher nicht trostlos. Er schöpfte aus der Lethe des Wahnsinns die dunkle Betäubung gegen die Gegenwart; nur wenn er kniete, spiegelte sich im Strom seine zerrissene Gestalt und ein wolkiger Himmel. – Er hörte nichts davon, wie die Dürftigen ihren Namen nannten, um dankend um die ruhende Wohltäterin zu weinen, vor deren Klagen jetzt das heilende Saitenspiel ihrer Mienen taub und stumm lag – Er hörte nichts von dem Toben ihres Bruders, noch vom lauten (akustisch-gebaueten) Schmerze ihres Vaters, oder von der

1 Die Stelle heißet in Cardan. praecept. ad filios c. 16. so: Longobardo rubro, Germano nigro, Hetrusco lusco, Veneto claudo, *Hispano longo* et *procero*, mulieri barbatae, viro crispo, Graeco nulli confidere nolite.

starren, in dumpfe Qual gewickelten Mutter – Er wußt' es nicht voraus, daß die bleiche Charis in ihrem Krönungszimmer an einem Abende zwischen Lichtern zum letztenmal der Erde erscheinen werde, bekränzt, geschmückt und schlummernd – Ihm starb zwar in jeder Stunde eine unendliche Hoffnung, aber jede gebar ihm auch eine neue. – –

»Armer Bruder,« (sagte Schoppe am andern Tag im edeln Zorn) »ich schwöre dirs, du bekommst heute deinen Frieden.« – Der blasse Kranke sah ihn bittend an. »Bei Gott!« schwur Schoppe und weinte beinahe.

98. ZYKEL

Schoppe hatte sich vorgesetzt, um den Ritter – der den Abend halb an den Minister und halb an Wehrfritz in Blumenbühl verteilte – sich gar nicht zu bekümmern, sondern geradezu vor die Prinzessin Idoine mit der großen Bitte zu treten. Vorher wollt' er sich den Lektor dazu holen als Türhüter oder Billeteur der versperrten Hoftüren und als Bürgen seiner Worte. – Aber Augusti erschrak unbeschreiblich; er versicherte, das geh' unmöglich an – eine Prinzessin und ein kranker Jüngling – und gar eine ridiküle Geister-Rolle u. s. w., und der eigne Vater seh' es ja schon ein. Schoppe wurde darüber ein aufspringendes Sturmfaß und ließ wenig Flüche und Bilder liegen, die er nicht gebrauchte über den menschenmörderischen Widersinn der Hof- und Weiber-Dezenz – sagte, diese sei so schön gebildet und so blutig quälend wie eine griechische Furie – sie binde an Menschen wie Köchinnen an Gänsen die Hals-Wunde nur nach dem Verbluten zu, damit sich die Federn nicht befleckten – und er sei so gut ein Courtisan, schloß er zweideutig, als Augusti und kenne Dezenz; »auch der Fürstin, die ihn doch so gern hat, darf ichs nicht vortragen?« Augusti sagte: »Der Fall ist nicht verschieden.« – »Juliennen auch nicht?« – »Auch nicht«, sagt' er. – »Auch dem so satanischen Satan nicht?« – »Ein guter Engel ist doch dazwischen,« (versetzte Augusti) »den Sie wenigstens schicklicher als Vorbitter brauchen können, weil er dem Vliesritter von Cesara Verbindlichkeiten schuldig ist – die Gräfin von Romeiro.« – »O, warum nicht gar?« sagte Schoppe betroffen.

Der Lektor – unter die niemals eigenhändigen Menschen gehörig, die alles gern durch die dritte, sechste, fernste Hand nach einer der Fingersetzung ähnlichen Hände-Setzung tun – legte seine Bereitwilligkeit, ihn bei Linda einzuführen, und ihr Vermögen, in dieser »epinösen Affäre« zu wirken, dem Nachdenker näher vor.

Schoppe fuhr ungemein hin und her – schüttelte oftmals heftig den Kopf und stockte doch plötzlich – flog und schüttelte noch heftiger – sah mit scharfer Frage den Lektor an – endlich stand er fest – schlug mit beiden Armen nieder und sagte: »Der Donner und das Wetter hole die Welt! Nun gut, es sei! Ich will vor *sie* – – Himmel, warum bin ich denn Ihnen sozusagen so lächerlich, jetzt gerade, mein' ich?« – Gleichwohl hatte der höfliche Lektor das Lächeln der Lippen nur in das Lächeln der Augen versetzt. – Auf Schoppes Gesicht stand die Wärme und Eile des Selbst-Siegers. Wie Menschen zugleich harthörig unter dem gemeinen Lebens-Getöse sein können und doch den feinsten musikalischen Lauten offen[1]: so waren Schoppens innere Ohren verhärtet gegen das Volks-Gepolter des allgemeinen Treibens, aber durstig zogen sie alle weiche, leise Melodien der heiligen Seelen ein.

Der Lektor – den Grafen weit herzlicher liebend als dieser ihn – nahm stürmisch den Bibliothekar sogleich mit fort ins Schloß, weil eben jetzt die recht-erlesene Hof-Ferien-Stunde sei, von 4½ bis 5½ Schoppe sagte, er sei dabei. Im Schloß befahl Augusti einem Diener, der ihn verstand, Schoppen ins Spiegelzimmer zu führen. Er tats; brachte Lichter nach; und Schoppe ging langsam mit seinem verdrüßlichen Gefolge stummer flinker Spiegel-Urang-utangs auf und nieder, seiner Rolle und Zukunft nachrechnend. Seltsam fühlt' er sich jetzt

1 z. B. der Kapellmeister Naumann.

betroffen von seinem jungen, frischen Gefühl der bisherigen Freiheit, die er eben suspendierte; er erkannte sie an, hielt sie fest, sah sie an, sprach ihr zu: gehe nur ein wenig fort, rette ihn und dann komme wieder! –

Seine eigne Vervielfältigung ekelte ihn: »Müsset ihr mich stören, ihr Ichs?« sagt' er, und er legte sichs nun vor, wie er stehe vor der reichsten hellesten Minute und feinsten Goldwaage seines Daseins, wie ein Grab und ein großes Leben liege auf dieser Waage, und wie sein Ich ihm schwinden müsse wie die nachgemachten gläsernen Ichs umher. – – – Plötzlich flog ihn eine Freude an, nicht über den Wert seines Entschlusses, sondern über die Gelegenheit dazu.

Endlich gingen nahe Türen auf und dann die nächste. Da trat mit noch halb zurückgewandtem Kopfe eine große Gestalt herein, ganz in lange schwarze Seide eingehüllt. Wie ein entzückter Mond auf hohen Laubgipfeln, stand auf der seidnen dunkeln Wolke ein üppig-blühender schmuckloser Kopf voll Leben vor ihm, mit schwarzen Augen voll Blitze, mit dunkeln Rosen auf dem blendenden Gesicht und mit einer thronenden Schnee-Stirn unter dem braunen Locken-Überhang. – – Schoppen war, da sie ihn ansah, als liege sein Leben im vollen Sonnenschein, und er fühlte ängstlich, daß er sehr nahe an der Königin der Seelen stehe. »Herr v. Augusti« (fing sie ernst an) »hat mir gesagt, daß Sie eine Bitte für Ihren kranken Freund in meine Hände geben wollen. Sagen Sie mir solche klar und frei, ich werde Ihnen gern und bestimmt und offen antworten.«

Alle Rollen-Erinnerungen waren in ihm zu Boden gesunken und aufgelöst; aber der große Schutzgeist, der unsichtbar neben seinem Leben flog, stürzte sich mit feurigen Flügeln in sein Herz, und begeistert antwortete er: »Auch ich! – Mein Albano ist tödlich krank – er ist im Fieber seit gestern abends – er liebte das verstorbene Fräulein Liane – er ist auf die Greifgeier-Schwinge des Fiebers gebunden und wird hin- und hergerissen – er stürzt bei jedem Glocken-Ausklang auf die Knie und betet, dicht an der Glutseite der Phantasie liegend, immer heißer; erscheine mir und gib mir Frieden – er steht aufrecht und angekleidet auf dem hohen Scheiterhaufen der phantastischen Kreis-Flammen und lechzet und brät und dorret sehr aus und krümmt sich nieder, wie ich wohl sehe . . .«

»O, finissez donc!« (sagte die Gräfin, welche den Venus-Kopf schaudernd zurückgebogen und langsam geschüttelt hatte) »Fürchterlich! – Ihre Bitte!«

»Nur die Prinzessin Idoine« (sprach er, zu sich kommend) »kann sie erfüllen und ihn erretten, wenn sie ihm erscheint und ihm Frieden zusagt, da sie eine so nahe Ass- Kos-[1], Kopie und Nebensonne von der Verstorbnen sein soll.« – »Ist das Ihre Bitte?« sagte die Gräfin. »Meine größte«, sagte Schoppe. »Hat Sie sein Vater hergeschickt?« sagte sie. »Nein, ich« – (sagt' er) »der Vater, damit ich klar und frei und bestimmt sei, will es nicht.« –

»Sind Sie nicht der Maler des niesenden Selbst-Porträts?« fragte sie. Er verbeugte sich und sagte: »Ganz gewiß!« Als sie ihm geantwortet, in einer Stunde hör' er die Entscheidung, machte sie ihm eine kurze achtende Abschiedsverbeugung – und die einfache, edle Gestalt verließ ihn mitten in seinem trunknen Nachschauen; und er war unwillig, daß die kindischen Spiegel umher der einzigen Göttin so viele Nachschatten nachzuschicken wagten.

Zu Hause fand er zwar den Wahnsinnigen, dessen Ohren allein nur in der Wirklichkeit fortlebten, wieder auf den Knien vor dem sechsten Glockenschlage; aber seine Hoffnung blühte jetzt unter einem warmen Himmel. – Nach einer Stunde erschien der Lektor und sagte mit bedeutend-froher Miene: es gehe recht gut, er hole einen Ausspruch des Arztes über die Krankheit, und dann entscheid' es sich darnach.

Herr v. Augusti gab ihm mit hofmännischer Ausführlichkeit den bestimmten Bericht: die Gräfin flog zur Fürstin, deren Achtung für den künftigen Reisegefährten sie kannte, und sagte ihr, sie würd' es in Idoinens Falle ohne Bedenken tun. –

1 Er wollte Assonanz und Kosekante sagen.

Die Fürstin bedachte sich ziemlich und sagte, hierüber könne nur ihre Schwester entscheiden – Beide eilten zu ihr, malten ihr alles vor, und Idoine fragte erschrocken, was sie für ihre Ähnlichkeit und ihre wohlwollende Reise könne, daß man sie so tief in solche phantastische Verwicklungen ziehen wolle. – In dieser Sekunde trat Julienne blaß herzu und sagte, sie habe schon seit dem Morgen Nachricht davon, das Erscheinen sei einer so guten Seele Pflicht. – Da antwortete Idoine, sich und alles bedenkend und mit Würde: es sei gar nicht das Ungewöhnliche und Unschickliche, was sie schrecke, sondern das Unwahre und Unwürdige, da sie mit dem heiligen Namen einer abgeschiednen Seele und mit einer flachen Ähnlichkeit einen Kranken belügen solle. – Die Gräfin sagte, sie wisse darauf keine Antwort, und doch sei ihr Gefühl nicht dagegen – Alle schwiegen verlegen. – – Die gewissenhafte Idoine war im weichsten Herzen bewegt, das unter dem Gewichte einer solchen Entscheidung über ein Leben zitternd erlag. – Endlich sagte Linda mit ihrem Scharfsinn: »Es wird aber doch eigentlich kein moralischer Mensch getäuscht, sondern ein Schlafender, ein Träumer, und Einbildung und Lüge soll ja an ihm nicht bestärkt, sondern besiegt werden.« – Julienne nahm Idoinen mit sich, um ihr den Jüngling, den sie so wenig wie Linda gesehen, wahrscheinlich näher zu malen. – Bald darauf kam Idoine mit dem Ausspruche zurück:

»Wenn der Arzt ein Zeugnis gibt, daß ein Menschen-Leben daran hänge: so muß ich mein Gefühl besiegen. Gott weiß es,« (setzte sie bewegt dazu) »daß ich es ebenso willig tue als unterlasse, wenn ich nur erst weiß, was recht ist. Es ist meine erste Unwahrheit.«

Der Lektor eilte von Schoppe zum Doktor, um von ihm unter vielen Wendungen gerade das schicklichste Zeugnis mitzunehmen.

Schoppe wartete lange und ängstlich – nach 7 Uhr kam ein Blatt von Augusti: »Halten Sie sich bereit, Punkt 8 Uhr kommt die bewußte Person!« – Sogleich ließ er, um die Fieberaugen zu schonen, im Krankenzimmer statt der Wachslichter die magische Hänge-Lampe aus Beinglas brennen.

Den kranken Jüngling zündete er mit Geschichten von Wiedergekommenen noch stärker an und riet ihm, mit langen Feuer-Gebeten vor der festen Todespforte zu knien, damit Ihr milder, barmherziger Geist sie aufreiße und ihn auf der Schwelle heilend berühre.

Kurz vor acht Uhr kamen in Sänften die Fürstin und ihre Schwester. Schoppe wurde selber schaudernd von dieser auferstandnen Liane ergriffen. Mit funkelndem Auge und versperrtem Munde führt' er die schönen Schwestern in die Kulisse, auf deren Bühne draußen sie schon den Jüngling beten hörten. Aber Idoinens zarte Glieder zitterten vor der ungeübten Rolle, worin ihr wahrhafter Geist sich verleugnen sollte; sie weinte darüber, und der fromme schöne Mund war voll stummer Seufzer; oft mußte die Schwester sie umarmen, um ihr Mut zu machen.

Die Glocke schlug – fürchterlich-heiß flehte der Wahnsinnige drinnen um Frieden – die Zunge der Stunde gebot – Idoine schickte einen Blick als Gebet zu Gott. – Schoppe öffnete langsam die Türe. – –

Drinnen kniete mit gen Himmel gehobnen Armen und Augen ein schöner, in der magischen Dunkelheit blühender Göttersohn im eisernen Zauberkreise des finstern Wahnsinns und rief nur noch: »O Frieden, Frieden!« – Da trat die Jungfrau begeistert wie von Gott gesandt hinein; weißgekleidet wie die Verstorbne im Traumtempel und auf der Bahre, mit dem langen Schleier an der Seite, aber höher gestaltet, weniger rosenfarb und mit einem schärfern, hellern Sternenlicht im blauen Äther des Auges und ähnlicher der Liane unter den Seligen und erhaben, als komme sie als ein verjüngter Frühling von den Sternen wieder, so trat sie vor ihn – sein greifender Flammenblick erschreckte sie – leise und wankend stammelte sie: »Albano, habe Frieden!« – »Liane?« stöhnte seine ganze Brust, und seine weinenden Augen bedeckte er darniedersinkend. »Frieden!« rief sie stärker und mutiger, weil sie nicht mehr sein Auge traf und irrte; und sie entwich, wie ein überirdischer Geist die Menschen wieder verlässet.

Die Schwestern schieden still und voll hoher Erinnerung und Gegenwart. Schoppe fand ihn noch kniend, aber entzückt dahinblickend, ähnlich einem im Sturm erkrankten Schiffer auf den tropischen Meeren, der nach langem Schlaf an einem stillen rosenroten Abend die Augen aufschlägt vor dem brennenden Untergang der Sonne – und die schlagende Wellen-Bahn wallet als ein Rosen- und Flammenbeet in die Sonne, und das sprühende Gewölk zerspringt in stumme Feuerkugeln – und die fernen Schiffe schweben hoch im Abendrot und schwimmen fern über den Wogen. – So war es dem Jüngling.

»Ich habe nun meinen Frieden, guter Schoppe,« (sagt' er sanft) »und nun will ich in Ruhe schlafen.« Verklärt, aber blaß stand er auf, legte sich auf das Bette, und in wenig Minuten sank das matte, so lange im heißen Fieber-Sande watende Gemüt auf die frische, grüne Rasenbank des Schlummers nieder.

FÜNFUNDZWANZIGSTE JOBELPERIODE

Der Traum – die Reise

99. ZYKEL

Spät fuhr der Vlies-Ritter an. Schoppe zeigte ihm erfreuet das schlafende Gesicht, dessen Rosenknospen wie in feuchter warmer Nacht aufzubrechen schienen. Der Ritter zeigte sich sehr erheitert darüber und noch mehr der spät nachschauende Doktor Sphex. Dieser fand den Puls nicht nur voll, auch langsam und auf dem Wege zu noch mehr Ruhe; er führte zugleich Chaudeson und mehrere offizinelle Beispiele an, daß große Geister-Leiden sich durch das Opium von innen, die Schlafsucht, sehr glücklich gehoben hätten.

Zuletzt machte Schoppe den Vater mit Idoinens ganzer Kurmethode bekannt. Stolz versetzte Gaspard: »Sie wußten aber meine Meinung noch, Herr Bibliothekar?« – »Gewiß, aber auch meine«, sagte erbittert der betroffne Schoppe. Der Ritter ließ sich indes in nichts weiter ein – ganz nach seiner Weise, über sein Ich, könnt' es auch noch so viel dabei gewinnen, nie nur das kleinste Licht zu geben –, sondern erteilte dem Freunde ein sehr kaltes Zeichen zum Zurückzug.

Den Morgen darauf fand Schoppe seinen Geliebten noch in der Seelen-Wiege des Schlafes. Wie er sproßte und blühte! – Wie der Atem der entketteten Brust sich nun gleich einem freien Menschen nur langsam, aber stark bewegte! – Indes hielt Gaspards gepackter Wagen, der den Jüngling nach Italien rollen sollte, schon am Morgen mit schnaubenden, scharrenden Pferden vor der Tür, und der Ritter erwartete jede Minute das Aufwachen und– Einsitzen.

Der Arzt kam auch – pries Krisis und Puls – fügte bei, der Weinsteinrahm (den er mit verschrieben) sei der Lebens-Rahm – und sagte dem Vater geradezu ins Gesicht, als dieser den Jüngling wecken wollte zur Abfahrt, »er habe in seiner Praxis noch niemand gekannt, der so wenig von kritischen Punkten gewußt wie er; jeder Wecker sei hier ein Mörder, und er verbiete es recht ausdrücklich als Arzt«. –

Von Stunde zu Stunde wurde Schoppe gegen den Vater unwilliger; er dankte – wenn er des Ritters abspülendes Ein- und Anströmen an dieses fruchttragende Eiland bedachte – jetzt Gott, daß Albano nicht nur die *Hitze*, sondern auch die *Härte* eines Felsen hatte.

Der Ehre- und Kunst-liebende Sphex bewachte wie eine drohende Äskulaps-Schlange das Kopfkissen und wurde heiterer – Schoppe verblieb da, gefasset gegen jede Härte. – Der Ritter nahm in des Sohnes Namen von jedem Abschied und trieb weiche Herzen nach Hause; denn die Pflegemutter Albine und andere durften den Schlafenden nicht einmal sehen – weil ihm Tränen ein verdrüßlicher kalter Staubregen waren. – Die

Fürstin und ihr Gefolge fuhr schon mit den bunten Wimpeln der Hoffnung auf dem Wege nach dem glänzenden Italien. –

Der Abend wurde nun unwiderruflich zur Abfahrt angesetzt, zumal da in der Nacht die entschlummerte Liane in das Schlafgemach geführet werden sollte, das die Menschen nicht wieder öffnen.

Den blühenden Endymion überdeckte schon Lächeln und Freuden-Glanz als ein vorlaufender Morgenstern seines wachen Tags. Seine Seele ging lächelnd in der funkelnden Höhle der unterirdischen Schätze umher, die der Geist des Traums aufsperrt; indes das gemeine Auge des Wachens blind vor dem nahen, von Schlaf ummauerten Geister-Eldorado stand. Endlich öffnete ein unbekanntes Wonne-Übermaß Albanos Auge – der Jüngling erstand sogleich mit Kraft – warf sich mit der Entzückung der ersten Erkennung dem Vater an die Brust – und schien im ersten, träumerischen Rausche sich des vorbeigezognen Gewitters hinter seinem Rücken nicht zu erinnern, sondern nur des seligen Traums – und erzählte trunken diesen:

»Ich fuhr in einem weißen Kahn auf einem finstern Strom, der zwischen glatten, hohen Marmorwänden schoß. An meine einsame Welle gekettet, flog ich bange im Felsen-Gewinde, in das zuweilen tief ein Donnerkeil einfuhr. Plötzlich drehte sich der Strom immer breiter und wilder um eine Wendeltreppe herum und hinab. – Da lag ein weites, plattes, graues Land um mich, das die Sonnen-Sichel mit einem eklen, erdfahlen Licht begoß. – Weit von mir stand ein untereinander gekrümmter Lethe-Fluß und kroch um sich selber herum. – Auf einem unübersehlichen Stoppelfelde schossen unzählige Walküren[1] auf Spinnenfäden pfeilschnell hin und her und sangen: ›Des Lebens Schlacht, die weben wir‹; dann ließen sie einen fliegenden Sommer nach dem andern unsichtbar gen Himmel wallen.

Oben zogen große Weltkugeln; auf jeder wohnte ein einziger Mensch, er streckte bittend die Arme nach einem andern

1 Walküren sind reizende Jungfrauen, die vor der Schlacht diese weben und die Helden bestimmen, die fallen müssen.

aus, der auch auf einer stand und hinüberblickte; aber die Kugeln liefen mit den Einsiedlern um die Sonnensichel, und die Gebete waren umsonst. – Auch ich sehnte mich. Unendlich weit vor mir ruhte ein ausgestrecktes Gebürge, dessen ganzer aus den Wolken ragender Rücken golden und blumig schimmerte. Quälend watete der Kahn in der flachen, trägen Wüste des abgeplatteten Stroms. – Da kam Sandland, und der Strom drückte sich durch eine enge Rinne mit meinem zusammengequetschten Kahne durch. Und neben mir ackerte ein Pflug etwas Langes aus, aber als es aufstieg, verdeckt' es ein Bahrtuch – und das dunkle Tuch zerfloß wieder in eine schwarze See.

Das Gebürge stand viel näher, aber länger und höher vor mir und durchschnitt die hohen Sterne mit seinen Purpurblumen, über welche ein grünes Lauffeuer hin- und herflog. Die Weltkugeln mit den einzelnen Menschen zogen über das Gebürge hinüber und kamen nicht wieder; und das Herz sehnte sich hinauf und hinüber. ›Ich muß, ich will‹, rief ich rudernd. Mir schritt ein zorniger Riese nach, der die Wellen mit einer scharfen Mondsichel abmähte; über mir lief ein kleines festes Gewitter, aus der zusammengepreßten Dunstkugel der Erde gemacht, es hieß die Giftkugel des Himmels und schmetterte unaufhörlich nieder.

Auf dem hohen Gebürge rief eine Blume mich freundlich hinauf; das Gebürge watete der See dämmernd entgegen; aber es rührte nun beinahe an die herüberfliegenden Welten, und seine großen Feuerblumen waren nur als rote Knospen in den tiefen Äther gesäet. Das Wasser kochte – der Riese und die Giftkugel wurden grimmiger – zwei lange Wolken standen wie aufgezogne Fallbrücken nieder, und auf ihnen rauschte der Regen in Wellen-Sprüngen herab – das Wasser und mein Schiffchen stieg, aber nicht genug. ›Es geht hier‹ (sagte der Riese lachend) ›kein Wasserfall herauf!‹

Da dacht' ich an meinen Tod und nannte leise einen frommen Namen. – – Plötzlich schwamm hoch im Himmel eine weiße Welt unter einem Schleier her, eine einzige glänzende Träne sank vom Himmel in das Meer, und es brauste hoch auf – alle Wellen flatterten mit Floßfedern, meinem Schifflein wuchsen breite Flügel, die weiße Welt ging über mich, und der lange Strom riß sich donnernd mit dem Schiffe auf dem Haupte aus seinem trocknen Bette auf und stand auf der Quelle und im Himmel und das blumige Gebürge neben ihm – und wehend glitt mein Flügel-Schiff durch grünen Rosen-Schein und durch weiches Tönen eines langen Blumen-Duftes in ein glänzendes, unabsehliches Morgenland. –

Welch ein entzücktes, leichtes, weites Eden! Eine helle, freudige Morgensonne ohne Tränen der Nacht sah, von einem Rosenkranz umschwollen, mir entgegen und stieg nicht höher. Hinauf und hinab glänzten die Auen hell von Morgentau: ›Die Freudentränen der Liebe liegen drunten,‹ (sangen oben die Einsiedler auf den langsam ziehenden Welten) ›und wir werden sie auch vergießen.‹ Ich flog an das Ufer, wo der Honig blühte, am andern blühte der Wein; und wie ich ging, folgte mir auf den Wellen hüpfend mein geschmücktes Schiffchen mit breiten, als Segel aufgeblähten Blumen nach – ich ging in hohe Blütenwälder, wo der Mittag und die Nacht nebeneinander wohnten, und in grüne Täler voll Blumen-Dämmerungen und auf helle Höhen, wo blaue Tage wohnten, und flog wieder herab ins blühende Schiff, und es floß tief in Wellen-Blitzen über Edelsteine weiter in den Frühling hinein, der Rosensonne zu. Alles zog nach Osten, die Lüfte und die Wellen und die Schmetterlinge und die Blumen, welche Flügel hatten, und die Welten oben; und ihre Riesen sangen herab: ›Wir schauen hinunter, wir ziehen hinunter, ins Land der Liebe, ins goldne Land.‹

Da erblickt' ich in den Wellen mein Angesicht, und es war ein jungfräuliches voll hoher Entzückung und Liebe. Und der Bach floß mit mir bald durch Weizen-Wälder – bald durch eine kleine duftige Nacht, wodurch man die Sonne hinter leuchtenden Johanniswürmchen sah – bald durch eine Dämmerung, worin eine goldne Nachtigall schlug – bald wölbte die Sonne die Freuden-Tränen als Regenbogen auf, und ich schiffte durch, und hinter mir legten sie sich wieder als Tau brennend nieder. Ich kam der Sonne näher, und sie stand schon im Ähren-Kranz; ›es ist schon Mittag‹, sangen die Einsiedler über mir.

Träge, wie Bienen über Honigfluren, schwammen im finstern Blau die Welten gedrängt über dem göttlichen Lande – vom Gebürge bog sich eine Milchstraße herüber, die sich in die Sonne senkte – helle Länder rollten sich auf – Lichtharfen, mit Strahlen bezogen, klangen im Feuer – Ein Dreiklang aus drei Donnern erschütterte das Land, ein klingender Gewitterregen aus Glanz und Tau füllte dämmernd das weite Eden – Er vertropfte wie eine weinende Entzückung – Hirtenlieder flogen durch die reine, blaue Luft, und noch einige Rosenwölkchen aus dem Gewitter tanzten nach den Tönen. – Da blickte weich die nahe Morgensonne aus einem blassen Lilienkranze, und die Einsiedler sangen oben: ›O Seligkeit, o Seligkeit, der Abend blüht.‹ Es wurde still und dämmernd. An der Sonne hielten die Welten umher still und umrangen sie mit ihren schönen Riesen, der menschlichen Gestalt ähnlich, aber höher und heiliger; wie auf der Erde die edle Menschengestalt in der finstern Spiegel-Kette der Tiere hinabkriecht: so flog sie droben hinauf an reinen, hellen, freien Göttern, von Gott gesandt – Die Welten berührten die Sonne und zerflossen auf ihr – auch die Sonne zerging, um in das Land der Liebe herabzufließen, und wurde ein wehender Glanz – Da streckten die schönen Götter und die schönen Göttinnen gegeneinander die Arme aus und berührten sich, vor Liebe bebend; aber wie wogende Saiten vergingen sie Freude-zitternd dem Auge, und ihr Dasein wurde nur eine unsichtbare Melodie, und es sangen sich die Töne: ›Ich bin bei dir und bin bei Gott‹ – Und andere sangen: ›Die Sonne war Gott!‹ –

Da schimmerte das goldne Gefilde von unzähligen Freudentränen, die unter der unsichtbaren Umarmung niedergefallen waren; die Ewigkeit wurde still, und die Lüfte ruhten, und nur das fortwehende Rosenlicht der aufgelösten Sonne bewegte sanft die nassen Blumen.

Ich war allein, blickte umher, und das einsame Herz sehnte sich sterbend nach einem Sterben. Da zog an der Milchstraße die weiße Welt mit dem Schleier langsam herauf – wie ein sanfter Mond schimmerte sie noch ein wenig, dann ließ sie sich vom Himmel nieder auf das heilige Land und zerrann am Boden hin; nur der hohe Schleier blieb – Dann zog sich der Schleier in den Äther zurück, und eine erhabene, göttliche Jungfrau, groß wie die andern Göttinnen, stand auf der Erde und im Himmel; aller Rosenglanz der wehenden Sonne sammelte sich an ihr, und sie brannte in Abendrot gekleidet. Alle unsichtbaren Stimmen redeten sie an und fragten: ›Wer ist der Vater der Menschen und ihre Mutter und ihr Bruder und ihre Schwester und ihr Geliebter und ihre Geliebte und ihr Freund?‹ Die Jungfrau hob fest das blaue Auge auf und sagte: ›Gott ists!‹ – Und darauf blickte sie mich aus dem hohen Glanze zärtlich an und sagte: ›Du kennst mich nicht, Albano, denn du lebst noch.‹ – ›Unbekannte Jungfrau,‹ (sagt' ich) ›ich schaue mit den Schmerzen einer Liebe ohne Maß in dein erhabenes Angesicht, ich habe dich gewiß gekannt – nenne deinen Namen.‹ – ›Wenn ich ihn nenne, so erwachst du‹, sagte sie. ›Nenne ihn‹, rief ich. – Sie antwortete, und ich erwachte.«

100. ZYKEL

Du kannst doch eine Nacht wachen und fahren?« – mit dieser Frage führte ihn der Vater eilig an den reisefertigen Wagen, um ihn noch mitten im warmen Traume mit den eingewiegten Erinnerungen zu entführen und um besonders der bleichen Braut vorzufahren, die in dieser Nacht auf denselben Weg in die letzte Erbschaft des Menschen ziehen sollte. »Im Wagen sollst du alles hören«, versetzte Gaspard auf des Sohnes sanfte Frage nach dem Ziel. Noch lichttrunken vom glänzenden Lande der Träume, gehorchte Albano willig und blind. Er sah noch Lianen in hoher Göttergestalt auf dem abendroten, von Freuden übertaueten Sonnenboden stehen, und sein Auge voll Glanz reichte nicht herunter in den Erden-Keller auf die abgeworfne enge Puppen-Hülse der befreieten, fliegenden Psyche.

Schoppe begleitete ihn an den Fackel-Wagen, aber verschwiegen, um nicht sein Herz durch eine Nachricht seines Zieles zu wecken; er drückte dem geliebten schönen Jüngling feurig die wiederdrückende Hand und sagte nichts als: »Wir sehen uns wieder, Bruder!« Darauf trat er, keines abschiednehmenden Blickes vom herrischen Vater gewürdigt, bewegt von seinem warm nachgrüßenden Freunde zurück; und fliegend rollte der Wagen mit zurückwehenden Fackeln in die helle, hohe Sternennacht hinaus.

Neu und ernst breitete sich vor dem Genesenen die dämmernde Schöpfung aus. Der Saturn ging eben auf, und der Gott der Zeit reihte sich als ein sanfter blitzender Juwel in den schimmernden Zaubergürtel des Himmels. Mit zugebundnen Augen wurde der unwissende Jüngling von der Senne seiner Jugend herabgeführt und aus dem Hirtentale seiner ersten Liebe hinweg und den großen, ewigen Sternbildern der Kunst entgegen und in das göttliche Land, wo der dunkle Äther des Himmels golden und die hohen Ruinen der Erde anmutig und die Nächte Tage sind. Kein Auge schauete auf die Blumenbühler Höhe hinüber, von der eben jetzt ein schwarzes Wagengefolge langsam mit aufrecht-brennenden Trauerfackeln wie ein ziehendes Schattenreich herunterging, um das stille gute Herz, worin Albano und Gott gelebt, mit seinen toten Wunden an den sanften Ort der Ruhe zu führen. Flammend rollte der Fackel-Wagen die Bergstraße nach Italien hinan.

Tränenlos und weit ruhte Albanos Auge am schimmernden, unaufhörlich gehenden Schöpfrad der Zeit, das ewig Sternbilder in Morgen einschöpfte und in Westen ausgoß; und seine kindliche Hand faßte leise die väterliche.

VIERTER BAND

SECHSUNDZWANZIGSTE JOBELPERIODE

Die Reise – die Quelle – Rom – das Forum

101. ZYKEL

Solange die Nacht dauerte, schimmerten Albanos Traumbilder mit den Sternbildern fort, und erst vor dem hellen Morgen erloschen sie alle. Gaspard sagte ihm lächelnd, er sei auf dem Wege nach Italien. Unerwartet gefasset empfing er die Nachricht seiner Auswanderung; er fragte bloß, wo sein Schoppe sei. Als er hörte, er habe nicht mitgewollt: rückte ihm die Lindenstadt plötzlich über die Berge und Täler nach, und sein letzter Freund stand mitten auf dem Markte, ganz allein, mit sich selber im Mokierspiele begriffen, um ein treues starkes Herz zu stillen, das verschmerzen will und lieben. An diesem Freunde, den Albano nicht aus seiner Seele ließ, zog er sich wie an einer Jupiters-Kette die ganze Bühne und Welt seiner Vergangenheit nach, und jeder traurige Ort kam dicht an ihn. Ungesehen rollten die Städte, die Länder vor ihm vorbei. Die Wellen, die der Schmerz um uns auftreibt, stehen hoch zwischen uns und der Welt und machen unser Schiff einsam mitten im Hafen voll Schiffe. Schaudernd kehrt' er sich von jeder schönen Jungfrau weg; sie erinnerte ihn wie eine Klage an die erblaßte; ewig aufgedeckt zog Lianens bleiches Angesicht – wie eine Leiche in Italien[1] – auf dem unendlichen Weg zum Grabe, und nur unkenntliche Gestalten mit Larven gingen hinter ihr lebendig. So ist der Mensch und sein Schmerz; zum Widerspiele des Schiffziehens, wo die Lebendigen den Toten mitschleppen, nimmt der Tote die Lebendigen mit und zieht sie weit nach in sein kaltes Reich.

Durch die Zeit wurde allmählich sein Schmerz entwickelt, nicht entkräftet. Sein Leben war ihm eine Nacht geworden, wo der Mond unter der Erde ist, und er glaubte nicht daran, daß

1 Die Leiche gehet aufgedeckt zum Begräbnis, ihre Begleiter folgen vermummt.

Luna allmählich mit einem wachsenden Licht-Bogen wiederkehre. Keine Freuden, nur Taten – diese entfernten Sterne der Nacht – waren jetzt sein Ziel. Er hielt es für unrecht, die Tränen, die oft mitten im fremden Gespräche aus ihm drangen, darum vor dem Vater zurückzuhalten, weil dieser keinen Teil an ihnen nahm; doch zeigt' er ihm durch die Kraft seiner Gespräche und Entschlüsse noch den starken Jüngling. Nur der Vorwurf, den er sich über seine Schuld an Lianens Tod gemacht, hatte sich in den Frieden aufgelöset, den ihm Idoine gegeben, ob er gleich jetzt ihre Erscheinung nur für einen wachen Fiebertraum von Lianen hielt.

Sein Vater schwieg ganz über Idoinens Auftritt so wie über alle unangenehme Erinnerungen, er sprach aber viel von Italien und von dem Kunst-Gewinn, den Albano da erbeuten werde, zumal durch die vorausgehende Gesellschaft der Fürstin, des Kunstrates und des deutschen Herrn, die man bald einholen könne. Der Sohn wandte sich endlich mit der kühnen Erkundigung an ihn, ob er wirklich noch eine Schwester habe, und erzählte die Geschichte mit dem Kahlkopf. »Es könnte wohl sein,« (sagte Gaspard unangenehm spaßhaft) »daß du noch mehr Brüder und Schwestern hättest, als ich wüßte. Aber was ich weiß, ist, daß deine Zwillingsschwester Severina in diesem Jahre in ihrem Kloster gestorben ist. Wofür hältst denn du die Nacht-Geschichte?« – »Beinah für einen Traum«, versetzt' er. Zufällig kam seine Hand hier in die Tasche und traf zu seinem Erstaunen auf den halben Ring, den die Schwester ihm geschenkt. Das Wunderbare trat dicht unter seine Sinne, und jene Schauer-Nacht ging schnell und kalt durch seinen Mittag. Er und der Vater besahen die Enden des zerschnittenen Rings, an deren jedem ein abgerissener Namenszug aufhörte. »Es gibt aber nichts Wunderbares«, sagte der Ritter. »Woher wissen wir alsdann, daß es etwas Natürliches gibt?« sagte Albano. »Das Wunder« (versetzte Gaspard) »oder die Geisterwelt wohnt nur im Geiste.« – »Wir müssen uns« (fuhr jener fort) »auch bei den gemeinsten optischen Kunststücken auf etwas anderes als auf die Auflösung des Trugs der Phantasie in einen Trug der Sinnen freuen, weil uns sonst nach der Auflösung das Zauberwerk mehr gefallen müßte als vorher. Das sind die Stellen und Pole der menschlichen Natur, worüber die ewigen Polarwolken hängen. Unsere Landkarten vom Wahrheits- und Geisterreiche sind die Landkartensteine, welche Ruinen und Dörfer abbilden; diese sind *erlogen*, aber doch *ähnlich*. Der Geist, ewig unter Körper gebannt, will Geister.« – »Ungefähr so meint' ich auch«, sagte Gaspard.

Albano drang aber bestimmter auf dessen Urteil über den Kahlkopf und die Schwester. »Von etwas anderem!« (sagte der Ritter ganz verdrüßlich) »für mich ists ein sehr unangenehmes Gespräch. Nimm die Welt nach *deiner* Weise und sei ruhig!« – »Lieber Vater,« fragte Albano betroffen, »klären Sie mich irgend einmal bestimmt darüber auf?« – »Sobald ich kann«, sagte kurz der Ritter, mit so scharfen und stechenden Blicken auf den Sohn, daß dieser, ihnen wie Pfeilen ausweichend, den Kopf eilig aus dem Wagen hinausbeugte: als er erst merkte, daß ihn der Vater gar nicht meine; denn noch blickte er so scharf in der vorigen Richtung fort, als sei er nahe daran, in seine alte Erstarrung zu fallen.

Gaspards Wort über das Inwohnen der Geisterwelt im Geiste und sein Blick und der Gedanke an sein Erstarren gaben für Albano der Stunde und der Stille romantische Schauer. Drunten am Ufer des Stroms standen zusammengelaufne Menschen, und einer eilte wie fliehend oder ansagend aus dem Haufen. Ein ferner Knabe warf sich auf einem Hügel nieder und legte das Ohr an die Erdkugel, um ihren rollenden Wagen etwan recht zu hören. Im Dorfe, wo sie Mittag hielten, läutete es unaufhörlich. Ihr Wirt war zugleich ein Müller; das Toben der Wellen und Räder füllte das ganze Haus; und Kanarienvögel lärmten noch durch den Lärm hindurch.

Es gibt Augenblicke, wo die beiden Welten, die irdische und die geistige, nahe aneinander vorüberstreifen und wo Erdentag und Himmelsnacht sich in Dämmerungen berühren. Wie die Schatten der himmlischen Glanzwolken über die Blüten und Ernten der Erde weglaufen: so wirft überall der Himmel auf die gemeine Fläche der Wirklichkeit seine leichten Schatten und Widerscheine. So fand es jetzt Albano. Der Ring und das schwärmerische Wort seines kalten Vaters hatten ihn wie Blitze geblendet. Unten an der Haustüre fand er ein Mädchen, das ein Warenlager von Zitronen vor sich trug. Plötzlich und unangenehm brach das Geläute ab; er blickte zum Glockenturm, und ein weißer Geier saß auf der Fahne. Bald kam der Glocken-Zieher selber, um etwas zu trinken, und fing mit starkem und doch nicht übel gemeintem Fluchen auf den Kammerherrn an, der ihn seit drei Wochen läuten lasse und dem er bloß wünsche, daß solcher, wie er selber im vorigen Jahre, nur drei Tage lang ordentlich hinter der seligen Tochter nachläuten müßte. Er ermahnte den Müller, »von den Zitronen zu kaufen, weils gute wären, saftig, von dünner Rinde – und er und der ›Pfarrbube‹[1] kennten sie von dem Begräbnis des gnädigen Fräuleins her – und in 14 Tagen brauch' er doch für die gesamte Geistlichkeit welche, als Brautvater!« – »Wie sind hier die Sitten?« fragte Albano.

»Wenn nämlich jemand stirbt,« (sagte der Küster sehr ehrerbietig und freundlich) »so bekommt der Pfarrer und meine Wenigkeit eine Zitrone und so auch die Leiche. – Wird aber jemand getrauet, so bekommt die Geistlichkeit und so auch die Braut dergleichen. Das ist aber bei uns so Sitte, mein gnädigster Herr!«

Albano ging in den nahen Garten am Haus, in welchen die aufgedeckten Mühlenräder ihre Silberfunken warfen und welcher vom Glanze und Getöse des offnen Wassers wie verschlungen ward. Indem er in die schimmernden fliegenden Wirbel sah: schwebten die Zitronen, welche die Leiche sowohl als die Braut bekommt, vor dem bewegten Geist. Die Rührung ist voll Gleichnisse; Liane sollte einst, dacht' er, in das Zitronenland und in die niedrigen Wälder, wo der Schnee der

1 So heißet z. B. in Ungarn der Diakonus.

Blüten und das Gold der Früchte zwischen Grün und Blau zusammenspielen, ziehen und erquickt genesen; nun hält sie die Zitrone in der erkalteten Hand, und sie wurde nicht erquickt.

Er blickte umher und glaubte in einer fremden Welt zu stehen; im Himmelsblau rauschte wie ein Geist ein unsichtbarer Sturm ohne Wolken – lange Hügel-Reihen funkelten bewegt mit roten Früchten und roten Blättern, aus den bunten Bäumen wurden glühende Äpfel geworfen, und der Sturm flog von Gipfel zu Gipfel und herunter auf die Erde und rauschte durch den langen aufgewühlten Strom hinab. Wie wenn Geister um die Erde spielten oder auf ihr erscheinen wollten, so seltsam schien die helle Gegend bewegt und beleuchtet. Da war Albano unbewußt in eine dunkle Baum-Wildnis gekommen; darin hüpfte ungesehen, ungehört eine reine lichte Quelle aus der Erde auf die Erde – der Sturm draußen war still, nur die Quelle hörte man. – »Die Heilige ist mir nahe,« (sagte sein Herz) »ist die Quelle nicht ihr Bild, nicht ihrer ewigen Tränen Ebenbild, dringt sie nicht aus der Erde herauf, wo sie wohnt?« Auf einmal sah er in seiner Hand – als hab' es ihm eine fremde dareingelegt – die Zeichnung von Lindas Kopf, welche Liane mit sterbenden Händen gemacht und gegeben hatte; aber seine Phantasie drückte gewaltsam dem Bilde die Ähnlichkeit mit der Zeichnerin auf, er sah Lianens sanftes Gesicht so klar auf dem Blatt.

Er ging wieder hinaus in die glänzende Welt. »Wie arm bin ich!« (rief er) »Ich sehe Sie auf der goldnen Wolke, die von der Abendsonne nach dem Morgen zieht, ich sehe Sie in der kalten Quelle im Tal und auf dem Mond und auf der Blume – ich sehe Sie überall; und Sie ruht nur an *einem* Ort. O wie arm!« – Und er blickte zum Himmel, und eine einzige lange Wolke zog darin eilig weiter.

102. ZYKEL

So flogen die Tage mit ihren Städten und Landschaften vorüber, und in Albanos Leben spiegelte sich wie in einem Gedichte die Welt. Eine Kraft nach der andern, die ganze gebeugte Ernte seines Innern stand allmählich wieder auf und grünte tropfend; aber zu gleicher Zeit erstarkte auch der Dorn des Schmerzes. Während sein Auge und Geist sich mit der Welt und jeder Beute der Kenntnis erfüllte: so wohnte das böse Gespenst der Pein in der Ruine und drang hervor, wenn das Herz allein war, und ergriff es.

Er berührte Wien, wo er sich gefallen lassen mußte, einigen vornehmen Freunden Gaspards vorgestellt zu werden, der ihm erst hier entdeckte, daß er nicht zu den Cavalleros del Tuzone gehöre, sondern ein österreichischer Vliesritter sei. »Mir ist es hier« (sagte Albano) »so sonderbar bekannt; woher kommt das?« – »Von irgendeiner ähnlichen Stadt« (sagte Gaspard) – »wer viel reiset, kommt aus ähnlichen Städten in ähnliche.« Täglich wurd' ihm der Vater lieber und verständlicher; und doch nicht vertrauter und näher; nach einem warmen Tage und vertrauten Gespräche mit Gaspard stand man in der nächsten Zusammenkunft darauf wieder im Vorzimmer seiner Bekanntschaft; wie bei strengen Mädchen fing nach jedem Wonnemondstag der geschmolzene Maifrost wieder von neuem einzufallen an. Das Alter achtet die Liebe, aber – ungleich der Jugend – wenig die Zeichen der Liebe. Indes behielt Albano den Stolz, daß er sich dem Vater ganz und mit allen Verschiedenheiten sehen ließ, ohne den Sommer vor dem Winter zu verstecken.

Von Tag zu Tag fand Gaspard Briefe an sich auf den Posten, besonders von Pestitz, wie Albano außen an den Post-Lettern ersah; denn es wurden ihm keine gegeben. Er wünschte immer mehr, der Fürstin nachzukommen, die nur noch eine Tagereise vor ihnen voraushatte. Sie sahen schon die Riesen des Winters, die Schweizer- und Tiroler Alpen, im Lager; die Göttersöhne standen, mit Lauwinen und Katarakten und Wintern bewaffnet, Wache um das göttliche Land, wo Götter und Menschen einander wechselseitig nachahmten. Wie oft blickte Albano, wenn abends die Sonne sich glühend mit den beschneieten Alpenhöhen vermischte, schmerzlich ergriffen nach diesen Thronen hin, die er einmal ganz anders, viel goldner, so hoffend und so glaubend, von Isola bella angeschauet. – Die Höhen deiner Vergangenheit, sagt' er sich, sind auch weiß, und keine Alphörner tönen mehr droben unter sonnenhellen Tagen, und du bist tief im Tal!

Sie kamen noch vor dem Volksfeste einer verspäteten Weinlese vorüber. Der Ritter erkundigte sich nach allem mit der Wißbegierde eines Weinhändlers und mit der Kenntnis eines Winzers. So botanisierte er überall auf der Erde nach jedem Gräschen und Kraut der Erkenntnis. Albano verwunderte sich darüber, da er bisher geglaubt, Gaspard suche und lange nach nichts als nach den Paris- und Hesperiden-Äpfeln der Kunst, weil er alle andre Früchte und ihr Fleisch und ihren Kern in seinem Stande weder zum Genießen noch zum Säen brauchen konnte.

Sie versanken in die Tiefen der Tiroler Gebürge. Die Höhen standen schon ins feste weiße Leichentuch des Winters gehüllt, und durch die Täler ging nur der kalte Sturm lebendig hin und her. Albanos Sehnen nach dem milden Lande der Jugend wuchs zwischen den Stürmen und Alpen immer höher; und Roms Bild breitete sich kolossalisch aus, je länger es sich ihm näherte. Gaspard ließ die Reise auf Flügeln gehen, um den Regenwolken des Herbstes vorzukommen.

In einer dunklen Reise-Nacht arbeiteten sie sich gleichsam durch das Gebürge hindurch, gleich ihrem Gefährten, dem Adigo-Strom, der einen Riesen-Felsen aufreißet und in die milde Ebene stürzt und darin sanft weitertaumelt. Die Sonne erschien – und Italien.

Es hatte geregnet, eine laue Luft flatterte von den Zypressenhügeln durch das Tal und durch die Wein-Gehenke der

Maulbeerbäume her und hatte sich zwischen Blüten und den Früchten der Pomeranzen durchgedrängt – der Adigo schien wie eine geringelte Riesenschlange auf der vielfarbigen Landschaft an den Landhäusern und Olivenwäldern zu ruhen und Regenbogen aneinanderzusetzen. – Das Leben spielte im Äther – nur Sommervögel schweiften in dem leichten Blau – nur der Venuswagen der Freude rollte über die sanften Hügel.

Albanos volle Seele ergoß sich gleichsam in das breite Bette, das ihn von der milden Ebene zu der prächtigen Roma führte! – »Wenn wir rückwärts reisen,« (sagte Gaspard) »so erinnere dich an deinen Eintritt.« – Sie hielten in einem Dorfe mit großen steinernen Häusern. Albano sah das warme außerhäusliche Leben um sich an, den unbedeckten Kopf, die nackte Brust und die blitzenden Augen der Männer – das große Schaf mit Seidenwolle – das schwarze kleine muntre Schwein und den schwarzen Truthahn – als er plötzlich vom Balkon herab einen deutschen Gruß und seinen Namen hörte.

Es war die Fürstin, ihre Wagen standen seitwärts, Bouverot und Fraischdörfer bei ihr. Wie dringt es balsamisch durchs Herz, im fremden Lande, und sei es das schönste, den Bruder, die Schwester des rauhern wiederzufinden, gleichsam in der zweiten Welt den verwandten Erdensohn! – Auch der Adigo, der vorher ihn im wilden Gebürge unter dem Namen Etsch begleitet hatte, folgte ihm mit dem schönern in die Ebene nach. Die Fürstin schien ihm, er wußte nicht warum, milder, jungfräulicher geworden in Gestalt und Blick, und er warf sich seinen frühern Irrtum vor. Aber er beging einen spätern: über ihre stark gezeichnete Physiognomie stiegen hinter Wien die welschen schärfern empor, und die schreienden Farben, worein sie sich gern kleidete, wurden von den italienischen überschrien. Ein fremder Boden ist ein Redouten- und Brunnensaal, wo nur menschliche Verhältnisse und keine politische walten, und in der Fremde ist man sich am wenigsten Fremdling – alles berührte sich freundlich, wie fremde Hände sich suchen und fassen unter dem Steigen von Bergen. Wie verehrend sah Albano die Fürstin an! Denn er dachte: »Sie wollte die Erblaßte mitnehmen in das heilende Eden. – O die Heilige würde ja an diesem Morgen glücklich sein und weinen mit dem blauen Auge vor Seligkeit.« – Dann tat es seines, aber nicht vor Seligkeit; und so sind die Feuerwerke des Lebens, wie die andern, immer an und auf Wasser gebauet. Da wurde in ihm der Schwur feierlich vor dem schönen Totenhaupte Lianens abgelegt: »Ich will der Freund ihrer Freundin recht sein!« – Eine neue Rolle des Lebens spielt der Mensch am wärmsten und besten; über unsern Antrittspredigten schwebt der heilige Geist brütend mit Taubenflügeln – nur später liegen die Eier kalt. Albano, noch in keine Freundschaft eingeweiht als in die männliche, betete die weibliche an wie ein aufsteigendes Gestirn, und für diese fand er, wie für die männliche, weit mehr Opfer-Kräfte in seiner warmen Seele aufbewahrt als für die Liebe. In der Freundschaft ist der Mann wie in der Liebe die Frau – und umgekehrt –; nämlich mehr den Gegenstand suchend als die Empfindung für ihn.

Mit neuen vollen Segeln und Wimpeln – in geschmückten singenden Schiffen – mit günstigen Seitenwinden – flog die muntere Fahrt durch Städte und Auen.

Nichts hängt über einen langen Reise-Korso eine schönere Frucht- und Blumenschnur hin – für einen Wagen, der vorausgeht – als ein paar Wagen, die nachkommen. Welche Gemeinschaft der Freude und Gefahr im Nachtquartier! Welches Besprechen der Marschroute! Welche Freude über die nach- und vorfahrenden Avanturen, nämlich über die Berichte davon! Und wie liebt einer den andern!

Nur gegen Bouverot bewies Albano eine feste Kälte; aber der Ritter war freundlich. Albano, mehr unter Büchern als unter Menschen aufgewachsen, wunderte sich oft, daß ihm in jenen die Verschiedenheit der Meinungen so leicht vorüberging, die ihn unter diesen so scharf anfiel. Am Ende fragt' ihn einmal sein Vater: »Warum benimmst du dich gegen Herrn v. Bouverot so fremd? Nichts erbittert mehr als ein besonnenes stilles Hassen, das leidenschaftlichste weit weniger.« – »Weil es mein Gesetz ist,« (antwortete er) »die ewige Unwahrheit der Menschen in ihren Verbindungen zu fliehen und zu hassen. Aus bloßer Humanität sich Ungleichen gleichstellen, einem irgendeiner Absicht wegen ein freundliches Gesicht machen, so sein gegen jemand, daß man es ihm nicht auf der Stelle heraussagen darf, das ist wohl ganze Knechtschaft und verwirrt den Reinsten.« – »Wer nichts lieben will als sein Ebenbild« (versetzte Gaspard) »hat außer sich nichts zu lieben. Von Bouverot« (setzt' er lachend hinzu) »ist doch ein braver Wirt und Reise-Kompagnon.« – Albano, der sogar Menschen widerstehen konnte, die er verehrte, fragte nichts nach seinem Vater, sondern fand den deutschen Herrn nur desto verächtlicher.

Dieser, ganz zu Hader und Handel geboren, hatte sich nämlich tiefe Fußstapfen im Schnee des Ritters und der Fürstin – welche beide, wie alle lange Reisende, ungemein geizig waren – dadurch gebahnt, daß er alle Wirte und Welsche, das Patto berichtigend, übersah und überlistete, und daß er sogar die Kunst verstand, zur rechten Zeit tief-grob zu sein, indes er, vom Wirte sich umkehrend, gegen die Fürstin wieder ein Mann von Welt war wie Fontenelle oder irgendein Franzose, der in solchen Fällen länger rechnet und flucht als zehrt. Der Vliesritter, der, wie er gestand, nie so wohlfeil gereiset, bedeckte ihn daher mit dem Lorbeer, der hier überall wuchs, und sah so heiter aus wie niemals. Nur dem Sohne war der kalte, zornige, grobe Mensch ein Vulkan, der Schlamm und Wasser auswirft. Reitet einem gekrönten Haupte oder einem klassischen Autor, der auch eines ist, eine Meile vor und überhaupt Leuten, die Geld haben und nicht schonen, und erkargt ihnen nur täglich einige Goldstücke: nie werdet ihr beide Häupter froher oder dankbarer gesehen haben als in diesem Fall! –

Überall wollte Albano aussteigen und in große Ruinen und in den Glanz der entfallnen Kleinodien treten, welche den Welteroberern auf dem Wege nach Rom von den Triumphwagen verloren gegangen. Aber der Ritter riet ihm an, seine Augen und Begeisterung zu sparen und aufzuheben für Rom. Wie schlug sein Herz, als sie endlich in der wüsten Campagna, die voll Lava-Würfe um den Horst der römischen Adler, dieser über die Welt getriebnen Sturmvögel, lag, auf der Flaminischen Straße rollten! – Aber er und Gaspard fühlten sich wunderbar beklommen – den stehenden See einer schwülen Schwefelluft glaubt' man zu durchwaten, die sein Vater den Schwefelhütten zu Baccano zuschrieb – er lechzete nach dem Schnee auf den fernen Bergen – der Himmel war schwarzblau und still – einzelne hohe Wolken flogen pfeilschnell durch die stille Wüste – ein Mann in der Ferne setzte eine ausgegrabene Urne wieder hin und betete, ängstlich gen Himmel blickend, seinen Rosenkranz – Albano wandte sich nach den Gebürgen, denen die Abendsonne, wie aufgelöset in stechendem Glanz, zusank. – Auf einmal ließ der Ritter den Postillon halten, der heftig die Arme, da es unter dem Wagen noch fortrollte, gen Himmel warf und rief: »Heilige Mutter Gottes, ein Erdbeben!« Aber Gaspard berührte den sonnentrunknen Sohn und sagte zeigend: »Ecco Roma!« – Albano blickte hin und sah in tiefer Ferne die Kuppel der Peterskirche im Sonnenglanz. Die Sonne ging unter, die Erde bebte noch einmal, aber in seinem Geiste war nichts als Rom.

103. ZYKEL

Eine halbe Stunde nach dem Erdstoße wickelte sich der Himmel in Meere ein und warf sie stück- und stromweise herunter. Die nackte Campagna und Heide verdeckte der Regenmantel – Gaspard war still – der Himmel schwarz – der große Gedanke stand einsam in Albano, daß er dem Blut- und Throngerüst der Menschheit, dem Herzen einer erkalteten Helden-Welt, der ewigen Roma zueile; und als er auf dem Ponte molle hörte, daß er jetzt über die Tiber gehe: so war ihm, als sei die Vergangenheit von den Toten auferstanden und er schiffe im zurücklaufenden Strome der Zeit; unter den Strömen des Himmels hört' er die alten sieben Bergströme rauschen, die einst von Roms Hügeln kamen und mit sieben Armen die Welt aus dem Boden aufhoben.

Endlich rückte das breitstehende Sternbild der Bergstadt Gottes in Nächte auseinander, Städte mit sparsamen Lichtern lagen hinauf und hinab, und die Glocken (für ihn Sturmglocken) schlugen vier Uhr[1], als der Wagen durch das Triumphtor der Stadt, die Porta del Popolo, rollte: so riß der Mond seinen schwarzen Himmel auf und goß aus der Wolken-Kluft den Glanz eines ganzen Himmels hernieder; da stand der ägyptische Obeliskus des Tors wolkenhoch in der Nacht, und drei Straßen liefen glänzend auseinander. So bist du (sagte sich Albano, als sie im langen Corso nach der zehnten Region fuhren) wirklich im Lager des Kriegsgottes; hier, wo er das Heft des ungeheuern Kriegsschwertes faßte und mit der Spitze die drei Wunden in drei Weltteile machte. – Guß und Glanz durchflogen die weiten, breiten Straßen – zuweilen kam er plötzlich vor Gärten vorbei und in breite Stadtwüsten und Marktplätze der Vergangenheit. – Das Rollen der Wagen unter dem Rauschen des Regens glich dem Donner, dessen Tage dieser Heldenstadt sonst heilig waren, gleichsam der donnernde Himmel der donnernden Erde – eingemummte Gestalten mit kleinen Lichtern schlichen durch die finstern Straßen – oft stand ein langer Palast mit Säulen-Reihen im Feuer des Mondes, oft eine graue einsame Säule, oft eine einzelne hohe Fichte, oder eine Statue hinter Zypressen. Einmal, da weder Regen noch Mondlicht war, ging der Wagen um die Ecke eines großen Hauses, auf dessen Dache eine blühende lange Jungfrau, mit einem aufblickenden Kinde an der Hand, eine kleine Handleuchte bald gegen eine weiße Statue, bald gegen das Kind selber richtete und so wechselnd die ganze Gruppe beleuchtete. Mitten in das erhobene Gemüt drang die freundliche Gesellschaft und brachte ihm manche Erinnerungen mit;

1 Zehn Uhr.

besonders war ihm ein römisches Kind eine ganz neue und mächtige Idee.

Sie stiegen endlich aus bei dem Fürsten di Lauria, Gaspards Schwiegervater und altem Freund. Nah' an seinem Palast lag der Campo vaccino (das alte Forum), und auf die breiten Treppen und die drei Wunder-Gebäude des Kapitols schien der helle Mond; in der Ferne stand das Coliseo. Zögernd ging Albano in das erleuchtete Haus, wovor der Wagen der Fürstin stand, und wandte schwer das Auge von diesen Höhen der Welt, wovon einst ein leichtes Wort wie eine Schneeflocke lange rollte und ewig wuchs, bis es in einem fremden Lande eine Stadt erdrückte mit der Schlaglauwine.

Die Fürstin mit ihrer Gesellschaft sah erfreuet die neue kommen. Der alte Fürst Lauria empfing höflich und zurückhaltend seinen Enkel. Seine unzähligen Bedienten redeten fast alle Sprachen Europas durcheinander. Albano fragte sogleich den Ritter nach seinem Lehrer Dian, diesem auf den Römer geimpften Griechen; aber gerade an das Menschlichste hatte, wie immer die Großen, Gaspard nicht gedacht. Man schickte in dessen nahe Wohnung; er war nicht zu Hause.

Man speisete. Der Fürst bewirtete sogleich mit seinem Lieblings-Schaugericht, mit dem politischen Weltlauf, und gab das Neueste von der französischen Revolution. Zeitungen waren ihm Ewigkeiten, Nouvellen Antiken; er hielt alle Blätter Europas und daher zu jedem den deutschen, den russischen, den englischen, den polnischen Bedienten, der es ihm übersetzte. Bei seiner satirischen Kälte gegen alle Menschen und Sachen erschien der politische und welsche Eifer stärker, womit er gegen den Ritter die Franzosen beschirmte, der sie gelassen verachtete und, sich nach seiner Weise sogar in schlechten Wortspielen auslassend, den alten Römern das Forum und den neuern das Campo vaccino, und ebenso den alten Galliern das Marsfeld und den neuern ein Märzfeld eingab.

Albano glaubte, so nah' am Forum geb' es keinen Scherz und jedes Wort müsse groß sein in dieser Stadt. Der kalte

Lauria sprach warm für Gallien, wie ein Minister nur Völker, nicht Individuen achtend, und seine Meinung gefiel dem Jüngling.

Da lenkte die Fürstin den Strom auf Roms hohe Kunst. Fraischdörfer zerlegte den Koloß in Glieder und wog sie auf der engsten Waage. Bouverot stach den Riesen in historisches Kupfer. Die Fürstin sprach mit vieler Wärme, aber ohne Bedeutung. Gaspard schmolz alle ein, gleichsam zu einem korinthischen Erz, und umfaßte alle, ohne gefasset zu werden. Auf seiner kalt, aber stark aufdringenden Lebensquelle ließ er die Welt wie eine Kugel spielen und schweben.

Albano bewahrte, mit allen unzufrieden, seine Begeisterung, den unterirdischen Göttern der Vergangenheit um ihn her nach alter Sitte opfernd, nämlich mit Schweigen. Wohl hätt' er reden wollen und können, aber anders, in Oden, mit dem ganzen Menschen, mit Strömen, die aufwärts stiegen und wüchsen. Immer sehnsüchtiger sah er an die Fenster nach dem Mond im reinen Regenblau und nach einzelnen Säulen des Forums; draußen glänzte ihm die größte Welt. – Endlich stand er zürnend und schmachtend auf und schlich hinunter in die dämmernde Herrlichkeit und trat vor das Forum; aber die Mondnacht, die Dekorationsmalerin, die mit unförmlichen Strichen arbeitet, macht' ihm fast die Bühne unkenntlich.

Welch' eine öde, weite Ebene, hoch von Ruinen, Gärten, Tempeln umgeben, mit gestürzten Säulen-Häuptern und mit aufrechten einsamen Säulen und mit Bäumen und einer stummen Wüste bedeckt! Der aufgewühlte Schutt aus dem ausgegossenen Aschenkrug der Zeit – und die Scherben einer großen Welt umhergeworfen! Er ging vor drei Tempel-Säulen[1], die die Erde bis an die Brust hinuntergezogen hatte, vorbei und durch den breiten Triumph-Bogen des Septimius Severus hindurch; rechts standen verbundne Säulen ohne ihren Tempel, links an einer Christen-Kirche die tief in den Bodensatz der Zeit getauchte Säulenreihe eines alten Heidentempels, am Ende

1 des Jupiter tonans.

der Siegesbogen des Titus und vor ihm in der öden waldigen Mitte ein Springwasser, in ein Granitbecken sich gießend.

Er ging dieser Quelle zu, um die Ebene zu überschauen, aus welcher sonst die Donnermonate der Erde aufzogen; aber wie über eine ausgebrannte Sonne ging er darüber, welche finstere tote Erden umhängen. O der Mensch, der Mensch-Traum! riefs unaufhörlich um ihn. Er stand an der Granitschale, gegen das Coliseo gekehrt, dessen Gebürgsrücken hoch in Mondlicht stand, mit den tiefen Klüften, die ihm die Sense der Zeit eingehauen – scharf standen die zerrissenen Bogen von Neros goldnem Hause wie mörderische Hauer darneben. – Der palatinische Berg grünte voll Gärten, und auf zerbrochnen Tempel-Dächern nagte der blühende Totenkranz aus Efeu, und noch glühten lebendige Ranunkeln um eingesenkte Kapitäler. – Die Quelle murmelte geschwätzig und ewig, und die Sterne schaueten fest herunter mit unvergänglichen Strahlen auf die stille Walstatt, worüber der Winter der Zeit gegangen, ohne einen Frühling nachzuführen – die feurige Weltseele war aufgeflogen, und der kalte zerstückte Riese lag umher, auseinandergerissen waren die Riesen-Speichen des Schwungrads, das einmal der Strom der Zeiten selber trieb. – Und noch dazu goß der Mond sein Licht wie ätzendes Silberwasser auf die nackten Säulen und wollte das Coliseo und die Tempel und alles auflösen in ihre eignen Schatten! –

Da streckte Albano die Arme in die Lüfte, als könnt' er damit umfassen und zerfließen wie mit Armen eines Stroms, und rief aus: »O ihr großen Schatten, die ihr einst hier strittet und lebtet, ihr blickt herab vom Himmel, aber verachtend, nicht trauernd, denn euer großes Vaterland ist euch nachgestorben! Ach, hätt' ich auf der nichtigen Erde voll alter Ewigkeit, die ihr groß gemacht, nur eine Tat eurer wert getan! Dann wär' es mir süß und erlaubt, mein Herz zu öffnen durch eine Wunde und zu vermischen das irdische Blut mit dem geheiligten Boden und aus der Gräber-Welt wegzueilen zu euch Ewigen und Unvergänglichen! Aber ich bin es nicht wert!« –

Hier kam plötzlich auf der via sacra ein langer, tief in den Mantel gewickelter Mann daher an die Fontäne, warf, ohne umzublicken, den Hut hin und hielt den pechschwarzen, lockigen, fast steilrechten Hinterkopf unter den Wasserstrahl. Aber kaum erblickte er, sich aufwärts kehrend, das Profil des in seine Bilder versunknen Albano: so fuhr er tropfend auf – starrte den Grafen an – staunte – warf die Arme hoch in die Luft – sagte: »Amico?« – Albano sah ihn an. – Der Fremde sagte: »Albano!« – »Mein Dian!« rief Albano; sie nahmen sich heftig und weinten vor Liebe.

Dian begriff es gar nicht; er sagte italienisch: »Ihr seid es aber ja nicht, Ihr sehet alt aus.« – Er glaubte so lange deutsch zu sprechen, bis er hörte, daß Albano italienisch antwortete. Beide taten und bekamen nur Fragen. Albano fand den Baumeister bloß bräuner, aber den Blitz der Augen und jede Kraft im alten Glanz. Mit drei Worten erzählt' er ihm die Reise und die Begleitung. »Wie bekommt Euch Rom?« fragte Dian heiter. »Wie das Leben,« (versetzte sehr ernsthaft Albano) »es macht zu weich und zu hart. – Ich erkenne hier gar nichts wieder,« (fuhr er fort) »gehören jene Säulen dem herrlichen Friedenstempel?« »Nein,« (sagte Dian) »dem Konkordientempel, von jenem steht dort nichts als das Gewölbe.« – »Wo ist Saturnus' Tempel?« fragte Albano. »In der St. Adrians-Kirche begraben«, sagte Dian und setzte eilend hinzu: »Nebenan stehen die zehn Säulen von Antonins Tempel – drüben Titus' Thermen – hinter uns der palatinische Berg und so weiter. Nun erzählt mir!«

Sie gingen das Forum auf und ab, zwischen den Bogen des Titus und Severus. Albano war – zumal neben dem Lehrer, der ihn in der Kinderzeit so oft hieher geführt – noch voll vom Strome, der über die Welt gezogen war, und das alles bedeckende Wasser sank nur langsam. Er fuhr fort und sagte: »heute, als er den Obeliskus erblickt, sei ihm der leise, zarte Schein des Mondes ordentlich unpassend für die Riesenstadt erschienen; eine Sonne hätt' er lieber auf ihrer weiten Fahne blitzen sehen; aber jetzt sei der Mond die rechte Leichenfackel neben dem Alexander, der zusammenfällt, nur angerührt.« – »Mit dergleichen Gefühlen kommt der Künstler nicht weit,« (sagte Dian) »auf ewige Schönheiten schau' er, rechts und links.« – »Wo ist« (fragte Albano fort) »der alte Curtius-See – die Rednerbühne – die pila horatia – der Tempel der Vesta – der Venus und aller jener einsamen Säulen?« – »Und wo ist das marmorne Forum selber?« (sagte Dian) »Dreißig Spannen tief liegts unter dem Fuß.« – »Wo ist das große freie Volk, der Senat aus Königen, die Stimme der Redner, der Zug auf das Kapitolium? Begraben unter den Scherbenberg. O Dian, wie kann ein Mensch, der in Rom einen Vater, eine Geliebte verliert, eine einzige Träne vergießen und bestürzt um sich sehen, wenn er hierhertritt, vor dieses Schlachtfeld der Zeit, und hineinschauet ins Gebeinhaus der Völker? – Dian, hier wünschte man ein eisernes Herz, denn das Schicksal hat eine eiserne Hand!« –

Dian, der sich nirgends ungerner als auf solchen tragischen, gleichsam ins Meer der Ewigkeit hineinhängenden Klippen aufhielt, sprang immer mit einem Scherze davon; wie die Griechen mischte er Tänze ins Trauerspiel: »Manches konserviert sich, Freund!« (sagt' er) »dort in der Adrians-Kirche werden Euch noch von drei Männern die Knochen gewiesen, die im Feuer gewesen.« – »Das ist eben« (versetzte Albano) »das fürchterliche Spiel des Schicksals, daß es mit den zu Sklaven geschornen Mönchen die Höhen der alten Großen besetzt.« –

»Neue Räder treibt der Strom der Zeit,« (sagte Dian) »dort liegt Raffael zweimal begraben.[1] Was macht Chariton und die Kinder?« – »Sie blühen fort«, sagte Albano, aber in traurigem Ton. »Himmel!« (rief Dian mit allem Vater-Schrecken) »es ist doch so?« – »Wahrhaftig, Dian!« sagte Albano sanft. »Kommt noch« (sagte Dian) »Liane oft zu Chariton? Und was macht denn die Holde?« – Leise versetzte Albano: »Sie ist tot.« –

1 Der Leib im Pantheon, der Kopf in der heiligen Luka-Kirche.

»Was, tot? – Unmöglich! Froulays* Tochter, Albano? Die Gold-Rose? O sprecht!« rief er. Albano nickte bejahend. – »Nun du gutes Mädchen,« (klagt'er mit Tränen in den schwarzen Augen) »so freundlich, so liebreizend, so feine Zeichnerin! Wie gings aber zu? Habt Ihr denn das holde Kind gar nicht gekannt?« – »Einen Frühling lang« (sagte schnell Albano) – »Mein guter Dian, ich will jetzt zum Vater zurück und antworte nicht mehr.« – »O meinetwegen! – Ich muß aber mehr erfahren«, beschloß Dian. Und so stiegen sie schweigend und eilend über Schutt und Säulentorsos, und keiner gab auf die große Rührung des andern acht.

SIEBENUNDZWANZIGSTE JOBELPERIODE

Peterskirche – Rotonda – Coliseo – Brief an Schoppe – der Krieg – Gaspard – der Korse – Verwicklung mit der Fürstin – die Krankheit – Gaspards Bruder – Peterskuppel und Abschied

104. ZYKEL

Rom ist wie die Schöpfung ein ganzes Wunder, das sich allmählich in neue Wunder zergliedert, in das Coliseo, in das Pantheon, die Peterskirche, in Raffael u. s. w.

Mit dem Durchgang durch die Peterskirche fing der Ritter den schönen Lauf durch die Unsterblichkeit an. Die Fürstin ließ sich von der Kunst mit dem Männer-Kreise verbinden. Da Albano mehr von Gebäuden als von jedem andern Kunstwerk ergriffen wurde: so sah er mit heiligem Herzen von weiten das lange Kunst-Gebürg, das wieder Hügel trug – und so trat er vor die Ebene, um welche zwei ungeheuere Kolonnaden wie Korsos laufen, ein Volk von Statuen tragend; in der Mitte steigt der Obeliskus und zu seiner Rechten und Linken ein ewiges Wasser auf, und von den hohen Stufen schauet die stolze Kirche der Welt, innen mit Kirchen besetzt, auf sich einen Tempel gen Himmel reichend, auf die Erde herunter. – Aber wie waren in der Nähe ihre Säulen und ihre Felsenwand ungeheuer aufgestiegen und flohen den Blick!

Er trat in die Zauberkirche, die der Welt Segen, Fluch, Könige und Päpste gab, – mit dem Bewußtsein, daß sie wie das Weltgebäude sich immer mehr erweitere und entferne, je länger man in ihr ist. Auf zwei Kinder von weißem Marmor, die eine Weih-Muschel von gelbem hielten, gingen sie hin; die Kinder wuchsen durch das Nahen, bis sie Riesen waren. Endlich standen sie am Hauptaltar und dessen hundert ewigen Lampen – welch eine Stelle! – Über sich das Himmelsgewölbe der Kuppel, auf vier innern Türmen ruhend, um sich eine überwölbte Stadt von vier Straßen, worin Kirchen standen. – Am größesten wurde der Tempel durch Gehen; und wenn sie um eine Säule traten, so lag ein neuer vor ihnen, und heilige Riesen schaueten ernst herab. – Hier wurde dem Jüngling nach langer Zeit das große Herz gefüllt: »In keiner Kunst« (sagt' er zu seinem Vater) »wird die Seele so gewaltig vom Erhabnen angefasset als in der Baukunst; in jeder andern steht der Riese in ihr und in den Tiefen der Seele, aber hier steht er außer und dicht vor ihr.« – Dian, dem alle Bilder deutlicher waren als abstrakte Ideen, sagte: »Er hat vollkommen recht.« – Fraischdörfer versetzte: »das Erhabene stecke auch hier nur im Kopfe, denn die ganze Kirche stehe doch in etwas Größerem, nämlich in Rom und unter dem Himmel, wobei wir ja nichts empfänden.« Auch klagt' er, daß dem Erhabnen der Platz in seinem Kopfe sehr verengt werde durch die unzähligen Schnörkel und Monumente, die der Tempel zugleich mit sich in ihn hineintreibe«. Gaspard sagte, alles mit einem großen Sinne nehmend: »Steht nur einmal das Erhabne wirklich da, so verschlingt und vertilgt es eben seiner Natur nach alle kleinen Zierden um sich her.« Er führte zum Beweise den Münsterturm und die Natur selber an, die durch ihre Gräser und Dörfer nicht kleiner werde.

Die Fürstin genoß unter so vielen Kunstverständigen schweigend.

Das Ersteigen der Kuppel riet Gaspard einem regen- und wolkenlosen Tage aufzuheben, um die Welt-Königin Roma auf und von dem rechten Throne zu schauen; er schlug dafür sehr eifrig den Besuch des Pantheons vor, weil er es gern schnell hinter den Eindrücken der Peterskirche wollte folgen lassen. Sie gingen dahin. Wie einfach und groß tut sich die Halle auf! Acht gelbe Säulen tragen ihre Stirn, und majestätisch wie das Haupt des Homerischen Jupiters wölbt sich sein Tempel! Es ist die Rotonda oder das Pantheon. – »O der Niedrigen,« (rief Albano) »die uns neue Tempel geben wollen! Hebt die alten aus dem Schutte höher, so habt ihr genug gebauet.«[1] – Sie traten hinein; da wölbte sich ein heiliges, einfaches, freies Weltgebäude mit seinen hinaufstrebenden Himmelsbogen um sie, ein Odeum der Sphärentöne, eine Welt in der Welt! – Und oben[2] leuchtete die Augenhöhle des Lichts und des Himmels herab, und das ferne Flug-Gewölk schien die hohe Wölbung zu berühren, über die es wegschoß! Und um sie her standen nichts als die Tempel-Träger, die Säulen! – Der Tempel *aller* Götter vertrug und verbarg die kleinlichen Altäre der spätern.

Gaspard befragte Albano über sein Gefühl. Dieser zog die größere Peterskirche vor. Der Ritter billigte es und sagte, »daß überall der Jüngling gleich den Völkern das Erhabene besser empfinde und leichter finde als das Schöne, und daß der Geist des Jünglings vom Starken zum Schönen reife, wie der Körper desselben vom Schönen zum Starken; indes zieh' er selber das Pantheon vor.« – »Wie könnten auch Neuere« (sagte der Kunstrat Fraischdörfer) »etwas bauen, außer einige Berninische Türmlein?« – »Dafür« (sagte der verletzte Land-Baumeister Dian, der den Kunstrat verachtete, weil dieser niemals eine gute Figur machte als in der ästhetischen Richterstube als Richter, nie in dem Ausstellungssaal als Maler) »sind wir

1 Pantheons-Halle scheint zu niedrig, weil einen Teil ihrer Stufen der Schutt verbirgt.

2 27 Fuß hat die Dach-Öffnung im Durchmesser.

Neuern ohne Widerrede in der Kritik stärker, wenn wir auch in der Praxis samt und sonders Lumpe sind.« Bouverot merkte an: »Die korinthischen Säulen könnten höher sein.« Der Kunstrat sagte: »er wisse doch nichts dieser schönen Halbkugel Ähnlicheres als eine viel kleinere, die er im Herkulanum in Asche ausgedrückt gefunden – vom Busen einer schönen Flüchtlingin.« Der Richter lachte, und Albano trat unwillig zur Fürstin.

Sie fragte er um ihre Stimme über beide Tempel. »Hier Sophokles, dort Shakespeare; aber den Sophokles fass' ich leichter«, versetzte sie und blickt' ihm mit neuen Augen in das neue Angesicht. Denn die überirdische Erleuchtung durch das Zenith des Himmels – nicht durch einen dunstigen Horizont – verklärte ihr das schöne bewegte Gesicht des Jünglings; und sie setzte voraus, der Heiligenschein der Kuppel hebe auch ihre Gestalt. Da er ihr antwortete: »Sehr gut! Aber in Shakespeare steckt auch Sophokles, aber in Sophokles nicht Shakespeare – und auf der Peterskirche steht Angelos Rotonda!« so ging plötzlich das hohe Gewölk, wie durch den Schlag einer Hand aus dem Äther, entzwei, und die entrückte Sonne schauete, wie das Auge der durch den alten Himmel ziehenden Venus, die sonst auch hier stand, aus hoher Tiefe mild herein – da füllte ein heiliger Glanz den Tempel und brannte auf dem Porphyr des Bodens, und Albano sah betroffen und entzückt umher und sagte mit leiser Stimme: »Wie ist jetzt alles so verklärt an dieser heiligen Stelle! Raffaels Geist geht in der Mittagsstunde aus seinem Grabe, und alles, was sein Widerschein berührt, erglänzt göttlich!« Die Fürstin sah ihn zärtlich an, und er legte leicht seine Hand auf ihre und sagte wie überwältigt: »Sophokles!« –

Am nächsten mondhellen Abende darauf bestellte Gaspard Fackeln, damit das Coliseo mit seinem Riesen-Kreis zuerst im Feuer vor ihnen stände. Dem Ritter, der nur allein mit dem Sohne düster im düstern Werke, wie zwei Geister der alten Zeit, umhergehen wollte, drang sich noch die Fürstin auf, aus zu lebhaftem Wunsch, mit dem edlen Jüngling große Minuten und wohl gar ihr Herz und seines zu teilen. Die Weiber begreifen nicht genug, daß die Idee, wenn sie den männlichen Geist erfüllt und erhebt, ihn dann vor der Liebe verschließe und die Personen verdränge, indes bei Weibern alle Ideen leicht zu Menschen werden. –

Sie gingen über das Forum auf der via sacra zum Coliseo, dessen hohe zerspaltene Stirn unter dem Mondlicht bleich herniederschauete. Sie standen vor den grauen Felsenwänden, die sich auf vier Säulenreihen übereinander hinaufbaueten, und die Flammen schossen hinauf in die Bogen der Arkaden, hoch oben das grüne Gesträuch vergüldend; und tief in die Erde hatte sich das schöne Ungeheuer schon mit seinen Füßen eingegraben. Sie traten hinein und stiegen am Gebürge voll Felsenstücke von einem Sitze der Zuschauer zum andern; Gaspard wagte sich nicht zum sechsten oder höchsten, wo sonst die Männer standen, aber Albano und die Fürstin. Da schauete dieser über die Klippen auf den runden grünenden Krater des ausgebrannten Vulkans herunter, der einst auf einmal neuntausend Tiere verschlang und der sich mit Menschenblut löschte – der Flammenschein fuhr in das Geklüft und ins Geniste des Efeus und Lorbeers und unter die großen Schatten des Mondes, die wie Abgeschiedne sich in den Höhlen aufhielten – in Süden, wo die Ströme der Jahrhunderte und der Barbaren hereingedrungen waren, standen einzelne Säulen und geschleifte Arkaden – Tempel und drei Paläste hatte der Riese mit seinen Gliedern genährt und gefüttert, und noch schauete er lebendig mit seinen Wunden in die Welt.

»Welch ein Volk!« (sagte Albano) »Hier ringelte sich die Riesenschlange fünfmal um das Christentum – Wie ein Hohn liegt drunten das Mondlicht auf der grünen Arena, wo sonst der Kolossus des Sonnengottes stand – Der Stern des Nordens[1] schimmert gesenkt durch die Fenster, und der Drache und die Bären bücken sich. Welch eine Welt ist vorüber!« – Die

1 Der Polstern steht wie andere nördliche Sternbilder in Süden tiefer.

Fürstin antwortete, »daß zwölftausend Gefangne dieses Theater baueten und daß noch weit mehrere darauf bluteten«. – »O die Bau-Gefangnen haben wir auch,« (sagt' er) »aber für Festungen; und das Blut fließet auch noch, aber mit dem Schweiß! Nein, wir haben keine Gegenwart, die Vergangenheit muß ohne sie die Zukunft gebären.«

Die Fürstin ging weg, um einen Lorbeerzweig und blühenden Güldenlack zu brechen. Albano versank ins Sinnen – der Herbstwind der Vergangenheit ging über die Stoppeln – auf dieser heiligen Höhe sah er die Sternbilder, Roms grüne Berge, die schimmernde Stadt, die Cestius-Pyramide, aber alles wurde zur Vergangenheit, und auf den zwölf Hügeln wohnten, wie auf Gräbern, die alten hohen Geister und sahen streng in die Zeit, als wären sie noch ihre Könige und Richter.

»Zum Andenken der Stelle und der Zeit!« sagte die kommende Fürstin, ihm den Lorbeer und die Blumen gebend. – »Du Gewaltige, ein Coliseo ist dein Blumentopf, dir ist ja nichts zu groß und nichts zu klein!« sagte er und brachte die Fürstin in einige Verwirrung, bis sie merkte, daß er die Natur meine. Sein ganzes Wesen schien neu und schmerzlich bewegt und wie fern entrückt – er sah nach dem Vater hinab und suchte ihn auf – er blickte ihn scharf an und drückte heftig seine Hand und sprach diesen Abend über nichts mehr.

105. ZYKEL

Albano wurde wie eine Welt von Rom wunderbar verändert. Nachdem er so mehrere Wochen zwischen Romas Ruinen und Schöpfungen gelagert war – nachdem er aus Raffaels kristallenem Zauberbecher getrunken, dessen erste Züge nur kühlen, wenn die letzten ein welsches Feuer durch alle Adern führen – nachdem er den Bergstrom Michel Angelos bald als Katarakte, bald als Ätherspiegel gesehen – nachdem er sich vor den letzten größten Nachkommen Griechenlands gebeugt und geheiligt hatte, vor dessen Göttern, die mit ruhigem heitern Antlitz in die unharmonische Welt hereinblicken, und vor dem vatikanischen Sonnengott, welcher zürnt über die Prosa der Zeit, über diese niedrige Pythonische Schlange, die sich immer wieder verjüngt – nachdem er lange so vor dem Vollmond der Vergangenheit im Glanze gestanden: so überzog sich auf einmal seine ganze innere Welt und wurde ein einziges Gewölk. Er suchte Einsamkeit – er hörte auf zu zeichnen und Musik zu treiben – er sprach wenig mehr von Roms Herrlichkeit – nachts, wo der tägliche Regen aufhörte, besucht' er allein die großen Trümmer der Erde, das Forum, das Coliseo, das Kapitolium – er wurde heftiger, ungeselliger, schärfer – ein tief eingesenkter Ernst waltete auf der hohen Stirn, und durch das Auge brannte ein düsterer Geist.

Gaspard schickte unbemerkt seinen Blick allen geheimen Entfaltungen des Jünglings nach. Ein bloßer Nachschmerz über Liane schien sein Zustand nicht zu sein. Im nordischen Winter wäre diese Wunde nur zugefroren und nicht zugeheilt; aber hier, im Tempel der Welt, wo Götter begraben liegen, stärkte sich ein edles Herz und schlug für ältere Gräber. Die Fürstin, die unter dem Deckmantel des Vaters dem Sohne nachjagte, suchte er weniger als den alten kalten Lauria und den feurigen Dian.

In derselben Zeit sehnt' er sich schmerzlich nach seinem Schoppe; an dieser Brust, dacht' er, hätte das Geheimnis der seinigen den rechten Ort und Trost gefunden. Es war ihm, als hab' er seit dieser Abwesenheit in einem fort mit ihm zusammengelebt und sich fester verbrüdert. So wohnen und schmelzen die Geister im unsichtbaren Lande zusammen; und wenn sich die Leiber im sichtbaren wieder begegnen, finden die Herzen sich bekannter wieder. Leider hört' er, so viel auch sein Vater Briefe aus Pestitz bekam, keinen Laut von dem Freunde über die Berge herüber, den er in den dunkeln Verhältnissen einer wunderbaren verwirrenden Leidenschaft zurückgelassen. Er rechnete Schoppen, dessen Haß und Zank gegen alles

Briefschreiben er kannte, das Schweigen nicht an; aber sein eignes Herz konnt' es nicht verlängern, und er schrieb so an ihn:

»Wir wurden schlafend voneinander gerissen, Schoppe! Jene Zeit hat sich bedeckt und bleibt es. Sehr wach wollen wir uns wieder erblicken. Von dir weiß ich nichts; wenn mir Rabette nicht schreibt, muß ich die brennende Ungeduld bis zu unserer Zusammenkunft im Sommer umhertragen und leiden. Was ist von mir zu schreiben? Ich bin verändert bis ins Innerste hinab und von einer hineingreifenden Riesenhand. Wenn die Sonne über den Scheitelpunkt der Länder zieht, so hüllen sie sich alle in ein tiefes Gewölk; so bin ich jetzt unter der höchsten Sonne und bin eingehüllt. Wie in Rom, im wirklichen Rom, ein Mensch nur genießen und vor dem Feuer der Kunst weich zerschmelzen könne, anstatt sich schamrot aufzumachen und nach Kräften und Taten zu ringen, das begreif' ich nicht. Im gemalten, gedichteten Rom, darin mag die Muße schwelgen; aber im wahren, wo dich die Obelisken, das Coliseo, das Kapitolium, die Triumphbogen unaufhörlich ansehen und tadeln, wo die Geschichte der alten Taten den ganzen Tag wie ein unsichtbarer Sturmwind durch die Stadt fortrauschet und dich drängt und hebt, o wer kann sich unwürdig und zusehend hinlegen vor die herrliche Bewegung der Welt? – Die Geister der Heiligen, der Helden, der Künstler gehen dem lebendigen Menschen nach und fragen zornig: was bist du? – Ganz anders gehst du aus dem Vatikan des Raffaels und über das Kapitolium herunter, als du aus irgendeiner deutschen Bildergalerie und einem Antikenkabinett heraustrittst. Dort siehst du auf allen Hügeln alte ewige Herrlichkeit, jede Römerin ist mit Gestalt und Stolz noch ihrer Stadt verwandt, der Transteveriner ist der Sparter, und du findest so wenig einen Römer als einen Juden stumpf; indes du in Pestitz fast unduldsam werden mußt schon gegen den Kontrast der bloßen Gestalt. Sogar der ruhige Dian behauptet, die häßlichen Masken der Alten sähen wie die deutschen Gassen-Gesichter und ihre Faunen und andere Tiergötter wie edlere Hof-Gesichter aus; ihre Kopierbilder Alexanders, der Philosophen, der römischen Tyrannen wären, so scharf und prosaisch sie sich auch von ihren poetischen Statuen der Götter abschnitten, den jetzigen Idealen der Maler gleich.

Tu es da genug, mit Augen voll Bewunderung und gefalteten Händen um die Riesen zu schleichen und dann welk und klein zu ihren Füßen zu verschmachten? Freund, wie oft pries ich in den Tagen des Unmuts die Künstler und Dichter glücklich, die ihre Sehnsucht doch stillen dürfen durch frohe leichte Schöpfungen, und welche durch schöne Spiele die großen Toten feiern, Archimimen der Heldenzeit. – Und doch sind diese schwelgerischen Spiele nur das Glockenspiel am Blitzableiter; es gibt etwas Höheres, Tun ist Leben, darin regt sich der ganze Mensch und blüht mit allen Zweigen. – Es ist nicht von den bangen engen Kleintaten auf der Ruder- und auf der Ruhebank der Zeit die Rede. Noch stehet an der Krönungsstadt des Geistes ein Tor offen, das Opfertor, das Janustor. Wo ist denn weiter auf der Erde die Stelle als auf dem Schlachtfeld, wo alle Kräfte, alle Opfer und Tugenden eines ganzen Lebens, in *eine* Stunde gedrängt, in göttlicher Freiheit zusammenspielen mit tausend Schwester-Kräften und Opfern? Wo sind denn allen Kräften, von dem schnellsten Scharfblick an bis zu allen körperlichen Fertigkeiten und Abhärtungen, von der höchsten Großmut und Ehre an bis auf die weichste Träne herab, von jeder Verachtung des Körpers an bis zur tödlichen Wunde hinauf, so alle Schranken aufgetan für einen wetteifernden Bund? Wiewohl eben darum der Spielraum aller Götter auch dem Larventanz aller Furien freisteht. Nimm nur den Krieg höher, wo die Geister, ohne Verhältnis des Gewinstes zum Verlust, nur aus Kraft der Ehre und des Zwecks, sich dem Schicksal verdingen, daß es unter ihren Körpern die Leichen auslese und das Los des Sieges aus den Gräbern ziehe. – Zwei Völker gehen auf die Schlacht-Ebene, die *tragische Bühne* eines höhern Geistes, um ohne persönlichen Haß die Todesrollen gegeneinander zu spielen – still und schwarz liegt die Gewitterwolke auf dem Schlachtfeld – die Völker ziehen hinein in die Wolke, und alle ihre Donner schlagen, und düster und allein brennt die Todesfackel über ihr – es wird endlich Licht, und zwei Ehrenpforten stehen aufgebauet, die Todespforte und das Siegestor, und das Heer hat sich geteilt und ist durch beide gezogen, aber durch beide mit Kränzen. – Und wenn es vorüber ist, stehen die Toten und die Lebendigen erhaben in der Welt, weil sie das Leben nicht geachtet hatten. – Wenn aber der große Tag noch größer werden, wenn dem Geiste das Köstlichste kommen soll, was das Leben heiligen kann: so stellt Gott einen Epaminondas, einen Kato, einen Gustav Adolph vor das geheiligte Heer – und die Freiheit ist zugleich die Fahne und die Palme – o selig, wer dann lebt oder stirbt für den Kriegs-Gott und für die Friedens-Göttin zugleich. – –

Lasse mich das nicht durch Sprechen entweihen. Nimm aber hier mein leises festes Wort und leg es in deine Brust zurück, daß ich mir, sobald Galliens wahrscheinlicher Freiheitskrieg anhebt, meine Rolle durchaus nehme in ihm, für ihn. Abhalten kann mich nichts, auch nicht mein Vater. Dieser Entschluß gehört zu meiner Ruhe und Existenz. Aus Ehrgeiz ergreif' ich ihn nicht; obwohl aus Ehrliebe gegen mich selber. Schon in meinen frühern Jahren konnt' ich nie das platte Lob einer ewigen häuslichen Glückseligkeit genießen, was gewiß eher Weiber als Männern geziemt. Freilich deine Stärke oder Gemütsweise, alles Große ruhig aufzunehmen und die Welt still in einen innern Traum zu zerschmelzen, hat wohl niemand. Du schauest die Abendwolken an und hernach die Milchstraße und sagst kalt: Gewölk! Kommst du aber doch nicht zu tief in dieses Gefühl, in diese kalte Gruft hinunter? Zwar will das Gift dieses Gefühls einen überall und gerade in Rom, diesem Kirchhof so ferner Völker, so entgegengesetzter Jahrhunderte, süßer als irgendwo verzehren; aber wüßtest du vom Vergänglichen ohne den Nebenstand des Unvergänglichen, und wo wohnt der Tod als im Leben? Lasse verstieben und versiegen! es gibt doch drei Unsterblichkeiten – wiewohl du die erste, die überirdische, nicht glaubst –: die unterirdische (denn das All kann verstäuben, aber nicht sein Staub) – und die ewigwirkende darin, die, daß jede Tat viel gewisser eine ewige Mutter wird als eine ewige Tochter ist. Und dieser Bund mit dem Universum und mit der Ewigkeit macht der Ephemere Mut, in ihrer Flug-Minute das Blütenstäubchen weiterzutragen und auszusäen, das im nächsten Jahrtausend vielleicht als Palmenwald dasteht.

Ob ich mich meinem Vater entdecke, ist mir noch zweifelhaft, weil ich es noch darüber bin, ob ich seine bisherigen Äußerungen gegen die Neufranken für scharfen Ernst zu nehmen habe oder nur für die scherzhafte Kälte, womit er sonst gerade seine Gottheiten – Homer, Raffael, Cäsar, Shakespeare – aus Ekel gegen den nachsprecherischen Götzendienst, den der Pöbel der wahren Hoheit wie der falschen erweiset, im Munde führet. – Grüße meinen braven mannhaften Wehrfritz und erinner' ihn an unser Bundesfest am Zeitungstage der niedergerissenen Bastille. Lebe wohl und bleibe bei mir!

Albano«

An dem Abende dieses Briefes ging er mit seinem Vater in eine Conversazione im Palazzo Colonna – hier fanden sie die schwarz-marmorne Galerie voll Antiken und Gemälde aus einem Kunst- und Gesellschaftszimmer in einen Fechtboden verkehrt, alle Arme und Zungen der Römer waren in Bewegung und Kampf über die neuesten Entwicklungen der gallischen Revolution, und die meisten für sie. Es war damals, wo fast ganz Europa einige Tage lang vergaß, was es aus der politischen und poetischen Geschichte Frankreichs jahrhundertelang gelernt hatte, daß dasselbe leichter eine vergrößerte als eine große Nation werden könnte. Der Ritter allein gab sich lieber den Kunstwerken als dem leeren Gefechte seiner Nachbarschaft hin; endlich aber hört' er von weitem, wie Albano, gleich allen damaligen Jünglingen, der *Himmels-Königin*, der *Freiheit*, jauchzend nachzog, unter den ewigen Freien und ewigen Sklaven mitgehend nach der damaligen Gleichheit; da trat er näher und merkte nach seiner Weise an: »die Revolution sei etwas sehr Großes; er finde indes an großen Werken, z. B. an einem Coliseo, Obeliskus, an dem Flor einer Wissenschaft, an dem Kriege, an der Höhe der Astronomie, der Physik weniger als andere zu bewundern, denn bloß die Menge in der Zeit oder im Raume schaff' es, eine beträchtliche Vielheit *kleiner* Kräfte. Aber nur *große* achte man[1]. In der Revolution seh' er mehr jene als diese – Freiheit werde an *einem* Tage so wenig gewonnen als verloren; wie schwache Individuen im Rausche gerade ihr Gegenteil wären, so geb' es auch wohl einen Rausch der Menge durch die Menge.« –

Bouverot versetzte darauf: »Das ist ganz meine Meinung auch.« Albano antwortete recht sichtbar nur seinem Vater – weil er den deutschen Herrn tief verachtete und ihn ganz unwürdig des Genusses hoher Kunstwerke hielt, wofür er vornehmen Geschmack mitgebracht, obwohl keinen Sinn – und sagte: »Lieber Vater, die 12 000 Juden entwarfen nicht das Coliseo, das sie baueten, aber die Idee war doch irgendeinmal ganz in *einem* Menschen, im Vespasian; und so muß überall den konzentrischen Richtungen kleiner Kräfte irgendeine große vorstehen, und wär' es Gott selber.« – »Dahin,« (sagte Gaspard) »wo alles Göttliche verlegt wird, magst du es denn auch versetzen.« – Bouverot lächelte. – »Der gallische Rausch« (versetzte Albano heftig) »ist doch wahrlich kein zufälliger,

1 Die Summe und das System elektrischer, galvanischer, chemischer, anatomischer Erfahrungen, die Taktik, ein corpus juris u. s. w. können uns wohl in Erstaunen setzen, aber die Menschheit selber erscheint nicht größer durch Riesengebäude, die von Millionen *Elefantenameisen* zusammengetragen werden; allein wenn *ein* Elefant ein Gebäude trägt, wenn ein Individuum irgendeine Kraft in neuen Graden und Verhältnissen zeigt, Newton die mathematische Anschauung, Raffael die bildende, Aristoteles, Lessing, Fichte den Scharfsinn, oder ein anderes die Güte, die Festigkeit, den Witz u. s. w.: dann gewinnt die Menschheit, und ihre Schranken rücken hinaus.

sondern ein Enthusiasmus, in der Menschheit und Zeit zugleich gegründet; woher denn sonst der allgemeine Anteil? – Sie können vielleicht sinken, aber um höher zu fliegen. Durch ein rotes Meer des Bluts und Kriegs watet die Menschheit dem gelobten Lande entgegen, und ihre Wüste ist lang; mit zerschnittenen, nur blutig-klebenden Händen klimmt sie wie die Gemsenjäger empor.« – »Die Gemsenjäger selber« (sagte der Ritter) »tun das mehr, wenn sie von der *Alpe herab*-wollen; indes sind solche Hoffnungen reizend, und wir wollen gern ihre Erfüllung wünschen.« – »Signor Conte« (setzte Bouverot dazu) »nannte sehr gut den Aufstand einen Rausch. Man schläft ihn aus; aber am Morgen ist manches zerbrochen und zu bezahlen.« – »Rausch?« (sagte Albano) »Welches Beste ist nicht im Enthusiasmus geschehen, und welches Schlechteste nicht in der Kälte? – Welches, Herr von Bouverot? Ja es gibt einen gräßlichen, grimmigen Seelen-Frost, so wie einen ähnlichen physischen, der wie die größte Hitze schwarz und blind und wund macht[1]; so etwas wie die französische Tragödie, *kalt* und doch *grausam*.« –

»Du näherst dich dem Tragischen, Sohn« (unterbrach ihn Gaspard und schützte den deutschen Herrn) – »Wir dürfen von den Franzosen recht viel politische Sagazität erwarten, zumal in der Not; das ist ihre Stärke. Darin kommen sie den Weibern bei. Auch sind sie wie die Weiber entweder ungemein zart, sittlich und human, wenn sie gut sind, oder wie diese ebenso grausam und roh, wenn sie außer sich kommen. – Es lässet sich weissagen, daß sie in einem Freiheitskriege, wenn er ausbräche, an Tapferkeit es allen Parteien zuvortun werden. Das wird sehr blenden, da doch nichts seltener ist als ein feiges Volk. Man lernt die Kriegstapferkeit gemäßigt schätzen, wenn man sieht, daß die römischen Legionen, gerade als sie feil, schlecht, sklavisch und zur Hälfte Freigelassene waren, nämlich unter dem Triumvirat, mutiger stritten als vorher. Für den unbedeutenden Mordbrenner Katilina stritten und starben die

1 In Grönland macht die heftige Kälte schwarz und blind.

Bürger bis auf den letzten Mann, und nur Sklaven wurden gefangen.« –

Diese Rede drückte ein heißes Siegel auf Albanos Mund; es schien ordentlich, als errate ihn der Vater und mache sich die alte Freude, wie ein Schicksal einen Enthusiasmus zu erkälten und Erwartungen Lügen zu strafen, sogar trübe. Der beleidigte, sich selber ausbrennende Geist blieb nun fest vor Gaspard und Bouverot zugedeckt.

Aber seinem Dian zeigt' er alles am Morgen darauf; er wußte, wie dieser mit dem Arme eines Künstlers und Jünglings zugleich die Freiheitsfahne trug und schwang, und darum brach er vor ihm das dunkle Siegel seines bisherigen Trübsinns auf. Er gestand dem geliebtesten Lehrer den großgewachsenen Vorsatz, sobald der unheilige Krieg gegen die gallische Freiheit, der jetzt seine Pechkränze in allen Straßen der Stadt Gottes aushing, in Flammen schlage, an die Seite der Freiheit zu treten und früher zu fallen als sie. »Wahrlich, Ihr seid ein wackerer Mensch« (sagte Dian) – »Hätte ich mir nicht Kind und Kegel aufgehalset, bei Gott! ich zöge selber mit. Der Alte, wie dergleichen, sieht viel und hört schlecht. Wittern soll er nichts und seine Bestie von Barigello auch nicht.« Den Kunstrat Fraischdörfer meint' er, den er mit Künstler-Eigensinn ewig verabscheuete, weil der Kunstrat schlechter malte und besser kritisierte als er. »Dian, Euer Wort ist schön gesagt, ja wohl macht das Alter physisch und moralisch *weitsichtig* für sich und *taub* gegen den andern«, sagte Albano. – »Hab' ich gut gesprochen, Albano? Aber wahrlich so ist die Sache«, sagt' er, sehr erfreuet, bei seinem Mißtrauen in seine Sprache, über das Lob ihrer Schönheit.

Nach einiger Zeit sagte der Ritter, gleich als sehe er durch das Siegel hindurch, einige Worte, die den Jüngling auf allen Seiten griffen: »Es gibt« (sagt' er) »einige wackere Naturen, die gerade auf der Grenze des Genies und des Talentes stehen, halb zum tätigen, halb zum idealischen Streben ausgerüstet – dabei von brennendem Ehrgeize. – Sie fühlen alles

Schöne und Große gewaltig und wollen es aus sich wieder erschaffen, aber es gelingt ihnen nur schwach; sie haben nicht wie das Genie *eine* Richtung nach dem Schwerpunkt, sondern stehen selber im Schwerpunkte, so daß die Richtungen einander aufheben. Bald sind sie Dichter, bald Maler, bald Musiker; am meisten lieben sie in der Jugend körperliche Tapferkeit, weil sich hier die Kraft am kürzesten und leichtesten durch den Arm ausspricht. Daher macht sie früher alles Große, was sie sehen, entzückt, weil sie es nachzuschaffen denken, später aber ganz verdrüßlich, weil sie es doch nicht vermögen. Sie sollten aber einsehen, daß gerade sie, wenn sie ihren Ehrgeiz früh einzulenken wissen, das schönste Los vielartiger und harmonischer Kräfte gezogen; sowohl zum Genusse alles Schönen als zur moralischen Ausbildung und zur Besonnenheit ihres Wesens scheinen sie recht bestimmt zu sein, zu *ganzen* Menschen; wie etwan ein Fürst sein muß, weil dieser für seine allseitige Bestimmung allseitige Richtungen und Kenntnisse haben muß.«

Sie standen gerade, als er dies sagte, auf dem Aventinischen Berge, vor sich die Cestius-Pyramide, dieses Epitaphium des Ketzer-Gottesackers, worin so mancher unausgebildete Künstler und Jüngling schläft, und nahe dabei der hohe Scherben-Berg[1] (monte testaccio), wovor Albano immer mit einem ekeln kahlen Gefühl schaler Ödheit vorbeiging. Der Stoß der väterlichen Ideen gegen seine und die Verwandtschaft des Scherben-Bergs mit dem Fremden-Kirchhof machten, daß Albano mehr sich als dem Vater antwortete, mit einem geschmolzenen Eisen-Tropfen des Unwillens im Auge: »Ein solcher namenloser Töpfer-Berg ist im ganzen auch die Geschichte der Völker. – Aber man möchte sich doch lieber auf der Stelle töten, als erst nach einem langen Leben sich so namen- und tatenlos in die Menge eingraben.« –

Seit seiner Einigkeit mit sich selber wurd' er glücklicher; mit Eifer tat er sich schon jetzt zum Werk, seiner Natur gemäß, die

1 Wohin seit Servius Tullius' Zeit alle Scherben geworfen werden.

wie im Samenkorn Stamm und Wurzel aus einer Samenspitze trieb, Gedanken und Taten.

Er warf alles andere Treiben weg und studierte alte und neue Kriegskunst, wozu ihm Dian die Bücher und das Museum borgte und lieferte. Mit namenloser Entzückung und Erhebung durchlief er wieder die Sonnenkarten der römischen Geschichte, hier auf dem ausgebrannten Sonnenkörper selber, und oft, wenn er ihre Entzündungen gezeichnet las, stand er eben in den Kratern, wo sie aufgegangen waren.

Dian gab noch dazu seine Kenntnis des kleinen Dienstes und sich gern zu körperlichen Übungen her, wenn er ihn vorher zu dem Gottesdienste unter Raffaels Kunsthimmel hinaufgezogen, wo Grazien wie Sternbilder im hohen Äther gehen; denn bei Dian war Leib und Seele *ein* Guß, der weichste Augennerve und härteste Armmuskel *ein* Band. Zuletzt führt' er, da ihm ein Wort viel sauerer wurde als eine Tat und da er lieber den ganzen Leib als die Zunge regte, dem Grafen einen rednerischen Kriegs-Genossen zu, einen korsischen Jüngling, lebendig wie aus lauter Mark des Lebens geformt.

Beide Jünglinge liebten und übten sich eine Zeitlang in romantischer Freiheit, ohne einander nur die Namen abzufragen. Sie fochten, lasen, schwammen. Der Korse vergötterte fast Albanos Gestalt, Kraft, Kopf und Mut und goß sein ganzes Herz in eines, das er nicht ganz faßte; wie viele Mädchen nirgends als in der Liebe, so zeigte er nirgends als im Kriegsspiele Seele und Sinn. Albanos helles Gold spiegelte gefällig die fremde Gestalt zurück, ohne wie Glas dabei die eigne zu vernichten.

Einst wurde des Korsen Glut eine Flamme, die das ganze eigne Leben dem Freunde beleuchtet zeigte und seinen einzigen Zweck und Durst, nämlich den nach Franzosen-Blut, »den er« (sagt' er) »im kommenden Kriege zu löschen hoffe«. Wär' ihm Albano ähnlich gewesen, so hätten sie sich wie kämpfende Hirsche in die Geweihe tödlich verwickelt; denn die störrische, unbiegsame Tapferkeit des Korsen – mehr eine sinnliche, so wie Albanos seine mehr eine geistige – litt kein Gegenwort. Gleich seiner Klasse begehrte er auf seine Rede ein recht starkes Zuwort von Albano; aber dieser sagte: »Das ist eben das Große im Kriege, daß man ohne leidenschaftliche Erbitterung, ohne persönliche Feindschaft alles kann und wagt, was der Schwächling nur durch sie vermag; wahrlich es wäre edler, in der Schlacht einen Geliebten als einen Gehaßten zu töten.« – »Tolle Chimären!« (sagte der Korse zornig) »wie? du willst die Franzosen töten und sie doch lieben?« – Albanos Großsinn warf jede bange Larve ab und sagte: »Mit *einem* Wort, ich streite einst für die Gallier mit.« – »Du, Falscher?« (sagte der Korse) »Unmöglich! – Gegen mich?« – »Nein,« (versetzte Albano) »ich bitte Gott, daß wir uns in jener Stunde nie begegnen.« – »Und ich will ihn recht anflehen,« (sagte der Korse) »daß wir uns nicht mehr treffen als einmal mit dem Bajonett. Addio!« So schied er entrüstet von ihm und kam nicht wieder.

106. ZYKEL

Unähnlich andern Vätern war Gaspard gegen Albano seit dem ersten Kriege über den Krieg noch wie sonst, ja fast besser; mit seiner alten Achtung für jede starke Individualität nahm er es heiter auf, daß so merklich des Jünglings Sonne in die Zeichen des Sommers trat und über die Erde sowohl höher stieg als wärmer.

Er gab ihm den nächsten Beweis dadurch, daß er unter den allmählichen Anstalten zur Rückreise nach Pestitz ihm einen ganz unerwarteten Wunsch der – Trennung bejahte. Nämlich Albano, der jetzt wie Efeu mit allen Blüten und Zweigen immer fester um und in alle Denkmäler der heroischen Vergangenheit ging, wollte nicht von Rom scheiden, ohne Neapel gesehen zu haben. Zu seiner Sehnsucht kam noch Dians Begeisterung für dies Tochterland seines Vaterlandes, für dessen Glanz des Himmels und der Erde, für dessen griechische

Trümmer, die der Baumeister den römischen vorzog. »In Rom« (hatte Dian gesagt) »habt Ihr nur Vergangenheit, hingegen in Neapel tapfere Gegenwart – ich begleit' Euch hin und her, und wir gehen zusammen nach Haus. Denn eigentlich versteht Ihr Euch doch nicht recht auf das Schöne, sondern auf die Natur, auf das Heroische und den Effekt. Da ist Neapel der Ort.« Der Ritter willigte – obgleich durch Albanos Erheiterung der ganze Zweck der Reise schon gewonnen war – ohne Zögern in den Zusatz einer zweiten unter der Bedingung, daß er nicht länger als einen Monat nachbleibe.

Aber dieser Zeit, wo sich seine innere Welt so harmonisch stimmen durfte, kamen feindliche Mißtöne immer näher, die er in der Ferne noch für Wohllaut hielt. Aus seinem unbestimmten Verhältnis mit der Fürstin entwickelte sich langsam der Mißlaut; weil jedes unbestimmte mit Weibern sich endlich hart entscheidet, seltener zu Liebe als zu Haß.

Die Fürstin tat und litt bisher alles, um ihm noch früher gefährlich zu werden als verständlich. Sie spielte Lianen, so gut sie wußte, nach und nahm den Nonnenschleier einer religiösen Jungfräulichkeit aus ihrer Bühnen-Garderobe hervor, obgleich genialische Weiber meistens ungläubig sind, wie genialische Männer gläubig. Sie machte ihn zum Vertrauten ihrer – Vergangenheit und gab die Geschichte derer, die für sie gestorben waren, oder doch verschmachtet, nach weiblicher Art mehr froh als reuig; nur das Verhältnis mit seinem Vater ließ sie schonend hinter einem rührenden Leichenschleier auferstehen und ahmte überhaupt dem Sohne in der Achtung für den Ritter nach, den sie innerlich bitter haßte. Wenn Albano stundenlang die Gegenwart vergaß und starr ins Opferfeuer der Vergangenheit und Kunst blickte und ihr auf den Bergen seiner Welt Flammen zeigte, die nicht auf ihrem Altar brannten, so begleitete sie ihn geduldig auf diesem Kunst-Wege und hielt nur, wo sie konnte, vor Stellen an, wo man einige Aussicht in die – Gegenwart hatte.

Er wurde täglich ihr *wärmerer* Freund, ohne sie nur zu

erraten. Nur ein Mann – keine Frau – kann eine fremde Liebe gänzlich übersehen; die lang übersehene wird dann selten oder nie eine erwiderte. Albano war zu zart, um in der Geliebten seines Vaters und in der Frau eines andern und in einer Freundin seiner eignen Geliebten diesen Wunsch einer Unschicklichkeit vorauszusetzen. Auch setzt' er auf seinen Wert immer ein ebenso kleines Vertrauen als auf sein Recht ein großes.

Sie zweifelte, aber verzweifelte nicht an einer wärmern Gesinnung. Ein Weib hofft so lange, als ein zweites nicht mit hofft. Albanos nächtliche Besuche des Kapitols und Coliseos wurden von nachgeschickten Augen immer seines edlen Charakters würdig befunden. Täglich lieber wurd' ihr der feste Jüngling durch sein neues Aufblühen und durch seine männliche Entwickelung. Zuweilen hoffte sie stark, von seiner freundschaftlichen Redlichkeit und von jener heroischen Schwermut bestochen, die ihr sonst aus keiner Ferne und Nähe zu erklären war. Dieses ihr ungewohnte Auf- und Niedersteigen auf ihren Wellen erschütterte ihre Gesundheit und ihren Charakter, und sie wurde wider Willen der Liane ähnlicher, mit deren Taubengefieder sie sich anfangs nur weiß schmücken wollen – der glänzende Sonnenregenbogen wurde ein Mondregenbogen – sie warf mit ihren starken Kräften die Hälfte ihres vorigen Selbstes weg, die Putz-, Kunst- und Gefallsucht – und sie wurde heftig getroffen, wenn eine Römerin mit südlicher Lebhaftigkeit oft hinter dem vorbeigehenden Grafen ausrief: »Wie schön er ist!« – Schwer wurde sie für ihr früheres mutwilliges Lustspiel mit fremden Herzen und Leiden gezüchtigt durch das eigne; aber in solchen dunkeln Tagen wurzelt eben die Liebe mehr, wie man Bäume am besten an wolkigen impft.

Albano merkte ihre Veränderung; die reizende Schwermut ihres sonst kräftigen Gesichts, dieser Widerschein ihres stillen Nebels, bewegte ihn zur teilnehmenden Frage über ihr Glück. Sie antwortete immer so verworren und verwirrend – zuweilen sogar bei Albanos Scharfsinn mit dem Glauben an dessen

Verstellung und Bosheit –, daß sie ihn in den sonderbarsten Irrtum führte.

Nämlich bei so großer Gewißheit, daß ein Erdschatte durch ihr ganzes jetziges Leben gehe und nicht rücke, mußt' er den Weltkörper dazu suchen; – dieser ward ihm Gaspard, den sie, wie er glaubte, noch liebe. Er führte diese Vermutung leicht durch alle ihre früheren Gespräche und Blicke hindurch; – es war so natürlich, daß die früher durch einen Thron Getrennten sich jetzt im schönen Lande der freien Verhältnisse wieder zusammensehnten; – noch dazu hatte der Ritter nach seiner unerbittlichen Ironie ihren Schein, ihn zu suchen, auch mit Schein, nämlich mit Ernst aufgenommen und sich daher immer zu ihrem Genusse des Sohnes als Zukost gesetzt und einen Nachwinter in den Frühling verlegt; – diesen doppelten Schein rief Albano zurück als doppelte Wahrheit. – –

Da trat das Schicksal plötzlich unter seine neuen Schlüsse – sein Vater wurde bedenklich krank an einem entnervenden Frühlingsfieber unter dem *Scirocco*-Wind. »Nimm keinen besondern Teil« (sagte Gaspard zu ihm) »weder an meinen Leiden noch Äußerungen; ich habe in solchem Zustande eine Erweichung, deren ich mich nachher schäme und doch nicht erwehre.« Albano wurde von manchen unerwarteten Herzens-Ausbrüchen des kranken Mannes bis zur wärmsten Liebe bewegt. Wenn die Ruinen eines Tempels wehmütig begeistern, dacht' er, warum sollen es mich nicht noch mehr die Ruinen einer großen Seele? Es gibt Menschen voll kolossalischer Überreste, gleich der Erde selber; in ihrem tiefen, schon erkalteten Herzen liegen versteinerte Blumenbilder einer schönern Zeit; sie gleichen nordischen Steinen, auf welchen Abdrücke indischer Blumen stehen. –

Die Krankheit grub unter sich. Gaspard blieb ohne Teilnahme an sich selber; nur seine Geschäfte, nicht sein Ende bekümmerten ihn. Mit seinem Schwiegervater Lauria hielt er geheime Unterredungen, um auf sein Leben das schwarze Gerichtssiegel schließend zu drücken. Ein Eilbote mußte fertig stehen, um nach seinem Todesaugenblick mit einem Brief zu Linda zu fliegen, sein Sohn sollte einen selber erbrechen und einen versiegelten an die Fürstin übergeben. Sehr hart und gebietend benahm er sich gegen diesen, als er von ihm den Eid begehrte, sogleich nach seinem Tode nach Pestitz abzureisen. Denn da Albano, der so gern Neapel sah und dem alle diese den väterlichen Tod voraussetzenden Bedingungen schwer ankamen, zögernd weigerte, so sagte Gaspard: »das sei so recht menschlich und üblich, fremde Schmerzen ungemein zu beklagen und redlich mitzufühlen, sie aber ohne Anstand zu schärfen, sobald das Geringste getan werden solle.« Albano gab das Wort und den Eid; und zeigt' es ihm nie mehr, wenn er weinte aus Kindesliebe.

Unerwartet erschien vor diesem Krankenbette Gaspards nächster und frühester Anverwandter, sein Bruder. Albano stand dabei, als das seltsame Wesen ankam und den Todkranken ansprach und zwei starre gläserne Augen, als wären sie eingesetzte, weit von dem wegdrehte, womit es redete – so phantastisch und doch voll kalter Welt gegen den sterbenden Bruder – mit hängender Gesichtshaut auf bedeutenden Gesichtsknochen – ein aufgerichteter falber Werwolf, erst aus der tierischen Haut in die menschliche getrieben – gleich dem Würgengel, ein Würgmensch und doch ohne Leidenschaft. – Er streckte nach Albano die lange Hand aus, aber dieser, von etwas Unnennbarem abgestoßen, konnte sie nicht anfassen. Dieser Bruder sagte, er komme von Pestitz – übergab zwei Briefe daraus, einen an Gaspard, einen für die Fürstin – und fing an, einiges über seine Reisen zu sagen, was ungemein scharfsinnig, phantastisch, gelehrt, unglaublich und oft recht unverständig schien. Einmal sagte Albano: »Das ist geradezu unmöglich.« Er fing die Erzählung wieder an, machte sie noch unglaublicher und beteuerte, es sei so in der Tat. Darauf ging er fort, wie er sagte, nach Griechenland, und nahm vom sterbenden Bruder den kühlsten Abschied.

Gaspard sagte jetzt zu Albano: »er möge nach seinem Tod diesen Sonderling, wenn er ihm nahe komme, recht wägen oder lieber meiden, da er nie ein wahres Wort sage, bloß aus reiner Freude an reiner Lüge ohne Eigennutz; noch mehr« (fuhr er fort) »weiche dem tiefen tödlichen Skorpionstachel Bouverots aus, so wie seinem betrügerischen Spiel.« Albano wunderte sich über die Ansicht dieser Anrede (freudig über die moralische Schärfe), da er bisher ganz andere Gesinnungen für Bouverot im Vater anzutreffen geglaubt.

Am Tage darauf fand er den Vater schon wieder auf der Treppe aus der Gruft. Der Eilbote wurde abgedankt – alle Briefe zurückgefodert – der Fürst Lauria stand heiter da –: »Bloß eine fremde Krankheit hat meine geheilt«, sagte der Vater. Der Brief, den ihm der Bruder aus Pestitz gebracht, hatte die Nachricht enthalten, daß sein alter Freund, der dasige Fürst, der letzten Stunde schnell zueile, weil man seine Wassersucht bloß für Embonpoint gehalten und ihn versäumet habe. – »Ich hoffe,« (sagte Gaspard) »durch meinen Anteil so heilsam erschüttert zu sein, daß ich noch früh genug die Reise zur letzten Stunde der Freundschaft zu machen vermag.« Er setzte dazu, daß dann diese Reise wieder Bahn zu Albanos seiner nach Neapel mache.

Da kam die Fürstin in der Bestürzung über den Brief, der ihres Gemahls Gefahr und ihre Abreise ansagte. – Gaspard anwortete mit einem verlangenden Winke zur Einsamkeit, den er dem Sohne gab. Sie blieben lange allein. Endlich kam die Fürstin verändert wieder und bat ihn fast stotternd, heute sie in die Opera seria zu begleiten. Sie war bewegt und verlegen, ihre Augen schimmernd, ihre Züge begeistert; – auch den Vater fand er aufgeregt, aber wie gestärkt.

Hier schoß ihm ein langer Mittagsstrahl durch den ganzen bisherigen Irrwald, nämlich die bestätigte Vermutung der Liebe seines Vaters, die jetzt durch die annahende Lösung der Ehekette der Fürstin und in der kränklichen Erweichung stärker ausgebrochen sei; daher Gaspards Brief an die Fürstin, daher ihr Beisammenbleiben in Rom und auf dem Wege dahin u. s. w.

Nie liebte Albano seinen starken Vater mehr als nach dieser Entdeckung einer zärtern Gesinnung; und gegen die Fürstin wurde nun sein Herz aus einem Freunde auf einmal ein Sohn. Da er ohnehin von den fünf Treffern der menschlichen Erb-Liebe nur einen, den Vater, (keine Mutter, keinen Bruder, keine Schwester und kein Kind) gewonnen: so war er so neu entzückt über den Gewinn einer Mutter. Was die Achtung tun, die Wärme sprechen und die Hoffnung verraten durfte, das ließ er zu.

Es war eine Nacht, wo in Rom schon wieder der Frühling Blumen durch die Wolken des Winters warf. Im Schauspielhause gab man Mozarts Tito. Wie nimmt den Menschen auf fremdem Boden das vaterländische Lied dahin, das ihm nachgezogen! Die Lerche, die über römischen Ruinen gerade so singt wie über deutschen Feldern, ist die Taube, die uns mit ihrem bekannten Gesang den Ölzweig aus dem Vaterland bringt. – Bis hieher hatte Albano auf dem Alpenwege über Ruinen das Auge straff nur durch die künftige Kriegs-Laufbahn blicken lassen und es selten gen Himmel gehoben, wo die verklärte Liane war, und hatte gewaltsam jede Träne darin zerstäubt. Aber jetzt hatte der kranke Vater den Vorhang des unterirdischen Bettes aufgezogen, wo ihre Hülle schlief. Nun drang auf einmal der helle Strom der Töne, der durch seine Jugendländer, in seinen Paradiesen gegangen war, über die Gebürge herüber und rauschte mit den alten Wellen herab so nahe an ihm. Anfangs wehrte sich sein Geist gegen die alte eingeschlafne Zeit, die im Schlummer sprach; aber als endlich die Töne, die Liane selber einst vor ihm gespielet und gesungen hatte, über die Bahre der Gebürge herüberkamen und sich herunterhingen als glänzende Teppiche der goldnen Tage; als er daran dachte, welche Stunden er und Liane hier gefunden hätten, aber nicht fanden: da lief der schwarze Gram wie ein böser ausplündernder Genius die Tonleiter hinauf, und Albano sah seinen entsetzlichen Verlust hell im Himmel stehen. Da kehrt' er das Auge nicht gegen die Fürstin, aber in der Weihe der Töne drückt' er die Hand, an der einst die Verklärte hatte in diese Gefilde kommen sollen. Spät sagte er: »Ich werde mich im reichen Neapel immer sehnen nach meiner einzigen Freundin und den Glücklichen beneiden, der sie begleiten darf.« Sie kam in große Bewegung über diese neue Nachricht von seinem trennenden Abweg, und in eine noch größere über seine leidenschaftliche Veränderung, die sie mit der reichsten Aussteuer für ihre zartesten Hoffnungen aus ihrer Abreise und sogar aus ihres Gemahls bevorstehender herzuleiten wußte. Aber sie verbarg die größere Bewegung hinter die kleinere. Beide schieden mit gegenseitigen Freuden und Irrtümern auseinander. Albano wurde immer seliger durch den genesenden Vater; die Fürstin wurde' es durch den wärmern Sohn, und ihr Leben stieg aus dem Kriegsschiff in ein fliegendes Friedensschiff über. So kamen beide immer dichter an den Vorhang, dessen Gemälde sie für die Bühne selber hielten, um desto mehr zu staunen, wenn er aufging.

107. ZYKEL

Im Ritter war das vertrocknete Bette des Lebens wieder reichlich angequollen durch die Erschütterungen seines Herzens; – eben weil er in gesunden Tagen sich gleich Bergen durch Eis und Moos zusammenhielt, so stellte in kranken, schien es, eine rechte innere Bewegung leichter die alte Kraft und Ruhe wieder her. Er rüstete sich zum Reisen, das am besten seinen eigensinnigen Körper auf- und nachbauete. Die Fürstin verschob das ihrige von Tag zu Tag, bloß in der festen, feurigen Erwartung, Albano werde ihr das schönste Endwort ihres ganzen Lebens mitgeben auf den Weg. In Albano war die Sehnsucht nach – Spanien aufgewacht im blühenden Land, und Neapel, hofft' er, werde sie stillen. Der Frühling dämmerte schon in Rom und ging auf in Neapel – die Nächte durchsang die Nachtigall und der Mensch – und die Mandelbäume blühten überall. Aber es schien, als ob die drei Menschen mit dem Reisen aufeinander warteten. Konnte die Fürstin von dem Herzen eilen, auf welchem ihr Dasein blühte und wurzelte, gleich einem abgerissenen Rosmarinzweige, dessen Wurzeln zugleich mit denen eines keimenden Weizenkorns doppelt in die Erde greifen? – Auch Albano wollte nicht die Stunde beschleunigen, die ihn zugleich von dem Vater und der Freundin in ferne Erd-Ecken warf, jene in den Nachwinter, ihn in den Vor- und Nachfrühling; – gerade jetzt am wenigsten; sein Geist hatte sich durch den Entschluß zum Kriege befriedigt und versöhnt mit sich, sein Portici war glänzend aufgebauet auf dem verschütteten Herkulanum seiner Vergangenheit.

Ein Brief von Pestitz entschied – der todkranke Fürst schrieb an die Fürstin und bat um das Wiedersehen – der Brief war ein Feuer, das den gemeinschaftlichen Boden, und wer darauf stand, auseinandersprengte – die drei Verbündeten faßten den Schluß, an *einem* Tage abzureisen, an *einem* Morgen, so daß *eine* Morgenröte ihr Gold zugleich in drei Reisewagen würfe.

Noch etwas begehrte die Fürstin am Abend vor der Abreise: am Morgen Albanos Begleitung auf die Peterskuppel; sie wollte Rom noch einmal in die scheidende Seele fassen, wenn es Morgenrot und Morgenglanz bedeckten. Auch Albano wollte gern den Most einer feurigen Stunde trinken, der sich zu einem ewigen Wein für das ganze Leben aufhellt; denn er wußte nicht, daß die lebhafte Fürstin – noch lebhafter durch Italien –, nach langem Harren auf das schönste Wort von ihm, endlich zornig sich in eine Abschiedsstunde wagte, in der es ihm entfahren sollte.

Früh vor Sonnenaufgang, wo in Rom noch mehrere einschlafen als aufstehen, holte er sie ab; nur ihre treue Haltermann begleitete sie. Von der durchwachten Nacht glühte sie noch und schien sehr bewegt. Rom schlief noch; zuweilen begegneten ihnen Wagen und Familien, die eben ihre Nacht beschließen wollten. Der Himmel stand kühl und blau über dem dämmernden Morgen, dem frischen Sohn der schönen Nacht.

Der weite Zirkus vor der Peterskirche war einsam und stumm, wie die Heiligen auf den Säulen; die Fontänen sprachen; noch ein Sternbild erlosch über dem Obeliskus. – Sie gingen die Wendeltreppe von anderthalb hundert Stufen auf das Dach der Kirche und kamen aus einer Gasse von Häusern, Säulen, kleinen Kuppeln und Türmen durch vier Türen in die ungeheuere Kuppel – in eine gewölbte Nacht – unten in der Tiefe ruhte der Tempel wie ein weites finsteres einsames Tal mit Häusern und Bäumen, ein heiliger Abgrund, und sie gingen nahe vor den musivischen Riesen, den farbigen breiten Wolken am Himmel des Doms vorbei. Während sie in der hohen Wölbung stiegen, blinkte immer röter Aurorens Goldschaum an den Fenstern, und Feuer und Nacht schwammen im Gewölb' ineinander.

Sie eilten höher und blickten hinaus, da schon ein einziger Lebensstrahl wie aus einem Auge hinter dem Gebürg in die Welt zückte – um den alten Albaner rauchten hundert glühende Wolken, als gebäre sein kalter Krater wieder einen Flammentag, und die Adler flogen mit goldnen, in die Sonne getauchten Flügeln langsam über die Wolken. – Plötzlich stand der Sonnengott auf dem schönen Gebürg, er richtete sich auf im Himmel und riß das Netz der Nacht von der bedeckten Erde weg; da brannten die Obelisken und das Coliseum und Rom von Hügel zu Hügel, und auf der einsamen Campagna funkelte in vielfachen Windungen die gelbe Riesenschlange der Welt, die Tiber – alle Wolken zerliefen in die Tiefen des Himmels, und goldnes Licht rann von Tuskulum und von Tivoli und von Rebenhügeln in die vielfarbige Ebene, an die zerstreueten Villen und Hütten, in die Zitronen- und Eichenwälder – im tiefen Westen wurde wieder das Meer wie am Abend, wenn es der heiße Gott besucht, voll Glanz, immer von ihm entzündet und sein ewiger Tau.

In der Morgenwelt lag unten das große stille Rom ausgebreitet, keine lebendige Stadt, ein einsamer ungeheuerer Zaubergarten der alten verborgnen Heldengeister, auf zwölf Hügel gelegt. – Der menschenlose Lustgarten der Geister sagte sich durch die grünen Wiesen und Zypressen zwischen den Palästen an und durch die breiten offnen Treppen und Säulen und Brücken, durch die Ruinen und hohen Springbrunnen und den Adonisgarten und die grünen Berge und Götter-Tempel; die breiten Gänge waren ausgestorben; die Fenster waren vergittert; auf den Dächern blickten sich die steinernen Toten fest an – nur die glänzenden Springwasser waren rege, und eine einzige Nachtigall seufzete, als sterbe sie zuletzt. –

»Das ist groß,« (sagte endlich Albano) »daß unten alles einsam ist und man keine Gegenwart sieht. Die alten Heldengeister können in der Leere ihr Wesen treiben und durch ihre alten Bogen und Tempel ziehen und oben an den Säulen mit dem Efeu spielen.«

»Nichts« (versetzte die Fürstin) »mangelt der Pracht als diese Kuppel, die wir auf dem Kapitolium gar dazu sähen. Aber nie werd' ich diese Stelle vergessen.«

»Was wär' es sonst mit allem!« (sagt' er) »Ohnehin gehen die flachen Gegenden des Lebens ohne Merkmal vorüber, aus mancher langen Vergangenheit schlägt kein Echo zurück, weil kein Berg die breite Fläche stört! – Aber Rom und diese Stunden neben Ihnen leben ewig in uns.«

»Albano,« (sagte sie) »warum muß man sich so spät finden, und so früh trennen? Dort geht Ihr Weg neben der Tiber her, Gott gebe in kein verschlingendes Meer!« –

»Und dort geht Ihrer über die hellen Berge«, sagt' er. Sie nahm seine Hand, denn sein Ton war so bewegt und bewegend. Göttlich leuchtete die Welt von den dunkeln Frühlingsblumen bis zum hellen Kapitol empor, und die Horen-Glocken tönten herauf – die Freudenfeuer des Tags loderten auf allen Höhen – das Leben wurde weit und hoch wie die Aussicht – sein Auge stand unter der Träne, aber keiner trüben, sondern unter jener, wo es wie das Weltauge unter dem Wasser sonnig glänzt und höhere Farben hat, welche die trockne Welt verzehrt. – Er drückte ihre Hand, sie seine. – »Fürstin, Freundin,« (sagt' er) »wie acht' ich Sie! – Nach dieser heiligen Stunde trennen wir uns – ich möchte ihr ein unvergängliches Zeichen geben und meinem Vater ein kühnes Wort sagen, das mich und meine Achtung ausspräche und das wohl manche Rätsel lösete.«

Sie schlug das Auge nieder und sagte bloß: »Dürfen Sie wagen?« – »O verbieten Sie es nicht!« (sagte er) »So manches Götterglück ging durch eine zaghafte Stunde verloren. Wenn soll denn der Mensch ungewöhnlich handeln als in ungewöhnlichen Lagen?« Sie schwieg, den Morgenlaut seiner Liebe erwartend, und beide gingen im fortgesetzten Handdruck von der hohen Stelle herab. Albans Wesen war eine bebende Flamme. Die Fürstin begriff nicht, warum er noch diesen Frühlingston verschiebe; er erriet sie ebensowenig, ungeübt, die Weiber und deren halbe abgeteilte Wörter zu lesen, diese Bildergedichte, halb *Gestalt* und nur halb *Wort*. – Gleichsam als wäre ein Adler aus seinem Morgenglanz herabgeflogen und hätte als ein Raub-Genius die Flügel über seine Augen geschlagen: so hatt' ihn der leuchtende Morgen so sehr verblendet, daß er wagen wollte, jetzt in der Abschiedsstunde zwischen seinem Vater und der Fürstin der Mittler durch *ein* Wort zu werden, das beiden die Scheidewand zwischen ihrer Liebe wegzöge. Vieles wandt' ihm seine Zartheit dagegen ein, aber gegenüber einem wichtigen Ziele verabscheute er nichts so sehr als zagende Vorsicht; und Wagen hielt er für einen Mann so viel wert als Gewinnen.

Die Fürstin, mißverstehend, doch nicht mißtrauend, folgte ihm in des Vaters Haus, mit einer Erwartung – kühner als seine –, er bekenne vielleicht gar dem Ritter die Liebe gegen sie. Sie fanden den Vater allein und sehr ernst. Albano fiel ihm, wiewohl er dessen Abneigung gegen körperliche Herzenszeichen kannte, um den Hals mit den halb erstickten Worten des

Wunsches: »Vater! Eine Mutter!« – Zu diesem kindlichen Verhältnis hatte sich sein bisheriges gehoben und gereinigt. »Gott, Graf!« rief die Fürstin, über Albano bestürzt und entrüstet. – Der zornfunkelnde Ritter ergriff voll Entsetzen eine Pistole, sagte: »Unglückliches –«, aber ehe man nur wußte, auf wen von drei Menschen er sie abdrücken wollte, faßte ihn seine Starrsucht und hielt wie eine umwindende Schlange ihn in der mörderischen Lage gefangen. »Graf, verstand ich Euch?« sagte die Fürstin wegwerfend gegen ihn, gleichgültig gegen den versteinerten Feind. – »O Gott,« (sagte Albano, von der väterlichen Gestalt bewegt) »ich verstand wohl niemand.« – »Das konnte« (sagte sie) »nur ein Unwürdiger. Lebt wohl! Mög' ich niemals Euch mehr begegnen!« – Dann ging sie.

Albano blieb, unbekümmert, ob er nicht selber mit der Pistole gemeint sei, bei dem Kranken, der einer vornehmen Männer-Leiche gegenüber entgegenstarrte, die man eben zu schminken beschäftigt war. Allmählich rang sich das Leben wieder aus dem Winter auf, und der Ritter setzte, wie Starrsüchtige müssen, die mit dem Worte »unglückliches« angefangne Anrede so fort: »Weib, von wem bist du Mutter?« – Er kam zu sich und sah wach umher; aber schnell rann wieder die Lava des Zorns durch seinen Schnee: »Unglücklicher, wovon war die Rede?« Albano entdeckte ihm mit gerader unschuldiger Seele, daß er bei dem wahrscheinlichen Tode des Fürsten auf eine Vereinigung zwischen beiden und auf das Glück, eine Mutter zu erhalten, sich die Hoffnung gemacht.

»Ihr junges Volk bildet euch immer ein, man könne keine echte Liebe haben, ohne sie nach außen zu treiben und auf jemand zu richten«, versetzte Gaspard und fing an, hart zu lachen und das »sentimentalische Mißverständnis« sehr komisch zu finden; aber Albano fragte ihn nun sehr ernst nach dem Ursprunge des seinigen. Gaspard gab ihm diesen. Neulich in seiner Krankheit hatt' er bei der ersten Nachricht von des Fürsten naher Abblüte einen erbitterten Kampf mit der Fürstin, welche in dessen Todesfalle eine Regentschaft – oder

Vormundschaft – begehrte, schon wegen der Möglichkeit eines Fürstenhut-Erben. Der Ritter sagt' ihr geradezu, diese Möglichkeit sei eine Unmöglichkeit und er werde mit neuen, ihr unbekannten Beweisen sie ohne weiteres angreifen. Er gab ihr geradezu zu verstehen, daß er sogar gegen den Fall gerüstet sei, wo ein augenscheinlicher Beweis des Gegenteils (ein Erbprinz) ihm entgegengestellet würde. Die Fürstin versetzte erbittert, sie errate nicht, warum er für die haarhaarsche Linie und Erbfolge sich im geringsten mehr bekümmere und sorge als für die Hohenfließer. Er brachte sie bis zu Tränen; denn er konnte ohne Schonung ihr die grausamsten Worte wie Widerhaken tief ins Herz werfen; er hatte die vollendete Entschlossenheit eines Staatsmannes, der wie ein großer Raubvogel das Opfertier, das er nicht bezwingen oder schleppen kann, an einen Abgrund treibt und mit den Flügeln hinunterschlägt, um es drunten besiegt zu finden. Ein Leben, das, so wie es fortrückt, gleich den fortrückenden Gletschern, alte Leichen aufdeckt! So wie der Glückliche seine Liebe eines Individuums wärmend über die Menschheit ausbreitet, so hält der Menschenfeind den stechenden Brenn- oder Frostpunkt seiner weiten Kälte gegen die Menschheit auf *einen* großen Feind allein, indes vorher jede kleinere Beleidigung dem einzelnen vergeben und nur der gesamten Menschheit angeschrieben wurde.

Das war also jene geheime Unterredung, deren Spuren Albano für schönere Bewegungen genommen hatte als des Hasses. »Als du nun« (sagte der Ritter jetzt geradeheraus, um mit der schneidenden Frechheit sein Hochgefühl zu strafen) »die kurz- und dunkelgefaßte Anrede: ›Eine Mutter!‹ hieltest, mußt' ich dich für den Vater nehmen, und daraus magst du leicht das übrige erklären.« – »Vater,« (sagt' er) »das war schreiend unrecht gegen jeden«; und schied mit drei heißen Wunden, vom Dreizack des Schicksals gerissen. Beim Abschiede erinnerte ihn Gaspard, sein Wort der monatlichen Zurückkunft zu halten, und fügte noch scherzend bei: »Der

Alte, den man drüben schminke, sei ein deutscher Herr, womit er ehedem wohl den Spaß getrieben, ihn eilig zu bekehren.«[1]

Noch in dieser Stunde reisete Albano mit seinem Dian aus dem erleuchteten Rom. Auf den Höhen und auf der Peterskuppel wogte herunterschwebend der blaue Himmel, und lange Schatten schliefen noch, mit Tauperlen umkränzt, auf den Blumen; aber der selige Morgen war weit zurückgeflohen aus dem harten Tage. Beide begegneten vor dem Tore einer Kreis-Menge, die um einen schönen Ermordeten stand und, statt unwillig über den Mörder, freudig über die Gestalt wiederholte: »Quanto è bello!«[2] – und Albano dachte daran, wie oft man hinter ihm gesagt: »Quanto è bello!« –

ACHTUNDZWANZIGSTE JOBELPERIODE

Brief aus Pestitz – Mola – die Himmelfahrt eines Mönchs – Neapel Ischia – die neue Göttergabe

108. ZYKEL

Ein kleines Licht in unserm Zimmer kann uns gegen das Blenden des ganzen himmelbreiten Blitzes schirmen; so braucht es in uns eine einzige fortleuchtende Idee und Tendenz, damit uns der schnelle Flammen- und Licht-Wechsel von *außen* nicht betäube. Hätte Albano nicht ein weit zu sehendes Ziel, einen Obeliskus in seiner Lebensbahn vor seinem Auge behalten: wie lange würde ihn die letzte Szene mit ihren durcheinandergreifenden Schmerzen verwirret haben! – Jetzt glich er den angezündeten Öl- und Lorbeerblättern um ihn, deren Flammen so gut grünen wie sie selber.

Dian, der fremde Schmerzen wegtrieb, weil er leicht beweglich bald aus einem Zuschauer derselben ein Mitspieler wurde,

1 S. Titan I, S. 27 f.

2 Wie schön ist er!

machte Albano und sich durch seine feurige Teilnahme an jeder schönen Gestalt, an jeder Ruine, an jeder kleinen Freude heiter. Er hatte die schöne seltene Gabe, auf Reisen froh zu sein, jede Blume zu brechen, aber keine Distel; indes der größere Teil mit der Schlafmütze unter dem Hute, von Station zu Station unter dem Fahren gähnend und im murrenden Kriege mit jedem Gesichte, ganze Paradiese wie Vorhöllen durchziehet.

In den leeren pontinischen Sümpfen, worin nur Büffel gedeihen und die Menschen erbleichen, suchte Dian alles und auch seine Brieftasche hervor, um über das letzte Fischwasser des Kirchenstaats aus Petrus-Nachfischern zu kommen, ohne tödlich einzuschlafen. Da stieß er mit einem neu-griechischen Fluch auf einen Brief an Albano, der in einen von Chariton eingeschlossen gewesen und den er in Rom in der Eile der Abreise zu geben vergessen; aber er lachte bald darüber und fand es gut, daß man in diesem »Teufelstal« etwas gegen den Schlaf zu lesen habe.

Es war folgender von Rabette:

»Herzlicher Bruder, man möchte wohl wissen, ob du noch ein bißchen an deine Blumenbühler denkst, da du in dem prächtigen Italien gewiß ganz in deinem Essée bist, daß du in unser aller Herzen lebst, das weißt du längst, und du solltest nur wissen, wie lange wir alle bei deinem Abschied um dich geweinet haben, sowohl die Mutter als ich, und ein Gewisser[1] denkt jetzunder ganz anders von dir als vordem. In diesem Winter fiel viel vor. Die Ministerin hat sich von ihrem Gemahl geschieden und lebt auf ihrem Gute, zuweilen in Arkadien bei der Prinzesse Idoine, unser Fürst ist an der Wassersucht gefährlich krank, und kann der Vater ein Stück Arbeit von der Landschaft dabei kriegen, wie er sagt. Dein Schoppe ist auf ein paar Monate verreiset mit Zurücklassung eines Briefes an dich, den er dem Vater anvertrauet. Er hielt sich letztlich bei uns auf in

1 Roquairol.

deiner Stube und besuchte fleißig die Gräfin Romeiro. Es ist schade für ihn, denn er meints gut, aber der Magister Wehmeier und wir alle im Orte sind überzeugt, daß er in kurzen toll wird, und er glaubts auch und sagt, er bestelle deshalb schon sein Haus. Was die Gräfin Romeiro anlangt, so ist sie mit der Prinzeß[1] abgereiset, kein Mensch weiß aber wohin, man sagt, der Fürst hab' ihr zu deutliche attentions bewiesen und sie sei lieber fort nach Spanien. Andere reden von Griechenland, aber mich versichert der Gewisse, sie sei nach Rom zu ihrem Vormund, das wirst du nun besser wissen als ich. Der Gewisse unternahm alles Menschmögliche, sie zu gewinnen, teils durch Briefe, teils selber, umsonst, keinen guten Blick konnt' er erlangen, sooft er sie auch bei cour anredete. Das alles hab' ich (wirst du es glauben?) aus seinem Munde, denn er ist wieder oft bei mir und vertraut mir sein ganzes Herz. Meines aber halt' ich fest zusammen, daß nur kein Blutströpfchen daraus quillt, und Gott allein sieht, wie es darin hergeht und weint. Ach Albano, ein armes Mädchen, das gesund ist, muß viel ausstehen, eh' es sterben kann. Oft kann mein Auge nicht länger trocken bleiben, und ich sage dann, sein Reden tu' es, was doch teils auch wahr ist, dir aber zeig' ich das dessous des cartes. – Nie, nimmer kann ich mehr die Seinige werden, denn er hat nicht redlich an mir gehandelt, sondern ganz ruchlos, und er weiß es auch. Es wird ihm auch kein Kuß gestattet, und ich sag' ihm, er möge das nur nicht um Gottes Willen für eine kokette Manier halten, ihn an mich zu ziehen. Die guten Eltern wissen nicht recht, was sie aus unserem Umgang machen sollen, und ich fürchte, der Vater bricht los, dann hab' ich sehr bittere Tage. Aber soll ich das arme kranke blasse Gemüt auch von mir verstoßen, soll die glühende Seele wie Rauch verduftend gen Himmel steigen und sich konsumieren? Wem will nicht das Herz zerspringen, wenn er bei einem Festin ist und sie seinetwegen sogleich beleidigt nach Hause zurückfährt, wie neulich geschah und er mir im vollen Toben sagte: ›Gut, gut,

1 Julienne.

Linda, *einmal* wird dir doch um mich dein Auge naß.‹ Da weiß ich ja, daß er nichts Gutes meint, und ich schone ihn aus Angst davor; sollen denn die zwei Geschwister in ihrer Blüte untergehen? Er wäre ihr längst nachgereiset, wenn er nicht täglich hoffte, sie komme wieder. Ach könnt' ich mein liebendes Herz aus meiner Brust ausreißen und in ihr einsetzen statt des andern, damit sie ihn recht liebte mit meiner ganzen Liebe, Albano, ich wollt' es gerne tun. Das Papier geht aber auf dieser Seite zu Ende, und die Mutter will auf die andere einen Gruß schreiben. Lebe wohl, das wünscht

deine treue Schwester
Rabette.

Wie geht es meinem teuersten Sohn? Ist er glücklich, noch fromm, und gesund? Denkt er seiner treuen Pflegeeltern noch? Das fragt und wünscht im Namen des Vaters und in ihrem eignen

seine treue Mutter
Albine v. W.

P. S. Auch der alte Lehrer Wehmeier grüßet seinen Liebling in fernen Landen; und wir alle freuen uns auf seine Wiederkehr. A.

P. S. Bruder, ich muß auch ein P. S. machen, Schoppe hat die Bewußte gemalt, und auch daraus entstanden Szenen. Aber ein Mehres mündlich. Die Prinzessin Idoine fuhr diesen Winter oft zu unserer. *R*.«

*

Da Briefe sich mehr nach dem Orte, wo sie geboren, als nach dem, wo sie abgegeben werden, richten: so kommt oft, was als Same abging, schon keimend und mit Wurzeln an nach dem langen Wege und umgekehrt Blüten als trockner Same; und jedes Blatt ist eine Doppelgeburt von zwei fernen Zeiten, der schreibenden und der lesenden. So wurde jetzt Albano unter diesem hellern Himmel, auf diesem Boden einer größern Vorzeit und mit dem Geiste voll neuer Triebfedern weniger von Rabettens Brief, durch welchen die nordischen Winternebel zogen, erreicht und verfinstert. Die redliche Rabette, die linde Albine kamen ihm nur sanft über die fremden Berge und Lüfte nach und legten an seine heiße Stirn die kühlende Hand; sein alter Schoppe stand in alter Würde vor ihm, und Liane schwebte wieder durch das hohe Blau. Gegen den verwitterten Roquairol fühlt' er nicht einmal Mitleid, sondern eine harte Geringschätzung; und Lindas standhafter Sinn war recht nach seinem, wie der stolze Blick und Gang der Römerinnen. Jetzt dacht' er über manches heiterer als sonst und wünschte sogar, einmal jener Heroine ins Zauber-Gesicht zu schauen.

In *Fondi* fing der neapolitanische Weltgarten an, und sie fuhren auf dem Wege nach *Mola* in immer dichtere Blüten und Blumen. In fliegenden Blättern – vielleicht an seinen Vater, noch wahrscheinlicher an seinen Schoppe – sprach sich sein Glück und seine Seele aus; sie bewahrten gleichsam einige entfallne Orangenblüten des schnell durchflognen Edens auf. Hier sind sie:

»Kurz vor Sonnenuntergang kamen wir am Himmelfahrtstag in Mola an, der eingeborne Dian war ebenso überwunden von der grünenden Herrlichkeit, die er lange nicht gesehen, wie ich, und ich glaub' ihm noch nicht, daß es um Neapel schöner blühe und dufte. Ich ging gar nicht in die Stadt, denn die Sonne hing schon gegen das Meer. Um mich quillt der Blumenrauch aus Zitronenwäldern und Jesmin- und Narzissen-Auen – zu meiner Linken wirft der blaue Apennin seine Quellen von Berg zu Berg, und zu meiner Rechten dringt das gewaltige Meer an die gewaltige Erde an, und die Erde streckt den festen Arm aus und hält eine glänzende Stadt[1], mit Gärten behangen, weit ins Wogen-Gewimmel hinein – und ins unergründliche

1 Gaeta.

Meer sind hohe Inseln als unergründliche Berge[1] hineingeworfen – tief in Süden und Osten greift ein schimmerndes Nebelland, die Küste von Sorrento, wie ein gekrümmter Jupiters-Arm um das Meer, und hinter dem fernen Neapel steht der Vesuvius mit einer Wolke im Himmel unter dem Mond. ›Fall auf deine Knie, Glückseliger,‹ (sagte Dian) ›vor der kostbaren Weite!‹ O Gott, warum nicht ernstlich es tun? Wer kann denn im Abendscheine das ungeheuere Wellen-Reich anschauen, wie dort das Regen sich in der Ferne stillt und nur glänzt und endlich blau und golden mit dem Himmel verschwebt, und wie hier die Erde das weiche schwebende Feuer mit ihren langen Ländern in einem rosigen festen Erdschatten einschließet, wer kann den Feuerregen des unendlichen Lebens, den webenden Zauberkreis aller Kräfte im Wasser, im Himmel, auf der Erde erblicken, ohne niederzuknien vor dem unendlichen Natur-Geiste und zu sagen: wie bist du mir so nahe, Unaussprechlicher! – O hier ist er in der Nähe und Ferne, die Seligkeit und die Hoffnung schimmert von der Nebel-Küste her, und auch aus den nahen Quellen, die das Gebürge in das Meer heruntergießet, und in der weißen Blüte über meinem Haupt. O rufet denn nicht diese Sonne, von brennenden Wellen umflattert, und das Blau droben und drüben und die erglühenden Menschen-Länder, die Welten in der Welt, rufet nicht diese Ferne das Herz und alle seine stolzen Wünsche heraus? Will es nicht schaffen und in die Ferne greifen und seine Lebensblüte vom höchsten Gipfel des Himmels reißen? Wenn es aber sich umsieht auf seinen Boden, auch da wieder ist der Gürtel der Venus um den blühenden Umkreis geworfen, hell grünet der hohe Myrtenbaum neben seiner kleinen dunkeln Myrte, die Orange schimmert im hohen kalten Grase, und oben duftet ihre Blüte, der Weizen weht mit breiten Blättern zwischen dem Mandel- und Narzissen-Schmelze, und ferne ist die Zypresse und die Palme stolz; alles ist Blume und Frucht, Frühling und Herbst. Soll ich hin, soll ich her, das fragt das Herz in seinem Glück.

1 Die Insel Ischia mit dem Berg Epomeo, so hoch wie der Vesuv – Kapri u. s. w.

So ging mir die Sonne unter die Wellen hinab – die roten Küsten flohen unter ihre Nebel – die Welt erlosch von Land zu Land, von einer Insel zur andern – der letzte Goldstaub auf den Höhen wurde verweht – und die Gebetglocken der Klöster führten das Herz über die Sterne hinauf. –

O wie war meines so froh und so sehnend, zugleich ein Wunsch und ein Feuer, und in meinem Innersten sprach ein Dankgebet fort, dafür, daß ich war und bin auf dieser Erde.

Nie vergess' ich das! Wenn wir das Leben wegwerfen als zu klein gegen unsere Wünsche: gehören nicht diese zu jenem und kamen von ihm? Wenn die bekränzte Erde solche Blüten-Ufer, solche Sonnen-Gebürge um uns zieht, will sie damit Unglückliche einschließen? Warum ist unser Herz enger als unser Auge, warum erdrückt uns eine kaum meilenlange Wolke, die doch selber unter unermeßlichen Sternen steht? Ist nicht jeder Morgen ein Frühlingsanfang und jede Hoffnung? Was sind die dichtesten Lebensschranken anders als ein Rebengeländer, zum Reifen der Weinglut aufgebauet? – Und da das Leben sich immer in Viertel zerhackt, warum sollen es lauter letzte sein, nicht ebensooft erste, auf welche ein vollstrahlender Mond nachfolgt? – O Gott, sagt' ich, als ich durch die grünende Welt zurückging, die am nächsten Morgen eine glühende wird, nie lasse mich deine Ewigkeit irgendeiner Zeit leihen, ausgenommen der seligsten; die Freude ist ewig, aber nicht der Schmerz, denn du hast ihn nicht geschaffen.

›Freund,‹ sagt Dian unterwegs zu mir, da ich ihm meine innigste Bewegung nicht recht verhüllen konnte, ›wie kann Euch erst sein, wenn Ihr nach Neapel zurückschauet etwan auf der Überfahrt nach Ischia! – denn man merkts sehr, daß Ihr in Nordland geboren seid.‹ – ›Lieber,‹ sagt' ich, ›jeder wird *mit* seinem Norden oder Süden gleich geboren, ob *in* einem äußern dazu – das macht wenig.‹«

*

So weit sein Blatt über Mola. Aber eine wunderbare Begebenheit schien ihn über die letzte Versicherung desselben noch diese Nacht beim Worte zu nehmen. Im Hofe des Gasthauses sammelten sich viele Schiffer und andere, alle stritten heftig über eine Meinung, und die meisten sagten immer: »Es ist doch heute Himmelfahrt, und Wunder hat *er* auch getan.« – »Himmelfahrt?« dachte Albano und erinnerte sich seines Geburtstages, der an diesem Feste oft fiel. Dian kam herauf und erzählte lachend, das Volk drunten erwarte die Himmelfahrt eines Mönchs, der sie in dieser Nacht versprochen, und viele glaubten ihm darum, weil er schon ein Wunderwerk getan, nämlich einem Toten auf zwei Stunden die Sprache gegeben vor ganz Mola. Beide wurden eins, das Werk mit anzusehen. Die Menge schwoll an – der versprochene Mensch kam nicht, der sie zu dem Orte der Auffahrt leiten sollte – alles wurde zornig mehr als ungläubig – endlich spät in der Nacht erschien eine Maske und gab mit einem Wink der Hand das Zeichen, ihr zu folgen. Alles strömte nach, auch Albano und sein Freund. Der reine Mond schien frisch aus blauen Lüften, der weite Garten der Gegend schlief in seinen Blüten, aber alles duftete, die schlummernden und die wachen Blumen.

Die Maske führte die Menge an die Ruinen von Ciceros Haus oder Turm und zeigte aufwärts. Oben auf der Mauer stand ein zitternder Mensch. Albano fand sein Gesicht immer bekannter. Endlich sprach der Mensch: »Ich bin ein Vater des Todes – der Vater des Lebens sei mir gnädig. – Wie es mit mir geht, weiß ich nicht – Unter euch« (setzt' er auf einmal in fremder, nämlich in spanischer Sprache dazu) »steht einer, dem ich auf Isola bella am Karfreitage erschien und den Tod seiner Schwester kundtat; er reise fort nach Ischia, dort trifft er seine Schwester an.«

Ergriffen und ergrimmend mußte Albano diese Worte hören, die Gestalt des Vaters des Todes auf jener Insel sah er jetzt recht klar auf der Ruine; und dessen Versprechen, ihm an einem Karfreitage zu erscheinen, fiel ihm wieder ein. Er suchte sich jetzt an der Ruine hinaufzuarbeiten, um den Mönch zu packen. Ein Molaner rief, da er die fremde Sprache hörte: »Der Mönch spricht mit dem Teufel.« – Der Himmelfahrer sagte nichts darwider – er zitterte heftiger – aber das Volk suchte den, der es gesagt, und schrie: der mit der Maske sei es, denn der sei nicht mehr zu finden. Endlich bat der Mönch bebend, sie möchten still sein, wenn er verschwinde, und für ihn beten und nie seinen Körper suchen. Albano war ihm jetzt, von Dian ungesehen, nahe hinter dem Rücken. Da kam hoch im dunkeln Blau ein Zug Wachteln langsam geflogen. Der Mönch hob sich schnell und wankend auf – zerstreuete die Vögel – rief in dunkler Ferne: »Betet« – und schwand in die weiten Lüfte dahin.

Das Volk rief und jauchzete und betete zum Teil, viele glaubten jetzt, der Teufel sei im Spiel. Unter den Zuschauern lag ein Mensch mit dem Gesicht auf der Erde und rief immer: »Gott sei mir gnädig!« Aber niemand brachte ihn zu einer Erklärung. Dian, heimlich ein wenig abergläubig, sagte: hier steh' ihm der Verstand still. Aber Albano erklärte, schon lange zucke und ziehe ein Geister-Komplott an seinem Lebensvorhang, allein irgendeinmal greif' er gewiß glücklich durch den Vorhang durch, und er sei fest entschlossen, sogleich von Neapel nach Ischia überzugehen, um seine Schwester zu suchen. »Wahrlich,« (setzt' er dazu) »in diesem Mutterlande der Wunderphantasie und jeder Größe glaubt man so leicht schöne gebende Wunder des Schicksals, wie in Norden entsetzliche raubende Wunder der Geister.«

Dian war auch für den frühsten Besuch der Insel Ischia, »weil sonst,« (setzt' er dazu) »wenn Albano in Neapel seine Briefe übergeben hätte und in die Ricevimenti hinein- oder auf den Posilippo und den Vesuv hinaufgeraten wäre, dann kein Wegkommen sein würde.«

Am Tage darauf gingen sie von Mola ab. – Das schöne Meer deckte sich an ihrem Wege auf und zu, und nur der goldne Himmel verhüllte sich nie. Neapels Freudenbecher berauschte schon von fernen mit seinem Dufte und Geiste. Albano warf trunkne Blicke auf die campania felice, auf das Coliseo in Kapua und auf den weiten Garten voll Gärten und sogar auf die rauhe appische Straße, die ihr alter Name sanfter machte.

Aber er seufzete nach der Insel Ischia, diesem Arkadien des Meers und dieser Wunderstelle, wo er eine Schwester finden sollte. Sie konnten nicht eher als Sonnabends in der Vornacht – wenn anders Wachen und glänzendes Leben eine ist, besonders eine welsche Sonnabends-Nacht – in Aversa ankommen. Albano bestand darauf, in der Nacht fortzureisen nach Neapel. Dian wollte noch ungern. Zufällig stand ein schönes, etwan vierzehnjähriges Mädchen im Posthause, sehr betrübt über die verfehlte Post und entschlossen, noch diese Nacht nach Neapel zu gehen, um am heiligen Sonntag noch früh genug nach Ischia zu kommen, wo ihre Eltern waren. »Aus Santa Agata« (sagte sie) »komme sie her, heiße aber nur Agata, und nicht Santa.« – »Wahrscheinlich ihr alter Spaß«, sagte Dian, war aber nun – bei seinem Umschweben jeder schönen Form – selber recht zur Nachtreise aufgelegt, damit man die Schwarzäugige, die freudig und hell in fremdes Augenfeuer blickte, fortbringen könnte. Sie nahm es lustig an und schwatzte vertraut wie ein Naturforscher viel vom Epomeo und Vesuv und weissagte ihnen unzählige Freuden auf der Insel und zeigte überall eine verständige Besonnenheit weit über ihr Alter. Endlich flogen sie alle unter die hellen Sterne in die schöne Nacht hinaus.

109. ZYKEL

Albano fährt in der Beschreibung seiner Reise so fort: »Eine helle Nacht ohnegleichen! Die Sterne allein erhellten schon die Erde, und die Milchstraße war silbern. Eine einzige, mit Weinblüten durchflochtene Allee führte der Prachtstadt zu. Überall hörte man Menschen, bald nahes Reden, bald fernes Singen. Aus schwarzen Kastanienwäldern auf mondhellen Hügeln riefen die Nachtigallen einander zu. Ein armes schlafendes Mädchen, das wir mitgenommen, hörte das Tönen bis in den Traum hinab und sang nach und blickte, wenn es sich damit geweckt, verwirrt und süßlächelnd umher, mit dem ganzen Ton und Traum noch in der Brust. Singend rollte auf einem dünnen leichten Wagen mit zwei Rädern ein Fuhrmann, auf der Deichsel stehend, lustig vorüber. – Weiber trugen in der Kühle schon große Körbe voll Blumen nach der Stadt; – in den Fernen neben uns dufteten ganze Paradiese aus Blumenkelchen; und das Herz und die Brust sogen zugleich den Liebestrank der süßen Luft. – Der Mond war hell wie eine Sonne an den hohen Himmel heraufgezogen, und der Horizont wurde von Sternen vergoldet – und am ganzen wolkenlosen Himmel stand die düstere Wolkensäule des Vesuvs in Osten allein. –

Tief in der Nacht nach zwei Uhr rollten wir in und durch die lange Prachtstadt, worin noch der lebendige Tag fortblühte. Heitere Menschen füllten die Straßen – die Balkons warfen sich Gesänge zu – auf den Dächern blühten Blumen und Bäume zwischen Lampen, und die Horen-Glöckchen vermehrten den Tag, und der Mond schien zu wärmen. Nur zuweilen schlief ein Mensch zwischen den Säulengängen gleichsam an seinem Mittagsschlafe. – Dian, aller Verhältnisse kundig, ließ an einem Hause auf der Süd- und Meerseite halten und ging tief in die Stadt, um durch alte Bekannte die Abfahrt nach der Insel zu berichtigen, damit man gerade bei Sonnenaufgang aus dem Meere herüber die herrliche Stadt mit ihrem Golf und ihren langen Küsten am reichsten auffassete. Die Ischianerin wickelte sich in ihren blauen Schleier gegen Mücken und entschlief am schwarz-sandigen Ufer.

Ich ging allein auf und ab, für mich gabs keine Nacht und kein Haus. Das Meer schlief, die Erde schien wach. Ich sah in dem eiligen Schimmer (der Mond sank schon dem Posilippo zu) an dieser göttlichen Grenzstadt der Wasserwelt, an diesem aufsteigenden Gebürg von Palästen hinauf, bis wo das hohe Sant Elmo-Schloß weiß aus dem grünen Strauße blickt. Mit zwei Armen umfassete die Erde das schöne Meer, auf ihrem rechten, auf dem Posilippo, trug sie blühende Weinberge weit in die Wellen, und auf dem linken hielt sie Städte und umspannte seine Wogen und seine Schiffe und zog sie an ihre Brust heran. Wie eine Sphinx lag dunkel das zackige Kapri am Horizont im Wasser und bewachte die Pforte des Golfs. Hinter der Stadt rauchte im Äther der Vulkan, und zuweilen spielten Funken zwischen den Sternen.

Jetzt sank der Mond hinter die Ulmen des Posilipps hinab, die Stadt verfinsterte sich, das Getöse der Nacht verklang, Fischer stiegen aus, löschten ihre Fackeln und legten sich ans Ufer, die Erde schien einzuschlafen, aber das Meer aufzuwachen. Ein Wind von der sorrentinischen Küste trieb die stillen Wellen auf – heller schimmerte Sorrentos Sichel vom Monde zurück und vom Morgen zugleich wie silberne Fluren – Vesuvs Rauchsäule wurde abgeweht, und vom Feuerberg zog sich eine lange reine Morgenröte über die Küste hinauf wie über eine fremde Welt.

O es war der dämmernde Morgen, voll von jugendlichen Ahnungen! Spricht nicht die Landschaft, der Berg, die Küste gleich einem Echo desto mehr Silben zur Seele, je ferner sie sind? – Wie jung fühlt' ich die Welt und mich, und der ganze Morgen meines Lebens war in diesen gedrängt!

Mein Freund kam – alles war berichtigt – die Schiffer angekommen – Agata wurde zur Freude geweckt – und wir stiegen ein, als die Morgenröte die Gebürge entzündete, und aufgebläht von Morgenlüften, flog das Schiffchen ins Meer hinaus.

Ehe wir noch um das Vorgebürg des Posilippo herumschifften, warf der Krater des Vesuvs den glühenden Sohn, die Sonne, langsam in den Himmel, und Meer und Erde entbrannten. Neapels halber Erdgürtel mit morgenroten Palästen, sein Marktplatz von flatternden Schiffen, das Gewimmel seiner Landhäuser an den Bergen und am Ufer hinauf und sein grünender Thron von S. Elmo standen stolz zwischen zwei Bergen, vor dem Meere.

Da wir um den Posilippo kamen, stand Ischias Epomeo wie ein Riese des Meers in der Ferne, mit einem Wald umgürtet und mit kahlem weißen Haupt. Allmählich erschienen auf der unermeßlichen Ebene die Inseln nacheinander wie zerstreuete Dörfer, und wild drangen und wateten die Vorgebürge in das Meer. Jetzt tat sich, gewaltiger und lebendiger als das vertrocknete vereinzelte starre Land, das Wasserreich auf, dessen Kräfte alle, von den Strömen und Wellen an bis zum Tropfen, zusammengreifen und sich zugleich bewegen. – Allmächtiges und doch sanftes Element! Grimmig schießest du auf die Länder und verschlingst sie, und mit deinen aushöhlenden Polypenarmen liegst du an der ganzen Kugel. Aber du bändigst die wilden Ströme und zerschmilzest sie zu Wellen, sanft spielest du mit deinen kleinen Kindern, den Inseln, und spielest an der Hand, die aus der leichten Gondel hängt, und schickst deine kleinen Wellen, die vor uns spielen, dann uns tragen, und dann hinter uns spielen.

Als wir von dem kleinen Nisita vorbeikamen, wo einst Brutus und Kato nach Cäsars Tod Schutzwehr suchten – als wir vor dem zauberischen Baja und dem Zauberschlosse, wo einst drei Römer die Teilung der Welt beschlossen, und vor dem ganzen Vorgebürge vorübergingen, wo die Landhäuser der großen Römer standen, und als wir nach dem Berge von Cuma hinabsahen, hinter welchem Scipio Afrikanus in seinem Linternum lebte und starb: so ergriff mich das hohe Leben der alten Großen, und ich sagte zu meinem Freunde: ›Welche Menschen waren das! Kaum erfahren wir es gelegentlich im Plinius oder Cicero, daß einer von ihnen dort ein Landhaus hat, oder daß es ein schönes Neapel gibt – mitten aus dem Freudenmeer der Natur wachsen und tragen ihre Lorbeern so gut wie aus dem Eismeere Deutschlands und Englands, oder aus Arabiens Sand – in Wüsten und in Paradiesen schlugen ihre starken Herzen gleich fort, und für diese Weltseelen gab es keine Wohnung, außer die Welt. Nur bei solchen Seelen sind Empfindungen fast mehr wert als Taten, ein Römer konnte hier groß vor Freude weinen! Dian; sage, was kann der neuere Mensch dafür, daß er so spät lebt hinter ihren Ruinen?‹ –

Jugend und Ruinen, einstürzende Vergangenheit und ewige Lebensfülle bedeckten das misenische Gestade und die ganze unabsehliche Küste – an die zerbrochnen Aschenkrüge toter Götter, an die zerstückten Tempel Merkurs, Dianens spielte die fröhliche leichte Welle und die ewige Sonne – alte einsame Brückenpfeiler im Meer, einsame Tempelsäulen und Bogen sprachen im üppigen Lebensglanze das ernste Wort – die alten heiligen Namen der elysäischen Felder, des Avernus, des toten Meers wohnten noch auf der Küste – Felsen- und Tempeltrümmer lagen untereinander auf der bunten Lava – alles blühte und lebte, das Mädchen und die Schiffer sangen – die Berge und die Inseln standen groß im jungen feurigen Tage – Delphine zogen spielend neben uns – singende Lerchen wirbelten sich im Äther über ihre engen Inseln heraus – und aus allen Enden des Horizonts kamen Schiffe herauf und flogen pfeilschnell dahin. Es war die göttliche Überfülle und Vermischung der Welt vor mir, brausende Saiten des Lebens waren über den Saitensteg des Vesuvs und Posilipps herüber bis an den Epomeo gespannt.

Plötzlich donnerte es *einmal* durch den blauen Himmel über das Meer her. Das Mädchen fragte mich: ›Warum werdet Ihr bleich? es ist nur der Vesuv.‹ Da war ein Gott mir nahe, ja Himmel, Erde und Meer traten als drei Gottheiten vor mich – von einem göttlichen Morgensturm wurde das Traumbuch des Lebens rauschend aufgeblättert, und überall las ich unsere Träume und ihre Auslegungen. –

Nach einiger Zeit kamen wir an ein langes, den Norden verschlingendes Land, gleichsam der Fuß eines einzigen Berges, es war schon das holde Ischia, und ich stieg selig-trunken aus, und da erst dacht' ich an das Versprechen, daß ich da eine Schwester finden sollte.«

Bewegt, gleichsam feierlich betrat Albano das kühle Eiland, es war ihm, als wehten ihm die Lüfte immer die Worte zu: der Ort der Ruhe. Agata bat sie beide, bei ihren Eltern zu wohnen, deren Haus am Ufer, nicht weit vom Vorstädtchen[1], liege. Als sie über die Brücke gingen, die den grünen, mit Häusern umwundenen Fels mit dem Ufer und dem Städtchen zusammenhängt: so zeigte sie freudig im Osten das einzelne Haus. Wie sie so langsam gingen und sich der hohe runde Felsen und die Häuserreihe im Wasser abspiegelte – und wie auf den flachen Dächern die schönen Weiber, welche die Feier-Lampen für den Abend ordneten, zueinander emsig herübersprachen und wie sie die wiederkommende Agata grüßten und fragten – und wie alle Gesichter so heiter waren, alle Gestalten so zierlich und selbst die ärmste in Seide – und wie die lebendigen Knaben kleine Kastaniengipfel niederzogen – und wie der alte Vater der Insel, der hohe Epomeo, vor ihnen ganz in Weinlaub und Frühlingsblumen gekleidet stand, aus deren süßem Grün nur zerstreuete weiße Lusthäuser beglückter Berganwohner schaueten: so war es Albano, als sei ihm das lästige Gepäcke des Lebens in die Wellen entfallen und die aufrechte Brust sauge weit den kühlen, von Elysium her wehenden Äther ein; – über dem Meere drüben lag die vorige stürmische Welt mit ihren heißen Küsten.

Agata führte beide ins elterliche Haus am östlichen Abhang des Epomeo und rief sogleich im lauten frohlockenden Empfang ebenso laut: »Das sind zwei brave Herren, die ins Haus wollen.« Der Vater sagte sofort: »Willkommen, Exzellenzen! Ihr sollt gern die Zimmer behalten, wenn auch nachher viele Badegäste kommen. Ihr findet nirgends besseres Quartier. Ich war sonst nur ein ›Dreher‹ in der Fayence-Fabrik; aber seit acht Jahren bin ich ein Winzer und kann etwas geben. Wenn war

1 Borgo d'Ischia.

denn irgendein Dezember und März[1] besser als diesmal? Befehlt, Exzellenzen!« – Plötzlich weinte Agata; die Mutter hatt' ihr das Begräbnis der jüngsten Schwester berichtet, zu dessen Feier, nach der Sitte der Insel, heute ein Freuden-Abend angeordnet war, weil man einander zur ewigen seligmachenden Bestätigung einer Kindes-Unschuld durch den Tod Glück zu wünschen pflegte. Der Alte wollte erst recht ins Erzählen eingehen, als Dian seinen Albano bat, nach so langer Seelen- und Körperbewegung schlummern zu gehen bis Sonnenuntergang, wo er ihn wecke. Agata wies ihm sein kühles Zimmer an, und er ging hinauf.

Hier vor dem kühlenden See-Zephyr war das Einschlummern schon der Schlummer, und das nachklingende Träumen schon der Schlaf. Sein Traum war ein unaufhörliches Lied, das sich selber sang: der Morgen ist eine Rose, der Tag eine Tulpe, die Nacht ist eine Lilie, und der Abend ist wieder ein Morgen.

Er träumte endlich sich in einen langen Schlaf hinab. – Spät, im Dunkeln, schlug er verjüngt wie ein Adam im Paradies das Auge auf, aber er wußte nicht, wo er war. – Er hörte fernes süßes Tönen – unbekannte Blütendüfte durchschwammen die Luft – er sah hinaus – der dunkle Himmel war mit goldnen Sternen wie mit feurigen Blüten bestreuet – an der Erde, auf dem Meere schwebten Lichter-Heere, und in tiefer Ferne hing eine helle Flamme mitten im Himmel fest. Ein unbekannter Traum verwirrte noch die wirkliche Bühne mit einer verschwundenen, und Albano ging durch das stille menschenleere Haus fortträumend heraus ins Freie wie in eine Geisterinsel.

Hier zogen ihn Nachtigallen zuerst mit Tönen in die Welt herein. Er fand den Namen Ischia wieder und sah nun, daß das Schloß auf dem Felsen und die lange Dächer-Gasse der Ufer-Stadt voll brennender Lampen stand. – Er ging auf die erleuchtete, von Menschen umlagerte Stelle der Töne zu und fand eine ganz in Freudenfeuern stehende Kapelle. Einer Madonna und

1 Er meint die Traube, die dreimal des Jahres da gewonnen wird, im Dezember, März und August.

ihrem Kinde in der Nische wurde unter dem geschwätzigen Rausche der Freude und Andacht eine Nachtmusik vorgespielt. Hier fand er seine Wirtsleute wieder, die ihn alle im Jubel ganz vergessen hatten, und Dian sagte: »Ich hätt' Euch schon geweckt, die Nacht und die Lust währt noch lange.«

»Hört und seht doch dort den göttlichen Vesuvio, der das Fest so recht gut mitfeiert«, rief Dian, der sich so tief in die Wellen der Freude eintauchte als irgendein Ischianer. Albano sah hinüber nach der hoch im Sternenhimmel webenden Flamme, die wie ein Gott den großen Donner unter sich hatte, und die Nacht hatte das misenische Vorgebürg wie eine Wolke neben dem Vulkan aufgerichtet. Neben ihnen brannten tausend Lampen auf dem königlichen Palaste der nahen Insel Procita.

Indem er über das Meer hinblickte, dessen Küsten in die Nacht versunken waren und das unermeßlich und finster als eine zweite Nacht dahinlag: so sah er zuweilen einen zerfließenden Glanz darüberschweifen, der immer breiter und heller floß. Auch zeigte sich eine ferne Fackel in der Luft, deren Lodern lange Feuer-Furchen durch die flimmernden Wellen zog. Es kam eine Barke näher mit eingezognem Segel, weil der Wind vom Lande ging. Weibliche Gestalten erschienen auf ihr, worunter eine nach dem Vesuv gewandte von königlichem Wuchs, an deren rotem Seidenkleide der Fackelschein lang herunterfloß, das Auge festhielt. Wie sie näher schifften und das helle Meer unter den schlagenden Rudern auf beiden Seiten aufbrannte: so schien eine Göttin zu kommen, um welche das Meer mit entzückten Flammen schwimmt und die es nicht weiß. Alle stiegen in einiger Ferne ans Land, wo bestellte Diener, wie es schien, dazu gewartet hatten, um alles zu erleichtern. Von der langen Gestalt nahm eine kleine, mit einer Doppellorgnette versehene einen kurzen Abschied und ging mit einem ansehnlichen Gefolge fort. Die rotgekleidete zog einen weißen Schleier über das Gesicht und ging, von zwei Jungfrauen begleitet, ernst und einer Fürstin ähnlich, der Stelle zu, wo Albano und die Töne waren.

Albano stand nahe an ihr, zwei große schwarze Augen, mit Feuer gefüllt und mit innigem Ernst auf dem Leben ruhend, strahlten durch den Schleier, der die stolze gerade Stirn und Nase verriet. In der ganzen Erscheinung war für ihn etwas Bekanntes und doch Großes, sie kam ihm als eine Feenkönigin vor, die vorlängst sich mit einem himmlischen Angesicht über seine Wiege lächelnd und begabend hereingebückt und die nun der Geist mit alter Liebe wiedererkennt. Er dachte wohl an einen Namen, den ihm Geister genannt, aber diese Gegenwart schien hier nicht möglich. Sie heftete ihr Auge mit Wohlgefallen und Aufmerksamkeit auf das Spiel zweier Jungfrauen, welche, niedlich in Seide gekleidet, mit Gold-besetzten seidnen Schürzen, zur Tamburine einer dritten anmutig mit verschämt gesenktem Haupte und gesenkten Augen tanzten; die beiden andern, von der Fremden mitgebrachten Jungfrauen und Agata sangen mit italienischer halber Stimme süß zur holden Lust. »Es geschieht alles« (sagte ein alter Mann zur Fremden) »in der Tat zur Ehre der heiligen Jungfrau und des heiligen Nikola.« Sie nickte langsam ein ernstes Ja.

Da stand plötzlich Luna, vom Opferfeuer des Vesuvs umspielet, drüben am Himmel, als die stolze Göttin des Sonnengottes, nicht bleich, sondern feurig, gleichsam eine Donnergöttin über dem Donner des Bergs – und Albano rief unwillkürlich: »Gott, der große Mond!« – Schnell hob die Fremde den Schleier zurück und sah sich bedeutend nach der Stimme wie nach einer bekannten um; als sie den fremden Jüngling lange angeblickt, wandte sie sich nach dem Monde über dem Vesuv.

Aber Albano war von einem Gott erschüttert und von einem Wunder geblendet: er sah hier Linda de Romeiro. Als sie den Schleier hob, strömte Schönheit und Glanz aus einer aufgehenden Sonne; zarte jungfräuliche Farben, liebliche Linien und süße Fülle der Jugend spielten, wie ein Blumenkranz um eine Götterstirn, mit weichen Blüten um den heiligen Ernst und mächtigen Willen auf Stirn und Lippe und um die dunkle Glut des großen Auges. Wie hatten die Bilder über sie gelogen und diesen Geist und dieses Leben so schwach ausgesprochen!

Als wollte die Zeit die glänzende Erscheinung würdig umgeben, so schön spielten Himmel und Erde mit allen Strahlen des Lebens ineinander – liebesdurstig flogen Sterne wie Himmelsschmetterlinge ins Meer – der Mond war über die ungestüme Erdflamme des Vesuvs weggezogen und bedeckte mit seinem zarten Licht die frohe Welt, das Meer und die Ufer – der Epomeo schwebte mit seinen versilberten Wäldern und mit der Einsiedelei seines Gipfels hoch im Nacht-Blau – darneben lebten die singenden, tanzenden Menschen mit ihren Gebeten und ihren Fest-Raketen, die sie in die Höhe warfen. – Da Linda lange über das Meer nach dem Vesuv gesehen: redete sie den stillen Albano, um seinem Ausruf zu antworten und ihr schnelles anblickendes Umwenden nach ihm gutzumachen, selber an: »Ich komme vom Vesuv,« (sagte sie) »aber er ist ebenso erhaben in der Nähe als in der Ferne, was so selten ist.« – Ganz fremd und geistermäßig klang es ihm, daß er diese Stimme wirklich hörte. Mit sehr bewegter versetzt' er: »Aber in diesem Lande ist ja alles groß, sogar das Kleine durch das Große – diese kleine Menschenfreude hier zwischen dem ausgebrannten Vulkan[1] und dem brennenden – alles ist eins und darum recht und so göttlich.« Zugleich an- und weggezogen, ihn nicht kennend, obwohl vorhin von seiner Stimmen-Ähnlichkeit mit Roquairol getroffen, seinen einfachen Worten gern nachdenkend, blickte sie länger, als sie merkte, das redliche, aber trotzige und warme Auge des Jünglings an; antwortete nichts, wandte sich langsam ab und sah wieder still den Spielen zu.

Dian, der schon lange die schöne Fremde angesehen, fand endlich in seinem Gedächtnis ihren Namen und kam zu ihr mit der halb stolzen, halb verlegenen Miene der Künstler gegen den Stand. Sie kannte ihn nicht wieder. »Der Grieche Dian,«

1 Die Insel Ischia selber.

(sagte Albano) »edle Gräfin!« – Verwundert über des Grafen Erkennung sagte sie zu diesem: »Ich kenne *Sie* nicht.« – »Meinen Vater kennen Sie,« (sagte Albano) »den Ritter von Cesara.« – »O dio!« rief die Spanierin erschrocken, wurde eine Lilie, eine Rose, eine Flamme, suchte sich zu fassen und sagte: »Wie sonderbar! Eine Freundin von Ihnen, die Prinzessin Julienne, ist auch hier.«

Das Gespräch floß jetzt ebener. Sie sprach von seinem Vater und drückte als Mündel ihre Dankbarkeit aus: »Es ist eine mächtige Natur, die sich vor allem Gemeinen bewahrt«, sagte sie, sogleich gegen die vornehme Sitte schon teilnehmend von Personen sprechend. Den Sohn beglückte das Lob auf einen Vater, er erhöhte es und fragte in froher Erwartung, wie sie seine Kälte nehme.

»Kälte?« – (sagte sie lebhaft) »das Wort hass' ich recht; wenn einmal ein seltener Mensch einen ganzen Willen hat und keinen halben und auf seiner Kraft beruht und nicht wie ein Schaltier sich an jedes andere klebt: so heißet er kalt. Ist die Sonne in der Nähe nicht auch kalt?« – »Der Tod ist kalt,« (rief Albano sehr bewegt, weil er oft selber mehr Kraft als Liebe zu haben glaubte) »aber eine erhabene Kälte, eine erhabene Qual kann es wohl geben, die mit Adlersklaue das Herz in die Höhe entführt, aber es zerreißet mitten im Himmel und vor der Sonne.«

Sie sah ihn groß an: »Ihr sprecht ja wie ein Weib,« (sagte sie) »das allein hat ohne die Macht der Liebe nichts zu wollen und zu tun; aber es war artig.« – Dian, zu allgemeinen Betrachtungen verdorben und nur zu individuellen tüchtig, unterbrach sie mit Fragen über einzelne Kunstwerke in Neapel; sie teilte sehr offen ihre eigentümliche Ansicht mit, obwohl ziemlich entscheidend. Albano dachte zuerst an seinen zeichnenden Freund Schoppe und fragte nach ihm; »bei meiner Abreise« (sagte sie) »war er noch in Pestitz, ob ich gleich nicht begreife, was ein so ungemeines Wesen da will – es ist ein gewaltiger Mensch, aber verworren und nicht klar. Er ist sehr Ihr Freund.« – »Was macht« (fragte Dian halb scherzend) »mein alter Gönner, der Lektor Augusti?« – Sie antwortete kurz und fast über dessen vertrauliches Fragen empfindlich: »Es geht ihm gut am Hofe. – Wenigen Naturen« (wandte sie sich, über Augusti fortfahrend, an Albano) »geschieht so viel Unrecht des Urteils als solchen einfachen, kühlen, konsequenten wie der seinigen.« Albano konnte nicht ganz Ja sagen; aber er erkannte in ihrer Achtung für die fremdeste Eigentümlichkeit froh die Schülerin seines Vaters, der ein Gewächs nicht nach der glatten oder rauhen Rinde, sondern nach der Blüte schätzte. Nie zeichnet der Mensch den eignen Charakter schärfer als in seiner Manier, einen fremden zu zeichnen. Aber Lindas hohe Offenherzigkeit dabei, die feingebildeten Weibern so oft abgeht als kräftigen Männern Feinheit und Hülle, ergriff den Jüngling am stärkesten, und er glaubte zu sündigen, wenn er nicht seine große natürliche gegen sie verdoppelte.

Sie rief ihre Jungfrauen zum Fortgehen. Dian ging fort: »Diese sind mir nötiger,« (sagte sie zu Albano) »als sie es scheinen.« Sie habe nämlich, erzählte sie, etwas von der Augenkrankheit[1] vieler Spanierinnen, nachts unendlich kurzsichtig zu sein. Er bat, sie begleiten zu dürfen, und es geschah; er wollte sie führen ihrer Anmerkung wegen, sie verbats.

Unter dem Gehen stand sie oft still, um nach der schönen Flamme des Vesuvs zu blicken. »Er steht« (sagte Albano) »in diesem Hirtengedicht der Natur als eine tragische Muse da und hebt alles wie ein Krieg die Zeit.« – »Glauben Sie das vom Krieg?« sagte sie. – »Entweder große Menschen« (versetzte er) »oder große Zwecke muß ein Mensch vor sich haben, sonst vergehen seine Kräfte, wie dem Magnet die seinigen, wenn er lange nicht nach den rechten Welt-Ecken gekehrt gelegen.« – »Wie wahr!« (sagte sie) – »Was sagen Sie zu einem gallischen Krieg?« – Er bekannte seinen Wunsch für dessen Entstehung

1 Taggesicht (Hemeralopie) ist gewöhnlich in heißen Ländern; der stärkste Grad ist, nachts sogar gegen Licht blind zu sein und erst am Morgen wieder sehend.

und die eigne Teilnahme daran. Er konnte, sogar auf Kosten seiner Zukunft, gegen sie nichts sein als offenherzig. »Selig seid ihr Männer,« (sagte sie) »ihr grabt euch durch den Lebens-Schnee durch und trefft endlich die grüne Saat darunter an. Das kann keine Frau. Ein Weib ist doch ein dummes Ding der Natur. Ich ehre ein paar Häupter der Revolution, besonders das politische Kraft-Ungeheuer, den Mirabeau, ob ich ihn gleich nicht liebhaben kann.«

Unter diesen Reden stiegen sie am Epomeo auf. Agata begleitete die beiden Gespielinnen ihrer frühern Zeit mit voller Zunge und hungrigem Ohre für so viele gegenseitige Neuigkeiten. Da er jetzt neben der schönen Jungfrau ging und zuweilen in das Angesicht blickte, das durch die geistige Kraft noch schöner wurde, zugleich Blume, Blüte und Frucht, statt daß sonst umgekehrt der Kopf durch das Gesicht gewinnt: so richtete er strenge über sein bisheriges Betragen gegen dieses edle Wesen; ob er gleich wie sie aus Zartheit über das bisherige Gaukelspiel mit ihrem Namen so wie über das Wunder des heutigen Begegnens schwieg. – Still gingen sie in der seltnen Nacht und Gegend. Auf einmal blieb sie auf einer Höhe stehen, um welche der Brautschatz der Natur nach allen Seiten in Bergen aufgehäufet war. Sie blickten im Glanze umher, der Schwan des Himmels, der Mond, wogte fern vom Vesuve im hohen Äther – die Riesenschlange der Erde, das Meer, schlief fest in ihrem von Pol zu Pol reichenden Bette – die Küsten und Vorgebürge dämmerten nur wie Mitternachtsträume – Klüfte voll Baumblüten flossen über von ätherischem Tau aus Licht, und unten in Tälern standen finstere Rauchsäulen auf heißen Quellen und verwallten oben in Glanz – hoch lagen überall erleuchtete Kapellen und tief um das Ufer dunkle Städte – die Winde standen still, die Rosendüfte und die Myrtendüfte zogen allein – weich und lau umfloß die blaue Nacht die entzückte Erde, um den warmen Mond wich der Äther aus, und er sank liebestrunken mitten aus dem Himmel immer größer auf den süßen Erdenfrühling herein – der Vesuv stand jetzt ohne Flamme und ohne Donner, weiß von Sand oder Schnee, in Morgen – im dunklern Blau waren die Goldkörner der feurigen Sterne weit auseinandergesäet. – –

Es war die seltene Zeit, wo das Leben den Durchgang durch eine überirdische Sonne hat. Albano und Linda begegneten sich mit heiligen Augen, und die Blicke löseten sich wieder sanft auseinander; sie schaueten in die Welt und in das Herz und sprachen nichts aus. Linda kehrte sich sanft um und ging still weiter.

Da rief auf einmal eines der nachgehenden geschwätzigen Mädchen aus: »Es kommt wahrlich ein Erdbeben, ich fühl' es recht, gute Nacht!« – Es war Agata. »Gott geb' eines«, sagte Albano. »O warum?« sagte Linda eifrig, aber leise. – »Alles, was die unendliche Mutter will und gibt, ist mir heute kindlich-lieb, sogar der Tod – gehören wir nicht mit zu ihrer Unsterblichkeit?« sagt' er. – »Ja, das darf in der Freude der Mensch fühlen und glauben, nur im Schmerze sprech' er nicht von Unsterblichkeit, in solcher Seelenohnmacht ist er ihrer nicht würdig.«

Albanos Geist stand hier von der Fürstenbank auf, um die hohe Verwandte zu grüßen, und sagte: »Unsterbliche! und wär' es sonst niemand!« Sie lächelte still und ging fort. Sein Herz war ein beschriebenes Asbestblatt, ins Feuer geworfen, brennend, nicht verbrennend, das ganze vorige Leben losch weg, das Blatt glänzte feurig und rein für Lindas Hand.

Als sie die letzte Anhöhe erreichten, worunter Lindas und Juliennens Wohnung lag, und sie nebeneinander zur Trennung standen, da rief plötzlich unten das Mädchen: »Ein Erdbeben!« – Aus der Hölle heran rollte ein Donnerwagen in den unterirdischen Wegen – ein breiter Blitz schlug die Flügel am reinen Himmel unter den Sternen auf und zu – die Erde und die Sterne zitterten, und aufgeschreckte Adler flogen durch die hohe Nacht. – Albano hatte die Hände der wankenden Linda ergriffen. Ihr Angesicht war vor dem Monde zu einer blassen Götter-Statue aus Marmor verblüht. Es war schon vorbei; nur einige Sterne der Erde schossen noch aus dem festen Himmel ins Meer, und wunderbare Wolken zogen unten ringsherum auf. »Bin ich nicht recht furchtsam?« sagte sie weich. Albano schauete ihr lebendig und heiter wie ein Sonnengott im Morgenrot ins Angesicht und drückte ihre Hände. Sie wollte sie heftig wegziehen. »Gib sie mir ewig!« sagte er heftig. – »Kühner Mensch,« (sagte sie verwirrt) »wer bist du? – Kennst du mich? – Wenn du bist wie ich, so schwöre und sage, ob du immer wahr gewesen!« – Albano sah gen Himmel, sein Leben wurde gewogen, Gott war nahe bei ihm, er antwortete sanft und fest: ›Linda, *immer*!« – »Ich auch!« sagte sie und neigte schamhaft das schöne Haupt an seine Brust, hob es aber sogleich wieder auf mit den großen feuchten Augen und sagte schnell: »Gehen Sie jetzt! Früh morgens kommen Sie, Albano! Addio, addio!« –

Die Mädchen kamen herauf, Albano ging hinab, die Brust gefüllt mit Lebenswärme, mit Lebensglanz – die Natur wehte mit frischern Düften aus den Gärten her – das Meer rauschte unten wieder, und auf dem Vesuv brannte eine Amors-Fackel, ein Freudenfeuer – durch den Nacht-Himmel zogen noch einige Adler nach dem Mond wie nach einer Sonne – und an das Himmels-Gewölbe war die Himmelsleiter aus goldnen Sprossen von Sternen gelehnt.

Da Albano so einsam in der Seligkeit ging, aufgelöset in die Wonne der Liebe, in den Duft der Täler, in den Glanz der Höhen, träumend, schwebend: so sah er Zugvögel über das Meer gegen den Apennin nach Deutschland fliegen, wo Liane gelebt. »Heilige droben,« (rief sein Herz) »du wolltest dies Glück, erscheine und segne es!« Unerwartet stand er vor einer Kapellen-Nische, worin die heilige Jungfrau stand. Der Mond verklärte die blasse Statue – die Jungfrau belebte sich unter dem Glanze und wurde Lianen ähnlicher – er kniete hin, und heiß gab er Gott die Dankgebete und Lianen die Tränen. Als er aufstand, girrten in Träumen Turteltauben und schlug eine Nachtigall, die heißen Quellen dampften schimmernd, und er hörte das frohe Singen der fernen Menschen herauf.

NEUNUNDZWANZIGSTE JOBELPERIODE

Julienne – die Insel – Sonnenuntergang – Neapel – Vesuv – Lindas Brief – Streit – Abreise

111. ZYKEL

Nach einer langen Nacht wehte der frische Morgen, wo Albano die Schätze des seligsten Traums, die vom Monde geöffneten Blumen des Glücks, vor der Sonne wiederfinden sollte. Ihm jauchzete das Leben, da er die gestrigen Höhen, die vom Firniß des Lichtes überzogen glänzten, wieder bestieg; nicht zu einem Rosenfest, sondern zu allen Blumen- und Erntefesten auf einmal, zu Myrten- und Lilienfesten, zu Ährenlesen und Blütenlesen ging die Sonne über den glücklichen Boden hervor, und wie ein Pfau mit seinem schleppenden Regenbogen in einen Blütenbaum hineinfliegt, so hob sich der junge Tag farbenschwer und mit Gärten beladen und voll Widerscheine auf die blauen Höhen und lachte kindlich in die Welt. – Albano sah jetzt von seiner Höhe unten das Zauberschloß, worein sich gestern die mächtige Zauberin verloren.

Er kam unten an. Ein singendes Mädchen auf dem blumenvollen Dache, das auf ihn gewartet zu haben schien, zeigte, unter dem Fortsingen sich herüberbeugend, ihm das nahe Zimmer unter ihr, in das er gehen sollte. Er trat hinein; es war einsam – durch die Fenster aus geöltem Papier quoll ein wunderliches Morgenlicht – auf die hölzerne Stubendecke waren Figuren aus dem Herkulanum gemalt – in einer kampanischen Vase standen gelbe Schmetterlingsblumen und Myrtenblüten und zogen einen süßen Duftkreis um sich her. Die sonderbare Umgebung umschloß ihn immer enger, da er gar einige Bilder und Geräte fand, die ihm bekannt vorkamen. Endlich erblickte er bestürzt auf dem Tische einen halben Ring. – Er nahm seinen halben hervor, den er im gotischen Zimmer in jener Geisternacht von der angeblichen Schwester bekommen und den er für den Zufall der Vergleichung immer bei sich trug. Er drückte die Halbzirkel ineinander – plötzlich schlossen sie einfassend sich zu einem festen Ringe zu – Gott! dacht' er, was greift wieder ins Leben! –

Da wurde hastig die Tür geöffnet, und die Prinzessin Julienne eilte lächelnd und weinend herein und rief, ihm zufliegend: »O mein Bruder! mein Bruder!« – »Julienne,« (sagt' er ernst und innig) »bist du endlich meine Schwester wirklich?« – »O lange genug ist sie es«, versetzte sie und sah ihn zärtlich und selig an und lächelte ins Weinen. Dann umarmte sie ihn wieder und sah ihn wieder an und sagte: »Du schöner Albano-Bruder! – So lange bin ich wie ein Mond um dich herumgezogen und mußte kälter und weiter bleiben wie er; und will ich dich auch ausnehmend liebhaben, so recht zurücklieben und vorwärts dazu!« – »Allmächtiger!« (brach Albano weinend aus, da er sich so plötzlich von einem gebenden Arm aus der Wolke umschlungen fand) »das alles gibst du mir auf einmal jetzt?« – »Ach,« (rief Julienne lebhaft) »weint' ich nur auch vor lauter Freude! Aber ich esse mein bitteres Stück Schmerz mit dazu! Lieber Bruder, Luigi schreibt mir gestern aus Pestitz, ich sollte zurückeilen, sonst erleb' er schwerlich meine Wiederkunft. Dacht' ich das bei der Abreise? So soll ich, was ich mit der einen Hand einnehme, mit der andern ausgeben.« Albano schwieg dazu, weil er am Fürsten keinen Anteil nehmen konnte. Desto mehr erquickt' er sich mit frischer klarer Freude am offnen wehenden Orient der frühesten Lebenstage, an dem Blicke auf diese junge reine Blume, die gleichsam in und aus der hellen frischen Quelle seiner Kindheit wuchs und spielte.

»Aber Himmel! erkläre mir,« (fing Albano an) »wie alles zuging.« – »Jetzt, weiß ich, hebt das Fragen an« (versetzte sie) – »Die ostensible Hauptsumme sollst du kurz haben – fragst du nach mehr, willst du ins Geheimbuch gucken, so schlag' ichs zu und sage dir einige Lügen vor. Im nächsten Oktober, wohl eher, kommt alles ans Licht. Zu allererst! Meine Mutter war und bleibt wahrlich rein und heilig bei dieser Verwandtschaft, bei dem allmächtigen Gott!« –

»Welch ein Rätsel!« (sagt' er) »bist du die Tochter meines Vaters? Ist Luigi mein Bruder? Ist meine tote Schwester Severina deine Schwester?« fragt' er.

Julienne. Frage den Oktober!

Albano. Ach Schwester!

Julienne. O Bruder! Traue der Tochter Melchisedeks. Ferner: ich war wohl die erscheinende Schwester, die der Mensch mit dem kahlen Kopfe dir in Lilar zuführte; ich konnte nicht, ich mußte dich haben, eh' du ins Ausland entflogst. Das Alter, das ich damals im Spiegel hatte, war, wie du siehst, nur vom Kunstspiegel[1] gemacht.

Albano. Wahrlich, ich dachte damals an niemand als an dich. Nur wie kommt ein Mensch wie der Kahlkopf und wie der Vater des Todes – der mir so unbegreiflich in Mola vorausgesagt, daß ich dich finden würde – –

Julienne. Das ist unmöglich – Meinen Namen nannt' er?

Albano. Bloß dieser fehlte. Der Pater ist übrigens nach aller Wahrscheinlichkeit mit dem Kahlkopf *ein* Mensch. Er fuhr dabei gen Himmel.

Julienne. Da bleib' er ja und der andere mit. Geht und ficht mich oder dich dieser dunkle Zauber-Bund etwas an, der in seinen falschen Wundern bisher immer durch seltsame wahre unterbrochen wurde? Ich kam damals in Lilar unschuldig dazu und verhütete vielleicht etwas Fürchterliches.

Albano. Bei Gott, ich muß fragen. Was ist denn sein Zweck, wer sein Leiter, sein Oberer? –

Julienne. Vermutlich der Vater der Gräfin, denn er lebt noch unbekannt und ungesehen, hör' ich, obgleich dein Vater Vormund ist. Erstaune, wenn du zu Hause bist, und lasse die Rätsel, die sich ja für uns beide schon so freudig entwickeln, und erwarte die Oktobertage.

Albano. Aber eins, geliebte Schwester, versage mir doch

1 Es gibt metamorphotische Spiegel, die junge Gesichter veraltet darstellen.

nicht, ein klares Wort über mein und dein wunderbares Verhältnis zur edlen Gräfin! Nur das!

Julienne. Hat dirs denn schon mein Herz versagt? – Die Herrliche! – Wohl ihr und mir und dir! Dein erstes Wort der Liebe – die Götter setzten dies nun so fest – sollte das Merkwort zu dem meinigen an dich werden, erst von der Geliebten durftest du die Schwester empfangen. Was Gaukler und Geister dazu und davon taten, das weiß niemand besser als der – Oktober; was soll ich erst lange zwischen Lügen und Meineid auslesen? Ich tat bloß alles, euch beide nur voreinander hinzustellen; das Übrige wußt' ich voraus. Nichts gelang – lauter erwürgender Wirrwarr – alles ging bergan – ich sah teuere Menschen[1] in einem unseligen Frühling entsetzliche Schmerzen säen und dabei so voll Hoffnungen lächeln und konnte ihre unglücklichen Hände nicht halten – ich, die so gewiß allen Jammer vorauswußte. – »O du fromme reine Seele droben!« sagte sie auf einmal mit zitternder Lippe zum Himmel hinauf – die Geschwister umfaßten sich sanft und weinten still über das unschuldige Opfer.

»Nein,« (sagte Albano sehr warm) »kein Höllenbund konnte uns scheiden, wäre sie nur bei mir geblieben oder doch auf der Erde.« – »Sieh, Albano,« (sagte Julienne, ihre frohern Lebensgeister wieder zusammenrufend, und öffnete alle dunkele Fenster) »wie der Morgen-Hügel auf und ab prangt und wallet! – Lasse mich ausreden! Recht zum größten Glück erfuhr ich im Winter, daß du nach Neapel gedächtest. Linda war schon einmal dagewesen, und ihre Mutter in den hiesigen Bädern. ›Mir,‹ (sagt' ich zu ihr) ›täten Ischias Bäder so wohl als einer, reise mit, den tristen Vormund in Rom wollen wir gar nicht berühren und besuchen.‹ Sie willigte leicht ein. Deiner wurde natürlich nicht gedacht, vorher aber oft genug in Briefen und sonst, wo ich dich immer unmäßig lobte. – Und nun nous voici donc! – Gestern erhielt ich in Neapel den traurigen Brief meines Bruders. Von deiner Ankunft wüßt' ich noch nichts.

1 Ihn und Liane.

Ich ließ die Gräfin allein zu deinem Ton-Fest gehen und eilte mit dem schweren Herzen heim. Da sie freudig kam, tat sie ihres auf und sagte mir alles – und dann ich ihr alles. – Ach, gottlob,« (setzte sie, ihm an den Hals fallend, dazu) »daß wir nun endlich im Elysium ausgestiegen sind und daß uns der morsche Charons-Kahn nicht hat ersaufen lassen. – Aber für ganz Europa, auch für deinen Dian, bleibet auf unserer Verwandtschaft das Sekretsinsiegel daran, merke!« Er mußte noch einige Fragen tun; sie antwortete immer aufgeweckt: »Der Oktober, der Oktober!« bis sie auf einmal, wie erwachend, ausrief: »O wie kann ich das so lustig sagen?« aber ohne sich darüber zu erklären.

»Jetzt will ich dich, wie ichs bisher machte, zur Gräfin bringen, aber über einen kürzeren Weg!« sagte sie, nahm seine Hand, führte ihn hinaus, öffnete das Zimmer gegenüber, wo Linda wohnte, und sagte: »Ich stelle dir meinen Bruder vor.« Hoch errötend ging ihnen die edle Gestalt entgegen und umarmte ohne ein Wort die liebe Freundin. Als ihr Auge Albano wiederfand, wurde sie so betroffen, daß sie die Hand zurückzuziehen suchte, die er küßte; denn sie hatte gestern kaum nur dämmernd sein schönes Auge und seine edle Stirn und den Mund der Liebe gesehen; und dieser blühende Mensch stand, von doppelter Rührung beseelt, so hell und still und ernst vor ihr, voll edler, rechter Liebe. Ihr Herz wäre gern an seines gefallen; wenigstens ihre Hand gab sie ihm in seine wieder und wünschte ihm Glück zu diesem Morgen. Die nahe Antwort: »Und zum gestrigen Abend« konnt' er nicht über die Lippe bringen, aus eigner verschämter Scheu, Lob zu geben wie zu nehmen. »Endlich ist der dritte Mann zum Reise-Kollegium gefunden« (sagte Julienne) – »Denn du mußt in einigen Tagen gleich fort, nach Pestitz mußt du mit, Albano.« – »Ich mit, Schwester?« (sagt' er) »ich wollte einen Monat bleiben, in einige Tage aber ist der Besuch des Vesuvs, Herkulanums und Neapels zusammengedrängt.« – Er wunderte sich nachher selber über den süßen Gehorsam unter die schönen Befehle der

Liebe, da er sonst zu sagen pflegte: »Befiehl mir, zu befehlen: so gehorch' ich nicht.« – »Ich begleite meine Freundin,« (sagte Linda) »so gern ich nach Griechenland gegangen wäre, dem ich schon zweimal so nahe bin.« –

»Noch in dieser Nacht flieg' ich fort,« (sagt' er) »ich will nur wachen, sehen, leben, lieben.« Julienne fing schon mit Schwester-Sorgen für seine Gesundheit und seine Zwecke an – geteilt zwischen zwei Brüder, hätte sie sich gern, wär' es nur möglich, beiden zugleich geopfert. – »Ischia hat der gute Mensch auch noch nicht genossen,« (sagte sie) »das muß er heute haben.«

Albano fühlte bei dieser neuen weiblichen Liebe, das Weib sei das Herz in der schönsten Gestalt. In ihm klang ein Freudenlied: welch ein Tag liegt vor dir, und welche Jahre! – Vom Überhang der doppelten Liebes-Blüten süß umschlungen und eingesponnen, sah er das Leben und die Erde voll Duft und Licht – über den Morgentau der Jugend war nun eine Sonne heraufgeführt, und die dunkeln Tropfen strahlten durch alle Gärten hinauf und hinab.

Er warf endlich einen Blick auf den Ort, der ihn umgab; Niobes Gruppe, der Genius von Turin, Amor und Psyche standen abgegossen da, aus dem Kabinette eines Künstlers in Neapel entlehnt – die Wände waren mit seltenen Gemälden geschmückt, worunter der – niesende Schoppe war. Dieser allein drang mit der nordischen Vergangenheit heftig in sein erweichtes Herz, und er sagte der Geliebten sein Gefühl! »Sie ziehen« (sagte sie) »der Kunst die Freundschaft vor, denn das Porträt ist das Schlechteste in meiner Sammlung; aber das Original verdient wohl alle Achtung.«

Sie ging ins Kabinett und holte ein Miniaturbild von sich selber, das sie nach türkischer Sitte darstellt, eingeschleiert und nur *ein* Auge aufgedeckt. Wie neben der Schleier-Dämmerung das offne Seelen-Auge lebendig blickte und traf! Wie die Flamme ihrer Macht die Hülle der Milde durchbrannte! – Linda nannte den Meister des herrlichen Bildes, eben diesen Schoppe, und setzte dazu: er habe gesagt, hier müsse der

Meister aus Gegengefälligkeit selber ein Werk loben, das ihn so parteiisch und kräftig lobe wie noch kein anderes Werk von ihm. Sie erklärte diese Verschiedenheit seines Pinsels aus einer Ursache, die er ihr selber fast wörtlich gesagt: er habe nämlich in seiner frühesten Jugend ihre Mutter so lange geliebt, als er sie gesehen, und hernach niemand weiter, und darum hab' er, da sie ihr ähnlich sei, sie con amore gemalt und wirklich etwas zu leisten gesucht.

»O redlicher alter Mensch!« sagte Albano und konnte sich kaum der Tränen aus Augen, die so oft glücklich waren, erwehren; aber nur aus heiligem Freundschafts-Schmerz. Denn es fuhr nun durch ihn – wie ein Wetterstrahl durch den hellsten Himmel – die durch alles, durch Schoppens Tagebuch und Lindas Worte und Rabettens Brief gewisse Vermutung, daß Linda die Seele sei, die der sonderbare Mensch verborgen geliebt. Ein scharfer Schmerz schnitt eilig, aber tief durch seine Stirn; und er überwand sich bloß durch seine jetzige jüngere Frische des Geistes, durch neu gesammelte Kraft und Gewalt und durch den freien Gedanken, daß ein Freund dem Freunde wohl und leicht die *Geliebte*, aber nicht die *Liebende* geben und opfern könne und dürfe.

Julienne sagte: »Ein Wunder ists nur, daß der Bruder zwischen zwei solchen Phantasten – wie dieser Schoppe und Roquairol – nicht selber einer geworden.« Ein flüchtiger Krieg brach aus. Linda sagte: »Schoppe ist nur eine südliche Natur im Kampfe mit dem nordischen Klima.« – »Eigentlich mit dem Leben selber«, sagte Albano. Julienne blieb dabei: »Ich liebe überall Regel im Leben; bei beiden ist man nie ruhig und à son aise, sondern nur à leur aise.« Sie fragte ihn geradezu über Roquairol. »Er war einmal mein Freund, und ich spreche nicht mehr von ihm«, sagt' Albano, dem des zernichteten Lieblings folternde Liebe gegen Linda und selber dessen Verwandtschaft mit Liane die Zunge band. Linda ging mit dem bloßen Urteile eines überspannten Schwächlings leicht und ohne besonderes Gedenken seiner Liebe gegen sie oder ihres Abscheues vor ihm darüber hin; sie vergaß in der Ferne ebenso kalt jeden, der ihrem Innern widrig war, als sie in der Nähe ihn heftig davonstieß.

Julienne entfernte sich, um die Anstalten zur kleinen Tag- und Inselreise zu treffen. Albano schickte ein Blatt an Dian als Marschroute nach Neapel; Linda sagte über Julienne: »Ein tief- und festgegründetes Gemüt!« – »Das Stamm und Zweige nur in lauter kleine duftende Blüten einhüllt«, setzt' er hinzu. – »Und gerade, was sie in Büchern und Gesprächen hasset, die Poesie, die treibt sie recht in Taten. Individualität ist überall zu schonen und zu ehren als Wurzel jedes Guten. – Sie sind auch sehr gut«, setzte sie mit sanfter Stimme dazu. »Wahrlich, jetzt bin ichs,« (sagt' er) »denn ich liebe recht; und nur ein vollendetes Wesen kann man recht lieben und ganz uneigennützig!« –

So muß das Sonnenbild vollendet und rund auffallen, um zu brennen. »Oder eines, das man dafür hält« (sagte sie) – »Ich bin, was ich bin, und werde schwerlich anders. Wenn nur der Mensch einmal einen Willen hat, der durch das Leben geht, nicht von Minute zu Minute, von Mensch zu Menschen wechselt – das ist die Hauptsache.« – »Linda,« (rief Albano) »ich höre meine Seele – es gibt Wörter, welche Taten sind; Ihre sinds.« Wenn sie so ihre Seele aussprach, verschwand vor seinem bezauberten Geiste die schöne Gestalt, wie die goldne Saite verschwindet, wenn sie zu tönen anfängt. Von der Vergangenheit verwundet und bestraft für seine oft harte Kraft, hauchte er – ob ihn gleich jetzt das Leben, die Welt und selber das Land kühner, heller, fester und heißer gemacht – die *unisonen* Äolssaiten dieser *vieltönigen* Seele nur mit leisem Atem an. Aber wie mußte sie ein Mann bezaubern, zugleich so mächtig und so zart – ein sanftes Sternbild aus nahen Sonnen – ein schöner Kriegsgott mit der Lyra – eine Sturmwolke voll Aurora – ein mutiger, heißer Jüngling, der so redlich dachte! – Aber sie sagte es nicht, sondern liebte bloß wie er.

Er warf einen zufälligen Blick auf ihre kleine Tisch-Bibliothek. »Lauter Franzosen!« sagte sie; er fand den Montaigne, das Leben der Guyon, den Contrat social und zuletzt Madame Staël: »Sur l'influence des passions«. Er hatte diese gelesen und sagte, wie ihm die Artikel über die Liebe, die Parteien und die Eitelkeit unendlich gefallen und überhaupt ihr deutsches oder spanisches Feuerherz, aber nicht ihre französische kahle Philosophie, am wenigsten ihre unmoralische Selbstmordsucht. – »Lieber Gott,« (rief Linda) »Ist nicht das Leben selber ein langer Selbstmord? – Albano, alle Männer sind doch irgendwo Pedanten, die guten in der sogenannten Moralität, und Sie besonders – Kantische Maximen, breite weite Fächer, Prinzipien müssen sie alle haben. – Ihr seid alle geborne Deutsche, recht deutsche Deutsche, Sie auch, Freund. Hab' ich recht?« setzte sie sanft dazu, als begehre sie ein Ja.

»Nein!« (sagte Albano) »Sobald einmal ein Mensch etwas recht ernstlich und ausschließend treibt und verlangt: so heißet er ein Phantast oder Pedant.« – »O die ewigen Leser und Leserinnen!« rief Julienne, hereintretend, über sein Buch in der Hand aus. »Nie hat die Prinzessin eine Vorrede und eine Note gelesen,« (sagte Linda) »wie ich noch keine weggelassen.« – Weiber, die Vorreden und Noten lesen, sind bedeutende; bei Männern wäre höchstens das Gegenteil wahr. – »Wir können reisen, alles ist fertig«, sagte Julienne.

112. ZYKEL

Wie wehte draußen – als sie in die festliche Welt kamen – das kühle Himmelsblau herab statt der Erdenlüfte! Wie glänzte die Welt und der Tag – und die Zukunft! Wie schäumte im Lebenskelche der Liebestrank, für jeden der drei Menschen aus zwei berauschenden Mitteln gemacht, glänzend über! –

Sie folgten dem Wege nach dem Gipfel des Epomeo, aber in ausweichender Freiheit und in einem Wechsel der Natur, der nirgends weiter auf der Erde so ist. Sie begegneten Tälern mit Lorbeern und Kirschen, mit Rosen und Primeln zugleich. – Es kamen kühle Schluchten, mit reifen Orangen und Äpfeln ausgefüllt, neben heißen Felsen von Aloe und Granaten, und an die Gipfel des Kirsch- und Apfelbaums rührten oben die Wein- und Orangenblüten. – In den blühenden Klüften schlugen sichere Nachtigallen, und aus den Ritzen schossen giftlose Schlangenköpfe ans Licht – Zuweilen kam ein Kloster in einem Zitronenwäldchen, zuweilen ein weißes Haus am Weingarten, bald eine kühle Grotte, bald ein Kohlgarten neben rotem Klee, bald eine kleine Aue voll weißer Rosenblumen und Narzissen, und überall ein Mensch, der singend, tanzend und anredend vorüberging. – Wechselnd deckten Höhen und Gärten das Land und das Wasser auf und zu, und lange schimmerte oft das weite ferne Meer und seine Wolken-Küste wie ein zweiter Himmel durch die grünen Zweige nach. – –

Sie kamen dem Hause des Einsiedlers auf dem Gipfel immer näher, auf bunten goldnen Schwungfedern des Lebens sich wiegend. Sie sagten einander zuweilen ein freudiges Wort, aber nicht um sich mitzuteilen, sondern weil das Herz nicht anders konnte und ein Wort nichts war als ein freudiger Seufzer. Sie standen endlich auf dem Erden-Thron und blickten wie von der Sonne herunter. Rings um sie war das Meer gelagert, ins Blau des Horizonts verschmolzen – von Kapua her zog in der Tiefe der weiße Apennin um den Vesuv und herüber auf der langen Küste Sorrentos fort – und vom Pausilipp an verfolgten die Länder das Meer bis über Mola und Terracina – auf der geöffneten Welt-Fläche erschien alles, die Vorgebürge, die gelben Krater-Ränder auf den Küsten und die Inseln rings umher, die der verhüllte fürchterliche Gott unter dem Meere aus seinem Feuerreich an die Sonne getrieben – und das holde Ischia, mit seinen kleinen Städten an den Ufern und mit seinen kleinen Gärten und Kratern, stand wie ein grünendes Schiff im großen Meer und ruhte auf zahllosen Wogen.

Da verschwanden drunten die Größen der Erde, nur die Erde allein war groß, und die Sonne mit ihrem Himmel wars. »O wie sind wir glücklich!« sagte Albano. Ja, ihr waret glücklich dort, wer wird es nach euch sein? – Sich auf dem Baum des Lebens wiegend, auf welchen schon sein Kindes-Auge so früh und sehnsüchtig geblickt, sagt' er alles, was ihn erhob und ergriff: »Daran erkenn' ich die Allgewaltige, zornig und flammend steigt sie aus dem Meersboden herauf, pflanzt ein brennendes Land, und dann teilt sie wieder lächelnd an ihre Kinder Blumen aus; so sei der Mensch, Vulkan – dann Blume.« – »Was sind dagegen« (sagte Julienne) »alle Winterlustbarkeiten des deutschen Wonnemonds! Ist das nicht eine kleinere Schweiz, nur in einem größern Genfersee?« – Die Gräfin, durch ihr Spanien einheimischer in solchen Reizen, hielt sich meistens still. »Der Mensch« (sagte sie) »ist die Oreade und Hamadryade oder sonst eine Gottheit und beseelet Wald und Tal, und den Menschen selber beseelet wieder ein Mensch.«

Der Einsiedler erschien und sagte, ihr heraufgesandtes Mahl sei längst angekommen; er lobte seine Höhe mit: »Oft« (sagt' er und machte Julienne lachen) »raucht mein Berg wie der Vesuv, und Badgäste sehen herauf und fürchten etwas, es ist aber, weil ich mein Brot hier oben backe.« – Sie lagerten sich im schattigen Freien. Man mußte immer wieder auf die liebliche verkleinerte Insel hinabsehen, die mit ihren in Gärten gesäeten Gärten, mit ihren mit Herbsten durchflochtenen Frühlingen so ganz und nahe lag, ein großer Familiengarten, wo die Menschen alle beisammen wohnen, weil nicht Länder sich mit Ländern verwirren, und die Bienen und die Lerchen fliegen nicht weit über den Garten des Meeres hinaus. Gleich offnen stillen Blumen waren die drei Seelen nebeneinander, duftend fliegt der Blumenstaub hin und her, neue Blumen zu erzeugen. Linda versank ganz in ihr großes tiefes Herz; der Liebe ungewohnt, wollte sie sie darin anschauen und genießen, indes kein Wort Albanos ihr entfloh, denn es gehörte zur Liebe im Herzen. Von Milde übergossen und sinnend war sie da, mit dem großen Auge halb unter dem niedergehenden Augenlid – nach ihrer Sitte immer lange schweigend wie lange sprechend. Wie der Diamant ebenso glänzt wie der Tautropfe, nur aber mit fester Kraft und auch ohne Sonne: war ihr Herz dem weichsten in jeder weiblichen Milde und Reine gleich und übertraf es nur an Stärke. Entzückt sah Julienne es an, wenn sie etwa – nach einem kindlichen Vergessen Albanos, weil ihr Rede-Strom sie von einer Welt in die andere gerissen – plötzlich und mit unbefangener Freude mit ihrer feingeformten Hand zu des Jünglings seiner zurückkehrte, dem ihr Händedruck nichts Kleineres war als eine zärtere Umarmung.

Sie nahmen den nähern Rückweg gegen Albanos Wohnung herab, die immer in ihrem Reben-Geniste zu ihnen heraufsah. Man war noch zu kurz beieinander – am Morgen reisete Albano. – Er sollte von Portici aus schreiben, ein Bote den Brief holen – »und er bringt mir auch einen«, sagt' er; – »gewiß nicht!« sagte Linda. Albano bat. »Sie wird sich schon ändern und schreiben«, sagte Julienne. Sie verneinte. Allmählich liefen Schattenfurchen neben den schwarzen Lavaströmen den Berg hinab, und in den Pappeln fingen Nachtigallen schon ihre melodische Dämmerung an. Sie kamen Albanos Haus nahe; Dian lief entzückt der Prinzessin entgegen. Albano bat ihn, ohne beide gefragt zu haben, eine Barke zu schaffen, damit man den Abend genieße. Gerade zu gewaltsamen Anträgen der Freude sagen die Mädchen am liebsten das Ja. Dian war sogleich mit einer zur Hand; mit seiner Freude hing er schnell an jeder fremden.

Sie stiegen alle ein und fuhren unter die Sonnenblumen, die jeder Sonnenstrahl auf die Wellen-Beete immer dichter pflanzte. Albano vergaß – im jetzigen Feuer, gewohnt an die Sitten des warmen Landes, wo der Liebende vor der Mutter spricht und sie von ihm mit der Tochter, wo die Liebe keinen Schleier trägt, nur der Haß und das Gesicht, und wo die *Myrte* in jedem Sinne die Einfassung der Felder ist – sich einen Augenblick vor Dian und nahm Lindas Hand; schnell entriß sie ihm sie, der Mädchen-Sitte treu, die den Arm verschenkt und den Finger und Fingerhut verweigert. Aber sie sah ihn sanft an, wenn sie abgeschlagen.

Sie kamen auf ihrer Fahrt von Osten nach Norden wieder

vor dem Felsen mit den Häusern und vor den Gassen der Ufer-Vorstadt vorüber. Alles war froh und freundlich – alles sang, was nicht schwatzte – die Dächer waren mit Webstühlen seidner Bänder besetzt, und die Weberinnen sprachen und sangen zusammen von Dach zu Dach. Julienne konnte kaum das Auge von diesem südlichen Vereine ablassen. Sie zogen weiter ins Meer, und die Sonne ging ihm näher zu. Die Wellen und die Lüfte spielten miteinander, jene wehend, diese wogend – Himmel und Meer wurden zu *einem* Blau gewölbt, und in ihrer Mitte schwebte, frei wie ein Geist im All, das leichte Schiff der Liebe. – Der Umkreis der Welt wurde ein goldner geschwollner Ährenkranz voll glühender Küsten und Inseln – Gondeln flogen singend ins Weite und hatten schon Fackeln für die Nacht bereit – zuweilen zog hinter ihnen ein fliegender Fisch seinen Bogen in der Luft, und Dian sang ihnen ihre bekannten vorübergleitenden Lieder nach. – Dort segelten stolz und langsam große Schiffe her, mit rotem und blauem Helmbusch gleich dem Himmel flatternd, und als Sieger dem Hafen zu. – Überall war der Lebens-Most ausgegossen und arbeitete brausend – So spielte eine göttliche Welt um den Menschen! »O hier an dieser großen Stelle,« (sagte Albano) »wo alles Platz hat, die Paradiese und die schwarzen Orkus-Ufer aus Lava – und das weiche Meer – und Vesuvs graues Gorgonenhaupt – und die spielenden Menschen – und die Blüten und alles – hier, wo man glühen muß wie eine Lava – dürfte man da nicht sich gleich der heißen Lava umher in die Wellen begraben in seiner Glut, wenn man wüßte, es könne etwas vergehen von dieser Stunde, nur etwas vom Andenken davon, oder ein Pulsschlag für ein Herz? – Wäre das nicht besser?« – »Vielleicht«, sagte Linda. – Julienne wurde durch die weiche Freude vor das ferne Krankenbette ihres Bruders gezogen und lachte lachend: »Kann man es nicht wie die schöne Sonne drüben machen und unter die Wellen gehen und doch wiederkommen? – Schauet doch ihrem Untergange recht zu, nirgends ist er auf der Erde so.« –

Die Sonne stand schon, zu einem großen Goldschild gewachsen, vom Himmel gehalten, über den Ponzischen Inseln und vergoldete das Blau derselben – die weiße Krone aus Felsen-Stacheln, Kapri, lag in Glut, und von Sorrentos bis Gaetas Küsten war den Welt-Mauern dämmerndes Gold angeflogen – die Erde rollte mit ihrer Achse wie mit einer Spielwelle nahe an der Sonne und schlug aus ihr Strahlen und Töne – seitwärts lagerte sich versteckt der Riesen-Bote der Nacht auf das Meer, der unendliche Schatte des Epomeo. –

Jetzt berührte die Sonne ihr Meer, und ein goldner Blitz zitterte durch den nassen Äther umher – und sie wiegte sich auf tausend feurigen Wellen-Flügeln – und sie zuckte und hing liebesbrünstig, liebeglühend an dem Meere, und das Meer sog brennend alle ihre Glut – Da warf es, als sie vergehen wollte, die Decke eines unendlichen Glanzes über die erblassende Göttin – – Dann wurd' es still auf der Welt – eine bewegliche Abendröte überfloß mit Rosen-Öl alle Wogen – die heiligen Untergangs-Inseln standen verklärt – die fernsten Küsten traten heran und zeigten ihr Rot der Entzückung – auf allen Höhen hingen Rosenkränze – der Epomeo glühte bis zum Äther hinauf, und auf dem ewigen Wolkenbaum, der aus dem hohlen Vesuv aufwächset, verglomm im Gipfel der letzte dünne Glanz.

Sprachlos wandten sich die Menschen von dem Westen nach dem Ufer um. Die Schiffer fingen wieder an zu sprechen. »Mache,« (bat Linda ihre Freundin leise) »daß dein Bruder sich immer nach Abend wendet.« Sie erfüllte die Bitte, ohne deren Grund sogleich zu erraten. Immer sah Linda in sein schön beglänztes Angesicht. »Bitt ihn wieder,« (sagte sie zum zweitenmal) »es dämmert zu sehr, und meine kranken Augen sehen ohne Licht so übel.« Es geschah nicht; denn sie stiegen sogleich ans Ufer. Die Erde zitterte ihnen, da sie sie betraten, als ein Sangboden der seligen Stunde nach. Albano war in sprachloser Rührung auf das geliebte Angesicht geheftet, das er bald wieder verlassen sollte; »ich schreibe Ihnen«, sagte sie unaufgefodert mit einem so rührenden Widerrufe der vorigen Drohung, daß er sich, wär' er nicht unter fremden Augen gewesen, danktrunken auf ihre Hand, an ihr edles Herz gestürzet hätte. Das Scheiden und das Ende eines harmonischen Tages wurde schwer, worin der Ton jeder einzelnen Minute wieder ein Dreiklang gewesen. Jetzt schied Dian schon. »Nicht einmal die Rosen des Abends« (sagte Julienne) »sind ohne Dornen.« – »Abgebrochen, ist überall das beste; wir wollen nach Hause«, sagte Linda. Albano bat, daß er begleiten dürfe. »Wozu?« sagte Linda. – Leise setzte sie ihrer Augen wegen dabei: »Ich kann Euch kaum mehr sehen – indes kommt nur, ich höre doch.« – »Schöne Veränderliche!« sagte Julienne. »Ich verändere mich,« (sagte sie) »aber kein anderer – nur bis zur Kapelle, Albano, Ihr schiffet morgen früh fort.« – »Nicht einmal, heute noch vielleicht«, sagte er.

Indem sie nun so langsam und immer langsamer den Berg hinangingen und die Nachtigallen schlugen und die Myrtenblüten dufteten und die lauen Lüfte flatterten und oben die ganze zweite Welt wie eine verschleierte Nonne durch die Silber-Gitter der Sternbilder heilig schauete: so überfloß jedes Herz von treuer Liebe, und der Bruder und die Schwester und die Geliebte nahmen wechselnd einander die Hand.

Auf einmal stand Linda an der Stelle der gestrigen Vereinigung und sagte: »Hier soll er gehen, Julienne!« und zog schnell ihre Hand aus seiner und streichelte leicht über seine Locken und seine Wangen und dann über sein Auge und fragte: »*Wie?*« in einen Traum verirrt. »Gleich,« (sagte Julienne) »aber auf den italienischen Winter muß man doch, um nur heimzukommen, gar warten, auf den Mond.« Da fiel der Bruder der zarten Schwester, welche ihm dadurch die längere Gegenwart und der Freundin das Wiedersehen durch die stärkere Beleuchtung zubereiten wollte, an das Herz und rief mit Tränen aus: »O Schwester, wie viel hast du nicht für mich getan, eh' ich etwas tun oder dir danken konnte – du reichst mir ja alles, jedes Glück, die höchste Seligkeit, o wie bist du!« – »Der Mond ist da!« (rief sie) »nun reise glücklich und scheide!«

Wie ein silberner Tag war der Mond auf die Gebürge heraufgetreten, und die verklärte Geliebte sah des Geliebten blühendes Angesicht wieder. Er nahm ihre Hand und sagte: »Lebe wohl, Linda!« – sie sahen sich lange an, die Augen voll Seelen, und sie wurden sich fremder und höher – da drückte er, ohne zu wissen wie, die erhabene Jungfrau, wie ein seliger Geist eine Frühlingssonne, sich an das Herz – und er berührte das Heiligtum ihres Angesichts mit dem seinigen, und wie Morgenröten zweier Welten schmolzen ihre Lippen zusammen. Linda schloß die Augen und küßte zagend, und nur ein einziges Leben und Glück rollte und glühte zwischen zwei Herzen und Lippen. Julienne umschlang leise die Umarmung mit ihrer und begehrte kein anderes Glück. Darauf schieden alle, ohne wieder zu sprechen oder sich umzusehen.

113. ZYKEL

Albano flog mit der neuen Hastigkeit, die jetzt in seinen Handlungen regierte, schon unter dem kühlen Morgenstern von dem glücklichen Boden davon. Er sagte dem Baumeister Dian sein ganzes Glück, weil er wußte, wie sehr der Mann noch ein Jüngling für die Liebe blieb; »bravo!« (antwortete Dian) »Wer kann ohne Liebe in Italien auskommen? Unsereiner wenigstens nicht. Hoffentlich ist Euere prächtige Juno gegen Euch nicht so stolz wie gegen andere Leute: dann mags wohl ein Götterleben geben.«

In den Morgenlüften, von Sonne und Woge angestrahlt, schwebt' er gleitend auf dem blauen Spiegel-Meer zwischen zwei Himmeln, und sein Auge war selig, wenn es nach dem Olymp, Epomeo, zurücksah, und war selig, wenn es wieder auf die hinauf- und hinabschimmernden Küsten, auf den langen ausgelegten Markt der Erde blickte.

Als sie unter den schwimmenden Palästen, den Schiffen, vorbei an die stehenden kamen: trafen sie das Volk im Taumel eines Heiligen-Festes. Er vergrub gezwungen den blauen Tag und das Meer in Tempeln – in Bildersälen – in vierten Stockwerken, wo nach der Sitte einige Große wohnten, an welche er von seinem Vater Briefe abgab – und schöner in der unterirdischen finstern Gasse, die sich durch den blühenden Posilippo wölbt.

Nur der Aussicht, daß er in der ersten nächsten Einsamkeit mit dem entrückten Herzen reden werde, beruhigte seinen immer aus der Gegenwart fliehenden Geist. Abends bestiegen sie die schönste Höhe über Neapel, das Kamaldolenser Kloster, wo er unter den Freuden der Aussicht in grauer Ferne hinter dem Posilippo den hohen Epomeo stehen sah. Er hielt sich nicht länger, sondern fing an einer dichter umblühten Stelle, die er sich dazu aussuchte, diesen Brief an Linda an:

»Endlich, edle Seele, kann ich zu dir reden und deine Insel wieder schauen, wiewohl nur als eine aufgerichtete sonnenrote Abendwolke am Horizont. Linda, Linda, o daß ich dich habe und hatte! Dauert denn der zweitägige Götter-Traum noch herüber ins kalte Heute? Du bist jetzt so fern und stumm, und ich höre kein Ja. Als ich in Rom auf der Peterskuppel in den blauen Morgenhimmel sah und das Leben um mich brausend schwoll, wie die Lüfte mich umwehten: so war mir, als müßt ich mich in ein fliegendes Königsschiff werfen und ein Ufer suchen, das unter dem tiefsten Sternbild grünt; als müßt' ich wie eine Kaskade hinabflattern durch den Himmel und mich drunten durch das steinige Leben reißen, dringend und zerstörend und tragend. Und so ist mir jetzt wieder und noch stärker; ich möchte zu dir hinüberfliegen und sagen: du bist mein Ruhm, mein Lorbeerkranz, meine Ewigkeit, aber ich muß dich verdienen; ich kann nichts für dich tun, außer für mich. – In der alten Zeit waren geliebte Jünglinge groß, Taten waren ihre Grazien und der Panzer ihr Feierkleid. – Heute, als ich auf den Golf von Baja und auf die Ruinen hinübersah, wo die Gärten und Paläste der großen Römer noch mit Trümmern oder Namen liegen; und als ich die alten trotzigen Riesen stehen sah mitten in Blumen und Orangen und in lauen Duftlüften, davon erquickt, aber nicht erweicht, mit der Hand den schweren Dreizack hebend, der drei Weltteile bewegte, und mit der markigen Brust entgegentretend dem Winter im Norden, der Glut in Afrika und jeder Wunde: da fragte mein ganzes Herz: bist du so? O Linda, kann der Mann anders sein? Der Löwe geht über die Erde, der Adler geht durch den Himmel, und der König dieser Könige habe seine Bahn auf der Erde und in dem Himmel zugleich. Noch war und tat ich nichs; aber wenn noch das Leben ein leerer Nebel ist, kannst du ihn übersteigen, oder festgreifen und zerschlagen? Willst du einmal, du Uranide, einen Mann lieben, so tret' ich vor keinem zurück. Aber Worte sind an Taten nur Sägespäne von der Herkuleskeule, wie Schoppe sagt. Sobald der Krieg und die Freiheit aufeinanderstoßen, so will ich dich im Sturm der Zeit verdienen und dir Taten mitbringen und die unsterbliche Liebe.

Hier steh' ich auf der göttlichen Höhe des Klostergartens und blicke in ein grünes Himmelreich ohnegleichen hinab. Die Sonne ist schon über den Golf hinüber und wirft ihre Rosenfeuer unter die Schiffe, und ein ganzes Ufer voll Paläste und voll Menschen brennt rot – durch die langen aufgebreiteten Straßen unter mir rollt das Festgetümmel schon herauf, und die Dächer sind voll geschmückter Menschen und voll Musik, Balkons und Gondeln erwarten die göttliche Nacht zu den Gesängen. Und hier bin ich allein und bin doch so glücklich und sehne mich ohne den Schmerz. Aber wär' ich vor vier Tagen, Linda, wo ich dich noch nicht kannte und noch nicht hatte, hier gestanden und hätte angesehen diesen Abend – das goldne Meer – das heitere Portici, das Sonne und Meer mit Flammen anspülen – den herrlichen Vesuv mit goldgrünen Myrten umwunden und mit dem grauen Aschen-Haupt voll Sonnenglut – und hinter mir die grüne Ebene voll Wolken aus Blütenstaub, die aus Gärten steigen und in Gärten regnen – und den ganzen webenden Zauberkreis freudiger Kräfte, diese in Licht und Leben schwimmende Welt: – dann, Linda, hätt ohne dich die warme Seligkeit ein kalter Schmerz gezückt, und im goldnen Abendlicht wären Erinnerungen mit Trauer-Larven gegangen.

O Linda, wie hast du meine Welt gereinigt und erweitert, und ich bin nun überall glücklich. Du hast den schweren scharfen Pflug des Lebens, der mühsam an der Ernte arbeitet, in einen leichten Griffel und Pinsel verwandelt, der umherspielt, bis er eine Götter-Gestalt erschafft. Sah' ich heute nicht jeden Tempel und jeden Hügel froher, wie von dir vergoldet, und jede Schönheit, sie mochte an der Statue, auf der Leinwand oder auf der singenden Lippe oder auf den Gipfeln blühen, prangte und duftete üppiger, und dann flog ich von der kleinen Blume auf zur blühenden Linda? –

Wie herrschet die dunkle Gewalt hinter der Wolke! Versiegelte Befehle gibt sie uns mit, damit wir sie auf einer späten fremden Stelle erbrechen. Gott, erst auf Ischias Epomeo mußt' ich meinen öffnen, da ging ein Augenblick über das Leben und gebar die Ewigkeit, der Schmetterling brachte die Göttin!

Der Abend geht unter, und ich muß schweigen. Wüßt' ich nur, wie der deinige ist! Mein Leben besteht jetzt aus zwei Stunden, deinen und meinen, und ich kann nicht mehr mit mir allein leben. – Dieser Tag sei dir doch reich und mild entwichen und dein Abend wie meiner! Die Sonne rötet nur noch den Vesuv, die Inseln verglühen langsam im dunkeln Meer, ich schaue nun, ohne mit dir zu sprechen, den großen Abend an, aber o Gott, so anders als in Rom! Selig werd' ich mein Auge nur an deine auslöschende Insel im Glanz-Getümmel des Abendrots heften und lange noch hinsehen, wenn schon Epomeos Gipfel in der Nacht verwittert; und dann werd' ich heiter in das mit Lichtern umstellte Grab der Farben unter mir schauen – frohe Gesänge werden durch die Dämmerung ziehen – die Sterne werden liebreich schwimmern – und ich werde sagen: ›Ich bin allein und still, aber unaussprechlich selig, denn Linda hat mein Herz, und ich weine nur aus Liebe, weil ich an ihres denke‹, und trunken werd' ich durch den Blütenrauch des Bergs hinuntergehen.« –

Er kam langsam nach Neapel zu seinem Freunde Dian zurück, alle Fest-Lust, die ihm begegnete, das ganze Odeum der Wonne, in welchem das klingende Rad der Leier schwindelnd umrollte, schien ihm bloß ein Nachklang zu sein, indes sonst erst den äußern sinnlichen Saiten des Menschen die innern nachklingen. Er wollte nur immer weiter und noch – wenn es ginge – diese Nacht auf den Weg nach dem Vesuv, für ihn gab es jetzt nur *eine* Tageszeit. Das wärmere Klima samt der Liebe und dem Mai schienen alle Frühlingswinde seiner Kräfte zu wecken, sie wehten ungestüm, ihm selber sogar bewußt; nur vor der Geliebten war er, noch wund von der Vergangenheit, bloß ein Zephyr, der die stäubende Blüte schont.

Am andern Tage wollt' er nun den Vesuv besteigen und am Morgen darauf seinen Dian in Portici erwarten, wenn er vorher auf dem Vulkan die Sonne hatte aufgehen sehen.

114. ZYKEL

Seine Reise beschrieb er seiner Geliebten:

In der Hütte des Einsiedlers auf dem Vesuv

»Warum liegt nicht der Mensch auf den Knien und betet die Welt an, die Berge, das Meer, das All? Wie erhebt es den Geist, daß er ist und daß er die ungeheuere Welt denkt und sich! – O Linda, ich bin noch voll von dem Morgen; auch wohne ich noch auf der erhabnen Hölle. Gestern reisete ich am Morgen mit meinem Bartolomeo durch den reichen vollen Gartenweg nach dem heitern Portici, das sich an den Riesen anschmiegt wie Catana an den Ätna. Immer dieselbe große, durch dies erhabene Land ziehende epische griechische Verschmelzung des Ungeheuern mit dem Heitern, der Natur mit den Menschen, der Ewigkeit mit der Minute. – Landhäuser und eine lachende Ebene gegenüber der ewigen Todesfackel – zwischen alten heiligen Tempelsäulen geht ein lustiger Tanz, der gemeine Mönch und der Fischer – die Glut-Blöcke des Bergs türmen sich als Schutzwehr um Weingärten, und unter dem lebendigen Portici wohnt das hohle tote Herkulanum – ins Meer sind Lavaklippen gewachsen, und in die Blumen schwarze Sturmbalken geworfen. Das Steigen war anfangs meiner Seele Erquickung, der lange Berg wurde der vollen Wolke ein Ableiter. Spät nachts im ewigen Steigen kamen wir ohne Genuß der Abendsonne, durch deren roten Glanz auf der Asche wir schnell waten mußten, hier beim Einsiedler an; der Mond war noch nicht herauf, deine Insel noch unsichtbar. Oft donnerte es unter dem Fußboden der Stube. Da wurd' ich auf einmal vom Einsiedler schön an meinen alten Schoppe erinnert, indem er mir erzählte, daß einmal ein hinkender Reisender mit einem Wolfshund hierüber gesagt: im Vesuv sei der Stall der unaufhörlich polternden Donnerpferde. Das war nach allem gewiß nur Schoppe.

In der Mitternacht, meine Linda, als der Mond über den Apennin herüber war und mit einem entzückten langen Silberblick vom Himmel sah und ich an dich dachte, stand ich auf und ging leise hinaus, um wieder zu sehen, wo du wohnest, meine Linda. Draußen war es überall still, ich hörte gleichsam die Erde auf ihrer Bahn im Himmel donnern – die Schatten der Lindenbäume um mich schliefen fest auf dem grünen Rasen – Vesuvs Rauch stieg empor in die reine Luft – über das dampfende Meer hin glänzte wunderlich der Mond, und mühsam sucht' und fand ich endlich den einsamen Berg deiner Insel, hoch ins Blau gezogen, silbern blühend unter den Sternen um ihn her, eine schimmernde Tempelzinne für mein Herz. – ›Dort wohnt und schlummert Sie auf dem Tabor, eine Verklärte des Elysiums!‹ sagte ich mir. – Um mich war Asche der Jahrhunderte, Stille des Sargs, und nur zuweilen ein Poltern, als werfe man auf jenen den Grabhügel – ich war weder im Land des Todes noch der Unsterblichkeit – Die Länder wurden Wolken – Neapel und Portici lagen verdeckt – das weite Himmelsblau umfing mich – ein hoher Nachtwind bog die Rauchsäule des Vulkans nieder und führte sie wechselndbeglänzt in langen Wolken durch den reinen Äther fort. – Da sah ich nach Ischia, und sah gen Himmel, o Linda, ich bin aufrichtig, hör' es, daß ich die fromme Liane, die dich so unendlich liebte, bat, jetzt um dich zu schweben und dir das Glück zu bereiten, das sie dir sonst so gönnte. – – Auf einmal wurden die Donner des Berges ganz still, die Sterne blitzten heller; da schauderte mich die Stille und das Leben, und ich ging in die Hütte zurück, aber lange noch weint' ich vor Entzückung über den bloßen Gedanken, daß du glücklich würdest.

Der Morgen ging auf; und mitten in seinem dunkeln Winter traten wir die Reise nach der Feuer-Schlucht und Rauchpforte an. Wie in einer abgebrannten dampfenden Stadt ging ich neben Höhlen um Höhlen, neben Bergen um Berge vorbei und auf dem zitternden Boden einer ewig arbeitenden Pulvermühle dem Pulverturm zu. Endlich fand ich den Schlund dieses Feuerlands, ein großes glühendes Dampf-Tal wieder mit einem Berg – eine Landschaft von Kratern, eine Werkstätte des Jüngsten Tags – voll zerbrochner Welt-Stücken, gefrorner, geborstener Höllenflüsse – ein ungeheuerer Scherbenberg der Zeit – aber unerschöpflich, unsterblich wie ein böser Geist und unter dem kalten reinen Himmel sich selber zwölf Donnermonate gebärend.

Dunkelröter steigt auf einmal der breite Dampf, wilder gehen die Donner ineinander, heißer raucht die schwere Höllen-Wolke – plötzlich fährt Morgenluft herein und schleppt den flammenden Vorhang den Berg hinab – – Da stand die helle gütige Sonne auf dem Apennin, und der Somma und Ottayano und Vesuv blühten im Friedens-Glanz, und die Welt ging langsam nach der Sonne auf mit Gebürgen, Inseln und Küsten. Der Ring der Schöpfung lag auf dem Meere vergoldet vor mir, und wie die Zauberstäbe der Strahlen die Länder berührten, so fuhren sie lebendig empor. – Und der alte Königs-Bruder des Vesuvs, der Ätna, saß auf seinem goldnen Thron und schaute über sein Land und Meer. – Und wie

Schnee rollte von den Gebürgen der lichte Tag in das Meer herunter, in Glanz zerrinnend, und floß über das weite glückliche Kampanien und in dunkle Kastanien-Täler. – Und die Erde wurde unabsehlich, und die Sonne zog im weiten Strahlen-Netz die süß-gefangne Welt im schönsten Äther weiter.

O Linda, da prangte deine Insel ausgebreitet, stolz gelagert im Meer mit herunterfließendem Morgenrote, ein hochmastiges Kriegsschiff – und ein Adler, der Vogel des Donnergottes, flog in die selige Weite, als trag' er mein Herz in seiner Brust zu deinem Epomeo hin. – O ich möchte ihm nach, sagte mein Geist. – Der heiße Boden tat Donnerschläge, und der Rauch umhüllte mich. – Ich möchte sterben, damit ich dem Adler nachflöge und jetzt in Ischia wäre . . .«

*

Hier hielt die heftig erregte Seele sich innen. Er ging oder glitt den Abhang nach Portici herab. In einem gegenseitig vorher festgesetzten Hause glaubt' er seinen Freund wiederzufinden. Aber er fand weder Dian noch den erwarteten Brief von Linda. Entkräftet von Gehen, Wachen und Glühen, fiel er im kühlen, stillen Zimmer in einen Traumschlaf. Da er erwachte, stand die Mitternacht des italienischen Tags um ihn, die Siesta – alles ruhte unter dem heißen stillen Lichte – im Himmel war keine Lerche – die grünen Sonnenschirme neben seinem Fenster, die Fichten, standen ungeregt in der Erde, und nur die Pappeln wiegten leise die neugeborne Blüte des Weins, die in ihren Armen lag – und der Efeu, der von Gipfeln hing, schwankte ein wenig. – Solche Schattenzweige spielten einst in Lilar in Charitons Zimmer, als er Lianen erwartete und damals an Italien dachte. – Der große ebene einfache Garten von Portici nach Neapel, ein von Wellen umspültes Garten-Gewebe von Dörfern, Baumwäldchen und Landhäusern, führte sein Auge über Blüten nach seinem Paradies im Meer. – Diese einsame stille Zeit voll Sehnsucht erweichte unendlich sein schönes Herz. Er endigte so den abgebrochnen Brief:

In Portici

»O meine Linda! Ich bin dir wieder näher, aber die Ferne zwischen uns wird mir hier in der Stille so weit! O Linda, ich liebe dich mit Schmerzen, in der Nähe, in der Ferne – o mit welchen verlör' ich dich erst? – Warum bin ich denn deiner Liebe so gewiß? Oder so ungewiß? Leise spricht dein Herz zu mir. *Leise* Musik und Liebe ist einer *entfernten* gleich, – und die ferne auch wieder der leisen. Hat mich der erhabne Säulenstuhl des Donnergottes neben mir so sehr erschüttert, oder denk' ich zu lebhaft an das hohle tote Herkulanum unter mir, wo *eine* Stadt *ein* Sarg ist: weinend und beklommen seh' ich über das Meer an die stille Insel, worauf du wohnst. – O daß es so lange wird, bis wir uns sehen, daß du nicht gleich jeden Gedanken aus meinem Herzen schöpfst und ich aus deinem! Warum stellt mir das Ausbleiben deines Briefs auf einmal größere Schmerzen, ach die größten vor die Seele? Warum denk' ich: die tiefsten Schmerzensstriche auf unserer Stirn, die Runzeln des Lebens sind nur kleine Linien aus dem ungeheuern Bauriß, den der Weltgeist zieht, unbekümmert, welche Stirnen und Freuden seine Glückslinie schmerzhaft durchschneide? – Wenn diese Linie einmal durch unsere Liebe ginge – O vergib den voreilenden Schmerz; in diesem Leben, dem Wechsel zwischen Strichgewittern und Sonnenblicken, ist er wohl erlaubt . . .«

*

Hier unterbrach ihn die Freude und Dian in Begleitung eines Ischianers, der einen Brief von Linda brachte, um seinen mitzunehmen. Er las ihn heftig und gab seinem noch die Worte wie eine Freudenträne mit: »Übermorgen komm' ich auf die Insel. Was ist die Rede gegen ein Herz! Du bist mächtig, du hältst mein ganzes blühendes Dasein empor in den Himmel, und es stürzt auf dich, wenn es stürzt. Lebe wohl! Ich fürchte wahrlich weder das heiße Öl noch die Flamme der Psyche.« –

Hier ist Lindas Brief:

»Wir beide leben sehr still, seit der artige Flüchtling auf Bergen und in Palästen umherschwärmt. Wir sprachen fast zu viel von ihm und ließen uns noch dazu die schwatzende Agata holen, um gar von seiner Reise zu erfahren. Ihre Julie ist voll Segen und Hülfe für Linda. Noch nie sah' ich eine so klare, bestimmte, scharf durchblickende und doch kalte Natur, die nur gebend liebt, mehr als liebend gibt. Sie wird zwar nie die Schmerzen fühlen, die Venus Urania ihren Erwählten schenkt; aber sie ist eine geborne Mutter und eine geborne Schwester; und ich frage sie zuweilen: warum hast du nicht alle Brüder und alle Waisen?

Seit dem Erdbeben bin ich etwas kränklich. Ich habe es vielleicht nicht gewohnt, zu lieben und so zu sterben. Ich nehme ein philosophisches Buch – denn Dichter greifen mich jetzt zu heftig an – und glaub' ihm noch zu folgen, wenn ich schon längst weggeflogen bin über das Meer. Ich lese jetzt das Leben der herrlichen Guyon, diese weiß, wie man liebt – dieser göttliche Affekt gegen das Göttliche, dieses Selbst-Verlieren in Gott, dieses ewige Leben und Bestehen in *einer* großen Idee – diese wachsende Heiligung durch die Liebe und die wachsende Liebe durch die Heiligung! Mir entsinkt das Buch, ich schließe die Augen, ich träume und weine und liebe dich. O Albano, komme früher. Was willst du jetzt an Bergen und Ruinen suchen? Kommen wir nicht wieder? Aber ihr zerstreueten Männer! Nur die Weiber lieben, es sei Gott oder euch leider. Die Guyon, die heilige Therese, die etwas prosaische Bourignon liebten Gott wie kein Mann (außer der heilige Fenelon); der Mann geht mit dem höchsten Wesen nicht viel besser als mit dem schönsten um. Albano, hast du eine andere Sehnsucht als ich, begehrst du mehr auf der Erde als mich, mehr im Paradies als mich: so sag es, damit ich aufhöre und sterbe. Wahrlich, wenn du deine Schwester umarmest: so bin ich eifersüchtig und möchte deine Schwester sein, und dein

Freund Schoppe und dein Vater und alles, was du liebst, und dein Ich, wenn du es liebtest, und dein ganzer Himmel und dein ganzes Du im Ich, dein Ich im Du.

Ich will Euch einiges von meiner Gschichte erzählen. Still ging ich lange über die Erde – ich sah die Höfe, die Nationen und Länder und fand, daß die meisten *Menschen* nur *Leute* sind. Was ging es mich an? Man sage gar von nichts: das ist bös, sondern nur: das ist dumm – und denke nicht mehr daran. Was ich nicht liebe, existiert für mich auch nicht, und anstatt lange zu hassen oder zu verachten, hab' ichs vergessen. Ich wurde für stolz und phantastisch gescholten und konnt' es niemand rechtmachen. Aber ich bewahrte und nährte mein Inneres, denn kein Ideal darf aufgegeben werden, sonst erlischt das heilige Feuer des Lebens, und Gott stirbt ohne Auferstehung. – Ich sah die Männer und fand immer bloß den Unterschied unter ihnen, daß die einen fein, verständig und zart waren ohne Enthusiasmus und Gemüt, die andern sehr herzlich und enthusiastisch mit bornierter Roheit, alle aber selbstsüchtig; wiewohl sie, wenn ihr Herz voll und nicht im Abnehmen ist, eben wie der volle Mond die wenigsten Flecken zeigen. Neben den Lehren meiner großen Mutter, neben Ihrem großen Vater bestand *keiner*. Ihren Roquairol konnte man weder lieben noch hassen noch achten noch fürchten, wiewohl sehr nahe an alles dieses zusammen kommen.

Es machte viel auch, daß ich immer reisete; Reisen erhält oft kälter. Wenn ich nach der Küste sehe und denke, daß ein großer Römer bald in Baja, bald in Deutschland, bald in Gallien, bald in Rom war, und daß ihm die Erde eine große Stadt wurde: so begreif' ich leicht, daß ihm die Menschen zu Massen wurden. Reisen ist Beschäftigung, was uns Weibern immer fehlet. Die Männer haben immer zu tun und schicken die Seele auswärts, die Weiber müssen den ganzen Tag daheim bei ihrem Herzen bleiben. In der Schweiz legt' ich mir (so wie die Prinzessin Idoine) eine kleine Ökonomie an, und ich weiß, wie man über kleine Ziele, die man täglich erreicht, sich über das hohe tröstet, das wie ein Gottes-Thron in der Höhe liegt.

Da kam ich gerade in dieser *stillen Woche* des Lebens an den Eissee in Montanvert. An pittoresken Bergen, Ebenen, Klüften hatt' ich mich in Spanien satt gesehen, und an Eisbergen in der Schweiz. Aber ein Eismeer in dieser Höhe, ein einsames uraltes blaugrünes Meer, von roten Felsen umstanden, eine breite Wüste voll reger aufstehender Wellen im Sturm, die ein plötzlicher Tod, ein Medusenhaupt so mitten im Leben starr und fest gemacht! Es schlug ein Gewitter, mir sonst furchtbar, damals mit Flammen den Berg herauf, ich merkt' es kaum, meine Seele hing sinnend an der Stille eines versteinerten Sturms, an der *Ruhe* des – Eises! Ich erschrak, weinte ungewöhnlich den Berg herab, und in derselben Woche legt' ich das ökonomische Spielwerk beiseite und reisete fort.

Ich machte aber keine Wettergebete, sondern wohnte drunten ohne Klage in der Regenschlucht eines dunkeln kalten Daseins. Da brachte mich das Schicksal auf den Epomeo, und da wollten die Götter, daß es sich änderte.

Aber nun muß es so bleiben. Wenn ein seltenes Wesen zu einem seltenen Wesen gesagt hat: Du bists!, so sind sie nur durch- und füreinander. Die Psyche mit der Lampe wird es nicht fühlen, wenn die Lampe ihre Locken und ihre Hand und Herz ergreift und verbrennt, während sie selig den schlummernden Amor anschauet; aber wenn der entschlüpfende heiße Öltropfe aus der Lampe den Gott berührt und er aufwacht und ihr zornig entfliegt auf ewig – auf ewig – Ach du arme Psyche! – Was hilft dir der Tod im aufgelösten Eismeer? – – Hat denn noch kein Mann den Schmerz der verlornen Liebe empfunden, damit er wisse, wie noch tausendmal härter er eine Frau verheere? Welcher hat denn Treue, die rechte, die keine Tugend und keine Empfindung ist, sondern das Feuer selber, das den Kern der Existenz ewig belebt und erhält? –

Ich bin krank, Albano, sonst weiß ich nicht, wie ich zu diesen tristen Ideen komme. Ich bin so ruhig im Innersten; ich habe nur die Saiten, nicht die Stimmung gezeigt. Wir sollen nicht auf die Zukunft wirken und sehen, sondern auf die nächste Gegenwart. Erschiene je die Zeit – ich habe weder Reue noch Geduld – je die Zeit, wo du mich nicht mehr und recht liebtest: ach ich würde stiller, stärker, kürzer sein als jetzt, und was gibt es weiter, als entweder *für* den Geliebten sterben oder – *durch* ihn?

Komme bald, Holder! Es ist sehr schön um uns, es hat geregnet, alle Welt jubiliert und sieht die Sonnen-Tropfen und hat sich einen Himmels-Trank gesammlet; auch ich habe für dich Tassen und Vasen in der Eile hinausgestellt. Komme, ich will dir das Ölblatt und den Myrtenzweig bringen und um das Haupt Rosen und Violen winden. Komme, ich dachte sonst nicht, daß ich so oft nach dem Posilippo sehen würde. – *L.*«

»N.S. Auch die Nebenbuhlerin sieht nach dem Posilippo und freuet sich auf dein Wiedersehen. Doch übereile nichts. Addio, caro. *J.*«

*

Albano fand in diesem Charakter eine stille Rechtfertigung und Erfüllung aller Foderungen, die er früher bei Lianens Leben immer an ein geliebtes Wesen machen mußte; er nahm aber in der Unschuld seiner Liebe nicht wahr, daß gerade diesem Wesen die in seinem Briefe regierende Sehnsucht nach Krieg und Taten nicht gefallen könne.

Er besuchte nun die unterirdische Stadt in ihrem Gottesacker, gleichsam neben der Cestius-Pyramide des Vulkans. Dian ging mit ihm das Herkulanum als ein antiquarisches Lexikon durch, um ihm die ganze Haushaltung der Alten bis zum Mahlen hinauf aufzublättern; aber Albano war bewegter als sein Freund von dieser mitten in der Gegenwart wohnenden Vergangenheit, von den stillen Häusern und nächtlichen Gassen und von den häufigen Spuren der fliehenden Verzweiflung. »Wären denn nicht diese Leute alle jetzt doch tot ohne den Vesuv?« fragt' ihn Dian heiter im heitern Lande. »Ich frag' Euch lieber,« (fuhr er fort) »ob ein Baumeister, wenn er aus dieser Kunstkammer oder Kunststadt gekommen, in Eurem Deutschland noch viel Lust haben kann, nach der größten Ruine der Erde die erbärmlichen winzigen für Eure Füstengärten anzugeben.« – Sie sahen in einem dunkeln Vorhaus eben eine irdene Maske an, die man in Gräber stellte, mit Lampen wie Augen darhinter. Da blickte ihn Albano starr an und sagte: »Sind wir nicht blitzende Larven aus Erde am Grab?« – »Pfui, die häßliche Idee!« sagte Dian.

Noch lange draußen im lebendigen Sonnenschein gingen ihm dunkle Gedanken nach, neben dem glänzenden Portici stand der Vesuv als Scheiterhaufen und der Todesengel darauf. Er dachte an Hamiltons Weissagung, daß das schöne Ischia einst auf der Mine eines Erdbebens sterbe. Selber Lindas Brief betrübte ihn mit dem bloßen Gemälde ihres möglichen Verlusts.

In Neapel besah er noch einige Merkwürdigkeiten; dann schifft' er sich am andern Morgen nach dem Eden der Wellen ein.

115. ZYKEL

Und als sie sich wieder sahen und wieder faßten: waren sie entzückter und verbundner, als es jedes glückliche Herz vorausgesehen. Linda saß still und sanft, sah den schönen Jüngling an und ließ ihn und die Schwester erzählen, die sich oft unterbrach, um beide zu küssen. Er sprach sehr erfreuet über Lindas Brief; Männer machen überall mehr aus dem Geschriebenen als Weiber. Linda sprach gleichgültig: »Ach was! Ists geschrieben und gelesen, so sei es vergessen. In Ihrem ist zuweilen auch ein nordisches Faux-brillant.« – »Die Gräfin« (sagte Julienne) »lobt niemand ins Gesicht als sich.« Linda ertrug mit eigner Gutmütigkeit den Spott. Albano, ihr oft gefallend und mißfällig, wo ers nicht wußte, vergab der Liebe so leicht. Der Freundschaft vergibt die beleidigte Eitelkeit schwerer.

»Zwar doch!« (holte Julienne plötzlich unter dem Schleier der Lustigkeit zu einer ernsten Rede aus) »Dein Emigrier-Projekt nach Frankreich ist ein Faux-brillant. Kannst du denn glauben, daß man es dir zulässet? daß eine Prinzessin-Schwester von Hohenfließ dem Bruder Pässe zu einem demokratischen Feldzuge unterschreibt? Nimmermehr! Und gar kein Mensch, der dich liebt!« – Albano lächelte, wurde aber am Ende ernst. Linda war still und senkte das Auge. »Zeige mir« (sagte er sanft wie nur mit halbem Ernst und Scherz) »auf der Landkarte eine bessere Laufbahn!« – »Einen bösern Laufgraben?« (sagte sie spielend) »Wohl kaum!« Nun schattete sie mit aristrokratischen, weiblichen und fürstlichen Farben zugleich, mit dreifarbigen Farbenerden alle Flammen, Rauchwolken und Wellen ab, womit der Monte nuovo der Revolution aus dem Grunde aufgestiegen war. Und setzte dazu: »Lieber ein müßiger Graf als das!« – Er wurde rot. Von jeher war ihm das weibliche Binden der männlichen Kraft, das liebende Krummschließen zu Blumen herab, das ungerechte Umschmieden des Liebes-Rings zum Galeeren-Ring so aufschreckend und verhasset; – »in einer Welt, die nur eine Meßwoche und ein Maskenball ist, nicht einmal Meß- und Maskenfreiheit zu behalten, ist stark«, hatte einmal Schoppe gesagt und er nie vergessen, weil es aus seiner Seele in sie kam. »Schwester, du bist entweder nicht mein Bruder, oder ich deine Schwester nicht,« (sagt' er) »sonst verständen wir uns leichter.« Lindas Hand zuckte in seiner, und ihr Auge ging langsam zu ihm auf und schnell nieder. – Julienne schien vom Vorwurfe des Geschlechts betroffen zu sein. Albano dachte an die Zeit, wo er sein Herz aus Wachs zerdrückte mit einem aus Eisen, und sagte, heller und kälter: »Julienne, ich will gern kein Nein zu dir sagen, wenn du es nur für kein Ja ansiehst.« – Er könnte, fiel ihm ein, seinen Widerspruch leicht hinter die Zukunft verstecken, da ja noch kein Krieg in Europa entschieden war;

aber er fand das nicht ehrlich und stolz genug. – »Quäle nicht!« sagte Linda zu ihr. »Jawohl,« (sagte Julienne aufspringend) »ich darf ja nur an das und an das denken – was weiß ich!« und sah sehr ernsthaft aus. »Noch zwei Tage« (setzte sie dazu und suchte aus dem Ernst zu kommen) »können wir auf der Insel wie Götter, ja wie Göttinnen verleben; wiewohl zu einem Gott taug' ich allenfalls, nur zu keiner Göttin; diese muß länger sein; ich bin nur die Folie der Gräfin aus unendlicher Güte.« Denn Juliennens Gestalt verlor durch die Nachbarschaft der majestätischen Linda.

Aber der Krieg der liebenden Menschen hatte sich durch keinen Frieden geschlossen und blieb daher in seinen Waffen. Wie der Vesuv glühende Steine, so wirft der Mensch seine Vorwürfe so lange in sich empor und erhebt und verschlingt sie wechselnd, bis endlich eine glücklichere Richtung sie über den Rand hinaustreibt.

In Albano arbeitete wohl die Frage, was Lindas Schweigen zum kleinen Kriege über und wider den großen bedeute; allein er legte sie nicht vor. Der Unabänderlichkeit seines Entschlusses sich bewußt, war er milder gegen die Schwester, die er, glaubt' er, doch einmal sehr damit verwunden würde. So war er durch den kalten und warmen Wechsel des Lebens sanft geworden, wie ein Edelstein durch schnelles Erglühen und Abkühlen sich in Arzenei verwandelt.

Schnell und schön gingen die letzten Freudentage über die Insel hinüber, die nach dem Regen wie ein deutscher Garten grünte. Die weiche kühle Luft – die Myrten- und die Orangendüfte – einzelne Glanzwolken am warmen Himmel – der Zauberrauch der Küsten – die goldne Sonne am Morgen und am Abend – und die Liebe und die Jugend schmückten und krönten die einzige Zeit. Hoch brannte auf der blühenden Erde die Opferflamme der Liebe in den blauen stillen Himmel. Wie zwei Spiegel voreinander stehen und der eine den andern und sich und die Welt abmalt und der andere alles dies und auch die Gemälde und den Maler: so ruhten Albano und Linda voreinander, Seele in Seele ziehend und malend. Wie der Montblanc herrlich sich im stillen Chedersee hinabspiegelt in einen blassern Himmel: so stand Albanos ganzer fester lichter Geist in Lindas ihrem. Sie sagte: er sei ein Redlicher und Edler zugleich und habe, was so selten sei, einen *ganzen* Willen; nur wollt' er, wie oft die Männer, noch mehr lieben, als er liebe, und daher merk' er seine stille Erbsünde vor Selbstsucht nicht genug. Gegen nichts sträubt' er sich zorniger und aufgebrachter als gegen den letztern Tadel, und er vergab ihn niemand als der Gräfin. Er widerlegte sie, so stark er konnte; aber ihre Meinung wurde durch die beste Vertilgung nur eine Scheinleiche und trat ihm in der nächsten Stunde wieder lebendig entgegen.

Mit sich wurd' er durch sie näher bekannt als mit ihr selber. Er nannte sie die Uranide, weil sie ihm wie der Himmel zugleich so nahe und so fern erschien; und sie hatte nichts gegen diesen vollen Lorbeerkranz. Es gibt eine himmlische Unergründlichkeit, die den Menschen göttlich und die Liebe gegen ihn unendlich macht; so ließen die Alten die Freundschaft die Tochter der Nacht und des Erebus sein. Wenn Albano so über den weiten reichen Geist Lindas hinsah – sie, zugleich ihrer Liebe lebend und jede fremde beschirmend und doch gleichsam vom Wissens-Durste trunken – zugleich ein Kind, ein Mann und eine Jungfrau – oft hart und kühn mit der Zunge, für und gegen Religion und Weiblichkeit und doch voll der zärtesten kindlichsten Liebe gegen beide – glühend zerschmelzend vor dem Geliebten und schnell erstarrend bei kaltem Anrühren – ohne alle Eitelkeit, weil sie immer vor dem Throne einer göttlichen Idee stand und der Mensch nie eitel ist vor Gott, aber sich alles zutrauend und vor niemand demütig, ohne doch sich oder andere zu vergleichen – voll männlicher kecker Aufrichtigkeit und voll Achtung für Gewandtheit und listigen Welt-Verstand – so ohne Eigennutz und kindlich über Frohe froh, ohne besondere Sorge und Achtung für Menschen – so unbeständig und unbiegsam, jenes in Wünschen, dieses im

Wollen – aber ewig ihr Auge und Leben gegen die Sonne und den Mond des geistigen Reichs, gegen Würde und Liebe gerichtet, gegen das eigne und gegen ein geliebtes Herz: – wenn Albano das alles vor sich spielen und weben sah, so lebt' er gleichsam auf dem einfachen und doch unabsehlichen, dem beweglichen und doch allgewaltigen Meere, dessen Grenze bloß der klare Himmel ist, der keine hat.

An dem Himmel der drei Liebenden erschien endlich die Morgenröte des Reise-Tages. Es wurde von beiden Freundinnen bestimmt, daß Albano sie nur bis Neapel, wo ihre Leute ihrer warteten, begleiten – dann sie in Rom einmal zufällig – dann auf Isola bella zum letzten Male zufällig finden dürfte; eine sehr unfreundliche Unterwürfigkeit unter den Welt-Schein, auf welche aber Linda so stark als Julienne drang und zu welcher selber Albano, durch seine Geburt mehr zum Standes-Zwange abgehärtet als ein bürgerlicher Jüngling von gleicher Seele, leicht das schmerzliche Ja unter dem schweren Schleier aller Verhältnisse hergab. Julienne entschied über alle kleinern Maßregeln; sie war auf der ganzen Reise die Geschäftsträgerin der Gräfin gewesen, die, wie sie sagte, nicht Kopf genug habe, um sich einen Hut darauf zu kaufen, so rasch, geldvergessen und träumend sei sie. Die Schwester war so munter und ganz hergestellt, sagte aber, alle fünfunddreißig heiße Quellen der Insel hätten nicht halb so viel für ihre Genesung getan als ebenso viele Freudentränen, die sie zum Glück vergossen habe.

Sonderbar erschien alles um sie am Reise-Morgen: ein helles warmes Gewölk' vertropfte silbern – die Sonne schien zwischen zwei Bergen darein – die entzückten Eiländer sangen ein neues Volkslied unter der Regen-Ernte oder Tropfen-Lese – indes ihre Freunde eilig von den Wellen aus ihrem Freuden-Kreise weggezogen wurden. Agata stand, um sich zu kühlen, mit einer Schlange in der Hand am Ufer, und Albano fühlte dabei einen Schmerz, den er sich nicht zu erklären wußte. Jetzt warf der Epomeo den Wolken-Himmel auseinander, und glänzende Wolken-Stücke zogen langsam ihnen voraus, nach dem Apennin, dem Norden zu, dem Wohnhimmel der Nebel, und schnell und leicht glitten die Schatten des Himmels über die wimmelnden Wellenspitzen.

»Immer« (sagte Albano, nach der nach Westen zurückschwimmenden Insel blickend) »bestehe mit deinem Berg; nie reiße ein Unglück das schönste Blatt aus dem Buche der Seligen!« – »Wie wird es mit uns allen sein,« (sagte Linda) »wenn wir einmal wiederkommen und den schönen Boden wieder suchen?« – Da erblickten sie einen hochgewölbten Regenbogen, der halb auf der Insel und halb auf den Wellen stand, die ihn wie einen gewölbten bunten Wasserstrahl auf das Ufer auszuwerfen schienen. »Wir werden« (sagte Julienne entzückt) »durch den Bogen des Friedens eingehen.« Bei diesem Worte verschwand der Regen und der Farbenkranz; und allein die Sonne glänzte hinter ihnen.

Durch den Fackeltanz der Wellen lief die Fahrt. Die Fernen glänzten und dampften herrlich. »Warum ergreifen die Fernen so mächtig die Seele, obgleich aus denselben Farben wie die Näh gemalt?« sagte Albano. »Das ist eben die Frage«, sagte Dian. Gewaltig lag das Meer wie ein Ungeheuer an den Küsten über ihren ganzen Weg nach Rom hin ausgestreckt und hob die Schuppen von Wellen auf und nieder. Albano sagte: »Da ich auf dem Vesuv das Gebürg' ansah und das Meer: so dacht' ich daran, wie klein und falsch teilet der enge Mensch die zwei Kolossen der Erde in kleine benannte Glieder entzwei und tut, als reiche nicht dasselbe Meer um die ganze Erde.«

Seine Freundinnen konnten, zu innig und trübe bewegt, nichts antworten, und vor den fremden Augen standen ihnen keine Worte, kaum Blicke frei. Als Albano wieder das Schlachtfeld der Zeit, die Ruinen-Küste, näher sah, die den Mann ewig fassen und heben – die alten Tempel und Thermen, wie alte Schiffe auf dem Lande sterbend – hier einen niedergedrückten Riesentempel, dort eine Stadtgasse unten auf dem

Meersboden[1] – die heiligen Gedächtnissäulen und Leuchttürme voriger Größe leer und ausgelöscht neben der ewig jungen Schönheit der alten Natur: so vergaß er die Nachbarschaft seiner eignen Vergänglichkeit und sagte zu Linda, deren Auge er dahin gerichtet: »Vielleicht errat' ich, was Sie jetzt denken, daß die Ruinen der zwei größten Zeiten, der griechischen und römischen, uns nur an eine *fremde* Vergangenheit erinnern, indes andere Ruinen uns nur gleich der Musik an die *eigne* mahnen, das dachten Sie vielleicht.« – »Wir denken hier gar nichts,« (sagte Julienne) »es ist genug, wenn wir weinen, daß wir fort müssen.« – »Wahrlich, die Prinzessin hat recht«, sagte Linda und setzte wie unmutig über Albano und alles dazu: »Und was ist das Leben weiter als eine gläserne Himmelspforte? Sie zeigt uns das Schönste und jedes Glück, aber sie ist doch nicht offen.«

Durch Zufälle fremder Umgebung waren sie gezwungen, sich mit kaltem Scheine zu verlassen und nach der Gewohnheit des neckenden Schicksals eine große Vergangenheit mit einer kleinen Gegenwart zu beschließen.

Albano reisete, so schnell sein Sinn es vermochte, über die erhabne Welt um ihn her. Als er in Mola ankam, hört' er die seltsame Nachricht, daß man in Gaeta eine ganze lederne Kleidung mit einer Maske weit im Meere schwimmend gefunden, die des aufgefahrnen Mönchs seine gewesen sein müsse und bei welcher man nichts so unbegreiflich gefunden als die Leerheit ohne einen toten Leib. – In Mola verduftete endlich die schöne Ischias-Insel, die hohe Himmelsburg, und der steigende Pol bedeckte unter andern südlichen Sternbildern auch dieses warme, das mit Glückssonnen so lange über ihm geschimmert; und der letzte Stern des kurzen Frühlings ging hinab.

Das ist das Leben, das ist das Glück. Wie der spielende Mond besteht es aus ersten und letzten Vierteln, und langsam nimmt es zu und langsam ab – in seiner Hoffnung, in seiner

1 Bei Baja.

Furcht –; ein kurzer Blitz ist der Vollmond der innersten Entzückung, eine kurze Unsichtbarkeit der Neumond der innersten Öde; – und immer hebt das leichte Spiel wie der Mond seinen Kreis von neuem an.

DREISSIGSTE JOBELPERIODE

Tivoli – Streit – Isola bella – die Kinderstube – die Liebe – Abreise

116. ZYKEL

Albano trat wieder bei dem Fürsten Lauria ab, der bisher in einem solchen Zustrom neuer Begebenheiten geschwommen war, daß er die Abwesenheit kaum innen geworden und sich über die Wiederkunft wundern wollte. Es war unterdessen der deutsche Krieg gegen Frankreich festgesetzt worden. Diese Botschaft trug er seinem Enkel voll von der freudigen Erwartung entgegen, welche große Szenen ein solcher Kampf entfalten müsse. Auch Albano wurde lange mit ihm von diesem hohen Strome gezogen, eh' er daran dachte, daß diese Nachricht anders und niederschlagender auf seine Schwester wirken würde als auf ihn. Aber das heroische Feuer, in welches er sich mit dem politischen Lauria hineinsprach, spielte ihm einen leichten Sieg über die schwesterliche Liebe vor.

Er wollte den Freundinnen seine Ankunft sagen, als er vom Fürsten vernahm, daß beide, wie er von der Fürstin Altieri, bei der sie wohnten, gehört, schon nach Tivoli gegangen. – Wie glücklich reisete er, die freundliche Absicht dieser Zwischenreise erratend, aus dem von Liebe und Frühling strahlenden Rom und sah ebenso heiter nach der Zukunft, wo sein Leben sich blühend auseinanderschlug, als nach Tivoli, wo er zwei Herzen an eines zu drücken hoffte.

Er fand, da er in der Stadt Tivoli ankam, die feurigen

Mädchen schon entwichen nach der Kaskade. Wie ein Mensch im Tempe-Tal oder vor dem Genfersee nur im unachtsamen Traum am Ufer vor den Wasserbildern des Himmels und der Erde vorübergeht, weil ihn die blühenden Urbilder rings umher umfangen und entzünden: ebenso glitten die Felsen der bevölkerten Landschaft und der runde Vestas-Tempel und die ineinanderfließenden Täler vom römischen Tore an bis zum Tempel, diese glänzenden Reihen glitten nur als Traum- und Wasserbilder vor dem Herzen vorüber, worin eine Geliebte lebendig blühte und mit der Fülle einer Welt eine Welt verdrängte.

Er irrte unter dem Gewühle der Aussichten umher, ohne die schönste zu finden, als ihn ein kurzer blaßgelber reichgekleideter Mensch mit eingeschrumpftem Gesichte erblickte und mit dem seidnen Arm auf den Weg zur Kaskade zeigte, ungefragt sagend: wenn er die Damen suche, so seien sie bei der großen Kaskade.

Albano schwieg, ging weiter, sah zwei und erkannte Linda an ihrer hohen Gestalt. Endlich sahen, fanden, umfaßten sich die drei Menschen, und der herrliche Wassersturm wehte in die Entzückung. Linda sagte zärtliche Worte der Liebe und glaubte stumm zu sein, denn das schöne Gewitter aus Strömen zerriß die zarten Silben wie Schmetterlinge. Sie hatten sich nicht gehört und standen, schmachtend nach ihren Lauten, umrungen von fünf Donnern, mit weinenden Augen voll Liebe und Freude voreinander. Heilige Stelle, wo schon so viele tausend Herzen heilig brannten und selig weinten und sagen mußten: das Leben ist groß! – Heiter und fest glänzt in der Sonne oben die Stadt über dem Wasser-Krater dahin – stolz schauet Vestas zerrissener Tempel, mit Mandelblüte bekränzt, von seinem Felsen auf die Strudel nieder, die an ihm graben – und ihm gegenüber spielet der strudelnde Anio alles auf einmal vor, was Himmel und Erde Großes hat, den Regenbogen, den ewigen Blitz und den Donner, Regen, Nebel und Erdbeben.

Sie gaben sich Zeichen, zu gehen und das stillere Tal zu suchen. Wie klangen ihnen darin die Worte Bruder, Schwester, Linda wie neue Menschenlaute im Paradies! Hier, ehe sie den Hügel voll neuer Wasserstürze, Blitze und Farben bestiegen, suchten sie sich ihre Reisen und Nachrichten einander zu erzählen. Julienne berichtete die frohe, ihr Bruder, der Fürst, gebe wieder Hoffnung der Genesung, seitdem er wachend, wie er beteuere, seinen toten Vater gesehen, der ihm längeres Leben versprochen. Die schöne Linda blühte im Paradies wie eine verhüllte Göttin, die ihren Geliebten auf der Erde lange suchte und endlich gefunden hat. Sie nahm oft seine Hand und drückte sie wider ihre Augen und Lippen und lispelte kaum hörbar, wenn er mit ihr oder Juliennen sprach: »Lieber! – Freundlicher Mensch!« – Über die Gegend schwieg sie; denn über jede sprach sie erst, wenn sie aus ihr gekommen war.

Julienne, über die brüderliche Genesung so froh, fing allerlei Scherze an, sagte, daß sie bedauere, aus Neapel ihrem Ludwig ein vergebliches Spezifikum gegen sein Übel gesandt zu haben, und fragte endlich Albano: »Kennst du nicht einen Jüngling namens Cardito? er will dich kennen.« – Er sagte Nein, erzählte aber, ein kleiner stämmiger Mensch hab' ihn hier zu kennen geschienen und zur Kaskade gewiesen. Julienne fuhr auf und sagte, es sei entschieden der haarhaarische Prinz, der auf Luigis Tod und Thron so boshaft hoffe; er wohne in Tivoli im Hause des Herzogs von Modena und gehe gewißlich als ihrer aller Spion umher. Um sich selber nach diesem gehaßten Mißlaut wieder auszustimmen, setzte sie die Frage über Cardito fort und sagte: »Es ist ein sehr schöner derber Korse (der Prinz ist ja die lebendige Ungestalt), und er kündigt dir ganz ernsthaft den Krieg an.«

»Den soll er wahrlich haben«, sagte Albano, der nun alles begriff; und – alles erzählte. Cardito war jener Korse, mit dem er früher sich über den gallischen Krieg entzweiet hatte. »Bruder, das ist noch dein Ernst?« sagte Julienne mit gedehntem Akzent. »Jetzt besonders!« sagt' er entschieden, um den Streit sogleich auszuschließen. Heftig drückte Linda seine Hand in ihre Augen, als wolle sie sie damit bedecken. »Nun, so verhandle deinen Prozeß mit mir, so vernünftig du kannst, und lasse deine Rechtsgründe hören; aber laß uns erst auf den Hügel, damit man dabei auch etwas sieht«, sagte die Schwester.

Auf dem Hügel – vor dem Grün des blitzenden Tals, wo überall der Strom wie ein verwundeter Adler mit dem Flügel an der Erde schlug – vor den auf die Blumen herunterblitzenden drei Kaskatellen – fing Albano bewegt und begeistert an: »Ich habe nur *einen* Grund, liebe Schwester – ich bin noch nichts – ich bin kein Dichter, kein Künstler, kein Philosoph, sondern nichts, nämlich ein Graf. Ich habe aber Kräfte zu manchem, warum soll ichs nicht sagen? – Wahrlich wenn ein Da Vinci alles ist, oder ein Crichton, oder wenn ein Richelieu, ob er gleich den politischen Thron behauptet, doch noch den poetischen besteigen will: soll ein anderer mit kleinern Wünschen nicht entschuldigt sein? – Und bei Gott! eigentlich will ein Mensch doch alles werden, denn er kann nicht anders, er sehnet und treibt sich dazu hin, und das innige versteckte Herz weint Blutstropfen, die keine Menschenhand abtrocknet, nur die hohen Eisenschranken der Notwendigkeit halten ihn auf – Schwester, Linda, was hab' ich denn noch getan auf der Erde?« –

»Diese Frage; – und diese ist genug vor Gott«, sagte Julienne, bewegt von der wund-stolzen Bescheidenheit des Jünglings und von seiner schönen Stimme, welche zornig so klang wie gerührt. »Worte! was sind Worte?« (sagt' er) »O man schämt sich wohl freilich, daß man etwas früher nur denken und sagen muß, eh' mans tut, obgleich der dürftige Mensch nicht anders kann, sondern jede Tat wie eine Statue vorher im elenden Wachs der Worte modellieren muß. Ach, Linda, liegen hier nicht überall um uns Taten, statt der Worte und Wünsche? – Hab' ich nicht auch einen Arm, ein Herz, eine Geliebte und Kräfte wie andere und soll mit einem morschen mürben spanisch- oder deutschen Grafenleben aus der Welt gehen? – O meine Linda, streite du für mich!«

»Ich bin« (sagte sie, scharf nach der großen Kaskatella blickend, die hoch aus Bäumen herniederstürmte) »nicht von vielen oder beredten Worten und verstehe Sie auch nicht ganz. Ich muß mir immer die Worte in Ideen und Wahrheiten übersetzen und vermag es nicht allzeit. Bei Ihren Worten, Graf, denk' ich mir gar nichts. Wem die Liebe nicht allein genügt, der ist von ihr nicht erfüllet worden. Freilich, so mit dem Herzen alles vergessend wie wir, so konzentriert in *eine* Idee des Lebens sind die Männer nie. Ach und so wenig ist der Mensch dem Menschen, ein Menschen-Bild ist ihm mehr und jede kleine Zukunft!«

»Auch du, Brutus?« sagte Albano betroffen. »Würden Sie« (fuhr er sich fassend fort) »dem Elysiums-Leben auf Ischia eine Ewigkeit für einen Mann geben? Würden Sie ihn als Jüngling ins Kloster der seligsten Ruhe schicken? Gewiß nur als Greis. Jenes hieße den Baum mit dem Gipfel in die finstere Erde pflanzen.«

»Das ist wieder der Deutsche,« (sagte sie) »nur immer recht Betriebsamkeit. Die ruhigen Neapolitaner, die Völker am Apennin, an den Pyrenäen, am Ganges, in Otaheiti, voll Genuß und Beschauung, sind diesem Spanier ein Greuel. Ich dächte, wenn ein Mensch nur für sich etwas würde, nicht für andere, das reichte zu. Was *große Taten* sind, das kenn' ich gar nicht; ich kenne nur ein *großes Leben*; denn jenen Ähnliches vermag jeder Sünder.« –

»Wahrlich, das ist wahr,« (sagt er) »es gibt nichts Erbärmlicheres als einen Menschen, der sich durch dies oder das zeigen will, was ihm selber groß, selten und ohne Verhältnis zu seinem Wesen vorkommt und ihm daher gar nicht angehört. Jede Natur treibt ihre eigne Frucht und kann es nicht anders; aber ihr Kind kann ihr niemals groß erscheinen, sondern immer nur klein oder gerecht. – Ists anders, so ist ihr eine ganz fremde Frucht an den Zweig gehangen.«

»Albano! wie wahr! Aber Ihr hattet sonst nie einen halben Willen, wie ist's?« sagte Linda. »Jetzt auch nicht!« sagt' er ohne

Härte. Man ist am sanftesten, wo man am stärksten ist mit dem Entschluß. Er suchte nun seine eignen Worte – das Öl und den Wind für sein Feuer – recht zu sparen und zu meiden; um so mehr, weil Worte doch gegen nichts helfen, sondern vielmehr das fremde Gefühl anstatt aus- nur anblasen; dabei wurd' er noch der häufigen Fälle eingedenk, wo er Linda mit einem einzigen Worte bei aller Unschuld zur Flamme aufgetrieben. Sie standen, und er schauete hin über das göttliche Land, als Linda, nach einem stummen Blicken in sein Angesicht, ungeachtet ihres scheinbar-ruhigen Philosophierens, auf einmal heftig seine Hand anfaßte und rief: »Nein, du darfst nicht, bei meiner Seligkeit, bei allen Heiligen – bei der heiligen Jungfrau – bei dem Allmächtigen! – du darfst, du sollst nicht!« Einen Raub gibt es, wogegen ewig der Mann unaufhaltsam entbrannt aufsteht, und beging' ihn eine Göttin aus Liebe und böte sie dafür eine Welt von Paradiesen: es ist der Raub seiner Freiheit und freien Entwickelung. Ja, daß es Liebe ist, aber despotische, zugleich Freiheit übende und raubende, das erbittert ihn nur noch mehr, und aus dem *Nebel* des Irrtums wird später das *Gewitter* der Leidenschaft. – Linda wiederholte: »Du darfst nicht.« Er sah' ihr bewegtes glänzendes Antlitz an, dessen südliche Heftigkeit doch mehr einem Enthusiasmus glich als einem Zorn, und sagte fest: »O Linda, ich werde wohl dürfen und wollen!« – »Nein, ich sage Nein!« rief sie. –

»Bruder!« fing die Schwester an. »O Schwester,« (rief er) »sprich sanft, ich bin ein Mann und habe heftige Fehler.« Ihn zog der erhabene Krieg des Wassers mit der Erde und mit Felsen, das Durcheinanderstürmen der blitzenden Regengestirne umher wie an Flügeln in die Wirbel – die große Kaskatella warf aus hohen Bäumen ihren Wolkenbruch heraus, und aus dem Himmel ohne Donner stäubte eine schimmernde Welt – und in Osten, zeigte sich fern das Meer im dunkeln Schlaf, und die untergehende Sonne drang glänzend in den Glanz herein.

»Gewiß werd' ich sanft reden« (sagte die Prinzessin, die, viel empfindlicher und nachklingender als Linda, einige Mühe hatte, den Sprachton zu ihrem Versprechen zu stimmen) – »Es braucht nichts weiter als die Betrachtung, daß unser Streit zu früh ist; ich tue bloß die Bitte, ihn bis zum Oktober auszusetzen, und das Versprechen, daß er dann anders ausgeht.« – »O es sei!« sagte Albano. Linda nickte sanft und langsam und legte wider Erwarten seine Hand mit beiden an ihr Herz und sah ihn an, aus großen Augen weinend, denen sonst Feuer gewöhnlicher war als Wasser. Ihn zerschmolz der Anblick, daß diese kräftige Natur nur Heftigkeit ohne Hassen und Zürnen hatte, und ihn erfrischte unendlich sein voriges geheimes Niederschlagen seiner auffahrenden Flammen.

Die Schwester wurde durch beide erweicht, und eine Minute der zärtesten Liebe umschlang bald die drei Menschen mit *einer* Umarmung. Die Hyperbeln des Zorns sind dem Menschen nie so ernst als die der Liebe, jene soll nur der andere glauben, diese glaubt er selber; alle hatte das Aussprechen ausgeheitert.

Wenn sonst eine vergangne kalte Minute den Liebenden, wie eine kalte Nacht den Bienen, noch die Blumen zuschließet, woraus sie den Honig nehmen, so war hier nach dem Sturm aus klarer blauer Luft der Himmel reiner und stiller, und die Ruhe wurde Seligkeit wie die Seligkeit Ruhe. Durch Albano war, obwohl schnell, die Furie der Furcht gegangen, die ein umgekehrtes Sternrohr hält und dadurch den Menschen einen ganz fernen ausgeleerten Himmel ohne Sterne zeigt; aber nicht so durch Linda: sie hatte immer in Liebe und Hoffnung fortgesprochen, und für ihr glühendes Herz gab es keine Stellen mit Eis. Darum war er jetzt so selig, und so beglückt vom Anschauen der kräftigen Natur! Eine hohe lange Tal-Kette, worin Wein und Öl in Blütendüften flossen, führte alle dem großen Rom entgegen. Eine Zeitlang durfte sie der Jüngling begleiten; endlich mußt' er zu einer langen Entfernung Herz und Auge von den Geliebten reißen, als über die grünen Täler her schon die mächtige Peters-Kuppel herüberglänzte und die

Zypressen, stolz nur von Zypressen umgeben, das Gold des Abends auf den Zweigen trugen, ohne sie zu regen. Alle hatten das Auge am schönen Rom, aber ihr Herz war nur auf Isola bella, wo sie einander wiederzufinden versprachen.

117. ZYKEL

Auf dem Wege nach Isola bella dacht' er seiner kriegerischen Stunde mit der heftigen Linda nach und dem Charakter dieser Kriegsgöttin. Er erschrak über die steile Höhe, über welche er sich vor wenigen Tagen so weit herübergebückt, da Linda so entschieden ist, nichts kennt als Leidenschaft oder Vernichtung. Und doch fand er jetzt in der Abkühlung ihre gebietende Foderung an seine Freiheit noch härter und sagt' es sich stark, das Weib dürfe nicht das heilige Gebiet der männlichen Entfaltung einengen oder beherrschen. Von der andern Seite war ja alles Liebe und deren Übermaß – und je länger er reisete und verglich, desto einsamer und dunkler wurd' es auf der Stelle seines Lebens, auf welche nur sie die große Flamme warf. Sie rückte ihm durch sein stilles Beschauen ihres Geistes im Geiste viel heller und näher als durch die Gegenwart vorher, weil jenes sie auf einmal in Harmonie, diese sie mit den einzelnen Dissonanzen ohne die Auflösung gab. Ihre Kraft der allseitigen Unparteilichkeit für alle Charakter war ihm an einem Weibe ebenso selten als groß erschienen; zumal da er selber diese Kraft mehr in der Achtung für sie und in dem freudigen freien Auffassen großer, exzentrischer, poetischer Erscheinungen, aber nicht aller und der platten und schlechten wirken ließ.

Gleich mächtig und gewachsen standen in ihm nebeneinander Liebe und Freiheit; nur durch einen neuen Entschluß wurden sie verbunden und versöhnt, sanft zu sein, nicht bloß stark, ihr sein Freiheitsrecht und seine liebende Seele recht offen hinzulegen und das edle Wesen zu werden, das ihr gehört: bin ichs nicht, wenn ichs recht will? sagt' er.

In der höchsten Lebensfreude, in der Einigkeit mit sich und dem Schicksal, machte er seine Reise nach Isola bella so schnell, als hab' er da die Geliebte schon zu finden, nicht erst zu erwarten. Wie manches stand jetzt kleiner an seinem Wege, an das er das römische Maß und nicht das deutsche legte und wovor er nun, wie ihm sein Vater vorausgesagt, flüchtiger vorüberging! –

Endlich sah er die Kunst-Alpe von Isola bella in den Wellen stehen; und landete freudig mit seinem Lehrer in dem Kindheits-Garten an, wo er so viel erwarten und mit neuen welschen Lebens-Blüten am Herzen aus dem gelobten Lande scheiden sollte.

Er wartete mehrere lange Tage, sich sehnend und bangend nach den Freundinnen, ob ihm gleich der heitere Freund immer die Geschwindigkeit seiner Reise vorrechnete. Sein Entschluß, recht sanft zu sein, wurde immer unnötiger und unwillkürlicher. Die Insel selber lösete schon mit ihren Frühlingen aus Düften und mit dem fernen Kranz aus Alpen die Seele auf. Im vorigen Jahre hatt' er sie mehr in Blättern als in Blüten gesehen. Es war ja sein Kindheitsland – an vielen Plätzen an der See schimmerten ihm Sterne aus einer tiefen nachmitternächtlichen Lebens-Frühe herauf – hier hatt' er zuerst seinen Vater gefunden und zuerst Lindas Gestalt über den Wellen gesehen – hier findet und verliert er sie nach der längsten Trennung wieder für eine noch längere – und hier steht er im Tore zwischen Norden und Süden. Das freie duftende Land voll Inseln, die Himmelsleiter des Lebens, steigt ihm in den Äther zurück, und er geht herab in ein kaltes voll Zwang und voll Augen – seine Liebe wird gerichtet vom Vater, sie wird angefallen vom untergegangenen Freund. »Ihr Tage in Ischia,« (seufzte er) »ihr Stunden auf dem Vesuv und in Tivoli, könnet ihr umkehren? könnet ihr je wiederkommen und das unersättliche Herz von neuem überströmen, daß es trinken und sagen kann: es ist genug?«

Zu seinem Dian sprach er, gleichsam um sich und sein

grenzenloses Sehnen zu entschuldigen, häufig von Chariton und ihren Kindern und fragt' ihn, wie es seinem Herzen dabei gehe; »sprecht mir nicht so viel davon,« (sagt' er, nach seiner Weise mehr empfindend als erratend und verratend) »wir sind noch so häßlich weit davon – man verdirbt sich die Reise ohne Grund – hab' ich sie alle aber . . . nun ei Gott!« – – Dann schwieg er, riß sich den Jüngling in die Arme und küßt ihn nicht.

An einem blauen frischen Morgen stand Albano, noch eh' die Sonne am Himmel auferstanden war, auf der hohen umblühten Terrassen-Pyramide, wo er einmal im Erwachen den teuern Vater ohne Abschied hatte entfliehen sehen – und blickte bewegt in den leeren weiten See hinab – und an die Gipfel der Eisberge umher, welche schon im Widerscheine der hoch herabziehenden Aurora blühten – und niemand war bei ihm als die Vergangenheit. Er blickte auf sich und in seine Brust und dachte: welche lange schwere Zeit ist seitdem durch diese Brust gezogen! Eine ganze Welt ist darin zum Traum geworden! Und das Herz schlägt noch frisch und fest darin! – Auf einmal sah er im lichten Morgen-Rauche des Sees ein Fahrzeug rudern. Langsam, träge watet' es, denn er sah es aus großer Ferne. Endlich glitt es, flog es, das Segel blühte auf im Morgenbrande, und die grünen Wellen wurden ein umspielendes Lauffeuer wie damals in Ischia um Lindas Schiff. – –

Linda war es und die Schwester. Sie sahen hinauf und grüßten winkend. Er rief in eiliger Wonne: »Dian, Dian!« und lief die vielfachen Treppen hinab, ganz verwundert und entzückt über den ausgebreiteten Glanz, weil er unter der frohen Erscheinung den Aufgang der Sonne nicht gesehen, welche vor der Geliebten die schönen Flammen, die Morgenblumen gleichsam in den Weg des Wassers unterstreuete.

»Seid ihrs wieder, ihr Göttlichen? O sprecht, weint vor Freude, daß ich selig werde und euch habe! Kommt ihr denn mit alter, rechter Liebe wieder?« so sprach er fort in beredter Trunkenheit, aus dem langen träumenden Warten geschöpft.

Linda sah mit heimlicher Engels-Lust, mit lieblichem Widerschein in die hoch spielenden Flammen seiner Liebe; und die Schwester genoß in süßer Regung die schöne Milde auf beider Angesicht, welche an der Kraft so bezaubert wie Mondlicht an einem Gebürg. Reisebeschreibungen wurden von beiden Seiten angefangen, aber keine geendigt; Tags- und Insel-Ordnungen vorgelegt, aber keine gewählt. Julienne hielt ihm sein Wort und ihre Bedingung, daß er abends weiterziehen müsse, ans Herz als eine kleine Kühlung gegen das Freudenfeuer darin; traurig sah' er zur freundlichen hellen Morgensonne auf, als steige sie nicht höher, sondern schon tiefer.

Sie gingen nun in schönem Irren durch die Insel, überall blühte neben der Gegenwart eine stille Vergangenheit, unter der Rose ein Vergißmeinnicht. Hier in dieser Grotte vor den aufhüpfenden Wellen hatt' er einst mit seiner Schwester Severina gespielt, und auf diesem Eiland wurde ihm ihr Tod verkündigt. »Aber Julie, du bist meine Severina und mehr«. sagt' er; – »ich denke,« (sagte sie sanft) »ebensoviel.« – Nicht weit von der Arkade hatt' er zum erstenmal in das Angesicht seines Vaters geschauet: »O wenn findest du aber deinen endlich? Sprich darüber, gute Linda!« sagt' er. Sie errötete und sagte: »Ich werd' ihn finden, wenn das Schicksal es zulässet.« – »Wenn aber ist das?« – »Ich weiß nichts«, sagte sie zögernd sanft. Da rührte ihn Julienne winkend an und sagte in so vielem französischem Latein, als sie zusammentreiben konnte, aber in einem gleichgültigen Ton, als spreche sie vor sich selber hin: »Non eam interroga amplius, nam pater veniet (ut dicitur) die nuptiarum[1].« Er blickte sie verwundert an, sie nickte sehr oft. »Julie ist« (sagte Linda lächelnd) »wie die Weiber, so listig im Handeln als offen im Sprechen. Ich hätte mich keinem Bruder so lange verstecken können.« – »Dafür« (versetzte sie) »bekamen die Geschwister einander gleich ausgewachsen und mit allen Vollkommenheiten und können sich

1 Frage sie nicht länger, denn ihr Vater soll, wie man sagt, an ihrem Hochzeittage kommen.

leicht liebhaben, wenn andere Schwestern erst viele Jahre die Fehler des heranwachsenden Bruders zu verwinden haben.«

Jetzt kamen sie auf die Galerie zwischen Limonien-Blüten, wo Gaspard seinem Sohne so viele Schleier und Masken um die Zukunft hängend hatte sehen lassen; da sagte Albano mit Unwillen: »Hier mußt' ich mir viele Rätsel ankündigen lassen – und dort« (er meinte die Stelle im Meer, wo ihm zuerst Lindas Bild auf den Wellen erschien) »wurde sogar diese teuere Gestalt nachgeäfft.« – »Mein Gott,« (sagte Linda heftig) »warum es noch gar aussprechen? o es war so schlecht, es zu tun!« – »Eingebüßet aber hat doch niemand viel dabei,« (sagte scherzend Julienne) »ausgenommen ein Paar die Herzen und ich die Anonymität!« – »Könnten wir beide nicht antworten, Albano?« sagte Linda leise und hob die Augen auf. »Bei Gott!« sagte er stark, denn ohne jene Vorspiele hätten sie sich früher gesucht und gefunden.

Unter diesen Blicken in eine seltsame, mit Zukunft durchwebte Vergangenheit waren sie in den borromäischen Palast, der diesen Tag zum Glück ohne die Besitzer war, getreten; weil Albano beide, auf Lindas Gesuch, in die Zimmer führen sollte, wo er mit Severina erzogen worden. Der Schloßwärter wollte sie, glaubend, sie suchten nur Aussicht – denn die Kindheitszimmer lagen im fünften Stockwerk –, auf das Dach hinausbringen; er beteuerte, es wären staubige Kinderstuben und seit undenklichen Jahren zugesperrt. Mühsam drehte der Mann mit einem rostigen Schlüssel ein eingerostetes Schloß auf. Sie traten ins bestäubte helldunkle leere hohe Zimmer, worin eine leere Wiege, ein Blumentopf mit einem gleich seiner Erde vertrockneten sinesischen Rosenstöckchen, eine Kinder-Zinn-Uhr, eine weibliche Spiel-Küche mit altmodischem Geschirr, eine gerollte glänzende Klaviersaite, ein deutscher Kalender von 1772, viele schwarze Siegel mit bloßen antiken Köpfen, ein ausgetrockneter Lianenzweig und dergleichen verloren umherlag. Der Mensch sieht bewegt in die tiefe Zeit hinunter, wo seine Lebensspindel fast noch nackt ohne Faden umlief; denn sein Anfang grenzt näher als die Mitte an sein Ende, und die aus- und einschiffende Küste unsers Lebens hängt ins dunkle Meer. Albano wurde wehmütig angeregt von der Umgebung und von dem Blicke auf das Menschenleben und auf seine eignen grünen, noch winterlich-niedrig stehenden Felder hinaus – und von der Stätte, wo er mit einer Mutter und Schwester gelebt, die aus der Erde, ja sogar aus seiner Phantasie entwichen waren. – Er nahm die Zinn-Uhr zu sich und sagte: »Gibt es für das Alter, das keine Zeit, sondern eine Ewigkeit hat, eine bessere Uhr als die mit dem Zeiger ohne Gehwerk?«

Überrascht wurde Linda, als sie von einem Glaskästchen einen Vorhang wegzog und als ein engelschönes Kind von Wachs darin in die hellen Augen Licht bekam. »Es ist die tote Severina«, sagte Albano eilig, mit dem rauhen Beiwort »tot«, was Linda nicht gern litt. Immer mehr wurd' ihm in der helldunkeln Stube unheimlich – ein Sonnenstreif brannte seltsam durch das hohe Fenster herab – beseelter auferstandner Staub spielte in ihm – die Geister der Schwester und Lianens konnten jede Minute durch das Erdenlicht blitzen – und entfernter standen die Gebürge draußen im Leben. Er sah die blühende Linda an, da kam sie ihm auf einmal anders vor, fremd, überirdisch, als erscheine sie unter den Geistern und gehe wieder von hinnen. Sie sah ihn bedeutend an mit den Worten: »Hier ists unheimlich, gehen wir!« – »Weib,« sagt' er mit starker Stimme auf deutsch, einem innerlichen Schrecken antwortend, und faßte ihre Hand, »wir wollen zusammenhalten wie ein lebendiges Herz, wenn man es zerreißen will.« Linda versetzte: »Ich bleibe nicht länger, Julienne!« Und man ging.

Auf der Schwelle kam es dem Grafen ein, in das Nebenzimmer zu schauen; er macht' es auf und fuhr zusammen, rief aber: »Geht nur voraus!« und ging hinein. Er hatte nämlich sich im Spiegel zweimal nachgespielt erblickt. Drinnen fand er sich in einer Nische in französischer Uniform stehen in Wachs, aber schon als Jüngling, und darneben, was die Tür bedeckt hatte, seinen Vater auch als Jüngling, altmodisch gekleidet, aber schön wie ein griechischer Gott; das warme volle blumige Gesicht war noch nicht im starren Leben überwintert und blühte noch liebend. Er stürzte tief ins Meer der Vergangenheit. Die kolossalischen Statuen draußen und die beglänzten Gebürge hatten sich aus dunkeln Wellen aufgerichtet und standen in tropfendem Schimmer. Man rief draußen. Er blickte wieder in sein Gesicht, aber zornig. »Wozu zweimal«, sagt' er und zerquetschte sein Gesicht, aber ihm war es wie Selbstmord und Betasten des Ichs. Die väterliche Gestalt gönnte er noch weniger der fremden und unbewachten Stelle, aber sie war ihm zu heilig zur kleinsten Berührung.

Er ging zurück und schwieg über die Bilder, um nicht an Lindas Phantasie die großen widerspenstigen Flügel aufzumachen. Der grünende, blühende, glänzende Tag verschlag bald die kalten Schatten, die von Höhen und Gräbern der Vergangenheit hereingefallen waren. »Aber jetzt,« (sagte Albano zu Linda) »da Sie eben aus meiner Kinderstube gekommen sind, führen Sie mich einmal in die Ihrige.« – »Ich will dich nur erst bekränzen, da wir am rechten Orte sind«, sagte sie und brach und band aus dem Lorbeerwald, durch dessen Gewimmel von lichten und dunkeln Wellen sie jetzt gingen, Zweige zum Kranz. Körperliche Geschäftigkeit gab dieser Jungfrau, welche leichter Töne und Farben und Ideen verknüpfte, ein besonders rührendes Ansehen von Kindlichkeit und naiver Herablassung. Sie flocht die Krone, aber mühsam, verwechselte einmal den ähnlichen Erdbeerbaum mit dem Lorbeerbaum, tat noch einen blühendend Myrtenzweig hinein und schmückte damit sein lockiges Haar, aber sehr ernst: »Der Kranz geziemt dir; die hohen Lorbeern oben am Gipfel wirst du dir schon einmal selber holen«, sagte sie. Er glaubte, sie spiele unter dem Ernst; allein sie sah den Bekränzten freudig und prüfend an und lächelnd, aber wie eine Mutter, und sagte: – »So ists recht! Was willst du noch? Ich bring' es. Albano, ich habe in dieser

Stunde eine ganz besondere und neue Liebe zu dir, ich möchte für dich viel tun, viel leiden. Mein Herz ist bewegt von überschwenglicher Liebe. Küsse mich nicht. Ich will dir erzählen.« Die schöne Weiblichkeit, die den Geliebten heißer und näher liebt, wenn sie zum ersten Male sein Eigentum, seine Kindheitsörter, seine Wohnungen betreten, erfüllte unerkannt ihr starkes Herz. Er küßte sie nicht – er sah sie an und weinte in Liebes-Wonne – sie neigte sich herüber und sagte, aber heiter: »Ich weine sehr schwer, Lieber! Ich will dir das von meiner Kindheit erzählen, was du verlangtest. Von meinen ersten Kinheits-Plätzen ist mir wenig geblieben, vielleicht weil wir immer reiseten und weil ich auch mehr nach Menschen als nach Gegenden sehe – außer mein längster Aufenthalt in Valencia. – Vom frühen Reisen hab' ich wohl meine Reise-Sucht. Am Ende liegt sie doch in mir. Aber ihr glaubt immer, wie die Deutschen, das zu erlernen, was ihr eigentlich ererbt oder erschafft. Von meiner Mutter wurd' ich mehr als von jemand gehasset und geliebt. Jetzt bin ich klar über sie. Sie war ganz für die Kunst oder für die Künste geboren, ob ich wohl glaube, daß sie von den Göttern eigentlich für die Bühne ausersehen war. Sie war alles in dieser Minute, nichts in der andern – Flüche und Gebete, Glaube und Unglaube, Haß und Liebe wechselten ab in dieser epischen Natur. – Sie hätte eine Welt verschenken und eine stehlen können. – Sie drückte mich einmal an ihr Herz und sagte: ›Wärst du nicht meine Tochter, ich würde dich stehlen oder töten aus bloßer Liebe‹; – und das war, als ich gesagt hatte: ›Ich liebe die Medea mehr als Kreusa!‹ –

Indes war sie zu inkonsequent, um ganz geliebt zu werden; meinen unsichtbaren Vater liebt' ich weit mehr, ich dacht' er sei Gott der Vater. Ich bildete mir einmal ein, er müsse in Porta Celi[1] wohnen; stundenlang ging ich um den Totengarten des Klosters und blickte sehnsüchtig durch die Palmen über die Rosen der Gräber. Ich hing an allem Lebendigen bis zum Schmerz; ein sterbender Kanarienvogel machte mich einmal

1 Eine sehr schöne Kartause bei Valencia.

krank, und die Totenmesse, glaubt' ich, werde für ihn gelesen. Auch an Gott und Geistern hing ich trunken. Im Feuer, das ich im Dunkeln einmal aus dem Zucker schlug, blitzten sie mir vorüber. Ich habe nie gespielt, sondern früh gelesen. Da ich sehr ernst war und meine Gestalt sich zeitig entwickelte, so wurd' ich früh als eine Erwachsene behandelt, und ich begehrt' es auch. Niemand war mir ernst genug, außer der Vormund, der mit heimlicher Hand meine Entwicklung regierte. Vor Büchern und im Reisewagen da verging mein erstes Leben. Ich beneidete die Männer um ihr Wissen und ihre Freiheit, aber sie gefielen mir nicht, die Weiber noch weniger. Ich galt für stolz – und früher war ichs auch – und für phantastisch; ich nahm es nicht übel und sagte: ›Ihr habt euere Weise und ich meine.‹«

– – Durch Dian und Julienne wurde die Erzählung gestört.

118. ZYKEL

Die erste einsame Minute, die Albano mit seiner Schwester fand, legte er zur Nachfrage über ihre lateinische Nachricht an, daß Lindas Vater gerade an ihrem Hochzeittage erscheinen würde; aber sie verwies ihn auf seinen eignen, der ihm alles über Lindas ihren sagen könne – und bat ihn, »Linda zu schonen, nicht nur in ihrer Zartheit, sondern auch in ihrer eignen Ehe-Scheu, die sehr weit gehe. Sie konnte nicht einmal eine Freundin an den Traualtar begleiten,« (setzte Julienne dazu) »sie nannte diesen den Richtplatz der weiblichen Freiheit, den Scheiterhaufen der schönsten freiesten Liebe und sagte, das Heldengedicht der Liebe werde dann höchstens zum Schäfergedicht der Ehe. Freilich weiß sie nicht, wohin solche Grundsätze endlich führen.« – »Ich hoffe auch, daß du ihr vertrauest«, sagte Albano, sich diese Seltsamkeit anders und höher ableitend als seine strenge Schwester. Sie brach schnell ab, um ihm noch den Rat nach Pestitz mitzugeben, die Fürstin zu fliehen, die ins Innerste hinein kalt, falsch, rach- und selbstsüchtig sei. »Sie hat etwas und zwar viel mit dir vor – und ihr

Haß gegen die Gräfin kommt jetzt dazu – Linda fasset sie scharf auf, aber doch lässet sie sich aus Heftigkeit durch alle hinreißen und benutzen, die sie übersieht und voraussieht.« Albano blieb bei seinem alten sanftern Urteil über die Fürstin – um so mehr, da er Juliennens moralische Härte gegen jede genialische schon aus ihrem Mißurteil über Lianen kannte –; aber er gab ihr das leichte Wort, sie zu fliehen, ohne ihr den Grund, nämlich ihre so hart entzauberte Liebe für ihn, zu sagen. Für sein Zartgefühl gab es keine größere Roheit als dieses öffentliche Erbrechen und Vorlesen eines Liebesbriefs, als das männliche Auffangen und Ausrufen eines weiblichen Seufzers der Liebe durch ein Sprachrohr fürs Volk.

Alle kamen wieder zusammen – lagerten sich auf eine Stelle, die den See und die Alpen und die Blüten-Schatten gab – der Tag glühte sich ab und sank von Schönheit zu Schönheit zum Abend hinunter. – »Auf dieser feinen Insel« (sagte Dian) »fängt sich schon das nordische Wesen an, und wir stehen bald zu Hause unter einem spitzen Dach.« – »Nun ja,« (sagte Julienne) »aber endlich hat mans doch auch gern, wenn man wieder einen reinlichen Menschen, eine Blondine und einen Schatten sieht und ein paar Vögel hört.«[1] – »An Tivoli und Ischia und den Posilippo denk' ich nicht,« (sagte Albano) »ich denke an meine Kindheit und an die Alpen. – Drüben am Ufer des Langsees (Lago maggiore) mögen sich freilich die beiden Insel-Zuckerhüte nicht zum besten darstellen; aber dafür stellet sich hier auf dem Zuckerhut das Ufer und der See desto besser dar, und für den, der auf dieser Seealpe steht, ist sie doch gemacht.« – »Mir ist alles gleichgültig,« (sagte Linda) »denn ich finde mich hier ganz wohl. Das Rezensieren schöner Gegenden ist auch ein nordisch Wesen, weil man sie da nur aus Büchern kennen kann; der Italiener, der sie hat, genießet sie wie die Gesundheit und ist sich nur der Entbehrung bewußt; deswegen ist er nicht einmal ein großer Landschaftsmaler.«

1 Die Sangvögel sind in Italien selten, weil man sie für die Küche auf dem Markt verkauft.

»Man sollte« (sagte Dian) »das prächtige Welschland noch auf der Grenze besingen, wenn man von dem Kastellan eine Gitarre bekäme.« Er ging und brachte eine. Nun fing er italienisch zu improvisieren an. Er sang: »In Apollo wurde die alte Liebe nach dem vorigen Schäferlande auf der Erde und nach der verlornen verhüllten Daphne wieder wach – er stieg vom Himmel, um beide zu finden – ihm hatte Jupiter den Momus mitgegeben, der ihm das Häßliche zeigen sollte, damit er zurückfliege – als ein schöner lächelnder Jüngling ging er über die Inseln, durch die Ruinen der Tempel, durch ewige Blüten, vor göttlichen Gemälden einer unbekannten hehren Jungfrau mit einem Kinde und vor neuen Tönen vorüber und zog wie über die Zauberkreise einer schönern neuen Erde. – Vergeblich zeigte Momus ihm die Mönche und Seeräuber und seine von der Zeit niedergeworfnen Tempel und ließ ihn spottend Thermensäulen für Tempelsäulen nehmen – der Gott sah hinauf zum hohen kalten Olymp und sah herab auf dies warme Land, auf diese große goldne Sonne, diese hellblauen Nächte, diese ewig-blühenden Düfte, diese Zypressen, diese Myrten- und Lorbeerwälder und sagte: hier ist Elysium, nicht in der Unterwelt, nicht auf dem Olymp – da gab ihm Momus einen Lorbeerzweig von Virgils Grabe[1] und sagte: das ist deine Daphne. Jetzt erzürnte sich seine große Schwester Diana, sie gab Daphnen ihre Gestalt und Kleidung, als komme sie aus den Wäldern der Pyrenäen herüber; aber er erkannte die Geliebte und ging mit ihr in den Olympus zurück.« – Als Dian das sang und die Lieder mit den Saitentönen fliegen ließ, so standen hoch drüben im Himmel die ewigen Glanz-Gebürge aus Eis, von den Bergen flatterten Quellen und Schatten in den hellen See, und der Abend bewegte sich entzündet und entzückt. Da ergriff der stille Albano die Saiten, senkte das Auge in den Blitz der Gebürge ein und fing errötend an: »Verweile, o Sänger, bei den hohen Geistern, die auf das Schlachtfeld zogen, tötend, sterbend – und die aufbaueten die ewigen Tem-

1 Dian liebte den Virgil nicht.

pel der Menschheit – verweile bei den reinen Demanten, die glänzend und fest unter dem Hammer des Schicksals blieben – verweile bei der alten Zeit, bei dem Meere Roms, das einen Weltteil trug und die andern untergrub – aber fliehe vor der Zeit, die ihren Gipfel in ihren eignen Krater senkte. – Verweile, Sänger, auf der Höhe und schaue in den Garten der Welt herunter, der ein spielendes Menschenleben ist – die Ruine wird Fels, und der Fels Ruine – auf dem hohen Vorgebürge duftet die Blüte, unten liegt das Meer mit offnem Rachen – über die Scylla glänzen schöne Häuser und Gassen zwischen dem Lager erschrecklicher Felsen. – Und der Gott fliegt über das Land und sieht das Kind auf der Tempelsäule am Ufer und die Göttertempel voll Mönche, die Sümpfe voll namenloser Ruinen und die Küste voll Blüten und Grotten – und die blühenden Myrten und Regen und die Feuerberge und die Inseln – und Ischia . . .«

Aber ihm entsank die bestürmte Gitarre und die Stimme, das Auge ging tief in den Himmel und in das Leben des Menschen ein, und er entfernte sich, um das laute Herz zu stillen. In der kühlenden Einsamkeit bemerkte er, wie weit schon die Sonne hinabgeflogen sei wie mit Amorsflügeln durch einen kältern Himmel; – er kehrte schnell zurück, in der Abendröte schlug seine Scheidestunde aus.

Als er wiederkam, war Linda allein – denn Julienne hatte seinen Dian unter dem Vorwande, das Bilderkabinett zu besehen, von den Liebenden weggezogen, denen heute ohnehin nur ein kürzester Tag des Glücks beschieden war – und die Geliebte sah in bedeutend an: »Dian sang eigentlich besser« (sagte sie) »und epischer, aber Euer lyrisches Wesen hab' ich doch auch sehr lieb.« Sie blickte ihn wieder an, dann wieder, dann in sein Auge, dann umarmte sie ihn schnell, und kein Laut erklärte den plötzlichen Kuß. »Wir wollen auf die Terrasse«, sagte sie leise. Sie bestiegen die schöne Höhe der zehn Terrassen, welche mit Lorbeer- und Zitronenbäumen und mit Pyramiden und kolossalischen Statuen und mit der Aussicht auf das ferne, von Dörfern und Alpen umzogne Ufer das Auge füllt und wo einst Albano seinen Vater hatt' entfliehen sehen. »Du gefällst mir immer mehr, Albano,« (sagte Linda) »ich glaube fast, du kannst recht lieben; erzähle mir deine erste Liebe, ich habe dir auch erzählt.« – »O Linda,« (sagt' er) »wie viel begehrst du! Aber ich bin wahr und sage dir alles; du wirst Sie lieben, wie Sie dich liebte. – Sieh hier dein Bild, das Sie sterbend machte und mir gab!«

Er reichte ihr die kleine Zeichnung, und ihr Auge wurde naß. Darauf fing er leise und feierlich das Gemälde seiner ersten Liebe an – wie er Sie so früh noch ungesehen und in ersten Morgenstrahlen des Lebens verehrt und gesucht – und wie er Sie fand – und wie Sie glücklich machte und es nicht wurde – wie sanft Sie war und er so wild und hart – wie er seinen eignen Ungestüm des Herzens Ihr zumutete – wie grausam er Ihre Entsagung aufnahm und wie Sie durch ihn unterging. Linda weinte mehr als gewöhnlich. »O ich habe hart gehandelt, gute Linda!« sagt' er. »Nein,« (sagte sie) »ich wein' über euch beide.« – »Ich habe große Mängel«, sagt' er. »Alle vergeb' ich dir,« (sagte sie) »wenn du nur lieben kannst; aber das liebliche Wesen hat auch sehr gefehlt und gegen die Liebe.« – Sie hielt innen, dann fragte sie leise: »Albano, ist Sie noch in deinem Herzen?« – »Ja, Linda«, sagte er. »O du redlicher und treuer Mensch!« (rief sie begeistert und legte ihr Haupt an seine Brust und betete:) »heiliger Gott, gib deinen Unsterblichen alles, nur laß mir ewig dieses Menschen Brust, damit er recht geliebt wird, recht unaussprechlich, und damit ich nicht untergehe! – Willst du, Lieber,« (lispelte sie plötzlich und richtete sich auf, ihn anblickend mit unendlicher Liebe und Hingebung) »daß ich in Lilar wohne, so gebiet es nur.«

Dieses weibliche gehorchende Ergeben eines so freien mächtigen Geistes machte ihn sprachlos – wie ein Adler faßte ihn die Liebesflamme und hob ihn empor – er glühte an ihrem blühenden Angesicht, und die Brautfackel der untergehenden Sonne schlug mit großen Flammen zwischen beide herein.

»Linda,« (fing er endlich mit zitternder feierlicher Stimme an) »wenn wir es wissen könnten, daß wir uns je verließen und verlören – O! Linda,« (fuhr er mühsam fort unter seinen Tränen und Küssen) »wenn das möglich wäre, es sei durch meine Schuld, oder durch das kalte Schicksal: wär' es dann nicht schöner, wenn wir uns in dieser Minute hinunterstürzten in den See und in unserer Liebe stürben?« – Die Sonnenglut brannte wie eine Aurora herein, welche Jünglinge und Jungfrauen zu den Göttern entführt; und die Lebens-Dämmerung war zu hellem Morgenrot entzündet. »Wenn du das weißt,« (sagte Linda) »so stirb jetzt mit mir.« – –

Da weckte beide Juliennens ferne Stimme – endlich kam sie selber mit Dian zum Abschied. Sie sahen erwachend, von der Sonne und Liebe geblendet, umher, und alles war verändert – die Sonne war versunken, der weite See mit Nebel-Schatten bezogen und die Welt erkältet, nur die hohen Eisberge loderten noch rosenrot ins Blau, wie Gedächtnissäulen der flammenden Bundes-Stunde.

Vor Albanos Seele stand noch das menschentrennende Schicksal, die kalte verhüllte Felsen-Gestalt, deren Schleier auch steinern ist und den niemand hebt. Er wollte nun durchreißen und sogleich ohne feiges Zögern in den Winter hinunter. »O bis der Hesperus untergegangen, verzieh!« lispelte Linda. Er blieb; aber beide hatten keine Worte mehr, nur die Augen; die festgehaltenen Adler, die vorhin den himmlischen Venuswagen durch den Himmel gerissen, flatterten daran wild auf. Der Abendstern ging unter; der halbe Mond in der Himmelsmitte legte Strahlen als Zauberstäbe an die Erde an und verwandelte sie in eine heilige blasse Welt des Herzens. »Nur noch den großen Stern laß hinab« – sagte sie und sah ihn sehnsüchtig an. Er tats. Die Nachtigallen hüpften tönend zwischen den Silberzweigen; nur die Menschen hatten Himmel und Liebe ohne Stimme.

»Nur noch ein Sternchen!« bat sie; er gehorchte, schon vom Worte gerührt; aber sie entschied sich selber und sagte: »Nein, geh!« – »Wir wollen, Dian!« sagt' er. Dieser ging Liebe-schonend die Terrassen voraus hinab. Heftig und lange lagen die beiden Geschwister einander am Herzen und wünschten sich ein heiteres unbestürmtes Wiederfinden. Linda gab ihm nur die Hand und sagte kein Wort; wie der stille Himmel der Nacht seine heiße Sonne bedeckt, so war ihr flammendes Herz verborgen; und da er ging, schloß sie, ohne nachzublicken, seine Schwester an die wallende Brust.

Glanz und Nacht und Duft bestreueten die Himmelsleiter der Terrassen, die er herunterging. Leise flog sein Schiff durch den Sternen- und Blüten-Schnee, der auf den Wellen wehte – die Nachtigallen der beiden Inseln klangen zusammen – die Schiffer sangen ihnen frohe Lieder zurück – die Orangendüfte führte der günstige Wind dem Schiffchen nach; – aber Albano hatte Herz und Angesicht weinend nach der versinkenden Pyramide gewandt. Die Schwester hatte allein auf der Höhe nachgesehen, dann war auch diese verschwunden – die Nachtigallen riefen noch leise nach – endlich war alles verhüllt. – Er kehrte sich um nach den blaßschimmernden Eisgebürgen, wie nach den Leuchttürmen seiner Fahrt, und vom Himmel dieses Tags war ihm nun nichts geblieben als die leitende Liebe, wie der Schiffer dem Magnete folgt, wenn die heiligen Sterne sich verborgen haben und ihn nicht mehr führen.

119. ZYKEL

Albano und Dian flogen über die deutschen Gefilde freudig so manchem teuern Herzen entgegen, und nichts wurde getäuscht als ihre – Furcht vor dem Abstande ihrer Reise-Länder. Statt des schwarzen Lavasandes und des verbrannten Bodens hinter ihnen deckte jetzt das helle frische Grün die Ebenen und kühlte das geblendete Auge. Die Wellen grüner Ähren-Fluren schlugen sich so lustig als die Wellen des blaugrünen Meers. In dichtern, längern, höhern Wäldern wehten neue Schatten, gleichsam schöne kleine Abende, die sich vor dem Tag verkrochen. Nach dem schwarzen Grün der welschen Bäume kehrte das helle lachende der deutschen Gärten zurück; und neue Vögel-Chöre wiegten sich in Wolken und in Wäldern und grüßten das Menschen-Herz und schickten ihm ihre leichte schuldlose Freude herab.

Von Frühling zu Frühling zog der glückliche Albano mit seinen Liebesträumen; wie hinter ihm eine südliche Blüte fiel, so tat sich vor ihm eine nördliche auf; und sein Reisewagen blieb auf dem bunten Wege und unter den Blüten-Schatten eines langen Gartens.

Endlich stand er vor dem Hause, wozu ihn der Garten führte, vor der Lindenstadt; so stand er auch im vorigen Jahre auf der Höhe vor ihr, zum Wolkenzuge der Zukunft aufsehend, ohne zu erraten, wozu das Gewölk sich bilde, ob zur Aurora, oder zum Abendgewitter. Wie viele alte Schmerzen streiften jetzt gleich Schatten von Wolken über die alte Gegend, über die Blumenbühler Höhen und über die Häuser hinüber, als er die bekannten, zuweilen mit Tränen bezeichneten Wege der Vergangenheit überschauete! Er ging jetzt, das bedacht' er, seinem Vater mit der Nachricht seines neuen Glücks entgegen – seinem abtrünnigen Freunde mit der geraubten Geliebten – mit alter und neuer Liebe seinem wiederkehrenden Schoppe, dessen Herz und Schicksal ihm jetzt zugleich so dunkel und so wichtig waren – und der sonderbaren Zeit und Stunde, wo die unterirdischen Wasser, deren Treiben und Rauschen er bisher so oftmals erfahren, auf einmal aufgedeckt und mit allen Krümmungen und Quellen entblößet vor dem Tagslicht liegen sollten – und der heiligen Stelle, wo er die Geliebte, die ihm jetzt auf dem deutschen Wege und in der Nähe der vorigen Schwierigkeiten noch größer und unerreichbarer erschien als auf dem Epomeo in der Nachbarschaft alles Erhabnen am Himmel und auf der Erde, kühn ans Herz nehmen und schließen durfte auf ewig, ohne wieder zu fragen: wirst du mich lieben? – Da dacht' er an ein Bild zurück, das er auf dem Vesuv[1] gefunden, und sagte zu Dian: »Hinter dem Menschen arbeitet und geht ein langsamer Strom, der glühend ihn verzehrt und zermalmt, wenn er ihn ergreift; aber der Mensch schreite nur tapfer vorwärts und schaue oft rückwärts, so entkommt er unbeschädigt. Mein geliebter Lehrer, so will ichs jetzt in meinen neuen bedenklichen Verhältnissen machen; wende du mich aber nach der Lava um, wenn ichs in schönen Gegenden zuweilen vergessen sollte!« –

»Sprecht bessere, günstigere Worte!« (sagte Dian) »Heil uns, die Götter sind schon gewogen! – Dort kommt Euer Vater den Schloßberg herauf und sieht so lustig und glücklich aus, wie ich ihn nie getroffen!«

EINUNDDREISSIGSTE JOBELPERIODE

Pestitz – Schoppe – Ehescheu – Arkadien – Idoine – Verwicklung

120. ZYKEL

Gaspard hatte gegen seinen Sohn die gewöhnliche vornehme Kälte der ersten Stunde, wie Briefe kälter anfangen als endigen. Erst als dieser Morgen-Reif geschmolzen und es wärmer um ihn geworden, entdeckte ihm Albano ohne Furcht und ohne kleinmütiges Erröten mit gereifter Männlichkeit den Bund, den er mit Linda und mit sich auf ewig geschlossen, und bat ihn um das dritte Ja. »So hat es doch« (versetzte der Ritter) »der alte Zauberer am Ende noch durchgesetzt; freilich unter dem Beistand einer jungen Zauberin. Daß ich dich in dem, was du mit ganzer Seele und auf immer ergreifest, niemals störe, das weißt du noch vom vorigen Jahre

1 So schwer und langsam wälzt sich der breite Lavastrom herunter, daß ein Mensch vor diesem glühenden Todesfluß, der alles verschlingt, erstickt und zerschmilzt, was er berührt, vorausgehen und die Zerstörung hinter sich sehen kann, ohne sich in die Gefahr einer eignen zu setzen.

aus einem ähnlichen Fall.« Albano wurde über die bittere Erwähnung seiner ersten Liebe rot, hatte aber seit einem halben Jahre die Kraft gewonnen, da männlich zu schweigen, wo er sonst jugendlich sprach. Gaspard, heute froher und gegen ihn wärmer als sonst, fuhr doch, als er dessen Empfindlichkeit bemerkte, fort: »Ich heiß' es gut! Wie der Siegelgräber das Wappen anfangs in Wachs, und erst dann in den Edelstein sticht, so versucht der Mann das seinige in mehr als ein Herz zu graben, bis er endlich das festeste hält. Man muß bekennen, du hast nicht am schlimmsten ausgewählt in meiner Mündel, und ich gebe gern mein Wort dazu.« –

Albano drückte die Hand, die den süßen Knoten der Liebe noch fester zog, und sagte im Rausche des Danks: »Auch meine Schwester fand ich, die Prinzessin, aber ich tue an Sie keine Frage wie neulich, sondern rechne auf die Zeit.« – »Spötter!« (sagte Gaspard und nahm, ihn abzukühlen, wie es schien, den grausamen Schein an, als denk' er, der reine edle Sohn hab' ihm mit der Erwähnung der Schwester den Spott der vielfachen Liebe zurückgeben wollen) »schweige nur über alles im Innersten wie ich selber bisher; und verbirg dein Wissen dem Hofe; gib mir dein Ehrenwort.«

Albano sagte, auch Juliennen hab' ers schon gegeben; er wurd' aber durch Gaspards ganzes Betragen auf Schlüsse zurückgetrieben, die weder seinem Vater noch Juliennens Mutter sittliche Kränze aufsetzten.

Gaspard setzte noch dazu, es sei für einen Mann ein Unglück, mit phantastischen Weibern – wie Albano schon seine Mutter kenne – und zwar mit dreien auf einmal verwickelt zu sein, und riet ihm, seinen Schritt wie bisher tapfer durch alle Rätsel fort zu tun und sie ihrer eignen Auflösung zu überlassen; darauf legt' er ihm als eine Probe der dritten Phantastin die Frage vor, ob er schon wisse, daß die Gräfin ungeachtet seiner Vormundschaft ihren lebendigen Vater noch habe, der erst an ihrem Hochzeittage erscheinen wolle. Er bejaht' es. Gaspard fuhr nun fort: schon dieser Grund allein – damit Linda ihren

Vater und sie alle endlich die Ruhe der Klarheit fänden – bestimmte ihn für eine frühe heimliche Verbindung beider durch den ehrlichen Spener.

Albano – ordentlich erschreckend vor der schnellen nahen Verwandlung seliger Stunden in selige Jahre und ebenso unvermögend, sich seine Titanide als Gattin zu denken wie als Kind – antwortete bescheiden und mit uneigennütziger Rücksicht auf Lindas Ehe-Scheu: über die Zeit seines besiegelten Glücks dürfe und könne niemand entscheiden als Linda selber.

Gaspard war zufrieden: »Nur um einen Aufschub halt' ich bei euch an,« (fügt' er noch bei) »mein Freund, der Fürst, ist seinem Ende wieder näher – die wohltätige Wirkung, die auf ihn eine Geister-Erscheinung gemacht, hat allmählich nachgelassen, und er fürchtet täglich die Wiederkunft des Phantoms, das ihm die letzten Stunden vorauszusagen versprochen. – In solcher Zeit taugt mir euer Fest nicht. – Im Vertrauen gesagt, der arme Kranke hatte selber ein Auge auf die schöne Braut. – Es ist doch billig, ihn mit der größten Gewißheit seines Verlustes zu verschonen. Seinetwegen verschieb' ich auch meine Abreise.«

Wie wenn ein Mensch in das junge Paradies träte und alle Vögel auf einmal, Nachtigallen und Adler und Eulen und Paradiesvögel und Geier und Lerchen, umzögen ihn: so verworren fühlte sich Albano durch diese durchkreuzende Ansichten erregt, und er merkte, hierin geb' es keinen Verlaß und Vorhalt als auf sein eignes Herz und Linda ihres.

Gaspard schien ungeduldig auf das Wiedersehen der Gräfin zu sein, die er seine einzige Freundin nannte. »Ich glaubte leider in Rom meinem Bruder nicht,« (setzt' er dazu) »da er beiden Frauen in Neapel wollte begegnet sein. – Apropos, dieser ist vor einiger Zeit hier durch nach Spanien gegangen; in Rom behauptete er, nach Griechenland zu reisen – du siehst, mit welcher poetischen Lust und Genialität er das reine Lügen treibt.»

Gaspard schied sehr warm von ihm mit den Worten: »Albano, ich bin mit dir zufrieden, ich wär' es unendlich, wenn die Reinheit des Jünglings in den Mann überginge – noch hab' ichs nie gefunden.« – Albano wollte gerührt beteuern und beschwören. »Darum« (fuhr er mit einer leichten, den Eid wegtreibenden Hand-Bewegung fort) »fandest du mich so froh über dein Glück, denn die Fürstin, Freund, hatte mir deine Liebe schon am Morgen verkündigt. Nimm dich in acht vor ihr, denn sie hasset dich ohne Grenzen.»

Hart und schauerlich tritt, wie ein neues wunderbares Raubtier hinter dem Gitter, zum erstenmal ein rechter, wenn auch waffenloser Haß vor ein gutes Herz. Albano begehrte keine Bekräftigung und Erklärung dieser traurigen Nachricht, denn der Fürstin Liebe und Irrtum, ihre Bekanntschaft mit seiner vorigen Kälte gegen Linda, ihr stiller Ingrimm gegen diese selber waren ja für sie Flammen genug, um daran den stärksten Gift zu kochen.

Er wohnte wieder auf des Vaters Ersuchen bei dem für ihn unbedeutend in der Tiefe liegenden Doktor Sphex; und Gaspard wieder im Schloß nahe am kranken Freund. Der Ritter stellte ihn schnell dem Hofe vor, der das Reise-Braun, den schärfern Augen-Blitz und die ganze letzte Entwicklung seiner großen Gestalt schnell bemerkte und bemerken ließ. Die Fürstin empfing ihn mit der leichtesten feinsten Kälte, gleichsam einer aqua toffana, die nur reines geschmackloses Wasser scheint. Der Fürst saß im Krankenbette aufrecht mit verdrüßlichem Gesicht vor herkulanischen Zeichnungen und ließ sich darüber von Bouverot belehren. Wie ein Gesicht, auf welchem in den späten grauen Jahren des Lebens noch schöne Freudigkeit sich bilden kann, ein schönes Leben und schönes Herz verkündigt: so lächelt der Heilige nie himmlischer als auf dem Krankenbette, und der Verlorne nie härter als eben da. Albano wandte sein Auge ab vom siechen verzerrten Bruder seiner Schwester.

Schmachtend sah er nach dem vergangnen Hesperien zurück und auf die Paradieses-Pforte hin, die endlich aufgehen und Linda und die Schwester im Eden zeigen sollte. »Es wird dir recht sein,« (hatte Gaspard gesagt) »daß ich es unter dem Vorwand der Krankheit Luigis gemacht, daß beide im alten Schloß zu Lilar wohnen, wo du sie unbemerkter sehen kannst.« Er begegnete dem Minister Froulay, und ihm kam entgegen der Lektor; – mit beiden ging ein dunkles vielfaches Schatten-Gefolge von harten alten Erinnerungen mit. Noch hatt' er den Hauptmann Roquairol nicht gesehen, jetzt für ihn der Abendnebel eines untergegangnen Frühlingstags.

Er trug, so schnell er konnte, sein stummes Herz – das eine Äolsharfe in der Windstille war – nach dem kindlichen Blumenbühl, um die elterlichen Menschen zu begrüßen und die Blätter seines nächsten Seelen-Nachbars Schoppe zu lesen, nach dessen versprochner Wiederkunft er sich jetzt mehr als jemals sehnte.

121. ZYKEL

Es war ein blauer frischer Sommertag, da Albano nach seinem alten Blumenbühl ging, ohne zu wissen, daß ers gerade an dem Jakobi- oder väterlichen Geburtstag tue, den er einmal in der Kindheit mit so seltsamen Vorspielen seines Lebens verbracht. In den alten Gärten und auf den alten Höhen umher bis nach Lilars Walde hinüber lag überall noch der junge schimmernde Tau der Kindheit unvertrocknet von der Sonne Hesperiens; auch manche Tränentropfen standen darunter auf Blumen; aber sein frischer genesender Geist wehrte sich jetzt gegen weiches Verschwimmen in die laue Verflossenheit, diese Lethe der Gegenwart. Im Dorfe wurd' er über ein Pferd, das man beschlug, betroffen, weil ers am Zeuge und allem als Roquairols Freudenpferd erkannte. Ein Fest trug er in das Fest hinein, als er in die laute Vaters-Stube voll Geburtstagswähler trat, blühend, entwickelt, gerade, ein befestigter Mann mit entschiednem Blick und Zug. Rabette schrie auf – Roquairol rief: »Aha!« – und der alte Lehrer

Wehmeier: »Gott und mein Herr!« – und seine Kindheits-Engel, die Eltern, umfaßten ihn unverändert, und aus Albinens blauen Augen rannen die hellen Tropfen.

Aber verändert stand die fremde Jugend neben seiner. Rabettens Angesicht, die vorigen vollen Wangen und blühenden Lippen waren niedergefallen und mit dem aufliegenden weißen Schleier überlegt und verwachsen, und sie hatte zwei graue Tränen statt der Augen; indes lächelte sie sehr. Wie sein eignes Gorgonenhaupt erschien Roquairols Gesicht blaß und hart, gleichsam auf seinen Grabstein gehauen; nur schroffe Pfeiler standen in der Flut ohne die leichten Bogen der schönen Brücke. Zu Albanos Blüten-Stamme sahen Albine und Rabette unverwandt hinauf, er schien ein italienisches Gewächs zu sein, ein Neapolitaner, im täglichen Bade des Golfs genervigt. Roquairol hatte sogleich seine Rolle in der Gewalt, leichter als Albano seine Wahrheit; er benahm sich gegen den, der ihm den Zauberstab des Lebens entzweigebrochen und als zwei Bettelstäbe hingeworfen hatte, mit der höchsten Höflichkeit, küßte ihn auf die Wange, hielt ihn dem leichtesten, oft französischen Sprachton aus, zog die nächsten Nachrichten über Welschland ein und gab wieder die erheblichsten, so gut er sie, sagt' er, für einen Mann mit hesperischem Maßstab auftreibe, aus dem Lande zum besten. Auch erzählte er, »daß des Ritters Bruder dagewesen, ein Mann voll Talente, zumal mimischer Art, und von der sonderbar-heftigsten Phantasie bei der höchsten Kälte des Charakters, vielleicht aber nicht immer wahr genug.« – »Bei meinem Trauerspiel« (setzt' er dazu) »wär' er Goldes wert. Lieber Bruder, sei bei dieser Gelegenheit auch gleich eingeladen dazu; es heißet: der Trauerspieler – Ich geb' es bald – Rabette kennts.« Sie nickte, Albano schwieg unter seiner Glut. Unter allen Rollen gelang dem Hauptmann die eines Weltmanns am reinsten; auch ist der Schein der Kälte leichter und wahrer als der Schein der Wärme. Albano blieb in einem stolzen Abstande. Der gekränkten welken Rabette gegenüber konnte Roquairol durch nichts gewinnen, auch nicht durch die

Vorbitte seiner Gestalt voll zertrümmerten Lebens; etwas auf ewig Verworrenes und die Wachsflügel zu einem Klumpen gequetscht fand Albano, und ihm war hier enge wie einem, der von der hellen Welt herab auf einmal in eine niedrige feuchte Kellerhöhle kriecht.

Der Hauptmann stand auf, erinnerte noch einmal an seine Bitte für den »Trauerspieler« und sprengte auf dem Freudenpferde davon.

Hinter ihm schwieg jeder von ihm wie verlegen. Die Weiber, von Albanos glänzender Gegenwart ein wenig scheu, getraueten sich nur schwer mit der alten einheimischen Vergangenheit hervor, indes der Pflegevater Wehrfritz, in seinen Meinungen und Sitten fortgewachsen, noch in das alte Geschrei der Kanarienvögel und Hunde eingefasset, gar keine Zeit kannte, dem Pflegesohne innigen Dank für die verbindliche Erinnerung und Wahl seiner Geburtstagsfeier sagte, den Albano notwendig und vergeblich ausschlug, im vorigen Du und Vaterwesen fortfuhr, sich über die Franzosen und ihre künftigen Siege entzückte und jetzt dem ältern Pflegesohne mehr Prämien des Lobes als jemals dem jüngern bewilligte, um ihm dadurch, hofft' er, ein so großes Vergnügen zu machen wie sonst. Der Magister unterstützte von weitem das Lob, ob er gleich nicht unterlassen konnte, sofort, als sein Schüler Neapel, Baja, Cuma ausgesprochen hatte, eine Gelegenheit zu ergreifen, um Neapel, Bajä, Cumä auszusprechen. Albano war rein, wahr, menschlich, offen und herzlich gegen alle; Eitelkeit war nicht in seinem selbstvergessenen Stolz.

Rabette fand endlich ein Hebezeug, den glänzenden und doch trauten Bruder aus dem Gastzimmer in ihres oder sein voriges aufzuwinden, um allein zu sein an seiner Brust. Als sie hineintraten, so fing sie sogleich mit den Worten: »Kennst du die Stube noch, Albano?« unendlich zu weinen an mit den so lange gesammelten Tränen; und Albano zeigt' ihr in den seinigen sein langes bisheriges Mitleiden, riß aber dadurch die ganze wundenvolle Vergangenheit auf. Sie griff selber zum

Heilmittel, zum Erzählen – so sehr er auch vorschützte, er wisse und errate ja alles –; und berichtete, die Augen trocknend, wie alles stehe – und »daß Karl viel bei seiner Mutter in Arkadien sei – daß der Minister noch gegen das einzige Kind den alten Wütrich mache und ihm nicht einen Heller mehr als sonst zuschieße, ob er gleich immer große und größere Schulden häufe, zumal seitdem keine Liane sie mehr im stillen tilge – daß er überall borge, nur aber von ihr nichts annehme – daß er noch immer weiter nichts begehre und kenne als die Gräfin – und daß Gott wisse, wohinaus das alles noch wolle«. – Allem Fragen zuvorkommend, setzte sie dazu: »Er weiß schon jetzt alles, dein ganzes Leben mit derselbigen Person – er tut dabei still und lustig, aber ich kenn' ihn genugsam. – Ach!« seufzete sie in der Jammer-Fülle und setzte sogleich mit derselben Stimme dazu: »Du siehst mich an, nicht wahr, du findest mich sehr mager gegen sonst?« – »Jawohl, Arme!« sagte er. »Ich trank viel Essig seinetwegen, weil Karl schlanke Taillen liebt; und der Gram tut auch viel«, sagte sie.

Albano wollte sie trösten mit der nähern Möglichkeit einer Verbindung Karls mit ihr, seit der entschiednen Unmöglichkeit jeder andern, und bot sich ihr gern zu jedem Vorwort und Zwangsmittel an; – »er ist vor Gott und uns dein Mann«, sagt' er. »Das hat er nie« (versetzte sie errötend) »sein mögen, nämlich honett; ich schrieb dir ja, daß ich jetzt auch zu stolz bin dazu.« – Nichts bestach ihn mehr als sittlicher Stolz: »So wirf ihn einmal weg auf immer!« sagt' er. – »Ach,« (sagte sie bänglich) »weiß ich denn, daß er kein Leid gegen sich selber vorhat? – Dann würf' ich mirs ewig vor.« Unwillkürlich mußte er mit dieser liebenden heiligen Furcht die Härte der Fürstin vergleichen, die es so froh und stolz erzählen konnte, daß manches verliebte Leben das Opfer ihres spröden Herzens und koketten Gesichts geworden. »Was willst du nun tun?« fragt' er. »Ich weine« (sagte sie) – »ach Alban, das ist ja genug, daß du mir Gehör und Rat gegeben; ich bin wieder ganz heiter. Aber werde wieder sein Freund.«

Er schwieg, über die weibliche Unart ein wenig erzürnt, die unter dem Vorwand, Rat zu suchen, nur Gehör verlangt. »Was ist das,« (fragt' er, ein Blatt ihr zeigend) »das ist völlig meine Hand, und ich hab' es nie geschrieben?« – Sie sah es und sagte: »Karl probiere oft so in den Händen bei ihr.« Es wunderte ihn, und er sagte: »Überall nur Nachspielen und Nachmachen! Aber wie kannst du denken, daß ich ihm vergebe?« – Einige Reisebeschreibungen auf ihrem sonst bücherarmen Nachttisch fielen ihm auf; »ich wollte doch wissen,« (sagte sie) »wie es dir etwan da und dort mochte ergehen, und las deshalb das lange Zeug.« – »Du bleibst meine Schwester!« sagt' er und küßte sie herzlich. Sie fragte ihn noch viel und zudringlich über sein neues Verhältnis, aber er eilte wortkarg mit dem vollen Herzen hinab. –

Das erste Wort drunten an den Landschaftsdirektor war die Bitte um das »deponierte Schoppische Schreiben«. Wehrfritz brachte den im Eisenkästchen der Schuldscheine aufbewahrten breiten Brief und lieferte ihn hoffentlich, wie er sagte, richtig ab. Kaum hielt Albano die Tränen zurück, als er die krausen, aber werten Spuren der geliebten Hand, die gewißlich nie im Leben gewankt oder sich befleckt, in der seinigen hielt. Da er nichts erbrach, so fingen sie alle gutmütig an, ihm seinen Freund Schoppe nach den Mutmaßungen und Ansichten, die sich der Mensch über jeden höhern Geist so keck und froh erlaubt, mit allen seinen Taten oder Farben vorzuschildern, als wären Taten oder Farben Striche und Umriß. Wehrfritz und Wehmeier bedauerten, daß er toll würde, wenn ers nicht schon sei. Der Magister hielt mit seinem Hauptbeweise zurück, bis der Landschaftsdirektor die kleineren Nebenbeweise beigebracht.

Sein Leben unter diesem Schloßdache wurde ab- und aufgedeckt, aber im guten. Er hatte bisher – so gingen die Berichte – nichts Reelles oder Solides »bezweckt«. Wehrfritz schwur, er habe selber zugesehen, daß er die Literaturzeitung so gelesen, wie sie ineinander Halbbogen-weise steckte, und sagte, daß ers freilich weniger der Tollheit als einer Geistes-Abwesenheit zuschreibe, weil er wisse, mit welcher Lust er immer den Reichsanzeiger – den solcher selber für den Torschlüssel der Reichsstadt Deutschland erkläret – in die Hand genommen und verständig durchgegangen. Mitten in der Gesellschaft hab' der Bibliothekar seine Hände angesehen mit den Worten: »Da sitzt ein Herr leibhaftig und ich in ihm, wer ist aber solcher?« – Gearbeitet hab' er sehr wenig, Bücher von Gewicht, wie Herr Wehmeier wisse, selten angesehen, leichter die allerschlechtesten von Bauern, z. B. ganze Traumauslegebücher. – Sein liebster Umgang sei ihm sein Wolfshund gewesen, mit dem er stundenlang ordentlichen Diskurs geführt und von dessen Murren er ernsthaft behauptet, es klinge wie ein sehr ferner Donner. – Gern sei er vor dem Spiegel gesessen und habe sich in ein langes Gespräch mit sich eingelassen; zuweilen hab' er in die camera obscura gesehen, dann schnell wieder in die Gegend, um beide zu vergleichen, und habe unoptisch genug behauptet, die laufenden regen Bilder der camera würden von der äußern Welt vergrößert, aber täuschend nachgeäfft. »Ein schlauer Vogel« (setzte der Direktor dazu) »bliebs bei alledem; verschiedene meiner Bekannten auf den benachbarten Rittersitzen ließen sich von ihm malen, weil ers wohlfeil gab; er wußte aber immer etwas ins Gesicht einzuschieben, daß einem die Physiognomie ganz lächerlich oder einfältig vorkam; und das hieß er sein Schmeicheln. Natürlich saß ihm in die Länge nichts Honettes mehr.«

»Wär' es mir verstattet,« (fing Wehmeier an) »so würd' ich jetzt dem Herrn Grafen ein Faktum vom Herrn Bibliothekar mitteilen, das vielleicht, das ist wenigstens meine Meinung, so frappant ist als manches andere. Die Schulwohnung ist, wie Sie gewiß noch wohl wissen, dicht an der Kirche.« Darauf gab er in einer langen Erzählung diese: Einst sei in der tiefen Mitternacht die Orgel gegangen – Er habe an der Kirchtüre gelauscht und Schoppen deutlich einen kurzen Vers aus einem Hauptlied singen und orgeln hören – Darauf sei dieser laut vom Chore herab und auf die Kanzel hinaufgestiegen und habe eine Kasualpredigt an sich selber mit den Worten angefangen: »Mein andächtiger Zuhörer und Freund in Christo« – Im Exordium hab' er das stille, leider so schnell vergangne Glück *vor* dem Leben berührt, obwohl nicht nach rechter Homiletik, da der zweite Teil fast den Eingang repetieret – darauf einen Kanzelvers mit sich gesungen und aus Hiob, Kap. 3, wo dieser die Freude des Nicht-Seins zeigt, den 26sten Vers verlesen, der so lautet: »War ich nicht glückselig? war ich nicht fein stille? hatt' ich nicht gute Ruhe? Und kommt solche Unruhe« – Vorgestellt hab' er sich: die Leiden und Freuden eines Christen; im ersten Teil die Leiden, im zweiten die Freuden – Hierauf hab' er, aber auf närrische Art und Sprache, aber doch auch mit Bibelsprüchen, die Not auf der Welt kurz zusammengedrängt, worunter er sehr unerwartet sonderbare Sachen, lange Predigten, die beiden Pole, häßliche Gesichter, die Komplimente, die Spieler und die Welt-Dummheit, gezählt – Darauf sei er zum Trost im zweiten Teile vorgeschritten und habe die künftigen Freuden eines Christen beschrieben, welche, wie er lästerlich gesagt, in einer Himmelfahrt ins zukünftige Nichts, in dem Tode nach dem Tode beständen, in einer ewigen Befreiung vom Ich – Da hab' er, grausend sei es zu hören gewesen, die benachbarten Toten unten in der Kirche und in der fürstlichen Gruft angeredet und gefragt: ob sie zu klagen hätten? »Ersteht,« (sagt' er) »setzt euch in die Stühle und schlagt die Augen auf, falls sie naß sind. Aber sie sind trockner als euer Staub. O wie liegt die unendliche Vorwelt so still und schön gewickelt in den eignen Schatten, auf das Bette der Selbst-Asche weich gelegt, und hat nicht ein Traum-Glied mehr, in das eine Wunde geht. Swift, alter Swift, der du sonst so sehr in der letzten Zeit nicht bei Verstande warst und an jedem Geburtstage das ganze Kapitel durchlasest, woraus der heilige Text unserer Erntepredigt genommen ist, Swift, wie bist du nun so zufrieden und gänzlich hergestellt, der Haß deiner Brust ausgebrannt, die Zahlperle, dein Ich, in der heißen Träne des Lebens endlich zerbeizt und zerlassen, und diese steht allein hell da! – Und du hattest vor dem Küster gepredigt wie ich.« – Hier habe Schoppe geweint und sich über die Rührung, Gott weiß vor wem, entschuldigt – Darauf sei er an die Nutzanwendung gegangen und habe scharf auf Besserung des Zuhörers und Predigers gedrungen, auf lautere redliche Wahrhaftigkeit, Freundestreue, stolzen Mut, bittern Haß der Süßlichkeit, des Schlangengangs und weicher Unzucht – Endlich hab' er mit einer Bitte an Gott, daß er ihn, sollt' er einmal Gesundheit oder den Verstand oder dergleichen verlieren, doch möge sterben lassen wie einen Mann, die Andacht beschlossen und sei auf einmal aus der Kirchentüre herausgefahren. »Er brachte mich« (setzte Wehmeier dazu) »fast um meinen Verstand durch Schrecken, da er auf einmal zornig mich anfuhr: ›Scheinleiche, was schleichst du ums Grab?‹ und ich machte mich entfärbt und hurtig nach Hause, ohne ihm das geringste darauf versetzt zu haben. Was sagen aber der Herr Graf?« –

Albano schüttelte den Kopf mit Heftigkeit, ohne ein belehrendes Wort, mit Schmerz und Tränen auf dem Gesicht. Er nahm bloß schnell von allen Abschied und bat sie um Vergebung der Eile; – und suchte Abend-Sonne und die Freiheit, um des edlen Menschen Brief und die Absicht seiner Reise zu lesen. Er schlug den alten Weg nach Lilar ein, wo er an der frohen südlichen Brust seines frohen Dians wieder die südliche Heiterkeit und Gewohnheit zu finden hoffte; denn sein Herz war durch ein Erdbeben aufgedrängt und aufgehoben, weil ihm in diesem Schoppe doch manches wilde Zeichen, gleichsam ein übermäßiges Leuchten und Blitzen dieses Gestirns, einen Untergang und Jüngsten Tag zu melden schien, den er zu seinem höchsten Schmerz dem Aufgehen des neuen Sterns der Liebe, der diese Welt anzündete, zuzuschreiben gezwungen war.

Er las folgenden Brief von Schoppe:

»Dein Schreiben, mein lieber Jüngling, kam mir richtig zu. Ich preise deine Tränen und Flammen, die einander wechselnd unterhalten und nicht löschen. Werde nur etwas, auch viel, nur nicht alles, damit du es in einer so äußerst leeren Sache, wie das Leben ist – ich möchte wissen, wers erfunden hat –, ausdauern kannst vor Wüstenei. Ein Homer, ein Alexander, die nun die ganze Welt erobert und unter sich haben, müssen sich oft mit den verdrüßlichsten Stunden plagen, weil nun ihr Leben aus einer Braut eine Frau geworden. So sehr ich mich dagegen verpalisadierte und mich festmachte, um nicht über jedermann zu steigen und als das Faktotum der Welt oben zu sitzen: so kam ich doch am Ende unvermerkt und stehend in die Höhe, bloß weil unter meinem langen Besehen der ganze Erdkreis voll Schaumberge und Nebel-Riesen immer tiefer auftauete und zusammenkroch; und schaue nun allein und trocken von meinem Berghorn herunter, ganz besetzt mit Blutigeln des Welt-Ekels.

Bruder, es wird aber in diesem Jahre anders und ich flott. Deswegen wird dir hier im Februar ein langer, mir ganz verdrüßlicher Brief geschrieben, der dir über meine nahe Einspinnung und Verpuppung sagt, wo und wie; denn bin ich einmal eine glänzende Chrysalide, so kann ich mich nur schwach mehr regen und zeigen.

Ich will mich *deutlicher* erklären, setzen die Deutschen hinzu, wenn sie sich *deutlich* erklärt haben. Es schickt und trifft sich besonders glücklich – was ich schätze wie einer –, daß gerade Ende des Jahrs Ende meines bisherigen väterlichen Vermögens ist und folglich, wenn Amsterdam aufhört zu zahlen, ich auch falle und nichts mehr in Händen habe als schwache chiromantische Wahrsagungen und nichts im Leibe habe außer dem Magen. Ich wollte, ich könnte noch von meinem Nabel leben wie in meinen frühern Zeiten und mich so weich betten.

Was soll ich dann machen? Mich von den Herren Menschen jahraus, jahrein beschenken zu lassen, dazu acht' ich sie nicht genug; und die wenigen, die man etwa bei Gelegenheit achtet, sollen wieder mich zu hoch achten, es anzubieten. Was, ein Floh soll ich sein am dünnsten goldnen Kettlein, und ein Herr, der mich darangelegt, damit ich ihm springe, aber nicht davon, zieht mich öfters auf den Arm und sagt: saug nur zu, mein Tierchen!? – Teufel! Frei will ich bleiben auf einer so verächtlichen Erde – keinen Lohn, keinen Befehl in diesem großen Bedientenzimmer erhaltend – kerngesund, um kein Mitleiden und keinen Hausarzt zu erwecken – ja wollte man mir das Herz der Gräfin Romeiro unter der Bedingung zuschlagen, es zu erknien, so würd' ich das Herz zwar annehmen und es küssen, aber gleich darauf aufstehen und davonlaufen (entweder in die zweite oder in die neue Welt), ehe sie Zeit hätte, sich die Sache zu rekapitulieren und mir vorzurücken.

Werden freilich etwas – und dadurch ebensoviel verdienen –, das könnt' ich (schlägt man mir vor) doch versuchen, ohne sonderliche Einbuße von Freiheit und Ungleichheit. In der Tat seh' ich hier aus meinem Zentrum an 360 Weg-Radien laufen und weiß kaum zu wählen, so daß man lieber das Zentrum zum Umkreis auszuplätten oder diesen zu jenem einzuziehen versuchen möchte, um nur fortzustehen. *Dienen,* wie die Regimentsstäbe sagen, wäre freilich das nächste am Herrschen. Du willst selber, wie du schreibst, ins Feld. (Deinen Brief hab' ich richtig erhalten und darin deine Scheu und Sucht recht und gut gefunden und dich ganz.) Und in Wahrheit, errichtete der Erzengel Michael eine heilige Legion, eine legio fulminatrix von einigen schwachen Septuagintas gegen das *gemeine Wesen* der Welt, kündigte er den Riesenkrieg dem Pöbelsaufgebote an, um vier oder fünf Weltteile durch ein sechstes Weltteilchen (auf einer Insel hätt' es vielen Platz) aus der Welt zu treiben oder in die Kerker und um alle geistige Knechte zu leiblichen zu machen: sei versichert, in diesem glücklichen Fall stellte ich mich am ersten hinter die Spitze und führte die Kanonen mit der kurzen flüchtigen Bemerkung: wie Händel zuerst Kanonen in die Musik, so brächte man hier umgewandt zuerst Musik in die Kanonen. Kämen wir nun sämtlich zurück, wehte der heilige Landsturm wieder herwärts: so stände Gottes Thron auf der Erde, und heilige Männer gingen mit hohen Feuern in Händen hinauf, viel weniger um droben den Weltkörper zu regieren als dem Weltgeiste zu opfern.

Mit der Franzmannschaft demnach stehst du für deine Person, wie du schreibst, künftig für *einen* Mann. Freilich fällt mirs schwer, sonderlich von 25 Millionen zu denken, wovon zwar die Kubikwurzel frei lief und wuchs, aber Stamm und Gezweig doch jahrhundertelang am Sklaven-Gitter trocknete und dorrte. Wer nicht vor der Revolution ein stiller Revolutionär war – wie etwan Chamfort, mit dessen feuerfesten Brust ich einmal in Paris an meiner schönes Feuer schlug, oder wie Montesquieu und J. J. Rousseau –, der spreize sich mit seiner Tropfenhaftigkeit nicht breit unter seine Haustür aus. Freiheit wird wie alles Göttliche nicht gelernt und erworben, sondern angeboren. Freilich sitzen im Frank- und Deutschreich überall junge Autoren und Musensöhne, die sich über ihren schnellen Selbst-Gehalt verwundern und erklären, nur verflucht erstaunt, daß sie nicht früher ihr Freiheitsgefühl gefühlt, weiche Schelme, die sich als ganze blasende Walfische ansehen, weil sie einiges Fischbein davon um die Rippen zu schnüren fanden – Immer würd' ich in einem Kriege, wie ihn die tote Zeit geben kann, glauben, zwar gegen Toren zu kämpfen, aber auch für Toren.

Die jetzigen zynischen, naiven, freien Naturmenschen – Franzen und Deutsche – gleichen fast den nackten Honoratioren, die ich in der Pleiße, Spree und Saale sich baden sah: sie waren, wie gesagt, sehr nackt, weiß und natürlich und Wilde, aber der schwarze Haarzopf der Kultur lag doch auffallend auf den weißen Rücken. Einige große lange Menschen und Väter der Zeit, wie Rousseau, Diderot, Sidney, Ferguson, Plato, haben ihre abgetragnen Hosen abgelegt, und diese tragen ihre

Jungen nach und nennen sich, weil sie ihnen so weit, lang und offen sitzen, deswegen Ohne-Hosen.

Zwar statt des Degens könnte ich auch sehr gut das Federmesser ergreifen und als schreibender Cäsar aufstehen, um die Welt zu bessern und ihr und sie zu nutzen. Es wird mir denkwürdig bleiben, das Gespräch, das ich darüber mit einem berlinischen allgemeinen deutschen Bibliothekar aushielt, als wir still im Tiergarten auf- und abgingen. ›Jeder wuchere doch seinem Vaterland mit seinen Kenntnissen, die sonst vergraben liegen‹, sagte der deutsche Bibliothekar. ›Zu einem Vaterland gehört zuvörderst einiges *Land,*‹ sagt' ich, ›der Malteser Bibliothekar aber, der hier spricht, erblickte das Licht der Welt zur See unter einem pechfinstern Sturm. Kenntnisse besitz' ich freilich genug und weiß, daß man sie wie ein Glas voll Kuhpocken, vernünftig genommen, nur dazu hat, um sie einzuimpfen – der Schüler seinerseits schlingt sie wieder nur ein, um sie von sich zu geben, und so gibt sich das Weitere. So fährt das Licht, wie im Spiel »stirbt der Fuchs, so gilts den Balg« der glimmende Span, von Hand zu Hand, bis aber doch der Span in einer – meiner – verlöscht und verbleibt.‹

›Launig genug!‹ (sagte der allgemeine Bibliothekar) ›Mit einer solchen Laune verbinden Sie nur noch Studium schlechter Menschen und guter Muster, so bilden Sie uns einen zweiten Rabener, der die Narren geißelt.‹ – ›Herr!‹ (versetzt' ich ergrimmt) ›ich würde die Weisen vorziehen und Euch den ersten Schlag versetzen. Weise lassen sich berichten und waschen, haben überall ihr Einsehen und sind gute Narren und meine Leute; ein Mann wie ein allgemeiner deutscher Kurschmied, der dem Musenpferd an den Puls greift, halte mir seinen vor, und ich befühl' ihn gern. Aber der Welt-Rest, Sir? Wer kann das Weltmeer abschäumen, wenn er ihm nicht die Ufer wegbricht? Ists nicht ein Jammer und Schade, daß alle genialische Menschen, von Plato bis zu Herder, laut und gedruckt worden und häufig gelesen und studiert vom gelehrten Pack und Packhof, ohne daß dieser sich im geringsten ändern können? Bibliothekar, ruft und pfeift doch alles, was in den kritischen Hundshütten neben jenen Tempeln Wache liegt, heraus und fragt sämtliche Windspiele, Doggen und Packer, ob in ihren Seelen sich etwas anders bewege als ein potenzierter Magen, statt eines poetischen und heiligen Herzens! Im Bergkessel sehen sie den Wurst- und Braukessel, im Laub die Schelle der Karte, und der Donner hat für sie – als ein größerer elektrischer Funke – einen sehr säuerlichen Geschmack, den er nachher dem März-Biere einflößet.‹

›Spielen Sie an?‹ fragt' er. ›Sicher!‹ (sagt' ich) – ›Aber weiter, Biliothekar, gesetzt wir beide wären so glücklich, uns auf dem Absatze herumzudrehen und mit *einem* Umherhauchen alle Toren wie mit einem Hüttenrauche ganz verpestet umzuwehen und maustot hinzuwerfen: so kann ich doch nicht absehen, wo der Segen herauskommen will, weil ich, außerdem daß wir noch selber nebeneinander stehen und auch uns anzuhauchen haben, in allen Ecken umher Weiber sitzen sehe, welche die erlegte Welt von neuem hecken. –

Bester Püsterich[1] voll Feuer,‹ (fuhr ich fort) ›kann aber das sehr zum satirischen Handwerke rufen und prägen? – O nein! Echte Laune ist bei mir da, vielleicht fremde Tollheit gleichfalls, vielleicht – aber ach wird nicht der seltsame Scherzmacher, sogar in ihrer ungemeinen Bibliothek, dem Stachelschweinmanne in London (dem Sohne) gleichen, der bei dem Tierhändler Brook den Dienst hatte, den Fremden im wilden Viehstand und ausländischen Tiergarten herumzuführen, und der auf der Schwelle dabei anfing, daß er sich selber zeigte als Mensch betrachtet? – Bedenken Sie es kalt und vorher! Noch schwing' ich meinen Satyr-Schweif ungebunden und lustig und etwan gegen eine gelegentliche Bremse; wird mir aber ein Buch darangebunden, wie in Polen an den Kuh-Schwanz eine Wiege, so rüttelt das Tier die Wiege der Leser und gibt Lust, der Schwanz aber wird ein Knecht.‹

1 Oder Püster, die bekannte altdeutsche Götzenstatue voll Löcher, Flammen und Wasser.

›Zu solchen Bildern‹ (sagte der Bibliothekar) ›wäre allerdings die gebildete Welt durch keinen Rabener oder Voltaire gewöhnt, und ich erkenne nun selber die Satire nicht für Ihr Fach.‹ – ›O so wahr!‹ versetzt' ich, und wir schieden gütlich.

– Aber ernsthaft genommen, Bruder, was hat nun ein Mensch übrig (sowohl an Aussichten als an Wünschen), dem das Säkulum so versalzen ist wie mir und das Leben durch die Lebendigen – den die allgemeine matte Heuchelei und die glänzende Politur des giftigsten Holzes verdrießet – und die entsetzliche Gemeinheit des deutschen Lebenstheaters – und die noch größere des deutschen Theater-Lebens – und die pontinischen Sümpfe Kotzebuischer ehr- und zuchtloser Weichlichkeit, die kein heiliger Vater austrocknen und festmachen kann – und der ermordete Stolz neben der lebendigen Eitelkeit umher, so daß ich mich, um nur Luft zu schöpfen, stundenlang zu den Spielen der Kinder und des Viehs hinstellen kann, weil ich doch dabei versichert bin, daß beide nicht mit mir kokettieren, sondern nichts im Sinne und liebhaben als ihr Werk – was hat, fragt' ich auf der letzten Zeile des vorigen Blattes, einer nun übrig, den, wie gesagt, so vielerlei anstinkt und vorzüglich noch *der* Punkt, daß Besserung schwer ist, aber Verschlimmerung ganz und gar nicht, weil sogar die Besten den Schlimmsten etwas weismachen und dadurch sich auch und weil sie bei ihrer verborgnen Verwünschung und Sänften- und Achselträgerei der Gegenwart wenigstens um Geld und Ehre tanzen und sich dafür gern vom festern Pöbel brauchen lassen, als Weinfässer zu Fleischfässern – was hat ein Mann, sag' ich, Freund, in Zeiten, wo man, wie jetzt im Druck, aus *Schwarz* zwar nicht *Weiß* macht, aber doch *Grau* und wo man, wie Katecheten sollen, gerade die Fragen auf *Nein* und *Ja* vermeidet, noch übrig außer seinem Hasse der Tyrannen und Sklaven zugleich und außer dem Zorne über die Mißhandlung sowohl als über die Gemißhandelten? Und wozu soll sich ein Mann, dem der Panzer des Lebens an solchen Stellen dünn gearbeitet oder dünn gerieben ist, ernsthaft entschließen?

Ich meines Orts, falls von mir die Rede ist, entschloß mich im halben Scherze zu einer dünnen hellen Anfrage für den Reichsanzeiger, die du vielleicht schon in Rom gelesen, ohne mich eben zu erraten:

Allerhand

Wohl *zuverlässig* steht gesunder *Verstand* und *Vernunft* (mens sana in c. s.) unter den zu würdigenden Gütern des Lebens *zunächst* nach einem reinen Gewissen *obenan.* Ein Satz, den ich bei den Lesern dieses Blattes vorauszusetzen wage. Was sonst hierüber noch gesagt werden kann (sowohl von als gegen Kantner [so schreibt Campe statt Kantianer viel richtiger]), gehört gewiß nicht hieher in ein ganz *populäres Volksblatt.* Unterzeichneter dieses ist nun in dem *betrübten* Falle, daß er hier genötigt die Ärzte Aus- und Deutschlands befragt – Mitleiden mit Leiden gebe, schicke die Antworten ein –, *wenn* er (gerade heraus vor Deutschland!!) ganz toll werden werde, indem der Anfang davon schon einen genommen.

Das *Wenn,* aber nicht das *Ob* liegt edeln Menschenfreunden zu beantworten ob. Hier meine Gründe, Deutsche! Abgesehen, daß mancher schon aus der Anfrage folgern könnte – was doch wenig entscheidet –, so sind folgende Stücke bedenklich und gewiß: 1) des Verfassers bunter Stil selber, der weniger aus diesem Inserat (in den überlegtesten Intervallen gemacht) als aus der ähnlichen Schreibart eines sehr beliebten und geschmacklosen Schriftstellers zu erkennen ist, wie denn ein buntes Übermaß ganz wildfremder Bilder so gut am Kopfe wie buntes Farbenspiel am Glase nahe Auflösung bedeuten – 2) die Weissagung eines Spitzbuben[1], an die er immerfort denkt, was schlimme Folgen haben muß – 3) seine Liebe und sein Treiben Swifts, dessen Tollheit Gelehrten nicht fremd ist – 4) seine gänzliche Vergeßlichkeit – 5) seine häufige schlimme Verwirrung geträumter Sachen mit erlebten und vice versa – 6) sein Unglück, daß er nicht weiß, was er schreibt, bis ers nachge-

1 Des Kahlkopfs, der ihm nach 14 Monaten Wahnsinn prophezeiete.

lesen, weil er gegen seinen Zweck bald etwas auslässet oder bald etwas hinsetzt, wie das durchstrichne Manuskript leider am besten bezeugt – 7) sein ganzes bisheriges Leben, Denken, und Spaßen, was hier zu weitläuftig wäre, und 8) seine so unvernünftigen Träume. Nun ist die Frage, *wenn* in solchen Verhältnissen (schlagen nämlich keine Fieber, keine Liebschaften dazu) vollständige Verrückung (Idea fixa, mania, raptus) eintritt. Bei Swift fiels sehr spät, im Alter, wo er ohnehin schon an und für sich halb närrisch sein mochte und nachher alles nur mehr zeigte. Wenn man betrachtet, daß einmal der Professor Büsch ausrechnete, daß seine Augen-Schwäche sehr gut ohne seinen Schaden von Jahr zu Jahr wachsen könnte, weil die Periode seiner gänzlichen Erblindung über sein ganzes langes Leben hinausfiele bloß auf sein Grab, so sollt' ich annehmen, daß meine Schwäche so stufenweise aufschwellen könnte, daß ich keine petites maisons brauchte als den Sarg selber; so daß ich vorher dabei heiraten und amtieren möchte wie jeder andere rechtschaffene Mann.

Was ich hiermit bezwecke, ist bloß, mich hierüber mit irgendeinem Menschenfreunde (er sei aber philosophischer Arzt!!) in Korrespondenz zu setzen. Meine Adresse hat die Expedition des Reichsanzeigers. Näher bekannt mach' ich mich vielleicht körperlich und bürgerlich in eben diesem Blatte auf dem Blatte, wo ich eine Gattin suche. Pestitz, den Februar.

S–s, L–d, L–r, G–l, S–e.

Albano, du weißt, unter welchem Gebüsch mein Ernst liegt. Der Reichs- und Schoppens-Anzeiger hat acht Gründe für die Sache, die nicht nur mein Ernst sind, sondern auch mein Spaß. Seit der Kahlkopf mir nach einem Jahre den Aufgang meines tollen Hundssterns ansagte, sah ich immer die Aurora dieses Fix-Gestirns vor mir und sah mich daran zuletzt blind und feige; ich muß es heraussagen. O ich hatte im Januar, Bruder, acht furchtbare Träume hintereinander – nach der Zahl der

Gründe im Anzeiger und selber unter den achten Grund gehörig –, Träume, worin ein wilder Jäger des Gehirns durch den Geist jagte und ein reißender Strom voll Welten, voll Gesichter und Berge und Hände wallete – ich will dich nicht damit ängstigen – Dante und sein Kopf sind Himmel dagegen.

Da wurd' ich verdrüßlich über die Feigheit und sagte zu mir: ›Hast bisher so lange gelebt und die reichsten Ladungen leicht ins Wasser geworfen, sogar diese und die zweite Welt, und dich von allem, und von Ruhm und von Büchern und Herzen so rein entkleidet und hast nichts behalten als dich selber, um damit frei und nackt und kalt auf der Kugel zu stehen vor der Sonne: auf einmal krümmst du dich unversehends vor dem bloßen tollen fixen Gedanken an eine tolle fixe Idee, die dir jeder Fieber-Pulsschlag, jeder Faust-Schlag, jedes Giftkorn in den Kopf graben kann, und verschenkst auf einmal deine alte göttliche Freiheit – Schoppe, ich weiß gar nicht, was ich von dir halten soll; wer irgend etwas noch fürchtet im Universum, und wär' es die Hölle, der ist noch ein Sklave.‹ –

Da ermannte sich der Mann und sagte: ich will das haben, was ich fürchtete; und Schoppe trat näher an den breiten hohen Nebel, und siehe! Es war (man hätte sich gern auf der Stelle hineingebettet) nur der längste Traum vor dem längsten Schlaf, mehr nicht, was sie Wahnsinn nennen. Geht man nun auf einige Zeit z. B. in ein Irrhaus zum Scherz: so kann man den Traum haben, lässet es sich sonst alles so dazu an wie bei manchem. Und dahinein will ich nun allgemach sinken, in den Traum, wo an der Zukunft die Dolchspitze abgebrochen ist und an der Vergangenheit der Rost abgewischt – wo der Mensch ohne Störung in dem Schattenreich und dem Barataria-Eiland seiner Ideen das regierende Haus allein ist und der Johann ohne Land und er wie ein Philosoph alles *macht,* was er *denkt* – wo er auch seinen Körper aus den Wellen und Brandungen der Außenwelt zieht und Kälte, Hitze, Hunger, Nervenschwäche und Schwindsucht und Wassersucht und Armut ihn nicht mehr antasten und den Geist keine Furcht, keine Sünde, kein Irrtum im Irrhaus – wo die 365 Träume jährlicher Nächte sich in einen einzigen, die flüchtigen Wolken in *ein* großes Glut-Abendrot zusammengewebt – –

Da sitzt etwas Böses! Der Mensch muß imstande sein, sich seinen Traum, seine gute fixe Idee – denn ein hoher Ameishaufen der grimmigsten und der liebreizendsten wimmelt vor ihm – mit Verstand auszuklauben und zuzueignen, sonst kann er so schlimm fahren, als wär' er noch bei Verstand. Ich muß nun besonders meine Anstalten treffen, daß ich einen liebreichen favorablen Fix-Wahn finde und anerkenne, der gut mit mir umgeht. Kann ichs dahin bringen, etwan der erste Mensch zu sein im irrigen Hause – oder der zweite Momus – oder der dritte Schlegel – oder die vierte Grazie – oder der fünfte Kartenkönig – oder die sechste kluge Jungfrau – oder die siebente weltliche Kur – oder der achte Weise in Griechenland – oder die neunte Seele in der Arche – oder die zehnte Muse – oder der 41ste Akademiker – oder der 71ste Dolmetscher – oder gar das Universum – oder gar der Weltgeist selber: so ist allerdings mein Glück gemacht und dem Lebens-Skorpion der ganze Stachel weggeschlagen. Aber was steht nicht noch für goldnes edelsteinernes Glück offen! Kann ich nicht ein sehr begünstigter Liebhaber sein, der den Sonnenkörper einer Geliebten den ganzen Tag im Himmel ziehen sieht und hinaufschauet und ruft: ich sehe nur dein Sonnen-Auge, aber es genügt? – Kann ich nicht ein Verstorbner sein, der voll Unglauben an die zweite Welt in solche gefahren ist und nun da gar nicht weiß, wo er hinaus soll vor Lust? – O kann ich nicht – denn der kürzere Traum und das Alter verkindern ja schon – wieder ein unschuldiges Kind sein, das spielt und nichts weiß, das die Menschen für Eltern hält und das nun einen aus der bunten Blase des Lebens zusammengefallenen Tränentropfen vor sich stehen hat und den Tropfen wieder mit der Pfeife geschickt zum flimmernden Farben-Weltkügelchen aufbläset?

Es ist eben Mitternacht; ich muß jetzt in die Kirche gehen, meine Vesper-Andacht zu halten.

Nota bene! Drei Wochen später

Gewissermaßen war ich seit deiner Reise verdammt unglücklich bis diesen Morgen gegen 1 Uhr; – um 2 Uhr faßt' ich meinen Entschluß, jetzt um 5 die Feder, um 6, wenn ich ausgetrunken und ausgeschrieben, den Reisestab, dessen Stachel nach 2 Monaten in den Pyrenäen steht. O Himmel! mußte etwas Gestacheltes längst neben mir stehen, was ich so lange für einen Herisson nahm, indes es die beste Spielwalze voll Stifte ist, aus der ich nichts Geringeres (ich drehte sie vor einigen Stunden) haben kann als das beste Flötengedackt – unverfälschte Sphären- und Kreismusik zu den Bravourarien der drei Männer im Feuer – einen ganzen lebendigen Vaucansons-Flötenspieler von Holz – und unerhörte Sachen, womit die Maschine nicht sich einen Bruch bläset, sondern einigen Spitzbuben, wovon ich vorzüglich den Kahlkopf nenne? –

O höre, Jüngling! Es geht dich an. Ich will deinetwegen, was die Welt offenherzig nennt, jetzt sein, nämlich unverschämt, denn wahrlich ich decke lieber meinen Steiß als mein Herz auf und bin weniger rot.

Es gab einmal in alten Zeiten eine junge Zeit, eine voll Feuer und Rosen, wo der alte Schoppe seines Orts auch jung genug war – wo der alerte, anschlägige Vogel leicht heraushatte, wo der Hase liegt und die Häsin – wo der Mann sich noch mit den bekannten vier Weltteilen in Güte setzte, oder auch ebenso leicht wie ein Stier mit dem Horn nach jeder Fliege stieß – wo er, jetzt ein Silberfasan kühler Zeit, noch als ein warmer Goldfasan im ganzen Welschland auf- und abschritt oder flog und bald auf Buonarottis Moses saß, bald auf dem Coliseo, bald auf dem Ätna, bald auf der Peterskuppel und vor Lust krähete, die Flügel schlug und gen Himmel stieg. –

Es war nämlich dieselbe Zeit, wo der noch ungerupfte

Sturmvogel einmal in Tivoli sich durch die Wasserfälle hin- und herschwang, kostbar selig war und da gelegentlich – plötzlich – oben – in Vestas Tempel – zum ersten Male – weiter nichts erblickte als – die Prinzessin di Lauria, nachher, mutmaß' ich, von einem Vliesritter weggeholt als sein güldnes Vlies. Solche sehen – sich aus einem Sturmvogel in einen Tauber an der Venus Wagen verwandeln – von Gespann und Zügel sich abreißen – vor jene Göttin fliegen – sie in immer engern Kreisen umziehen, das alles war nicht eins, sondern dreierlei. Ich mußte erst zu einem Paradiesvogel wachsen und mich färben, um in ein Paradies zu fliegen; ich mußte nämlich Malerei erlernen, um vor Sie zu dürfen.

Als ich endlich den Porträt-Pinsel und die Silhouetten-Schere in der Gewalt hatte und an einem Morgen mit beiden vor der Prinzessin und dem Fürsten erschien, mußt' ich ihn selber malen und schneiden; seine Tochter war schon vermählet und heimlich abgereiset; denn dein Großvater weissagt (anstatt wie andere ihr Treiben voraus) seines nur hintennach und öffnet den Mund bloß zum – Hören.

Ich schnitt ihn schnell aus, den Mann – packte ein – ging in alle Welt – nach beinah drei Jahren stand ich auf der zehnten Terrasse der Isola bella ganz unerwartet vor der Gräfin Cesara – Himmel und Hölle! welch ein Weib war deine Mutter! Sie warf jeden in beide auf einmal, ich weiß nicht ob deinen Vater auch. Schreiber dieses stand in seiner letzten ornithologischen Verwandlung vor ihr, als stiller Perlhahn (Tränen müssen die Perlen sein), und konterfeiete sie ab, nach wenigen Wochen.

Sie hatte zwei Kinder, dich – deiner schon damals geschärften Bildung entsinn' ich mich klar – und deine Schwester, die sogenannte Severina. Dein Vater war nicht da, aber sein Wachsbild, wornach ich ihn gleich achtzehn Jahre später in Rom wieder erkannte. Auch deine Schwester war noch wächsern wiederholt, nur du nicht. Eine dir von weitem ähnliche Wachsfigur, die dich als einen Mann vorgaukelte, stellte der Bruder deines Vaters, der mit da war, dir immer als einen

Flügelmann deiner Zukunft vor, sagte, du seiest hier im voraus kubiert und schon ins Große getrieben, von der Flasche auf das Faß gefüllt, um dich anzufeuern, damit du erwüchsest. Man mußte dir eine ähnliche Uniform, wie der Wachsmann trug, anziehen – ich weiß nicht welche – Du fordertest dann keck, um deinen eignen Mikromegas schreitend, ihn heraus, aus der Zukunft in die Gegenwart. Jetzt weißt du, was du geworden, und magst wohl wieder und mit mehr Recht so stolz auf den Kleinen herabsehen wie der Kleine sonst zu dem Großen hinauf. Ich wollte nie deinem Oheim diese Maschine der geistigen Streckbarkeit gutheißen; dabei hab' ich vor allen Wachs-Marionetten einen so hassenden Schauder!

Mein einziger Zweck auf der schönen Insel war die Abreise von ihr und von der schönen Insulanerin, sobald ich diese abgemalt hätte. Dummes Jahrhundert, sagt' ich, will ich denn mehr von dir? Sie saß mir gern – wie auf einem Thron – ich riß, halb im Gewitter, halb im Regenbogen wohnhaft, sie ab und mußt' ihr natürlich das Bild lassen unkopiert. Aber, Jüngling, einige Buchstaben, die meinen damaligen Namen formierten und die ich aufs Bild an der Stelle des Herzens unter die Wasser-Farben schrieb und versteckte, können für dich ein Tetragrammaton, elf Sonntagsbuchstaben und Lesemütter (matres lectionis) deines Daseins werden, falls ich glücklich nach Spanien komme und in Valencia am Bildnis die Färberei von meinen Buchstaben wegwischen und nun in dessen Herzen lesen kann: *Löwenskiold.* So dänisch hieß ich damals.

Dann ist die Gräfin Linda de Romeiro ohne Gnade deine Schwester Severina. Gott schenke nur, daß du sie nicht vor diesem Brief etwan gesehen hast und geheiratet; sie soll, wie ich gestern hörte, nach Italien abgereiset sein.

Denn als ich die Gräfin Linda hier zum ersten Male sah, war mir auf dem Pestitzer Markt-Viereck, als ständ' ich oben auf der Terrasse der Isola bella und schauete die Alpen, deine Mutter, meine Jugend kaum drei Schritte vor mir! Bei Gott, wie als wäre aus der tiefen Ferne im Pfeilerspiegel der Zeit auf einmal das weiße Rosenbild deiner verhüllten Mutter heraufgerissen worden dicht ans Glas heran und hinge davor nun rotblühend, so stand Linda vor mir! Denn die göttliche Ähnlichkeit beider ist so groß! Gar kein Arianisches *Homoiusion,* sondern ein ganzes orthodoxes *Homousion* ist hier zu glauben, würd' ich dir gerne schreiben, hättest du sonst die nötige Kirchengeschichte dazu auf dem Lager.

Ich malte auch Linda in diesem Winter. Was sie mir vom Charakter ihrer Mutter erzählte, war ganz dasselbe, was ich ihr hätte vom Charakter der Prinzessin di Lauria berichten können –

Lindas Vater oder Herr von Romeiro wollte nie erscheinen, und doch ist er noch nicht verschwunden, wie ich höre –

Lindas Mutter hieß sich eine Römerin und eine Verwandte des Fürsten di Lauria –

In Spanien, wo ich zweimal war und fragte, wollte nirgends der Name einer Cesara wohnen –

Trillionen Spinnenfäden der Wahrscheinlichkeit spinnen sich zum Ariadnens-Strick im Labyrinth –

Eine neue unbekannte Schwester wird dir im gotischen Hause mit Schleiern und in Spiegeln vorgeführt – –

Und zwar wird vom redlichen Kahlkopf – dem fast mehr zum Christuskopf fehlt als die Locken, und den ich im Herbste einen Hund geheißen – dirs vorgespiegelt aus wirklichen Spiegeln –

Gedachter Anubis- oder Kahl-Kopf stand nun (der Himmel und der Teufel wissen am besten warum, aber ich glaub' es) als Vater des Todes auf Isola bella, lag als Handwerkspursch am Fürstengrabe und in jedem Hinterhalt, um dir deine Schwester zur Frau zu geben – – falls ichs litte; aber sobald ich jetzt zugesiegelt, brech' ich nach Spanien auf und in Lindas Bilderkabinett ein, suche nach einem gewissen Bilde ihrer Mutter, dessen Stelle und Zimmer ich mir deutlich angeben lassen – und ist es das Bild von mir: so ist alles richtig, und der Donner kann in alles schlagen –

Der Kahlkopf ist schon ein Fünfviertelsbeweis – er gehört

unter die wenigen Menschen, die schon, kaum Spinnen-dick, in ihrer Mutter Leib aus Bosheit pißten –

Vielleicht treff' ich deinen Oheim, der mich hier, wie er sagte, wiedererkannte und der wirklich nach Valencia abgereiset ist[1] –

O Himmel, wenn mirs gelänge (aber warum nicht, da meine Zunge von Eisen bleibt und dieses Blatt in Eisen kommt, beim redlichen Wehrfritz, dessen Herz ein alter Deutscher ist, und mit Recht stellt in der Jungfer Europa *Deutschland* das *Herz* vor), ich schreibe, wenn mirs gelänge, daß ich anbrennte an einem verfluchten Geheimnis eine Strohtür, risse alles auf, ein und weg, blinde Tore und Opfertore, und ein starkes Licht fiele herein auf die tapfere Linda und den tapfern Jüngling, anleuchtend den nahen Kahlkopf (vielleicht noch jemand), der eben in der Dunkelheit mit zwei langen blanken Okulier- und Schlachtmessern in die Geschwister schief herunterstechen will – –

Wenn mir das einmal gelänge, nämlich im Erntemonat – denn da käm' ich in Pestitz wieder an und hätte das Bildnis in der Tasche –, und ich hätte mich und zwei Unschuldige tapfer gerächt an Schuldigen: dann würd' ich mirs für sehr erlaubt halten, an meinen Kopf zu greifen und zu sagen: à bas, gare, Kopf weg! Wozu gewiß – da ja von keiner dummen Abtreibung des Leibes durch ein Werther-Pulver die Rede ist, sondern nur vom Vorsatze, das, was Sachverständige meinen Verstand nennen, gelegentlich zu verlieren – meine Freunde stimmen müßten, weil sie mich noch hätten (der Körper wird dabei anbehalten), obwohl als das Nachtstück eines Menschen, weil ich dann einen vernünftigen Diskurs so gut über alles (nur den Fix-Wahn greife keiner an) führen wollte als einer und dabei einen gesitteten guten Spaß (wahrlich die wahre Würze) einzustreuen gewiß nicht vergäße und weil der Staat mich Tag

1 Der Oheim hatte wieder gelogen, denn er war, wie man aus diesem Bande weiß, vorher nach Rom gegangen, wo er dem Ritter und der Fürstin die Pestitzer Briefe übergeben.

und Nacht gerüstet und gesattelt finden sollte, ihm nach dem Beispiele der Berliner Irrhäusler, die einmal beim Feuer im Haus am besten löschten und retteten, zu dienen und zu Hülfe und zupasse zu kommen, wenn die dunkeln Intervalle seiner andern Staatsdiener nicht anders auszufüllen wären als mit unsern hellen.

Lebe wohl! Ich brech' auf. Die Welt lacht mich heiter an. In Spanien find ich ein Stück Jugend wieder – wie in diesem Schreiben. Schoppe

Apropos! Stieß dir der Kahlkopf nirgends auf? – Ich kann dir nicht sagen, wie ich täglich jetzt arbeite, um mir vor dem Wunsche, ihn künftig in der Tollheit niederzustoßen, wahren Abscheu und Greuel im voraus einzuprägen und eigen zu machen, damit nachher die etwanige Tat mir nicht als eine Spätfrucht des vorigen vernünftigen moralischen Zustandes könne herüber zugerechnet werden in den andern.

Vernichte diesen Brief!«

Als Albano die feurigen Augen von dem Briefe aufhob, stand er vor Lilar unter einem hochgewölbten Triumphbogen, und die Sonne ging in Pracht hinter dem Elysium unter. »Kennst du mich nicht?« fragte leise neben ihm Linda in Reisekleidern, weinend in heller Liebe und Wonne – und Julienne drängte sich, beiden Vorsicht zuwinkend, aus dem Eingangsgebüsch des Flötentals hervor und rief zum listigen Scheine: »Linda, Linda, hörst du denn die Flöten nicht?« – Und Albano hatte den schweren Brief vergessen.

123. ZYKEL

Wie ein schnell mit hundert Flügeln aufrauschendes Konzert, so schlug die schnelle Gegenwart alter Liebe und Freude über den verlassenen, um den Freund bekümmerten Jüngling in schönen Fluten zusammen; und von der Entzückung getroffen, sah er Linda wieder wie auf Ischia; aber diese sah ihn wieder wie in einem andern Elysium, sie war weicher, zärter, heißer, eingedenk seiner Vergangenheit in diesem Garten. Sie wollte gar nichts von ihrer eignen Reise-Geschichte erzählen oder hören. Albano bedeckte sein Geheimnis von Schoppe mit mächtiger, aber zitternder Brust; nur seinem Vater brannt' er sie aufzutun. Unaufhörlich hielt er sich die Unmöglichkeit einer Verwandtschaft vor und die Leichtigkeit, daß Schoppe die angebliche Schwester mit der wahren, mit Juliennen, verwechsle; noch diesen Abend wollt' er den Vater fragen.

Er gab ihr das Ja desselben zu ihrem Bunde mit großer Freude, aber nicht mit der größten, weil Schoppes Brief nachtönte. Julienne nahm es wahr, daß nur eine Kaskatella statt der Kaskade heute aus ihm komme, und sucht' ihn lustig-listig auszuholen, indem sie ihn leicht durch das ganze wichtige Personale seiner und ihrer Bekanntschaft durchantworten ließ. Sie hatte einige Neigung, am Theatervorhang zu weben und zu malen oder auch ein Souffleurloch in ihn zu stechen. Sie fing die Fragen von Idoine an – welche kurz nach seiner Ankunft ihren Rückweg aus der Stadt genommen – und hörte mit ihnen bei Schoppen auf – nach dessen Reise-Ziele sie forschte –; aber Albano hatte jene nicht gesehen, dieser, sagt' er, hab' es ihm allein vertraut. Eine schöne, unbiegsame Marmorader der Festigkeit lief durch sein Wesen. Lindas schwarzes Auge war ein offnes treues deutsches und sah ihn nur an, um ihn zu lieben.

Aus dem Flötental kam der Rest der Gesellschaft, der Lektor u. a.; Julienne nötigte die Liebenden zur Scheidung und sagte: »Hier ist kein Ischia; ohne mich könnt ihr euch hier im Schloß gar nicht sehen; ich werde dirs durch deinen Vater allzeit sagen lassen, wenn ich da bin.«

Als er allein stand in Lilar, mit dem schweren Gedanken an Schoppe und Linda, und er die anmutigen Gegenden und Stellen schöner Stunden übersah: so kam ihm auf einmal vor, als verziehe sich in der Dämmerung das Elysium wie ein reizendes Gesicht zu einem Hohn über ihn und über das Leben – kleine boshafte Feen sitzen an den kleinen Kinder-Tischchen, als wären sie sanfte Kinder und sähen sehr gern Menschen und Menschenlust – sie fahren auf als wilde Jägerinnen und rennen durch die Blüten – tausend Hände wenden den Garten mit Blütenbäumen um und richten sein schwarzes finsteres Wurzeln-Dickicht wie Gipfel im Himmel auf – aus den Zweigen blicken Gorgonenhäupter, und oben im Donnerhäuschen weint und lacht es unaufhörlich – nichts ist schön und sanft als der tapfere große Tartarus.

Indes ging Albano, da es der kürzere Weg zu seinem Vater war, hart und zornig durch den Garten, über die Schwanenbrücke, vor dem Traum-Tempel, vor Charitons Häuschen, vor den Rosenlauben vorbei und über die Wald-Brücke; und kam bald im Fürstenschlosse bei seinem Vater an, der eben vom kranken Luigi zurückgekommen. Mit ironischer Miene erzählte ihm dieser, wie der Patient von neuem schwelle, bloß weil er fürchte, der tote Vater, der ihm zum zweitenmal als Zeichen des Todes zu erscheinen versprochen, gebe das Zeichen und hole ihn darauf. Nun erzählte Albano, ohne allen Eingang und ohne Erwähnung von Schoppen und von dessen Verhältnissen, die Hypothese der seltsamsten Verwandtschaft, ohne etwa ausforschende lange Fragen oder auch nur die kurze schnelle: »Ist Linda meine Schwester?« zu tun aus Achtung für den Vater. Dieser hörte ihn ruhig aus: »Jeder Mensch« (sagt' er erzürnt) »hat eine Regen-Ecke seines Lebens, aus der ihm das schlimme Wetter nachzieht; die meinige ist die Geheimnisträgerei. Von wem hast du die neueste?« – »Darüber muß ich schweigen aus Pflicht«, versetzt' er. »In diesem Falle« (sagte Gaspard) »hättest du besser ganz geschwiegen; wer den kleinsten Teil eines Geheimnisses hingibt, hat den andern nicht mehr in der Gewalt. Wie viel glaubst du, daß ich von der Sache weiß?« – »Ach was kann ich glauben?« sagte Albano. »Dachtest du an meine Erlaubnis deiner Verbindung mit der Gräfin?« sagte zorniger Gaspard. »Sollt' ich denn schweigen, und entwickelte sich nicht am Ende aus allen Geheimnissen die Schwester Julienne?« – Hier sah ihn Gaspard scharf an und fragte: »Kannst du auf das ernste Wort eines Mannes vertrauen, ohne zu wanken, zu irren, wie auch der Schein dagegen rede?« – »Ich kanns«, sagte Albano. »Die Gräfin ist deine Schwester nicht; vertraue mir!« sagte Gaspard. – »Vater, ich tu' es!« (sagte Albano ganz freudig) »und nun kein Wort weiter darüber.«

Aber der ruhigere Alte fuhr fort und sagte, dieser neue Irrtum veranlasse ihn, jetzt ernstlich bei Linda auf ein Ja zur schnellen Verbindung zu dringen, weil der Vater derselben, vielleicht der geheime bisherige Wundertäter, seine Erscheinung durchaus an einen Hochzeittag gebunden. Noch einmal ließ er den Sohn seinen Wunsch nach dem Wege merken, auf welchem er zu jener Hypothese gekommen; aber umsonst, die heilige Freundschaft konnte nicht entheiligt oder verlassen werden, und seine Brust schloß, wie der dunkle Fels um den hellen Kristall, sich mächtig um sein offnes Herz.

So schied er warm und glücklich vom schweigenden Vater. – In der harten Stunde des Briefs hatt' er nur eine künstliche Felsenpartie des Lebens überstiegen, und die bunten Gärten lagen wieder da bis an den Horizont; – doch der vergebliche mühvolle Irrtum seines Schoppe und dessen von Hassen und Lieben verheerter Geist, der sich sogar im Ton des Briefes niederzubeugen schien, und die Zukunft eines Wahnsinns gingen wie ein fernes Leichengeläute in seiner schönen Gegend klagend, und das glückliche Herz wurde voll und still.

124. ZYKEL

Bald darauf ließ die gütige Schwester Albanos an der Spieluhr seines Glücks, deren Wächterin sie war, wieder eine hesperische Stunde schlagen und spielen, wo das ganze Leben hinauf und hinab mittönte und sich aushellte und wo nun wie in der Schweiz, wenn eine Wolke sich öffnet, auf einmal Höhen, Eisberge, Berghörner aus dem Himmel blicken. Er sah seine Linda wieder, aber in neuem Licht, glühend, aber wie eine Rose vor dem glühenden Abendrot; ihr Lieben war ein weiches stilles Flammen, nicht ein Hüpfen irrer stechender Funken. Er schloß, daß sein wortfester Vater die Bitte um eine priesterliche Verbindung ihr schon getan und sogar ihre Bejahung bekommen. Julienne sagt' ihm, sie woll' ihn den nächsten Abend um 6 Uhr auf dem väterlichen Zimmer sprechen; das macht' ihn noch gewisser und froher. Mit neuen, noch zärter anbetenden Gefühlen schied er von Linda; die Göttin war eine Heilige geworden.

Als er den andern Tag ins väterliche Zimmer kam: fand er niemand darin als Julienne. Sie küßte ihn kurz und kaum, um schnell mit ihren Nachrichten fertig zu werden, da ihre Abwesenheit auf so viele Minuten eingeschlossen war, als die Fürstin brauchte, um vom Krankenbette des Mannes in das Zimmer der Prinzessin zu kommen. »Sie heiratet dich nicht,« (fing sie leise an) »so sehr und so fein auch dein Vater ihr bei dem ersten Empfang nach der Reise die Freude über das neue Glück seines Sohnes ausdrückte, für das er nun bloß nichts mehr zu wünschen brauchte, sagt' er, als das Siegel der Fortdauer – Es war noch feiner versilbert und vergoldet, ich weiß es nicht mehr. – Darauf erwiderte sie in ihrer Sprache, die ich nie behalte, ihr und dein Wille wären das rechte Siegel, jedes andere politische drücke Ketten und Sklaven auf dem schönsten Leben aus.«

Hart wurd' Albano von einer offnen Weigerung verletzt, die ihn bisher als eine stille und als Philosophie auftretende nur wie wesenloser Schatte unberührt umflossen hatte. »Das war nicht recht; *spät* konnte sie sagen, aber nicht *nie*«, sagt' er empfindlich. – »Gemäßigt Freund,« (sagte Julienne) »darauf erinnerte sie dein Vater freundlich an die bedingte Erscheinung des ihrigen, indem er sagte, daß er sehr wünschen müsse, ihr Glück aus seinen Händen in nähere zu übergeben. Keine künstliche Bedingung darf einen Willen zwingen oder vernichten, sagte sie. Dein Vater fuhr ruhig fort und setzte dazu, er habe den schönsten Lebensplan für euch beide in diesem Falle entworfen; im andern aber stehe seine Einwilligung in die Liebe nur so lange offen als sein Hiersein, das mit dem Tode seines Freundes endige. Dann ging er gelassen fort, wie die Männer pflegen, wenn sie uns recht entrüstet haben.«

»Hesperien, Hesperien!« (rief Albano zornig) »Linda verdoppelte doch ihr Nein?« – »O leider! Aber Bruder?« fragte staunend Julienne. »Lasse mich,« (versetzt' er) »ist es denn nicht ungerecht, dieses elterliche Antasten der schönsten zartesten Saiten, deren Klang und Schwung sie auf einmal töten, um einen neuen aus ihnen zu rupfen? Ists denn nicht sündlich, Göttergeschenke zu Staats-Zöllen und Partie-Geldern, jawohl *Partie*-Geldern herabzuziehen? – Gute Linda, nun stehen wir wieder auf dem Boden, wo man die Blumen der Liebe zu Heu anschlägt – und wo es im Paradies keine andere Bäume gibt als Grenzbäume. – Nein, freies Wesen, durch mich sollst du nie aufhören, es zu sein!« –

Julienne trat einige Schritte zurück, sagte: »Ich will dich nur auslachen«, tat es und setzte ernst dazu: *»Sie* also, willst du, soll *dir* den Tag anberaumen, wo der alte Vater sichtbar werden soll?« – »Das folge gar nicht«, sagte er. Sie bemerkte ruhig, daß immer ein hitziger Mann über die Hitze des andern klage und daß Albano schon in der Ruhe zu strenge auf fremdes und eignes Recht dringe; daß solche Leute dann in der Leidenschaft etwas über das Recht hinaus verlangten, wie einStift, der in der Uhr zu genau passet, erwärmt sie durch seine Größe anhält. Jetzt bat sie ihn liebreich, das Auseinanderzupfen des »ganzen Wirrwarrs« bloß ihren Fingern zu überlassen und sanft und still zu bleiben, damit nicht noch mehr Leute, etwa gar ihre »belle-sœur«, zwischen ihren Bund sich drängten. Albano nahm es freundlich an, bat sie aber ernst, nur keine Plane zu mache, weil er zu ehrlich dazu gegen Linda sein und ihr sogleich das ganze Wort der Charade sagen würde.

Sie entdeckte ihm, sie habe weiter keinen zu etwas gemacht als zu einem frohen Tag für morgen, den nämlich, mit Linda die Prinzessin Idoine in Arkadien zu besuchen, der sie außer dem Besuch noch größere Dinge schuldig sei, besonders ihr halbes Herz: »Du reitest uns zufällig nach und triffst uns mitten im Schäferleben an« (setzte sie dazu) »und überraschest deine Linda.« – Er sagte sehr entschieden Nein; weil er vor Idoinens Ähnlichkeit mit Lianen – ob er gleich nur wußte, daß Liane jene im Traum-Tempel vorgespielt, noch nicht aber, daß Idoine diese vor seinem Krankenbette nachgebildet – und vor der Gegenwart der Ministerin die Flucht aus Scheu sowohl der bittern Erinnerungen als der süßen nahm, welchen beiden Roquairol in solchem Falle nachgezogen wäre. Julienne wandte boshaft ein: »Fürchte nur nichts für die Prinzessin; sie mußte, um vom verhaßten Bräutigam nur loszukommen, allen Ihrigen eidlich angeloben, nie einen unter ihrem Stande zu wählen – und das hält sie, sogar bei dir.« – Er beantwortete den Scherz bloß mit der ernsten Wiederholung des Neins. Nun so bestehe sie darauf, versetzte sie, daß er ihnen beiden wenigstens auf halbem Weg entgegenkomme und sie im *»Prinzengarten«* – einem von Luigi als Erbprinz angelegten und auf dem Fürstenstuhle vergessenen Park – erwarte. Das ergriff er sehr freudig.

Sie fragte scheidend noch scherzhaft: »Wer hat dich von neuem mit einer Schwester beschenkt?« Er sagte: »Das konnte mein Vater nicht von mir erfahren.« – »Bruder,« (sagte sie sanft) »ein Herr wars, der Prinzessinnen leicht für Gräfinnen nimmt und der nächstens noch toller zu werden glaubt, als er schon ist – dein Schoppe« und flog davon.

125. ZYKEL

Am Morgen darauf fuhren beide Freundinnen nach Arkadien. Julienne – obwohl betrübter durch ihren *kränkern* Bruder – heiterte sich durch das Vertrauen auf einen Plan auf, den sie ungeachtet ihrer Versicherung zum Glücke des *gesunden* entworfen, um ihn in Arkadien auszuführen. Sie verbarg öfters, wie andere hinter den schwarzen Trauerfächern der

Trauer und Empfindung, so hinter dem heitern Putzfächer des Lachens, der den Zuschauern die bemalte Seite zukehrte, ihren Kopf mit seinen Entwürfen; unter Lachen und Weinen ging und dachte sie diesen nach. So hatte sie an Albano die Bitte, Idoine mit zu besuchen, nur aus Schein und in der Gewißheit getan, daß er sie abschlage, oder im Falle er komme, daß es dann Idoine tue; denn sie wußte aus Idoinens Besuchen im vorigen Winter, daß diese an den von ihr hergestellten schönen Fieberkranken häufig in Gesprächen gedacht und daß sie jetzt vor seiner Ankunft geflohen war, um nicht über seine helle liebende Gegenwart, die ihr am leichtesten durch die Fürstin bekannt geworden, als ein Gewölke aus der Vergangenheit hereinzuziehen voll trüber Ähnlichkeiten. Julienne hatte sogar erfahren, daß die Fürstin sie umsonst länger halten und aufbewahren wollen, um vielleicht den Jüngling durch sie zu erinnern, zu schrecken, zu ändern, oder zu strafen. Juliennens Liebe gegen die Prinzessin wäre durch jene zarte Flucht vor Albano vielleicht so warm geworden, als die gegen Linda war, wenn eben diese Liebe nicht dazwischen gestanden hätte; wenigstens hatt' ihr diese schöne Flucht ein *ungemessenes* Vertrauen – was eben das rechte und einzige ist – auf die Prinzessin gegeben.

Der Reisetag war ein schöner Ernte-Morgen voll bevölkerter Kornfluren, voll Kühle und Tau und Lust. Linda freuete sich kindlich auf Idoine und sagte die Gründe in frohem Tone: »Zuerst weil sie deinem Bruder das Leben gerettet – und weil sie doch wußte, was sie wollte, und darauf mutig beharrte und sich nicht wie andere Prinzessinnen zum Opfer des Thrones verhandelte – und weil sie die deutscheste Französin ist, die ich kenne, außer der Madame Necker – Ja mir gehört sie ordentlich mit aller schönen Jugend unter die alten Frauen, und diese sucht' ich von jeher vor, denn es ist doch etwas von ihnen zu lernen. Dich liebt' sie sehr, mich, glaub' ich, weniger, einem so reizenden Mittelding von Nonne und Ehefrau schein' ich zu weltlich, ob es gleich nicht ist.«

Beide kamen im schönen Zauberdorfe – als schon die netten Kinder sich zur Ährenlese verbündeten und die Wagen schon den Sammlern der Garben entgegenfuhren – nachmittags vor dem Mittagessen an. Idoinens Bruder, der künftige Erbfürst von Hohenfließ – der Zwerg in Tivoli –, sah aus dem Fenster, und Julienne bedauerte fast die Reise. Idoine flog ihr entgegen und drückte sie herzlich an die Brust. Als Julienne diese große blaue Auge und jeden verklärten Zug der Gestalt, die einst ihr Bruder so selig und schmerzlich geliebt, vor und auf ihrem Angesicht hatte: so glaubte sie jetzt, da sie seine Schwester geworden, gleichsam als seine Stellvertreterin die Liebe der Stellvertreterin Lianens zu empfangen; und sie mußte, wie allzeit seit diesem Tode bei dem ersten Empfange, innig weinen.

Linda wurde von der Prinzessin mit einer so tiefen Zärtlichkeit empfangen, daß sich Julienne wunderte, da sonst beide in einem Wechsel von Kälte und Liebe lebten. Die Ministerin Froulay stand da, von der Trauer so alt, kalt, still und höflich, so kalt gegen die Zeit und die Menschen (ausgenommen das Ebenbild ihrer Tochter), besonders gegen Linda, deren kecker, entschiedner, philosophischer Ton ihr unweiblich und eine Trommete an zwei Frauen-Lippen zu sein schien.

Der künftige Erbprinz von Hohenfließ entfernte sich zum Glücke bald von einem so unbequemen Ort, wo er auf einem Schiffbruchsbrett statt in einer Gondel fuhr. Nachdem er Julienne mit Anteil um das Befinden ihres Bruders, seines jetzigen Vorfahrers, gefragt – und sie und Linda an ihre und seine welsche Reise erinnert hatte: so wurd' er über Juliennens Kaltsinn und über die moralischen Gespräche der Weiber und über einen gewissen sittlichen Gewitterdruck – den Lüstlinge bei Weibern empfinden, wo alles Rauhe, die Selbsucht, die Anmaßung als Mißton schreiet – und über die allgemeine plagende Heuchelei – wofür er sogleich alles nehmen mußte – so verdrüßlich und verstimmt, daß er leicht aufbrach und dieses Schäferleben um den einzigen Wolf verkürzte, der darin schlich. Lüstlinge halten es unter *vielen* edlen Frauen, gedrückt von deren vielseitigen scharfen Beobachtungen, nie lange aus, obwohl leichter bei einer allein, weil sie diese zu verstricken hoffen. Was ihm am wehesten tat, war, daß er sie alle für Heuchlerinnen erklären mußte. Er fand keine gute Weiber, weil er keine glaubte; da man sie glauben muß, um sie da zu sehen, wo sie sind; so wie die Tugend üben, um sie zu kennen, nicht umgekehrt.

Mit ihm schien eine schwarze Wolke aus diesem Eden und Äther wegzuziehen. Die Ministerin erhielt eine Karte von ihrem Sohne Roquairol, der eben angekommen, und ging auch – zu Juliennens Freude, die an ihr ein kleines Hindernis ihres Bekehrungsplans für Linda fand, weil diese die Ministerin für eine einseitige, enge, bängliche, unnachgiebige Natur ansah. Idoine bat die beiden Jungfrauen, ihr kleines Reich mit ihr zu bereisen. Sie gingen hinab ins reine weite Dorf. Auf den Treppen begegneten ihnen heitere dienstgefällige Gesichter. Aus den fernen Zimmern des Schlosses hörte man bald Singen, bald Blasen. Wie am Vogel sich das glänzende Gefieder schnell und glatt in- und auseinanderschiebt: so bewegten um Idoine sich alle Geschäfte; ihre ökonomische Maschine war keine plumpe knarrende Turmuhr, sondern ein spielende Bilderuhr, welche hinter Töne die Stunden, hinter Bilder die Räder versteckt.

In einem Wiesengarten spielten die jüngsten Kinder wild durcheinander. Herrnhutische und holländische Reinlichkeit hatten das Dorf zu einer glatten hellen Putzbude gewaschen und gemalt. Neu und blank hing der Eimer über dem Brunnen – unter der Linden-Rotunda des Dorfs war die Erden-Diele sauber gekehrt – überall sah man reine, ganze, schöne Kleider und freudige Augen – und Idoine zeigte unter der fremden Heiterkeit bedeutenden Ernst in den Blicken, womit sie ihr Arkadien Blume nach Blume prüfte.

Sie führte ihre Freundinnen über die verschiednen Sonntags-Tanzplätze der verschiednen Alter, vor dem Hause des

Amtmanns vorüber, worin die Ministerin wohnte und jetzt, zu Juliennens Furcht, ihr Sohn war, in die helle schmucklose Kirche. Bald kamen ihr der Pfarrer und Amtmann, für welche das Vorübergehen ein Wink gewesen, in die Kirche nach und holten von ihr Aufträge; beide waren junge schöne Männer mit offner Stirn und ein wenig Jugendstolz. – Als man aus der Kirche war, sagte sie: durch diese jungen Männer regiere sie über den Ort, und sie selber lenke sie sanft; nur junge seien mit Haß und Mut gegen den Schlendrian und mit Enthusiasmus und Glauben ausgerüstet. Sie setzte scherzhaft dazu, nichts beherrsche sie als eine Schule von Mädchen, an der ihr mehr gelegen sei als an der andern, weil Erziehung Angewöhnung sei und diese ein Mädchen mehr als ein Knabe brauche, dem die Welt doch keine lasse; und sie habe einigen Hang, eine la Bonne zu sein, weil sie es schon als Mädchen oft bei ihren Schwestern habe sein müssen.

Sie führte beide darauf in mehrere Häuschen; überall fanden sie ausgeweißte geordnete Zimmer, Blumen und Weinreben an Fenstern, schöne Weiber und Kinder, und bald eine Flöte, bald eine Violine, und nirgends ein spinnendes Kind. In allen hatte sie Aufträge zu geben, und was bloßer Spaziergang schien, war auch Geschäft. Sie zeigte einen scharfen Durchblick durch Menschen und ihr verwachsenes Treiben und einen Geschäftsverstand, der das Allgemeine und Besondere zugleich besaß und verknüpfte: »Ich wünschte freilich auch« (sagte sie) »nur Freuden und Spiele um mich; aber ohne Arbeit und Ernst verdirbt das Beste in der Welt; nicht einmal ein rechtes Spiel ist möglich ohne rechten Ernst.« – Linda lobte sie, daß sie alle an Musik gewöhnte, diesen rechten Mondschein in jedem Lebens-Dunkel; »ohne Poesie und Kunst« (setzte sie dazu) »vermoose und verholze der Geist im irdischen Klima.« – »O was wäre ohne Töne der meinige?« sagte Idoine feurig.

Linda fragte nach dem Bürgerrechte in diesem heitern Staate. »Meistens bekamen es Schweizerfamilien,« (sagte Idoine) »die ich an Ort und Stelle selber kennen lernte auf meiner Reise. Nach den Französinnen stell' ich sogleich meine Schweizer.« – Julienne versetzte: »Sie sagen mir Rätsel vor.« Sie lösete ihr sie, und Linda, die kurz nach ihr in Frankreich gewesen, bestätigte es, daß da unter den Weibern von gewissem höhern Ton, zu denen kein Crebillon je hinaufgekommen, eine in Deutschland ungewöhnliche Ausbildung der zartesten Sittlichkeit, beinahe Heiligkeit gegolten. »Nur« (setzte Linda hinzu) »hatten sie in der Sittlichkeit, wie in der Kunst, Vorurteile des feinen Geschmacks und mehr Zartheit als Genie.« –

Sie gingen zum Dorfe hinaus, der schönsten Abendsonne entgegen; auf den Bergen antworteten sich Alphörner, und im Tale gingen heitere Greise zu leichten Geschäften. Diese grüßte Idoine mit besonderer Liebe, weil es, sagte sie, nichts Schöneres gebe als Heiterkeit auf einem alten Gesicht, und unter Landleuten sei sie immer das Zeichen eines wohl und fromm geführten Lebens.

Linda öffnete ihr Herz der goldnen Gegenwart und sagte: »Wie müßte dies alles in einem Gedicht erfreuen! Aber ich weiß nicht, was ich dagegen habe, daß es nun so in der wirklichen Wirklichkeit da ist.« –

»Was hat Ihnen« (sagte Idoine scherzend) »diese genommen oder getan? Ich liebe sie; wo sind Sie für uns denn anders zu finden als in der Wirklichkeit?« – »Ich« (sagte Julienne) »denke an etwas ganz anderes: man schämt sich hier, daß man noch so wenig tat bei allem Wollen. Vom Wollen zum Tun ists hier doch weit« (fügte sie dazu, indem sie den kleinen Finger aufs *Herz* aufsetzte und die Hand vergeblich nach dem *Kopf* ausspannte) – »Idoine, sagen Sie mir, wie kann man denn ans Große und Kleine zugleich denken?« – »Wenn man ans Größte zuerst denkt« (sagte sie) – »Wenn man in die Sonne hineinsieht, wird der Staub und die Mücke am sichtbarsten. Gott ist ja unser aller Sonne.«

Die Erden-Sonne stand ihnen jetzt tief auf einer unabsehlichen Ebene unter milden Rosen des Himmels entgegen – eine ferne Windmühle schlug breit durch die schöne Purpur-Glut

– an den Bergabhängen sangen Kinder neben den geweideten Herden, und ihre kleinern Geschwister spielten bewacht – die Abendglocke, welche in Arkadien allzeit unter dem Scheiden der Sonne gezogen wurde, wiegte die Sonne und Erde mit ihren Tönen ein – nicht nur jugendlich, sogar kindlich lag das sanfte Dörfchen und seine Welt um sie her – kein Sturm, dachte man, kann hereingreifen in dies sanfte Land, kein Winter im schweren Eispanzer hereinschreiten, hier ziehen nur, dachte man, Frühlingswinde und Rosenwolken, keine Regen fallen als Frühregen und keine Blätter als der Blüten ihre, nur Staub aus Blumen kann steigen, und den Regenbogen halten nur Vergißmeinnicht und Maiblumen auf ihren blau und weißen Blättchen – die Gegend und alles und das Leben schienen hier nur eine unaufhörliche Morgendämmerung zu sein, so frisch und neu, voll Ahnung und Gegenwart ohne Glut und Glanz, und mit einigen Sternen über dem Morgenrot.

Kinder mit Ähren-Sträußern in der Hand saßen auf fremden Wagen voll Garben und fuhren stolz herein.

Idoine hing mit inniger Liebe, als wär' alles neu durch diesen Abend, an den doppelten Gruppen. »Nur der Landmann allein ist so glücklich,« (sagte sie) »daß er in allen arkadischen Verhältnissen seiner Kindheit fortlebt. Der Greis sieht nichts um sich als Gerätschaften und Arbeiten, die er auch als Kind gesehen und getrieben. Endlich geht er jenen Garten drüben hinauf und schläft aus.« – Sie zeigte auf den Gottesacker am Berge, der ein wahrer Garten mit Blumenbeeten und einer Mauer aus Fruchtbäumen war. Julienne blickte erschüttert hin, sie sah den schwarzen Vorhang zittern, hinter welchen ihr kranker Bruder bald getrieben wurde.

Mit durchsichtigem Abend-Goldstaub war der Garten überweht – der laute Tag war gedämpft und das Leben friedlich, Ölzweige und ihre Blüten sanken aus dem stillen Himmel langsam nieder. – »Dort ist der einzige Ort,« (sagte Idoine) »wo der Mensch mit sich und andern einen ewigen Frieden schließet, sagte so schön zu mir ein französischer Geistlicher.« –

»Solchen christ-katholischen Jammergedanken« (versetzte Linda) »bin ich so gram wie den Geistlichen selber. Wir können so wenig eine Unsterblichkeit erleben als eine Vernichtung.« – »Ich versteh' das nicht« (sagte Julienne) – »ach Idoine, wenn es nun keine Unsterblichkeit gäbe, was täten Sie?« – »J'aimerois«[1], sagte sie leise zu ihr.

Plötzlich wurde vor ihnen wie aus weiter Ferne gesungen: *»Freut«* – dann spät *»euch des«* – endlich *»Lebens«* – »Das ist aus dem Gottesacker das Echo«, sagte Idoine und suchte zur Rückkehr zu bereden. »Echo und Mondschein und Gottesacker zusammen« (fuhr sie scherzend fort) »sind wohl zu stark für Frauenherzen.« – Dabei berührte sie ihr Auge mit einem Wink an Julienne, gleichsam als tu' es ihr weh, daß die Gräfin nur hinter dem Nebel ihrer Augen den schönen Abend von fernen stehen sehe. »Die Singstimme klingt mir so bekannt«, sagte Linda. »Roquairol ists, nichts weiter, wollen wir fort!« sagte Julienne; aber Linda bat zu bleiben, und Idoine willigte höflich ein.

Nun gab das Echo – das Mondlicht des Klangs – wieder Töne wie Totenlieder aus dem Toten-Chor; und es war, als sängen die vereinigten Schatten sie in ihrer stillen Woche unter der Erde nach, als regte sich der Leichenschleier auf der weißen Lippe und aus den letzten Höhlen tönte ein hohles Leben wieder. Das Singen hörte auf, Alphörner fingen auf den Bergen an. Da ging wieder das Nachspiel des Tonspiels feurig herüber, als spielten die Abgeschiednen noch hinter der Brustwehr des Grabhügels und kleideten sich ein in Nachklänge. Alle Menschen tragen Tote oder Sterbende in der Brust; auch die drei Jungfrauen; Töne sind schimmernd zurückflatternde Gewänder der Vergangenheit und erregen damit das Herz zu sehr.

Sie weinten, und keine konnte sagen, ob trübe oder froh. Die bisher so gemäßigte Idoine ergriff Lindas Hand und legte sie sanft an ihr Herz und ließ sie wieder sinken. Sie kehrten

1 Ich würde lieben.

schweigend und einig um. Idoine behielt Linda an der Hand. Die unterirdischen Wasser der Toten-Echos und Alphörner rauschten ihnen nach, obwohl ferner. Juliennen entging es nicht, wie sehr Idoine ihr Gesicht, bloß um es ihr mit den großen Tropfen in den großen Augen zu entziehen, immer der dicht verschleierten Linda zuwandte; und sie schloß daraus, daß Idoine vieles wisse und kenne und die Braut des Jünglings ehre, dem sie durch ihre schöne Ähnlichkeit das frohe Leben zurückgegeben.

»Was haben wir nun davon?« (sagte Idoine spät und nahe dem Dorfe) »Wir sehen voraus, daß wir zu weich würden, und geben uns doch hin. Darum nennen uns eben die Männer schwach. Sie bereiten sich auf ihre Zukunft durch lauter Abhärtungen vor, und nur wir uns durch lauter Erweichungen.« – »Was soll man denn machen,« (sagte Julienne) »in Flüsse springen, auf Berge, auf Pferde und so weiter?« – »Nein,« (sagte Idoine) »denn ich seh' es an meinen Bäuerinnen: sie leiden an Nerven bei aller Muskel-Arbeit so gut wie andere – Mit dem Geiste, glaub' ich, müßten wir alle mehr tun und suchen; aber wir lassen immer nur die Finger und Augen sich üben und regen, das Herz selber weiß nichts davon und tut dabei, was es will, es träumt, weint, blutet, hüpft – Ein wenig Philosophieren wär' uns dienlich; aber so geben wir uns allen Gefühlen gebunden dahin, und wenn wir denken, ists bloß, um ihnen noch gar zu helfen.« –

Sie kamen ins Dorf zurück, es war voll geschäftigen Abendlärms, Kinder tanzten Idoinen entgegen, von den Höhen klangen Alphörner herein und aus den Häusern Flöten und Lieder heraus. Idoine gab heiter Abendbefehle. »Wie doch« (sagte sie) »die äußere Ruhe so leicht die innere aufhebt! Ein beschäftigtes Herz ist wie ein umgeschwungenes Gefäß mit Wasser: man halt' es still, so fließet es über.«

Julienne hatte schon einigemal, aber vergeblich, nach dem Steuerruder der Zeit und Rede gehascht, um ihren Plan zu vollführen; jetzt, da sie Lindas Schweigen, Rührung und Träumen bemerkte, glaubte sie die lang' erwartete günstige Stunde zu treffen, wo einige Worte, die Idoine über die Ehe ausstreuete, in Linda einen aufgeweichten Boden für ihre Wurzeln finden würden. Durch die leichte Wendung eines Lobs, daß sie Idoinen über ihren mutigen Widerstand gegen das Schiffziehen in einer verhaßten Fürsten-Ehe und über den Gewinn eines ewigen Jugendlebens gab, brachte sie die Gräfin dazu, ihren ketzerischen Haß gegen die Ehe zu offenbaren und zu sagen, daß diese die Blume mit einem scharfen Eisenringe an ihren Stab peinlich gefangen lege – daß Liebe ohne Freiheit und aus Pflicht nichts sei als Heuchelei und Haß – und daß das Handeln nach der sogenannten Moral so viel sei, als wenn einer nach der Logik, die er vor sich hätte, denken oder dichten wollte, und daß die Energie, der Wille, das Herz der Liebe etwas Höheres sei als Moral und Logik.

Jetzt kam ein Briefchen von der Ministerin, worin sie ihre heutige Abwesenheit mit dem zu traurigen Abschiede entschuldigte, den ihr Sohn diesen Abend so sonderbar und wie auf immer von ihr genommen. So viele stille Gedanken auch diese Nachricht in Julienne und Linda nachließ: Idoine kam durch sie nicht aus der lebhaften Bewegung, worein die vorige Rede sie gesetzt, sondern mit einem edlen Zürnen, das aus der schönen Jungfrau einen schönen Jüngling machte und ihr Minervens Helm aufsetzte, erklärte sie der hohen Gegnerin, die weniger durch fremde Heftigkeit als durch fremde Gesinnung aufzureizen war, diesen Krieg: gewiß sei nur ihre Abneigung gegen die »Priester« an der zweiten Abneigung gegen die Ehe schuld – sei denn das Eheband etwas anders als ewige Liebe, und halte sich nicht jede rechte für eine ewige? – eine Liebe, die einmal zu sterben glaube, sei schon tot, und die ewig zu leben fürchte, fürchte umsonst – wenn sogar Freunde am Altare verbunden würden, wie irgendwo geschehen soll[1], sie würden höchstens sich nur noch heiliger binden und lieben – man zähle ebenso viele, wo nicht mehrere unglückliche Liebes-

1 Bei den Morlacken. S. Sitten der Morlacken. Aus d. Italien. 1775.

händel als unglückliche Ehen – man könne zwar eine Mutter, aber nicht ein Vater sein ohne die Ehe, und dieser müsse jene und sich durch die Sitte ehren – »Ich bin eine Deutsche« (beschloß sie) »und achte die alten Ritterfrauen, meine Ahnen, hoch; selig ist eine Frau wie eine Elisabeth und ein Mann wie Götz von Berlichingen in ihrer heiligen Ehe.« – –

Auf einmal fand sie sich selber überrascht von ihrem Feuer und ihrem Strome: »Ich bin ja« (setzte sie lächelnd hinzu) »eine pedantische Predigerswitwe geworden; das macht, ich bin die höchste Obrigkeit von dem Dörfchen und lasse, da fast in jeder Hütte eine glückliche Widerlegung der Ehelosigkeit wohnt, ungern andere Meinungen hier aufkommen.«

»O, Mädchen« (sagte Julienne lustig, weil sie Linda ernst sah) »sprechen immer mitunter ein wenig von Liebe und Ehe; sie ziehen sich gern aus einem Brautkranz Blumen.« –

»Daraus, wissen Sie, könnt' ich mir wohl keine nehmen«, sagte Idoine, auf das eidliche Versprechen anspielend, welches sie ihren über ihre enthusiastische Kühnheit argwöhnischen Eltern geben müssen, nie unter ihrem Fürstenstande zu heiraten, was ihr nach ihrer scharfen Gesinnung und Lage so viel hieß als Ehelosigkeit. – »Recht hatten Sie indes,« (verfolgte Julienne und wollte scherzhaft bleiben) »die Liebe ohne Ehe gleicht einem Zugvogel, der sich auf einen Mastbaum setzt, der selber zieht; ich lobe mir einen hübschen grünen Wurzelbaum, der dableibt und ein Nest annimmt.« –

Wider ihre Gewohnheit lachte Linda darüber nicht, sondern ging allein, ohne ein Wort zu sagen, in den Garten und Mondschein hinunter.

»Die Gräfin« (sagte Idoine zur Freundin, bekümmert über die Bedeutung des stummen Ernstes) »hat uns, hoff' ich, nicht mißverstanden.« – »Nein,« (sagte Julienne mit freudigen Mienen über den errungnen Eindruck, den die Rede auf Linda gemacht) »sie hat die seltenste Gabe, zu verstehen, und das häufigste Unglück, nicht verstanden zu werden.« – »Das ist immer beisammen«, sagte sie, sann nach, sah Juliennen an, endlich sagte sie: »Ich muß ganz wahr sein, ich wußte der Gräfin Verhältnis durch meine Schwester – Freundin, ist Er ihrer ganz wert?« Eine Frage, deren Quelle die Prinzessin nur in rachsüchtigen Einflößungen der Fürstin suchen konnte.

»Ganz!« antwortete sie stark. »Ihnen glaub' ich gern«, versetzte Idoine, mit den Lauten eilend, aber mit Blicken ruhend. Sie sah die Schwester Albanos immer länger an – die großen blauen Augen schimmerten stärker – Minervens Helm war vom jungfräulichen Haupte abgehoben – das sanfte Angesicht erschien lieblich, ruhig, klar, nicht stärker bewegt, als es ein Gebet vor Gott erlaubt, und so wenig begehrend wie eine Verklärte, und doch immer himmlischer glänzend. – Juliennens schönes Herz stürmte auf, sie sah Liane wieder, als sei sie vom Himmel gekommen, den geliebten Menschen an einem neuen Herzen einzusegnen; – sie sagte mit Tränen: »Du, du hast Ihm einst den Frieden gegeben.« – Idoine wurde überrascht – aus ihren hellen Augen drangen zwei Tränen – mit Nachdruck antwortete sie: *»Gegeben«* – erschocken und heftig drückte sie sich an die Freundin – sagte: »Ich liebte Sie schon lange«, und weiter sprachen sie nichts.

Schnell faßte sie sich – erinnerte Julienne an Lindas Nachtblindheit – und bat sie geradezu, ihr als ihre Freundin nachzugehen, ob sie gleich selber gern ihr dieses Verdienst abstehlen würde, wenn sie dürfte. Julienne eilte in den Garten, fühlte es aber nach, daß Idoine ihr Du nicht erwidert hatte. Idoine mied das weibliche Du; ungleich den Orientalerinnen, welche vor Verwandten den Schleier weglassen, nahm sie, wie ihre Französinnen, sogar in die Herzlichkeit die zarten Gesetze der Politesse herüber.

Julienne fand ihre Freundin im Garten in einer dunkeln Laube still, mit tief gesenkten Augen, in Träume eingegraben. Linda fuhr auf: »Sie liebt ihn!« (sagte sie mit Schmerz und Feuer) »Hör es, Julienne, Sie liebt Ihn!« – Diese konnt' ihr über das Aussprechen einer Wahrheit, mit der sie gerade aus Idoinens Armen gekommen war, nichts als ihr Erschrecken zeigen;

aber Linda nahm es für Erstaunen und fuhr fort: »Bei Gott! – Mein Blick hat sie aufgehascht. O sonst war sie weit nicht so lebhaft und ernst und rührbar und weich – Ihre innerste Bewegung bei meinem Erblicken – und ihr Weinen bei Roquairols Stimme, weil sie seiner gleicht – und ihre lange feurige Hochzeitpredigt – Und die Seelenblicke auf mich – o hat sie Ihn denn nicht im großen herrlichen Augenblick gesehen, da der Blühende weinend kniete und das göttliche Haupt gen Himmel hob und die Verklärte und den Frieden herunterrief? – O daß sie es nur wagte, ihm beides vorzuspielen! Und kann sie das vergessen?« –

Julienne kam endlich zum Worte: »So setz es denn; ist Idoine aber nicht edel und fromm?« – »Ich habe nichts wider sie und nichts für sie« (antwortete Linda) – »Wenn aber Er sie nun sieht, wenn er die Fromme noch einmal der Verstorbnen ähnlich findet, wenn die ganze erste Liebe umkehrt und über die zweite triumphiert? . . . Bei Gott! Nein,« (setzte sie stolz und stark dazu) »nein, das duld' ich nicht; bitten will ich nicht, weinen nicht, oder resignieren, um ihn aber kämpfen will ich. – Bin ich nicht auch schön? Ich bin schöner, und mein Geist ist kühner geschaffen für seinen. Was kann sie geben, was ich ihm nicht dreifach biete? Ich wills ihm geben, mein Glück, mein Dasein, auch meine Freiheit, ich kann ihn so gut heiraten wie sie, ich wills . . . O sprich, Julienne! Aber du bist eine kalte Deutsche und ihr heimlich zugetan aus gleicher Gottesfurcht. O Gott, Julienne, bin ich denn schön? Beteuer' es mir doch! Bin ich der Verklärten gar nicht ähnlich? Säh' ich nur so aus, wie er es gerade wollte! Warum war ich nicht seine erste Liebe und seine Liane und wäre auch gestorben? – Gute Julienne, warum sprichst du nicht?« –

»Lasse mich nur sprechen«, sagte diese, wiewohl nicht ganz wahr. Sie war ergriffen und gestraft von Lindas treffender Wahrheit und vom eignen Bewußtsein, daß sie einen Plan, Lindas Vorurteile gegen die Ehe aufzulösen, angelegt, dessen Hülfsmittel ihr von Linda gerade als Rechtfertigung der Eifersucht vorgezählt worden; und daß sie einen Felsen auf der Spitze eines Felsen in Bewegung und in den Fall gebracht, den sie nun nicht mehr regieren konnte. Auch war sie betäubt, ja erzürnt von einem ihr fremden Ungestüm der Liebe, vor welchem sie den verhaßten Trost gar nicht aussprechen durfte, daß Albano stets nach der *Pflicht* der Treue handeln würde. – Schön war sie überrascht von der geglückten Bekehrung zum Trauungs-Ja. Mit einiger Ungewißheit des Erfolgs bei Linda, die durch das Mondlicht und die ferne milde Bergmusik nur stürmischer geworden, fuhr sie fort: »Ich wollte dich nicht gern unterbrechen mit dem Lobe deines Entschlusses zur Ehe – Unrecht hast du sonst in allen Stücken. Freilich ist Sie jetzt ernster; aber Sie stand am Sterbebette ihres Ebenbildes und sah sich in Lianen erbleichen – das mäßigt sehr. Ihn anlangend: so, hätt' Er dich früher gesehen . . .«

»Sah er nicht früh das Bild auf dem Lago maggiore, aber unähnlich, wie er sagt?« –

»So will ich dirs denn gestehen, Wilde,« (versetzte Julienne) »weil man dich nicht überraschen soll, daß ich ihn gestern gebeten, mit zur Prinzessin zu reisen, und daß er eben aus Rücksicht und Kälte gegen alle Ähnlichkeiten mir es derb abgeschlagen; aber morgen erwartet er uns im Prinzengarten.«

Verändert – weich – mit verklärten Augen sagte Linda mit gesunkner Stimme: »Mein Freund liebt mich so sehr? – Ich lieb' ihn aber auch sehr, den Reinen. Morgen will ich zu ihm sagen: nimm meine Freiheit und bleibe ewig bei mir. Vom Altare ziehen wir davon, meine Julienne, du und er und ich, nach Valencia, nach Isola bella, oder wohin er will, und bleiben beisammen. Du guter Mond und Musik! Wie die Töne und die Strahlen so kindlich miteinander spielen! – Umarme mich, meine Geliebte, vergib, daß Linda unartig gewesen!« – Hier war der Sturm des Herzens in süßes Weinen zergangen. So wird in den Ländern unter der scheitel-rechten Sonne täglich der blaue Himmel Donner, Sturm und schwarzer Regen, und täglich geht die Sonne wieder blau und golden unter.

Julienne versetzte bloß: »Schön! nun wollen wir hinauf!«, weniger als sie zu schnellen Übergängen fähig. Als sie oben die stille, helle, nicht begehrende Idoine wiedersah – die fest und heiter Handelnde – klagenlos und hoffnungslos – nur den Ährenkranz der Taten, nie den blumigen Brautkranz tragend – so viele weiße Blüten zu ihren Füßen, die zu keinem Kranz und Gewinde zusammengehen – ihre helle reine Seele einem hellen reinen Tone gleich, der seinen Reiz durch nasse wolkige Luft ungetrübt und ungebrochen trägt: so fühlte sie, Idoine sei ihr schwesterlicher verwandt als Linda, jene sei ihr ein Ideal und Sternbild in ihrem Himmel über ihr, diese ein fremdes, das fern und unsichtbar in einer zweiten Halbkugel des Himmels glänzt; aber in ihr wirkte die weibliche Kraft, fortzulieben fast bis in den Haß hinein, stärker als in irgendeiner Frau, und sie blieb der alten Freundin getreu. Idoine gehörte unter die weiblichen Seelen, die dem Monde ähnlich sind: blaß und matt muß er am prächtigen Abendhimmel, den Glanz und brennende Wolken schmücken, stehen und kann auf der Erde keinen einzigen Schatten verdrängen und steigt mit unsichtbaren Strahlen, aber das fremde Licht verbleicht, und seines wächset aus dem Schatten auf, bis zuletzt sein überirdischer Glanz die Erden-Nacht umzieht und in eine zweite Welt umkleidet, und alle Herzen lieben ihn weinend, und die Nachtigallen singen in seinen Strahlen.

Alles war nun bestimmt und geendigt. Linda hielt sich in ihrer Ferne und bloß aus Gesetz der geselligen Artigkeit, das sie niemals übertrat. Idoine zog sich, eine Veränderung erratend, aus der vorigen Nähe sanft zurück. Früh am dunkeln Morgen schieden sie, aber Julienne sagte es ihrer Freundin nicht, daß sie Idoinen, als sie voneinander gingen, sich mit nassen Augen hatte wenden sehen.

126. ZYKEL

Albano hatte während Lindas Abwesenheit von Roquairol die Bitte bekommen, nur jetzt nicht lange zu verreisen, damit er in einigen Tagen sein Trauerspiel »den *Trauerspieler«,* noch sehen könne. Gaspard, den er unwillig über Lindas Ehescheu antraf, gab ihm ein sonderbares Kartenblatt für Linda mit, worauf von ihrem unsichtbaren Vater nichts stand als dies:

»Ich genehmige deine Liebe. Ich erwarte, daß du sie besiegelst, damit ich meine Tochter endlich umarme. Der Zukünftige.«

So viele fremde wichtige Wünsche, die mit dem seinigen zusammenflossen, hielten nun von seinem zarten Ehrgefühl den Verdacht der Selbstsucht und Zudringlichkeit ab, wenn er sie um das schönste Fest seines Lebens bat. Er machte seinen Vater sehr zufrieden durch diesen Entschluß, zu bitten. Gaspard teilt' ihm geheime Kriegsnachrichten mit und sagte ihm scherzend, nun sei es bald Zeit, daß er für seine Freunde, die Neufranken, fechten helfe. Albano sagte, es sei sogar sein Ernst. Das hör' er gern von einem Jüngling – sagte Gaspard – der Krieg bilde für Geschäfte, und das Recht oder Unrecht desselben tue nichts zur Sache und gehe andere an, die ihn erklären.

Albano machte seine Reise froh durch Erinnerung, noch froher durch Hoffnung. Er hatte jetzt den Mut, sich den Tag auszudenken, wo Linda, eine Königin, in die glänzende Krone ihres Geistes den weichen Brautkranz schmiegt – wo diese Sonne als eine Luna aufgeht – wo ein Vater, den der seinige liebt, das hohe Fest unterbricht durch ein höchstes – und wo einmal zwei Menschen zu sich sagen dürfen: nun lieben wir uns ewig. – So beglückt und mit einer unendlichen Liebe und sonnenwarmen Seele kam er im Prinzengarten an.

Überall kam er viel zu früh nach seiner leidenschaftlichen

Pünktlichkeit. Niemand war noch da als zwei – Abreisende, Roquairol und die Fürstin. Beide sah man jetzt oft und so öffentlich beisammen, daß das Scheinen Absicht schien. Roquairol ging ihm höflich entgegen und erinnerte ihn an das erhaltene Billet: »Das ist der Schauplatz, Lieber,« (sagt' er) »wo ich nächstens spiele, die meisten Zurüstungen hab' ich schon getroffen, besonders heute. Meine treffliche Fürstin hat mir diesen Platz vergönnt.« – »Sie kommen doch auch?« sagte diese zu Albano freundlich. »Ich hab' es ihm schon versprochen«, sagte Albano, den mitten in seinem Frühling zwei Eiskeller anwehten. Das Fräulein v. Haltermann allein zeigt' ihm großen entschiedenen Zorn. »Gehen wir zu meiner Schwester vorher?« fragte Roquairol die Fürstin unter dem Wegführen. Albano verstand das nicht. Die Fürstin nickte. Sie nahmen von ihm Abschied. Fräulein v. Haltermann schien ihn zu vergessen. Sie entflogen, hielten oben auf einem von der ganzen blühenden Gegend umrungnen Berge neben einem Blumengärtchen still und rollten dann hinunter.

Der Himmelswagen mit den geliebten Mädchen kam jetzt in den französischen Prinzengarten herein. Feurig drückten sich Albano und Linda einander an die Herzen, die sie sich – gleichsam zum zweiten Male füreinander geschaffen und geschmückt durch das Schicksal – mit neuen Hoffnungen und Welten heute noch einmal tauschend geben wollten! – Alles war so glänzend um sie her, alles neu, selten, ruhig, die ganze Welt ein Garten voll hoher flatternder Springbrunnen, welche vor der Sonne glanztrunken ihre Bogen durcheinanderwarfen! – Julienne zog ihn beiseite, um ihm Lindas schönen Entschluß zu sagen; aber er kam ihr mit der Nachricht des seinigen zuvor. Sie bestärkte ihn durch die ihrige, entzückt über das seltne Getriebe zusammengreifender Glückräder.

Als Albano wieder bei der Braut war, und sie bei ihm, fühlten sie eine neue Wärme des Herzens – keine von einer ausbrennenden dumpfen Glutkohle, die am Ende schwarz zerbröckelt, sondern die einer höhern Sonne, die aus lauten

Flammen stille Strahlen macht und die die Menschen mit einem warmen milden Frühlingstag umgibt. Albano schob nicht auf und leitete nicht ein, sondern er gab ihr das Blatt ihres Vaters hin und sagte unter dem Lesen mit bebender Stimme: »Dein Vater bittet mit mir und für mich.« – Lindas Tränen stürzten – der Jüngling zitterte – Julienne rief: »Linda, sieh, wie er dich liebt!« – Albano nahm sie an sein Herz – Linda stammelte: »So nimm sie denn hin, meine liebe Freiheit, und bleibe bei mir« – »bis zu meiner letzten Stunde«, sagt' er – »und bis zu meiner, und gehst in keinen Krieg«, sagte sie zärtlich-leise – er drückte sie bestürzt und stark ans Herz – »nicht wahr, du versprichst es, mein Lieber?« wiederholte sie. –

»O, du Göttliche, denke jetzt an etwas Schöneres«, sagte er. – »Nur ja, Albano, ja?« fuhr sie fort. – »Alles wird sich durch unsere Liebe lösen«, sagt' er. – »Ja? Sage nur Ja!« bat sie – er schwieg – sie erschrak: »Ja?« sagte sie stärker. – »O Linda, Linda!« stammelte er – sie entsanken einander aus den Armen – »ich kann nicht«, sagt' er – »Menschen, versteht euch«, sagte Julienne – »Albano, sprich dein Wort«, sagte Linda hart. – »Ich habe keines«, sagt' er.

Linda erhob sich beleidigt und sagte: »Ich bin auch stolz – ich fahre jetzt, Julienne.« Kein Bitten der Schwester konnte die Staunende oder den Staunenden schmelzen. Der Zorn, mit seinem Sprachrohr und Hörrohr, sprach und hörte alles zu stark.

Die Gräfin ging fort und befahl anzuspannen. »O ihr Leute und du Hartnäckiger,« (sagte Julienne) »geh ihr doch nach und stille sie.« Aber der empfindlichen Sinnpflanze seiner Ehre waren jetzt Blätter zerquetscht; das ihm neue Auffahren, der Schlagregen ihres Zorns hatt' ihn erschüttert; er fragte nach nichts. »Schau hinauf zu jenem Garten,« (sagte die Schwester außer sich) »dort liegt deine erste Braut begraben, und schone die zweite!« – Das wirkte gerade das Gegenteil: »Liane« (sagt' er kalt) »wäre nicht so gewesen; begleite nur die Gräfin!« – »O die Männer!« rief sie und ging.

Bald darauf sah er beide davonfahren. Allmählich zerstob das wilde Heer des Zorns. Aber er hatte, fühlt' er, nicht anders gekonnt. Er war ihr, sie ihm mit solcher neuen Zärtlichkeit entgegengereiset – keines wußte von der fremden – und der unbegreifliche Kontrast entrüstete darum beide so sehr – Er haßte schon an andern Menschen das Bitten, wie viel mehr an sich selber, und nie war er vermögend, einen Menschen, der ihn verkannte, zurechtzuweisen. Er sah jetzt um sich, alle prangenden Springbrunnen der Freude waren plötzlich niedergefallen, die Lüfte verödet, und das Wasser murmelte in den Tiefen. Er ritt hinauf zum Garten, wo Lianens Grab sein sollte. Nur Blumenbeete, einen Lindenbaum mit einer Zirkelbank sah er darin; aber kein Grab. Betäubt und verworren blickt' er hinein und in den glänzenden Gegenden umher. Verstockt – tränenlos – mit einem im zurückgetriebnen Strom der Liebe erstickenden Herzen – hinschauend in die weite Zukunft, die zwischen Bergen in krumme Täler ging und sich versteckte, ritt er düster nach Hause. Hier traf er folgendes Blatt von Schoppe an, das der vorauseilende Oheim bei ihm abgegeben:

»Es ist richtig – Ich fand das bewußte Porträt – Ich bring' es in der Jagdtasche mit – In wenigen Wochen oder Tagen komm' ich – Den Kahlkopf hab' ich angetroffen und hinlänglich totgemacht – Ich bin sehr bei Sinnen. Dein seltsamer Oheim reisete lange mit mir. *S.*«

ZWEIUNDDREISSIGSTE JOBELPERIODE

Roquairol

127. ZYKEL

Linda hatte den ganzen Tag darauf in schweigendem Seelenschmerze zugebracht über den Geliebten, der ihr, wie einst Liane ihm, nicht im ganzen lebendigen Feuer der Liebe zu leben schien wie sie – sie war lange von der Fürstin umlagert und dann durch sie Juliennens für eine Lustreise beraubt worden, die ihr nur die Nachricht zuwerfen konnte, daß Albano diesen Tag auch einen Ausflug gemacht, um Schoppen früher zu umarmen – sie war still geblieben nach ihrem Grundsatze, daß der weibliche Stolz hier Schweigen, Ruhe und sogar Vergessen gebiete: – als sie abends durch das blinde Mädchen aus Blumenbühl, das sie in ihre Dienste genommen, folgenden Brief erhielt:

»Du Meine! Sei es wieder! Ich will noch sterben, aber für dich, nicht für ein Volk auf dem Schlachtfeld. Vergib das Gestern und beglücke das Heute. Ich habe meinen Vorsatz einer Entgegenreise wieder aufgegeben, um dir heute noch an das Herz zu stürmen und deinen Himmel auszuschöpfen und meinen zu füllen. Ich kann nicht warten, bis Julienne wiederkommt: mein Herz brennt nach dir. Morgen muß ich ohnehin im Prinzengarten sein, wo Roquairol seinen Trauerspieler endlich gibt. Komme diesen Abend – ich flehe dich bei unserer Liebe an – um 8 Uhr entweder, wenn es hell ist, in die Tartarus-Höhle, deren Totengräber-Putz und Orkus-Ameublement dir gewiß nur lächerlich sein wird, oder, wenn es wolkig ist, in das Ende des Flötentals.

Dein blindes Mädchen nimmst du nur mit. Du kennst ja das Spionenwesen, das gerade uns umstellt. Ich erwarte und begehre keine Antwort von dir, sondern Schlags acht Uhr schleich' ich durch das Elysium, um zu sehen, wo die Göttin steht, der Himmel, die Sonne, die Seligkeit, du. Dein *Albano.*«

Wie durch einen Wetterstrahl des Himmels war ihr ganzes Wesen geschmolzen, zu weicher seliger Glut; denn sie glaubte der Handschrift, daß das Blatt von Albano sei – so unerwartet ihr auch an ihm eine so schnelle Umkehrung erschien –, ob es gleich von Roquairol geschrieben war. Lasset uns zurückgehen bis an die finstere Quelle des reißenden Höllenflusses, der seinen eiskalten Arm nach der Unschuld und nach dem Himmel ausstreckt.

Roquairol war im Winter bei allen Fehlschlagungen seiner unbändigen Wünsche ziemlich glücklich und gut geblieben; der Abendstern der Liebe, ob er wohl für ihn mehr ab- und zunahm, stand doch noch nicht unter dem Horizont, sondern nur unter Gewölke. Aber sobald Linda mit Julienne abgereiset war – und zwar, wie er sogleich erriet und früh erfuhr, nach Italien –: so bewegte sich ein neuer Sturm durch sein Leben, der ihm die letzten Blüten abriß und mit dem lange gelegenen Staub verfinsterte, weil er nun, wie er Albano selber vorausgesagt, das Netz zu diesem und der Gräfin im Strome heraufkommen sah, das beide eng gefangennahm. Das fressende Gift der Viel-Liebhaberei und Vielgötterei lief wieder heiß in allen Adern seines Herzens um –: er machte wilden Aufwand, Spiele, Schulden, so weit es nur ging – setzte Glück und Leben auf die Waage – warf seinen eisernen Körper dem Tode zu, der ihn nicht sogleich zerschlagen konnte – und berauschte sich in der Wilden-Trauer um sein gemordetes Leben und Hoffen im Leichentrunk der Schwelgerei; ein Bund, den Wollust und Verzweiflung schon oft auf der Erde miteinander auf Kriegsschauplätzen und in großen Städten geschlossen haben.

Nur etwas hielt den Hauptmann noch aufrecht, die Erwartung, daß Albano in seiner Ferne von Linda beharre, und die, daß diese wiederkomme. Jetzt kam die Fürstin zurück, noch mit allem frischen Hasse gegen den kalten Albano, für dessen »dupe« sie sich hielt. Roquairol bewog leicht seinen Vater, ihn ihr näher zu bringen, da er bei ihr über Albano und alles Nachrichten zu finden hoffte. Er wurd' ihr bald durch die ähnliche

Stimme und die vorige Freundschaft gegen ihren Feind bedeutend, und noch mehr durch seine seltene Gewandtheit, einer Frau immer das zu sein, was sie gerade begehrte.

Da sie alle seine frühern Verhältnisse und Wünsche schon längst gekannt: so warf sie, sobald ihre Fernschreiber von Albano ihr die Nachricht von seiner neuen Liebe gegeben, ihm leicht die Erwähnung davon hin. Trotz der warmen Rolle, die Roquairol gegen sie zu spielen hatte, wurd' er doch vor ihr wütend-blaß, atemlos, bebend und starrend im Abwechsel; »ists so?« fragt' er leise – sie zeigt' ihm einen Brief – »Fürstin,« (sagte er wütend, ihre Hand an seine Lippen fortpressend) »du hattest recht, vergib mir nun alles.«

Wie groß er von Albano gedacht, sah er erst jetzt aus seiner Verwunderung über das Natürlichste von der Welt. Nie hasset das Herz bitterer, als wenn es den Gegenstand, den es vorher unter dem Hassen achten mußte, nun ohne Achten hassen muß; so wie aus demselben Grunde den schlimmen Menschen die Heuchelei des andern weit tiefer und eigenütziger entrüstet als den frommen. Roquairol glaubte jetzt, den stolzen Freund recht anfeinden zu dürfen; er wurde aus einer deutschen Ruine eine welsche voll Skorpionen. Die Fürstin wurde das heiße Klima, das die Skorpionen erst recht vergiftet. Sie erzählte ihm, wie Albano sie so lange zu gewinnen und auf seine tiefen Minen zu locken gesucht, bloß um bei deren Aufspringen den Genuß der Kälte und des Hohns zu haben, und wie er so gleichgültig vom Hauptmann gesprochen, ohne ihn nur des Hasses zu würdigen.

Die Fürstin erlaubte dem Hauptmann, eine Stufe nach der andern an ihrem Throne hinaufzugehen, bis er keine mehr hatte als ihre eigne Person. Sie gab ihm auch die letzte Stufe unter der Bedingung preis, sie zu rächen. Er sagte, er räche sie und sich, denn Albano habe feierlich in dem Tartarus der Gräfin für ihn entsagt. So schienen beide ihre wahre Liebe unter die Larve der Rache zu stecken, die Fürstin ihre für den Hauptmann, er seine für Linda.

Sie brachte ihm einen Plan immer dichter vor das Auge, den er nicht erblickte, so sehr sie ihn reizte durch die Bemerkung, daß Albano ein größerer Weiber-Liebling sei und sein werde, als man bisher noch dachte, daß sogar ihre fromme besonnene Schwester Idoine nach ihren stillen Fragen in Briefen und nach andern Zeichen fast beides durch ihn verloren, was sie ihm am Krankenbette wiedergegeben, Gesundheit und Friede, und daß er nie hoffen solle, die Gräfin je abtrünnig zu sehen oder auch zu machen.

Endlich sagte sie langsam das fürchterliche Wort: »Roquairol, Sie haben Seine Stimme, und Sie hat abends kein Auge.« – »Himmel und Hölle!« rief er aus, wechselnd rot und blaß und zugleich in Himmel und Hölle sehend, deren Türen vor ihm aufsprangen. »Va!« setzt' er schnell dazu, ohne die schwarze Tiefe dieses weißschäumenden Meers noch durchdrungen zu haben. Die Fürstin umarmt' ihn feurig, er sie noch feuriger. »In einer poetischen Dichtung« (sagt' er) »wäre mir *dein* Gedanke leicht gekommen, aber in der Wirklichkeit hab' ich keine List!« – »O Schalk!« sagte sie. So früh und so lang' er nur durfte, sagte er Du, weil er das Herz kannte, besonders das weibliche. – Bald darauf, als sie noch offenherziger gegeneinander gewesen waren, sagte sie: »Bleibt Sie unschuldig bei Ihnen, so haben Sie niemand beleidigt, und niemand hat verloren; bleibt Sie es nicht, so war Sie es entweder nicht, oder Sie verdiente die Probe und Strafe, getäuscht zu werden.« – »Ja, das ist göttlich – das gehört in den herrlichen Trauerspieler kurz vor dem Ende«, sagt' er, wollte sich aber nicht darüber erklären.

Jetzt kam Ziel und Mittelpunkt in die wilden Kreise seines Treibens. Er zerlegte kalt Albanos Briefe der Liebe in große und kleine Buchstaben, bloß um sie pünktlich nachzumachen; daher fand einmal Albano bei Rabetten seine Handschrift ohne seine Gedanken. Er fragte Rabetten alle kleine Verhältnissse Albanos ab, um seine Rolle bis ins kleinste auszuarbeiten; und ebenso las er alle italienische Reisebeschreibungen, um mit Linda über jede schöne Stelle frei zu sprechen, wo er als

Schein-Albano mit ihr das hesperische Leben genossen. Es kitzelte ihn, so mit der Flamme in der Brust und mit dem kalten Eislicht im Kopfe einmal alle theatralischen Zurüstungen und Verwicklungen, so wie sonst für die Bühne, jetzt für das Leben anzulegen und besonnen zu regieren.

Er sah Albano von der Reise kommen, der ihn stolz behandelte – er sah die blühende Göttin in Lilar gehen – er hörte durch die Spionen der Fürstin von ihrer Verbindung: hoch ging sein totes Meer in schweren Wellen und suchte die Opfer aus ihrem Fluge bis vom Himmel herabzuziehen. Unmittelbar nach dem Trauerspiel, das er mit Linda zu spielen vorhatte, sollte sein eigenes im Prinzengarten kommen, das er von Zeit zu Zeit zu geben versprach und verschob; er mußte lange harren und spähen, bis eine Zeit erschien, in welche so viele Zähne eines doppelten Maschinenwerks zugleich eingreifen konnten.

Endlich erschien die Zeit, und er schrieb das oben mitgeteilte Blatt an Linda. Alles war berechnet und abgetan und jede Hülfe des Zufalls in den Plan gewebt. Sein Trauerspiel war von seinen Bekannten längst eingelernt, obwohl niemals einprobiert, weil er, wie er sagte, die Mitspieler selber mit seiner Rolle mitten im Spiele überraschen wollte. Die Freude, die er von jeher hatte, Abschied zu nehmen – weil ihn hier die Rührung zugleich durch Kürze und Stärke erquickte –, macht' er sich bei so vielen, als ihn liebten. Von Rabette schied er so stürmisch-weich, daß sie erschrocken zu ihm sagte: »Karl, das bedeutet doch nichts Böses?« – »Jetzt ist alles böse an mir«, sagt' er.

Durch Verwendung der Fürstin waren für sein Trauerspiel auf den nächsten Tag die bedeutendsten Zuschauer geworben, auch Gaspard und Julienne samt dem Hof. Das Geheimnis zog an; auch der Fürstin war seine Rolle verdeckt. Nur seinen Vater, der dem Hof gern folgen wollte, strich er aus der Zahl durch einen großen Zorn, worein er ihn setzte, weil er ihn mit keiner andern als dieser Dornhecke abzuhalten wußte. Seine

Mutter und Rabette hatt' er beschworen bei ihrem Glück, bei seinem Glück, keine Zuschauerinnen seines Spiels zu werden.

Ein neuer Wind des Zufalls war ihm zum Heben seiner Flugmaschine durch den seltsamen Bruder des Ritters gekommen, der mit solcher Freude von der eisernen Maske seiner tragischen Maske hörte, daß er mit dem Antrag zu ihm kam, er wolle ihm einen neuen wunderbaren Spieler zuführen. »Alles ist besetzt«, sagte der Dichter. »Man mache einen Chor zwischen den Akten und geb' es *einem*«, sagte der Spanier. Roquairol fragte nach dem Namen des Spielers. Der Spanier führt' ihn in seinen Gasthof; innen im Zimmer rief schon eine tierisch-dumpfe Stimme: »Kommst du denn schon wieder, mein Herr?« Sie fanden darin nur eine schwarze Dohle. »Man stellte den Vogel auf das Theater, er sei das Chor, er sage in halbem Gesang mezza voce bloß zwei, drei Zeilen her, die Wirkung wird kommen«, sagte der Spanier.

Roquairol staunte über die langen Sprüche der Dohle. Der Spanier erbat sich einen längern von ihm, um ihn ihr vor seinen Ohren einzulernen. Roquairol gab ihm den: »Im Leben wohnt Täuschung, nicht auf der Bühne.« Der Spanier sagte anfangs bloß ein Wort zum Nachsprechen vor, dann wieder eins, wiederholte es dreimal, sagte dann, mit den Fingern den Vogel ermunternd: »Allons, diablesse!« und das Tier stotterte dumpf die ganze Zeile her. Roquairol fand in dieser komischen Tier-Larve etwas Fürchterliches und nahm den Vorschlag, einige Chorzeilen zu dichten und dem Vogel anzuvertrauen, unter einer eignen Bedingung an, – daß nämlich der Spanier seinen Neffen Albano den Abend vorher von Pestitz entferne unter irgendeinem Vorwand und dann mit ihm im Prinzengarten erscheine. Der Spanier sagte: »Herr Hauptmann, ich brauche keinen Vorwand, ich habe Wahrheit! Ich werde mit ihm seinem Freund Schoppe entgegenreisen, er will morgen abends kommen; auch dieser wird mit zusehen.« –

Albano konnte in seiner verworrenen Stimmung gegen

Linda und in der erwartungsvollen gegen Schoppe nichts so leicht annehmen als einen kleinen Reiseplan, um diesen geliebten Schoppe früher an der Brust zu haben. Julienne wurde in Gegenwart des kranken Fürsten von der Fürstin gebeten, sie zu Idoine zu begleiten, die ihrer auf halbem Wege in einem Grenzschloß wartete, und den andern Tag in den Prinzengarten zurückzugehen. Sie weigerte sich. Der kranke angestiftete Bruder tat die von ihm erbetenen Bitten dazu. Die Schwester erfüllte sie.

Nun war alles für den Abend, woran Roquairol Linda sehen wollte, berichtigt – So glimmen nachts in den Scheuern eines schuldlosen Dörfchens die eingelegten Brände – der Sturmwind brauset um die müden schlafenden Einwohner – die Räuber stehen auf den Bergen im Abendnebel und schauen wartend herab, wenn die Feuerschwerter der Flammen auf allen Seiten durch die Nebel glänzen und mit ihnen rauben und morden werden, um zu ihnen herabzukommen.

128. ZYKEL

Linda las das Blatt unzähligemal, weinte vor süßer Liebe und dachte nicht daran, zu – vergeben. Dieses Wehen der Liebe, das alle Blumen beugt und keine pflückt, hatte sie schon so lange gewünscht: und jetzt auf einmal nach der nebligen Windstille des Herzens ging es lebendig und frisch durch den Garten ihres Lebens. Sie konnte schwer acht Uhr erwarten. Sie half sich über die Zeit hinweg durch Wählen des Putzes, der zuletzt ganz in dem Schleier, Hute, Kleide und allem bestand, was sie getragen, als sie ihren Geliebten zum erstenmal auf Ischia gefunden.

Sie steckte die Paradieses- und Orangenblüten, die Zeiger jener Zeit und Welt, an ihr klopfendes Herz und ging zur bestimmten Stunde, mit dem blinden Mädchen am Arme, in den Garten hinunter. Sowohl aus Haß gegen den Tartarus als aus Willigkeit gegen den Brief nahm sie den Weg ins Flötental.

Die Nacht war finster für ihr Auge, und das blinde Mädchen wurde ihre Führerin.

Oben auf dem Lilarsberg mit dem Altare stand; wie der böse Geist auf der Zinne des Paradieses, Roquairol und blickte scharf in den Garten herab, um Linda und ihren Weg zu finden. Sein Freudenpferd war unten im tiefen Gebüsch an ausländische Gewächse angebunden. Voll Ergrimmung sah er noch Dian und Chariton mit den Kindern in dem Garten gehen; und oben im Donnerhäuschen ein kleines Licht. Er verfluchte jede störende Seele, weil er entschlossen war, heute im Notfall jeden Stürmer seines Himmels zu ermorden. Endlich sah er Lindas lange rote Gestalt gegen das Flötental zugehen und das Schwellen-Gebüsch aufziehen und darhinter verschwinden.

Er eilte den langen Schneckenberg herab, warm wie eine vergiftete Leiche. Hinter sich hörte er im langen Busch-Gewinde jemand nacheilen – er entbrannte und zog seinen Stockdegen, den er nebst einem Taschenpistol bei sich hatte – endlich sah er eine häßliche Gestalt, einem bösen Geiste ähnlich, die ihm nachrannte – sie packte ihn – es war der Fürstin langarmiger Affe – Er durchstach ihn auf der Stelle, um nicht von ihm verfolgt zu werden.

Unten im freien Garten ging er langsam, um keinen Verdacht zu wecken. Er schlich leise wie der Tod, der auf dem Donnerwagen einer Wolke ungehört durch Lüfte über den Blütenbaum zieht, worunter eine Jungfrau lehnt, und versteckte den mörderischen Wetterstrahl in seine Brust. Er öffnete das hohe Pforten-Gesträuch des Flötentals; alles war darin still und dunkel; nur hoch im Himmel ging ein seltsamer brausender Sturm und jagte die Wolken-Herde, aber auf der Erde war es leise, und kein Blatt bewegte sich. »Ist jemand da?« fragte die blinde Türhüterin. »Guten Abend, Mädchen!« sagte Roquairol, um durch seinen Sprachton für Albano zu gelten.

Tief im engern laubigen Tale sang Linda leise ein altes spanisches Lied aus ihrer Kinderzeit. Endlich wurde sie erblickt – die Riesenschlange tat den giftigen Sprung nach der süßen Gestalt, und sie wurde tausendfach umwunden.

Er hing an ihr sprachlos – atemlos – die Wolke seines Lebens brach – Tränen der Glut und Pein und Wonne rannen brennend fort – alle Arme, worein der Strom seiner Liebe bisher seicht umhergelaufen war, schossen brausend zusammen und faßten und trugen *eine* Gestalt – – »Weine nicht, mein guter Mensch, wir lieben uns ja immer wieder«, sagte Linda, und die zarte schöne Lippe gab ihm den ersten innigen Kuß. Da kreisete das Feuerrad der Entzückung mit ihm reißend um, und um den darauf geflochtenen Kopf wehten die Flammen-Kreise hoch auf. Aus Furcht, erblickt zu werden, wenn er erblicke, und aus Lust hatt' er die Augen geschlossen; jetzt tat er sie auf – so nahe an sich und in seinen Armen sah er nun die hohe Gestalt, das stolze blühende Antlitz und die feuchten warmen Liebes-Augen. »Du Himmlische,« (sagt' er) »töte mich in dieser Stunde, damit ich sterbe im Himmel. Wie will ich nachher noch leben? – Könnt' ich meine Seele in meine Tränen gießen und mein Leben in deines und wäre dann nicht mehr!«

»Albano,« (sagte sie) »warum bist du heute so anders, so traurig und weich?« –

»Nenne mich« (sagt' er) »lieber bei deinem Namen, wie die Liebenden auf Otaheiti die Namen tauschen. – Vielleicht hab' ich auch etwas getrunken – aber ich bereue ja das Gestern – ich liebe dich ja neu. Ach, du, liebst du denn auch mein Innres, Linda?«

»Süßer Jüngling, kann ich es denn jetzt nicht ewig lieben? – Ich bleibe ja bei dir und du bei mir.«

»Ach du kennst mich nicht. Wenn weiß es denn der Mensch, daß gerade *er*, gerade dieses Ich gemeinet und geliebet werde? Nur Gestalten werden umfasset, nur Hüllen umarmt, wer drückt denn ein Ich ans Ich? – *Gott etwa.*« –

»Und ich dich« – sagte Linda.

»O Linda, liebst du mich fort in meinem Grabe, wenn die

Spreu des Lebens verflogen ist – liebst du mich fort in meiner Hölle, wenn ich dich aus Liebe gegen dich belogen habe? – Ist denn Liebe die Entschuldigung der Liebe?« –

»Ich liebe dich fort, wenn du mich liebst. Bist du die Giftblume, so bin ich die Biene und sterbe in dem süßen Kelch.«

Die Braut sank an seinen Hals. Er umklammerte sie heftig – und wurde immer ähnlicher dem Gletscher, der durch Wärme weiterrückt und schmelzend verheert. Um ihn zogen die Freuden mit glänzenden, mit himmlischen Gesichtern, zeigten ihm aber in den Händen Furienmasken.

»Du willst sterben aus Liebe; ich bin schon gestorben aus Liebe – O du weißt nicht, wie lange ich dich schon liebte!« antwortete er.

»Glühender,« (sagte sie) »denk an diese Nacht, wenn du einst Idoinen siehst!« – »So seh' ich nur meine aufgestandne *Schwester*«, sagt' er, aber sogleich über die entfahrne Wahrheit erschreckend. »Man sieht« (setzt' er eilig dazu) »das auferstandne Herkulanum, aber man wohnt im blühenden Portici darüber; ich und du sahen im Baja-Golf unter dem Meer die versunknen Bogen und Tore, und wir schifften nach lebendigen Städten weiter. – Ist mir doch auch Roquairol in so manchem so ähnlich und liebt dich so sehr und so lange und starb auch einmal wie Liane!« –

»Aber diesen hatt' ich nie geliebt, und nun bin ich deine ewige Braut.«

»Der arme Mensch! Aber ich tat, glaub ich, doch nicht recht, da ich einst in der Tartarushöhle dir Ungesehenen im voraus entsagte aus Liebe gegen den Freund.«

»Gewiß nicht; aber wie kommen wir beide auf dieses *unheimliche* Wesen?« sagte sie küssend.

»*Heimlich* möcht' ichs eher nennen«, versetzt' er, entbrennend in hassender Liebe, im Zwiespalt der Rache und Lust und entschlossen, nun den Leichenschleier über ihre ganze Zukunft zu weben. Er schlug die schwarzen Adlerschwingen um das Opfer und erstickte und erweckte Küsse, er riß die Orangenblüten von ihrer Brust und warf sie zurück. »Liebe ist Leben und Sterben und Himmel und Hölle,« (sagt' er) »Liebe ist Mord und Glut und Tod und Schmerz und Lust – Kaligula wollte seine Cäsonia foltern lassen, um nur von ihr zu wissen, warum er sie so liebe – ich wäre das auch imstand.«

»Göttlicher Albano! trinke nicht mehr so! du bist zu ungestüm, deine Augenbraunen stürmen sogar mit – wie bist du denn?«

»Alles auf einmal, wie ein Gewitter, voll Glut – und mein Himmel ist hell durch den Blitz – und ich werfe kalten Hagel – und eine Zerstörung nach der andern, und es regnet warm auf die Blumen – und Himmel und Erde verknüpft ein stiller Bogen des Friedens.«

Jetzt sah er am Himmel die Sturmwolken wie Sturmvögel zwischen den Sternen und neben dem zornigen Glutauge des Mars schon heller fliegen; der Mond, der ihn verjagte und verriet, warf bald das Richter-Auge eines Gottes auf ihn. Im Hohne gegen das Schicksal riß er für seine küssende Wut den Nonnenschleier und Heiligenglanz ihrer jungfräulichen Brust. Fern stand der Leuchtturm des Gewissens, von dicken Wolken umzogen. Linda weinte zitternd und glühend an seiner Brust. »Sei mein guter Genius, Albano!« sagte sie. – »Und dein böser; aber nenne mich nur ein einzigesmal Karl«, sagt er voll Wut. »O heiße denn Karl, aber bleibe mein voriger Albano, mein heiliger Albano!« sagte sie. –

Plötzlich fingen im Tal die Flöten an, die der fromme Vater zu seinen Abendgebeten spielen ließ. Wie Töne auf dem Schlachtfeld riefen sie den Mord heran – da schmolz Lindas goldner Thron des Glücks und Lebens glühend nieder, und sie sank herab, und das weiße Brautkleid ihrer Unschuld wurde zerrissen und zu Asche.

»Nun die Deinige bis in meinen Tod!« sagte sie leise mit Tränenströmen. »Nur bis in meinen«, sagte er und weinte jetzt weich mit den weinenden Flöten. An der goldnen Kugel auf dem Berge glomm schon der Mond, der wie ein bewaffneter

Komet, wie ein einäugiger Riese heraufdrang, den Sünder aus seinem Eden zu jagen. »Bleibe, bis der Mond kommt, damit ich in dein Angesicht sehe«, bat sie. »Nein, du Göttliche, mein Freudenpferd wiehert schon, die Todesfackel brennt herab in meine Hand«, sagte er tragisch-leise. Der Sturm war vom Himmel auf die Erde gezogen; sie fragte: »Der Sturm ist so laut, was sagtest du, Schöner?« – Er küßte wild ihre Lippe und ihren Busen wieder; er konnte nicht gehen, er konnte nicht bleiben: »Gehe morgen nicht« (sagt' er) »in den Trauerspieler, ich flehe dich, das Ende, hör' ich, ist zu erschütternd.«

»Ich liebe ohnehin dergleichen nie. O bleibe, bleibe länger, ich seh' dich ja morgen wieder nicht.« Er preßte sie an sich – deckte ihre Augen mit seinem Angesicht zu – das Gorgonenhaupt des Mondes wurde schon in den Morgen heraufgehoben – er ließ das Leben los, wenn er sie entließ – und doch zehrte jedes gestammelte Wort der Liebe an der kurzen Zeit. Der Sturm arbeitete in den gerissenen Bäumen, und die Flötentöne schlüpften wie Schmetterlinge, wie schuldlose Kinder unter dem großen Flügel weg. Roquairol, wie betäubt von solcher Gegenwart, war nahe daran, zu sagen: sieh mich an, ich bin Roquairol; aber der Gedanke stellte sich schnell dazwischen: »Das verdient sie nicht um dich; nein, sie erfahr' es erst in der Zeit, wo man den Menschen alles vergibt.« – Noch einmal heftig hielt er sie an sich gedrückt, das Mondlicht fiel schon auf beide herein, er wiederholte tausend Worte der Liebe und Scheidung, stieß sie zurück, fuhr schnell um und schritt in Albanos Kleidung durch das Tal hindurch.

»Gute Nacht, Mädchen«, sagt' er vorübergehend zur Blinden. Linda sang nicht wieder wie vorhin. Die Sterne sahen ihn an, die Sturmwinde redeten ihn an – die Freuden gingen neben ihm, hatten aber die Furienmasken nun auf den Gesichtern – aus dem Himmel griff ein Arm herab, aus der Hölle griff ein Arm herauf, und beide wollten ihn fassen, um ihn auseinanderzureißen – »Nu, nu,« (sagt' er) »ich war wohl glücklich, aber ich hätt' es noch mehr sein können, wär' ich Ihr verdammter

Albano gewesen« – und schwang sich auf sein Freudenpferd und jagte noch in der Nacht nach dem Prinzengarten.

129. ZYKEL

Albano und sein Oheim zogen dem angekündigten Schoppe von Dorf zu Dorf weiter entgegen; der Oheim schob die Hoffnung wie einen Horizont immer vor ihnen voraus; einmal abends glaubte der Graf Schoppes Stimme nahe neben sich zu hören – umsonst, der geliebte Mensch kam noch nicht an sein Herz, und schmachtend sah Albano die Wolken im Himmel auf dem Weg herziehen, den sein Teuerer unter ihnen auf der Erde nahm. Der Oheim erzählte ihm lange von einem geheimen Kummer, der den Bibliothekar oft niederdrücke, und von dessen Ansatz nur Tollheit, der ihn auch früher von ihm weggetrieben, weil er unter allen Menschen keine so fürchte als tolle. Von Romeiros Porträt schien er nichts zu wissen. Albano schwieg verdrüßlich, weil der Spanier unter die unleidlichen Menschen gehörte, die mit glattem festen Gesicht und mit zugeschraubter gehelmter Seele den fremden Widerspruch ohne eignen Widerspruch, ohne Echo, ohne Spiegel und Änderung um sich flattern lassen können und für welche die fremde Rede nur ein stiller Tau ist, desen Fallen keinen Stein aushöhlt. Dazu kam Albanos Erbitterung gegen dessen neue Unwahrhaftigkeit über Schoppens Nähe und gegen sein eignes Unvermögen, eine Stunde lang alles ungläubig anzuhören, was ein Lügner sagt.

»Schoppe ist auf mein Wort durch einen andern Weg schon im Prinzengarten«, sagte endlich der Spanier ganz munter und riet umzukehren an, im warmen Genusse seiner frechen kalten Kraft, jeden, der ihm nicht huldigte, zwischen scharfe langsame Eisfelder zu pressen.

Sie kamen vor dem Prinzengarten unter lauter Wagen an, aus welchen die Zuschauer des heutigen Spielfestes ausstiegen. Albano fand schon unter jenen seinen Vater, die Fürstin und

Julienne; und unter den Mitspielern Bouverot, seinen alten Exerzitienmeister Falterle und die gelbgekleidete Kaufmannsfrau in rotem Schal, die einmal weniger *in* als *an* Roquairols Herzen gewesen, und diesen selber. Der Hauptmann trat vor aller Welt sofort den bekannten Albano an und sagte mit gesuchter Leichtigkeit, das Spiel beginne bald, nur Dian mit seiner Frau werde noch erwartet. Dian, überall leicht beweglich, am meisten durch eine Bitte, konnte einer für die Kunst am wenigsten widerstehen; durch ihn wurde bald auch Chariton für das Spiel gewonnen, aber nicht ohne den Umstand, daß sie im Stücke eine Geliebte gegen niemand als ihren Gemahl zu spielen hatte. Als Roquairol mit Albano sprach, so wurde seinem Gesicht so wie einem geschwollnen oder gefrornen das leichte Lächeln schwer und das Aufheben des Augenlids; und innen drückte ein strafender beugender Geist den seinigen vor dem frohen reinen Freunde zur Erde, aus dessen Frühling er die helle Sonne weggerissen und geworfen und dem er eine ewige Pestwolke über das Leben gehangen.

Unter dem Getümmel der Gartenreden und im fruchtlosen Wunsche, der Schwester Julienne drei sanfte Worte für die ihm so lange verdeckte Linda mitzugeben, sah Albano den Wagen der Gräfin auf die Höhe an Lianens Garten rollen, da halten und Dian und Chariton aussteigen.

Da kannt' er weiter nichts als den Flug zur entbehrten Geliebten, der sich vor den vielen Augen leicht in die Sehnsucht nach Dian einkleidete; und jetzt fragt' er im Durst der Liebe nach gar keinem Auge. »Ach da bin ich doch!« sagte Linda und ging ihm entgegen, mit den weichen Rebenschlingen zarter Blicke sich in seine verwebend – so scheu und so liebevoll – und das Abendrot der Verschämtheit zog, wie Frühlingsröte in der Nacht, um ihren Himmel, und der weiße Mond der Unschuld stand mitten drin! – Albano zerging vom Tauwind dieser Verzeihung, warf sich seine süße Freude an ihrer Umkehrung als selbstsüchtigen Stolz über sein Siegen vor und konnte in der schönen Verwirrung des Glücks kaum das süße Staunen regieren und das aufgelöste Herz, das vor ihr zerrinnen wollte wie ein Gewitter in Abendtau. Er legte in sein Auge die Seele und gab sie der Geliebten. Vor Chariton mußt' er sich verhüllen. Zu Dian und Linda sagt' er, als sie in die hinuntersteigende Sonne sahen, bloß das Wort: »Ischia!«

»Da liegt nun freilich, lieber Anastasius,« (sagte Chariton zu Dian) »meine gute Fräulein Liane begraben, und man weiß nicht eigentlich wo im Garten, denn man sieht ja nichts als Blumen und Blumen; sie hats aber so bestellt.« – »Das ist sehr betrübt und hübsch,« (sagte Dian) »aber laß es, – weg bleibt weg, Chariton!« und führte sie seitwärts von den Liebenden schonend. An Albano, der nichts überhörte und übersah, war die Erschütterung davon so sichtbar. Auch Linda nahm sie wahr. »Sprich nur aus dein Weh,« (sagte sie) »ich liebe *sie* ja auch.« – »Ich denke an die Lebendigen« (sagt' er, sich zusammenfassend, und blickte scheu nicht auf den Blumengarten, sondern auf die sonnentrunkne Abendgegend) – »kann man denn genug auf der Erde vergeben und erraten? – Linda, o wie vergibst du mir heute!«

»Freund« (sagte sie) »wenn Ihr sündigt, sollt Ihr Vergebung empfangen; aber bis dahin seid noch still!« Er sah sie bedeutend an: »Hast du nicht schon vergeben und ich noch nicht? – Aber wüßtest du, wie ich in diesen Tagen auf dem Weg zu meinem Schoppe innigst bei dir lebte und die göttliche Vergangenheit in die Zukunft brachte – ach, kann ich dir denn alles sagen an diesem Orte?« – Zum Glück hörte sie – gleich andern Frauen weniger auf Worte als auf Mienen, Winke und Taten merkend – mehr mit dem geistigen als leiblichen Ohre und trat nicht in den so nahe aufgesperrten Abgrund seiner Worte. So spielten jetzt beide, wie Kinder, neben der kalten, mit Donner durchzognen Gewitterstange, aus welcher bei der kleinsten nähern Nähe die blitzende Sense des Todes fährt.

Beide gaukelten neben dem Gewitter fort. Die Sonne zog nebem dem kleinen Berg und ebenen Blumen-Grabe mit ihren Flammen in die fernen Ebenen hinein. Aus dem tiefen Prinzengarten flatterten Töne durch die langen Abendstrahlen herauf und vergötterten die goldne Gegend. – Die Töne waren einsame Schwingen, die sich ihr Herz suchten und dann an ihm weiterflogen – und die liebenden Herzen wurden voll Flügel – Die Strahlen sanken, die Töne stiegen – Um Linda und Albano lag ein goldner Kreis aus Gärten und Bergen und grünen Tiefen, und jede Blume schwankte reich unter dem letzten Gold und wurde die Wiege des Auges, die Wiege des Herzens – Die Liebenden blickten sich und die Erde begeistert an, die glänzende Welt erschien ihnen nur im Zauberspiegel ihrer Herzen, und beide selber waren darin leuchtende schwebende Bilder.

»Linda, ich will sanfter werden,« (sagt' er) »bei der Heiligen schwör' ichs, in deren Garten wir stehen!« – »Werd es, Lieber, in Lilar warst du es eben nicht!« sagte sie. Er verstand es von dem Sturme gegen Liane: »Verhülle dies Andenken in deine Liebe!« sagt' er errötend. Sie sah ihn jungfräulich an, ihr Inneres war jungfräulich geblieben und unschuldig; wie die Pfirsich sich rot und glühend der Sonne zukehrt, aber in den Blättern das zarte Weiß erhält. Ihr Auge trank aus seinem, seines trank aus ihrem, der Himmel vermischte sich mit ihrem Himmel, die Purpursonne schimmerte aus dem warmen Liebestau der Liebesaugen zurück. »O dürft' ich dich jetzt küssen!« sagte Albano. »Ach dürftest du es!« sagte Linda. »So golden ging einst die Sonne auf dem Meere unter!« sagte er. – »Und nachher gaben wir uns den ersten Kuß!« sagte sie. – »Wir wollen uns jetzt viel öfter sehen«, sagt' er. – »Jawohl, und länger am Tage, nachts hab' ich Arme ja kein Auge. Nun geht mir dort schon mein Auge unter«, sagte sie, als die Sonne versank.

Es war ein guter, sanfter Geist, oder Lianens ihrer – jener, der den Menschen nur an der Dämmerung in die Nacht führt, der uns mildernde Tränen in den Jammer und in die Entzückung gießet und der dem Abendstern der Liebe die kurze Bahn nicht überwölkt – dieser Geist war es, welcher ihre

Zungen und Ohren vor dem schrecklichen Laute bewahrte, der auf einmal den goldnen Abendkreis in eine ringsumher aufbrennende Hölle aufgerissen hätte.

»Wer kommt dort so eilig?« sagte Linda. »Mein Feind«, sagte Albano. Roquairol hatte ihn vermisset und Lindas Ankunft vernommen; in der Höllenangst, daß sich an diesem Abende vor ihnen der gestrige aufdecke, eilte er unter dem Vorwande, Dian zum Spielen und Albano zum Hören zu holen, den Berg heran. Wie ein Zentaur, halb Mensch, halb Wild, trat er mit verworrenem dumpfen Kriege seines ganzen Wesens unter die melodischen Seelen und Freuden. Aber kaum daß er an ihnen die Weihe der Entzückung wahrnahm und die schwarze Decke noch auf seinem Morde festliegen sah, so richtete sich in ihm der grimmige Geist der Eifersucht auf: »Sie ist nun meine Verlobte«, sagt' er sich; und die Sonnenfinsternis verworrner Reue wurde vom Gewitter des Unmuts verdeckt. Linda, über seine Stimmenähnlichkeit zürnend aus innerm Schauder, stand vor ihm wie ein Diamant, hell, glänzend, hart und schneidend, Albano aber sanft, im Nachtönen der Harmonie, auf dem Gottesacker der Schwester dieses Bruders und in einiger Verwirrung. In Roquairol schlich wieder der gestrige unreine Argwohn herum, daß vielleicht Albano und Linda nicht mehr unschuldig sein.

Zornig bat er heute Linda, sein Trauerspiel mit anzusehen. »Sie sagten mir,« (sagte sie zu Albano) »es schließe so tragisch, ich bin davon keine Freundin.« – »Er kennt es gar nicht«, sagte Roquairol. »Nein«, sagte Albano. – Wie die Schlange sah er auf das Paradies der ersten Menschen herab, sich froh bewußt, daß er ihnen vom Baume seines Erkenntnisses den Apfel reichen konnte, der sie sogleich daraus verjagte. »Zudem« (fügte sie dazu) »seh' ich abends schlecht oder gar nicht.« Roquairol stellte sich fremde dabei, scherzte über den Gewinn, den er als erster Liebhaber dabei habe, wenn sie ihn nur *höre*, und bat Dian, mitzubitten. Nicht angeborne, sondern erworbene Kälte ist der höchsten Falschheit mächtig, jene nur der Verstellung, diese auch noch der Anstellung, weil sie zugleich alle Wege und Mittel des Feuers kennt und nützt und sich auf dem Glatteis durch die Asche voriger Glut festmacht. Da endlich Albano ihr selber anriet, an der tragischen Freude teilzunehmen und ihren Freunden und Freundinnen drunten die schöne, reine ihrer Gegenwart zu gönnen: so willigte sie ein, verwundert über den Widerruf.

Sie nahm Chariton in ihren Wagen. Die Männer gingen voraus. Unterwegs sagte Roquairol zu Dian, der im Stücke Albanos Rolle zu spielen hatte: »Sobald ich im vierten Akte gesagt habe: ›Auch die geistige Liebe geht der sinnlichen entgegen und kommt wie ein Seefahrer auf dem Wege nach Osten endlich doch in den Ländern des Untergangs an‹, so fallen Sie ein.« – Dian lachte und sagte: »Ich fall' ein. In Italien aber fängt die Fahrt gleich südlicher und westlicher an.« Albano schwieg verdrüßlich und bereuete, daß er Linda zu diesem ungewissen Feste bereden helfen. Die Fürstin warf einige schnelle Blicke der Verachtung auf die betrogne Linda, und diese antwortete darauf mit gleichen; ausgezeichnete Weiber verraten ihr Geschlecht am meisten im feindlichen Zusammenstoßen mit ausgezeichneten.

130. ZYKEL

Die meisten Zuschauer waren anfangs mehr der Zuschauer und Spieler wegen als des Spieles halber gekommen; aber bald wurden sie vom Geheimnis und der seltsamen Bühne selber angezogen. Die Bühne war auf der sogenannten *Schlummerinsel* des Prinzengartens, welche mit einer wilden dicken Vermischung von Blumen, Gebüschen und hohen Bäumen zugedeckt war. Ihre Morgenseite zeigte einen offnen freien Vorgrund, auf welchem gespielt werden sollte, mit einer weißen Sphinx auf einem leeren Grabmal tiefer im Grün. Die Kulissen waren die dunkeln Laubpartien; Parterre und Logen das jenseitige Ufer, das von der Insel sich durch einen See abtrennte, der so breit war als ein mäßiges Schiff. An zwei Bäumen der beiden Ufer gebunden, hing in die Mitte des Sees wie eine Laterne der Käfig der Dohle oder des Chors herab, um ihre dumpfe Stimme den Zuschauern zu nähern. »Ich bin in der Tat neugierig,« (sagte der Ritter zu seinem Sohne) »woher er das Tragische nehmen wird.« – »Doch!« (sagte Roquairol, der bisher schweigend und unruhig und auf den Boden schauend auf- und abgegangen war) »Nur muß ich allgemein um Vergebung des Aufschubs ersuchen. Da ich im fünften Akte den Mond anrede, so kann ich den wahren sehr gut brauchen, wenn ich nur gerade so anfange, daß sein Aufgang mit der letzten Szene zusammentrifft.«

Endlich stieg er blaß werdend in den Charons-Nachen, wie er sagte, und fuhr allein hinüber. Dann schifften die übrigen Spieler nacheinander fort. Alle verloren sich hinter die Bäume. Nun hob sich hinten in den zugelaubten Abend-Ländern der Insel die ewige Ouvertüre aus Mozarts Don Juan wie ein unsichtbares Geisterreich langsam und groß in die Lüfte.

»Diablesse!« rief darauf der Bruder des Ritters zur Dohle und klatschte dabei zum Zeichen in die Hände.

»Macht auf den Sarg« (begann dumpf das Tier, begleitet von einzelnen lugubern Tönen des Orchesters) »auf dem Gottesacker und zeigt zum letzten Male die Leichenbrust und Sein trocknes Augenlid, und dann drückt ihn zu auf immer.«

Jetzt traten *Lilia* (Chariton) und *Carlos* (Dian) heraus, zwei Liebende noch in der ersten Zeit der ersten Liebe – noch kein trüber Tränenregen verschwemmte den goldnen Morgentau – sie sind sich so treu. Lilia freuet sich mit ihm, daß jetzt ihr Bruder *Hiort* von seinen Reisen kommt und seinen Jugendfreund Carlos als ihren ewigen findet. »Vielleicht ist er auch recht glücklich«, sagte Lilia. »O so gewiß,« (sagte Carlos) »er ist ja sonst alles.« Zuweilen schwiegen beide im frohen Anblicken, dann gingen Töne aus dem verhüllten Abend der Insel und trugen die stumme Wonne in den Äther und zeigten sie ihnen schwebend und verklärt. Unter den Zuschauern breitete sich eine süße Teilnahme an Dians und Charitons zartem, aber mit südlicher Glut verwebtem Nachspielen ihrer schönen Wirklichkeit aus; man hörte und sah die Griechen. – Auf einmal entfloh Lilia hinter die Blumen-Gebüsche; denn ihr Feind *Salera*, Carlos' Vater, kam, von Bouverot gespielt.

Salera verkündigte dem Sohne zürnend die Ankunft seiner Braut *Athenais*. Carlos offenbarte ihm jetzt das Geheimnis seiner frühern Liebe und zeigte sich gewaffnet gegen eine ganze Zukunft. Salera rief erbittert: »Wäre Sie doch nicht schön, damit ich dich zwänge und strafte! Aber du wirst Sie sehen und mir gehorchen, und ich werde dich doch hassen.« Carlos versetzte: »Vater, ich habe schon Lilia gesehen.« – Salera ging mit zornigen Wiederholungen ab, und Carlos wünschte jetzt noch heftiger Hiorts Wiederkehr, um mit ihm die Schwester leichter zu entführen durch dessen Bereden und Begleiten zugleich. Hier schloß sich der erste Akt.

Der Bruder des Ritters rief zur Dohle: »Diablesse!« und scharrte zum Zeichen mit dem Fuße.

»Erscheine, blasser Mann,« (sprach das Tier) »die Uhr wiegt die Zeit, Mensch des Jammers, lande auf der stillen Insel an!«

Hiort trat blaß beschminkt hervor mit offner Brust, blickte das Grabmal an und sagte aus innerster Seele: »Endlich!« Die Musik spielte einen Tanz. »Jawohl Schlummerinsel – unser Tag endigt mit Schlaf«, setzt' er dazu. Jetzt kam sein Carlos: »Hiort, bist du tot?« rief er im Schrecken über die Leiche. »Ich bin nur bleich«, sagt' er. »O wie kommst du so aus der schönen bunten Erde zurück?« sagte Carlos. »Ausgeschöpft, Karl – mit totgebornen Hoffnungen – meine Gegenwart ist von der Vergangenheit enterbt – das Sinnenlaub ist gefallen – nicht einmal die schöne Natur mag ich mehr, und Wolken wie Gebürge sind mir lieber als wahre Gebürge – ich habe das bittere Unkraut auf dem Leben recht abgeerntet – und doch muß ich in dieser leeren Brust einen Würgengel herumtragen, der ewig gräbt und schreibt, und jeder Buchstabe ist eine Wunde – Rate nicht!

Sie nennens das Gewissen. Aber ein wenig Schlaftrunk her auf der Schlafinsel, Karl!«

Man brachte Wein. Er erzählte nun dem Freunde sein Leben – seine Fehler, worunter er auch den aufführte, den er eben fortsetzte, das Trinken – seine sich wiedergebärende Eitelkeit sogar mit ihrem Selbst-Geständnis – seine Weiber-Siege, die ihn zu einem Magnet-Berge voll angeflogner Nägel zerfallner Schiffe machten – seinen Hang, wie Kardan Freunde zu beleidigen, ein eigenes oder fremdes Glück zu unterbrechen, wie schon als Kind den Prediger, oder im schönsten Spiel das Klavier zu zerschlagen und in einem Enthusiasmus das Frechste zu denken –

»Sonst hatt' ich doch noch zwei Ichs, eines, das versprach und log, eines, das dem andern glaubte; jetzt lügen sie beide einander an, und keines glaubt.« Carlos antwortete: »Schrecklich! – Aber deine Trauer ist ja selber Hülfe und Gabe.« – »Ach was!« (versetzt' er) »Der Mensch verdammt weniger das Schlimme als die vergangne Lage, worin ers beging, indes er es in einer frischen wieder neu und süß findet und fortliebt. – Was dort kalt liegt, das ist mein Bild,« (indem er auf die Sphinx zeigte) »das bewegt sich lebendig in meiner blutigen Brust – hilf mir, ziehe das reißende Untier heraus!« –

Albano ergrimmte im Innersten über die frevelnde Wiederholung jener bekennenden zärtlichen Nacht mit ihm[1]. »Er ist frech genug,« (sagte leise Gaspard zu Albano) »weil er, wie ich höre, wirklich sich selber spielen soll; aber da er sich so sieht, ist er doch besser, als er sich sieht.« – »O,« (sagte Albano) »so dacht' ich sonst! Aber ist denn das Schauen auf den schlechten Zustand ein guter? Ist er nicht desto schlechter, daß er dieses Bewußtsein erträgt, und wird desto schwächer, daß er einen unheilbaren Krebsschaden an sich wachsen sieht? Das Höchste hat er ohnehin verloren, die Unschuld.« – »Eine flüchtige Wiegen-Tugend! – Ein helles, keckes Reflektieren hat er doch«, sagte Gaspard. »Nur weichliche, ehrlose, zweideutige,

1 Titan II, S. 288 f.

vielseitige Mattigkeit des Herzens hat er; spricht von Kraft und kann nicht die dünnste Lust-Schlinge zerreißen«, sagte Albano.

»Karl,« (sagte Hiort weich, als antwortete er jenen) »ja, noch *eine* Hülfe gibts. Wenn am Leben eine frische Farbe nach der andern verschießet – wenn das Dasein nun nichts wird, kein *Lust*-, kein *Trauer*-Spiel, nur ein fades *Schau*-Spiel: so ist dem Menschen noch ein Himmel offen, der ihn aufnimmt, die Liebe. Schließet sich dieser zu, so ist er ewig verdammt. Carlos, mein Carlos, ich könnte noch glücklich werden – denn ich habe *Athenais* gesehen – aber ich kann noch unglücklicher werden, denn sie liebt mich nicht. In meinem Herzen liegt dieser prangende, aber scharf fortschneidende Demant, an dem es blutet, sooft es schlägt.« – Überall ließ jetzt Roquairol Lindas Bild mitspielen. Hier brachte anfangs Carlos den Freund mit der Nachricht in Aufruhr, daß Athenais von seinem Vater zu seiner Braut erlesen sei und bald komme; aber er stillte ihn, da seine Schwester Lilia erschien, indem er schnell ihre Hand nahm und sagte: »Nur diese lieb' ich.« – Sie sprachen über die Hindernisse von seiten des alten Salera, den Carlos ein Eisfeld nannte, das unter keiner Sonne trüge und nicht anzubauen wäre. »Stehe mir bei, Karl,« (sagte Hiort) »denke, was du mir geschrieben: wie zwei Ströme wollen wir uns vereinigen und miteinander wachsen und tragen und eintrocknen[1].« – So verständigten, verketteten und erhoben die drei Menschen sich einander wechselseitig, alle hatten *ein* Ziel, das gemeinschaftliche Glück. – Carlos beschwor ewigen Widerstand gegen seinen Vater, Hiort den Schutz seiner Schwester und rief: »Endlich gießet das leere Füllhorn der Zeit, das bisher nichts gab als Klänge, wieder Blumen aus – O die Weiber! Wie gemein und alltäglich sind fast alle Männer! Aber fast jede Frau ist neu!« – Lächelnd sagte Gaspard: »Das Umgekehrte sagen die Weiber von uns und sich.« – Froh und friedlich schloß der zweite Akt.

1 Eine Stelle aus Albanos Brief an Roquairol. Titan I, S. 245.

»Diablesse!« rief der Spanier und streckte seine Rechte hoch in die Luft.

»Flüchtig« (fing die schwarze Dohle unter Tönen an) »ist der Mensch, flüchtiger ist sein Glück, aber früher stirbt der Freund mit seinem Wort.« –

Der dritte Akt drang sofort nach und hob durch die ununterbrochne Fortsetzung des Kunst-Zaubers – welche jedem Schauspiel und jedem gelesenen Kunstwerk gebührte – alles prosaische kalte Erstaunen auf, sogar das über das wunderbare Sprechen der Dohle auf dem See. Eine große schöne stolze Frau erschien – Athenais (von der Kaufmannsfrau, Roquairols Nebengeliebte, gespielt), voll Hoffnung auf ihre alte Freundin Lilia, die sich »die kleine Athenais« nannte, und süß nachträumend den Traum der vorigen Zeiten. Lilia sinkt in ihre Arme mit doppelten Tränen; in ihrer Hand trägt Athenais ja drei Himmel und drei Höllen. »Wie schön kommst du wieder! – Mein armer Bruder!« sagte Lilia leise. – »Nenn ihn nicht,« (sagte sie stolz) »er kann für mich sterben, aber ich kann nicht für ihn leben.« – Hier fliegt Carlos herein zu seiner Lilia – erstarrt im Fluge – fasset sich und nähert sich Lilia. Diese sagt: »Graf Salera – Athenais« – er wurde blaß, diese rot. Eine peinliche enge Verwirrung verstrickte sie drei; jeder Honigtropfen wurde aus einer Dornhecke geholt. Lilia wird schaudernd immer stärker Athenais' plötzlichen Sieg über ihr Glück und Lieben gewahr. Athenais ging ab. Beide Liebende sehen sich lange zitternd an: »Hab' ich recht?« fragt Lilia. »Hab' ich schuld?« sagt Carlos. »Nein,« (sagt sie) »denn du bist ein Mensch und, was noch schlimmer, ein Mann.« – »Was soll ich denn tun?« versetzt Carlos. »Du sollst« (sagte sie feierlich) »nach einem Jahr in einen Garten auf einer Höhe gehen und dich umsehen und mich suchen im Garten – im Garten – unter den Beeten – tief unter *einem* – ich weiß nicht wie tief« – Sie eilte wie wahnsinnig davon und sang: »Vorüber, vorüber, das Lieben und Leben!«

Carlos stand einige Minuten mit dem wilden Blick am Boden und sagte dumpf: »Du tusts, Gott!« und ging ab – begegnete seinem Freund, der ungestüm und froh ausrief: »Sie ist da!« – eilte aber stolz weiter und rief nur zurück: »Jetzt nicht, Hiort!« Zu diesem kam weinend Lilia und führte ihn fort: »Komm,« (sagte sie) »sieh das Grabmal nicht an, wir sind beide zu unglücklich.«

Da trat der alte Salera auf mit Athenais – vergriff sich zwischen Eis und Brand und nahm seine kalte Münze für warme – lobte männlich sie, und väterlich den Sohn – und sagte wie in einem Schauspiel: da kommt er selber. »Hier stell' ich dir, Sohn,« (sagt' er) »dein Glück vor, wenn du es verdienen kannst.« Carlos hatte Lilias Herz verloren – der Wunsch des Vaters, die Macht der Schönheit, die Allmacht der liebenden Schönheit stand vor ihm, seine Sehnsucht und der Gedanke der Grausamkeit gegen diese Göttin und endlich eine Welt in ihm, die so nahe an ihrer Sonne stand, siegten über eine doppelte Treue – er sank aufs Knie vor ihr und sagte: »Ich bin schuldlos, wenn ich glücklich bin.« – Das Paar geht auf der einen Seite ab; Salera auf der andern und trifft auf Lilia, deren Hand er mit den Worten nimmt: »Sie als eine Freundin meines Hauses und Sohnes nehmen gewiß den innigsten Anteil an dem neuesten Glück desselben durch Athenais.« – So schloß sich der dritte Akt, der Albano durch ungerechte, alles verdrehende Anspielungen mit dem erbitterten Wunsche des Endes entflammte und fühlte, bloß um Roquairol über dieses meuchelmörderische Zücken des tragischen Dolchs zur Rede zu stellen. »Der Patron« (sagte lachend Gaspard) »glaubt mich auch hereinzumalen; ich wünsche aber, daß er derbere Farben nehme.«

Ehe der vierte Akt sich anfing, hob der Spanier die Linke empor, und die schwarze Dohle sprach sogleich: »Die Sünde straft die Sünde und den Feind der Feind; zaumlos ist die Liebe; zaumlos auch die Rache – Seht, nun kommt der Mensch, den sie nicht mehr lieben, und bringt seine Wunden mit und seinen Zorn.« – Hiort stand da, wie vor seinem Grab, das seinen Kopf niederzog – unendlich weinend und trinkend – sanfte Abend-Töne der Musik verschmolzen mit dem aufgelösten Leben: – »Ach so ists!« (rief er aus tiefer, schmerzender Brust) »Wirf sie nur endlich weg, die zwei letzten Rosen des Lebens[1] – zu viele Bienen und Stacheln stecken in ihnen – sie ziehen dein Blut und geben dir Gift – O wie ich liebte! Allmächtiger droben, wie ich liebte! Ach nicht dich! – Und nun so steh' ich leer und arm und kalt, nichts, nichts ist mir geblieben, kein einziges Herz, nicht mein eignes – das ist schon hinunter ins Grab – Der Docht ist aus meinem Leben gezogen, und es rinnt dunkel hin – O ihr Menschen, ihr dummen Menschen, warum glaubt ihr denn, daß es noch Liebe gebe hienieden? Schauet mich an, ich habe keine – Wohl ein luftiges Farbenband der Liebe, ein Regenbogen zieht sich hin und stellt sich fest herüber unter uns wankende Wolken, als binde und trag' er sie – Spaßhaft! er ist auch Wolke und lauter Fall – anfangs glänzen bunte Freudentropfen, dann schlagen schwarze!« –

Er schwieg – ging langsam auf und ab – sah ernst einem Waffen- und Larventanz innerer Gespenster zu – stand still – die Schatten schwarzer Taten spielten durcheinander um ihn – plötzlich fuhr er auf, ein Wetterstrahl eines Gedankens hatte in sein Herz geschlagen – er lief auf und ab, schrie: »Töne her, gräßliche Töne her!« – und die Hochzeitmusik aus Don Juan, die ihn bisher begleitet hatte, erhob das Zetergeschrei des Schreckens – »Göttlich!« sagte er, und nur einzelne Worte, nur Tigerflecken erschienen verschwindend am vorübergehenden Untier – »teuflisch! – das Rosen-Sein, das Blüten-Sein – nun ja! – – ich wickle mich selber in die Lauwine und roll hinunter – und dann sterb' ich schön auf meiner Schlummerinsel«, beschloß er sanft und matt.

»O Lilia! gewähre mir *eine* Bitte!« rief er der kommenden Schwester entgegen. »Jede, die mich nicht am Sterben hindert«, sagte sie. Er legte ihr die Bitte vor: sie sollte ihre Freundin Athenais in die »Nachtlaube« der Insel jetzt nachts

1 Liebe und Freundschaft.

unter dem Vorwand bereden, daß ihr Bräutigam Carlos ihr zwei Geheimnisse über Lilia noch heute zeigen wolle – »Ich habe« (setzt' er dazu) »Carlos' Stimme, mit ihr sag' ich ihr mein liebendes Herz, und dann, wenn sie mich liebt, nenn' ich mich Hiort.« – »Ist deine Bitte Wahrheit?« fragte die Schwester. »So wahr ich morgen noch leben will«, sagt' er. »So ist sie bald erfüllt, denn Athenais erwartet mich eben in der Nachtlaube – komme mir nur nach sieben Minuten nach.« Sie ging; er sah ihr nach und sprach mit sich: »Eile, bestelle den Himmel! Schöne Schlummerinsel, zugleich die Schlafstätte für das Brautgemach und für den ewigen Schlaf – O wie wenige Minuten stehen zwischen mir und ihrem Herzen!« – –

»Du bist doch da?« sagt' er und sah nach seiner Pistole. – »Jetzt« (rief er feierlich im Abgehen) »ists Zeit zur *helldunkeln* Tat, dann wird das Leichentuch darübergeworfen« und ging schnell ins Laub hinein.

Der Spanier warf einen Zweig ins Wasser, und die schwarze Dohle sprach leise: »Still ist das Glück, still ist der Tod.«

»Der Mensch« (sagte Gaspard) »hat etwas im ganzen Spiele wie wahren Ernst, ich stehe nicht dafür, daß er sich nicht wirklich vor uns allen totschießet.« – »Unmöglich,« (sagte Albano erschreckend) »zu einer solchen Wirklichkeit hat er keine Kraft«; indes vermocht' er doch sich selber nicht recht von dieser bangen Möglichkeit loszubringen.

Verstört, ungestüm, mit losem Haar kam Hiort zurück und sagte leise: »Es ist geschehen. – Ich war selig – niemand wirds nach mir.« – »Bei der Gelben und jetzt in der Nacht steh' ich für nichts«, sagte Gaspard. Albano errötete, über die freche Vermutung verschämt und noch mehr über Roquairols Frevel erzürnt, im Spiele die geheiligte Geliebte zu entehren und zu entführen. »Töne her, aber weiche, gute!« rief er und ließ sich vom Zephyr der Harmonie umwehen und trank unaufhörlich »Leichentrunk« oder Wein; beides zum Verdrusse des Ritters, der das Trinken verabscheuete und die Musik vermied, weil diese oder beide weich machten.

Er legte sich auf den Rasen und die Pistole neben sich und sagte stammelnd: »So lieg' ich denn in der warmen Asche meines aufgebrannten Lebens – und meine kalte kommt dazu« – (Er legte seine Doppellorgnette an die Augen fest und blickte funkelnd hinüber zu Linda) »Ich habe sie am Herzen gehabt, die göttliche Schönheit, meine ewige Liebe; meine Tulpe, die sich nun am Abend über der Biene schließet, damit sie im Blumenkelche sterbe – auf den Rosen meines Abends ruh' ich und sterb' ich – Ich schaue die Holde noch selig an – Ich kann nicht bereuen – Vergib nur, armer Carlos, ich streiche die Schuld mit Blut durch, aber mit Buß-Tränen kann ich nicht – Sollte sich am Ufer der Ewigkeit das, was die Zeit an diesem Ufer abspült, wieder anlegen: so hab' ichs dort schlimm, ich kann mich dort so wenig ändern als hier.« –

Jetzt geschah in der Stadt ein Kanonenschuß, um einen Deserteur anzukündigen. Er nahm seine Pistole in die Hand: »Ja, ja, ein Schuß bedeutet einen Flüchtling – auch aus der Welt – O wenn hebt sich die scharfe Sichel[1] am Morgen und zerschneidet das Leben! Ich bin so müde.« Er sah nach dem Morgenhimmel, aber ein Gewitter, das schon leise donnerte, überzog die Pforte des Monds. Er lächelte bitter:

»Auch diese kleine letzte Freude mißgönnt mir das Geschick! ich soll den Mond nicht mehr sehen – Nun, ich werde wohl höher kommen als er und sein Gewitter – Nur werden mir meine lieben Zuschauer und Zuhörer des Todes durch den Regen vertrieben – Ja! bist du aus, so bin ich aus!« Er zeigte auf die Flasche.

»Wilde, gräßliche Töne aus der Tiefe herauf! – Mein blutiges Brautkleid her! Es ist Zeit, die abgehende Freude wirft einen langen, wachsenden Schatten hinter sich.« Albano und Julienne erkannten erstarrend im kleinen Rocke, den man ihm brachte, den mit Blut bespritzten, den er auf der Redoute getragen, wo er als Knabe sich vor Linda ermorden wollen. »Sie sollen es auf meine kalte Brust legen«, sagt' er, da ers von

1 Der Mond.

Falterle empfing. Der Donner zog näher, die Blitze wurden glühender, und ans Gewitter wuchs eine Wolke nach der andern. Er trank die Gläser schnell. »Schaden kanns mir jetzt nichts,« (sagte er) »auch der Blitz nicht sonderlich, ob ich gleich unter Bäumen liege – in dieser Röhre steckt ein Blitz gegen alle Blitze, ein rechter Gewitterableiter.« – Das eilende Wetter drängte ihn der Zuschauer wegen zum Ziel, und er wurde zornig empört vom Spotte des Zufalls über seine theatralischen Zurüstungen.

»Nichts ist lustiger und passender als dies Gewitter,« (sagte Gaspard) »indes scheint ihn das Reden und Warten ziemlich zu ergötzen.« Die andern Zuschauer wurden von der Szene gepeinigt, und doch riß sich keiner los. Den Mitspielern war befohlen, den Schuß als das Merkwort zu nehmen und nicht früher zu kommen. Er sagte: »Die Todesschlange klappert in der Nähe – dort auf der Zukunft schwimmt die Leiche heran« – Man hörte, daß er durcheinander sprach und aus dem Stegreif, vom Gewitter gequält. Er sah die Pistole an: »Dein Aufblick! so ist der Blick des Lebens getan und wieder unter dem Augenlid – Ein Funke, ein einziger Funke, so ist der Theatervorhang hinaufgelodert, und ich sehe die Zuschauer stehen, die Geister – oder auch nichts, und den weiten Äther der Welt füllt die ewige schwere Wolke – So steh' ich denn am toten Meer der Ewigkeit, so schwarz, still, weit, tief liegts unter mir, ein Schritt, und ich bin drinnen und sinke ewig – Meinetwegen! Ich schwamm ja vor der Geburt auch drinnen. – – Nu nu« (sagt' er, indem es tröpfelte, und er nahm das letzte Glas) – »Der Regen will den armen Erkaltenden erkälten – Spielt jetzt etwas Sanftes, Schönes, ihr guten Leute!« –

Darauf spannte er den Hahn des Gewehrs, stand auf, sagte weinend: »Lebe wohl, schönes und hartes Leben! – Ihr paar schönen Gestirne, die ihr oben noch niederblickt, mög' ich euch näher kommen – Du heilige Erde, du wirst noch oft beben, aber der nicht mehr mit, der in dir schläft – Und ihr guten fernen Menschen, die ihr mich liebtet, und ihr nahen, die ich so liebte, es geh' euch besser als mir, und verdammt mich nicht zu hart, ich strafe mich ja selber, und Gott richtet mich sogleich – Lebe wohl, mein lieber beleidigter, aber sehr harter Albano, und du, du bis in den Tod heiß geliebte Linda, verzeihet mir und beweinet mich!« –

»Liane, lebst du noch, so stehe deinem Bruder in der letzten Stunde bei und bitte bei Gott für mich.« Hier drückte er schnell das Gewehr an der Stirne ab und stürzte hin, einiges Blut floß aus dem zerspaltenen Kopfe, und er atmete noch einmal und dann nicht mehr.

Bouverot flog nach seiner Rolle heraus und fing sie an: »Eben, mein lieber Hiort, besinnt sich mein Carlos«; aber er fuhr zurück vor der Leiche, stammelte: »Mais! Mon dieu! il s'est tué re vera – diable, il est mort – Oh qui me payera?«[1] – Linda sank ohnmächtig an Juliennens Busen, und diese stammelte: »O der Sünder und Selbstmörder!« – Die Fürstin rief erzürnt: »Oh le traitre!« – Albano schrie: »Ach Karl! Karl!« und stürzte in den See und schwamm hinüber – warf sich über die zertrümmerte Gestalt – und jammerte weinend: »O hätt' ich das gewußt! – Bruder und Schwester tot – und ich bin schuld – o! wäre ich unglücklich geblieben – ach mein Karl, Karl, vergib – ich war nicht dein Feind – wie er jammervoll zerworfen daliegt, der große Tempel!« – »Sei doch ruhiger,« (sagte Gaspard – der endlich im Kahne herübergekommen war und der mit einer anatomischen Kälte und Neugier jede Verstümmelung ertrug –) »er hatte auch seine Regimentsschulden und fürchtete die Untersuchung bei einer neuen Regierung – Jetzt kann man doch Respekt vor ihm haben, er hat seinen Charakter wirklich durchgeführt.«

Albano richtete sich auf und sagte in der Taubheit der Qual: »Wer sprach das? Ihr, jammervoller Bouverot, Ihr kennt nur Schulden!« – »Monsieur le Comte!« sagte dieser trotzig. »Ich sagt' es«, sagte Gaspard zum Sohn. – »O mein Dian,« (rief

1 Aber! – Gott, er hat sich re vera umgebracht – Teufel, er ist tot! – O wer wird mich bezahlen?

Albano und streckte die Hand nach diesem aus, der seine weinende Chariton selber weinend hielt) »komme du her, laß uns ihn verbinden, es kann ja helfen.«

Zur bestürzten Fürstin, welche an ihrem Ufer blieb, trat der Kunstrat Fraischdörfer mit den Worten, die ableiten sollten: »Von der bloßen Seite der Kunst genommen, wäre die Frage, ob man diese Situation nicht mit Effekt entlehnte. Man müßte wie im genialischen *Hamlet* ein Schauspiel ins Schauspiel flechten und in jenem den scheinbaren Tod zum wahren machen; freilich wär' es dann nur Schein des Scheins, spielende Realität in reellem Spiel und tausendfacher, wunderbarer Reflex! – Aber wie es jetzt regnet!« – Der Fürstin wurde von ihrer Haltermann etwas ins Ohr gesagt – sie fuhr auf, mit Armen und Tönen: »Oh monstre! homicide! – Mein armer, unschuldiger Gibbon! – Du Untier!« – Den Affen-Mord hatte sie gehört und schied untröstlich.

Auf einmal trat ins tiefe Blau der entblößte Mond, und jeder merkte ihn, aber das Regnen vorher hatte niemand außer Fraischdörfer wahrgenommen. Albano sah nun die toten Augen und weißen, starren Lippen recht deutlich: »Nein, sie regen sich nicht«, sagt' er. Da klang es wie aus Roquairols Brust und eisernem Mund: »Seid still, ich werde gerichtet!« Und sogleich fing die Dohle als Schluß-Chor des letzten Aktes an: »Der Arme ruht nun fest, und ihr könnt ihn zudecken!«

Gaspard sah seinen Bruder sehr ernst an. »Bei Gott!« (erwiderte dieser) »so steht in seinem Stück.«

Der ganze Sternenhimmel klärte sich auf. Die Gesellschaft fuhr nach Hause. Albano und Dian mit Chariton blieben bei der Leiche.

DREIUNDDREISSIGSTE JOBELPERIODE

Albano und Linda – Schoppe und das Porträt – das Wachskabinett – das Duell – das Tollhaus – Leibgeber

131. ZYKEL

Albano wollte am Tage darauf sich einkerkern, bitter weinen und büßen und sich nicht erquicken durch den Sonnenschein der Liebe; aber er fand abends folgendes von unbekannter Hand geschriebene Blatt auf seinem Tisch:

»Herr Graf! Man benachrichtigt Sie hiemit, daß Freitags nachts, da Sie verreiset waren, der sel. Hauptmann R. v. Froulay Ihre Rolle bei der Gräfin Romeiro durch *alle* Akte durch im Flötental gespielt. Sie müssen sich der Nebenbuhler wegen eine andere Stimme und der Gräfin nachts Augen schaffen, wiewohl es dieser nicht so ganz unangenehm sein mag, sich auf diese Weise öfters in Ihnen zu täuschen. Leben Sie wohl und künftig ein wenig bescheidener!«

Bleich starrte er das Totengerippe an, das zwei Riesenhände gewaltsam aus blühenden jugendlichen Gliedern auf einmal herausgezogen emporhielten. Aber das Feuer der Pein schoß schnell wieder auf und erleuchtete den Jammer rings umher. Mit schmerzlicher Gewalt, mit blutigen Armen mußte sein Geist den felsenschweren Gedanken, den Leichenstein seines Lebens hin- und herwerfen, um zu prüfen, ob er sich einfüge in die Totengruft: – in Roquairols ganzes Spiel und Ende und Leben griff der Jammergedanke so fassend ein – aber wieder nicht in Lindas Charakter und in den göttlichen Augenblick, den er mit ihr in Lianens letztem Garten zugebracht – und doch wieder sehr in ihre schnelle Versöhnung und in einzelne Worte – und gleichwohl war vielleicht dieses vergiftete Blatt nur eine Frucht der rachsüchtigen Fürstin, von deren Zorn über Roquairols eignen und Affen-Mord ihm Dian erzählet hatte.

So schmerzlich bewegte er sich auf seinen Wunden hin und her und entschloß sich, noch diesen Abend Linda aufzusuchen, wo sie auch sei: als er von ihr dieses Briefchen bekam:

»Komme doch diesen Abend zu mir ins Elysium; es wird gewiß heiter sein. Jetzt lad' ich ein wie du neulich. Du sollst mich auf die schönen Berge führen, und es soll mir genug sein, wenn *du* nur sehen und genießen kannst. Julienne brauchen wir immer weniger. Dein Vater dringt auf unsere Verbindung durch Vorschläge, die du heute hören und wägen sollst. – Komme unausbleiblich! – In meinem Herzen stehen noch so viele scharfe Tränen über das böse Trauerspiel. Du mußt sie verwandeln in andere, du Geliebter!

Die Blinde.«

Er lachte über das Verwandeln; »in gefrorne eher«, sagt' er. Die heiße Liebe war ihm ein heftiger Kuß in die Wunde. Er ging nach Lilar, dumpf, hastig, tief in einen roten Mantel gewickelt wie gegen böses Wetter – blind und taub gegen sich und die Welt – und wie ein Mensch, der stirbt, den Augenblick erwartend, wo er entweder vernichtet hinabraucht oder neu belebt in göttliche Welten hineinfliegt.

Als er Lilar betrat, verzerrte sich der Garten nicht wie neulich, sondern er verschwand ihm bloß. Er ging nahe an einigen vermummten Leuten vorüber, die ein Grab zu machen schienen. »Unrecht ists doch,« (sagte einer davon) »er gehört auf den Anger wie jedes Vieh.« Albano blickte hin, sah eine bedeckte Leiche, glaubte schaudernd, es sei der Selbstmörder, bis er den zweiten Gräber sagen hörte: »Ein Affe, Peter, wenn er vornehm gehalten wird, in Kleidern, sieht reputierlicher aus als mancher Mensch, und ich glaube, er stände auch wieder von Toten auf, wenn man ihn nur ordentlich taufte.« –

Eben da ihm der Gibbon der Fürstin, der hier begraben

wurde, wieder jenen gewittervollen Freitag vor die Seele zog: erblickte er Linda unweit des Traumtempels am Arme einer sehenden Kammerfrau. Sie grüßte ihn, nach ihrer Weise vor andern, nur leicht, sagte zur Frau: »Justa, bleib nur hier im Traumtempel, ich gehe hier auf und ab.«

Durch diese Einschränkung auf die Perspektive des Traumtempels schloß sie jedes schöne sichtbare Zeichen der Liebe aus, und Albano kannte an ihr schon jene stille Zufriedenheit mit der bloßen Gegenwart des Geliebten so wie zuweilen die Wildheit ihres süßen Mundes. Als er sie zitternd berührte und nahe neben sich wiedersah: so überfiel ihn dieses Wesen voll Macht mit der ganzen göttlichen Vergangenheit. Aber er verzögerte nicht die Frage der Hölle: »Linda, wer war Freitag abends bei dir?« – »Niemand, Guter; wenn?« versetzte sie. – »Im Flötental« – stammelte er. – »Mein blindes Mädchen«, antwortete sie ruhig. – »Wer noch?« fragte er. – »Gott! dein Ton ängstigt mich« (sagte sie) – »Roquairol brachte in jener Nacht den Affen um. Ist er dir begegnet?« –

»O schrecklicher Mörder! – Mir?« (rief er) »Ich war verreiset die ganze Nacht, ich war mit dir in keinem Flötental« – – »Sprich aus, Mensch,« (rief Linda, ihn an beiden Händen mit Heftigkeit ergreifend) »schriebst du mir nicht die rückgängige Reise und kamst?« – »Nichts, nichts,« (sagt' er) »lauter Höllenlüge. Das tote Ungeheuer Roquairol brauchte meine Stimme – deine Augen – und so ists – sage das übrige.« – »Jesus Maria!« schrie sie, von der Schlagflut getroffen, worein die schwarze Wolke zerriß – und griff mit beiden Armen durch die Laubzweige des Laubengangs und preßte sie an sich und sagte bittend: »Ach Albano, du bist gewiß bei mir gewesen.«

»Nein, bei dem Allmächtigen nicht! – Sage das übrige«, sagt' er. – »Weiche auf ewig von mir, ich bin *seine* Witwe!« sagte sie feierlich. – »Das bleibst du«, sagt' er hart und rief Justa aus dem Traumtempel.

»So lebt er fort, dein Schmerz, mein Schmerz, ich sehe dich nie mehr. Ich will Lebewohl zu dir sagen. Sage du keines zu mir!« sagt' er. Sie schwieg, und er ging. Justa kam, und er hörte sie noch in der Laube beten: »Laß, o Gott, mir diese Finsternis morgen, verschone mit deinem Tageslicht die schwarze Witwe!« Das Mädchen weckte sie auf, nahm sie an der Hand, und sie freuete sich am Arm derselben ihrer Nachtblindheit.

Albano ging in die Nacht. Auf einmal stand er wie hinaufgetragen auf einer jähen Felsenspitze, unten schlug ein schäumender Strom. Er kehrte sich um und sagte: »Du irrest dich, böser Genius; mich ekelt des Selbstmords, er ist zu leicht und gehört für Affen-Mörder – aber es gibt etwas Besseres, und du sollst mich begleiten.«

Er verirrte sich – konnte den Weg zur Stadt nicht finden – glaubte wieder in Lilar zu sein und trieb sich bange umher ohne Ausweg, bis er zuletzt ermüdet niedergezogen in den Arm des Schlummers sank. Als er erwachte am Morgen: war er im Prinzengarten, und die Schlummerinsel wehte mit ihren Gipfeln vor ihm. Eine jähe Felsenspitze über einem reißenden Strom gab es in der ganzen Landschaft nicht.

Er sah den Himmel an und den Tag und sein Herz. »Ja, so ist denn das Leben und die Liebe!« (sagt' er) »Ein gutes, rechtes Feuerwerk, besonders wenn man eine Linda durch viele Zurüstungen haben soll! Lange steht es da mit einem bunten hohen Schaugerüst, voll Statuen, mit kleinern Gebäuden, Säulen und wunderlich und verspricht noch mehr, als es schon verkleidet und verrät – Dann kommt die Nacht in Ischia, ein Funke springt, die Formen reißen, es schweben weiße, helle Paläste und Pyramiden und eine hängende Sonnenstadt am Himmel – in der Nachtluft entfaltet sich gewaltig eine rege fliegende Welt zwischen den Sternen und füllt das Auge und das arme Herz, und der glückliche Geist, selber ein Feuer zwischen Himmel und Erde, schwebt mit – – *einen* ganzen Augenblick lang, dann wirds wieder Nacht und Wüste, und am Morgen steht das Gerüst da, dumm und schwarz.« –

132. ZYKEL

Krieg – dies Wort allein gab Albano Frieden; Wissenschaft und Dichtkunst steckten ihm ihre Blumen nur in seine tiefen Wunden. Er rüstete sich zur Reise nach Frankreich. Nur etwas verschob noch den Aufbruch, Schoppens Ausbleiben, den er mit seinen Rätseln erwarten mußte und womöglich mit entführen wollte. Er hielt sich den ganzen Tag in Wäldern auf, um seinem Vater und Juliennen und jedem zu entgehen. Lindas unglückliche Nacht wurde tief in seine Brust hinabgesenkt, und nur er allein sah hinunter, kein Fremder. Er wünschte, daß sie selber gegen Julienne schweige, weil diese nach ihren frommen weiblichen Ordensregeln hiegegen keine Nachsicht kannte. In seiner Seele hatte jetzt die erste eifersüchtige Aufbrausung einem schmerzlichen Mitleiden mit der betrognen Linda, deren heiliger Tempel ausgeraubt dastand, Platz gemacht. Was ihn unleidlich schmerzte, war das Gefühl der Demütigung, mit welchem die schöne Stolze nun, wie er glaubte, an ihn denken mußte, und das er bei seiner jetzigen bittern Verachtung Roquairols desto stärker annahm. »Nie, nie, wenn sie auch meine Schwester würde, dürfen wir uns mehr erblicken; ich kann sie wohl blutend vor mir sehen, aber nicht gebeugt«, sagt' er sich. Zuweilen überfiel ihn ein kalter Grimm gegen das Verhängnis, das immer mit einem schnellen Wirbelwind zwischen seine Umarmungen fuhr und alles auseinanderdrängte – bald ein Zorn gegen Linda, die nicht wie eine Liane gehandelt hatte und die den Irrtum der Verwechslung durch ihren Grundsatz, der Liebe alles zu vergeben, selber mit verschuldete – bald inniges Mitleiden, da sie ohne alle geistige Ähnlichkeiten nicht hätte verwechseln können, wie ihm das heimliche Gericht des Gewissens sagte, und da sie nun allein dafür büßte, daß sie ihm, ihm sich opfern wollte.

Unaussprechlich haßte er den toten Verführer, weil durch seine Tat sein Tod nur zu einer feigen Flucht geworden war. Den armen Deserteur, dessen Entwischen unter dem Trauerspiel laut geworden, sah er gefangen vor sich vorüberführen; aber der Hauptmann desselben war auf immer der Rache entronnen. Nach einigen Tagen wurden ihm Papiere von dem Toten zugestellt; aber er sah sie voll Abscheu nicht an. Sie enthielten Rechtfertigungen und zugleich Nach-Sünden. Roquairol hatte nach der Freuden-Nacht den ganzen Morgen im Prinzengarten schreibend verlebt, um die Erinnerung zu kolorieren, die allein ihn, schrieb er, belohnet und beredet habe, daß er nicht schon in der Nacht den fünften Lebens-Akt ausgespielt.

Der Lektor gab in Albanos Abwesenheit kleine Briefe von Juliennen ab, worin sie ihn um seine Erscheinung bat und ihm Ort und Zeit im Schloß bestimmte, wohin sie aus Lilar gezogen war. Er kam nicht. Sein Vater schien sich nichts um ihn zu bekümmern. Zuweilen kam ihm vor, als wenn ferne Spür-Menschen ihn in weiten Kreisen umschlichen.

Einst stand er abends noch unten an einem Waldhügel, als er oben einen herausschreitenden Wolf erblickte – der Wolf sah ihn, sprang zu ihm herunter und wurde Schoppes Wolfhund – bald trat oben sein Freund selber mit einem alten Manne aus den Bäumen heraus – erblickte ihn, gab dem Manne schnell Geld und ging langsamer zu ihm herunter als er zu ihm hinauf. »Ei, einen guten Abend, Albano«, sagte Schoppe mit der alten Kälte, womit er sprach, wenn er nicht schrieb, und lächelte dabei, aber mit so vielen Linien, daß er Albano ganz fremd erschien. Albano preßte ihn heftig ans Herz und verwandelte die heißen Worte, die jener nicht liebte, in heiße Tränen. Es war ein alter Stern aus dem Frühlingsmorgen, wo seine Liane noch lebte und liebte; er ging ihm unter an einem Grabe in jener Reise-Nacht; jetzt ging er auf, und Albano war wieder unglücklich.

Schoppe besah mit sichtbarem Wohlbehagen Albanos gereifte Gestalt und zog gleichsam dessen schimmernde Flügel auseinander: »Du hast dich (sagt' er) »recht gut gestreckt und angefärbt – hast Mai und August auf *einem* Ast, wie ein Pomeranzenbaum.« Albano hatte keine Freude darüber: »Erzähle mir nur dein Leben, mein Bruder«, sagte er. – »Ich dächte, du erst deines, ich bin müde bis zur Dummheit«, sagte Schoppe, indem er sich setzte und seine Jagdtasche aufschnallte. »Künftig!« (versetzte Albano) – »Was du brauchst, will ich dir sagen – ich bekam deine Briefe – ich liebte wirklich die Bewußte – ein Unglück trennte uns – ich bin unschuldig, und sie ist groß – o Gott, sei heute damit zufrieden!« Nie konnt' er seinen Freunden Schmerzen klagen; noch weniger jetzt das Unglück einer Geliebten entblößen. »Noch länger,« (versetzte Schoppe) »nur sage, setzt es neues Elend, wenn ich die Beweise für eure Schwester- und Bruderschaft aus Spanien mitbringe und auspacke?« – »Nein,« (sagte Albano) »ich brauche über keine Vergangenheit zu erschrecken.« – »Du gehst noch nach Frankreich?« fragte Schoppe. »Morgen, wenn du mitgehst«, versetzte Albano.

»Allerdings als deine Feldpredigerei – Nicht aus Mangel an Kunstgeist, wie du aus Rom schreibst, sondern aus Überfluß daran gehst du unter die Soldaten. Ich säh' es gern, wenn du bedächtest, daß auch Dante, Cäsar, Cervantes, Horaz vorher dienten, ehe sie kostbar schrieben – nur Studenten kehrens um und dichten etwas Kurzes und Gutes und nehmen später Dienste. – Auf meine Reise zu kommen, so kostets mich schon viel, nämlich Zeit, wenn ich dir erzähle, daß ich deinen närrischen Oheim mit einem Wagen Gepäck im Neste Ondres anderthalb Posten von Bayonne ertappte. Ich gestand ihm, ich ginge nach Valencia, um die dasigen Seidenstrumpfwürkerstühle zu zergliedern, meinen Tropfen Eis und eine Westentasche voll Valenz-Mandeln dabei zu genießen und die wenigen Professoren zu besuchen, die bessere Kompendien für 3000 Realen geliefert[1]. Er komme vor mir gewiß an, sagt' er. Wir bestellten uns in *einen* Gasthof in Valencia. Mir war an ihm

1 So viel bekommt jeder Professor Preis-Geld für jede bessere Grammatik und jedes bessere Kompendium; so für jede Dissertation 50 Dukaten u. s. w. Tychsens Zusätze zu Bourgoings Reise z. B.

gelegen, da er mich am leichtesten einführen konnte in Romeiros Haus. Aber ich paßte da 14 Tage umsonst auf ihn. – Bei dem Haushofmeister fand ich kein Gehör, ob ich ihm gleich seinen dummen Schatten fünfmal mit der Bitte ausschnitt, einem reisenden Maler das Bilderkabinett aufzusperren, wo ich das mütterliche Bild der Gräfin suchte.

Jetzt war ich halb und halb entschlossen, schwanger zu werden und in diesem Habit alles für meine Sehnsucht zu fordern, was selber der spanische König keiner Schwangern abschlägt[1]. In Italien hat man das Kind auf dem Arm, um zu erbitten; in Spanien brauchts diese Sichtbarkeit nicht einmal. Aber zum Glück kam der Oheim. Die Bilderkabinettstür wurde aufgetan. Ich machte mich ans Kopieren – eines dummen Küchenstücks – und schauete überall nach meinem Insel-Porträt. Aber nichts war zu sehen« – (Hier zog er ein hölzernes Futteral aus der Jagdtasche und legt' es vor sich und fuhr fort:) »bis ichs sah zuletzt – ein Bild lehnte auf der Diele an der Wand, mir die Winter- und Hinterseite zuweisend – – es war mein Pinsel-Kind, und seine Zurücksetzung ging mich an – verdrüßlich und ruhig steckt' ichs bei – und schnappte im Küchenstück mitten in einem halben Iltis ab – – Sieh das Bildnis an!« –

Er zog den Futteral-Deckel davon ab – und Linda strahlte seinen Freund mit einem Strom von Geist und Reizen an, nur in ältere Tracht gehüllt. Albano konnte kaum stammeln vor Bewegung: »Das wäre meines Vaters Gemahlin und meine teuere Mutter? Und du weißt gewiß, daß dieses hier das Bild ist, das du auf Isola bella von ihr gemacht?« –

»Eben tu' ichs dar!« (sagte er und scheuerte an einer Rose des Bildes auf der Stelle des Herzens) »Mein damaliger Paphos-Name Löwenskiold steckt sub rosa und wird gleich vorkommen. Hätt' ich ihn schon unterwegs aufgekratzt, so hättet ihr geglaubt, ich hätte mich erst unterwegs hineingeschrieben.« –

1 Eine verlangte z. B. den König zu sehen; er trat so lange auf den Balkon heraus, bis sie befriedigt war.

Wie vor einer schreibenden Geisterhand schauderte Albano zurück, als wirklich ein L und ö unter der Rose vortraten: »Weiter schab' ich« (sagte Schoppe) »nicht vor, das übrige heb' ich Ihr auf.« Albano goß nun vor seinem biedern Herzenfreund sein Herz aus; ihm durft' er sagen und einwenden, daß Julienne seine Schwester sei – »wogegen ich gar nichts habe«, sagte Schoppe – und daß Gaspard eine künftige Heirat zwischen ihm und Linda genehmigt habe; »es ist kein Ausweg,« (setzt' er dazu) »ist sie seine Tochter, so bin ich nicht sein Sohn – ich kann sein heiliges Ehrenwort unmöglich zur Lüge machen – und Gott! in welchen ungeheueren Lasterpfuhl müßte man dann schauen!« – »Anlangend das Wort und den Pfuhl,« (sagte Schoppe ganz kalt) »so lassen sich, wiewohl ich überflüssig doch mit deinem Vater vorher aus der Sache spreche und vorher mit der Gräfin, wahrscheinliche Beweise führen, daß der Kahlkopf, der, wie er mir selber berichtete, deines Vaters Meßhelfer, Braut- und Bärenführer gewesen, kein Mann von den frischesten Sitten war, sondern daß er – obwohl sonst in viele Sättel gerecht, den moralischen ausgenommen – seine Stunden und Jahrhunderte hatte, wo er als ein solcher Hund und Strauchdieb handelte, daß mein Hund da ein Monatsheiliger gegen ihn ist und ein Kirchenvater. Ich hätt' ihm nur das Lebenslicht nicht ausblasen sollen, das freilich mehr stank als glomm.«

Albano konnt' ihm seinen Schauder über die Tat nicht verhehlen. »Ich kann nichts bereuen, höre«, sagte Schoppe und berichtete dieses: »Schon in Valencia erzählte mir dein Oheim, daß er in Madrid einen Kerl so und so – ganz wie der Kahlkopf – angetroffen, der ein Wachsfigurenkabinett von lauter Tollen anführe und herumzeige; oft spreche das ganze Kabinett, und er sitze selber mit darin als Wachs und helfe reden – Dein abergläubiger Oheim warb und lieh ihm Geister dazu und machte böse und fürchterliche Sachen daraus.

Einst in einer Posada hört' ich im Schlafzimmer neben dem meinigen allerlei Stimmen durcheinander murmeln und sagen:

›Schoppe kommt auch zu uns.‹ Ich stand auf, das fremde Zimmer war zugeschlossen. Ich hör' es wieder, das teuflische: ›Schoppe kommt auch herein.‹ Meine Stube hatte einen Erker, aus dem konnt' ich durch das nahe Fenster in die Murmel-Stube bei dem Mondlicht sehen. In Graus und kraus saß sämtliches Wachs drinnen und ließ sich hören, der wächserne Kahlkopf mitten darunter; ich suchte aber den lebendigen auf. Die Wachs-Bestien wechseln gegeneinander ihre fixen Ideen aus, und mich wechseln sie ein. – ›Dort guckt unser Ehrenmitglied herein‹, sagte der Wachs-Kahle. – Bei Gott! ich muß kurz sein, mir brennt das Blut wieder durchs Herz. – Ich wüte, hole Geschoß und ersuche Gott um ein verträgliches Gemüt, das nachgibt. Zum Unglück merk' ich hinten in einer mondleeren Ecke neben einem Vater des Todes und einer Schwangern von Wachs einen schwarzen Mantel, der sich regt und aus welchem der lebendige Tongeber, der Kahlkopf, guckt. ›Schwarzer Bauchsprachmeister,‹ (rief ich) ›schweige um Gottes Willen, ich seh' dich dort hinten und schieße hinein.‹ – Ich hielts für Bauchsprache.

Jetzt fing erst das Tollhaus recht an, ich hörte es lachen – mich hineinrufen und einen Kameraden und Klubisten mich betiteln – ›Präses,‹ (sagt' ich) ›ich bin bekanntlich ein Mensch und seh' dich ganz deutlich‹ – Es half nichts, der wächserne Kahlkopf versetzte vielmehr: ›Dort sitzt ja Bruder Schoppe schon‹, und ich sah wirklich auch mich bossiert und poussiert alldort. – ›Hier ist er auch zu haben‹, rief ich grimmig und schoß auf den Logenmeister hin, der blutend umstürzte.

Ich machte mich in dieser Stunde davon. – Dem Oheim kam ich später in den Wurf für kurze Zeit; er scheuet Tolle und wollte mich aus Furcht, ich schlage selber dahinein, nicht lange haben. Er befragte mich, ob mir der Wachsfiguren-Direktor des fahrenden Tollhauses aufgestoßen; ich konnt' ihm nur wenig anvertrauen – behalt es allein.« – »Du bist ein wilder, treuer Mensch,« (sagte Albano mit so innigem Wunsch, ihn zu umarmen) »du tust viel für andere und bist doch viel für dich.

Ich kann dich nun nicht mehr lassen. Meine vorige Lebens-Insel mit allen Blumen steht tief unter Wasser; und ich muß mich ins unendliche Weltmeer werfen; gib mir deine Hand und schwimme mit. Wir reisen morgen nach Frankreich!« –

»Morgen?« (sagte Schoppe) »Jawohl! so geh' ich heute abends zur Gräfin und dann zu Don Cesara.« – »Sag ihr,« (bat Albano) »daß ich sie auch als Bruder, wenn ichs würde, nicht besuche, nicht aus Kälte, sondern weil ich ihr großes Gemüt verehre, sag ihrs – und Gott helfe dir.« Albano wollte gehen und ihn allein ins nahe Lilar wandern lassen. »Nein, begleitet mich, mein Herr,« (sagte Schoppe ungestüm) »ich habe den alten Kerl abgedankt droben im Wald durch redliche Auszahlung des Geleite-Geldes – und wäre jetzt allein vis-à-vis de moi.« – »Ich versteh' dich nicht,« (sagte Albano) »wovor scheuest du dich?« – »Albano,« (sagte er leise und wichtig, und seine sonst geraden Blicke schlugen scheu seitwärts, und seinen lächelnden Mund umzingelten unzählige große Faltenkreise) »der Ich könnte kommen, ja, ja!«

Verwundert und fragend, wer das sei, blickte ihm Albano ins Gesicht. »Verflucht,« (sagte Schoppe) »ich errate Euch ganz gut, Ihr haltet mich nicht für achtels so vernünftig als Euch selber, sondern für toll. Wolf, komm herauf! Du Bestie warst häufig auf einsamen Wegen und Stegen mein Schirmvogt und Teufelsbanner gegen den Ich. – Herr, wer Fichten und seinen Generalvikar und Gehirndiener Schelling so oft aus Spaß gelesen wie ich, der macht endlich Ernst genug daraus. Das Ich setzt Sich und den Ich samt jenem Rest, den mehrere die Welt nennen. Wenn Philosophen etwas, z. B. eine Idee oder sich aus sich ableiten, so leiten sie, ist sonst was an ihnen, das restierende Universum auch so ab, sie sind ganz jener betrunkne Kerl, der sein Wasser in einen Springbrunnen hineinließ und die ganze Nacht davor stehen blieb, weil er kein Aufhören hörte und mithin alles, was er fort vernahm, auf seine Rechnung schrieb – Das Ich denkt Sich, es ist also Ob-Subjekt und zugleich der Lagerplatz von beiden – Sapperment, es gibt ein empirisches und ein reines Ich – die letzte Phrasis, die der wahnsinnige Swift nach Sheridan und Oxford kurz vor seinem Tode sagte, hieß : ich bin ich – Philosophisch genug!« –

»Und was schließest du Furchtbares aus allem?« sagte Albano mit innigster Trauer. »Alles kann ich leiden,« (sagte Schoppe) »nur nicht den Mich, den reinen, intellektuellen Mich, den Gott der Götter – Wie oft hab' ich nicht schon meinen Namen verändert wie mein Namens- und Taten-Vetter Scioppius oder Schoppe und wurde jährlich ein anderer, aber noch setzt mir der reine Ich merkbar nach. Man sieht das am besten auf Reisen, wenn man seine Beine anschauet und sie schreiten sieht und hört und dann fragt: wer marschiert doch da unten so mit? – Ewig redet er ja mit mir; sollt' er einmal leibhaftig vor mir auffahren: dann wär' ich nicht der letzte, der schwach würde und totenblaß. Freilich braucht kein Hund Zahnpulver. Aber Kinder sollte man schminken, es stände und ginge. Ich für meinen Teil beobachte das Zeitalter so so und lächle, weil ich nichts sage; man bricht Menschen wie Servietten auf Tellern in schönste, vielste Formen, zu Schlafmützen, zu Pyramiden, zu Kreuzschnäbeln, Sapperment, Albano, zu was denn nicht? Aber die Folge, Bruder? – O Himmel, die Folge? Ich sage nichts, verflucht, ich bin mausstill wie wenige – aber Zeiten können kommen, wo etwa ein Herr anmerkt, Menschen und Musiknoten, Musiknoten und Menschen, kurz und gut und schlecht, bald ist bei beiden der Kopf oben, bald der Schwanz, wenns nämlich schnell gehen soll. Das sind Gleichnisse, ich weiß wohl, Bester, aber die Bäcker kündigen das weiche Gebäck durch steinernes oder tönernes im Laden an, Menschen indes ihre härtesten Sachen, worunter das Herz gehört, durch ihre weichsten, wozu Worte gehören.«

Stumm auf diese Ströme führte Albano ihn an der Hand nach Lilar vor Lindas Wohnung. Alles war an dieser ohne Licht und schwarz. »Sprich droben sanft dein Wort, mein Schoppe, und morgen ziehen wir weiter!« sagte sehr leise unten Albano scheidend und ließ ihn ins finstere Trauerschloß allein hinaufgehen. – »Welch eine Gegenwart!« sagte Albano auf dem Rückweg durch den Garten.

133. ZYKEL

Lange erwartete Albano seinen Freund am andern Tag, niemand erschien, kein Mensch wußte von ihm. Am zweiten Morgen lief das Gerücht, die Gräfin sei in der Nacht und Gaspard am Morgen abgereiset. »Hat Schoppe beide durch Wahrheit fortgetrieben?« fragt' er sich verlassen und allein. Vergeblich spürte er Schoppe mehrere Tage nach; nicht einmal gesehen war er worden. »Auch du, lieber Schoppe!« sagt' er und schauderte über die Grausamkeit des Schicksals gegen sich. Als er so über sich und die stille dunkle Wüste seines Lebens hinsah: so war ihm auf einmal, als würde sein Leben plötzlich erleuchtet und ein Sonnenblick fiele auf den ganzen Wasserspiegel der verflossenen dunkeln Zeit; es sprach in ihm: »Was ist denn da gewesen? Menschen – Träume – blaue Tage – schwarze Nächte – ohne mich hergeflogen, ohne mich fortgeflogen, wie fliegender Sommer, den die Menschenhand weder spinnen noch befestigen kann. Was ist dageblieben? Ein weites Weh über das ganze Herz – aber das Herz auch – Es ist freilich leer, aber fest – unzerrüttet – heiß – Die Geliebten sind verloren, nicht die Liebe, die Blüten sind herunter, nicht die Zweige – Ich will ja noch, wünsche noch, die Vergangenheit hat mir die Zukunft nicht gestohlen – Noch hab' ich die Arme zum Umfassen, und die Hand, um sie ans Schwert zu legen, und das Auge zum Schauen der Welt – – Aber was untergegangen ist, wird wieder kommen und wieder fliehen, und nur das wird dir treu bleiben, was verlassen wird, – du allein. – Freiheit ist die frohe Ewigkeit, Unglück für den Sklaven ist Feuersbrunst im Kerker – – Nein, ich will *sein*, nicht *haben*. Wie, kann der heilige Sturm der Töne nur ein Stäubchen rücken, indes die roh' bewegte Luft Aschenberge versetzt? Nur wo gleiche

Töne und Saiten und Herzen wohnen, da bewegen sie sanft und ungesehen. So klinge nur fort, frommes Saitenspiel des Herzens, aber wolle nichts ändern an der rohen, schweren Welt, die nur den Winden gehört und gehorcht, nicht den Tönen.«

Hier fand ihn der Lektor Augusti, der mündlich von der Prinzessin Julienne inständige Bitten brachte, mit ihm in Gaspards Zimmer zu gehen, wo sie ihm die wichtigsten Worte über Schoppen zu sagen habe. Er ging leicht mit; über das bedeckte Schicksal seines Schoppe erwartete er am ersten bei ihr Aufschluß; auch sah er aus der kühnen Wahl des Boten, wie wichtig der armen Schwester seine Erscheinung sei.

In Gaspards Zimmer verließ ihn Augusti schnell, um ihn anzukündigen und – allein zu lassen. In seinem Leben ging jetzt ein langer Donner; kam er vom Himmel, von einem Strome, oder nur von einer Mühle, das wußt' er noch nicht. Julienne stürzte weinend herein, konnte nicht sprechen vor heftigem Herzen: »Du gehst fort?« fragte sie. »Ja!« sagt' er und bat sie sehr, weniger heftig zu sein; denn er wußte, wie leicht ihn fremder Ungestüm ansteckte, da er ohne Zorn nicht einmal lange Schach spielen oder fechten konnte. Sie flehte ihn noch heftiger, nur zu bleiben, bis Gaspard wiederkomme. – »Kommt er wieder?« fragte Albano. »Wie anders? Aber die Unwürdige nicht«, sagte sie. – »Julienne,« (versetzt' er ernst) »o sei nicht so hart gegen sie wie das Schicksal – und lasse mich schweigen!« – »Ich hasse jetzt alle Männer und dich auch« (sagte sie) – »Das kommt aus poetischen Gemütern heraus. – O welche rechtschaffene Braut hätte sich so leicht von einem solchen Selbstmörder verblenden lassen, welche? – Aber ich sehe, du weißt nicht alles.« – »Dients aber zu was?« fragte er. –

Sie fing, verwundert über diese Frage, ohne Antwort die Erzählung an.

Am Tage, wo Albano Schoppen gefunden, wollte Julienne ihre Freundin Linda, die sie seit dem Abende des Trauerspiels nicht gesehen, wieder besuchen. Alle Zimmer in Lilar waren dicht verhangen gegen den Tag. Julienne fand sie in der Finsternis sitzend, mit niedergesenkten, halboffnen Augen, äußerlich sehr ruhig. Nur in langen Zwischenräumen fiel eine kleine Träne aus den Augen heraus. Der reißende Strom ging hoch über die Räder ihres Lebens, und sie standen tief unter ihm still. »Bist du es, Julienne?« (sagte sie sanft) »Verzeih die Finsternis; Nacht ist für meine Augen jetzt Grün. Es tut mir weh, etwas zu sehen.« Die Brautfackel ihres Daseins war ausgelöscht, nun wollte sie Nacht zur Nacht.

Julienne tat bange Fragen der Verwunderung; sie gab keine Antwort darauf. »Ists ein Unglück zwischen dir und meinem Bruder?« fragte Julienne, in welcher die Verwandtschaft immer wärmer sorgte als die Freundschaft. »Erwarte nur den Ritter,« (antwortete sie) »ich hab' ihn herbitten lassen.«

Er trat eben herein. Sie bat ihn, sich in diese kurze Nacht zu fügen. Nach einigem Schweigen stand sie stolz vom Stuhle auf, die schwarzgekleidete lange Gestalt hob vor dem Ritter, den sie nicht sah, die großen Augen gen Himmel, ihr stolzes Leben, bis jetzt ins Leichentuch gewickelt, schlug das Tuch zurück und stand blühend von Toten auf, und sie redete den Ritter an: »Verehrter Gaspard, Sie versprachen es mir, so wie auch mein Vater, daß dieser an meinem Hochzeitstage mir erscheinen werde. Der Tag ist vorbei. – Ich bin eine Witwe. Nun erschein' er mir.«

Hier unterbrach sie der Ritter: »Vorbei? – O, ganz recht! Ist er denn etwas Gescheuteres und Sittlicheres als ein Mensch?« – und spottete wider seine Weise zornig-aufglühend, weil er glaubte, von Albano, dem er so lange vertrauet, sei die Rede.

»Sie verkennen mich,« (sagte Linda) »ich spreche von einem Verstorbenen.« Vor Julienne fuhr plötzlich Roquairols Schatte, ferne Anklänge der Fürstin hatten ihn eingeläutet: »Allmächtiger Gott,« (schrie sie auf) »des verfluchten Selbstmörders Spiel hat Wahrheit?« – »Er spielte, was geschah« (sagte Linda ruhig) – »Wir brechen ab. Ich reise. Ich verlange nichts als meinen Vater.« Hier hielt Gaspard den von Starrsucht versteinerten Arm, wie von einem gezückten Dolch bewaffnet, gegen die Gräfin – die Finsternis machte die Erscheinung schwärzer und wilder – aber er brach das Eis des Todes wieder mit kalten Händen entzwei und bewegte sich und antwortete mit gelähmter Zunge: »Teufel und Gott! Der Vater ist da! – Der wird alles so nehmen – wie es ist – Weiß Ers?« – »Wer?« fragte Linda. – »Und was beschloß Er? – Himmel! Albano nämlich.« – Gaspard hatte in der Leidenschaft zugleich Cromwells Blödsinn der Zunge und dessen Schlausinn der Taten; und blieb daher jeder Aufwallung, sogar der liebenden, so gram und fern wie »der Dummheit, die ihm« (wie er sagte) »noch viel verhaßter sei als das gerade Laster«. –

»Ich weiß nicht« (sagte Linda) – »Ich gehöre allein dem Toten an, der zweimal für mich gestorben ist. Sagt das meinem Vater. O ich wär' ihm längst nachgefolgt, dem Ungeheuren, ins tiefe Reich; ich stände nicht hier vor dem kalten bösen Tadel oder der christlichen Verwunderung, da es noch Dolche gegen das Leben gibt! – Aber ich bin *Mutter*, und darum leb' ich!« –

»Noch diesen Abend seh' ich Sie wieder«, sagte Gaspard gefasset und eilte hinweg. »Ich glaube, liebe Julienne,« (sagte Linda) »jetzt verstehen wir uns nicht mehr so recht, wenigstens nicht bis zum höchsten Punkte, so wie wir früher über Ihre belle-soeur differierten und Sie an ihr die Koketterie, ich aber gerade die Prüderie groß und unsittlich fand.« – »Das ist wohl wahr,« (sagte Julienne kalt) »Sie sind so wahrhaftig poetisch, ich bin so prosaisch und altfromm. Ein Ungeheuer darum zu lieben, weil es mich so grausam betrügt wie seine Regimentskasse, oder weil es sich genialisch so viele Freiheit lässet als seinem Regimente, oder weil es nach seinem Tode noch Rollen für die übrigen Schauspieler nachlässet oder Briefe an mich Betrogene« – – »Tat er das?« fragte Albano. – »Sie pries es sogar als genialisch an ihm« (versetzte Julienne) – »Einen solchen zu lieben, sagt' ich, oder solche Leute, die ihn lieben, dazu find' ich in mir kein Herz. Leben Sie denn so wohl, als es gehen mag.« Linda antwortete: »Ich hasse alle Wünsche«; gab ihr die Hand, drückte sie nicht, schwieg still und sah in ihre Nacht. Sie wußte wenig vom leichten und schlaffen Abschied der verlornen Freundin.

Noch in derselben Nacht reisete Linda, nachdem sie ganz allein lange mit dem Ritter gesprochen, in einem Wagen ohne Fackeln, in ihre Schleier gehüllt, ganz einsam ab, und niemand wußte, ob sie geweinet oder nicht.

Als Albano seine Schwester ausgehört hatte, sagte er mit sanfter, bewegter Stimme: »Schließe Frieden mit der Vergangenheit, sie kann der Mensch nicht stürmen. Der großen Unglücklichen lasse die Nacht, in die sie selber hineingezogen ist. – Weswegen wolltest du mich aber so eifrig zu dir haben? Besonders weißt du etwas von meinem Schoppe, so fleh' ich darum.« – »Ich antworte dir,« (sagte sie weinend und verwundert) »aber Bruder, beteuere, daß deine Stille nicht wieder der Vorhang eines neuen Unglücks ist – Ich kenn' euch Männer darin, man sollt' euch alle hassen, und ich tu' es auch.« »Ich habe nichts Trübes vor, vor Gott bezeug' ichs. Ihr Weiber, die ihr euere Hölle erst ausgießen wollt mit Tränen und ausblasen mit Seufzern, begreift nicht, daß oft eine einzige Stunde Denken dem Manne einen Stab oder Flügel geben kann, der ihn auf einmal aus der Hölle hebt, und dann mag sie fortbrennen.« – »So zeige mir« (sagte sie weinerlich-komisch) »deinen Flügel.« – »Daß ich« (versetzt' er) »nicht auf Menschen baue, sondern auf den Gott in mir und über mir. Der fremde Efeu geht um uns herum, an uns herauf, steht als ein zweiter Gipfel neben unserem, und der ist dadurch verdorrt. Die Geister sollen nebeneinander, nicht aufeinander wachsen. Wir sollten lieben wie Gott, als Unvergängliche die Vergänglichen.« –

»Recht gut,« (sagte sie) »wenns dir nur Ruhe schafft. Was deinen armen Schoppe betrifft, so ist er zur Strafe ins Tollhaus gesteckt, aber hör erst ordentlich. Er kramte ein Märchen von einer zweiten Schwester von dir bei deinem ohnehin durch so vieles gereizten Vater aus. Man konnt' ihm diese neue Verstandes-Verwirrung hingehen lassen; aber dein Oheim wurde gerufen, der ihm ins Gesicht sagte, er habe den Kahlkopf ermordet; und ihm wurde stolz die Wahl zwischen Gefängnis und Irrhaus gelassen; so begab er sich in dieses. Bleibe, bleibe! Das Wichtigste kommt. Wie ich auch von ihm denke, ich sehe, er ist dein redlicher Freund; und frei heraus zu reden, sogar Linda legte noch vor der Abreise eine Vorbitte im letzten Blatte an mich für ihn ein. Nicht bloß die närrische Reise nach Spanien macht' er für dich, auch deine Kur; vielleicht bist du ihm das Leben schuldig. Mich wundert, daß ich oder irgend jemand es dir noch nicht gesagt.«

Sie fing an mit Idoinens mildtätigem festen Charakter, mit ihrem Arkadien und mit dem letzten Tage, da sie bei ihr gelebt und ihr in die helle Seele geblickt. Sie kam dann an sein Fieber- und Trauerbette neben Lianens Bahre und auf des alten Schoppe Reden und Laufen und auf seinen schönen Sieg, da er die verklärte Liane endlich in Idoinens Gestalt vor sein Auge gebracht, damit sie das Heil-Wort sage: habe Frieden!

Jetzt war *er* in Sturm und *Julienne* in Frieden: »Darum« (fuhr sie fort) »halt' ichs für Pflicht, mich deines Freundes ein wenig anzunehmen. Der arme Teufel ist unschuldig – durch Gewissensbisse und selber durch seinen jetzigen Ort kann er das, was er von Verstand noch hat, vollends verlieren – ganz unschuldig, sag' ich; denn dein Oheim, den ich längst hasse und der nur erst vor kurzem, aber vergeblich versuchte, meinem kranken Bruder geistermäßig und mordmäßig zu erscheinen – er hätt' es auch bei Lianen wohl getan, wenn sie es erlebt hätte –, dieser Mensch ist – warum darf ichs nicht ruchbar machen, da sich alles geändert und umgeworfen – eine und eben dieselbe Person mit dem Kahlkopf und ein Bauchredner – Bruder!?«

Aber Albano war ihr schon entflogen.

Albano wollte seinen Freund früher befreien als rächen; daher wollte er erst zu Schoppe eilen und dann zum Oheim. Aber als er an des letztern erleuchteten Zimmern vorüberging, erfaßte ihn ein plötzlicher Zorn, und er mußte hinauf. Der lange, hagere Oheim ging dem aufgebrachten Jüngling mit der Dohle auf der Hand langsam entgegen. Albano warf ihm ohne Umstände seine Doppel-Rolle, sein himmelschreiendes Zerstören Schoppens und die Blendwerke gegen ihn selber mit Flammenaugen vor und forderte Antwort und Rache. »Ja, ja,« (sagte der Spanier, seine Diablesse streichelnd) »ich habe die Pistolen – ich habe keine Zeit, keine Zeit zum Reden.« – »Sie müssen sie haben«, sagte Albano. – »Ich habe keine deo patre et filio et spiritu sancto testibus; es ist bald zwischen 11 und 12, und der Finstere steht hier.« – »Himmel! wozu diese einfältige tragische Szenerie? O Gott, ist es denn nicht möglich, daß Ihr einmal Mensch seid,« (sagte Albano, mit Grausen in seine Gesichtshaut blickend, die durchaus nicht freudig und nicht liebend aussehen konnte) »daß Ihr erschrecken, erröten, bereuen, Euch erfreuen könnt? – Was wußten Sie von meinem Schoppe, da Sie sich einst im Keller bei Ratto als Kahlkopf anstellten, als wüßten Sie eine fürchterliche Tat von ihm?« – »Niemand braucht etwas zu wissen,« (versetzt' er) »man sagt zum Menschen: ich kenne deine verruchte Tat, der Mensch denkt zurück, er findet so eine.« – »Aber was hatt' er Ihnen getan?« fragte Albano erschüttert. Er versetzte trocken: »Er hat zu mir gesagt: du Hund! – Es schlägt 11 Uhr, ich sage nichts mehr, als was ich will.«

Hier brachte der Spanier zwei Pistolen und einen Sack, wies ihm, daß sie nicht geladen wären, bat eine zu laden (er gab ihm Pulver und Blei), aber die andere nicht. »In den Sack, jede in den Sack,« (sagt' er) »wir losen!« Je kühner, je besser, dachte Albano. Der Spanier rüttelte beide um und ersuchte Albano, mit dem Fuße auf eine zu treten zum Wahlzeichen. Es geschah.

»Wir schießen zugleich,« (sagte der Oheim) »sobald es die zwei Viertel ausschlägt.« – »Nein,« (sagte Albano) »schießet bei dem ersten Schlag, ich bei dem zweiten.« – »Warum nicht?« versetzte jener.

Sie stellten sich in den entgegengesetzten Zimmer-Winkeln einander gegenüber – mit den Pistolen in den Händen den Schlag halb zwölf Uhr erwartend. Der Spanier machte im stummen Horchen die Augen zu. Als Albano in dieses geschlossene Büsten-Gesicht sah, kam ihm vor, als könne an einem solchen Wesen gar keine Sünde begangen werden, geschweige ein Totschlag. Plötzlich murmelten im leisen Zimmer fünf Stimmen durcheinander, als kämen sie von den alten Philosophen-Büsten an den Wänden; der Vater des Todes, der Kahlkopf, die Dohle schienen zu reden und eine unbekannte Stimme, als sei es der sogenannte Finstere. Sie sagten untereinander: »Finsterer, nicht wahr, ich habe keine Wahrheit gesagt? – Ich bringe fünf Tränen, aber kalte – Ich trage die Räder des Leichenwagens auf dem Kopf – Ich führe das Panthertier am Strick – Ich schneid' es los – Ich zeige mit dem weißen Finger auf Ihn – Ich bringe den Nebel – Ich bringe den kältesten Frost – Ich bringe das Schreckliche.« –

Hier tat es den ersten Glockenschlag, und der Spanier schoß ab, – bei dem zweiten feuerte Albano – beide standen unverwundet da; Pulverdampf zog umher, aber eine Zersplitterung erschien nirgends, als sei die Kugel nur eine mit Quecksilber gefüllte gläserne gewesen. Mit grimmiger Verachtung sah ihn Albano wegen der vorigen Stimmen an; »ich mußte«, sagte der Oheim.

Plötzlich brach der Lektor atemlos herein, den Julienne abgeschickt, um einen wahrscheinlichen Zweikampf zu hindern. »Graf!« (stammelte er) »ist etwas geschehen?« – »Es muß« (versetzte der Oheim) »in der Nähe etwas geben, der Dampf zog herein; wir wollten uns eben zur guten Nacht umarmen.« Er klingelte und befahl dem Bedienten, den Wirt zu befragen, wer so spät noch abfeuere. Albano staunte und konnte scheidend nur sagen: »Es sei! Aber fürchtet den Wahnsinnigen, den ich loskette!« – »Ach tuts nicht!« sagte der Spanier und schien zu fürchten.

Augusti begleitete ihn auf die Gasse und ließ ihn nur nach dem Ehrenworte los, nicht wieder hinaufzugehen. Albano aber flog noch in der späten Nacht dem Hause des Jammers und dem gekränkten Herzen zu.

135. ZYKEL

Kaum hatte Albano dem Irrhaus-Inspektor, einem jungen glatten roten Männchen, seinen Namen, den dieser schon kannte, und sein Gesuch um Schoppes Freiheit samt seiner Bürgschaft für ihn bekannt gemacht: so lächelte der Inspektor ungemein vergnügt ihn an und sagte: »Still beobacht' ich seit Jahren das ganze Haus – die kleinsten Züge hasch' ich für ein künftiges philosophisches Publikum; und so legt' ichs sehr ernsthaft auch auf Herrn Schoppen an. Aber nie, mein Herr Graf, nie ertappt' ich ihn über einem Zuge, der Tollheit versprochen hätte; alle meine englischen und deutschen Werke darüber lieset er vielmehr und bespricht sich mit mir über die Heilanstalten in Irrenanstalten. Ein Fichtianer kann er sein (aus seinem Ich schließ' ichs) und ein Humorist auch; ist nun aber eines von beiden schon schwer von Verrückung zu trennen, wie viel mehr ihre Einigung! Mit welcher Freude über das Zusammentreffen unserer Beobachtungen ich Ihnen hier den Schlüssel zu seiner Stube gebe, das denken Sie sich selber!« – »Wenn er kein Narr ist,« (sagte seine Frau) »warum zerschlägt er dann alle Spiegel?« – »Eben darum,« (versetzte der Inspektor) »ist er aber einer, so ist dein Mann ein noch größerer.«

Keine Tür öffnete Albano je beklommener als die zu Schoppens kleinem Zimmerchen. »Ich hole dich ab, mein Bruder«, rief er sogleich, um sich und ihm Schamröte zu ersparen; aber als er den alten Löwen näher sah, fand er ihn in dieser Fanggrube ganz verwandelt, nicht zahm, kriechend, wedelnd, aber entzweigeschlagen und mit zerbrochnen Tatzen auf die Erde gedrückt; – die Anklage des Mords, die er rechtschaffen eingeräumt, verbunden mit Gaspards unbarmherziger Verurteilung, hatten seine stolze freie Brust mit giftiger Scham gefüllt und zerfressen. »Es geht mir hier wohl, nur verspür' ich mich unpaß«, sagte Schoppe mit glanzlosem Auge und tonloser Stimme. Albano konnte die Tränen nicht verbergen, er schlang sich um den Kranken und sagte. »Großmütiger Mensch, du gabst mir einst in meiner Krankheit Genesung und Heil zurück, und ich wußte es nicht und dankte dir nicht; gehe mit mir, ich muß dich in der deinigen pflegen, dich heilen und trösten, wie ich kann, dann reisen wir.«

»Glaubst du, mein Kriton,« (versetzte er, durch den Balsam seines wunden Stolzes gestärkt) »daß ich etwan kein Sokrates bin, sondern wirklich herausgehe aus meinem torre del filosofo? Ein Ehrenwort ist eine dicke Kette.« – »Erzähle mir alles, verschone niemand; aber ich sage dir darauf eine Neuigkeit, an der sogleich deine Kette schmilzt«, sagte Albano.

»Ei! – Indessen ist der Ort hier seines Orts gut genug, wie gesagt ein torre del filosofo, quai de Voltaire und Shakespeares-Street, und wie man sonst sagen mag und soll – Auch hör' ich immer nachts einen oder den andern Mann neben mir an sprechen; und so fürcht' ich gar nicht, daß der Ich kommt. Ich werfe täglich fünf Brotkügelchen; bilden sie ein Kreuz, so bedeutet es – denke, was du willst –, daß ich mir noch nicht erscheine – Sie machen aber immer eines. Ich bin hier in diesem Anticyra über so manches Wahnbild so beruhigt worden – auch durch jene Bücher – sieh sie an, lauter Traktate über den Wahnsinn –, daß ich, wenns auch meinen Mordian[1] ebensowenig ansteckt wie mich, gern hier gewesen sein will. Mein Umgang freilich nicht ohne Gefahr, es ist das Inspektorats-Ehepaar (ein Reim), die beide das hiesige Kerkerfieber tüchtig weghaben. Der Mann hat sich – und dadurch der Frau – die fixe Idee in den Kopf gesetzt, er sei unser zeitiger Inspektor

1 seinen Hund.

und habe aufzuhelfen, aufzusehen und treffliche Bücher zu lesen, die in sein Amt einschlagen – jene Traktate sind vom Narren – Vermutlich hat er draußen in der Stadt seine Inspektorats-Idee zu breit vorgucken lassen, und das medizinische Kollegium steckte ihn mit seiner brauchbaren Idee herein, weil sie am Ende doch jeder Inspektor zum Amtieren haben muß, er sei toll oder nicht. Unter allen hier im Hause gefallen wir uns beide am meisten. Er sondierte mich zu meinem Vorteil; und ich kann ihn sehr brauchen zur Freiheit, nur greif' ich seinen faulen fixen Fleck nicht an. Bloß einen Abendsegen – weil sie kein Gebetbuch haben – improvisier' ich oft beiden vor und flechte in den Segen Winke, die kurmäßig für das Paar sein könnten, wenns wollte. So wandeln wir beide in den Irrgängen dieses Irrgartens vor den Patienten vorbei – hinter ihm, dem unheilbaren Hub von allen, geh' ich ganz tolerant – im Kränzchen herrscht allgemeine Polemik und Skepsis wie in keinem andern Universitätsgebäude – – Es ist zum Tollwerden, sagt er leise zu mir, es ist zum Tollsein, sagt man in diesem Palais d'Egalité, versetz' ich – Ich schneide ihm die Patienten in Schatten aus für sein Manuskript – Wie die Kinder noch etwas haben, das ihnen selber kindisch vorkommt, so haben die Tollen etwas, das ihnen selber toll erscheint – Deutlicher aber werd' ich ihm nie und halte schärfern Spaß an mich. Ach was ist der Mensch, zumal ein gescheuter, und wie dünn sind seine Stecken und Stäbe! – – Rührt dich etwas an mir, Albano? Etwan mein dummes blasses Gesicht?«

Aber Albano konnt' es ihm unmöglich gestehen, daß dieser umgebrochene edle Mensch mit seinen Täuschungen und sogar mit seinem Stile, dessen Flügel auch gerädert waren, ihm die Tränen in die Augen treibe, sondern er sagte bloß: »Ach ich denk' an vieles; aber erzähle doch endlich, Lieber!« – Schoppe hatt' es aber schon wieder vergessen, was er erzählen sollte; Albano nannte den Ablauf der Porträt-Geschichte bei der Gräfin, und jener fing an:

»Die Prinzessin Julienne sprang eben in ihren Wagen, als ich das blinde Mädchen die Treppen hinaufführte, um sagen zu lassen, Bibliothekar Schoppe sei aus Spanien da. Ich wurde in ein verfinstertes Gemach gelassen, worin ich ruhig auf- und abging, auf Leute passend, bis die Gräfin mich grüßte aus dem Dunkeln. ›Die Finsternis‹ (sagt' ich) ›ist mir bei dem Lichte, das ich zu geben habe, erwünscht, nur möcht' ich lieber irisch oder lettisch oder spanisch sprechen, weil ich nicht weiß, wer mich behorcht.‹ – ›Spanisch!‹ sagte sie ernst. Ich erzählte ihr, ich hätte deine Mutter gekannt und gemalt und so weiter und meinen Namen ins Bildnis eingeschwärzt – lange darauf, neulich im Herbste, hätt' ich Sie selber auf hiesigem Marktplatz angetroffen und für das Spiegelbild deiner Mutter genommen, so ähnlich sei sie ihrer eignen – ›Ich weiß nicht,‹ fuhr sie hier mit hitzigem Stolz zwischen meine Narration, ›inwiefern Ihre Geheimnisse zu meinen werden können.‹ – ›Dadurch,‹ (sagt' ich ernst) ›daß Sie mich nach Licht klingeln lassen; denn ich halte das Porträt der Frau von Cesara und von Romeiro, zweier Namen *einer* Person, hier in der Hand.‹ Sie faßte nichts, fragte nichts, und ich sollte nicht klingeln. Ich bekannte ihr, daß ich mich genötigt sähe, mit der rhetorischen Schach-Figur mich zu decken, die man allgemein die Wiederholung der Erzählung nennte; und griff zur Figur. Aber sobald ich darin wieder auf deinen Namen kam, sagte sie: ›ich hätte vermutlich ganz aufgehobene Verhältnisse im Sinne‹ – ›nein,‹ (sagt' ich) ›ein ewiges und hergestelltes hab' ich darin, auch seinen Gruß voll innigster Achtung mit.‹ – Der Gruß schien ihr empfindlich zu fallen, gleichsam als halte man sie einer solchen Versicherung für bedürftig, und sie bat mich, dich lieber wegzulassen. ››Himmel! er ist Ihr Bruder, und hier hab' ich das Porträt Ihrer Mutter aus Valencia gestohlen bei mir, und nur kein Licht!‹

Da wurde Licht gefodert. Als die Flamme die lange treffliche Gestalt in Gold einfaßte, sagte ich geradezu bei mir selber: ›Sie war es so gut wert als der Bruder, daß man den langen Weg nach beider Stammbaum zog, denn sie ist nicht ohne ihre Annehmlichkeiten.‹ – Albano, wär' ich ihr Bruder, wie du die

Ehre hast, mein Blut müßte, wenn sie eine Gondel, aber keinen Pardiesesfluß dazu hätte, für sie schiffbar sein, ich trüge sie auf den Händen nicht nur, sondern wie ein Äquilibrist auf Nase und Mund, die Leidliche! Kaum sah sie das Bild, so rief sie: ›Mutter, Mutter!‹ und fuhr immer über die Augen, klagend, daß sie jetzt noch schlechter wären als sonst. Ich hob wieder das Schaben an und grub endlich vor ihren Augen meinen ganzen Namen: Löwenskiold aus, sogar mit dem Beisatz, der mir entfallen war: liebt sehr.

›Der Maler hieß so?‹ (fragte sie) ›Sie sinds? – Sie liebten sie auch?‹ – ›Schönheit ist eine Klippe,‹ (versetzt' ich ernst) ›an der denn ein und der andere Mann zu scheitern sucht, weil sie voll Perlen und Austern sitzt.‹ Freundlich bat sie mich um die deutlichste Wiederholung der Wiederholung, sie wolle besser aufmerken; Hören und Denken werd' ihr jetzt so schwer als Leben. Albano, Ihr hättet mich mit mehr Vorkenntnissen zu ihr abschicken sollen. So aber wurd' ich halb verwirrt und neblig, und als ihr unter meiner Schilderei der Langsee-Insel etwas Nasses aus den Augen sprang, sank ich in den Tropfen hinein und ersoff beinahe darin und wurd' erst spät von mir ins Leben gerieben. Endes meiner Rede stand sie langsam auf, faltete die Hände und betete mit Weinen, als wenn sie dankte: ›O Gott, o Gott! du hast mich geschonet!‹ – was ich doch nicht ganz verstehe.«

Albano verstands wohl, daß sie dem Schicksal für die zufällige Verspätung Schoppens dankte, welche sie mit der kurzen, aber furchtbaren Verwandlung Roquairols in einen Bruder verschonet hatte.

»Sie brach darauf in zu vielen Dank gegen den Maler, Räuber und Lieferanten des gemalten Geburtsscheins aus. Wenn das Herz wie ein Arm eingeschlafen und schwer und fühllos zu bewegen ist, dem durch- und überläufts das erwachende Glied sehr närrisch, wenn ers regt: ›Weniger‹ (sagt' ich) ›konnt' ich nicht tun für den Herrn Bruder; die Sonnenseite ist dann die Mondseite.‹ – Sie sprang auf deinen Vater über und fragte, da er sogleich komme, ob sie oder ob ich ihm diese Rätsel vorlegen sollte. ›Oder lieber beide!‹ versetzt' ich kaum, da trat er wild ein.

Nun ist Gaspard freilich und entschieden dein dir und der Schwester angeborner Vater – und kindliche Liebe gegen ihn ist dir nie zu verdenken; – aber wenn ich zu dir sagen wollte, er sei kein Bär, kein Nashorn, kein Wer- und anderer Wolf, so tät ichs mehr aus seltener Politesse. Er schnaubte mir einen guten Abend zu, ich ihm. Viele Menschen gleichen dem Glas, glatt und geschliffen und stumpf, so lange als man sie nicht zerbricht, dann verflucht schneidend, und jeder Splitter sticht. Die Sache wurd' ihm vorgehalten und das mitgebrachte Gesichtsstück. Wärst du weitläuftiger mit ihm verwandt, so ließ' ich mich heraus. Denn sein Gesicht wurde vom Nordschein des Grimms überzogen, aus den Augen flogen mir gelbe Wespen zu, gerade Linien fuhren auf seiner Gewitterstirn wie elektrische Spieße auf, besonders zwei steilrechte Unglückslinien. Aber wie gesagt, bist du meines Wissens sein Sohn. ›Mein Freund,‹ (donnert' er los) ›mit welchem *Rechte* stehlet Ihr denn Gemälde?‹ – ›Das sollte mir‹ (versetzt' ich sanft) ›schwer anzusagen fallen; aber ein *Unvermögen* hab' ich, einem ungerechten Truge zuzuschauen, ich fahre drein.‹ – ›Gräfin,‹ (sagt' er dampfend) ›in drei Minuten sollen Sie diesen *Herrn* genau kennen.‹ O nein, nein! Er brauchte ein anderes Wort als Herr, aber ich greif' ihn einmal dafür an die Brust, und ständen wir auf den höchsten Stufen des Gottes-Thrones und rängen im Glanz.« – »Schoppe!« sagte Albano. »Erhitze mich nicht!« versetze Schoppe und fuhr fort:

»Er klingelte – ein Bedienter flog mit einer Karte – wir alle schwiegen – ›Nachsicht, Gräfin,‹ (sagt er) ›nur auf eine Minute lang!‹ – Er gab ihr darauf einige elende Hof-Novitäten, sie aber blickte schweigend zur Erde. Da kam dein langer Oheim, nickte 16mal mit dem kleinen Kopf, denn das hält er für eine Verbeugung – und trat weit von mir weg. ›Bruder, sage bloß, was hat dieser Herr da hinter Valencia getan?‹ – ›Umgebracht,

umgebracht‹, sagt' er schnell. ›Unter welchen Umständen?‹ fragte dein Vater. Hier fing er an, die kleinsten bei meinem Notschuß auf den Kahlkopf so unbegreiflich-scharf vorzulegen, daß ich sagte: ›Das ist wahr!‹ – und selber fortfuhr und immer fragte: ›Nicht so?‹ – und er hurtig nickte – bis ich am Ende war, dann fragt' ich: ›Aber Spaniard, sagts bei Gott! woher wisset *Ihr* es denn?‹ – ›Von mir‹, antwortete eine fremde, dumpfe Stimme, ganz wie des Kahlkopfs seine.

Das Herz wurde mir kalt wie eine Hundsschnauze und die Zunge voll Stein. ›Als convictus und confessus‹ (fing dein Vater an) ›könnet Ihr Euch nun leicht Euer Schicksal prophezeien.‹ – ›Freilich,‹ (murmelte der Oheim, packte sein Schnupftuch aus und ein, faßte das Gemälde an und legt' es weg) ›prophezeien, prophezeien.‹ – ›Inzwischen‹ (fuhr dein Vater fort) ›bleibt es Euch freigestellt, ob Ihr bis zu näherer Untersuchung statt des Gefängnisses, das Euch für den Mord und Diebstahl gehört, den gelindern Ort, das Irrhaus, das Euch für Euere Reise gebührt, erwählen wollt; wählet Ihr nicht, so wähl' ich.‹ – ›Ins Tollhaus, ins Tollhaus,‹ (rief ich) ›wahrer Geselligkeit wegen, auf meine Ehre – Aber ich frage nach nichts, auf dem Waschzettel meines Gewissens steht kein Mord – Brennt Ihr Euch nur weiß und rein – Euer Sonnen- und Ehrenwagen geht bis an den Radnagel in Kot – Gräfin, lasset Euch doch alles bestens aufklären und denkt unaufhörlich an mich, um einen Vater zu bekommen, freilich dem Landesvater der Studenten gleich, der in einem Loch durch den Hut besteht.‹ – ›Tritt weiter weg,‹ (sagte dein Vater zu deinem Oheim) ›die Tollheit ist ausgebrochen.‹ Da tat der Hase achtzehn Sätze über Schwellen und Treppen hinüber. Ich vollzog mein eignes Marsch- und Sitzreglement. Dein Vater wedelte mir noch mit einem leckenden Flammenblick nach; ich lud Gift in mein Auge und sah ihn unter der Türe davon niederstürzen.« – –

Albano fuhr zusammen, fragte nach dem Wie. Da schwieg Schoppe, sann lange und sagte betrübt: »Das hat mir wohl freilich nur geträumt, aber so meng' ich jetzt den Traum ins Wahre und umgekehrt. Ich sollte mehr über Schoppe gerührt sein – er ist doch ein Greis, und Greise weinen gleich dem Eulenspiegel, wenn es bergab geht.« – »Ich will dich nun trösten, mein Freund,« (sagte Albano mit zerrissener Brust) »ich will einen Irrtum von deinem treuen Herzen nehmen, und dann gehst du gewiß mit mir; dieser Kahlkopf, unser Spötter und Gaukler; ist nach dem heiligen Wort meiner Schwester eine und dieselbe Person mit meinem Oheim und ist ein Bauchredner.«

Lange stand Schoppe wie tot, als hab' er nicht gehört; plötzlich stürzte er mit aufblühendem Gesicht, mit funkelnden Augen auf die Knie und stammelte: »Himmel! Himmel! Verrücke mich! – Das Weitere tu ich – –« Hier macht' er eine böse abwürgende Bewegung mit den Händen und sagte erstarkt: »Ich kann dir folgen.«

Jetzt konnt' er das wirklich, vorher aber kaum stehen. Und so führte Albano den unglücklichen gereizten Freund betrübt in seine eigne Wohnung.

136. ZYKEL

Albano wandte nun alles an, was Freundschaft im Vermögen hat, den edlen Kranken wieder innerlich und äußerlich aufzurichten und zu verjüngen. Besonders suchte er den Steg, worüber alle seine Saiten gezogen waren und den der Ritter und sein Bruder vor Linda umgerissen hatten, wieder aufzustellen, nämlich sein stolzes Bewußtsein, das an der grausamen Demütigung so sehr darniederlag. Wie nur reine Bruder-Achtung und heiliges Anbeten einer göttlichen Reliquie einen wunden Stolz sanft erwärmen und beleben kann, so versucht' es der biedere Albano. Allein ohne Genugtuung am Spanier, dem Anstifter des Unheils und dem Verführer des Ritters, laufe, wie Schoppe selber sagte, sein Rückgrat nie wieder steilrecht und sein Rückenmark bleibe gebogen. Nur

Albanos Duell mit dem Oheim war frisches Wasser für ihn; es mußte ihm mehrmals erzählt werden. Sein durstiger Wunsch war, so gesund zu werden, als er zum Kriege mit dem Spanier brauchte, und dann als ein Toller ihm die Beichte aller Streiche und Gauklereien auf einem Sterbebette, worauf er ihn zu legen dachte, abzupressen: »Dann« (setzt' er jedesmal lächelnd hinzu) »kann es mir wohl egal sein, ob die Welt rund wird oder eckig, und nach Frankreich ist mein erster Schritt.«

Albano mußte dieses griechische Feuer des Zorns, das am Ende zur stärkenden Kur des durch Demütigung erfrornen Körpers wirkte, immer tiefer unter sich brennen lassen, da jedes Löschen es nur nährte; nur mußt' er wachen, daß er keine freie einsame Minute bekäme, um brennend zu entspringen und den Spanier aufzusuchen. Albano wich Tag und Nacht nicht von seinem Kanapee-Lager, auch aus andern Gründen. Denn war Schoppe einsam und sein Mordian schlief (den er niemals weckte, weil der Hund, sagt' er, offenbar träume und da in idealischen Welten fliege und schnuppere, wovon auf den Gassen der wirklichen kaum eine Schatten-Spur zu wittern sei), war er also allein mit dem stillen Tier (denn wacht' es, so hatt' er Gesellschaft genug) und sein Blick fiel zufällig auf seine Beine oder Hände: so fuhr seine kalte Furcht über ihn her, daß er sich erscheinen und den Ich sehen könne. Der Spiegel mußte verhangen werden, damit er sich nicht fände.

Seine Nächte waren ohne Schlaf, aber die Träume gingen nackt und keck um ihn. Albano opferte ihm leicht seine gesunden Nächte, konnt' aber doch nicht alle Träume des Freundes, diese Gespenster, die sonst vor Lebendigen entfliegen und einsinken, von dannen treiben. Sie schlichen und blickten in Winkel-Schatten der Stube. – Einst gegen Mitternacht war Albano hinausgegangen und traf wiederkommend ihn an, wie er eben mit einer Hand die andere fing und sagte: »Wen hab' ich da, Mensch?« – »O guter, bester Schoppe,« (rief Albano halbzürnend) »solche grundlose Spiele! Ebensogut könnte ein Finger den andern fassen!« – »Ja freilich«, versetzt' er. »Aber höre,« (sagt' er leise und kauerte sich, bückte den Kopf und wies mit dem rechten Zeigefinger über die Nase hin in die Höhe) »du nanntest mich Schoppe – so heiß' ich nicht, aber ich darf meinen Namen nicht aussprechen, der Ich, der mich so lange sucht, hörts und fährt her – Ein langer Leichenstein liegt auf dem Namen. Schoppe oder Scioppius konnt' ich mich sehr wohl nennen, weil mein vielnamiger Namensvetter und Namensvater (im Bayle steht alles) sich selber bald so, bald so hieß, bald Junipere d'Ancone, bald Denius, Vargas, oder Grosippe, oder Krigsöder, Sotelo, bald Hay. – Daß der Mann noch wirklicher Titular-Fürst von Athen und Herzog von Theben war durch ottomanische Kanzlei und Gnade, muß ich ganz zu vergessen scheinen, wenn ich Malteser-Bibliothekar bleiben will. In der Tat trat ich sonst in Gasthöfe noch mit manchem Namen ein, der dem nachsetzenden Ich prächtig mitspielte und vormachte, z. B. Löwenskiold, Leibgeber, Graul, Schoppe ohnehin, Mordian (den ich meinem Hund schenkte), Sakramentierer und einmal Huleu – manche kann ich ganz vergessen haben – Der wahre ist« (sagte er scheu lispelnd) »ein ß oder S–s[1] – Gib mir eine *dritte* Hand her – Aus Totenkleidern wird der Name herausgeschnitten, und ich liege darin schon unter dem Grabe. – ›*Ich bin ich*‹, das war zwar des alten hübschen Swifts Endworte, der sonst wenig sagte in seiner so langen Tollheit – Ich möcht' es aber nicht wagen, so bei mir zu sein – Nu, getrost, die unendliche Weisheit hat alles geschafft, auch Tollheit in Menge. – Aber Gott gebe nur, daß Gott selber niemals zu sich sagt: Ich! Das Universum zitterte auseinander, glaub' ich, denn Gott findet keine dritte Hand.«

Albano schauderte über den Sinn des Unsinns – Schoppe schien Eis – dann warf er sich plötzlich an die Bruder-Brust –

1 S–s heißet Siebenkäs. Aus den *Blumen-, Frucht- und Dornenstücken* ist bekannt, daß Schoppe früher Siebenkäs sich genannt – dann diesen Namen an seinen ihm bis zum Gesichte ähnlichen Freund Leibgeber abgegeben, von dem er den seinigen angenommen – und daß der Freund sich zum Schein ein Grabmal als Siebenkäs errichten lassen.

beide sprachen nichts über die Sache – und Albano fing heitere Schilderungen vom glücklichen Hesperien an.

So bracht' er pflegend, schonend, liebkosend, geduldig und einsam die Tage, die er gern zu seiner Flucht aus Deutschland verwendet hätte, mit dem kranken Freunde zu; und liebte ihn immer heftiger, je mehr er für ihn tat und ausstand. Er wollt' es durchaus vom Schicksal nicht leiden, daß eine solche Welt voll Ideen ihrem Erdbrand und ein so freies Herz voll Redlichkeit dem letzten Schlage näherkomme. Schoppe hatte in des Jünglings Herzen sogar noch ein größeres Reich als Dian; denn er nahm das Leben freier, tiefer, größer, mutiger; und wenn Dians Lebensgesetz Schönheit war, so hieß seines Freiheit, und er ging wie unser Sonnensystem, nach dem Gestirne des Herkules zu.

Aller Bitten ungeachtet nahm er keine Heilmittel vom Doktor Sphex; denn er habe schon, sagt' er, sich einem alten bekannten Praktiker und Kreisphysikus anvertrauet, der Zeit. Er verstattete Sphexen gern, ein Rezept aufzusetzen, es zu bringen, sah es willig durch, disputierte über den Inhalt, merkte an, es sei leichter, ein Gesundheitsrat zu sein als einen Gesundheitsrat zu geben, und er sehe wohl, daß er seinen Zustand treffe, weil er ihn schwächend behandle, was bei Wahnsinnigen das erste sei; aber er setzte dazu, er begehre eben keine Vernunft, sondern nur ein Paar tapfere Schenkel zum Gehen und Stehen und ein Paar gefüllte Arme zum Zuschlagen, und übrigens sei er ihm gram, weil er Hunde zerschneide. Auch Albano nahm zuletzt an, habe Schoppe nur Muskelkräfte zu einer geselligen Reise mit ihm wiedergewonnen, so fliehe der Wahnsinns-Traum, worein ihn die ungesellige gewiegt, leicht von selber hinweg.

Immer fuhr er den Arzt am meisten an. Einst sagte dieser: »Folgen Sie, wenn nicht mir, doch Ihrem zweiten Ich« und zeigte auf Albano. »Zum Teufel,« (versetzt' er) »mein zweites Ich, das möget ihr selber sein – ich scheue mich genug davor – aber der da ist gewiß, das verhoff' ich, kaum mein sechstes, zwanzigstes oder dergleichen Ich.« –

Indes blieb Sphex bei der Meinung, seine sthenische Schlaflosigkeit, die wechselnd die Tochter und die Mutter seiner Fieberbilder, zumal des Kahlkopfs sei, versperre die Kur und müsse schwächend bezwungen werden. Als einstmals Dian, der seinen Freund Albano oft besuchte, dies vernahm, fragte er, warum man ihn nicht geradezu mit der Nachricht, der Spanier sei aus Furcht vor ihm abgereiset, etwan nach Frankreich, täuschen und heilen wolle. Albano versetzte: »Wahrlich ich wollt' es gern sagen, aber ich kanns nicht, ich könnte ebensogut Gott oder mir eine Lüge sagen wollen.« – »Einbildungen!« (sagte Dian) »ich sag's ihm selber.« – »Wessen ich mir auch gleich vom Spaniard versehen habe«, versetzte Schoppe auf die offizielle Rezept-Lüge. Als Dian fortgegangen war, fragt' er Albano: »Sitz' ich jetzt nicht viel kühler und eisiger da? Und zwar seit der Kahlkopf in Frankreich ist, bin ich fast so ein neuer Mensch. Freilich lüg' ich, aber Dian log früher.«

Endlich entschloß sich der Arzt, ihm geradezu einen Schlaftrunk in sein Getränk zu mischen. Albano erlaubt' es. Schoppe bekam ihn; glühte und phantasierte einige Minuten lang, endlich stieg der Nebel des Schlafs und überdeckte bald den Kranken.

Albano besuchte da nach langer Zeit das Grün der Erde und das Blau des Himmels wieder und seinen Dian in Lilar. Wie viel war seitdem verändert, durcheinander, übereinander gestürzt! Wie viele Blätter waren wieder Knospen geworden! Und mancher Schaum des Lebens, der weiß und zart und leicht ihn sonst erfreuet hatte, erkältete jetzt als graues, schweres Wasser seine Brust, und er hatte außer seinen Lebensmut fast wenig behalten. Bei Dian hört' er von neuen Veränderungen, von des Fürsten nahem Sterben, von Idoinens nahem Kommen zur Schwester vor der Trauer. Wie wunderbar-verstört schlug seine Seele aus ihrem Winter-Schlafe in den warmen Sonnenschein, den dieses Ebenbild Lianens um sein Leben legte, die Augen auf! – In mancher stillen Nacht neben Schoppens Geister-Lager war ihm schon, seitdem Julienne ihn zum erstenmal die Erscheinung dieses Friedensengels ohne den Schleier sehen lassen, die vorige Zeit und Liebe wie ein Himmel ferner Sterne wieder aufgegangen, und in dem Helldunkel der von Schlaf entkleideten Träume sah er auf dem Meere der Zeit eine ferne, ferne Insel – hinter sich oder vor sich, wußt' er nicht –, wo eine weiße abgewandte Gestalt Lianen gleich oder ähnlich schwebte und als Nachhall sang – Jetzt dicht nach dem Sterbemonat des Bruders folgte der Sterbemonat der Schwester Liane. Wär' es möglich, daß die Überirdische aus dem stillen Spiegel der zweiten Welt und aus dessen unabsehlichen Fernen heraussträte wieder in den irdischen Luftzug und nach der Verklärung wieder verkörpert hier ginge?

Aber die Freundschaft foderte Raum für ihre Schmerzen, und diese Wolken-Bilder wurden bald von ihr bedeckt oder umgestürzt. Er war nicht imstande, so sehr ers auch wünschte, von Schoppe eine Beschreibung jener Heilungs-Nacht zu fodern, ja nur zu leiden, worin Idoine Liane gewesen; und doch war diese Gestalt der einzige lebendig-spielende Juwel im Totenring an dem Skelett der harten Zeit, das vor ihm stand. Welche Tage! Was ihm die Gräber nicht wegschlangen, hatte die Erde dahingenommen, und Gaspard, sonst sein hoher Vater auf einem reinen Thron des Himmels, war nun seiner Phantasie mit fürchterlichen Höllen-Kräften und Waffen nach unten erschienen, auf einem Throne des Abgrunds sitzend. –

Desto milder umfloß ihn nun, als er in Dians Hause war, die stillere Gegenwart, der Gedanke des ruhenden Freundes, der Anblick des nahen Traum-Tempels, wo Liane einmal Idoine gewesen, und die Verkündigung, daß das Ebenbild der Geliebten nahe. Er malte sich den süßen und bittern Schrecken ihrer Erscheinung vor ihm; denn wie in dem Strome, die hinübergebogne Blume nicht nur ihr *Bild*, auch ihren *Schatten* entwirft, so ist sie Lianens schönes Bild und Schatten zugleich – und in der Lebendigen würde ihm eine Verlorne und eine Verklärte zugleich erscheinen.

Unter diesem träumerischen Helldunkel und Abendrot, aus Vergangenheit und Zukunft zusammengeflossen, kam er in sein Haus zurück. Ein scharfer Blitzstrahl schlug weiß über das träumerische Rot: sein Schoppe war nach wenigen Minuten des Zwangsschlafs wild aufgefahren und wahnsinnig entsprungen, niemand wußte wohin. Der Arzt kam und sagte entscheidend, entweder hab' er sich ins Wasser gestürzt oder jeden andern, er sei wild dahingerannt und habe noch seinen Stockdegen mitgenommen.

VIERUNDDREISSIGSTE JOBELPERIODE

Schoppes Entdeckungen – Liane – die Kreuzkapelle – Schoppe und der Ich und der Oheim

137. ZYKEL

Da Schoppe seinen großen Degenstock mitgenommen: so vermutete Albano, daß er als Würgengel zum Spanier gegangen. Er eilte in den Gasthof des Oheims. Ein Bedienter sagte ihm, ein Rotmantel mit einem dicken Stocke sei dagewesen und habe vor den Herrn gewollt, aber man habe ihn auf des letztern Befehl ins Schloß geschickt, unterdessen sei der Herr nach dem Prinzengarten abgereiset, um dem starken Bruder entgegenzugehen. Albano fragte: »Wer ist der starke Bruder?« – »Dero Herr Vater«, versetzte der Bediente. Albano eilte auf das Schloß. Hier war laufende Verwirrung um das Krankenbette des Fürsten, der es bald mit dem Paradebette zu vertauschen drohte. Eilige Diener begegneten ihm. Einer konnt' ihm sagen, er habe einen Rotmantel ins große Spiegelzimmer gehen sehen. Albano trat hinein, es war leer, aber voll seltsamer Spuren. Ein großer Spiegel lag auf der Erde, eine Tapetentür darhinter stand offen, ein offnes Souvenir, Räder und weibliche Kleidungsstücke waren um einen wächsernen alten Kopf verstreuet. Ihm war, als seh' er etwas, was er schon gesehen, und konnte sichs doch nicht nennen. Plötzlich erblickte er in einem Eckspiegel tief hinter seinem jungen Gesicht sich noch einmal, aber mit Alter bedeckt und dem wächsernen Kopfe ähnlich. Er blickte sich um, ein erhobner Spiegel-Zylinder schloß ihm gleichsam die Zeit auf, und er sah in ihrer Tiefe sein graues Alter.

Schaudernd verließ er das sonderbare Gemach. Eine Kammerfrau Juliennens stieß ihm auf, sie konnte ihm sagen, daß sie den »Schatten-Schneider« im roten Mantel mit einem Perspektive in der Hand über den Schloßhof habe hinausgehen sehen. Er eilte nach, da kam ihm Augusti unter dem Tore entgegen mit der Bitte des Fürsten, ihn noch einmal zu besuchen; »jetzt unmöglich, ich muß erst den wahnsinnigen Schoppe wieder haben«, versetzt' er. In seiner Brust lebte nur der Feind; auch nahm er den Fürsten nur für die Maske seiner sprechsüchtigen Schwester. »Ich sah ihn auf dem Wege nach Blumenbühl«, sagte der Lektor. Er flog davon. Am Tore wurde Augustis Nachricht von der Wache bestätigt.

Auf der Blumenbühler Straße begegnete ihm der Wagen des Hofpredigers Spener, der zum Fürsten fuhr. Albano fragte nach Schoppe. Spener berichtete, er habe mit ihm, da er vor einem einzelnen Hause, einer kranken alten Beichttochter wegen, eine Stunde lang gehalten, viel gesprochen, ihn gesund, ungemein vernünftig, nur älter und zurückhaltender als gewöhnlich gefunden. Auf die Frage nach seinem Wege versetzte der Hofprediger: er sei nach der Stadt. Das schien ihm unmöglich, aber Speners Leute bestätigten es vom Grünrock. Albano sprach von einem roten Mantel, alle und Spener blieben bei dem grünen Rock.

Er kehrte wieder um in sein eignes Haus, wo vielleicht ihn selber, dacht' er, Schoppe suche und erwarte. Der Leibeigne des Doktors, der hagere Malz, sprang ihm mit der Nachricht entgegen, Herr v. Augusti hab' ihn eben gesucht, und der kranke Herr sei zum alten Tor hinaus spazieren gegangen in einem neuen grünen Rock. Es war die Straße nach dem Prinzengarten, die er nach Albanos Vermutung gewiß genommen, sobald ihm des Spaniers gleiche kund geworden. Draußen wurde sie durch Falterle bestätigt, welcher erzählte, er habe bei dem Austritt ihn eingeholt und sogleich befragt: »Wohin so eilig, Herr Bibliothekar?«; darauf sei er still gestanden, hab' ihn ernsthaft angesehen und die Antwort gegeben: »Wer sind Sie? Sie irren sich« und sei fortgegangen. Albano fragte nach der Kleidung; »in grüner«, versetzte Falterle. Jetzt war sein Weg entschieden. Der müßige Reiter konnte sogar bekräftigen, daß der Oheim früher denselben genommen.

Spät abends kam Albano im Prinzengarten an. Er sah einige Wagen an dem Hofe des kleinen Gartenschlosses. Endlich begegneten ihm Leute seines Vaters, die ihm sagen konnten, Schoppe sei ruhig, froh und lange in dem Garten mit einem Herrn von Hafenreffer aus Haarhaar umhergegangen und mit ihm nach der Stadt gefahren. »An einem Menschen hat er doch wieder einen Schutzgeist und Wärter«, dachte Albano, und der kalte Regen, der ihn bisher quälte, war weggezogen, obgleich der Himmel noch trübe blieb. Er wich mit seinem angegriffnen Herzen, das in dieser Landschaft nur von einem dunkeln Horizont umgeben war, jeder Gesellschaft und dem Lustschloß aus. Fern vorübergehend, wagt' er es, einen traurigen Blick auf die Schlummerinsel zu werfen, wo Roquairols Grabhügel, wie ein ausgebrannter Vulkan, neben der weißen Sphinx zu sehen war. »Still liegt endlich das unbändige Schwungrad um, aus dem Strom der Zeit gehoben, nur mit dem Grabe schloß sich der Janustempel deines Lebens zu, du gequälter und quälender Geist«, dachte Albano voll Mitleiden, denn er hatte den Toten sonst so sehr geliebt. Droben auf dem Gartenberg mit einem Lindenbaum ruhte seine sanfte Schwester, der freundliche, liebliche Friedensengel mitten im Kriegsgetümmel des Lebens, *sie* der ewige Friede, *wie er* der ewige Krieg. Er beschloß, hinaufzugehen und allein oben bei der Himmelsbraut zu sein und auf dem den Blumen geweihten

Boden das Beet aufzusuchen, unter welchem ihre Blumen-Asche sich vor den Stürmen zugedeckt. Da er den Vorsatz nur dachte, so drangen Tränenströme wie Schmerzen aus seinen Augen; denn die bisherigen Nachtwachen und Sorgen hatten ihn träumerisch-aufgelöset und so manches Unglück in so kurzer Zeit dazu, das ihm das schöne feste Leben von einem Ende zum andern mit giftigem Stachel und Zahn durchgraben hatte.

Als er in der noch mondlosen, aber sternenreichen Dämmerung, worin nur der Abendstern der Mond war, gleichsam ein kleinerer Spiegel der Sonne, den Hügel hinaufging: sah er aus dem Prinzengarten ein paar graugekleidete Menschen heftig winken, als wollten sie ihm den Gang verbieten. Er ging unbekümmert weiter, ja er wußte nicht einmal, ob nicht sein vom Wachen glühendes und von Lebens-Stößen erschüttertes Gehirn ihm diese Gestalten wie aus einem Hohlspiegel vorflattern lasse.

Wie in einen griechischen dachlosen Tempel trat er in den heiligen Kloster-Garten der stillen Nonne, worin der Lindenbaum laut sprach und die stillen Blumen wie Kinder über der Ruhenden spielten und sich neigten und wiegten. Hoch und weit gingen die Sternenbogen wie schimmernde Ehrenbogen über die kleine Erdenstelle her, über den geheiligten Ort, wo sich Lianens Hülle, das kleine Licht- und Rosenwölkchen, niedergesenkt, als es den Engel nicht mehr zu tragen hatte, der in den Äther gegangen war und aller Wolken nicht mehr bedurfte. Plötzlich erblickte der schaudernde Albano Lianens weiße Gestalt an die Linde gelehnt und gegen den Abendstern und die Abendröte gewandt; lange schauete er an der seitwärts gekehrten Gestalt die himmlisch-herabsteigende Antlitz-Linie an, womit Liane so oft als eine Heilige unbewußt neben ihm gestanden – noch glaubt' er, ein Traum, der Proteus der menschlichen Vergangenheit, ziehe das Luftbild aus dem Himmel hernieder und spiel' es vor, und er erwartete das Vergehen. Es blieb, aber ruhig und stumm. Hinkniend, wie vor der offnen Pforte des weiten langen Himmels voll Verklärung und Gottheit, und aufgerissen aus den Erden-Tälern, rief er aus: »Erscheinung, kommst du von Gott, bist du Liane?«, und ihm war, als sterb' er.

Schnell blickte die weiße Gestalt sich um und sah den Jüngling, sie stand langsam auf und sagte: »Ich heiße Idoine, ich bin unschuldig an der harten Täuschung, sehr unglücklicher Jüngling.« – Da bedeckte er seine Augen, aus schnellem Schmerz über die Wiederkehr der schweren kalten Wirklichkeit. Darauf sah er die schöne Jungfrau wieder an, und sein ganzes Wesen zitterte vor ihrer verklärten Ähnlichkeit mit der Toten; so lächelte sonst Lianens zarter Mund im Lieben und Trauern, so öffnete sich ihr mildes Auge, so ging ihr feines Haar um das blendend-weiße, gefällige Angesicht, so war ihr ganzes schönes Gemüt und Leben aufrichtig in ihr Antlitz gemalt – Nur stand Idoine größer da, wie eine Auferstandene, stolzer und länger ihre Gestalt, blasser ihre Farbe, denkender die jungfräuliche Stirn. Sie konnte, da er sie so schweigend und vergleichend anblickte, sich der Rührung über den getäuschten Unglücklichen nicht erwehren, und sie weinte, und er auch.

»Betrüb' ich Sie auch?« sagte er in höchster Bewegung. Mit dem Sprachtone der Jungfrau, die unter den Blumen lag, sagte unschuldig Idoine: »Ich weine nur, daß ich nicht Liane bin.« Schnell setzte sie hinzu: »Ach diese Stelle ist so heilig, und doch ists der Mensch nicht genug.« – Er verstand ihre Selbst-Rüge nicht. Ehrfurcht und Offenherzigkeit und Begeisterung bemächtigten sich seiner, das Leben stand glänzend aus der engen, bangen Wirklichkeit auf, wie aus einem Sarg, der Himmel sank näher herzu mit hohen Sternen, und beide standen mitten unter ihnen. »Edle Fürstin,« (sagt' er) »hier entschuldigen wir uns beide nicht – Die heilige Stelle nimmt, wie eine zweite Welt, das Fremdsein weg – Idoine, ich weiß es, daß Sie mir einst den Frieden gegeben; und vor der verborgnen Hülle des Geistes, in dessen Sinne Sie sprachen, dank' ich Ihnen hier.«

Idoine antwortete: »Ich tat es, ohne Sie zu kennen, und darum konnt' ich mir den kurzen Gebrauch oder Mißbrauch einer entfliehenden Ähnlichkeit erlauben. Hätt' es von mir abgehangen, so hätt' ich Sie nie mit einer so unbedeutenden, wie eine äußere ist, doch so schmerzlich erinnert. Aber ihr Herz verdient Ihr Andenken und Ihre Trauer. Man schrieb mir, Sie wären nicht mehr in Lindenstadt.« – Sie suchte jetzt zum Fortgehen zu eilen. »In einigen Tagen« (antwortete er) »werd' ich auch reisen. Ich suche Trost im Kriege gegen den Frieden des Grabes und der Wüste, der mein Leben stille macht.« – »Ernste Tätigkeit, glauben Sie mir, söhnet zuletzt immer mit dem Leben aus«, sagte Idoine, aber die ruhigen Worte wurden von einer bebenden Stimme getragen, denn durch Hülfe ihrer Schwester hatte sie das ganze graue Regenland seiner Gegenwart vor das Auge bekommen, und ihr Herz war voll tiefen Mitleidens gegen die Menschen.

Er sah sie hier scharf an, ihre Nonnen-Augenlider, die immer unter dem Sprechen sich über die ganzen großen Augen niedersenkten, machten sie einer entschlummerten Heiligen so ähnlich; – er wurde von ihren letzten Worten an ihr fruchttragendes Leben in Arkadien erinnert, wo der bunte Blütenstaub ihrer Ideen und Träume, ungleich dem schweren toten Goldstaub des bloßen Reichtums, leicht im heitern Leben flatternd, unbemerkt belebend, endlich feste Wälder und Gärten auf der Erde ausbreitete – alles in ihm liebte sie und rief: nur sie könnte deine letzte wie deine erste Liebe sein – und sein ganzes Herz, durch Wunden offen, war der stillen Seele aufgetan. Aber ein ernster, harter Geist schloß es wieder zu: »Unglücklicher, liebe keine mehr, denn ein dunkler Würgengel geht hinter deiner Liebe mit dem Schwert, und welche Rosenlippe du an dich drückst, diese berührt er mit der scharfen Schneide oder mit der Giftspitze, und dann vergeht oder verblutet sie.« –

Er sah schon den Glanz dieses Schwerts im langen Dunkel ziehen; denn Idoine hatte das Gelübde getan, nie unter ihrem Fürstenstande die Hand zum Bunde der Liebe zu reichen. So standen beide geschieden nebeneinander in *einem* Himmel, eine Sonne und ein Mond, durch eine Erde getrennt. Sie beschleunigte ihre Entfernung. Albano hielt es nicht für recht, sie zu begleiten, da er jetzt erriet, daß die graugekleideten Menschen, die ihn zurückgewinket, ihre Bedienten gewesen, ihr die Einsamkeit zusichern sollen. Sie reichte ihm an der Gartentüre die Hand und sagte: »Leben Sie glücklicher, lieber Graf; einst hoff' ich Sie so glücklich wiederzufinden, als Sie sich machen sollen.« Die Berührung der Hand wie einer himmlischen, die sich aus den Wolken gibt, durchströmte ihn mit einem verklärten Feuer jener Welt, wo Auferstandne leicht und schimmernd schweben, und die hohe, Ehrfurcht gebende Gestalt begeisterte sein Herz; – er konnte nicht sagen, was er in sich besiege und bedecke, aber auch kein anderes kaltes verkleidetes Wort; – er kniete nieder, drückte ihre Hand an die Brust, sah weinend an den Sternenhimmel und sagte bloß: »Frieden, Allgütiger!« – Idoine wandte sich eilig ab und ging nach einigen schnellen Schritten langsam den kleinen Hügel in den Prinzengarten hinunter.

Nach wenigen Minuten sah er die Fackeln ihres Wagens durch die Nacht fliegen, in der sie gern zu reisen wagte. Um den Hügel war es dunkel, die Abendröte und der Abendstern waren untergegangen, die Erde wurde ein Rauch und Schutt der Nacht, am Horizont bauete ein Trauergerüst von Wolken sich auf. Aber in Albano war etwas unbegreiflich Freudiges, ein lichter Punkt in der Finsternis des Herzens. Und als er den Leucht-Atom anschauete, breitete er sich aus, wurde ein Glanz, eine Welt, eine unendliche Sonne. Jetzt erkannt' er es, es war die rechte unendliche und göttliche Liebe, welche schweigen kann und leiden, weil sie nur *ein* Glück kennt, aber nicht das eigne.

Er war erfreuet über das Überhüllen seiner Brust und über seinen Entschluß, sie nicht wiederzusehen in der Stadt. »So still« (sagt' er halb betend, halb sprechend) »will ich sie ewig lieben – ihre Ruhe, ihr Glück, ihr schönes Streben bleibe mir heilig und ihre Gestalt mir verdeckt und fern wie die ihrer Himmels-Schwester – Aber wenn die Schlacht für das Recht anfängt und die Töne neben den Fahnen in die Höhe wehen und das Herz eifriger schlägt, um stärker zu bluten, dann ziehe dein Bild, o Idoine, mir im Himmel voran, und ich streite für dich; und wenn im Getümmel ein unbekannter Würgengel die giftige Schneide über die Brust zieht: so will ich im ermattenden Herzen dich festhalten, bis mir die Erde vergeht.«

Er sah sich nach diesem Gebete heiter um auf dem Gottesacker des jungfräulichen Herzens, er fühlte, Liane allein dürf' es wissen, und sie werd' ihn segnen.

138. ZYKEL

Albano konnte in einer Gegend, in welcher die einzelnen Säulen und Bogen des zerstörten Sonnentempels seiner Jugend umherlagen, keine Nacht zubringen: sondern er begab sich traurig-träumend auf den Weg zur Stadt. Unterwegs fand er den Landschafts-Direktor Wehrfritz zu Pferd, der ihn suchte. »Herr Sohn,« (sagt' er) »es sind mir von deinem intimen Freunde, Herrn Schoppe, die wichtigsten Sachen zu Händen gestellt worden, die ich nur in deine eignen wieder auszuhändigen habe, was ich denn hiemit eilig tue. Denn Muße hab' ich bei Gott wenig, der Fürst ist diesen Abend mit Tod abgegangen vor Schreck, weil jemand sagte, sein alter Vater, der ihm zum Todes-Anzeichen soll zum zweitenmal zu erscheinen versprochen haben, sei im Spiegelzimmer zu sehen, was aber nur, hör' ich, was von Wachs gewesen. Es sind die Sachen, die ich auszuliefern habe, erstlich ein Perspektiv, womit du deine Mutter und Schwester gemalt sehen wirst (ich bediene mich mit Fleiß Herrn Schoppens eigner Ausdrücke), zweitens ein geschriebenes Paket, adressiert an ›Albano, erzogen bei Wehrfritz‹, das noch halb in einer zerschlagnen schwarzen Marmorstufe steckt, und drittens dein Porträt.« Das Porträt stellte Albano im jetzigen Alter dar, fand man – so viel die

Sterne zu sehen gönnten –, indes er sich doch nie malen lassen. Die schwarze Marmorstufe und das Perspektiv brachten ihm die Prophezeiung seines Vaters auf Isola bella[1] vor die Seele: ihm werde in einem Bilderkabinett eine weibliche Gestalt aus der Wand entgegentreten und ihm einen Ort aufschreiben, wo er die schwarze Stufe, und vorher einen zeigen, wo er das Perspektiv zu finden habe, dessen Okularglas ihm aus dem alten Bilde seiner Schwester ein junges kenntliches und dessen Objektivglas aus dem jungen Bilde seiner Mutter ein altes kenntlich machen werde.

Albano tat ängstliche Fragen nach Schoppe und der Fundgeschichte der seltsamen Fracht. »Mit Herrn Schoppe geht es gut genug,« (antwortete Wehrfritz) »er muß hier in der Nähe sein mit einem fremden Herrn.« Albano fragte nach seiner Kleidung; diese wurde zu seinem Erstaunen wieder aus einer grünen zur roten. Kaum hatte Wehrfritz die wunderbare Geschichte, wie Schoppe jene Wunderdinge überkam, zu geben angefangen: so unterbrach Albano, der daraus die Auflösung der väterlichen Prophezeiung abnahm, vor Erwartung den Bericht mit der Bitte, ihn zu der nahen Kreuzkapelle zu begleiten, um welche mehrere Laternen standen. Er hatte beide Medaillons immer bei sich und war jetzt so begierig, das Angesicht seiner Mutter durch das Objektivglas zu sehen, so wie das Papier zu lesen.

Bei der äußersten Laterne hielten sie, Albano nahm das Medaillon der veralteten Gestalt hervor, worunter stand: Nous nous verrons un jour, mon frère, er besah es durch das Okularglas: siehe, das alte Gesicht war das junge seiner Julienne. Vertrauend und ungestüm hielt er das altmachende Glas ans junge Bild, worunter stand: Nous ne nous verrons jamais, mon fils, – ein freundliches, aus einem langen Leben herüberlächelndes altes Gesicht erschien, dessen erblicktes Urbild ihm in einer tiefen, dunkeln Erinnerung lag, aber namenlos; von Lindas Mutter hatt' es indes keinen Zug.

1 Titan I, S. 39 f.

Auf einmal hört' er eine bekannte Stimme: »Ecco ecco! – Mein Neveu, mein Herr!« Es war Albanos Oheim, der den schwarzgekleideten, wehklagenden Schoppe zu ziehen schien und weinerlich den Neffen anredete: »Ach, Neveu! O ich sage die Wahrheit, nur Wahrheit pour jamais.« Er sah lachend aus und glaubte zu weinen. Der Schwarzrock trat näher, wurde ein Grünrock und sagte: »Herr Graf, täuschen Sie sich keine Minute, unsre Bekanntschaft beginnt mit einem gemeinschaftlichen Verlust.« – »Mein Schoppe,« (sagte Albano erschüttert) »kennst du mich nicht mehr?« – »O wär' ich es jetzt! Ich heiße Siebenkäs«, versetzte der Grünrock und hob jammernd die Hände in die Höhe. »Er liegt aber da in der Kapelle,« (sagte der Spanier) »ich will alles so wahrhaftig erzählen, daß es schön ist. Ich glaube nicht, daß der Finstere kommt.« – Albano warf einen Blick in die Kapelle, und mit einem Schrei des Schmerzens stürzt' er darnieder.

139. ZYKEL

Schoppens Geschichte war nach Wehrfritzens und des Oheims Aussagen diese: er war aus dem Notschlummer glühend aufgefahren, auf dem schnaubenden Streitroß der Rachsucht gegen den Spanier wurd' er fortgerissen. Im Gasthofe des letztern wies ihn der Bediente mit einer Lüge nach dem Schlosse. Hier gelangt' er, im verworrenen Getümmel um den leidenden Fürsten, ungefragt, ungesehen in das Spiegelzimmer, wo er einmal die Gräfin Linda um Idoinens Friedenswort für den wahnsinnigen Freund gebeten hatte. Als der Zylinder-Spiegel, der die langen Jahre des Alters auf das junge Gesicht gräbt und Moos und Schutt der Zeit darauf schüttet, ihm sein Bild vermooset und verraset entgegenwarf, sagt' er: »Ho ho, der alte Ich steckt wo in der Nähe« und schauete grimmig umher.

Aus den Spiegeln der Spiegel sah er ein Ichs-Volk blicken. Er sprang auf einen Stuhl, um einen langen Spiegel loszumachen. Indem er den Nagel desselben rückte, schlug in der Wand eine Uhr zwölfmal. Hier fiel ihm die Weissagung Gaspards ein, die sein Freund ihm anvertrauet hatte, und alle Regeln, die diesem zur Lösung der Rätsel vorgeschrieben waren. In der Weissagung war zwar die Rede von einem Bilderkabinette, aber ein Spiegelzimmer ist auch eines, nur flüssiger und tiefer hinter der Wand. Er nahm (folgsam den von Gaspard gegebnen Regeln) den Spiegel herab – fand und öffnete die Tapentür in der Größe des Spiegels – die hölzerne weibliche Gestalt mit dem offnen Souvenir in der Linken und dem Crayon in der Rechten saß darhinter – er drückte (nach der Vorschrift) den Ring am linken Mittelfinger – die Gestalt stand, innen rollend, auf – trat in das Zimmer hinaus – hielt an der entgegengesetzten Wand still, zeichnete daran mit dem Crayon in der Hand eine Linie herab, er zog die Wandleiste auf – das Perspektiv und der wächserne Abdruck des Sargschlüssels lagen in einem Fach darhinter – Jetzt drückt' er den Ringfinger, die Figur setzte den Crayon aufs Souvenir und schrieb: »Sohn, gehe in die Fürstengruft in der Blumenbühler Kirche und öffne den Sarg der Fürstin Eleonore, so findest du die schwarze Stufe.« –

Wenn das geschehen, hatte der Ritter zu Albano gesagt, und die Marmorstufe doch nicht im Sarge gefunden sei: so soll' er den dritten Ring am Ohrfinger drücken, worauf etwas geschehe, was er selber nicht vorauswisse. Schoppe versuchte vorher, eh' er in die Blumenbühler Kirche ging, den Druck dieses Fingers – die Figur blieb stehen – aber innen fing es zu rollen an – die Arme dehnten sich aus und fielen ab – Räder rollten heraus – endlich zerlegte sich die ganze Gestalt durch einen mechanischen Selbstmord, und ein alter Kopf von Wachs erschien.

Hier ging Schoppe davon, um nach Blumenbühl zu laufen und aus der Gruft die Leuchte für dieses Nachtstück zu holen. Eben waren mittags Kirche und Gruft – vielleicht weil man dem neuen sterbenden Höhlen-Gast Raum vorbereitete – offen gelassen. Ohne erst den wächsernen Schlüssel in einen eisernen zu verwandeln, erbrach er ungestüm mit einem Arbeitseisen den Sarg und holte die Marmorstufe und Albanos Porträt schnell heraus. Er zerschlug jene hinter einem Busch. Als er die Aufschrift las, untersucht' er nicht weiter; er eilte in Albanos Haus, um alles zu übergeben. Beide aber suchten sich wechselseitig umsonst. Indes traf er den rechtschaffenen Wehrfritz an, durch welchen allein er eine so wichtige Beute abschicken konnte; er selber war jetzt dem Todfeinde, dem Spanier, auf der Spur, und keine Gewalt konnt' ihn aus der zornigen Jagdbahn treiben.

Bei Sonnenuntergang erblickte Schoppe den Spanier, der aus dem Prinzengarten, dem Ebenbilde Siebenkäs entfliehend, ihm in die Hände gelaufen kam – Er erstarrte vor des Wahnsinnigen Anblick, rief: »Herr und Gott, seid Ihr hinter mir und vor mir? seid Ihr rot und grün?« – und stürzte seitwärts in die alte Kreuzkapelle hinein, um die heilige Jungfrau kniend anzurufen. Schoppe spannte seine Kontursschwingen aus, schoß hinzu und schlug sie vor der Kapelle zusammen: »Dreh dich um, Spaniard, ich fresse dich von vorne«, sagte er. »Heilige Mutter Gottes, hilf mir – guter böser Geist, steh mir bei, o Finsterer!« betete der Kahlkopf. – »Rutsche herum, Spitzbube, ohne weitern Spaß!« sagte Schoppe, indem er mit dem gezognen Stockdegen in der Luft von hinten ein Hufeisen vor dessen Gesicht beschrieb. Er drehte sich elend auf den Knien herum, und der Kopf hing schlaff vom Halse herab. Schoppe fing an: »Nun hab' ich dich, Missetäter, du betest mich ohne Nutzen auf den Knien an – ich habe das Richtschwert – toll bin ich auch – in wenigen Minuten, wenn wir uns ausgesprochen haben, stech' ich gegenwärtigen Stockdegen in dich – denn ich bin ein Toller voll fixer Ideen.« – »Ach Herr,« (versetzte der Kahlkopf) »Ihr seid gewiß sehr verständig und bei Verstand und bei sich, ich bitte zu leben, es ist so große Todsünde, das Totmachen.« – Schoppe versetzte: »Von meinem Verstande ein andermal! In effigie hab' ich dich schon erschossen, nun will ich die Todsünde und den Gewissensbiß nicht umsonst herumtragen, sondern mich in natura dazutun, du Seelen-Henker, du Herz-Trepan!«

»Schoppe, Schoppe!« rief es jetzt einigemal von fernen mit Albanos Stimme. Er sah sich schnell um, nichts war zu sehen. »Guter Schoppe,« (fuhr es fort) »lasse meinen Oheim gehen!« Jetzt entbrannte Schoppe und hob den Dolch zum Stich: »Du gar zu versteinerter Bauchredner! Sollte man nicht gleich ins Zeug hineinstechen wie in ein blessiertes Pferd? Siehst du denn nicht den höllischen verdammten Mord und Totschlag vor der Nase, deinen Pestwagen schon angespannt, das ausgepolsterte Gerippe des Todes in mein Fleisch gesteckt und jetzt die Sense heben? – Beichte, Spaniard, um Jesus willen, beichte, Fliege, eh' ich spieße, steche! Etwas präkavierst du dich doch damit vor den Teufeln in der Hölle; bist sonst drüben ein ganz ruinierter Mann.«

»Wo sitzt der Pater? Ich beichte ja wohl«, sagte der Spanier.

»Hier steht dein Galgenpater, schau die Schur«, sagte Schoppe, vom gebückten tonsurierten Kopf den Hut abschüttelnd.

»Hört meine Beichte! – Aber nachts leidet es der Finstere nicht, daß ich die Wahrheit sage – er kommt gewiß, er holt mich, Vater, räuchert mich, wässert mich ein gegen den Teufel.«

»Stief-Beichtsohn und Dieb, bin ich dir nicht Beichtpaters und Beichtvaters genug, der dich schon einwässern wird? Sage nur, Hund, alles, ich absolviere dich und schlage dich dann tot zur Pönitenz. – Sage an, du Krönungsmünze des Teufels, bist du nicht der Kahlkopf und der Vater des Todes und der Mönch zugleich, dessen Figur voll Gas in Mola gen Himmel fuhr, und hattest Bauchrednerei und Wachsbilderei und einige Spitzbüberei bei der Hand?«

»Ja, Vater, Bauchredner*ie* und Wachsbildner*ie*, und den Spitzbuben. Aber der böse Geist war überall dabei, ich sagte oft nichts, und es wurde doch gesagt, und die Gestalten liefen.« –

»Mordian,« (sagte Schoppe, darüber ergrimmt) »faß den Hund! – Noch lügst du, du Kloak ins Paradies gegraben, noch ins Ohr der großen Parze hinein, du mimische Mumie, dein Totenkopf ohne Lippe und Zunge regt sich noch zur Lüge? O Gott, was sind deine Menschen!«

»O Pater, nicht Lügen! Aber der Finstere will sie nachts, ich habe einen Bund mit ihm angestiftet – Ich hab' ihn heute abends gesehen, er sah wie Ihr aus und grün – O Maria, o Pater, ich habe die Wahrheit gesagt, dort kommt er grün – o Pater, o Maria, und hat Eure Gesalt und ein feuriges Auge in der Hand – – «

»Niemand hat meine Gestalt« (sagte Schoppe erschüttert) »als der Ich.«

»O umguck! Der böse Geist kommt zu mir – absolviere – stich – ich will wegsterben!« –

Schoppe schauete sich endlich um. Der schreitende Abguß seiner Gestalt bewegte sich her – das Feuerauge in der Hand stieg in das Gesicht – die Ichs-Larve war grün gekleidet – »Böser Geist, ich bin doch in der Ohrenbeichte, du kannst nicht her, ich bin heilig«, rief der Spanier und faßte Schoppen. Ihn faßte der Hund. Schoppe starrte die grüne Gestalt an – der Degen entfiel ihm. »Mein Schoppe,« (rief sie) »ich suche dich, kennst du mich nicht?«

»Lange genug! Du bist der alte Ich – nur her mit deinem Gesicht an meins und mache das dumme Sein kalt«, rief Schoppe mit letzter Mannes-Kraft. »Ich bin Siebenkäs«, sagte das Ebenbild zärtlich und trat ganz nahe. – »Ich auch, Ich gleich Ich«, sagt' er noch leise, aber dann brach der überwältigte Mensch zusammen, und dieser reinigende Sturm wurde ein seufzendes, stilles Lüftchen. Mit weiß werdendem Gesicht, krampfhaft sich selber die starren Augen zuziehend, stürzte er um, die spielenden Finger schienen den Hund noch anzulocken, und die Lippen wollten sich zu einem Spottwort spitzen, das sie nicht sagten – Sein Freund Siebenkäs, der nichts erraten konnte, hob weinend die kalte, festgeschlossene Hand an sein Herz, an seinen Mund und rief: »Bruder, blick auf, dein alter Freund aus Vaduz steht ja neben dir und sieht dich in der Todesnot, er sagt dir tausend Lebewohl, Lebewohl!« –

Das schien durch die dem Leben noch offnen Ohren ins brechende Herz noch süße Töne der alten lieben Zeit und heitere Träume der ewigen Liebe zu führen – der Mund fing ein kleines Lächeln an, von Lust und Tod zugleich gezogen – die breite Brust stieg noch einmal voll auf zu einem frohen Seufzer – es war der letzte des Lebens, und lächelnd blieb der Verstorbne auf der Erde zurück.

Nun hast du hienieden geendigt, strenger, fester Geist, und in das letzte Abend-Gewitter auf deiner Brust quoll noch eine sanfte, spielende Sonne und füllte es mit Rosen und Gold. Die Erdkugel und alles Irdische, woraus die flüchtigen Welten sich formen, war dir ja viel zu klein und leicht. Denn etwas Höheres als das Leben suchtest du hinter dem Leben, nicht dein Ich, keinen Sterblichen, nicht einen Unsterblichen, sondern den Ewigen, den All-Ersten, den Gott. – – Das hiesige *Scheinen* war dir so gleichgültig, das böse wie das gute. Nun ruhst du im rechten *Sein*, der Tod hat vom dunkeln Herzen die ganze schwüle Lebens-Wolke weggezogen, und das ewige Licht steht unbedeckt, das du so lange suchtest; und du, sein Strahl, wohnst wieder im Feuer.

FÜNFUNDDREISSIGSTE JOBELPERIODE

Siebenkäs – Beichte des Oheims – Brief von Albanos Mutter – das Kron-Rennen – Echo und Schwanengesang der Geschichte

140. ZYKEL

Lange lag Albano im einsamen finstern Abgrund, bis endlich Licht die Schlucht und die grüne Höhe erleuchtete, von welcher er herunterstürzte. Das sonst lebensfärbige männliche Gesicht des Freundes lag weiß vor ihm, der rote Mantel erhöhte noch den Leichenschnee. Der Hund lag mit dem Kopfe auf der Brust, als woll' er sie wärmen und schützen. Als Albano den nackten Degen sah: blickte er im Kreise umher, schauderte vor dem kalten Oheim, vor dem lebendigen Bruderbild des Toten und vor dem ersten Argwohn zwischen fremdem und Selbstmord und fragte leise: »Wie starb er?« – »Durch mich,« (sagte Siebenkäs) »an unserer Ähnlichkeit, er glaubte sich zu sehen, wie dieser Herr hier versichert.« Der Oheim erzählte einige Punkte, Albano kehrte Ohr und Auge von ihm ab; aber in den warmen Widerschein der befreundeten Gestalt senkt' er den Blick, dem das Tageslicht der Freundschaft untergegangen war. Siebenkäs schien sich in einer seltenen männlichen Haltung zu behaupten. Auch Albano, der jüngere Freund, verbarg seinen Jammer, daß er so viel verloren und daß nun sein Waisen-Herz ausgesetzt sei wie ein hülfloses Kind in die Wüste des Lebens.

Wehrfritz fragte ihn, ob er ihm ein Pferd zur Reise in die Stadt noch schicken solle. »Mir? Ich jemals mehr in die Stadt?« (fragte Albano) »Nein, guter Vater, ich und Schoppe gehen heute in den Prinzengarten.« Er entsetzte sich vor der bloßen schwarzen Kirchhofs-Landschaft der Stadt, wo einmal ein goldner Sonnenschein und Laubengänge und Himmelspforten voll Blumengewinde für ihn geblühet hatten. O der junge Honig der Liebe, der alte Wein der Freundschaft, beide waren ja vom Schicksal in Gräber gegossen! –

Der Tote wurde in das neue Schloß des Prinzengartens gebracht. Nur Albano und Siebenkäs folgten ihm nach. Als sie allein waren, sah Albano erst, daß der Freund seines Freundes bebe und wanke und daß bis jetzt nur der Geist den Körper getragen. »Nun wir beide« (sagte Albano) »dürfen voreinander trauern; aber nur Ihnen glaub' ich. Gott, wie war denn sein Ende?« Siebenkäs ließ vor ihm die letzten Mienen und Laute des Armen vorübergehen. »O Gott,« (sagte Albano) »er starb nicht leicht, wenn der Wahnsinn der Monate zu *einer* Minute wurde – reißend mußte der Höllenfluß sein, der ein so festes

Leben wegriß.« – Siebenkäs nahm schwer den Glauben an dessen Wahnsinn an, weil der Tote so oft in seinen schönsten Momenten auf ähnliche Weise verkannt worden; aber Albano überwand ihn endlich. Er erzählte weiter, daß er auf der Heimreise begriffen gewesen, als ihn die wiederholte Verwechslung seiner Person mit dem Toten auf die Vermutung geleitet, hier müsse sein lang entbehrter Leibgeber wandeln, wiewohl er vor der ersten Erscheinung und Vergleichung sich fast fürchten müssen: »Denn, Herr Graf,« (sagt' er) »Jahre und Geschäfte, juristische vollends, ach das Leben selber ziehen den Menschen immer weiter herab, anfangs aus dem Äther in die Luft, dann aus der Luft auf die Erde – Wird er mich kennen? sagt' ich. Ich bin ja nicht mehr, der ich war, und die physiognomische Ähnlichkeit möchte wohl die einzige und festeste noch geblieben sein. Aber auch diese war vergangen; der Selige sieht noch aus wie vor zehn Jahren. O nur eine freie Seele wird nicht alt! – Herr Graf, ich war sonst ein Mann, der einen und den andern Spaß mit dem Leben trieb und mit dem Tode auch, und ich konnte ausrufen: Himmel! wenn die Hölle aufging, und derlei mehr – – Ach Leibgeber, Leibgeber! Die Zeit hat weiche, kleine Wellen, aber am Ende wird doch der eckigste, schärfste Kiesel darin glatt und stumpf.« –

»Zählen Sie mir jede Kleinigkeit seiner Vorzeit,« (bat Albano) »jeden Tautropfen aus seinem Morgenrote zu, er war so karg mit seiner dunkeln Geschichte!« – »Und das gegen jeden« (sagte der Fremde) – »So viel will ich Ihnen einmal aus wahren, an Ort und Stelle gesammelten Datis beweisen, daß er ein Holländer ist wie Hemsterhuis und eigentlich Kees heißet wie Vaillants Affe, woran er Sieben oder Seven gesetzt; denn Siebenkäs ist sein erster Name. Aus der Amsterdamer Bank bezog er seine Intraden. An jedem Neujahrsabend verbrannt' er die Papiere des vorigen Jahrs; und wie seine Clavis Leibgeberiana bekannt geworden, begreif' ich noch nicht.« – Darauf erzählte er ihren ersten Namen-Wechsel, wo Schoppe von ihm den Namen Leibgeber annahm, dann jede Stunde und Tat seines treuen Herzens gegen den vorigen Armen-Advokaten, dann ihren zweiten Namenstausch, wo Siebenkäs sich namentlich begraben ließ und als Leibgeber fortfuhr, und ihren ewigen Abschied in einem voigtländischen Dorf.

Als Siebenkäs hier stand bei der Erzählung, faßte er die kalte Hand mit den Worten: »Schoppe, ich dachte, ich fände dich erst bei Gott!«und neigte sich weinend über den Toten. – Albano ließ seine Tränen stürzen und nahm die zweite tote Hand und sagte: »Wir fassen treue, reine, tapfere Hände.« – »Treue, reine, tapfere«, wiederholte Siebenkäs und sagte mit einem Schoppischen Lächeln: »Sein Hund sieht zu und bezeugt es einmal.« Aber er wurde von der Bewegung blaß und sah jetzt ganz wie der Tote aus. Da berührten er und Albano sinkend sich auf dem kalten Gesicht, und Albano sagte: »Sei auch mein Freund, Lebendiger, wir können uns lieben, weil er uns liebte. – Blasser, deine Gestalt sei das Siegel meiner Liebe gegen deinen alten Freund.«

Albano riß jetzt das Fenster auf und zeigte ihm ein Grab in Osten und eines in Süden neben dem offnen dritten in der Nacht und sagte: »So weint' ich dreimal über das Leben.« – Siebenkäs drückt' ihm die Hand und sagte bloß: »Die Parzen und Furien ziehen auch mit verbundnen Händen um das Leben, wie die Grazien und die Sirenen.« Er sah den seltenen schönen feurigen Jüngling mit innigster Liebe an; aber Albano, der nur wenig geliebt zu sein voraussetzte und den die Feuerzeichen eines Dians und Roquairols verwöhnt, wußt' es nicht, wie sehr er das ruhigere Herz gewonnen hatte.

141. ZYKEL

Am Morgen kehrte mehr Sonne und Kraft in Albanos Brust zurück. Er mußte nun in der plattgedrückten Ebene seines Lebens sich den Berg selber vorheben. Nur Pestitz wiederzusehen, wo alle Turniergenossen seiner glänzenden Tage verschwunden waren, den einzigen Dian ausgenommen, verabscheuete er; »hat dieser sein Grab auf der Brust, so zieh' ich und scheide von niemand«, sagte er.

Da langte der verhaßte Oheim mit den Wagen voll Zauberstäbe an und sagte weinerlich, er geh' ins Kartäuser-Kloster, büße für viele Sünden, und er wolle vorher dem Neffen gern alles erklären, sowohl mit Worten als mit den Wagen, was er begehre. »Ich glaub' Euch nichts«, sagte Albano. »Jetzt darf ich alle Wahrheit sagen, denn der Finstere tut mir nichts, ich denke, Cousin« (versetzte der Spanier) – »ist der da« (setzt' er leise mit einem scheuen Blick auf Siebenkäs dazu) »nicht der Finstere, Cousin?« Albano wollte nichts wissen und hören. Siebenkäs fragt' ihn, wer der Finstere sei. »Es sei der unendliche Mann,« (begann er) »sehr schwarz und finster, und sei zum erstenmal vor ihn geschritten über das Meer her, als er an der Küste stand vor einem Nebel – nachts hab' er ihn oft rufen hören, und zuweilen hab' er seine Bauchreden wiederholt – er sei ihm sogleich erschienen mit einer Hand voll Drohungen, sobald er nach Sonnenuntergang viele Wahrheiten gesagt, daher hab' er sich in der Kreuzkapelle vor dem gegenwärtigen Herrn sehr gefürchtet – aber jetzt, seitdem er sich ohne allen Schaden in der Kapelle bekehret habe, sag' er den ganzen Tag Wahrheiten, und im Kartäuser-Kloster gedenk' ers noch mehr.«

»In Klöstern wohnen sie sonst eben nicht, daher wird, glaub' ich, eben das Gelübde des Schweigens gefodert, das immer der Wahrheit zuträglicher ist als dessen Bruch«, versetzte Siebenkäs. »O Ketzer, Ketzer!« rief der Spanier so unerwartet zornig, daß Albano durch diese Menschlichkeit auf einmal von dessen jetziger Wahrhaftigkeit Pfänder bekam, so wie von dessen engerm Geistes-Umfang. Nun erst fragt' er ihn über die Erde und den Samen aus, die er bisher gebraucht, um seine schnellen Wunderblumen vorzutreiben.

Er ließ auf diese Frage einen Kasten herauftragen. »Fangt!« sagt' er. »Wie stieg aus dem Lago maggiore Romeiros Gestalt?« sagte Albano. Der Oheim schloß auf, zeigte eine Wachsfigur und sagte: »Es war nur ihre Mutter.« Albano schauderte vor dieser nahen Nebensonne seiner untergegangnen Sonne und vor der Vermutung der Verwandtschaft, die ihm Schoppe eingeflößet: »Bin ich ihr verwandt?« fragt' er schnell. Der Oheim versetzte bestürzt: »Es wird wohl anders sein.« Albano fragte nach dem himmelfahrenden Mönch in Mola; »er oben mit Gas gefüllt, ich unten an der Mauer stand«, sagte der Oheim. Albano wollte nichts weiter wissen; im Kasten waren noch Hör- und Sprachröhre, eine Gesichtshaut, blaues Glas, durch welches die Landschaften beschneiet erscheinen, seidene Blumen mit Pulver von einem endormeur u. s. w.; Albano wollte nichts mehr sehen.

»Böses Wesen! wer stiftete dich dazu an?« fragte Albano. »Der starke Bruder,« (sagte der Oheim, denn so nannte er den Ritter gewöhnlich) »er gab mir zu leben, und er wollte mich totschießen; denn er lacht sehr, wenn die Menschen sehr hübsch betrogen werden.« – »O keinen Laut darüber!« (rief Albano peinlich, dem der Zorn gegen den Ritter alle Adern mit Tränen-Feuer und Gift aussprützte) – »Unglücklicher! wie wurdest du der?« – »So? Bin ich unglücklich?« fragt' er eiskalt. Er berichtete – aber abgebrochen und verworren, welches ihm in jeder Sprache in seiner eignen Rolle begegnete, indes er in fremdem Namen, z. B. des Kahlkopfs, gut und lange sprechen konnte –: er habe ein schwarzgraues und ein blaues Auge, seit der Mannbarkeit einen verborgnen Kahlkopf und ein besonderes Gedächtnis und habe daher Schauspieler werden wollen; weil er nichts zu tun gehabt, denn er sei nie verliebt gewesen; aber solang' er nicht improvisiert, sei es nicht gegangen. – Den Joseph Clark, der alle Verwachsene nachmachen können, und den Betrüger Price, der in dreifacher Person herumgegangen, hab' er immer im Sinne gehabt – Da sei ihm der Finstere abends wieder in einem Nebel des Ufers über dem Wasser entgegengetreten und habe wie aus dem Bauche gemurmelt: »Peppo, Peppo![1] schluck das wahre Wort zurück, ich will das

1 Josephchen.

andere schon aussprechen« – Und von dieser Stunde an hab' er die Bauchsprache gekonnt – Er habe damit Tote und Stumme und Sprachmaschinen und Papageien und Schlafende und fremde Leute ins Theater gut reden lassen, aber niemand in der Kirche, und das hab' ihn wohl ergötzt – Ein unaufhörliches Echo hab' er oft auf Felsen gegeben, so daß die Menschen gar nicht wußten, wenn sie fortgehen sollten. Er habe auch einmal ein ganzes Schlachtfeld voll Toter untereinander reden lassen, in allen Sprachen, zum Erstaunen des alten Generals.

»Wo war das?« fragte Siebenkäs. – Der Spanier kam zu sich und versetzte: »Ich weiß es nicht; ist es denn wahr? Omnes homines sunt mendaces, sagt die Heilige Schrift.« – »So wenig wahr« (sagte Albano) »als Euer finsterer Geist!« – »O Maria, nein« (sagt' er entschieden) – »wenn ich etwas weissagte, so macht' er ja, daß es doch eintraf; dann erschien er mir und sagte: siehst du, Peppo, aber sage nur keine Wahrheit! – Und in der Nacht, da ich neben Euch nach Lilar ging, ging er unten im Tale als ein Mensch durch die Luft hin.« – »Das sah ich auch,« (sagte Albano) »er schwebte weiter, ohne sich zu regen.« – »Der war bloß einer,« (sagte Siebenkäs lächelnd) »der in einem fortschwimmenden Kahne mit versteckten Beinen stand, und nichts weiter.« – Da blickte der Spanier dieses Ebenbild der Leiche mit dem alten Grausen an, womit er es bisher heimlich für den finstern Geist selber gehalten, murmelte Albano ins Ohr: »Sieh, dieses Wesen weiß es« und sagte zur Entschuldigung der Wahrheiten: »Die Sonne ist noch nicht untergegangen« und eilte, ohne auf Menschen-Bitten zu hören, deren Kraft ihm nie bekannt geworden, ohne Leid und Freud' davon, um noch vor Sonnenuntergang ins nahe Kartäuser-Kloster einzutreten. Alles Trug-Geräte hatt' er stehen lassen.

»Ein fürchterlicher Mensch!« (sagte Siebenkäs) »Als er vorhin einmal sich über etwas freuen wollte, sah er aus, als greif' ihm ein Schmerz über das Gesicht – Und daß er so dünn und hager dasteht und seitab blickt und die Silben verschluckt! –

Ich weiß gewiß, er könnte töten, ohne die Miene zu ändern, nicht einmal zum Zorn.« – »O, er ist der finstere Geist, den er sieht – zitieren Sie ihn nicht!« sagte Albano, in eine ganz neue Welt wegeilend, die jetzt plötzlich vor seinen Geist gezogen war.

142. ZYKEL

Er dachte nämlich an das bisher vom Nebel des Schmerzens verdeckte Papier, das Schoppe aus der Fürstengruft geholet, und an das Mutterbild, das er unter dem Okularglas hatte finden sollen. Eh' er anfing zu lesen, legt' er das Bild unter dem Glase dem Fremden vor, ob ers etwa zufällig kenne. »Sehr! Es ist die verstorbene Fürstin Eleonore, so weit ein Kupferstich vor dem Landes-Gesangbuch Ähnlichkeiten vorauszusetzen verstattet; denn sie selber sah ich nie.«

Bewegt zog Albano das Papier aus der zerbrochnen Marmorkapsel; aber er wurd' es noch mehr, da er die Unterschrift »Eleonore« und folgendes in französischer Sprache las:

»Mein Sohn!
Heute hab' ich dich nach langen Zeiten wiedergesehen[1] in deinem B. (Blumenbühl); mein Herz ist voll Freude und Sorge, und dein schönes Bild webet vor meinen weinenden Augen. Warum darf ich dich nicht um mich haben und täglich anblicken? Wie ich bin gebunden und geängstigt! Aber von jeher schmiedete ich mir Fesseln und erbat andere, mich damit zu binden. Höre deine eigne Geschichte aus dem Munde deiner Mutter an; sie wird dir aus einem andern nicht lieber und wahrhafter kommen.

Ich und der Fürst lebten lange in einer unfruchtbaren Ehe, welche unserem Vetter in Hh. (Haarhaar) immer lebhafter mit der Hoffnung der Sukzession schmeichelte. Spät vernichtete sie ihnen dein Bruder L. (Luigi). Man konnte uns das kaum

1 Titan I, S. 133 f.

vergeben. Der Graf C. (Cesara) bewahrt die Beweise einiger schwarzer Handlungen (de quelques noirceurs), die deinen armen, ohnehin schwächlichen Bruder das Leben kosten sollten. Dein Vater war eben mit mir in Rom, als wir es erfuhren. ›Man wird doch endlich über uns siegen‹, sagte dein Vater. In Rom lernten wir den Fürsten di Lauria kennen, der seine schöne Tochter dem Grafen C. (Cesara) nicht eher geben wollte, bis er Ritter des goldnen Vlies-Ordens geworden wäre. Der Fürst wirkte ihm diesen Orden am kaiserlichen Hofe aus.

Dafür glaubte die Cesara mir sehr dankbar sein zu müssen, une femme fort decidée, se repliant sur elle même, son individualité exagératrice perça à travers ses vertus et ses vices et son sexe. Wir lernten uns lieben. Ihr romantischer Geist teilte sich dem meinigen mit, besonders in dem romantischen Lande. Dazu half mit, daß ich und sie uns im rechten Zustande der weiblichen Schwärmerei zugleich befanden, nämlich der Hoffnung zu gebären. Sie kam nieder mit einem wunderschönen, ihr ganz ähnlichen Mädchen, Severina, oder wie man sie nachher nannte, Linda. Hier machten wir den seltsamen Vertrag, daß wir, wenn ich einen Sohn gebäre, austauschen wollten; ich konnte ohne Gefahr eine Tochter erziehen, und bei ihr konnte mein Sohn ohne diejenige aufwachsen, die deinem Bruder bei mir schon gedrohet hatte. Auch sagte sie, ich könnte besser eine Tochter, sie einen Sohn leiten, da sie ihr Geschlecht wenig achte. Der Graf war es gern zufrieden; der Hh. Hof hatte ihm kurz vorher die älteste Prinzessin, um die er geworben, unter dem spöttischen Vorwande, ihrer noch kindischen Jugend abgeschlagen, und er aus Rache beleidigter Ehre und verletzter Eitelkeit, denn er war der schönste Mann und aller Siege gewohnt, war zu allen Maßregeln und Kämpfen gegen den stolzen Hof bereit. Nur der Fürst billigte es nicht, er fand eine Erziehung außer Landes u. s. w. ganz zweideutig und mißlich. Aber wir Weiber verwebten uns eben desto tiefer in unsere romantische Idee.

Zwei Tage darauf gebar ich dich und – Julienne zugleich.

Auf diesen reichen Zufall hatte niemand gerechnet. Hier warf sich vieles ganz anders und leichter sogar. ›Ich behalte‹, (sagt' ich zur Gräfin) ›meine Tochter, du behältst die deinige; über Albano‹ (so soll er heißen) ›entscheide der Fürst.‹ Dein Vater erlaubt' es, daß du zwar als Sohn des Grafen, aber unter seinen Augen, bei dem rechtschaffenen W. (Wehrfritz), erzogen würdest. Indes traf er Vorkehrungen, deren guten Wert ich damals im phantastischen Rausche der Freundschaft nicht ganz abzuwägen imstande war. Jetzt wunder' ich mich nur, daß ich damals so mutig war. Die Dokumente deiner Abstammung wurden nicht nur dreimal gemacht – ich, der Graf und der Hofprediger Spener wurden in deren Besitz gesetzt –, sondern später wurdest du auch dem Kaiser Joseph II. als unser Fürstensohn präsentiert, und sein gütiges Blatt, das ich einst deinen Geschwistern vertraue, entscheidet allein genug.

Der Graf nahm jetzt selber am Geheimnis tätigen Teil, indem er – sei es aus Liebe für seine Tochter, sei es aus dem Wunsche einer geschärften Rache am Hh. Hofe – als Lohn des Anteils verlangte, daß einst du und Linda ein Paar werden möchten. Hier trat wieder die Gräfin mit ihren Wundern und Phantasien ein: ›Linda wird mir gewiß ähnlich an Gemüt, wie sie jetzt es ist an Gestalt – Gewalt bewegt sie dann nie – aber Magie des Herzens, der Feenwelt, Reiz des Wunders mag sie ziehen und schmelzen und binden.‹ Ich weiß ihre eignen Worte. Ein sonderbarer Zauberplan wurde dann entworfen, dessen Grenzen der Graf durch die Abhängigkeit, worin sein tausendkünstlerischer Bruder sich zu allem dingen ließ, noch mehr erweiterte, so wie er den Plan dadurch annehmlicher machte. – Linda wird lange vorher, eh' du dies gelesen, dir erschienen, ihr Name genannt, deine Geburt geheimnisvoll verkündigt sein – – Möge, möge dein Geist sich in alles wohl finden, und möge das schwere Spiel dir Gewinn auf seinen aufgeschlagnen Blättern reichen! – Ich bin bange, wie soll ich es nicht sein? – O welche Nachrichten hab' ich nicht eben aus Italien durch den Grafen empfangen, vor denen nun alle meine

Hoffnungen auf meinen Ludwig (Luigi) auf einmal erlöschen! Gesiegt hätte nun Hh. (Haarhaar) durch den bösen B. (Bouverot), wenn du nicht lebtest. Und ich muß so froh sein, daß du diesen giftigen Einflüssen entzogen lebst – Ja es scheint, als habe der Graf die Zernichtung deines Bruders absichtlich gern geschehen lassen, um desto stärker mit deiner Auferstehung zu schrecken. Doch will ich ihm nicht unrecht tun. Aber wem soll eine Mutter am Hofe vertrauen und mißtrauen? Und welche Gefahr ist größer? –

Drei Jahre lang mußtest du des Scheines wegen auf Isola bella mit deiner scheinbaren Zwillingsschwester Severina, obwohl unter den Augen des Fürsten, bleiben, indes ich mit Juliennen nach Deutschland zurückging. Länger aber durft' es nicht dauern, so gern es deine Pflegemutter gesehen hätte; du wurdest deinem Vater zu ähnlich. Diese Ähnlichkeit kostete mich manche Träne – denn darum durftest du nie aus B. nach P. (Pestitz), solange der Fürst noch Jugendzüge trug – sogar die Porträts seiner Jugendgestalt mußt' ich darum allmählich wegstehlen und sie dem treuen Spener zu bewahren geben – ja dieser gelehrte Mann sagte mir, daß ein erhobner Spiegel, der junge Gesichter zu alten formte, beiseite zu bringen sei, weil du sogleich als der alte Fürst daständest, wenn du hineinsähest – O, da mein guter, frommer Fürst in seinen matten Tagen allerlei unbewußt ausplauderte und mich über das sichere Schicksal des wichtigen Geheimnisses immer sorglicher machte: wie erschrak ich, als er einstens am Morgen (zum Glück war nur Spener und eine gewisse Tochter des Ministers v. Fr. dabei, eine sanfte, fromme Seele) geradezu und freudig sagte: ›Unser lieber Sohn, Eleonore, war gestern nachts oben am Altar, er wird gewiß ein frommer Mensch, er kniete und betete schön, und ich sagt' ihm nur, denn ich wollte mich nicht decouvrieren: nach Haus, nach Haus, mein Freund, es donnert schon nahe.‹[1] Ich weiß, daß verschiedene über einen natürlichen Sohn des Fürsten schon Winke fallen ließen.

1 Titan I, S. 131.

Die Gräfin C. (Cesara) ging nun mit S. (Severina) nach V. (Valencia) ab; gab sich aber vorher den Namen R. (Romeiro) und der Tochter den Namen L. (Linda). Der Prinz di Lauria mußte der Erbschaft wegen mit seiner Einwilligung in dieses Spiel gezogen werden. Durch diesen Namen-Wechsel konnte alles so dicht zugehüllet werden, als es jetzt noch steht. Neun Jahre darauf starb die edle R. (Romeiro), und der Graf hatte unter dem Vorrecht eines Vormunds die Tochter allein in seinem Schutze und in seiner Vorsorge.

Ich sah sie kurz nach dem Tode der Mutter hier[1]; entfaltet sich die Blume ganz aus dieser vollen Knospe, so gehört sie als die vollste Rose an dein Herz. Möge nur das Geisterspiel, das ich der Gräfin zu leichtsinnig zugeschworen, ohne Unglück vorüberziehen! – Sollt' ich vor dem Fürsten auf das Sterbebette kommen, so muß ich noch deine Schwester und deinen Bruder in das Geheimnis ziehen, um ganz gesichert meine Augen zu schließen. Ach ich werd' es nicht erleben, daß ich dich öffentlich als meinen Sohn in meine Arme schließen darf! Die Ahnungen meiner Hinfälligkeit kommen immer häufiger. Es gehe dir wohl, teueres Kind! Werde fromm und redlich wie dein Vater! Gott lenke alle unsere schwachen Hülfsmittel zum besten!

Deine treue Mutter Eleonore.

N. S. Noch sehr wichtige Geheimnisse kann ich nicht dem Papier vertrauen, sondern sterbend wird sie mein Mund in das Herz deiner Schwester niederlegen. Leb wohl! Leb wohl!«

143. ZYKEL

Albano stand lange sprachlos, schauete gen Himmel, ließ das Blatt fallen und faltete die Hände und sagte: »Du schickst den Frieden – ich soll nicht in den Krieg – wohlan, ich habe mein Los!« Lebenslust, neue Kräfte und Plane, Freude am Throne, wo nur die geistige Anstrengung gilt, wie auf dem

1 Titan I, S. 99.

Schlachtfelde mehr die körperliche, die Bilder neuer Eltern und Verhältnisse und Unwille gegen die Vergangenheit stürmten durcheinander in seinem Geist. Er riß sich von seinem ganzen vorigen Leben los, die Seile des bisherigen Totengeläutes waren entzwei, er mußte, um die Eurydice aus dem Orkus zu gewinnen, wie Orpheus das Zurückschauen auf den vergangnen Weg vermeiden. Er enthüllte dem neuen Freunde alles, denn er kämpfte, sagt' er, nunmehr öffentlich auf freier offner Bahn um sein bisher verstecktes Recht und reise sogleich in die Stadt. Unter dem Erzählen erzürnte ihn das lange gewagte Spiel mit seinen heiligsten Verhältnissen und Rechten noch mehr und das Mißtrauen in seine Kräfte und Waffen gegen die Feinde, denen Luigi unterlag, und dieser Bruder selber, der ihn bisher in einer so harten unbrüderlichen Maske umarmen konnte. »Wie anders war die treue Schwester!« sagt' er. »Warum« (fuhr er fort) »ließ man mich so manchem stolzen harten Geiste so vielen Dank schuldig werden für mein bloßes – Geburtsrecht? – Warum traute man nicht meinem Schweigen ebensogut? – O so mußt' ich die arme Tote droben[1] verkennen, weil sie meinem geoffenbarten Stande in jener feindlichen Nacht am Altare ihr schönes Herz aufopferte! So mußt' ich durch Vermutungen und Vorsätze so manche rechte Seele verletzen! Wie unschuldig könnt' ich sein ohne dies alles!« – »Beruhigen Sie sich,« (sagte Siebenkäs mit feiner Rüge) »die Stärke des Feindes wird zu dem Widerstande geschlagen und von der Niederlage abgezogen; und was wäre ein Sieg auf leerem Schlachtfelde gewesen?«

Siebenkäs war vor dem glänzenden Stande und vor dem Feuer der Leidenschaftlichkeit, die er nur in gemeiner, nicht in edler Erscheinung kannte, um einige Schritte zurückgetreten, die Albano nicht bemerkte, weil er sie nicht voraussetzte. So gut es ging, suchte Siebekäs – indem dessen innerer Mensch

1 Er meint Liane, welche Spener durch die feierliche Enthüllung von Albanos Geburt und Bestimmung einer unter lauter giftigen Blumen aufgewachsenen Liebe zu entsagen nötigte.

seine im Grabe des Freundes starr gefrornen Glieder allmählich wieder aufwickelte – den sanften Scherz wiederzugewinnen und in diese Blumenketten den heftigen Jüngling einzuschließen: »Ich freue mich,« (sagt' er) »daß ich der erste bin, der zu Ihrem Geburts- und Krönungstage Wünsche bringt, die aber alle in den einzigen gehen, daß Sie immer Ihren Taufnamen behaupten mögen – denn *Alban* ist der bekannte Schutzheilige der Landleute. – Außer dem haarhaarschen Prinzen, den der Ritter recht mit der Devise seines Ordensstifters Philipp trifft: ante ferit quam flamma micet, ist wohl niemand dabei zu bedauern als der Finanzstempelschneider, der jetzt nichts Neues zu schneiden erhält, da die Linie weiterregiert.« Er setzte noch leicht hinzu, weil er den schweren Wälder- und Wolken-tragenden Fels Gaspard nie gesehen: »Welches sonderbare Namenspiel, das noch wenige Cavalleros del Tuzone gespielt, ist es, daß er sich gerade *la Cesara* nennt, da, wie Sie wissen, die Spanier sich wie die alten Römer oft die Namen von ihren Taten und Begegnissen zuteilen. So ists aus den Pièces intéressantes T. I. überall bekannt, daß z. B. Orendayn sich den Namen la Pas zuerkannte, weil er 1725 den Frieden zwischen Österreich und Spanien unterschrieben – mit einem dritten Namen, Transport Réal, tauft' er sich ein, um es zu behalten und zu bemerken, daß er den Infanten nach Italien abgeführt. Cesara ist wohl freilich mehr Zufall.«

Albano wurde durch solche geistige Ähnlichkeiten mit dem freien Schoppe erst recht seinem Herzen zugezogen. Er nahm Abschied von ihm und sagte: »Freund unsers Freundes, wollen wir beisammen bleiben!« – »Wahrlich, der Zweifel an der Entscheidung Ihres Schicksals, Prinz,« (versetzte Siebenkäs) »wäre allein dafür entscheidend, wenn nur mein Herz allein entschiede; aber –« Albano zuckte die Achseln wie entrüstet, schwieg aber. »So lange bleib' ich indes hier,« (fuhr jener sanfter fort) »bis der Hügel auf dem Seligen liegt; dann steck' ich das hölzerne schwarze Kreuz auf ihn und schreibe alle seine Namen daran.« – »Wohl! So werd' es!« (sagte Albano) »Aber seinen Hund nehm' ich, weil er mich länger kennt. Ich bin ein junger Mensch, noch jung an verlornen Jahren, aber schon sehr alt an verlornen Zeiten, und verstehe so gut wie mancher, den die Zeit bückt, was Menschen-Verlieren ist. Sonderbar ists, daß ich immer auf Gräbern Spiegel finde, worin die Toten wieder lebendig gehen und blicken. So fand ich auf Lianens Grabe ihr lebendiges Bild und Echo; meinen alten liegenden Schoppe fand ich, wie Sie wissen, auch hinter einem Spiegelglas aufrecht und rege, durch das meine Hand ebensowenig durchkann. Ich versichere Sie, sogar meine Eltern werden mir *vorgespiegelt*, meinen Vater kann ich in einem Zylinderspiegel, und meine Mutter durch ein Objektivglas sehen. – Hier ist nun nichts zu tun, wenn man in einer Nacht steht, wo alle Sterne des Lebens hinunterziehen, als sehr fest darin zu stehen. – Aber zu meinem alten Humoristen muß ich noch Addio sagen.«

Er ging ins Leichenzimmer. Schweigend folgt' ihm Siebenkäs, betroffen über die ungewöhnliche Laune der – Schmerzen. Mit trocknen Augen zog Albano das weiße Tuch von dem ernsten Gesicht, dessen feste Augenbraunen sich zu keinem Scherze mehr zogen und das eisern hinschlief ohne Zeit. Der Hund schien den kalten Menschen zu scheuen. Albano suchte durch scharfe, heftige, trockne Blicke das Totengesicht bis auf jede Falte tief abzudrücken in sein Gehirn wie in Gips, zumal da ihm der lebendigste Abdruck, der Freund, entging. Dann hob er sich die schwere Hand auf die Stirn, die den Fürstenhut tragen sollte, gleichsam um sie damit zu segnen und einzuweihen. Endlich bückt' er sich auf das Gesicht nieder und lag lange auf dem kalten Mund; aber als er sich spät aufrichtete, weinten seine Augen und sein ganzes Herz, und er reichte dem Zuschauer bebend die Hand und sagte: »Nun, so lebe du auch wohl!« – »Nein,« (rief Siebenkäs) »ich kann das nicht, wenn ich gehe – Schoppe! ich bleibe bei deinem Albano!« –

Da kamen Wehrfritz und Augusti und unterbrachen die weinende Feier der dreifachen Liebe durch heitere Mienen und Worte.

144. ZYKEL

Der alte Pflegevater nannte ihn zwar Prinz und nicht mehr Du, aber in landeskindlicher Entzückung drückte er sich den Pflegling seines Hauses innig ans Herz. Augusti übergab ihm mit ernster Höflichkeit und kurzem Glückwunsch folgendes Schreiben von Julienne:

»Liebster Bruder! Nun kann ich dich erst recht Bruder nennen. Ich hab' in einem Auge Trauertränen und doch im andern frohe, da nun alle Wolken von deiner Geburt genommen sind und in Haarhaar auch alles ziemlich gut geht. Der Lektor ist abgeschickt, dir alles zu erzählen, wo hätt' ich Zeit? Auch von Herrn von Bouverot soll er dir sagen, dessen rote Nase und aufgebognes Kinn und geizige Grausamkeit gegen seine wenigen Leute und vielen Gläubiger und dessen Grobheit und Weichlichkeit und trockne Bosheit ich dermaßen hasse – – Inzwischen wird er jetzt durch deine Erscheinung so recht bestraft. Freilich alles ist wie ich in Unordnung und Bestürzung. Ludwigs Testament wurde diesen Morgen nach seinem Willen eröffnet, und er gab dir dein ganzes Recht. Ich will nicht über diesen Bruder mitten unter dem Weinen zürnen; er war eigentlich hart gegen seine zwei Geschwister, gegen mich sehr auch, denn er haßte alle Weiber, bis zu seiner Frau, die nur etwas taugt, wenns ihr gut geht, und die Kunstwerke selber härteten ihn ordentlich ab gegen die Menschen. Aber er ruh' in seinem Frieden, ach den er wohl wenig gefunden! Diesen Abend muß er schon wegen seiner Krankheit und wegen des langen Wegs nach Blumenbühl voraus beerdigt werden. Da bin ich nun bei deinen Pflegeeltern in der Nähe unserer eingeschlossenen Eltern. Deswegen komm unabänderlich! Du bist allein mein Trost in der trüben Nacht, ich muß dich wieder am Herzen halten, das sehr an dir klopfen will und weinen und reden, wenn es nur darf. Nur komme! Nunmehr wird doch Gott, da alles im Tanzsaal zu den Reigen bereit steht, keine kalte Gespenster und entsetzliche Larven hineindringen lassen! Ich bete. Ach nur deinetwegen bin ich so froh, und ich weine genug. *Julie.*«

Kaum hatte Albano dem Pflegevater das erfreuliche Versprechen, diesen Abend in seinem Hause zu sein, gegeben, als dieser ohne weiteres davoneilte, um die Seinigen auf die Freude des zwiefachen Besuches vorzubereiten.

Der Lektor wurde um seine Nachrichten gebeten, mit welchen er, bedenklich über Siebenkäs, zu zögern schien, bis Albano bat, ihm und seinem neuen Freund frei alles mitzuteilen. Seine Erzählung war bis auf einige Einschaltungen, die Albano später zukamen, diese:

Bouverot – bei welchen er auf Fragen des neugierig gemachten Albano anfing – war bisher in verborgner Verbindung mit dem haarhaarschen erbsüchtigen Prinzen gewesen und hatte in entschiedener Berechnung, durch diesen das längste Glück und sogar eine unerwartete Heirat zu machen, auf dessen Wort hin sein mit Ehelosigkeit und Einkünften zugleich verknüpftes Ordenskreuz eines Deutsch-Herrn abgehangen und an die Schwester dieses Prinzen, an Idoine, durch diesen selber, der ihm für die Aufhebung ihres ähnlichen Gelübdes[1] stand, ein Miniaturbild von ihr, das er im Fluge gestohlen haben wollte, samt einem halben Bilderkabinett und mit vielen feinen Anspielungen auf seinen Wahl-Namen Zefisio als eines römischen Arkadiers und auf den Namen ihres Arkadiens übergehen lassen. »Oh la différence de cet homme au diable, comme est-elle petite!« sagte ganz ungewöhnlich-heftig Augusti. Albano mußte fragen warum; »ein ganz anderes Bild gab er für der Prinzessin ihres aus«, sagte der Lektor. Mithin wars Lianens ihres, schloß Albano und hatte leicht durch wenige Fragen jene traurige Geschichte von der blinden, vom Tiger Bouverot gejagten Liane erforscht. –

»O ich Unglücklicher!« rief Albano halb in Grimm und halb

1 Nie unter ihrem Stand zu heiraten.

in Schmerz. Die Leiden taten ihm weh, womit das heilige Herz die kurze reine karge Liebe gegen ihn bezahlen müssen – die zum erstenmal blind wurde, weil sie seinen Vater so liebte[1], und zum zweitenmal, weil sie der Sohn verkannte und liebte. Aber er bezwang sich und sprach nicht darüber, die Vergangenheit war ihm wie Bienen das Echo schädlich. Siebenkäs bezeugte seine Freude über Bouverots Bestrafung durch das Fehlschlagen aller Plane.

Albano hörte, daß auch Luigi die ehelichen Absichten Bouverots zu unterstützen den Schein angenommen, bloß um ihn desto höher herabfallen zu sehen. »Mit welch einer bittern kalten langen Schadenfreude« (dachte Albano) »konnte mein Bruder in der Hoffnung auf die Grube, die sein Tod dem feindlichen Hofe und dessen Anhängern graben würde, allen ihren Erwartungen zusehen und alle ihre Maßregeln von der Ehe der Fürstin an bis auf die Glückwünsche dazu freundlich aufnehmen, indes er die Fürstin und alles haßte! Und wie konnt' er diese lebenslange schweigende Kälte gegen mich behaupten?« – Aber Albano bedachte zwei nahe Ursachen nicht, sein eignes stolzes Benehmen gegen den Fürsten und den gewöhnlichen Fürstengeiz, der sich vor Apanagen-Geldern scheue.

Gaspards Verhandlungen in Haarhaar, welche der Lektor nur mit einigen von Juliennen anbefohlnen Auslassungen gab, waren diese:

Mit eigner Lust und Stille sah der Ritter von jeher den Einwirrungen der menschlichen Verhältnisse zu und gab sie ihrer eignen Auflösung und Zerreißung hin. Hier ließ er alle fremde Träume immer lebendiger und wilder werden, bis er mit einem Griff an die Brust sie alle dem Schläfer wegraffte. Der alte Zorn über die stolze Verweigerung der Fürstenbraut wurde befriedigt, da er ihnen unter dem schimmernden Triumphtore ihrer Wünsche und Arbeiten die Dokumente

1 Liane wurde, wie bekannt, als ihr Bruder neben dem alten Fürsten auf die Brust ohne Herz die Rede hielt, krank und blind. Titan I, S. 164.

über Albanos Geburt, von der Hand des alten Fürsten an bis auf die des Bruders Luigi, als ebenso viele bewaffnete Wachen zeigen konnte, die sie aus dem Siegestore wieder rückwärts trieben. Man erstaunte mitleidig, ging auf nichts ein, Albano war weder dem Lande noch Reiche vorgestellt. Gaspard trug sehr ruhig eine frühe Anerkennung von Joseph II. nach. Auch dieses wurde außer der Regel und als ungültig gefunden. Darauf gestand er mit dem entschlossenen Zorn, mit dessen Blitzfunken er so oft plötzlich Menschen und Verhältnisse durchbohrte, daß er ohne weiteres das ganze Betragen des Hofs gegen Luigis achtes Jahr und dessen Reise-Jahre allen Höfen entschleiern werde.

Hier brach man erschrocken die vormittägigen Unterhandlungen ab, um sich zu neuen nachmittägigen zu rüsten. In diesen – welche der Lektor Albano zu verheimlichen beordert war – wurde von weitem der Wunsch eines fortdauernden nähern Bandes zwischen beiden Häusern gezeigt. Unter dem Bande wurde Idoine verstanden, deren Ähnlichkeit mit Lianen und dadurch Albanos Liebe gegen letztere längst als Anekdote bekannt gewesen. Aber Gaspards ganzem Entwurfe seiner vollständigen Genugtuung stand dieser eingemischte schuldlose Engel entgegen; er – der mit seinem hohen zackigen Geweih doch leicht durch das verworrene niedrige Gezweig des Weltlebens flog – stieß gegen die Schranke seiner Vollmacht an, sagte geradezu Nein, und man brach entrüstet ab, mit der höflichen Erinnerung, daß Herr v. Hafenreffer als Bevollmächtigter ihn begleiten und in Pestitz das übrige verhandeln solle.

So kamen beide an. Hafenreffer, ebenso fein und kalt als redlich, erforschte leicht die Verhältnisse der Wahrheit. Gaspard teilte Juliennen – noch im Wahne ihrer alten Liebe gegen seine Tochter Linda – den Wunsch des fremden Hofes mit; aber er wurde bestürzt über ihre Eröffnungen, welche so sehr für Idoine sprachen als ihre bisherigen geheimen Einwirkungen auf Albano. Dazu entrüstete sie ihn noch im verworrenen

Helldunkel ihres Zustandes durch den gutgemeinten Antrag, ihm seine väterlichen Auslagen für Albano einigermaßen zu erstatten. »Der Spanier lieset keine Haushaltungsrechnungen, er bezahlt sie bloß«, sagt' er und nahm empfindlich Abschied auf immer, um alle Inseln der Erde zu bereisen. Albano wollt' er nicht mehr sehen, aus Verdruß über den Zufall, daß ihm durch Schoppens Kirchen- und Gräberraub das Vergnügen entwendet war, Albano durch die Entdeckung, daß er nur Lindas Vater und nicht seiner sei, für kühne Zweifel an seinem Werte zu strafen und zu demütigen. Wohin Linda noch in jener Nacht seiner Entdeckung als Vater gegangen war, verbarg er allen kalt.

Darauf nahm er auch feierlichen Abschied von seiner vorigen Braut, der fürstlichen Witwe. »Er halte es für Pflicht,« (sagte er ihr) »ihr die neueste Erbfolge zu hinterbringen, da er einigermaßen sich selber sehr in den Gang der Sache habe verflechten lassen.« Nie war ihr Blick stolzer und giftiger: »Sie scheinen« (sagte sie gefasset) »in mehr als einen Irrtum verleitet zu sein. Wenn es Sie so interessiert, wie Sie sich denn überhaupt für dieses Land zu interessieren scheinen, so mach' ich mir eine Freude daraus, Ihnen zu sagen, daß ich das Glück bekannt zu machen nicht mehr anstehen darf, dem ich nun gewiß entgegensehe, dem Lande vielleicht durch einen Sohn ihres geliebten verstorbnen Fürsten jede Veränderung zu ersparen. Wenigstens darf man vor der Entscheidung der Zeit keine fremde Einmischung dulden.« Gaspard, über das Erwartete erzürnt, versetzte daran bloß ein unendlich-freches Wort – weil er leichter *Geschlecht* als *Stand* zu vergessen und zu verletzen vermochte – und nahm darauf vor ihr seinen höflichen Abschied mit der Versicherung, daß er gewiß sei, die Bestätigung dieser sonst so angenehmen Nachricht, wo er auch sein werde, zu erhalten und daß es ihm dann leid tun würde, ihr aus Liebe zur Wahrheit öffentlich einige seltsame – gerichtliche Papiere entgegensetzen zu müssen, die er ungern in Umlauf bringe. »Sie sind ein wahrer Teufel«, sagte die

Fürstin außer sich. »Vis-à-vis d'un ange? Mais pourquoi non?« versetzt' er und schied mit den alten Zeremonien.

Albano, dessen Herz in allen diesen Tiefen und Abgründen die nackten verletzten Wurzeln und Fibern hatte, konnte nichts sagen. Aber sein Freund Siebenkäs äußerte ohne weiteres, »daß Gaspard bei jedem Schritte und mit dem ewigen feinen Wanken und Zögern, wie z. B. über die Heirat seiner Tochter und sonst, nichts dargestellt habe als den lebendigen Spanier, wie ihn Gundling im 1. Teil seiner Otia so gut schildere«. Augusti verwunderte sich über diese Offenheit; indes erschien sie ihm leidlicher und zierlicher als Schoppens rauhe. »Was mich am meisten frappieren würde,« (setzte Siebenkäs dazu, der, wie es schien, die Weltgeschichte zum Nebenfach genommen) »wäre das lange Verschwiegenbleiben einer so wichtigen Abstammung unter so vielen Teilhabern des Geheimnisses, wenn ich nicht zu wohl aus *Hume* wüßte, daß die Pulver-Verschwörung unter Karl I. über ganze anderthalb Jahre von mehr als zwanzig Mitwissern wäre verborgen gehalten worden.«

Viel verwundet und durch sich gereinigt ging Albano nach diesen Erzählungen nachmittags ab ins zwieträchtige Reich, aber mit heiterer heiliger Kühnheit. Er war sich höherer Zwecke und Kräfte bewußt, als alle harten Seelen ihm streitig machen wollten; aus dem hellen, freien Ätherkreise des ewigen Guten ließ er sich nicht herabziehen in die schmutzige Landenge des gemeinen Seins – ein höheres Reich, als was ein metallener Zepter regiert, eines, das der Mensch erst erschafft, um es zu beherrschen, tat sich ihm auf – im kleinen und in jedem Ländchen war etwas Großes, nicht die Volksmenge, sondern das Volksglück – höchste Gerechtigkeit war sein Entschluß und Beförderung alter Feinde, besonders des verständigen Froulay. – So sprang er nun zuversichtsvoll aus seinem bisherigen schmalen, nur von fremden Händen getriebnen Fahrzeug auf eine freie Erde hinaus, wo er allein, ohne fremde Ruder, sich bewegen kann und statt des leeren, kalten

Wasser-Weges ein festes, blühendes Land und Ziel antrifft. Und mit diesem Trost schied er von dem toten Schoppe und dem lebendigen Freund.

145. ZYKEL

In der Dämmerung kam er auf dem Berge an, wo er die Stadt, die der Zirkus und die Bühne seiner Kräfte werden sollte, überschauen konnte, aber mit andern Augen als sonst: – Er gehört nun einer deutschen Heimat an – die Menschen um ihn sind seine Landesverwandte – die ahnenden Ideale, die er sich einst bei der Krönung seines Bruders von den warmen Strahlen entwarf, womit ein Fürst als ein Gestirn Länder beleuchten und befruchten kann, waren jetzt in seine Hände zur Erfüllung gelegt – sein frommer, von Landes-Enkeln noch gesegneter Vater zeigte ihm die reine Sonnenbahn seiner Fürsten-Pflicht – nur Taten geben dem Leben Stärke, nur Maß ihm Reiz – Er dachte an die um ihn her in Gräber gelegten eingesunknen Menschen, zwar hart und unfruchtbar wie Felsen, aber auch hoch wie Felsen, an die vom Schicksal geopferten Menschen, welche die *Milchstraße* der *Unendlichkeit* und den *Regenbogen* der *Phantasie* zum Bogen ihrer Hand gebrauchen wollten, ohne je eine Sehne darüberziehen zu können. – Warum ging ich denn nicht auch unter wie jene, die ich achtete? Wallete in mir nicht auch jener Schaum des Übermaßes und überzog die Klarheit?«

Das Schicksal trieb jetzt wieder Spiele der Wiederholung mit ihm: ein flammender Wagen rollte auf einem seitwärts vom Prinzengarten ablaufenden Wege davon; langsam rückte der Leichenwagen des Bruders mit seinen Totenlichtern den Blumenbühler Berg hinan. »Den langsamen Wagen kenn' ich, wer ist der schnelle?« fragte Albano den Lektor. »Herr von Cesara hat uns verlassen«, versetzt' er. Albano schwieg, aber er empfand den letzten Schmerz, den ihm der Ritter geben wollte. Er bat den Lektor sehr, ihn allein den Weg nach Blumenbühl gehen zu lassen, weil er lauter Umwege nehme.

Er wollte im Tartarus das Grabmal des Vater-Herzens ohne Brust besuchen. Als er durch die lärmvolle Vorstadt ging, sah ihn ein alter Mann lange starr an, floh plötzlich mit Schrecken davon und rief einer Frau, die ihm begegnete, zu: »Der Alte geht um!« Der Mann war in der Jugend ein Bedienter des alten Fürsten gewesen, war blind und vor kurzem wieder heil geworden; darum sah er den ähnlichen Sohn für den Vater an. – In der Stadt war die gewöhnliche Volksfreude über Wechsel laut. In einem Hause war ein Kinderball, in einem andern eine Treppe von Sprichwörterspielern; indes die Landtrauer jeden Tanzsaal und jede Bühne verschloß. Aus Roquairols Stube sahen fremde lustige Musensöhne heraus. Im Wirtshause des Spaniers hatte ein Knabe die Dohle an einem Faden. Einige Leute hört' er im Vorbeigehen sagen: »Wer hätte sich das träumen lassen?« – »Ganz natürlich,« (versetzte der andere) »ich mauerte damals auch mit an der fürstlichen Gruft und sah Ihn wie dich.« In der Bergstadt waren am Trauer-Schloß alle Fensterreihen hell beleuchtet, als geb' es ein froheres Fest. Im Hause des Ministers waren alle finster, oben unter den Statuen des Dachs schlich ein einziges Lichtchen umher.

»Nein,« (dachte Albano) »ich brauche nicht nachzusinnen, warum sank ich nicht auch mit unter. O genug; genug fiel von mir in die Gräber – Ich muß mich doch ewig nach allen entflohenen Menschen sehnen; – wie Taucher schwimmen die Toten unten mit und halten mein Lebensschiff oder tragen die Anker.« Draußen sah er die alte Leichenseherin auf dem Blumenbühler Wege stehen, die ihm einst bei der Begleitung des Kahlkopfs begegnete; sie schauete starr hinauf dem erleuchteten Leichenwagen nach und glaubte, Träume zu denken und die Zukunft, als sie der Wirklichkeit zuschauete. Überall lagen in seiner Bahn die zuckenden Spinnenfüße, welche der erdrückten Tarantel der Vergangenheit ausgerissen waren. Durch einen Flor sah er das Leben liegen, wiewohl es kein schwarzer, sondern ein grüner war.

Sehnsüchtig kam er im Tartarus, aber schaudernd vor ihm,

weil ihm die Vergangenheit mit ihren Geistern nachzog, auf dem herrnhutischen Gottesacker an, wo in einem Garten ohne Blumen, den eingesunkne, eingeschlafne Trauerbirken umstanden, der weiße Altar mit dem Vater-Herzen und der goldnen Inschrift schimmerte: »Nimm mein letztes Opfer, Allgütiger!« Vor dem in eine Brust von Stein geschlossenen Herzen, das sich mit nichts regte, nicht mit einem Stäubchen, tat er sein kindliches Gebet zu Gott und fühlte, daß er seine Eltern würde geliebt haben, und schwur sich, ihnen zu gefallen, wenn ihre hohen Augen sich noch in das tiefe Tal des Lebens richten. Er drückte den kalten Stein wie eine Brust an sich; und ging mit sanften Schritten weg, als ginge der Greis neben ihm in seiner eignen, ihm so ähnlichen Gestalt.

Er sah auf von seinem Wege zum Berge, wo ihn der Vater abends am Pfingst- und Abendmahlstage gefunden, wie zu einem Tabor der Vergangenheit; und im Gange durch das Birkenwäldchen erinnerte er sich noch wohl der Stelle[1], wo einst zwei Stimmen, seine Eltern, seinen Namen ausgesprochen hatten. So von der heiligen Vergangenheit eingeweiht, kam er in seinem Kindheits-Dörfchen an und sah die Kirche wie das Wehrfritzische Haus von Lichtern erfüllt, obwohl jene zu traurigem Zweck und dieses zum frohen der Gäste.

146. ZYKEL

Albano fand in der Verklärung, worin der Himmel ihm nur der Vergrößerungsspiegel einer schimmernden Erde war und die Vergangenheit nur das Vater- und Mutterland heiliger Eltern, in diesem Seelenglanz fand er das Erziehungshaus, worein er trat, festlich und als einen Tempel und alles Gemeine und Schwere geläutert oder nur nachgespielt auf einer Bühne. Seine Mutter Albine und die Schwester Rabette kamen mit ihren freudigen Mienen als höhere Menschen an sein bewegtes Herz. Sie wichen eilig zurück, Julienne flog die

1 Titan I, S. 80 f.

Treppe herab und küßte den Bruder zum estenmal öffentlich, in einer schweigenden Vermischung von Lust und Weh. Als sie ihn losließ, fing aus der Nacht im Kirchturm das Geläute als Zeichen an, daß der tote Bruder in die Kirche einziehe; da stürzte sie wieder auf Albano zurück und weinte unendlich. Sie ging mit ihm hinauf, ohne zu sagen, wen er droben neben dem Pflegevater finde. Eine alte Flötenuhr, deren mühsames Spiel von jeher seltenen Gästen dargeboten wurde, quoll ihm, als er die Türe öffnete, mit den Nachklängen der Kindertage entgegen.

Eine weibliche lange schwarzgekleidete Gestalt mit einem seitwärts herabgehenden Schleier, welche mit seinem Pflegevater sprach, wandte sich um nach ihm, da er eintrat. Es war Idoine, aber der alte Zauberschein fuhr wieder über seine heute so bewegte Seele, als wenn es Liane aus dem Himmel sei, mit Unsterblichkeit gerüstet, auf überirdische Kräfte stolzer und kühner, nichts von der vorigen Erde mehr tragend als die Güte und den Reiz. Beide fanden sich mit gegenseitigem Erstaunen hier wieder. Julienne sah – ihrer kleinen Verhehlungen und Anstalten sich bewußt – ein rotes Wölkchen des Unwillens über Idoinens mildes Gesicht fliegen; es war aber bald unter dem Horizont, sobald Idoine es bemerkte, daß die Schwester unter dem Leichengeläute des Bruders die Tränen nicht bezwingen konnte, und sie ging ihr freundlich entgegen, ihre Hand aufsuchend. Idoine hatte, durch ihre Strenge leicht zum launischen Zürnen, diesem kleinen Kriege des Zorns, geneigt, sich durch scharfe lange Übung von diesem feinsten, aber stärksten Gift des Seelenglückes freigemacht, bis sie zuletzt an ihrem Himmel stand als ein reiner, lichter Mond ohne einen Regen- und Wolkenkreis der Erde.

Albano, dem die Erde, mit Vergangenheit und Toten gefüllt, eine Luftkugel geworden war, die in dem Äther ging, fühlte sich frei zwischen seinen Sternen und ohne irdisches Bangen; er nahete sich Idoinen – obwohl bei dem Bewußtsein der kämpfenden Verhältnisse ihres und seines Hauses – mit heiligem Mute: »Ihr letzter Wunsch im letzten Garten« (sagt' er) »wurde vom Himmel gehört.« – Mit jungfräulich-entschiednem Sinn ging sie durch die Wildnis, worin sie bald Blumen, bald Dornen auseinanderzubeugen hatte, um weder verlegen noch verletzt zu werden; sie antwortete ihm: »Ich freue mich von Herzen, daß Sie Ihre treue Schwester auf immer gefunden haben.« Wehrfritz war über die Freimütigkeit, womit sie die Wahrheit redlich wider alle Familien-Verhältnisse sprach, ebenso erfreuet als verwundert. » So muß man immer auf der Erde viel verlieren,« (erwiderte ihr Albano) »um viel zu gewinnen« und wandte sich an seine Schwester, als woll' er dadurch diesem Worte einen vieldeutigen Sinn verwehren.

Das Totengeläute dauerte fort. Die seltsame, frohe und trübe Vermischung der irdischen Schicksale gab allen eine feierliche und freie Stimmung. Albine und Rabette kamen herauf, festlich-dunkel gekleidet zum Gange in die Begräbniskirche. Julienne teilte sich zwischen zwei Brüder, und nie hob sich ihr Herz romantischer auf, das zugleich in Tränen und in Flammen stand. Sie erriet, wie über ihren Bruder Albano ihre Freundin Idoine denke, an der sie eine festere Stimme kannte, als die heutige war, und deren süße Verwirrung ihr am leichtesten aus dem kurzen Berichte klar wurde, den ihr die offne Seele von dem Wiedersehen Albanos in Lianens Garten gemacht; auch das kleine jungfräuliche Zurückzittern ihres heutigen Stolzes, da sie sich hier überall für eine auferstandene Liane, diese Geliebte des Jünglings, verlegen mußte gehalten finden, machte Juliennen nicht irrer, sondern gewisser.

»An einem schönen Abend« (sagte Albano zu Idoinen) »sah ich einst in Ihr schönes Arkadien herab, aber ich war nicht in Arkadien.« – »Der Name« (versetzte sie und senkte wieder die klaren Augen bezogen zur Erde) »ist auch bloß Scherz; eigentlich ists eine Alpe und doch nur mit Sennenhütten in einem Tale.« Sie hob die großen Augen nicht wieder auf, als Julienne schweigend ihre Hand nahm und sie fortzog, weil jetzt das

Leichengeläute mit traurigen einzelnen Stößen ausklang, als Zeichen, daß die Totenfeier angehe, deren Teilnahme Julienne ihrem schwesterlichen Herzen unmöglich abdingen ließ. »Wir gehen in die Kirche«, sagte Idoine zur Gesellschaft. »Wir wohl alle«, versetzte Wehrfritz schnell. Als die beiden Mädchen an Albano vorübergingen, bemerkte er zum erstenmal an Idoinen drei kleine Blatternarben, gleichsam als Erden- und Lebens-Spuren, die sie zu einer Sterblichen machten. Er blickte der hohen edeln Gestalt mit dem langen wehenden Schleier nach, welche neben seiner Schwester ebenso majestätisch, nur zärter gebauet erschien als Linda, und deren heiliger Gang eine Priesterin verkündigte, die in Tempeln vor Göttern zu wandeln gewohnt gewesen.

Kaum waren beide verschwunden, als die alten Bekannten Albanos, zumal die Weiber, denen Juliennens Gegenwart immer Albanos Stammbaum nahe gehalten, mit allen Zeichen der lang zurückgedrängten Herzlichkeit, voll Wünsche, Freuden und Tränen auf sein Herz eindrangen. »Bleibt meine Eltern!« sagte Albano. »Bravheit ist alles auf der Erde«, sagte der Direktor. – »Ich tat das Meinige wie eine Mutter,« (sagte Albine) »aber wer konnte *das* wissen?« – Rabette sagte nichts, ihre Freude und Liebe waren überschwenglich wie ihre Erinnerung. »Meine Schwester Rabette« (sagte Albano) »hat mir, als ich das erstemal nach Italien ging, die Worte auf eine Börse gestickt mitgegeben: Gedenke unserer – Diese werd' ich euch allen in jedem Schicksal erfüllen« – und hier dacht' er, obwohl zu verschämt-bescheiden, um es zu sagen, an das, was er etwan als Fürst für seinen Pflegevater tun könnte, worunter die Zurückgabe von dessen heimfallenden Männer-Lehn zuerst gehörte. »So wird uns denn manches zeitherige Herzeleid –«, fing Albine an. – »O was Herze, was Leid,« (sagte Wehrfritz) »heute wird alles richtig und glatt.« Aber Rabette verstand die Mutter sehr wohl.

Alle begaben sich auf den Weg zum Trauer-Tempel. Sie hörten aus der Kirche die Musik des Liedes: »Wie sie so sanft ruhn«; in einiger Ferne versuchten sich Waldhörner zu frohern Tönen. Rabette drückte Albanos Hand und sagte sehr leise: »Es ist gut mit mir geworden, weil ich alles erfahren habe.« Sie hatte dem unglücklichen Roquairol, seitdem er ein vielfaches Glück und sich selber ermordet hatte, ihre ganze Liebe ins Grab zum Verwesen nachgeworfen, ohne eine Träne dazuzutun. Sie sprang auf Idoinens Güte über, auf ihre Ähnlichkeit, »mit deren Erwähnung der Vater den Engel heute rot gemacht«, und auf ihr schönes Trösten Juliennens, die vor Albanos Ankunft unaufhörlich geweint. Albine lobte mehr Juliennen wegen ihrer Geschwister-Liebe. Rabette schwieg über diese; beide waren schwesterliche Nebenbuhlerinnen; auch hatte Julienne sie als Schlachtopfer des von ihr verachteten Roquairols nach ihrem scharfen unerbittlichen System sehr kalt angesehen, indes Idoine, welche, durch ihre größere Kenntnis der Menschen, Milde gegen die weiblichen Irrtümer des Herzens und Augenblicks mit Strenge gegen Männer verbinden lernen, nur sanft und gerecht gewesen war.

Als sie in die Kirche voll Trauerlampen traten: schlich sich Albano in eine unbeleuchtete Ecke weg, um nicht zu stören und gestört zu werden. Am hellen Altare stand heiter der ehrwürdige Spener mit dem unbedeckten Haupt voll Silberlocken, der lange Sarg des Bruders stand vor dem Altare zwischen Lichter-Linien. Am Gewölbe der Kirche hing Nacht, und die Gestalten verloren sich in das Dunkel, unten durchkreuzten sich Strahlen und Schlagschatten und Menschen. Albano sah wie eine Todespforte die eiserne Gittertüre des Erbbegräbnisses aufgetan, worein seine frommen Eltern gezogen waren; und ihm war, als schreite noch einmal Schoppens brausender Geist hinein, um in das letzte Haus des Menschen einzubrechen. Der Bruder rührte ihn nur wenig, aber die Nachbarschaft der stillen Eltern, die so lang für ihn gesorgt und denen er nie gedankt, und die unaufhörlichen Tränen der Schwester, die er in der Empor über der Todespforte sah, ergriffen heftig sein Herz, aus welchem die tiefen ewigen

Trauertöne die Tränen, gleichsam das warme Blut der Trauer und Liebe sogen. Er sah Idoine mit ihrer halb roten, halb weißen Lankaster-Rose auf der schwarzen Seide neben der Schwester stehen, sich gegen manchen vergleichenden Blick den Schleier über die Augen ziehend – Hier neben solchen Altarlichtern hatte einst die bedrängte Liane unter dem Abschwören der Liebe gekniet – Das ganze Sternbild seiner glänzenden Vergangenheit, seiner hohen Menschen war hinunter unter den Horizont, und nur *ein* heller Stern davon stand noch schimmernd über der Erde, Idoine.

Da erblickte den Jüngling sein Freund Dian und eilte herzu. Ohne viel Rücksichten umarmte ihn der Grieche und sagte: »Heil, Heil der schönen Veränderung! Dort steht meine Chariton, auch sie möchte nach ihrer Sprache[1] grüßen.« – Aber Chariton blickte unaufhörlich Idoinen wegen ihrer Ähnlichkeiten an. »Nun, mein guter Dian, ich habe manches Herz und Glück dafür hin gezahlt, und mich wundert es, daß dich mir das Geschick gelassen«, sagte Albano. – Darauf fragt' er ihn als den Baumeister der Kirche nach der Beschaffenheit des Erbbegräbnisses, weil er nachher sich wolle die Asche seiner Eltern aufdecken lassen, um wenigstens stumm und dankend hinzuknien. »Davon« (sagte Dian betroffen) »weiß ich sehr wenig; aber ein grausamer Vorsatz ists, und wozu soll er führen?« –

Die Musik hörte auf, Spener fing leise seine Rede an. Er sprach aber nicht von dem Fürsten zu seinen Füßen, auch nicht von seinen Geliebten in der Erbgruft, sondern von dem rechten Leben, das keinen Tod kenne und das erst der Mensch in sich erzeuge. Er sagte, daß er, obwohl ein alter Mann, weder zu sterben noch zu leben wünsche, weil man schon hier bei Gott sein könne, sobald man nur Gott in sich habe – und daß wir müßten unsere heiligsten Wünsche wie Sonnenblumen ohne Gram verwelken sehen können, weil doch die hohe Sonne fortstrahle, die ewig neue ziehe und pflege – und daß ein

1 Nämlich: freue dich!

Mensch sich nicht sowohl auf die Ewigkeit zubereiten als die Ewigkeit in sich pflanzen müsse, welche still sei, rein, licht, tief und alles.

Für manche Menschen-Brust in der Kirche wurde durch die Rede der Vergangenheit die Giftspitze abgebrochen. Auf Albanos steigendes Meer hatte sie glattes Öl gegossen, und um sein Leben wurd' es eben und glänzend. Juliennens Augen waren trocken und voll heitern Lichtes geworden; und Idoinens ihre hatten sich schimmernd gefüllet, weil heute ihr Herz zu oft in Bewegung gekommen war, um nicht in der süßen, andächtigen und erhebenden zu weinen. Einmal war Albano, da er zu ihr blickte, als glänze sie überirdisch, und wie auf eine Luna die Sonne unter der Erde, strahle Liane aus der andern Welt auf ihr Angesicht und schmücke das Ebenbild mit einer Heiligkeit jenseits der Erde.

Nach dem Schlusse der Rede ging Albano ruhig zu beiden Freundinnen, drückte seiner Schwester die Hand und bat sie, nicht das Ende der dunkeln Feier abzuwarten. Sie war getröstet und willig. Da sie aus der Kirche traten, war ein wunderbarer heller Mondschein auf der Erde verbreitet wie ein süßes Morgenlicht der höhern Welt. Julienne bat sie, statt zwischen die Mauern, die Kerker der Augen und Worte, und unter das Getümmel hineinzugehen, lieber vorher die hellen stillen Gegenden zu schauen.

Alle trugen in ihrer Brust die heilige Welt des heitern Greises in die schöne Nacht hinaus. – Kein Wölkchen, kein Lüftchen regte sich am weiten Himmel, die Sterne regierten allein, die Erdenfernen verloren sich in weiße Schatten, und alle Berge standen im silbernen Feuer des Mondes. »O wie lieb' ich Ihren heitern heiligen Greis« (sagte Idoine zu Albano und hatte schon oft Juliennens Hand gedrückt) – »Wie gut ist mir! – Ach das Leben wird wie das Meerwasser nicht eher ganz süß, als bis es gen Himmel steigt.« – Plötzlich kamen zu ihnen ferne Waldhorntöne heraus, welche gutmeinende Landleute vor Albanos Erziehungshause als Grüße brachten. »Wie kommts,«

(sagte Julienne) »daß im Freien und nachts auch die unbedeutendste Musik gefällig und rührend wird?« – »Vielleicht weil unsere innere heller und reiner dazu mittönt«, sagte Idoine. – »Und weil vor der Sphärenmusik des Universums menschliche Kunst und menschliche Einfalt am Ende gleich groß sind«, setzte Albano dazu. »Das meint' ich eben, denn sie ist doch auch nur in uns«, sagte Idoine und sah ihm liebreich und offen in die Augen, die vor ihren zusanken, wie wenn ihn jetzt der Mond, der milde Nachsommer der Sonne, blendend überglänzte.

Sie wandte sich seit der Kirchenfeier öfter an ihn, ihre süße Stimme war teilnehmender, obwohl zitternder, die jungfräuliche Scheu vor Lianens Ähnlichkeit schien besiegt oder vergessen, so wie an jenem Abende im letzten Garten; in ihr hatte sich unter Speners Rede ihr Dasein entschieden, und an der Liebe der Jungfrau waren wie an einem Frühling durch *einen* warmen Abend-Regen alle Knospen blühend aufgebrochen. Indem er jetzt dieses klare milde Auge unter der wolkenlosen reinen Stirn anschauete und den feinen, vom unerschöpflichen Wohlwollen gegen jedes Leben überhauchten Mund: so begriff er kaum, daß diese weiche Lilie, diesen leichten Duft, aus Morgenrot und Morgenblumen aufgestiegen, der feste Geist bewohne, der das Leben regieren konnte, so wie die zarte Wolke oder die kleine Nachtigallen-Brust der schmetternde Schlag.

Sie standen jetzt auf dem vom Immergrün der Jugenderinnerung bedeckten hellen Berge, wo Albano sonst in den Träumen der Zukunft geschlummert hatte, wie auf einer lichten hohen Insel mitten im Schatten-Meere zweier Täler. Die Lindenstädter Gebürge, das ewige Ziel seiner Jugendtage, waren vom Mond beschneiet, und die Sternbilder standen blitzend und groß auf ihnen hin. Er sah Idoine nun an – wie gehörte diese Seele unter die Sterne! – »Wenn die Welt rein ist vom niedrigen Tage – wenn der Himmel mit seinen heiligsten fernsten Sonnen das Erdenland ansieht – wenn das Herz und die Nachtigall allein sprechen: – nur dann geht ihre heilige Zeit am Himmel an, dann wird ihr hoher stiller Geist gesehen und verstanden und am Tage nur ihr Reiz«, dachte Albano.

»Wie manchmal, mein guter Albano,« (sagte die Schwester) »hast du hier in deinen verlassenen Jugendjahren zu den Bergen nach den Deinigen gesehen, nach deinen verborgnen Eltern und Geschwistern; denn du hattest immer ein gutes Herz!« Hier blickte ihn Idoine unbewußt mit unaussprechlicher Liebe an – und sein Auge ihres. – »Idoine,« (sagt' er, und ihre Seelen schaueten ineinander wie in schnell aufgehende Himmel, und er nahm die Hand der Jungfrau) »ich habe noch dieses Herz, es ist unglücklich, aber unschuldig.« – Da verbarg sich Idoine schnell und heftig an Juliennens Brust und sagte kaum hörbar: »Julienne, wenn mich Albano recht kennt, so sei meine Schwester!« –

»Ich kenne dich, heiliges Wesen«, sagte Albano und drückte Schwester und Braut an *eine* Brust. – Und aus allen weinte nur *ein* freudetrunknes Herz. »O ihr Eltern,« (betete die Schwester) »o du Gott, so segne sie beide und mich, damit es so bleibe!« Und da sie gen Himmel sah, als die Liebenden im kurzen heiligen Elysium des ersten Kusses wohnten, so blickten unzählige Unsterbliche aus der blauen tiefen Ewigkeit – die fernen Töne und die milden Strahlen verwoben sich ineinander – und das schlummernde Reich des Mondes erklang – »schauet auf zum schönen Himmel,« (rief die freudentrunkne Schwester den Liebenden zu) »der Regenbogen des ewigen Friedens blüht an ihm, und die Gewitter sind vorüber, und die Welt ist so hell und grün – wacht auf, meine Geschwister!« –

DER KARDINAL-ROMAN

Nachwort

Kaum ein Werk Jean Pauls ist so zwiespältig aufgenommen und so widersprüchlich beurteilt worden wie sein Kardinalwerk, der *Titan* (1800-1803). Bedeutende Schriftsteller waren fast unfähig, ihm etwas abzugewinnen; aus Weimar, das immerhin einiges zu diesem Großroman beigetragen hatte und das gewissermaßen über Albanos Titanen-Trotz den Sieg davonträgt, liegen, außer aus dem Hause Herders, keine Zeugnisse vor, obwohl Goethe wie Schiller den *Hesperus* durchaus zu schätzen wußten. Der junge Solger war sogar versucht, dieses Buch Jean Pauls für sein schlechtestes zu halten: er hat nicht viel übrig für die üppigen Blumenbeete, die reichen Frühlingszeiten, die beständigen Sonnenuntergänge und die durchweg kränklichen Menschen, die in eben dieser Kränklichkeit Auszeichnung und Verdienst erblicken wollen. »In summa, die Menschen sind nach den Verhältnissen vorzüglicher, indem sie kränklicher sind.« Ludwig Tieck nennt den *Titan* sogar das schlimmste, wohin Jean Paul sich je verstiegen habe.

Jean Paul selbst gesteht in einem Brief an einen Freund vom August 1800, er habe sein ganzes Ich mit seinen Tugenden und seinen Fehlern im *Titan* versteckt, und so hat ihn dann auch eine Generation jüngerer Schriftsteller gelesen: erschreckt muß sich Clemens Brentano in der – die Problematik des europäischen Ästhetizismus vorwegnehmenden – Gestalt des Roquairol, der wir in D'Annunzios *Il Piacere* als Andrea Spirelli wiederbegegnen werden, erkennen, als habe Jean Paul ihn gekannt. Ähnlich reagiert der junge Waiblinger. August Klingemann, der nach neuesten Untersuchungen höchstwahrscheinlich der Verfasser der *Nachtwachen des Bonaventure* ist, erklärt sogar: Jean Paul habe sich im *Titan* so reich und lebendig ausgesprochen wie sonst nirgends. »Das Werk ist sein Apollo – eine Venus möchte ihm nicht gelingen, indem ihr der schöne irdische Anteil fehlen dürfte. Reine idealische Gestalten sind indes grade seine Stärke nicht, eben weil in den seinigen die bestimmtere Individualität entdeckt sein will – und der *Albano* selbst, als die Hauptgestalt des ›Titan‹, lebt noch mehr in ihrem Verfasser, als in sich selbst, und der beste Teil, der von ihr in der Erinnerung des Lesers zurückbleibt, ist bestimmt *Jean Paul.*«

Die wichtigeren Frauengestalten freilich erscheinen auch ihm als krank und unnatürlich, aber die eigentlich ›kranke‹ Gestalt, Roquairol, fasziniert ihn; dieser vorzüglichste der männlichen Charaktere ist nicht ein Phantom, das der Erzähler mit seinem Humor umkleidet, »sondern aus der Tiefe des Lebens selbst hervorgerufen und ein kolossales Denkmal für ein großes Kapitel aus der Zeitgeschichte. Dieses Spielen und Verspielen seiner selbst ist bis zum leisesten Hauche in sich getreu, und schon bei seinem ersten Auftreten ist es klar, daß dieser furchtbare Verschwender des Höchsten und Heiligsten in den Marionettenspielen, die er überall mit sich selbst aufführt, zuletzt seine eigene Figur, und womöglich auch die seines Mitspielers, zerschlagen muß. –«

Auch Karl Rosenkranz, der früher schon in einem Aufsatz auf die Bedeutung der Roquairol-Figur aufmerksam gemacht hatte, berichtet in seiner Autobiographie noch einmal aus der Erinnerung von der außerordentlichen Wirkung der *Titan*-Lektüre auf seine innere Entwicklung. Er war gleicherweise betroffen von der starken Ähnlichkeit mit Roquairol, dem genialischen Schauspieler seines Lebens, dem ersten ›Nihilisten‹ der deutschen Literatur. »Selbst die Poesie des Titan, die eine so tiefe Wunde in mir aufreißen sollte, war doch so wundervoll, daß ihr Genuß mich mit den süßesten Empfindungen durchdrang.«

Auf manche, meist jüngere, Zeitgenossen übte der *Titan* offenbar eine beinahe wertherhafte Wirkung aus. Eben diese Wirkung hat dann wohl auch den entsprechenden Widerstand hervorgerufen: das harte, engstirnige, törichte Urteil Ernst Moritz Arndts über Jean Paul als »verderblicher Verführer und Vergifter« wie die zuweilen hämischen Worte Garlieb Merkels – der sonst nicht völlig ohne Verdienst war. In seinem Brief über den *Titan* sind einige der inzwischen längst zu Gemeinplätzen gewordenen Vorwürfe gegen Jean Paul bereits versammelt: er nennt ihn »eins der schönsten und widersinnigsten, der anziehendsten und langweiligsten Bücher (. . .), die seit – Richters vorhergehenden Werken herauskamen.« Die Leserin werde fast überall »auf eine höchst interessante Situation stoßen, die mit dem lächerlichsten Bombast beschrieben ist; überall auf Gemälde von dem glänzendsten Kolorit, die nichts als Arabesken sind: Engel, die auf dem Kopf stehen, und Meerkatzen, die aus rosigen Morgenwölkchen herabgrinsen; auf scharfsinnige, witzige, blendendwahre Bemerkungen, die aus Abenteuerlichkeit wie Sirenen aus einem Sumpf hervortauchen, sich wieder darin versenken und uns mit sich herabziehen. Hat man das Buch einmal in die Hand genommen, so kann man sich nicht mehr entschließen, es niederzulegen; und doch fühlt man sich tausendmal versucht, es wegzuwerfen.«

Der Grund hierfür? Jean Paul besitze zwar Genie, aber leider »den verderblichsten Geschmack, den man je einem Schriftsteller verziehen hat, Kraft, eine poetische Welt zu schaffen, aber nicht Einsicht genug, sie zu ordnen«. Die guten Menschen erkennt er als krank, die Gesunden als Taugenichtse; Merkel meint, die Frauenzimmer sollten dem Erzähler den Prozeß machen, weil er nur kranke und dumme Frauen kenne (den Prozeß strengt dann Jean Paul im »Komischen Anhang« gegen Merkel als Rezensenten an). Aber, fügt Merkel noch hinzu: »Die Männer gehören zu diesen Weibern.« Er nennt die Werke Jean Pauls sogar gefährlich, sowohl für junge Frauenzimmer, deren Charakter noch nicht entwickelt ist, als auch für jene Kunstjünger, die niemals älter sind als fünfzehn Jahre. Weder seinem Witz noch dem allegorisierenden Vorgehen Jean Pauls – die beide aufs engste zusammengehören, vermag Merkel etwas abzugewinnen; das schwächste aber nennt er seinen Stil. Kurz: »Er ist ein Genius, der *auf Wolken hinschwebt*, und lächelnd sein Füllhorn umstürzt. Ananas und Bohnen, Pisangäpfel und taube Nüsse fallen herab – und er selbst sieht nicht hin, was ihm entfalle.«

Immerhin spricht Merkel sodann vom zweiten Band anders und mit etwas größerem Wohlwollen, da er doch »vortreffliche Sachen« enthalte; Richters gewöhliche Fehler findet er hier schon viel weniger grell. »Sollte er jemals dahin kommen, nur seine possierliche Manier ganz abzulegen: er würde ein sehr vorzüglicher, *er könnte ein großer Schriftsteller werden.*« Nun, auch ohne diesen Entschluß, Jean Paul ist es geworden.

*

Jean Paul selbst vermochte nur mit großem innerem Widerstand sich wieder einer Lektüre dieses Romans hinzugeben; er fühlte sich stark ergriffen; die eigene Seele trat ihm zu deutlich daraus entgegen, eine Stimmung der Seele, der sich das spätere Dasein nicht mehr anzupassen vermochte, ein nicht wieder einholbares Lebensgefühl, das ihn als nicht mehr vergönntes schmerzlich berührt haben kann: »– Die eigenste, innerste Seele ist darin nachgeschaffen. – Wie paßt diese zu dem späteren Leben, obwohl nur äußern! Denn das Innere geht das Äußere nicht an, in welches jenes sich hüllte. – Die einzige Liane wirft mich aus meinem Jetzo hinaus. – Ich bete im Titan das Heiligste an in meiner Brust.« (1820)

In der *Vorschule der Ästhetik* bezeichnet er den *Titan* als einen ›dramatischen Roman‹, wiewohl nur in einer knappen Anspielung. Dabei zielt er auf den Weg der Darstellung, »der sich weniger zum Spielraum der Geschichte ausweitet, als zur Rennbahn der Charaktere einschränkt.« Deutlicher noch erklärt sich der Verfasser im folgenden Satz: »Diese Form gibt Szenen des leidenschaftlichen Klimax, Worte der Gegenwart, heftige Erwartung, Schärfe der Charaktere und Motive, Stärke der Knoten u.s.w. Der romantische Geist muß eben so gut diesen fester geschnürten Leib beziehen können, als er ja schon den schweren Kothurn getragen und den tragischen Dolch gehoben.« (Paragraph 71)

An Friedrich Jacobi schrieb Jean Paul am 16. August 1802 einen langen Brief und hat im Hinblick auf den *Titan*, in den der zeitgenössische Geniebegriff so deutlich hineinspielt, eine bedeutende Anregung eingestanden, die von eben jenem Buch Jacobis ausgegangen war, in welchem dieser die gefährlich schillernde, verantwortungslos spielende Genialität mit einem unverkennbaren Seitenblick auf Goethe gezeichnet hatte: im Briefroman *Eduard Allwill*. Eine Bemerkung über die poetische Auflösung in lauter unmoralische Atonie durch die Reflexion habe ihm die erste Idee zu seinem Buch gegeben – »du konntest nicht nur einen Roquairol dichten, sondern hasts schon gethan«.

Interessant dabei ist, daß Roquairol nicht allein, damals wie heute, als die eigentlich faszinierende Gestalt des Romans erscheint, neben der ein Albano etwas blaß wirken muß, er ist offenbar auch die Gestalt, um die herum sich die Figurenwelt des Romans erst entfaltet. Vielleicht mußte sogar Albano als Protagonist erfunden werden, weil Jean Paul den negativen Helden nicht in das Zentrum des Romans hatte rücken wollen.

Eduard Allwill nun, der leidenschaftliche, nur scheinbar starke, dafür aber heftige und grundsatzlose Charakter, der sich auf seine ›Natur‹ beruft, wo Trieb und Reflexion ihn weiterhetzen von Genuß zu Genuß, von Opfer zu Opfer, von Empfindung zum Spott, vom Fieber zur Kälte, er ist wohl ein Roquairol, auch Jacobis Woldemar ist einer, aber kein gestalteter, sondern ein beschriebener und mehrfach gespiegelter Charakter. »*Theorie der Unmäßigkeit, Grundsätze der ausgedehntesten Schwelgerey*, das sind die eigentlichen Namen für das, was Sie mit so vielem Eifer, mit so ungemeinem Aufwand von Witz, Raisonnment, und dichterischem Schmuck, an die Stelle der alten Weisheit zu setzen trachten; und das gewiß nicht auf Anrathen Ihres Herzens, das groß und edel ist, sondern Ihrer

Sinnlichkeit zulieb« – eben jener, die er als Empfindung so gern mit seinem Herzen zu verwechseln trachte, muß sich Eduard von seiner früheren Geliebten vorhalten lassen. Sinn und Begierde sind so in einer wilden und schönen Phantasie verkleidet; was er die Torheiten des leeren Lernens und der schweifenden Spekulation nannte, wußte er zu verachten, muß sich aber jetzt fragen lassen, ob es wohl eine reellere Sache sei, »um das müßige Sammeln vom Empfindungen, um das Bestreben, *Empfindungen* – zu *empfinden, Gefühle* – zu *fühlen*; findet nicht hier eine eben so ungereimte Absonderung statt wie dort beim Wissen?« (1776, »Aus Eduard Allwills Papieren«).

Was ein Aufstand der vollkräftigen Natur gegen die Schranken der Konvention zu sein scheint, erweist sich sehr bald als phantasiegesättigte Form des Selbstgenusses, der noch in der Enthüllung durch das Medium des Briefes erkennbar wird. Doch ist, was Jean Paul bei der Lektüre solcher Passagen aufgegangen sein mag, nicht der einzige Keim des *Titan*, um so weniger, als der Typus Roquairol schon in der Gestalt des Matthieu von Schleunes im *Hesperus* vorgebildet ist. Auch ist es im Grunde weniger die Figur selbst als die im Brief an Jacobi angedeutete Problematik, die er nun in dramatischen Konstellationen entwickelt.

Hinzu tritt die Steigerung von Typen und Verhältnissen oder deren dramatische Zuspitzung, die in der *Unsichtbaren Loge* oder auch im *Hesperus* schon behandelt worden waren. So verwendet Jean Paul auch im *Hesperus* bereits das Motiv, daß der Held in Unkenntnis seiner wahren, der fürstlichen Abkunft erzogen wird, in einem ihm nicht bewußten Incognito, und zwar unter Bedingungen, welche die besondere Erziehung rechtfertigen. So geschieht es auch im *Titan*. Albano, der Protagonist, hält sich auf Grund der ihm verheimlichten Abkunft und der Bedingungen, unter denen er heranwächst, für einen anderen als er ist; parodistisch behandelt Jean Paul dieses Motiv dann noch einmal im Spätwerk *Der Komet*. Und schon im *Siebenkäs* war dergleichen angeklungen: der Held gilt als ein anderer als er ist, weiß es aber selbst und lebt, sich versteckend, unter einer Maske, die immerhin eine Annäherung an seine wahre Existenz bedeutet.

Es gibt noch eine Figur im *Siebenkäs*, die nicht minder als die Gestalt Eduard Allwills und ihre Problematik schon auf einige bedeutende Partien des *Titan* vorauszudeuten scheint; trat sie dort als Leibgeber auf, mit welchem Siebenkäs den Namen getauscht, so hier als Schoppe, den Jean Paul zum Freund Chamforts und auch noch zum Verfasser seiner *Clavis Fichtiana* macht, die ja nicht allein eine Auseinandersetzung mit Fichte, sondern auch mit Jean Paul selbst darstellt. Im Luftschiffer Gianozzo erscheint noch einmal eine ganz nah verwandte Gestalt, aber Jean Paul hat sie nicht mehr in den Roman gelassen, sondern in den *Komischen Anhang* verbannt.

Zu Roquairol, dem Begabten, der das Leben als ein Schauspiel erlebt und dieses freiwillig mit dem Tode abschließt, und zwar in einem Schauspiel, der also spielend plötzlich Ernst macht, machdem er seine Liebesaffären als Roman genossen und inszeniert hatte, zur Leibgeber-Schoppe-Figur, der des großen Humoristen mit ihrem zerstörerischen Ich-Erlebnis, also zum romantischen reflektierenden Literatentypus und zum Träger des nihilistischen Denkerlebnisses, tritt die Gestalt des Albano, des heroisch gesinnten Jünglings, der das Gleichgewicht zu gewinnen trachtet zwischen der Lebenszerstörung des Geistes und der Maßlosigkeit eines gleichfalls zerstörerischen Lebensgefühls. Titan, so schreibt Jean Paul einmal an Jacobi, sollte eigentlich Anti-Titan heißen, da hier jeder Himmelsstürmer seine Hölle findet, »wie jeder Berg zuletzt seine Ebene aus seinem Thale macht. Das Buch ist der Streit der Kraft mit der Harmonie. Sogar Liane (Schoppe) muß durch Einkräftigkeit versinken . . . Albano streift [551 IV] daran und leidet wenigstens. Gaspard verliert seine Palme . . .« (8. September 1803).

Schoppe versinkt in Wahnsinn, Albano ist gefährdet, Gaspard wird im Triumph gerichtet; in der Zuordnung der Figuren, der erzwungenen Welthaftigkeit, der gesteigerten Vielfalt der Lebenskreise gewinnt Jean Paul Abstand vom Bildungsroman seiner Zeit, von der erregenden Autobiographie des *Anton Reiser* wie vom bürgerlich veredelten exemplarisch gedachten Entwicklungsgang des *Wilhelm Meister*. Die Konstellationen und die besonderen Qualitäten der Gespräche wie die bedeutungsvollen Briefe in diesem Roman reichen nach Umfang und Gewicht in eine andere Sphäre. Die Fülle der Gestalten selbst, ihr wechselndes Aufgebot und die verschieden durchgeführten Linien ihres Lebens lassen wohl ein Zentrum zu – eben Albano, der passiv genug zwischen den geliebten Frauen Liane, Linda und Idoine, der zwischen Dian und Schoppe, der aber auch zwischen dem alten braven Wehmeier und dem finster-stolzen Don Gaspard steht und Roquairol als Gegenüber hat – sie lassen aber keine Beschränkung auf ein Einzelschicksal mehr zu.

So wird dann, eigentlich wohl um Albanos willen, der vierte Band zu einem großen Aufräumen, zum umfassenden Gericht, eingeleitet durch Roquairols tödlichen Theaterschuß, gesteigert durch das erschütternde Wiedersehen zwischen Schoppe und Siebenkäs. Wie scheidende Figuren eines tragischen Schauspiels treten die Gestalten des Romans mit bedeutungsschweren Schlußworten zum Ende der Haupt- und Staatsaktion, die ja auch in diesem Werk enthalten ist, ab.

»Das ist das Leben, das ist das Glück. Wie der spielende Mond besteht es aus ersten und letzten Vierteln, und langsam nimmt es zu und langsam ab – in seiner Hoffnung, in seiner Furcht –; ein kurzer Blitz ist der Vollmond der innersten Entzückung, eine kurze Unsichtbarkeit der Neumond der innersten Öde; – und immer hebt das leichte Spiel wie der Mond seinen Kreis von neuem an.« (115. Zykel). Hier ist von wechselnden Phasen, Beschleunigungen, Verzögerungen und plötzlichen Ballungen wie Entladungen die Rede, vegetativ zu nennen in der Bindung an den Rhythmus der Mondphasen, aber doch auch merkwürdig beunruhigt in der Ungleichartigkeit der vorherbestimmbaren Wechsel und in dieser Weise durchaus untragisch. Das Wort wird ergänzt durch das Geständnis Albanos, das sich nunmehr als heroisch-tragisch akzentuiert: »Hinter dem Menschen arbeitet und geht ein langsamer Strom, der glühend ihn verzehrt und zermalmt, wenn er ihn ergreift; aber der Mensch schreite nur tapfer vorwärts und schaue oft rückwärts, so entkommt er unbeschädigt.« (119. Zykel)

Unbeschädigt entkommt in der Tat fast nur Albano – überdies dann auch Idoine, die zuweilen so spricht, als habe sie *Wilhelm Meisters Wanderjahre* auch schon gelesen. Tragisches Lebensgefühl wird hier nicht nur als Einsicht, sondern als Maxime formuliert. Doch gilt dieser Grundsatz nicht für jeden: Schoppe z. B. schaut zu sehr auf sich, voranschreitend und zurückblickend trifft er nur immer wieder sich – als den Ich: »Herr, wer Fichten und seinen Generalvikar und Gehirndiener Schelling so oft aus Spaß gelesen wie ich, der macht endlich Ernst genug daraus. Das Ich setzt sich und den Ich samt jenem Rest, den mehrere die Welt nennen. Wenn Philosophen etwas, z. B. eine Idee oder sich aus sich ableiten, so leiten sie, ist sonst was an ihnen, das restierende Universum auch so ab, sie sind ganz jener betrunkne Kerl, der sein Wasser in einen Springbrunnen hineinließ und die ganze Nacht davor stehen blieb, weil er kein Aufhören hörte, und mithin alles, was er fort vernahm, auf seine Rechnung schrieb. – Das Ich denkt sich, es ist also Ob-Subjekt und zugleich der Lagerplatz von beiden – Sapperment, es gibt ein empirisches und ein reines Ich – die letzte Phrasis, die der wahnsinnige Swift nach Sheridan und Oxford kurz vor seinem Tode sagt, hieß: ich bin ich – Philosophisch genug!« (132. Zykel)

In einem großen Presto beschleunigt sich auf den letzten hundert bis hundertfünfzig Seiten das weitausgreifende Geschehen in dieser Romanwelt: Roquairol, nachdem er die von Albano geliebte Linda verführt hat, Teil einer feingesponnenen Intrige, erschießt sich: »Der ganze Sternenhimmel klärte sich auf. Die Gesellschaft fuhr nach Hause. Albano und Dian mit Chariton blieben bei der Leiche«, heißt es in einem an die Schlußsätze des *Werther* erinnernden Rhythmus der knappen, sachlichen Aussage (130. Zykel). Schoppe verschwindet, Linda aber, im Stolz der Entehrung erstarrend, fühlt sich wider die Neigung ihres Herzens fortan als Witwe Roquairols, bald als Mutter seines werdenden Kindes und tritt ab: »Noch in derselben Nacht reisete Linda, nachdem sie ganz allein lange mit dem Ritter gesprochen, in einem Wagen ohne Fackeln, in ihre Schleier gehüllt, ganz einsam ab, und niemand wußte ob sie geweinet oder nicht.« (133. Zykel)

Schoppe aber, kurz vor dem geistigen Zusammenbruch wirft dem, den er für Albanos Vater halten mußte, dem Manne, in dessen Händen alle Fäden zusammenliefen, die folgenden Worte der Empörung ins regungslose Gesicht: »Brennt Ihr Euch nur weiß und rein – Euer Sonnen- und Ehrenwagen geht bis an den Radnagel in Kot –« (135. Zykel), aber Schoppe hatte noch andere Entdeckungen zu machen, und von ihnen her erklärt sich die Anlage und Durchführung des Menschen zu Mitteln machenden Planes: nicht allein wie so manche ergreifende Erscheinung, die an das Wunderbare zu rühren schien, schließlich nichts war als Spuk und Blendwerk in der technischen Gewalt des sogenannten Oheims, der als Werkzeug von Don Gaspards herrscherhaftem Willen allein agieren durfte; was hiermit deutlich wird, ist eine typisch Jean Paulsche Auflösung, die aber das Triviale und Kolportagehafte in den Dienst tieferer psychologischer und poetischer Wirkungen stellt. Mehr noch ergibt sich; Albano ist gar nicht der Sohn des Ritters von Cesara, damit auch nicht der Neffe jenes gefügigen Finsterlings, sondern der Erbprinz des kleinen Fürstentums, in welchem er erzogen worden war, und zwar als ein anderer, was aber geschehen war, um ihn nicht der Gefahr auszusetzen, wie sein älterer Bruder das Opfer von lebensbedrohenden Intrigen einer ehrgeizigen Nebenlinie zu werden, welche die Erbfolge zu übernehmen hoffte. Don Gaspard war dem fürstlichen

Paare verpflichtet und hatte überdies Anlaß, an der besagten Nebenlinie seine private Rache zu üben: so erklärte er sich bereit, Albano als seinen Sohn, die fast gleichzeitig geborene eigene Tochter aber als die des Fürstenhauses erziehen zu lassen. Unter großen Schwierigkeiten und mit raffinierten Vorsichtsmaßnahmen wird die Gegenstrategie verwirklicht; Albano erfährt das Wesentliche erst nach dem Tode Schoppes, der, nicht ahnend, um welche Art von Verschwörung es sich handelte, weit dunklere Machenschaften vermutend, das gefährliche Geheimnis beinahe schon und dann vorzeitig aufgeklärt hatte.

Nun tritt Albano auch von seinem Plan zurück, von dem so viel die Rede gewesen war, im Heer der französischen Revolution gegen die Feinde der Freiheit zu fechten und seinem Leben so ein hohes Ziel zu geben, ein antik-heroisches, wie jene Phase der Revolution noch die heroische war. Das alles ist nun nicht mehr möglich: »Er riß sich von seinem ganzen vorigen Leben los, die Seile des bisherigen Totengeläutes waren entzwei, er mußte, um die Eurydice aus dem Orkus zu gewinnen, wie Orpheus das Zurückschauen auf den vergangenen Weg vermeiden.« (143. Zykel) Er empfindet es zu Recht als Kränkung, nicht allein auf so niederträchtige Weise gefährdet, auch das bloße Objekt der entsprechenden Gegenplanung gewesen zu sein, mit dem empfindsamen und stolzen Herzen und einem falschen Wissen von sich wie seinen wirklichen Pflichten gegen aberwitzig aufgetürmte Widerstände angerannt zu sein, falsche Wirrungen der Leidenschaft verursacht, andere Menschen verletzt zu haben ohne es zu wollen, schuldig geworden zu sein, wo dies auch hätte verhindert werden können. Er ist mehr als gekränkt, er ist verletzt. Siebenkäs (aus dem nach ihm benannten Roman herübergewechselt in den vierten Band des *Titan*), der als das Ebenbild des geliebten Schoppe und als dessen Freund sofort Albanos Vertrauen gewonnen hat, sucht ihn zu beruhigen: »die Stärke des Feindes wird zu dem Widerstande geschlagen und von der Niederlage abgezogen; und was wäre ein Sieg auf leerem Schlachtfelde gewesen?«

Aber war es denn ein Sieg? Gewiß nicht in dem Sinne, wie das Ende Roquairols im Scheinsieg tatsächlich doch eine Niederlage war. Tätigkeit aus der Erkenntnis des Guten und Notwendigen, Gerechtigkeit, ja auch das Glück des Volkes, das sind die Absichten Albanos, der nunmehr die kleine Herrschaft eines der zahllosen deutschen Staaten übernehmen wird – bis Napoleon, wenige Jahre später mit dergleichen Duodezfürstentümern Schluß machen wird; gerne gewährte Reformen, eine sogenannte Revolution von oben (die keine ist), so sieht die deutsche Lösung aus, mag sie auch in der damaligen Situation die einzig angemessene gewesen sein – und als Literatur doch immerhin eine Forderung an die wirklich herrschenden Mächte.

Er sinnt nach über seine Fürstenpflichten – wie gut zwanzig Jahre später ein gewisser Nikolaus Marggraf (im *Komet*), er sinnt nach über seine unerwartete Bestimmung und erkennt »– nur Taten geben dem Leben Stärke, nur Maß ihm Reiz.« (141. Zykel) Aber das ist im Grunde doch nur die Bestätigung dafür, daß die Worte der Prinzessin Idoine, die so Goethesch klingen: »Ernste Tätigkeit, glauben Sie mir, söhnet zuletzt immer mit dem Leben aus« (137. Zykel), auf fruchtbaren Boden gefallen waren. Idoine als das Ebenbild seiner ersten Geliebten tritt zu ihm, Albano, als die Erfüllung seiner Liebe, so wie der Thron jetzt die Erfüllung seiner Hoffnung auf Taten, nicht auf Tätigkeit, sein soll. Verändern heißt das Zauberwort ... Der zumindest latent vorhandene politische Gehalt dieses antihöfisch-höfischen Erziehungsromans ist bei Erscheinen des Buches offenbar überhaupt nicht wahrgenommen worden – auch in Weimar nicht, wo man dergleichen doch eigentlich zu begreifen in der Lage war.

Bemerkt wurde eher, was hier als Versöhnung erscheint; wie Idoine nun als letzter strahlender Stern hervortritt, nachdem das Sternbild der Vergangenheit dieses hochherzigen

Prinzen und ihrer bedeutenden ›hohen‹ Menschen unter den Horizont gesunken war, so war es Albano einmal, als er zu ihr blickte, »als glänze sie überirdisch und, wie auf einer Luna die Sonne unter der Erde, strahlte Liane aus der andern Welt auf ihr Angesicht und schmückte das Ebenbild mit einer Heiligkeit jenseits der Erde.« (146. Zykel)

So endet das große Buch mit einem verklärenden Wiedersehen und unerwarteter Erfüllung hinter Gräbern und Irrtümern, Opfern und Verschuldungen, Wahnsinn und Verbrechen, durch die ein großgeartetes Menschenwesen im Sinn Jean Pauls seiner Bestimmung entgegenreifte, die ganz anders war als der Protagonist selbst sie hatte erahnen können, die aber nun zu fürstlichen Tätigkeiten, Entscheidungen, Pflichten und vor allem: Verantwortung den vollen Gehalt des Menschlichen hinzuschlagen sollte. Indem Albano, ein anderer, ein minder bürgerlicher Wilhelm Meister, unbewußt sich selbst entgegenwächst, entdeckt ein Mensch, den die deutsche Misere noch nicht berührt hat, daß ihm mehr aufgegeben ist als er je hätte wünschen wollen, und er gewinnt aus dem gesteuerten Zufall einer solchen – soll man sagen: Steigerung? des äußeren Daseins zugleich auch die Kraft und die Fülle seines Gewissens. Das jedenfalls darf man hoffen. Denn als Jüngling zweifellos hinreißend, muß er jetzt, was schwerer ist, lernen ein Mann zu sein. »Ripeness is all«, möchte man darüber schreiben.

*

Das Opus, bemerkt Jean Paul im *Komischen Anhang* selbst, wolle beurteilt sein wie der Mond, »der braunrot-geschwollen und benebelt aufsteigt und dem man bloß eine halbe Nacht Zeit zu lassen braucht, um ihn oben auf seiner erhellten Bahn rein, weiß und licht zu finden«. Bei den neueren Romanen versuchten die Autoren meist, mit dem ersten Bande schon alles zu gewinnen und die Leser für sich einzunehmen; sie zielten nur auf Gegenwart, weil sie keinen Plan – oder tausend

Pläne – und weil sie kein Morgen haben. Dergestalt entsteht »ein prächtiger buchbinderischer Heerwurm, der nur aus Schrecken-Larven zusammengesetzt ist. Hingegen mein Essigschlängelchen ist ganz und wird doch zu einer Riesenschlange aufgefüttert – aber das ist eben so wunderbar.« Soweit Jean Paul in der nachgetragenen und versteckten Vorrede zum *Titan.* Abgesehen vom Selbstbewußtsein des Erzählers (im doppelten Sinne) ist dabei noch das Zugeständnis interessant, das hier bei allzu raschem Urteil der Vergleich zunächst auf diffuses Licht, auf mangelnde Klarheit und Begrenzung zielt. Die Forderung Jean Pauls lautet nun aber, den *Titan* als ein Ganzes zu nehmen, ihn aus gehörigem Abstand zu betrachten, wodurch er Helligkeit und Gestalt gewinnen wird, was wiederum auf die für die Entwirrung des epischen Wirrwarrs unerläßliche Bedeutsamkeit des Schritt für Schritt, genau und rasch die Auflösung betreibenden vierten Bandes weist.

Auch tritt der Erzähler selbst im Lauf der Entfaltung dieses nach Raum und Personal so weit ausgreifenden Werks (wie kaum ein anderes der deutschen Literatur) in merklicher Weise mehr und mehr zurück. Er läßt sich viel weniger auf den Bauplatz spähen, wo er sonst das Holz der biographischen Materialien zur Verarbeitung heraussucht, wobei er oft doch den Leser einzuladen liebte, ihm zuzusehen – wie er das im *Siebenkäs* auch schon mit einem Hinweis auf den *Titan* getan hatte.

Im ersten Band des *Titan* ist noch wiederholt davon die Rede, daß er, der Erzähler, als Sohn des Fürsten von Flachsenfingen auf Kosten seines regierenden Vaters in mehreren deutschen Städten biographische Spitzel, Datenspürer und Gewährsmänner unterhalte, was denn auch seine in der Tat erstaunlich umfangreichen Informationen über die geheimnisvollen Vorgänge in Hohenfließ zu erklären ausreicht. Doch ist es damit noch gar nicht getan: »Aber eben dieser Vorzug, daß ich meine Geschichten nicht aus der Luft greife, sondern aus Depeschen, nötigt mich, mehr Mühe anzuwenden, sie zu entziffern, als andre hätten, sie aufzuschmücken oder auszusinnen.« Deshalb fühlt sich der Erzähler zunächst wie im *Hesperus* als Modellfigur und als Flügelmann all jener Autoren, »die wahre Geschichten zugleich erzählen und vermummen wollen«. Deshalb wird auch die angeblich wahre Geschichte programmatisch ganz fiktiv behandelt. Die Illusion liegt in der Form, der Erzählweise, nicht im Material der Darstellung. »Die Theatermaske, die ich in meinen Werken vorhabe, ist nicht die Maske des griechischen Komödianten, die nach dem Gesichte des verspotteten Individuums gebosselt war, sondern die Maske des Nero, die, wenn er eine Göttin auf dem Theater machte, seiner Geliebten ähnlich sah, aber wenn er einen Gott spielte, ihm selber.« (9. Zykel)

Gelegentlich, so zu Beginn des 16. Zykels, meint der Erzähler, er würde gerne seiner Phantasie folgend fortschreiben und der Welt anderes – für wahr – berichten als was sein Gewährsmann, dem er sich nun einmal ausgeliefert hat, ihm übermittelt; doch ist ihm dies leider verwehrt: die Absicht, ›wahr‹ zu schreiben, macht ihn zum Gefangenen der Wirklichkeit. Aber unter dem Siegel der überprüften Wirklichkeit wird so die Fiktion potenziert, und vollendete Fiktion schlägt um in die Form der scheinbar vollkommen wahrhaften Biographie. In den folgenden Büchern erscheint der Erzähler fast nur noch, um schwierigere Handlungszusammenhänge zu erläutern, Motivierungen nachzutragen oder sie über die Einsicht der handelnden Figuren hinaus deutlich zu machen. Oder aber er wendet sich, über den Erzählzusammenhang hinweg, den Figuren zu, die von der Bühne des Erzählwerks abzutreten haben. So nimmt er auch Abschied von Schoppe, dem wahrhaft freien Geist: »Nun hast Du hienieden geendigt, strenger, fester Geist, und in das letzte Abend-Gewitter auf Deiner Brust quoll noch eine sanfte, spielende Sonne und füllte es mit Rosen und Gold. Die Erdkugel und alles Irdische, woraus die flüchtigen Worte sich formen, war Dir ja viel zu klein und leicht. – – Das hiesige Scheinen war Dir so gleichgültig, das böse wie das gute. Nun ruhst Du in rechtem Sein, der Tod hat vom dunkeln Herzen die ganzen schwülen Lebens-Welten weggezogen, und das ewige Licht steht unbedeckt, das Du so lange suchtest; und Du, sein Strahl, wohnst wieder im Feuer.« (139. Zykel)

Ein für Jean Paul nicht eben gewöhnliches Erzählverfahren gewinnt in diesem Werk überhand: gefangen von der eigenen, im *Hesperus* wie in kleineren Erzählungen früh schon vollendeten Manier – im wörtlichen Sinne –, die in den »Flegeljahren« erneuert und im *Komet* abermals aufgenommen wird, beginnt Jean Paul den *Titan* wie eines seiner humoristischen Bücher, gibt aber doch die ganz eigentümliche Erzählweise im Interesse des tragisch-heroischen Romans wieder auf. Es wird das Erzählen nun nicht Sternesch und Swiftisch mehr durchkreuzt, eine erdachte Handlung wird zu Ende geführt, der Zusammenhang vom Ende her sogar durchsichtig gemacht, indes die Digressionen, Extrablätter und Einschübe in die *Komischen Anhänge* verfrachtet werden. Die Charaktere sind klar umrissen, in der Gestalt des Roquairol ist eine konsequent gezeichnete quasi dramatische Figur gelungen wie sonst kaum. Aber es muß nichtsdestoweniger von einer Entmaterialisierung des Stoffes, von aufgelöster Realität gesprochen werden, wobei der Mechanismus, dessen Jean Paul sich bedient, nicht mehr ist als der Inhalt des Textbuches für die Musik einer Oper: nicht eine entscheidende Einkleidung, eher lästig als bedeutungsvoll. Die Verdrängung, ja Annihilation des Endlichen, die im Gericht des Schlußteils gipfelt, die in der zuweilen betont trivial gehaltenen Erklärung des inszenierten Schauders und Grausens ihre Entsprechung findet, gehört in denselben Zusammenhang: denn die Rückführung auf Triviales und Monströses stellt ebenfalls eine Form der ›Verflüchtigung‹ dar. Kaum anders verhält es sich mit den ätherisch-kränklichen Frauengestalten, die man besser noch als hysterisch-reizempfänglich bis zur Zerstörung bezeichnen sollte. Doch ist hier in ihrer Hinfälligkeit ebenfalls etwas freigelegt, das die gesteigerten Empfindsamkeiten und die hohen Seelenaufschwünge erst ermöglicht und was zumindest eine Art Mangel an Körperlichkeit heißen kann.

Somit wird zugleich schon die Hauptgefahr vieler Gestalten erkennbar: das Sich-Genießen, Sich-leidend-Genießen, sogar im eigenen grenzenlosen Gefühl, das minder eines der Wollust als vielmehr des Schmerzes ist. Ein von außen herandringender Primäraffekt wird durch die Macht der Phantasie gewaltig gesteigert. So wird eine Situation auch innerhalb des Erzählganzen nicht als Gegenwart verstanden, sondern viel eher als Maximum von Hoffnung oder Erinnerung. Als solches vor allem hat sie Bedeutung. So geschehen auch die heroischen Taten Albanos nur – in der Phantasie. Er ist ein Don Carlos ohne Posa und ohne ein Entscheidungen erzwingendes konkretes Ziel. Höher als alle Ziele sind seine hochgetriebenen Empfindungen.

Jean Paul leiht den Figuren von seiner eigenen Phantasie, die für ihn gleichsam Erfahrungscharakter besitzt, was seine ›ästhetizistischen‹ Momente, aber auch das ihnen zugehörige, zuweilen rebellische Narrentum mancher seiner Figuren bestimmt und die er als Erzähler nicht selten reproduziert. Auch hier bekundet sich wieder die Gleichgültigkeit gegenüber der materiellen Welt und der ihr zugehörigen Gegenwärtigkeit.

Daher erklärt es sich auch, daß der Erzähler sein Werk im nachgetragenen Antrittsprogramm als eine Art Narrenball zu inszenieren beginnt: »Und nun lasset uns sämtlich ins Buch hineintanzen, in diesen Freiball der Welt – ich als Vortänzer voraus und dann die Leser als Nachhopstänzer – so daß wir unter den läutenden Tauf- und Totenglöckchen am sinesischen Hause des Weltgebäudes – angesungen von der Singschule der Musen – angespielt von der Guitarre des Phöbus oben – munter tanzen von Tomus zu Tomus – von Zykel zu Zykel – von einer Digression zur andern – von einem Gedankenstrich zum andern – bis entweder das Werk ein Ende hat oder der Werkmeister oder jeder!« (9. Zykel)

Indem die emphatisch-heroischen Akzente nach und nach das Übergewicht gewinnen – wiewohl sie meist solche der Erwartung, der Gesinnung bleiben –, wird aus dem so initiierten Narrenfest ein bürgerlicher Bildungsroman im aristokratischen Gewand. Weimar hat doch gesiegt. Jean Paul wußte wohl selbst nur zu gut, daß die Welt zu eng und zu ›gesittet‹, zu poliziiert geworden war, um solchen Gestalten wie Albano – eben außer in revolutionären Feldzügen – noch eine volle Entfaltung zu gestatten. Er gab dann, Jahre später, im Roman *Der Komet* (1822 ff.) die historisch adäquate Antwort darauf, fast als wollte er selbst seinen *Titan*, und nicht etwa die Kunst, wie man auch gemeint hat, parodieren.

Romane, Erzählungen, Prosa

Apuleius. Der goldene Esel
Mit Illustrationen von Max Klinger zu »Amor und Psyche«. Aus dem Lateinischen von August Rode. Mit einem Nachwort von Wilhelm Haupt. it 146.

Honoré de Balzac. Die Frau von dreißig Jahren
Deutsch von W. Blochwitz. it 460
– Beamte, Schulden, Elegantes Leben
Eine Auswahl aus den journalistischen Arbeiten. Mit einem Nachwort herausgegeben von Wolfgang Drost und Karl Riha. Mit zeitgenössischen Karikaturen. it 346
– Das Mädchen mit den Goldaugen
Aus dem Französischen von Ernst Hardt. Vorwort Hugo von Hofmannsthal. Illustrationen Marcus Behmer. it 60

Joseph Bédier. Der Roman von Tristan und Isolde
Deutsch von Rudolf G. Binding. Mit Holzschnitten von 1484. it 387

Harriet Beecher-Stowe. Onkel Toms Hütte
In der Bearbeitung einer alten Übersetzung herausgegeben und mit einem Nachwort versehen von Wieland Herzfelde. Mit 27 Holzschnitten von George Cruikshank aus der englischen Ausgabe von 1852. it 272

Ambrose Bierce. Aus dem Wörterbuch des Teufels
Auswahl, Übersetzung und Nachwort von Dieter E. Zimmer. it 440
– Mein Lieblingsmord
Erzählungen. Aus dem Amerikanischen von G. Günther. it 39

Die Blümlein des heiligen Franziskus von Assisi
Aus dem Italienischen nach der Ausgabe der Tipografia Metastasio, Assisi 1901, von Rduolf G. Binding. Mit Initialen von Carl Weidemeyer. it 48

Giovanni di Boccaccio. Das Dekameron
Hundert Novellen. Ungekürzte Ausgabe. Aus dem Italienischen von Albert Wesselski und mit einer Einleitung versehen von André Jolles. Mit venezianischen Holzschnitten. Zwei Bände. it 7/8

Hermann Bote. Ein kurzweiliges Buch von Till Eulenspiegel aus dem Lande Braunschweig. Wie er sein Leben vollbracht hat. Sechsundneunzig seiner Geschichten.
Herausgegeben, in die Sprache unserer Zeit übertragen und mit Anmerkungen versehen von Siegfried H. Sichtermann. Mit zeitgenössischen Illustrationen. it 336

Romane, Erzählungen, Prosa

Emily Brontë. Die Sturmhöhe
Aus dem Englischen von Grete Rambach. it 141

Gottfried August Bürger. Wunderbare Reisen zu Wasser und zu Lande. Feldzüge und lustige Abenteuer des Freiherrn von Münchhausen. Mit Holzschnitten von Gustave Doré. it 207

Hans Carossa. Eine Kindheit und Verwandlungen einer Jugend
it 295/296

Lewis Carroll. Geschichten mit Knoten
Herausgegeben und übersetzt von W.E. Richartz. Mit Illustrationen von Arthur B. Frost. it 302

Miguel de Cervantes Saavedra. Der scharfsinnige Ritter Don Quixote von der Mancha
Mit einem Essay von Iwan Turgenjew und einem Nachwort von André Jolles. Mit Illustrationen von Gustave Doré. 3 Bände. it 109

Adelbert von Chamisso. Peter Schlemihls wundersame Geschichte
Nachwort von Thomas Mann. Illustriert von Emil Preetorius. it 27

James Fenimore Cooper. Die Lederstrumpferzählungen
In der Bearbeitung der Übersetzung von E. Kolb durch Rudolf Drescher. Mit Illustrationen von D.E. Darley. Vollständige Ausgabe. it 179 Der Wildtöter · it 180 Der letzte Mohikaner · it 181 Der Pfadfinder · it 182 Die Ansiedler · it 183 Die Prärie

Alphonse Daudet. Briefe aus meiner Mühle
Aus dem Französischen von Alice Seiffert. Mit Illustrationen. it 446
– Tartarin von Tarascon. Die wunderbaren Abenteuer des Tartarin von Tarascon.
Mit Zeichnungen von Emil Preetorius. it 84

Honoré Daumier. Robert-Macaire – Der unsterbliche Betrüger
Drei Physiologien. Aus dem Französischen von Mario Spiro. Herausgegeben und mit einem Nachwort versehen von Karl Riha. it 249

Romane, Erzählungen, Prosa

Daniel Defoe. Robinson Crusoe
Mit Illustrationen von Ludwig Richter. it 41

Charles Dickens. Lebensgeschichte und gesammelte Erfahrungen David Copperfields des Jüngeren. Zwei Bände.
Mit Illustrationen von Phiz. Nach der ersten Buchausgabe des Romans London 1850. it 468
– Oliver Twist
Aus dem Englischen von Reinhard Kilbel. Mit einem Nachwort von Rudolf Marx und 24 Illustrationen von George Cruikshank. Vollständige Ausgabe. it 242
– Weihnachtserzählungen
Mit Illustrationen. it 358

Denis Diderot. Die Nonne
Mit einem Nachwort von Robert Mauzi. Der Text dieser Ausgabe beruht auf der ersten deutschen Übersetzung von 1797. it 31

Annette von Droste-Hülshoff. Die Judenbuche. Ein Sittengemälde aus dem gebirgigen Westfalen. Mit Illustrationen von Max Unold. it 399

Alexandre Dumas. Der Graf von Monte Christo
Bearbeitung einer alten Übersetzung von Meinhard Hasenbein. Mit Illustrationen von Pavel Brom und Dagmar Bromova. Zwei Bände. it 266

Joseph Freiherr von Eichendorff. Aus dem Leben eines Taugenichts
Mit Illustrationen von Adolf Schrödter und einem Nachwort von Ansgar Hillach. it 202

Eisherz und Edeljaspis
Aus dem Chinesischen von Franz Kuhn. Mit Holzschnitten einer alten chinesischen Ausgabe. Mit einem Nachwort und Anmerkungen von Franz Kuhn. it 123

Paul Ernst. Der Mann mit dem tötenden Blick und andere frühe Erzählungen.
Herausgegeben von Wolfgang Promies. it 434

Romane, Erzählungen, Prosa

Gustave Flaubert. Bouvard und Pécuchet
Mit einem Vorwort von Victor Brombert und einem Nachwort von Uwe Japp. Mit Illustrationen von András Karakas. it 373
– Die Versuchung des heiligen Antonius
Aus dem Französischen übersetzt von Barbara und Robert Picht. Mit einem Nachwort von Michel Foucault. it 432
– Lehrjahre des Gefühls
Geschichte eines Jungen Mannes, übertragen von Paul Wiegler. Mit einem Essay »zum Verständnis des Werkes« und einer Bibliographie von Erich Köhler. it 276
– Madame Bovary
Revidierte Übersetzung aus dem Französischen von Arthur Schurig it 167
– Salammbô
Herausgegeben und mit einem Nachwort versehen von Monika Bosse und André Stoll. Mit Abbildungen. it 342
– Ein schlichtes Herz. it 110

Theodor Fontane. Effi Briest
Mit Lithographien von Max Liebermann. it 138
– Der Stechlin
Mit einem Nachwort von Walter Müller-Seidel. it 152
– Unwiederbringlich
Roman. it 286

Friedrich Gerstäcker. Die Flußpiraten des Mississippi
Roman. Mit einem Nachwort von Harald Eggebrecht. it 435

Johann Wolfgang Goethe. Wilhelm Meisters Lehrjahre
Herausgegeben von Erich Schmidt. Mit sechs Kupferstichen von F.L. Catel. Sieben Musikbeispiele und Anmerkungen. it 475
– Novellen
Herausgegeben und mit einem Nachwort versehen von Katharina Mommsen. Mit Federzeichnungen von Max Liebermann. it 425
– Reineke Fuchs
Mit Stahlstichen von Wilhelm von Kaulbach. it 125
– Die Wahlverwandtschaften
Mit einem Essay von Walter Benjamin. it 1
– Die Leiden des jungen Werther
Mit einem Essay von Georg Lukács »Die Leiden des jungen Werther«. Nachwort von Jörn Göres »Zweihundert Jahre Werther«. Mit Illustrationen von David Chodowiecki und anderen. it 25

Romane, Erzählungen, Prosa

Gogol. Der Mantel und andere Erzählungen
Aus dem Russischen übersetzt von Ruth Fritze-Hanschmann. Mit einem Nachwort von Eugen und Frank Häusler. Mit Illustrationen von András Karakas. it 241

Iwan Gontscharow. Oblomow it 472

Grimmelshausen. Trutz-Simplex oder Ausführliche und wunderseltzame Lebensbeschreibung der Erzbetrügerin und Landstörtzerin Courasche
Mit einem Nachwort von Wolfgang Koeppen. Mit Abbildungen aus dem 17. Jahrhundert. it 211

Nathaniel Hawthorne. Der scharlachrote Buchstabe
Mit Illustrationen von Renate Sendler-Peters. it 436

Johann Peter Hebel. Kalendergeschichten
Ausgewählt und mit einem Nachwort von Ernst Bloch
Mit neunzehn Holzschnitten von Ludwig Richter. it 17

Heinrich Heine. Aus den Memoiren des Herren von Schnabelewopski
Mit Illustrationen von Julius Pascin. it 189

– Shakespeares Mädchen und Frauen
Mit Illustrationen der Ausgabe von 1838. Herausgegeben von Volkmar Hansen. it 331

Hermann Hesse. Hermann Lauscher
Mit frühen, teils unveröffentlichten Zeichnungen und einem Nachwort von Gunter Böhmer. it 206
–/Walter Schmögner. Die Stadt
Ein Märchen von Hermann Hesse, ins Bild gebracht von Walter Schmögner. it 236
– Knulp
Mit dem unveröffentlichten Fragment »Knulps Ende« und Steinzeichnungen von Karl Walser. it 394

Hölderlin. Hyperion oder Der Eremit in Griechenland
Herausgegeben und mit einem Nachwort versehen von Jochen Schmidt. it 365

Romane, Erzählungen, Prosa

E.T.A. Hoffmann. Die Elixiere des Teufels
Mit Illustrationen von Hugo Steiner-Prag. it 304
– Lebensansichten des Katers Murr
nebst fragmentarischer Biographie des Kapellmeisters Johannes Kreisler in zufälligen Makulaturblättern. Mit Illustrationen von Maximilian Liebenwein. it 168
– Der Unheimliche Gast
und andere phantastische Erzählungen. Herausgegeben von Ralph-Rainer Wuthenow. Mit Illustrationen. it 245
– Das Fräulein Scuderi
Erzählung aus dem Zeitalter Ludwig des Vierzehnten. Mit Illustrationen von Lutz Siebert. it 410

Homer. Ilias
Neue Übertragung von Wolfgang Schadewaldt. it 153

Ricarda Huch. Der Dreißigjährige Krieg
Mit Illustrationen von Jacques Callot. it 22/23

Victor Hugo. Notre-Dame von Paris
Aus dem Französischen von Else von Schorn. Mit zeitgenössischen Illustrationen. it 298

Jens Peter Jacobsen. Niels Lyhne
Mit Illustrationen von Heinrich Vogeler. Nachwort von Fritz Paul. Aus dem Dänischen von Anke Mann. it 44
– Die Pest in Bergamo
und andere Novellen. Aus dem Dänischen von Mathilde Mann. Mit Illustrationen von Heinrich Vogeler. it 265

W. Jan. Dschingis Khan
Mit einem Nachwort und Erläuterungen. it 461
– Batu Khan. it 462
– Zum letzten Meer. it 463

Jean Paul. Der ewige Frühling
Ausgewählt von Carl Seelig. Mit Zeichnungen von Karl Walser und mit einem Vorwort von Hermann Hesse. it 262
– Des Luftschiffers Giannozzo Seebuch und Über die natürliche Magie der Einbildungskraft
Mit Illustrationen von Emil Preetorius und Aufsätzen zu Jean Pauls Werk von Ralph-Rainer Wuthenow. it 144

Romane, Erzählungen, Prosa

Marie Luise Kaschnitz. Eisbären
Erzählungen. it 4

Gottfried Keller. Der grüne Heinrich
Erste Fassung. Mit Zeichnungen Gottfried Kellers und seiner Freunde. Zwei Bände. it 335
– Züricher Novellen
Mit einem Nachwort von Werner Weber. it 201

Kin Ping Meh oder Die abenteuerliche Geschichte von Hsi Men und seinen sechs Frauen
Aus dem Chinesischen übertragen von Franz Kuhn. Mit Illustrationen einer alten Ausgabe. Zwei Bände. it 253

Heinrich von Kleist. Die Erzählungen
Mit einem Nachwort von Rolf Tiedemann. it 247
– Die Marquise von O
Mit Materialien und Bildern aus dem Film von Eric Rohmer und einem Aufsatz von Heinz Politzer. Herausgegeben von Werner Berthel it 299

Choderlos de Laclos. Schlimme Liebschaften
Ein Briefroman mit 14 zeitgenössischen Illustrationen. Übertragen und eingeleitet von Heinrich Mann. it 12

Charles und Mary Lamb. Shakespeare Novellen
Mit 21 Stichen einer Ausgabe von 1837. Auf Grund einer älteren Übersetzung bearbeitet von Elisabeth Schücking. it 268

Friedrich de la Motte-Fouqué. Undine
Herausgegeben von Ralph-Rainer Wuthenow. Mit den Rezensionen von Edgar Allan Poe. it 311

Lesage. Der hinkende Teufel
Mit Illustrationen von Tony Johannot und einem Nachwort von Karl Riha. it 337

Nikolai Leskow. Der Weg aus dem Dunkel
Erzählungen. Mit Illustrationen von Theodor Eberle und einer Einleitung von Rudolf Marx. it 422

Lichtenberg. Aphorismen
Herausgegeben mit einem Nachwort von Kurt Batt. it 165

Romane, Erzählungen, Prosa

Carl von Linné. Lappländische Reise
Mit Zeichnungen des Autors. Aus dem Schwedischen von H.C. Artmann. it 102

Jack London. Der Ruf der Wildnis und andere Erzählungen
Mit Illustrationen von Krista Slawik. it 352
– Die Goldschlucht
und andere Erzählungen. Mit zeitgenössischen Fotografien. it 407

Longus. Daphnis und Chloë
Ein antiker Liebesroman. Aus dem Griechischen übersetzt und mit einem Nachwort von Arno Mauersberger. Mit Illustrationen der »Edition du Régent«. it 136

Sir Thomas Malory. Die Geschichte von König Artus und den Rittern seiner Tafelrunde
Übertragen von Helmut Findeisen auf der Grundlage der Lachmannschen Übersetzung. Mit einem Nachwort von Walter Martin und Illustrationen von Aubrey Beardsley. Drei Bände in Kassette. it 239

Guy de Maupassant. Mont-Oriol
Roman. Deutsch von J. Halperin. Herausgegeben und mit einem Nachwort von D. Oehler. Mit den Bildern der Originalausgabe. it 473
– Bel-Ami
Aus dem Französischen von Josef Halperin. Mit zeitgenössischen Illustrationen. it 280
– Das Haus Tellier
und andere Erzählungen. Aus dem Französischen von Karl Friese und Helmut Bartuschek. Ausgewählt von W. Berthel. Mit zeitgenössischen Illustrationen. it 248
– Pariser Abenteuer
und andere Erzählungen. Ausgewählt von Werner Berthel. Mit zeitgenössischen Illustrationen. Aus dem Französischen von H. Bartuschek und K. Friese. it 106
– Unser einsames Herz. Roman
Herausgegeben und mit einem Nachwort versehen von Dolf Oehler. it 357

Wilhelm Meinhold. Maria Schweidler. Die Bernsteinhexe
Herausgegeben von Elisabeth Kidelon. it 329

